# A
# FRONTEIRA

# DON WINSLOW
# A FRONTEIRA

Tradução
Alice Klesk

Rio de Janeiro, 2020

Copyright © 2019 by Samburu, Inc. All rights reserved.
Título original: The Border

Todos os direitos desta publicação são reservados à Casa dos Livros Editora LTDA.
Nenhuma parte desta obra pode ser apropriada e estocada em sistema de banco de dados
ou processo similar, em qualquer forma ou ameio, seja eletrônico, de fotocópia, gravação etc.,
sem a permissão do detentor do copyright.

Diretora editorial: *Raquel Cozer*

Gerente editorial: *Alice Mello*

Editor: *Ulisses Teixeira*

Copidesque: *Bárbara Prince*

Liberação de original: *Marina Góes*

Revisão: *Ana Maria*

Capa: *Claire Ward © HarperCollinsPublishers Ltd 2019*

Imagens de capa: *© Ted Wood/plainpicture/Aurora Photos (horizonte); Shutterstock.com (céu)*

Adaptação de capa: *Guilherme Peres*

Diagramação: *Abreu's System*

Stephen King, trecho da Introdução de *O iluminado*. Copyright © 2001 por Stephen King. Reimpresso
com permissão.

Tom Russell, trecho de "Leaving El Paso" (Frontera Music / BMG Firefly). Reimpresso com permissão.
Todos os direitos reservados.

---

CIP-Brasil. Catalogação na Publicação
Sindicato Nacional dos Editores de Livros, RJ

W743f
    Winslow, Don
       A fronteira / Don winslow; tradução Alice Klesk. – 1. ed. –
Rio de Janeiro: Harper Collins, 2020.
       784 p.

       Tradução de: The border
       ISBN 978-85-9508-466-7

       1. Ficção policial. 2. Ficção americana. I. Klesk, Alice.
II. Título.

19-62012
                   CDD: 813
                   CDU: 82-312.4(73)

Meri Gleice Rodrigues de Souza – Bibliotecária CRB-7/6439

---

Os pontos de vista desta obra são de responsabilidade do autor, não refletindo necessariamente a posição da
HarperCollins Brasil, da HarperCollins Publishers ou de sua equipe editorial.

HarperCollins Brasil é uma marca licenciada à Casa dos Livros Editora LTDA.
Todos os direitos reservados à Casa dos Livros Editora LTDA.
Rua da Quitanda, 86, sala 218 — Centro
Rio de Janeiro, RJ — CEP 20091-005
Tel.: (21) 3175-1030
www.harpercollins.com.br

Em memória de
Abel García Hernández, Abelardo Vázquez Peniten, Adán Abraján de la Cruz, Alexander Mora Venancio, Antonio Santana Maestro, Benjamín Ascencio Bautista, Bernardo Flores Alcaraz, Carlos Iván Ramírez Villarreal, Carlos Lorenzo Hernández Muñoz, César Manuel González Hernández, Christian Alfonso Rodríguez Telumbre, Christian Tomás Colón Garnica, Cutberto Ortiz Ramos, Doriam González Parral, Emiliano Alen Gaspar de la Cruz, Everardo Rodríguez Bello, Felipe Arnulfo Rosa, Giovanni Galindes Guerrero, Israel Caballero Sánchez, Israel Jacinto Lugardo, Jesús Jovany Rodríguez Tlatempa, Jhosivani Guerrero de la Cruz, Jonás Trujillo González, Jorge Álvarez Nava, Jorge Aníbal Cruz Mendoza, Jorge Antonio Tizapa Legideño, Jorge Luis González Parral, José Ángel Campos Cantor, José Ángel Navarrete González, José Eduardo Bartolo Tlatempa, José Luis Luna Torres, Julio César López Patolzín, Leonel Castro Abarca, Luis Ángel Abarca Carrillo, Luis Ángel Francisco Arzola, Magdaleno Rubén Lauro Villegas, Marcial Pablo Baranda, Marco Antonio Gómez Molina, Martín Getsemany Sánchez García, Mauricio Ortega Valerio, Miguel Ángel Hernández Martínez, Miguel Ángel Mendoza Zacarías, Saúl Bruno García, Daniel Solís Gallardo, Julio César Ramírez Nava, Julio César Mondragón Fontes e Aldo Gutiérrez Solano.

E dedicado a
Javier Valdez Cárdenas
E a todos os jornalistas de todos os lugares.

*E quando se edifica um muro e os profetas o caiam, dize aos que o caiam que ele ruirá.*

— Ezequiel 13:10

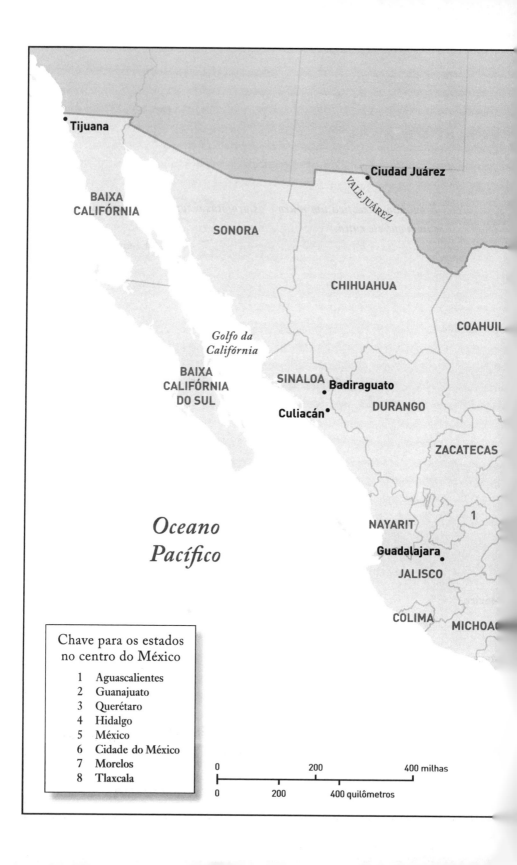

# ESTADOS UNIDOS

uevo Laredo

*Golfo do*
*México*

VO
N

MAULIPAS

N
IS
OSÍ

4

México
8

PUEBLA

VERACRUZ

teza

RERO

OAXACA

*Baía de*
*Campeche*

TABASCO

CHIAPAS

*Golfo de*
*Tehuantepec*

YUCATÁN

QUINTANA
ROO

CAMPECHE

BELIZE

GUATEMALA

Cidade da
Guatemala

HONDURAS

EL SALVADOR

# Prólogo

**Washington, D.C.**
**Abril, de 2017**

Keller vê a criança e o cintilar do escopo da arma no mesmo instante.

O garotinho, segurando a mão da mãe, olha os nomes gravados na rocha preta, e Keller fica imaginando se ele está procurando alguém — um avô, talvez, ou um tio — ou se a mãe apenas levou o filho até o Memorial dos Veteranos do Vietnã no fim da caminhada pelo Passeio Nacional.

O Muro fica em uma parte mais reservada do parque, escondido como um segredo constrangedor, uma vergonha particular. Aqui e ali, os pesarosos deixam flores, cigarros, e até pequenas garrafas de birita. O Vietnã aconteceu há muito tempo, em outra vida, e desde então, Keller lutou sua guerra particular.

Não há batalhas gravadas no Muro do Vietnã. Nada de Khe Sanhs ou, Quang Tris ou Hamburger Hills. E Keller pensa que essa ausência de registros seja , por termos ganhado todas as batalhas, mas perdido a guerra. Todas essas mortes por uma guerra fútil. Em visitas anteriores, vira homens debruçados no muro, chorando como crianças.

A sensação de perda é angustiante e esmagadora.

Há cerca de quarenta pessoas ali. Alguns parecem veteranos, outros, parentes dos mortos; a maioria provavelmente é de turistas. Dois homens idosos de quepe usando o uniforme dos Veteranos de Guerras Estrangeiras estão presentes para auxiliar as pessoas a encontrar o nome de seus entes queridos.

Keller está de volta na guerra — contra seu próprio Departamento de Narcóticos, o Senado Americano, os cartéis mexicanos, contra até o presidente dos Estados Unidos.

E são todos a mesma coisa, a mesma entidade.

Todas as fronteiras que Keller um dia imaginou que existissem tinham sido atravessadas.

Alguns querem silenciá-lo, colocá-lo na cadeia, destruí-lo... desconfia de que querem até matá-lo.

Keller sabe que se transformou em uma figura polarizada, personificando a fenda que ameaça aumentar e rasgar o país em dois. Foi o estopim de um escândalo, conduziu uma investigação que se espalhou dos campos de papoulas mexicanos até Wall Street, chegando à própria Casa Branca.

É um dia quente de primavera, com uma brisa leve, e as flores de cerejeira flutuam pelo ar. Sentindo a emoção dele, Marisol pega sua mão.

Keller vê o menino, então — à direita, na direção do Monumento de Washington — o lampejo estranho de luz. Saltando em direção à mãe e ao garotinho, Keller os leva ao chão.

Ele se vira para proteger Mari.

A bala o faz girar como um pião.

Raspa em seu crânio e faz seu pescoço virar.

O sangue jorra por cima do seu olho, e ele literalmente vê tudo vermelho, enquanto estende a mão e puxa Marisol para baixo.

A bengala dela cai ruidosamente na calçada.

Keller usa o próprio corpo como escudo para a mulher.

Mais balas atingem o Muro logo acima da sua cabeça.

Ele ouve berros. Alguém grita:

— É um atirador!

Olhando para cima, Keller procura a origem dos disparos e vê que estão vindo da direção sudeste, na posição de dez horas — de trás de um prédio pequeno que ele lembra ser um banheiro. Ele apalpa o quadril em busca da pistola Sig Sauer, então lembra que está desarmado.

O atirador aciona a automática.

As balas salpicam a pedra acima de Keller, arrancando lascas dos nomes. As pessoas estão deitadas no chão ou agachadas junto ao Muro. Algumas, perto das bordas mais baixas, correm em direção à avenida Constitution. Outras apenas ficam paradas, desnorteadas.

Keller berra:

— *Todo mundo no chão! É um atirador! Todo mundo no chão!*

Mas vê que isso não vai adiantar e que o monumento agora é uma armadilha fatal. O Muro forma um V largo, com apenas duas saídas nas pontas de um caminho estreito. Um casal de meia-idade corre em direção à saída leste, ao encontro do atirador, e é atingido na hora, caindo como personagens de algum videogame horrendo.

— Mari — diz Keller —, temos que sair daqui. Está entendendo?

— Sim.

— Prepare-se.

Ele espera uma pausa nos disparos — enquanto o atirador troca o pente — e levanta, agarra Mari e a pendura no ombro. Ele a carrega ao longo da parede até a saída oeste, onde a mureta desce até a altura da cintura, então se lança com ela para o outro lado, e a coloca embaixo de uma árvore.

— Fique abaixada! — grita. — Fique aí!

— Para onde você vai?!

Os tiros recomeçam.

Saltando o muro de novo, Keller começa a conduzir as pessoas à saída sudeste. Pousa a mão na nuca de uma mulher, abaixa sua cabeça e a leva adiante, gritando:

— *Por aqui! Por aqui!*

Então, ouve o chiado de uma bala e o baque seco quando a mulher é atingida. Ela cambaleia e cai de joelhos, segurando o braço, enquanto o sangue jorra por entre seus dedos.

Keller tenta erguê-la.

Uma rajada passa raspando pelo rosto dele.

Um jovem vem correndo até ele e estende as mãos para pegar a mulher.

— Eu sou paramédico!

Keller a entrega, vira de volta e continua empurrando as pessoas à sua frente, afastando-as da linha de tiro. Ele vê novamente o garotinho, com os olhos arregalados de pavor ainda segurando a mão da mãe, o empurra adiante, tentando protegê-lo com o corpo.

Keller passa um braço em volta dos ombros da mulher e a faz se curvar, mas a mantém em movimento.

— Estou com você. Estou com você. Continue andando.

Ele a deixa em segurança na ponta distante do Muro, e volta mais uma vez.

Outra pausa nos disparos, enquanto o atirador troca o pente de novo.

Meu Deus, pensa Keller, quantos ele tem?

Ao menos mais um, porque os tiros recomeçam.

As pessoas cambaleiam e caem.

Sirenes ecoam e uivam; o motor de um helicóptero reverbera pelo ar.

Keller parte para cima de um homem, querendo empurrá-lo à frente, mas uma bala o atinge no alto das costas e ele cai aos pés de Keller.

A maioria conseguiu chegar à saída oeste, mas há pessoas deitadas, espalhadas pela calçada, e outras, caídas no gramado, depois de tentarem correr para o lado errado.

Uma garrafa de água caída vaza pelo caminho.

Um celular com a tela rachada começa a tocar no chão, ao lado de um souvenir barato — um pequeno busto de Lincoln — com o rosto salpicado de sangue.

Keller olha ao leste e vê um policial do Parque Nacional empunhando uma pistola, disparando em direção ao prédio dos banheiros, depois caindo ao ser atingido por uma rajada de balas que riscam seu peito.

Abaixado no chão, Keller rasteja até o policial e sente a pulsação em seu pescoço. Está morto. Ele se encolhe atrás do cadáver enquanto outra rajada o atinge. Olha  para cima e tem a impressão de ver o atirador agachado atrás do prédio dos banheiros, carregando outro pente na arma.

Art Keller passou a maior parte da vida lutando uma guerra do outro lado da fronteira, até que pôde voltar para casa.

A guerra veio junto.

Keller pega a arma do policial — uma pistola Glock 19 — e segue por entre as árvores, em direção ao atirador.

**LIVRO 1**

# Memorial

*"Só os mortos veem o fim da guerra."*

— Platão

# 1

# Monstros e fantasmas

*"Monstros são reais e, fantasmas também. Eles vivem dentro de nós e, às vezes, eles vencem."*

— Stephen King

**1 de novembro de 2012.**

Art Keller sai da selva da Guatemala como um refugiado.

Deixou para trás uma cena de carnificina. No pequeno vilarejo de Dos Erres, corpos se amontoam, alguns meio queimados, nos restos da fogueira onde foram jogados, outros, na clareira da vila, onde foram metralhados.

A maioria dos mortos são narcos, pistoleiros de cartéis rivais que supostamente tinham ido até ali para uma reconciliação. Tinham negociado um pacto; porém, na festa degenerada para comemorar o feito, os zetas sacaram suas armas, canivetes e facões e começaram a massacrar os sinaloas.

Keller tinha literalmente caído na cena — o helicóptero em que estava fora atingido por um foguete e entrara em giro até fazer um pouso forçado no meio do fogo cruzado. Ele não era exatamente inocente, tendo planejado com o chefe Sinaloan, Adán Barrera, que viria com uma equipe de mercenários e eliminaria os zetas.

Barrera armara uma arapuca para seus inimigos.

O problema é que os inimigos também tinham um plano, e o executaram primeiro.

Mas os dois alvos principais da missão de Keller, os líderes dos zetas, estavam mortos — um decapitado e o outro transformado em tocha humana. Então, conforme o acordo de trégua apreensiva e malévola, Keller entrara na selva para encontrar e trazer Barrera.

Keller sentia como se tivesse passado toda a sua vida adulta perseguindo Adán Barrera.

Depois de vinte anos, enfim colocara Barrera em uma cadeia americana, só para vê-lo ser transferido de volta a uma instituição mexicana de segurança máxima, da qual o traficante prontamente "escapara", fugindo para se tornar ainda mais poderoso, assumindo o papel de padrinho do cartel Sinaloa.

Keller, portanto, voltara ao México para perseguir Barrera mais uma vez, para, depois de oito anos, simplesmente tornar-se seu aliado, juntando-se a ele em prol de derrubar os zetas.

Tinha que escolher dos males, o menor.

E a escolha fora feita.

Só que, depois do confronto, Barrera desapareceu.

Então, agora, Keller andava pela mata.

Entrega alguns pesos para o guarda da fronteira, comprando o seu ingresso ao México, depois marcha pela trilha de dez milhas até o vilarejo de Campeche, onde a incursão fora planejada.

Ele mais cambaleia do que caminha, na verdade.

A adrenalina do tiroteio iniciado antes do amanhecer já baixara, e Keller agora sente o sol e o calor da floresta tropical. As pernas doem, os olhos ardem, o fedor das labaredas, da fumaça e da morte está impregnado no nariz.

O cheiro de carne humana queimada não passa nunca.

O almirante Orduña o aguarda na pequena pista de pouso aberta na floresta. O comandante das FES está sentado dentro da cabine de um helicóptero Black Hawk. Keller e Orduña formaram um relacionamento do tipo "o que você precisar, a qualquer hora" durante a guerra contra os zetas. Keller proporcionava informações do mais alto nível da inteligência americana e frequentemente guiava os *mariners*, — as tropas de elite especiais — pelo território mexicano.

Essa missão tinha sido diferente — a chance de decapitar a liderança zeta com um único golpe surgira na Guatemala, onde os *mariners* mexicanos não podiam ir. Mas Orduña proveu à equipe de Keller uma base de planejamento e apoio logístico, além de transporte aéreo da equipe até Campeche. então ficou aguardando para ver se seu amigo Art Keller ainda estava vivo.

Orduña dá um sorriso largo quando avista Keller saindo da mata, depois tira uma garrafa gelada de cerveja Modelo de um isopor e dá a Keller.

— E o restante da equipe? — pergunta o americano

— Já seguiram num voo. A essa altura, eles devem estar em El Paso.

— Baixas?

— Um morto em combate — diz Orduña. — Quatro feridos. Eu não tinha muita certeza quanto a você. Se não voltasse até o anoitecer, *a la mierda todo*, iríamos até lá te buscar.

— Eu estava procurando Barrera — conta Keller, mandando a cerveja para dentro.

— E?

— Não o encontrei.

— E quanto a Ochoa?

Orduña odeia o líder Zeta quase tanto quanto Keller odeia Adán Barrera. A guerra contra as drogas tende a ficar muito pessoal. Para Orduña, passou a ser pessoal quando um de seus oficiais foi morto em um ataque contra os zetas, que ainda tiveram a audácia de assassinar a mãe, a tia, a irmã e o irmão do jovem na noite de seu enterro. Na manhã seguinte, Orduña formou os "Matazetas", os matadores dos zetas. E matar os zetas era o que faziam, sempre que tinham a oportunidade. Se capturavam prisioneiros, era apenas para obter informação antes de executá-los.

Keller tinha motivos diferentes para odiar os zetas.

Diferentes, mas suficientes.

— Ochoa morreu — informa Keller.

— Confirmado?

— Eu mesmo vi. — Tinha testemunhado Eddie Ruiz despejar uma lata de parafina por cima do chefe Zeta ferido e depois lançar um fósforo aceso sobre ele. Ochoa morrera gritando. — O Forty também morreu.

Forty era o segundo em comando de Ochoa. Sádico como o chefe.

—Você viu o corpo? — pergunta Orduña.

—Vi a *cabeça*. Não estava presa ao corpo. Está bom pra você?

— Está de bom tamanho — diz Orduña, sorrindo.

Na verdade, Keller não vira a cabeça de Forty. O que ele viu foi o rosto, que alguém tinha arrancado e costurado a uma bola de futebol.

— Ruiz apareceu? — pergunta Keller.

— Ainda não.

— Ele ainda estava vivo, da última vez que o vi.

Estava ocupado transformando Ochoa em uma tocha humana. Depois, em pé, em um pátio antigo de rochas maia, assistindo a um menino chutar uma bola de futebol bizarra.

— Talvez ele tenha simplesmente partido — sugere Orduña.

— Talvez.

— É melhor entrarmos em contato com o seu pessoal. Estão ligando a cada quinze minutos. — Orduña digita alguns números no celular descartável e diz: — Taylor, adivinhe quem está aqui.

Keller pega o telefone e ouve Tim Taylor, chefe da Divisão de Narcóticos do Distrito Southwest, dizer:

— Deus do céu, achamos que você estava morto.

— Lamento decepcioná-los.

Estão esperando por ele no hotel de beira de estrada Adobe Clint Inn, em uma área remota do Texas, a alguns quilômetros de El Paso.

O quarto é no estilo padrão "barato e prático", com uma sala de estar espaçosa, com área de cozinha — micro-ondas, cafeteira, uma geladeira pequena —, sofá com mesinha de centro, duas poltronas e uma televisão. Uma pintura malfeita de um pôr do sol foi pendurada por trás de um cacto. Uma porta à esquerda, agora aberta, conduz a um quarto e um banheiro. É um lugar bom e comum para passar o relato da missão.

A televisão está ligada, na CNN, o volume baixo.

Tim Taylor está sentado no sofá, olhando um laptop sobre a mesa de centro. Há um telefone de satélite pousado na vertical ao lado do computador.

John Downey, comandante militar da incursão, está junto ao micro-ondas, esperando que termine de aquecer alguma coisa. Keller vê que ele já tomou banho e se barbeou, e já trocou a roupa camuflada por uma camisa polo roxa, jeans e tênis.

Outro homem, um cara da CIA que Keller conhece como Rollins, está sentado em uma das cadeiras assistindo à televisão.

Downey ergue os olhos quando Keller entra.

— Em que porra de buraco você estava metido, Art? Nós vasculhamos com satélites, fizemos buscas com helicópteros...

Barrera deveria ter sido trazido para os EUA em segurança. Esse era o acordo. Keller pergunta:

— Como está seu pessoal?

— *Vum.* — Downey faz um gesto com as mãos, como a revoada de um bando de codornas. Keller sabe que, em algumas horas, o pessoal de operações especiais estará espalhado por todo o país, se não pelo mundo, com matérias de capa sobre os lugares onde estiveram. — O único que não se apresentou foi Ruiz. Eu estava torcendo para que viesse com você.

— Eu o vi depois do tiroteio — diz Keller. — Estava saindo.

— E então o Ruiz evaporou? — pergunta Rollins.

— Não precisa se preocupar — afirma Keller.

— Ele é responsabilidade sua — lembra Rollins.

— Foda-se o Ruiz — intervém Taylor. — O que aconteceu com Barrera?

— Você tem que dizer — retruca Keller.

— Não tivemos nenhuma notícia.

— Então, imagino que não tenha sobrevivido.

— Você se recusou a embarcar no helicóptero de resgate — fala Rollins.

— O helicóptero precisava decolar, mas eu ainda tinha que encontrar Barrera.

— Mas não o encontrou — retruca Rollins.

— Operações Especiais não é um serviço de quarto — responde Keller.

— Nem sempre dá pra conseguir exatamente o que a gente pede. Imprevistos acontecem.

E logo no primeiro momento.

Tinham chegado por ar, no meio de um fogo cruzado, enquanto os zetas massacravam os sinaloas. Então, um foguete atingira o helicóptero de Keller, deixando um morto e um ferido. Portanto, em vez de descer pela corda, fizeram um pouso forçado na zona de conflito. Depois precisaram transferir a equipe para o helicóptero remanescente.

*Tivemos sorte de conseguir tirar todo mundo*, pensa Keller, *e ainda concluir a missão principal de executar os líderes zetas — diz Keller Se não conseguimos trazer Barrera, bem…*

— Pelo que entendi, a missão prioritária era eliminar o comando e controle dos zetas. Se Barrera foi uma baixa colateral…

— Melhor ainda? — completa Rollins.

Todos ali sabem do seu ódio por Barrera.

Sabem que o chefão das drogas torturou e assassinou o seu parceiro.

Algo que ele jamais esqueceu, muito menos perdoou.

— Não vou fingir que estou triste por Adán Barrera — diz Keller.

Conhece a situação no México melhor que qualquer pessoa ali. Gostando ou não, o cartel Sinaloa é a chave da estabilidade no México. Se o cartel desmoronar porque Barrera se foi, a paz tênue que se instalou pode ir junto. Barrera também sabia disso — esse comportamento *après moi, le déluge* lhe permitia conduzir uma barganha acirrada tanto com o governo mexicano quanto com o americano, para que o deixassem em paz e atacassem seus inimigos.

O micro-ondas apita e Downey pega a bandeja.

— Lasanha da Stouffer's. Um clássico.

— Nós nem sabemos se Barrera está morto — lembra Keller. — Encontraram um corpo?

— Não — responde Taylor.

— O D-2 está no local — revela Rollins, referindo-se à agência de inteligência paramilitar da Guatemala. — Não acharam Barrera. Nem qualquer um dos alvos primários, aliás.

— Posso confirmar pessoalmente que ambos os alvos foram eliminados — diz Keller. — Ochoa virou carvão, e Forty… bem, você não vai querer saber. Estou dizendo, os dois são coisas do passado.

— É melhor torcermos para que Barrera não seja — afirma Rollins. — Se o cartel Sinaloa ficar instável, o México também fica.

— Já é de lei termos alguma consequência que não poderíamos ter imaginado — comenta Keller.

Rollins diz:

— Tínhamos um acordo bem específico com o governo mexicano quanto a preservar a vida de Adán Barrera. Demos nossas garantias sobre a segurança dele. Isto não é o Vietnã, Keller. Não é Phoenix. Se descobrirmos que você violou esse acordo, vamos...

Keller se levanta.

—Vocês não vão fazer merda nenhuma, Rollins. Porque essa foi uma operação ilegal, que "nunca aconteceu". O que vão fazer, me levar a julgamento? Vão me colocar no banco das testemunhas? Pedir que eu deponha sob juramento, me deixar dizer que tínhamos um acordo com o maior chefão do tráfico de drogas do mundo? Que eu participei de uma incursão patrocinada pelos Estados Unidos para eliminar seus rivais? Bem, eu vou dizer uma coisa que só quem faz esse trabalho de verdade sabe: nunca saque a arma a menos que esteja preparado para apertar o gatilho. Você está?

Não há resposta.

— É, foi o que eu pensei — completa Keller. — Só pra constar, eu queria, sim, matar o Barrera, eu *gostaria* de ter matado o infeliz, mas não matei.

Ele sai andando.

Taylor vai atrás.

— Pra onde você vai?

— Não é da sua conta, Tim.

— Para o México?

— Não trabalho mais com a Narcóticos — diz Keller. —Você não pode me dizer pra onde ir, ou deixar de ir.

—Vão matar você, Art — afirma Taylor. — Se não forem os zetas, serão os sinaloas.

*Provavelmente,* pensa Keller.

*Mas, se eu não for, vão me matar de qualquer jeito.*

Keller segue de carro até El Paso, ao apartamento que mantém perto do centro de inteligência da cidade. Tira roupa imunda e cheia de suor e toma uma ducha quente e demorada. Depois, vai até o quarto e deita, percebendo repentinamente que não dorme há quase dois dias e que está exausto, esgotado.

Esgotado demais até para dormir.

Então se levanta, veste uma camisa social branca e um jeans e pega a pistola compacta Sig 380 no cofre do armário do quarto. Prende o coldre ao cinto e veste uma jaqueta-azul marinho, já saindo pela porta.

Rumo a Sinaloa.

Sua primeira visita a Culiacán tinha sido como um agente novato da Divisão de Narcóticos, nos anos 1970, quando a cidade era o epicentro do comércio de heroína do México.

*E agora voltou a ser*, pensa, enquanto atravessa o terminal em direção ao balcão de táxi. *Tudo completando um ciclo.*

Naquela época, Adán Barrera era só um garoto sem rumo, tentando ganhar a vida como agente de boxe.

Seu tio, no entanto, um policial de Sinaloa, era o segundo maior cultivador de ópio da cidade, esforçando-se para se tornar o maior. *Isso foi há muito tempo, quando ainda queimávamos e destruíamos os campos de papoula*, pensa Keller. Os camponeses eram tirados de suas casas, e Adán foi preso em uma dessas varreduras. *Os federales iam jogá-lo de um avião, mas eu interferi e salvei sua vida.*

O primeiro de muitos erros.

O mundo teria sido um lugar bem melhor se os tivesse deixado brincar de esquilo voador com o pequeno Adán, em vez de deixá-lo viver para se tornar o maior traficante de drogas do mundo.

Mas, na verdade, os dois eram amigos naquela época.

Amigos e aliados.

Difícil de acreditar.

Mais difícil ainda de aceitar.

Ele entra em um táxi e diz ao motorista que quer ir ao centro da cidade.

— Onde, exatamente? — pergunta o homem, olhando seu rosto pelo espelho retrovisor.

— Não importa. – A corrida vai te dar tempo de ligar para os seus chefes e dizer que tem um *yanqui* esquisito na cidade.

Em todas as cidades mexicanas onde há forte presença do narcotráfico, os motoristas de táxi são *halcones* — "falcões" —, os espiões dos cartéis. A função deles é vigiar os aeroportos, as estações de trem e as ruas, e avisar a quem estiver no poder sobre quem chega e quem sai da cidade.

— Eu vou lhe poupar o esforço, ok? — diz Keller. — Ligue para quem for o seu contato e diga que está com Art Keller no táxi. Eles vão dizer pra onde você deve me levar.

O motorista pega o celular.

Ele faz várias ligações, e a cada uma sua voz vai ficando mais tensa. Keller conhece o esquema: o taxista liga para seu líder local, que liga para o dele, que vai passar o nome adiante — Art Keller — até chegar no topo.

Keller olha pela janela, enquanto o táxi segue, entrando na cidade pela Rota 280, e vê as homenagens póstumas deixadas à beira da estrada para os narcos mortos — a maioria jovem — na guerra das drogas. Muitos memoriais são simples punhados de flores e uma garrafa de cerveja deixada ao lado de uma cruz de madeira barata, alguns têm banners com fotos coloridas do falecido pendurados entre dois postes, outros são sepulcros elaborados em mármore.

*Daqui a pouco vão aparecer mais homenagens,* pensa. Quando chegar a notícia do "Massacre de Dos Erres". Quase cem sicários sinaloanos tinham ido para a Guatemala com Barrera. Poucos voltarão.

E haverá memoriais no coração das terras dos zeta Chihuahua e Tamaulipas, no nordeste do país, quando seus soldados não regressarem.

Keller sabe que os zeta perderam a força. Tinham sido uma verdadeira ameaça por todo o país, mas o cartel paramilitar composto de ex-integrantes das tropas especiais ficara paralisado, sem liderança, agora que seus melhores membros tinham sido assassinados por Orduña ou mortos na Guatemala.

Não restava ninguém para desafiar Sinaloa.

— Disseram para levar você a Rotarismo — anuncia o motorista, parecendo nervoso.

Rotarismo é um bairro na periferia nordeste da cidade, uma paisagem hostil com colinas vazias e fazendas abandonadas.

Local fácil para desovar um cadáver.

— Para uma oficina mecânica — completa o taxista.

Ah, que bom, pensa Keller.

As ferramentas já estão lá.

Para desmembrar um carro ou um corpo.

É sempre possível identificar uma reunião de narcos de alto escalão pelo número de caminhonetes estacionadas no local. *E essa deve ser uma reunião bem importante,* pensa Keller, à medida que vão se aproximando, ao ver uma dúzia de Suburbans e Expeditions perfiladas na frente da garagem, todas com canos de armas despontando da janela, como os espinhos de um porco-espinho.

As armas apontam para o táxi, e Keller considera a possibilidade de o motorista mijar nas calças.

— Fique calmo.

Alguns *sicarios* uniformizados patrulham o perímetro a pé. Isso se tornou uma constante em todas as ramificações dos cartéis — cada um tem sua própria equipe de segurança armada com uniformes característicos.

Esses estão com bonés Armani e coletes Hermès.

O que Keller acha meio estapafúrdio.

Um homem sai da garagem e vem depressa em direção ao táxi, abre a porta traseira do passageiro e manda Keller descer da porra do carro.

Keller o conhece. Terry Blanco é um policial estadual de alta patente em Sinaloa. Ele está na folha de pagamentos do cartel desde que era novato e agora já tem fios grisalhos nos cabelos negros.

—Você não faz ideia que está acontecendo — anuncia Blanco.

— Foi por isso que eu vim — responde Keller.

—Você sabe de alguma coisa?

— Quem está lá dentro?

— Núñez.

— Então vamos.

— Keller, se você entrar, talvez não saia — avisa Blanco.

— Já me acostumei com essas situações — retruca Keller.

Terry o conduz pela garagem, passando pelas baias de trabalho e pelos elevadores, até uma área grande e vazia com piso de concreto que mais parece um depósito.

É a mesma cena do motel.

Só os personagens mudaram.

Mas todos agem da mesma forma: alguns ao telefone outros, trabalhando em laptops, todos tentando obter informações do paradeiro de Adán Barrera. O lugar é escuro e sem janelas, com paredes grossas —, ideal para encontros naquela região com um clima sempre a ponto de torrar de tão quente ou frio pelo vento norte. Aquelas pessoas não querem se expor nem ao clima, nem aos olhos curiosos espreitando o lugar. E, se acontecer de alguém começar a gritar ou a implorar, caso haja assassinatos lá dentro, as paredes mantêm tudo encapsulado.

Keller segue Blanco até uma porta nos fundos.

Os dois entram em uma salinha.

Blanco fecha a porta ao passar.

Keller reconhece um sujeito sentado atrás de uma escrivaninha, ao telefone. É um homem de aparência distinta, cabelos meio grisalhos, cavanhaque bem aparado, paletó de estampa *houndstooth* e gravata de tricô, parecendo claramente desconfortável no ambiente sujo da sala dos fundos de uma mecânica.

É Ricardo Núñez.

"El Abogado". — "O advogado".

Ex-promotor público, Núñez já foi diretor do presídio Puente Grande e pediu demissão do cargo apenas poucas semanas antes de Barrera "fugir", em 2004. Quando Keller o interrogou, ele alegou inocência, mas logo depois foi banido da ordem de advogados e se tornou o braço direito de Barrera, passando a ganhar, segundo relatos, centenas de milhões com o tráfico de cocaína.

Ele desliga o telefone e ergue os olhos para Blanco.

— Pode nos dar um minuto?

Blanco sai.

— O que está fazendo aqui? — pergunta Núñez.

— Poupando você do trabalho de ter que ir atrás de mim. Parece que, você ficou sabendo sobre a Guatemala.

— Adán me contou sobre o acordo — diz Núñez. — O que aconteceu lá?

Keller repete a história que contou no Texas.

— Você deveria ter trazido El Señor — repreende Núñez. — O acordo era esse.

— Os zetas o encontraram primeiro. Ele foi negligente.

— E você não tem nenhuma informação sobre o paradeiro de Adán — deduz Núñez.

— Tudo o que sei é o que acabei de lhe falar.

— A família está muito aflita — explica Núñez. — Não recebemos notícia alguma. E nenhum... corpo... foi encontrado.

Keller ouve uma comoção do lado de fora — Blanco tenta impedir alguém de entrar —, e então a porta é escancarada com tanta força que bate na parede.

Três homens entram.

O primeiro é jovem — vinte e tantos, ou trinta e poucos anos — com uma jaqueta Saint Laurent de couro que só pode custar mais de três mil, jeans Rokker, Jordans nos pés. O cabelos preto encaracolado tem um corte de quinhentos dólares e a barba no queixo foi aparada ao estilo da moda.

Ele está agitado.

Zangado, tenso.

— Onde está meu pai? — pergunta a Núñez, em tom exigente. — O que aconteceu com meu pai?

— Ainda não sabemos — diz Núñez.

— Como assim, porra, vocês não sabem?!

— Calma, Iván — fala outro dos recém-chegados, mais um jovem de roupas caras, porém com aparência mais desleixada, o cabelo escuro desgrenhado escondido por baixo de um boné, a barba por fazer. Ele parece ligeiramente bêbado, ou um pouquinho chapado, ou ambos. Keller não o reconhece, mas o primeiro garoto deve ser Iván Esparza.

O cartel Sinaloa tem três alas — a de Barrera, a de Diego Tapia e a de Ignacio Esparza. Barrera é o chefe — o primeiro em comando, em meio a seus pares, mas "Nacho" Esparza é um parceiro respeitado, além de genro de Barrera. Para consolidar a aliança, o traficante casou Eva, sua filha mais nova, com o chefão das drogas.

*Então*, pensa Keller, *esse garoto só pode ser filho de Esparza e cunhado de Adán.* Os perfis traçados pela inteligência americana dizem que Iván Esparza agora administra a crucial Plaza Baja, uma fronteira vital com Tijuana e Tecate.

— Ele morreu? — grita Iván. — Meu pai morreu?!

— Nós sabemos que ele estava na Guatemala com Adán — responde Núñez.

— Porra! — Iván bate com a mão na mesa, na frente de Núñez. Ele olha ao redor, em busca de alguém com quem se zangar, e vê Keller. — Quem é você, porra?

Keller não responde.

— Eu fiz uma pergunta — diz Iván.

— Eu ouvi.

— *Pinche gringo*, porra...

Ele vai em direção a Keller, mas o terceiro recém-chegado entra no meio dos dois.

Keller o conhece das fotos da inteligência. Tito Ascensión foi chefe da segurança de Nacho Esparza, um homem que até os zetas temiam — com motivo, pois matou muitos deles. Como recompensa, lhe foi dada sua própria organização, em Jalisco. O porte imenso, a cabeça grande e a disposição de cão de guarda, com uma queda para a brutalidade, lhe renderam o apelido de Mastim.

Ele agarra o braço de Iván e o segura no lugar.

Núñez olha para o outro jovem.

— Onde você estava, Ric? Liguei pra todo mundo.

Ric dá de ombros.

Como quem diz *Que diferença faz onde eu estava?*

Núñez franze a testa.

Pai e filho, pensa Keller.

— Eu perguntei quem é esse cara — diz Iván. Ele se solta, mas não vai em direção a Keller.

— Adán fez alguns... acordos — explica Núñez. — Esse homem estava na Guatemala.

—Você viu meu pai? — pergunta Iván.

*Vi algo que parecia seu pai*, pensa Keller. *O que sobrou das pernas dele estava espalhado nas cinzas de uma fogueira em brasa.*

— Acho que você devia considerar a possibilidade de seu pai não voltar.

A expressão no rosto de Ascensión foi exatamente a de um cão que acaba de ficar sabendo que perdeu seu amado dono.

Confusão.

Tristeza.

Ira.

— Como você sabe disso? — pergunta Iván.

Ric envolve o rapaz em um abraço.

— Eu lamento, *mano*.

— Alguém vai pagar por isso — diz Iván.

— Estou com a Elena na linha — anuncia Núñez, e então coloca o celular no viva-voz. — Elena, você soube de mais alguma coisa?

Só pode ser Elena Sánchez, irmã de Adán, aposentada do ofício da família desde que entregou Baja aos Esparza.

— *Nada, Ricardo. E você?*

— Temos a confirmação de que Ignacio se foi.

— *Alguém disse a Eva? Alguém foi falar com ela?*

— Ainda não. Estamos esperando até saber algo definitivo.

— *Alguém deveria ficar com ela.* — *Eva perdeu o pai e talvez o marido. Os meninos, coitados...*

Eva tem filhos gêmeos de Adán.

— Eu vou — oferece Iván. —Vou com ela para a casa de minha mãe.

— Ela também vai estar muito mal — diz Núñez.

— *Vou pegar um voo até aí.*

—Você precisa de transporte do aeroporto? — pergunta Núñez.

— *Ainda temos gente lá, Ricardo.*

Eles esqueceram que estou aqui, pensa Keller.

Estranhamente, é o jovem chapado (Ric?) que lembra primeiro.

— É... o que fazemos com ele?

Mais comoção lá fora.

Berros.

Socos e tabefes.

Gemidos de dor, gritos.

*Os interrogatórios começaram*, pensa Keller. O cartel capturou pessoas que suspeita serem zetas, possíveis traidores, e associados guatemaltecos, — qualquer um que talvez possa fornecer alguma informação.

Por qualquer meio necessário.

Keller ouve correntes sendo arrastadas pelo chão de concreto.

O chiado de um maçarico sendo aceso.

Núñez ergue o rosto para Keller, arqueando as sobrancelhas.

— Eu vim até aqui dizer que terminei — afirma Keller. —Acabou pra mim. Vou ficar no México, mas estou fora disso tudo. Vocês não vão mais ouvir falar de mim, e espero não ouvir falar de vocês.

—Você sai andando e meu pai não? — pergunta Iván, puxando uma Glock 19 do bolso da jaqueta e apontando-a para o rosto de Keller. — Acho que não.

É um erro de principiante.

Colocar uma arma perto demais do cara que você quer matar.

Keller recua ao mesmo tempo em que estende a mão e agarra o cano, gira e arranca a arma da mão de Iván. Depois, bate com a arma três vezes na cara do garoto, até a maçã do rosto quebrar, e Iván escorrega para o chão como um robe caído aos pés de Keller.

Ascensión se aproxima, mas Keller dá uma gravata em Ric Núñez e encosta o cano da arma na lateral da cabeça dele.

— Não.

O Mastim fica paralisado.

— Que porra eu fiz? — pergunta Ric.

— É o seguinte — começa Keller —, é assim que vai ser: eu vou sair daqui. Vou viver minha vida, vocês vão viver a de vocês. Se alguém vier atrás de mim, eu vou matar todo mundo. — *¿Entienden?*

— Sim, entendemos — diz Núñez.

Segurando Ric como escudo, Keller recua e sai da sala.

Vê homens acorrentados às paredes, junto de poças de sangue, sente cheiro de suor e urina. Ninguém se mexe, todos ficam olhando enquanto ele sai.

Não há nada que possa fazer por eles.

Porra nenhuma.

Vinte fuzis são apontados em sua direção, mas ninguém vai arriscar acertar o filho do chefe.

Passando a mão para trás, Keller abre a porta do passageiro do táxi, depois empurra Ric para o chão.

E põe a arma atrás da cabeça do motorista.

— *Ándale*.

No trajeto de volta ao aeroporto, Keller vê o primeiro memorial em homenagem a Adán, na lateral da estrada.

Um banner pintado com tinta spray.

*Adán vive.*


*Juárez é uma cidade fantasma.*

É o que Art Keller pensa, ao volante, enquanto a atravessa.

Mais de dez mil cidadãos foram mortos quando Adán Barrera tomou o local, que tirou das garras do antigo cartel para controlar mais uma saída rumo aos Estados Unidos. A cidade tem quatro pontes: a da rua Stanton, a Internacional Usleta, a da rua Paseo e a Ponte das Américas, também chamada de "Ponte dos Sonhos".

Dez mil vidas para que Barrera pudesse controlar aquelas vias.

Durante os cinco anos de guerra entre os cartéis de Sinaloa e de Juárez, mais de trezentos mil cidadãos abandonaram aquela cidade, deixando uma população de cerca de um milhão e meio.

De acordo com o que Keller leu, um terço dessas pessoas sofre de estresse pós-traumático.

O que surpreende é não ser mais. No auge do conflito, os cidadãos de Juárez se acostumaram a pular por cima de cadáveres nas calçadas. Os cartéis passavam rádios para as ambulâncias dizendo quais feridos deveriam ser recolhidos e quais deveriam ser relegados à morte. Hospitais foram atacados, assim como abrigos de sem-teto e casas de tratamento de dependentes químicos.

O centro da cidade, antes vibrante com sua famosa vida noturna, ficou literalmente abandonado. Metade dos restaurantes e um terço dos bares da cidade fecharam as portas. O prefeito, a câmara municipal e grande parte da polícia da cidade se mudaram para o outro lado daquelas pontes, para El Paso.

Mas, nos dois últimos anos, a cidade tinha começado a se recuperar. Os negócios reabriram, os refugiados voltavam aos poucos, e os índices de assassinato estavam diminuindo.

Keller sabe que a violência diminuíra por um único motivo.

Sinaloa ganhou a guerra.

E instituíra em um pacto de paz, o *Pax Sinaloa*.

*Bem, foda-se você, Adán*, pensa Keller, dirigindo ao redor da Plaza del Periodista, com sua estátua de um garoto vendendo jornais.

*Para o inferno com suas pontes.*

*E para o inferno com sua paz.*

Keller nunca consegue passar de carro pela praça sem ver os restos de seu amigo Pablo.

Pablo Mora era um jornalista que desafiara os zetas, insistindo em escrever um blog que expunha os crimes relativos às drogas. Foi sequestrado, torturado até a morte, e esquartejado e os pedaços de seu corpo foram dispostos em volta da estátua do menino jornaleiro.

Tantos jornalistas assassinados depois que os cartéis perceberam que não bastava controlar a ação, era preciso também ter o controle da narrativa.

A maior parte da mídia simplesmente deixou de cobrir notícias sobre o narcotráfico.

E foi o que levou Pablo a começar o blog suicida.

Depois foi Jimena Abarca, a confeiteira de uma cidadezinha do vale Juárez, que peitou os narcos, os *federales*, o exército e todo o governo. Entrou em greve de fome e forçou-os a libertar prisioneiros inocentes. Um dos capangas de Barrera lhe deu nove tiros, no peito e rosto, bem no estacionamento de seu restaurante predileto, em Juárez.

E Giorgio, o fotojornalista decapitado pelo pecado de registrar imagens dos narcos mortos.

Erika Valles, assassinada e esquartejada como um frango. Uma garota de dezenove anos corajosa a ponto de ser a única policial de uma cidadezinha onde os narcos haviam matado quatro de seus predecessores.

E depois, claro, houve o ataque a Marisol.

A dra. Marisol Cisneros é prefeita de Valverde, cidade de Jimena Abarca, no Vale de Juárez.

Ela assumiu o cargo depois que os três prefeitos anteriores foram assassinados. Permaneceu em exercício quando os zetas ameaçaram matá-la, e persistiu depois de ser metralhada, no próprio carro, alvejada no abdômen, no peito e nas pernas, o que resultou fraturas no fêmur e em duas costelas, além de uma fissura em uma vértebra.

Depois de semanas no hospital e meses em recuperação, Marisol voltou e deu uma coletiva de imprensa. Lindamente vestida, impecavelmente penteada e composta, ela mostrou as cicatrizes e o saco de colostomia, olhou direto para a câmera e disse aos narcos: *"Eu vou voltar ao trabalho e vocês não vão me impedir."*

Keller não consegue explicar esse tipo de coragem.

Ele fica furioso, portanto, quando os políticos americanos pintam todos os mexicanos com o largo pincel da corrupção. Pensa em pessoas como Pablo Mora, Jimena Abarca, Erika Valles e Marisol Cisneros.

Nem todos os fantasmas estão mortos — alguns são sombras do que poderiam ter sido.

*Você mesmo é um fantasma*, diz a si mesmo.

*Um fantasma de si mesmo, vivendo uma meia-vida.*

*Voltou ao México porque se sente mais à vontade com os mortos do que com os vivos.*

A estrada, Carretera Federal 2, é paralela à fronteira leste de Juárez. Pela janela do passageiro, Keller vê o Texas, a poucos quilômetros.

Poderia estar a um mundo de distância.

O governo federal mexicano enviou o exército até ali para restaurar a paz, mas se fez algo, o exército foi tão brutal quando os cartéis. Na verdade, as mortes aumentaram durante a ocupação militar. Nessa estrada, em intervalos de algumas milhas, ficavam postos de revista temidos pelos locais, lugares de extorsão e prisões arbitrárias que com frequência resultavam em espancamentos, tortura e detenções nos campos de prisioneiros erguidos às pressas mais adiante, na estrada.

Se não morresse no fogo cruzado de um cartel, a pessoa ainda poderia ser assassinada pelos soldados.

Ou simplesmente desaparecer.

Foi nessa mesma estrada que os zetas metralharam Marisol e a abandonaram para sangrar até a morte. Um dos motivos para a aliança temporária de Keller com Barrera foi o "Chefão do Céu" ter prometido protegê-la.

Keller olha pelo espelho retrovisor só para ter certeza, mas seus inimigos sabem que não há necessidade de segui-lo. Já sabem para onde ele vai e saberão quando ele chegar lá. O cartel tem *halcones* por toda parte. Policiais, motoristas de táxi, garotos nas esquinas, idosas em suas janelas, atendentes atrás de balcões. Hoje em dia, todos têm um celular, e todos usariam o aparelho para cair nas graças dos sinaloas.

*Se quiserem me matar, vão me matar.*

*Ou, ao menos, vão tentar.*

Ele adentra a cidadezinha de Valverde, vinte e poucas quadras dispostas em um retângulo no deserto. As casas — bem, as que sobreviveram — são quase todas de blocos de concreto com tijolos crus. Keller percebe que algumas foram pintadas em tons vibrantes de azul, vermelho e amarelo.

Mas, enquanto dirige pela ampla rua central, percebe que os sinais da guerra ainda estão presentes. A padaria Abarca, antes o centro social da cidade, ainda é um monte de carvão vazio, com os buracos de bala pontilhando as paredes, e algumas edificações ainda cobertas por tapumes e abandonadas. Milhares de pessoas fugiram do vale de Juárez durante a guerra, algumas temerosas, outras forçadas pelas ameaças de Barrera. As pessoas acordavam pela manhã e encontravam avisos presos de um lado a outro da rua, em postes da companhia telefônica, com listas de nomes, — residentes avisados de que teriam de ir embora naquele mesmo dia, ou seriam mortos.

Barrera esvaziou algumas para substituir o povo por seus leais de Sinaloa.

Ele literalmente colonizou o vale.

Mas agora os pontos de checagem do exército já não existem mais.

A trincheira com sacos de areia da rua principal fora retirada, e alguns poucos idosos estavam sentados na praça da cidade, desfrutando da tarde quente, — algo que, poucos anos atrás, jamais ousariam fazer.

Keller também nota que a pequena *tienda* reabriu, devolvendo às pessoas um lugar onde comprar seus artigos de primeira necessidade.

Algumas pessoas voltaram a Valverde, muitas não, mas a cidade parece estar passando por uma modesta recuperação. Keller segue dirigindo e passa pela pequena clínica, e entra no estacionamento diante da prefeitura, um retângulo de blocos de concreto que abriga o que restou do governo da cidade.

Estaciona o carro e caminha até a escada externa que conduz ao gabinete da prefeita.

Marisol está sentada diante da escrivaninha, a bengala pendurada no braço da cadeira. Entretida com a papelada, ela não percebe Keller.

É tão linda que faz o coração dele parar.

Está usando um vestido azul simples com o cabelo negro preso em um coque sério, realçando as maçãs do rosto proeminentes e os olhos escuros.

Keller sabe que jamais vai deixar de amar essa mulher.

Marisol ergue os olhos e, ao vê-lo, sorri.

— Arturo.

Ela pega a bengala e começa levantar. Sentar e levantar ainda são movimentos difíceis, e Keller percebe um leve contração em seu rosto ao se erguer. O modelo do vestido esconde o saco de colostomia, um presente encantador da rajada de tiros que cindiu o intestino delgado.

Foram os zetas que fizeram isso com ela.

Keller foi até a Guatemala para matar os homens que tinham orquestrado o ataque, Ochoa e Forty. Mesmo que Marisol tivesse implorado que ele não buscasse vingança. Ela o enlaça nos braços e o aperta.

— Tive medo de que você não voltasse.

— Você disse que não tinha certeza se queria que eu voltasse.

— Foi algo horrível de dizer. — Marisol pousa a cabeça no peito dele. — Lamento muito.

— Não precisa.

Ela fica quieta por alguns segundos, depois pergunta:

— Acabou?

— Para mim, sim.

Keller sente o suspiro aliviado da mulher em seus braços.

— O que vai fazer agora?

— Não sei.

É verdade. Não esperava voltar vivo de Dos Erres, agora, não sabe o que fazer da vida. Sabe que não vai voltar para a Tidewater, a empresa de segurança que conduziu a incursão na Guatemala, e tem certeza de que nem pelo cacete vai voltar a trabalhar para a Narcóticos. Mas quanto ao que vai de fato fazer... ele não tem a menor ideia.

Só sabe que está ali, em Valverde.

Que foi atraído por ela.

Keller sabe que os dois jamais poderão voltar a ser como antes. Compartilham tristezas demais, muitas pessoas queridas que se foram, e cada morte é como uma pedra na edificação de um muro tão alto que é impossível transpor.

— Eu tenho atendimento clínico hoje à tarde — diz Marisol.

Ela é a prefeita e única médica da cidade. Há trinta mil pessoas no vale de Juárez, e Marisol é a única clínica geral em horário integral.

Por isso decidiu abrir uma clínica gratuita na cidade.

— Eu vou com você — diz Keller.

Marisol pendura a bengala no pulso e segura no corrimão ao descer a escada externa. Morrendo de medo de que ela caia, Keller vai logo atrás, uma das mãos prontas para ampará-la.

— Faço isso várias vezes por dia, Arturo — diz ela.

— Eu sei.

*Pobre Arturo*, pensa ela. *Carrega tanta tristeza.*

Marisol sabe o preço que ele já pagou por aquela guerra — o assassinato de seu parceiro, o afastamento da família, e as coisas que ele viu e fez, e que o despertam à noite, ou, pior, o mantêm preso em pesadelos.

Ela própria pagou seu preço.

Os ferimentos externos são óbvios, a dor crônica que os acompanha, nem tanto, mas tudo ainda é tão real. Perdeu a juventude e a beleza — Arturo gosta de pensar que ela ainda é bonita, mas Marisol sabe que é preciso encarar a realidade. *Eu sou uma mulher com uma bengala na mão e um saco de merda amarrado às costas, pensa.*

Essa não é a pior parte. Marisol é perspicaz o bastante para saber que sofre de um caso grave de culpa do sobrevivente. Por que está viva, se tantos não estão? E sabe que Arturo sofre do mesmo mal.

— Como vai Ana? — pergunta Keller.

— Estou preocupada com ela. — Está deprimida, bebendo demais. Ela está na clínica, você vai ver por si mesmo.

— Nós estamos ferrados, não? Todos nós?

— Um bocado — responde Marisol.

*Todos veteranos de uma guerra inenarrável,* pensa. Uma guerra que deixou marcas demais para estar encerrada de verdade.

Não houve vitória nem derrota.

Não houve reconciliação nem tribunais de crimes de guerra. E, certamente, nenhum desfile, nem medalhas, discursos, agradecimentos nação liberta.

Apenas uma diminuição lenta e aturdida da violência.

E uma sensação de perda que esmaga a alma, um vazio que não pode ser preenchido, por mais ocupada que ela se mantenha no gabinete ou na clínica.

Os dois passam caminhando pela praça.

Os idosos no coreto observam.

— Já vão começar os boatos — diz Marisol. — Até as cinco da tarde, estarei grávida de um filho seu. Até as sete, já estaremos casados. Lá pelas nove, você terá me deixado por uma mulher mais jovem, provavelmente, uma *güera.*

O povo de Valverde conhece Keller muito bem. Ele morou na cidade depois que Marisol foi alvejada e ficara para cuidar dela até que se recuperasse. Frequentava a igreja, ia às festividades, aos enterros. Mesmo não sendo um dos seus, ele não é exatamente um estranho ou apenas mais um *yanqui*.

O povo ama Keller pelo que fez por Marisol.

Keller sente, mais do que vê, o carro que vem se aproximando por trás deles. Leva a mão à arma sob o casaco e a mantém no cabo. O carro, um antigo Lincoln, passa por eles bem devagar. O motorista e o passageiro nem se dão ao trabalho de disfarçar seu interesse em Keller.

Keller os cumprimenta com um movimento da cabeça.

O *halcón* assente em resposta enquanto o carro segue.

Sinaloa está de olho nele.

Marisol não percebe. E pergunta:

— Você o matou, Arturo?

— Quem?

— Barrera.

— Tem uma piada antiga, uma bem ruim, sobre uma mulher que ouve do marido a seguinte pergunta na noite do casamento: "Você é virgem?", e ela responde "Por que todo mundo fica me perguntando isso?".

"Por que todo mundo fica perguntando isso?" Marisol conhece uma esquiva quando a ouve. Fizeram uma promessa de nunca mentir um para o outro, e Arturo é um homem de palavra. Como ele não responde diretamente, desconfia do que seja a verdade. — Apenas me diga a verdade. Você o matou?

— Não. Não, Mari, eu não o matei.

Keller está morando na casa de Ana, em Juárez, há apenas alguns dias, quando Eddie Ruiz aparece. Ele fez uma oferta à repórter veterana, que aceitou — a casa tinha lembranças demais para ela.

"Eddie, o doido" esteve na incursão na Guatemala. Keller presenciou quando o jovem — um *pocho*, um mexicano-americano de El Paso — despejou uma lata de parafina por cima do chefe Zeta ferido, Heriberto Ochoa, depois tacou fogo.

Eddie não aparece sozinho.

Com ele está Jesús Barajos — "Chuy" —, um esquizofrênico de dezessete anos levado à psicose pelos horrores que suportou, presenciou que impôs aos outros. O garoto, que virou matador narco aos onze anos, nunca teria chance, e Keller o encontrou na selva guatemalteca, calmamente chutando uma bola de futebol na qual tinha costurado o rosto de um homem que ele mesmo decapitara.

— Por que trouxe ele aqui? — pergunta Keller, analisando os olhos vagos de Chuy.

Quase matara o garoto na Guatemala. Uma execução por ter matado Erika Valles.

E Ruiz o levava até lá? Até ele??

— Eu não sabia o que fazer — responde Eddie.

— Entregue para o cartel.

— Vão matá-lo — diz Eddie. Chuy passa direto pelos dois e, se encolhe no sofá, onde pega no sono. É pequeno e magrinho, mas tem a expressão feroz de um coiote mal alimentado. — De qualquer maneira, não posso levá-lo para onde estou indo.

— Pra onde você vai?

— Vou atravessar o rio e me entregar. Em quatro anos eu saio.

Foi a barganha que Keller arranjara para ele.

— E quanto a você? — pergunta Eddie.

— Não tenho planos. Acho que só sigo vivendo.

Só que não faz ideia de como seguir em frente.

A guerra acabou, e ele não faz ideia de como viver.

Ou do que fazer com Chuy Barajos.

Marisol veta sua ideia de entregar o menino às autoridades mexicanas.

— Ele não sobreviveria.

— Mari, ele matou...

— Eu sei. Ele está doente, Arturo. Precisa de ajuda. Que tipo de ajuda vai receber do sistema?

Nenhuma, Keller sabe, só não tem certeza se ele se importa. Quer que aquela guerra acabe, não quer arrastar memórias dela por aí, como uma bola na corrente, personificada em um catatônico literal que assassinou pessoas que ele amava.

— Não sou você. Não consigo perdoar como você perdoa.

— A guerra não vai acabar para você até que perdoe.

— Então, acho que não vai acabar nunca.

Mas não entrega Chuy.

Mari encontra um psiquiatra que vai tratar gratuitamente o menino e consegue medicamentos por meio de sua clínica, mas o prognóstico é "cauteloso". O melhor a se esperar para Chuy é uma existência marginal, uma meia-vida. Mas as piores lembranças, serão ao menos silenciadas.

Keller não sabe explicar por que aceitou cuidar do garoto.

Talvez por penitência.

Chuy fica pela casa, como outro fantasma na vida de Keller, dormindo no quarto extra, jogando no Xbox comprado no Walmart de El Paso, ou devorando qualquer coisa que Keller prepare, quase sempre enlatados. Keller monitora o coquetel de medicamentos de Chuy e assegura-se de que ele tome tudo nos horários certos.

Keller o acompanha às consultas psiquiátricas e fica sentado na sala de espera, folheando edições em espanhol da *National Geographic* e da *Newsweek*. Depois, pegam o ônibus para casa e Chuy se acomoda em frente à televisão enquanto Keller providencia o jantar. Raramente se falam. Às vezes, Keller ouve gritos do quarto de Chuy e vai acordá-lo dos pesadelos. Sempre o acorda e embora às vezes fique tentado a deixar o garoto sofrer.

Algumas noites, Keller pega uma cerveja e senta nos degraus de fora, que levam ao pequeno pátio dos fundos da casa de Ana, lembrando-se das festas que aconteciam ali — a música, a poesia, as discussões políticas fervorosas, o riso. Foi ali que conheceu Ana, Pablo e Giorgio, e El Búho — "O Coruja" —, decano do jornalismo mexicano que editava o jornal onde Ana e Pablo trabalhavam.

Outras noites, quando Marisol vai à cidade para visitar algum paciente que colocou no Hospital Juárez, ela e Keller saem para jantar ou vão ao cinema de El Paso. Ou, às vezes ele vai de carro até Valverde, a encontra durante o expediente da clínica, os dois dão uma caminhada pela cidade, ao pôr do sol.

Nunca vai além disso, e ele volta para casa de carro.

A vida se acomoda em um ritmo surreal, onírico.

Boatos da morte e sobrevivência de Barrera circulam pela cidade, mas Keller presta pouca atenção. De vez em quando, um carro passa lentamente pela casa, e, vez ou outra, Terry Blanco vem perguntar se Keller ouviu algo, ou se sabe de algo.

Keller não ouviu, nem sabe de nada.

Fora isso, como prometido, eles o deixam em paz.

Até que a paz acaba.

Eddie Ruiz dá descarga no vaso sanitário de aço preso à parede de concreto. Depois, enfia um rolo de papel higiênico vazio no ralo e sopra, fazendo baixar mais o nível da água do vaso. Feito isso, pega seu colchão de espuma na chapa de concreto, dobra por cima da privada e aperta várias vezes como se estivesse fazendo massagem cardíaca em alguma vítima caída que precisasse de ressuscitação. Então, remove o colchão, enfia três rolos de papel higiênico no vaso, põe a mão sobre o rolo do alto e berra:

— El Señor!

Ele espera alguns segundos até ouvir:

— Eddie! *¿Qué pasa, m'ijo?*

Eddie não é filho de Rafael Caro, mas fica contente que o velho chefão das drogas o chame assim, que talvez até pense nele como um filho.

Caro está na Florence literalmente desde que a instituição inaugurou, em 1994; foi um dos primeiros hóspedes da cadeia de segurança máxima. Eddie acha isso impressionante pra cacete: desde 1994, Rafael Caro está sozinho, em uma caixa de concreto de 2,10 m x 3,60 m — cama de concreto, mesa de concreto, banco de concreto, escrivaninha de concreto — e ainda bate bem da cabeça.

Kurt Cobain bateu as botas, e Caro estava em sua cela. Bill Clinton botou a moça para fumar seu charuto, e Caro estava em sua cela. Umas porras de uns malucos fizeram um avião mergulhar nas torres, invadimos a porra do país errado, um negro foi eleito presidente... Caro estava sentado na mesma cela.

Vinte e três horas por dia, sete dias por semana.

*Porra, pensa Eddie eu tinha quatorze anos, estava no primeiro ano do Ensino Médio, batendo uma punheta em cima da seção de cartas da Penthouse quando fecharam aquela porta da cela Caro, e o cara ainda está aqui, continua são.* O falecido Rudolfo Ruiz cumpriu só dezoito meses e apagou. Ele só estava no meu segundo ano e prestes a perder a porra da cabeça. E já teria perdido se não tivesse Caro para conversar pelo "telefone da privada".

Caro ainda está inteiríssimo — , e Eddie compreende por que o homem foi um grande personagem no jogo das drogas. O único erro que cometeu (um erro fatal) foi apostar no cavalo errado, em uma corrida de dois pôneis — Güero Méndez contra Adán Barrera.

*Sempre uma aposta ruim*, pensa Eddie.

Caro recebeu o que recebem muitos dos inimigos de Adán: extradição para os EUA. O que foi pauleira para ele, já que suspeitavam de sua participação na tortura e morte de um agente da Narcóticos chamado Ernie Hidalgo. Mas não conseguiram provar, então ele recebeu a pena máxima pela acusação de tráfico — de 25 a perpétua, em vez de perpétua sem direito a condicional.

Mas os federais ficaram muito putos e o mandaram para Florence, onde botam figuras como Unabomber e Timothy McVeigh, antes de passarem o rodo nele e em um bando de terroristas. Osiel Contreras, antigo chefe do cartel do Golfo, está ali, junto com alguns grandes narcos.

*E eu*, pensa Eddie.

O maldito Eddie Ruiz, primeiro e único americano a chefiar um cartel mexicano, se isso vale de alguma coisa.

Na verdade, ele sabe exatamente o que vale.

Quatro anos.

O que é meio problemático, pois não são poucos os habitantes desta instituição que se perguntam *por que* uma pena de *apenas* quatro anos.

Para um cara da estirpe de Eddie.

Eddie, o doido.

O ex-Narco Pólo, apelidado por sua escolha de camisas. O cara que lutou com os zetas até a paralisação, em Nuevo Laredo, que foi o primeiro a levar os sicários de Diego Tapia contra os zetas, depois contra Barrera. Que sobreviveu à execução de Diego pelos mariners, e depois montou seu próprio grupo, uma parcela da antiga organização de Tapia.

Algumas dessas pessoas se perguntam por que Eddie voltaria aos EUA, onde já era procurado por acusações de tráfico, por que se entregaria e só pegaria quatro aninhos em uma cadeia federal.

A especulação óbvia era Eddie ser um rato dedo-duro, que teria entregado seus amigos em troca de redução de pena. Eddie negava isso com veemência.

— Diga um cara que tenha caído desde que eu dancei. *Um.*

Sabia que não havia resposta para isso, porque ninguém mais caíra.

— E se eu fosse fazer algum acordo — Eddie reforçava —, acha que concordaria em ficar em Florence? A pior cadeia *supermax* do país?

Também não existia resposta para isso.

— E uma multa de sete milhões de dólares? — perguntava Eddie. — Que porra de acordo é esse?

Mas o xeque-mate era sua amizade com Caro, pois todos sabiam que Rafael Caro — um cara que sofrera a dura paulada de 25 anos sem emitir uma palavra de reclamação, nem de cooperação nem sequer olharia para um *soplón*, um informante; muito menos seria amigo de um.

Portanto, se Eddie está de bem com Rafael Caro, está de bem com todo mundo. E grita de volta pelo tubo:

— Está tudo bem, Señor? Contigo?

— Eu estou bem, obrigado. Quais as novas?

*Novas?*, pensa Eddie.

Nada.

Nunca há nada de novo neste lugar — todos os dias são iguais. É acordado às seis, quando enfiam um negócio que chamam de comida pela abertura no metal. Depois do "café da manhã", Eddie limpa a cela. Religiosa e meticulosamente. O propósito do confinamento na solitária é transformá-lo em um animal, e Eddie não vai colaborar com isso vivendo na imundície. Então, mantém a si mesmo, à cela e às roupas limpos. Depois de limpar todas as superfícies, lava a roupa na pia de metal, torce e pendura para secar.

Não é difícil cuidar da roupa.

Tem duas camisas cor de laranja, duas calças de sarja, dois pares de meias brancas, duas cuecas e um par de sandálias de plástico.

Depois de lavar roupa, faz exercícios.

Cem flexões.

Cem abdominais.

Eddie é um cara jovem, ainda tem só 33 anos, e não pretende deixar que a prisão o envelheça. Com 35, quando der no pé, vai estar em forma, bonitão, com a cabeça boa.

A maioria dos caras naquele lugar nunca mais verão o mundo.

Vão morrer naquele buraco.

Exercícios feitos, ele em geral toma um banho no pequeno cubículo do canto da cela e depois assiste a um pouquinho da TV preto e branco que ganhou por ser um "prisioneiro modelo", algo que em seu pavilhão significa não gritar o tempo todo, não pintar a parede com a própria merda, e nem tentar acertar um jato de urina nos guardas através do buraco da porta.

A televisão é de circuito fechado, vigiado de forma rígida — apenas programas educacionais e religiosos, mas algumas das mulheres são razoavelmente gatas, e Eddie tem ao menos a chance de ouvir vozes humanas.

Por volta do meio-dia, enfiam pela porta algo que chamam de almoço. Em algum momento da tarde, ou à noite, ou na porra da hora que der na telha deles, os guardas vêm para levá-lo para sua grandiosa hora lá fora. Alternam os horários, pois não querem correr o risco de criar uma rotina que ajude Eddie a escapar orquestrando um ataque aéreo ou algo assim.

Mas quando decidem aparecer, Eddie fica de costas para a porta e põe as mãos pelo vão para ser algemado. Abrem a porta e ele se ajoelha, como na Primeira Comunhão, enquanto acorrentam seus tornozelos e prendem a corrente às algemas.

Então, o conduzem até o pátio de exercícios.

O que é um privilégio.

Em seus primeiros meses ali, Eddie não tinha permissão para sair; em vez disso, era levado a uma sala interna sem janelas que parecia uma piscina vazia. Mas, agora, pode até pegar um ar fresco, na jaula de 6 m x 6 m, com paredes de concreto e arame farpado enroscado nas vigas vermelhas do alto. Ali tem uma barra para exercícios e uma cesta de basquete, e, se a pessoa não fez merda e os guardas estiverem de bom humor, podem até deixar alguns outros presos entrarem ali, para conversarem.

Caro não pode ir ali fora.

Ele é assassino de policial, não ganha porra nenhuma.

Mas Eddie costuma ficar sozinho. Faz barra, alguns arremessos de basquete e lança a bola de futebol americano para si mesmo. Nos tempos do Ensino Médio, no Texas, era um astro na defesa, o que o tornava mega importante e lhe rendia muita bocetinha das animadoras de torcida. Agora, arremessa uma bola, corre atrás dela e ninguém vibra.

Adorava acertar os adversários com a bola. Atingi-los com tanta força que o ar escapava dos pulmões, e a bola, das mãos. Arrancava o coração da porra do peito deles.

O baile de formatura do Ensino Médio.

Noites de sexta-feira.

Muito tempo atrás.

Cinco dias por mês, Eddie não vai ao pátio de exercício, mas só até o corredor, onde pode falar ao telefone por uma hora.

Eddie costuma ligar para a esposa.

Primeiro para uma, depois para a outra.

É capcioso, porque nunca teve um divórcio oficial de Teresa, a esposa dos EUA, portanto, tecnicamente, não é de fato casado com Priscilla, a esposa do México. Tem uma filha de três anos e um filho um ano e meio, — com Priscilla, e uma filha de treze anos e um filho de dez com Teresa.

As famílias não estão, "cientes", uma da outra então, Eddie precisa ser cauteloso para se lembrar com quem ele está falando ao telefone, e ficou conhecido por escrever os nomes dos filhos nas mãos, para não ferrar tudo e perguntar pelo nome errado, o que seria esquisito.

O mesmo acontece com as visitas mensais.

Ele precisa alternar e inventar alguma desculpa para Teresa ou Priscilla sobre por que não pode vê-la naquele mês. Costuma ser mais ou menos a mesma coisa para qualquer uma das duas:

— Benzinho, preciso usar o tempo para ver meu advogado.

— Você ama seu advogado mais que sua esposa e seus filhos?

— Tenho que ver meu advogado para voltar pra casa, pra minha esposa e meus filhos.

Bem, para qual casa e para qual família é outra questão capciosa, mas nada que precise ser calculado por mais dois anos. Eddie tem pensado em se tornar mórmon, como aquele cara na série *Big Love*, e Teresa e Priscilla poderiam se tornar "esposas irmãs".

Mas aí teria que morar em Utah.

De vez em quando, usa mesmo a visita mensal para se consultar com seu advogado, "Minimum Ben" Tompkins, que tem que vir de San Diego, principalmente agora que seu grande cliente está entre os desaparecidos.

Eddie estava na Guatemala quando El Señor caiu.

Mas Eddie não conta a ninguém sobre isso. Nem deveria ter estado lá e deve uma àquele filho da puta do Keller, pela firmeza de levá-lo junto e deixar que matasse Ochoa.

Às vezes, Eddie usa essa lembrança para superar os momentos difíceis lembra de como foi despejar, uma lata de parafina por cima do chefe Zeta, e depois riscar um fósforo nele. Dizem que a vingança é um prato que se come frio, mas até que foi bem gostoso ver aquela quentura, ver Ochoa se retorcendo como a Bruxa Málvada e também, gritando que nem a bruxa da história.

Foi o troco pelo amigo de Eddie que Ochoa matou queimado.

Então, deve a Keller ficar de bico calado.

Mas, porra, deveria ter recebido uma medalha por ter liquidado Ochoa, em vez de ser jogado na ADX Florence.

E o Keller também.

São dois heróis do caralho.

Texas Rangers.

Barrera virou comida de formiga, e Tompkins precisava de um novo pagamento, portanto, ficou muito feliz com as mensagens de Eddie sobre o que fazer com o dinheiro guardado em contas espalhadas pelo mundo.

*Sete milhões em multa, vai tomar no cu, Tio Sam*, pensa Eddie. Isso é o que caía dos meus bolsos, o troco que ficava nas almofadas do sofá.

Eddie é dono de quatro boates em Acapulco, dois restaurantes, uma revenda de carros e outras merdas que já até esqueceu. Além disso, botou uma grana para pegar um bronze, em várias ilhas. Só precisa cumprir sua pena e sair, e estará arranjado pelo resto da vida.

Mas, neste momento, está em Florence, e Caro quer saber "quais as novas".

Eddie pensa que Caro não quer saber o que há de novo em Florence, mas o que há de novo no mundo, o que Eddie fica sabendo quando está na jaula de exercícios ou em pé, perto da cama, conversando com seus vizinhos pela ventilação.

E Caro pergunta:

— O que você ouviu dizer sobre Sinaloa?

Eddie não sabe por que Caro se importa com essa merda. Esse mundo o deixou para trás há muito tempo, então, por que está pensando nisso? Mas, por outro lado, em que mais ele vai pensar? Então, para ele, é bom simplesmente conversar fiado, como se ainda estivesse no jogo.

Como aqueles coroas lá de El Paso, que ficavam pelo campo de futebol, contando histórias de quando jogavam, depois discutindo sobre quem o novo técnico deve escalar como atacante, se devem atacar ou ficar na retranca, essas coisas.

Mas Eddie respeita Caro e fica feliz em matar tempo com ele.

— Ouvi dizer que eles estão dando um gás na produção de *chiva* — conta. Sabe que Caro não vai aprovar.

O velho *gomero* estava lá nos anos 1970, quando os americanos queimaram e envenenaram os campos de papoulas, lançando os plantadores ao vento. Caro estava presente na famosa reunião em Guadalajara, quando Miguel Ángel Barrera, o famoso M-1 em pessoa, disse aos *gomeros* para deixarem a heroína e aderirem à cocaína. Ele estava lá quando M-1 formou a Federación...

Eddie e Caro conversam sobre bobagens por mais um minuto, mas é incômoda a comunicação através do encanamento. Por isso os narcos morrem de medo da extradição para uma cadeia de segurança máxima americana — no aspecto prático, não há como tocar os negócios lá de dentro, como fazem em uma cadeia mexicana. Nos Estados Unidos as visitas são limitadas — quando existem —, além de monitoradas e gravadas. Assim como as ligações. Portanto, mesmo o chefão mais importante só recebe informações fragmentadas e dá ordens vagas. Após um curto período, isso desaba.

Faz muito tempo que Caro está preso.

Se fosse uma escalação da NFL, ele já estaria de fora.

Eddie está sentado à mesa, de frente para Minimum Ben.

Admira o estilo do advogado — um paletó de linho esportivo, camisa azul e gravata borboleta xadrez, que dá um belo toque. Cabelos fartos e brancos como a neve, bigode com pontas viradas ao estilo guidão e cavanhaque.

Se a situação tivesse a ver com frango, em vez de bagulho, Tompkins seria o Coronel Sanders na logo do KFC.

— O Departamento Penitenciário vai transferir você — diz Tompkins. — É um procedimento operacional padrão. Você tem uma boa ficha aqui, portanto, tem direito a uma transferência para "um degrau abaixo".

O sistema prisional federal americano possui uma hierarquia. O grau mais severo são as prisões *supermax*, como a Florence. Em seguida vêm as penitenciárias, ainda todas muradas, porém com celas em pavilhões, não solitárias. Então, as instituições correcionais, edificações com dormitórios e cercas de arame. E, finalmente, um acampamento com segurança mínima.

— Para uma penitenciária — diz Tompkins. — Por conta de suas acusações, você não pode ir a um nível inferior, até a data de sua soltura. Depois podem até transferi-lo para uma casa de reintegração. Meu Deus, Eddie, achei que você ficaria feliz com isso.

— Sim, fiquei, mas...

— Mas o quê? — pergunta Tompkins. — Você está confinado na solitária, Eddie, trancafiado 23 horas por dia. Você não vê ninguém...

— Talvez essa seja a questão. Será que preciso explicar? — Claro, ali ele fica na solitária e a solitária é uma merda, mas está conseguindo lidar com isso, já se acostumou. E está seguro ali, num lugar onde ninguém tem acesso a ele. Se o colocarem numa cela, num pavilhão qualquer, a nuvem do dedo-duro pode começar a chover sobre ele. Eddie não quer falar isso em voz alta, porque nunca se sabe qual guarda está recebendo propina. — Eles me prometeram proteção.

Tompkins baixa o tom de voz.

— E você vai ter. Cumpra sua pena, depois você vai entrar no programa.

*Eu preciso sobreviver à minha pena para entrar no programa de proteção*, pensa Eddie. *Se eu for transferido, a papelada vai comigo. Podem manter meu acordo pré-sentencial sob sigilo, mas em uma penitenciária? Aqueles guardas venderiam a mãe por uma barra de chocolate.*

— Pra onde vão me mandar?

— Estão falando em Victorville.

Eddie quase engoliu a língua.

— Você sabe quem manda em Victorville? La Eme. A máfia mexicana. É o mesmo que me mandarem para Culiacán.

A La Eme faz negócios com todos os cartéis, menos os zetas, mas são mais chegados a Sinaloa. Basta uma olhada no meu interrogatório pré-sentencial e vão furar meus olhos.

— Você vai ser colocado numa unidade de proteção — diz Tompkins.

Eddie se debruça sobre a mesa.

— Olha só, me colocarem em uma cela de proteção é o mesmo que anunciar para a penitenciária inteira que sou um delator. Acha que eles não vão conseguir me pegar numa cela de proteção? Tem ideia de como isso é difícil? Um guarda pode largar uma porta destrancada. E corto os pulsos antes de deixar que me ponham no isolamento.

— O que você quer, Eddie?

— Quero ficar onde estou.

— Não dá.

— Qual é? Estão precisando da minha cela?

— Algo assim. Você sabe como é o Departamento Penitenciário. Quando dão início ao andamento da papelada…

— Eles não se importam se eu morrer.

Foi uma bobagem de se dizer, e Eddie sabe disso. É claro que não se importam se alguém ali morre. Pessoas morrem na cadeia o tempo todo, e, na maior parte das vezes, a administração despacha o corpo como "sem perda", adição por subtração. Assim como o público. Você já é uma porra de um lixo, então, se alguém te apagar, melhor ainda.

— Farei o que eu puder — diz Tompkins.

Eddie está bem certo de que o advogado não pode fazer exatamente nada. Se a papelada for com ele para V-Ville, vai ser um homem morto.

— Preciso que você ligue para uma pessoa — diz Eddie.

Keller atende ao telefone. É Ben Tompkins.

— O que você quer? — pergunta, com desagrado.

— Agora eu represento Eddie Ruiz.

— Por que isso não me surpreende?

— Ele quer falar com você. Diz que tem informações valiosas.

— Estou fora do jogo — responde Keller. — Nenhuma informação me interessa.

— Ele não tem informações valiosas *para* você. Ele tem informações valiosas *sobre* você.

Keller pega um voo até Denver e depois vai de carro até Florence.

Eddie pega o telefone para falar através do vidro.

— Você precisa me ajudar.

Ele conta a Keller sobre sua transferência iminente para Victorville.

— O que isso tem a ver comigo? — pergunta Keller.

— É isso? Estou por conta própria?

— Bem, estamos todos, não é mesmo? De qualquer forma, eu não mando em mais nada.

— Papo.

— Verdade.

— Você está me deixando passar aperto — diz Eddie. — Está me deixando numa situação que nenhum de nós quer.

— Você está me ameaçando, Eddie?

— Estou pedindo sua ajuda. Mas se eu não conseguir, vou ter que me ajudar. Você entende.

Guatemala.

A incursão que nunca aconteceu.

Quando Keller ficou lá, sem fazer nada, enquanto Eddie transformava Heriberto Ochoa em uma fogueira humana.

Depois, entrou na mata para procurar Barrera.

E só Keller saiu.

— Se você quiser falar de determinadas coisas, talvez eu ainda tenha alguma influência e possa transferir você para a Ala-Z, Eddie — sugere Keller.

Ala-Z.

Basicamente, pior do que Florence.

A Ala-Z é onde jogam quem ferra tudo. Tiram a roupa, algemam as mãos e os pés e jogam e largam a pessoa lá.

É um buraco negro.

— Acha que consegue cumprir dois anos na Ala-Z? — pergunta Keller. — Vai sair falando um monte de merda que nunca aconteceu. Ninguém vai acreditar numa palavra do que você disser.

— Então, me deixa ficar onde eu estou.

— Você não está analisando isso direito — retruca Keller. — Se ficar em Florence, as mesmas pessoas com quem está preocupado irão ficar imaginando o motivo.

— Então, pense em alguma coisa melhor. Se eu me ferrar, não vou cair sozinho. Só pra você entender: meu próximo telefonema não será *para* você, será *sobre* você.

— Vou ver o que posso fazer — responde Keller.

— E preciso que você faça outra coisa por mim.

— O quê?

— Eu quero um Big Mac. Batata frita grande e uma Coca.

— Só isso? Achei que fosse querer transar.

Eddie pensa, um segundo, então responde:

— Não, eu prefiro o hambúrguer.


Eddie ouve a batida na privada e sabe que Caro quer falar com ele. Faz todo o processo de tirar a água do vaso, depois põe o ouvido junto ao rolo de papel higiênico.

— Ouvi falar que você vai ser transferido — diz Caro.

*Não demorou nada*, pensa Eddie. *Caro é mais bem informado do que eu imaginava.*

— Isso mesmo.

— Para Victorville.

— Aham.

Não está mais com medo de ir para lá depois que recebeu uma ligação de Keller dizendo que seu histórico está impecavelmente limpo. Qualquer um que pegar os papéis, poderá ler nas entrelinhas que Eddie pegou quatro anos porque seu advogado é bem melhor que a promotoria do governo.

— Não se preocupe — diz Caro. — Nós temos amigos por lá. Eles vão cuidar de você.

— Obrigado.

— La Mariposa — fala Caro.

Outro nome para La Eme.

— Vou sentir falta de nossas conversas — continua o antigo chefe do crime..

— Eu também.

— Você é um bom garoto, Eddie. Demonstra respeito. — Caro fica em silêncio por alguns segundos, depois diz: — *M'ijo*, quero que faça uma coisa para mim, em V-Ville.

— Qualquer coisa, señor.

Eddie não quer fazer, seja o que for.

Só quer cumprir sua pena e sair.

Deixar o xadrez, deixar o jogo.

Ainda pensa em produzir um filme sobre sua vida, o que chamam de "bio-pic", que teria que ser, tipo, um mega sucesso, se conseguissem alguém como DiCaprio para interpretá-lo.

Mas não pode dizer não a Rafael Caro. Ou, a La Eme lhe receberá de outra maneira em V-Ville. Talvez o apaguem na hora, ou podem evitá-lo. De qualquer forma, não vai sobreviver sem ser cooptado por uma gangue.

— Eu sabia que essa seria sua resposta. — Caro abaixa o tom de voz, e Eddie mal consegue ouvir: — Encontre um *mayate* para nós.

Um cara negro.

— De Nova York. Com previsão de soltura em breve. Faça com que fique em dívida com você. Está entendendo?

*Meu Deus*, pensa Eddie. *Caro ainda está no jogo.*

Ele faz as contas. Caro já cumpriu 20 de seus 25 anos de pena. Como é uma pena federal, podem fazê-lo cumprir cada dia ou podem reduzir para 85 por cento, talvez, até menos.

O que faz com que Caro esteja perto de sair.

E ele quer voltar pro jogo.

— Entendi, señor — diz Eddie. — Quer abordar um cara negro que esteja perto de sair, mas por quê?

— Porque Adán Barrera estava certo — responde Caro.

Heroína é coisa do passado.

E passado é futuro.

Isso ele não precisa dizer.


Keller dá um alô para Ben O'Brien.

— Ligue de volta, numa linha limpa.

A primeira vez que Keller encontrou O'Brien foi em um quarto de hotel em Georgetown, algumas semanas antes da incursão na Guatemala. Não trocaram nomes, e Keller, que nunca foi muito de política, não o reconheceu como senador do Texas. Só sabia que o homem representava determinados interesses dispostos a financiar uma operação para eliminar a liderança Zeta, pois a "Z Company" estava se apossando de campos valiosos de óleo e gás no nordeste do México.

A Casa Branca tinha acabado de rejeitar oficialmente a operação, mas enviou O'Brien para autorizá-la sob sigilo. O senador viabilizou uma linha de fundos através de seus contatos no setor de petróleo e montou uma equipe de mercenários por meio de uma empresa da Virgínia. Keller tinha pedido demissão da Narcóticos e ingressado na Tidewater Security como consultor.

Agora, O'Brien retorna a ligação.

— O que houve?

Keller conta sobre a ameaça de Eddie.

— Você tem alguma influência no Penitenciário? Para mandar apagar o relatório pré-sentencial de Ruiz?

— Repita na minha língua.

— Preciso que você arranje alguém do Departamento Penitenciário e limpe tudo que houver na ficha de Ruiz a respeito do acordo — explica Keller.

— Agora estamos aceitando chantagem de traficantes de drogas? — pergunta O'Brien.

— É bem isso. A menos que você queira responder a uma porção de perguntas sobre o que aconteceu na Guatemala.

— Vou providenciar.

— Desgosto disso tanto quanto você.

*Maldito Barrera*, pensa Keller, ao desligar o telefone.

Adán vive.


Elena Sánchez Barrera está relutante em admitir, até para si mesma, que seu irmão morreu.

A família manteve as esperanças durante um longo silêncio de dias, depois semanas, e agora meses, enquanto tentavam obter informações sobre o que acontecera em Dos Erres.

Até agora, não tinham nenhuma informação nova. Parece que nem as autoridades disseminaram o que sabiam aos escalões inferiores — como se metade do pessoal da justiça acreditasse no boato de que a morte de Adán tivesse sido uma cortina de fumaça para ajudá-lo a evadir da prisão.

*Até parece*, pensa Elena. A polícia federal é literalmente subsidiária do cartel de Sinaloa. O governo nos favorece porque o cartel paga bem, mantém a ordem e não é um grupo de selvagens. Portanto, a ideia de que Adán forjou a própria morte para evitar a captura é tão ridícula quanto quem acredita nela.

Se não foi a polícia, foi a mídia.

Elena já tinha ouvido o termo "circo da mídia", mas nunca compreendera o significado de verdade até que os boatos sobre a morte de Adán começaram a circular. Então, ela foi cercada — repórteres tiveram até a audácia de acampar diante de sua casa, em Tijuana. Não conseguia sair pela porta sem ser assediada com perguntas sobre Adán.

— De quantas formas eu posso dizer que "eu não sei"? — indagou aos repórteres. — Só posso dizer que amo meu irmão e rezo por sua segurança.

— *Então, pode confirmar que ele está desaparecido?*

— Amo meu irmão e rezo por sua segurança.

— *É verdade que seu irmão era o maior traficante de drogas do mundo?*

— Meu irmão é um homem de negócios. Eu o amo e rezo por sua segurança.

Cada novo boato incitava um novo assédio.

— *Ouvimos falar que Adán está na Costa Rica.*

— *É verdade que ele está se escondendo nos Estados Unidos?*

— *Adán foi visto no Brasil, Colômbia, Paraguai, Paris...*

— Só posso dizer que amo meu irmão e rezo por sua segurança.

O bando de hienas teria comido a pequena Eva viva, deixando-a em fiapos, se a tivessem encontrado. E não foi por falta de tentativa. A mídia invadiu Culiacán e Badiraguato. Um repórter ambicioso da Califórnia até rastreou o condomínio de Eva em La Jolla. Como não a encontraram, importunavam Elena.

— *Onde está Eva? Onde estão os meninos? Há boatos de que eles foram seques- trados. Estão vivos?*

— A señora Barrera está reclusa — disse Elena. — Pedimos que respeitem a privacidade dela nesse momento difícil.

—Vocês são pessoas públicas.

— Não somos. Somos empresários do ramo privado.

Elena tinha se aposentado da *pista secreta* oito anos antes, quando concordara em entregar a Plaza Baja para Adán, para que fosse repassada aos Esparza. E fizera aquilo de bom grado — estava cansada das matanças, da constância da morte, que vinha com o negócio, e ficou feliz em viver de seus muitos investimentos.

E Eva entende do comércio de drogas tanto quanto de partículas físicas. Tem bom coração, é linda e tola. Porém, fértil. Tinha atendido a seu propósito. Dera a Adán filhos e herdeiros. Os meninos gêmeos, Miguel e Raúl. Elena se pergunta o que será deles.

Eva é uma jovem mexicana, uma jovem de Sinaloa. Com o pai e o marido aparentemente mortos, deve sentir que precisa obedecer ao irmão, e Elena fica imaginando o que Iván tem dito a ela.

Eu sei o que eu diria, pensa Elena. Você é uma cidadã americana, assim como os meninos. Tem dinheiro suficiente para viver como uma rainha pelo resto da vida. Pegue seus filhos e volte correndo para a Califórnia. Crie os dois longe desse negócio, antes que fiquem presos nisso por mais uma geração. Levará algum tempo, mas o circo da mídia vai acabar levantando acampamento e seguindo para próxima cidade.

Torcia para que isso acontecesse.

A alquimia bizarra daquela época vulgar em que viviam transformara Adán em um precioso produto público: uma celebridade. Imagens dele — antigos retratos de fichas policiais, fotos aleatórias tiradas em eventos sociais — estampam as telas das televisões, os monitores de computadores, as capas de jornais. Os detalhes de sua fuga da cadeia, em 2004, são citados com um deleite empolgante. "Especialistas" participam de painéis e debates abordando o poder de Adán, sua riqueza e influência. "Testemunhas" mexicanas são entrevistadas para falar sobre a filantropia de Adán — as clínicas que ele construiu, as escolas, os playgrounds (para vocês, ele é um traficante de drogas; para nós, é um herói).

*Cultura de celebridade*, pensa Elena.

Um oximoro.

Mesmo que fosse possível controlar a imprensa tradicional, cercar as redes sociais é como tentar segurar mercúrio — a substância escorrega por entre os dedos e se fraciona em mais mil pedaços. A internet, o Twitter, o Facebook estão eletrizados com as "notícias" sobre Adán Barrera — cada boato, sussurro, alusão e fração de informação equivocada viralizaram. Por trás do anonimato digital estão pessoas de dentro da organização que sabem que não deveriam se pronunciar, mas que estão vazando o que sabem, misturando frações de verdade com um punhado de informações falsas.

E os boatos mais perniciosos de todos...

Os que alegavam que Adán está vivo.

Claro que não era Adán, na Guatemala, e sim um sósia. O Chefão dos Céus, mais uma vez, tinha sido mais esperto que seus inimigos.

Adán está em coma, escondido em um hospital em Dubai.

Eu vi Adán em Durango.

Em Los Mochis, Costa Rica, em Mazatlán.

Eu o vi num sonho. O espírito de Adán veio até mim e me disse que tudo ficará bem.

*Assim como com Jesus*, pensa Elena, *a ressurreição é sempre possível quando não há um corpo*. E exatamente como Jesus, Adán agora tem discípulos.

Elena caminha da sala de estar até a imensa cozinha. Pensou em vender a casa, em se mudar para um lugar menor, agora que os filhos são adultos e foram viver suas vidas. As empregadas estão ocupadas preparando o café da manhã e desviam o rosto, parecendo ainda mais ocupadas, para tentar evitar seus olhos. Os criados sempre ficam sabendo primeiro. De alguma forma, eles sempre sabem de cada morte, cada nascimento, cada noivado apressado, ou caso secreto, antes de todos.

Elena se serve de uma xícara de chá de ervas e sai para a varanda. Sua casa fica nas colinas acima da cidade, e ela olha para baixo, para o caldeirão de fumaça poluída que é Tijuana, e pensa em todo o sangue derramado por sua família — tanto no sentido ativo, como no passivo — para controlar o lugar.

Seu irmão Adán e seu irmão Raúl — morto há muito tempo — fizeram isso. Tomaram a Plaza Baja e a transformaram na base de um império nacional que se ergueu e caiu, reergueu e agora...

Agora Iván Esparza o tem.

Da mesma forma que terá a coroa de Adán.

Com os filhos de Adán ainda pequeninos, Iván é o próximo na linha de sucessão. Mal haviam recebido a notícia da Guatemala e ele já estava pronto para declarar que, com seu pai e Adán mortos, iria assumir.

Elena e Núñez o convenceram a não tomar esse caminho.

— É prematuro — dissera Núñez. — Ainda não sabemos, com certeza, se eles estão mortos. E de qualquer maneira, você não vai querer essa posição no topo.

— Por que não? — questionara Iván.

— É perigoso demais — respondera Núñez. — Exposto demais. Na ausência de seu pai e de Adán, nós não sabemos quem se manterá leal.

— Um pouco de ambiguidade na morte deles tem sua utilidade — dissera Elena. — A dúvida quanto a eles poderem estar vivos mantém os lobos a distância. Mas, se você anunciar que o rei está morto, todos, desde os duques até os barões, dos cavaleiros até os camponeses, verão a fraqueza no cartel Sinaloa como uma chance de tomar o trono.

Iván concordara, relutante.

Ele é um clássico, um estereótipo de narco e mimado de terceira geração. Esquentado, inclinado à violência. Adán não gostava dele, nem confiava nele, e receava quanto a ele assumir, quando Nacho morresse ou se aposentasse.

*Eu também tenho esse receio*, pensa Elena.

Mas as únicas alternativas são seus próprios filhos.

São sobrinhos verdadeiros de Adán, o sangue Barrera corre nas veias deles. Seu filho mais velho, Rudolfo, já cumpriu a pena, no sentido figurado e no literal. Ele ingressou jovem no negócio da família, traficando cocaína de Tijuana para a Califórnia, e se deu muito bem durante anos — comprou boates, foi dono de grandes bandas de música e agenciou campeões de boxe. Tem uma linda esposa e lindos filhos.

Ninguém amava mais a vida que Rudolfo.

Então, ele vendeu 250 gramas de cocaína a um policial infiltrado da Narcóticos em um motel, em San Diego.

*Duzentos e cinquenta gramas,* pensa Elena. Que estupidez, uma ninharia. Remanejavam toneladas de cocaína nos EUA, e o pobre Rudolfo caíra por menos de meio quilo. O juiz americano o condenara a seis anos numa prisão federal.

Uma *supermax.*

Florence, Colorado.

Porque ele tinha o sobrenome "Barrera".

Custou tudo que a família tinha — dinheiro, poder, influência, advogados, chantagem e extorsão —, mas eles o tiraram (bem, Adán o tirou) depois de apenas dezoito meses.

*Apenas* dezoito meses.

Um ano e meio em uma cela de dois e dez por três e sessenta, 23 horas por dia, sozinho. Uma hora por dia para um banho de sol ou um pouco de exercício em uma jaula, com um vislumbre do céu.

Quando ele voltou e atravessou a ponte Paso del Norte, adentrando Juárez, Elena mal o reconheceu. Esquelético, pálido, assombrado... um fantasma. Seu filho, amante da vida, aos 35 anos, mais parecia ter 60.

Isso tinha sido há um ano.

Agora, Rudolfo foca em seus negócios "legítimos", nas boates em Culiacán e Cabo San Lucas, e na música, nas inúmeras bandas que produz e promove. Às vezes, fala em regressar a *la pista secreta*, mas Elena sabe que ele tem medo de algum dia voltar para a cadeia. Rudolfo *diz* que quer a cadeira da cabeceira da mesa, mas está mentindo para si mesmo.

Luis, o caçula não a preocupa. Foi para a faculdade para ser engenheiro, graças a Deus, e não quer nada com o negócio da família.

*Melhor assim,* pensa Elena.

Era isso que queríamos, não era? Essa sempre foi nossa intenção — que nossa geração fizesse a fortuna da família, para que nossos filhos não precisassem sujar as mãos. Porque o negócio nos trouxe fortuna inimaginável, mas também nos fez visitar vezes demais o cemitério.

Seu marido, seu tio — o patriarca "Tío Barrera" —, seu irmão Raúl e, agora, seu irmão Adán, todos mortos. Seu sobrinho Salvador e tantos primos, cunhados e amigos.

E inimigos.

Güero Méndez, os irmãos Tapia, tantos outros que Adán derrotara. Tinham brigado por "terras", e, agora, a única terra que vão herdar e dividir é a do cemitério.

Ou as cadeias.

Ali no México, ou em *el norte*.

Passando décadas, ou o resto da vida, em celas.

Como mortos-vivos.

Portanto, se Rudolfo quer administrar uma boate e brincar de fazer música, e Luis quer construir pontes, melhor assim.

Se o mundo permitir.

— Todos vamos morrer jovens mesmo! — anuncia Ric Núñez. — Vamos pelo menos virar lenda!

Tinha sido uma noite regada a pedras de *metanfetamina* e coca, na nova boate de Rudolfo, a Blue Marlin. Bem, foi onde parte do grupo, informalmente conhecido como *Los Hijos*, tinha ido parar. Ric, os irmãos Esparza e Rubén Ascensión, junto com um punhado de garotas, tinham passado por todas as boates da moda em Cabo, indo de uma sala VIP a outra, geralmente deixando gorjetas volumosas, até chegarem à sala privativa na Marlin, onde Ric teve a ideia de levar a coisa a "outro nível".

Ele sacou o 38 e pôs em cima da mesa.

*Dá para imaginar as canções que irão compor?*, pensa Ric. Os *corridos* sobre gente jovem, os descendentes de cartéis de drogas, vestidos de Armani, Boss, Gucci; dirigindo Rolls, Ferraris; cheirando pó de primeira, fazendo chover notas de cem dólares, jogando tudo fora em um jogo?

*Los Hijos* andam juntos desde sempre. Frequentaram a mesma escola em Culiacán, brincavam juntos nas festas dos pais, viajavam juntos de férias para Cabo e Puerto Vallarta. Saíam escondidos e bebiam cerveja juntos, fumavam baseado, pegavam garotas. Alguns cursaram uns semestres na faculdade, a maioria ingressou diretamente no negócio da família.

Eles sabiam quem eram.

A geração seguinte do cartel Sinaloa.

Os filhos.

*Los Hijos.*

E as garotas? Sempre arranjam as garotas mais lindas. Desde a escola, mas agora ainda mais. Claro que arranjam — eles têm boa pinta, roupas, dinheiro, drogas, armas. Eles têm influência, entram nas salas VIP, recebem as melhores mesas nos restaurantes, cadeiras na primeira fila e credenciais para os camarins em grandes shows; porra, as bandas cantam para eles, *sobre* eles. Os maîtres abrem portas e as mulheres abrem as pernas.

*Los Hijos.*

Agora, uma das piranhas de Iván pega o celular e grita:

— Daria um milhão de visualizações no YouTube!

*Porra, que demais,* pensa Ric. Alguém estourando os miolos em um vídeo clipe por conta de um desafio. Para mostrar ao mundo que não damos a mínima, que somos capazes de qualquer coisa, *qualquer coisa.*

— Certo, quem ficar com o cano apontado para si, bota o cano na cabeça e aperta o gatilho. Se sobreviver, a gente faz de novo.

Ele gira a arma.

Com força.

Todos ficam na expectativa.

O cano para apontado direto para ele.

Iván Esparza cai na gargalhada.

— Porra, se fodeu, Ric!

O mais velho dos irmãos Esparza sempre pegou no pé dele, desde que eram pequeninos. Duvidando que ele pulasse do despenhadeiro para dentro do lago. *Vá em frente, eu duvido, duvido que você arrombe o portão da escola, que roube o uísque do papi, que desabotoe a blusa daquela garota.* Já mamaram garrafas de vodca, aceleraram barcos de corrida um em direção ao outro, até a beira de abismos, mas, isso…

Em meio ao cântico "Aperta! Aperta! Aperta!", Ric pega a pistola e põe junto à têmpora direita.

Igualzinho àquele policial *yanqui* fez.

O que fez aquela gracinha no rosto de Iván.

Já faz o que, quase um ano, e a cicatriz continua intensa, mesmo depois dos melhores cirurgiões plásticos que o dinheiro pode pagar. Iván não tem problema com isso, claro, alegando que a marca o faz parecer *ainda mais* macho.

E jurando que, um dia, vai matar aquele gringo Keller.

A mão de Ric treme.

Bêbado e chapado como está, tudo o que quer neste mundo, neste momento, é não apertar o gatilho. Só quer voltar alguns minutos no tempo, até o instante em que teve essa ideia imbecil, e não sugeri-la.

Mas agora está enrascado.

Não pode amarelar, não na frente de Iván e Oviedo, não diante de Rubén. Principalmente, na frente de Belinda, a garota sentada ao seu lado, com uma jaqueta preta de couro, um bustiê de lantejoulas e um jeans pintado em seu corpo. Belinda é tão doida quanto linda, uma garota que topa qualquer parada. Agora, está dando um sorriso que diz *Vá em frente, namorado. Faça, e eu vou deixá-lo muito feliz mais tarde.*

Se você viver.

— Vamos, cara, abaixe isso — diz Rubén. — Foi brincadeira.

Mas esse é o Rubén. O cauteloso, o cuidadoso... do que foi que Iván o chamou, uma vez? "Freio de Emergência." É, talvez, mas Ric sabe de quem Rubén é filho. *El Perrito*, "O cachorrinho", é absolutamente letal, como seu velho.

Mas ele não parece letal agora, parece amedrontado.

— Não, eu vou fazer — diz Ric.

Estão falando que não, e ele sabe que são sinceros, mas também sabe que vão menosprezá-lo se der para trás. Porque teria amarelado. Mas, se apertar o gatilho e o tiro não sair, será *o cara*.

E é ótimo assistir Iván tendo um troço.

— Era brincadeira, Ric! Ninguém esperava que você *fizesse*! — grita Iván.

Ele parece prestes a pular por cima da mesa, mas tem medo de que a arma dispare. Todos estão paralisados, olhando Ric. De canto de olho, ele vê o garçom particular saindo de fininho pela porta.

— Abaixe a arma — diz Rubén.

— Certo, aí vai — anuncia Ric.

Está começando a apertar o gatilho quando Belinda tira a arma da sua mão, enfia na boca e aperta o gatilho.

Descarregada.

— Porra, meu Deus do céu! — grita Iván.

Todos têm um ataque. A *chava* doida apertou mesmo o gatilho!

Com toda a calma, ela coloca a arma de volta na mesa e diz:

— Próximo.

Só que Rubén guarda a arma, dizendo:

— Pronto, acho que acabou.

— Mariquinha — diz Belinda.

Ric sabe que se fosse um cara fazendo aquilo, a brincadeira teria que continuar, e Rubén apertaria o gatilho em si mesmo ou na boca de quem tivesse feito a provocação. Mas tinha vindo uma garota, uma *chica*, então estava tudo bem.

— Nossa, que adrenalina — diz Belinda. — Acho que gozei.

A porta abre e Rudolfo Sanchéz entra.

— Que diabo está acontecendo aqui?

— Nada, só estamos nos divertindo um pouco — responde Iván, assumindo a liderança.

— Eu ouvi — retruca Rudolfo. — Podem me fazer um favor? Se vocês querem se matar, não façam isso no meu estabelecimento, está certo?

Ele pede educadamente, mas se fosse outro dono de boate, haveria problema. Iván se sentiria na necessidade de enfrentá-lo, talvez dar-lhe umas bolachas, ou, ao menos causar algum estrago, quebrar umas merdas, e depois jogar algumas notas para cobrir os danos, antes de sair.

Mas esse não é um dono de boate qualquer.

Rudolfo é sobrinho de Adán Barrera, filho de sua irmã, Elena. Um pouquinho mais velho, porém *hijo* como eles.

Rudolfo olha para o grupo como quem diz, *Por que estão na minha boate, criando confusão? Por escolheram logo aqui?* Então, pergunta:

— O que eu diria aos seus pais, se deixasse que vocês estourassem os miolos na minha boate?

Então para, parecendo constrangido, lembrando só que o pai de Iván está morto, assassinado pelos zetas na Guatemala.

Ric sente-se mal por ele.

— Desculpe, 'Dolfo. Todo mundo tá chapado.

— Talvez seja melhor a gente só pedir a conta.

— Está tudo certo — diz Rudolfo.

Mas Ric nota que ele não fala nada do tipo *Não, por favor, fique. Tomem mais uma rodada*. Todos se levantam, dizem boa noite para Rudolfo, agradecem — demonstra respeito — e saem para a rua.

Onde Iván explode.

— Aquele *malandro pendejo, piche* filho da puta *lambioso!* Ele se acha engraçado? "O que eu diria aos seus pais?"

— Ele não quis falar desse jeito — fala Rubén. — Acho que só esqueceu.

— Não dá pra esquecer uma coisa dessas! — retruca Iván. — Ele estava me sacaneando! Quando eu assumir...

Ric interrompe:

— O cara nunca mais foi o mesmo, desde que voltou.

Ao contrário de todos ali, Rudolfo foi para a cadeia. Cumpriu pena em uma prisão americana de segurança máxima, e dizem que isso o arrasou, que ele voltou para casa meio maluco.

— O cara é fraco — concorda Iván. — Ele não conseguiu suportar.

— Nenhum de nós conseguiria — afirma Rubén. — Meu velho diz que a cadeia é a pior coisa que pode acontecer com alguém.

— Ele saiu de lá bem — retruca Ric. — Seu pai é durão.

— Ninguém aqui sabe — repete Rubén.

— Porra nenhuma — diz Iván. — Essa é a nossa vida. Se você vai preso, vai preso. Tem que segurar as pontas, agir feito homem.

— Rudolfo segurou — pondera Ric. — Ele não sacaneou, não entregou nada.

— Seu tio o tirou de lá — afirma Iván.

— Que bom — diz Ric. — Bom para Adán. Ele teria feito o mesmo por você.

Todos sabem que Adán também fez isso quando seu sobrinho, Sal, foi pego por ter matado duas pessoas do lado de fora de uma boate. Adán fez um acordo para que as acusações fossem retiradas, e todos ouviram o boato de que ele entregou os irmãos Tapia. Isso iniciou uma guerra civil que quase destruiu o cartel.

E Sal foi morto mesmo assim.

Teve os miolos estourados por Eddie Ruiz, o doido.

*Sal deveria estar aqui, bebendo com a gente*, pensa Ric.

*Vá com Deus, mano.*

Iván percebe as garotas olhando para ele.

— O que estão olhando? Vão logo, entrem nas porras dos carros!

Então, tão depressa quanto ficou irado, ele fica todo feliz outra vez. Joga os braços em volta de Ric e Rubén e grita:

— Nós somos irmãos! Irmãos, para sempre!

E todos gritam:

— *Los Hijos!*


Depois de cheirar, beber e gozar, a garota cai no sono.

Belinda sacode a cabeça dela.

— Sem força. queria que Gabi estivesse aqui.

Ela vira pro lado e olha para Ric.

*Merda*, pensa ele, *a chica quer de novo.*

— Não dá.

— Vou te dar alguns minutos — diz Belinda.

Ela encontra um baseado na mesinha de cabeceira, dá um trago e oferece a ele. Ric aceita.

— Foi uma maluquice, o que você fez hoje.

— Eu fiz pra livrar você — responde ela. — Você se colocou numa armadilha.

— Você podia ter morrido.

— Poderia — concorda ela, gesticulando para que Ric passasse o baseado.

— Não morri. De qualquer maneira, é minha função proteger você.

Belinda Vatos — "La Fósfora" — era a *jefa* do FEN — Fuerza Especial de Núñez, o braço armado da facção de Núñez, do cartel Sinaloa. *É incomum ter uma mulher nessa função, mas Deus sabe que ela mereceu o lugar*, pensa Ric.

Começou como mensageira, depois, virou mula, então deu um grande passo e se ofereceu para matar o operador Zeta que estava infernizando o pessoal em Veracruz. O cara não esperava que uma jovem linda, com seios fartos e redondos e uma cabeleira preta ondulada se aproximasse para dar dois tiros na cara dele, mas foi isso que Belinda fez.

Ela e a amiga tinham uma técnica. La Gaby entrava em um bar, ficava um pouco, depois saía fingindo estar bêbada e caía na calçada. Quando o alvo vinha ajudá-la, La Fósfora saía do beco e estourava o cara.

Ric logo descobriu que Belinda tinha gostos mais exóticos. Ela, Gaby e alguns de seus homens gostavam de raptar as vítimas e picá-las em pedacinhos, depois espalhavam nos degraus da porta da casa da família, como um recado.

Uma mensagem bem clara.

La Fósfora se tornou uma estrela do narcotráfico, posando em seus trajes sexy para fotos no Facebook e em vídeos no YouTube, com canções escritas sobre ela, e o pai de Ric a promoveu ao posto máximo da segurança, depois que o encarregado anterior foi mandado para a cadeia.

Ric transou com ela pela primeira vez em um desafio.

— Seria como meter o pau na morte — disse Iván.

— É, mas uma *chava* doida dessas deve ser uma delícia na cama — imaginou Ric.

— Se você sobreviver — respondeu Iván. — Ela pode ser como uma daquelas aranhas sabe? Aquelas que matam o macho depois de acasalar. De qualquer maneira, ouvi dizer que é lésbica.

— Ela é bi — Corrigiu Ric. — Ela me falou.

— Então vai fundo — desafiou Iván. — De repente, você pode fazer um *ménage*.

— Ela disse que quer exatamente isso — disse Ric. — Ela e aquela garota, a Gaby, e que eu posso pegar as duas.

— Só se vive uma vez.

Ric foi para a cama com Belinda e Gaby, e o troço mais doido foi que ele se apaixonou por apenas uma delas. Ainda transava com um monte de mulheres, incluindo a esposa, de vez em quando, mas o que sentia por Belinda era especial.

— Nós somos almas gêmeas — explicara Belinda. — No sentido de que nenhum de nós dois tem alma.

—Você não tem alma? — perguntara Ric.

— Eu gosto de ficar louca, gosto de transar com os caras, gosto de transar com as garotas e gosto de matar pessoas — dissera Belinda. — Eu tenho alma, só não é uma alma lá muito boa.

De volta ao presente, Belinda olha para ele e fala:

— De qualquer maneira, eu não podia deixar o príncipe herdeiro estourar os próprios miolos.

— Do que você está falando?

— Pense bem — diz ela, devolvendo o baseado. — Barrera provavelmente está morto. O Nacho morreu com certeza. Rudolfo é um zero. Seu pai? Adoro seu pai, mataria por ele, mas ele é um procurador. Você é o afilhado.

Ric responde:

—Você está falando merda. Iván é o próximo na fila.

— É o que eu acho. — Ela pega o baseado, pousa na mesinha e lhe dá um beijo. — Deita, baby. Se não consegue transar comigo, *eu* vou transar com você. Anda, me deixa transar com você. — Ela lambe o dedo e enfia na bunda dele. —Você gosta disso, não gosta?

—Você é foda...

— Ah, você vai ver a foda, baby. Vou foder com você. Bem gostoso.

E é isso que ela faz.

Com a boca e com os dedos. E quando ele está quase gozando, Belinda recua a boca, enfia os dedos com tudo e diz:

— Isso tudo pode ser seu. O cartel inteiro, o país inteiro, se você quiser.

*Porque você é afilhado de Adán Barrera*, ele a ouve dizer.

É o herdeiro por direito.

Aquele que é sagrado.

*El Ahijado.*


Passam-se semanas, depois meses, depois um ano.

O aniversário da famosa batalha na Guatemala coincide com o Dia dos Mortos, e altares provisórios para Adán Barrera surgem pelo país inteiro, até em Juárez — com fotos dele, velas, moedas, garrafinhas de birita e confete. Alguns são deixados intactos, enquanto outros são destruídos por teóricos da conspiração furiosos que alegam não haver necessidade de altares, pois "*Adán vive*".

Para Keller, as festividades natalinas vêm e vão com pouca fanfarra. Ele se reúne com Marisol e Ana para um jantar discreto e uma troca de pequenos presentes, depois volta a Juárez e dá a Chuy um novo videogame, de que o garoto parece gostar. Os jornais da manhã seguinte trazem histórias de brinquedos que surgiram magicamente para as crianças pobres nos vilarejos rurais e em bairros urbanos em Sinaloa e Durango, dados pelo "Tío Adán". Cestos de comida chegam às praças da cidade, presentes de "El Señor".

Keller nem dá muita importância para a noite de Ano Novo. Ele e Marisol jantam cedo, tomam uma taça de champanhe, e trocam um beijo singelo. Ele já está na cama, antes do fim da contagem regressiva da Times Square.

Duas semanas após o início do ano, Chuy some.

Keller volta do mercado, e encontra a televisão desligada, os cabos do Xbox desconectados.

No quarto de Chuy, a mochila que Keller comprou sumiu, assim como as poucas roupas que o garoto possui. A escova de dentes não está na prateleira de barro do banheiro. Parece que as tempestades que revolvem dentro da cabeça dele o fizeram partir. Pelo menos levou os remédios, conforme Keller descobre ao vasculhar o quarto.

Ele circula pelo bairro de carro, perguntando nas lojas e cafeterias locais. Ninguém viu Chuy. Passa por locais no centro da cidade que os adolescentes frequentam, mas ninguém viu Chuy. Considerando a possibilidade de o garoto ter decidido ir para Valverde, ele liga para Marisol, mas ninguém o viu por lá.

Pensa que o garoto talvez tenha atravessado a ponte de volta para El Paso, onde foi criado, então vai até lá e circula de carro pelo bairro, indaga alguns membros relativamente hostis de gangues, que de imediato julgam que ele é algum tipo de policial e dizem que não viram nenhum Chuy Barajos.

Keller recorre a antigos contatos da Narcóticos de El Paso e descobre que Chuy é uma "pessoa de interesse" em diversos homicídios locais, ocorridos em 2007 e 2008 e que gostariam muito de falar com ele. De qualquer forma, vão ficar de olho e ligarão para Keller caso o encontrem.

Voltando a Juárez, Keller encontra Terry Blanco no balcão do San Martin, na avenida Escobar, tomando uma *caguama*.

— Quem é esse garoto? — pergunta o policial quando Keller explica o favor que quer.

— Você sabe quem. Você o vê quando faz a ronda na minha casa.

— Só passo lá para me certificar que você está bem — retruca Blanco, que já bebeu mais de uma cerveja. — São tempos difíceis, Keller. Não sabemos mais a quem enviar relatórios, não sabemos quem está no comando... Acha que ele está vivo?

— Quem?

— Barrera.

— Eu não sei. Você viu o garoto?

— Tem ideia de quantos garotos fodidos estão espalhados pelo México? — pergunta Blanco. — Porra, só em Juárez? Centenas? Milhares? Um a mais, o que tem? O que esse representa para você?

Keller não tem resposta para isso, então simplesmente diz:

— Apenas o recolha, se o vir. E leve o garoto até mim.

— Claro, por que não?

Keller deixa um dinheiro no bar para a próxima cerveja de Blanco. Então, ele entra no carro, liga para Orduña e explica a situação.

— Esse Barajos estava na Guatemala? — pergunta Orduña.

— Sim.

— Ele foi testemunha?

— De quê, Roberto?

— Certo.

— Olha só, você tem uma dívida com esse garoto — afirma Keller. — Ele matou Forty.

Depois de um longo silêncio, Orduña diz:

— Nós vamos cuidar bem dele. Mas, Arturo, você sabe que as probabilidades de encontrar são...

— Eu sei.

Ínfimas.

A longa guerra das drogas deixou milhares de órfãos, destruiu famílias e desalojou adolescentes. E isso não inclui os milhares que fogem da violência das gangues na Guatemala, El Salvador e Honduras, passando pelo México, tentando encontrar refúgio nos Estados Unidos. Muitos não chegam.

Chuy agora, além de monstro, virou fantasma.


O Senador Ben O'Brien liga.

Ele está em El Paso e convida Keller para um encontro. Na verdade, o que ele diz é:

— Keller, deixa eu pagar uma cerveja.

— Onde você está hospedado?

— The Indigo. Na rua Kansas. Conhece?

Keller conhece. Ele vai de carro até a cidade e encontra O'Brien no bar do hotel. O senador está de volta às raízes, vestindo uma camisa de brim e botas Lucchese. O chapéu Stetson está pousado no colo. Cumprindo a palavra, ele traz um jarro de cerveja, serve um copo para Keller e diz:

— Eu vi uma coisa interessante quando estava dirigindo por El Paso hoje. Um cartaz feito à mão escrito *"Adán vive"*.

Keller não está surpreso — viu os mesmos cartazes em Juárez e ouviu falar que estão espalhados por Sinaloa e Durango.

— O que posso dizer? O homem tem seguidores.

— Ele está se tornando um Che Guevara — diz O'Brien.

— Imagino que a ausência só aumente o afeto no coração.

— Você ouviu mais alguma coisa? Sobre a morte dele?

— Não acompanho mais esse mundo.

— Não vem com essa.

Keller dá de ombros. É verdade.

— Você lê os jornais americanos? — pergunta O'Brien.

— Só as colunas de esportes.

— Então você não sabe o que está acontecendo por aqui? Com a heroína?

— Não.

— Muita gente da lei está comemorando a suposta morte de Barrera — diz O'Brien —, mas o fato é que isso não desacelerou o fluxo de drogas nem um pouco. Na verdade, só piorou a coisa toda. Principalmente com a heroína.

O'Brien conta que, de 2000 a 2006, as overdoses fatais por heroína se mantiveram relativamente estáveis, com cerca de 2 mil por ano. De 2007 a 2010, subiram para 3 mil. Mas, em 2011, chegaram a 4 mil; depois bateram 6 mil em 2012 e 8 mil em 2013.

— Para dar uma dimensão, de 2004 até agora, perdemos mais de 7 mil militares no Iraque e no Afeganistão.

— Para dar uma dimensão — retruca Keller —, nesse mesmo período, mais de 100 mil mexicanos foram mortos pela violência das drogas, com mais 22 mil desaparecidos. E essa é uma estimativa conservadora.

— Você está reforçando meu argumento — diz O'Brien. — A perda de vidas que você cita no México, a epidemia de heroína que existe aqui, a milhões de pessoas atrás das grades... O que estamos fazendo, seja o que for, não está funcionando.

— Se você me chamou aqui para falar isso, desperdiçou o tempo de nós dois. Agradeço pela cerveja, mas o que você quer?

— Eu represento um grupo de senadores e congressistas que têm o poder e a influência para demitir o atual diretor geral da Narcóticos e indicar um novo — explica O'Brien. — E queremos que seja você.

Keller nunca foi de ficar chocado com facilidade, mas dessa vez não deu para evitar.

— Com todo respeito, você está completamente fora de si.

— O país está inundado de heroína, o uso está acima de oitenta por cento e a maior parte vem do México — diz O'Brien. — Tenho constituintes que vão a cemitérios para visitar seus filhos.

— E eu vi garotos mexicanos sendo enterrados com empilhadeiras — conta Keller. — Aqui, ninguém se importa, ninguém dá a mínima. Mas bastou garotos *brancos* começarem a morrer parar dizerem que é uma "epidemia de heroína"..

— Estou pedindo que você passe a se importar — diz O'Brien.

— Eu já lutei a minha guerra.

— Crianças estão morrendo — diz O'Brien. — E não acho que você seja o tipo que simplesmente recebe a pensão e fica com o rabo na cadeira enquanto isso acontece.

— Quer apostar?

— Pense a respeito. — O'Brien desce da banqueta e entrega seu cartão a Keller. — Ligue pra mim.

— Não vou ligar.

— Veremos.

O'Brien o deixa ali, sentado.

Keller faz as contas — O'Brien disse que as mortes por heroína subiram ligeiramente em 2010, mas tiveram um pico em 2011. E voltaram a subir, em meados de 2012.

Tudo isso enquanto Adán estava vivo.

*Aquele filho da puta*, pensa Keller. Barrera que armou isso — seu último presente maligno ao mundo. Keller se lembra de Shakespeare, "O mal feito pelos homens persiste depois deles".

Não é que é verdade?

O fantasma e o monstro.

Comem no Garufa, um lugar argentino na Bulevar Tomás Fernández. Caro pra cacete, mas queria levá-la a um lugar bacana. Keller come filé, Marisol pede salmão e come com seu apetite escancarado, algo que ele sempre gostou nela.

— O que você está escondendo de mim? — pergunta Marisol, pousando o garfo.

— Por que você acha que estou escondendo alguma coisa?

— Porque eu conheço você. Anda, o que é? Conta.

Quando ele fala sobre seu encontro com O'Brien, Marisol se recosta na cadeira.

— Arturo, meu Deus. Eu estou perplexa.

— Não é?

— Achei que você fosse *persona non grata*.

— Eu também.

Ele conta o que O'Brien falou e qual foi sua resposta.

Marisol está quieta.

— Meu Deus, você não acha que eu devo aceitar, acha? — pergunta Keller.

Ela continua quieta.

— Você *acha*?

— Art, pense no poder que você teria. O bem que poderia fazer. Você poderia fazer uma mudança real.

Keller às vezes se esquece do ativismo político dela. Agora se lembra da mulher que acampou no Zócalo, na Cidade do México, para protestar contra a fraude nas eleições, de suas marchas pelo Paseo de la Reforma, para protestar contra a brutalidade policial. Tudo parte da mulher por quem se apaixonou.

— Você é cem por centro contra literalmente tudo que a Divisão de Narcóticos faz.

— Mas você poderia mudar as diretrizes.

— Não sei, não ...

— Certo — retruca ela. — Vamos pensar de outra maneira. Por que você não poderia mudar as coisas?

Keller expõe suas razões. A primeira é que já se afastou da guerra contra as drogas.

— Mas talvez a guerra não tenha se afastado de você — considera ela.

Quarenta anos são mais que o suficiente, argumenta Keller. Ele não é um burocrata, não é afeito a política. Não tem certeza se consegue sequer voltar a morar nos Estados Unidos.

Marisol sabe que a mãe de Keller era mexicana, e que foi o pai era americano que os levou para San Diego, depois os abandonou. Mas ele foi criado como americano — UCLA, os US Mariners — depois ingressou na DEA, a Divisão de Narcóticos, que o levou de volta ao México, e lá passou mais tempo de sua vida adulta do que nos EUA. Marisol sabe que ele sempre ficou dividido entre as duas culturas — Arturo tem um relacionamento de amor e ódio com ambos os países.

E Marisol sabe que ele se mudou para Juárez quase por culpa, por achar que deve algo à cidade que sofreu tanto pela guerra que os Estados Unidos travam contra as drogas, a ponto de sentir uma obrigação moral de ajudar em sua recuperação — mesmo que fosse uma pequena contribuição, como pagar impostos, comprar mantimentos, manter a porta de casa aberta.

E que foi por isso que cuidou de Chuy, sua cruz pessoal.

Mas Chuy se foi.

— Por que você quer morar em Juárez? — pergunta Marisol. — E diga a verdade.

— Porque Juaréz é um lugar real.

— Isso é. E não dá para andar uma quadra sem lembrar da guerra.

— O que você quer dizer com isso?

— Que não há nada aqui para você, a não ser lembranças ruins e…

Ela para.

— O quê? — pergunta Keller.

— Tudo bem, e *eu*. Estar perto de mim. Sei que você ainda me ama, Arturo.

— Não posso evitar o que sinto.

— Não estou lhe pedindo isso. Mas, se você está recusando esse trabalho para ficar perto de mim, não faça.

Terminam de jantar e dão uma caminhada, algo que não poderiam fazer alguns anos antes.

— O que você está ouvindo? — pergunta Marisol.

— Nada.

— Exatamente — diz ela. — Nada de sirenes de polícia, nem ambulâncias. Nada de tiros.

— Pax Sinaloa.

— Será que vai durar?

*Não*, pensa Keller.

*Isso não é paz, é um período de calmaria.*

— Eu levo você de carro pra casa — oferece.

— É muito longe — retruca Marisol. — Por que simplesmente não fico na sua casa?

— O quarto de Chuy está vazio.

— E se eu não quiser ficar no quarto de Chuy?


Ele acorda bem cedo, antes do amanhecer, com um vento frio batendo nas paredes e sacudindo as janelas.

Engraçado como as grandes decisões da vida nem sempre vêm após um grande momento ou uma grande mudança, apenas parecem se acomodar como algo inevitável, algo que você nem decidiu, mas sempre esteve decidido por você.

Talvez tenha sido o cartaz que decidiu.

"ADÁN VIVE"

Pois era verdade, pensa Keller naquela manhã. O rei pode ter partido, mas seu reino permanecia. Espalhando tanto sofrimento e morte, quanto se Barrera continuasse no trono.

Keller precisa admitir outra verdade. *Se alguém neste mundo pode destruir esse reino*, diz a si mesmo — pela força da história, experiência, motivação, conhecimento e habilidade —, esse alguém é você.

Marisol também sabe disso. Naquela manhã, quando ele volta para a cama, ela acorda e pergunta:

— O que foi?

— Nada. Volte a dormir.

— Pesadelo?

— Talvez.

Ele ri.

— O que é?

— Acho que ainda não estou pronto para ser um fantasma. Nem viver com fantasmas. E você estava certa, minha guerra não acabou.

— Você quer aceitar o trabalho.

— Sim. — Keller põe a mão por trás da cabeça dela e puxa para mais perto. — Mas só se você vier comigo.

— Arturo…

— Nós usamos nossa tristeza como se fosse uma medalha — diz Keller. — Arrastamos a dor por aí como uma corrente. Mas é um fardo pesado demais, Mari. Eu não quero deixar que isso nos derrote, que nos diminua ainda mais. Nós já perdemos tanta coisa, não vamos perder um ao outro. Seria uma perda grande demais.

— A clínica…

— Vou cuidar de tudo, prometo.

Eles se casam no México, no Monastério de Cristo, no Deserto, têm uma breve lua de mel em Taos, depois seguem de carro para Washington, onde o corretor de imóveis de O'Brien já providenciou algumas casas para que vejam.

Ficam encantados com uma na Hillyer Place e fazem uma oferta.

Na manhã seguinte, Keller começa a trabalhar.

Porque sabe que o fantasma voltou.

E que junto veio o monstro.

# 2

# Como morrem os reis

*"Venha, sentemo-nos no chão e contemos histórias tristes da morte de reis."*

— Shakespeare

— *Ricardo II*, primeira parte

**Washington, D.C.**
**Maio de 2014.**

K eller olha para baixo, para a foto do esqueleto.

O capim despontando, por entre as costelas, as vinhas enroscadas nos ossos da perna, como se tentassem prender o corpo à terra.

— É Barrera? — pergunta.

Faz um ano e meio que Barrera está sumido. Agora, essas fotos acabam de chegar do escritório da Divisão de Narcóticos da Guatemala. As forças especiais locais encontraram os ossos na Petén, a floresta tropical que fica a cerca de um quilômetro do vilarejo de Dos Erres, onde Barrera foi visto pela última vez.

Tom Blair, chefe da unidade de inteligência da Narcóticos, coloca uma foto diferente na mesa de Keller. É do esqueleto em uma maca.

— As medidas batem.

Barrera é baixo, Keller sabe, um pouco menor que 1,70 m, mas isso poderia descrever muita gente, principalmente nas regiões subnutridas dos Maias, na Guatemala.

Blair espalha mais fotos em cima da mesa, uma em close do crânio, ao lado de uma imagem facial de Adán Barrera. Keller reconhece a imagem — foi tirada há quinze anos, quando Barrera foi admitido no Centro Correcional Metropolitano, em San Diego.

Foi Keller que o colocou lá.

O rosto o encara de volta.

Familiar, quase íntimo.

— As órbitas são do mesmo tamanho — Blair está dizendo —, as medidas da calota craniana são idênticas. Precisaríamos de análises das arcadas e do DNA para ter cem por cento de certeza, mas...

*Deve ter os registros odontológicos e de DNA de Barrera, do tempo que passou no sistema prisional americano,* pensa Keller. Duvidava muito que alguma amostra de DNA pudesse ser retirada de um esqueleto que ficou apodrecendo no meio da floresta tropical por mais de um ano, mas Keller vê nas fotos que o maxilar ainda está intacto.

E sente, por dentro, que os registros do dentista vão casar.

— O jeito como a parte traseira do crânio está estourada pra fora — diz Blair. — Eu diria que foram dois tiros no rosto, a queima roupa, disparados de baixo para cima. Barrera foi executado por alguém que queria que ele soubesse que ia morrer. Isso coincide com a teoria de Dos Erres.

A "teoria de Dos Erres", particularmente queridinha do grupo de trabalho da Narcóticos de Sinaloa, alega que, em outubro de 2012, Adán Barrera e seu parceiro e sogro, Ignacio Esparza, viajaram até a Guatemala com um bando numeroso e armado para uma conferência de paz com seus rivais, um cartel de drogas especialmente cruel conhecido como os zetas. Houve um precedente factual para isso — Barrera se encontrara com a liderança Zeta, em uma conferência semelhante em 2006, quando dividiram o México em territórios e criaram um pacto de paz que durou pouco, dando origem a uma guerra ainda mais violenta e dispendiosa. A teoria é que Barrera e o líder Zeta, Heriberto Ochoa, se encontraram no remoto vilarejo de Dos Erres, no Distrito de Petén, da Guatemala, e mais uma vez destrincharam o México como um peru de Ação de Graças. Em uma festa para celebrar a paz, os zetas atocaiaram e massacraram os sinaloas.

Desde o suposto encontro, ninguém viu ou teve notícias de Barrera, de Esparza, de Ochoa ou de seu braço direito, Miguel Morales, também conhecido como Fourty. E as investigações desencavaram provas para respaldar a teoria de que um vultoso tiroteio ocorreu em Dos Erres — D-2, a unidade militar que controla a inteligência mexicana, encontrou muitos cadáveres e alguns nos restos de uma fogueira imensa, o que era consistente com a prática Zeta de queimar corpos.

Os zetas, que já foram o cartel mais temido do México, entraram em franco declínio após a suposta conferência de Dos Erres, reforçando a hipótese de que a liderança foi morta e que o grupo sofreu baixas consideráveis.

O cartel Sinaloa não vivenciou declínio semelhante. Ao contrário, tornou-se uma força incontestável, de longe o cartel dominante, e impôs uma espécie de paz em um México onde, em dez anos, 100 mil pessoas tinham morrido pela violência relativa às drogas.

E, mais que nunca, Sinaloa estava enviando drogas aos Estados Unidos — e não só maconha, mas também metanfetamina e cocaína (o que deixou o cartel desmedidamente abastado), além de quantidades maciças de heroína.

Tudo isso argumentava contra a teoria de Dos Erres e a favor da "teoria do caixão vazio", que alegava que Barrera, de fato, dizimara os zeta em Dos Erres depois encenara a própria morte, e agora administrava o cartel de uma localidade remota.

Mais uma vez, havia amplos precedentes — ao longo dos anos, inúmeros chefões dos cartéis tinham, de fato, fingido suas mortes para aliviar a pressão implacável da Divisão de Narcóticos. Soldados dos cartéis invadiam consultórios de legistas e roubavam os corpos para evitar a identificação positiva e fomentar os boatos de que seus *jefes* ainda estavam do lado certo da grama.

Realmente, como Keller faz questão de frisar para seus subordinados, nenhum dos corpos dos líderes considerados mortos em Dos Erres foi encontrado. E, embora seja amplamente aceito que Ochoa e Forty bateram as botas, o fato de que Sinaloa continua com o motor ligado dá credibilidade à teoria do caixão vazio.

A ausência de qualquer aparição de Barrera há mais de um ano e meio, no entanto, indica o contrário. Apesar de sempre ter sido inclinado à reclusão, Barrera costumava aparecer com Eva, sua jovem esposa, nas comemorações festivas de sua cidade natal, La Tuna, em Sinaloa, ou para a noite de Ano Novo em alguma cidade de veraneio como Puerto Vallarta ou Mazatlán. Ninguém mais o viu em tais ocasiões. Além disso, vigilância digital revela a ausência de e-mails, tweets ou outras postagens em mídias sociais, e o monitoramento telefônico revelou que não houve comunicações.

Barrera possui inúmeras *estancias* em Sinaloa e Durango, além de casas em Los Mochis, ao longo da costa. A Divisão de Narcóticos tem conhecimento dessas residências, e sem dúvida há outras. Mas as fotos de satélites têm mostrado um movimento cada vez menor de gente. Habitualmente, quando Barrera se deslocava de um local para outro, havia um *aumento* no tráfego de guarda-costas e pessoal de apoio, um pico nas comunicações via internet e telefone, conforme seu pessoal providenciava a logística, e um rastro terrestre mais pesado, em meio à polícia local e estadual, que recebe propina do cartel Sinaloa.

A ausência de tudo isso seria um respaldo à teoria de Dos Erres de que Barrera realmente morreu.

Mas uma pergunta permanece sem resposta: se Barrera não administra mais o cartel, quem assumiu o lugar? O moinho de boatos mexicano trabalha à toda, com gente tendo visto Barrera em Sinaloa, em Durango, na Guatemala, em Barcelona, até em San Diego, onde moram sua esposa (ou viúva?) e os dois filhos pequenos. "Barrera" até enviou mensagens de texto e de Twitter que fomentaram um culto do "Adán vive", cujos discípulos pintaram placas à mão, nos acostamentos das estradas.

Membros da família direta de Barrera — principalmente sua irmã, Elena — fizeram o máximo para *não* confirmar sua morte, e qualquer ambiguidade sobre seu status dá ao cartel tempo para tentar providenciar uma sucessão organizada.

Os que creem na teoria de Dos Erres afirmam que o cartel tem interesse direto em manter Barrera "vivo" e que está soltando essas mensagens como estratégia para promover a desinformação — um Barrera vivo deve ser temido, e esse medo ajuda a evitar que inimigos potenciais desafiem Sinaloa. Alguns dos partidários mais fervorosos da teoria até pressupõem que o próprio governo mexicano, desesperado para manter a estabilidade, está por trás do movimento *"Adán vive"*.

Se o esqueleto for uma confirmação da morte de Barrera, as repercussões serão sentidas por todo o mundo dos narcos.

— Quem tem a custódia do corpo? — pergunta.

— O D-2 — diz Blair.

— Então, Sinaloa já sabe. — O cartel tem fontes arraigadas em todos os níveis do governo da Guatemala. *E a CIA também*, pensa Keller. Tem agentes de tudo que é governo no D-2. — Quem mais da Narcóticos sabe disso?

— Só o pessoal da brigada do exército, você e eu — diz Blair. — Achei que iria querer manter isso em sigilo.

Blair é inteligente e leal o bastante para garantir que Keller seja o primeiro a receber a notícia, da maneira mais particular possível. Art Keller é um bom chefe, mas também seria um inimigo perigoso.

Todos da Narcóticos sabem da rixa entre Keller e Adán Barrera, que data desde os idos da década de 1980, quando Barrera participou da tortura e assassinato de Ernie Hidalgo.

E todo mundo sabe que Keller foi enviado ao México para recapturar Barrera, mas acabou derrubando os zetas.

Talvez, literalmente.

O papo nos bebedouros — mais para sussurros — fala dos destroços de um Black Hawk no vilarejo de Dos Erres, onde supostamente aconteceu a batalha entre os zetas e os sinaloas. Claro que o exército da Guatemala possui helicópteros americanos — assim como o cartel Sinaloa — mas a conversa prossegue sobre uma missão secreta de mercenários americanos de operações especiais que entraram e eliminaram a liderança Zeta, ao estilo Bin Laden. E alguém que acredite nesses boatos — descartados como fantasias cômicas pelo alto escalão da Divisão de Narcóticos — talvez acredite que naquela missão também tinha um tal Art Keller.

E agora, Keller, que eliminou tanto Adán Barrera como os zetas, é o diretor geral da Divisão de Narcóticos Americana, o mais poderoso "guerreiro" contra drogas do mundo, comandando uma agência com mais de 10 mil funcionários, 5 mil agentes especiais e 800 analistas de inteligência.

— Mantenha em sigilo, por enquanto — determina Keller.

Sabe que Blair entende o recado: sua verdadeira intenção é evitar que a informação chegue a Denton Howard, diretor-assistente da Narcóticos e indicado político que daria tudo para esfolar Keller e pendurar seu couro na parede do escritório.

O maior dos disseminadores de dúvidas sobre Keller — *Keller tem um passado questionável. Tem lealdades divididas, porque a mãe e a esposa são mexicanas. Vocês sabiam que o primeiro nome dele na verdade, não é Arthur, e sim "Arturo"?, Keller é um caubói, tem sangue nas mãos. Há boatos de que ele até esteve lá, em Dos Erres* —, Howard é um câncer, contornando a unidade de inteligência para trabalhar com suas próprias fontes, cultivando relacionamentos pessoais diplomáticos no México, na América Central, na Colômbia, na Europa e na Ásia, trabalhando o pessoal do Congresso, se aproximando da mídia.

Keller não pode esconder essa notícia dele, mas mesmo algumas horas de vantagem vão ajudar. Pois uma coisa é certa: o governo mexicano tem que saber isso por ele, não por Howard — ou pior, pelos amiguinhos de Howard, no noticiário da Fox.

— Mande a ficha odontológica para o D-2 — diz Keller. — Eles têm nossa colaboração integral.

Seria questão de horas, não de dias, até que a informação se espalhasse por aí. Alguém responsável no D-2 mandara a foto paras lá, mas alguma outra pessoa sem dúvida já ligara para Sinaloa, e algum outro já devia estar vendo como usar isso para lucrar com a mídia.

Porque, morto, Adán Barrera se tornou algo que nunca foi em vida.

Uma celebridade.

Isso começou no lugar mais improvável, com uma matéria na *Rolling Stone*.

Um jornalista investigativo chamado Clay Bowen começou a seguir os boatos de uma batalha armada na Guatemala entre os zetas e o cartel Sinaloa, e logo tropeçou no fato de que Adán Barrera havia, na linguagem esperta da reportagem, "batido asas". O Stanley jornalístico saiu em busca de seu Livingstone narco e não encontrou nada.

E então isso se tornou a matéria.

Adán Barrera era um fantasma, um fogo fátuo, o poder invisível por trás da maior organização de tráfico de drogas do mundo, um gênio ardiloso que a lei não conseguia capturar, nem sequer encontrar. A reportagem voltou à "fuga audaciosa" de Barrera de uma prisão mexicana, em 2004 (*"audaciosa" meu rabo*, pensou Keller, quando leu a matéria — o homem comprara a saída da cadeia e fugira pelo telhado, em um helicóptero), e alegava que Barrera tinha realizado a fuga máxima, encenando a própria morte.

Na falta de uma entrevista com o astro, Bowen conversou com associados e membros da família ("fontes anônimas dizem que... pessoas não identificadas próximas a Barrera afirmam que..."), que pintaram um quadro lisonjeiro de Barrera — ele dá dinheiro a igrejas e escolas; constrói clínicas e playgrounds; é bom para a mãe e os filhos.

Trouxera a paz ao México.

(Essa última citação fez Keller cair na gargalhada. Barrera iniciara a guerra que matou cem mil pessoas. Então ele "trouxera a paz", ao ganhar a guerra?)

Adán Barrera, traficante de drogas e assassino em massa, se transformara em uma combinação de Houdini, Zorro, Amelia Earhart e Mahatma Gandhi. Uma criança mal compreendida da pobreza rural que se erguera acima do início humilde e decolara rumo à riqueza e ao poder, vendendo um produto que, no fim das contas, as pessoas já queriam mesmo. Ele agora é um benfeitor, um filantropo assediado e caçado por dois governos que brilhantemente evade e sobre os quais leva a melhor.

Durante um período fraco de notícias, o restante da mídia adotou o tema, e histórias sobre o desaparecimento de Barrera eram veiculadas na CNN, na Fox, em todas as emissoras. Ele se tornou um queridinho nas redes sociais, com milhares de participantes brincando de "Onde está o Wally?" na internet, esbaforidos com a especulação sobre o paradeiro do grande homem (a história favorita de Keller foi que Barrera recusara um convite para participar de *A Dança dos Famosos*, ou, alternativamente, que estava disfarçado como astro de um seriado cômico da NBC). Como sempre acontece com essas coisas, claro que o furor se dissipou, exceto para alguns blogueiros duros de matar e para Divisão de Narcóticos e a SEIDO (Subprocuraduría Especializada en Investigación de Delincuencia Organizada) mexicana, para quem a questão da existência de Barrera, ou a falta dela, era coisa séria.

E agora, pensa Keller, *vai começar tudo de novo*.

O caixão estava cheio.

O trono é que estava vago.

*Estamos em uma saia justa dupla*, pensa Keller. O cartel Sinaloa é a chave de ignição por trás do tráfico de heroína. Se ajudassem na derrubada do cartel, seria o fim do Pax Sinaloa. Se deixassem o cartel correr frouxo, tinham que aceitar o avanço da crise da heroína por aqui.

O cartel Sinaloa tem seus próprios interesses, assim como a Narcóticos, e a "morte" de Barrera poderia gerar um conflito irreconciliável entre a promoção da estabilidade no México e o freio da epidemia de heroína nos Estados Unidos.

A primeira requer a preservação do cartel Sinaloa, a segunda exige sua destruição.

O Departamento de Estado e a CIA são passivamente coniventes na parceria do México com o cartel, enquanto o Departamento de Justiça e a Divisão de Narcóticos estão determinados a encerrar as operações de heroína.

Há outras facções. A Procuradoria Geral quer reformas nas políticas anti-drogas, assim como o czar da Casa Branca. Porém, embora o procurador-geral esteja mesmo de partida em breve, a Casa Branca é mais cautelosa. O presidente tem toda a coragem e a liberdade de um político com um pé para fora da porta, mas não quer dar aos conservadores nenhuma munição para alvejar seu potencial sucessor, que precisa concorrer em 2016.

E um desses conservadores é o justamente quem colocara ele no cargo, uma pessoa que gostaria de ver o presidente e as reformas varridas até 2016, prefe-rencialmente antes. Os republicanos já são maioria na Câmara e no Senado; se ganharem a Casa Branca, o novo ocupante vai nomear um novo procurador-geral, que nos levará às alturas — ou profundezas, tanto faz — da guerra contra as drogas. E Keller será uma das primeiras pessoas demitidas.

Portanto, o relógio está correndo.

É sua função, pensa Keller, *deter o fluxo de heroína que adentra este país*. O cartel Sinaloa — legado de Adán, o palácio que ele construiu, que Keller o *ajudou* a construir — está massacrando milhares de pessoas e tem que morrer.

Mas o cartel não vai simplesmente morrer.

Keller terá que matá-lo.

Quando Blair sai, Keller começa a trabalhar ao telefone.

Primeiro, faz uma ligação para Orduña.

— Encontraram o corpo — diz sem preâmbulos.

— *Onde?*

— Onde você acha? Estou prestes a ligar para a SEIDO, mas queria que você soubesse primeiro.

Porque Orduña está limpo — impecavelmente limpo, sem qualquer envol-vimento no recebimento de dinheiro, nem merda nenhuma de ninguém. Seus mariners, com a ajuda de Keller e da inteligência dos EUA, arrasaram os zeta, e agora Orduña está pronto para derrubar o restante, incluindo Sinaloa.

Silêncio, depois Orduña diz:

— Isso pede um champanhe.

Em seguida, Keller liga para a SEIDO, versão mexicana que engloba o FBI e a Divisão de Narcóticos, e fala com o procurador-geral. É uma ligação delicada, porque o PG mexicano ficaria ofendido se soubesse que o pessoal da Guatemala avisou a Narcóticos antes de entrarem em contato com ele. O relacionamento sempre foi frágil, ainda mais por conta da incessante intromissão de Howard, porém mais pelo fato de que a SEIDO recebeu propina de Sinaloa.

— Eu queria lhe adiantar logo — explica Keller. —Vamos divulgar uma nota de imprensa, mas podemos segurar até que você solte a sua.

— Eu agradeço.

A ligação seguinte é para seu próprio procurador-geral.

— Nós vamos fazer um pronunciamento — diz o PG.

— Sim, isso é importante, mas vamos aguardar até que o México faça o deles primeiro.

— Por que motivo?

— Para evitar constrangimento — diz Keller. — Vai ficar ruim pra eles, se descobrirem por nós.

— Mas eles descobriram por nós.

— Nós temos que trabalhar com eles — insiste Keller. — E é sempre bom ter pontos positivos. Porra, nem é o caso de termos capturado o cara, ele foi morto por outros narcos.

— Foi o que aconteceu?

— Certamente é o que parece.

Ele passa cinco minutos persuadindo o PG a esperar o pronunciamento e depois liga para um contato na CNN.

—Você não ouviu isso de mim, mas o México está prestes a anunciar que o corpo de Adán Barrera foi encontrado na Guatemala.

— Jesus, podemos correr pra publicar isso?

— Você que sabe — diz Keller. — Só estou contando o que está prestes a acontecer. Isso irá confirmar a história de que Barrera foi morto após um encontro de paz com os zeta.

— Então quem vem administrando o cartel?

— Porra, eu que vou saber?

— Ora, Art, qual é.

—Você quer sair na frente da Fox ou quer ficar ao telefone me fazendo perguntas que não posso responder? — pergunta Keller.

O contato prefere a primeira opção.

A Martin's Tavern funciona desde que caiu a proibição da lei seca, em 1933, e desde então sempre foi refúgio de políticos democratas. Keller entra e senta no reservado ao lado de onde, segundo reza a lenda, John Kennedy pediu Jackie em casamento.

*Camelot*, pensa Keller.

Outro mito, mas algo em que ele acreditava profundamente, desde que era criança. Ele acreditava em JFK, em Bobby, em Martin Luther King Jr., em Jesus e em Deus. Tendo os quatro primeiros sido assassinados, restava Deus — mas não aquele que habitara a sua infância no lugar de seu pai ausente, não a divindade onipresente, onisciente, onipotente que regia com sua justiça severa, porém correta.

Aquele Deus tinha morrido no México.

Junto de muitos outros deuses. O calor parado da taverna aconchegante o envolve. O México é um país onde os templos de novos deuses são construídos nos cemitérios dos antigos.

Ele sobe a escada estreita de madeira até o andar de cima, que era frequentado por Sam Rayburn, e onde Harry Truman e Lyndon Johnson o persuadiam para obter a aprovação de seus projetos de lei.

O'Brien está sentado sozinho à mesa de um reservado. Seu rosto rechonchudo é rosado, e o cabelo farto, branco como a neve, condiz com um homem de setenta e poucos anos. As mãos grossas seguram o copo baixo. Há outro copo na mesa.

O'Brien é republicano. Mas gosta do Martin's.

— Já fiz seu pedido — diz ele, enquanto Keller senta.

— Obrigado. É o corpo de Barrera. Acabaram de confirmar.

— O que você disse ao procurador-geral? — pergunta O'Brien.

— O que nós sabemos. Que nossa inteligência referente à batalha entre os zetas e Sinaloa mostrou-se precisamente correta e que Barrera parece ter sido morto no tiroteio.

O'Brien considera:

— Se Dos Erres se tornar uma história real, podemos ser ligados à Tidewater.

— Podemos. Mas não há nada que possa ligar a Tidewater à incursão.

A empresa foi desfeita e depois reformulada no Arizona, sob outra marca. Vinte pessoas foram à missão na Guatemala. Houve um morto em combate. Seu corpo foi retirado, a família foi informada de que ele morrera em um acidente de treinamento e aceitou um acordo extrajudicial. Os quatro feridos, também retirados com êxito e tratados em instalações na Costa Rica; os prontuários médicos foram destruídos, e os homens, compensados conforme os termos contratuais. Dos quinze restantes, um faleceu em um acidente de carro imediatamente após assinar com outro contratante. Os outros treze não têm qualquer intenção de romper as cláusulas de confidencialidade de seus contratos.

O Black Hawk que caiu não tinha identificação, e os caras o explodiram antes que fosse registrado. O D-2 veio no dia seguinte e limpou a cena.

— Estou mais preocupado que a Casa Branca se irrite — diz Keller.

— Vou manter o pessoal de lá estável — garante O'Brien. — Temos armas apontadas para as cabeças uns dos outros, "destruição mútua garantida", como costumávamos dizer. E, porra, se você parar pra pensar, o que aconteceria se o público descobrisse que o presidente dos Estados Unidos virou caubói e eliminou três dos maiores traficantes de drogas do mundo? No cenário atual, com a epidemia de heroína, seus índices de aprovação arrebentariam a boca do balão.

— Seus colegas republicanos tentariam o impeachment — diz Keller. — E você votaria com eles.

Havia rumores de que O'Brien concorreria à presidência em 2016 — o próprio senador dera início a esses boatos.

O'Brien ri.

— Em termos de deslealdade, facada nas costas, pescoço cortado e combate mano a mano, em termos de poder letal de matança... os cartéis mexicanos não são nada perto do que se vê nesta cidade. Lembre-se disso.

— Vou manter isso em mente.

— E, você está seguro de que isso não vai voltar pra nos assombrar?

— Estou.

O'Brien ergue o copo.

— Então, um brinde ao morto recém-descoberto.

Keller termina seu drinque.


Duas horas depois, Keller olha a imagem de Iván Esparza no telão da sala de instruções. Esparza usa uma camisa *norteño* listrada, jeans e óculos escuros, e está em pé, na frente de um jato particular.

— Iván Archivaldo Esparza — diz Blair. — Trinta anos. Nascido em Culiacán, Sinaloa. Filho mais velho do falecido Ignacio "Nacho" Esparza, um dos três principais parceiros do cartel Sinaloa. Iván tem dois irmãos mais jovens, Oviedo e Alfredo, em ordem de senioridade. Todos no negócio da família.

A imagem muda para uma foto de Iván sem camisa, em pé, em um barco, com outros iates ao fundo.

— Iván é o exemplo clássico do grupo que passou a ser conhecido como Los Hijos — diz Blair. — Os filhos. Armário abarrotado de roupas de caubói, joias exageradas, correntes de ouro, bonés virados ao contrário, botas exóticas e inúmeros carros: Maseratis, Ferraris, Lamborghinis. Ele tem até armas incrustadas com diamantes. E posta fotos disso tudo nas redes sociais.

Blair mostra algumas imagens do blog de Iván.

Um fuzil AK-47 folheado a ouro no console de uma Maserati conversível.

Pilhas de notas de vinte dólares.

Iván posando com duas jovens de biquíni.

Outra *chica* sentada no banco da frente de um carro, com o nome "Esparza" tatuado na perna esquerda.

Carros esportivos, barcos, jet skis, mais armas.

As prediletas de Keller são uma que mostra ele com um casaco de capuz debruçado por cima de um filhote já grande de leão estendido diante de uma Ferrari, e outra com dois filhotes de leão no banco da frente. A cicatriz no rosto de Iván é quase imperceptível, mas a maçã do rosto continua ligeiramente plana.

— Agora que a morte de Barrera está confirmada, Iván é o próximo na linha sucessória — afirma Blair. — Ele não é apenas filho de Nacho, é cunhado de Adán. A ala Esparza do cartel possui bilhões de dólares, centenas de soldados e influência política de peso. Mas há outros candidatos.

Surge na tela a foto de uma mulher elegante. Blair prossegue:

— Elena Sánchez Barrera, irmã de Adán. Houve um tempo em que ela administrava a Plaza Baja, mas se aposentou anos atrás, cedendo o território a Iván. Tem dois filhos, Rudolfo, que cumpriu pena aqui nos EUA por tráfico de cocaína, e Luis. Elena está supostamente fora dos negócios, assim como seus dois filhos. A maior parte do dinheiro da família está investida em negócios legítimos, mas tanto Rudolfo como Luis às vezes andam com *Los Hijos*, e, como sobrinhos de sangue de Adán, devem ser considerados herdeiros potenciais ao trono.

Surge uma foto de Ricardo Núñez.

— Núñez tem a riqueza e o poder para assumir o cartel — continua Blair —, mas é um número dois natural, nascido para ficar atrás do trono, não para ocupá-lo. Ele é advogado, um legalista cauteloso e exigente, sem o gosto ou a tolerância por sangue que seriam exigidos pela transferência ao topo.

Outra foto de um jovem surge na tela.

Keller reconhece Ric Núñez.

— Núñez tem um filho — diz Blair. — Também Ricardo, 25 anos, com a alcunha ridícula de "Mini-Ric". Ele só está na lista porque é afilhado de Barrera.

Aparecem mais fotos de Mini-Ric.

Tomando cerveja.

Dirigindo um Porsche.

Empunhando uma pistola com monograma.

Levando um guepardo pela coleira.

— Ric não tem a seriedade do pai — explica Blair. — É mais um *Hijo*, um playboy queimando dinheiro que nunca ganhou com o suor e o sangue. Quando não está chapado, está bêbado. Não tem sequer controle da própria vida, quanto mais do cartel.

Keller vê uma foto de Ric e Iván bebendo juntos, erguendo os copos para a câmera em um brinde. As mãos livres estão enlaçadas sobre os ombros um do outro.

— Iván Esparza e Ric Núñez são melhores amigos — anuncia Blair. — Iván é provavelmente mais próximo de Ric do que de seus próprios irmãos. Mas Ric é um lobo beta do bando que Iván lidera. Iván é ambicioso, Ric é quase avesso à ambição.

Keller já sabe disso tudo, mas pediu a Blair que fizesse um resumo ao pessoal da Narcóticos e do Departamento de Justiça, em sequência à descoberta do corpo de Adán. Denton Howard está na fileira da frente — *enfim se educando*, pensa Keller.

— Há alguns outros *hijos* — diz Blair. — O pai de Rubén Ascención, Tito, era guarda-costas de Nacho Esparza, mas agora é dono de sua própria organização, o cartel Jalisco, que faz dinheiro primordialmente com metanfetamina.

— *Esse* garoto...

Ele mostra outra foto de um jovem — cabelo preto curto, camisa preta, com um olhar zangado para a câmera.

—... Damien Tapia — diz Blair — também conhecido como "Jovem Lobo". Vinte e dois anos, filho do falecido Diego Tapia, outro dos ex-parceiros de Adán. Era membro do *Los Hijos* até que seu pai teve contratempos com Barrera, em 2007, o que originou uma grande guerra civil no cartel., Barrera ganhou. Damien era muito próximo de Ric e Iván, mas não anda mais com os meninos, já que culpa os pais deles pela morte do seu.

*Los Hijos*, um bando de mimados do comércio de drogas mexicano, a terceira geração de traficantes. A primeira foi de Miguel Ángel, "M-1" e seus associados; a segunda foi de Adán Barrera, Nacho Esparza, Diego Tapia e seus inúmeros rivais e inimigos — Heriberto Ochoa, Hugo Garza, Rafael Caro.

Agora, são *Los Hijos*.

Porém, ao contrário da geração anterior, esses moleques nunca trabalharam nos campos de papoula, jamais sujaram as mãos de terra ou de sangue nas guerras que seus pais e tios lutaram. São cheios de papo furado, acenam pistolas e AKs folheadas a ouro, mas nunca andaram no riscado. Mimados, arrogantes e vazios, acham que o mundo simplesmente lhes deve dinheiro e poder. Não fazem ideia do que vem junto com isso.

A tomada do poder por Iván vai acontecer pelo menos dez anos antes da hora. Ele não tem a maturidade ou a experiência exigidas para tocar a coisa toda. Se for esperto, vai usar Ricardo Núñez como *consigliere*, mas dizem que Iván não é muito esperto — é arrogante, pavio curto e exibido, traços que seu pai, à moda antiga, apenas desprezava.

Mas o pai não é o filho.

— É um novo dia — diz Keller. — A morte de Barrera não desacelerou o fluxo nem por uma semana. Estão chegando mais carregamentos do que nunca, o que indica que há continuidade e estabilidade por lá. O cartel é uma corporação que perdeu seu CEO. Ainda tem um quadro diretor que, cedo ou tarde, indicará um novo chefe executivo. Vamos nos assegurar de estar por dentro dessa conversa.

Ele é a cara do pai.

Quando Hugo Hidalgo entra pela porta, faz Keller voltar quase trinta anos ao passado.

Até ele e Ernie Hidalgo em Guadalajara.

O mesmo cabelo negro.

O mesmo rosto bonito.

O mesmo sorriso.

— Hugo, há quanto tempo! — Keller sai de trás da escrivaninha e lhe dá um abraço. — Venha, sente-se, sente-se.

Ele conduz o rapaz até uma poltrona em um pequeno nicho junto à janela e se senta de frente para ele. Sua recepcionista e inúmeras secretárias ficaram imaginando como um agente novato de campo conseguira agendar uma reunião com o chefe geral, principalmente em um dia em que Keller cancelou tudo e ficou trancado no escritório.

Keller passara o dia todo ali dentro, assistindo aos programas mexicanos e aos noticiários por satélite que cobrem o anúncio da morte de Adán Barrera. A transmissão da Univision do cortejo fúnebre — muitos veículos — seguindo pelo caminho sinuoso das montanhas em direção a Culiacán. Nos vilarejos e cidades ao longo do caminho, as pessoas perfilando a estrada e lançando flores, correndo aos prantos, pressionando as mãos nos vidros. Altares provisórios foram erguidos com fotos de Barrera, velas e placas dizendo "¡ADÁN VIVE!"

Tudo pelo merdinha que assassinou o pai daquele jovem ali, diante de Keller, que o chamava de "Tío Arturo". Hugo deve estar com, o que, 30 anos? Um pouquinho mais?

— Como vai? — pergunta Keller. — Como está a família?

— Minha mãe está bem. Está morando em Houston. Ernesto está no Departamento de Polícia de Austin. Um daqueles policiais hippies de bicicleta. Casado, três filhos.

Keller sente-se culpado por ter perdido contato.

Sente-se culpado por muitas coisas que envolvem Ernie Hidalgo. Foi culpa sua que Ernie tenha sido morto quando Hugo era só um menininho. Keller passou a carreira inteira tentando consertar isso, rastreou todos os envolvidos e os colocou atrás das grades.

Dedicou sua vida a eliminar Adán Barrera.

E finalmente o fez.

— E você? — pergunta Keller. — Casou? Tem filhos?

— Nenhum dos dois. Ainda. Olhe, senhor, sei que é muito ocupado e agradeço por me conceder esse tempo...

— Sem problemas.

— Uma vez, o senhor me falou que, se houvesse algo que pudesse fazer por mim, que eu não hesitasse em pedir.

— Fui sincero.

— Obrigado. Eu nunca quis me aproveitar disso, de nosso relacionamento. Não que eu ache que o senhor me deva nada...

Keller vem acompanhando a carreira de Hugo de longe.

O garoto fez tudo direito.

Entrou para o serviço militar. Serviu com os Mariners no Iraque.

Depois voltou e concluiu a faculdade, formou-se em justiça criminal, pela Universidade do Texas, depois foi trabalhar na Delegacia do Condado de Maricopa. Tem uma boa ficha e continuou tentando entrar para a Divisão de Narcóticos até ser aceito.

Ele poderia ter feito de outra forma, Keller sabe. Poderia ter simplesmente entrado e dito que era filho de um agente morto da Narcóticos, e teria conseguido um emprego, na hora.

Mas não foi o que fez.

Ele conquistou seu lugar, e Keller respeita isso.

Seu pai também teria respeitado.

— O que posso fazer por você, Hugo?

— Já faz três anos que estou trabalhando e ainda estou investigando a compra de maconha nos subúrbios de Seattle.

— Você não gosta de Seattle?

— É o mais distante que se pode estar do México — responde Hugo. — Mas talvez essa seja a ideia.

— Como assim?

Hugo parece constrangido, mas então ergue o rosto e lança um olhar direto para Keller.

*Exatamente como Ernie teria feito.*

— Está me mantendo fora de perigo, senhor? — pergunta Hugo. — Se estiver...

— Não estou.

— Bem, alguém está. Já me candidatei cinco vezes para vagas nas missões do FAST e não fui aceito em nenhuma. Só que isso não faz sentido. Falo espanhol fluentemente, pareço mexicano, tenho todas as qualificações para o uso de armamento.

— Por que você quer o FAST?

FAST é o acrônimo para *Foreign-Deployed Advisory and Support Team*, ou Equipe de Apoio e Consultoria em Destacamentos Estrangeiros, mas Keller sabe que eles fazem muito mais que aconselhar e dar apoio. São basicamente as forças especiais da Narcóticos.

— Porque é lá que a coisa acontece — diz Hugo. — Todos esses garotos morrendo de overdose por aí. Eu quero entrar nessa luta. Na linha de frente.

— Esse é o único motivo?

— Não basta?

— Posso ser honesto com você, Hugo?

— Eu gostaria que alguém fosse.

— Você não pode passar a vida buscando vingança por seu pai.

— Com todo respeito, mas não foi o que o senhor fez?

— Por isso que eu sei o que estou falando. — Keller se inclina para a frente em sua poltrona. — Os caras que mataram seu pai estão todos mortos. Dois morreram na cadeia, um foi morto em um tiroteio numa ponte, em San Diego. Eu estava lá. O último... estão prestes a fazer seu velório. Esse trabalho terminou, filho. Você não precisa assumi-lo.

— Eu queria que meu pai se orgulhasse de mim.

— Tenho certeza de que ele se orgulha.

— Não quero ser promovido por quem meu pai foi — reforça Hugo —, mas também não quero ser impedido de avançar na carreira.

— É justo — diz Keller. — Vamos fazer o seguinte: se alguém estiver impedindo sua transferência para o FAST, vou desimpedir. Se você passar no teste e no treinamento, coisa que só metade consegue, eu dou uma força para você ter uma missão no Afeganistão. Na linha de frente.

— Eu falo espanhol, não urdu.

— Seja realista, Hugo. De jeito nenhum vão deixar que você vá para o México. Ou para a Guatemala, El Salvador, Costa Rica, Colômbia... A Narcóticos simplesmente não vai se arriscar com as possíveis manchetes caso algo aconteça com você. E com certeza aconteceria... você seria um homem marcado.

— Quero correr o risco.

— Eu não quero. — *Tive que contar a Teresa Hidalgo que seu marido estava morto*, pensa Keller. *Não vou dizer a ela que o mesmo aconteceu com o filho.* Ele faz um lembrete mental para descobrir quem tem mantido Hugo fora de perigo, para agradecer. Foi um pensamento coerente. — Se você não quer Cabul, diga algum lugar que queira. Europa... Espanha, França, Itália?

— Não fique abanando atrativos para mim, senhor. Ou eu vou para a linha de frente, ou deixo a Narcóticos. E o senhor sabe que, se eu for para a polícia da fronteira, eles vão me colocar infiltrado. Vou comprar drogas de Sinaloa antes que o senhor possa tirar meu nome de sua lista de cartões de Natal.

*Você é mesmo filho do seu pai*, pensa Keller. *Vai fazer exatamente o que está dizendo e vai ser morto, e eu devo mais que isso a seu pai.*

— Você quer derrubar o cartel? — pergunta Keller.

— Sim, senhor.

— Então talvez eu tenha um emprego pra você, bem aqui. Como meu assistente.

— Preenchendo papelada? — indaga Hugo.

— Se acha que vai derrubar o cartel comprando trouxinhas de coca em El Paso ou metralhando alguns sicários em El Salvador, talvez seja tolo demais para trabalhar aqui — responde Keller. — Mas, se quiser estar na guerra de verdade, pegue um voo de volta para Seattle, arrume as malas e esteja pronto para trabalhar na segunda-feira, bem cedo. Essa é a melhor oferta que você vai ter, filho. Se eu fosse você, aceitaria.

— Eu aceito.

— Que bom. Vejo você na segunda.

Ele acompanha Hugo até a porta. *Porra, acabei de ser dobrado pelo filho de Ernie Hidalgo.*

Keller olha novamente para a televisão.

Levaram o corpo de Adán de volta a Culiacán.

Se Ric tiver que ficar ali sentado por mais cinco minutos, vai dar um tiro na própria cabeça.

Desta vez, é certo.

Melhor morrer que ficar sentado nesta cadeira dobrável de madeira, encarando um caixão fechado com os ossos de Adán Barrera, fingindo pesar, fingindo recordar momentos afetuosos que na verdade não teve com seu padrinho.

A coisa toda é asquerosa.

Mas até que é engraçado, ao estilo Guillermo del Toro. Todo o conceito de velório é para que as pessoas possam ver o corpo, mas não há corpo nenhum, não de verdade. Só jogaram o esqueleto dentro de um caixão que provavelmente custa mais que a casa da maioria das pessoas, portanto, é meio como assistir a um filme que não tem imagem, só som.

Ainda teve toda aquela discussão do que fazer em relação ao terno, porque o falecido deve ser vestido com seu melhor terno, para que não circule pela outra vida todo maltrapilho, mas isso claramente não daria certo, então dobraram o terno Armani que acharam em um dos armários de Adán e puseram dentro do caixão.

Mais engraçado ainda foi o dilema sobre o que mais pôr ali dentro, porque a tradição é colocar coisas que o defunto gostava de fazer na vida, mas ninguém conseguia pensar em nada que Adán fizesse por diversão, nada de que ele realmente gostasse.

— A gente poderia botar dinheiro aí dentro — murmurou Iván para Ric, durante a discussão. — Porra, ele gostava pra cacete de dinheiro.

— E de boceta — respondeu Ric.

Diziam que seu padrinho era pegador.

— É, mas acho que não vão deixar você matar alguma vadia gostosa e botar aí dentro com ele — considerou Iván.

— Sei não. Tem espaço de sobra...

— Eu te dou mil dólares pra sugerir isso — ofereceu Iván.

— Não vale — respondeu Ric, olhando para seu pai e Elena Sánchez, imersos em uma sincera discussão sobre o assunto.

Não, seu pai não acharia a sugestão nada engraçada, e Elena já não gostava dele. E, de qualquer forma, não diria nada sobre vadias gostosas na frente de Eva — que, por sinal, estava... bem... gostosa, com seu vestido preto.

Ric com certeza pegaria Eva — a mulher tinha a sua idade — mas tampouco diria isso na frente de Iván, irmão dela.

— *Eu* pegaria ela — disse Belinda a Ric. — Com certeza.

— Acha que ela joga nos dois times?

— Baby — respondeu Belinda —, comigo, *todo mundo* joga nos dois times. Eu pego quem eu quero.

Ric pensou nisso por um segundo.

— Menos Elena. Ela tem gelo no meio das pernas.

— Eu faria derreter — disse Belinda, mostrando a língua. — E transformaria em lágrimas de prazer.

Nunca faltou confiança a Belinda.

De qualquer jeito, o que eles decidiram pôr no caixão foi uma bola de beisebol. Adán meio que gostava de beisebol, embora ninguém ali conseguisse se lembrar de um único jogo a que ele tivesse ido. Colocaram também um par de luvas de boxe da época da adolescência de Adán, como aspirante a promotor de boxe, e uma foto da filha que morrera jovem, fazendo Ric sentir-se meio mal por querer botar a mulher morta com ele.

Bem, foi o resultado *dessa* discussão — o debate mais sério foi sobre o local onde realizar o velório. Primeiro, pensaram em fazer na casa da mãe de Adán, em seu vilarejo natal de La Tuna, mas depois reconsideraram, pois poderia ser demais para a velhinha, e também — como Ric frisou — a locação rural traria muitas dificuldades logísticas.

Certo.

Decidiram fazer na casa de alguém em Culiacán, onde, afinal, ficava o cemitério. O problema era que todos tinham uma casa — na verdade, casas — dentro ou nos arredores da cidade, então começou a discussão sobre em qual casa seria, já que deveria ser um lugar com algum *significado*.

Elena queria que fosse na dela, afinal, Adán era seu irmão; Iván queria que fosse na casa da família Esparza, já que Adán era seu genro; o pai de Ric sugeriu a casa deles, nos subúrbios de Eldorado, por ser "mais distante dos curiosos".

*Que porra de diferença faz?*, pensou Ric, assistindo à discussão que ficava inflamada. *Adán não vai ligar, o cara está morto.* Mas parecia importar para eles, que ficaram discutindo até que Eva disse, baixinho:

— Adán e eu também tínhamos um lar. Vamos fazer lá.

Ric notou que Iván não ficou muito animado com a irmã caçula tomando a palavra.

— É demais querer que vocês sejam a anfitriões disso.

*Por quê?*, pensou Ric. *Até parece que Adán vai ficar ocupado demais servindo pastinha de feijão para desfrutar de seu próprio velório.*

— É realmente demais, querida — disse Elena.

O pai de Ric assentiu, concordando.

— É tão longe, na zona rural.

*Eles enfim concordam em algo*, pensou Ric.

Mas Eva afirmou:

— Vamos fazer lá.

Então Ric e todos os outros tiveram que dirigir até o Leste do Cu do Mundo, rumo à estância de Adán, passando por estradas de terra sinuosas, além das barricadas da polícia estadual que provinham segurança. Uma porra de uma caravana de narcos indo prestar condolências, alguns por amor, outros por obrigação, alguns por medo de não serem vistos lá. Se você recebe um convite para o velório de Adán Barrera e não aparece, pode ser o convidado de honra do velório seguinte.

Seu pai e Elena cuidaram de praticamente tudo, e, portanto, claro que tudo saiu perfeito. Helicópteros circulando acima, seguranças armados cercando o solo, manobristas com pistolas 9 mm na cinta.

Os convidados lotaram a colina gramada da frente. Mesas com toalhas brancas tinham sido postas com travessas de comida, garrafas de vinho e jarros de cerveja, limonada e água. Garçons passavam com bandejas de canapés.

Uma das notáveis bandas de Rudolfo Sánchez tocava em um coreto.

O caminho que subia até a casa estava coberto de pétalas de cravos, uma tradição nos velórios.

— Eles realmente capricharam — comentou Karin, esposa de Ric.

— O que você esperava?

Ric tinha frequentado dois semestres inteiros na Universidade Autônoma de Sinaloa, cursando negócios, e tudo o que aprendera de economia foi que um preservativo barato pode custar muito mais caro que um bom. Quando contou ao pai que Karin estava *embarazada*, Ricardo falou que ele teria que fazer o que era certo.

Que Ric traduziu como se livrar do problema e terminar com Karin.

— Não — corrigira Núñez. — Você vai se casar e criar seu filho.

Ric Sênior achou que a responsabilidade de ter uma família faria seu filho "se tornar um homem". Até que fez, e o rapaz se tornou um homem que raramente volta para casa e que tem uma amante que faz tudo o que sua esposa não faz. Não que pedisse — Karin, apesar de bonita, era tão entediante quanto um jantar de domingo. Se sugerisse algumas das coisas que Belinda fazia, era provável que ela começasse a chorar e se trancasse no banheiro.

O pai não aprovava seu comportamento.

— Você passa mais tempo por aí, com os Esparza, do que na sua casa.

— Preciso de uma noite com os meninos de vez em quando.

— Mas você não é menino, é um homem. E um homem fica com a sua família.

— Você conhece a Karin?

— Você que quis transar com ela sem a proteção adequada.

— Foi só uma vez — argumentou Ric. — Mas agora não preciso me preocupar muito sobre sexo com ela.

— Arrume uma amante — respondeu Núñez. — Todo homem faz isso. Mas, ao mesmo tempo, cuida da família.

Apesar disso, para seu pai, seria de cair o cu da bunda descobrir quem era a amante que Ric escolhera — a psicopata chefe de segurança. Não, o pai não aprovaria La Fósfora, então, mantinham discrição.

Seu velho tinha mais a dizer.

— Desrespeitar seu casamento é desrespeitar seu padrinho, e isso eu não posso permitir.

Ric fora para casa naquela noite. Ok.

—Você andou resmungando pro meu pai? — perguntara a Karin.

—Você nunca fica em casa! — respondera ela. — Passa todas as noites com seus amigos! Provavelmente está transando com alguma piranha!

*Piranhas, no plural*, pensara Ric, mas não falara. O que disse em vez disso foi:

— Você gosta deste casarão? Que tal o condomínio em Cabo? A casa na praia, em Rosario? De onde você acha que vem tudo isso? As roupas, as joias, a televisão de tela plana imensa na qual você vive com os olhos grudados. A babá da sua filha, para que você não precise parar de ver suas novelas. De onde acha que vem tudo isso? De mim?

Karin debochara.

—Você nem tem emprego.

— Meu emprego é ser filho daquele homem.

— Mini-Ric — completara ela, com outro deboche.

— Isso mesmo — respondera ele. — Para que alguém que não esteja agindo como uma puta imbecil possa pensar "Hmm, a última coisa que eu quero fazer é difamar meu marido para o pai dele e correr o risco de perder tudo isto." Claro, isso seria alguém que *não* estivesse agindo como uma puta imbecil.

—Vá embora.

— Meu Deus, se decida. Você quer que eu fique em casa, ou quer que eu vá embora, qual dos dois? Uma maldita noite com você se transformou numa sentença de prisão perpétua.

— Como você acha que eu me sinto? — perguntara Karin.

*Isso é o melhor que ela sabe fazer*, pensara Ric. Se chamasse Belinda de puta imbecil, ela daria um tiro no seu pau e depois chuparia para tirar a bala.

— Essa é a questão. — Se quer reclamar, reclame para as suas amigas, em um desses almoços de vocês. Vá se queixar com a empregada, reclame com aquela merdinha daquele cachorrinho que eu paguei. Mas nunca, jamais, reclame com o meu pai.

— Se não, o quê?

Karin estava bem perto do rosto dele.

— Eu jamais bateria em uma mulher — respondera Ric. — Você sabe que eu não sou assim. Mas vou me divorciar. Você vai ficar com uma das casas e vai morar lá sozinha. E boa sorte tentando arranjar um marido com uma criança pendurada no quadril.

Mais tarde, naquela noite, voltara para a cama bêbado o suficiente para amolecer um pouquinho.

— Karin?

— O quê?

— Eu sei que sou um babaca. Sou um *hijo* e não sei ser diferente.

— Só que você...

— Eu o quê?

— Você só brinca com a vida...

Ric dera risada.

— Baby, o que mais há para fazer com ela?

Como um *hijo*, já vira amigos, primos, tios mortos. A maioria jovem, alguns mais jovens que ele. É preciso brincar enquanto a vida dá tempo para brincar, porque, cedo ou tarde, provavelmente cedo, vão colocar seus brinquedos prediletos em uma caixa com você.

Carros velozes, barcos velozes, mulheres mais velozes ainda. Comida boa, bebida melhor, as melhores drogas. Casas boas, roupas melhores, armas melhores ainda. Se há mais que isso na vida, não conhecia.

— Brinque *junto* comigo — pedira.

— Não posso — respondera ela. — Eu tenho uma filha.

Depois que Karin se acomodara com a maternidade, criando a garotinha, o casamento passara da hostilidade aberta para a tolerância entediante. E claro, a mulher teve que acompanhá-lo ao velório de Adán, pois qualquer outra opção pareceria "inconveniente", aos olhos do pai dele.

Mas o fato de Belinda também estar lá não ajudou muito.

Ela estava a trabalho.

Mas Karin percebeu.

— Aquela garota. Ela é da segurança?

— Ela é *chefe* da segurança.

— Ela é estonteante — disse Karin. — Acha que é *tortillera*?

Ric riu.

— Como você sabe essa palavra?

— Eu sei coisas. Não moro num casulo.

*Ah, meio que mora, sim*, pensou Ric.

— Não sei se ela é lésbica ou não. Deve ser.

Karin está sentada ao lado de Ric, parecendo tão infeliz quanto se sente, mas olhando zelosamente para o caixão (*Karin cumpre seu dever como uma freira reza um terço*, pensa Ric), como deve fazer a esposa de um afilhado.

O que faz Ric lembrar-se de que se tornou afilhado de Adán na feliz ocasião de seu casamento, uma antiga tradição mexicana, segundo a qual um homem pode "adotar" um afilhado na celebração de um grande evento de sua vida, embora Ric saiba que Adán fez isso mais para homenagear seu pai do que para expressar qualquer proximidade específica com ele.

Ric já ouvira mais de mil vezes a história de como seu pai conhecera Adán Barrera.

Ricardo Núñez era um jovem de apenas 38 anos, quando Adán foi trazido aos portões da prisão, depois de ter obtido a "compaixão da extradição" dos EUA, para cumprir no México o restante de sua pena de 22 anos.

Era uma manhã fria. O pai de Ric sempre dizia isso quando contava a história. Adán estava algemado pelos punhos e tornozelos, tremendo, quando trocou sua jaqueta azul por um uniforme marrom, com o número 817 costurado na frente e nas costas.

— Eu fiz um discurso cheio de desdém — contara Núñez (*E você faz algum outro tipo?*, pensa Ric). — *Adán Barrera, você agora é prisioneiro de CEFERESO II. Não pense que seu status anterior lhe dá qualquer vantagem aqui. Você é como qualquer outro criminoso.*

Fez isso por conta das câmeras, algo que Adán entendeu muito bem. Lá dentro, ele graciosamente aceitou o pedido de desculpas de Núñez e a garantia de que todo o possível seria feito para que ele ficasse confortável.

E de fato foi.

Diego Tapia já tinha providenciado sua segurança. Inúmeros de seus homens de maior confiança haviam concordado em serem presos, condenados e enviados para a instituição, para que pudessem fazer a guarda de "El Patrón". E Núñez colaborou com Diego para prover a Adán uma "cela" de 180 metros quadrados com cozinha completa, um bar bem abastecido, televisão de LED, computador e geladeira comercial abastecida de produtos frescos.

Em algumas noites, o refeitório da cadeia era convertido para Adán promover o "cinema noturno" para seus amigos, e o pai de Ric sempre fazia questão de relatar que o chefão das drogas preferia filmes leves, sem sexo ou violência.

Em outras noites, os guardas da prisão iam até Guadalajara e voltavam com uma van cheia de garotas de programa para o pessoal de apoio e os empregados de Barrera. Mas Adán não participava, e não demorou a começar um caso com uma linda detenta, a ex-Miss Sinaloa, Magda Beltrán, que veio a se tornar sua famosa amante.

— Mas Adán era assim — dissera Núñez. — Ele sempre teve classe, dignidade e apreço pela qualidade nas pessoas e nas coisas.

Adán cuidava das pessoas que cuidavam dele.

Portanto, foi bem ao estilo dele quando, pouco antes do Natal, foi até o escritório e silenciosamente sugeriu que Núñez pedisse demissão. Que uma conta bancária fora aberta para ele nas Ilhas Caimã, e que ele encontraria a papelada em sua casa nova, em Culiacán.

Núñez se demitiu de seu cargo e voltou para Sinaloa.

Na noite de Natal, um helicóptero levou Adán Barrera e Magda Beltrán do telhado em uma "fuga" que, de acordo com os boatos, custou mais de quatro milhões de dólares em pagamentos para o pessoal, na Cidade do México.

Parte desse dinheiro estava em uma conta, em Grand Caimã, para Ricardo Núñez.

Os investigadores federais vieram interrogá-lo, mas Núñez não sabia de nada sobre a fuga. Eles expressaram a aversão moral ao tratamento de favorecimento dado a Adán na cadeia e ameaçaram processar, mas não deu em nada. E, embora Núñez tenha se tornado inempregável como promotor, já não importava — Adán fizera valer sua palavra e estendera-lhe a mão.

Colocou-o no negócio da cocaína.

Núñez se tornou respeitado.

De confiança.

E discreto. Núñez nunca foi ostentoso, ficava fora dos holofotes e das mídias sociais. Atuava deliberadamente fora do radar, de modo que nem mesmo a SEIDO, ou a Narcóticos — na verdade, pouquíssimas pessoas no cartel — sabiam quão importante ele havia se tornado.

*El Abogado.*

Núñez, na verdade, se tornou o braço direito de Adán.

O Ric passara pouco tempo com Barrera; portanto, era estranho ficar ali sentado fingindo pesar.

O caixão de Adán está sobre um altar erguido para a ocasião nos fundos de um imenso salão. Pilhas de flores frescas cobrem o altar, junto com ícones religiosos e crucifixos. Espigas de milho, abóboras e confete pendem de um arco montado acima do caixão. Embalagens de grãos de café foram dispostas, outra tradição de velórios, algo que Ric desconfia ter mais a ver com o cheiro de decomposição.

Como afilhado, Ric senta na fileira da frente, junto com Eva, é claro, os Esparza, e Elena e seus filhos. A mãe de Adán, velha como a terra, está sentada em uma cadeira de balanço, vestida de preto, com um xale preto na cabeça, o rosto enrugado mostrando a tristeza paciente da campesina mexicana. *Deus, as coisas que essa mulher deve ter visto*, pensa Ric. As perdas que já sofrera — dois filhos, um neto morto, uma neta que morreu tão jovem, tantos outros que se foram.

Ele conhece a expressão "cortar a tensão com uma faca", mas a tensão daquela sala não poderia ser partida nem com um cutelo. Deveriam estar trocando histórias afetuosas sobre o falecido, só que ninguém consegue pensar em nenhuma.

Ric tem algumas ideias:

Ei, lembram daquela vez que Tío Adán mandou matar uma vila inteira só pra garantir que um dedo-duro fosse morto?

E aquela vez que Tío Adán mandou que a cabeça da amante do rival fosse enviada pra ele num pacote de gelo seco?

Ei, ei, lembra quando Tío Adán jogou aqueles dois garotinhos da ponte? Que gozado. Que cara mais engraçado, hein?

Barrera fizera bilhões de dólares, criara e regera uma porra de um império, e o que tinha para mostrar?

Uma filha morta, uma ex-esposa que não fora ao velório, uma jovem viúva troféu, filhos gêmeos que cresceriam sem o pai, uma bola de beisebol, luvas de boxe fedorentas e um terno que nunca usara. E absolutamente nenhuma das centenas de pessoas presentes conseguia pensar em uma única história boa para contar sobre ele.

E aquele era o cara vitorioso.

El Señor. El Patrón. O Padrinho.

Ric vê Iván olhando para ele, tocando o nariz com o dedo indicador. Iván levanta da cadeira.

— Tenho que mijar — anuncia Ric.

E fecha a porta do banheiro depois de entrar.

Iván está esticando carreiras de pó na bancada de mármore.

— Porra, será que dá pra ficar mais entediante?

— Está um pavor.

Iván enrola uma nota de cem dólares (*é claro*, pensa Ric), cheira uma carreira, depois passa a cédula para ele.

— Nada dessa merda combina comigo, *cuate*. Quando eu partir, quero uma festa do cacete, depois pode me botar numa canoa e pronto, enterro de viking.

Ric se debruça e cheira a coca.

— Porra, assim está melhor. E se *eu* for primeiro?

— Vou jogar seu corpo num beco.

— Valeu.

Os dois ouvem uma batida à porta.

— *¡Momento!* — grita Iván.

— Sou eu.

— Belinda — diz Ric.

Ele abre a porta e ela entra depressa.

— Eu sabia o que os dois babacas estavam fazendo aqui. Também quero.

Iván tira o frasco do bolso e dá para ela.

— Pode se esbaldar.

Belinda estica uma carreira e cheira.

Iván se recosta na parede.

— Adivinha só quem eu vi, outro dia? Damien Tapia.

— Não brinca — responde Ric. — Onde?

— Numa Starbucks.

— Meu Deus, e o que você disse?

— Eu disse "oi", o que você acha?

Ric não sabe o que achar. Damien tinha sido um *hijo*, quando eram pequenos e brincavam juntos o tempo todo, festejavam, essa merda toda. Ele era tão próximo de Damien quanto de Iván, até que Adán e Diego Tapia tiveram uma briga, que se transformou em uma guerra, e o pai de Damien foi morto.

Na época, ainda eram todos adolescentes.

Adán ganhara a guerra, claro, e a família Tapia fora expulsa do grupo. Desde então, foram proibidos de ter qualquer contato com Damien Tapia. Não que Damien quisesse ter algo a ver com eles. Ainda estava pela cidade, mas trombar com ele era… esquisito.

— Quando eu assumir — declara Iván —, vou trazer o Damien de volta.

— É?

— Por que não? A briga foi entre Adán e o velho de Damien. Adán está morto, como você deve ter notado. Eu vou acertar as coisas com Damien, e será como antes.

— Parece bom — diz Ric.

Sente falta de Damien.

— Aquela geração — comenta Iván, apontando o queixo para a porta —, nós não temos que herdar as guerras deles. Nós vamos seguir adiante. Os Esparza, você, Rubén e Damien. Como antes. *Los Hijos*, como irmãos, certo?

— Como irmãos — diz Ric.

Eles batem os nós dos dedos.

— Se vocês já terminaram de ser gays — diz Belinda —, é melhor a gente voltar, antes que descubram o que estamos fazendo. Cheirando pó no velório do *patrón*, hein? *Tsc, tsc, tsc.*

— Foi o pó que ergueu este lugar — afirma Iván.

— Pó vendido, não cheirado — responde Belinda. Ela olha para Ric. — Limpa o nariz, namorado. Ei, sua esposa é bonitinha, hein?

— Você já tinha visto.

— É, mas ela está mais bonitinha hoje. Quer fazer um *ménage*? Posso ensinar umas coisinhas pra ela. Anda, vamos nessa.

Ela abre a porta e sai.

Iván segura Ric pelo cotovelo.

— Ei, você sabe que eu tenho que cuidar dos meus irmãos. Mas vamos deixar a poeira baixar por alguns dias e depois conversamos, está bem? Sobre onde você se encaixa.

— Certo.

— Não se preocupe, *mano*. Eu serei justo com seu pai e vou cuidar de você.

Ric sai atrás dele.


Elena está sentada atrás dos filhos.

Viu um documentário na televisão, um programa sobre a natureza, e aprendeu que quando um novo leão assume um bando, a primeira coisa que faz é matar os filhotes do leão anterior. Seus próprios filhotes ainda ostentam o nome de Barrera, e as pessoas vão presumir que eles têm ambições, mesmo que não tenham. Rudolfo tem um pequeno séquito de guarda-costas e alguns parasitas. Luis tem até menos. *Independentemente da minha vontade*, pensa ela, *terei que agir com certo grau de poder, para protegê-los.*

Mas assumir o lugar no topo?

Nunca houvera uma mulher encabeçando o cartel, e ela não quer ser a primeira.

Mas terá que fazer algo.

Sem uma base de poder, os outros leões irão atrás de seus filhotes para matá-los.

Olhando o caixão do irmão, gostaria de ter mais sentimentos por ele. Adán sempre tinha sido muito bom para ela, bom para seus filhos. Quer chorar, mas as lágrimas não vêm, e ela diz a si mesma que é porque seu coração está exausto, esgotado por tantas perdas ao longo dos anos.

A mãe, empoleirada em uma cadeira como um corvo, está literalmente catatônica. Enterrou dois filhos, um neto e uma neta. Elena gostaria de poder fazê-la mudar-se para a cidade, mas ela insiste em ficar na casa que Adán construiu para ela em La Tuna, sozinha, a não ser pelos criados e pelo guarda-costas.

Ela não vai sair de lá, vai morrer naquela casa.

*Se minha mãe é um corvo*, pensa Elena, *o restante é um bando de abutres. Ficam só rondando, esperando o momento certo para mergulhar e pegar os ossos do meu irmão.*

Iván Esparza e seus dois irmãos, tão cretinos quanto ele, Núñez, o horrendo advogado de Adán, e um bando de figuras menos importantes — chefes de plazas, líderes de cadeias, pistoleiros — em busca de maior reconhecimento.

Ela se sente ainda mais cansada quando vê Núñez vindo em sua direção.

— Elena — diz ele —, será que poderíamos dar uma palavra? Em particular.

Vai atrás dele, lá para fora, até a colina gramada que subiu tantas vezes com Adán. Núñez lhe entrega um pedaço de papel e diz:

— Isto é estranho.

Ele espera enquanto ela lê.

— Esta não é uma posição que me dá satisfação — afirma Núñez —, com certeza não é o que eu queria. Na verdade, rezei para que este dia nunca chegasse. Mas sinto fortemente que o desejo de seu irmão deve ser respeitado.

*Sem dúvida é a letra de Adán*, pensa Elena. E ele declara de forma explícita que Ricardo Núñez deve assumir, no caso da morte de Adán, até que seus próprios filhos cheguem a uma idade de responsabilidade. *Meu Deus, os gêmeos mal fizeram dois anos.* Núñez terá uma longa regência. Tempo de sobra para transferir a organização para os próprios filhos.

— Entendo que isso talvez seja uma surpresa — diz Núñez — e uma decepção. Só espero que não haja ressentimento.

— Por que haveria?

— Eu entenderia se você achasse que esse papel deveria ir para a família.

— Nenhum dos meus filhos está interessado, e Eva...

— É uma rainha de concurso de beleza — completa Núñez.

— Magda Beltrán também — diz Elena, embora não saiba por que sente a necessidade de discutir com ele. Mas é verdade. Adán deveria ter se casado com sua amante magnífica. A bela Magda conheceu Adán na prisão, se tornou sua amante, depois explorou isso com sucesso, junto com sua considerável perspicácia nos negócios, criando sua própria organização multimilionária.

— E olhe o que aconteceu com ela — diz Núñez.

Verdade. Os zetas cortaram um "Z" no peito de Magda, depois a sufocaram com um saco plástico. E ela estava grávida de um filho de Adán. Magda havia confidenciado isso a Elena, e agora ela se pergunta se Adán chegara a saber. Torce para que não. Ele teria ficado arrasado.

— Eva obviamente não é a pessoa para assumir.

— Por favor, entenda — insiste Núñez — que eu vou manter essa posição em confiança para os filhos de Adán. Mas, se você achar que pode ser uma escolha melhor, estou disposto a ignorar o pedido de Adán e recusar o cargo.

— Não quero — responde ela.

Deixar que Núñez assuma o trono significa pôr seus próprios filhos de lado, mas Elena sabe que eles ficarão felizes em segredo. E, francamente, se Núñez quer ser um alvo, melhor ainda.

Mas Iván... Iván não vai gostar nada disso.

— Você tem meu apoio — diz Elena. Vê Núñez assentir com a graciosidade de um advogado que ganhou um acordo. Então, solta a bomba: — Só tenho um pequeno pedido.

Núñez sorri.

— Por favor.

— Quero Baja de volta. Para Rudolfo.

— Baja é de Iván Esparza.

— E, antes de ser dele, era minha.

— Com toda franqueza, Elena, você abriu mão. Você quis se aposentar.

*Foi meu tio, M-1, que mandou que meus irmãos tirassem a Baja de Güero Méndez e de Rafael Caro*, pensa Elena. Tinha sido em 1990, e Adán e Raúl tinham dado conta do recado. Eles seduziram os jovens ricos de Tijuana e os transformaram em uma rede de tráfico que tomou a estrutura do poder de seus pais em nosso benefício. Recrutaram gangues de San Diego para serem pistoleiros e derrotaram Méndez, Caro e todos os outros para tomarem a Plaza e usá-la como base para tomarem o país inteiro.

*Nós fizemos de Sinaloa o que é hoje*, pensa ela, *portanto, se eu quiser a Baja de volta, você vai me dar. Não vou deixar meus filhos sem uma base de poder com que possam se defender.*

— A Baja foi dada a Nacho Esparza — diz Ricardo. — E, com a morte dele, passou a Iván.

— Iván é um palhaço — retruca Elena. — Todos eles são. Todos os hijos, incluindo seu filho, Ricardo.

— Com uma alegação legítima e um exército para respaldar — diz Núñez.

— E você agora tem o exército de Adán — diz Elena, deixando o óbvio em silêncio: se eu respaldar você.

— Iván já ficará muito desapontado por não ganhar a cadeira grande — diz Núñez. — Elena, eu tenho que deixá-lo com alguma coisa.

— E Rudolfo, sobrinho de Adán, não ganha nada? — pergunta Elena. — Os irmãos Esparza têm de sobra, têm mais dinheiro do que podem desperdiçar somando o tempo de vida de todos eles. Estou pedindo uma plaza. E você pode manter suas vendas domésticas lá.

Núñez parece surpreso.

— Ora, por favor — diz Elena. — Sei que o jovem Ric está traficando suas drogas por toda Baja Sur. Está tudo bem, eu só quero o norte e a fronteira.

— Ah, só isso.

Elena quer uma das plazas mais lucrativas de todo o comércio de narcóticos. Baja tem uma crescente *narcomenudeo*, venda doméstica de rua, mas esta é diminuída pelo *trasiego*, os produtos que passam de Tijuana e Tecate para San Diego e Los Angeles. Dali, as drogas são distribuídas por todo o território norte-americano.

— É tanto assim? — pergunta Elena. — Para que a irmã de Adán dê sua benção aos últimos desejos de seu irmão? Você precisa disso, Ricardo. Sem isso...

— Você está me pedindo para dar algo que não é meu — interrompe Núñez. — Adán deu a plaza a Esparza. E, com todo o respeito, Elena, meu negócio doméstico em Cabo não é da sua conta.

— Falou como um advogado agora — diz Elena. — Não um patrón. Se você vai ser El Patrón, seja El Patrón. Tome decisões, dê ordens. Se quiser meu apoio, o preço é Baja para meu filho.

*O rei morreu*, pensa Elena.

*Vida longa ao rei.*


Ric está lá fora, sentado junto à piscina, ao lado de Iván.

— Aqui está bem melhor — diz Ric. — Eu não aguentaria ficar mais nem uma porra de um minuto lá dentro.

— Onde está Karin?

— No celular com a babá, provavelmente discutindo a cor do cocô. Vai demorar um pouco.

— Acha que ela percebeu você e Belinda? — pergunta Iván.

— Quem se importa, porra?

— Xii.

— O que foi?

— Olha — diz Iván.

Ric vira e vê Tito Ascención caminhando na direção deles. Da altura de uma geladeira, só que mais largo.

O Mastim.

— O antigo cão de guarda do meu pai — diz Iván.

— Tenha respeito — responde Ric. — Ele é pai do Rubén. De qualquer forma, sabe quantos caras ele já matou?

Muitos.

Três dígitos, pelo menos.

Tito Ascención era o chefe da ala armada de Nacho Esparza. Lutou contra os zeta, depois os Tapia, depois novamente contra os zeta. Tito uma vez matou 38 zeta em uma única incursão e pendurou os corpos em uma passarela sobre a estrada. No fim das contas, foi um engano; não eram zeta, só cidadãos comuns. Tito vestiu uma touca ninja *balaclava* e deu uma coletiva de imprensa, pediu desculpas pelo equívoco e advertiu que seu grupo continuava em guerra com os zeta, portanto, seria prudente não ser confundido com um deles.

De qualquer maneira, Tito teve um papel muito importante na vitória das guerras para Sinaloa, e, como recompensa, Nacho deixou que ele começasse sua própria organização em Jalisco, independente, mas ainda um braço de Sinaloa.

Tito adorava Nacho e, quando ouviu falar que os zetas o haviam matado na Guatemala, atacou cinco deles, os torturou até a morte ao longo de semanas, depois cortou o pau dos cinco e enfiou em suas bocas.

Não, não se desrespeita El Mastín.

Agora, a sombra do homem literalmente recai sobre os dois.

— Iván — diz Tito —, posso dar uma palavra?

— Falo contigo depois — anuncia Ric, tentando não rir.

Só consegue pensar em Luca Brazi, na cena do casamento em *O poderoso chefão*, que ele teve que assistir com Iván umas 57 mil vezes. Iván é obcecado por esse filme, apenas um pouco menos que por *Scarface*.

— Não, fique — diz Iván, e, quando Tito assume um ar duvidoso, ele declara: — Ric será meu número dois. Qualquer coisa que você disser para mim, pode dizer na frente dele.

Ele falou meio devagar, como se Tito fosse parvo.

Tito anuncia:

— Quero transferir a minha organização para a heroína.

— Você acha isso sábio? — pergunta Iván.

— Acho rentável — diz Tito.

*Nisso ele está certo*, pensa Ric. Sinaloa está fazendo milhões com heroína, enquanto Jalisco ainda está brincando com cocaína e metanfetamina.

— As duas coisas nem sempre andam juntas — diz Iván, tentando parecer seu pai. — Pra começar, isso colocaria você em concorrência com a gente.

— O mercado é grande o suficiente para nós dois.

Iván franze o rosto.

— Tito, por que consertar o que não está quebrado? Jalisco faz dinheiro de sobra com meta, não faz? E nós não cobramos nem num *piso* para você usar nossas plazas.

— Isso era o que eu tinha combinado com seu pai — lembra Tito.

— Você pagou suas dívidas — diz Iván —, sem dúvida. Tem sido um bom soldado, e recebeu sua própria organização como recompensa por isso. Mas acho que é melhor simplesmente deixar as coisas como estão, não acha?

*Meu Deus*, pensa Ric, *é quase como se ele estivesse afagando a cabeça do homem.*

Bom garoto, bom garoto.

Senta.

Junto.

Mas Tito retruca:

— Se é o que você acha melhor.

— É, sim — responde Iván.

Tito assente para Ric e sai andando.

— Rubén herdou o cérebro da mãe — diz Iván. — A pinta também, graças a Deus.

— Rubén é um cara bom.

— Ele é um cara ótimo.

E Ric não sabe? Rubén é o sólido número dois de Tito, cuidando de sua força de segurança, em Jalisco, e é altamente envolvido no transporte de seus produtos. Inúmeras vezes Ric ouviu o próprio pai dizer *Se ao menos você fosse mais como o Rubén Ascención. Sério. Maduro.*

*Ele já deixou bem claro,* pensa Ric. *Se tivesse escolha, preferiria ter Rubén como filho.*

*Azar para nós dois.*

— O que é? — pergunta Iván.

— O que é o quê?

— Você está com uma cara... como se alguém tivesse comido a bunda do seu cachorrinho.

— Eu não tenho cachorro.

— Talvez seja isso — responde Iván. — Quer que eu arranje um pra você? Que tipo de cachorro você quer, Ric? Vou mandar alguém buscar agora mesmo. Quero que você fique feliz, *mano*.

*Iván sendo Iván,* pensa Ric.

Era assim desde que eram pequenos. Se você dissesse que estava com fome, ele saía para buscar comida. Se sua bicicleta fosse roubada, logo aparecia uma nova. Se dissesse que estava com tesão, uma garota logo aparecia na sua porta.

— Eu te amo, cara.

— Também te amo — diz Iván. Então, acrescenta: — Agora é a nossa vez, mano. É a nossa hora. Você vai ver... vai ser ótimo.

— É.

Ric vê seu pai se aproximando.

Mas não é com ele que o pai veio falar.

— Iván, nós precisamos conversar — anuncia Núñez.

— Precisamos — concorda Iván.

Ric vê o sorriso no rosto do amigo, e sabe que esse é o momento que ele vinha esperando.

É a hora de sua coroação.

Núñez baixa o olhar para seu filho e diz:

— Em particular.

— Claro. — Iván dá uma piscada para Ric. — Eu já volto, bro.

Ric assente.

Ele se recosta na cadeira e fica vendo o melhor amigo e o pai se afastarem.

Então, tem uma lembrança de Adán.

Em pé, no acostamento de uma estrada de terra, no interior de Durango.

— Olha à volta — dissera Adán. — O que você vê?

— Campos — respondera Ric.

— Campos *vazios* — corrigira Adán.

Ric não tinha como discordar. Em ambos os lados, até onde a vista alcançava, havia campos com plantações de maconha.

— A maconha foi legalizada nos Estados Unidos — explicara Adán. — Se minhas fontes americanas estiverem certas, dois ou mais estados logo tornarão isso oficial. Nós simplesmente não podemos competir com a qualidade nem com os custos de transporte. Ano passado, estávamos recebendo 100 dólares por um quilo de maconha. Agora vendemos por 25. Nem está mais valendo a pena plantar esse troço. Estamos perdendo dezenas de milhões de dólares por ano, e se a Califórnia, por exemplo, legalizar, o prejuízo será dez vezes maior. Mas está calor aqui, hein? Vamos pegar uma cerveja.

Eles seguiram por mais umas dez milhas, até uma cidadezinha.

Um carro ia na frente, para assegurar que estivesse tudo desimpedido. Depois de um tempo, entraram em uma taverna, que logo se esvaziou. O dono, todo nervoso, e a garota que parecia ser sua filha trouxeram um jarro de cerveja gelada e copos.

Adán seguira dizendo:

— Nosso mercado de maconha, que já foi uma grande fonte de lucro, está desmoronando, as vendas de metanfetamina estão caindo, as de cocaína estão baixas... Pela primeira vez em mais de uma década, estamos diante de um ano fiscal de crescimento negativo.

Não que estivessem perdendo dinheiro. Todos ainda ganhavam milhões. Mas eram menos milhões do que no ano anterior, e é da natureza humana que, mesmo que você seja rico, ficar menos rico dê a impressão de estar pobre.

— A situação é insustentável — afirmara Adán. — Da última vez que isso aconteceu, fomos salvos pela inovação da pedra de metanfetamina. Que ainda hoje é, uma grande fonte de lucro, mas o potencial de crescimento é pequeno demais para compensar as perdas com a maconha. E o mercado de cocaína também parece ter atingido um ponto de saturação.

— O que nós precisamos — respondera Núñez — é de um produto novo.

— Não — dissera Adán. — Nós precisamos de um produto *velho*.

Adán fizera uma pausa para dar um efeito dramático, depois completara:

— Heroína.

Ric ficara chocado. Claro que ainda vendiam heroína, mas era um produto secundário em comparação à maconha, à meta e à coca. Mas o negócio começara com a heroína, com o ópio, lá atrás, na época dos antigos *gomeros*, que cultivaram as papoulas e fizeram fortuna vendendo aos americanos, que a usavam para fazer morfina durante a Segunda Guerra Mundial. Depois da guerra, a máfia americana que entrou no mercado, comprando todo o ópio que os sinaloanos pudessem cultivar para fazer sua heroína.

Mas, nos anos 1970, a Divisão de Narcóticos americana uniu forças com os militares mexicanos para queimar e envenenar os campos de papoula em Sinaloa e Durango. Pulverizavam pesticida de aeronaves, queimavam os vilarejos, tiravam os *campesinos* de suas casas e separavam os grupos de *gomeros*.

Foi o tio de Adán, o grande Miguel Ángel, M-1, que reuniu os *gomeros* em um encontro semelhante àquele de sua memória e anunciou que não seriam mais ser agricultores — fazendas podiam ser envenenadas e queimadas —, que passariam a ser traficantes. Ele os apresentou ao mercado colombiano de cocaína, criando o maior golpe de sorte financeiro que os *gomeros* — agora conhecidos como narcos — já conheceram.

Milionários se tornaram bilionários.

A confederação informal de narcos se tornou a *Federación*.

*E Adán queria que voltassem a plantar ópio?*, pensara Ric, na ocasião. *Ele achava que a heroína era a solução?*

Era insano.

— Nós temos uma oportunidade ainda maior que o crack — explicara Adán. — Um mercado já pronto, só esperando para ser explorado. E foram os próprios americanos que o criaram.

As gigantescas empresas farmacêuticas americanas, explicara ele, tinham viciado milhares de pessoas com analgésicos.

Comprimidos.

Oxicodona, Vicodin e outros, todos derivados do ópio, todos frutos da papoula.

Mas os comprimidos são caros e podem ser difíceis de obter, explicara Adán. Viciados que já não conseguem mais as receitas com os médicos recorrem à rua, onde os produtos contrabandeados podem custar até trinta dólares a dose. Alguns desses caras precisam de até dez doses diárias.

— O que eu proponho — dissera Adán — é aumentar nossa produção de heroína em setenta por cento.

Ric estava cético. A heroína mexicana preta nunca conseguira competir com a qualidade do produto mais puro, que vinha do sul asiático — o famoso Triângulo Dourado. Aumentar a produção, quase dobrá-la, só traria perdas maciças.

— A *black tar* está com cerca de quarenta por cento de pureza — continuara Adán. — Eu estive com os melhores cozinheiros da Colômbia, e eles me assegurara que podem pegar nosso produto base e criar algo que chamam de "heroína cinnamon". — Ele tirou um vidrinho do bolso do casaco e o ergueu. — A cinnamon tem setenta, até oitenta por cento de pureza. E a beleza disso é que pode ser vendida por dez dólares a dose.

— Por que tão barato? — perguntara Núñez.

— Porque compensamos na quantidade. Vamos virar o Walmart. Vamos deflacionar os laboratórios farmacêuticos americanos em seu próprio mercado. Eles não têm como competir. Isso vai mais que compensar as perdas com a maconha. O rendimento pode ser de bilhões de dólares. A heroína foi o nosso passado e também será o nosso futuro.

Adán, como sempre, estava certo.

Numa época em que apenas três estados americanos tinham legalizado a maconha, as vendas do cartel caíram em quase quarenta por cento. Levaria tempo, mas Núñez começara a converter os campos de maconha para papoulas. Apenas ao longo do ano passado, tinham aumentado a produção de heroína em 30 por cento. Logo chegará a 50, e, até o fim do ano, aos 70 por centro, que é a meta.

Os americanos estão comprando. *E, por que não?*, pensa Ric do presente. O novo produto é mais barato, mais abundante e mais potente. É vantagem de todos os lados. A heroína está fluindo para o norte, e os dólares fluem de volta. *Talvez os* Adanistas *estejam certos*, pensa Núñez. *Adán vive.*

A heroína é seu legado.

E dá para contar a história dessa forma

# 3

# Palhaços malevolentes

*"Eu tive um amigo que era palhaço. Quando ele morreu, todos os seus amigos foram ao enterro no mesmo carro".*

— Stephen Wright

**M**oramuma casa de tijolinhos, na Hillyer Place, a leste da rua 21, no bairro Dupont Circle. Escolheram o local porque Dupont é uma área boa para Marisol pode caminhar, com cafés, restaurantes e livrarias próximas, e Keller gosta do ar histórico do bairro. Teddy Roosevelt morou por ali, assim como Franklin e Eleanor.

E Marisol adora a árvore de murta que vai até a janela do terceiro andar, com as flores lilases que lembram as cores vivas do México.

Ela está esperando acordada, sentada em uma poltrona grande, perto da janela da sala, lendo uma revista quando Keller chega.

— Nós somos um "casal poderoso" — anuncia, quando Keller entra pela porta.

— Somos? — Ele se curva e lhe dá um beijo na testa.

— É o que diz aqui. — Marisol aponta para a edição da *Washington Life* que está em seu colo. — Casal poderoso de Washington, sr. e sra...: na verdade, doutor Art Keller ... apareceram no evento beneficente no Kennedy Center. O diretor da Divisão de Narcóticos e sua esposa latina estilosa... Essa sou eu, sou sua "esposa latina estilosa"...

Keller olha a página, nada contente por Marisol ter sido fotografada. Não gosta da imagem dela por aí. Mas é quase inevitável — ela é mesmo estilosa e interessante, e a história do herói da Narcóticos com a esposa mexicana que já foi metralhada pelos narcos é irresistível, tanto para a mídia como para os tipos da alta sociedade de Washington. Dessa forma, sempre recebem convites para festas elegantes e eventos sociais — Keller estaria inclinado a dispensar, mas Marisol diz que gostando ele ou não, os contatos políticos e sociais são muitíssimo úteis para o seu trabalho.

*Ela está certa*, pensa Keller. O encanto de Mari já se provou um antídoto eficaz ao antes que era atribuído a ele como "anticharme", e ela abriu portas (e manteve abertas) que estariam fechadas para ele.

Quando Keller precisa falar com um representante, um senador, um chefe de gabinete, um lobista, um editor, um embaixador, um facilitador — até alguém na Casa Branca —, há sempre a probabilidade de que Mari já tenha almoçado, tomado café da manhã ou até participado de algum comitê com a esposa do sujeito.

Ou ela própria fala. Marisol tem inteira consciência de que pessoas que talvez dissessem não a Keller sentem muito mais dificuldade em recusar a esposa encantadora e moderna, e não se faz de rogada para pegar o telefone quando um voto apropriado se faz necessário, quando alguma informação precisa chegar à mídia, ou quando um projeto precisa de patrocínio.

Ela se mantém ocupada. Participa do quadro diretor do Centro Médico de Pediatria Nacional e no Museu de Arte das Américas e tem trabalhado levantando fundos para o *Children's Inn*, o *Doorways for Women and Families* e o *AIDS United*.

Keller fica com receio de que ela esteja ocupada demais para sua saúde.

— Eu adoro essas causas — explicara Marisol, quando ele expressou sua preocupação. — E, de qualquer forma, você precisa depositar fundos políticos no banco.

— Isso não é sua função.

— É minha função, sim. Essa é exatamente a minha função. Você cumpriu a promessa que fez para mim.

E cumprira mesmo. Logo que ligara para O'Brien para aceitar a oferta, dissera que tinha uma condição: um substituto para Mari em sua clínica, que O'Brien encontraria alguém e custearia. O'Brien ligara de volta na mesma manhã, com a notícia de que uma empresa no setor de óleo do Texas apresentara um médico qualificado e um belo cheque, e perguntando se havia algo mais de que ele precisava.

Marisol começara uma campanha diplomática para ajudá-lo. Ingressara em quadros diretores e comitês, comparecera a almoços e a eventos beneficentes. Mesmo com as objeções de Keller, tivera seu perfil publicado no *Post* e no *Washingtonian*.

— Os cartéis já conhecem minha aparência — dissera ela. — E você precisa que eu faça essas coisas, Arturo. Os troglodyte trogloditas do Chá das Cinco já estão prontos para enforcar você, e os liberais também não morrem de amores.

Keller sabia que ela estava certa. Marisol era "politicamente perspicaz", como ela mesma dissera, uma vez. Suas observações e análises costumavam ser bem precisas, e ela era rápida em discernir as nuances do cenário americano, cada vez mais polarizado. E ele precisava admitir que seu desejo desesperado de fugir da política e "apenas fazer seu trabalho" era ingênuo.

— Todos os trabalhos são políticos — dissera Marisol. — O seu é mais do que a maioria.

Era verdade, Keller era o maior "guerreiro contra as drogas", em uma época em que o governo questionava seriamente o que a guerra contra as drogas deveria significar e, mais importante, o que deveria ser ou não.

O procurador-geral, na verdade, havia ordenado que a Narcóticos parasse de vez de usar o termo "guerra contra as drogas", afirmando (com razão, na opinião de Keller) que não deveríamos travar uma guerra contra nossa própria gente. O Departamento de Justiça e a Casa Branca estavam reavaliando as leis draconianas aprovadas durante a epidemia de crack, nas décadas de 1980 e 1990, que regiam penas mínimas mandatórias, encarcerando transgressores não violentos com penas de trinta anos à prisão perpétua.

O resultado dessa legislação era que mais de dois milhões de pessoas — a maioria de afro-americanos e hispânicos — estavam na cadeia, e agora o governo revisava muitas dessas sentenças, considerando a clemência para algumas, e pensando sobre eliminar as penas mínimas obrigatórias.

Keller concordava com esse empenho, mas queria ficar fora de controvérsias e concentrar seu tempo lá em acabar com a epidemia de heroína. Na sua opinião, ele encabeçava o *cumprimento da lei* da Divisão de Narcóticos, e, embora estivesse disposto a aplicar menos ênfase no cumprimento de leis relativas à maconha, por exemplo, preferia deixar as declarações sobre diretrizes políticas para o czar das drogas.

Oficialmente, o diretor do Diretório de Políticas Nacionais Antidrogas da Casa Branca — o "czar antidrogas", como fora batizada a função — era o cara que falava pelo presidente sobre as diretrizes de combate às drogas, o encarregado de supervisionar a implantação das intenções da Casa Branca.

Bem, mais ou menos.

O atual "czar" era um cara linha dura, um tanto resistente às reformas da Procuradoria Geral apoiadas pelo presidente dos Estados Unidos, de modo que estava de saída para se tornar o chefe da Divisão Alfandegária e de Proteção Fronteiriça Americana (portanto, Keller ainda teria que trabalhar com ele), e um cara novo, mais afável às reformas, estava entrando.

Para Keller, isso era apenas mais um viés burocrático, em uma rede já bastante embaralhada. Tecnicamente, o chefe imediato de Keller era o procurador-geral, mas os dois tinham que levar o czar em consideração, já que a PG atuava sob o comando da Casa Branca.

Depois, havia o Congresso. Em diversos momentos, a Divisão de Narcóticos precisava consultar e se reportar ao Comitê Judiciário do Senado, ao Comitê de Apropriações, ao Comitê de Orçamento e ao Comitê de Assuntos de Segurança Interna e Governamental.

A Casa Branca era ainda pior. Possuía seu próprio Orçamento, Apropriações e Assuntos de Segurança Interna e Governamental, mas seu Comitê Judiciário também tinha subcomitês — Criminal, de Terrorismo, de Segurança Interna, de Investigações, de Políticas de Imigração e de Segurança das Fronteiras.

Sendo assim, Keller precisava deliberar e coordenar com o Departamento de Justiça, a Casa Branca e os comitês do Senado e da Câmara, mas também havia outras agências federais cujas missões coincidiam com as dele — Segurança Interna, CIA, FBI, Departamento de Álcool, Armas de Fogo e Tabaco, Agência de Imigração e Alfândega, Departamento Prisional, a Guarda Costeira, a Marinha, o Departamento de Transportes, o Departamento de Estado... a lista era interminável.

E isso apenas no âmbito federal.

Keller também tinha que lidar com os governos e a força policial de cinquenta estados, mais de três mil xerifes de condados e mais de doze mil delegacias da polícia municipal. Sem mencionar os promotores e juízes locais.

E isso era nos Estados Unidos. Keller também precisava se comunicar, deliberar e negociar com oficiais governamentais e policiais de países estrangeiros — México, é claro, mas também Colômbia, Bolívia, Peru, Camboja, Laos, Tailândia, Mianmar, Paquistão, Afeganistão, Uzbequistão, Turquia, Líbano, Síria e todos os países da União Europeia onde a heroína era comprada, vendida e embarcada. E quaisquer desses despachos precisavam passar pelo Departamento de Estado e, às vezes, pela Casa Branca.

Claro que Keller delegava a maior parte dessas ações — em muitas maneiras, a Divisão de Narcóticos era uma engrenagem de movimento contínuo, com funcionamento próprio —, mas ainda tinha que lidar com as questões de maior relevância e estava determinado a afiar sua lâmina e apontá-la diretamente para o problema da heroína.

Keller assumiu uma Divisão de Narcóticos muitíssimo ressabiada com ele, por ser um ex-agente infiltrado, um agente de campo que pegava pesado, com reputação de implacável.

"Agora temos um caubói", era a análise geral, e inúmeros burocratas de níveis intermediários começaram a arrumar seus pertences, achando que o novo chefe traria seu próprio pessoal.

Keller desapontara a todos.

Convocara logo uma reunião geral, anunciando:

— Não vou demitir ninguém. Meu ponto fraco é que não sou administrador e não tenho a menor ideia de como tocar uma organização gigantesca. Estou falando sério: não tenho mesmo essa capacidade. O que tenho são vocês. Vou oferecer uma direção concisa e confio que farão a organização trabalhar rumo a esses objetivos. O que espero de vocês é lealdade, honestidade e trabalho duro. O que podem esperar de mim é lealdade, honestidade, trabalho duro e apoio. Nunca darei nenhuma facada nas costas, mas acerto uma facada no peito do primeiro que eu flagrar em joguinhos. Não tenham medo de cometer erros; só os que fogem ao dever e os covardes não erram. Mas, se tivermos qualquer problema, eu não quero ser o último a saber. Quero seus pontos de vista e suas críticas. Acredito firmemente que é preciso botar as ideias no campo de batalha; não preciso ter a única palavra, só preciso ter a última.

E estabelecera prioridades.

Em seguida, ligara para o Administrador Adjunto, Denton Howard, e para os chefes da Inteligência e Operações e anunciara que a sua prioridade número um era a heroína.

A prioridade número dois era a heroína.

A prioridade número três era a heroína.

— Vamos dedicar nosso empenho ao combate do tráfico de todas as drogas — dissera —, mas nossa ênfase será na epidemia de heroína. Maconha não me interessa, a menos que possa nos levar aos traficantes de heroína.

O que significava concentrar os esforços a combater o cartel Sinaloa.

A abordagem de Keller trazia novas ideias — historicamente, Sinaloa não tivera muito envolvimento com a produção de heroína, desde os anos 1970, quando a Narcóticos e os militares mexicanos queimaram e envenenaram os campos de papoula (Keller estava lá) e os cultivadores se voltaram para outros produtos.

A ala do cartel de Barrera ganhara muito de seu dinheiro com cocaína e maconha; a ala Esparza, com metanfetamina; a facção Tapia, com uma combinação dos três.

— É um equívoco dedicar todos os esforços lutando no México — dissera Keller ao seu pessoal. — Eu sei, porque foi um erro que eu cometi. Várias vezes. De agora em diante, vamos estabelecer nossa prioridade em atingi-los onde podemos: aqui nos Estados Unidos.

— Essa é uma abordagem gradativa que vai exigir coordenação de dúzias de delegacias de polícia — argumentara Howard.

— Então providencie isso — respondera Keller. — Dentro de um mês, quero reuniões presenciais com os chefes da Narcóticos de Nova York, Chicago e Los Angeles. Se eles não puderem ou não quiserem vir até mim, irei até eles. Depois disso, quero Boston, Detroit e San Diego. E assim por diante. O tempo de ficar no escritório batendo cabeças já acabou.

*Mas que ótimo, tenho um adjunto querendo me sabotar*, pensara Keller. *Terei que deixá-lo morrer de fome, e querendo fazer isso com um burocrata basta privá-lo de acesso e informação.*

Keller detivera Blair depois da reunião.

— Howard está apaixonadinho por mim?

Blair sorrira antes de responder:

— Ele esperava ocupar seu cargo.

O chefe da Narcóticos e seu adjunto são indicações políticas — todo o restante do pessoal é composto por servidores civis selecionados através do sistema. Keller calculava que Howard devia achar que O'Brien e seu conspirador o tivessem ferrado.

No organograma da organização, todos os departamentos se reportam diretamente a Howard, que então se reporta a Keller.

— Qualquer coisa importante — dissera Keller a Blair —, você ignora Howard e traz diretamente a mim.

— Está me pedindo para fazer jogo duplo?

— Algum problema?

— Não — respondera Blair. — Também não confio naquele filho da puta.

— Se isso estourar, eu tiro o seu da reta.

— E quem vai tirar o seu?

A mesma pessoa de sempre, pensara Keller.

*Eu mesmo.*

— Vamos assistir mais uma vez ao velório — diz Keller.

Blair exibe as fotos do velório de Barrera, tiradas por um infiltrado da SEIDO incrivelmente corajoso, trabalhando como garçom para a empresa de bufê que prestara serviços no evento. Keller olha as fotos — Elena Sánchez sentada perto do caixão, os irmãos Esparza, Ricardo Núñez e seu filho "Mini-Ric", uma porção de outros participantes importantes. Estuda as fotos tiradas na casa, no gramado, lá fora, perto da piscina.

— Consegue ordená-las seguindo uma sequência cronológica? — pergunta.

O clichê é que cada foto conta uma história, mas a sequência pode parecer mais com um filme, e contar uma história diferente. Ele acredita profundamente em cronologia, no princípio da causalidade, e agora estuda as fotos a partir dessa perspectiva.

Blair é esperto o bastante para ficar de boca fechada.

Vinte minutos depois, Keller começa a selecionar e enfileirar as imagens.

— Olhe isso: Núñez vai até Elena. Eles caminham lá para fora, digamos que seja para conversar em particular.

Ele enfatiza uma série de fotos que mostram Elena e Núñez caminhando bem próximos, no que parece uma conversa acalorada. Então...

— Merda — diz Keller. — O que é isso?

Ele dá um zoom na mão de Núñez, no pedaço de papel que ele entrega a Elena.

— O que é? — pergunta Blair.

— Não dá pra ver, mas ela está lendo. — Keller dá um zoom em Elena, que franze a testa, examinando o papel. — Pode ser a conta do bufê, quem sabe, e ela não está nada feliz.

Examinam as fotos de Elena e Núñez conversando, depois conferem o registro do horário. A conversa durou 5 minutos e 22 segundos. Elena devolveu o papel e voltou para dentro da casa.

— O que eu não faria por um áudio ... — comenta Keller.

— Eles estavam confabulando — fala Blair.

Keller volta à série "cronológica" de fotos e percebe Iván e Mini-Ric no que parece uma conversa casual, perto da piscina. Então, Núñez vai até lá e sai andando com Iván, deixando Ric sentado. Meia hora depois, conforme o marcador de tempo, Iván volta e fala com Ric.

E não parece casual.

— É coisa da minha cabeça, ou eles estão discutindo? — indaga Keller.

— Iván parece bem irritado.

— Deve ter ficado nervosinho por alguma coisa que ocorreu quando ele estava com Núñez — sugere Keller. — Não sei, talvez eu esteja interpretando demais.

*Talvez não*, pensa.

Tudo indicava que Iván era o próximo da fila a assumir o controle do cartel, juntando as alas Barrera e Esparza da organização. Mas agora parece que Ricardo Núñez chamou Elena Sánchez e Iván Esparza para conversas particulares, depois das quais Iván parece zangado.

*Meu Deus, será que perdemos alguma coisa?*

Keller considerava Ricardo Núñez um funcionário de nível médio, no máximo, uma espécie de conselheiro para Barrera, mas o homem assumira um papel muito maior durante o velório e o enterro, e agora parecia estar se metendo com Elena e Iván.

Mas negociando o quê?

Elena está fora há anos.

Keller tenta uma teoria diferente: talvez Núñez não esteja simplesmente provendo "boas políticas", mas tenha se tornado uma força interna e aja por conta própria.

*Fique ligado*, pensa Keller.

¡ADÁN VIVE!

Elena Sánchez Barrera olha os muros grafitados no cemitério Jardines del Valle.

Viu a mesma coisa no trajeto até a cidade, a frase pintada em paredes, laterais de prédios ou outdoors. Disseram-lhe que o mesmo fenômeno ocorrera em Badiraguato e que pequenos altares ao "Santo Adán" tinham surgido em laterais de estradas de cidades menores e vilarejos por toda Sinaloa e Durango; aos poucos se espalhava a crença fervorosa de que Adán Barrera — o adorado El Señor, El Patrón, o "Padrinho", o "Chefão dos Céus", o homem que construira clínicas, escolas, igrejas, que dava dinheiro aos pobres e alimentava os famintos — é imortal, que ainda vive, em carne ou em espírito.

*Santo Adán*, pensa com deboche.

Adán podia ser muitas coisas, mas santo não era uma delas.

Elena olha pela janela e vê toda a estrutura poderosa do cartel Sinaloa — na verdade, todo o mundo do tráfico mexicano reunido. Se o governo de fato pretendesse deter o comércio de drogas, poderia dar conta de tudo em um golpe só.

Uma única incursão pegaria todos.

O que, claro, nunca vai acontecer, e não apenas por haver centenas de sicários do cartel posicionados ao redor e dentro do cemitério. O local tinha sido cercado por um cordão de isolamento da própria polícia estadual Sinaloa e da polícia municipal de Culiacán. Um helicóptero da polícia estadual paira acima e, de qualquer forma, o governo federal não fala sério quanto a cessar o comércio de drogas, só quanto a *gerenciar* o comércio de drogas e, portanto, não vão incomodar a cerimônia.

Ricardo Núñez está de pé, impecavelmente vestido com um terno preto sob medida, esfregando as mãos, como um Uriah Heep latino. O homem insistira em se meter no planejamento de cada detalhe do enterro, desde a seleção do caixão até os assentos e a organização da segurança; e os sicários de Núñez, com seus típicos bonés Armani e coletes Hermès, estão mantendo guarda no portão e nos muros.

Elena avista a notória La Fósfora, um tanto abrandada pelo terno preto, supervisionando os sicários, e precisa admitir que a garota é mesmo impressionante. O filho de Ricardo, "Mini-Ric", está em pé ao lado dela, junto da esposa quietinha cujo nome Elena não consegue lembrar.

Os irmãos Esparza estão enfileirados como corvos em um cabo telefônico. Pela primeira vez, não estão vestidos como figurantes de uma telenovela, mas respeitosamente trajados de ternos pretos e até com sapatos de cadarços. Ela assente para Iván, que assente brevemente em resposta, depois chega mais perto da própria irmã, como se quisesse afirmar sua posse.

Pobre Eva, pensa Elena. Ali com seus dois meninos, que agora são peças de um jogo do qual nada sabem. Assim como Eva, é claro. Iván vai querer assumir o controle dela para manobrar Núñez. Elena já pode até ouvir — *Está vendo, nós somos a verdadeira família de Adán Barrera, os verdadeiros herdeiros, não um auxiliar qualquer, um assistente*. Se Eva for fraca demais para decidir voltar à Califórnia, Iván vai jogá-la de um lado para o outro, e vai fazer o mesmo com os gêmeos, como se fossem bonecos.

Falando em bonecos, Eva mantém seu cão de guarda bem perto; o Mastim está suando no colarinho, parecendo claramente constrangido de terno e gravata, e Elena sabe que ele está ali como um lembrete de que Jalisco é aliado da ala Esparza do cartel e que, se a coisa chegar a uma luta, esse assassino brutal em massa e toda a sua tropa são leais a Iván.

Mas esperava que não chegasse a isso.

Ricardo ligara para ela avisando que Iván tinha — apesar de ter resmungando amargamente — aceitado a liderança de Núñez e — ainda resmungando amargamente — a transferência de Baja para Rudolfo.

*Deve ter sido uma cena e tanto*, pensa Elena, considerando, como Ricardo descreveu. Iván gritara, praguejara e chamara Elena de todos os nomes da cartilha e mais alguns, ameaçara guerra, prometera lutar até a morte, mas enfim foi exaurido por Ricardo, com sua técnica de tortura chinesa da goteira, em tom contínuo e monótono, repleto de lógica e razão.

— Ele concordou com um *piso* de dois por cento — completara Ricardo.

— Habitualmente, são cinco.

— Elena...

— Muito bem, está bom. — Teria concordado com zero, se fosse preciso.

Ricardo não pôde deixar de cravar um pouquinho a faca:

— E eu não deveria ter essa conversa com Rudolfo?

— Você ligou para mim.

— Liguei. Estava na discagem rápida.

— Vou seguir adiante sem falar com Rudolfo — respondera ela. — Mas tenho certeza de que ele irá concordar.

— Ah, com certeza — completara Ricardo.

Rudolfo está sentado ao lado dela, no banco traseiro da limusine. O filho dissera estar feliz, quando descobriu que seria o novo chefe de Baja, mas Elena notara seu nervosismo.

*Ele tem motivo*, pensa.

Há trabalho duro e incerto a ser feito. Traficantes e pistoleiros que um dia foram "gente de Barrera" tinham sido transferidos para os Esparza e agora seriam convidados a voltar. Elena sabe que a maioria voltará de boa-vontade, mas outros ficarão relutantes, até rebeldes.

Alguns exemplos talvez precisem ser dados — a primeira pessoa que verbalizar alguma objeção terá que ser morta — e ela receia que Rudolfo hesite em dar uma ordem como essa. Ele nunca foi assim — pobrezinho de seu filho, gosta de agradar. Um traço útil na música e nas boates, nem tanto em *la pista secreta.*

Elena tem gente disposta a assumir esse papel, e que o fará em nome dele, mas é bom que Rudolfo tenha logo sua própria ala armada. Claro que cederá o pessoal para ele, mas o filho terá que comandar.

Pousa a mão sobre a dele.

— O que foi? — pergunta Rudolfo.

— Nada. Mas é uma ocasião triste.

O carro desacelera quando um dos homens de Núñez indica onde eles podem estacionar.

Ao tomar o lugar ao lado da mãe, Elena pensa que o mausoléu é um monumento ao excesso. Uma edificação de três andares, com arquitetura clássica *churri-gueresque,* uma cúpula ladrilhada em mosaico, colunas de mármore e estátuas entalhadas de pedra, em formato de pássaros, fênix e dragões.

E é climatizada.

*Duvido,* pensa Elena, *que Adán sentirá calor.*

Há um sistema de som embutido nas colunas, entoando continuamente depoimentos sobre Adán; dentro da cripta, um monitor plano mostra vídeos do grande homem e de seus bons trabalhos.

*Que coisa medonha,* pensa Elena. Mas é o que as pessoas esperam.

E não dá para decepcionar as pessoas.

O padre chegou a hesitar quanto a celebrar uma missa para "um notório chefão das drogas".

— Olhe em volta, olhe bem para esse santuário, seu merdinha — dissera Elena, quando se encontraram no escritório dele. — Vê essa mesa atrás da qual você está sentado? Nós que pagamos. A cadeira onde está sua bunda frouxa? Nós pagamos. O santuário, o altar, os bancos, os novos vitrais coloridos? Tudo saiu do bolso de Adán. Portanto, padre, eu não estou pedindo. Eu estou *informando* que o senhor vai celebrar a missa. Senão, juro pela Virgem Maria que mandaremos gente até aqui para retirar tudo desta igreja, começando por você.

Depois disso, ali no funeral, o padre Rivera faz algumas preces, dá suas bênçãos, depois faz uma pequena homilia sobre as virtudes de Adán como homem dedica-do à família, sua generosidade com a igreja e a comunidade, seu profundo amor por Sinaloa e seu povo, sua fé em Jesus Cristo, no Espírito Santo e em Deus Pai.

*Adán só tinha fé no dinheiro, no poder e em si mesmo,* pensa Elena, enquanto o padre concluir o discurso. *Essa era sua Sagrada Trindade, ele não acreditava em Deus.*

— Mas acredito em Satã — dissera o irmão, certa vez.

— Não dá para acreditar em um sem o outro — respondera ela.

— Claro que dá. Pelo que entendi, Deus e o diabo travaram uma batalha gigantesca para reger o mundo, certo?

— Imagino que sim.

— Muito bem. Agora olhe à sua volta: é claro que o diabo venceu.

*Aquilo tudo é uma piada*, pensa Ric.

Também pensa em como está morrendo de vontade de mijar. Queria de ter ido antes do início dessa missa interminável, mas agora é tarde demais, e ele simplesmente vai ter que segurar.

E aturar a cara feia de Iván.

O amigo não para de lançar olhares fulminantes em sua direção desde que a missa começou. Assim como fez quando voltara de sua reunião com Ricardo Sênior, no velório, caminhara até Ric, na piscina e declarara:

— Você sabia.

— Sabia de quê?

— Que Adán nomeou seu pai o novo chefe.

— Não sabia.

— Não fode.

— Eu não sabia.

— Seu pai me chamou de palhaço — dissera Iván.

— Tenho certeza de que ele não falou isso, Iván.

— Não, mas aquela piranha da Elena falou. E seu pai repetiu. E você sabia, Ric. Você *sabia*. Você me deixou ficar tagarelando sobre o que eu ia fazer, e o tempo todo *você sabia*.

— Ora, qual é, Iván, eu…

— Agora você é o cara, certo? — interrompera Iván. — Seu pai é o *jefe*, isso faz de você, o que, hein, Mini-Ric?

— Ainda sou seu amigo.

— Não, não é — respondera Iván. — Não somos amigos. Não mais.

E saíra andando.

Ric tinha tentado ligar para ele, enviara mensagens de texto, mas não tivera resposta. Nada. Agora, Iván está sentado ali, com um olhar fulminante, como se o odiasse.

*O que talvez seja verdade*, pensa Ric.

*E talvez eu não possa condená-lo.*

Depois da conversa com Iván, o pai o chamara.

Ric lera o papel e o deslizara de volta por cima da bancada de vidro.

— Meu Deus.

— É só isso que você tem a dizer?

— O que quer que eu diga?

— Eu esperava algo mais do tipo "Me diga o que eu posso fazer para ajudar, pai", ou "Estou aqui para o que precisar", ou "Adán escolheu com sabedoria, pai, você é a pessoa certa para o cargo".

— Isso tudo nem precisa dizer.

— No entanto, estou dizendo. — Núñez se recostara na cadeira e unira as pontas dos dedos, um gesto que Ric sempre detestou, desde pequeno, já que sempre significou que havia um sermão a caminho. — Agora vou precisar que você compareça, Ric. Tenha um papel mais ativo, me dê uma ajuda.

— Iván achava que seria ele.

Cada palavra que saía da boca de Iván era sobre como as coisas seriam quando assumisse, e agora ali estava Adán, estendendo a mão de dentro da sepultura para arrancar isso dele.

— A felicidade dele não é da minha conta — dissera Núñez. — Na verdade, nem da sua.

— Ele é meu amigo.

— Então talvez você possa persuadi-lo a ser sensato — respondera o pai. — Ele ainda administra a ala Esparza da organização.

— Acho que Iván tinha ambições maiores.

— Todos nós temos que conviver com as decepções.

Ric compreendera que o pai estava falando *dele*. Da decepção que ele era.

— Iván terá que cuidar de toda a ala Esparza da organização — completara Núñez. — Nem terá tempo para Baja.

— Ele ia entregar Baja para Oviedo.

— O mesmo Oviedo que vi no Facebook pilotando uma motocicleta com os pés? — perguntara Núñez.

— Eu não sabia que você tem Facebook.

— Meus assistentes me mantêm atualizado. De qualquer maneira, você tem a permissão de Elena para continuar vendendo em Baja.

— De Elena ou de Rudolfo?

— Você está de gracinha comigo?

— Eu *tinha* um acordo com Iván.

— E o acordo agora é com Rudolfo. Mostre algum êxito com o *narcomenudeo* e eu talvez lhe dê *trasiego*. E, então, quem sabe?

— Você quer que eu mostre algum êxito.

— Pelo amor de Deus, Ric — dissera Núñez —, me mostre *alguma coisa*. Você é afilhado de Adán Barrera. Com isso, vêm alguns privilégios, e, com eles, a responsabilidade. Eu tenho a responsabilidade de garantir que os desejos dele sejam cumpridos, e você também carrega esse fardo.

— Está certo.

— E há outra coisa em que você deve pensar. Nós estamos guardando essa posição para os filhos de Adán até que eles tenham idade, mas isso será daqui a anos. E se algo me acontecer nesse ínterim? Só vai restar você.

— Eu não quero esse fardo — dissera Ric.

Lá estava, de novo — a expressão de decepção, até de repulsa, quando o pai perguntou:

— Você quer passar a vida inteira sendo o "Mini-Ric"?

Ric se surpreendia com a habilidade que o pai tinha para feri-lo. Achava que a essa altura já havia superado aquela dor, mas sentira uma facada no coração.

E não respondera.

Uma das coisas que o pai espera de Ric é que faça um discurso, um tributo durante a missa do funeral.

Ao que Ric se opusera.

— Por que eu?

— É o que se espera do afilhado de Adán — dissera Ricardo.

*Bem, se é o que se espera...*, pensou Ric. Não fazia a menor ideia do que diria.

Belinda oferecera algumas ideias.

— Meu padrinho Adán era foda e impiedoso, e matou mais gente que câncer no cu...

— Que bacana.

—...e casou com uma *chica* deliciosa, com menos de metade de sua idade, com quem todos gostaríamos de transar, para falar a verdade. O que há para não amar em Adán? O homem dos homens, o narco dos narcos, o padrinho dos padrinhos. Falou. Valeu.

Ela não foi de muita ajuda com seu problema com Iván.

— Você conhece o Iván — dissera. — Ele vive de cabeça quente. Vai superar, vocês estarão tomando uns goles juntos hoje à noite.

— Acho que não.

— Então, que seja. Você precisa começar a olhar para os fatos. Fato: Barrera nomeou seu pai para ser o chefe, não Iván. Fato: você é o afilhado, não ele. Talvez você deva começar a agir como tal.

— Você está parecendo o meu pai.

— Nem sempre ele está errado.

Agora, Ric precisa mesmo mijar. A porra do padre enfim desce do púlpito, e então entra um cantor. Um dos antigos amigos de gravadora do Rudolfo, que começa a cantar um corrido que escreveu "especialmente para El Señor", e a canção é mais *deprê* que qualquer uma da Adele.

Depois disso, entra um poeta.

Uma porra de um poeta.

*O que será que vem depois, marionetes?*, se pergunta Ric.

Na verdade, depois é ele.

O pai lhe dá o que pode ser chamado de um assentir "expressivo", e Ric caminha até o altar. Não é imbecil, sabe que é um momento importante, um tipo de comunicado de que saltou duas casas e passou à frente de Iván, para o começo da fila.

Ric se debruça na direção do microfone.

— Meu padrinho, Adán Barrera, foi um grande homem.

Um murmúrio geral em concordância, e a plateia aguarda que ele prossiga.

— Ele me amava como a um filho, e eu o amava como um segundo pai. Ele era um pai para todos nós, não era? Ele…

Ric pisca quando vê um palhaço — um *payaso* todo fantasiado, de maquiagem branca e peruca de cachinhos vermelhos, soprando um apito e carregando uma porção de balões brancos em uma das mãos.

*Quem contratou isso?*, se pergunta, achando que está vendo coisas.

Não poderia ter sido de Elena, que nunca ri, nem seu velho, nenhum dos dois afeitos a extravagâncias. Ric dá uma olhada para ambos, e nenhum dos dois está rindo.

Elena, na verdade, parece bem irritada.

Mas, por outro lado, esse é o normal dela.

Ric tenta retomar o discurso.

— Ele dava dinheiro aos pobres e construiu…

Mas ninguém está ouvindo, pois o palhaço segue direto até o altar e joga flores e bichinhos de papel para o público estarrecido. Então, ele se vira, enfia a mão dentro do casaco de bolinhas e tira uma Glock.

*Vou ser morto por uma porra de um palhaço*, pensa Ric, incrédulo. *Isso não é justo, não está certo.*

Mas o *payaso* se vira e atira bem no meio da testa de Rudolfo.

O sangue respinga no rosto de Elena.

O filho cai no colo dela, que fica sentada o segurando, o rosto retorcido de agonia enquanto grita sem parar.

O assassino sai em disparada — mas com que velocidade um palhaço consegue correr em sapatos frouxos? Belinda puxa uma MAC 10 de dentro do casaco e frita o cara.

Os balões sobem pelo ar.

114

O Pax Sinaloa de Adán Barrera terminou antes que ele fosse enterrado, pensa Keller, assistindo ao noticiário na Univision.

Jornalistas do lado de fora dos muros do cemitério descreveram uma "cena de caos", com os pesarosos fugindo, outros sacando "uma profusão" de armas, e as ambulâncias acelerando em direção ao local. E, com aquele toque de surrealismo que parece permear o mundo narco mexicano, os primeiros relatos informam que o assassino de Rudolfo Sánchez estava vestido de palhaço.

— Um palhaço — repete Keller a Blair.

Blair dá de ombros.

— Eles têm a identificação do atirador? — pergunta Keller, evitando falar "do palhaço".

— A SEIDO acha que é este cara — diz Blair, abrindo um arquivo na tela do computador. — Jorge Galina Aguirre, "El Caballo", figura do cartel Tijuana nos anos 1990, quando Adán e Raúl estavam assumindo. Um traficante de maconha de nível intermediário, sem inimigos ou ressentimentos conhecidos contra os Barrera.

— Mas parece que tinha um ressentimento contra Rudolfo.

— Estão falando umas merdas, alegando que Rudolfo pegou a filha de Galina, ou talvez a esposa — conta Blair.

— Rudolfo se metia no jogo.

— Apostas do pecado — diz Blair.

É, mas Keller duvida.

A velha ética de "honrar a morte" está ficando no passado, e o insulto — o ato quase inacreditavelmente ofensivo de assassinar um dos sobrinhos de Barrera diante de sua família, em seu enterro — indica que tem mais coisa aí.

O ato é uma declaração.

Mas de quê, e proferida por quem?

Segundo todos os relatos, Rudolfo estava acabado, já esgotado pela permanência em Florence. Ele era envolvido com boates, restaurantes e agenciamento musical, negócios favoráveis para a lavagem de dinheiro. Talvez tenha ferrado alguém, perdido uma soma muito alta de um terceiro?

Talvez, mas não se mata um Barrera desse jeito, principalmente, não no funeral de El Señor. Você negocia um acordo ou engole a perda, porque é melhor para o negócio e para suas probabilidades de sobrevivência. De novo, segundo a inteligência, Rudolfo — ou qualquer membro da família Sánchez — não estava mais traficando, portanto não deve ter sido morto por território.

A menos que a inteligência esteja errada e as coisas tenham mudado.

*É claro que as coisas mudaram*, pensa Keller. Barrera morreu, e esse talvez tenha sido o tiro de abertura da batalha por seu trono.

Rudolfo não queria ser enterrado no cemitério; queria ser cremado, ter suas cinzas lançadas ao mar. Não haverá túmulo, nem lápide, nem mausoléu espalhafatoso para ser visitado, somente o som das ondas e o horizonte sem fim.

Sua viúva — *temos tantas viúvas*, pensa Elena, *que formamos nosso próprio cartel* — está ao lado do filho e da filha, de respectivamente dez e sete anos. Que tinham visto o pai ser assassinado.

*Mataram meu filho na frente da esposa e dos filhos.*

E da mãe.

Tinha ouvido a piada circulando: "*Pegaram o palhaço que fez isso?*".

Pegaram.

Ele não chegou nem a sair do mausoléu. Alguém do pessoal dos Esparza o metralhara no corredor. A questão é como ele conseguira entrar. Havia tanta segurança, mas tanta... Segurança dos Barrera, dos Esparza, de Núñez, da polícia municipal, da polícia estadual... e aquele homem passara direto por tudo.

O atirador era Jorge Galina Aguirre, um traficante de maconha sem inimigos conhecidos, sem ressentimentos sabidos em relação aos Barrera.

Certamente não tinha nada contra Rudolfo.

Naquela noite, depois de providenciar que o corpo do filho fosse para uma funerária, Elena foi até uma casa, na periferia da cidade, onde todo o contingente da segurança estava sendo mantido no porão, sentado no chão de cimento, com as mãos amarradas às costas.

Elena caminhou pela fileira de gente e olhou nos olhos de cada um.

À procura de culpa.

À procura de medo.

Viu muito medo, mas nada de culpa.

Todos contavam a mesma história: tinham visto uma caminhonete preta encostando. Só com o motorista e o palhaço, que estava no banco do carona. O palhaço descera do carro, a caminhonete fora embora. *Então foi uma missão suicida*, pensou Elena. Uma missão suicida em que o atirador não sabia que era uma missão suicida. O motorista ficara olhando enquanto ele entrava, depois o abandonara.

Para fazer o serviço e morrer.

Quando voltaram lá para cima, Ricardo Núñez dissera:

— Se você quiser que todos morram, vamos matar todos.

Membros de seu grupo de armamento já estavam posicionados, as armas carregadas, prontos para fazer uma execução em massa.

— Faça o que quiser com seus homens — respondera Elena. — Solte os meus.

— Tem certeza?

Elena só assentira.

Ficara sentada na traseira do carro, ladeada por guardas armados, seu próprio pessoal que viera de avião de Tijuana, observando os homens locais de Barrera saindo da casa.

Todos pareciam surpresos, perplexos por estarem vivos.

Elena dissera a um de seus homens:

— Vá até lá e diga que estão demitidos. Nunca mais trabalharão para nós.

Então, ficara assistindo o pessoal de Ricardo entrar.

Voltaram para seus carros uma hora depois.

Agora, observa a nora entrar no mar até os tornozelos, com a urna de Rudolfo nas mãos, e despejar as cinzas.

*Dissolvendo como café instantâneo*, pensa Elena.

*Meu filho.*

*A quem dei meu peito, segurei em meus braços.*

*Limpei sua bunda, seu nariz, suas lágrimas.*

*Meu bebê.*

Naquela manhã, conversara com seu outro bebê, Luis.

— Foram os Esparza — dissera. — Foi Iván.

— Eu acho que não, mãe — respondera Luis. — A polícia disse que o Galina estava maluco. Desvairado. Achava que o Rudolfo tinha dormido com a filha dele ou algo assim.

— E você acredita nisso?

— Por que Iván ia querer matar Rudolfo? — perguntou Luis.

*Porque eu tirei Baja dele*, pensou Elena. *Ou achei que tinha tirado.*

— Eles mataram seu irmão e vão tentar matar você. Jamais nos deixarão sair vivos, portanto, temos que continuar dentro. E, se ficarmos dentro, temos que ganhar. Lamento, mas essa é a pura verdade.

Luis empalideceu.

— Nunca tive nada a ver com o negócio. Não quero ter nada a ver com o negócio.

— Eu sei. E gostaria que fosse possível deixá-lo fora disso, meu querido. Mas não é.

— Mãe... eu não quero isso.

— E eu não queria isso para você. Mas vou precisar da sua ajuda. Para vingar seu irmão.

Ela observa Luis olhando as cinzas do irmão flutuando na superfície da água, depois sumindo na espuma das marolas.

De repente.

*Pobre menino*, pensa.

**117**

Menino, não: Luis é um jovem de 26 anos. Nascido nesta vida, da qual não conseguiu fugir. Foi tolice achar que ele poderia.

E essa tolice custara a vida do seu outro filho.

Ela olha a onda retrocedendo, levando junto seu filho, e pensa na música que cantava nos aniversários dele.

*No dia em que você nasceu,*
*Todas as flores nasceram,*
*E na pia batismal,*
*Os rouxinóis cantaram,*
*A luz do dia brilha sobre nós,*
*Levante pela manhã,*
*Veja que já amanheceu.*

Um punhal pesado está cravado em seu peito.
Uma dor que nunca, jamais passará.

Keller está sentado no sofá, de frente para Marisol.

— Você parece cansado — comenta ela.

— Foi um dia e tanto.

— O funeral de Barrera — concorda a mulher. — Passou em todos os programas. Que cena, hein?

— Até morto, ele continua causando mais mortes.

Conversam por mais alguns minutos, e ela sobe para a cama. Keller vai até a sala e liga a televisão. A CNN mostra a história de Barrera, e fazendo uma retrospectiva de sua vida — contando como ele começou, ainda adolescente, vendendo jeans contrabandeados; como entrou no negócio do tio; sua guerra sangrenta com Güero Méndez para tomar a Plaza Baja; sua sucessão ao tio, assumindo como cabeça da *Federación* Mexicana. Conforme as poucas fotos de Barrera surgem na tela, o repórter prossegue falando que "boatos não confirmados" dizem que Barrera esteve envolvido na tortura e no assassinato do agente da Divisão de Narcóticos Ernie Hidalgo, que Barrera lançara duas crianças pequenas, filhos de seu rival Méndez, de uma ponte, que assassinara dezenove homens inocentes, mulheres e crianças, em um pequeno vilarejo em Baja.

Keller se serve de um drinque fraco enquanto o repórter fornece o "contraponto" — Adán Barrera construiu escolas, clínicas e playgrounds em sua cidade natal de Sinaloa, proibiu seu pessoal de envolvimento com sequestros e extorsão, era "amado" pela população rural das montanhas de Sierra Madre.

A tela mostra as placas de "¡ADÁN VIVE!" e pequenos santuários artesanais construídos nas laterais da estrada, com fotos dele, velas, garrafas de cerveja e cigarros.

Keller ainda lembra que Barrera não fumava.

O perfil relata a prisão de Barrera, em 1999, pelo "atual chefe da Narcóticos, Art Keller", sua transferência para uma prisão mexicana, sua "fuga ousada", em 2004, e sua subsequente ascensão ao topo do mundo das drogas. Sua guerra com os "hiperviolentos" zeta, e sua traição, na conferência de paz na Guatemala.

Então, a cena do funeral.

O assassinato bizarro.

A solitária descida do caixão ao solo, apenas com a viúva, os dois filhos gêmeos e Ricardo Núñez presentes.

Keller desliga a televisão.

Achava que meter duas balas na cara de Adán Barrera teria lhe trazido alguma paz.

Estava errado.

## LIVRO 2

# Heroína

*Eles partiram logo e encontraram o comedor de lótus,*
*que não pretendia matar meus companheiros, porém,*
*como alimento, deu-lhes a planta de lótus, cujo fruto, tão doce*
*quanto mel, fazia qualquer homem que o provasse*
*perder o desejo de voltar para casa...*

— Homero
*Odisseia / livro 9*

# Heroína

# 1

# O Acela

*Esse trem não carrega mentirosos...*

— canção *folk* tradicional americana

**Cidade de Nova York
Julho de 2014**

Keller olha pela janela do trem, vendo os prédios das fábricas abandonadas de Baltimore, e fica imaginando quais viraram antro de usuários de injetáveis. As vidraças estão estilhaçadas, há pichações de gangues pelas paredes de tijolinhos, os mastros das cercas pendem como marujos bêbados, e o arame entrelaçado foi cortado.

É a mesma história, por toda a extensão da linha da ferrovia Amtrak, na periferia da Filadélfia, de Wilmington e de Newark — as fábricas são carcaças, os empregos sumiram, e muitos dos ex-trabalhadores estão usando heroína.

Uma imensa placa acima de um prédio em ruínas, na periferia de Wilmington, diz tudo. Antes lia-se "BUY GOOD JOBS", mas alguém pintou por cima "GOODBYE JOBS".

*Ainda bem que peguei o trem, em vez de ir de avião*, pensa Keller. Lá de cima, deixaria de ver tudo aquilo. É tentador pensar que as causas da epidemia de heroína estão no México, porque está tão focado na interdição, mas a verdadeira fonte está bem ali e nas tantas cidadezinhas menores.

Os derivados de ópio são uma resposta à dor.

Dor física, dor emocional, dor econômica.

Do trem, pode ver todas as três.

A trifecta da heroína.

Keller está a bordo do trem Acela, o trajeto ferroviário de três horas de Washington DC até a cidade de Nova York, partindo do centro do poder governamental e rumo ao centro financeiro, embora, às vezes, seja difícil saber qual rege qual.

É complicada a questão do que ele pode fazer sobre o México, lá de Washington, quando a verdadeira origem do problema do ópio talvez esteja simplesmente em Wall Street. *Você está tentando limpar o esgoto com uma vassoura, com uma vassoura*, pensa. Keller está tentando varrer de volta a onda de heroína, enquanto bilionários mandam os empregos para o exterior, fechando fábricas e cidades, matando esperanças e sonhos, causando dor.

Depois de tudo, chamam ele para resolver a epidemia de heroína.

Quer saber a diferença entre um gerente de investimentos e um chefão de cartel? A Wharton Business School.

Ele se vira e vê Hugo Hidalgo vindo pelo corredor, carregando uma bandeja de papelão com café e sanduíches. O jovem agente senta na poltrona do corredor, ao seu lado.

— Comprei um *panini* de presunto e queijo para você. Espero que esteja bom.

— Está ótimo. O que você comeu?

— Um hambúrguer.

— Homem de coragem.

Na verdade, um homem de bem.

Em poucos meses, Hidalgo já se tornou um rockstar. Ele é o primeiro a chegar, pela manhã, e o último a sair, à noite, embora Keller desconfie que Hugo às vezes durma em uma caminha no escritório, como se estivesse monitorando algo.

Hugo está mergulhado na análise de tráfego de celulares, e-mails, sinais de satélite, relatórios de trabalho externo, qualquer coisa que ele possa ajudá-lo a montar um quadro da natureza mutável e fluídica do cartel Sinaloa.

Ele se tornou o relator pessoal de Keller, e deu seu último resumo esta manhã, antes que os dois partissem para pegar o trem: três traficantes de rua de Tijuana tinham sido encontrados enforcados em uma ponte.

— Era pessoal do Esparza — dissera Hugo. — Resposta de Elena ao assassinato de seu filho.

— Ele ainda está negando a responsabilidade pela morte de Rudolfo?

— Está, mas o pessoal da rua diz que está usando a hostilidade de Elena como desculpa para não entregar Baja. Em resposta ela derrubou seus traficantes de rua.

As vendas mexicanas de rua são um centro de lucro relativamente pequeno, comparado ao comércio que cruza a fronteira, mas são essenciais para manter o território fronteiriço. Para manter uma plaza, um chefe precisa de pistoleiros locais, e os pistoleiros ganham a maior parte de seu dinheiro com as vendas locais de rua.

Sem vendas de rua, nada de exército.

Sem exército, nada de plaza.

Assim, sem vendas locais, nada de comércio internacional.

Portanto, a menos que Núñez consiga garantir a paz, Elena e Iván vão brigar, em Baja, disputando o controle das travessias na fronteira.

— Elena tem tropas? — perguntara Keller.

Hugo deu de ombros.

— Difícil dizer. Alguns dos leais a Barrera estão voltando para o lado dela agora que Elena mostrou que está de volta. Muitos eram amigos de Rudolfo e estão em busca de vingança. Outros estão se mantendo com os Esparza, mortos de medo de que Iván traga Tito Ascención e seu pessoal de Jalisco para mantê--los na linha.

*É um medo sensato*, pensa Keller. O antigo cão de guarda de Nacho, El Mastín, é o mais brutal que há.

— E Núñez?

— Está neutro — dissera Hugo. — Tentando manter a paz.

As suspeitas de Keller sobre Núñez se provaram verdadeiras — Barrera havia indicado o advogado como seu sucessor, como o "primeiro entre pares" a reger o cartel. Núñez está em uma posição difícil: se deixar que Iván fique com Baja, vai parecer fraco, algo que, no mundo narco, é o topo de um morro escorregadio. Porém, se forçar Iván a entregá-la, terá que entrar em guerra contra os Esparza. De qualquer maneira, sua organização ficará fragmentada. Embora a maior parte da ala de Barrera se mantenha leal a Núñez, há relatos dos que estão olhando para Elena e Iván como opções.

Núñez terá que forçar Iván e Elena a uma negociação de paz, ou será forçado a escolher um lado.

No rastro da morte de Adán Barrera, o Pax Sinaloa começa a se dissolver.

*Talvez seja tudo como um punhado de cadeiras no convés do Titanic*, pensa Keller. Talvez, nem faça diferença quem está mandando a heroína, só o fato de ela estar entrando. Os narcos podem ficar brincando de dança das cadeiras pelo tempo que quiserem. Eles ali podiam até esvaziar as cadeiras com a chamada estratégia do chefão, prendendo ou matando os chefes de cartéis — mas o trono sempre é preenchido, e as drogas continuam vindo.

Keller foi um dos principais executores dessa estratégia, participando da eliminação dos *jefes* da antiga *Federación*, do cartel Golfo, dos zeta e sinaloas, e qual foi o resultado?

Mais americanos morrendo de overdose.

Se pedir a um cidadão comum para citar a guerra mais longa dos Estados Unidos, ele provavelmente dirá Vietnã, então logo irá consertar, dizendo Afeganistão, mas a verdadeira resposta é a guerra contra as drogas.

Que perdura há mais de cinquenta anos.

Já custou mais de um trilhão de dólares — e isso é apenas parte da equação, o dinheiro "legítimo" e "limpo" destinado a equipamentos, força policial, tribunais e cadeias. Porém, para ser sincero, Keller sabe que também é preciso contabilizar o dinheiro sujo.

Dezenas de bilhões de dólares — em espécie — vão apenas para o México a cada ano, e é tanto dinheiro que nem contam, *pesam*. Isso tem que ir para algum lugar, os narcos não podem enfiar embaixo do travesseiro ou cavar buracos no quintal dos fundos. Boa parte é investida no México, e estima-se que a quantidade de dinheiro proveniente das drogas injetada na economia mexicana é de 7 a 12 por cento.

Mas muito desse dinheiro volta para os Estados Unidos em compra de imóveis e outros investimentos.

Para o sistema bancário, de onde sai para negócios legítimos.

É o segredo sujo da guerra contra as drogas: quando um viciado crava uma agulha no braço, todo mundo ganha dinheiro.

Somos todos investidores.

Todos nós somos o cartel.

*Agora você é o general no comando dessa guerra*, pensa Keller, *e não faz ideia de como ganhá-la*. Tem milhares de soldados corajosos e dedicados, e tudo o que eles podem fazer é segurar as pontas. Keller só sabe fazer as mesmas coisas de sempre, e não estão funcionando, mas, qual é a alternativa?

Simplesmente desistir?

Se render?

Não pode fazer isso, porque as pessoas estão morrendo.

Mas precisa experimentar algo diferente.

O trem entra em um túnel, a caminho de Manhattan.

Intencionalmente, não há ninguém lá aguardando por eles. Ninguém da Narcóticos ou do gabinete do procurador-geral. Eles saem da Penn Station pela saída da 8ª avenida e chamam um táxi. Hugo diz ao motorista:

— Siga para a Oeste 99, na rua 10.

— Nós não vamos pra lá — corrige Keller, e, antes que Hugo possa perguntar o motivo, diz: — Porque se eu der uma mijada no escritório de Nova York da Narcóticos, Denton Howard vai saber quanto eu mijei e qual era a cor antes que eu lave as mãos.

Keller sabe que há vazamento na Narcóticos — para a mídia conservadora e também para os políticos republicanos, que agora disputam a indicação presidencial, Ben O'Brien entre eles.

Um dos potenciais candidatos está bem ali, em Nova York, embora Keller tenha dificuldade de acreditar que o cara é para valer.

Magnata do setor imobiliário e astro de *reality show*, John Dennison está fazendo ruído quanto à candidatura, e muito do barulho que faz tem a ver com o México e a fronteira. Só falta Howard abastecendo as meias-verdades de Dennison com informação privilegiada, incluindo a de que Keller anda se reunindo em particular com o chefe da Narcóticos da Polícia de Nova York.

— Para onde estamos indo? — pergunta Hidalgo.

Keller diz ao motorista:

— Duzentos e oitenta, Richmond Terrace. Em Staten Island.

— O que tem lá? — pergunta Hidalgo.

— Você faz perguntas demais.

Brian Mullen aguarda por eles na calçada, do lado de fora de uma casa antiga. Keller desce do táxi, caminha até ele e diz:

— Obrigado por me encontrar.

— Vou me ferrar se meu chefe descobrir que estou fazendo isso na encolha — diz Mullen.

Mullen galgou sua carreira a duras penas, primeiro trabalhando como infiltrado no Brooklyn, durante a antiga época pesada do crack, e saiu de uma delegacia corrupta impecavelmente limpo. Agora está quebrando todos os protocolos, ao concordar em se encontrar com Keller sem informar seus superiores.

A visita do chefe da Narcóticos seria um acontecimento, repleto de gente da mídia, com fotos de uma gangue de chefões uniformizados da One Police Plaza. Haveria auxiliares e copeiros e RPs e muita conversa, e nada seria feito.

Mullen usa uma jaqueta dos Yankees e jeans.

— Faz lembrar sua época de atuação à paisana? — pergunta Keller.

— Um pouco.

— Que lugar é esse? — pergunta Keller.

— Amethyst House — responde Mullen. — Uma casa de reintegração para mulheres viciadas. Se eu for visto por algum policial da 120, posso alegar que estava me encontrando com uma fonte.

— Este é Hugo Hidalgo — diz Keller. Ele percebe que Mullen não está pulando de alegria ao ver que veio mais alguém junto. — O pai dele e eu trabalhamos juntos, nas antigas. Ernie Hidalgo.

Mullen aperta a mão de Hugo.

— Bem vindo. Venham, eu tenho um carro. Tem uma delicatessen na esquina, se quiserem um café, ou alguma outra coisa.

— Estamos bem.

Eles seguem atrás de Mullen até um Navigator preto sem identificação estacionado na rua. O cara ao volante não olha para eles, quando entram na traseira. Um cara jovem, cabelo preto penteado para trás, jaqueta preta de couro.

— Esse é Bobby Cirello — apresenta Mullen. — Ele trabalha pra mim. Não se preocupem. O detetive Cirello é profissionalmente surdo e burro. Apenas nos leve para dar uma volta, certo, Bobby?

Cirello sai com o carro.

— Este é o bairro de St. George — diz Mullen. — Era o epicentro do surto de heroína em Nova York, por ser mais próximo da cidade, só que agora a heroína está por toda a ilha: Brighton, Fox Hills, Tottenville... daí o nome "Ilha da Heroína".

*St. George parece um território de doidões*, pensa Keller. Do carro, vê o que parecem ser viciados dando um tempo na esquina, em estacionamentos e terrenos desocupados.

Mas, depois, seguem de carro até um local que poderia ser qualquer subúrbio dos Estados Unidos. Áreas residenciais com casas em ruas arborizadas, jardins bem cuidados, balanços, entradas de carros com cestas de basquete.

— A heroína está matando os garotos daqui, agora — diz Mullen. — Por isso que chamamos de "epidemia". Quando eram os negros e porto-riquenhos, não era doença, era crime, certo?

— Ainda é crime, Brian.

— Você entendeu o que eu quis dizer. É a tal *cinnamon*. Trinta por cento mais forte que a *black tar* que os mexicanos vendiam, com a qual os viciados estavam acostumados. É por isso que estão tendo overdoses; estão aplicando a quantidade de costume e apagando. Ou estão acostumados a tomar comprimidos, mas a heroína é mais barata, e eles tomam demais.

Conforme o trajeto segue ao sul, adentrando áreas mais requintadas, Mullen aponta casas — *um filho dessa casa, uma filha daquela... essa gente deu sorte, porque os garotos tiveram overdoses, mas sobreviveram e agora estão na reabilitação. Depois quem sabe, vamos ver.*

— Estamos falando de fazer uma triagem — diz Mullen. — O primeiro passo é tratar os feridos, certo? Ver se podemos salvá-los no campo de batalha. O estado de Nova York acaba de nos dar uma concessão para equipar vinte mil oficiais com *naloxone*.

Keller sabe dessa droga, conhecida no mercado como "Narcan". Parece uma caneta EpiPen de injeção de adrenalina. Mas, se um dependente que estiver passando por uma overdose for tratado a tempo, é possível praticamente trazê-lo de volta dos mortos. Um kit de Narcan custa sessenta dólares.

— Mas a Narcóticos expressou "reservas", certo? — diz Mullen. — Vocês receiam que isso só venha a incentivar os dependentes a usarem, ou acham que a garotada vai começar a usar o remédio pra ficar chapado. Estão com medo das "Festas Narcan".

*Isso parece conversa do Denton Howard para a mídia*, pensa Keller, mas fica quieto. Não quer ficar dando desculpas do tipo "esse não sou eu".

— Eu colocaria kits de Narcan pela rua, como se fossem extintores de incêndio — diz Mullen. — Talvez os dependentes pudessem salvar os amigos, porque até chegar a polícia ou o pessoal de primeiros socorros, geralmente é tarde demais.

Faz sentido para Keller. Também seria suicídio político. Se ele abrisse a distribuição de Narcan, o pessoal da FoxNews o picaria em pedacinhos.

— Certo, triagem… continue.

— Reduzir as mortes por overdose é o primeiro passo — afirma Mullen —, mas, quando o dependente volta a si, ainda é dependente. Ficamos só salvando o cara, para depois salvá-lo de novo, até que um dia, não tem mais salvação. O que temos de fazer é colocar esse indivíduo na reabilitação.

— Então, a reabilitação é a resposta?

— Eu sei que a cadeia não é — retruca Mullen. — Eles conseguem ficar chapados lá dentro, só custa mais. Tribunais de drogas talvez possam pegá-los, fazer com que um juiz os obrigue a entrar em reabilitação? Não sei se há uma resposta. Mas temos que tentar algo *diferente*. Temos que mudar nossa maneira de pensar.

— E essa é a sua opinião mesmo? — pergunta Keller. — Quer dizer, você simboliza uma mudança na forma de pensar do seu departamento, ou é um ponto fora da curva?

— Um pouquinho de cada — responde Mullen. — Olhe, se levar essas ideias ao chefe ou a alguns dos caras mais velhos, eles olham como se você fosse doido. Mas até alguns caras da One Police estão começando a buscar outras respostas, estão vendo o que está acontecendo. Porra, um dos nossos detetives teve overdose dois anos atrás, você ficou sabendo? O cara se machucou em serviço, começou a tomar analgésicos. Depois, partiu para a heroína. Então, teve uma overdose. Era um escudo dourado da polícia de Nova York, pelo amor de Deus. Isso fez as pessoas pensarem. Buscarem novas soluções. Você ouviu falar do IIS?

Instalações de Injeções Supervisionadas. Locais onde os viciados podem ir e se aplicar. Há uma equipe médica para supervisionar o conteúdo e a dose.

— A legalização da heroína?

— Chame como quiser — retruca Mullen. — Está salvando vidas. A porta giratória do "prende e condena", não. Eu prendo os dependentes, eles usam na cadeia. Eu derrubo os traficantes, outros vêm e tomam o lugar. Apreendo heroína, mais heroína chega. Bobby, vamos até Inwood, para mostrar a este homem o que ele precisa ver.

— Jersey, ou Brooklyn? — pergunta Cirello.

— Não gosto de sair da minha jurisdição.

— Pegue a Verrazano — diz Mullen. Ele olha para Keller.

Eles pegam a Rota 278, adentrando Bay Ridge na parte do Brooklyn, depois Sunset Park e Carroll Gardens. Mullen explica:

— Essa área era conhecida como Red Hook, mas Carroll Gardens [Gancho vermelho] soa melhor para o mercado imobiliário. Você não é de Nova York, é?

— San Diego.

— Cidade linda — comenta Mullen. — Um clima ótimo, não?

— Não passei os últimos anos lá. Estive mais em El Paso. E agora em DC.

Eles cruzam a Brooklyn Bridge rumo à parte baixa de Manhattan, atravessam até a West Side Highway quase até o fim da ilha, e viram na rua Dyckman, depois pegam a esquerda e sobem a Broadway.

— Onde estamos? — pergunta Keller.

— Fort Tryon Park, região de Inwood. A ponta mais a nordeste de Manhattan, e região central da heroína.

Keller olha em volta, para os condomínios bem cuidados de tijolinhos. Parques, campos de esporte, babás empurrando carrinhos com bebês.

— Não parece.

— Pois é — diz Mullen. — Não há muitos usuários, mas é aqui em Inwood e em Washington Heights, bem perto, que ficam os moinhos de heroína. É pra cá que os seus mexicanos trazem essa merda, vendem aos atacadistas, separam em papelotes e despacham. É tipo um centro de abastecimento da Amazon.

— Por que aqui?

Mullen explica que é tudo questão de localização. Acesso fácil à Rota 9, direto até as cidadezinhas junto ao Hudson, que estão sendo bombardeadas com aquela merda. Um pulo até a 95 e ao Bronx, ou até Long Island, ou a New England. O Harlem está logo ali, descendo a Broadway, e também é perto da West Side Highway e da rodovia Franklin Delano Roosevelt, que leva aos burgos.

— Se você fosse responsável pelos correios, como a UPS ou a FedEx e quisesse atender ao Northeast Corridor, seria aqui que você se instalaria — explica Mullen. — De carro, chega na Jersey Turnpike ou na Garden State em minutos, e de lá dá para seguir até Newark, Camden, Wilmington, Philly, Baltimore, Washington. Se estiver transportando menos peso, é só botar a droga numa mochila e pegar algum dos trens até a Penn Station, e de lá pegar o Acela. Segue dali para o sul, até as cidades que acabei de mencionar, ou para o norte, para Providence, ou Boston. Ninguém vai tentar impedir ou revistar a mochila, e tem wi-fi no trem. Dá até para assistir *Narcos* no caminho.

— Seu pessoal também está nessa. A gente estoura moinhos aqui... dez quilos, vinte, trinta e cinco, milhões em dinheiro vivo... mas os narcos consideram isso despesa de negócio, e a merda continua chegando.

— É como tentar enxugar o oceano — diz Keller.

— Algo assim.

— Você está recebendo o que precisa da minha agência?

— Em curto prazo? — diz Mullen. — Até que sim. Mas, olha, a verdade é que sempre tem essa tensão entre federais e a polícia local, não vamos mentir. Tem gente sua com receio de dividir informação conosco, seja porque querem fazer as apreensões, seja porque acham que todos os policiais locais são corruptos. Meu pessoal fica brincando de esconde-esconde com o seu, porque querem as apreensões e não querem os federais tomando conta e levando os créditos.

Keller sabe que coordenar equipes é um negócio capcioso, mesmo quando é na melhor das intenções, o que nem sempre é o caso. É fácil demais que duas agências trombem com os informantes ou testemunhas protegidas uns dos outros, atravancando uma investigação promissora ou até causando a morte de informantes. E ele sabe que a Narcóticos pode ter pulso forte com o efetivo policial local, mandá-los ficar longe das investigações, assim como sabe que os caras locais estão mais que dispostos a dar um gelo nos federais, deixando-os sem informações valiosas.

Inveja na profissão pode ser um problema. Todos querem dar seus próprios flagrantes, pois as apreensões são o caminho para as promoções. E são também boa propaganda — todos querem ficar diante daquela mesa abarrotada de drogas, armas e dinheiro na hora de tirar a foto. Uma prática que virou clichê — e que pode ser bem perigosa, pois dá falsa impressão de que a polícia está ganhando a guerra.

As drogas na mesa são como fotos de vietcongues mortos.

— Mas, na maior parte das vezes — prossegue Mullen —, acho que até que estamos trabalhando bem em conjunto. Claro que sempre pode melhorar.

Keller repara que está sendo sondado para mais parcerias quando Mullen pergunta:

— E o que você realmente veio fazer aqui?

— Por que não batemos um papo longe dos garotos? — retruca Keller.

— Já esteve no Cloisters?

Keller e Mullen caminham pelos arcos e pilares do convento Cuxa Cloisters, no parque, não muito longe de Inwood. Houve uma época em que a estrutura era parte da abadia de St. Michel, nos Pireneus Franceses; mas fora transferida para Nova York em 1907, e agora cerca um jardim central.

Keller sabe que Mullen não o levou até ali por acaso. E, claro, Mullen comenta:

— Ouvi falar que você gosta de monastérios.

— Morei em um por um tempo.

— É, foi o que ouvi. No Novo México, certo? Como era?

— Quieto.

— Disseram que você era encarregado, de que, mesmo? Colmeias, ou algo do tipo?

— O monastério vendia mel — responde Keller. — O que mais você quer saber, Brian?

Porque se Brian Mullen tem dúvidas em relação a ele, é melhor saber logo.

— Por que você foi embora de lá?

— Porque deixaram Adán Barrera sair da cadeia.

— E você queria prendê-lo de volta.

— Algo assim.

— Eu gosto daqui — comenta Mullen. — Gosto de vir aqui, caminhar e pensar. Aqui, consigo me distanciar da merda toda. Não tenho certeza se gosto do mundo moderno, Art.

— Nem eu. Mas é o único que a gente tem.

— Ei, estamos na capela, quer entrar? — pergunta Mullen. — Quer dizer, se vamos ter uma conversa sagrada de autosacrifício é melhor irmos logo a Jesus.

Passam pelas portas pesadas de carvalho, ladeadas por entalhes de animais saltando. No salão, predomina o ambiente da abóbada, com um crucifixo ao fundo. A parede lateral tem afrescos em homenagem à Virgem Maria.

— Tudo isso foi trazido lá da Espanha — comenta Mullen. — Lindo, não?

— É sim.

— Escuta, Art, qual é o verdadeiro motivo de você estar aqui? Sei que não veio a turismo, para que eu mostre as coisas que você já conhece.

— Você falou de triagem — diz Keller. — De soluções de curto e longo prazo. Quero definir minhas intenções de longo prazo. Vou passar a Divisão de Narcóticos para um novo curso, mais na direção do que nós estávamos falando antes. Para longe da porta giratória de prisão e encarceramento, mais perto da reabilitação. Quero retomar as iniciativas locais, removendo os obstáculos federais.

— Isso é possível? Seu pessoal não vai gostar.

Keller compreende o que Mullen não está dizendo, apenas dando a entender: que a Narcóticos tem um interesse velado em manter a guerra contra as drogas, que sua própria existência depende dessa eterna batalha.

— Eu não sei — responde Keller. — Mas vou tentar. Se quero ter êxito, vou precisar de apoio das forças policiais como a NYPD.

— E em curto prazo?

— Até que possamos mudar a linha de base, precisamos fazer tudo que pudermos para desacelerar o fluxo de heroína.

— Comigo, não há o que discutir.

— Cheguei à conclusão de que não posso fazer muito no México — afirma Keller. — Eles são protegidos demais. Se vou atacar o problema, tem que ser aqui em Nova York, que se tornou o núcleo da heroína.

Mullen sorri.

— Alguma outra epifania, Art?

— Aham. Não temos como definir o que leva as pessoas a *usarem* drogas. Mas sabemos por que drogas são vendidas. Muito simples: dinheiro.

— E daí?

— Então, se realmente quisermos fazer algo, vamos atrás do dinheiro — diz Keller. — E não estou falando do México.

— Você sabe do que está falando?

— É, eu sei. Estou pronto para isso. Acho que a questão é se você está.

Keller sabe o que está pedindo ao homem.

É uma ação que pode pôr fim à sua carreira.

Os viciados de rua, não têm como reagir. Mas os centros de poder, têm maneiras de sobra de revidar.

Podem enterrar quem vai atrás deles.

Mullen não parece amedrontado.

— Só se você for até o fim — responde. — Não estou interessado em mandar uns trouxas para o Club Fed por alguns anos. Mas, se vai com isso até onde quer que isso nos leve, então... do que você precisa?

De um banqueiro, retruca Keller.

Um banqueiro de Wall Street.

No trem de volta, Hidalgo come outro hambúrguer, dizendo que até que não é ruim.

— Que bom — responde Keller.

Porque o rapaz vai passar muito mais tempo no Acela.

Este é o começo da Operação Agitador.

## Guerrero, México

Para Ric, a heroína lembra a Páscoa.

As papoulas reluzem em um tom vibrante de roxo sob a luz do sol, e as flores que não são roxas são cor-de-rosa, vermelhas e amarelas. Em contraste com o verde esmeralda das hastes, parecem cestos de doces.

O avião sacode um bocado na Sierra Madre del Sur conforme faz a aproximação para pousar em uma pista estreita na periferia da cidade de Tristeza, em

Guerrero. O pai de Ric o trouxe ali como um tipo de tutorial, "para aprender como funciona o negócio, desde o solo". É parte dos sermões contínuos de "sua geração", sempre acompanhado de frases como: "Sua geração se distanciou da terra que tornou todos vocês ricos."

*Até parece*, pensa Ric, *que meu pai advogado passou um único dia no campo.* Sua experiência mais próxima de ser *campesino* foi uma breve tentativa de cultivar tomates no quintal dos fundos, que acabou com uma declaração de que era "economicamente mais eficiente" comprá-los no mercado, apesar do capítulo anterior da série de sermões, "sua geração não sabe de onde vem a comida".

*Sim, sabemos*, pensa Ric.

*Do mercado.*

O avião pousa com uma batida forte.

Ric vê os Jipes cheios de homens armados nas laterais da pista, esperando para levá-los montanha acima, pelas estradas de terra sinuosas. É preciso um comboio, pois essa região está virando cada vez mais "uma terra de bandidos" relativamente novos ao cartel Sinaloa.

Os campos do cartel em Sinaloa e Durango não conseguem acompanhar a demanda crescente por heroína, de modo que o cartel se expandiu para dentro de Guerrero e Michoacán.

Ambos os estados estão produzindo cada vez mais pasta de ópio, Ric sabe. O problema é que a infraestrutura ainda não alcançou a produção, e precisam recorrer a organizações menores como intermediários entre os cultivadores e o cartel.

Até que não seria ruim se os intermediários não estivessem em guerra uns com os outros. Portanto, essa linda região rural, que Ric admira, enquanto o Jipe passa por matas de imensos pinheiros *ocote*, está repleta de pistoleiros caçando uns aos outros.

Primeiro, há os Cavaleiros Templários, predominantemente em Michoacán, sobreviventes da antiga organização La Família e ainda possuídos (e essa é a palavra perfeita para o caso, na opinião de Ric) por um zelo quase religioso de erradicar os "malfeitores". Sinaloa os tolerou enquanto ajudavam a lutar contra os zeta, porém, a utilidade dos Cavaleiros está chegando depressa ao fim, e eles representam mais problema do que vantagens. Em especial porque esses "benfeitores" são altamente envolvidos com metanfetamina, extorsão e assassinato de aluguel.

Os Cavaleiros insistem em guerrear contra Los Guerreros Unidos, um braço da organização Tapia, fundada pelo antigo pistoleiro Eddie Ruiz, agora residente de uma prisão de segurança máxima, uma supermax americana.

Ruiz foi o primeiro americano a chefiar um cartel mexicano. Ric o encontrou uma ou duas vezes, ainda criança, porém o conhece mais por seus vídeos famosos no YouTube, quando "Eddie, o doido" filmou a si mesmo entrevistando quatro zeta, antes de executá-los. Depois, enviou as gravações a todas as emissoras de televisão e pôs o vídeo na internet.

Isso lançou uma tendência.

Agora, os "Garotos de Eddie", como são conhecidos os Guerreros Unidos, estão em um frenesi assassino em Guerrero, Morelos e Edoméxi, matando rivais, sequestrando por dinheiro, extorquindo o comércio e, de maneira geral, apenas sendo um pé no saco.

Núñez tinha tido que não podiam esmagá-los porque precisavam deles. Principalmente em Guerrero, onde eles controlam Tristeza, uma cidade de cerca de cem mil habitantes. Tristeza tem uma importância além de seu tamanho, pois está localizada na interseção de várias estradas, incluindo a importante interestadual que leva a Acapulco. A prefeita é membro antigo da facção GU e, pelo menos por enquanto, o cartel precisa estar em suas graças.

A GU tem lutas sanguinárias com Los Rojos, mais um braço da organização Tapia que — é preciso ressaltar — tinha se originado no cartel Sinaloa.

— O conflito é pelas rotas de contrabando — explicara Núñez —, mas numa análise mais aprofundada, dá para ver que, nós somos o motivo da briga. Isso é uma falha no sistema que *nós* instituímos. Adán estava ocupado demais lutando contra os zeta para consertá-la, e, desde sua morte, a questão só piorou.

Ric então descobrira que o cartel Sinaloa, na verdade, não é dono das fazendas de cultivo de heroína em Guerrero. A maioria tem apenas alguns acres escondidos em meio às montanhas e é de propriedade de pequenos agricultores, que colhem a papoula e vendem a pasta de ópio aos intermediários, tais como o GU e Los Rojos, que transportam ao norte — quase tudo escondido em ônibus comerciais da periferia de Tristeza até Acapulco, e depois até laboratórios de refino em Sinaloa ou mais perto da fronteira americana.

*Eles matam uns aos outros pelo direito de venderem para nós*, pensa Ric, com a respiração já ofegante, enquanto a subida vai passando da marca de dez mil pés.

E tem seu velho amigo Damien Tapia.

Agora se exibindo como o "Jovem Lobo", outro pé no saco de Sinaloa.

Damien reorganizou alguns dos antigos homens leais a seu pai e começou a vender cocaína e metanfetamina em Culiacán, Badiraguato, Mazatlán e até em Acapulco, onde supostamente fica baseado, extorquindo bares e boates, protegido por alguns dos ex-capangas de Ruiz. Há boatos de que foi visto em Durango e ali em Guerrero. Se for verdade, então também tentará ingressar no mercado de heroína.

— Um rapaz tão bacana — comentara Núñez. — Uma pena que seu pai tenha enlouquecido e precisado ser sacrificado como um cão raivoso.

O comboio chega a uma curva acentuada, e Ric vê o lampejo de cor adiante — escondidas por trás de um punhado de pinheiros, em uma colina íngreme, despontam as cores vivas das papoulas em flor. Ele vê e sente o cheiro dos tocos queimados de pinho, onde o fazendeiro queimou as árvores para abrir a mata para o cultivo do ópio.

O campo talvez tenha apenas dois acres, mas Núñez lhe diz que não se engane.

— Um acre bem irrigado, cultivado com habilidade, em Guerrero, pode fornecer até oito quilos de seiva de ópio por estação, o suficiente para produzir um quilo de heroína bruta. Só no último ano, esse quilo de seiva foi vendido por cerca de setecentos dólares, e o preço já dobrou para mil e quinhentos, com o aumento da demanda. Nós só conseguimos manter o preço baixo assim por sermos o único comprador. Tipo um Walmart, se preferir. Um agricultor pode ter até oito ou dez pedaços de terra como esse, espalhados pela encosta da montanha, escondidos dos helicópteros do exército que patrulham o território para borrifar herbicidas. A três mil dólares por terreno, começa virar um bom dinheiro.

*Trinta mil dólares é dinheiro do almoço para o meu velho*, pensa Ric, *mas uma fortuna para um pobre agricultor da zona rural de Guerrero.*

Ele desce do jipe para observar os *rayadores* trabalhando na terra.

Fica sabendo que eles ganham bem. Um trabalhador produtivo pode fazer de trinta a quarenta dólares por dia, sete vezes o que seus pais conseguem trabalhando nos campos de milho ou nos pomares de abacate. Os *rayadores*, são quase todos adolescentes, e a maioria é de meninas, por conta das mãos menores e mais ágeis. Com o auxílio de lâminas pequenas presas a anéis que usam nos polegares, elas cortam com cuidado pequenos talhos nos bulbos de ópio, até que a seiva escorra como uma lágrima.

É um trabalho delicado: se o corte for raso demais, não se obtém a seiva. Se for profundo demais, estraga-se o bulbo, um desastre para a rentabilidade. O *rayador* voltará à mesma planta — um bulbo pode ser sangrado até sete ou oito vezes, a fim de obter o máximo possível de seiva.

Uma vez que o corte é feito, o líquido que escorre é deixado para enrijecimento, formando uma pasta marrom, e os *rayadores* usam lâminas para delicadamente raspar a pasta em panelas, depois a levam para cabanas ou celeiros, onde outros trabalhadores a enrolam em bolas ou bolos que podem ser armazenados por anos, se necessário.

Quando o fazendeiro estocou bastante pasta de ópio, entra em contato com o intermediário, que vem coletá-la, efetua o pagamento e leva para um laboratório, para ser processado e transformado em heroína. Dali, a droga segue até um ponto de despacho como Tristeza, onde é carregada em ônibus para o que é chamado de "embarque espingarda", rumo ao norte.

O intermediário aumenta o valor em até quarenta por cento, elevando o preço a até 2.100 dólares o quilo, e vende ao cartel — que, mais uma vez, controla o preço, por ser literalmente o único comprador.

Nos EUA, um quilo de heroína bruta será vendido por algo entre 60 e 80 mil dólares.

— A margem é excelente — diz Núñez — e até quando embutimos os custos do transporte, contrabando, segurança e, claro, as propinas, ainda podemos vender barato para os farmacêuticos americanos e gerar um lucro saudável.

Ric é um garoto urbano, mas não pode deixar de apreciar a beleza do cenário à sua frente. É idílico. O ar é fresco e limpo, as flores são lindas, e dá uma paz além de palavras ver aquele campo multicolorido cheio de meninas jovens, com seus aventais brancos e cabelos negros, trabalhando em silêncio e com eficiência, em toda a sua simplicidade.

— É gratificante saber que esse negócio provê emprego tão rentável para tantas pessoas, com um salário que elas jamais poderiam ter de outro modo — acrescenta Núñez.

Há centenas de lavouras como essas espalhadas por toda Guerrero.

Trabalho de sobra para todo mundo.

*É*, pensa Ric, *somos benfeitores.*

Ele entra novamente no Jipe e o comboio segue, serpenteando montanha abaixo, os sicários atentos aos bandidos.

Damien Tapia, o "Jovem Lobo", observa o comboio pelo visor telescópico de seu fuzil de atirador.

Escondido sob a cobertura das árvores da encosta em frente, está com Ricardo Núñez — chefe do cartel Sinaloa, um dos homens que tomaram a decisão de matar seu pai — literalmente no centro da cruz da lente.

Quando Damien era pequeno, seu pai era um dos três chefões do cartel Sinaloa, junto com Adán Barrera e Nacho Esparza, dois homens que Damien considerava tios. À época, os irmãos Tapia eram poderosos — Martín, como político, Alberto, o pistoleiro, e seu pai, Diego, o líder absoluto.

Quando Tío Adán foi capturado nos Estados Unidos, foi o pai de Damien que cuidou dos negócios. Quando Tío Adán foi transferido de volta para o México, para a prisão Puente Grande, foi o pai de Damien que providenciou sua proteção. Quando Tío Adán saiu, foi o pai de Damien que lutou a seu lado para tomar Nuevo Laredo do Golfo e dos zeta.

Naquela época, eram todos amigos, os Tapia, os Barrera, os Esparza... Era um tempo em que Damien se espelhava nos meninos mais velhos, como Iván, Sal e Rubén Ascensión — e Ric Núñez, de idade mais próxima à sua. Eles eram seus camaradas, seus *cuates*. Eles eram *Los Hijos*, os filhos que herdariam o todo poderoso cartel Sinaloa, que o administrariam juntos, e seriam irmãos para sempre.

Então, Tío Adán se casou com Eva Esparza.

*A pequena Eva é mais nova que eu*, pensa Damien, mirando a lente na têmpora meio grisalha de Ricardo Núñez; *nós brincávamos juntos, quando éramos pequenos.*

Mas Tío Nacho queria Baja para Iván, e, para conseguir, entregou a própria filha, como um cafetão. Depois que Eva se casou com Tío Adán, a ala Tapia do cartel se tornou um filho enteado — afastado, ignorado, deixado de lado. Na mesma noite em que Adán estava tirando o cabacinho da pequena Eva, seus *federales* foram prender Alberto, tio de Damien, e o mataram. No fim das contas, Adán vendera os Tapia para salvar seu sobrinho, Sal, de uma acusação de assassinato.

*Meu pai nunca mais foi o mesmo depois daquilo, lembra Damien*. Ele não podia acreditar que os homens a quem chamava de primos — Adán e Nacho — o trairiam, matariam um de seu próprio sangue. Começou a se afundar cada vez mais na *Santa Muerte*, na coca. A raiva e a tristeza o comiam vivo, e a guerra que ele declarou para se vingar despedaçou o cartel.

Na verdade, aquela guerra de merda tinha despedaçado o país inteiro, conforme Diego aliava a organização Tapia aos zetas, para lutar contra os Barrera e os Esparza, seus antigos parceiros no cartel Sinaloa.

Milhares de pessoas morreram.

Naquele dia, Damien tinha só dezesseis anos. Foi logo depois do Natal, quando os mariners rastrearam seu pai até um arranha-céu em Cuernavaca, entraram com carros blindados, helicópteros e metralhadoras e o assassinaram.

Ele guarda a foto no celular, como proteção de tela. Diego Tapia, crivado de balas no rosto e no peito, a camisa aberta e rasgada, as calças arriadas, notas de dólar jogadas sobre ele.

Os mariners tinham feito aquilo a seu pai.

Eles o mataram, debocharam de seu cadáver, postaram as fotos repulsivas na internet.

Mas Damien sempre culpara Tío Adán.

E Tío Nacho.

Seus "tios".

E Ricardo Núñez, pai de Ric.

O que eles fizeram com Diego Tapia é imperdoável, pensa Damien. *Meu pai foi um grande homem.*

*E eu sou filho do meu pai.*

Ele escreveu um *narcocorrido* a respeito e pôs no Instagram.

*"Eu sou filho do meu pai e sempre serei*
*Sou um homem de família*
*Um homem do ofício*
*Jamais darei as costas ao meu sangue*
*Essa é a minha vida, até a morte*
*Eu sou o Jovem Lobo"*

Sua mãe já implorou que ele deixasse o negócio, fizesse outra coisa, qualquer coisa, pois já perdera muitos entes queridos para o ofício. *Você é tão bonito*, ela diz, *lindo como um artista de cinema, um rockstar, beleza tipo Telemundo, por que não vira ator, cantor, apresentador de televisão?* Mas Damien sempre respondia que não, não desrespeitaria o pai dessa maneira. Tinha jurado sobre o túmulo de Diego que traria os Tapia de volta para seu lugar.

No topo do cartel Sinaloa.

— Eles roubaram o cartel de nós, Mami — dizia Damien à mãe. — E eu vou tomar de volta o que eles roubaram.

Fácil de falar.

Mais difícil de fazer.

A organização Tapia ainda existe, porém com apenas uma fração do poder que tinha antes. Sem a liderança dos três irmãos — Diego e Aberto mortos, Martín na cadeia — opera mais como um grupo de franquias dando lealdade nominal ao nome Tapia, enquanto cada grupo atua de forma independente, traficando coca, meta, maconha e, agora, heroína. E os grupos estão espalhados, com células no sudeste de Sinaloa, Durango, Guerrero, Veracruz, Cuernavaca, Baja, Cidade do México e Quintana Roo.

Damien tem a própria célula, baseada em Acapulco, e, embora outras células lhe demonstrem certo nível de respeito, por conta de quem foi seu pai, não o veem como o chefe. E Sinaloa — talvez por culpa pelo que fizeram com sua família — o tolera, contanto que seja subserviente e não venha atrás de vingança.

E a verdade, Damien sabe, é que ele não chega a ser uma ameaça — é lamentavelmente inferior em contingente armado, se comparado às alas Barrera e Esparza do cartel.

*Até agora*, pensa.

Agora Tío Adán e Tío Nacho estão mortos.

Iván Esparza e Elena Sánchez estão em guerra.

O jogo mudou.

E agora pode apertar o gatilho e detonar Ricardo Núñez.

— Atire — diz Fausto.

Fausto — bigodudo, atarracado e parrudo — foi um dos homens leais a seu pai que seguiu com Eddie Ruiz depois da morte de Diego. Agora, com Eddie na prisão, está de volta com Damien.

Baseado em Mazatlán, Fausto é um matador de pedra.

É do que Damien precisa.

— Atire — repete Fausto.

O dedo de Damien força o gatilho.

Depois faz parar.

Por diversos motivos.

O primeiro é que está incerto quanto ao vento. O segundo é que nunca matou ninguém. Mas o terceiro...

Damien muda o foco para Ric.

Ric está sentado bem ao lado do pai, e Damien não quer correr o risco de errar o tiro e acertar o amigo.

— Não — responde, baixando o fuzil. — Eles vão vir com tudo pra cima da gente.

— Não se estiverem mortos — afirma Fausto, dando de ombros. — Merda, deixa que *eu* faço.

— Não, é cedo demais. Ainda não estamos no poder.

Isso é o que diz a Fausto, o que diz a si mesmo.

Fica observando o comboio virando a curva seguinte, desaparecendo de vista e da mira.

O avião faz uma manobra inesperada.

Ric esperava que fizessem um voo direto de volta para Culiacán, mas o avião inclina a oeste, na direção do mar, para Mazatlán.

— Eu quero que você veja uma coisa — diz Núñez.

Ric acredita que já conhece Mazatlán razoavelmente bem, pois ali já foi um mega playground para *Los Hijos*. Passavam o carnaval desde que eram pequenos, e, quando ficaram mais velhos, frequentavam os bares e boates da orla, paquerando a mulherada turista que vinha aos montes dos EUA e da Europa em busca de areia e sol. Foi em Mazatlán que Iván ensinou Ric a dizer "Gostaria de dormir comigo esta noite?" em francês, alemão, italiano e, em uma ocasião meio enevoada na memória de Ric, em romeno.

Talvez tenha sido nessa noite — Ric não tem certeza — que ele e os garotos Esparza e Rubén Ascención foram presos no Malecón, por alguma transgressão já esquecida, e levados para a cadeia, mas imediatamente soltos, com pedidos de desculpas, quando revelaram seus sobrenomes.

Ric tem uma vaga ideia de que Mazatlán, assim como muitas cidades de Sinaloa, foi colonizada pelos alemães e ainda tem um toque bávaro na música e na afinidade pela cerveja, uma herança que Ric assumiu mais do que deveria.

Um carro que está aguardando na pista os conduz não até o calçadão ou à praia, mas até o porto.

Ric também conhece bem aquele lugar, porque é ali que chegam os navios de cruzeiro, e onde há navios de cruzeiro, há mulheres disponíveis. Ele e os Esparza ficavam sentados no calçadão acima dos ancoradouros, avaliando as mulheres que desembarcavam, depois fingiam ser guias turísticos e se ofereciam para levar as mais gatas aos melhores bares.

Apesar disso, houve uma vez em que Iván olhou para uma norueguesa alta, arrebatadora, bem dentro de seus olhos azuis e falou, diretamente "Na verdade, eu não sou guia. Sou filho de um chefão de cartel. Tenho milhões de dólares, barcos velozes, carros velozes, mas o que eu gosto mesmo é de transar com mulheres lindas como você".

Para surpresa de Ric, a mulher aceitou, então lá foram eles com as amigas dela. Alugaram uma suíte de hotel, beberam muita Dom, cheiraram uma montanha de pó e treparam que nem macacos até chegar a hora de as meninas voltarem para o navio.

É, Ric poderia mostrar ao pai algumas coisas em Mazatlán.

Mas não vão para as docas turísticas. Passam direto e vão até as docas comerciais, onde os cargueiros atracam.

— Um negócio nunca pode ficar parado — diz Núñez, quando descem do carro, ao lado de um galpão. — Se você estiver estático, está morrendo. Seu padrinho, Adán, sabia muito bem disso, e nos transferiu nossos negócios para a heroína.

Um guarda abre a porta do galpão para eles.

— A heroína é boa — continua Núñez, enquanto entram —, é lucrativa, mas, como todas as coisas lucrativas, atrai concorrência. Outras pessoas veem você ganhando dinheiro e querem imitar. A primeira coisa que tentam fazer é baratear, vender por um valor mais acessível, pondo o preço lá embaixo e reduzindo o lucro de todo mundo.

Se o cartel realmente fosse um cartel, no sentido clássico — ou seja, várias pequenas empresas que dominam um produto, acordando os preços — não haveria problema.

— Mas "cartel" no nosso caso, é, na verdade, uma designação equivocada — explica o pai. — É contraditório falar "cartéis", no plural.

Eles têm concorrência. Os remanescentes dos zeta, fragmentos restantes do cartel Golfo e dos Cavaleiros Templários, mas o que preocupa Núñez é Tito Ascensión.

Ascensión pediu a Iván permissão para ingressar na heroína, e Iván espertamente recusou, mas e se Tito entrar, mesmo assim? Jalisco logo poderia se tornar o maior concorrente do cartel Sinaloa. Venderia mais barato, e Núñez não é do tipo que se permite ser forçado a reduzir margens de lucro; portanto...

Eles entram em uma sala dos fundos.

Núñez fecha a porta.

Um jovem asiático está sentado atrás de uma mesa, na qual há pilhas de tijolos bem embalados de...

Ric não reconhece o que é.

— A única boa resposta para preços mais baixos — explica Núñez —, é uma qualidade mais alta. Clientes pagam bem pela qualidade.

— Então isso é heroína de qualidade superior? — pergunta Ric.

— Não — diz Núñez. — Isso é fentanil. É cinquenta vezes mais forte que heroína.

Ele explica que o fentanil, um derivado sintético do ópio, foi originalmente usado em adesivos de pele para pacientes terminais com câncer. É tão poderoso que mesmo um pontinho pode ser letal. Mas a dose certa deixa o dependente bem mais doido, e muito mais rápido.

Ele leva Ric para fora do escritório, até os fundos do galpão. Há inúmeros homens ali; alguns Ric reconhece como pessoal de alto escalão do cartel — Carlos Martinez, que opera em Sonora; Hector Greco, chefe da plaza de Juárez; Pedro Esteban, de Badiraguato. Alguns outros, Ric não conhece.

Atrás deles, ao longo da parede, há três homens amarrados em cadeiras.

Basta uma olhada para Ric saber que são viciados.

Definhados, tremendo, acabados.

Um cara que parece um técnico de laboratório está sentado em uma cadeira, junto a uma mesinha, sobre a qual há três seringas.

— Cavalheiros — diz Núñez. — Eu falei a vocês sobre o novo produto, mas ver é crer. Portanto, vamos a uma pequena demonstração.

Ele assente para o técnico laboratorial, que pega uma das seringas e agacha ao lado de um dos viciados.

— Essa é nossa heroína padrão *cinnamon*.

O técnico de laboratório prende o garrote no braço do homem, encontra uma veia e injeta. Um segundo depois, a cabeça do cara dá um tranco para trás, depois relaxa.

Totalmente chapado.

— A próxima seringa é a heroína batizada com uma pequena porção de fentanil — anuncia Núñez.

O técnico injeta a segunda cobaia.

A cabeça dá um tranco, os olhos se arregalam, a boca se contorce em um sorriso quase beatífico.

— Ah, meu Deus. Ah, meu Deus — murmura o sujeito.

— Como é? — pergunta Núñez.

— É maravilhoso. É tão maravilhoso...

Ric tem a sensação de estar assistindo o canal da Polishop.

E meio que está. Ele sabe que, segundo o mito, os chefes dos cartéis são ditadores que simplesmente dão ordens e esperam que sejam cumpridas. Isso é verdade com os sicários, os pistoleiros e os níveis mais baixos, mas um cartel é composto por negociantes, que só fazem o que for bom para o negócio e que precisam ser convencidos.

— A injeção seguinte — diz Núñez — é uma seringa com três miligramas de fentanil.

A última cobaia se retorce nas amarras e grita:

— Não!

Mas o técnico põe o garrote, localiza a veia e injeta uma seringa cheia em seu braço. O mesmo tranco na cabeça, os mesmos olhos arregalados. Então, os olhos se fecham e a cabeça pende à frente. O técnico pousa dois dedos no pescoço do e balança a cabeça, anunciando:

— Ele se foi.

Ric reluta diante da vontade de vomitar.

Deus do céu, o pai tinha mesmo feito aquilo? De verdade? Não poderia ter usado um rato de laboratório, um macaco, algo assim? Ele simplesmente matou um *ser humano* para fazer uma demonstração de venda?

— Qualquer viciado que experimentar o novo produto jamais vai voltar atrás — promete Núñez —, e nem vai *poder* voltar atrás, para os comprimidos mais caros e menos potentes, nem mesmo à cinnamon. Afinal, por que pegar o trem parador se pode pegar o expresso?

— Qual é o custo para nós? — questiona Martinez.

— Quatro mil dólares americanos por quilo. Se bem que, na compra por atacado, talvez possamos baixar para três. Mas cada quilo de fentanil produz vinte quilos de produto acrescido, avaliado em mais de um milhão de dólares no varejo. A margem não é problema.

— Qual é o problema? — pergunta Martinez.

— O fornecimento. A produção de fentanil é estritamente controlada nos Estados Unidos e na Europa. No entanto, podemos comprar na China e despachar para os portos que controlamos, como Mazatlán, La Paz e Cabo. Mas isso significa que precisamos reforçar o controle dos portos.

Núñez paz uma pausa, então continua:

— Cavalheiros, há trinta anos, o grande Miguel Ángel Barrera, M-1, o fundador da organização, introduziu um derivado de cocaína em uma reunião semelhante a esta. O derivado "crack" tornou nossa organização abastada e poderosa. Eu agora estou introduzindo um derivado de heroína que nos levará a um nível ainda mais alto. Quero levar a organização a ingressar no fentanil, e espero que vocês me apoiem. Muito bem, reservei mesa para um jantar em um restaurante local e gostaria que os senhores me acompanhassem.

E todos saem para jantar em um restaurante chique na costa.

E Ric vê que é o de sempre uma sala privativa nos fundos, o restante todo reservado, com um cordão de seguranças em volta. Pedem ceviche, lagosta, camarão, marlim defumado e *tamales* regados a cerveja Pacífico, e, se qualquer um deles voltou a pensar no viciado morto nos fundos do galpão, Ric não percebe.

Depois do banquete, o avião leva Ric e o pai de volta a Culiacán.

— Então, o que acha? — pergunta Núñez, durante o voo.

— Sobre...

— Fentanil.

— Acho que você os convenceu. Mas, se o fentanil é tão bom assim, a concorrência vai cair em cima.

— Claro que vai — concorda Núñez. — O mercado é assim. A Ford desenha uma boa caminhonete, a Chevy imita e melhora, então a Ford desenha uma melhor ainda. O segredo é chegar primeiro, monopolizar a cadeia de fornecimento, estabelecer canais de venda dominantes e uma base fiel de clientes e dar continuidade em servi-los. Você pode ser muito útil, garantindo que La Paz permaneça exclusivamente nossa.

— Claro — diz Ric. — Mas tem um problema no qual você não pensou. O fentanil é um composto sintético?

— Sim.

— Então, qualquer um pode produzir. Ninguém precisa de plantações, como é o caso da heroína. Basta um laboratório, algo que dá pra montar em qualquer lugar. E aí vai acontecer o mesmo que aconteceu com a metanfetamina: qualquer babaca com uns trocados e um kit de químico vai conseguir produzir na banheira de casa.

— Sem dúvida vamos lidar com imitações baratas — concorda Núñez. — Mas será no máximo um inconveniente, à margem do mercado. Os contrabandistas não terão alcance de vendas a ponto de criar um problema sério.

*Se você diz*, pensa Ric.

Mas o cartel não terá como controlar isso em nível de varejo. Os varejistas não terão disciplina para limitar as doses e vão começar a matar a base de clientes. As pessoas vão começar a morrer, exatamente como aquele pobre coitado no galpão, e, quando começarem a morrer nos Estados Unidos, a coisa vai esquentar e chamar a atenção para cima da gente.

A caixa de Pandora foi aberta.

E os demônios escaparam.

*O fentanil*, pensa Ric, *pode matar todos nós.*

### Staten Island, Nova York

Jacqui acorda passando mal.

Como em todas as manhãs.

É por isso que chamam de "dose para despertar", pensa, rolando para fora da cama. Bem, não é exatamente uma cama, é um colchão inflável, no chão de uma van, mas acho que, se alguém dorme no lugar… em cima dele… é uma cama.

Afinal, substantivos são baseados em verbos. O que é meio que uma pena, porque seu apelido, Jacqui, a *junkie* (substantivo), se empresta com facilidade demais para a aliteração baseada no que ela faz, "se aplica", e aplicar é um verbo.

Agora, tenta conter a vontade de vomitar.

Jacqui detesta vomitar. Precisa de uma dose para despertar.

Cutucando Travis, diz:

— Ei.

Não adiante, então repete:

— Ei.

Ele está apagado.

— Vou sair pra descolar um pico.

— Tá.

*Preguiçoso*, pensa. *Vou descolar por você também.* Ela veste um moletom velho da Universidade de Connecticut, põe o jeans e calça Nikes roxos que achou em um brechó.

Desliza a porta de correr e sai na manhã dominical de Staten Island.

Especificamente em Tottenville, na ponta sul da ilha, do outro lado do rio, de frente para Perth Amboy. A van está parada no estacionamento do Tottenville

Commons, atrás do Walgreens, ao longo da Amboy Road, mas ela sabe que terão que tirar o veículo dali ainda pela manhã, antes que os caras da segurança os ponham para correr.

Jacqui caminha até a drogaria, ignora a cara feia da funcionária no caixa e vai até o banheiro dos fundos, porque precisa muito fazer xixi. Depois lava as mãos, joga água no rosto e fica injuriada consigo mesma porque se esqueceu de trazer a escova de dente, e sua boca está com gosto de merda de ontem.

*Combina bem com minha cara*, pensa Jacqui.

Ela está sem maquiagem, com o cabelo castanho e comprido sujo e oleoso. Jacqui sabe que vai precisar encontrar um lugar para cuidar disso antes de ir trabalhar; mas, nesse momento, só ouve a voz da mãe dizendo: *Você é uma menina tão bonita, Jacqueline, só precisa se cuidar.*

*É o que estou tentando fazer, mãe*, pensa Jacqui, ao sair da loja e dar à caixa um sorriso de "vá se foder".

*Vá se foder, piranha, quero ver você dar conta de morar em uma van.*

Algo que ela e Travis vêm tentando fazer, desde que a mãe dela botou os dois para fora, já faz um bom tempo, uns três meses, quando voltou cedo do bar — milagre dos milagres — e encontrou os dois tomando pico.

Então eles se mudaram para a van de Travis, e agora vivem basicamente como ciganos. Não como sem-teto, Jacqui insiste em ressaltar, porque uma van é um teto, mas eles são... qual é a palavra... peripatéticos. Sempre gostou da palavra "peripatético". Gostaria que rimasse com alguma coisa bacana, para poder compor uma música, mas realmente não é o caso. Rima com "patético", claro, mas Jacqui não quer se aventurar nessa possível letra — soa verdadeiro demais.

Nós somos, mesmo, meio patéticos, pensa.

Querem arranjar um apartamento, ou ao menos planejam arranjar um apartamento, mas, até agora, todo o dinheiro que tinham — incluindo o dinheiro que serviria para um depósito caução — foi injetado.

Lá fora, no estacionamento, Jacqui começa os trabalhos pelo celular. Liga para o vapor, Marco, mas cai direto na caixa postal. Ela deixa um recado curto:

— *É a Jacqui. Quero falar com você. Me liga de volta.*

Quer mesmo descolar pelo celular, porque está começando a se sentir verdadeiramente mal e não quer ter que entrar na van e ir até Princes Bay, ou longe para cacete, até Richmond, onde ficam os traficantes de rua.

É longe e arriscado demais, porque a polícia está fechando o cerco, indo atrás de traficantes dentro de casa. Ou, pior: você compra de algum traficante da pesada e é pego. E o que Jacqui realmente não quer, de jeito nenhum, é ser presa e ter que passar por uma desintoxicação em Rikers.

Está prestes a voltar para a van e dirigir até o estacionamento da Waldbaum, onde costuma descolar alguma coisa, quando seu celular toca. É Marco. E ele não está nada contente.

— É domingo de manhã.

— Eu sei, mas preciso de uma dose pra acordar.

— Você deveria ter guardado de ontem à noite.

— Eu sei, mãe.

— Do que você precisa? — pergunta Marco.

— Dois papelotes.

— Quer que eu saia daqui por vinte pratas?

Meu Deus, por que ele está criando caso? O nariz está começando a escorrer, e ela acha que vai vomitar.

— Estou passando mal, Marco.

— Está bem, onde você está?

— Walgreens, na Amboy.

— Eu estou no Micky D's. Encontro você atrás da lavanderia. Sabe onde é?

Sim, ela sempre lava roupa lá. Bem, parando para pensar, nem sempre. Só quando a roupa fica bem nojenta.

— Aaah, sei. Claro.

— Meia hora — diz Marco.

— Para caminhar ao outro lado do estacionamento?

— Acabei de comprar comida.

— Ok. Eu vou aí.

— Dez minutos. Atrás da lavanderia.

— Traz um café pra mim — pede Jacqui. — Com leite e quatro saquinhos de açúcar.

— Sim, Lady Mary — responde Marco. — Quer um McMuffin?

— Só o café.

É o máximo que vai conseguir manter no estômago; nem pensar em comida gordurosa.

Jacqui atravessa o estacionamento e caminha até a avenida Page, depois segue até o próximo shopping, que tem uma CVS, um McDonald's, um supermercado, uma loja de bebidas, um restaurante italiano e a lavanderia.

Ela caminha por trás da CVS e espera nos fundos da lavanderia.

Cinco minutos depois, Marco encosta o Ford Taurus. Ele baixa o vidro e entrega o café.

— Você veio de *carro* até o outro lado do estacionamento? — questiona Jacqui. — E o aquecimento global, Marco? Já ouviu falar?

147

— Cadê o dinheiro? — pergunta ele. — E não vá me dizer que vai arranjar; você está totalmente sem crédito.

— Eu tenho.

Jacqui olha em volta, depois dá uma nota de vinte para ele.

Ele estende a mão até o console e passa dois papéis para ela.

— E um dólar pelo café.

— Sério?

Marco está ficando meio mesquinho desde que começou a traficar. Às vezes, ele esquece que é só mais um viciado vendendo para ter dinheiro para ficar chapado. Hoje em dia tem muita gente fazendo isso — todo traficante que Jacqui conhece é usuário. Ela enfia a mão no bolso, encontra uma nota de um dólar e dá para ele.

— Achei que você estivesse sendo um cavalheiro.

— Não, eu sou feminista.

— Onde é que você vai estar mais tarde?

Marco estende o dedinho junto à boca e o polegar junto à orelha.

— Me liga.

E sai com o carro.

Jacqui bota os papelotes no bolso e caminha de volta até a van.

Travis está acordado.

— Descolei — anuncia Jacqui, pegando os papelotes.

— Onde?

— Com o Marco.

— Ele é um babaca.

— Tá, então, da próxima vez vai *você* — retruca Jacqui.

*Foda-se essa porra desse preguiçoso*, pensa. Ela ama Travis, mas, meu Deus, ele sabe ser um pé no saco. E, falando em Nosso Salvador, Travis parece um pouco com Jesus — cabelo até os ombros e barba, tudo meio ruivo. E magro como Jesus — pelo menos como ele aparece em todas as imagens.

Jacqui encontra o fundo cortado de uma lata de refrigerante que usa para cozinhar, em vez de uma colher, e despeja a heroína dentro. Enche a seringa com água da garrafinha e esguicha na heroína, depois acende o isqueiro e segura embaixo da panelinha de lata até a mistura borbulhar. Tira o filtro de um cigarro e o mergulha na água, depois delicadamente pousa na mistura. Então põe a ponta da agulha no filtro e suga o líquido para dentro da seringa.

Ela pega um cinto fininho que guarda justamente para isso, enrosca em volta do braço esquerdo e aperta até uma veia saltar. Então, espeta a agulha na veia e puxa o injetor da seringa para puxar uma pequena bolha de ar, mexe um pouquinho a agulha, para aparecer um pouquinho de sangue.

Jacqui aperta o êmbolo.

Desamarra o cinto antes de tirar a agulha, e então...

*Pôu.*

Bateu.

Que lindo, que paz.

Jacqui recosta na lateral da van e olha para Travis, que acabou de se aplicar. Ele sorriem um para o outro, depois mergulham no mundo da heroína, tão vastamente superior ao mundo real.

O que não é tão difícil de superar.

Quando Jacqui era pequenininha, muito pequenininha, quando era uma garotinha, via seu paizinho em todos os homens que passavam na calçada, no ônibus, em todos os homens que entravam no restaurante onde sua mamãe trabalhava.

*Aquele é meu paizinho? Aquele é meu paizinho? Aquele é meu paizinho?*, perguntava à mãe, até a mãe se cansar e lhe que seu paizinho estava no céu, com Jesus, e Jacqui ficou imaginando por que Jesus ficava com ele e ela, não; não gostava muito de Jesus.

Quando era pequenina, ficava em seu quarto e olhava livros de desenhos e inventava histórias e contava as histórias a si mesma, principalmente quando sua mamãe achava que ela estava dormindo e trazia para casa homens que iam ao restaurante onde a mamãe trabalhava. Ela ficava deitada na cama e inventava histórias e cantava canções sobre quando Jacqui era pequenininha, quando era bem pequenininha, quando Jacqui era uma garotinha.

Ela não era tão pequenininha, tinha nove anos, quando a mamãe se casou com um dos homens do restaurante que trazia para casa, e ele disse a Jacqui que não era seu papai, mas seu padrasto, e ela respondeu que sabia disso, porque seu paizinho estava com Jesus, e ele riu e disse *aham, talvez, se Jesus estiver segurando uma banqueta no bar em Bay Ridge.*

Jacqui tinha onze anos da primeira vez que Barry perguntou se ela iria crescer e virar uma piranha como a mãe, e lembra como ele falou bem devagar, como Horton Hears, e Jacqui andava pela casa murmurando *Eu disse pra valer e vale o que eu disse. Barry é um babaca, cem por cento.* Uma vez ele ouviu e deu um tapa no rosto dela, falando. *Você pode não me amar, mas vai me respeitar, porra,* e sua mãe ficou ali, sentada, à mesa da cozinha, sem fazer nada. Mas também, ela não fazia nada quando Barry batia nela e a xingou de piranha e de uma porra de uma bêbada, e Jacqui corria e se escondia em seu quarto, com vergonha por não fazer nada para impedi-lo. E, quando Barry saía para ir para o bar, Jacqui saía e perguntava à mãe por que ela precisava ficar com um homem que era malvado, e sua mãe respondia que um dia ela entenderia que uma mulher tem necessidades, fica solitária.

Jacqui não se sentia solitária, tinha seus livros. Ela se fechava em seu quarto e lia. Leu todos os *Harry Potter*, e a ideia de que todos tinham sido escritos por uma mulher a fizeram ir até a biblioteca e encontrar Jane Austen, as Brontë, Mary Shelley e George Elliot, Virginia Woolf, Iris Murdoch e poemas de Sylvia Plath, e Jacqui decidiu que um dia deixaria Tottenville e se mudaria para a Inglaterra e se tornaria escritora e moraria em seu próprio quarto, onde não teria que abafar os sons de gritos e choro do lado de fora.

Começou a ouvir música — não aquela merda pop que suas poucas amigas ouviam, mas uns bagulhos bons como Dead Weather, Broken Bells, Monsters of Folk, Dead by Sunrise, Skunk Anansie. Comprou um violão velho em uma loja de penhores, sentou-se em seu quarto e aprendeu os acordes (tanto em literatura como em música, Jacqui é autodidata), e começou a escrever músicas quando ainda era pequenininha (C), quando era pequenininha (F), quando Jacqui era uma garotinha (C).

Certa tarde, Jacqui estava tocando seu violão enquanto a mãe estava no trabalho, e Barry entrou e tira o violão de suas mãos, dizendo. *Esse será o nosso segredo, nosso segredinho e eu vou fazer você se sentir muito bem*, e a deita na cama e deita em cima dela, e ela não conta à mãe não conta a ninguém, *Esse será nosso segredo (D), nosso segredinho (G), eu vou fazer você se sentir muito bem* (Em), mesmo quando a mãe diz *Dá pra notar que você anda fazendo sexo, sua putinha. Quem é o menino, eu vou jogá-lo na cadeia* e Barry continua entrando no quarto dela, até um dia, bem cedo, quando ela ouve a mãe gritando e corre e vê o Barry caído por cima da privada, e sua mãe grita *Ligue para a emergência* e Jacqui caminha lentamente até o quarto para pegar o telefone e canta *Esse será nosso segredo (D), nosso segredinho (G), eu vou fazer você se sentir muito bem* (Em), antes de apertar os números. Quando o socorro chega, Barry já morreu.

Por volta dessa época, Jacqui já está no Ensino Médio, fumando uns baseadinhos, bebendo uma cervejinha, um vinhozinho com os amigos, mas gosta mais de ficar em casa lendo ou tocando violão, descobre Patti Smith e Deborah Harry, até Janis Joplin, compõe músicas com letras sarcásticas. *Esse será meu segredinho / Meu segredinho / Eu matei o meu padrasto / De um jeitinho passivo-agressivo / E isso me faz sentir bem / Tão bem* e sua mãe diz que ela precisa arranjar um emprego para ajudar, então Jacqui vai trabalhar de barista numa Starbucks.

Jacqui tira boas notas na escola, quase pela raiva, pois detesta o Ensino Médio e tudo que tem a ver com ele, exceto a sala de estudos. Suas notas são boas a ponto de conseguir uma bolsa, mas não boas o bastante para Columbia ou NYU ou a

Universidade de Boston, e não tem dinheiro para nenhuma faculdade que queira, e nunca vai morar na Inglaterra e ser uma escritora com seu próprio quarto, e a mãe quer que ela faça escola de estética, pois pode ganhar a vida cuidando da beleza, mas Jacqui ainda se agarra a um fiapo de sonho e se matricula na CUNY Staten Island, a Universidade da Cidade de Nova York.

O negócio começa com os comprimidos.

Ela é caloura, mora em casa com a mãe. É recesso de Natal, alguém lhe oferece um Oxy, e ela está um pouquinho bêbada e muito entediada, então pensa, *ah, foda-se*, e manda para dentro. E gosta. No dia seguinte, sai e compra mais, porque, se você não conseguir encontrar comprimidos em Tottenville, seu cão-guia provavelmente vai. Estão vendendo nas escolas, nas esquinas, nos bares, até as carrocinhas de sorvete estão vendendo essa merda.

Os comprimidos estão por todo lado — Oxy, Vicodin, Percocet —, todo mundo está vendendo ou comprando, ou ambos. Para Jacqui, tiram o nervosismo, a ansiedade de não ter a menor ideia do que fazer da porra da vida, de saber que nasceu em Tottenville e vai morar em Tottenville e morrer em Tottenville, trabalhando em empregos com salário mínimo, independente do diploma que consiga na CUNY. O nervosismo de guardar o segredo de seu padrasto a transformara em parque de diversão.

Os comprimidos a fazem se sentir bem, e ela não tem um problema com drogas; o problema de Jacqui é dinheiro. No começo, quando só toma um pouquinho de Oxy, nos finais de semana, não é problema, nem quando é só um comprimido ao dia, mas agora são dois ou três, por trinta dólares cada.

Parte do dinheiro ela consegue com o salário do Starbucks, depois, um pouco na bolsa da mãe. Às vezes nem precisa de dinheiro, se quiser transar com os caras que têm os comprimidos. Transar não é nada de mais, está acostumada a ficar lá, deitada, e deixar que o cara transe com ela, então é melhor que seja alguém capaz de fazê-la viajar, já que não vai conseguir fazê-la gozar.

Jacqui passa o segundo semestre da faculdade basicamente chapada, depois, o verão inteiro, e, então, ela meio que para de ir às aulas. No terceiro ano, por conta da pouca frequência e de trabalhos incompletos, e apenas desiste do troço todo e o abandona.

Ela oscila entra trabalhar e ficar chapada e transar com os traficantes. Até que conhece Travis.

Que a conduz à heroína.

Seria fácil culpá-lo — a mãe com certeza culpa —, mas na verdade não foi culpa de Travis. Eles se conheceram em uma boate, um daqueles cafés de molambentos frequentados pelo pessoal neo-Kerouac que toca violão, e Travis tinha acabado de ser dispensado de seu emprego na construção civil — ele faz telhados — porque machucou as costas e realmente não conseguia trabalhar quando a licença médica terminou.

Essa é a história de Travis: ele começou a tomar Vike para a dor lombar, prescrito por um médico, e nunca parou. Segundo a antiga teoria de que se um é bom, quinze são melhores, Travis começou a engolir os comprimidos como se fossem M&M's.

Quando se conheceram, ambos estavam loucos, e foi como...

*PÓU.*

Amor.

Transaram na traseira da van dele, e Jacqui gozou como nunca; ele tinha um pau comprido e fino, como seu corpo comprido e fino, e a tocou em um lugar em que ela nunca fora tocada.

Depois disso, só havia Travis para ela, e ela para ele.

Gostavam da mesma arte, da mesma música, da mesma poesia. Compunham juntos, cantavam juntos, na St. George, para as pessoas que desciam da balsa. Estavam se divertindo muito, mas foi o dinheiro.

O dinheiro, o dinheiro.

E o fato de terem um vício juntos, também, um vício que custava até trezentos dólares por dia, o que era simplesmente insustentável.

Travis tinha a resposta.

— H — dissera. — Precisa de menos pra chapar e custa tipo seis ou sete paus um pico.

Em vez de trinta.

Mas Jacqui tinha medo de heroína.

— É a mesma merda — afirmara Travis. — São todos derivados de ópio, seja numa bola, ou em pó, é tudo fruto da papoula.

— Não quero ficar viciada — dissera Jacqui.

Travis riu.

— Tá maluca? Viciada você já é.

Tudo que ele falou era verdade, mas Jacqui argumentou que não queria usar uma agulha. Tranquilo, respondeu Travis, podemos simplesmente cheirar.

Ele cheirou primeiro.

E ficou muito chapado.

Parecia beatífico.

Então Jacqui cheirou, e foi tão, tão, tão bom. Melhor que qualquer coisa, até que descobriram como fumar o bagulho, que era ainda bem, bem, bem melhor.

Então, um dia, Travis disse:

— Porra, que se foda essa merda. Por que a gente está de sacanagem? É muito mais jogo injetar, e eu não vou deixar que a tripanofobia atrapalhe.

*Tripanofobia*, pensara Jacqui. *Medo de agulhas.*

Os dois adoravam as palavras.

Mas ela não achava que tinha uma fobia, achava que tinha um medo sensato — agulhas transmitem hepatite C, HIV e Deus sabe o que mais.

— Não se você for limpo, não se você for cuidadoso, se você for... meticuloso — argumentara Travis.

E no começo ele era, só usava agulhas novas que comprava de enfermeiras e dos caras que trabalhavam na farmácia. Antes de um pico, sempre desinfetava o braço com álcool, sempre fervia a heroína para eliminar qualquer bactéria.

E se chapava.

Ficava mais doido que com Oxy, mais do que quando cheirava ou fumava, porque caía direto na corrente sanguínea, era doideira cerebral. Jacqui ficava com inveja, se sentia deixada para trás, amarrada à terra, enquanto ele voava para a lua. Até que, uma noite, ele ofereceu para aplicá-la, e ela deixou. Em vez do pau, ele enfiou a agulha e deu a ela mais prazer do que jamais dera.

Depois disso, ela sabia que nunca mais teria volta.

Por isso, podem culpar Travis o quanto quiserem, mas Jacqui sabe que é ela, está nela, o coração e a alma de uma viciada, porque ela adora aquilo, adora H, adora a onda, está literalmente em seu sangue.

— Você é inteligente demais para ficar fazendo isso — dizia a mãe.

*Não, eu sou inteligente demais para* não *fazer*, pensava Jacqui. Quem iria querer ficar nesse mundo, quando se tem uma alternativa?

— Você está se matando — dizia a mãe, choramingando.

*Não, mãe, eu estou vivendo.*

— Isso é culpa daquele cretino nojento.

*Eu o amo.*

*Amo a nossa vida.*

*Eu amo...*


Já se passaram duas horas quando Jacqui olha o relógio e pensa: *Que merda, eu vou me atrasar.*

Ela sai da van e caminha até a CVS, porque gosta de variar. Entra no banheiro, tranca a porta, pega o xampu na bolsa e lava o cabelo na pia. Seca com toalhas de papel, depois passa delineador e um pouquinho de rímel e troca de roupa, vestindo um jeans razoavelmente limpo e uma camisa polo ameixa, de mangas compridas, com seu nome gravado.

De volta à van, ela desperta Travis.

— Tenho que ir trabalhar.

— Está bem.

— Tenta descolar mais pra gente, está bem?

— Está bem.

*Quer dizer, o quão difícil isso pode ser, Travis? É mais fácil encontrar H em Staten Island do que maconha.* Metade das pessoas que ela conhece faz uso.

— E muda a van de lugar — diz Jacqui.

— Pra onde? — pergunta Travis.

— Sei lá, só muda.

Ela sai e pega o ônibus para a Starbucks da avenida Page. Torce para que o gerente não a veja entrando cinco minutos atrasada, porque seria sua terceira vez, nas últimas duas semanas, e ela realmente precisa desse emprego.

Tem a conta da Verizon, dinheiro para gasolina, dinheiro para comida, e agora já usa cinquenta dólares por dia só para ficar bem, que dirá chapada.

É como um trem que vai ganhando velocidade.

Não tem paradas, e você não pode descer.

Keller sai do metrô na Dupont Circle suando em bicas.

O verão em Washington costuma ser quente, úmido e abafado. Camisas e flores murcham, as energias e ambições esmorecem, as tardes fulgurantes dão lugar às noites suarentas que trazem pouco alívio. Isso lembra Keller de que a capital da nação foi construída em cima de um pântano drenado, ressuscitando os boatos de que o velho George escolheu a locação para se salvar de um investimento imobiliário mal sucedido.

Tem sido um verão horrendo em todo o mundo.

Em junho, um grupo islâmico radical chamado ISIS surgiu na Síria e no Iraque com atrocidades igualáveis às dos cartéis mexicanos de drogas.

Em Veracruz, no México, 31 corpos foram exumados de uma cova em massa, em uma propriedade pertencente ao ex-prefeito.

O exército mexicano travou uma batalha armada com os Guerreros Unidos e matou 22 deles. Depois foi divulgada uma história de que os narcos haviam sido levados para um celeiro e executados.

Na era pós-Barrera, a violência no México apenas segue em frente, incessante.

Em julho, um grupo de trezentos manifestantes acenando bandeiras e empunhando cartazes, entoando "EUA, EUA!" e gritando "voltem para casa" cercou três ônibus cheios de imigrantes da América Central — muitos deles crianças —, na Califórnia e os forçou a regressar.

— Isso é a América? — perguntara Marisol, enquanto assistiam ao noticiário, na televisão.

Duas semanas depois, policiais da NYPD, em Staten Island, deram um mata leão em um homem negro chamado Eric Garner, em um golpe letal. Garner estava vendendo cigarros ilegais.

Em agosto, um policial em Ferguson, Missouri, alvejou fatalmente um afro-americano de dezoito anos, Michael Brown, dando o início a uma revolta violenta. Isso lembrou Keller dos longos verões inflamados dos anos 1960.

Mais adiante, naquele mês, o potencial candidato à presidência, John Dennison — sem qualquer resquício de evidências, muito menos uma prova concreta — acusou o governo Obama de vender armamento para o ISIS.

— Ele é demente? — perguntara Marisol.

— Está jogando lama na parede pra ver se cola — dissera Keller.

E fala por experiência própria, Dennison já tinha jogado lama nele também. O pleito pelo naloxone provocara a barragem.

— Mas não é uma pena — dissera Dennison — que o chefe da Divisão de Narcóticos seja suave com drogas? Fraco. Nada bom. E a esposa dele não é do México?

— Nisso ele está certo — dissera Marisol. — Eu sou do México.

A mídia conservadora aproveitara a deixa, deitando e rolando.

Keller ficara furioso por terem envolvido Marisol no assunto, mas não emitira resposta. *Dennison não vai ter como jogar tênis se eu não devolver a bola*, pensara. Mas atraíra outro ataque ao declarar em resposta a uma pergunta feita pelo *Huffington Post*, que basicamente concordava com a revisão governamental das sentenças de penas máximas por crimes relativos a drogas.

Patético, tuitara Dennison, o chefe da Narcóticos quer os traficantes de drogas de volta à rua. O fraco do Obama deveria dizer "Você está demitido!".

Que pelo jeito é um slogan do reality show de Dennison, na TV, ao qual Keller nunca assistiu.

— Umas subcelebridades ficam em volta, executando tarefas pra ele — explicara Mari —, e o que fizer o pior trabalho é demitido.

Keller nem sabe o que são subcelebridades, mas Mari sabe, tendo se tornado descaradamente viciada em programas Como *Real Housewives*. Ela o informou que são donas de casa de verdade, de Orange County, Nova Jersey, Nova York, Beverly Hills, e o que fazem é sair para jantar, se embebedar e xingar umas às outras.

Ele ficou tentado a sugerir uma versão desse *Real Housewives* de Sinaloa, algumas das quais ele de fato conheceu, que saem para jantar, começam a discutir e metralham umas às outras, mas foi sábio e optou por deixar isso para lá — Marisol era muito protetora de suas doses de cultura pop americana.

Em termos sérios, seu empenho de conduzir a Narcóticos a um posição de diretrizes mais progressistas está encontrando resistência dentro da agência.

Keller entende.

Foi um dos primeiros a acreditar na tática da linha dura. Ele *é* linha dura, com os cartéis que trazem heroína, coca e metanfetamina para dentro do país. Mas também é realista. *O que estamos fazendo não está adiantando*, pensa. Era hora de tentar algo diferente, mas é difícil vender essa ideia para outras pessoas que também passaram a vida lutando essa guerra.

Denton Howard pega as afirmações de Keller como se fossem pedras e joga de volta nele. Assim como Keller, é um indicado político, e está fazendo lobby dentro e fora da Narcóticos, fazendo questão de que os potenciais apoiadores no Governo e na mídia saibam que ele discorda do chefe.

Isso se espalha por aí.

Dois dias depois, o jornal *Politico* veicula uma história sobre "partidarismo" dentro da Divisão de Narcóticos. Segundo a história, a agência está dividida entre o "partido Keller" e o "partido Howard".

*Não é nenhum segredo que os dois não se gostam, diz a matéria, mas a questão é mais filosófica que pessoal. Art Keller é mais liberal, quer ver um relaxamento nas leis antidrogas, redução de sentenças obrigatórias e mais foco direcionado ao tratamento, em lugar da proibição. Howard é linha dura pela proibição, um conservador a favor de "trancafiá-los e jogar fora a chave".*

Partidos vão se formando ao redor das duas posições, de acordo com a reportagem:

*Mas é mais complicado que uma luta política bipolar. O que torna tudo realmente interessante é o que pode ser chamado de "divisão de experiências". Muitos dos veteranos, o pessoal da velha guarda que talvez apoiasse a posição mais dura de Howard, não o respeitam porque ele é um burocrata, um político que nunca trabalhou em campo, enquanto Keller é um agente veterano de campo, um ex-infiltrado que conhece o trabalho nas ruas. Por outro lado, parte do pessoal mais jovem, que talvez tivesse empatia pela posição mais liberal de Keller, tende a vê-lo mais como um dinossauro, um policial de rua com histórico de "atirar primeiro e perguntar depois", que carece de habilidades administrativas e tende a gastar tempo demais com operações, em detrimento às diretrizes.*

*De qualquer forma, isso pode ser um ponto de disputa que não será decidido nos corredores da Divisão de Narcóticos, mas na cabine de votação. Se os democratas ganharem as próximas eleições presidenciais, é quase certo que Keller mantenha seu posto, dispense Howard e expurgue seu partido. Se um candidato republicano assumir a Casa Branca, é quase certo que Keller saia porta afora e Howard assuma seu lugar.*

*Fiquem ligados.*

Keller fala com o autor da matéria ao telefone.

— Com quem você falou para escrever essa história?

— Não posso revelar fontes.

— Sei como é — diz Keller. Marisol lhe ensinou que a mídia não é um inimigo e que ele precisa ser simpático com os repórteres. — Mas eu sei que você não falou *comigo*.

— Eu tentei. Você não quis atender minha ligação.

— Bem, isso foi um erro — diz Keller. *Ou sabotagem*, pensa. — Bem, anote meu número, ok? Da próxima vez que quiser fazer uma matéria sobre a minha operação, pode me ligar diretamente.

— Há algo na história que queira corrigir ou comentar?

— Bem, eu não atiro primeiro pra perguntar depois — diz. *Isso foi o Howard que disse*, pensa, formulando a narrativa. — E não vou conduzir nenhum "expurgo".

— Mas dispensaria Howard.

— Denton Howard é uma indicação política — afirma Keller. — Eu não poderia demiti-lo nem se quisesse.

— Mas quer.

— Não.

— Posso citar o que está dizendo?

— Claro.

Deixe que o Howard pareça o babaca.

Keller desliga o telefone e vai até a recepção.

— Elise, eu recebi alguma ligação de um jornal chamado *Político*?

Keller trabalhou um bom tempo como infiltrado, portanto o leve traço de hesitação nos olhos dela já diz o que ele quer saber.

— Deixa pra lá — diz Keller. — Vou remanejar você.

— Por quê?

— Porque preciso de alguém em quem eu possa confiar. Libere a mesa até o fim do dia.

Não pode se dar ao luxo de ter alguém leal a Howard atendendo suas ligações.

Não com a Operação Agitador em curso.

Keller se mantém informado e em contato com a operação, seguindo um critério altamente seletivo de necessidade de informação, mantendo os dados de inteligência restritos a Blair, Hidalgo e a si próprio.

Pelo lado da NYPD, Mullen pôs o pescoço no toco de decapitação, tocando a operação de sua própria mesa, sem informar seus superiores ou ninguém mais na Divisão de Narcóticos, exceto um detetive — Bobby Cirello, o policial que os conduziu de carro pelo circuito da heroína, na cidade de Nova York.

Isso faz parte da estratégia "de cima para baixo/de baixo para cima", que Keller e Mullen desenvolveram ao longo de discussões intensas. Cirello seria enviado para penetrar a conexão de heroína nova-iorquina em seu nível mais baixo, seguindo um caminho vertical. Simultaneamente, tentariam encontrar uma abertura no alto escalão do mundo financeiro para achar um elo entre os dois.

A Agitador é um caminho lento, levará meses, talvez anos. Keller e Mullen prometeram um ao outro que não fariam nenhuma prisão prematura, por mais tentador que fosse.

— Só vamos puxar a rede — dissera Mullen — quando tivermos todos os peixes.

Cirello já está na rua.

Encontrar um alvo no mundo financeiro vem tomando mais tempo.

Não podem colocar um policial infiltrado nessa esfera, porque descobrir o viés do nível que desejam seria forçado e demorado demais.

O que significa encontrar um delator.

Horrível, mas é isso que estão buscando, uma vítima. Como quaisquer predadores, estão vasculhando o rebanho para encontrar o vulnerável, o ferido, o fraco.

*Não é diferente de encontrar um informante no mundo das drogas*, pensa Keller. *Você está em busca de alguém que sucumbiu à fraqueza e está enrascado.*

As vulnerabilidades sempre surgem nas mesmas categorias.

Dinheiro, raiva, medo, drogas e sexo.

Dinheiro é o mais fácil. No mundo das drogas, alguém que recebeu um bagulho fiado, depois tomou uma dura ou foi roubado. Deve muita grana e não tem como pagar. Dedura em troca de dinheiro ou de cobertura.

Raiva. Alguém não recebe o que queria, o acordo que queria, o respeito que acha merecer. Ou alguém pega a esposa ou namorada de outra pessoa. Ou, pior, alguém mata o irmão ou amigo de alguém. O ofendido não tem poder para realizar sua vingança, então recorre à lei.

Medo. Alguém fica sabendo que está na lista, que sua cabeça está a prêmio. A pessoa não tem a quem recorrer, a não ser a polícia. Mas não pode chegar de mãos abanando, porque a lei não dá proteção por bondade do coração. O sujeito precisa ir com alguma informação, tem que estar disposto a voltar com um grampo. E tem também o medo da prisão por um longo período — um dos maiores motivos para dedurar. Os federais usaram esse medo específico para estripar a máfia — a maioria dos caras não consegue encarar o medo de morrer em *canno xadreza*. Há poucos que encaram — Johnny Boy Cozzo, Rafael Caro — mas são raros.

Drogas. No crime organizado é geralmente óbvio que, se você usa drogas, você morre. Os caras se tornam imprevisíveis demais, falantes demais, vulneráveis demais. As pessoas fazem maluquices, coisas sem nexo, quando estão chapadas ou bêbadas. Fazem jogadas estúpidas, se envolvem em brigas, batem de carro. E um usuário, então? Tudo que é preciso fazer para tirar informação de um sujeito desses é privá-lo da droga. O usuário fala.

E tem o sexo. Crimes passionais não são tão expressivos no mundo das drogas, a menos que você tenha comido a mulher, a namorada ou a filha de alguém, ou se você for gay. Mas no mundo civil, o sexo é o campeão invicto das vulnerabilidades.

Homens que confessam às esposas que fraudaram o imposto de renda, que desviaram milhões, porra, até que mataram alguém, não admitem um caso escondido. Caras que fazem questão de que os amigos saibam que são pegadores, que têm namoradas, amantes, prostitutas, garotas de programa de alto nível, praticamente morreriam antes de deixar que esses mesmos amigos descobrissem que eles vestem a lingerie da namorada, usam a maquiagem das amantes, que as prostitutas e garotas de programa ganham um bônus se baterem neles, se urinarem em cima deles.

Quanto mais esquisito o sexo, mais vulnerável o alvo.

Dinheiro, raiva, medo, drogas e sexo.

O que você realmente procura é uma combinação desses elementos. Misture quaisquer dos cinco e terá um cara que logo será sua vítima.

Hugo Hidalgo pega um táxi da Penn Station até o hotel Four Seasons.

Ele passa a maior parte do tempo em Nova York, porque é o novo núcleo da heroína e porque, conforme as palavras atribuídas ao ladrão de bancos Willie Sutton, "É ali que está o dinheiro".

Mullen aguarda por Hugo na sala de espera de uma suíte, na cobertura.

Um cara que Hidalgo julga ter trinta e poucos anos está sentado em uma das poltronas. O cabelo claro está penteado para trás, mas ligeiramente remexido, como se ele tivesse passado a mão pelos fios. Está de camisa branca cara e calça social preta, mas está descalço.

Seus cotovelos estão apoiados nos joelhos, o rosto nas mãos.

Hidalgo conhece bem a postura.

O sujeito foi flagrado.

Ele olha para Mullen.

— Chandler Claiborne — diz Mullen. — Este é o agente Hidalgo, da Narcóticos.

Claiborne não ergue os olhos, mas murmura:

— Olá.

— Como vai você? — pergunta Hidalgo.

— Ele já teve dias melhores — responde Mullen. — O sr. Claiborne alugou uma suíte aqui, trouxe uma acompanhante de mil dólares, um bocado de pó e, depois de ficar, digamos, "excessivamente empolgado", desceu o cacete na mulher. Ela ligou para um detetive que conhece, que veio até o quarto, viu o pó e teve o bom senso de me ligar.

Claiborne enfim ergue os olhos. Vê Hidalgo e diz:

— Você sabe quem eu sou? Sou um agente de consórcio, trabalho com o Berkeley Group.

— Certo...

Claiborne suspira como se fosse um garoto de vinte anos tentando ensinar os pais a usarem um aplicativo no iPhone.

— Um fundo de investimentos. Controlamos as carteiras de alguns dos maiores projetos imobiliários do mundo, residenciais e comerciais, milhões de metros quadrados de propriedade de primeira linha.

Ele começa a citar nomes de prédios que Hidalgo conhece e uma porção que ele nunca nem ouviu falar.

— O que eu acho que o sr. Claiborne está tentando dizer — intervém Mullen — é que ele é uma pessoa importante, com contatos profissionais poderosos. Estou traduzindo isso de forma correta, sr. Claiborne?

— Bem, se fosse mentira, eu já estaria preso, não?

*Ele é um babaca presunçoso*, pensa Hidalgo, *e está acostumado a fazer merda e se safar.*

— O que faz um "agente de consórcio"?

Agora Claiborne está ficando à vontade.

— Como pode imaginar, essas propriedades custam centenas de milhões, se não bilhões, para serem financiadas. Nenhum banco ou instituição de empréstimo irá arcar, sozinha, com o risco integral. Às vezes, é preciso até cinquenta concessores para montar o projeto. Isso é o consórcio. Eu sou a pessoa que monta esses consórcios.

— E como você é pago? — pergunta Hidalgo.

— Tenho um salário. Uns sete dígitos, mas o dinheiro mesmo vem dos bônus. Ano passado passou de 28 mi.

— Sendo mi o mesmo que milhões?

O salário de Hidalgo na Narcóticos é de 57 mil dólares por ano.

— Isso. Olha, eu lamento, eu me deixei levar. Vou pagar o que ela quiser, se for sensato. E, se eu fizer alguma contribuição ao fundo dos policiais, ou...

— Acho que ele está nos oferecendo um suborno — afirma Mullen.

— Acho que está — concorda Hidalgo.

— Sabe, Chandler... — começa Muller. — posso chamar você de Chandler?

— Claro.

— Sabe, Chandler, desta vez, o dinheiro não vai adiantar. Grana não é a moeda no meu reino.

— E qual é a moeda no seu reino? — pergunta Claiborne.

Ele está confiante de que há algum tipo de moeda; porque sempre há.

— Esse idiota está de graça com a gente — diz Mullen. — Acho que não está acostumado a ouvir desaforo de um irlandês ou de um mexicano. Esse não é o jeito de conduzir a conversa, Chandler.

Claiborne diz:

— Se eu ligar para algumas pessoas..... posso fazer John Dennison atender ao celular particular neste minuto.

Mullen olha para Hidalgo.

— Ele pode fazer o John Dennison atender ao celular particular.

— Neste minuto — completa Hidalgo.

Mullen oferece o telefone.

— Ligue para ele. E vai acontecer o seguinte: vamos levar você diretamente até o Registro Central, vamos fichá-lo por posse de entorpecentes Classe Um, proposta indecorosa, agressão grave e tentativa de suborno. Seu advogado deve conseguir fiança para soltá-lo antes que seja transferido para a Rikers, mas nunca se sabe. De qualquer maneira, você poderá ler tudo a respeito no *Post* e no *Daily News*. O *Times* vai levar mais um dia para publicar, mas vão fazer uma matéria. Então, ligue.

Claiborne não pega o telefone.

— Quais são as minhas opções?

Claiborne tem tanta certeza de que tem opções, e isso irrita Hidalgo. Se ele fosse um Zé Ninguém, já estaria no centro da cidade. Ele *sabe* que tem opções — gente rica sempre tem opções, é assim que funciona.

— O agente Hidalgo é de Washington — explica Mullen. — Ele está muito interessado em saber o caminho que o dinheiro de drogas percorre até o sistema bancário. Assim como eu. Se puder nos ajudar com isso, nós talvez possamos nos dispor a evitar a prisão e a acusação.

Hidalgo achava que Claiborne já estava branco, mas ele fica mais branco ainda.

Branco como um fantasma.

Tinham chegado ao que interessa.

— Acho que prefiro correr o risco — retruca Claiborne.

Hidalgo ouviu o que o ricaço *não* disse. Ele não disse *Eu não sei nada sobre dinheiro de drogas*. Ele não disse *Nós não fazemos isso*. O que ele disse foi que prefere arriscar, o que significa que conhece, sim, gente que lida com dinheiro de bagulho, e essa gente o amedronta mais que a polícia.

— É mesmo? — pergunta Mullen. — Certo. Talvez o seu pessoal endinheirado possa convencer a prostituta a retirar a acusação de agressão. Então, você vai contratar um advogado que cobra na casa dos sete dígitos, e, quem sabe, ele consiga manter você longe das grades pela acusação do pó. Porém, até lá será tarde demais, porque sua carreira vai estar fodida, seu casamento vai estar fodido e você vai estar fodido.

— Eu vou processar você por acusação caluniosa — afirma Claiborne. — Vou destruir a sua carreira.

— Tenho uma má notícia para você — retruca Mullen. — Não me importo com a minha carreira. Tem garotos morrendo no meu turno. Só me importo em parar com a circulação das drogas. Portanto, pode me processar. Eu tenho uma casa em Long Island, pode ficar... aliás, o telhado está com alguns vazamentos, ok? Aqui é transparência total.

Mullen dá risada, antes de prosseguir:

— E bem, agora, vai acontecer o seguinte: consigo trazer uma promotora aqui em cima em cerca de meia hora. Ela pode pegar seu depoimento, uma confissão completa, e vai escrever um memorando de acordo com a colaboração, cujos detalhes você irá acertar com o agente Hidalgo. Ou ela pode acusá-lo de vez, e nós todos podemos ir para a delegacia juntos e dar início a essa guerra. Mas, filho, vou lhe dizer agora mesmo, e suplico para que acredite em mim: eu não sou um cara contra quem você quer travar uma guerra. Vou pilotar a última missão kamikaze direto para o seu navio. Portanto, você tem meia hora para pensar a respeito.

Hidalgo e Mullen saem para o corredor.

— Estou impressionado — diz Hidalgo.

— Ahhhh... É um discurso antigo, eu tenho anotado.

— Você sabe o que estamos encarando?

Porque Claiborne não está inteiramente errado. Se sacanear essa gente que controla bilhões de dólares, eles ferram você de volta. E um John Dennison pode fazer um grande estrago.

— Seu chefe disse que estava disposto a ir até o fim — lembra Mullen. — Se era papo furado, eu preciso saber agora, pra que poder dar uma coça nesse babaca.

— Vou ligar pra ele.

Mullen volta lá para dentro, para ficar de babá.

Hidalgo liga para Keller e conta tudo.

— Você tem certeza de que quer fazer isso?

Ah, sim.

Keller tem certeza.

É hora de começar a agitar as coisas.

Keller declara sua estratégia para o combate da epidemia de heroína diante do comitê de Ben O'Brien e faz um resumo. Começou descartando a chamada "estratégia do chefão".

— Como vocês sabem — diz Keller —, fui um dos apoiadores da estratégia do chefão: o foco em prender ou eliminar os líderes de cartéis. Ela se assemelha à nossa estratégia da guerra ao terror. Em coordenação com os mariners mexicanos, fizemos um trabalho extraordinário, tirando os cabeças dos cartéis Golfo, Zeta e Sinaloa, junto com dúzias de outros chefes de plazas e outros membros de alto escalão. Infelizmente, não adiantou de nada.

Ele lhes conta que as exportações de maconha do México tiveram uma queda de quase quarenta por cento; porém fotos de satélite e outros dados da inteligência mostram que os membros de Sinaloa estão convertendo milhares de acres de plantações de maconha para o cultivo de papoulas.

— Você acabou de afirmar que decapitou os principais cartéis — diz um dos senadores.

— Exato. E qual foi o resultado? Um aumento na exportação de drogas para os Estados Unidos. Quando nos moldamos na guerra contra os terroristas, seguimos o modelo errado. Terroristas são relutantes em assumir os postos principais de seus companheiros mortos; mas os lucros do tráfico de drogas são tão imensos que tem sempre alguém disposto a se apresentar. Portanto, tudo o que fizemos foi criar vagas de emprego pelas quais vale a pena matar.

Ele explica que a outra grande estratégia de interdição — um esforço para impedir que as drogas cruzem a fronteira — também não funcionou. A agência estima que, na melhor das hipóteses, consigam apreender quinze por cento das drogas ilícitas que atravessam a fronteira, apesar de, no plano de negócios dos cartéis, perda projetada seja de trinta por cento.

— Por que não conseguimos ter mais êxito que isso? — pergunta um senador.

— Porque seus predecessores aprovaram o NAFTA — diz Keller. — Três quartos da droga chegam em trailers e caminhões em travessias legais em San Diego, Laredo, El Paso, as fronteiras comerciais mais movimentadas do mundo. Milhares de caminhões por dia, e, se revistássemos cada caminhão e carro minuciosamente, fecharíamos o comércio.

— Você nos explicou o que não funciona — diz O'Brien. — Então, o que vai funcionar?

— Há cinquenta anos, nosso maior empenho tem sido conter o fluxo do sul para o norte — diz Keller. — Minha ideia é reverter essa prioridade e focar em acabar com o fluxo de dinheiro do norte para o sul. Se o dinheiro deixar de fluir para o sul, a motivação para enviar drogas aqui para o norte vai diminuir. Não podemos destruir os cartéis no México, mas talvez possamos fazê-los definhar a partir dos Estados Unidos.

— Para mim, soa como se você estivesse se rendendo — diz um deles.

— Ninguém está se rendendo — afirma Keller.

É uma audiência fechada, mas quer manter isso nos termos mais abrangentes possíveis. Ele com certeza não vai contar sobre a Operação Agitador; se você espirrar em DC, alguém em Wall Street diz "saúde". Não que não confie nos senadores, mas é que não confia nos senadores. Um ano eleitoral vem despontando, dois dos caras que estão sentados de frente para ele montaram "comitês de análise preliminar" e Comitês de Ação Política em busca de contribuições para a campanha. *E, assim como eu, eles vão onde está o dinheiro, pensa Keller.*

Nova York.

Blair já lhe dera uma dica de que Denton Howard está de aconchego com John Dennison.

— Eles jantaram juntos num dos clubes de golfe de Dennison, na Flórida — dissera Blair.

Keller imagina que ele tenha sido o cardápio.

Dennison, ainda flertando com a possibilidade de se candidatar, tuitou Chefe da Narcóticos quer soltar os traficantes de drogas! Que desgraça!

*Bem*, pensa Keller, *eu quero, sim, soltar alguns dos traficantes.* Mas não precisa de Howard papeando fora do horário de aula. Depois da audiência, cerca O'Brien no corredor e avisa que quer Howard fora.

— Você não pode demiti-lo — diz O'Brien.

— Você pode.

— Não posso, não. Ele é o queridinho dos conservadores, e eu vou encarar uma revolta do pessoal de direita na próxima eleição. Não tenho como me eleger nas eleições gerais, se perder nas prévias. Você vai ter que se virar.

— Ele está me apunhalando pelas costas.

— Não brinca — diz O'Brien. — É o que fazemos nesta cidade. A melhor maneira de lidar com isso é obter resultados.

*O homem está certo*, pensa Keller.

Ele volta para o escritório e chama Hidalgo.

— Como estamos indo com Claiborne?

— Falou umas merdas. Que um corretor cheira pó, que outro fundo de investimento pega pesado em...

— Isso não basta — interrompe Keller. — Dê uma prensa nele.

— Farei isso.

A outra ponta da Operação Agitador, "de baixo para cima", está indo bem — Cirello está escalando. Mas a ponta de "cima para baixo"... esse merdinha do Claiborne acha que pode enganá-los com migalhas.

Precisam dar um aperto nele, fazê-lo colaborar.

Chega de carona.

Ou paga a passagem, ou desce do ônibus.


Eles se encontram no Acela.

— O que acha que somos, Chandler, babacas? — pergunta Hidalgo. — Acha que pode simplesmente nos dar um perdido e seguir com sua vida?

— Eu estou tentando.

— Não está tentando com afinco.

— O que você quer que eu faça? — pergunta Chandler.

— Quero que nos dê alguma coisa útil. Nova York está de saco cheio da sua encenação. Vão formalizar a acusação.

— Não podem fazer isso — responde Claiborne. — Temos um acordo.

— Ao qual você não está fazendo jus.

— Tenho feito o possível.

— Conversa fiada — diz Hidalgo. — Você está brincando com a gente. Você se acha bem mais esperto que um bando de policiais que compram seus ternos prontos, e provavelmente é. É tão esperto que vai achar seu caminho para uma cela. Vai adorar o serviço de quarto em Attica, seu filho da puta.

— Não, me dá uma chance.

— Você teve a sua chance. Acabou.

— Por favor.

Hidalgo finge pensar a respeito. Então, diz:

— Tudo bem, me deixe fazer uma ligação e ver o que consigo. Mas não prometo nada.

Ele se levanta, sai do vagão e fica um tempo no vagão ao lado. Então, volta e anuncia:

— Ganhei mais um pouquinho de tempo. Mas não é infinito. Ou você nos dá alguma coisa de útil, ou vou deixar Nova York comer seu rabo.

\* \* \*

Keller recebe uma ligação do almirante Orduña.

— Aquele garoto que você está procurando talvez tenha sido visto.

— Onde?

— Em Guerrero — responde Orduña. — Faz algum sentido?

— Não. Mas quando foi que algo sobre Chuy Barajos fez sentido?

Ninguém tem certeza se é ele, conta Orduña, mas alguém de seu pessoal em Guerrero estava observando um grupo de estudantes radicais em uma faculdade local e avistou um jovem circulando pela área. O rapaz combina com a descrição, e ele ouviu que um dos alunos o chamou de Jesús.

*Pode ser qualquer um*, pensa Keller.

— Que faculdade?

Chuy nem terminou o Ensino Médio.

— Espere aí — diz Orduña, verificando suas anotações. — Ayotzinapa Rural Teachers' College.

— Nunca ouvi falar.

— Somos dois.

— Será que seu pessoal poderia…

— Já está chegando, *cuate*.

Keller encara a tela do computador.

Meu Deus, quais as chances…

A foto chega.

É um garoto baixo e magrinho, com um jeans rasgado, tênis e um boné preto. O cabelo está comprido e desgrenhado.

A foto está meio embaçada, mas não há dúvida.

É Chuy.

# 2

# Ilha da Heroína

*"Arranja-me uma dracma de veneno, mas droga tão violenta que tão veloz se espalhe pelas veias..."*

— William Shakespeare
*Romeu e Julieta*, Ato 5, Cena 1

**Staten Island, Nova York**
**2014**

B obby Cirello tem 34 anos.

Jovem, para um detetive.

O chefe Mullen foi quem o fisgou, e ele já trabalha para o homem há muito tempo. Primeiro foi como infiltrado, no Brooklyn, quando foi chefe da Sete Seis. Cirello levantou uma montanha de casos para ele. Quando Mullen recebeu seu cargo importante na One Police, levou Cirello, e o distintivo dourado foi junto para o outro lado da ponte.

Cirello está contente de ter deixado de trabalhar como infiltrado. Não é maneira de viver, o tempo todo andando com marginais, viciados e traficantes.

Não dá para ter vida.

Ele gosta do novo emprego, de seu apartamentinho no Brooklyn Heights, do tamanho ideal para que ele mantenha limpo e arrumado, embora trabalhe muito.

Agora está sentado no escritório de Mullen, no décimo primeiro andar do One Police Plaza.

Mullen está com o controle remoto na mão e passa os canais da televisão presa à parede, de um noticiário para outro. Todos os jornais estão mostrando a história da overdose de um ator famoso, e todos se referem à "inundação de heroína" e à "epidemia de heroína" que assola a cidade. E todos dizem que a NYPD parece impotente para deter tudo aquilo.

Cirello sabe que Mullen não é do tipo que aceite sem protestar a descrição de "impotente". Nem as ligações telefônicas do diretor geral, do comissário, e de Hizzoner, o prefeito. Porra, talvez o único figurão que ainda não tenha feito pressão em Mullen tenha sido o presidente dos Estados Unidos, e isso é provavelmente só porque não tem o telefone dele.

— Então, agora temos uma epidemia de heroína — diz Mullen. — Sabe por que eu sei? O *New York Times*, o *Post*, o *Daily News*, o *Voice*, a CNN, a Fox, a NBC, a CBS, a ABC e, não nos esqueçamos, o *Entertainment Tonight*. Isso mesmo, gente, nós estamos sendo ferrados pelo *ET*. Além de tudo isso, as pessoas estão morrendo por aí. Negros, brancos, jovens, pobres, ricos... essa merda mata sem fazer distinções. Ano passado, tivemos 335 homicídios e 420 overdoses de heroína. Não me importo com a mídia, esse ataque eu posso encarar. O que me importa são essas pessoas morrendo.

Cirello não diz o óbvio. *ET* não estava nem aí quando eram negros morrendo no Brooklyn. É melhor ficar de boca fechada. Tem muito respeito por Mullen — e, de qualquer jeito, o homem está certo.

Tem, mesmo, gente demais morrendo.

E estamos tentando enxugar um oceano de H.

— O paradigma mudou — diz Mullen — e temos que acompanhar essa mudança. "Comprar e prender" só dá certo até um ponto, mas esse ponto está muito aquém do que precisamos. Tivemos algum êxito estourando os moinhos de heroína, apreendemos muito da *horse* e muita grana; mas os mexicanos sempre conseguem fazer mais heroína e, portanto, mais grana. Eles calculam essas perdas nos planos de negócios. Estamos num jogo de números que nunca conseguimos ganhar.

Cirello tinha feito alguns dos estouros em moinhos.

Os mexicanos trazem a heroína até Nova York passando pelo Texas, e a armazenam em apartamentos e casas, mais em Upper Manhattan e no Bronx. Nesses "moinhos", fracionam a H em papelotes e vendem aos revendedores, mais membros de gangues, que a espalham por toda a cidade e a levam até cidades menores no norte do estado e em New England.

A NYPD já fez grandes apreensões em moinhos — estouros de vinte milhões, cinquenta milhões — mas não dá em nada. Mullen está certo, os cartéis mexicanos conseguem substituir qualquer bagulho e qualquer dinheiro que percam.

E também podem substituir pessoas, porque a maioria do pessoal nos moinhos são mulheres locais que dividem a heroína e gerentes de baixo escalão que trabalham por dinheiro. É raro que os vendedores atacadistas estejam presentes nos moinhos, se é que aparecem por lá, a não ser pelos poucos minutos necessários para entrar com a droga.

E a droga está entrando.

Mullen fala diariamente com seus contatos na Narcóticos, que dizem que o mesmo tem acontecido pelo país todo: a nova heroína mexicana está entrando através de San Diego, El Paso e Laredo, rumo a Los Angeles, Chicago, Seattle, Washington DC e Nova York, todos os grandes mercados.

E pequenos.

Gangues de rua estão migrando das cidades grandes para as pequenas, se instalando e fazendo negócios a partir de motéis. Agora, já não são apenas os moradores urbanos que estão viciados nos derivados de ópio — são também donas de casa dos subúrbios e agricultores.

Essas pessoas não são de responsabilidade de Mullen.

A cidade de Nova York é.

Mullen vai direto ao ponto.

— Se vamos derrotar os mexicanos em seu próprio jogo, temos que começar a jogar como eles.

— Não estou entendendo.

— O que os narcos têm no México, que não têm aqui? — pergunta Mullen.

*Tequila de primeira*, pensa Cirello, mas não fala. Bobby Cirello reconhece uma pergunta retórica quando a ouve.

— Policiais — diz Mullen. — Sim, claro que temos alguns policiais corruptos, que fazem vista grossa por dinheiro, alguns que roubam, raros que chegam a vender bagulho ou trabalhar de guarda-costas para os narcos, mas são a exceção. No México, são a regra.

— Não estou entendendo aonde você quer chegar.

— Quero que você volte a trabalhar à paisana, infiltrado.

Cirello balança a cabeça. Seus dias de infiltrado acabaram. Mesmo que quisesse voltar, não dá. Agora é conhecido como policial. Seria descoberto em trinta segundos, seria uma porra de uma piada.

Ele diz isso a Mullen.

— Todos sabem que eu sou policial.

— Certo. Quero que você seja infiltrado como policial — explica Mullen.

— Um policial corrupto.

Cirello não diz nada; não sabe o que dizer. Não quer essa tarefa. Missões assim liquidam a carreira — a pessoa ganha fama de corrupto e o fedor fica grudado nela. A desconfiança fica, e, quando sai a lista de promoções, o nome dessa pessoa não está escrito.

— Quero que você espalhe que está à venda — afirma Mullen.

— Sou um homem de trinta anos — responde Cirello. — Quero me aposentar nesse trabalho. Essa é a minha vida, chefe. O que está me pedindo só vai me embolar.

— Eu sei o que estou pedindo.

Cirello está aflito.

— Além disso, tenho um distintivo dourado. Isso já é demais. Os últimos dessa faixa que se corromperam foram nos anos 1980.

— Também é verdade.

— E todos sabem que eu trabalho com você.

— Essa é a questão — diz Mullen. — Quando você encontrar um comprador alto o bastante, vai falar que me representa.

Jesus Cristo, Mullen quer espalhar que toda a Divisão de Narcóticos está à venda?

— É assim que funciona no México — afirma Mullen. — Eles não compram policiais, compram departamentos. Querem lidar com os caras que mandam. É a única maneira de entrarmos na mesma sala que os sinaloas.

A cabeça de Cirello está girando.

O que Mullen está sugerindo é perigoso pra cacete. Tem muita coisa que pode dar errado. Outros policiais podem ficar sabendo que ele é "corrupto" e montar uma operação contra ele. Ou os federais.

— Como é que você vai botar isso no papel? — pergunta. Vão ter que documentar a operação, para que, se der merda, o deles não fique na reta.

— Não vou botar — diz Mullen. — Ninguém saberá disso. Só você e eu.

— E aquele cara, o Keller? — pergunta Cirello.

— Mas você não sabe disso.

— Se a gente rodar, não tem como provar que estamos limpos.

— Isso mesmo.

— Podemos ir parar na cadeia.

— Eu estou confiando na minha reputação. E na sua.

*É*, pensa Cirello, *isso vai ajudar muito, se eu der de cara com outro policial corrupto que esteja levando dinheiro, roubando. E aí, que diabo eu vou fazer? Não sou uma porra de um dedo-duro.*

Mullen lê seus pensamentos.

— Eu só quero os narcos. Qualquer outra coisa com que você se deparar, finge que não vê.

— Isso é uma transgressão direta de todo o regulam…

— Eu sei. — Mullen levanta atrás de sua mesa e olha pela janela. — Que diabo você quer que eu faça? Que eu fique agindo conforme as regras enquanto garotos morrem que nem moscas? Você é jovem demais, nem deve se lembrar da epidemia de AIDS, mas eu vi esta cidade se tornar um cemitério. Não vou ver isso outra vez.

— Entendi.

— Não tenho mais ninguém a quem recorrer, Bobby. Você tem inteligência e experiência para isso, e não conheço mais ninguém em quem possa confiar. Você tem a minha palavra, vou fazer tudo que eu puder para proteger a sua carreira.

— Certo.

— "Certo" quer dizer que você vai fazer?

— Sim, senhor.

— Obrigado.

Ao descer de elevador, Cirello fica se perguntando se não está completamente, profundamente, totalmente fodido.

Libby olha para ele e diz:

— Você é um garoto italiano bacana.

— Na verdade, eu sou um garoto grego bacana — responde Cirello.

Eles estão sentados em uma mesa no Joe Allen, mandando para dentro uns cheeseburgers, perto do teatro onde ela trabalha.

— "Cirello"? — pergunta ela.

— Até que não é ruim ter nome italiano, quando se trabalha na polícia — diz Cirello. — Se não dá pra ser irlandês, é a segunda melhor coisa. Mas, sim, eu sou grego de Astoria.

Quase um estereótipo. Os avós tinham vindo para os EUA depois da Segunda Guerra, se mataram de trabalhar e abriram o restaurante na rua 23, que o pai ainda toca. O bairro de Astoria não é mais tão grego, mas muitos deles ainda moram lá, e ainda dá para ouvir a "Ellenika" falada nas ruas.

Cirello não quis ingressar no negócio do restaurante e ainda bem que ele tem um irmão caçula que quis; assim, os pais não ficaram magoados quando Bobby foi primeiro estudar na John Jay, depois entrou para a academia de polícia. Eles foram à sua formatura e ficaram orgulhosos, embora sempre se preocupem e nunca tivessem entendido quando ele trabalhava infiltrado e aparecia com o cabelo e barba desgrenhados, parecendo magro e faminto.

Uma vez sua avó olhou bem nos seus olhos e perguntou:

— Bobby, você está usando drogas?

— Não, ya-ya.

*Eu apenas compro*, pensa. Era impossível explicar sua vida para eles. Outro motivo que torna o serviço de infiltrado tão duro: ninguém entende o que você faz, exceto outros infiltrados, e você nunca os vê.

— E você é detetive — diz Libby.

— Vamos falar de você.

Libby é linda de morrer. Uma cabeleira ruiva farta que Cirello acha que geralmente descrevem como cabelos "brilhosos". Um nariz comprido e um corpo que não é brincadeira. Pernas mais compridas que uma estrada rural, embora Cirello não conheça muito de estradas rurais. Ele a viu na Starbucks, no Village, virou e disse:

— Aposto que você é do tipo que gosta café expresso *macchiato* com leite desnatado.

— Como é que você sabe?

— Sou detetive.

— Não é muito bom — respondera Libby. — Gosto de café forte com leite desnatado.

— Mas o seu celular é 212-555-6708. Acertei?

— Não, errou.

— Prove.

— Mostre o seu distintivo — mandara Libby.

— Ah, você não vai me denunciar por assédio, vai? — perguntara Cirello. Mas mostrara o distintivo.

Ela dera o número.

Achava que ela era uma maria-batalhão, só que levou dezoito ligações para conseguir convencê-la a se sentar nessa mesa.

— Não há muito a falar — afirma ela. — Sou de uma cidadezinha de Ohio, frequentei a Ohio State e estudei dança. Seis anos atrás, vim pra cidade para tentar a sorte.

— E como vai isso?

— Bem — diz ela, dando de ombros. — Eu estou na Broadway.

Libby está no coro de *Chicago*, e Cirello imagina que, para uma dançarina, isso seja o equivalente a um distintivo dourado. E ela o encara de frente com aqueles olhos verdes, mostrando que está à sua altura.

*Legal*, pensa Cirello.

*Muito legal.*

— Você mora na cidade? — pergunta ele.

— Upper West Side. Na 89, entre a Broadway e a Amsterdam. E você?

— Brooklyn Heights.

— Acho que não somos geograficamente compatíveis — diz Libby.

— Sabe, eu sempre achei que geografia era superestimada. Acho que nem ensinam mais isso na escola. De qualquer maneira, eu trabalho em Manhattan, na One Police.

— O que é isso?

— A sede da NYPD, Trabalho na Divisão de Narcóticos.

— Opa, melhor eu não fumar um perto de você.

— Não me importo. Eu até fumaria com você, mas eles nos testam, de vez em quando temos que fazer testes. Deixe eu fazer uma pergunta, você mora sozinha?

— Bobby, eu não vou dormir com você essa noite.

— Eu não pedi isso — responde Cirello. — Francamente, estou ofendido. O que pareço, um prostituto barato, que você deixa lhe comprar um hambúrguer e acha que pode ser dar bem?

Libby ri.

É uma risada profunda e sonora, e ele gosta muito.

— E você, mora com colegas? — pergunta Libby.

— Não. Tenho um apartamentinho pequeno, olhando de fora já dá para ver ele inteiro. Mas eu gosto. Não fico muito lá.

— Muito trabalho.

— Bem isso.

— Em que você está trabalhando agora? Pode me contar?

— Nós íamos falar de você — lembra Cirello. — Por exemplo, eu achava que dançarinas não comiam cheeseburguer.

— Vou ter que fazer uma aula a mais amanhã, mas vale a pena.

— Aula? — pergunta Cirello. — Achei que você já tivesse terminado a faculdade.

— Mas preciso continuar treinando para ficar em forma. Principalmente se eu quiser fazer uma farra da carne, tarde da noite. Nossa, percebi como isso soou nojento no instante em que saiu da minha boca. E você? É saudável?

— Não — diz Cirello. — Eu como que nem policial: o que consigo comprar na rua no momento.

— Gosta de donuts?

— Não me enquadre num estereótipo, Libby.

— E quanto a toda aquela comida grega maravilhosa?

— Não é tão maravilhosa para quem cresceu comendo — diz Cirello. — Não conte à minha ya-ya, mas eu prefiro comida italiana. Ou indiana, caribenha, qualquer coisa que não seja embrulhada numa folha de parreira. Deixe eu fazer outra pergunta: Indians ou Reds?

— Reds. Torço pela Liga Nacional.

— Acha que o Rose deve entrar para o Hall da Fama?

— Com certeza — responde Libby. — Aposto em mim todos os dias. Aposto que você também faz isso.

— Sabe de uma coisa, isso pode dar certo.

— Mets?

— Claro.

Libby pega uma batata frita no prato dele e enfia na boca.

— Bobby, sobre esse negócio de prostituto barato...

Cirello coloca café no *briki* e liga o fogão no médio. Mexe o café até subir a espuma, despeja em duas canecas e caminha até a cama.

— Libby? Você pediu para ser acordada às sete.

— Ai, merda, tenho que ir pra aula.

Ele entrega o café.

— Que delícia. O que é?

— Café grego.

— Achei que tivesse dito que detesta comida grega.

— Eu estava brincando ...

Ela vai até o banheiro, aparentemente sem constrangimento por sua nudez. *É, eu também não teria vergonha com um corpo desses*, pensa Cirello. Quando ela sai, o cabelo ruivo está preso em um rabo-de-cavalo, e ela está de moletom e calça legging.

— É hora de encarar os olhares alheios — anuncia.

— Eu levo você de carro.

— Vou de metrô.

— Esse é seu jeito de dizer que foi só uma ficada? — pergunta Cirello.

— Olhe só você, o detetive figurão, todo inseguro. Ele lhe dá um beijo nos lábios. — É meu jeito de dizer que o metrô é mais rápido.

Ele manda o café para dentro.

— Vamos, eu vou a pé com você.

— É?

— Como eu disse, sou um garoto grego bacana.

No alto da entrada do metrô, ela fala:

— Acho bom você me ligar, hein.

— Eu vou ligar.

Ela lhe dá um beijinho de leve e desce a escada.

Cirello para em uma banca de revistas, compra os jornais e caminha até um restaurante para tomar café da manhã. Ele se senta em um reservado, come uma imensa omelete de queijo com torrada de centeio e dá uma folheada no *Times*. Tem uma reportagem em destaque sobre um ator que teve uma overdose.

*E agora*, pensa Cirello, *eu tenho que me oferecer, me vendendo às pessoas que o mataram.*

Fácil falar.

Essa gente não é bilionária por ser idiota. Não são donos da polícia do México porque os policiais mexicanos são fáceis de comprar; são donos porque têm poder sobre eles. A oferta não é do tipo "pegar ou largar", a oferta é "aceite, ou vamos matar você e sua família". Dessa forma, sabem que podem confiar no policial que compraram, que ele não vai dedurá-los.

Por ali não funciona assim.

Nenhum mafioso em juízo perfeito mataria um policial da cidade de Nova York, muito menos ameaçaria sua família, porque sabe que teria 38 mil policiais enfurecidos na sua cola. Mesmo que sobrevivesse à prisão — o que é improvável —, os promotores irlandeses e italianos e os juízes judeus fariam questão de que ele passasse o resto da vida na pior prisão do estado. Pior, isso ferraria com o negócio, portanto, os chefões se asseguram de que seu bando não faça essas merdas.

Negros e latinos membros de gangues não são trouxas de matar um policial, porque isso acaba com o negócio deles.

Policiais são mortos até demais, mas não pelo crime organizado.

Os mexicanos vão ficar cabreiros quanto a comprar um policial da NYPD, porque não terão uma apólice de seguro sobre ele.

Então, será preciso dar alguma garantia.

Ele vai até a garagem, pega o carro, um Mustang GT 2012, e vai até o cassino Resorts World.

Uma semana depois, está em uma Starbucks em Staten Island ouvindo a balconista cantar a canção tema de *A ilha dos birutas*.

— Você é jovem demais para conhecer esse programa — diz ele.

— Olá — responde ela. — O que posso lhe servir?

Ele olha o nome no crachá.

— Um expresso, por favor, Jacqui.

— Só? Sem os adjetivos irritantes?

— Só um expresso — insiste.

*E talvez um pouco de heroína, pensa.* A garota está de mangas compridas, e tem olhos vidrados, como se estivesse chapada.

Staten Island é um dos pontos mais movimentados de heroína. Tem três vezes mais do que há três anos. Antes era uma droga vista só no nordeste, na região mais urbana da ilha, aonde chegava de balsa, vinda de Manhattan, ou pela ponte do Brooklyn, e ia parar nos conjuntos habitacionais.

Não mais.

Agora está nos bairros de família, nas áreas central e sudeste da ilha, nos bairros das classes trabalhadoras, sendo usada por um monte de policiais, bombeiros e funcionários públicos.

*E, sejamos honestos*, pensa Cirello.

*Nos bairros brancos.*

Bairros de trabalhadores.

Motivo pelo qual está ali agora.

Porque ele é branco.

Lá em Manhattan e no Brooklyn, o tráfico de drogas é mais um negócio de gangues. As gangues de negros e latinos dominam o comércio dentro e nos arredores dos conjuntos habitacionais, e ele não tem como se misturar.

Um policial branco, não.

Nem mesmo um policial branco corrupto.

Mas ali, o tráfico de heroína é diferente — tem um monte de traficantes independentes, a maioria usuários, vendendo papelotes de dez, até de cinco, adquiridos dos vendedores mafiosos que compram das bocas da cidade.

Há vinte anos, talvez até dez, valeria até a própria vida traficar H para a garotada branca de Staten Island, onde há tanto policial quanto mafioso. Porra, o próprio Paul Calabrese tinha morado ali, e ainda tem presença da máfia, mas é diferente. Eles não se protegem mutuamente, como antes, e aquele negócio da máfia protegendo os garotos brancos envolvidos com drogas é um mito que há muito já passou.

Cirello ouviu dizer que a porra do neto do John Cozzo está traficando por ali. O que não chega a ser uma grande surpresa, levando em conta que Cozzo matou Calabrese para limpar o caminho e importar heroína mexicana.

De qualquer maneira, Cirello sabe que não vai encontrar seu contato no Bronx, no Brooklyn ou em Manhattan. Vai ser ali, na Staten Island branca — a Ilha da Heroína — com usuários como essa Jacqui.

Para levá-lo aos tubarões.

Jogou a isca. Tinha ido até o Resorts World e soltado três, das grandes, na mesa de vinte-e-um, apostando como um imbecil. Depois fizera apostas no basquete — universitário e profissional —, onde soltara mais cinco. Então, tinha ido de carro até Connecticut — Mohegan Sun e Foxwoods —, soltado mais alguns mil, ficara bêbado e tão arruaceiro que um boato se espalhara pelo nordeste, pela comunidade do crime organizado, de que um detetive de Nova York estaria sem freio, jogando pesado, perdendo pesado, bebendo pesado.

Sangue na água.

Agora toma seu expresso e fica observando Jacqui trabalhar atrás do balcão. Ela tem um sorriso no rosto e faz seu serviço, mas está ligeiramente agitada, anda meio inquieta, e Cirello sabe que ela *talvez* tenha umas três horas, até precisar de um pico.

Ela deve ter o quê, dezenove, vinte anos, no máximo?

Que mundo.

Jovens caindo como se fosse a Segunda Guerra Mundial. Pais enterrando os filhos. É contra a natureza.

Fora essa missão de entorpecentes, sua nova vida até que vai bem. Tem visto Libby há algumas semanas, e até agora está dando certo. Os horários combinam — ela só fica livre bem tarde da noite ou bem cedo, pela manhã, e no momento, ambos estão contentes com um jantar três vezes por semana e sexo depois. Ela não está fazendo nenhuma exigência, nem ele.

Está tranquilo.

Termina o café e caminha pelo quarteirão até o Zio Toto.

O bar está vazio, e ele puxa uma das banquetas pretas, senta e pede um Seven e uma Coca.

Angie está atrasado, e Cirello sabe que é de sacanagem.

Para fazê-lo esperar.

Cinco minutos depois, ele chega.

Se ele tem frequentado a Academia 24 horas, está escondendo bem, pensa Cirello. Angelo Bucci ainda é o mesmo relaxado rechonchudo do ensino médio, que fizeram juntos na Archbishop Molloy, em Astoria. Ele agora usa o cabelo curto e está com uma jaqueta do Mets, calça jeans e mocassins.

Dá um abraço em Cirello, senta no bar e diz:

— Pra que diabos eu tive que vir lá do Alabama?

— Você não mora em Richmond?

— Ainda é bem longe — diz Angie. — Qual é? Agora que tem distintivo dourado não quer mais ser visto com os velhos amigos? O que está bebendo? O que é isso, Coca?

— E Seven.

— Quero o mesmo que ele — Angie pede ao bartender —, só que substituído por vodca pura. E dê outro refrigerante pra esse *mezzo fanook*.

Cirello aponta para seu copo vazio, indicando que quer mais um.

— Como está Gina?

— Bem, não parou de encher meu saco, se é isso que está perguntando — diz Angie. — Os garotos estão crescendo que nem capim. Mas você não me pediu pra vir até aqui pra falar da minha vida doméstica, Bobby.

O bartender traz as bebidas. Angelo projeta o queixo, num gesto que mando o sujeito encontrar o que fazer na outra ponta do bar.

— Preciso de um dinheiro emprestado — anuncia Cirello.

— Era o que eu temia. Quanto?

—Vinte mil.

— Que porra é essa, Bobby?

— Culpa de St. John's.

— De quem você está a fim?

— Ninguém. Estou com o salário em dia, mas estou quebrado. Umas merdinhas tipo aluguel, pagamento do carro, comida...

— Mais apostas...

— Preciso de grana, Angie, não de um sermão.

— Se você está botando dinheiro em St. John's, talvez precise de um sermão. Meu Deus, Bobby, eu não quero emprestar dinheiro a você. Eu teria que cobrar juros.

— Eu sei.

— Se você sai atrás disso e perder...

— Eu ganho bem — diz Cirello.

— É por isso que está vindo até mim? — pergunta Angie.

— Bem, achei que fôssemos amigos.

— Nós somos. Por isso eu não quero ver você num buraco ainda maior e...

— E o quê?

— Como eu vou dizer isso, Bobby? Emprestar dinheiro a um detetive da NYPD... se você não me pagar, como faço para ter meu dinheiro de volta? Quer dizer, não posso forçar você a me pagar, posso?

— Primeiro de tudo, eu vou devolver. Mas, se eu não devolver, você dedura no Departamento de Assuntos Internos, e eu estou fodido. Isso já te dá bastante poder.

— É, talvez. Eu não tinha pensado nisso.

— Então, que bom que *eu* estou aqui.

— É, nem tanto — diz Angie. — Certo, trinta dias a vinte pontos, com os juros toda sexta, pontual como um coroinha. Se falhar, acumula no principal.

— Eu sei como funciona, Angie.

— Eu vivo às custas de jogadores. Eles que botam comida na minha mesa, vestem meus filhos. Não quero viver às suas custas, Bobby. Porra, o que eu diria pra sua ya-ya? Aliás, como vai ela?

— Bem. Impertinente.

— Eu deveria dar uma passada lá, dar um oi. Faz tanto tempo.

— Ela ia gostar de ver você.

Angie levanta, termina a bebida.

— Tenho treino da Liga Mirim, dá pra acreditar nisso? Você estacionou aqui na frente?

— Não, descendo o quarteirão.

—Vamos lá fora.

Eles caminham até o Land Rover preto de Angie. Cirello senta no banco do passageiro. Angie abre o console, tira um pacote de notas de cem dólares e conta vinte mil.

—Vê se não me fode nessa, ok, Bobby?

— Não vou.

— Quer uma carona até seu carro?

— Está logo ali na Starbucks.

— Certo. Vejo você na sexta. Píer 76, um bar subindo a St. George. Conhece?

— Dou um jeito de achar.

— Cinco da tarde. Não se atrase.

— Isso fica entre nós, certo, Angie?

— É claro — diz Angie, com expressão de mágoa. — Está achando o que, porra?

Ao sair do carro, Cirello sabe o que vai acontecer em seguida — Angie vai direto aos seus chefes se gabar por ter um detetive da NYPD na mão. Eles vão perguntar em que esse detetive trabalha, e ele vai contar que é com narcóticos. Os chefes arquivam a informação. Porque é isso que fazem.

Para policiais e criminosos, informação é moeda.

Cirello volta ao carro e fica sentado.

*Porque isso é o que eu faço*, pensa. *Fico sentado*. Boa parte do trabalho de policial é ficar sentado esperando algo acontecer. Às vezes acontece, que é o mesmo que dizer que às vezes não.

Mas ele tem uma intuição sobre Jacqui.

Ela vai sair para descolar, e será em breve.

O que não costuma ter muita importância — alguns milhares de viciados vão descolar em breve, e isso é mesmo uma questão para os policiais uniformizados, talvez os civis à paisana, apenas se precisarem cumprir cotas de apreensões que supostamente não existem.

Mas Cirello precisa de uma apreensão "Cachinhos Dourados".

Nem tão grande, nem tão pequena.

Pegar o fornecedor de Jacqui é pouco, mas pode levá-lo a uma apreensão de médio porte, que é seu objetivo.

Então, fica sentado esperando.

De tocaia.

Como o predador que se tornou.

Um policial caçando seu pagamento.

Jacqui mandou cerca de 57 mensagens para Travis, e seu gerente está ficando meio puto.

Em que buraco ele se meteu?

Por que não responde? Se não descolou, poderia ao menos dizer, para ela tentar encontrar Marco ou alguém. Sinaliza para o gerente que vai ao banheiro e ele a encara como quem pergunta: *O que, de novo?* Entra no banheiro e está prestes a ligar para Marco quando finalmente chega uma mensagem do Travis. ESTOU ENCOSTANDO O CARRO. VEM.

Quando ela sai, o gerente a interrompe.

—Você está passando mal?

— Não, por quê?

— Parece doente.

— Eu estou bem — diz Jacqui.

— Não, por que você não vai embora? — sugere ele. — O movimento está devagar.

— Eu preciso das horas.

—Vá pra casa, Jacqui.

Ela sai no estacionamento. Travis está esperando na van, estacionada à margem do estacionamento. Ela entra na traseira, e Travis sai do banco do motorista e vai até ela.

—Você descolou? — pergunta Jacqui.

— Aham.

Está cozinhando quando uma batida forte na porta a interrompe.

— É a porra do gerente — diz Jacqui. — Eu falo com ele.

Ela desliza só uma fresta da porta.

Não é o gerente. É o cara do expresso sem adjetivos.

Segurando um distintivo.

— Olá, garotos — diz ele. — O que estamos fazendo aqui?

Cirello faz sua jogada.

— Posso prender vocês dois agora — diz ele. — É porte simples, então provavelmente serão julgados apenas por isso, mas vão passar umas semanas na Rikers, a menos que paguem fiança, o que eu imagino que não possam. Ou...

Ele faz uma pausa para dar efeito.

Dá um pouquinho de esperança.

—Vocês me entregam o traficante.

O cara sacode a cabeça. Cirello mandou checar sua placa, portanto, já sabe que seu nome é Travis Meehan, sem antecedentes.

Ele se sente mal pelo garoto.

— Não podemos fazer isso — diz Travis.

— É uma pena — responde Cirello —, porque vão passar muito mal na prisão. Você ama essa garota?

Travis assente.

— Se ama — diz Cirello, sentindo-se um merda —, não vai querer ver o que vai acontecer com ela na antessala, na Rose Singer.

— Não podemos virar delatores — diz Jacqui.

— Eu entendo. Realmente entendo. A questão é que eu nem quero o seu traficante, na verdade. Aposto que é amigo de vocês, também usuário, certo? Vamos, eu estou certo?

Os dois assentem, contrariados.

— Não quero prejudicar seu amigo. Não quero prejudicar vocês. Eu estou atrás de pessoas que vocês nem conhecem, as pessoas que venderam essa merda para o seu amigo, e aposto que essas pessoas não são amigos dele.

— A gente não pode, a gente vai continuar morando aqui.

— Isso se vocês voltarem da Rikers — lembra Cirello. — Vocês nunca estiveram no sistema, então não sabem como funciona. É tudo incerto. Se pegarem o juiz errado, se ele estiver num dia ruim... mas, olhe, eu entendo vocês. Nós podemos fazer isso de modo que ninguém saiba que foram vocês. Mas, se quiserem, eu posso prendê-los e espalhar pela rua que vocês deduraram. Nada bom.

— Você é um escroto — diz Jacqui.

— Aham.

Ela está em crise de abstinência. Ambos estão.

E ele tem a ferramenta mais persuasiva que existe para lidar com um viciado.

— Não estou pedindo que armem uma arapuca pra ele. Só que me deem um nome, uma descrição, um carro, o lugar onde ele fica, e eu deixo vocês usarem. Ponto.

Ele pega Marco naquela noite.

Molezinha, o babaca está traficando no estacionamento do Mickey D. (Gostaria de batatas fritas para acompanhar, senhor? Não, só uma dose de heroína.)

Cirello observa uma venda rolando no Ford Taurus de Marco, caminha até ele e entra no banco do passageiro.

— NYPD, Marco — anuncia Cirello, mostrando o distintivo. — Não me faça puxar minha arma, apenas ponha as mãos no volante.

Marco tenta bancar o durão.

— Você tem um mandado?

— Não preciso — diz Cirello. — Eu tenho causa provável. Acabei de ver você passar um papel. Nem preciso perguntar se posso revistar seu carro, posso simplesmente revistar. Mas, primeiro, eu vou perguntar: você está com alguma arma, ainda mais se for arma de fogo?

— Não.

— Que bom, Marco — diz Cirello —, isso vai lhe poupar anos de cana. Agora, vamos ver o que temos aqui.

Ele abre o console e vê uma pilha de papelotes.

— Xi. Porte com intenção de distribuir. Delito grave. Aquelas merdas da lei Rockefeller. De quinze a trinta anos compulsórios.

Marco começa a chorar. Ele é um viciado magrinho, assustado e patético, e Cirello mais uma vez se sente um merda.

— Eu também choraria. Você tem antecedentes, Marco?

— Um.

— De quê?

— Porte — diz Marco.

— Qual foi sua pena?

— Estou em condicional. Tenho uma ordem para frequentar o programa de terapia assistencial.

— E aposto que nem foi, né? Bem, agora você está duplamente fodido, Marco. O juiz vai sapatear em cima de você. Hoje em dia, eles são muito sérios em relação aos traficantes de heroína, e você, meu jovem amigo imbecil, está traficando num bairro branco que tem tido um bocado de mortes por overdose. Sabe quantos oficiais prisionais moram aqui em Staten Island? Bem, todos estarão esperando por você lá dentro.

Cirello está só inventando essa merda, mas até que soa bem. E o cara está apavorado, as mãos tremendo no volante.

— Eu quero meu advogado.

— O que um advogado vai conseguir é o mínimo de quinze anos, *talvez* — diz Cirello, vendo a coisa já escapando de suas mãos. — Isso significa que você terá o que, uns quarenta, quando sair? Essa é a melhor das hipóteses. Na pior, você sai com sessenta? Mas, sim, vamos ligar pra ele. Só tem uma coisa: depois que você ligar, eu não vou mais poder te ajudar.

— E o que você pode fazer pra me ajudar?

— Bem, isso depende de você — diz Cirello.

— Eu sei o que você quer.

— O que eu quero, Marco?

— Você quer que eu entregue os caras que me venderam isso.

— Até que você não é tão imbecil como parece. Que bom. Agora, antes que você diga algo que prove que é sim imbecil, deixe-me perguntar uma coisa: se esses caras estivessem no seu lugar, iriam cumprir de quinze a trinta anos pra salvar você? Pense antes de responder.

— Eles vão me matar.

— Não se fizermos o negócio direito. Olhe pra mim, Marco, olhe pra mim.

Marco olha pra ele.

— Filho — diz Cirello, com uma expressão paternal. — Eu sou o caminho, a verdade e a vida. Sou sua única chance de você ainda ter algum futuro, mas não posso fazer isso sozinho. Preciso de sua ajuda. Trabalhe comigo. Dê o que eu preciso, e você vai embora.

Marco hesita.

O acordo está por um triz.

Cirello diz:

— Os caras que venderam essa merda sabem que você não vai conseguir cumprir pena. Sabem que você vai entrar em abstinência. Acha que vão ficar de bobeira, preocupados com você delatando?

Marco está pensando.

A última coisa que Cirello quer é Marco pensando. Se você deixa um vagabundo pensar, ele vem com todo tipo de coisa para complicar a sua vida.

— Não, sabe de uma coisa? Eu estou de sacanagem. Vamos logo registrar a ocorrência, aí você liga para o seu advogado.

— Não.

— Não?

— Não — diz Marco. — Por favor, me ajude.

*É para isso que estamos aqui*, pensa Cirello.

*Minha profissão é ajudar.*


Cirello segue o carro de Marco a oeste, pela avenida Arden, atravessando a ponta sudeste de Staten Island.

Para Cirello, que fez a maior parte de seus trabalhos com narcóticos nos guetos do Brooklyn, é surreal passar de carro por shoppings e quadras residenciais de um lado e o verde de Arden Heights, do outro. Parece que ele está nos subúrbios — alguns nova-iorquinos mais fervorosos poderiam dizer que parece "o interior" — conforme eles passam por baixo do monumento de Veteranos da Guerra da Coreia, pelo arborizado Edgegrove, depois viram ao norte, entrando pela Amboy Road, na esquina nordeste do Blue Horn Park. Pelas próximas dez quadras ou mais, a Amboy é predominantemente residencial, depois surge uma região comercial, em Eltingville — a agência dos correios, alguns bancos e o

Eltingville Shopping Center, à esquerda, e outro shopping à direita, onde Marco entra em um estacionamento.

Cirello passa por ele, encosta na ponta dos fundos do estacionamento, perto de um Smashburger, e pega o celular.

— Onde você vai encontrá-los?

— Na frente da Carvel.

— A sorveteria? — pergunta Cirello.

— É.

— Que vende tortas?

— É, a Carvel.

Jesus Cristo, pensa Cirello. Tortas de sorvete e heroína. O Professor *e* Mary Ann...

Ele fica observando Marco entrar em uma vaga. Alguns minutos depois, um Ford Explorer vermelho para ao lado dele. Marco entrega um dinheiro e recebe um pacote.

Marco, conforme combinado, vai embora.

Cirello segue a Ford Explorer, acompanha quando o carro entra à direita na Amboy, depois segue ao norte, até Great Kills e passa pelo Cemitério Vista Oceânica, embora ele não possa entender por que a vista seria importante para um cemitério, depois passa pelo Frederick Douglass Park (que é estranho, porque o lugar tem o nome de um abolicionista, mas Cirello não viu um único negro, o dia todo) e entra em Bay Terrace.

Habitualmente, ele faria um telefonema para checar a placa, mas não quer que essa ação fique registrada, e ele já pegou a identificação do motorista com Marco — o carro deve pertencer a um Steven DeStefano.

Então, ele vira à direita na avenida Guyon — leste, em direção à praia — à esquerda na Mill Road, depois à direita, na avenida Kissam, onde as casas vão escasseando, até chegar a um pântano, que margeia ambos os lados da estrada. A Explorer entra em uma garagem, do lado norte da estrada, ao lado de uma casa linear, isolada de qualquer outra casa, por dois lotes, em ambos os lados.

Privacidade, pensa Cirello.

Bom.

Cirello passa dirigindo pela casa e pega a Kissam até o fim, onde dá na Oakwood Beach, em Lower Bay. Não tem nada aqui, pensa ele, nada além da praia, à esquerda, até onde a vista alcança.

Ele tira a Glock do coldre e põe no banco a seu lado, prende o distintivo na lapela da jaqueta, faz o retorno e dirige de volta até a casa. Respirando fundo, ele desce do carro e caminha até a porta da frente.

Não há nada nisso que esteja minimamente dentro do regulamento.

O procedimento apropriado seria ter checado o endereço, voltado à Divisão, relatado, obtido um mandado e voltado com reforço — vários detetives, alguns policiais uniformizados — talvez a SWAT, talvez até a Agência de Álcool, Tabaco, Armas de Fogo e Explosivos, em coordenação com a Narcóticos.

Certamente não é uma ação para um detetive com uma Glock e nenhum papel, e uma causa provável que não se sustentaria nem por cinco minutos, em uma audiência de provas. Isso é uma estupidez, do tipo que pode levá-lo à demissão, talvez a ser indiciado, talvez morto.

Mas ele não sabe de nenhuma outra maneira de fazer.

Cirello bate coma arma na porta de madeira.

— NYPD!

Ele ouve o movimento lá dentro, o tipo de caos que já ouviu uma dúzia de vezes, quando a vagabundagem do tráfico entra em pânico e tenta decidir o que fazer. Joga tudo na privada? Corre? Briga?

— Estou mandando abrir a porra da porta, Steve! — grita ele, depois dá um passo ao lado, caso Steve resolva atirar na porra da porta.

Ele não atira.

Cirello estica a mão e pega a maçaneta.

A porra da porta está destrancada.

Esses babacas são confiantes.

Respirando fundo outra vez, Cirello desacelera os batimentos cardíacos, dá um chute para abrir a porta e entra, empunhando a Glock à sua frente.

Os dois caras estão ali parados, olhando para ele.

Duas corças no facho dos faróis.

Uma tira da madeira da parede de lambri está aberta e Cirello vê o cafofo da heroína do lado de dentro. Os idiotas estavam resolvendo se saíam pelos fundos com a droga, mas não decidiram a tempo. Parece haver cerca de um quilo dividida em sacos.

— Se mexerem as porras das mãos, eu vou estourar os miolos pela sala — grita Cirello grita, ouvindo a adrenalina elevando sua voz.

— Calma, calma! — diz o mais gorducho. Parece ter trinta e poucos anos, parece malhar na academia, o corte de cabelo clássico de Staten Island, curto nas laterais. Pela descrição de Marco, esse é DeStefano.

O outro tem mais ou menos a mesma idade, o mesmo corte de cabelo, mas não é tão ativo no supino. Ambos estão com bonés dos Yankees virados ao contrário, roupas de corrida, correntes de ouro.

Onde é que acham esses caras?, pensa Cirello.

Nenhum dos dois parece usuário de heroína.

Anadrol, talvez.

— Sentem — diz Cirello. — Cruzem as pernas à frente.

Eles obedecem.

— Agora estendam as pernas, virem de bruços e ponham as mãos atrás das costas — manda Cirello.

— Ora, vamos — diz DeStefano. — Precisa disso?

— Depende de vocês — responde Cirello.

Ele vê a risadinha maliciosa de espertalhão surgindo no rosto de DeStefano. Os caras da máfia acham que todos são como eles — todos têm um esquema, todo mundo está à venda — e Cirello acaba de confirmar sua profunda crença.

O sorriso malicioso aumenta. DeStefano projeta o queixo em direção à parede.

— Tem 27 mil em um saco de depósito bancário, aí dentro. Pegue o dinheiro, vá embora, tome uma Coca e sorria.

Com a arma apontada para DeStefano, Cirello vai até a tábua solta, apalpa do lado de dentro e tira um saco.

— E a heroína?

— Se quiser, pode ficar — diz DeStefano. — Mas onde você vai passar?

Cirello enfia o saco no cós da calça, às suas costas, por baixo da jaqueta.

— Eu não vou passar, vocês é que vão. Os negócios seguem normalmente, só que agora vocês têm um parceiro.

— Ah, é? Qual é o porte do parceiro que nós temos?

— Dez mil semanais.

— Cinco.

— Sete.

— Feito — diz DeStefano. — Mas eu gosto de saber o nome dos meus parceiros.

— Bobby Cirello. Divisão de Narcóticos.

— Que distrito? — questiona DeStefano. — Porque eu nunca vi você por aí.

— One Police.

DeStefano se permite uma expressão impressionada, por um segundo.

— Então, se eu tiver problema com um dos policiais locais, posso ir até você.

— Eu ajeito as coisas.

— Sai da sua parte.

— Eu falei que cuido disso — insiste Cirello.

— Está certo, Bobby — diz DeStefano. — Eu posso chamá-lo assim, certo? Dou 27 mil a um cara, posso chamá-lo pelo primeiro nome, certo? Então, Bobby, como chegou a nós?

— Está brincando? — pergunta Cirello. — Vocês estão traficando no estacionamento há semanas. Precisam variar um pouquinho.

— Eu te falei — diz o magrinho.

— Cala a porra da boca.

— Então, Steve — continua Cirello. — Eu quero vê-lo toda sexta. No seu estacionamento do Mickey D's. Se não aparecer, eu vou achar e enquadrar você. Estamos entendidos?

— Mas esses 27 mil me dão três semanas e pouco, certo?

— Não — diz Cirello. — Os 27 mil são uma multa por ser tão imbecil e preguiçoso. Vê se varia de local, de agora em diante. Vejo você na sexta.

Ele sai pela porta.

Agora não tem volta, pensa Cirello.

Agora eu sou um policial corrupto.

Ele volta dirigindo para Tottenville e encontra Marco no estacionamento, perto do Mickey D's. Cirello entra no Taurus e entrega ao garoto dois mil em grana.

— Não bote isso no braço. Saia dirigindo. Você tem alguém fora de Nova York?

— Minha irmã, em Cleveland.

— Vá perturbá-la — diz Cirello. — Faça o que fizer, não volte aqui, está bem?

Ele sai do carro e Marco vai embora.

Cirello duvida que ele consiga ir além de Jersey, mas sempre se pode ter esperança. Só que ele conhece os viciados e, se há alguém capaz de fazer algo idiota, contraproducente e autodestrutivo, é um viciado.

É isso que eles fazem.


O agiota está surpreso.

Talvez até decepcionado. Ele não ganha dinheiro com gente que quita o montante principal em uma tacada.

Mas é isso que Cirello faz. Encontra Angie, no meio do pessoal da happy hour do bar Píer 76, e lhe passa um envelope gordo.

— Está tudo aí. O principal e os juros.

Angie enfia o pacote na jaqueta.

— Deu sorte?

— Pode-se dizer que sim — responde Cirello. — Você pode botar dez apostando no North Carolina, Louisville? Quero os Heels e os pontos.

— Meu Deus, Bobby, você acabou de sair do buraco, por que quer pular pra dentro outra vez? — pergunta Angie.

— Quer botar pra jogo, ou não?

Angie sacode os ombros.

— Tudo bem, eu boto pra você.

— Você é o cara.

— Não, *você* é o cara.

Cirello recusa a oferta para um drinque.

Durante as semanas seguintes ele fica atrás do dinheiro como um patético homem de meia-idade atrás de uma garota novinha que ele nunca vai pegar.

Ele aposta em basquete, universitário e profissional.

Ele vai ao cassino, joga vinte-e-um.

Ele aposta em *beisebol*, pelo amor de Deus, e ninguém em juízo perfeito aposta em beisebol, além de um jogador inveterado.

O que ele é.

Angelo lhe diz isso, quando ele volta, pela terceira semana seguida, usando exatamente estas palavras.

—Você é um jogador inveterado.

—Você é agenciador de apostas e agiota.

Eles estão de volta às banquetas habituais, no Píer 76.

— Sou um agenciador de apostas e agiota que paga suas contas — responde Angelo. —Você já me deve 32 mil e não consegue nem cobrir os juros.

— O jogo dos Georgia Tech-Wake Forest...

— Georgia Tech-Wake Forest meus culhões — diz Angelo. — Nós estamos exatamente onde eu falei que não queria estar. Eu deveria lhe dar um sacode, mas como posso fazer isso com um amigo, e uma porra de um detetive da NYPD, pra completar?

— Eu vou conseguir seu dinheiro.

— Com ou sem distintivo dourado — diz Angelo —, nós não podemos deixá-lo ir, Bobby.

— Quem são "nós"?

— Não tenho condições de te segurar com 32 mil — afirma Angelo. — Passei sua dívida adiante. Lamento, mas você não me deu outra escolha.

O que significa que Angelo vendeu a dívida de Cirello para alguém mais alto, na organização.

— Então, é assim — diz Cirello.

Angelo gira a vodca no fundo do copo. Então, ele diz:

— O Play Sports Bar. Na Sneden. Vá até lá.

— Do que você está falando?

— Apenas vá lá, Bobby.

Angelo toma o resto de seu drinque, levanta e vai embora.

Cirello estaciona o carro na Sneden e caminha até o Play Sports Bar.

Há um cara em um reservado, comendo. Quarenta e poucos anos, magro, cabelo preto já ficando grisalho. Ele ergue o olhar e diz:

—Você é Cirello?

— Quem quer saber?

— Mike Andrea. — Ele gesticula para o banco de frente pra ele, mas Cirello não senta. — Quer um panini? Os daqui são muito bons. Eu gosto do Trio — *prosciutto, sopressatta, capocollo...* você deveria comer alguma coisa, está magro.

— Que porra é você, minha mãe?

— Neste momento, eu sou seu melhor amigo, Bobbyzinho — diz Andrea. Ele dá outra mordida no panini e limpa a boca com as costas da mão. — Posso lhe jogar uma corda, tirá-lo da merda em que você está.

— Em que merda eu estou?

— Angie Bucci me vendeu o seu papel — diz Andrea. — O Angie é um cara legal, eu adoro. Eu não sou um cara legal, não estudei com você, não conheço a sua vó, não tenho problema em machucá-lo.

— Isso pode ser um problema, bem mais do que você pensa.

— É, tô sabendo... distintivo dourado, cara durão — diz Andrea. — Não precisamos ir por aí. Sente-se e coma uma coisinha, aja como um ser humano, me ouça.

Cirello senta.

Andrea sinaliza para chamar a garçonete.

— Lisa, meu amigo bonitão, aqui, vai querer um Trio e uma cerveja.

— Já olhou nosso cardápio de cervejas? — pergunta ela.

— Cardápios de cerveja — diz Andrea. — Foi nisso que o nosso mundo se transformou.

— Vou querer uma Sixpoint — pede Cirello.

— Ale ou pilsen?

— A pilsen, obrigado — diz Cirello.

A garçonete sorri pra ele e sai.

— Aposto que você poderia pegar, você é bom de jogo — diz Andrea. — Não, eu me esqueci, você não é bom de jogo. Anda jogando que nem bobo e sabe por quê?

— Não.

— Você *quer* perder — diz Andrea. — O que todos os jogadores inveterados realmente querem é perder. Tem algo que os força, eu não sei.

— O que você quer?

Andrea diz:

— Talvez você possa fazer um favor para algumas pessoas.

— Que favor e que pessoas?

— Gente disposta a parar o processo de coleta do seu empréstimo — responde Andrea —, você não precisa saber quem, exatamente. E é só alguma informação. Essa gente está pensando em ingressar num negócio com alguém, em algum momento, eles querem saber se ele é limpo, não querem entrar em roubada.

— Obter esse tipo de informação é arriscado.

— Não tão arriscado quanto dever 32 mil que você não tem — diz Andrea.

Ele empurra um pedaço de papel ao outro lado da mesa.

É uma ameaça vazia, pensa Cirello. O problema em dever para um agiota não é dever demais, é não dever o suficiente. Se você deve cinco mil a um sabichão desses, você está enrascado. Se deve dez, ou mais, ele não pode te apagar. Terá que mandar um guarda-costas para mantê-lo em segurança, porque precisa que você pague esse dinheiro. Quer viver pra sempre? Entre em uma dívida de cem mil. O agiota lhe doaria um rim se você precisasse.

Cirello dá uma olhada no papel, vê três nomes escritos.

— Eu não vou entregar informantes criminais.

— Não precisa ficar todo nervosinho — diz Andrea. — Ninguém está lhe pedindo pra ajudar na morte de alguém. Essas pessoas ainda nem estão fazendo negócio. Pense nisso como um trabalho de triagem. Diligência prévia. Só.

— Como é que eu sei que você não está usando um grampo?

Andrea diz:

— É, você me pegou, Cirello. Lisa, a garçonete, é uma agente à paisana. Aquelas tetas são microfones. Você quer ficar legal, ou não?

— Você vai suspender os juros.

— Ainda haverá juros — diz Andrea —, mas eles param de aumentar. E ninguém vem cobrar, nós combinamos algum tipo de plano de pagamento.

— Esse *é* o plano de pagamento. — Cirello pega o papel. — E o jantar é por sua conta.

— Cada centavo conta, certo? — diz Andrea. — Policiais fodidos, muquiranas.

Lisa traz a comida.

Andrea estava certo, pensa Cirello. Isso está bom — *prosciutto, sopressatta, capocollo.*


Ele toma café na casa de Mullen, em Long Island City.

Judy Mullen fez rabanadas e eles estão sentados na mesa da cozinha, e escutam lá na sala o som dos dois meninos do chefe jogando *Halo*.

— Mike Andrea é um capo da família Cimino — diz Mullen. — Opera de Bensonhurst. Se ele pegou sua conta do Bucci, a coisa é séria. O crime organizado gosta dele por pelo menos uma dúzia de assassinatos.

— Os Cimino estão fora do negócio das drogas — diz Cirello. — Já faz anos.

— Talvez o Andrea esteja no negócio sozinho.

— Então, quem são essas "pessoas" que ele representa?

— Isso é o que nós vamos descobrir — diz Mullen. Ele olha a lista que Andrea lhe deu. — Aposto que eles já sabem desses caras. Estão testando você.

— É o que eu também acho.

Mullen olha novamente o papel.

— Markesian e Dinestri são limpos. Diga a ele que nós estamos de olho em Gutiérrez.

— Estamos? — pergunta Cirello.

Mullen sorri.

— Estaremos.

Cirello pergunta:

— Você quer que eu force o Andrea pra encontrar com essa gente?

— É cedo demais — diz Mullen. — Você vai afugentá-los. Apenas continue o que está fazendo.

Mullen sabe que está pedindo bastante. Ele já está recebendo reações a Cirello. Apenas dois dias antes, seu tenente veio conversar, fechou a porta.

— O crime organizado está ouvindo umas merdas sobre um dos nossos. Cirello foi visto com um agiota chamado Angelo Bucci.

Ele pôs fotos na mesa, de Cirello sentado em um bar com Bucci.

— Talvez ele esteja trabalhando em algum caso — disse Mullen.

— Eu espero que sim — respondeu o tenente. — Tomara que seja só isso, mas estão dizendo que o Cirello anda jogando. E perdendo. Bebendo demais, chegando com uma aparência horrível...

— Certo, vamos ficar de olho.

— Olhe, sei que ele é seu parceiro.

— Eu disse vamos ficar de olho. Mantenha-me informado.

Esse é o tipo de comentário que você quer circulando, em uma operação como essa; ao mesmo tempo, Mullen sente-se mal porque está comprometendo, sim, a carreira de Cirello. É difícil botar um fedor desses de volta na garrafa. Em termos práticos, se o pessoal de Assuntos Internos for para cima de Cirello, isso pode comprometer toda a operação.

Cirello está à frente dele.

— O que eu preciso de você é a garantia de que o Comando Operacional não esteja armando pro Andrea, que eu não esteja entrando num estúdio de gravações, que eu não vá pra casa e encontre o pessoal de Assuntos Internos me esperando na porta.

— Se eu fizer perguntas ao CO — diz Mullen —, eu terei que explicar a eles o motivo. Ainda não estou pronto para incluí-los.

— Tá, tudo bem.

— Lamento — diz Mullen. — Se você for confrontado pelo CO, pelo pessoal de AI, ou qualquer outro, diga a eles que precisa falar com seu representante e venha diretamente até mim. A essa altura, prometo que vou esclarecer tudo, com todos.

— Certo.

— Esse é um excelente trabalho, Bobby — diz Mullen. — E nos leva a outro patamar. Vamos mandar ver.

"Nos" leva, pensa Cirello. Sou "eu" que estou com o meu na reta. Tendo que bancar o escroto.

Isso está tendo um preço pra ele.

Ficar pelos cassinos, a bebedeira... ele não é nada disso.

E Libby não gosta. O relacionamento deles está indo bem, se tornando alguma coisa. Só que ultimamente ela diz que ele está "diferente", que ele está "mudando".

— Como, assim? — perguntou Cirello, quando ela tocou no assunto.

Eles estavam comendo o brunch (desde que ficou com Libby, ele come "brunch", pois deve ser o que acontece, quando se namora uma dançarina), no Heights Café, lá na rua Hicks, e ela disse:

— Sei lá. Você parece meio distante.

— Estou bem aqui, Libby.

— Tipo, pra onde você vai, quando eu estou trabalhando? — perguntou ela. — O que você faz?

— Sei lá — respondeu Bobby. — Assisto TV, trabalho... não estou traindo você, se é isso que está perguntando.

— Não é o que estou perguntando — disse Libby. — Você apenas parece, sei lá, estressado. E está bebendo mais que...

— Mais que o quê?

— Mais que quando eu o conheci.

— É o trabalho.

— Me conta.

— Não posso — disse ele. — Olhe, Libby, nenhum de nós dois tem empregos tradicionais, das 9 às 17 horas, como-foi-seu-dia-querido, sabe?

— O meu é bem claro.

— Bem, o meu não é — disse ele. Então, percebeu que soou mais áspero do que pretendia. — Eu vou ficar atento à bebida, você está certa, estou pegando meio pesado.

— Não quero ser a namorada ranzinza.

— Você não é — garantiu Cirello. — Só que...

— O quê?

— Aonde eu vou é aonde eu vou — disse Cirello. — É o meu trabalho.

— Está bem.

Mas ela não gosta, e isso está causando estresse no relacionamento deles. Cirello não quer perder essa mulher. Agora ele diz a Mullen:

— Não, olhe, nós estamos começando a chegar a algum lugar. Claro que eu quero ver o negócio resolvido.

— Certo, que bom. Eu agradeço, Bobby.

— Claro. — Ele levanta da mesa. — Diga à sra. Mullen que agradeço pelo café da manhã. Estava muito bom.

— Eu direi — diz Mullen. — Venha jantar, uma hora dessas, traga a...

— Libby.

— Nós gostaríamos de conhecê-la — afirma Mullen. — E, Bobby, tome cuidado, está bem?

— Pode deixar.

Ele encontra com Andrea novamente, dá seu relatório, pega seu envelope. Na semana seguinte, Andrea diz:

— Seu negócio bateu.

— É, seu sei.

— Foi útil.

Andrea lhe passa outro pedaço de papel.

Mais dois nomes.

— Vocês estão tendo um surto de contratações? — pergunta Cirello.

Ele não pega o papel.

— O quê? — pergunta Andrea. — Eles não vão liberar a sua conta, se é o que você está pensando.

— Eu quero perdão dos juros.

— Se quer perdão, procure um padre — diz Andrea. — Ele lhe vai passar dez Ave Marias. Se você não rezar, ele manda mais dez. Até a igreja católica cobra juros.

— Sou grego ortodoxo.

— Você não está exatamente em posição forte de barganha, aqui — retruca Andrea.

Ah, eu estou, sim, pensa Cirello. Porque seu pessoal preferiria ter um distintivo dourado do lado deles, em lugar do dinheiro, pensa Cirello.

Ele empurra o papel de volta.

— Procura esses no Google.

Eles perdoam os juros.

Cirello checa os nomes.

Depois outro conjunto, depois checa uma localização, e verifica algumas placas de carros, para ver se são de policiais.

O tempo todo, ele continua jogando até perder, a dívida sobe e desce como um ioiô, mas acaba aumentando, com ou sem juros. Ele continua bebendo, parecendo cada vez mais com o que tem que parecer: um policial descontrolado ladeira abaixo.

Mullen continua recebendo reclamações sobre ele — Cirello chegou novamente de ressaca, Cirello nem apareceu pra trabalhar, Cirello está com um comportamento arredio, Cirello foi mais uma vez visto com o agenciador de apostas, Cirello perdeu as estribeiras.

O tenente quer obrigá-lo a fazer um exame de urina, colocá-lo no polígrafo, no mínimo enviá-lo ao psicólogo do departamento.

Mullen diz não.

O tenente fica se perguntando por que o chefe da Narcóticos está agindo em favor de um policial que parece estar saindo dos trilhos.

Libby se pergunta o que aconteceu com o cara meigo que ela conheceu.

Só melhora um pouquinho quando eles vão jantar na casa de Mullen. Mullen e a esposa são maravilhosos, as crianças são ótimas, mas Bobby está tenso e preocupado durante a refeição, quase a ponto de ser grosseiro.

Eles brigam a respeito, no caminho de casa.

— Gosto do seu chefe — diz ela.

— É?

— Você não?

— Sim, claro — responde Bobby. — Quer dizer, ele é um chefe.

— O que quer dizer?

— O que é, você agora está do lado dele?

— Eu não sabia que havia lados — diz Libby. — Só estou falando que gosto dele.

— Bom pra você.

— Vá se foder, Bobby.

— É, eu vou.

— Autopiedade é tão atraente — comenta Libby. — Só quero levar você pra casa e pular em cima.

Cirello sabe o que ele está fazendo, sabe como ele está. Sabe da verdade brutal do trabalho de infiltrado — a pessoa passa tanto tempo fingindo ser algo, que acaba não fingindo mais, apenas se torna aquilo.

Por isso, ele fica tão contente quando Andrea diz:

— Meu pessoal quer conhecê-lo.

— Onde é a reunião? — pergunta Mullen.

— Prospect Park — diz Cirello. — Um lugar chamado Erv's, Flatbush and Beekman.

— Um daqueles locais superbadalados — comenta Mullen. — Coquetéis artesanais, essas merdas.

Cirello não imagina como Mullen conhece esses troços, mas ele parece saber de tudo.

— A reunião não será lá — diz Mullen. — Andrea vai encontrar você lá e levá-lo pra outro lugar. Eu vou mandar reforço.

— Eles vão farejar.

— Olhe, nós não sabemos do que se trata.

— Eles não vão matar um policial de Nova York — diz Cirello.

— Nós vamos grampear você — decide Mullen — e deixar correr meio solto. Então, se você tiver problemas, podemos chegar lá.

— Eu não vim até aqui pra botar tudo a perder agora.

— Não vou deixá-lo isolado, Bobby — diz Mullen.

Em que porra de situação você acha que eu estou agora?, pensa Cirello.

Ele encontra o Andrea no Erv's.

Mullen cantou a pedra: um bar da moda com uma galera fazendo uns coquetéis bacaninhas e drinques de café.

— Não imaginei que você frequentasse um lugar desses — diz Cirello.

— Nós não vamos ficar.

Então, Mullen cantou certo outra vez. Cirello segue Andrea até seu Lincoln Navigator e entra.

— Tenho que revistá-lo.

— Poupe o trabalho — diz Cirello. — Estou com a minha arma de serviço, uma pistola Glock 19, e não vou entregar.

— Estou falando de um grampo.

— Ah, não fode com essa coisa de grampo.

— Vamos, Cirello.

— Se puser as mãos em mim, eu vou estourar a sua cara no para-brisa — diz Cirello.

— Por que tem problema com isso?

Porque eu estou com uma porra de um grampo, pensa Cirello. Mas é um microfone pequeno, como Mullen prometeu, de última geração, colado entre o calcanhar e a sola da botina Chelsea que Libby o fez comprar. Então, ele recua.

— Certo, pode revistar, mas se demorar mais de um segundo no meu pau, eu vou contar.

Andrea o revista.

— Feliz agora? — pergunta Cirello.

— E excitado — diz Andrea.

Ele liga o motor e sai em direção a Flatbush.

— Pra onde nós vamos? — pergunta Cirello.

— Isso iria inutilizar a finalidade de todo esse aparato esperto — diz Andrea.
—Você verá.

Ele pega a Eastern Parkway até a Van Wyck e vira ao sul.

—Vamos pro Kennedy? — pergunta Cirello, mais por Mullen do que por si.

— Meu Deus, você é pior que os meus filhos — responde Andrea. — Falta muito? Falta muito? Você não precisa fazer xixi, precisa?

— Eu não me importaria.

— Segura — diz Andrea. Ele fica olhando pelo espelho retrovisor.

— Não tem ninguém nos seguindo — afirma Cirello. — A menos que você tenha mandado alguém nos seguir. E se você fizer isso, Mike, eu vou estourar seus miolos.

— Relaxa.

Eles chegam ao Kennedy e Andrea entra na fila da locadora Dollar Rent--A-Car.

— Dollar? — questiona Cirello, para que Mullen saiba onde ele está. — Nem a Hertz, nem sequer a Avis? As coisas estão assim, tão ruins pra vocês?

—Venha.

Cirello desce do carro e vai atrás dele, até uma vaga, no estacionamento, onde outro Lincoln aguarda.

— No banco do passageiro — diz Andrea.

Ele entra no lado do motorista.

Cirello entra.

O Aeroporto Kennedy é uma escolha inteligente, pensa Cirello. Desde o 11 de setembro só a segurança nacional pode fazer fiscalização em áudio, na região dos arredores do aeroporto, e eles não dão a mínima para a máfia. E com os aviões decolando e pousando, o microfone em sua bota é inútil. Mullen não vai conseguir ouvir nada. Ele deve estar tendo um troço.

Não, se alguma coisa der errado aqui, você está por conta própria.

A menos que o chefe tenha um ataque e venha com tudo, o que Cirello espera que ele não faça.

Trabalho demais pelo ralo.

Ainda assim, Cirello não gosta de ficar no banco dianteiro de passageiro, a "cadeira elétrica" italiana. Dois pipocos atrás da cabeça, eles entram em outro carro alugado e ele já era. Ele até consegue ouvir o interrogatório de Andrea: *Um policial corrupto, ele me pediu para levá-lo ao aeroporto. Depois disso, o que posso dizer?*

Então, agora, Cirello pergunta:

—Tudo bem se eu virar?

O cara atrás dele diz:

— Bem, é pra ser uma conversa cara a cara.

Cirello vira.

É uma porra de um garoto — digno de pedir os documentos, se aparecesse em uma loja para comprar bebida.

Cabelos e barba castanhos. Rosto largo com maçãs do rosto saltadas. A jaqueta de couro está apertada no peito e nos ombros parrudos.

Parece com seu avô, Johnny Boy.

Johnny Boy Cozzo foi o último dos gângsteres da velha guarda — não pediu pra sair, levou seu caso ao júri (dois jurados o absolveram), não dedurou ninguém, quando finalmente foi sentenciado à prisão perpétua, sem direito a condicional.

Morreu de câncer de garganta, em uma prisão federal.

Fazem filmes sobre o cara.

Cirello conhece sua história na máfia — sabe que foi Johnny Boy que rompeu o comando da família Cimino, de "você trafica, você morre", e trouxe cocaína do México. Matou seu chefe para fazê-lo, e a família Cimino fez milhões com cocaína.

Até que Giuliani e eles derrubassem os Cimino e o resto das Cinco Famílias, e agora eles são, conforme diz o ditado, sombras do que eram. E a ordem de "nada de drogas" voltou a reinar, dada pelo filho de Johnny Boy, Junior, porque os caras estavam dedurando, quando pegavam penas muito pesadas.

Só que agora há outro John Cozzo sentado ao lado de Steve DeStefano, no banco traseiro do carro.

— Você sabe quem eu sou?

— Você não sabe quem você é? — pergunta Cirello. — Temos um surto de amnésia, neste momento?

— Ei, estamos tendo uma noite de microfone aberto — diz Cozzo. — Faça um favor a você mesmo, não deixe seu emprego diurno. Eu sou John Cozzo (sim, ele era o meu avô); me chamam de Jay.

— O que vamos fazer, Jay?

— Você andou dando um sacode no meu amigo Steve, aqui.

Cirello ainda está com a arma, mas, do jeito que está apertado no banco, não tem chance de conseguir pegá-la antes que um deles o acerte primeiro. De canto de olho, ele vê Andrea se remexer, levando a mão até a cintura.

Se eles quiserem mesmo me apagar, pensa Cirello, eu estou morto.

— Seu tio sabe que você está aqui?

— O que o meu tio tem a ver com isso?

— O Junior não tem uma regra pra traficar?

— Agora só há uma regra — diz Cozzo. — Ganhar dinheiro. Quem ganhar bastante dinheiro faz as próprias regras. Meu avô me ensinou isso. Eu pareço mais com ele do que meu tio, sem desrespeito.

— Claro.

É, claro. O desrespeito pelo Junior é generalizado. Seu próprio pessoal o chama de "Príncipe Palhaço" e de "Urkel", daquele seriado *Family Matters*. Ele botou abaixo praticamente tudo que restou da família. E agora um de seus capangas saiu dos trilhos, interferindo em favor do acordo de drogas do sobrinho.

— Você é difícil, hein — comenta Cozzo. — Dá uma dura no meu pessoal, toma sete mil por semana e não paga o dinheiro que deve.

— Você vem recebendo em permuta.

— Por isso que eu quis conhecê-lo pessoalmente — diz Cozzo. — Olhar no olho, ver o que eu comprei.

— Está mais para "alugou".

— O que quer que facilite seu dia, detetive — responde Cozzo. — E assumi o controle no negócio do Steve. Dado o novo acordo, acho que não precisamos mais lhe pagar por proteção. A questão é: nós o matamos agora, ou podemos fazer negócio?

— Nós temos feito negócio — diz Cirello, tentando manter a voz isenta de medo.

— Sabe, quando eu falei que o comprei, foi o que eu quis dizer — afirma Cozzo. — Bucci vendeu o seu papel para Mike e Mike vendeu pra mim. Todas as vendas são definitivas.

Ele quer alguma coisa, pensa Cirello, e quer muito. Do contrário, já teria parado de falar e Andrea já teria apertado o gatilho.

— E se eu rasgar o papel? — pergunta Cozzo. — O que isso me dá?

— O principal e os juros?

— O principal e os juros.

— O que você quer? — pergunta Cirello.

Tudo o que fez foi para chegar até aqui, esse é o motivo de todos os jogos até agora.

— Estou contemplando um grande negócio, com uma pessoa — diz Cozzo. — Preciso saber que é seguro. Escute, Cirello: eu vou trazer minha família de volta ao seu lugar apropriado. Esse negócio é bem grande e eu não posso deixar ninguém ferrar com ele.

— Está falando de heroína?

— Você não precisa saber disso — retruca Cozzo.

— Precisa, sim, Jay — diz Andrea. — Talvez faça diferença no lugar onde ele vai olhar.

— É isso? — pergunta Cozzo.

— É isso — responde Cirello. — Há unidades distintas na Narcóticos. Existe uma Força Tarefa para a Heroína, por exemplo. Depois, há os distritos...

— É heroína — confirma Cozzo. — Preciso disso liberado. Preciso de informação local, estadual, federal...

— Eu posso lhe dar informação da NYPD — diz Cirello. — Estadual e Federal, eu não tenho acesso.

— *Arrume* acesso.

— *Se* eu conseguir — diz Cirello —, isso vai lhe custar mais.

— Filho da puta ganancioso.

— Não posso ficar de mãos abanando — diz Cirello. — Estadual é uma coisa, as porras dos federais...

— Quanto?

— Cinquenta, talvez. Em espécie.

— Mas que porra?

— Esse é o preço de fazer negócios, Jay — diz Andrea.

— E você vai levar quanto? — pergunta Cozzo. — Quinze, de honorários de intermediário?

— Estou pensando mais pra vinte — responde Cirello. — Também tenho que viver.

— Você quer dizer que tem que jogar.

— Mesma coisa.

Cozzo pensa, por alguns segundos, depois diz:

— Vou arranjar seus cinquenta. Você me consegue a informação. Mas vem com uma garantia: a porra da sua vida, Cirello. Policial ou não, se isso der errado, eu vou matar você.

— Quem é o cara?

— Mike vai lhe passar isso — responde Cozzo, abrindo a porta. — Tenha um trajeto de volta em segurança. E, Cirello, lembre-se do que eu lhe disse.

Ele e DeStefano saem do carro.

Cirello fica olhando, enquanto eles entram em outro carro e vão embora.

No caminho de volta, Cirello pergunta a Andrea:

— Isso não vai complicar você com o Junior?

— O Junior reduziu tanto o fluxo de renda que mais parece um velhinho mijando — diz Andrea. Eu tenho filhos na faculdade, você sabe quanto custa isso? Não quero que saiam, eles já são meio confusos.

— Você confia nesse garoto Cozzo?

— Confiar — diz Andrea. — Você é mesmo um comediante.

— Quem eu tenho que verificar?

Um cara negro, de East New York, Andrea diz a ele.

O nome é Darius Darnell.

# 3

# Victorville

*"Quando as portas da prisão estiverem abertas, o verdadeiro dragão sairá voando."*

— Ho Chi Minh

E ddie vê a lâmina e sabe que está morto.

Cruz está vindo pelo corredor com um *pedazo* — uma lâmina derretida na escova de dente — abaixo, junto ao quadril, com um sorriso no rosto, porque faz tempo que ele quer matar Eddie e agora parece que La Eme lhe deu sinal verde.

Eddie amaldiçoa a si mesmo, porque não tem nada além de seus punhos e deveria ter se preparado.

Caro fodeu com ele.

E agora, Cruz está em cima dele e não há porra nenhuma que ele possa fazer para se salvar.

Era diferente, quando ele chegou a Victorville.

Ele chegou ao pátio, há sete meses, com o endosso de Rafael Caro, e foi instantaneamente apresentado a Benny Zuniga, o *llavero* da Eme, o mandachuva. Zuniga é o *mesa* da Penitenciária Victorville há uma eternidade, vinte e cinco anos, cumprindo de trinta à prisão perpétua.

Ele que dava as ordens do lado de dentro e na rua.

Assim, Eddie ganhou status, quando Zuniga cumprimentou-o pessoalmente, na estaca de ferro.

— Ouvi boas coisas — disse Zuniga.

— Eu também — respondeu Eddie, contendo um suspiro de alívio. Keller tinha limpado a sua ficha, mas nunca se sabe. Zuniga mandaria um dos seus dar uma boa olhada no relatório.

A cela era um pouco melhor que em Florence — 3,90 m por 1,80 m — mas tinha que ser dividida por dois caras. Eddie não se importava, a prisão está com cinquenta por cento acima de sua lotação máxima, muitos dos *vatos* em triplos, o cara mais fraco dormindo no chão.

Havia uma cama beliche, uma pia e vaso de aço inox, uma mesinha com uma única banqueta, presa ao chão.

E Eddie percebeu que havia ar-condicionado.

Era a porra do Four Seasons, em comparação a Florence.

Logo que Ruiz chegou a sua nova cela, um jovem *vato* — magro, alto, de cabeça raspada — estava nervosamente sentado na cama de baixo e ergueu os olhos para Eddie.

— Oi — disse ele. — Sou Julio.

— Que porra está fazendo, Julio?

— O que quer dizer?

— Quer dizer — explicou Eddie — que porra está fazendo na minha cama?

— Pensei que você talvez quisesse ficar em cima — respondeu Julio.

— Quem lhe disse para pensar? — perguntou Eddie.

Julio apressou-se para o beliche do alto.

— Zuniga falou com você, sobre mim? — perguntou Eddie.

— É pra eu fazer o que você precisar — disse Julio. — Manter a cela limpa, lavar a sua roupa, arranjar suas provisões. O que você quiser...

Eddie viu que Julio estava olhando meio esquisito pra ele.

— Fica tranquilo — disse Eddie. — Eu não jogo esse jogo. Não sou seu paizinho e você não é minha piranha. Quando eu quiser boceta, vou arranjar uma de verdade. Mas você é meu secretário da cela, e ninguém mexe com você. Isso não pegaria bem pra mim. Se alguém perturbar você, fale comigo, com mais ninguém, entendeu?

Julio assentiu aliviado.

Eddie perguntou:

— Em que bonde você está?

— Agora eu estou com a Eme.

— Se isso funcionar, eu vou tentar tirar você do sufoco.

— Obrigado.

— Faça a minha cama.

Naquela noite, no refeitório, Eddie ganhou o lugar na cabeceira da mesa, com Zuniga e os outros figurões.

— Essa é uma prisão mexicana — disse Zuniga. — Você tem cerca de cem *güeros*, a maioria da Irmandade Ariana, quinhentos *mayates*, mas mil irmãos da fronteira. Digamos uns trezentos *norteños*, mas o restante está em linha. O diretor é mexicano, a maioria dos guardas são mexicanos. Nós mandamos neste lugar.

— Bom saber.

— *Né que nem* na estadual, não — continuou Zuniga. — A gente trabalha com os *güeros* e luta com os *norteños*, mas todos nós detestamos os negros. Até os guardas odeiam os negros. É *todo el mundo* contra os *mayates*.

— Entendi.

La Eme, a Máfia Mexicana, foi formada lá atrás, nos anos 50, mas era uma gangue do sudeste da Califórnia, de *sureños*, composta predominantemente por presos de Los Angeles e San Diego — uns caras da cidade que abusaram das primas do interior, catadoras de frutos na parte rural ao norte do estado.

Então, para se proteger, os caras do norte formaram a Nuestra Família, e quase trinta anos depois, a rixa entre *sureños* e *norteños* era mais odiosa que as outras raças. Na verdade, La Eme — que mandava em várias gangues de sureños — tinha uma aliança bem próxima à Irmandade Ariana.

Morenos odiavam morenos, mais do que odiavam brancos.

La Eme, a Irmandade Ariana, e os Guerrilheiros Negros começaram quando as prisões desagregaram os detentos e lançaram as raças juntas nos mesmos pavilhões e pátios. As pessoas, sendo como são, começaram imediatamente a matar umas às outras, e logo formaram as gangues para se proteger. Quando os presos saíam, eles levavam as gangues para a rua, acionando uma porta giratória que nunca parou de girar.

O mesmo ocorreu com as gangues da América Central.

No fim da década de 1980, muitos salvadorenhos, hondurenhos e guatemaltecos começaram a fugir do buraco que seus países haviam se tornado e vieram para a Califórnia. Sem emprego, escolaridade ou contatos, muitos de seus jovens acabaram indo para o sistema prisional, onde não eram negros, brancos, *norteños* ou *sureños*.

Eles eram apenas uns fodidos.

Os mexicanos, negros e arianos os prostituíam, roubavam, viciavam em porcarias, os extorquiam. Em princípio, isso era um bom negócio, mas depois aconteceu o que era inteiramente esperado.

Alguns desses caras se mostraram bem durões — ex-soldados ou *guerrillas*, nas guerras civis de seus países, eles decidiram se organizar e reagir.

Um salvadorenho chamado Flaco Stoner fundou a Wonder-13, gangue que logo passou a ser conhecida como Mara Salvatrucha. Uma antiga gangue dos anos 1950, chamada 18th Street, renasceu como Calle 18 e, juntas, essas se tornaram as gangues mais violentas do sistema prisional. Alguns dos *mareros* eram uns malucos do caralho — tinham feito coisas da pesada, em seus países, durante as guerras (decapitações, estripações) — e eles simplesmente deixaram esses malucos à solta, na cadeia.

Até a La Eme ficava na retranca com eles.

E assim como as outras gangues de cadeia, os que voltavam para casa levavam as gangues junto e estabeleceram a *clica* de Mara Salvatrucha e Calle 18, não apenas em Los Angeles e outras cidades americanas, mas também lá em San Salvador, Tegucigalpa e Cidade da Guatemala.

Eddie morre de rir ao ouvir políticos imbecis e ignorantes como John Dennison dizendo que vão mandar as gangues "de volta, para o lugar de onde vieram".

Elas foram *hecho en los Estados Unidos*.

Feitas nos Estados Unidos.

As administrações prisionais nunca levaram a sério a contenção da violência nos presídios. Era exatamente o oposto: eles queriam os prisioneiros brigando entre si, não com os guardas.

Porra, eles precisavam que as gangues mandassem na cadeia.

Precisavam que elas mantivessem a disciplina e a ordem.

E se um bando de lixo branco, *chicanos* e pretos se matassem, isso não era nenhum prejuízo, era?

— Que tipo de emprego você quer? — pergunta Zuniga.

Eddie não sabe. Ele nunca teve uma porra de um em-pre-go na vida. Não sabe fazer nada, fora vender bagulho e matar gente, e seu emprego na Florence era basicamente bater punheta.

— Sei lá. A cozinha?

— Não vai querer a cozinha. Lá, você vai ter que trabalhar de verdade — diz Zuniga. — Você vai querer alguma coisa de custódia.

— Uma porra de um zelador?

— Tranquilo. Seu parceiro fará o trabalho.

Então, Eddie pegou o emprego na equipe de custódia, olhando algum camponês passar o esfregão no chão e limpar as latrinas. A monotonia da vida prisional bateu. Era uma monotonia diferente de Florence, ainda assim, monótono.

Ele não "se casou" — não ingressou oficialmente para La Eme — mas seu status de homem do cartel lhe deu um status prestigiado de "camarada", um parceiro — e isso bastava. Embora ele não tivesse feito a tatuagem da "mão negra", ele foi aceito para a *la clica* — o círculo interno.

E ele vivia segundo "las reglas" — as regras severas que La Eme havia estabelecido para seus membros na prisão.

Proibido brigar com outros membros.

Proibido dedurar.

Proibido agir com covardia.

Proibido drogas fortes.

O indivíduo podia beber, podia fumar um pouquinho de *yerba*, mas não podia usar *chiva*, porque ninguém pode confiar em um viciado e um viciado é inútil em uma briga.

Proibido "beisebol", ou seja, viadagem.

Eles tinham permissão de prostituir outros detentos — vendê-los para fazer boquetes ou oferecê-los para os arianos, por exemplo. Se você fosse um "baby", uma piranha, se não soubesse brigar, Zuniga ou os outros o alugariam, mas os *carnals* ou *camaradas* da Eme não tinham permissão de utilizar seus serviços. Isso era para brancos caipiras ou *mayates*, não para os homens mexicanos machões e orgulhosos de *la raza*.

Não se podia fazer isso nem interferir no negócio de outro membro. E certamente não se podia desrespeitar sua *ruca*, ou namorada, nem sequer lançar um olhar de cobiça na sala de visitas, e quando saísse, não se devia mexer com a mulher de um membro.

Quem infringisse qualquer uma dessas *reglas*, ia para uma lista, na qual não era bom estar. Eram necessários três votos de membros integrais para colocar o nome de alguém na *la lista*, mas, uma vez ali, o cara estava morto.

Era severo, mas Eddie entendia os motivos. Eles precisavam de *las reglas*, precisavam da disciplina para manter sua dignidade, seu autorrespeito, em um lugar que era feito para tirar isso deles.

*Las reglas* mantinham o cara forte, quando ele queria desmoronar.

Um dia, ele voltou do pátio de exercícios e ficou observando Julio fazendo "birita".

O garoto tirou a capa de um pedaço de fio e mergulhou na bebida, um bocado de vinho antigo e forte, em um balde plástico, no chão da cela. Depois ele prendeu a outra ponta em uma tomada da parede.

O vinho começou a esquentar.

Levou um tempo, mas o álcool destilou e depois escorreu por uma mangueira, para dentro de um segundo balde, produzindo uma bebida duas vezes mais forte que o goró caseiro de cadeia.

Julio ofereceu um gole a Eddie.

— É bom — disse Eddie.

Julio deu de ombros.

— Claro que é bom. Eu sou o melhor fazedor de birita em Victimville, ao menos entre os mexicanos.

Eddie estava lá fora, no pátio, esperando sua vez para usar o supino, quando Zuniga veio até ele.

— Eu estava pensando se você poderia fazer um trabalho, *campa*.

— Qualquer coisa — disse Eddie, torcendo para que não fosse pesado demais. Se ele arranjar uma bronca por assassinato, ali, seu acordo com os federais já era e ele nunca mais sai. Mas ele não tem como dizer não à *mesa*, então, ele só pode torcer.

— Um mané acabou de chegar — explicou Zuniga. — É mexicano. Está falando que dançou por assalto à mão armada, mas um chapa do escritório puxou a ficha dele: ele é um *chester*.

*Chester*, a gíria para molestador de criança, pensou Eddie. Um funcionário branco encontrou sua ficha corrida e levou para os mexicanos cuidarem dele. Era uma regra — brancos devem ser disciplinados por brancos, negros, por negros e morenos, por morenos.

É uma justiça enfatizada na cadeia. Um cara não bota a mão em um cara de outra raça. Se um branco pegasse esse *chester* mexicano, os mexicanos teriam que primeiro surrar o branco, iniciando um ciclo interminável de retaliações, depois teriam que surrar o *chester* também. Portanto, isso faz seu próprio sentido estranho: os brancos entregam os mexicanos a eles próprios, para darem jeito.

Mas era esperada uma atitude disciplinar. Se Zuniga soubesse que havia um pedófilo em seu pátio e não fizesse algo, ele perderia respeito. A *raza* toda perderia, se fosse espalhado que eles toleraram um *vato* desses.

— Eu estava pensando se você poderia dar uma coça nele — disse Zuniga.

— Sem problema — falou Eddie, profundamente aliviado por ser só uma surra. — Porra, se me der sinal verde, eu...

— Não, só uma surra — disse Zuniga. — Eu o quero fora do meu pátio.

E quer ver se eu sou ponta firme, pensou Eddie. Você tem centenas de caras a quem poderia dar essa tarefa, mas quer ver se eu passo pelo teste.

Certo.

Quer que eu faça na frente de todo mundo.

Para tornar isso um espetáculo.

— Acabei de cumprir pena em Florence — disse Eddie. — Era só na solitária. Além disso, eu também tenho filhos.

— Respeito, *mano*.

Zuniga deu o nome e saiu andando.

Por que esperar, pensou Eddie, então, no café da manhã seguinte, ele sentou e ouviu o chester em uma outra mesa, com outros vagabundos, se gabando de como ele puxou a arma, mas ela travou, e os canas o pegaram, e Eddie pensou, Quem é esse babaca idiota?

Então, quando o cara levantou da cadeira, Eddie levantou da sua e conforme o cara veio em sua direção, Eddie girou a bandeja como um machado, direto no pescoço do cara, que teria caído como uma árvore cortada, só que Eddie já tinha soltado a bandeja e o atracou pela frente da camisa e começou a esmurrar sua cara, mandando um monte de socos de direita — *pou, pou, pou, pou*... —, quatro golpes diretos e o levou ao chão, montou por cima dele e saiu socando até ficar com os braços cansados e depois começou a dar joelhadas nas costelas do cara, depois no saco, e deu um monte de cotoveladas na cara do sujeito.

Eddie se sentia pilhado e os guardas não pareciam ter a menor pressa em apartar — eles também tinham filhos — e o resto dos caras gritava e uivava incentivando — "Fode esse cara, acaba com *ese*!" — e o cara gemia, chorava e sangrava, implorando para que Eddie parasse, mas Eddie sabia das regras — você só para quando os macacos fardados te puxam — então, ele apenas continuou estourando a cara do outro, até finalmente sentir mãos atracarem sua camisa por trás e se deixar puxar, enquanto o resto dos caras vibrava por ele.

O *chester* estava ali deitando, encolhido, mas Eddie deu-lhe outro chute no saco e uma pisada no joelho. Viu Zuniga assentir em aprovação e um dos figurões também assentiu com respeito, ao sair.

Em sua audiência disciplinar, o oficial em comando perguntou o que iniciou a briga e Eddie disse:

— Com todo respeito, o senhor sabe o que iniciou a briga. Vocês todos tentaram esconder a ficha daquele cara, deram a ele uma história idiota como cobertura, mas sabem que isso não funciona aqui.

O oficial deu trinta dias de solitária para Eddie, e Eddie dispensou seu direito de apelar.

Que porra ele podia apelar? Estava tudo em vídeo e, de qualquer maneira, ele não negaria o feito, ele o anunciaria. A história se espalhou: Eddie Ruiz não era apenas um narco figurão, ele era um cara durão por si próprio e estava no bonde da La Eme.

A administração não forçou uma acusação de agressão, o chester recusou-se a dar queixa e foi enviado para custódia de proteção (portanto, para fora do quintal de Zuniga), e Eddie cumpriu seus trinta dias como homem.

La Eme também cuidou dele na solitária, mandando sanduíches e bolinhos recheados Little Debbie, por um guarda que estava no esquema deles. Uma vez, Eddie até recebeu uma garrafa da birita de Julio, portanto, Eddie podia simplesmente ficar lá sentado, enchendo a cara com tranquilidade.

Eddie dividiu a bebida com seu vizinho de cela, Quito Fuentes, um antigo traficante mexicano que estava cumprindo prisão perpétua sem direito a condicional, por sua participação no negócio de Hidalgo, lá atrás, em 1985. O filho da puta do Art Keller tinha literalmente levado o cara para o outro lado da fronteira, para poder prendê-lo nos EUA.

Quito não sairia nunca mais e os macacos fardados o jogavam na solitária, sempre que tinham chance, porque ele era um assassino de policial e eles jamais se esqueciam disso. Àquela altura, ele já estava meio doido, tagarelando maluquices, depois ficava levando um papo interminável com algo ou alguém que ele chamava de "o homem do mel", então Eddie ficava feliz em deixá-lo bêbado, se isso fechasse o bico dele, assim como o do homem do mel, por um tempinho.

Mas essa porra desse Keller, hein?

Passou o cara pela cerca, é mole?

Nem pareceu demorar tanto, até que um guarda abrisse a porta e gritasse:

— Ruiz, você vai voltar para a rua principal.

— Ei, Quito — disse Eddie —, mande lembranças ao homem do mel, está bem?

— O homem do mel deseja boa sorte.

— Quem é o homem do mel? — perguntou o guarda, enquanto levava Eddie de volta à sua antiga unidade.

— *Comé* que eu vou saber, porra?

Ele retornou à sua cela, que estava impecável, e Julio o aguardava como uma porra de um mordomo.

— Bem-vindo de volta ao lar.

— Valeu pela birita.

Julio quase corou.

— A gente precisa falar sobre isso — disse Eddie. — Estamos desperdiçando dinheiro. Quanto você consegue por essa merda?

— Cinquenta pratas, por uma garrafinha de 600 mL.

— Vou pedir autorização do Zuniga — falou Eddie. — Nós vamos começar um negócio e eu vou deixar você ficar com vinte por cento.

Eddie caminhou até a cela do *mesa*, uma cela no cantinho no fim de um corredor, no piso térreo. Três Emes estavam ali com Zuniga, que gesticulou para que um deles levantasse e deixasse Eddie sentar na banqueta.

— Obrigado pelas coisas — disse Eddie.

Zuniga assentiu.

— Ouvi falar que colocaram você com Quito, como está ele?

— Maluco. Totalmente doido.

— É uma pena.

— Eu quero vender birita — anunciou Eddie.

Zuniga riu.

— Aquela porra daquele Julio sabe cozinhar, hein? É dinheiro de lanche. Vá com Deus.

Eddie seguiu em frente e iniciou seu negócio de venda de birita.

O extrato, em si, como um bom fermento de pão, nunca era tocado, mas escondido com cuidado atrás da parede de uma cabaninha usada como despensa, e removido somente na hora de fazer uma nova remessa.

Eddie iniciou outros negócios.

Havia dois babies em seu pavilhão, um deles era realmente um traveco, de rímel, batom e cabelos compridos cacheados.

Eddie foi atrás do cafetão, do paizinho.

— Agora eles trabalham pra mim.

O cara ficou muito puto, mas não falou um ai, pois o que ele poderia fazer? Eddie tinha a benção da MM.

Eddie chamou o traveco de canto.

— Qual é o seu nome?

— Martina.

— Bem, Martina, agora eu sou seu paizinho — disse ele. — Se eu achar um bom contrato pra você, de longo-prazo, eu vou fazer. Do contrário, vou passar você conforme o que pintar. Deixo você ficar com um terço, o resto é meu. Se tiver problema com isso, eu vou entregar você aos negões, pra eles se distraírem. Isso, depois que eu lhe der uma surra e a deixar tão medonha, que eles vão ter que meter a sua cara num travesseiro, enquanto enrabam você.

Martina não teve problemas.

Nem a outra cachorra, um magricela chamado Manuel.

— Agora você é Manuela — disse Eddie. — E você precisa dar uma melhorada pro jogo. Pelo amor de Deus, vê se faz essa barba, e eu vou te arrumar uma porra de uma maquiagem.

Eddie encontrou um velho bacana, com pena de prisão perpétua, e alugou Martina para ele, por seis meses, em troca de um terço dos mantimentos do preso. Manuela, ele passava no avulso, por cigarro e selos, ambos trocados com lucro.

Ou o Julio fazia isso — Eddie o deixou encarregado dessas merdinhas.

E da destilaria.

Eddie dava um trocado para um guarda, por um pequeno espaço em uma despensa, para esconder o insumo, depois botava o garoto para cozinhar, em toda oportunidade que tinha. Quando não estava cozinhando, Julio estava circulando, vendendo as garrafas.

Nada de dinheiro, jamais.

Tudo em selos, cartões telefônicos e mantimentos.

Eddie dava um gole na nova remessa de birita e chegava à conclusão de que a vida é boa.

Mas o que ele queria mesmo era transar.

Seu nome era Crystal, e ela era lixo branco caipira, de Barstow.

Trinta e poucos anos, talvez, não era feia. Ruiva, sardas, nariz fino, lábios idem, e um corpo violão, com peitinhos e bundão.

A vaga de oficial correcional foi o melhor emprego que ela conseguiu arranjar. Pagava melhor que a CostCo.

E ainda tinha plano de saúde.

Crystal aturava um monte de merda em V-Ville. Os guardas mexicanos lhe causavam problemas porque achavam que uma latina deveria estar nessa função, não uma branquela. E os presidiários a olhavam como se quisessem transar com ela.

Eddie não fazia isso.

Ele a tratava com respeito, conversava com ela como se Crystal fosse um ser humano, olhava dentro de seus olhos, como se houvesse algo por trás deles. O tempo todo, claro, pensando em transar com ela, mas disfarçava, pois sabia que as mulheres não gostam disso.

Depois, sim, mas não de cara.

— Sabe qual é a parte mais sensível de uma mulher? — Eddie perguntou a Julio. — Suas orelhas.

— Já ouvi isso — disse Julio, botando a língua pra fora e lambendo os lábios.

— Não, seu babaca — corrigiu Eddie. — Eu estou dizendo que você tem que conversar com ela. Depois, você usa os seus ouvidos e escuta o que ela tem a dizer. Quer deixá-la molhada, escute-a.

Foi assim que começou com Crystal. Primeiro, pequenas coisas, como literalmente *Oi*, depois, *Como vai você?*, então, uma semana depois, *Está bonita hoje, oficial Brenner*. Ela precisava deslocar umas caixas, Eddie estava lá; ela precisava que um lugar fosse limpo depressa, Eddie estava lá, talvez a única vez em que ele segurou um esfregão.

Um dia, passando por ela, no corredor, viu que ela parecia aborrecida, com os olhos meio inchados.

— Está bem, oficial Brenner?

— O quê?

— Você está bem?

— Circulando, Ruiz. — Mas ela não saiu do lugar. Então, ela falou: — Às vezes, esse lugar... não sei... a coisa pega.

— Fala sério.

— Claro, você sabe que sim.

— Não, eu quis dizer que você pode me falar — disse Eddie. — Se alguém estiver causando problema...

Crystal riu.

— O que você vai fazer, acertar as contas?

— É, talvez.

Ela o encarou, por um bom tempo.

— Não, é só que, sabe, os outros guardas… primeiro, eu sou mulher, depois, eu sou branca… Sem querer ofender, Ruiz.

— Eu sei o que quer dizer — garante Eddie. — Quando morei no Texas, eu era um "mexicano", quando morei no México, eu era um *yanqui*. Olhe, não posso acertar contas com os oficiais correcionais, mas se um preso estiver lhe causando problemas, fale comigo.

— Está certo.

— Estou falando sério.

— Eu sei que sim — disse ela. — Olhe, é melhor irmos andando.

Eddie sorriu.

— Confraternização.

— Repreensível.

No dia seguinte, Eddie foi até outro detento, em seu pavilhão.

— Ortega, me faça um favorzão.

— O que você quer?

Eddie lhe disse.

— O que eu ganho com isso? — perguntou Ortega.

— Uma garrafa de birita?

No dia seguinte, Crystal viu Eddie no corredor que ele supostamente estava limpando. Ela parecia preocupada.

— O que foi? — perguntou Eddie.

Crystal hesitou.

— Vamos, pode me contar.

— Tem um preso, na Ala C, Ortega — disse Crystal. — Ele está me causando muita dificuldade. Toda vez que há contagem, ele é insolente. Na hora de trancar a cela, ele fica parado na porta, me olha de cara feia, resmunga baixinho, falando umas merdas. Não quero relatar sobre ele, mas…

— Vou falar com ele.

— É?

— É.

Dois dias depois, Crystal viu Eddie saindo do refeitório, depois do jantar.

— O que você fez?

— Apenas falei com ele — respondeu Eddie. — Ficou tudo bem?

— Sim, obrigada.

— De nada — disse Eddie, depois, forçando um pouquinho, ele acrescentou: — *mamacita*.

No dia seguinte, ao passar por ela, no corredor, ele não falou nada, mas pôs um pedaço de papel no bolso de seu uniforme. Nele, estava escrito *Pensando em você*. Era um risco e tanto, se ela o denunciasse, ele voltaria para a solitária.

Quando ela o vê, mais tarde, naquele dia, ela também não diz nada, mas põe um pedaço de papel na mão dele. Eddie esperou até estar de volta na cela para abrir e ler: *Também estou pensando em você.*

Eddie sabia que tinha ganhado. Agora, não era mais uma questão de *se*, era uma questão de *onde* e *quando*.

Ele teve a resposta na manhã seguinte, quando passou por ela, no corredor.

— Capela — sussurrou ela. — Nos fundos.

Eddie tinha religião.

Ele entrou na capela, que estava vazia, cedinho, e contornou até os fundos, atrás do altar, entrando por uma passagem estreita. Crystal estava ali em pé, esperando por ele. Ela disse exatamente o que ele sabia que ela diria:

— Não podemos fazer isso.

E ele disse exatamente o que ele sabia que diria:

— Não podemos *não* fazer isso.

Ele a puxou para junto de si e os dois se beijaram. Depois, ele a virou de costas, encostou-a na parede e abaixou a calça dela. Abriu o zíper dele, botou o pau para fora e mergulhou nela. Ela gozou antes dele, o que o surpreendeu. Ele terminou, fechou o zíper e a virou de frente.

— E agora?

Mais do mesmo, foi a resposta.

Eles tinham encontros velozes e suarentos na capela, nas despensas. Olhares e sorrisos furtivos nos corredores, bilhetes passados de lá para cá e vice-versa. Era divertido, perigoso, e Eddie sabia que o que realmente a excitava era o sexo perigoso, com um cara perigoso. O sexo ficou ainda melhor. Ele a ensinou algumas coisas que não se aprendia lá em Barstow.

Zuniga olhava além dos homens uniformizados andando pelo pátio, jogando basquete, levantando pesos ou só perambulando ao redor. Olhava além da cerca de ferro com arame farpado enroscado no alto, das torres, do deserto vazio.

— Para que estamos fazendo isso, Eddie? — ele perguntou, elevando a voz acima das batidas de metal dos aparelhos de ferro. — Passei a maior parte da minha vida em lugares como este. Desse aqui, eu nunca mais vou sair, a menos que vá para um lugar pior. Tenho milhões no banco, mas o mais rico que posso ser é ter 290 dólares semanais, na minha conta de mantimentos, que uso pra comprar macarrão e biscoitos; comida de criança, não de homem. Tenho esposa, filhos, netos que só vejo algumas horas por mês. De vez em quando, transo com alguma guarda vagabunda, e me lembro do cheiro dela, porém, sinto mais o fedor dos homens no meu nariz. Posso ordenar vida ou morte, mas tenho que bater uma punheta. E ainda assim, faço negócios. Por quê?

— Não sei.

O que Eddie sabia era que ele precisava achar um cara negro.

Caro lhe pediu esse favor, Eddie disse que faria, e quando se dá sua palavra a um cara como Rafael Caro, não se volta atrás, porque isso rende ao sujeito uma lâmina no olho, em qualquer pátio dos EUA ou do México.

E, de qualquer maneira, Caro disse que eles fariam milhões.

Não era de se imaginar que encontrar um cara negro na cadeia fosse um problema, mas os morenos não sociabilizam com os negros e, se alguém o fizer, é melhor ter um bom motivo.

Eddie foi até Crystal.

— Preciso que você olhe uns papéis pra mim, benzinho.

— Eddie, se eu for flagrada…

— Então, não seja flagrada — disse Eddie. — Ora, vamos, uma oficial correcional olhando as fichas pré-sentenciais, qual é o problema?

Ele falou a ela o que precisava. Era algo bem específico — um cara negro de Nova York, com condenação por tráfico, mas perto de sair. Ela levou uma semana, mas voltou com ele: Darius Darnell, também conhecido como DD. Tinha 34 anos, era vendedor final de tráfico de papelotes. Conclusão da pena em meados de 2014.

Eddie dedicou um pouquinho mais de afeto à trepada rápida, para expressar sua gratidão. Mas ele ainda tinha um problema: como chegar perto de um cara negro, para uma conversa séria.

Então, para sorte de Eddie, explodiu um motim.

Momento em que todas as raças, sabe como é, se misturam.

Motins em cadeias não acontecem à toa.

Mesmo os mais espontâneos requerem premeditação, planejamento e intenções específicas. O que parece uma súbita explosão de violência vindo do nada e tomando um pátio pacífico é tudo, menos isso.

Zuniga planejou essa para lembrar aos *mayates* onde é o lugar deles.

— Tem que acontecer, de vez em quando — disse Zuniga a Eddie. — Mas, desta vez, eles nos deram motivo.

A mesma babaquice de sempre, testosterona, pensa Eddie. Um mexicano chamado Herrera estava saindo do pátio e esbarrou em um negro. Palavras foram trocadas e, inevitavelmente, levaram a insultos raciais.

Eddie tinha jogado contra uma porção de negros no Ensino Médio — porra, alguns daqueles times de Houston e Dallas eram compostos só de negros, e alguns dos caras texanos e mexicanos, gostavam de soltar um "crioulo", ou "*mayate*", mas Eddie nunca foi muito disso, nunca viu muito sentido em deixar mais injuriados os caras que já eram maiores e mais velozes.

De qualquer maneira, o cara negro — DuPont, novato de Louisiana — e Herrera saíram no braço e os macacos fardados apartaram, mas só depois que DuPont falou que queria ficar no mano-a-mano com Herrera.

Primeiro, Zuniga pensou em manter a paz e disse a Eddie:

— Você já trabalhou com os *mayates*, não foi?

— Vendi um bocado de *yerba*, tempos atrás.

— Vá falar com o Harrison, diga-lhe para mandar esse cara ficar na dele.

Eddie foi até a beirada do pátio, perto da quadra de basquete, e ficou ali, de braços cruzados. Isso chamou a atenção do mandachuva negro, um condenado à prisão perpétua chamado Harrison, que mandou dois de seus caras até ele.

— O que você quer?

— Quero dar uma palavra — disse Eddie.

Eles o levaram até a prateleira de pesos, onde Harrison estava sentado com um bando de seus garotos e DuPont, que continuava agitado. Esse filho da puta é grande pra caralho, pensou Eddie, um daqueles negões imensos do sul, como os que vinham do leste do Texas.

— Eddie Ruiz — apresentou-se Eddie.

— O que você quer? — perguntou Harrison.

Ele tinha olhos experientes, pensou Eddie. Olhos que sabiam que jamais voltariam a ver o lado de fora desse deserto de merda.

— Esse combinado para as seis da tarde — disse Eddie. — Benny Z acha má ideia. Falou pra deixarmos pra lá, deixa quieto.

— Eu não quero deixar quieto — retrucou DuPont.

Harrison olhou pra ele, como quem diz *Porra, quem te perguntou o que você acha?*, mas virou de volta para Eddie e disse:

— Seu garoto o chamou de preto.

— E ele chamou nosso cara de *chicano* — lembrou Eddie. — Não vale a pena derramar sangue por isso.

Uma expressão que Eddie nunca entendera direito. Ele nunca viu sangue derramar, como se fosse leite achocolatado, ou algo assim. Ele já tinha visto sangue jorrar, sangue escorrer, sangue espirrar da cabeça de alguém, mas derramar? Não.

— Ele acha que vale o sangue — disse Harrison, projetando o queixo para DuPont.

— E você se importa com o que ele acha?

DuPont é novato, pensou Eddie, um catador de algodão que provavelmente come a bunda da própria irmã como forma de controle de natalidade.

— O homem tem seus direitos — respondeu Harrison.

Isso é verdade, pensou Eddie. Um homem tem direito de ser um idiota do caralho, que esse DuPont é, se acha que será só um mano-a-mano. Ele deu de ombros e voltou até Zuniga, para relatar a conversa.

— Essas porras desses *mayates* não sabem o lugar deles — disse Zuniga.

Eddie sabia que ele estava puto por ter sido desprestigiado. Um *mesa* da La Eme não pode se dar ao luxo de ser desprestigiado. Se começassem a espalhar que Benny Z se deixou humilhar por um *mayate*, todos começariam a achar que La Eme estava fraquejando, que eles poderiam ser dominados.

Isso não podia acontecer.

Zuniga estava mais puto com Harrison do que com DuPont, pois DuPont era um trouxa, mas Harrison recusar a oferta de paz de Zuniga foi um desrespeito estudado, de *jefe* para *jefe*. Se o *mesa* deixasse passar, ele estaria liquidado.

Então, ele começou a planejar o motim.

Foi dada a ordem para que todos os membros da La Eme pegassem seus *pedazos* e escondessem em locais seguros do pátio. Então, Zuniga fez uma reunião estratégica com seus caras mais importantes, dentre os quais estava Eddie.

Eddie ficou observando DuPont se aproximar para sua briga com Herrera. E ele veio todo metido, sabendo que o mexicano magrinho não era páreo para ele.

Além disso, ele estava com dez irmãos da cor escondidos atrás, prontos para cair dentro.

O que teria sido bom, só que Herrera estava com sessenta mexicanos.

Com lâminas.

E eles não esperaram. Atacaram.

Estiletes e facas surgiram das camisas, das jaquetas, das calças; porra, eles tiram lâminas até da bunda. Eddie estava com seu *pedazo*, uma lâmina antiga, feita com a tampa de uma lata que ele conseguiu na cozinha e colou na perna com fita adesiva.

Sessenta *chicanos* doidos partiram para cima, a toda, o sol refletindo nas armas erguidas acima da cabeça. Porra, podia ser o Álamo, só que com os negros, em lugar dos texanos branquelos caipiras, e os negros nem tinham um muro para protegê-los.

Eles se arrancaram.

Eram tantos negros correndo que parecia uma linha de ataque da NFL, pensou Eddie, mas não havia para onde correr e a cerca, em lugar de protegê--los, deixava-os encurralados. Mais negros vieram correndo pelo pátio e levaram apenas alguns segundos para acabar de costas para o muro. Bem, de costas para a cerca, e estava claro que o guarda prisional ia fazer exatamente porra nenhuma, já que o fator de união em Victimville era um ódio compartilhado por negros.

Eddie ouvira dizer que o amor une as pessoas, mas ele sabia que o ódio era o laço mais forte.

O ódio é o Super Bonder das emoções sociais.

Os guardas ficaram de olhos e ouvidos tampados, enquanto uma onda de mexicanos partia para cima dos negros, contra a cerca, e os *muchachos* começavam a socar, cortar e furar.

Como dizem, o sangue estava sendo derramado.

DuPont, sendo um filho da puta alto pra cacete, o que atrai atenção, foi o primeiro a cair, porque um motim de cadeia não é o melhor lugar para ser um cara alto e chamar atenção.

Um dos mexicanos girou uma meia com um cadeado dentro e acertou a lateral da cabeça de DuPont, que caiu de joelhos, que é outra má ideia em um motim, porque os mexicanos começaram a pisoteá-lo, como se quisessem plantá-lo na terra dura. Outros negros tentaram lutar e abrir caminho até ele, mas Eddie logo viu que não iria rolar.

Os negros da frente também socavam, cortavam e furavam, mas os de trás começaram a subir na cerca. Os filhos da puta estavam tão desesperados que estavam se atirando no arame farpado enroscado cheio de giletes, no topo da cerca, depois tentavam se soltar do arame para cair no pátio ao lado.

A maioria ficou presa e estava esticada, pendurada, berrando, mas Eddie viu que um dos poucos que conseguiram passar para o outro lado era Darius Darnell, que estendeu a mão e ajudou seu companheiro de cela, um cara mais velho chamado Jackson, e o colocou do outro lado.

Eddie não pensou duas vezes.

Meteu o pé na cerca entrelaçada e subiu.

Ao chegar no fio enroscado com as pontas cortantes, Eddie respirou fundo e se lançou, cortando os braços e as pernas. Ele se arrancou da cerca, berrou e caiu no chão, e saiu correndo atrás dos negros que fugiam, como se estivesse simplesmente enlouquecido de indignação.

Darius parecia ter alguma arma, mas não usou. Ele continuou junto do cara mais velho e lento, Jackson, em uma atitude leal de absoluta firmeza, pois uma dúzia de mexicanos seguiram o exemplo de Eddie e escalaram a cerca para perseguir os negros.

Mas Eddie aprendeu a lição — Darnell era um cara totalmente firmeza.

Darnell estava correndo rumo a um pátio de exercícios, que era um retângulo cercado, de uns 6 x 6 m. Um guarda estava junto ao portão aberto, acenando para que ele fosse para lá, e Eddie viu que ele tinha a intenção de trancar Darnell e Jackson ali dentro, em segurança.

Mas os outros não conseguiram chegar.

Um deliberadamente ficou para trás para brigar e segurá-los, mas foi enxameado por cinco *vatos*. Jackson tentou voltar para ajudá-lo, mas Darnell o atracou pela camisa e o empurrou em direção ao pátio fechado, gritando:

— Anda, cara. Você não tem como fazer nada!

O guarda estendeu a mão e puxou Jackson pelo portão. Darnell entrou junto.

Eddie estava logo atrás e os alcançou, quando o oficial, um jovem mexicano, estava fechando o portão.

Em vez disso, ele sorriu e disse:

— *Adelante, mano.*

Seja meu convidado, irmão.

Eddie entrou.

O portão foi trancado atrás dele e o guarda saiu andando.

Então, Eddie viu cinco *vatos* entrando no pátio pelo lado interno, todos de sorriso no rosto e estiletes na mão.

Darnell e Jackson eram *mayates* mortos.

Um dos *vatos* lhes disse:

— O que foi? Vocês acharam que estavam a salvo? Nós vamos fazer picadinho de vocês.

Só que Eddie entrou no meio.

— Já chega.

— Quem é você pra dizer que já chega? — o *vato* líder perguntou a Eddie.

Eddie o reconheceu como Fernando Cruz, um filho da puta parrudo e malvado, chegado de Zuniga. Mas não tão chegado, e Eddie viu que ele estava meio hesitante quando falou:

— Você agora virou *mayate*, Ruiz?

— Nós terminamos. Já mostramos a que viemos.

— *Eu* não mostrei a que vim — disse Cruz. — Minha faca ainda não está molhada. Saia da minha frente, se não quiser que eu molhe com você.

— Você não vai querer derramar sangue moreno — diz Ruiz.

— Você não é da La Eme, é só um *camarada*.

— Mas sou do mesmo bonde — declara Eddie. — E ando no banco da frente.

Estava lembrando a Cruz que ele e o mandachuva faziam negócios juntos.

— Você acha que por ser algum grande vendedor de *chiva* pode me dar ordens? — perguntou Cruz. — Eu mandei sair da minha frente. Ou, se quiser ser um *mayate*, nós podemos tratá-lo como um.

Eddie arrancou a faca grudada na perna. Teria doído muito, se ele não estivesse com tanto medo, para sentir alguma coisa.

Ele ergueu a faca na altura da cintura.

— Nós somos seis — disse Cruz. —Você é só um.

— Mas é o *seu* pescoço que eu vou cortar — respondeu Eddie.

— Para proteger *mayates?* — Cruz sacudiu a cabeça. — Benny Z não vai gostar disso.

— Eu vou falar com ele.

— Eu também. — Mas Cruz recuou. Olhou em volta, para Eddie, Darnell e Jackson, e disse: —Vocês têm sorte que o Ruiz, aqui, goste de pau preto. É bom que vocês deem uma bela comida nele hoje à noite.

Eddie pensou em arregaçar a cara de Cruz, mas achou melhor não. Cruz o olhou feio, mas levou seus garotos de volta pra dentro.

— Por que fez isso? — perguntou Darnell.

Eddie olhou-o direito, pela primeira vez.

Darius Darnell tinha mais de 1,80 m, não era magro, mas era mais para esguio e robusto, graças aos ferros da cadeia. Cabelos cortados curtos, bigode e cavanhaque. Pele escura, um homem negro.

Agora, ele repetia:

— Perguntei por que você fez isso.

— Porque você e eu — disse Eddie — vamos ganhar milhões juntos.

Cruz estava certo: Zuniga não ficou contente com o que Eddie fez.

Mas Eddie precisou receber essa mensagem por uma pipa, porque os guardas os puseram todos em confinamento, depois do "motim racial". Um pedaço de papel chegou, em uma linha de pesca, com um recado de que o figurão queria vê-lo, assim que o confinamento terminasse.

Espalhou-se o boato de que Eddie estava na berlinda.

— Não vão fazer nada — Eddie diz a Julio.

— Como você sabe? — perguntou Julio.

Ele temia que Eddie fosse agredido, que ele próprio fosse incluído, temia que Eddie não estivesse mais nas graças de La Eme, que isso ferrasse sua própria condição.

— Porque eu sei — disse Eddie.

Seu relacionamento com Caro o protegeria.

Ele esperava.

Eddie estava mais preocupado com o confinamento porque era um pé no saco. Fechado em uma cela, 24/7, com um banho por semana. E a comida era terrível: sanduíches de manteiga de amendoim e geleia, um Ki-Suco e um saquinho de batatas fritas.

No almoço e no jantar, por um mês, enquanto eles ficaram trancados. Uma merda.

Pior ainda era que ele não tinha acesso a Crystal.

O que significava nada de boceta, nada de informação externa, e ele sabia que ela ficara sabendo do que acontecera com ele e Darnell, e ia começar a juntar dois e dois, chegando a quatro. Algo que ele não queria que ela fizesse — era importante que, quando ela começasse a juntar dois e dois, ele pudesse convencê--la de que eram três ou cinco, qualquer coisa, menos quatro.

E agora, ele não tinha como fazer isso.

Frustrante.

Também frustrante que ele não pudesse ter continuado sua conversa com Darnell. Depois que Eddie soltou sua frase sobre "ganhar milhões", Darnell lhe dera um olhar que poderia ser descrito como "sinistro".

— Que porra de idiotice você está dizendo? — perguntou Darnell.

— Tenho uma proposta de trabalho pra você — explicou Eddie. — Pra quando você sair.

— Não estou interessado.

— Você nem ouviu.

— Não preciso — disse Darnell.

— Acabei de salvar a porra da sua vida — disse Eddie. — Botei o meu na reta e você não pode nem me escutar?

— Não pedi pra você fazer nada — falou Darnell. — Não lhe devo merda nenhuma.

Ah, deve, sim, pensou Eddie. E você sabe que deve. Por trás de toda essa fachada, você sabe que, sem mim, você estaria deitado no chão, sangrando, ou inconsciente, no mínimo; você está em débito comigo. Mas ele disse:

— Tranquilo. Vou deixar algum outro preto rico.

Darnell olhou para ele longamente, decidindo se deveria ralar ou ouvir. Então, ele perguntou:

— Qual é?

— Heroína — disse Eddie. — Uma fonte no México, quente. Uma área metropolitana de Nova York exclusiva pra venda: Mets e Yankees, Giants e Jets, Knicks e Nets. Neste momento, os mexicanos estão vendendo aos dominicanos, excluindo os negros. Você poderia ser o único grande distribuidor negro em Nova York. Você tem a rede de contatos, tem as tropas, só precisa do produto.

— Não vou vender veneno à minha gente — falou Darnell.

— Não venda — disse Eddie. — Venda aos brancos. Eles devoram essa merda. Lembra da metanfetamina? Nós fizemos uma fortuna vendendo aos caipiras albinos. Agora temos um mercado urbano, um mercado suburbano... o céu é o limite.

— Então, pra que você precisa de mim?

— Os mexicanos também estão me excluindo — disse Eddie. —Velhos ressentimentos, essas merdas. Mas agora eu tenho uma cobertura séria do produto e do transporte, só preciso de um parceiro do varejo. Não posso ir aos morenos, então estou vindo a um negro. Chame de "diversidade". Uma revolução narco multicultural.

— E você vai tocar isso da Ville?

— Estou a dois anos de sair na minha condicional — afirmou Eddie. — Mas, sim, enquanto isso, eu posso cuidar do negócio daqui.

Darnell ficou quieto, por um segundo, depois disse:

— Talvez, lá fora, eu queira ficar limpo.

— Como será isso? — perguntou Eddie. — Qual emprego do tipo "acompanha fritas?", vão lhe dar, com a sua ficha? Um ano, dois, no máximo, trabalhando comigo, e você pode sair fora, comprar sua casa em, como se chama, Westchester, ou um lugar desses, entrar para o clube, jogar golfe, sua velha pode ser da Liga Junior. Olhe, eu não vou ficar vendendo isso pra você. Se quiser, ótimo; se não, tudo bem, esqueça o que aconteceu hoje, é por conta da casa.

— Seu pessoal vai dar problema pra você?

— Isso é problema meu, não se preocupe.

Mas ele queria que Darnell se preocupasse. Ele queria que Darnell se sentisse bem culpado.

— Se você tiver problema, pode falar comigo — disse Darnell.

— Irmão, foi o que eu acabei de fazer.

— Vou pensar a respeito — falou Darnell.

Então, os guardas vieram e os arrastaram para fora, e Eddie percebeu que estava sangrando nos cortes da cerca, então, eles o levaram para a enfermaria, para fazer curativos, antes de o mandarem de volta para a cela e o confinamento.

Finalmente, o diretor do presídio mandou chamar todos os figurões em sua sala, para um papo "venham a Jesus", e todos eles prometeram ficar na linha, e todo o papo furado, pois estavam todos cansados de manteiga de amendoim com geleia, e o confinamento acabou.

E Eddie foi chamado ao canto de reunião.

— Você vai? — perguntou Julio.

— Eu tenho escolha?

— Acho que não.

— Então, que porra de pergunta imbecil é essa? — perguntou Eddie. — O que você tem que fazer é cozinhar um pouco de birita e nos botar de volta pra ganhar dinheiro; deixe que eu lido com La Mariposa, está bem?

Ele foi até a cela de Zuniga.

O *mesa* estava com quatro de seus caras mais malvados, incluindo Cruz, então Eddie soube que teria problemas.

Zuniga foi direto ao ponto.

— Você se esqueceu de quem você é, Eddie? Talvez ache que agora é negro, em vez de moreno?

Não era hora de recuar.

— Não, estou bem certo de que sou moreno.

— Está "bem certo"? — perguntou Zuniga.

— Foi jeito de falar.

— Você infringiu *las reglas* — disse Zuniga. — Foi contra sua própria gente. Está em maus lençóis. Cruz, aqui, quer que eu o coloque em julgamento.

— Não pode me pôr em julgamento — disse Eddie. — Não sou da La Eme. E se Cruz me quer morto, por que ele mesmo simplesmente não faz isso?

Ele olhou para Cruz e sorriu.

Zuniga disse:

— Não é assim que funciona.

Eddie sabia que não tinha escolha, a não ser mergulhar no lado fundo, com os dois pés. Se ele se safasse, estaria livre e limpo. Se não, Zuniga daria sinal verde para que um de seus *vatos* — provavelmente Cruz — fizesse o serviço, no chuveiro, no pátio, em algum lugar, mas ele mandaria fazer, ou ele mesmo faria.

Então, Eddie disse:

— O negócio é o *seguinte*: entre em contato com Rafael Caro, que lhe dirá que eu estava agindo segundo suas instruções, e isso é tudo que ele dirá, os porquês estão acima do seu escalão. Ele lhe dirá para me deixar fazer a porra do meu negócio e para me dar toda e qualquer assistência. É assim que funciona.

— Vai levar tempo para fazer contato com Caro.

— O que mais nós temos — disse Eddie —, além de tempo?

Eddie saiu da cela todo durão, mas sentia que estava quase mijando na calça. Ele estava bem certo de que Caro daria a resposta correta, porém, por outro lado, o velho já estava em Florence há tanto tempo que talvez tivesse se esquecido do que dissera, do que ordenara.

Mas isso lhe deu um passe de pelo menos uma semana. Ninguém tocaria nele enquanto eles esperassem a resposta de Caro.

O assunto seguinte na agenda de Eddie era Crystal.

Ela estava no turno da noite e eles se encontraram na despensa.

Um mês é um longo tempo para ficar sem transar, e a primeira coisa na mente de Eddie foi tirar a calça dela, mas não foi primeira coisa na mente de Crystal.

— Você me usou — disse ela.

Não brinca, pensou Eddie pensou.

— Benzinho, eu senti sua falta.

Ela espanou as mãos dele.

— Eu ouvi falar de você e Darnell. Em que você me meteu?

— Ora, vamos, benzinho, sei que você também sentiu a minha falta.

Ele pôs a mão dela no pau dele.

Ela a tirou.

— Pra mim chega, Eddie. Não posso mais fazer isso.

— Ah, pode, sim — disse ele. Eddie não queria chegar aí ainda, mas ela não lhe deixou alternativa. —Você vai fazer o que eu quiser que você faça.

— Não pode me obrigar.

— Ouça bem, sua piranha imbecil — disse Eddie. — Se eu for ao diretor do presídio... não, fique quieta e ouça... e contar a ele que você trepa comigo, eu vou pra solitária, mas você vai presa. Se eu falar a ele que você me trouxe aquele papel, você vai pegar de oito a quinze anos. Em prisão de segurança máxima.

Ela começou a chorar.

— Achei que você me amasse.

— Eu amo a minha esposa — disse Eddie. — Amo meus filhos. Tem um labrador marrom, lá em Acapulco, que eu talvez ame, mas você? Não. Mas eu amo foder com você, se isso serve de consolo. Então, nós vamos fazer o seguinte, Crystal. Você vai continuar me dando informações. E neste momento, você vai se ajoelhar e vai chupar meu pau, e se fizer direitinho, eu posso até comer você. E se não fizer essas coisas, mamacita, você vai ver o que as *tortilleras* fazem com uma ex-carcereira, na cadeia.

Enquanto ele pressiona levemente os ombros dela, Crystal pergunta:

— Nós ainda vamos para Paris?

— Meu Deus, Crystal — disse Eddie. — Só me chupa.


—Você não está pensando em fazer isso, está? — perguntou Arthur Jackson.

Ele estava no beliche, em sua cela, olhando para Darius Darnell.

— Não sei — disse Darnell, olhando ao outro lado da cela, para o homem mais velho. — Talvez.

— O que as drogas nos trouxeram — pergunta Jackson —, além de infelicidade?

Cumprindo uma pena perpétua tripla, Jackson sabia um bocado sobre infelicidade. Ele era um universitário de vinte anos, no Arkansas, quando apresentou um amigo a um traficante de crack e assumiu um pagamento de 1500 dólares pela encrenca do outro.

Eles foram pegos.

Jackson recusou-se a delatar.

Seu amigo não teve os mesmos escrúpulos.

O amigo recebeu condicional, o traficante de crack pegou sete anos. Arthur Jackson tomou a porrada. Ele nunca prestou caução, nunca encontrou o promotor, não sabia como funcionava o sistema, pois nunca tinha se envolvido em problemas.

Seu amigo e o traficante mentiram no púlpito. Jogaram tudo nas costas de Arthur.

O júri o condenou pelos crimes de formação de quadrilha e tráfico de cocaína. Os jurados nem ouviram a sentença que ele recebeu.

Três penas perpétuas por um telefonema.

Arthur Jackson viu grandes traficantes saindo daquele lugar. Ele viu estupradores, membros de gangues, molestadores de crianças e assassinos saindo daquele lugar, enquanto ele apodrecia ali dentro.

Sua apelação por atenuação foi negada pelo presidente Bush.

Obama era a última chance de Jackson, mas ele já havia rejeitado milhares de solicitações e, de qualquer forma, seu mandato já estava chegando ao fim, e com ele, as esperanças de Arthur.

Ainda assim, Arthur mantinha sua esperança de que um "irmão" fizesse justiça em seu caso e o libertasse.

Darius adorava Arthur.

Ele achava que Arthur Jackson talvez fosse a melhor pessoa, a mais bondosa que ele já conhecera. Arthur já cumprira vinte anos naquele buraco infernal, sem jamais ferir um único ser humano, mas Darius achava que o amigo estava errado a respeito de Obama.

O presidente era irmão, mas era um irmão de Harvard, um irmão que frequentou escolas particulares, um irmão que precisava se preocupar em ser um presidente negro e, portanto, não estava com pressa para soltar traficantes negros da cadeia. A maluquice era que Arthur teria uma chance melhor com um presidente branco, que não precisava se preocupar se seria brando com a criminalidade negra.

A dura verdade — embora Darius adorasse Arthur demais para lhe dizer a dura verdade — era que Jackson estava com quarenta anos, havia passado as melhores épocas de sua vida na prisão e provavelmente morreria ali.

No entanto, todos os dias, todo santo dia, Arthur esperava por aquela carta da avenida Pennsylvania.

Ele tinha um "Calendário da Clemência" do governo Obama pendurado na parede e riscava cada dia; havia muito mais quadrados riscados do que vazios.

Darnell não sabia como Arthur ainda fazia isso, como ele não tinha ficado maluco e gritado, como simplesmente não rasgava as veias com os próprios dentes, ou matava alguém, sabendo que sua vida inteira fora jogada no lixo por *uma porra de um telefonema.*

Mas Arthur permanecia calmo, Arthur continuava bondoso.

Arthur lia a Bíblia e jogava seu xadrez, e ajudava outros presos a escrever cartas com suas apelações.

Arthur pacificava, quando outros queriam brigar.

E agora, ele tentava dissuadir Darius de algo que ele já sabia que iria fazer.

— O que as drogas nos trouxeram, além de infelicidade?

Dinheiro, pensou Darnell.

Puro e simples.

Dinheiro.

O próprio Darius não era nenhuma criança. Ele agora estava com 36 anos, seu filho estava no Ensino Médio e quais eram, de fato, as suas perspectivas? Ruiz estava certo quanto a isso — talvez ele conseguisse um emprego de salário mínimo. Talvez, ao contrário de...

Milhões?

Ruiz também está certo em relação a isso, pensou Darius — você tem os contatos, você tem as pessoas, e quando voltar para a rua, essas pessoas terão certas expectativas, e essas expectativas não incluem pôr um chapéu de papel em você.

As pessoas esperam que você volte pro jogo.

E você também espera isso.

Mas ele disse a Arthur:

— Nada além de infelicidade, irmão.

— Isso mesmo — disse Arthur. — E se você for preso outra vez, vai voltar pra ficar pelo resto da vida. Quer ficar como eu?

— Eu poderia me dar muito pior.

— Você pode se dar muito melhor — replicou Arthur.

Ah, é? Como? pensou Darius. Como é que vou fazer isso?

Arthur perguntou:

— Então, o que você vai dizer ao Ruiz?

— Você dizer que não — respondeu Darius.

Ele não gostava de mentir para Arthur, mas também não gostava de magoá--lo. Jackson já tivera muitas decepções na vida, teria mais decepção a caminho, e Darius não queria ser mais uma.

Às vezes, ele ouvia Arthur chorando, à noite.

Agora, Eddie vê Cruz erguendo o estilete.

Eddie fecha o punho — sua única chance é bater primeiro e acertar a cara de Cruz, talvez fazer com que ele erre a primeira punhalada. Nada bom, mas é a única opção.

Então, Cruz para.

Entrega a lâmina a Eddie e diz:

— Pode me cortar.

— O quê?

— Zuniga disse que você pode me cortar. — Cruz literalmente dá a outra face, ofertando a Eddie. — Pelo insulto.

Então, Caro deu retorno a eles.

Dizendo que Eddie é intocável.

— Não, esqueça — diz Eddie.

— Você tem que fazer.

— Vocês não receberam a resposta? — Eddie devolve a lâmina. — Eu não tenho que fazer nada.

Ele contorna Cruz e sai andando.

Surpreso de ainda estar vivo.

Darius Darnell é solto.

Ocasião feliz, exceto por ter que se despedir de Arthur.

— Seja bom, está me ouvindo? — Arthur lhe diz.

— Você também.

Arthur ri.

— Eu não tenho escolha.

— Vai dar certo pra você — diz Darius, embora não acredite nisso. — Você vai ver.

— Não vá escrever cartas no meu nome — diz Arthur. — Eles me deixariam aqui pra sempre.

— Vou mandar pacotes.

— Vou aguardar.

Os dois homens se abraçam. Eles passaram sete anos juntos em uma cela e nunca trocaram uma palavra áspera.

Então, o oficial correcional acompanha Darnell para fora do pavilhão.

Os irmãos detentos vibram e gritam.

Depois de uma hora e pouco de papelada, ele está solto.

A cerca de 1500 quilômetros de distância, outro preso sai pelo portão.

Rafael Caro fica ali parado, por um momento, deixando o sol banhar seu rosto.

Um homem livre.

Ele cumpriu oitenta por cento de sua pena e, com a dedução pelo bom comportamento, esse prisioneiro modelo foi libertado.

E deportado, claro, imediatamente.

Condição de sua libertação.

Por Caro, está tudo bem, ele mal pode esperar para deixar *el norte* para trás e nunca mais voltar.

Uma limusine o aguarda. Um homem desce, caminha até ele e o abraça, depois beija suas duas bochechas.

— El Señor.

Ele abre a porta traseira e Caro entra.

Uma garrafa aberta de cerveja Modelo está suada, no balde de gelo.

Caro deixa a cerveja gelada descer pela garganta e sente-se maravilhoso.

Como a vida.

O carro o conduz até uma pista na periferia de Pueblo, onde um jato o aguarda. Uma linda jovem comissária de bordo lhe entrega um novo terno e mostra onde ele pode se trocar.

Quando ele sai, ela embrulha uma toalha em volta de seu pescoço, corta seu cabelo e faz sua barba, e segura um espelho diante de seu rosto.

— Está bom?

Caro assente e agradece.

— Há mais alguma coisa que eu possa fazer pelo senhor? — pergunta ela.

— Não, obrigado.

— Tem certeza?

Ele assente mais uma vez.

O avião decola.

Alguns minutos depois, ela volta com uma bandeja coberta de linho branco, com um prato de filé finamente fatiado, arroz e pontas de aspargos.

E outra Modelo.

Ele come e adormece.

A comissária o acorda pouco antes do pouso em Culiacán.

Keller olha a tela da televisão, enquanto Caro caminha em meio à turba de jornalistas.

O velho narco está frágil, com aquela palidez de cadeia e aquele andar arrastado de condenado, como se ainda estivesse com as correntes nos tornozelos.

Hugo explode.

— Ele ajudou a torturar e assassinar o meu pai e agora está solto?! Ele recebeu uma pena de vinte cinco a perpétua, e sai com vinte anos?!

— Eu sei.

Keller havia feito petição, ligara para a justiça, escrevera cartas oficiais em objeção à antecipação da soltura de Rafael Caro, lembrando a eles do que ele fizera, mas foi em vão. Agora ele tem que ficar ali sentado, vendo um dos torturadores de Ernie ser libertado.

Isso traz tudo de volta.

Ele vê Caro parar e falar com um dos microfones junto ao rosto.

— Eu sou um idoso. Cometi erros no passado e paguei por eles. Agora, só quero viver minha vida aqui fora em paz.

— Ele que se foda — diz Hugo.

— Não vá fazer nenhuma idiotice — diz Keller. — Não quero ficar sabendo que você fez alguma viagem pro México.

— Não.

Keller olha pra ele.

— Eu não vou saber ou você não vai?

— Os dois.

Virando de volta à televisão, Keller vê o pessoal de Caro conduzindo-o ao banco traseiro de um carro.

Então, Caro está fora da cadeia, pensa ele. Meu Deus, quando eu vou sair? Estou cumprindo uma pena perpétua, sem liberação por bom comportamento? E lhe ocorre algo de sua outra guerra, no Vietnã. Algo que Ho Chi Minh escreveu:

"Quando as portas da prisão estiverem abertas, o verdadeiro dragão sairá voando."

# 4

# O ônibus

*"Jesus chorou."*
— João, 11:35

**Culiacán, México**
**Setembro, 2014**

Em princípio, Damien Tapia fica chocado, decepcionado pela casinha onde Rafael Caro mora, as roupas simples que o homem veste. A casa, construída na década de 80, é simples e térrea, com um banheiro, uma salinha e uma cozinha ainda menor. Os móveis são antigos, do tipo que se vê em uma venda de garagem.

Esse é Rafael Caro, um dos fundadores da Federación — ele deveria morar em uma mansão e vestir Armani, não uma velha camisa de brim e calças amarrotadas de sarja. Ele deveria estar jantando nos melhores restaurantes, não raspando as sobras de *frijoles* de uma panela.

Damien sente-se enganado.

Então, ele se senta com o idoso e vê que aquilo que achou ser degradação é, na verdade, simplicidade; que o homem não havia caído, mas estava acima de tudo isso; que seus anos no confinamento da solitária o transformaram não em um louco, mas em um monge.

Um sábio.

Então, ele senta e escuta, enquanto Caro diz:

— Adán Barrera foi inimigo de seu pai. E meu também. Ele mandou seu pai para a morte e a mim, para um inferno na terra. Ele era o demônio.

— Sim.

— Não conheci seu pai — diz Caro. — Eu já estava na cadeia. Mas ouvi falar que ele foi um grande homem.

— Ele foi.

— E você quer vingá-lo.

— Quero recolocar minha família em seu devido lugar — afirma Damien.

— Ouvi falar que você está de posse de uma grande quantidade de heroína — diz Caro.

É verdade. Damien e seus garotos invadiram o laboratório de Núñez, em Guerrero, e levaram cinquenta quilos. Mas como o velho sabe?

— Mas você não tem como transportar e não possui nenhum mercado americano — diz Caro.

— Tenho docas em Acapulco — afirma Damien.

Mas ele sabe aonde o velho quer chegar. As docas são úteis para a chegada de químicos, porém, menos valorosas para despachar drogas. O porto do Pacífico só lhe dá acesso à costa dos EUA; a viagem é lenta, de difícil manejo e arriscada. Pelo mar, é possível deslocar maconha, despejando fardos no oceano, próximo à Califórnia, onde os barcos irão recolher, mas baseado não dá mais lucro.

Ele precisa do comércio de heroína para tomar Sinaloa, e Caro está certo: eles o isolaram da infraestrutura de transporte e mercado.

— Alguns dos velhos amigos de seu pai estão transportando heroína em ônibus que saem de Tristeza — diz Caro.

Damien sabe. Os Guerreros Unidos se tornaram clientes de Sinaloa. Ele não pode condená-los, eles precisam sobreviver, têm que comer.

— E se eles levassem o produto para você também? — pergunta Caro.

— Não farão isso — responde Damien. — Os irmãos Rentería estão na mão do Núñez.

— Talvez eles queiram sair.

Damien sacode a cabeça.

— Eu já fiz uma abordagem.

Os Rentería são antigos amigos de seu pai, trabalharam para ele durante anos, lutaram por ele contra Adán. Depois da morte de Diego, eles ficaram com Eddie Ruiz. Damien os conhece desde que era criança. Mas quando tentou abordá-los, para que o ajudassem, eles o rechaçaram.

— Uma coisa é *você* abordá-los — diz Caro. — Se *eu* o fizer, é outra coisa.

A cidade de Tristeza fica na rota 95, perto da fronteira nordeste do estado de Guerrero, onde faz divisa com Michoacán e Morelos. Uma cidade antiga, fundada em 1347, ela tem história. Foi ali que oficialmente terminou a Guerra Mexicana pela Independência, ali que a primeira bandeira do México foi hasteada.

É uma bela cidade, conhecida por seus pés de tamarindo, suas igrejas neoclássicas e o lago, que fica na periferia.

Damien segue um carro percorrendo a Bandera Nacional, depois vira à esquerda na rua Alvarez.

— Pra onde estamos indo? — pergunta Fausto.

— Não sei — responde Damien. — El Tilde só disse para segui-lo.

— Não estou gostando.

— Apenas fique com a arma pronta.

Tilde encosta o carro de frente para a Central de Autobuses.

— Uma rodoviária? — pergunta Fausto.

— Acho que sim — diz Damien, saindo do carro. Ele põe um boné preto de beisebol na cabeça, porque o sol está quente. Ele está de camisa preta, jeans e Nikes, com uma Sig Sauer.380 fazendo um ligeiro volume por baixo da camisa. Fausto não vai ficar de bobeira com uma arma pequena, e pega uma MAC-10 no banco traseiro, embora essa supostamente seja uma reunião amistosa.

El Tilde desce de seu carro, com um grande sorriso no rosto, os braços estendidos em acolhimento.

— *¡Bienvenidos, todos!* Há quanto tempo!

Cleotilde "El Tilde" Rentería era outro dos guarda-costas do pai de Damien, que depois seguiu com Eddie. A história de Tilde é que uma vez, ele matou vinte turistas em Acapulco, achando que fossem membros de uma gangue rival. Não eram, mas a resposta de Tilde foi algo do gênero "melhor prevenir que remediar".

Depois que Eddie partiu, Tilde e alguns outros das organizações Tapia e Ruiz formaram seu próprio negócio — Guerreros Unidos — e agora os dois irmãos de Tilde, Moisés e Zeferino, comandam a organização com ele.

Damien nota que Tilde está vestindo uma camisa pólo listrada em azul e amarelo, com calças de sarja, que remete às antigas regras de Eddie, quanto a seu pessoal estar sempre trajado com capricho. Agora, ele se aproxima e abraça primeiro Damien, depois Fausto.

— É uma coisa linda: esses ônibus partem daqui pra todo lado. Guadalajara, Culiacán, Cidade do México. De quanto nós estamos falando?

— Agora, quinze quilos — diz Damien. — Depois, talvez mais. Eu tenho o produto, só preciso tirá-lo de Guerrero. Vim até você primeiro, por respeito.

Tilde não quer saber como Damien botou as mãos nesses quinze tijolos de pasta de heroína, embora ele faça ideia. Um dos empacotadores de Ricardo Núñez, em Guerrero, tomou um sacode, uma semana antes, por dez homens encapuzados portando fuzis AK-47 — quinze quilos foram levados —, e Núñez não está contente com isso.

Se Núñez soubesse, estaria cuspindo marimbondos.

Então, ele começaria a matar.

Melhor que ele não saiba.

E melhor que eu não saiba, pensa ele, olhando Damien. Portanto, ele não pergunta. É melhor manter a negação, embora ele tenha sugerido fortemente para Núñez que Los Rojos estavam por trás do ataque.

Foda-se o Núñez.

Foda-se Sinaloa.

Embora eles já estivessem fazendo um bom trabalho em foder uns aos outros, pensa ele. As alas Esparza e Sánchez estão detonando em Baja, pendurando corpos em pontes, ou espalhando os pedaços pelas ruas.

Núñez não terá como se manter neutro para sempre.

— Nós levaremos pra você.

— Vocês não têm medo de Sinaloa? — pergunta Damien.

— O que Sinaloa não sabe, não sabe — diz Tilde. — Aqueles babacas que se fodam. Isso fica entre nós, certo?

— Com certeza.

— Você é um bom garoto — diz Tilde.

Filho de seu pai.


— Olhe os seus meninos, Ric — diz Belinda Vatos. — Eduardo é o cabeça de seu negócio, Iván também. Até o Damien agora tem o próprio comércio.

— O que está dizendo? — pergunta Ric.

Ele voltou de Guerrero e está no apartamento dela, em La Paz.

— Nenhum deles é afilhado de Adán Barrera — afirma Belinda. — Está tudo aí pra você, e você fica sentado, batendo punheta.

— O que você quer que eu faça? — pergunta Ric.

— Seja um soldado — diz ela. — Torne-se o general de seu pai. Então, quando ele se aposentar, o trono é seu. Isso também é o que ele quer.

— Eu sei.

— Sabe, mas não faz merda nenhuma — diz ela. — Seu pai precisa de você.

— Quem sou eu agora? Michael Corleone?

— Você tem que molhar o pau, Ric — diz ela. — Tem que comer a magricela.

— Eu, eu nunca…

— Não se preocupe, eu ajudo você a perder o cabaço.

Baja inteira está um caos total. Nem tanto pelas travessias na fronteira, mas pelas vendas domésticas de drogas e pelas extorsões. Mas para controlar a fronteira, são precisos soldados, e para pagar soldados, é preciso lhes dar franquias nos bairros, onde eles possam traficar e extorquir os bares, restaurantes, supermercados.

Tudo costumava ser bem organizado sob o monopólio de Sinaloa, mas agora vale tudo — de uma quadra para a outra, de um dia para o outro, em La Paz, Cabo, Tijuana, qualquer lugar — não se sabe se é Sánchez ou Esparza, Núñez ou *piraterías*, se é gente independente se aproveitando do caos para se dar bem, sem pagar taxas a Sinaloa. Os traficantes de esquina não sabem para quem estão trabalhando, os negociantes não sabem a quem pagar.

Belinda vai lhes dizer.

Então, Ric entra em um carro com Belinda, Gaby e dois de seus garotos, Calderón e Pedro, e eles seguem até o Wonder Bar, na Antonino Navarro, não muito distante da marina. Ele segue Belinda até o bar, onde ela adentra o escritório e confronta o gerente, um jovem chamado Martín.

— Seu pagamento está vencido — diz Belinda.

— Eu já paguei — responde Martín.

— Quem? — pergunta Belinda. — A quem você pagou?

— Monte Velázquez. Ele disse que agora recolhe o dinheiro.

— Monte não está com a gente — diz Belinda.

— Ele falou...

— O quê, Adán Barrera morreu e agora qualquer um pode ser dono? — questiona ela. Ela aponta para Ric. — Sabe quem é esse?

— Não. Desculpe, eu não...

— Esse é Ric Núñez.

Agora Martín parece assustado.

— Ric — diz Belinda —, Monte Velázquez trabalha com a gente?

— Não.

— Mas ele falou...

— Você está dizendo ao Ric — pergunta Belinda — que ele não sabe quem trabalha com o próprio pai?

— Não, eu...

— E está nos dizendo — pergunta Belinda — que Monte lhe falou que estava com Sinaloa? Sério, Martín?

— Eu lamento, eu só...

— Não lamente — diz Belinda —, apenas pague o nosso dinheiro.

— Eu já paguei!

— É, ao cara errado — insiste Belinda. — Olhe, Martín, se você cometeu um erro, o erro é seu, não nosso. Você ainda nos deve dinheiro.

— Eu não tenho.

— Não tem? — pergunta Belinda. — O que há no cofre, ali, Martín?

— Não tenho como pagar duas vezes.

— Então, pague a nós e não pague ao Velázquez.

— Ele disse que ia tacar fogo no local — conta Martín. — Disse que me mataria, mataria meus funcionários, minha família...

Então, Ric vê que Martín tem mais culhão do que ele imaginou.

— Eu pago vocês por proteção — diz Martín —, para me proteger. Onde diabo vocês estavam, quando Velázquez e seus caras vieram aqui?

Ric acha que Belinda vai dar um tiro na cara de Martín, mas ela também o surpreende. — Você tem razão. Nós deveríamos estar aqui, mas não estávamos.

Isso acaba hoje à noite. Está vendo Ric Núñez, afilhado de Adán Barrera, bem aqui, para lhe dar garantias. Não é mesmo, Ric?

— Isso mesmo.

— Isso mesmo — repete Belinda. — O que você vai fazer, Martín, é abrir esse cofre e nos dar nosso dinheiro. Em compensação, você tem a garantia pessoal de Ric Núñez de que ninguém mais irá incomodá-lo. Isso inclui o *lambioso* do Monte.

Martín ergue os olhos para Ric.

Ric assente.

Martín levanta, abre o cofre, conta o dinheiro e o entrega a Ric.

— Para mim, não para ele — diz Belinda. — Señor Núñez não toca em dinheiro.

— Claro, desculpe.

— Pedro, aqui, vai voltar toda semana, para o nosso pagamento — diz Belinda. — Se você der dinheiro a mais alguém, nós vamos decepar essas mãos e pregar na porta da frente. Não obrigue o Señor Núñez e eu a voltarmos aqui pra isso, está bem?

Eles vão embora da boate e passam de carro por uma esquina, em um ponto vazio que o pessoal de Velázquez assumiu. Dois malandros estão ali em pé, claramente traficando crack e heroína. Eles são duas porrinhas, dois garotos, na verdade, pensa Ric. Ainda adolescentes, com casacos de capuz, jeans justos e tênis de basquete.

— São *piraterías* — diz Belinda. Ela estende a mão pra trás e entrega a Ric uma MAC-10. — É bem fácil. Apoie o cabo no ombro, deslize isso pra trás e aperte o gatilho.

Ela entrega a pequena metralhadora e pega a dela. Ric vê que Gaby, Pedro e Calderón estão todos fazendo o mesmo. Pedro, dirigindo, aperta o botão que abre todas as janelas.

— Hora da festa — anuncia Belinda.

— Não deveríamos avisá-los, primeiro? — pergunta Ric. — Como fizemos com o dono da boate?

— Esses merdinhas nãos nos dão dinheiro — diz Belinda. — Eles nos custam dinheiro. Seu dinheiro, Ric. E há lições que precisam ser ensinadas. Apenas aponte pra fora da janela e solte o dedo. Você vai adorar; é que nem transar, só que faz gozar toda vez.

Gaby ri.

— Vamos nessa — diz Belinda.

Pedro vira o carro, segue de volta à esquina. As armas estão todas para fora das janelas, como espetos de um porco-espinho.

Belinda berra:

— Agora!

Ric aponta a arma para um dos garotos, depois desvia para o alto e aperta o gatilho. A arma dispara veloz, em série. Ric vê o corpo do garoto dar um espasmo, depois cambalear e cair, e ouve Belinda e o restante gargalhando.

As pessoas na rua saem correndo.

Pedro contorna novamente com o carro.

— O que vamos fazer? — pergunta Ric.

— Demarcar o seu território — diz Belinda.

O carro para na frente dos corpos encolhidos como lixo. Gaby pega um pedaço grande de papelão na traseira, Belinda pega uma lata de tinta spray vermelha.

— Venha — ela diz a Ric.

Ric desce e vai atrás delas, até os corpos.

Olhando abaixo, para os meninos, ele fica surpreso ao ver que o sangue parece mais preto que vermelho; depois, ele olha para o lado e vê Gaby indo até o outro corpo, com uma machadinha, e decepando os dois braços. Depois disso, ela põe o papelão em cima do corpo mutilado. Belinda se curva e escreve a mensagem com spray: *Traficou aqui, perdeu a mão. Isto é território Sinaloa — Mini-Ric, El Ahijado.*

O afilhado.

— O trabalho não terminou — diz Belinda —, até que seja feita a papelada.

— Meu Deus, Belinda!

— Isso não é prova de nada — diz Belinda. — Tranquilo.

Eles entram de volta no carro e vão embora.

Mais adiante, em outra boate, perto da marina, Belinda pede uma garrafa de Dom, serve uma taça para todo mundo e faz um brinde:

— A Ric, que perdeu seu cabacinho.

Ric bebe.

Ela se aproxima e cochicha:

— Amanhã você será famoso. Você será alguém. Seu nome estará nos jornais, nos blogs, no Twitter…

— Está bem.

— Vamos, benzinho — diz ela. — Diga a verdade: foi bom, não foi? Não foi uma sensação boa? Eu até gozei, porra.

— E agora, o que acontece?

— Agora a gente pega o Monte Velázquez.


O filho da puta arrogante está morando em um iate motorizado, em um ancoradouro da marina.

— Ele gosta de pescar — diz Belinda. — E também gosta de boceta.

— Quem não gosta? — pergunta Gaby.

— O que pescar e foder têm em comum — diz Belinda, apontando para Gaby — é a isca.

Ric precisa admitir que Gaby é bem gostosa. De top de alcinhas, minissaia, salto alto, os cabelos negros tremulando, lábios grossos brilhosos — o sonho erótico de qualquer narco. Ela segue meio cambaleante pela doca, como uma garota farrista meio altinha, para e tira os saltos, depois continua andando em direção ao barco de Monte.

Quando chega ao ancoradouro, ela chama:

— Jandro?! Benzinho?! Jandro?!

Alguns segundos depois, Monte sai no deck, a pança caindo por cima da bermuda.

— Está tarde, *chica*. Você vai acordar as pessoas.

— Estou procurando o Alejandro — diz Gaby.

— Homem de sorte, o Alejandro — responde Monte. — Mas este não é o barco dele.

— De quem é esse barco?

— Meu. Gostou?

— Gostei.

— Esse Alejandro — pergunta Monte —, ele é seu namorado?

— Só um amigo — diz Gaby. — Com benefícios. Eu estou com tesão.

— Eu posso lhe dar benefícios.

— Você tem vodca? — pergunta Gaby.

— Claro.

— Vodca *boa*?

— A melhor — afirma Monte.

— E coca?

— O suficiente pra cobrir meu pau inteiro — diz Monte.

— Você tem um pau grande?

— Bem grande pra você, *mamacita* — diz Monte. — Sobe aqui e venha ver.

— Está bem.

Que facilidade, pensa Ric.

O cara nem ouve quando eles entram a antessala do barco, de tão focado que está em transar com Gaby. Belinda se aproxima e finca uma agulha em seu pescoço.

Quando Monte volta a si, ele está amarrado a uma cadeira, os pés dentro de uma bacia.

Belinda está sentada à sua frente.

— Você anda dizendo aos outros que está com Sinaloa.

— Eu estou com Sinaloa — responde Monte.

— Com quem, especificamente? — pergunta Belinda. — Diga um nome.

— Ric Núñez.

Belinda ri.

— Tenho más notícias para você, filho da puta. Adivinha quem é esse. Ric, esse cara está com você?

— Eu nunca o vi.

— Dizer aos outros que está com a gente e não estar é uma coisa ruim de fazer — fala Belinda. — Você anda roubando o nosso dinheiro. Tem que pagar por isso.

— Eu vou devolver seu dinheiro, juro.

— É, vai, sim — diz Belinda. — Mas isso não basta, Monte. Primeiro, você vai ter que sofrer.

Gaby vem da copa com uma garrafa.

Que porra é essa? pensa Ric.

— Ácido — explica Belinda. — Hidroclórico, alguma coisa assim? Não sei. Só sei que fode mesmo a pessoa.

— Ai, meu Deus.

Ric acha que vai vomitar.

— Vai derreter seus pés, Monte — diz Belinda. — Vai doer. Mas você vai viver. Para que toda vez que alguém vir você pulando por aí de muletas, vão saber que não é uma boa ideia dizer que estão com Sinaloa, se não estão.

— Por favor — pede Monte. — Não, por favor.

— Não se preocupe — diz Belinda. — Nós vamos deixá-lo na porta do pronto-socorro.

Ela assente para Gaby.

Gaby despeja o ácido.

Ric vira o rosto.

Mas ele ouve o grito — agudo, terrivelmente alto, um som inumano, um som que não pode estar saindo de um ser humano. Ele ouve a cadeira pulando no chão de madeira, depois o vômito sobe em sua garganta, ele se curva e vomita.

Quando ele ergue o olhar, o pescoço de Monte está arqueado como se fosse quebrar, seu rosto está vermelho, os olhos esbugalhados.

Então, ele para de gritar e a cabeça pende.

— Merda — reclama Belinda. — Ele apagou.

— Carboidratos — diz Gaby. — E todo aquele álcool.

— E agora? — pergunta Belinda.

— Comida de tubarão? — sugere Gaby.

Belinda tem uma ideia melhor.

De manhã, o resto do pessoal ancorado na doca acorda e se depara com um quadro e tanto.

Monte Velázquez nu, pendurado de um mastro por uma corda, com um grande cartaz pendurado no pescoço que diz:

"IÇAR ÂNCORA, PIRATERÍAS — EL AHIJADO"

O vídeo viraliza.

Ric ganha reputação e um nome.

*El Ahijado.*

O afilhado.

O ônibus está na garagem de manutenção, a uma quadra da rodoviária de Tristeza.

Damien olha o mecânico cuidadosamente colocar o tijolo de pasta de heroína, o último dos quinze, bem embrulhado em tecido, no fundo falso do compartimento de bagagem. Depois ele põe a tampa e, utilizando uma ferramenta elétrica, prende bem aparafusado.

Se você não soubesse a diferença, pensa Damien, você não saberia a diferença.

Satisfeito, ele deixa a estação e caminha ao outro lado da rua.

Tilde espera no carro.

— Você está bem?

— Ãrrã.

Por conta de sua amizade com o pai de Damien, Eddie Ruiz o está pagando nas duas pontas — ele compra a pasta de heroína por um bom preço e o inclui em dois pontos de venda em Nova York, do repasse do produto final.

É bondade de Eddie, pensa Damien, ele não precisa fazer isso.

Ele é um bom amigo.

E foi para meu pai.

Eddie Ruiz foi uma das últimas pessoas a verem Diego Tapia vivo. Deixou o condomínio onde ele estava escondido apenas alguns minutos antes da invasão dos *mariners*. Tentou lutar para voltar e morrer com ele, mas não conseguiu furar o cerco militar.

Mesmo depois da morte do pai de Damien, Eddie continuou na fé. Organizou seu próprio negócio, a partir de Acapulco, e manteve a luta contra os Barrera, até que os federais o pegaram e o governo mexicano o extraditou para os EUA.

E agora ele vai continuar lutando de lá.

Mesmo da prisão, pensa Damien.

Com quinze quilos de heroína a caminho de Nova York, eles finalmente poderão entrar na briga pra valer.

Jesús "Chuy" Barajos está procurando tumulto.

Em dezenove anos, ele conheceu pouca coisa além disso na vida. Ele brigou pelos zetas, La Família e novamente pelos zetas, mas agora está em sua própria busca pela única coisa que conhece.

Em um mundo melhor, os filmes que passam por baixo de suas pálpebras seriam longas-metragens, o produto da imaginação de um roteirista e o estilo de um diretor, porém, no mundo de Chuy, eles são documentários; poderiam ser chamados de lembranças, só que não fluem como recordações e sim como nacos fragmentados, flashes de surrealismo que são reais demais.

Mostram corpos esfolados e cabeças decapitadas.

Crianças mortas.

Cadáveres mutilados, outros queimados em tonéis de cinquenta litros, e as lembranças residem em seu nariz, assim como em seus olhos. E em seus ouvidos, já que ele ainda ouve — não consegue parar de ouvir, na verdade — os gritos, as súplicas por piedade, o riso agudo e assustador que às vezes era o seu próprio.

Ele foi o causador de alguns desses horrores, mera testemunha de outros, embora já mal saiba a diferença — ele parou de tomar seus medicamentos meses atrás e agora a psicose está se despejando de novo sobre ele, como uma onda vermelha, se aprofundando, incontrolável, impenetrável.

Esse é um garoto que um dia cautelosamente escavou e arrancou o rosto de um homem que o havia torturado, costurou a uma bola e ficou chutando contra uma parede.

Cruelmente, ele tem noção de si apenas o suficiente para saber que é um monstro, mas não o bastante para escapar de sua jaula de monstro.

Seu corpo reflete a agonia de sua mente — seus movimentos são espasmódicos, estranhos, parecem desconexos do resto de seu corpo. Sempre magro, ele agora parece mais definhado, esquecendo-se de comer ou devorando porcarias em rompantes vorazes.

Ele vagueia pelo país, um Don Quixote sem sequer seus oponentes imaginários. Sem causa, sem propósito, sem objetivo, ele se junta com outros perdidos, viaja por um tempo, com um bando, até que sente — corretamente — que os outros já não conseguem suportar sua insanidade, sua mendicância e pequenos furtos, sua violência incipiente, e ele sai vagueando outra vez.

Agora ele está em Guerrero.

Na cidade de Tixtla, no campus da Ayotzinapa Rural Teacher's College, cujos alunos estão ávidos por uma briga.

Chuy não sabe por que eles estão brigando, só sabe que estão se reunindo para seguir rumo à capital e protestar por algo, e eles têm bagulho e eles têm cerveja e eles têm belas garotas e eles têm um ar de normalidade juvenil que ele desesperadamente quer e, ao mesmo tempo, sabe ser inalcançável.

Ele é atraído ao conflito — é um farol norteador, um facho de luz de tração do qual ele não consegue mais escapar, nem voar, então fica parado, rodeando "outros alunos", entoa slogans com empolgação, ouve o plano para aquela noite.

Os alunos não têm transporte até a Cidade do México, mas têm uma tradição tolerada pela polícia de "sequestrar" um ônibus público por uma noite.

A estação rodoviária fica perto, em Tristeza.

A prefeita de Tristeza também está com um humor hostil.

Neste fim de semana, Ariela Palomas será anfitriã de uma conferência de prefeitos e não vai tolerar ser constrangida, nem deixar que sua cidade o seja.

Se os estudantes — notoriamente esquerdistas, a ponto de serem comunistas ou anarquistas — vieram até Tristeza para fazer depredações, ela vai ensinar-lhes uma lição que não se aprende na universidade, com os professores simpatizantes do socialismo que bajulam os queridinhos.

Alguém precisa se impor pela lei e pela ordem, ela diz ao chefe local da polícia federal. Alguém precisa defender os direitos de propriedade, ela diz ao comandante do posto próximo do exército, e se os palermas donos da empresa de ônibus forem brochas demais para fazê-lo, ela fará por eles.

Ela dá ordens firmes e claras à polícia municipal: se alunos sequestrarem um ônibus, eles devem ser tratados como os criminosos que são.

Há um novo xerife na cidade.

Ariela Palomas não vai tolerar a ilegalidade.

Keller está sentado à mesa de jantar, olhando o telefone, torcendo para que ele toque.

Ele ouviu de Orduña que Chuy foi visto novamente e que seu pessoal está indo a seu encontro.

— Eles vão buscá-lo — diz Marisol.

— Eu espero que sim — responde Keller.

Ele tem bons motivos para ter esperança. O pessoal de Orduña é o melhor que o México tem a oferecer, eles são bons pra cacete. O almirante despachou uma esquadra à paisana, rumo ao campus, em busca de Chuy. Eles vão pegá-lo e ficar com ele, depois vão avisar o chefe, que vai ligar para Keller.

E depois? pensa Keller.

O que faremos depois que estivermos com ele?

Não podemos deixá-lo no México, ele vai simplesmente partir de novo. Então, nós o trazemos pra cá? Ele é cidadão americano, portanto, isso não seria problema. O problema é que... bem, os problemas são... assustadores, talvez intransponíveis.

O que fazemos com um esquizofrênico de dezenove anos? Que já matou, torturou, mutilou? Um ser humano tão danificado que está além de conserto. Keller sabe o que seu velho amigo, Padre Juan, teria dito: *Ele é um ser humano, não um automóvel. Talvez esteja além da possibilidade de conserto, mas não está além da redenção.*

Mas a redenção é para esta vida, ou para a próxima? Keller se pergunta.

É com esta vida que nós temos que lidar, e o que se faz com um Chuy Barajos, nesta vida?

— Talvez ele consiga o tratamento de que precisa aqui — diz Marisol.

— Talvez — diz Keller.

Mas primeiro nós temos que encontrá-lo.

Toca, porcaria.

Chuy está se divertindo a valer.

Louco de cerveja e baseado, ele acompanha a aglomeração com cerca de cem alunos, no ataque à estação rodoviária de Tristeza. Um boné por cima dos cabelos longos, uma bandana vermelha cobrindo o rosto, ele entoa o cântico e avança em direção a um ônibus.

O motorista abre a porta e deixa os estudantes entrarem.

Ele está irritado, mas não assustado. Isso não é incomum — os alunos levam o veículo e o motorista a seu destino, protestam por algumas horas, depois fazem a viagem de volta. Embora seja um pé no saco, nem os ônibus, nem os motoristas jamais foram afetados, e a empresa disse aos funcionários para colaborarem. É mais fácil, mais barato e mais seguro do que resistir, e os alunos geralmente pagam o jantar do motorista, e até algumas cervejas.

Chuy embarca e senta ao lado de uma bela garota.

Assim como ele, ela também está de boné e bandana, mas seus olhos são lindos, seus cabelos compridos são brilhosos, seus dentes brancos, quando ela canta os slogans que Chuy não entende, mas cantarola junto.

Os alunos sequestram cinco ônibus; dois deles seguem pela rota sudeste saindo da cidade. O ônibus de Chuy é o primeiro, em uma fila de três que seguem a rota nordeste.

Tudo é bom.

Uma viagem pela estrada, uma excursão.

A garotada brinca e ri, canta e entoa, passa um ou dois baseados, uma cervejinha, um pouco de vinho.

Chuy está adorando.

Ele nunca chegou nem ao Ensino Médio.

Já era um assassino, aos onze anos.

Agora ele tem a chance de compensar por toda a diversão que perdeu.

Tilde está ao telefone com um de seus irmãos.

— Estou no centro da cidade — diz Zeferino. — Houve um problema.

— Sempre há — diz Tilde. — O que é desta vez?

— Alguns estudantes pegaram o ônibus.

Tilde fica imaginando por que seu irmão acha problema em alguns estudantes terem pegado um ônibus e, diz isso.

— Não — insiste Zeferino —, eles pegaram *aquele* ônibus.

— Merda — diz Tilde. — Por que você não os impediu?

— Eram cem deles — responde Zeferino. — O que eu deveria fazer, sair correndo abanando os braços e dizendo "Vocês não podem levar esse ônibus, ele está cheio de *chiva*!"?

—Você deveria ter feito alguma coisa — diz Tilde.

Porque isso é realmente um problema.

Um problema do caralho.

Um bando de estudantes está com um ônibus não apenas recheado de heroína, mas com a heroína de Sinaloa, a heroína desaparecida de Ricardo Núñez, e ele vai ficar imaginando que diabo isso está fazendo em um ônibus dos Guerreros Unidos.

E Ariela vai soltar os bichos.

— O que você quer que eu faça? — pergunta Zeferino.

Não sei, pensa Tilde. O que você faz, quando algo é roubado?

Você chama a polícia.


O telefone enfim toca.

Marisol olha assustada.

— Pois não? — diz Keller.

— Nós o perdemos — fala Orduña. Ele explica que um punhado de estudantes sequestrou alguns ônibus em Tristeza e que Barajos provavelmente está em um dos ônibus com eles.

Keller não entende.

— Sequestraram ônibus?

— É quase uma tradição — diz Orduña. — Eles sempre fazem isso, para chegar aos protestos. Esse é na Cidade do México.

— Meu Deus.

— É um trote de estudantes — diz Orduña. — Eles vão, se divertem protestando, e voltam. Meu pessoal estará na estação, e nós vamos pegá-lo.

— Está certo.

Orduña ouve o tom de preocupação.

— Olhe, não se preocupe. Isso é, como se diz, "mais um dia normal".

\* \* \*

Primeiro, os estudantes acham que são fogos de artifício.

Algum tipo de comemoração, ou bombinhas de festa.

Chuy não é bobo.

Ele conhece o som de armas de fogo.

O pequeno comboio de três ônibus acabou de entrar no anel viário que sai da cidade. Chuy olha pelo vidro traseiro e vê a viatura policial vindo atrás deles.

Mais estalidos.

A menina a seu lado — ela falou que seu nome é Clara — grita.

— Não tenha medo — Chuy diz a ela. — Eles estão atirando pra cima.

O motorista quer encostar, mas um estudante chamado Julio, um dos líderes, um verdadeiro agitador, o manda seguir em frente. *Deixe que eles atirem no ar, isso é só pra se exibir, para fugir da humilhação.*

A garotada começa a cantar mais alto, para abafar o ruído.

Então, Chuy ouve o tilintar seco de metal atingindo metal — balas acertando o ônibus. Ele olha pelo para-brisa e vê uma viatura bloqueando a estrada.

O comboio para.


Damien acha que vai vomitar.

— Como você deixou isso acontecer? — ele pergunta, ao telefone. — Como você deixou essa merda acontecer?!

— Nós vamos pegar de volta — diz Tilde.

— Como?

— Não se preocupe — diz Tilde. — Estamos cuidando disso agora.


— Não deixem que eles nos parem! — grita Eric.

Chuy vai atrás dele, para fora do ônibus. Ele e mais dez correm até a viatura e tentam erguê-la por trás, para tirá-la do caminho.

Um policial sai do carro.

Chuy engatinha por trás dele, estende a mão e tenta pegar sua arma. O policial gira e dispara.

A bala atravessa o braço de Chuy.

Ele sente a dor, mas é desconectada, apenas mais um filme, conforme ele rola para debaixo do carro para se proteger, porque os policiais na lateral da estrada agora abrem fogo para cima deles, com fuzis.

Julio cai no chão e rasteja para o meio do mato.

Chuy se ergue e corre de volta em direção ao ônibus. Um garoto correndo na frente dele é atingido na cabeça e cai no chão. Outro garoto sai do ônibus para tentar ajudá-lo, mas leva um tiro na mão e cai de joelhos, perplexo, olhando os cotocos que sobraram de três dedos.

Chuy passa reto por eles e entra no ônibus.

Agora os garotos estão berrando.

Eles nunca haviam sido alvejados.

Chuy, já.

— Abaixem! — grita ele. — No chão!

Ele rasteja até Clara, a empurra ao chão e deita em cima dela. Um garoto agacha no chão e fala ao celular, chamando uma ambulância.

— Nós temos que sair daqui — diz Chuy.

Clara não escuta — ela está gritando sem parar. Bolhas de espuma saem de sua linda boca. Chuy sai de cima dela, pega sua mão e a puxa, arrastando pelo chão, agora escorregadio de sangue, indo até a porta traseira. Ele abre a porta e consegue puxá-la para fora; eles caem para o chão e, usando o ônibus como cobertura, Chuy puxa Clara ao outro lado da estrada e deita colado no chão.

Para conter os gritos dela, ele cobre sua boca com a mão.

Ouve seu choramingo.

Então, ele ouve o barulho da sirene de uma ambulância.

O celular de Ariela está vibrando em sua bolsa, mas ela ignora.

Seu jantar está sendo um triunfo, seus convidados saciados com comida gourmet e bom vinho, e agora eles estão começando a comer a sobremesa, antes do café e do conhaque.

A noite irá transformá-la em uma estrela política.

O aparelho para de tocar e depois recomeça.

São vários ciclos assim, até que ela pede licença da mesa e caminha até o corredor.

É Tilde, e ela fica irritada.

— O quê?

A polícia para os dois ônibus na rota sudeste.

Estoura o para-brisa e lança gás lacrimogêneo para forçar os estudantes a sair. Alguns fogem, os guardas cercam o restante e os arrasta até as viaturas.

Chuy ouve passos, mas não ergue o olhar, torcendo para que seu boné preto possa escondê-lo.

Então, a lanterna brilha em seus olhos.

— Levanta — diz o guarda, atracando-o pelo cotovelo, arrastando-o para colocá-lo de pé.

Outro guarda atraca Clara.

Chuy olha em volta. Os policiais estão fazendo uma varredura na lateral da estrada, atracando os meninos — batendo neles, chutando, puxando para dentro dos carros. Mas ao menos os tiros pararam, e uma ambulância está estacionada ao lado do primeiro ônibus, com suas luzes vermelhas piscando no rosto de Chuy, enquanto os paramédicos tiram os alunos feridos.

Um policial lhe dá uma bofetada.

— Eu não fiz nada — diz Chuy.

— Você me sujou de sangue, *pinche pendejo*.

Ele empurra Chuy até o banco traseiro de seu carro.

Clara é empurrada ao seu lado.

Seis viaturas levam os estudantes até a delegacia de Tristeza.

— Vai ficar tudo bem — Chuy diz a Clara.

A polícia não mata ninguém na delegacia.


Ariela vai para seu escritório para controlar a crise.

Agora, o que se sabe é que houve um "incidente" envolvendo estudantes sequestrando ônibus e que foram feitos disparos. Várias pessoas foram levadas a uma clínica de emergência.

Ela fala com seu chefe de polícia, que confirma que seus policiais dispararam contra os estudantes, "após provocações". A maioria dos estudantes escapou, mas cerca de quarenta — ele ainda não tem certeza — estão detidos.

Ariela liga para Tilde.

— Nós não podemos nos aproximar do ônibus — diz ele. — Ele ainda está na estrada. Alguns dos estudantes voltaram. Professores da faculdade. Jornalistas.

— Você precisa chegar àquele ônibus.

— Eu sei.

— E jornalistas? — pergunta ela. — Isso não pode acontecer.

Ela não vai aceitar — não pode aceitar — reportagens se solidarizando com os universitários idealistas e brutalizados em sua cidade. Mas se jornalistas enxeridos encontrarem a heroína no ônibus, aí já é uma história inteiramente diferente. E isso, apenas em termos públicos — se Sinaloa fizer a ligação entre eles e a carga de heroína, haverá uma guerra antes que ela esteja pronta.

Portanto, duas histórias, pensa ela: uma para o público, outra para o mundo narco. Em uma, estudantes radicais sequestram alguns ônibus e depois atacam policiais que estão tentando fazer seu trabalho. A polícia se defende — infelizmente, alguns estudantes saem feridos. Mas a culpa é dos estudantes, não da polícia.

A segunda história vai para Núñez — alguns dos alunos eram aliados de — ou, ao menos, usados por — Los Rojos e levaram os ônibus com a ideia equivocada de que havia um carregamento de Sinaloa neles, naquela noite.

Essa é a história que ela conta a Núñez.

A história que ela conta a seu próprio pessoal.

Keller pôs o celular para vibrar, para que não acorde Mari, embora ele duvide que ela esteja dormindo. Ele fica com o aparelho à mão, para ouvi-lo vibrar, enquanto fica sentado na poltrona e tenta ler as solicitações de comutação.

Ele reflete que ele e Althea estavam divorciados quando os filhos eram adolescentes, ela e as crianças morando mais nos EUA, ele no México, portanto, ele nunca ficou acordado dessa forma, esperando um carro encostar na entrada da garagem, a porta abrir, os passos adentrarem a casa.

Nem sentou esperando o telefone tocar, torcendo para que fosse seu filho lhe dizendo que ele ou ela estava bem, sem perceber que seu sentimento é bem mais de alívio do que de raiva. Apenas rezando para que a ligação não seja da polícia.

Tudo isso recaiu sobre Althea.

Eu deveria ligar para ela e me desculpar, pensa ele. Eu deveria ligar para ela e me desculpar por muitas coisas.

Não, ele diz a si mesmo, é para os seus filhos, ambos já adultos, que você deveria pedir desculpas. A dura verdade é que você dispensou mais cuidados a Chuy Barajos do que a eles, e não se admira que eles sejam literalmente estranhos. E não adianta dizer a si mesmo que eles estão bem — eles estão bem apesar de você, não por sua causa.

O celular vibra na mesinha de canto.

Keller o atende e ouve Orduña dizer:

— Aconteceu uma coisa.

Uma viatura entra no estacionamento da delegacia de Tristeza.

Um policial sai e Chuy o ouve dizer:

— Você não pode trazê-los pra cá.

— Por que não?

— O chefe disse. Leve-os para Loma Chica.

— Por que Loma Chica?

— Não sei. Apenas leve-os para lá.

Os carros saem novamente e seguem até a subestação de Loma Chica, na periferia nordeste da cidade.

O carro de Tilde, um Land Rover branco, segue devagar e passa pelo ônibus. Agora, deve haver cerca de cem pessoas no local — estudantes, professores, jornalistas —, perambulando, tirando fotos, examinando os buracos de bala no ônibus.

— Não podemos nos aproximar — diz Tilde.

— Se acha que eu vou perder um milhão de dólares em heroína, você está maluco — afirma Fausto. — Dê meia-volta.

— O que você vai fazer?

— Tirar aquelas porras de perto daquele ônibus — diz Fausto. — Pare o carro.

Tilde encosta e Fausto desce.

— Venha.

Dois outros caras saem do banco traseiro.

Eles ficam do lado de fora do carro, miram os AKs e abrem fogo. Dois estudantes caem mortos, outros ficam feridos.

A multidão ao redor do ônibus corre.

— Vamos — diz Fausto.

Ele trota até o ônibus. Enquanto os outros dois disparam para o ar, ele desparafusa a tampa que cobre o compartimento de bagagem e tira os tijolos de pasta de heroína.

Alguns minutos depois, Tilde liga para Damien.

— Está com a gente. Seguirá em outro ônibus que partirá pela manhã.

Então, ele liga para Ariela e lhe conta.

— E os estudantes? — pergunta ela.

— O que têm eles?

— Quem sabe o que eles viram naquele ônibus? — pergunta ela. — Quem sabe que histórias vão contar?

— São apenas garotos — diz Tilde. — Estudantes.

— Não são apenas garotos — retruca Ariela. — Eles são Los Rojos.

— Conversa fiada.

— É verdade — insiste Ariela. — Los Rojos estão usando os alunos para nos atacar. Não podemos deixar que isso aconteça.

— O que você está dizendo?

— Eu estou dizendo que essa lambança é sua, Tilde. Trate de limpar.

Ela desliga.


Keller pousa o celular.

— Orduña diz que a polícia pegou alguns garotos e os levou para a delegacia — ele conta a Mari. — O pessoal dele foi até a delegacia de Tristeza, mas eles não estavam lá. Eles ouviram falar que levaram alguns deles para Loma Chica...

— O que é isso?

— Uma cidade próxima — diz Keller. — O pessoal de Orduña vai até lá.

— Eles acham que Chuy está...

— Eles não sabem — responde Keller. — Eles não sabem muita coisa. Parece que a polícia de Tristeza parou os ônibus, houve disparos, os garotos foram retirados dos ônibus...

— Quantos garotos?

— Eles não sabem — diz Keller. — Quarenta? Cinquenta?

— Meu Deus. E alguém foi ferido?

— Mari, eles não sabem — repete Keller. — Olhe, o pessoal de Orduña é muito bom. Quando chegarem a Loca Chica, eles vão assumir, e a polícia local não vai poder impedir. Eles vão juntar os alunos, vão mantê-los em segurança.

O veículo para.

Um policial sai abanando as mãos.

— Aqui, não! Vá para Pueblo Viejo.

— Mas isso é no meio do nada, porra! — o motorista grita em resposta.

— Ordens.

O comboio sai novamente, segue pela rota 51, que margeia a periferia nordeste da cidade, depois sobe rumo a Del Jardín, em direção à isolada vila de Pueblo Viejo, no pé da serra.

Chuy encosta o rosto no vidro.

Começa a chover.

Uma gota bate no vidro e escorre.

Chuy tenta limpar, como se fosse em seu rosto.

Alguns professores recolhem os alunos feridos no segundo ataque ao ônibus e os levam a uma clínica de emergência, mas não há médicos de plantão.

Ligam para pedir ajuda, mas ninguém vem.

Um professor vai lá fora e grita para os soldados que estão em pé, do outro lado da rua, mas nenhum deles se mexe.

Os corpos de dois alunos mortos estão na chuva.

A porta do carro é aberta e o policial puxa Chuy para fora.

Depois Clara.

Ele fica ali e olha em volta, enquanto os guardas tiram alunos das outras viaturas e deixam todos em pé na chuva.

Caminhões se aproximam.

Não são caminhões da polícia, mas veículos de entregas, uma estranha variedade de veículos.

Um homem sai de uma Land Rover branca e caminha até dois outros homens. Eles conversam, por um minuto, depois o homem grita algumas ordens e os guardas começam a empurrar os garotos para a traseira dos caminhões.

Chuy é empurrado para dentro de um caminhão de entrega e mal tem espaço para ficar de pé, muito menos sentar. Ele segura Clara, enquanto mais e mais estudantes são espremidos na traseira do caminhão, mais apertados que gado. Alguns estão gritando, outros chorando, outros perplexos e chocados, em silêncio.

As portas são fechadas.

Absoluta escuridão.

O ar é úmido e quente.

Ele escuta um garoto gritar:

— Não consigo respirar!

Outros esmurram a porta.

Chuy se sente tonto. Ele poderia desmoronar, mas não há espaço e os outros corpos o escoram.

Um garoto vomita.

Chuy está com tanta vontade de mijar que chega a doer.

Ele dá um tranco, quando ligam o caminhão.

— Para onde os levamos? — questiona Zeferino.

— Para onde se leva o lixo? — pergunta Tilde.

Os paramédicos levam uma hora para chegar à clínica.

A essa altura, mais dois estudantes morreram de hemorragia.

— Eles não estavam lá — diz Keller.

— Como?

— Não estavam em Loma Chica — diz Keller.

— Onde estão eles?

— Ninguém sabe — diz Keller. — Orduña falou que seu pessoal está procurando, mas...

Todos os estudantes desapareceram.

Chuy solta a bexiga. Fica envergonhado de fazer isso na frente da Clara, mas ela nem está notando, pois ele sente o corpo dela desfalecido junto ao seu, inconsciente.

E isso não importa.

O cheiro de urina, merda, suor e medo invade o caminhão.

Isso e a escuridão, e agora ele não precisa fechar os olhos para ver seus filmes, eles preenchem seu cérebro, enquanto ele se esforça para respirar, seu peito estreito apertando, seus pulmões exigindo ar que não há ali.

Eles estão nesse escuro, nesse inferno, pelo que parece uma eternidade, até que, finalmente, as portas são abertas e o ar entra. Dos 22 garotos que estão naquele caminhão, onze já morreram por asfixia.

Clara é um deles.

Eles atiram seu corpo sem vida para fora, como um saco de farinha.

Os tijolos de pasta de heroína são cuidadosamente reembalados em três mochilas. Fausto e seus dois caras entram no ônibus e mantêm as mochilas junto aos pés.

Desta vez, não haverá erros.

O corpo de Eric é encontrado no mato, perto do ataque — o rosto desfigurado, os olhos arrancados, o crânio fraturado, órgãos internos dilacerados.

Ele foi torturado e surrado até a morte.

De quatro, como um animal, Chuy resfolega, tentando respirar.

Tilde chuta sua barriga mais uma vez.

— Los Rojos!

Chuy não sabe do que ele está falando.

— Diga a verdade! — grita Tilde. — Você está com Los Rojos!

Chuy não responde. Por que deveria? Por toda a sua vida, ele foi uma coisa ou outra, e sempre foi a coisa errada.

Isso não é diferente.

Ele ergue os olhos e vê que está em um lixão, ao lado de uma montanha de lixo, um punhado queimando, mesmo com a chuva.

Os estudantes mortos, asfixiados no caminhão, foram jogados como lixo.

Os vivos estão ajoelhados ou deitados em posição fetal.

Alguns choram, poucos rezam.

A maioria está quieta.

Alguns tentam correr e são metralhados, a maioria fica impassível, incrédula, quando homens caminham atrás deles e atiram em suas nucas.

Eles caem à frente, de cara na terra.

Chuy espera paciente sua vez. Quando o homem para atrás dele, Chuy vira, ergue os olhos e sorri.

Torcendo para que isso seja, finalmente, o fim de seus filmes.

Mas quando ele vê o cano da arma e o dedo apertando o gatilho, ele grita:

— Mami!

Ele nem ouve o tiro que o mata.

Keller sabe que o silêncio é agourento.

Ou Orduña não sabe de nada, ou não quer dizer o que sabe.

O celular permanece mudo, inanimado.

Mari está lá em cima, acionando seus contatos no México, e até agora, o que ela descobriu é que seis pessoas estão mortas e 25 estão feridas. Quarenta e três jovens estudantes, provavelmente, incluindo Chuy, estão simplesmente desaparecidos.

Como podem 43 pessoas sumirem assim? pergunta Mari.

Keller sabe bem. Ele viu covas coletivas no México, deixadas pelos zetas, os Barrera e outros. Mais de vinte mil pessoas desapareceram no México, nos dez últimos anos; essas são apenas 43.

Será que isso algum dia irá acabar?

Ele já ligou para Blair e os outros chefes de departamento e disse-lhes que quer todas as fontes empenhadas na localização dos garotos desaparecidos, mesmo sabendo que é provável que eles estejam à procura de cadáveres.

— A polícia simplesmente atirou neles! — disse Mari, com indignação renovada. — Eles pararam os ônibus e abriram fogo! Como puderam fazer uma coisa dessas?! Por quê?!

Ele não tinha resposta.

— E onde estão os garotos desaparecidos? — perguntou Mari.

Mais uma vez, ele não tinha resposta.

Apenas a certeza de que a psique torturada de Chuy Barajos agora está verdadeiramente aquém de conserto, e que sua única esperança é a redenção.

Os irmãos Rentería — Tilde, Zeferino e Moisés — jogam os 43 corpos no monte de lixo. Eles espalham gasolina e diesel por cima, cobrem com madeira, plástico e pneus de borracha, e ateiam fogo em tudo.

Corpos são difíceis de queimar.

Leva o resto da noite e a maior parte do dia seguinte.

Mesmo enquanto os corpos ardem, uma multidão se reúne no gabinete da promotoria pública. Alguns são sobreviventes do ataque, alguns são do corpo docente, outros são jornalistas e cidadãos preocupados.

Alguns são pais. Alguns choram e abraçam seus filhos, aliviados.

Outros não têm a mesma sorte — seus filhos estão mortos ou desaparecidos, e os pais destes últimos fazem apelos ou exigem, desesperadamente, por respostas.

Quarenta e três jovens desaparecidos.

Onde eles podem estar?

Ariela Palomas faz uma coletiva de imprensa.

— Esses alunos são radicais violentos — diz ela — e alguns, eu lamento relatar, não passam de gângsteres, em associação com o crime organizado que vem aterrorizando este estado. Claro que é uma tragédia quando qualquer jovem é morto, mas eles infringiram a lei, resistiram à prisão e atacaram a polícia.

— Eles pediram por isso? — pergunta um jornalista.

— Estas são suas palavras, não minhas — diz Ariela.

Quando questionada, ela alega não ter ideia de onde os 43 desaparecidos podem estar.

— Eles são fugitivos. Provavelmente estão se escondendo.

Os Rentería recolhem os restos e colocam em oito sacos de lixo, que atiram no rio.

Algumas horas depois, os quinze tijolos de pasta de heroína chegam em segurança a Guadalajara. Lá, são processados para virar a "cinnamon" e recondicionados e despachados para Juárez, onde a heroína é abastecida em um trailer com rebocador que é levado ao outro lado da fronteira.

Algumas semanas depois, agentes da SEIDO encontram restos carbonizados no aterro sanitário e sacos plásticos no rio, mas não há como identificá-los como sendo dos estudantes. Mais tarde, naquela semana, manifestantes mascarados ateiam fogo em prédios do governo na capital de Guerrero, Chilpancingo. Dois dias depois, cinquenta mil pessoas marcham na Cidade do México. Acontecem manifestações em Paris, Londres, Buenos Aires e Viena. Alunos da Universidade do Texas, em El Paso, fazem uma vigília e leem os nomes dos estudantes desaparecidos em voz alta.

Em Tristeza, manifestantes incendeiam a prefeitura.

A especulação é que Ariela Palomas tenha ordenado o ataque aos estudantes porque não queria tumultos durante sua conferência de turismo e que, quando a coisa fugiu ao controle, ela acionou seus comparsas dos Guerreros Unidos para fazer uma limpa.

Nenhuma menção da heroína nos ônibus.

Sob uma pressão pública imensa, o governador de Guerrero pede e recebe uma licença. Na semana seguinte, Palomas é presa, na Cidade do México, e mantida na prisão de segurança máxima em Altiplano. Ela diz que não sabe qualquer informação sobre os estudantes desaparecidos. Como poderia saber? pergunta Ariela. Ela estava em um jantar festivo.

O presidente do México envia 900 *federales* e 3500 soldados para Guerrero, para manter a ordem.

Os protestos continuam.

A heroína do ônibus chega a um moinho em Nova York, onde Darius Darnell a fraciona em papelotes. Parte dela vai parar no braço de Jacqui Davis.

Dos dois lados da fronteira, pais pesarosos imaginam o que aconteceu a seus filhos.

**LIVRO 3**

# Los Retornados

*"Devo eu, que destruí meus defensores, voltar para casa?"*

— Alexandre, o Grande

# 1

# As festividades

*"O Natal passou, e negócio é negócio".*
— Franklin Pierce Adams

**Washington, DC**
**Dezembro de 2014**

O que não sai da cabeça de Keller é que o Massacre de Tristeza não teria acontecido se Adán Barrera ainda estivesse vivo.

Não que Barrera fosse se abster de matar aqueles garotos graças a algum escrúpulo moral, mas é que ele era inteligente demais para desencadear um bombardeio público dessa natureza. E Sinaloa era dominante, portanto, o que Barrera dissesse seria lei.

Agora não há lei.

Você matou o lobo, pensa Keller, e agora os coiotes estão soltos.

Em novembro, uma equipe de legistas de uma universidade alemã foi até o lixão e identificou os ossos de um corpo carbonizado como um dos estudantes desaparecidos. Portanto, a verdade do Massacre de Tristeza, como agora está sendo chamado, está vindo à luz: 43 garotos foram levados a um lixão, assassinados, e seus corpos foram queimados, em cima de um monte de lixo. Sem dúvida, alguns deles ainda estavam vivos, quando a gasolina foi despejada e os fósforos jogados sobre eles.

Keller caminha pela lama de inverno e adentra a Second Story Books, na rua P, à procura de uma edição com as pinturas de Leonora Carrington, a favorita de Marisol. É um livro difícil de encontrar; ele poderia comprar pela Amazon, mas prefere procurar no comércio local e, às vezes, a Second Story tem livros que outras lojas não têm.

A história de Ariela Palomas é que ela estava tentando impedir estudantes radicais de saírem ao controle, mas isso é obviamente mentira. Os alunos daquela faculdade vêm fazendo protestos há anos e ela nunca se importou. Tampouco foi convincente a história de que ela não queria se sentir constrangida, em sua conferência importante — o local do evento era distante da rodoviária e nenhum dos participantes sequer sabia a respeito dos protestos que, por sinal, estavam sendo realizados a 130 quilômetros, na Cidade do México.

Não, Palomas está acobertando algo ou alguém tão poderoso, a ponto de aceitar passar o resto da vida na cadeia.

E até agora, o governo mexicano está disposto a comprar sua história.

O povo mexicano, não. O povo, a mídia, as famílias, estão todos gritando que é um "embuste", e Keller não pode culpá-los.

Uma das pessoas que não aceitaria isso, claro, é Marisol.

Em novembro, ela insistiu em ir para a Cidade do México para uma manifestação.

Eles discutiram por isso.

— Não é seguro, Mari — disse Keller.

— Da última vez que houve uma passeata na capital — respondeu Mari —, você marchou junto comigo. Talvez você não se lembre.

Keller lembrava.

Foi no começo do relacionamento deles, e as manifestações em massa irromperam por conta do que os mexicanos viam como uma eleição presidencial arranjada. Keller havia marchado com ela, dormido com ela embrulhado em um saco de dormir, na praça El Zócalo. Ele também tinha marchado com ela em Juárez — talvez ela não se lembrasse disso, mas...

— Eu me lembro, mas isso foi antes...

— De eu ficar aleijada?

— Eu não disse que você é aleijada.

— Então, não me trate como uma.

— Mas seja realista — insistiu Keller. — Sua mobilidade é limitada. Pode haver violência nesse negócio e...

— Eu saio do caminho manquejando — disse ela. — Mas se estiver preocupado, você pode vir comigo.

— Você sabe que não posso fazer isso.

As manchetes seriam brutais, a reação diplomática, pior ainda. Gostando ou não, ele precisa trabalhar com o governo atual, na Cidade do México.

— Seu velho eu iria — disse Marisol.

— Isso não é justo.

— O que não é justo — respondeu ela, começando a se irritar — é que 43 estudantes estão desaparecidos, provavelmente mortos, seis outros foram mortos, e o governo não dá a mínima.

— Eu não sou o inimigo, Mari.

Ela abrandou.

— Não, claro que você não é. E você está certo, eu não estou sendo justa. Desculpe. A minha ida vai lhe causar problemas?

— É provável que sim. — Marisol é uma celebridade no México, as câmeras vão encontrá-la, a mídia americana, principalmente o pessoal forte de direita, vai registrar. — Mas é a sua segurança que me preocupa.

— Eu tenho que estar lá.

Apesar das objeções dele, ela foi.

Milhares de pessoas — famílias de estudantes desaparecidos, ativistas sociais, cidadãos preocupados — marcharam até o prédio do capitólio e, em grande parte, foi pacífico. Então, várias centenas de pessoas se separaram da manifestação principal e marcharam até o Palácio Nacional.

Mari estava com eles.

Assim como Ana Villanueva.

É claro, Keller pensou, quando Marisol ligou para dizer que ele não precisava se preocupar, porque ela tinha uma acompanhante, que a jornalista viera de Valverde para acompanhar o protesto. Diante do Palácio Nacional, alguns dos manifestantes mais radicais puseram máscaras e jogaram garrafas e rojões nos portões. A polícia os fez recuar com canhões de água, e Mari e Ana foram varridas. Assistindo pela televisão, Keller ficou ao mesmo tempo furioso e apavorado. Ao telefone, ele perguntou a Marisol:

—Você está bem?

— Meio molhada, mas, fora isso, bem.

— Não tem graça — disse Keller.

— Era só água, Arturo.

—Você poderia ficar seriamente ferida.

— Mas não fiquei.

Ele suspirou.

— Ficarei feliz quando você estiver em casa.

— Na verdade, eu vou para Tristeza.

— *O quê?*

—Você não me ouviu — perguntou Marisol —, ou não entendeu?

— Não entendi, porque isso é incompreensível — respondeu Keller. — O que você acha que vai conseguir lá?

— Encontrar os corpos.

Keller simplesmente explodiu. Mas que diabo, como é que ela achava que um grupo de manifestantes sem treinamento faria o que o governo não conseguiu, a polícia não conseguiu, equipes de peritos internacionais não conseguiram, seu próprio pessoal não conseguiu? E o que ela achava, que um aluno tinha sido levado ao lixão e morto e os outros estavam... onde? Em uma prisão secreta, em algum lugar? No porão do Palácio Nacional? Em marte? Os restos dos estudantes, ele disse a ela, estão no lixão e no rio, viraram cinza e nunca serão encontrados.

— Terminou? — ela perguntou, quando ele tomou fôlego.

— Por hora.

— Nós vamos para Tristeza — disse ela — para manter o desaparecimento dos alunos na consciência do público e forçar o governo a conduzir uma investigação de verdade. E...

— Deus. O quê?

Marisol continuou:

— Há informações de que o exército está detendo os estudantes em uma base fora da cidade.

— Você não pode acreditar nisso.

— Você pode me dizer que não é verdade?

— A lógica e a racionalidade podem lhe dizer que não é verdade — falou Keller. — Você está apenas mexendo a panela.

— Ela precisa ser mexida — afirmou ela. — O que você está dizendo? "Deixe que os profissionais cuidem disso?"

— Está bem, sim.

— Mas eles não estão cuidando.

— Nós estamos fazendo tudo que podemos — disse Keller.

— Eu quis dizer aqui no México — explicou Marisol. — Por que nós estamos brigando, Arturo? Achei que estivéssemos do mesmo lado.

— Nós estamos — disse Keller. — Só não quero que você vá para Tristeza. A Cidade do México é uma coisa. Guerrero é uma zona de guerra.

— Ana vai comigo.

Ela estava com você, quando você foi atingida e despedaçada, na periferia de Valverde, pensou Keller. Ela será tão inútil para protegê-la agora quanto foi antes.

— Eu vou pedir a Orduña para ir buscar vocês duas e colocar num avião.

— Acho que nem o Departamento de Narcóticos tem permissão para sequestrar pessoas — disse Mari. — E se você vai de repente se tornar algum tipo de paternalista...

— Pare com isso.

—... superprotetor...

— Você está *brincando* comigo, agora?

— Você não pode me dizer o que fazer ou não — disse ela.

Marisol foi a Tristeza, olhou diretamente para a câmera de uma emissora de televisão e disse:

— Nós estamos fazendo o trabalho que as autoridades se recusaram a fazer.

E saiu para procurar covas coletivas.

Agora, já ia além do Massacre de Tristeza. Ana, mais uma vez escrevendo para a coluna nacional do jornal de Juárez, *El Periódico*, relatou que talvez houvesse até quinhentos corpos enterrados na área, ao longo do último ano e meio.

Keller viu a declaração de Marisol no website Breitbart, cuja manchete dizia "ESPOSA DO CHEFE DA NARCÓTICOS LIDERA PROTESTO DE ESQUERDA". Eles não apenas veicularam o clipe da declaração de Mari, em Tristeza, mas também uma foto sua, carregando um cartaz em que se lia YA ME CANSÉ ("Para mim, basta") e um vídeo dela sendo derrubada pelo jato d'água, na frente do Palácio Nacional, com uma legenda dizendo MARI COMUNISTA ESTÁ TODA MOLHADA.

Uma foto separada de Keller fazia parecer que ele estava olhando a esposa e sorrindo.

O *New York Times*, o *Washington Post* e a CNN foram mais contidos, mas também publicaram matérias sobre a esposa do diretor da Narcóticos acompanhando os protestos. O *Guardian* praticamente a beatificou. A Fox News exibiu uma matéria dos manifestantes encapuzados jogando garrafas e rojões, enquanto Sean Hannity perguntava se Art Keller apoiava as atividades radicais da esposa.

Keller foi forçado a dar uma declaração. "Embora esse seja um assunto interno mexicano, o Departamento de Narcóticos está dando sua completa colaboração ao governo mexicano para descobrir a verdade sobre o que ocorreu em Tristeza. Nossos sentimentos e preces estão com os estudantes desaparecidos, seus familiares e entes queridos."

Relutante, Keller for ao ar na CNN e assistiu, enquanto Brooke Baldwin mostrava o vídeo dos protestos. À sobrancelha erguida dela, ele respondeu:

— Minha esposa obviamente toma suas próprias decisões.

— Mas você apoia o que ela está fazendo.

— Meu apoio é a *ela* — disse Keller. — Marisol é uma cidadã mexicana com todo direito de protestar.

— Violentamente?

— Acho que se olharmos a filmagem inteira — disse Keller —, veremos que ela não estava participando da violência.

— Mas ela estava lá.

— Ela com certeza estava lá.

John Dennison apressou-se em comentar, postando no Twitter: "Mari Comunista" constrange o marido. Triste.

Keller recebeu uma ligação de O'Brien.

— Você não consegue controlar sua esposa?

— Eu vou lhe fazer um favor, Ben — respondeu Keller — e nem direi a ela que você falou isso. Mas, só pra constar, eu não tenho interesse em controlar a minha esposa. Ela é uma mulher, não é um Weimaraner.

— Ei, eu estou do seu lado, lembra? — disse O'Brien.

Se você resolver concorrer à presidência, pensou Keller, vai me dispensar como um namorado ruim.

— Então, você vai fazer o anúncio, Ben?

— Neste momento, estou focado apenas em servir às pessoas do meu estado — disse O'Brien. — Mas, olha, se a bela doutora puder se abster, sei lá, de ingressar no Estado Islâmico...

— Tenha um bom dia, Ben.

Quando Mari voltou pra casa, ela disse:

— Vi você na CNN. Obrigada.

— Nós não vamos nos tornar um daqueles casais poderosos de Washington que se comunicam pela TV a cabo, vamos? — perguntou Keller.

— Não.

— O que você descobriu em Tristeza?

— O que você achou que eu descobriria — disse Marisol. — Nada. Não fique exultante.

— Não há com que ficar.

Isso é até sutileza. Foram 49 pessoas mortas — 43 delas "desaparecidas", 6 mortas no local — dentre as quais, provavelmente, Chuy Barajos. Keller não está exultante.

Marisol tem mais notícias ruins.

— Ana vai assumir a investigação. Ela está convencida de que o governo federal está encobrindo algo, e vai escrever uma matéria. Ela tem Óscar para respaldá-la.

— Óscar não deveria ser bobo.

— Ele jamais poderia dizer não a ela — falou Marisol. — Eu estou preocupada, Arturo. Você pode fazer algo para ajudá-la?

— Posso ligar para o Roberto — disse Keller — e pedir que ele fique de olho.

Não vai adiantar muito, pensa Keller. As forças especiais dos mariners têm mais o que fazer do que ficar de babá de uma jornalista, principalmente alguém tão independente e teimosa quanto Ana. Mas ele vai fazer a ligação.

Então, Ana ligou para ele.

— O que você pode me dizer sobre os Palomas?

— Ana...

— Ora, vamos — disse Ana —, você sabe que essa história é *mamadas*. Minhas fontes me dizem que a família Palomas é enturmada com Sinaloa.

As fontes dela estão certas, pensou Keller. Os Palomas são envolvidos com Sinaloa através da facção dos Tapia, há gerações. Quando os Tapia entraram em guerra com os Barrera, os Palomas se mantiveram leais, mas quando eles perderam a guerra, eles se curvaram a Adán, que deu absolvição e lhes concedeu licença para operar em Guerrero.

— Ana, você está em Guerrero? — perguntou Keller.

— Onde mais eu estaria?

— Não sei. Em casa, segura?

— Já passei tempo demais segura, em casa — disse Ana. — Quero sua ajuda nisso, Arturo. Os boatos que correm por aqui é que os Guerreros Unidos estavam envolvidos. Você pode confirmar isso? Em sigilo, claro. Fonte anônima.

— Nós temos fontes que dizem o mesmo.

— Por que o governo mexicano acobertaria os Guerreros Unidos? — perguntou Ana. — Eles são um grupo sem muita influência.

Você já sabe, pensou ele.

Na manhã seguinte ao massacre, Keller havia instruído seu Departamento de Inteligência a lhe passar um resumo completo sobre Guerrero. O que ele descobriu foi que o cartel Sinaloa estava investindo pesadamente em Guerrero como nova fonte de ópio, e que Los Guerreros Unidos e Los Rojos — ambos fragmentos do jarro partido de Tapia — estavam competindo para suprir o cartel. Onde quer que Sinaloa estivesse envolvido, elementos do governo estariam presentes tentando acobertar as coisas.

— As pessoas aqui estão falando que a polícia de Tristeza entregou os estudantes aos narcos — disse Ana. — Você pode confirmar isso?

— Posso confirmar que estão dizendo isso.

Ele sabia que era verdade. Blair tinha obtido transcrições dos interrogatórios aos policiais de Tristeza, e vários deles haviam admitido que entregaram os garotos ao pessoal ligado aos Guerreros Unidos.

Porque Palomas lhes dissera para fazê-lo.

Mas quem deu a ordem a ela? É o que Keller se pergunta agora. Uma prefeita de cidadezinha não ordena, sozinha, o assassinato de 49 garotos.

Chefes de cartel é que fazem isso.

Mas qual?

Quem?

Ninguém nem sabe quem manda nos GU agora.

Talvez os irmãos Rentería, talvez não.

Ou será que eles subiram de patamar?

Para Sinaloa.

Ricardo Núñez está no controle do cartel Sinaloa, ao menos nominalmente. Ele parece estar preparando o filho, afilhado de Adán, para assumir. Mini-Ric tem fama de ser um playboy inútil, um clássico "hijo", mas, ultimamente, tem havido indicações de que ele está começando a se envolver no negócio, de forma séria.

Núñez Sênior não é conhecido como um homem violento ou áspero em especial. Ele é até mais conservador do que foi. Para ele, ordenar ou até sancionar um massacre como esse seria algo incomum. Talvez seu filho seja mais sedento de sangue, mas ele não teria poder para ordenar isso.

Duas outras facções de Sinaloa estão tirando heroína de Guerrero.

Segundo relatos, Elena Sánchez está em luto profundo, contudo, travando uma guerra sangrenta contra Iván Esparza, usando os traficantes de rua como fantoches. Seu único filho sobrevivente, Luis, é o cabeça titular da ala Sánchez, mas ele é engenheiro, não é um matador.

Iván Esparza, por outro lado, é um matador.

Imbecil, esquentado e cruel o suficiente para ordenar ou autorizar algo como o Massacre de Tristeza.

Mas, até agora, não há nenhum elo que leve a ele.

Na verdade, nenhum elo que leve a nenhum deles.

Talvez, pensa Keller, não tenha tido nada a ver com Sinaloa.

Os relatórios da inteligência também indicam que o cartel Novo Jalisco está avançando rumo a Guerrero.

Tito Ascención cresceu pobre, nas plantações de avocado de Michoacán. Ele cumpriu uma pena dura, no violento caldeirão de San Quentin. Já matou inocentes antes — 35, em uma ocasião, em Veracruz, quando os confundiu com zetas. Ele nem piscaria para matar aqueles estudantes, se eles o atrapalhassem.

Mas, como?

Como alguns universitários farreando poderiam atrapalhar?

E por que o governo iria querer encobrir?

Isso era o que Keller e Ana tentavam desvendar.

Então, Ana lhe fez uma pergunta muito interessante.

— Os GU são do pessoal antigo dos Tapia. Será que algum deles ainda sentiria algum resquício de lealdade a Damien Tapia?

Isso seria estranho, pensou Keller.

O que Ana teria ouvido, do que ela sabia?

— Por que você está perguntando isso?

— Só estou jogando conversa fora, Arturo.

Até parece, pensou Keller. Ana é uma jornalista veterana que um dia foi temida por todos, desde os narcos até os oficiais de gabinetes, até mesmo presidentes. Ela nunca desperdiçava algo valioso como uma pergunta.

— O que a faz pensar que Damien Tapia teve algo a ver com isso?

— Eu não acho isso, necessariamente — disse Ana. — É apenas que Damien foi visto lá em Tristeza.

— Por quem?

— Quando você começar a me contar as suas fontes — disse Ana —, eu vou lhe contar as minhas.

— Não vai, não.

— Não vou, não. — Ana riu. — Mas o que você sabe sobre Damien?

É provável que você saiba o mesmo que eu, Keller disse a ela. O filho de Diego guarda um ressentimento contra Sinaloa pela morte do pai e a ruína da família. Ele jurou vingança, mas até agora não fez nada além de postar alguns vídeos no YouTube e escrever algumas canções ruins.

Sinaloa provavelmente já o teria matado, exceto pelo fato de que ele foi um bom amigo de infância dos irmãos Esparza e de Ric Núñez. Ele também foi próximo de Rubén, filho de Tito. Mais jovem de Los Hijos, ele era como um mascote, portanto, foi tolerado. E, se fossem honestos, os poderes em Sinaloa admitiriam se sentir culpados pelo que fizeram com os Tapias.

— Ana, tome cuidado — disse Keller, depois desligou.

Então, ele providenciou que Eddie Ruiz fosse tirado de sua cela e levado até um telefone especial.

— O que você sabe sobre Tristeza? — perguntou Keller.

— Nada — respondeu Ruiz.

— Estão dizendo que os Guerreros Unidos estavam envolvidos.

— E daí?

— Eles são seus antigos meninos — falou Keller. — E Damien Tapia era seu amigo.

— "Amigo", não sei disso não — disse Eddie. — Eu meio que ficava de babá dele, quando o velho dele estava cheirado demais pra isso.

— Você tem tido contato com ele, ultimamente?

— Ãrrã, Keller — disse Eddie. — Ele vem toda quinta e nós jogamos *Pokémon*. O que você acha?

— O que pode me contar sobre Tristeza? — perguntou Keller.

— Mesmo que eu soubesse de algo, o que não sei — disse Ruiz —, você acha que eu lhe daria informação, me comprometendo? Estou perto da porta, Keller. Não vou fazer nada pra ferrar isso.

— Talvez uma pequena terapia de ônibus possa reavivar sua memória — disse Keller.

Eddie estava à vontade em Victorville, seguro. Sua família estava próxima, onde eles podiam visitá-lo. Ser transferido a uma nova instituição seria uma grande dificuldade, talvez até um perigo. Ele teria que conquistar a confiança de um outro mandachuva da Eme, formar novas alianças. Até que Keller mandasse transferi-lo de novo e de novo...

— Mas que porra, Keller — diz Eddie. —Você só vem de chicote, nada de docinho? O que é isso?

— O que você quer?

— Olhe, cara — falou Eddie. — Já faz três anos que eu me entreguei. Dois anos, desde que fizemos aquele pequeno passeio ao sul...

—Você não pode ficar usando essa carta.

— Meu conhecimento tem um preço — disse Eddie. — Talvez, alguns meses reduzidos, no fim?

— Isso cabe aos promotores federais e a um juiz.

— Como se nenhum deles lhe devesse favores — disse Eddie.

Ele está certo, pensa Keller. Bastaria um telefonema, no máximo dois, para antecipar a libertação de Ruiz.

— O que eu ganho por isso?

— Procure os irmãos Rentería — disse Eddie.

— Os Rentería têm influência mediana — afirmou Keller. — Quem deu a ordem?

— Eu lhe falei o que posso — disse Eddie.

Então, seja quem for, é alguém tão poderoso que nem Eddie deduraria. Mas Ruiz sabe que pode jogar os Rentería embaixo do ônibus.

— Se essa informação bater, eu vou lhe arranjar uma AS.

Antecipação de Saída.

—Vai bater — garantiu Eddie.

— Se não — continua Keller — eu vou mandar você pra tudo quanto é presídio por aí.

—Você nunca se cansa de ser um nojento? — perguntou Ruiz.

— Não.

— Foi o que eu pensei.

Keller ligou para Orduña e as Fuerzas Especiales começaram a virar o inferno do avesso em busca dos Rentería. Eles invadiram casas, galpões, reviraram o interior procurando por fazendas de ópio, se tornaram um grande transtorno no comércio de heroína em Guerrero.

Mas não encontraram os irmãos.

Keller ponderava sobre o possível relacionamento entre os Guerreros Unidos e Damien Tapia. De que tipo era, e quem detinha o poder para ordenar os assassinatos de Tristeza? Ele ordenou que sua agência pusesse pressão máxima em todas as fontes, réus e prisioneiros federais para produzir inteligência sobre Tristeza. Acordos foram oferecidos, ameaças foram feitas, prisões, buscas e apreensões, com pressão no limite da legalidade. Todos os informantes criminais foram interrogados sobre Tristeza e pressionados a obter informação.

O pessoal de todos os escritórios de campo rapidamente recebeu o recado: o chefe está em uma cruzada. Pegue o estandarte e marche com ele, ou espere sua carreira empacar como um carro de quatrocentos dólares.

Keller recorreu ao Serviço de Imigração e Aduana e ao Patrulhamento de Fronteiras — se vocês pararem um carro que tenha um grama de maconha, por favor, interroguem sobre Tristeza. Ele usou sua influência nos departamentos de polícia municipal e estadual, para fazer a mesma solicitação — perguntem a todos sobre Tristeza, e ao se depararem com algo sequer possivelmente "positivo", informem de imediato.

Mas, até agora, nenhum resultado.

Keller encontra o livro que está procurando: *Leonora Carrington: Paintings, Drawings and Sculpture, 1940-1949*. Marisol vai ficar contente. Ele vai até o caixa, paga, depois sai de volta à rua.

Alguém matou aqueles estudantes.

Keller vai descobrir quem foi e vai derrubá-lo.

Porque isso está na minha conta.

Você destruiu um monstro, Keller diz a si mesmo.

Agora precisa destruir o próximo.

Sempre houve especulação filosófica sobre a pergunta *E se não houvesse Deus?*, pensa Keller, enquanto caminha pela neve derretida. Mas ninguém nunca perguntou, muito menos respondeu à questão *E se não houvesse Satã?*.

A resposta para a primeira pergunta é que haveria caos no céu e na terra. Mas a resposta à segunda é que haveria caos no inferno — todos os demônios inferiores estariam à solta, em um esforço amoral para se tornar o novo Príncipe das Trevas.

A luta pelo céu é uma coisa.

A luta pelo inferno...

Se Deus está morto, e Satã também, bem...

Feliz Natal.

Hugo Hidalgo tem um presente para Keller.

Ele entra no escritório com um sorriso de gato que pegou o rato, e diz:

— Claiborne talvez finalmente comece a pagar o aluguel. Você já ouviu falar no Park Tower?

— Parece nome de programa da PBS.

Hidalgo explica que Park Tower é um arranha-céu de escritórios comerciais, lojas e apartamentos, na parte baixa de Manhattan. Alguma empresa chamada Terra Company o comprou, nos idos de 2007, durante um boom do mercado imobiliário, dando cinquenta milhões de dólares de sinal, de um total de quase dois bilhões.

— Esse sinal é somente 2,5 por cento — diz Keller.

Hidalgo diz:

— O restante foi em empréstimos com juros altos, a vencerem após dezoito meses, com quitação já acrescida dos juros.

O problema, explica Hidalgo, é que o prédio foi uma furada. A Terra não conseguiu encontrar arrendatários para sequer cobrir os juros, que dirá o principal. E o prédio precisa de uma grande reforma, para voltar ao mercado.

Entra a Berkeley, o fundo de cobertura para o qual Claiborne trabalha.

A Berkeley criou um grupo de investidores para refinanciar o Park Tower e quitar o empréstimo. Em troca, eles receberiam vinte por cento do valor em cotas do prédio novo. Claiborne reuniu dezessete financiadores de bancos dos EUA e do exterior — Alemanha, China, Emirados Árabes.

— Então, qual é o problema? — pergunta Keller.

— O Deutsche Bank acabou de sair — diz Hidalgo. — Agora, Claiborne está correndo contra o relógio para levantar o restante, e faltam 285 milhões de dólares. É dureza, porque o crédito da Terra não vale nada. Então, Claiborne está procurando o que ele chama de "emprestador de último recurso".

— Isso é um eufemismo e tanto — diz Keller.

— Claiborne só me trouxe isso porque eu ameacei cortar a onda dele — conta Hidalgo. — Mas quando tiveram problemas semelhantes, eles recorreram ao HBMX.

Keller reconhece o nome. O HBMX é um banco privado de investimentos que funciona como um grande centro de lavagem de dinheiro para o cartel Sinaloa.

Todas as grandes organizações de tráfico de drogas enfrentam o mesmo problema, que é o contrário do enfrentado pela maioria dos negócios.

Cartéis não têm dinheiro *faltando*, eles têm dinheiro *demais*.

E a maior parte desse dinheiro é em espécie.

Cartéis são negócios de crédito em espécie; eles passam a droga aos intermediários, que pagam quando repassam a droga ao varejista. Não é incomum que um cartel antecipe milhões de dólares em drogas, na boa-fé, algo que é bem garantido com a vida de seus devedores e respectivas famílias.

Não é muito arriscado para nenhum dos lados, porque é praticamente certo que as drogas se vendem. A única coisa ruim que pode acontecer é a droga ser apreendida pela lei, antes de ser vendida; nesse caso, o intermediário apresenta uma prova ao cartel, que costuma ser um boletim policial relatando a apreensão feita por um órgão governamental. Então, eles podem elaborar uma extensão da dívida, ou até o perdão, no caso de um cliente habitual.

A quantidade de dinheiro que circula é brutal.

Mas esse é o problema: o negócio gera quantias exorbitantes de dinheiro em espécie que precisa ser lavado — passado através de negócios legítimos, para que possa ser usado e gasto.

Há uma década e pouco, os cartéis lavavam o dinheiro de forma eletrônica, enviando mundo afora, através de transferências de múltiplos dígitos, até voltar limpo. Porém, a Interpol e outras agências se aprimoraram muito na vigilância eletrônica, portanto, os cartéis passaram a atuar à moda antiga — começaram a mandar o dinheiro fisicamente de volta ao México, onde era depositado em bancos domésticos.

Foi bom enquanto durou, mas os bancos mexicanos não conseguiam lidar com todo aquele dinheiro e as grandes oportunidades de investimento estavam nos EUA. Dessa forma, eles passaram a transferir o dinheiro dos bancos mexicanos aos americanos. O problema era que os bancos americanos tinham regras discriminatórias bem mais severas: eles não podem aceitar depósitos em espécie acima de dez mil dólares, sem o preenchimento de um RAS — Relatório de Atividade Suspeita — e devem preencher um relatório sobre qualquer depósito vultoso, independentemente do valor, com uma origem que seja, bem, suspeita.

Alguns bancos dos EUA e do Reino Unido foram flagrados fazendo movimentações financeiras de dinheiro do tráfico sem o preenchimento desses relatórios e foram multados em alguns bilhões, o que parece muito dinheiro, só que fala-se de cerca de 670 bilhões em transferências eletrônicas, e o lucro dos bancos, naquele ano, foi de mais de 22 bilhões.

O jogo compensa.

Mas o dinheiro não pode trazer benefícios, ou gerar retorno do investimento, se ficar parado nos bancos; portanto, uma das melhores coisas que se pode fazer é investir no mercado imobiliário.

Imóveis são caros.

A construção é cara.

A mão de obra é cara.

E todo o dinheiro pode ser lavado por meio de empréstimos, passado no material, pagando mão de obra que não houve… e por aí vai.

Com um projeto como o Park Tower, as possibilidades são infinitas.

E quando uma empresa como a Terra fica sem dinheiro, em um rio de correnteza veloz, como o projeto Park Tower, sem conseguir mais crédito, ela vai aceitar qualquer auxílio que aparecer, para chegar à outra margem.

O dinheiro das drogas é a única corda salva-vidas, e eles vão agarrá-la.

— Eles recorreram ao HBMX? — pergunta Keller.

— Eles não farão isso — diz Hidalgo —, até que tenham esgotado todas as possibilidades.

Ênfase ao termo "emprestador de último recurso", pensa Keller.

Hidalgo está com uma expressão esquisita no rosto.

— O que foi? — pergunta Keller.

— Sabe quem é o principal sócio da Terra?

— Não.

— Jason Lerner — informa Hidalgo.

— Quem é esse?

— O genro do John Dennison — diz Hidalgo. — Você tem certeza de que quer continuar esse assunto?

Porque é preocupante, pensa Keller.

Dennison vem me atacando, de modo que isso pode ser visto como uma retaliação, ou um ato político, ou ambos. Se Dennison se candidatar a presidente, isso pode abrir uma terrível lata de vermes.

Nós precisamos ser cautelosos.

Imaculados.

— De modo algum — diz Keller — você pode afirmar, ou sequer sugerir a Claiborne que ele aborde o HBMX, ou qualquer outra instituição. Você só pode solicitar que ele forneça informações sobre reuniões que já aconteceriam de qualquer forma.

Keller sabe que é uma distinção muitíssimo tênue, que tende a se romper, mas eles precisam mantê-la.

— Peça ao pessoal da Inteligência para levantar tudo o que tivermos sobre a HMBX, a Terra e a Berkeley — diz ele. — Mas *na surdina*. Misture isso com outras instituições. Acesso estritamente limitado. Você traz isso a mim e somente a mim.

Se Howard farejar isso, ele vai sair correndo direto até Dennison, e vai tudo por água a baixo, antes de sequer começar.

— E quanto a Mullen? — pergunta Hidalgo.

— Eu o manterei informado — garante Keller. — Nós devemos isso a ele. E a mais ninguém.

— E quanto ao Distrito Sudeste? — pergunta Hidalgo.

— É cedo — diz Keller. Um caso de lavagem de dinheiro envolvendo a Terra e a Berkeley estaria na jurisdição da Promotoria Geral dos EUA e do Distrito de Nova York, e eles devem ser incluídos, mas ainda não há provas reais, apenas a possibilidade de um crime que pode ou não acontecer.

E eles também podem deixar o caso vazar, o que colocaria em perigo não apenas a operação, mas o próprio Claiborne, talvez até a garota de programa, pivô da acusação que o tornou um delator.

— Por onde anda a garota de programa? — pergunta Keller.

Hidalgo sacode os ombros.

—Vou pedir a Mullen para ir buscá-la e tirá-la da cidade — diz Keller.

Ele acha que Claiborne não seria capaz de matar a garota, mas sabe que os cartéis são.

Marisol está perambulando pela seção Latino-Americana de Política e Prosa, quando ouve:

— Com licença, dra. Cisneros?

Ela vira e vê uma bela mulher de meia-idade, de cabelos louros acinzentados.

— Sim, sou eu.

— Althea Richardson — diz a mulher. — Antes eu fui Althea Keller.

—Ah. Encantada.

Ambas riem do momento constrangedor, quando a ex-esposa de um homem encontra sua esposa atual.

— Eu a reconheci das fotografias das revistas — diz Althea —, mas elas não lhe fazem justiça.

—Você é muito gentil — diz Marisol — e até mais bonita do que Arturo descreveu.

— Tenho certeza de que Art nunca falou nada do tipo — diz Althea, sorrindo. — Ele pode ser sem noção, mas não tão sem noção a ponto de falar uma coisa dessas à esposa.

— Talvez nós ainda não fôssemos casados.

— Ouça, isso é meio constrangedor — diz Althea —, mas você gostaria de tomar um café, ou algo assim?

— Está bem, por que não?

Marisol descobre que gosta muito da ex-esposa de Arturo. Isso na verdade não chega a ser surpresa; ele sempre falou muito bem dela e assumiu toda a culpa pelo divórcio. O que surpreende Marisol é como Althea é engraçada. Engraçada e perspicaz, e brincalhona, e como ela faz piadas de si própria.

As duas logo estão rindo das histórias de Art Keller e descobrindo que têm muito em comum.

Não apenas em relação a Art.

Suas visões políticas são bem próximas, as ideias em relação ao papel das mulheres são parecidas, e depois de apenas alguns minutos, Marisol acha que pode ter encontrado uma verdadeira amiga nessa cidade.

— Os ataques contra você têm sido horrendos — diz Althea.

Marisol dá de ombros.

— A direita é a mesma em todos os países, não? Eles não gostam de mulheres que sejam, como se diz, altivas.

— O que você vai fazer se...

Althea para.

— Se Arturo for demitido?

— Desculpe — pede Althea. — Isso foi muito grosseiro.

— Não, é a realidade — diz Marisol.

— Vocês ficariam em Washington?

— Acho que sim — diz Marisol. — Mas me conte sobre você.

— Não há muito que contar. Eu leciono ciências políticas na American. Recentemente enviuvei...

— Eu lamento muito.

— Bob e eu tínhamos o perfil do casal acadêmico — diz Althea. — Era bacana, ficávamos sentados na sala juntos, ouvindo a Rádio Pública Nacional, fazíamos caminhadas com nossos trajes L.L. Bean. Finais de semana com degustações de vinho, férias de verão no Martha's Vineyard ou na costa de Maryland. Depois ele adoeceu; o último ano não foi tão bom.

— Eu lamento.

— Eu até que estou indo bem — diz Althea. — Só é estranho, sabe, acordar de manhã e virar e ver aquele lado da cama vazio. E não consigo me acostumar a cozinhar só pra mim. Muitas vezes, nem me dou ao trabalho, compro algo pra viagem. Sou uma péssima cozinheira, mesmo, talvez o Art tenha lhe falado.

— Não.

— O pobrezinho cozinhava para se defender.

— Tenho certeza de que não é verdade.

— É triste — diz Althea. — No Mr. Chen, já me conhecem pelo primeiro nome. Fora isso, passo meu tempo caçando em livrarias, abordando as esposas de ex-maridos.

— Fico contente que você o tenha feito.

— Eu também.


Naquela noite, quando Keller chega em casa, Marisol diz:

— Adivinhe com quem eu trombei, hoje à tarde? Althea. — Ela acha divertida a expressão totalmente desconcertada dele. — Ela veio até mim e se apresentou. Nós tomamos café juntas.

— Falaram de mim?

— Mas que ego — diz Marisol. — No começo, é claro. Depois, acredite ou não, nós encontramos outros assuntos para conversar.

— Aposto que sim — diz Keller.

Marisol fala:

— Dá pra ver por que você a ama.

— Amava.

— Bobagem — diz Marisol. — Não tem como ser casado com alguém como ela, por tanto tempo, ter filhos juntos e não amá-la. Não estou com ciúme, Arturo. O que foi, eu deveria desgostar de Althea só porque você foi casado com ela? Desculpe se eu não sou um clichê.

— Estereótipo.

— O quê?

— Um clichê — explica Keller — é uma expressão banal. Estereotipo é um... Ela o petrifica com o olhar.

— É mesmo? Você agora vai corrigir meu inglês?

— Não. Não vou.

— Boa escolha — diz Marisol.

— Bem, se você encontrar de novo com ela...

— Ah, mas eu vou — interrompe Marisol. — E você também, na verdade. Ela vem aqui para o *Nochebuena*. Ah, Arturo, vamos fazer um Natal mexicano, este ano. Nós tivemos tanta morte. Seria bom pra nós se tivéssemos um pouco de vida.

— Claro, *isso*, sim, mas...

— O quê?

O rosto dela é o retrato da inocência fingida.

— Althea. Você poderia ter me consultado primeiro.

— Mas você teria dito não.

— Isso mesmo.

— Então, por que eu perguntaria? — questionou Marisol. — Ela ficaria sozinha e isso não é certo. E eu realmente gosto dela, muito, mesmo. Ana também vem. Você ficara em uma ilha de estrogênio.

— Que ótimo.

— O que Hugo vai fazer?

— Não sei.

— Pergunte a ele.

Keller sabe o que ela está fazendo, mesmo que ela não saiba. Ele é um solitário, fica à vontade estando só, mas Mari é uma criatura social; seus dias mais felizes eram entre um círculo de amigos próximos, para quem um poema novo era ocasião suficiente para uma festa. Ele esteve presente em algumas dessas reuniões — a bebida, os debates fervorosos, a cantoria, o riso. Muitos desses amigos já se foram — assassinados na guerra das drogas — e ela está, talvez sem perceber, tentando recriar o calor daquele abraço, dos braços ao redor dela, de seus braços em volta deles. Ele sabe que ela é solitária neste país, então, diz a si mesmo para não ser um babaca e não criar objeções aos planos natalinos dela.

Hugo Hidalgo ri na cara de Keller.

— Eu quero ter certeza de que não entendi errado: você quer que eu vá à sua casa para jantar com você, sua esposa e sua ex-esposa? Não. Deixe-me dizer de novo. *Cruzes*, não.

— O que você vai fazer no Natal?

— Não vai ser isso.

— Você é mais inteligente do que parece — diz Keller.

— Não força, chefe.

Keller usa seu trunfo:

— Mari adoraria que você fosse.

— Mas que droga.

— Você deveria ter se programado — diz Keller. — O fracasso na programação é a programação para o fracasso.

Ana chega na noite de Natal.

É impressionante, pensa Keller, como ela se parece cada vez mais com um passarinho, com seu narizinho bicudo e seu porte frágil, como se tivesse só ossos ocos. Seus cabelos com corte pajem agora estão brancos.

Ana está no degrau da porta, vestindo um sobretudo, segurando a mala como uma órfã de meia-idade. Keller abre a porta e ela o beija no rosto.

Ela está com cheiro de álcool.

— Seu quarto já está todo arrumado — diz Keller.

— Ah, pensei que ia dormir na manjedoura.

— Posso jogar um pouco de palha, se você quiser — diz Marisol.

Ela talvez até tenha um pouco, pensa Keller. Mari esteve em um frenesi com os preparativos, decorando a casa com tradicionais poinsétias vermelhas, montando o *nacimiento*, uma cena natalina, e comprando comida especial como o peixe especial, o *bacalao*. Agora ela passa da cozinha para a sala, arrumando os pratos e copos, mexendo a comida, sempre bebericando o vinho e papeando com Ana.

Então, ela e Ana saem para a missa da meia-noite.

— Althea vai nos encontrar lá — Marisol diz a Keller. — Tem certeza de que não quer vir?

— Eu vou passar.

— Nada de trapacear e cair no ponche antes de nós voltarmos — diz ela.

— Pode deixar.

Embora o cheiro esteja ótimo — polpa de fruta, canela e rum em fogo baixo no fogão. Isso, o peru e o presunto no forno. Marisol fez tudo a que tinha direito. Eles vão comer sobras até o Dia da Marmota.

— Você não vai se esquecer de regar o peru, vai? — pergunta ela. — Nós diremos oi ao menino Jesus, por você.

Dois segundos depois que ela sai pela porta, ele dá um tapa no ponche.

O ponche dá um tapinha também, está tão bom quanto o cheiro.

Keller está só sentado, assistindo *A felicidade não se compra*, quando a campainha toca e é Hidalgo.

— Droga — diz Hidalgo.

— O que foi?

— Esqueci meu colete à prova de balas.

— Não faz mal — diz Keller —, as mulheres só miram a cabeça. Quer um pouco de ponche?

— Eu quero muito ponche — diz Hidalgo. — Jesus, que cheiro bom que está aqui.

— Mari passou a semana fazendo *tamales*.

— Não passou da sua hora de deitar, chefe?

Keller é conhecido por acordar cedo e igualmente conhecido por ser um dos primeiros a chegar ao escritório, todas as manhãs.

— Pois é.

— Ei, se quiser tirar um cochilo, eu fico de guarda.

Espertinho.

— O que está passando na TV? — pergunta Hidalgo. Ele pega um copo de ponche e senta. — Ah, sim. Eu gosto desse. Então, onde estão as esposas irmãs?

— Na missa. Pode fazer todas as piadas agora, Hugo.

— Temos tanto tempo assim? — pergunta Hidalgo.

— Outra coisa — diz Keller. — Nada de falar de trabalho hoje à noite.

— Pode deixar — diz Hidalgo. — Mas antes do banimento entrar em vigor: temos feito um levantamento de dados de Damien Tapia.

— E?

— A repórter está certa. Tapia foi visto nos arredores de Tristeza. Ele foi visto lá, naquela noite, com os irmãos Rentería. Estão dizendo que os Guerreros Unidos estavam transportando heroína tanto para Sinaloa como para Damien.

— Você acha que eles tiveram culhão pra ferrar Sinaloa?

— Existem rancores antigos, não? — pergunta Hidalgo. — Você não estava lá, quando o pai de Damien foi morto?

— Andou puxando minha ficha, Hugo?

— Compilação de trabalho, chefe — responde Hidalgo. — Então, talvez os Rentería tenham redescoberto suas antigas raízes Tapia e estejam trabalhando com o garoto.

— Pode ser — diz Keller. — Mas não creio nele como causa da morte dos estudantes. Damien Tapia não tem peso pra fazer aquilo sozinho. Outra pessoa deu a ordem.

— Quem? — pergunta Hidalgo. — Até onde sabemos, o "Jovem Lobo" não é associado a ninguém.

— Não sei — diz Keller. — Continue trabalhando nisso. Mas não hoje. E não diga nada a essa repórter.

— Achei que ela fosse sua amiga.

— Ela é. E eu queria muito que ela ficasse fora disso.

Ele já perdeu amigos demais.

As mulheres voltam cantando.

Elas ficam nos degraus da porta como carolas e cantam *villancicos*. Ou pelo menos tentam, por entre risadas.

Althea está linda.

Ela envelheceu com graciosidade, como dizem. Seus cabelos louros acinzentados estão curtos, os olhos azuis brilham por trás dos óculos baixos, no nariz comprido e curvo. Keller havia se esquecido como ela é linda, e só agora, enquanto a observa cantando, ele lembra que ela era determinada a se tornar fluente em espanhol, quando eles moraram no México.

Ela ergue os olhos pra ele e sorri.

A canção termina e as três mulheres começam a versão espanhola de "Noite Feliz".

*Noche de paz, noche de amor,*
*Todo duerme en derredor...*

É uma canção suave e linda e leva Keller de volta a um Natal, Deus, há trinta anos, a última noite de Natal que ele passou com a família, na época em que as coisas estavam bem, pouco antes de Ernie ser morto, e foi naquela noite de Natal que Althea pegou as crianças e o deixou em Guadalajara, porque estava com medo por eles e por si.

*Entre sus astros que esparcen su luz,*
*Bella anunciado al niñito Jesús...*

Naquela noite, havia crianças cantando *villancicos* na rua, do lado de fora da casa deles, quando ele beijou Althea e a pôs em um táxi, com as crianças, rumo ao aeroporto, achando que eles logo estariam juntos de novo, ou no México ou nos EUA. E ele havia passado o dia de Natal com os Hidalgo, vendo o pequeno Hugo abrir seus presentes, e apenas alguns dias depois Ernie foi raptado, torturado e morto, e o mundo ficou sombrio, e Keller nunca mais voltou com Althea, nunca mais voltou para sua família.

*Brilla la estrella de paz,*
*Brilla la estrella de paz.*

A canção termina e vem um momento de silêncio perfeito.
Uma calma perfeita.
Eterna.
Então, Keller diz:
— Entrem.

Outros convidados chegam.
No fim das contas, Marisol convidou todos que ela conhece e qualquer pessoa que viu, ao longo das últimas semanas; portanto, há pessoas de seus eventos beneficentes e quadros diretores, gente da embaixada mexicana, garçons de seus restaurantes preferidos, balconistas da livraria, o pessoal da lavanderia, vizinhos...
Keller reconhece a maioria dos convidados em sua casa, mas não todos.
Essencialmente solitário, ele está surpreso em descobrir que não odeia esse momento e que até está se divertindo.
A comida está fantástica.
Quando a maioria dos americanos pensa em comida mexicana, eles pensam em burritos e tacos recheados com frango, carne ou porco, cheios de queijo e feijão frito duas vezes, mas Keller sabe que a comida mexicana é muito mais variada, sofisticada e sutil.
O peru com molho cremoso está delicioso, mas Keller cai dentro dos *romeritos en revoltijo* — camarões, batatas e *nopales*, com alecrim, cozidos em molho de *ancho*, *mulato* e *pasillachiles*, amêndoas, cebola e alho.
O *bacalao* é um prato tradicional do Natal. Marisol deixou o bacalhau salgado de molho por um dia inteiro, depois tirou a pele e as espinhas, tirou as sementes e descascou os *ancho chiles*, depois bateu com tomates frescos. Depois ela encheu a casa com um aroma tentador, enquanto fervia o molho com folhas de louro, canela, pimentão vermelho, azeitona e alcaparras. Então acrescentou as batatas e cobriu com os *chiles güeros.*

Mas Natal não é Natal sem *tamales*.

Marisol tinha recheado as cascas de milho com porco, carne e frango ("somente a carne escura, por favor, Arturo, o peito fica seco demais"), mas ela também fez um pouco ao estilo oaxaquenho, envolvendo as folhas de banana-da-terra com frango e cebola, pimentões *poblano* e chocolate.

Se não fosse o bastante, um panelão de *pozole* está cozinhando em fogo baixo e tem um pote enorme de *ensalada de noche buena* — alface, beterraba, maçãs, cenoura, fatias de laranja, pedaços de abacaxi, jicama, noz-pecã, amendoim e sementes de romã.

Para sobremesa, Marisol fez pilhas de *buñuelos* salpicados de açúcar, mas, como a maioria dos convidados é mexicana, e nenhum mexicano bate à porta de alguém de mãos vazias, também há *roscas de reyes*, pudim de arroz, *tres leches*, bolos, *polvorones de canele* e flan.

Com certeza, ninguém vai ficar com fome, nem sede.

Para os que não bebem, há cidra quente de maçã e chocolate quente, e, para os que bebem, há *rompope* — gemada com rum — e o *ponche navideño*. Marisol teve um bocado de trabalho para encontrar *atole champurrado* ("cai tão bem com tamales"), e a cerveja Noche Buena, mas só da marca feita pela Cuauhtémoc Moctezuma (Keller não teve coragem de dizer a ela que a empresa foi adquirida pela Heineken).

Mantendo-se um pouco à parte, forçando-se a sair de seu eu teimoso, Keller vê que Marisol está em sua glória. Seu lar está cheio de gente, comida, bebida, conversa, riso. Um convidado trouxe um *bajo sexto* e encontrou um cantinho sossegado para prover um som de fundo de *norteño* a doze cordas. Keller percebe que a esposa está inconscientemente balançando ao som da música mesmo enquanto faz questão de apresentar Hugo a uma moça muito bonita que Keller acha reconhecer da Busboys and Poets.

— Casamenteira? — ele pergunta à Marisol, quando ela completou sua missão.

— Eles são perfeitos um para o outro — diz ela. — E seria bacana que ele tivesse alguém. Você conversou com Althea?

— Bem, isso foi direto. Ainda não.

— Mas vai conversar.

— Sim, Mari, vou.

Alguns minutos depois, ele trombou com Althea, no corredor, quando ela estava saindo do banheiro.

— Como nos velhos tempos, Art — diz ela. — É bom vê-lo.

— Você também. Lamento sobre Bob.

— Obrigada. Ele era um cara bom.

Eles ficam ali, em um constrangimento esperado, até que Keller pergunta:

— O que você tem ouvido das crianças?

As crianças não são crianças, Keller lembra a si mesmo — Cassie está com 35; Michael, com 33 — e ele perdeu grande parte do crescimento deles.

Perseguindo Adán Barrera.

— Bem — diz Althea —, Cassie está com um cara. Finalmente. Acho que esse é sério, ela até tira algumas folguinhas do trabalho.

Cassie é uma professora fanática de educação especial no primário, em Bay Area. Keller acha que tanto sua preocupação social como o fanatismo são genuínos.

— Não quero me antecipar — diz Althea —, mas pode ser que você logo receba um convite.

— Acha que ela gostaria de me ver lá? — pergunta Keller.

Keller tinha permanecido o melhor pai que ele pôde ser — ele sustentava os filhos, colocou os dois na faculdade, os via quando podia e quando eles queriam, mas foram se distanciando e agora são literalmente estranhos. Um telefonema de vez em quando, um e-mail, e só. Se eles estiveram interessados em vê-lo, não expressaram isso.

— É claro — diz Althea. — Ela vai querer o pai conduzindo-a até o altar. E nós talvez devamos nos oferecer para ajudar com as despesas.

— Fico feliz em fazer isso. E Michael?

— Ele está sendo Michael — responde Althea. — Agora está em Nova York, talvez você saiba.

— Não.

— Desta vez é filme — diz Althea. — Ele está tentando ingressar em um programa da NYU; enquanto isso, está trabalhando como assistente particular freelancer, seja o que for isso.

— Onde ele está morando?

— Com alguns amigos, no Brooklyn — diz Althea. — Está tudo na página dele, no Facebook.

— Eu não vou me comunicar com meus filhos através de redes sociais — diz Keller.

— É melhor do que não se comunicar de nenhuma maneira — diz Althea. — Então, ligue pra ele.

— Não tenho o contato dele.

— Me dê seu celular.

Keller entrega o aparelho e ela aperta uma porção de teclas.

— Agora tem. Ligue pra ele, ele vai adorar ter notícias suas.

— Não vai, não, Althie.

— Ele estava magoado — diz ela. — Você simplesmente sumiu naquele lugar onde você vai. Ele foi deixado com um pai herói distante, que estava fora fazendo coisas nobres, então, ele nem sequer teve o conforto de se ressentir pelo abandono, sem culpa.

— Achei que seria melhor se eu não entrasse e saísse da vida de vocês.

— Talvez tenha sido — diz Althea. — Ligue para as crianças, puxe conversa à toa, essas coisas.

— Tá.

— Você se deu bem com Marisol — diz Althea. — Ela é maravilhosa.

— Casei com alguém melhor que eu.

— Duas vezes.

— É verdade — diz Keller.

— Não, eu estou feliz por você, Art.

— Obrigado.

— E tente ser feliz, está bem? — diz Althea. — Nem todos os problemas do mundo são culpa sua.

— E você? Está feliz?

— Neste momento, um pouco de bolo *tres leches* me deixaria feliz — diz ela, e se espreme para passar por ele. — Ligue para as crianças.

São quase três horas da madrugada, quando Marisol entrega as varetinhas faiscantes e conduz os últimos convidados até a rua, em um pequeno cortejo meio embriagado.

— Os vizinhos vão chamar a polícia — diz Keller.

— A maioria dos vizinhos está aqui — responde Marisol —, e também a polícia. Eu convidei pelo menos três deles.

— Esperta.

— Esse *não* é meu primeiro Nochebuena. E olhe. — Ela projeta o queixo para onde Hugo está com o braço ao redor da jovem da livraria. — Será que eu sei ou que estou fazendo ou não?

— Eles ainda não estão exatamente caminhando para o altar.

— Você espere.

Althea se aproxima e dá um abraço em Marisol.

— Eu vou indo. Obrigada pela melhor noite que eu tenho em muito tempo.

— Não teria sido tão boa sem você.

— Ela é pra ficar, Art — diz Althea. — Tente ficar com ela, tá?

Keller fica olhando, enquanto ela se afasta caminhando pela rua, girando sua varetinha cintilante.

O sol está quase nascendo, quando os últimos convidados vão embora. Marisol está na sala e diz:

— Talvez a gente possa simplesmente tacar fogo na casa?

— Vamos tacar fogo de manhã — diz Keller.

— Já é de manhã — observa Ana.

— Apesar disso, eu vou pra cama — diz Marisol. — Boa noite, meu amados.

Keller tenta dormir, mas não consegue. Mari está completamente apagada quando ele levanta, vai até seu escritório e pega o telefone.

Ele liga primeiro para Cassie.

Ela sempre foi mais branda, mais pronta a perdoar.

— Cassie Keller.

— Cassie, é o pai.

— A mamãe está bem?

— Está todo mundo bem — diz Keller. — Só liguei para dar um oi. Feliz Natal.

Um breve silêncio, depois:

— Bem, olá, e Feliz Natal também.

— Sei que faz bastante tempo.

Ela tenta esperar que ele fale mais, depois diz:

— Então, como vai você?

— Bem, eu estou bem — responde Keller. — Então, a mãe me falou que você está séria, com um cara.

— Não me venha todo "pai", agora.

— Mas é verdade?

— É, acho que é verdade, sim — diz Cassie.

— Bem, que bacana — fala Keller. — Ele tem nome?

— David.

— O que o David faz?

— Ele leciona.

— Na sua escola? — pergunta Keller.

— Ãrrã.

— Bem, que bacana.

— Você vai ficar falando isso? — pergunta Cassie. — "Que bacana"?

— Acho que não sei mais o que dizer. Desculpe.

— Não, é legal — diz Cassie. — Você deveria conhecê-lo, qualquer hora.

— Eu gostaria.

— Eu também.

Eles conversam por mais alguns minutos — conversa à toa — depois combinam que ele vai ligar para ela, na semana seguinte. Keller toma vários goles de café antes de ligar para o número de Michael.

Cai na caixa postal.

— Aqui é Michael. Você sabe o que fazer.

— Michael, aqui é seu pai. Não se preocupe, está tudo bem. Só liguei para dar Feliz Natal. Liga de volta, se você quiser.

Dez minutos depois, o telefone toca.

É Michael.

Keller pode imaginá-lo lá sentado, tentando resolver o que fazer. Ele fica contente que o filho tenha decidido ligar de volta e lhe diz isso.

— É, bom, eu fiquei em dúvida — diz Michael.

— Eu entendo.

— Quer dizer, primeiro, eu achei que fosse meu aniversário, ou algo assim — diz Michael. — Depois, percebi que não era, é o de Jesus.

Eu mereço isso, pensa Keller.

Ele fica de boca fechada.

— Então, o que aconteceu? — pergunta Michael.

— Só o que eu falei. Eu queria dar um oi, saber como você está.

— Eu estou bem — diz Michael. — Como vai você?

— É, bem.

Silêncio.

Keller sabe que Michael está esperando que ele dê o próximo passo, e que ele é perfeitamente capaz de esperar para sempre, tendo a teimosia também em seu DNA. Então, Keller diz:

— Ouça, daqui a um ou dois dias, eu posso pegar o Acela e chegar aí, em três horas.

Silêncio, então…

— Olhe, não leva a mal — diz Michael —, mas eu estou bem ocupado, neste momento. Estou em filmagem. É só industrial, mas trabalho é trabalho, e não posso estragar esse contato.

— Não, claro.

Mas o lado manso de Michael fala mais alto.

— Mas você está bem, não é?

— Sim, estou, sim.

— Certo. Bem…

— Na próxima — diz Keller — eu ligo com antecedência.

— Seria ótimo.

É um começo, pensa Keller, desligando. Ele entende que o filho é orgulhoso demais para fazer as pazes de primeira. Mas é um começo.

Algumas horas depois, Marisol desce, com uma aparência bem amarrotada.

— Se você realmente me amasse, me daria um tiro. Ops, acho que isso foi de mau gosto, eu retiro. Feliz Natal, Arturo.

— Feliz Natal — diz Keller. — Eu liguei pra Cassie e pro Michael.

— Como foi?

— Com a Cassie, bem; com Michael, nem tanto — responde Keller. Ele conta sobre sua oferta desdenhada de ir até Nova York. — Tive o que mereci. Ele é um garoto orgulhoso, acabou comigo. Sabe de uma coisa? Bom pra ele.

— Vai levar um tempinho — diz ela. — Mas ele vai voltar pra você, você vai ver.

De qualquer maneira, feriado errado, pensa Keller, aquele é a Páscoa.

Nem tudo volta.

Ele viu as estatísticas de fim de ano: 28647 morreram de overdose de heroína e derivados de ópio, em 2014.

Quarenta e nove garotos no México, em ônibus.

Nos EUA, 28647 por drogas.

Nenhum deles vai voltar.

E você está fracassando em seu trabalho.

— Eu te amo, mas vou voltar pra cama.

— É, na verdade, eu vou para o escritório.

— É Natal.

— Então, estará bom e tranquilo — diz Keller. — Estarei de volta antes de você levantar.

Ele vai de carro até Arlington, entra no escritório e se debruça sobre os dados de inteligência compilados sobre Tristeza.

Porque ele sabe que eles estão deixando de notar alguma coisa.

Ele volta na história — a última vez em que gente inocente foi tirada de um ônibus e assassinada foi em 2010, quando os zetas pararam um ônibus vindo pela estrada 1 e mataram todo mundo, equivocadamente achando que eram recrutas do cartel Golfo.

Poderia ter acontecido isso em Tristeza?

Se fossem os Guerreros Unidos, será que teriam achado que os alunos eram Los Rojos? Talvez, mas como poderiam cometer esse erro? Traficantes veteranos como os GU não poderiam ter achado que um bando de garotos de esquerda, em uma farra, eram narcos nascentes.

Será que havia alguma verdade nisso? Poderiam alguns estudantes ter envolvimento com Los Rojos, e os GU mataram todos, só pela certeza de terem matado os "culpados"?

Volte um pouco, pensa Keller.

GU e Los Rojos estão brigando pelo fornecimento de heroína para Sinaloa. Damien Tapia pode estar envolvido com os GU. Tapia foi visto com os irmãos Rentería, nas proximidades da rodoviária de Tristeza, então…

Meu Deus, nós estamos focando a questão errada.

Nós estamos focando nos estudantes, quando...

Ele liga pro Hugo.

— Meu Deus, chefe, é Natal.

— Não tem a ver com os estudantes — diz Keller. — Tem a ver com os ônibus.
Tinha heroína nos ônibus.

Três dias depois do Natal, no Día de los Santos Inocentes, Rafael Caro faz seu próprio café da manhã, na cozinha de sua casa, em Badiraguato.

O fogão a gás tem quatro bocas. Tem uma panela de *pozole* em uma delas, uma panela para os seus ovos na outra, e um bule velho na terceira. Caro senta junto à mesa dobrável na cozinha, com sua camisa de brim e sua velha calça de sarja, um boné azul na cabeça, embora ele esteja dentro de casa. Ele come seus ovos e pensa em Arturo Keller.

Keller, o mesmo homem que o colocou no inferno por vinte anos, está lhe causando mais um inferno, fazendo imensa pressão em todos por conta do negócio em Tristeza. Em um momento em que o negócio está à beira do caos, pensa Caro, quando nós mais precisamos ficar tranquilos para resolver as coisas, Keller está de novo caindo em cima da gente.

Será que esse homem nunca vai simplesmente morrer?

Ele provocou uma grande investigação e quem sabe aonde isso vai dar? Já levou Caro a uma decisão difícil: ele precisa encerrar o fluxo de heroína dos GU para Ruiz. Ao menos os quinze quilos chegaram lá no contato de Nova York. Ainda bem, mas continuar é perigoso demais.

Eles terão que tomar outras providências. Ariela Palomas precisa ficar com aquela porra daquela boca fechada e os irmãos Rentería... Como puderam ser tão imbecis de deixar que um bando de estudantes... garotos... sequestrassem um ônibus cheio de *chiva*?

— Mande entrar Tilde — Caro diz ao jovem sentado à mesa da cozinha. O rapaz, único empregado de Caro, que o leva para todo lado em uma antiga motocicleta Indian e vai à *tienda* para comprar feijão, tortilhas, carne, ovos e cerveja, vai até lá fora e volta um instante depois, com Tilde Rentería.

Caro aponta o queixo para uma cadeira de madeira vazia.

Tilde senta.

— Você foi negligente — diz Caro.

— Eu lamento.

— Você lamenta? — repete Caro. — Eu tive que ordenar a morte de 49 jovens, crianças, e você lamenta?

— Você deu a ordem — diz Tilde. — Mas fui eu que fiz a matança.

— O que aconteceria — pergunta Caro — se Ricardo Núñez descobrisse que você transportou heroína roubada dele? Que você se aliou a Damien? Que você está fazendo negócio *el norte*, com Eddie Ruiz? O que aconteceria?

— Uma guerra.

— Você não está preparado para uma guerra com Sinaloa — diz Caro. — Não há como ganhar uma guerra com Sinaloa, mas a questão principal não é essa. A questão principal é que as guerras são *ruins para os negócios*.

E não fazem parte de seu plano, que é destruir o cartel Sinaloa sem sequer lutar contra ele. Fazê-lo destruir a si mesmo.

— Agora, vai acontecer o seguinte — afirma Caro. — A polícia federal vai receber uma denúncia anônima quanto ao seu paradeiro e armar uma invasão. Você e seus irmãos irão se render. Então, quando interrogados, vão confessar o assassinato daqueles estudantes.

— Isso é uma piada? — pergunta Tilde.

Hoje é Dia dos Inocentes, em memória da matança dos bebês recém-nascidos em Belém, mortos por Herodes, e se tornou a versão mexicana do 1º de abril, repleta de piadas.

— Eu estou rindo? — pergunta Caro.

— Isso dá pena perpétua!

— É melhor que uma pena de morte, não é? — pergunta Caro.

Ele havia pensado em simplesmente matar os Rentería — seria bem simples fazer com que os *Federales* atirassem neles, durante o ataque — mas isso destruiria relacionamentos com a antiga organização Tapia.

— Você confessa e conta sua história de Los Rojos e encerra a investigação. Pega prisão perpétua, cumpre vinte anos e, quando sair, ainda será um homem relativamente jovem.

— Não posso cumprir vinte anos.

— Eu cumpri.

E quando saí, eu era bem mais velho do que você será, pensa Caro.

— Com todo respeito — diz Tilde — você não é o chefe. Você é, como podemos dizer... um tio reverenciado que nos ajuda com conselhos.

— E como seu tio reverenciado — diz Caro —, eu fortemente sugiro que você aceite o meu conselho. Eu estou lhe emprestando a sua vida, Rentería. Pegue hoje e nunca mais terá que devolvê-la.

Outra tradição do *Día de los Santos Inocentes*: não é preciso devolver nada que seja emprestado nesse dia.

— Podemos esperar até depois das festas, se você quiser — diz Caro.

Ele encara Tilde.

Tilde entende o recado e vai embora.

Foda-se ele, pensa Caro.

Ele é nada.

E foda-se Art Keller.

Ele me deu vinte anos naquele inferno sem fim.

Eu tenho que encontrar um presente pra ele.

Um que ele não possa devolver.

Os sinos tocam e Marisol joga a última uva na boca.

É uma tradição da noite do Ano Novo — você coloca doze uvas na boca, *las doce uvas de la suerte*, uma para cada badalada dos sinos — e isso lhe trará boa sorte para o ano que começa.

Então, agora Ana toca o sino e Marisol come as uvas. Depois, ela segura uma colher de lentilhas para Keller.

— Vamos.

— Não gosto de lentilha.

— É pra dar sorte. Você tem que comer!

Keller engole as lentilhas.

Marisol quase ficou doida com a noite de Ano Novo, como foi no Natal. Conforme a tradição mexicana, todas as luzes da casa estão acesas e ela fez uma faxina minuciosa, fazendo questão de varrer de dentro para fora, e o lugar ainda cheira a canela, depois de ela ter aquecido água temperada e passado a mistura no chão. Eles subiram, abriram a janela do banheiro e jogaram um balde de água na rua.

Em tudo isso, Ana foi sua aliada entusiasmada, insistindo com ela que todos eles escrevessem seus "pensamentos negativos" — tudo de ruim que havia acontecido ao longo do último ano — em um pedaço de papel que depois irão queimar, para garantir que as coisas ruins não os acompanhem ao novo ano.

Bem que eu queria que fosse assim tão fácil, pensa Keller, mas ele escreveu os números "49" e "28647", "Denton Howard", "John Dennison", "Guatemala" e "Tristeza", e agora encosta o fósforo no papel para queimá-lo.

— O que você escreveu? — ele pergunta a Mari.

— Não posso contar! — ela diz, ao queimar seu papel.

Noite de Ano Novo, pensa Ric, é sempre uma ocasião para um excesso orgíaco dentre Los Hijos.

Mas Iván realmente se superou esse ano.

Ele fechou a cobertura toda do Skybar no Splash, a mais nova e exclusiva boate de strip em Cabo. Sua equipe de segurança — e a de Ric — estão ali, com o efetivo completo, caso Elena queira fazer o balanço contábil, antes do fim do ano fiscal.

"Mordomos" do Splash, mulheres deslumbrantes, de pernas compridas, trajadas somente de fio dental, proveem o serviço privativo, garrafas de Dom e Cristal, e os coquetéis artesanais da boate, divididos em "elementos sensoriais" — Obsceno, Enevoado, Doce, Suave, Salgado e Apimentado.

Ric pede o Enevoado, algo feito com uísque, e traga um dos charutos Arturo Fuente Opux X, que Iván distribui, da caixa de trinta mil dólares. Tigelas de pó — não carreiras, *tigelas* — estão distribuídas pelas mesas, assim como fileiras de baseados — erva Loud Dream híbrida, que sai por cerca de 800 dólares cada 30 gramas.

No palco, seis mulheres desbundantes se contorcem ao som da batida tecno, cada uma delas com lingerie que Iván mandou usar, especificamente, para a noite de Ano Novo, e agora ele narra seu pequeno concurso.

— Certo, cada garota tem uma cor: vermelho para paixão, amarelo para prosperidade, verde para saúde, rosa para amizade, laranja para sorte e branco para paz.

Nenhuma delas está vestida de preto.

Preto é má sorte para o Ano Novo.

Motivo pelo qual, claro, Belinda está com um vestido preto colante, um desafiador "foda-se" à tradição e ao medo. Ela é a única mulher convidada para a festa; esposas e amantes — exceto La Fósfora — foram banidas, e a esposa de Ric, Karin, não está contente que ele tenha escolhido passar a noite de Ano Novo com Los Hijos, em vez de ficar com ela.

Que porra ela quer? pensa Ric. Mais cedo, naquela noite, Iván tinha contratado um artista ganhador de vários prêmios Grammy, e sua banda deu um show particular para todas as famílias, durante o jantar, no Casiano. Karin até tirou foto com o artista e tudo. Depois, durante a sobremesa, Ric soltou um colar de ouro na taça de champanhe dela. E agora ela está em uma suíte com varanda de frente para o mar, então, que porra mais essa cachorra quer?

— É trabalho — ele disse a ela.

— Trabalho? — perguntou Karin. — Agora você está brincando comigo, não é?

Não, ele não estava.

A festa de Ano Novo foi um gesto de aproximação de Iván. As coisas andaram tensas, desde que o pai de Ric assumiu e deu Baja para Elena. Portanto, essa era a forma de Iván dizer que queria deixar isso de lado e retomar a amizade. Então, sim, era pessoal, mas era trabalho também, fazendo as pazes, servindo como o embaixador de seu pai, para uma ala importante do cartel.

— Então, você agora é o *jefe* de La Paz, hein? — Iván falou a Ric, quando ligou para convidá-lo.

— Ora, vamos, cara.

— Não, eu acho bom — disse Iván. — Você demarcou seu território e fez valer. Quem diria, o tranquilo pequeno Ric, agora todo intenso. Só que você não é mais chamado de Mini-Ric, não é? Agora é "El Ahijado".

— É, sou eu — respondeu Ric, tentando não levar a sério.

— Seu pai está preparando você para coisas maiores — disse Iván.

— Meu pai — afirmou Ric — me acha um desperdício de espaço.

— Agora não acha mais, não. Não depois do que você fez em La Paz.

— Aquilo foi mais a Belinda.

— Você continua comendo aquela cadela maluca? — perguntou Iván. — Cuidado, mano, eu já ouvi falar que maluquice é contagiosa pelo pau. Não, agora você é importante, Ric. Um astro do rock.

— Só estou tentando ajudar meu pai — disse Ric. — Só isso.

— O afilhado não quer ser padrinho? — perguntou Iván. — Que porra de filme de merda é esse?

— Na verdade, isso *foi* o filme.

— E veja como terminou.

— Foi um filme, Iván.

Primeiro, a Belinda, agora, Iván, pensou Ric. Por que estão todos tentando me empurrar para uma cadeira que eu não quero?

Então, quando Karin ficou toda ouriçada por ele a estar "dispensando" na noite de Ano Novo, Ric disse:

— Eu tenho que reatar as coisas com Iván. Se eu desprezar o convite, ele vai ficar ofendido.

— Mas se eu me ofender, não importa.

— É trabalho, benzinho — disse Ric.

— É uma desculpa para ficar chapado e transar com piranhas.

É bem isso, pensa Ric, enquanto assiste as meninas dançando. Ele está muito doido de pó, baseado, birita e até do charuto, e tem quase certeza de que vai acabar transando com algumas piranhas. O que você quer para o a noite de Ano Novo, ele pergunta a si mesmo: paixão, prosperidade, saúde, amizade, sorte ou paz?

Iván vai deixar por conta do destino. Segurando um chapéu Panamá, ele diz:

— Aqui tem seis pedaços de papel. Cada um com uma cor equivalente a uma garota. Você tira um papel do chapéu e é aquela que você terá.

As garotas dão uma incrementada. Tiram os tops e começam a se esfregar umas nas outras, se beijando e apalpando.

— Isso é o céu — diz Belinda.

Ric ri. Ela está sentada com um charuto na boca, de olhos arregalados para as dançarinas, parecendo um cara cheio de tesão. Estão ela, Ric, Iván, Oviedo, Alfredo e Rubén, só os seis, um para cada garota.

Um lugar vazio, com uma garrafa de Dom e um charuto, foi reservado para Sal.

Ric vira para Belinda.

—Você vai ficar com ciúme, se eu ficar com outra garota?

—Você vai, se *eu* ficar?

Ric sacode a cabeça.

—A Gaby vai ficar injuriada.

—Você a vê aqui?

—Não.

—Nem eu — diz Belinda, unindo as mãos em prece.

—O que está fazendo? — pergunta Ric.

—Rezando por paz.

Ric não pode culpá-la — a garota de branco é gata. Cabelos compridos pretos e brilhosos, que batem na bunda redonda. Ele está meio que torcendo pra tirar a verde — saúde é sempre uma boa coisa, e a loura tem lábios grossos de boquete e peitões de matar.

—Primeiro as damas — diz Iván, parado na frente da Belinda. Ela estende a mão ao chapéu e tira o papelzinho branco.

—Aí sim!

Oviedo tira rosa.

Alfredo tira amarelo.

Rubén, porra, tira o papel verde.

—*Awww* — Belinda diz a Ric. — *Pobrecito*.

Ric enfia a mão e tira vermelho.

—Paixão — diz Belinda.

Sua garota com certeza é bem gostosa, pensa Ric. O mesmo cabelo preto cheio da garota da Belinda, pernas compridas e peitos lindos.

—Tirei a sorte! — Iván anuncia, ao pegar o papel laranja.

As garotas descem do palco em fila, depois ajoelham diante de seus respectivos clientes.

"Paixão" ajoelha na frente de Ric e abre seu zíper. É incrível a sensação de sua boca sobre ele. Ele dá uma olhada para o lado e vê a cabeça de Belinda jogada pra trás, as mãos dela atrás da cabeça de sua garota, pressionando o rosto dela em sua virilha. Depois suas mãos voam às laterais da cadeira e agarram os apoios de braço, os nós dos dedos brancos.

Iván... bem, Iván tirou a sorte.

Ele goza dando um grito *"Madre de Dios!* Isso foi tão gostoso que eu vou lhe dar o meu carro, *mamacita!"*.

A festa prossegue.

O pó, a erva, a birita, as mulheres.

Em certa altura, Ric apaga.

Acorda com o som de tiros.

A seu lado, Belinda está lambendo uma das dançarinas, como um gatinho em uma tigela de leite quente. Rubén está inconsciente, o braço esquerdo pendurado na lateral da poltrona, pousado em uma garrafa de cerveja. Os irmãos Esparza estão em pé, na beirada do telhado, disparando AKs no ar.

Rudolfo não está ali para pedir que eles parem.

Ric não está nem aí e tenta voltar a dormir, mas os disparos não deixam. Então, ele abre os olhos e vê Sorte, agora vestida de camiseta preta e jeans, com saltos altos, indo até Iván.

— Pode me dar o carro? — pergunta ela.

Iván abaixa a arma.

— O quê?

— Você falou que me daria seu carro.

Iván ri.

— Você acha mesmo que eu vou dar um Porsche de 75 mil dólares por um boquete?

— Foi o que você disse.

Merda, pensa Ric. Ele cambaleia para fora do sofá e se aproxima.

— Dá o fora daqui, *conchuda estúpida* — diz Iván.

Ele ergue o AK de volta ao ombro e esvazia um pente no ar.

Mas Sorte é teimosa. Ela fica ali em pé, olhando para ele.

— Você ainda está aí? — pergunta Iván, baixando a arma. — Sai fora, porra, isso você entende?

— Você disse um carro.

— Dá pra acreditar nessa vaca? — Iván pergunta a Ric. Então, ele olha para a garota. — Deixe-me lhe perguntar uma coisa. Sabemos que você sabe chupar, mas consegue chupar as balas de uma arma, antes que eu aperte o gatilho? Venha, vamos ver.

Ele bota a ponta do cano nos lábios dela e empurra.

— Abra, piranha.

Ric diz:

— Vamos, cara.

Iván está totalmente cheirado.

— Fique fora disso.

—Você está chapado, Iván — diz Ric. — Não quer fazer isso.

— Não me diga o que eu quero fazer.

A mulher está apavorada. Ela está tremendo, enquanto abre a boca em volta do cano e Iván empurra abaixo, forçando-a a ficar de joelhos.

— Chupa as balas, puta, antes que eu aperte o gatilho.

Ric vê um filete de urina escorrer pelas pernas dela.

Oviedo ri.

— Ela está se mijando!

Agora estão todos olhando, perplexos. Mas ninguém se mexe.

—Você ainda quer meu carro? — pergunta Iván.

Ela balança a cabeça que não.

— Não consigo entender você de boca cheia — diz Iván.

— Chega, Iván — diz Ric.

— Vá se foder. — Iván olha para baixo novamente, para a mulher. — Não tenho certeza do que você falou, mas acho que foi "sou uma piranha imbecil e imprestável, portanto, por favor, acabe com minha infelicidade", certo?

Ele move a arma acima e abaixo, forçando a mulher a assentir.

— Está vendo? — diz Iván. — Ela quer morrer.

Ric não sabe como acontece, mas, de repente, ele saca a pistola e aponta para a cabeça de Iván.

— Chega.

Oviedo e Alfredo apontam suas armas para Ric.

Os pistoleiros de Iván começam a se aproximar.

Os de Ric também.

Iván olha para Ric e sorri.

—Então, é assim, El Ahijado? Por uma porra de uma piranha?

— *Larga ela*, cara.

—Você agora é um cara durão?

Ric sente todas as armas apontadas para si. Em uma fração de segundo, qualquer um desses caras pode resolver apertar o gatilho para salvar o chefe. A qualquer momento, pode haver um banho de sangue.

—Vou levá-lo comigo para casa, Iván.

Iván o encara, olhando-o profundamente.

Então, ele tira devagar a arma da boca da mulher estende os braços e puxa Ric para um abraço.

—Juntos para sempre, então? *¡Los Hijos siempre! ¡Feliz Año Nuevo a todos!*

Iván puxa Ric para mais perto e cochicha em seu ouvido:

— Quem poderia imaginar que você teria culhões? Mas se algum dia apontar uma arma pra mim de novo, *mano*, eu vou matar você.

Ele solta Ric.

Ric vê Sorte se esforçando para ficar de pé e caminhar até o elevador, com as pernas bambas. Ninguém se aproxima, nenhuma das outras mulheres vai até ela.

Ela é uma lepra.

Ele vai atrás dela.

— Ei.

Ela vira. Seus olhos estão assustados e zangados, seus cabelos desgrenhados, o batom borrado em volta da boca, fazendo-a parecer uma palhaça.

Ric enfia a mão no bolso da calça, tira um chaveiro e joga para ela.

— É um Audi, não é um Porsche, mas é um carro bom. Só tem cinquenta mil quilômetros rodados.

Ela fica olhando para ele, sem saber o que fazer.

— Pode ficar — diz Ric. — Pode ficar com o carro.

A porta do elevador abre e ela entra.

Ric volta para a festa.

Iván viu o que ele fez.

Ele sacode a cabeça e diz:

— Você é um babaca, Ric.

Pode ser, pensa Ric.

De qualquer maneira, Feliz Ano Novo.

Damien Tapia está no carro que lidera um comboio serpenteando pelas montanhas do interior de Sinaloa.

Dez veículos com cinquenta homens fortemente armados, custeados pelos quinze quilos de heroína que ele mandou para Eddie Ruiz. Assim como Damien, todos os homens estão vestidos de preto — camisa ou moletom preto, jeans preto, sapatos pretos, botas ou tênis. Alguns já estão de capuz preto, outros estão com o capuz no colo.

Damien ajusta o cachecol em volta do pescoço, por conta do frio que antecede o amanhecer. O céu está começando a mudar de cor, passando do breu absoluto para um cinza chumbo, mas ele não permite que os motoristas acendam os faróis, apesar da estrada na encosta montanhosa, onde uma leve derrapada pode lançar o veículo direto ao precipício de trinta metros.

É essencial que o comboio não seja avistado, que o ataque seja totalmente de surpresa.

O que deve ser, pois é noite de Ano Novo.

Damien está prestes a anunciar sua presença de forma majestosa. O Jovem Lobo está à caça e vai uivar para que todos ouçam.

É preciso endurecer o coração, Damien descobriu. Logo que soube que Palomas ordenou a morte daqueles garotos para encobrir seu carregamento de heroína, Damien ficou arrasado. Ele não conseguia comer, nem dormir, sua barriga doía. Sua imaginação o torturava com imagens vívidas dos estudantes mortos, dos corpos ardendo em chamas, em um monte de lixo. Ele pensou em se entregar e confessar. Pensou até em se matar, botar a arma na cabeça e apertar o gatilho.

— Era isso que seu pai iria querer? — perguntou Tío Rafael.

Damien fora até a casa do idoso para pedir seus conselhos. Ele não sabia onde mais poderia ir. Seu pai estava morto, seus amigos não eram mais seus amigos — ele não podia mais falar com Iván, Ric ou mesmo com Rubén.

— Você está seguro — disse Caro. — Ninguém pode ligar você ao que aconteceu em Tristeza.

— Mas estou atormentado com isso.

— Você se sente culpado.

— Sim, Tío.

— Deixe-me perguntar — disse Caro. — Você matou aqueles estudantes?

— Não.

— Não — repetiu Caro. — Tudo o que você fez, *sobrino*, foi colocar um produto naqueles ônibus. Você depositou sua confiança nos Rentería e eles o decepcionaram. Mas você não é responsável pela morte daqueles jovens.

Para sua vergonha, Damien desabou em prantos.

Chorou copiosamente na frente de Rafael Caro.

Mas Caro só ficou ali sentado, esperando que Damien se acalmasse.

— Este nosso negócio — disse Caro — dá muito e exige muito. Ele oferece grandes recompensas e perdas terríveis. Permite fazer coisas maravilhosas, porém, às vezes, nos obriga a fazer coisas terríveis. Se aceitarmos um, temos que aceitar o outro. Deixe-me lhe perguntar, você tem dinheiro suficiente para viver?

— Sim.

— Sua mãe, suas irmãs, elas têm dinheiro para viver?

— Sim.

— Então, talvez você deva deixar isso de lado — disse Caro. — Deixe que os mortos enterrem seus mortos e viva sua vida.

— Não posso.

— Então, saiba que você deve aceitar os dois lados desse negócio. Desfrute das recompensas, aceite as perdas, faças as coisas terríveis que às vezes terá que fazer. Nunca derrame sangue em vão, mas, se precisar fazê-lo, endureça seu coração e faça.

Agora Damien vê o vale estreito abaixo, e a *hacienda* quase escondida abaixo do cume do lado oposto. A casa é mais modesta do que ele esperava, menor do que se lembrava, dos tempos que vinha aqui, quando garoto. As paredes da casa térrea estão recém-pintadas de rosa, o telhado foi refeito há pouco tempo com telhas de barro. Há várias edificações no vale abaixo — uma casinha de criados, Damien acha, uma garagem, cabanas com telhas de zinco para os guardas.

Um pouquinho adiante, no vale, Damien sabe que há uma pequena pista e um hangar para uma aeronave de pequeno porte.

Olhando através da mira noturna, ele vê que há somente um guarda em serviço, em pé, junto a uma fogueirinha de carvão, batendo os pés para espantar o frio. Seu fuzil está pendurado no ombro da jaqueta camuflada, e ele está com um gorro de lã na cabeça.

Damien se força a não pensar se o homem tem esposa, uma família. Filhos. Força-se a não pensar que esse homem tem uma vida que ele está prestes a tirar.

O Jovem Lobo nunca matou.

Elena puxa a colcha cobrindo os ombros e tenta voltar a dormir.

O galo não deixa.

Há muito uma cidadã urbana, Elena se desacostumou aos sons do campo — os burricos zurrando, os corvos gorgolejando, o cacarejo incessante desse galo maldito. Como pode alguém conseguir dormir com essa cacofonia é um mistério pra ela, que ouve a mãe arrastando os pés pelo corredor, ruidosamente tentando não fazer barulho.

Quantas vezes Elena tentou convencê-la a se mudar para uma situação mais confortável, na cidade, para um dos inúmeros condomínios que a família possui em Culiacán, Badiraguato, Tijuana, até Cabo? Mas a velhinha teimosa se recusa terminantemente a deixar o único lar que conheceu pela vida inteira. A mãe vai visitar (embora, agora, com menos frequência; ela mudou de ideia em cima da hora e decidiu não ir a Tijuana para as festas, obrigando Elena a fazer a viagem cansativa até aqui) e faz peregrinações anuais até os sepulcros dos filhos, mas insiste em morar ali, dizendo apenas:

— *Yo soy una campesina.*

Elena nunca acreditou muito nesse papo da mãe, de sou-só-uma-camponesa. Ela com certeza sabe que a família tem bilhões de dólares, que seus falecidos filhos foram chefões de um vasto império das drogas. Ela deve ter alguma noção do motivo para ser uma "campesina" com um pelotão de guardas armados, uma "camponesa" com sua própria pista de pouso.

Mas ela nunca fala disso, usa vestido preto, xale preto, véu preto e recusa todas as súplicas para ter a casa ampliada, reformada, mais confortável. Foi uma dificuldade para fazê-la aceitar a pintura tão necessária (depois ela insistiu nesse tom horrendo de rosa) e o novo telhado, mesmo quando a água escorria pela sala, na temporada chuvosa, e Elena teve que lhe dar um sério sermão sobre os perigos do mofo, principalmente em pulmões velhos.

E agora ela já levantou, como sempre antes do amanhecer, como se tivesse que dar café da manhã para um marido lavrador, e há momentos em que Elena tem vontade de gritar com ela *Sim, sua família era de agricultores, eles cultivavam papoulas.*

E agora, ela e a mãe têm algo terrível em comum.

Ambas carregam o pesar pelos filhos.

E enquanto levanta da cama (qual o sentido de ficar deitada acordada?), Elena pensa naquele fracote, no filho da puta bajulador, o advogado Núñez, que vem me repreender por retaliar. Ele não viu retaliação; ela põe o robe. Ela vai destruir todos eles e suas famílias. Incendiar suas casas, suas fazendas, seus ranchos, seus ossos, e espalhar as cinzas pelo vento frio do norte.

Pensar nisso a deixa aquecida.

Então, ela ouve tiros.

Damien aperta o gatilho.

O guarda cai dentro do fogo, levantando uma pequena nuvem de fumaça e poeira.

Puxando o capuz por cima da cabeça, Damien sinaliza com a mão para que os veículos desçam o vale com tudo e acelerem em direção da hacienda, enquanto os guardas cambaleiam para fora das barracas e abrem fogo. Mas seus homens, veteranos bem pagos e altamente treinados, reagem atirando dos veículos e os guardas correm de volta para o abrigo das barracas.

Pilhado, Damien pula para fora do carro e caminha até a porta da frente da hacienda. Ele fica surpreso que esteja destrancada, mas, por outro lado, se você é mãe de Adán Barrera, provavelmente não precisa pensar em trancar a porta.

Uma empregada, talvez cozinheira, está parada olhando, em choque. Então, ela remexe no avental e pega um celular. Damien arranca o aparelho da mão dela e a empurra contra a parede. Ela grita:

— ¡*Señora!* ¡*Señora!* Fuja!

*Señora?*, pensa Damien, tampando a boca da empregada com a mão e arrastando-a de volta para a cozinha. A mãe de Barrera não deveria estar ali, ela deveria estar visitando a família, em Tijuana. O plano era incendiar a casa de infância de Adán Barrera, não machucar sua mãe. Homens já entraram atrás dele, ateando fogo nas cortinas.

— Esperem! — Damien grita, soltando a cozinheira. — Parem! A velha está aqui!

Tarde demais.

As chamas sobem pelas cortinas até o teto. Do lado de fora da janela, Damien vê os aposentos dos criados ardendo em chamas, assim como as barracas. Seus homens estão dirigindo carros e motocicletas para fora da garagem, enquanto o teto arde em labaredas.

Ele vira e vê uma senhora de preto olhando pra ele.

— Saia! — grita ela. — Saia da minha casa!

Uma mulher mais jovem chega por trás dela e segura seus ombros, tirando-a do caminho.

— Se você ferir a minha mãe, se houver sequer um hematoma no corpo dela... Você sabe quem eu sou? Sabe de quem é esta casa?

Damien se lembra dela, de quando era pequeno.

Tía Elena.

— Vocês não deveriam estar aqui — diz Damien, sentindo-se um imbecil.

— Elena, faça-os sair! — grita a velha.

A fumaça começa a tomar o ambiente.

— Vocês têm que sair — diz Damien. — Agora.

— Homens corajosos. — Elena cospe no rosto dele. — Botando fogo na casa de uma velha para expulsá-la.

Damien ouve um dos homens gritando:

— Mate as piranhas!

— Vão! — berra Damien. Ele atraca Elena pelo ombro de seu robe e empurra em direção à porta. Ela não solta a mãe e eles formam um bolo desajeitado, enquanto Damien gira atrás delas e empurra as duas porta afora.

Elena passa os braços em volta da mãe para protegê-la do vento e do ar frio matinal.

Mas a mãe reluta para voltar.

— Minha casa! Minha casa!

— Nós temos quer ir, Mami!

Elena não sabe se a mãe consegue sequer ouvi-la, acima do barulho — o vento, os homens berrando, os empregados gritando, enquanto correm pelo terreno aberto, o *pop-pop-pop* dos disparos e estalidos das chamas. É loucura, pensa ela, mas ela escuta as galinhas. Não o galo — ele enfim parou de cantar —, mas o cacarejo frenético das galinhas, correndo de um lado para o outro como... bem, galinhas. — Mami, a senhora consegue andar?

— Sim!

Elena continua com um braço em volta dos ombros estreitos da mãe, a outra mão cuidadosamente empurrando sua cabeça para baixo, como uma proteção fraca contra as balas que passam zunindo, então ela ouve um dos homens deles berrar — Parem de atirar! Cessar fogo! *¡Las señoras!*

Um sicário sai correndo das barracas em direção a ela, mas uma rajada de tiros irrompe sobre ele, que cai na terra a alguns metros de seus pés, arqueia o pescoço e grita:

— *Señora*, vá!

O cenário a sua volta, iluminado em vermelho pelo fogo, é uma insanidade. Homens em chamas, tochas humanas que cambaleiam, gritam e caem.

A pista está longe demais, pensa Elena. Sua mãe não vai conseguir. E quem sabe se esses cretinos já a tomaram, e também o avião, se o piloto está lá, se sequer está vivo. Mas ela sabe que não pode ficar ali — ela não sabe quem são esses homens. Eles podem ser apenas ladrões incrivelmente imbecis, ou podem ser enviados por Iván.

Mas ela não pode ficar para descobrir.

Para ser raptada e mantida por resgate.

Ou estuprada.

Ou assassinada.

Ou apenas alvejada, em meio a esse caos.

A pista é sua melhor chance.

Ela abaixa a cabeça e segue em frente.

Fausto a vê.

O homem que é braço direito de Damien avista Elena Sánchez vestida só de robe, levando para longe da propriedade em chamas uma mulher que só pode ser a mãe de Adán Barrera. Ele acelera o jipe em meio ao circo de motoqueiros e encosta ao lado das duas mulheres.

— Entrem!

— Deixe-nos em paz! — diz Elena.

Fausto mira a pistola para o peito dela.

— Eu falei para entrar na porra do jipe!

Elena ajuda a mãe a subir, depois entra. E, claro, Fausto pensa, joga a carta do sabe-quem-sou-eu.

— Sim, eu sei quem vocês são! — diz Fausto. Ele pisa fundo e acelera em direção à pista de pouso.

A hélice já está girando, o avião está taxiando para dar o fora dali. Fausto para na frente para bloquear o caminho, ergue seu AK, mira o para-brisa e grita:

— Calma aí, *cabrón*! Você tem passageiros!

O avião para.

Fausto desce, contorna o carro e ajuda Elena e a mãe a descerem. Então, ele as conduz até o avião, abre a porta e diz ao piloto:

— Ia simplesmente deixá-las? Que tipo de covarde é você?

Ele ajuda as duas a embarcar.

— Por que está fazendo isso? — pergunta Elena.

Porque eu não sou uma porra de um retardado, pensa Fausto. Damien pode sobreviver — até ter sucesso — após o incêndio da casa de Barrera. Mas ferir a irmã e a mãe de Adán Barrera? Isso viraria o país inteiro contra ele e daria início a uma briga entre famílias, que só resultaria na morte do garoto.

E na minha.

— Decola! — ele grita para o piloto.

Pelos dois dias seguintes, os homens de Damien barbarizam o vale, incendeiam casas e construções, roubam veículos e aterrorizam a população da área, que antes era tida como talvez a mais segura do mundo.

Isso só para quando o governo federal envia tropas; porém, a essa altura, os soldados de Damien — agora batizados pela mídia de "Los Lobos" — já sumiram pelas montanhas.

O ataque choca o país.

Um arrogante pouco conhecido atacou a *casa da mãe de Adán Barrera*, e a fez sair correndo pela escuridão.

Talvez o cartel Sinaloa não seja tão poderoso quanto todos pensavam.

A maioria das pessoas vê aquilo pelo que é…

A declaração de guerra de Damien Tapia.

O Ano Novo trará a guerra.

— Ainda bem que você está a salvo — Núñez diz, ao celular. — E sua mãe, ela está bem?

Ele olha para Ric e revira os olhos. Ele está com o celular no viva voz, para que Ric e Belinda também possam ouvir Elena dizer:

— Ela está sedada, portanto, agora está dormindo. Sim, nós estamos aqui na *Ensenada*.

— Isso é ultrajante, Elena — Núñez diz ao telefone. — Um ultraje total.

— Você está ultrajado, Ricardo? Porque eu culpo você.

— Eu?! — pergunta Núñez, com a voz em paródia perfeita da inocência magoada. — Eu lhe garanto, não tive nada a ver com isso! Foi tudo coisa daquele jovem animal Tapia. Meu Deus, Elena, ele está se gabando por isso nas redes sociais.

— Você teve tudo a ver com isso — insiste Elena. — Você deixou alguém assassinar meu filho e não fez nada, por que as pessoas deveriam pensar que há algum problema em nos atacar? Sua fraqueza sinalizou que agora é possível cometer qualquer afronta contra Sinaloa.

— Nós não sabemos quem está por trás do assassinato de Rudolfo.

— Seu filho estava farreando com os assassinos dele, ainda ontem à noite — diz Elena. —Você acha que eu não fico sabendo das coisas? Não, você deixou minha família ilhada, e agora tem o descaramento de ligar para expressar sua indignação? Por favor, perdoe-me se não estou comovida. Ou apaziguada.

— Nós faremos tudo o que estiver em nosso poder para punir Damien Tapia.

— Nosso poder é exatamente a questão — diz Elena. — As pessoas vão perguntar, com razão, "Se Sinaloa não consegue proteger a mãe de Adán Barrera, a quem pode proteger? Eles podem nos proteger?". Se Adán estivesse vivo, a cabeça desse arruaceiro já estaria fincada em uma lança. Mas, também, se Adán estivesse vivo, esse arruaceiro jamais teria tido a ousadia de fazer isso.

— Nós o estamos caçando.

— Com o exército? — pergunta Elena. — O exército não poderia pegar um peixe num aquário. Não, obrigada, Ricardo... eu com certeza estou envelhecendo, mas ainda não estou banguela. Nossa família irá lidar com o jovem Tapia por conta própria.

— Não caia nas mãos dessa gente — diz Núñez. — É exatamente isso que eles querem: nos dividir.

— Isso você já fez — responde Elena. — Ligue quando você estiver pronto para agir como um verdadeiro *patrón*. Até lá...

Ela desliga.

—Você estava numa festa com Iván, ontem à noite? — Núñez pergunta a Ric.

— Com todos os Esparza — diz Ric, sem se intimidar. — E Rubén Ascensión.

— Acha que isso foi inteligente?

— Estou tentando manter o nosso relacionamento.

— Dando seu carro a uma piranha? — pergunta Núñez. — Estava tentando manter um relacionamento com ela também?

Ele fica sabendo de tudo, pensa Ric. Todos os meus guarda-costas agem como delatores.

— É isso que você gostaria de ver na mídia, hoje, "Figurão do cartel Sinaloa mata garota de programa"?

Núñez o encara por um segundo, depois diz:

— Não. Você agiu certo.

Meu Deus, pensa Ric, isso é novidade.

—Você conhece esse Damien — afirma Núñez.

Você também, pensa Ric. Você conhece "esse Damien" desde pequeno.

— O que o deixa zangado? — pergunta Núñez. — Por que ele faria algo tão terrível? Juventude alienada? Um rebelde sem causa?

Não, pensa Ric, estou bem certo de que ele tem uma causa.

— Sei que ele é seu amigo — diz Núñez. — Mas você sabe que eu preciso fazer alguma coisa.

Ric sabe que o pai está em uma posição difícil. Toda a organização Sinaloa está furiosa com a afronta à memória de Adán, o insulto às mulheres da família real. Se o cabeça do cartel não fizer algo, vão achar que ele é fraco, talvez não seja forte o bastante para ser o chefe.

Mas...

— Eu entendo — diz Ric. — Agora estão todos de cabeça quente. Mas vamos lembrar que Damien não matou as duas. Porra, ele fez com que elas fossem levadas de lá de avião.

— Depois de incendiar a casa, matar cinco de seus homens e vandalizar uma comunidade inteira, que recorre a nós para segurança — lembra Núñez. — Eu aprecio sua lealdade ao seu amigo, mas...

— Agora, ele provavelmente parou — diz Ric. — Eu conheço Damien, ele deve estar entocado em algum lugar, tão impressionado com o que fez, quanto qualquer um. Deixe-me falar com ele, ver se podemos arranjar um jeito de reverter as coisas.

— O que você está insinuando? — pergunta Núñez. — Um intervalo?

Não sei o que estou sugerindo, pensa Ric.

— Talvez uma multa, uma restituição? Ele se retrata, reconstrói o que queimou...

— Com quê? — pergunta Núñez. — Onde ele vai arranjar um dinheiro desses?

Bem, pensa Ric, ele teve dinheiro suficiente para recrutar um pequeno exército.

— Só estou dizendo que pessoas já fizeram coisa pior e foi relevado.

— Eu não sou insensível — diz Núñez — ao passado desse rapaz. Mas o pai dele era um louco de pavio curto, além do vício em drogas, e teve que partir. Agora o filho demonstrou o mesmo tipo de comportamento instável e perigoso. Demonstrar pena seria uma autoindulgência, uma abdicação de nossas responsabilidades.

— Que é sua maneira de dizer que você o quer morto.

Núñez vira para Belinda, e agora Ric entende por que ela está ali.

Morto não é o bastante.

\* \* \*

Ric liga o motor.

— Não vou fazer isso.

— Fazer o quê?

— Torturar um amigo, eu não vou fazer isso. — Ele desce a entrada da garagem. — E você também não vai.

—Você não me diz o que fazer — retruca Belinda. — Eu recebo ordens do seu pai.

Essas ordens são para encontrar Damien e matá-lo lenta e dolorosamente, registrando em vídeo. Uma lição tem que ser dada, é preciso mostrar ao mundo que El Abogado é tudo, menos fraco.

— E você vai gostar, não é? — pergunta Ric.

— Esse é o meu trabalho — responde ela. — O que, você acha que pode salvá-lo? Se nós não fizermos isso, outra pessoa fará. O que você acha que o pessoal de Elena fará, se o encontrar primeiro?

— Se eu o encontrar primeiro — afirma Ric —, vou dar dois tiros rápidos, na nuca.

— Olhe só você, o matador experiente, de uma hora pra outra — diz Belinda. — Quer dizer, você está brincando? Nós vamos fazer o que o chefe mandou.

Ric encosta o carro e vira para olhar para ela.

— Nós vamos fazer o seguinte: vamos procurar Damien em todos os lugares onde ele não está. Vamos vasculhar cada canto, levantar cada pedra de onde ele não está. E, sabe da maior, Belinda? Não vamos encontrá-lo.

— Faça do seu jeito — diz Belinda. — Eu faço do meu.

Ric faz do jeito dele, sim.

Bem, a nova versão dele — o filho do chefe engajado, focado, que assume a dianteira, que começa a tocar o negócio do pai como se fosse seu. Ele manda aviões com duzentos sicários para Sinaloa, para caçar Damien, e diz a eles: procurem Damien Tapia e, quando encontrarem, tragam até mim.

Intacto.

Eu mesmo quero lidar com ele.

A maioria interpreta mal, exatamente da maneira como ele quer: acham que ele próprio quer picar Damien para vingar o insulto a seu padrinho, e o respeitam por isso.

Cresce a estatura de El Ahijado.

Núñez chega no Dia de Reis.

Era só uma questão de tempo, pensa Caro, até que um deles aparecesse. Ele sabe que todos eles acabarão vindo, é só uma questão de quem vem primeiro.

Caro o recebe na sala de estar. O sofá é velho e estofado demais, a poltrona é uma daquelas Barcaloungers, que inclina para trás, permitindo ao idoso tirar um cochilo enquanto assiste à televisão.

Núñez resiste ao impulso de espanar o sofá antes de sentar.

O noticiário está passando. Caro tem uma pequena televisão em cada cômodo — ele gosta de assistir beisebol.

Núñez chegou com uma *rosca* e colocou em cima da mesa, como se fosse um presente muito valioso — ouro, incenso, mirra. Caro fica imaginando se isso é um recado — dentro do bolo tem uma pequena estatueta do menino Jesus. Quem ganhar esse pedaço deve pagar pela comida e pela bebida na Candlemas.

— Você soube do que Damien Tapia fez? — pergunta Núñez.

— Quem não soube?

— É uma afronta — diz Núñez. — Não quero machucá-lo, mas...

— Talvez precise fazê-lo.

— Se eu fizer, tenho sua benção?

— Você não precisa da minha benção — responde Caro. — Eu estou aposentado.

— Mas ainda tem nosso respeito, Don Rafael — afirma Núñez. — Foi por respeito que eu vim. Como deve saber, Adán me indicou como seu sucessor. Mas agora estou diante de desafios com Iván Esparza e Elena Sánchez. Sem mencionar o jovem Damien.

— O que você quer de mim? — pergunta Caro. — Como vê, eu sou um pobre velho. Não tenho poder algum.

— Mas tem influência — diz Núñez. — Faz parte da grande geração. Um dos homens que fundaram nossa organização. Seu nome ainda representa algo, sua aprovação ainda significa alguma coisa, o seu aconselhamento... eu gostaria muito de ter seu apoio.

— Que apoio eu poderia lhe dar? — pergunta Caro. — Você viu sicários lá fora? Veículos? Aviões? Campos de papoulas? Laboratórios? É você que tem essas coisas, Núñez, não eu.

— Se Rafael Caro endossasse a minha liderança — considera Núñez — isso teria muito peso.

— Tudo que você quer é meu nome — responde Caro. — Isso é tudo o que me resta.

— Claro que eu não vim de mãos vazias.

— Além da *rosca*? — pergunta Caro. — Trouxe mantimentos? Fijoles? Arroz?

— Está debochando de mim — diz Núñez. — Sei que meu jeito me faz suscetível de ridicularização, mas falo sério quanto a tudo o que Adán lhe tirou. Talvez eu possa devolver o que ele levou.

— Você pode me dar vinte anos? — pergunta Caro.

— É claro que não — responde Núñez. — Não tive a intenção de me atrever. O que eu deveria ter dito é que talvez eu possa lhe oferecer uma restituição parcial. Tornar seus anos restantes... confortáveis.

— Uma nova poltrona?

— De novo, o deboche.

— Então, deixe de rodeios — diz Caro. — Se acha que eu estou à venda, faça uma oferta.

— Um milhão de dólares.

Você está mais desesperado do que eu achei, pensa Caro. Se tivesse oferecido metade disso, eu talvez aceitasse. Mas um milhão me faz pensar que você está perdendo, e como posso endossar o poder de alguém que está perdendo?

— Você disse que valorizava meus conselhos — afirmou Caro. — Deixe-me lhe dar um: você está em cima do muro, entre Iván e Elena. Isso faz com que nenhum dos dois seja leal a você, só faz parecer que você é fraco. Nenhum dos dois lados o respeita, nenhum lhe tem temor. E os Damiens e Ascencións veem isso e entram no seu território. E você não faz nada.

— Ascensión não está entrando em meu território.

— Vai entrar — diz Caro. — Ele já declarou sua independência. Como ele chama sua organização? Cartel Novo Jalisco?

— Algo assim.

Cartel Jalisco Nuevo, CJN.

— Ele se tornará seu concorrente — avisa Caro. — Se ele conseguir fazer isso, como você vai deter todo o restante? Eu não vou pegar seu dinheiro, Núñez, e não vou lhe emprestar meu nome. E eis o que farei por você: não vou endossar mais ninguém. Ao contrário de você, eu posso me permitir continuar neutro, sendo um árbitro, se preciso for. Mas você, Ricardo, você precisa se fortalecer, fazer com que eles o temam. Se conseguir isso, talvez nós tenhamos mais sobre o que conversar.

Caro levanta de sua cadeira.

— Agora eu tenho que mijar.

É Día de los Reyes, pensa Caro, enquanto está em pé, esperando que a urina venha, e agora há, de fato, três reis no cartel Sinaloa. Núñez acha que ele é o único rei, mas também há Iván Esparza e a rainha mãe, Elena, que tornaria rei o seu único filho sobrevivente.

Tito Ascensión, o antigo e fiel empregado, talvez pense que agora pode ser rei, independentemente de admitir ou não para si mesmo.

O jovem Damien também.

Que acaba de mostrar desprezo pela coroa.

Núñez está em uma posição terrível. Ele precisa atacar alguém, mas não pode atacar Elena Sánchez, ou Iván Esparza, e não conseguirá encontrar Damien.

Isso só deixa uma opção.

Uma opção ruim, pensa Caro, enquanto finalmente a urina vem e ele ri, pensando na *rosca* em cima da bancada da cozinha.

Tem um rei escondido no bolo.

O menino Jesus olha Tito Ascensión de olhos arregalados.

Recém-pintado, trajado em seda, ele está em cima do balcão da loja de bonecas, e olha para cima.

A maioria das pessoas não gosta de olhar diretamente nos olhos de El Mastín, mas Jesus não tem esse problema.

A esposa de Tito o despachou para buscar o *Niño Dios* da loja de restauração e entregá-lo na igreja, para o Día de la Candelabria, antes do banquete familiar de *tamales* e *atole*, que comemora o último dia de Natal.

É engraçado, pensa ele, enquanto espera o dono fazer a nota, você é o chefe de sua própria organização, dá ordens a centenas de homens, mas quando a esposa lhe dá uma lista de "faça, meu bem", é você mesmo que faz. Não se delega algo tão importante quanto ir buscar Jesus.

Um garotinho, filho do dono da loja, também dá uma espiada em Tito. Fingindo estar ocupado tirando pó da prateleira atrás do balcão, ele olha por baixo do braço para o renomado chefão das drogas que controla a cidade. Até um garoto de dez anos sabe quem é El Mastín.

Tito mostra a língua e abana as mãos ao lado das orelhas.

O menino sorri.

O dono se aproxima e entrega a nota a Tito — nela, está escrito "0", e ele diz:

— Feliz Candlemas, Señor.

— Não, Ortiz, eu não poderia — diz Tito.

Ele entrega duzentos dólares ao homem.

Cada um deles sabe de suas obrigações.

— Obrigado, obrigado, Señor.

Tito pega o boneco e vai caminhando até onde seu novo Mercedes SUV está estacionado, em frente à loja. Seu guarda-costas está no banco do passageiro, com uma MAC-10 espetada para o lado de fora da janela.

— Passa pra trás — diz Tito. — Jesus vai no banco da frente.

O motorista sai e Tito prende o cinto de segurança em Jesus.

A maioria dos caras da posição de Tito tem motorista, mas ele prefere sentar ao volante. Tito adora dirigir e agora ele está seguindo por Guadalajara, passando por um grafite em que se lê ADÁN VIVE.

Tito duvida.

Morto é morto.

Ele sabe bem. Ele talvez já tenha matado centenas de pessoas — já perdeu a conta — e nenhuma delas jamais voltou.

O carro é o segundo, em um comboio de três.

A Explorer da frente e a picape Ford 150 atrás estão cheios dos pistoleiros de Tito, embora essa região de Guadalajara, como a maior parte do estado de Jalisco, sejam território seguro. O cartel Jalisco não está em guerra com ninguém, é aliado de Sinaloa, e a maior parte da polícia estadual e dos *federales* locais estão na folha de pagamento de Tito.

Mas é sempre bom estar seguro.

Em um mundo onde as pessoas se sentem livres para incendiar a casa de Adán Barrera...

Jesus, o que aquele garoto estava pensando?

Mas, também, Sinaloa não é mais Sinaloa.

Antes de ir até a loja de bonecas, Tito tinha conversado por telefone com Rafael Caro.

— Quem é Iván Esparza para lhe dizer o que você pode ou não fazer? — Caro lhe perguntou.

Eles estavam conversando sobre a recusa de Iván em deixar que Tito levasse sua organização para a heroína.

— Eu devo tudo a Esparza.

— Sem desrespeito — disse Caro. — Mas Nacho se foi. Se ele estivesse vivo, eu jamais sugeriria isso. Mas o filho não é o pai.

— Eu ainda devo lealdade a ele — afirmou Tito, lembrando-se do dia do enterro de Nacho, quando ele foi até a viúva para perguntar se havia algo que ele podia fazer. Ela segurou suas duas mãos e falou: "Cuide dos meus filhos".

Ele jurou que cuidaria.

— A lealdade é uma via de duas mãos — disse Caro. — Eles são leais a você? Estão deixando que você ingresse no negócio de heroína, de bilhões de dólares por ano? Eles lhe ofereceram Michoacán, seu lar? Você fez tudo por Sinaloa: matou por eles, sangrou por eles. O que eles fazem por você? Afagam sua cabeça, como um bom cachorro? Jogam alguns ossos, para o leal e fiel "El Mastín"? Você merece mais que isso.

— Eu estou feliz com o que tenho.

— Bilhões de dólares, em dinheiro de heroína? — perguntou Caro. — Um mercado americano já pronto? Seria quase uma prática antiética não tirar vantagem disso. Você já tem os laboratórios de coca, os laboratórios de meta. Eles podem ser facilmente convertidos para heroína.

— Sinaloa jamais me deixaria usar suas plazas — disse Tito. — Ou me cobrariam um valor Premium.

— Ah, ouça — falou Caro. — Nós só estamos conversando, certo? Jogando conversa fora.

Mas é sério, Tito pensa agora, enquanto dirige. Tomar o cartel Sinaloa é um negócio sério do caralho. Entre Núñez, Sánchez e os Esparza, eles têm centenas, se não milhares de sicários. Eles têm a maior parte da polícia federal, o exército e os políticos.

E tomar Baja? Tijuana?

Você tem família, ele lembra a si mesmo.

Tem um filho.

O que você deve a Rubén?

Se você entrar em guerra com Sinaloa, você pode ser morto. Merda, *ele* poderia ser morto. A herança de Tito pode ser uma cova prematura. Ou uma cela de prisão, destino de tantos outros que se voltaram contra Sinaloa e descobriram estar lutando também contra a polícia, os militares e o governo federal. Os cemitérios e prisões estão lotados de inimigos de Sinaloa.

Rubén não sobreviveria à prisão.

Ele é baixo e magro.

Corajoso, um tigrinho, mas isso não o ajudaria contra uma gangue de presidiários musculosos. Em algumas prisões, seria possível estender seu poder para protegê-lo, mas em outras, não dá, principalmente se o sujeito estiver em guerra contra Sinaloa.

As cadeias que eles não controlam, são controladas pelos zetas, e Tito treme só em pensar no que aconteceria se a Z Company descobrisse o filho de Tito Ascensión em um de seus presídios. Eles o estuprariam em gangue, toda noite, até que se cansassem da diversão, depois o matariam.

E levariam dias para fazê-lo.

Mas, e o lado positivo?

Riqueza além da conta.

Se você vencesse, Rubén herdaria um império que valeria não milhões, mas bilhões. O tipo de riqueza que muda as famílias para sempre, que transforma os camponeses em cavalheiros. Que compra sítios, propriedades, ranchos, haciendas. O tipo de riqueza que significaria que os filhos de Rubén nunca precisariam sujar as mãos.

Eles seriam donos dos pomares de avocado.

E como você quer que Rubén o veja?

Como cachorro de Iván Esparza?

Ou quer que seu filho veja o pai como El Patrón, El Señor, o Chefão dos Céus?

Rubén tinha três aninhos, quando Tito foi pra cadeia.

Era um garotinho que chorava toda vez que via seu *papi* e chorava toda vez que ia embora. Tito ficava lá, com seu macacão laranja, vendo seu *hijo*, sua vida, sendo levado uivando, estendendo os bracinhos para ele, e isso o deixava arrasado.

Mas ela não podia demonstrar.

Se um homem demonstrasse isso, se demonstrasse *qualquer* fraqueza, em San Quentin, os lobos farejavam e o estraçalhavam em pedaços. Metiam na sua bunda, na sua boca, porra, se esses buracos ficassem gastos, eles faziam novos buracos para foder o cara.

Não, era preciso ter um coração de pedra e uma cara que combinasse.

Isso foi lá atrás, em 1993, quando Adán Barrera estava em uma briga feia com Güero Méndez pelo título de El Patrón. Tito já estava no xadrez fazia um ano, quando soube que Rafael Caro tinha sido preso e extraditado para os EUA, com uma pena de 25 a perpétua, mais provavelmente pelo pecado de estar no canto do ringue de Méndez.

Tito só pegou quatro anos.

Era o bastante.

Mil quatrocentos e sessenta dias atrás dos muros de "La Pinta" era tempo de sobra, porque a prisão era o pior lugar do mundo.

Quatro anos fingindo que sua mão direita era uma boceta. Quatro anos levantando peso no pátio, para que outros homens não o fizessem de boceta. Quatro anos comendo lixo, ouvindo merda dos oficiais correcionais. Quatro anos vendo sua esposa e filho uma vez por mês, em uma "sala de visitas".

Ele viu um monte de caras perdendo a cabeça em La Pinta. Caras fortes, durões, que caíam e choravam que nem bebezinhos. Ou se viciavam em heroína, que era fácil de conseguir, e se transformavam em fantasmas. Ele viu homens se transformando em mulheres — começarem a usar perucas e maquiagem, pregarem o pau com fita isolante no meio das pernas, passarem a tomar na bunda. Ou os caras que passavam tempo no *hoyo* e perdiam o juízo — saíam tagarelando feito tolos.

La Pinta foi projetada para quebrar as pessoas, mas não quebrou Tito, mais por causa da La Eme.

Ele seguia as regras e todos os dias se reportava a *la maquina*, exercícios diários obrigatórios para se manter em forma para lutas.

Ele fazia calistenia, flexões, abdominais, barra e puxava ferro. Já forte das lavouras de avocado, ele cresceu feito um touro.

Agora sente a cicatriz que desce por sua bochecha direita e se lembra. É uma droga, pensa ele, que não tenha sido dos *mayates*, ou dos *güeros*, mas de seu próprio pessoal. E aconteceu de maneira bem apropriada, no "Beco do Sangue".

O *llavero*, mandachuva da La Eme, o havia alertado para não andar naquela região do pátio, ou, ao menos, não sozinho — mas Tito sabia que precisava provar ser destemido, se não quisesse passar os quatro anos seguintes brigando com os *norteños*, que estavam em guerra com a Eme.

Ele queria acabar logo com aquilo, então, no dia seguinte, saiu para dar uma volta pelo Beco do Sangue, e os *norteños* também não perderam tempo. Ele viu um deles vindo, ouviu o outro por trás de si.

Tito virou e mandou o braço. Botou seus 114 kg no soco que espatifou o maxilar do lavrador. Então, ele virou de volta, mas foi um pouquinho lento — o *pedazo* talhou seu rosto. Tito não sentiu a dor. Ele agarrou a mão com a faca e apertou como um saco de batatas fritas.

O homem gritou e soltou a lâmina.

Tito continuou segurando a mão esmagada e usou sua mão esquerda para bater com o cara na terra. Ele teria continuando socando, mas não queria uma acusação de assassinato que o manteria lá dentro pelo resto da vida, então parou, deixou que os guardas correcionais o derrubassem no chão com seus cassetetes e o levassem para a enfermaria, onde costuraram seu rosto como um saco de carteiro.

Então, eles o jogaram para dentro do *hoyo*.

Tito passou noventa dias no buraco, mas ouviu dizer que o lavrador perdeu a porra da mão. Melhor ainda, o estado da Califórnia decidiu que Tito tinha agido em legítima defesa e não acumulou mais nenhuma acusação contra ele.

Tito cumpriu sua pena.

Cumpriu com força, dignidade e respeito.

Como um condenado, não um recluso.

Ele sofria por dentro.

Sentia falta da esposa, do filho.

Quando ele saiu e foi deportado, jurou que nunca mais voltaria — para os EUA, ou para a cadeia.

Ele nunca mais vai ficar separado de seu filho.

Mas você pode trair Nacho, que fez você ser quem é? ele pensa agora. Pode lançar os dados, arriscando sua vida e a vida de seu filho?

Não, pensa Tito.

Você não pode.

A vida lhe deu mais do que você jamais poderia imaginar que teria; não atente a vida para tirar tudo de volta.

Então, ele ouve o helicóptero.

A Explorer da frente freia com tudo e seus sicários saem todos.

Tito gira o volante.

— O que está havendo?

— Uma blitz do exército, na próxima quadra — diz o motorista.

Olhando pelo espelho retrovisor, Tito vê veículos militares vindo a toda. A picape Ford fica em diagonal para bloquear a rua. Seus homens descem e se abrigam atrás da caminhonete. Tito ouve o estampido dos tiros, ao virar à direita, entrando por uma rua lateral. Olha pela janela, ao alto, e vê o helicóptero emborcando, pairando acima dele.

Fodam-se, ele pensa.

Eu não vou voltar.

Podem me matar, mas não vou voltar para a cadeia.

*¡Jefe!*

Ele vê o blindado bloqueando a rua adiante. Engata a ré e pisa forte.

O motorista grita pela janela.

— O *jefe* está aqui, eles estão tentando pegar o *jefe*!

Homens saem correndo de dentro de bares e bodegas. Alguns são seus sicários, outros são apenas caras do bairro que sabem o que é melhor para eles. Eles começam a atirar tudo o que podem na rua, entre Tito e o veículo do exército: cadeiras, mesas, placas de trânsito. Outros sobem correndo nos telhados e jogam tijolos, pedaços de canos, telhas.

Um grupo de cinco homens puxa um carro para o meio da rua e o vira. Depois outro, armando uma barricada.

Tito dá ré em direção à rua principal e dirige em frente, se distanciando da picape, onde seu pessoal começou a despejar artilharia pesada nos soldados que se aproximam. Ele encontre um beco à esquerda e entra.

Atrás dele, seus sicários sobem e descem a rua, abrem tanques de gasolina, mergulham trapos e os acendem.

Carros são lambidos por labaredas.

Fumaça preta e espessa sobe em espirais.

Tito segue veloz pelo beco e não para quando chega a um cruzamento. Ele desvia de um ônibus e entra no beco seguinte, raspando na parede a lateral do passageiro de seu carro novo.

O helicóptero ainda está em cima dele.

Ele ouve as sirenes dos veículos do exército à sua frente.

O helicóptero está direcionando a caçada.

Tito engata a ré.

Mas ele sabe que está cercado. Nem seus homens, ou as barricadas improvisadas conseguem deter carros blindados por muito tempo.

Então, ele vê uma porta lateral de um prédio. Um homem sai e acena.

— *¡Jefe!*

Tito para, abre a porta e sai do carro. Então, ele estende o braço, solta o cinto do menino Jesus e agarra o boneco. Sua esposa vai tornar sua vida insuportável, se ele não o entregar em segurança na igreja.

O homem o puxa para dentro.

— *Jefe*, venha comigo.

Eles estão nos fundos de um cinema.

Por trás da tela.

Tito ouve a ação do filme — explosões, tiros, uma versão mais viva que os sons abafados da realidade lá de fora. Ele segue o homem pela extensão da tela, até o alto de uma escada metálica, depois desce os degraus até um porão.

Caixotes de doce, latas de refrigerante, caixas de papelão cheias de guardanapos e copos de papel.

O homem abre uma porta de aço e gesticula para que Tito entre.

Ele precisa confiar nesse homem, não tem escolha.

Tito passa pela porta, o homem entra atrás dele e a fecha atrás deles. Acende um interruptor e agora Tito sabe onde está.

— Qual é o seu nome? — pergunta ele.

— Fernando Montoya.

— Fernando Montoya, agora você é um homem rico.

Eles caminham por um corredor até uma sala que lembra uma cantina. Mesas redondas, cadeiras de junco, um bar feito de chapas de compensado sobre barris, uma televisão de tela plana presa à parede. Há meia dúzia de homens sentados bebendo cerveja, assistindo a uma partida de futebol. Todos eles levantam quando veem Tito.

Policiais de Guadalajara, todos sabem quem ele é.

Ele foi um deles. Costumava vir a este mesmo cafofo dar um tempo, fazer seu turno passar mais tranquilo.

Agora os policiais parecem nervosos.

— O que estão esperando? — pergunta Tito. — Vão me dar uma cerveja, ou não?

Ele tem que ficar tranquilo, bancar o machão, dar-lhes uma história para contar, mas, por dentro, ele está fervilhando. E, pode admitir só para si, amedrontado. Há mandados para prendê-lo, faz dez anos, do México e dos EUA, mas ninguém jamais tentou cumpri-los.

Em Jalisco, não.

Agora é o exército.

E se Fernando Montoya não tivesse aberto a porta lateral do cinema, eles o teriam levado.

Tito senta ali, bebendo goles de cerveja, enquanto dois policiais vão até lá em cima para ver o que está acontecendo e lhe informar — é melhor que ele fique quieto até as coisas esfriarem, depois eles o levarão aonde ele quiser.

Eles sabem que haverá envelopes extras para eles, e bem recheados.

Por que agora, Tito se pergunta. Por que agora e por que o exército?

Mas ele acha que sabe.

Sinaloa comanda o exército. De alguma forma, o boato de que ele está pensando em entrar no mercado de heroína chegou ao cartel e eles decidiram tomar uma atitude antecipada.

Isso é mentalidade de cadeia — pegue-os, antes que peguem você.

Tito tira o celular do bolso.

Ali embaixo não tem sinal. Então, ele dá um número ao Montoya.

— Ei, ligue pro meu filho e diga que estou bem. Mande ele sair da casa e ir pra algum lugar até ter notícias minhas.

Montoya sai.

Volta quinze minutos depois e diz a ele que a ligação caiu direto na caixa postal.

Agora Tito começa a ficar preocupado.

Passa uma hora e meia, até que os policiais voltem, digam que está tudo liberado. Houve uma revolta nas ruas — lixeiras incendiadas, carros, um ônibus. O exército finalmente foi embora. Espere mais alguns minutos e nós vamos levá-lo lá para fora.

Então, surge a notícia na televisão e Tito vê.

Rubén sendo levado de casa algemado.

As porras dos soldados com as mãos nele. Empurram sua cabeça para baixo e o enfiam na traseira de um carro blindado.

— Eu quero ir agora — diz Tito. — Preciso fazer algumas ligações.

Na traseira da viatura policial, a primeira pessoa para quem ele liga é Caro.

— Eles pegaram Rubén.

— Eu vi — diz Caro. — Estão falando que o encontraram com trinta fuzis e quinhentos mil dólares em espécie. Não há juiz que possa liberá-lo disso. Vai levar um tempo.

— Quanto tempo?

— Eu não sei — responde Caro. — Tito, você precisa se acalmar.

Tito está furioso.

E aterrorizado por seu filho. Os zetas não são donos de nenhum presídio de Jalisco, mas Sinaloa, sim.

— Foi Sinaloa — afirma Tito.

— Mas qual sinaloa? Elena? Núñez? Iván?

Tito não tem resposta para isso.

— Não importa. Fodam-se todos eles.

— Isso quer dizer que você vai entrar com a heroína? — pergunta Caro. — Mesmo que isso signifique entrar em guerra contra Sinaloa?

— Sinaloa começou uma guerra comigo — diz Tito. — Foda-se, sim, eu estou dentro.

Tito desliga.

Se algo acontecer com meu filho, certas pessoas vão morrer.

E vão ficar mortas.

Ele pega o menino Jesus e desce na igreja.

Ric está em meio à turba de gente abrindo caminho para os devotos que carregam a imagem da Virgen de la Candelaria, para dentro da Igreja de Nuestra Señora de Quila.

Esse ritual é feito em toda Candlemas, há trezentos anos, e as ruas da cidadezinha na periferia de Culiacán estão abarrotadas com milhares de pessoas desfrutando do festival com suas barracas de comida, jogos e bandas. Agora, a multidão empurra à frente, tentando tocar, ou ao menos ver a Virgem, dentro de uma caixa acrílica, com seu manto azul claro bordado de ouro.

Embora ele esteja aqui por ordem do pai — é importante que o cartel seja representado, que alguém da família seja visto ali, que comentem terem visto El Ahijado —, Ric, na verdade, gosta do festival de Quila, por motivos que não consegue explicar. A maioria das pessoas são índios e agricultores, e Ric acha tocante a fé simples e ingênua que eles têm na Virgem. Eles rogam pela benção, pedem favores — saúde para um ente amado, a cura de uma doença crônica, a redenção para uma criança geniosa. Alguns ficam no caminho agradecendo e rezando pelos milagres e graças já alcançados. Ric ouve um homem cujo quadril com artrite foi de repente curado, uma mulher que não conseguia conceber, mas acaba de ter seu primeiro filho, uma idosa cuja visão foi milagrosamente recuperada, após uma cirurgia bem sucedida de cataratas.

Vá entender, pensa Ric.

Os médicos não levam crédito algum, vai tudo para a boneca na caixa plástica. Isso o faz lembrar-se daqueles geeks colecionadores de brinquedos que compram um "super-herói" e não tiram da caixa, pois, se o fizerem, ele perde o valor.

Ainda assim, ele fica comovido por tudo.

Karin hoje está com ele e a filha deles, Valeria, agora com dois anos e totalmente agitada com todo o barulho e as cores, sem mencionar o açúcar que ela consumiu, nas inúmeras barraquinhas. Seu lindo vestido branco festivo está todo borrado de chocolate, açúcar e outra coisa que Ric não sabe identificar, e agora ela está pendurada na mão dele, tentando pegar algo no chão. Nós somos pais terríveis, pensa Ric, embora ele esteja na expectativa de que o açúcar possa fazê-la tirar um cochilo no carrinho.

— Quer entrar na igreja? — Karin pergunta, quando a Virgem passa.

— Eu passo — diz Ric. Valeria vai simplesmente pirar dentro da igreja e eles terão que levá-la lá pra fora e...

Ele avista problema.

Belinda abrindo caminho em meio à multidão, vindo em direção a ele. Algo não está certo, pensa Ric. Um feriado como esse é reservado para esposas, não namoradas, e Belinda sabe disso.

Karin também a vê.

— O que *ela* quer?

— Não sei — diz Ric, alarmado pela expressão séria no rosto de Belinda. Essa costuma ser uma ocasião para deboche, ou para um comentário maldoso, sobre a ideia de que ela também seria virgem se a mantivessem dentro do acrílico, mas ela está mesmo de cara fechada.

— É seu pai — Belinda diz, antes que Ric possa sequer perguntar. — Ele levou um tiro.

— Ele está...

— Ainda não sabemos.

Ric entrega a filha para Karin e segue atrás de Belinda, até um carro que aguarda.

Enquanto o carro segue veloz, Ric pensa que é estranha a intensidade das emoções que ele está sentindo. Lá está aquele pai que ele certamente não ama, de quem talvez nem goste e, no entanto, o medo está pulsando nele como uma descarga elétrica contínua, com a oração, *Por favor, não o deixe morrer, por favor, não o deixe morrer... Por favor, não deixe que ele já esteja morto, ante que eu...*

Antes que eu o quê? Ric pergunta a si mesmo.

Diga adeus?

Peça seu perdão?

Que *eu* o perdoe?

Belinda está ao celular, tentando descobrir o que aconteceu. Até agora, tudo o que eles sabem é que Núñez estava saindo de casa para ir à missa da Candelária, em sua igreja, em Eldorado. Ele estava no terceiro carro de um comboio e eles deixavam a mansão pelo caminho curvo de veículos quando uma caminhonete passou veloz pelos dois primeiros carros, vindo da direção contrária, e crivou de tiros a Mercedes de Núñez.

— Minha mãe — diz Ric.

— Ela está bem, não foi atingida.

Graças a Deus, pensa Ric.

— Nós sabemos quem foi? — pergunta Ric, pensando, não deixe que tenha sido Iván.

E não deixe que tenha sido Damien.

— Não, eles fugiram — diz Belinda. Ela olha para uma mensagem de texto. — Jesus...

— O quê?

Ela não responde.

— *O quê?*

— O assunto já se espalhou — diz ela —, estão falando que seu pai morreu.

Não deixe que seja verdade, pensa Ric.

— Meu Deus, Ric, isso significa que você é...

— Cale a porra da boca.

Parece levar uma eternidade, mas eles enfim chegam ao pequeno hospital, em Eldorado. Ric pula do carro antes mesmo de parar e corre até a sala de espera. Sua mãe levanta de uma cadeira e cai em prantos ao vê-lo.

Ele espana vidro do vestido dela.

— Os médicos dizem que não sabem — conta ela. — Eles não sabem.

A porta pesada do carro provavelmente salvou a vida dele, o médico diz a Ric. Abrandou o impacto do tiro que pegou na barriga, que talvez tivesse atingido seu fígado. Eles removeram a bala e conseguiram conter a hemorragia interna, mas ainda há possibilidade real de infecção. "Situação estável" é o clichê que o médico usa.

Ric pega uma xícara de chá para a mãe, na lanchonete do hospital, depois encontra Belinda lá fora, no carro.

— Eu quero saber como essa porra aconteceu — diz Ric. — Quero saber quem está por trás disso e quero retaliação, antes que o sol se levante, amanhã.

— Eu já acionei o meu pessoal — afirma Belinda. — Todos os guardas estão sendo interrogados...

— Faça o que for preciso, Belinda.

— É claro — diz ela. — Quanto a quem está por trás disso, ninguém assumiu ainda. Devem estar esperando para saber se ele está vivo ou não. Mas você deve saber que o principal candidato é seu bom amigo Damien.

Ele ignora o deboche.

— Escreva no Twitter que meu pai está morrendo. Providencie que o padre de sua paróquia venha, faça um estardalhaço. Então, vamos ver quem se apresenta para assumir a responsabilidade. Mande gente até a casa da mãe de Damien. Se foi ele, ele provavelmente vai tentar tirar a família de lá. Explique a eles que nós não queremos machucar ninguém, mas eles têm que ficar onde estão.

— E se eles tentarem ir embora?

— Mate-os.

Mas Damien Tapia é só uma possibilidade, pensa Ric.

Elena Sánchez é outra.

Ela está descontente porque meu pai não tomou uma atitude contra Iván, pelo assassinato de Rudolfo. Ela questionou a liderança de meu pai, disse que ele estava enfraquecendo o cartel. Talvez ela tenha resolvido agir de acordo com suas opiniões.

Mas ela é mais inteligente que isso, pensa Ric. Ela sabe que não pode manter Baja diante de um ataque combinado, entre nossa ala e a de Iván, o que certamente aconteceria. Sua organização já está debilitada de efetivo, e ela não seria imbecil de se isolar.

Você tem que considerar a possibilidade de que tenha sido Iván.

Ele ainda está injuriado por ter precisado entregar Baja, ainda acha que deveria ser o cabeça do cartel. Talvez ele ache que a ala Esparza seja forte o suficiente para lutar contra a ala Núñez e Elena; e, encare os fatos, ele talvez ache que pode ganhar se for você, não o seu pai, que estiver na liderança.

E ele provavelmente está certo, pensa Ric.

Ele é melhor como líder de guerra do que você; ele é um líder melhor, ponto.

Belinda lhe entrega o celular e faz mímica com a boca: "Elena".

— Acabei de saber — diz Elena. — Eu lamento muito. Como está ele?

— Ainda não sabemos.

Silêncio, então, ela diz:

— Sei o que você está pensando.

— É mesmo? O que eu estou pensando, Elena?

— Eu tive meus desentendimentos com seu pai — diz ela —, mas eu jamais faria uma coisa dessas.

— Bom saber.

— Mande meu amor a sua mãe, diga a ela que estou rezando por ele, por todos vocês.

Ric agradece e desliga. Fica imaginando se Elena estava ligando por preocupação verdadeira, ou para demonstrar que não foi ela quem deu a ordem, ou para encobrir o fato de que foi. Ele vira para Belinda.

— Quem estava dirigindo o carro do meu pai hoje?

— López.

Gabriel López, um ex-policial do estado de Sinaloa, era motorista de seu pai, desde sempre, pelo que Ric se lembra. Sempre vestido com capricho, de gravata, pontual, profissional, discreto. Não é casado. Cuida da mãe idosa, que sofre de Doença de Alzheimer.

— Ele está vivo? — pergunta Ric.

— Ele não se feriu.

— Onde está ele agora?

— Não fui atrás dele — diz Belinda. — Nunca pensei…

— Vá buscá-lo.

López não atende ao celular.

Cai direto na caixa postal.

Ric não deixa recado.

— Foi ele — conclui Ric.

— Mas, quem o comprou? — pergunta Belinda.

— Só saberemos quando falarmos com ele.

— Ele sumiu — diz Belinda. — Não conseguimos falar com ele.

Precisamos falar, pensa Ric. Quem tentou matar meu pai vai tentar de novo. Nós temos que descobrir quem foi.

Ric faz um vídeo da mãe de López e envia ao antigo motorista de seu pai. Segundos depois, o celular de Ric toca.

É López.

— Você precisa vir falar comigo — diz Ric.

— Se eu for, você vai me matar.

Mas não posso mais ser o antigo Ric. Tenho minha própria família para proteger.

— Se você não vier — avisa Ric —, eu vou matá-la.

López está apostando no velho Ric, pensa Ric. No cara bacana e tranquilo, que jamais pensaria em ferir a família de alguém, que dirá uma idosa indefesa e demente que tem pouca ou nenhuma ideia do que está acontecendo.

Meu Deus, ela achou que eu fosse seu Gabriel, quando entrei.

Claro, López diz:

— Você não faria isso.

Ric saca a pistola e a segura junto à cabeça da idosa. Com a outra mão, ele ergue o celular.

— Olha só.

Ele engatilha a arma.

— Não! — grita López. — Eu vou!

— Trinta minutos — diz Ric. — Venha sozinho.

Ele chega em 28.

Belinda o revista e tira sua Glock.

López beija a mãe no rosto.

— Mami, a senhora está bem? Eles lhe machucaram?

— Gabriel?

— Sí, Mami.

— Você trouxe as minhas *chilindrinas*?

— Dessa vez, não, Mami — diz López.

Ela faz uma cara feia e fica olhando o chão.

— Onde podemos conversar? — pergunta Ric.

— No meu escritório — diz López.

Eles entram em uma salinha que é tão caprichada e arrumada quanto López. Ric gesticula para que López sente. Belinda fica em pé bloqueando a porta, de arma em punho.

— Não fui eu — diz López.

— Não minta pra mim, Gabriel — pede Ric. — Isso me deixa com raiva. Não tenho tempo para arrancar a verdade de você. Se você não me contar agora mesmo, vou matar aquela velha na sua frente. Diga a verdade e eu garanto que ela terá o melhor tratamento em Culiacán. Quem comprou você?

Por favor, pensa Ric, não deixe que ele diga Iván.

— Tito — responde López. — Ascensión.

— Por quê?

— Seu pai foi atrás dele — diz López. — E não conseguiu pegá-lo. Você tem silenciador? Não quero que ela fique com medo.

Ric olha para Belinda, que assente e diz:

— Eu faço.

— Não — diz Ric. — Tem que ser eu.

Se eu não fizer, as pessoas vão me achar fraco.

E estarão certas.

Tem que ser feito e tem que ser eu.

— Tem certeza? — pergunta Belinda. — Quer dizer, eu sei que você fingiu, lá em Baja.

— Eu tenho certeza.

Belinda prende o silenciador na pistola e a entrega a Ric. O coração dele está disparado e ele sente vontade de vomitar. Ele diz a López:

— Vire de costas. Olhe pela janela.

López vira. E fala:

— Meus papéis estão na primeira gaveta da esquerda. Está tudo em ordem. Eu trago chilindrinas para ela, toda quinta.

— Eu darei ordens para que façam isso.

Ric tenta evitar o tremor da voz.

Ele ergue a pistola.

Belinda disse que era fácil — apontar e atirar.

Não é fácil.

Ele aponta a mira para a nuca de López.

Pronto, é isso, pensa ele; se você apertar o gatilho não há volta. Você será um assassino. Mas se não apertar, e as pessoas com quem você lida o acharem fraco, elas vão dilacerar sua família.

Vão matar seu pai em sua cama de hospital.

Isso, se ele já não estiver morto.

A mão de Ric treme.

Ele põe a outra mão na arma, para firmá-la.

Ele ouve López chorando.

Ric aperta o gatilho.

Seu pai está cinza.

Sua voz é rouca, quando ele diz:

— Eu preciso falar com você... Nós temos que descobrir...

— Foi Tito — diz Ric. — Ele comprou López para emboscá-lo. Não se preocupe, já cuidei disso.

Núñez assente.

— Por quê? — pergunta Ric. — Por que ir atrás de Tito?

Núñez sacode novamente a cabeça, como se para descartar a pergunta o que parece lhe custar um grande esforço.

— Um ataque para prevenir. Agora ele virá atrás de você. Você precisa ir para algum lugar seguro, vá...

Ele fica inconsciente.

As campainhas disparam.

Uma enfermeira vem correndo, empurra Ric para fora do caminho e verifica os monitores.

Ela grita algo e mais enfermeiras entram, depois um médico, e eles levam Núñez pelo corredor, em direção à sala de cirurgia. Ric não consegue ouvir tudo o que eles falam, só o suficiente para saber que a pressão arterial de seu pai caiu e que eles precisam "abrir" de novo, para conter a hemorragia.

Ric fica sentado na sala de espera com a mãe.

Ele está apavorado pelo pai, mas diz a si mesmo que não pode ter sentimentos agora; sua responsabilidade é ter sangue frio e pensar.

Nós estamos em guerra com Tito Ascensión e com o Cartel Nuevo Jalisco.

CJN não controla somente Jalisco, mas a maior parte de Michoacán e algumas regiões de Guerrero. Ele tem operações na Cidade do México e um porto disponível em Puerto Vallarta. Agora Tito vai avançar para Baja, Juárez e Laredo, e para os portos de Manzanillo e Mazatlán.

Tito é um lutador experiente, um general de campo comprovado e um matador impiedoso. Ele já ganhou guerras. As pessoas o temem com razão, e terão medo de ficar contra ele; parte do pessoal de Sinaloa vai mudar de lado por medo, ou só por achar que ele irá vencer.

Pior, e Ric detesta pensar isso, Tito tem laços antigos e fortes com Iván. Ele foi o guarda fiel de Nacho Esparza, o cabeça de sua segurança e de seu braço armado. Ele lutou para os Esparza contra o cartel Golfo, contra o cartel Juárez, contra os zetas, e derrotou todos eles.

É claro que sua próxima jogada será ir até Iván e propor uma aliança contra nós e Elena. E se ele fizer isso e Iván aceitar, estaremos liquidados.

Não teremos como ganhar.

A matemática simplesmente não soma.

Não somos páreo para eles, em termos de homens, dinheiro e material do CJN e dos Esparza. Eles formarão um novo cartel e nos destruirão.

Só há uma jogada a ser feita.

Ele sabe que deveria pedir o conselho e a aprovação paterna — é na verdade uma decisão a ser tomada por seu pai — mas a dura verdade é que Ricardo está incapacitado de tomá-la, nesse momento, e Ric não tem tempo para esperar.

Ric vai até lá fora e pega o celular.


Dirigindo para a reunião, Ric sabe que se tiver errado a estimativa — se Iván e Tito já tiverem feito um acordo — ele está morto.

Eles vão matá-lo no instante em que ele aparecer.

Foi burrice não trazer segurança, mas Ric temia causar exatamente o que estava tentando evitar: uma guerra com Iván. O cara já está paranoico, com medo de levar a culpa pelo atentado contra Núñez, e se Ric aparecer com um exército armado, Iván vai achar que está sendo encurralado.

Ric vai correr o risco.

Ele está com uma Glock 19 na cintura do jeans, por baixo de uma jaqueta de beisebol dos Tomateros.

— A pistola não tem pino de segurança, portanto, não vá estourar a própria bunda — disse Belinda, carregando um pente. — Apenas aponte e aperte.

— Espero não precisar.

— Você não deveria fazer isso — ela disse, enquanto ele entrava no carro. — Eu não deveria deixar você fazer isso.

— A decisão não é sua.

Ela sorriu.

— Ei, Ric? Você agora é Michael.

Iván marcou a reunião em um posto de gasolina Pemex, saindo da Estrada 15, na periferia sul de Eldorado. Conforme Ric vai chegando, ele gostaria de não ter concordado com esse lugar. O posto fica no meio de um imenso estacionamento, quase vazio a essa hora da noite, com apenas alguns trailers rebocadores estacionados nas margens.

Qualquer um deles pode estar, pensa ele, cheio de pistoleiros dos Esparza.

Ou pistoleiros do CJN.

Ou ambos.

Ele desce do carro e caminha até o posto. É uma boa caminhada — ele sente a arma nas costas.

Iván está sentado na mesa de um reservado, perto da máquina de café, de um micro-ondas e de uma prateleira cheia de sacos de salgados e porcarias.

Ric senta de frente para ele.

— Não fui eu — diz Iván.

— Não achei que tivesse sido.

— Mas ficou desconfiado — afirma Iván.

— Tá, tudo bem, fiquei desconfiado.

— Não posso culpá-lo — diz Iván. — Teria sido uma jogada inteligente. Se ele não fosse seu pai...

— Foi Tito — diz Ric, à procura de sinais de surpresa no rosto de Iván. Ele parece surpreso, mas talvez esteja fingindo.

— Olha, eu teria achado que foi o Damien — fala Iván.

— Tito — repete Ric. — Meu pai foi atrás dele.

— Péssimo erro — diz Iván —, correr atrás de Tito Ascensión e não o pegar. Mas jogar Rubén na cadeia? Isso também torna *você* um alvo.

— Acredite, eu percebi.

— Então, por que está aqui?

— Preciso de você do nosso lado — declara Ric.

— Eu sei — diz Iván. — Mas, lembrando que alguns dias atrás você apontou uma arma pra minha cara, por que eu deveria?

— Baja — diz Ric. — Nós lhe daremos de volta.

Iván assimila, depois afirma:

— O Tito também daria.

— Isso não é dele pra dar.

— Nem seu — responde Iván. — É de Elena.

— Eu vou falar com ela.

Iván dá um sorriso debochado.

— *Você* vai falar?

— Sim.

— Aí, ela vai até Tito — diz Iván.

— Está vendo? — pergunta Ric. —Vai funcionar perfeitamente.

— Nós teríamos que lutar contra ela pra isso.

— Se ficar do nosso lado, você vence — diz Ric.

— Se ficar com Tito, eu também venço.

—Talvez.

— Ei, Ric — diz Iván. — Aquele com quem eu estiver é que vai ganhar.

— Acho que é por isso que estou aqui.

Iván olha ao redor do posto, depois pela janela. Então, olha de novo para Ric e diz:

— Eu poderia vender você a Tito, neste momento. Ele pagaria bem. Depois, ele poderia trocar você por Rubén.

— Mas você não vai fazer isso — fala Ric, embora não tenha tanta certeza.

Iván leva um bom tempo para responder, então diz:

— Não, não vou. Então, Baja, hein?

—Você fica com as travessias da fronteira e a maior parte do mercado doméstico. Eu só quero os bairros que nós já temos, em La Paz e em Cabo.

— E quanto a Mazatlán?

— Sua.

— Sem querer ofender, mas o seu pai aprovou isso?

— Ainda não.

— Nossa — diz Iván. — Olhe pra você, todo crescido.

— Temos um acordo?

— Até agora — considera Iván. — Mas, de novo, sem querer ofender, o que acontece se seu pai não sobreviver? Isso faria de você o *patrón*. Eu sei que você é El Ahijado, e tudo mais, mas não sei se vou aturar isso.

— O que você quer?

— Ser o próximo da fila — responde Iván —, depois de seu pai, claro.

— Como eu lhe falei — diz Ric —, eu não quero o cargo, mas…

— O quê?

— Se eu concordasse — diz Ric —, isso lhe daria motivação para matar meu pai.

Iván o observa, por alguns segundos.

— Todo crescido. Então, não, sem acordo, El Ajihado. Tito vai me dar o trono.

Está tudo desmoronando, pensa Ric, e eu não posso levantar desta mesa sem um acordo. Meu pai vai me odiar por isso, mas…

—Vou lhe contar o que eu vou fazer — diz Ric. — Se meu pai morrer em paz, na cama, ou se aposentar, eu cedo o lugar pra você. Mas, se ele for assassinado, por qualquer pessoa, eu fico.

— Eu lutaria com você pelo cargo.

— Vamos torcer pra que nunca chegue a isso — diz Ric. Ele estende a mão. — Fechado?

Iván aperta sua mão.

— Mais uma coisa — diz Ric. — Meu pai nunca saberá do nosso acordo.

— Estimo as melhoras a seu pai — diz Iván. — Diga a ele que eu desejo que ele se recupere logo.

Ric caminha de volta até o carro, sabendo ter o acordo de que tanto precisava, e com total consciência de que acabou de dar a Iván um motivo para matar seu pai e ele.

Ele pega o celular para checar se o pai ainda está vivo.

Quando chega a noite de Candlemas, até o entusiasmo de Marisol pelas festividades já diminuiu.

Ela não foi à igreja, não tomou atole, certamente não comprou uma estátua do menino Jesus.

— Para mim, chega de comemorações— ela diz a Keller.

Uma coisa que ela faz é tentar entender a explicação dele sobre o Dia da Marmota.

— Uma marmota sai de sua toca — diz ela.

— Sim.

— E se ela vir a própria sombra... o que acontece, mesmo?

— São mais seis semanas de inverno.

— E se ela não vir — continua ela — é primavera?

— Sim.

— O que uma coisa tem a ver com a outra? — pergunta Marisol. — Como pode o fato de uma marmota não enxergar a própria sombra, de alguma maneira, dar início à primavera?

— É só uma tradição.

— Uma tradição besta.

— Verdade — diz Keller. — Não possui a lógica inerente de engolir uvas e jogar água suja pela janela.

Ele nem tenta explicar o significado atual do Dia da Marmota de acordo com a cultura pop — do ciclo interminável de um mesmo dia — mas o dia foi assim para ele.

Primeiro, houve a tentativa fracassada de capturar um chefão das drogas, desta vez Tito Ascensión, do cartel Novo Jalisco. Agora foi a tentativa de assassinato do chefe do cartel Sinaloa, Ricardo Núñez.

Entre uma coisa e outra, Roberto Orduña teve sucesso. Seguindo uma pista recebida, o pessoal das FES invadiu uma casa em Zihuantanejo e capturou os três irmãos Rentería.

Orduña ligou para Keller e disse a ele que os Rentería confessaram a morte dos estudantes.

— Qual motivo eles alegaram? — perguntou Keller.

— Eles acharam que os garotos fossem recrutas para Los Rojos — disse Orduña. — Triste, não é?

Keller não engole a história dos Rentería, da mesma forma que não acredita no acontecimento improvável de Orduña ter tido sorte em encontrar todos eles no mesmo lugar, ao mesmo tempo. Foi Eddie Ruiz que deu os nomes. Será que ele também deu a localização?

E quem deu a ele a ordem?

Se Ruiz estiver administrando algo, significa que alguém está administrando Ruiz.

— Nós achamos que havia um carregamento de heroína naquele ônibus — diz Keller.

— Vocês têm dados da inteligência para respaldar isso? — pergunta Orduña.

— Estou trabalhando nisso.

— Heroína de quem?

— De Sinaloa? — sugere Keller. — Ricardo Núñez?

— Bem, ele está fodido.

— Ele vai sobreviver?

— Parece que sim — diz Orduña. — E agora, os dois maiores cartéis do México vão cair no pau.

Dia da Marmota, pensa Keller.

Outra guerra.

Mais mortes.

As festividades terminaram, como sempre terminam.

# 2
# Coiotes

*"O coiote está sempre por aí, rondando… e o coiote está sempre faminto."*
— ditado Navajo

**Bahia de los Piratas, Costa Rica**
**Março de 2015**

Sean Callan arranca a vela de ignição do motor de seu *panga* e a substitui por uma nova.

O barco, um Yamaha de sete anos e 22 pés por 5 pés de largura, ainda está em bom estado, pois Callan é quase religioso com sua manutenção. Ele usa o barco para levar hóspedes para pescar de vara ou arpão, nadar de snorkel ou apenas passear ao pôr do sol. Portanto, Callan o mantém em ordem.

Ele tem uma relação de amor e ódio com o motor E-Arrow de dois tempos, com 45 cavalos, que comprou de um dos pescadores comerciais, em Playa Carrillo. O motor exige mais atenção que as passageiras ricas que vêm de Los Angeles em busca do primitivo, sem abrir mão dos luxos da civilização, um conflito que Callan e Nora estão sempre se esforçando para atender.

Nora, pensa Callan, com mais graciosidade que eu.

Eles mantêm a pequena pousada — quatro bangalôs e uma casa principal, escondidos em meio às árvores acima da praia — há pouco mais de dez anos, e Nora fez dela um sucesso. Eles têm um ganho decente e uma vida tranquila, em especial fora da temporada, quando ficam praticamente sozinhos na pousada.

Callan adora aquilo ali.

Bahia de los Piratas agora é seu lar e ele jamais iria embora. Para quem mora em um local mais afastado, na distância ideal de um resort maior, o de Tamarindo, e da cidadezinha de Matapalo, Callan até que é bem ocupado. Há sempre algo que precisa ser feito.

Se ele não está consertando o motor ou fazendo a manutenção do barco, está levando os clientes para a água. Ou embarcando todo mundo no velho Land Rover (por falar em consertar e manter) e rebocando-os até Rincón de la Vieja para andar a cavalo e fazer trilha, ou até Palo Verde Park para ver os crocodilos, os porcos-do-mato e jaguarundis. Ou ficando de babá dos grupos de observadores de pássaros, que Nora insiste em agendar.

Ou ele leva os hóspedes a bares e boates em Tamarindo (eles geralmente vão sóbrios e voltam bêbados), ou a aulas de surf, ou a um dos barcos grandes de pesca esportiva, para irem atrás de marlins ou agulhões-bandeira.

Se não está cuidando dos clientes, ele está cuidando do hotel em si. Sempre há algo que precisa ser consertado, costurado, remendado. Se não é uma palhoça nova para o telhado, é reboco ou um cano vazando. Fora da temporada, ele faz os reparos pesados: reboca paredes, lixa o piso, pinta os tetos.

Ou trabalha na casa principal, construída nos anos 1920, depois relegada ao abandono, até quando eles a compraram a preço de banana. Agora, ele afetuosamente refaz o trabalho de marcenaria — a balaustrada, os corrimões, pisos, o amplo deck com vista para o Pacífico.

Na loja que construiu nos fundos da casa, ele está fazendo uma mesa de jantar usando cedro espanhol de demolição. É sua surpresa de aniversário para Nora, e ele trabalha na peça em seu tempo livre.

Callan trabalhava como marceneiro lá em Nova York; um ótimo artesão, portanto, ele adora seu trabalho. Na verdade, ele adora todo o trabalho — adora estar ao ar livre, nos parques, na floresta tropical, nas margens do Tempisque, em alto mar.

É uma vida boa.

Nora cuida mais dos detalhes diários do lugar, embora Callan também ajude, e os dias passaram a ter uma rotina agradável. Eles moram na parte de cima da casa principal e acordam antes do amanhecer, para começarem o café da manhã lá embaixo, na cozinha.

A ajudante, María, geralmente já está na cozinha quando eles descem, e ela e Nora preparam bandejas de *gallo pinto* com ovos, creme batido e queijo. Montam a mesa com tigelas de papaia, manga e tamarindo. Bules de café forte e chá, e jarros de *horchata*, a bebida de fubá e canela que eles servem ali, na Província de Guanacaste.

Callan geralmente manda para dentro uma rápida caneca de café e, enquanto os hóspedes estão comendo, vai ver se o Land Rover está ligando, ou se o barco está em ordem para qualquer atividade programada para aquela manhã. Se for um passeio mais demorado, nora e María preparam lanches; se não, elas limpam as mesas do café e começam a preparar o almoço, que geralmente consiste em um *casado* — feijão com arroz servido com frango, porco ou peixe.

Depois do almoço, Nora geralmente volta lá para cima para uma *siesta* — seu "sono embelezador", como ela chama, embora Callan ache que ela não precisa — enquanto uma pequena equipe, composta na maioria pelas moças da família de María, troca os lençóis e toalhas, e arruma os quartos para os hóspedes que vão chegar.

Callan geralmente não tem tempo de tirar uma *siesta*, mas, de vez em quando, ele consegue, e esses são alguns de seus momentos preferidos: ficar deitado com Nora, nos lençóis que foram salpicados com água fresca.

Os jantares geralmente são pequenos, com apenas alguns hóspedes, porque a maioria prefere ir a um dos restaurantes na Playa Grande ou em Tamarindo. Mas Nora e María sempre servem *boquitas de patacones* e *arracaches*, e pratinhos de ceviche ou *chicharrón*, antes de uma refeição completa com peixe grelhado — dependendo do peixe fresco que Nora consegue encontrar em Playa Carrillo, ou *olla de carne*, o ensopado local feito de carne e mandioca. Ou, às vezes, Nora fica criativa e faz um prato francês, tipo *steak frites* ou *coq au vin*, ou algo assim.

A sobremesa geralmente é salada de frutas ou, se Nora quiser algo mais consistente, ela faz um bolo *tres leches*, seguido de café e conhaque, servido no deck, onde eles podem sentar e ouvir a música da praia em frente, e a floresta tropical atrás.

Eles geralmente vão dormir cedo (a não ser que Callan tenha que dar "uma corrida" até a cidade para buscar hóspedes) e começam cedo na manhã seguinte.

Isso é na alta temporada — "temporada seca" —, mais ou menos de dezembro até abril. Depois vem a chuva, abrindo a temporada verde, embora em Guanacaste isso geralmente signifique apenas chuvaradas diárias no fim da tarde e começo da noite. Mas isso já afugenta os turistas, então Callan e Nora adiantam a manutenção e também têm mais tempo para caminhar pela praia, sair de barco sozinhos, ter longas e amorosas *siestas*, jantares privativos, fazer amor ao som da chuva batendo no telhado de metal.

Os turistas voltam em julho.

Agora é março, está terminando a alta temporada, e Callan puxou o *panga* até a praia para substituir as velas de ignição, pois, às vezes, ele ancora perto de um arrecife e a última coisa que ele vai querer é estar a mil jardas de distância da costa com um motor pifado.

Agora é meio-dia e faz calor, mais de 30 °C, mas Callan continua de camisa. É uma brincadeira entre as hóspedes, o quanto elas gostariam de ver sem camisa o belo e musculoso anfitrião, mas, para um cara tão despreocupado, ele é tímido, e diz que isso simplesmente não é "adequado". Então, agora ele está com um blusão de brim desbotado e bermuda de sarja, *huaraches* e um boné de beisebol surrado. Ao girar a chave de porca, ele belisca o dedo e solta um pequeno palavrão.

Então, ouve uma risada atrás de si.

É Carlos.

Callan conhece o filho de María desde menino, e precisa lembrar-se de que Carlos não é mais garoto, mas um homem feito, com esposa e dois filhos. E sua a camisa para sustentá-los. Carlos trabalha nos barcos esportivos e tripulações de pesqueiros e, ralando pesado, conseguiu economizar o suficiente para dar entrada em um Topaz conversível, 1989, de 32 pés, com motor a diesel de 735 cavalos de potência, forquilha de brandal, cadeira de luta e cabine dianteira, com uma copa completa para começar seu próprio negócio.

Callan vem ajudando a consertar o barco, assim como Carlos o ajuda quando ele precisa de uma mão a mais, alguém para levar os turistas para o mar, ou acompanhá-los aos parques, ou quando precisa de auxílio para consertar um telhado.

Agora, Carlos ri e pergunta:

— O motor está brigando?

— E ganhando — diz Callan.

— Você está ficando velho — afirma Carlos.

Callan tem 54 anos e concorda. Seus cabelos, que batem nos ombros, já estão se tornando grisalhos.

— E você está com uma cara horrível.

— Passei a noite fora.

— Com Bustamente?

— É.

Callan pergunta:

— Pescaram alguma coisa?

— Um bocado de albacora — diz Carlos. — Quer que eu troque isso pra você?

— Não, pode deixar. — Callan gira a chave de novo e a peça solta. — Já comeu? Elas fizeram almoço lá na casa e tem pouca gente.

Só quatro hóspedes — dois observadores de pássaros de meia-idade e um casal hippie.

— Eu tô de boa — responde Carlos, passando a mão na barriga.

Ou no que tem de barriga. Como María diz, se Carlos tem alguma gordura, está na cabeça. Ele é esguio, mas musculoso, e tem uma beleza matadora. Se não fosse tão fiel à esposa, Elisa, ele passaria a noite toda pegando as turistas.

Agora ele ajuda Callan a trocar a vela de ignição e os dois marcam um encontro para trabalharem no Topaz — Carlos quer fazer um deck de madeira na cabine da frente. Eles conversam por mais alguns minutos — sobre o clima, pesca, beisebol, o papo furado de sempre — e Carlos segue ao próximo trabalho, um passeio para a pesca de marlin.

Callan vai até a casa para saber se os hospedes querem mergulhar de snorkel.

Nora está na cozinha picando legumes.

Eles estão juntos — com algumas interrupções — há dezesseis anos, e ela ainda faz o coração dele disparar.

Nora Hayden é uma mulher espantosamente linda.

Os cabelos que só podem ser descritos como dourados, agora cortados um pouco mais curtos, para a vida nos trópicos.

Olhos azul-claros e calorosos como o Pacífico.

Aos 52 anos, ela está mais linda que nunca, pensa Callan. Está em forma graças à natação e à ioga, e as ruguinhas em volta dos olhos se da boca dão um ar ainda mais interessante.

E isso é só por fora.

O conteúdo do pacote, pensa Callan, é ouro puro.

Nora é inteligente, muito mais que ele, uma excelente mulher de negócios, e tem um coração de leoa.

Ele a ama mais que a vida.

Agora, ele chega por trás dela, passa um braço em volta de sua cintura e diz:

— Como vai seu dia?

Ela arqueia o pescoço para trás e lhe dá um beijo no rosto.

— Bom. E o seu?

— Bom — responde Callan. — O que vai preparar para o jantar de hoje?

— Não sei — diz Nora. — Depende do que eu encontrar.

— Carlos falou que eles têm albacora.

— Quem tem?

— Bustamente.

Nora sacode a cabeça.

— Não, ele não tem. María passou lá, hoje de manhã. Ele não tem nada.

— Que estranho — diz Callan. — Carlos falou que eles saíram pra pescar ontem à noite.

Nora encolhe os ombros.

— O que posso lhe dizer? O barco está pronto?

— Ãrrã.

Ele leva os hóspedes para nadar de snorkel, traz de volta o mesmo número de pessoas que levou — que é uma das exigências do trabalho —, toma um banho rápido e depois leva todos até a cidade para jantar.

Volta para comer com Nora.

Sem hóspedes, ela preparou um jantar simples de arroz e feijão, que Callan come feito um cavalo.

—Você está ansioso pela temporada calma? — pergunta Nora.

— Um pouquinho.

Muito, pensa Nora. Ela conhece seu homem. Ele é na dele, tranquilo, e embora seja bom na interação social que o negócio deles exige — ele é bem charmoso quando quer —, ela sabe que isso não é um traço natural e que Callan prefere a tranquilidade.

Ele prefere ficar sozinho com seu trabalho e com ela.

Nora também está na expectativa disso.

Ela gosta do negócio, gosta de ser anfitriã, gosta da maioria dos hóspedes, muitos são clientes antigos, mas será bom ter uma temporada calma e um tempo a sós com Sean. Dar suas caminhadas pela praia, ao pôr do sol, algo que eles raramente têm tempo de fazer quando a casa está cheia.

Nora é feliz com sua vida.

Com o ritmo dos dias e noites, das temporadas.

Ela nunca achou que seria feliz, mas é.

Depois do jantar e do café, Callan volta de carro até Tamarindo para buscar os hospedes. Ele os encontra no Crazy Monkey. Os observadores de pássaros estão terminando a sobremesa, os hippies estão dançando na discoteca, então ele tem tempo para matar e senta para tomar uma cerveja.

Do bar, Callan vê os mexicanos na discoteca. Eles se destacam com as roupas de caubóis *norteños*.

Algo mais recente ali em Guanacaste são os grupos de uma dúzia ou mais mexicanos, na maioria homens, às vezes com namoradas. Ele os vê no Crazy Monkey, no Pacifico, no Sharkey's, assistindo *fútbol* ou lutas de boxe.

Callan não gosta disso.

Não é que ele tenha algo contra mexicanos. Ele não tem — ele só tem algo contra *esses* mexicanos.

— A época de chuva vem chegando — diz o bartender, entregando-lhe um Rancho Humo e sacudindo a cabeça, quando Callan vai pegar a carteira.

Callan deixa uma gorjeta maior que o valor da cerveja.

— Você vai ficar por aqui?

— Não — responde o bartender. — Vou voltar a San José, ver a família.

— Legal.

Callan vira e vê Carlos.

Na discoteca, com um dos mexicanos. Um cara parrudo, encorpado, com trinta e poucos anos, do tipo macho alfa, com pinta de líder do bando. Apenas ligeiramente mais bem vestido que o restante, mais bem arrumado.

O *jefe*, pensa Callan. Ele já o viu circulando em Tamarindo com dois outros homens. Agora vê Carlos assentir e apertar a mão do *jefe*.

Callan termina sua cerveja, pega os hóspedes e leva para casa.

Não consegue dormir.

Callan é estritamente um cara do tipo "cuide da sua vida", e sabe que é isso que deve fazer agora.

Mas é o garoto da María.

E ele gosta de Carlos.

Então, mesmo não querendo, na manhã seguinte, ele encontra Carlos trabalhando no Topaz e pula a bordo.

— Achei que tivéssemos combinado no sábado — diz Carlos.

— Combinamos — diz Callan. — Eu queria falar com você.

— Sobre?

— Sobre o que você está fazendo.

Carlos parece inquieto.

— O que eu estou fazendo?

— Vamos, cara — diz Callan.

— Não sei do que você está falando.

— As corridas de coca que você está fazendo com Bustamente — diz Callan.

Motivo pelo qual os mexicanos estão ali. Eles transportam a cocaína de avião, da América do Sul, colocam em pequenos barcos e saem, passam para barcos maiores para levá-la até o México, ou até a Califórnia.

Pagam os pescadores locais para fazer essas corridas.

Callan entende; a pesca está ruim e mesmo que estivesse boa, não é nada, em comparação ao dinheiro que se pode ganhar — o dinheiro de um mês de trabalho, em uma única noite — transportando coca.

— Eu não...

— Não me ofenda.

Carlos fica injuriado.

— Isso não é da sua conta.

— Olhe, eu entendo — diz Callan. — Algumas corridas dessas e você consegue pagar o financiamento do barco e começar o negócio. Esse é o sonho, certo? Mas eu conheço essa gente. Pode acreditar, você não quer fazer negócio com eles. Você consegue o dinheiro do barco, acha que pode simplesmente parar o restante. Mas eles não vão deixar, Carlos. Eles vão querer que você transporte a droga no *seu* barco.

— Eu direi que não.

— Não se diz não a essa gente.

— Como é que você sabe tanto a respeito disso? — questiona Carlos.

— Eu simplesmente sei — diz Callan. — Isso não é pra você.

— Não? — pergunta Carlos. — O que é pra mim, Callan? Ser seu garoto barqueiro, pelo resto da vida?

— Você pode comprar seu próprio barco, começar seu próprio negócio de passeios.

— Isso pode levar anos.

Callan dá de ombros.

— Pra você é fácil — diz Carlos. —Você tem o seu negócio.

É bem verdade, pensa Callan. Mas ele diz:

— Só estou sendo seu amigo, cara.

— Então, *seja* meu amigo — retruca Carlos. — E não conte nada à minha mãe.

— Não vou contar — diz Callan. — Mas como ela irá se sentir, quando botarem você em cana?

Carlos sorri.

— Primeiro terão que me pegar.

—Você lê os jornais, Carlos? — pergunta Callan. — Assiste aos noticiários? O governo costa-riquenho acabou de renovar um acordo com os EUA. A porra da guarda costeira americana está por aí, patrulhando. Com a Divisão de Narcóticos.

Isso não vai acabar bem.

Logo na tarde seguinte, Callan está no barco, lavando para tirar a água salgada, quando o *jefe* chega até ele.

— Belo barco — diz ele, em um tom bajulador, com uma porra de um sorriso na cara.

— Obrigado.

—Você é Donovan?

— Isso.

É o nome que Callan usa ali.

— Amigo do Carlos.

— Certo outra vez — diz Callan. Não faz sentido esconder. — O que você quer?

O sorriso some.

— Quero que você cuide do que é da porra da sua conta.

— Como você sabe — pergunta Callan —, o que é, ou não, da porra da minha conta?

— Eu sei do que é da *minha* conta e não da sua.

— Olhe — responde Callan — você pode arranjar todos os barcos e pescadores que quiser. Eu só estou dizendo, por que não deixa esse único cara em paz?

—Você sabe como dizem — diz o *jefe* —, se abrir exceção para uma pessoa, terá que fazer para todos. Então, deixa de ser exceção.

— Só estou falando de um cara.

— Nós não precisamos de porra de *yanquis* — diz o *jefe* — chegando aqui para nos falar o que fazer ou deixar de fazer.

— Tampouco precisamos de mexicanos por aqui.

—Você não gosta de mexicanos?

— Não gosto de *você* — diz Callan.

— Você sabe quem somos nós?

— Até que sei.

— Somos Sinaloa — informa o *jefe*. — Não se meta conosco. E deixe Carlos fazer o que ele tem que fazer.

— Carlos é maior de idade — afirma Callan. — Ele pode fazer o que quiser.

— Isso mesmo.

— Isso mesmo — diz Callan.

— Não se meta conosco.

— É, você já disse isso.

O *jefe* lhe lança um olhar de valentão e depois vai embora. Callan fica olhando. Eu deveria ter cuidado do que é da minha conta, pensa ele.

As semanas seguintes passam tranquilamente. A chuva vem e os turistas vão embora, exceto por alguns tipos aventureiros em busca de experiência e de uma barganha. Callan vê o *jefe* mais algumas vezes, uma no Crazy Monkey, outra vez no Pacífico. Ele até volta a vê-lo com Carlos, mas Callan desvia o olhar quando o *jefe* lhe mostra um sorrisinho malicioso.

Callan não toca mais no assunto com Carlos. Eles trabalham no barco de Carlos, trabalham nos telhados das casinhas de hóspedes e conversam sobre tudo, isso. Tentei uma vez, pensa Callan. Carlos é um homem adulto e seria um insulto voltar a falar no assunto.

A vida retoma sua rotina.

Callan passa a maior parte do tempo fazendo reparos, indo sorrateiramente para a loja, durante as tardes, para trabalhar na mesa de jantar. Pouco antes do pôr do sol, ele e Nora se encontram e vão caminhar na praia, mesmo que esteja chovendo, pois a chuva é morna e eles não se importam em se molhar.

Eles têm jantares tranquilos, fazem amor sob o telhado de zinco.

Em uma manhã de maio, ele acorda e ouve uma comoção lá embaixo.

É María, e ela está chorando.

Quando ele chega à cozinha, Nora está com María nos braços.

— Pegaram Carlos! — María está aos prantos. — Pegaram Carlos!

Eles tentam acalmá-la para saber os detalhes. Bem, o que ela sabe. Houve uma "batida", uma prisão no mar. Dizem que era cocaína. Onze Ticos foram presos.

Carlos é um deles.

Callan vai de carro até a cidade para saber detalhes.

O chefe da polícia local conversa com ele.

Nada bom. É a maior apreensão de cocaína já feita na Costa Rica. Quatro toneladas daquela merda. No barco de Bustamente e em mais um. Onze pessoas foram detidas, todas jovens, nenhuma com antecedentes criminais.

São todos pescadores, Callan sabe.

Tentados pelo dinheiro.

Agora estão fodidos.

Duas toneladas de coca? Independentemente de serem julgados na Costa Rica ou nos EUA, eles estão diante de décadas atrás das grades.

Callan volta para a pousada, e ele e Nora tentam acalmar María. Eles vão arranjar um advogado para Carlos, talvez ele possa fazer algum tipo de acordo...

Mas Callan sabe que não vai adiantar.

Se Carlos fizer um acordo e concordar em dar nomes, ou testemunhar, ele será um homem morto. Eles vão pegá-lo na cadeia.

Devem pegar, de qualquer jeito, só para garantir.

É nessa noite que o *jefe* volta.

Ele está com dois caras.

Eles ficam mais atrás, ao lado.

Callan está colocando a lona do *panga*, na expectativa de uma chuva forte que deve estar a caminho. Ele pula de cima do barco quando o *jefe* se aproxima.

— Ouviu falar do que aconteceu? — pergunta o *jefe*.

— Ouvi.

— Estou imaginando se você teve algo a ver com isso.

— Não tive.

— Não sei, não — diz o *jefe*. — Mas é bom você falar com seu garoto, mandar ele ficar de boca fechada.

— Ele provavelmente já sabe disso.

— Caso ele não saiba — insiste o *jefe*. — Se ele falar, eu vou matar a mãe dele, você e aquela sua linda esposa...

A arma surge da camisa de Callan em um movimento suave.

Antes que os olhos do *jefe* possam se arregalar, Callan crava duas balas entre eles.

Um dos caras do *jefe* vai sacar a arma, mas é lento demais e Callan bota duas balas na cara dele, depois vira e faz o mesmo com o outro cara.

Três mortos em três segundos.

Sean Callan, também conhecido como John Donovan, foi conhecido, em outra vida, como "Billy the Kid" Callan.

Pistoleiro da máfia irlandesa.

Pistoleiro da máfia italiana.

Pistoleiro de Adán Barrera.

Foi em uma vida diferente, mas algumas habilidades não se perdem.

Callan põe os três corpos no *panga* e vai para o mar. Ele prende alguns pesos de mergulho nas roupas deles e os joga pela lateral do barco. Depois joga sua pistola, uma Sig 9 mm, que tem a muito tempo, da qual sentirá falta.

Agora chove forte e Nora está curiosa, quando ele entra encharcado. Ele lhe conta exatamente o que aconteceu, pois eles não mentem um para o outro, e depois de tudo o que ela passou, não há nada que a deixe abalada.

Mas ela fica inquieta, pelo fato de que os sinaloas estão tão perto quanto Tamarindo. Foi há muito tempo, e maioria das pessoas que ela conhecia morreu ou foi para a cadeia, mas Nora havia sido a lendária amante de Adán Barrera. Ele era o Chefão do Céu e ela era sua dama, e talvez ainda haja gente que poderia reconhecê-la, lembrar-se dela.

Ela espera que não. Tem sido feliz aqui, enfim encontrou a paz neste lugar, e não quer fugir outra vez. Mas, se for preciso...

Eles têm dinheiro guardado em segurança nas Ilhas Cayman, na Suíça, nas Ilhas Cook. Eles tentam viver só com os ganhos da pousada, mas se precisarem de dinheiro para desaparecer, ele estará lá.

— Ligue para María — diz Callan. — Diga a ela que Carlos pode dar nomes.

— Você tem certeza?

— Os nomes que ele vai dar estão mortos — diz Callan. Se Carlos puder fazer um acordo, ele deve. Todos os onze devem fazer isso; o cartel não vai dar a mínima se eles delatarem homens mortos.

— E se o cartel mandar mais homens pra cá? — pergunta Nora.

— Eles não vão precisar — diz Callan.

Ele vai até o cartel.

Faz vinte anos que Callan não vai ao México.

Ele partiu para nunca mais voltar, depois de um tiroteio no Aeroporto de Guadalajara que matou o melhor homem que ele conheceu na vida.

O padre Juan Parada era seu melhor amigo.

De Nora também.

Adán Barrera o emboscou para ser morto.

Callan abandonou tudo, depois disso — foi pela misericórdia de Deus que ele e Nora se encontraram e, às vezes, Callan acha que era o padre Juan olhando pelos dois.

Mas agora Callan está de volta a TJ.

Nora também.

Ela não o deixou ir sozinho e finalmente o convenceu a levá-la junto. Ele precisou admitir que seria mais seguro que ela estivesse com ele do que sozinha, na Costa Rica.

Ele sabe que, se vai salvar a vida deles, terá que ser aqui.

Eles alugam um carro no aeroporto.

— Isso traz lembranças? — pergunta Nora, enquanto eles seguem de carro por Tijuana.

— De outra vida.

— Parece que não.

Eles vão de carro até o Marriott, em Chapultepec e fazem o check-in como sr. e sra. Mark Adamson, com passaportes que Art Keller conseguira para eles anos antes. O quarto é iluminado e alegre, com lençóis e travesseiros brancos, cortinas brancas, limpo a ponto de ser antisséptico.

Callan já sente falta da Bahia de los Piratas.

Ele toma banho e se barbeia com esmero, penteia o cabelo e veste uma camisa branca *guayabera* e jeans.

— Fique no hotel — ele diz a Nora.

— Sim, senhor.

Callan sorri, sentido.

— *Por favor*, fique no hotel.

— Vou ficar.

— Eu ainda me sentiria melhor se você estivesse em San Diego.

A fronteira não fica nem a três quilômetros de distância.

— Mas eu, não — diz Nora. — Vou ficar bem. Como você vai encontrá-la?

— Não vou — responde Callan. — Vou deixar que eles me encontrem. Espero estar de volta em algumas horas. Se eu não voltar, pegue o seu passaporte, atravesse a ponte e entre em contato com Keller. Ele saberá o que fazer.

— Faz dezesseis anos que eu não falo com Keller.

— Ele vai se lembrar de você. — Ele lhe dá um beijo. — Eu te amo.

— Também te amo.

O manobrista traz o carro e Callan dirige até Rosarito. A boate Bombay fica na orla. Costumava ser um dos pontos deles, em Baja.

Ele senta no bar e pede uma Tecate.

Pergunta ao bartender:

— Os Barrera ainda são donos deste lugar?

O bartender não gosta da pergunta. Dá de ombros e pergunta:

— Você é repórter?

— Não — diz Callan. — Eu trabalhava para Adán, antigamente.

— Acho que não o conheço.

O bartender o observa com mais atenção.

— Faz muito tempo que não venho aqui — diz Callan.

O bartender assente e entra na cozinha. Callan sabe que ele vai dar um telefonema.

O policial leva vinte minutos para chegar.

Um guarda estadual de Baja, à paisana.

Ele se aproxima de Callan e vai direto ao assunto.

— Vamos dar uma volta, você e eu.

— Eu estava desfrutando da minha cerveja.

— Você vai desfrutar mais no sol — diz o guarda. — Não se preocupe, ninguém irá multá-lo.

Eles caminham até a avenida Eucalipto.

— Americano? — pergunta o policial.

— Houve uma época que sim.

— Nova York — diz o policial.

— Como sabe?

— Esta é uma cidade turística — diz o guarda. — Eu conheço os sotaques. O que o traz aqui, perguntando sobre os Barrera?

— Velhos tempos.

— O que fazia para El Señor?

Callan encara o policial.

— Eu matava gente pra ele.

O policial nem pisca.

— É para isso que está aqui, agora?

— Isso é o que estou tentando evitar agora.

O guarda o conduz até um carro estacionado na beirada da praia.

— Entre.

— Primeira regra de um *yanqui* que quer sobreviver no México — diz Callan. — Não entre num carro de polícia.

— Eu não estava *pedindo*, senhor...

— Callan. Sean Callan.

A pistola do policial surge, em um instante. Apontada para a cabeça de Callan.

— Entre na porra do carro, Señor Callan.

Callan entra no carro.

Depois de dezoito anos, a lenda sobre "Billy the Kid" Callan continua viva. O americano que foi um dos principais pistoleiros de Adán Barrera, na guerra contra Güero Méndez. Fala-se de como Callan salvou a vida de Adán em uma tentativa de assassinato em Puerto Vallarta, lutou lado a lado com Raúl na famosa batalha da "Reunião de Troca Sinaloa", na avenida Revolución, em Tijuana, e estava presente no tiroteio do aeroporto, quando o cardeal Parada foi morto.

Eles cantam canções sobre Billy the Kid Callan, e agora ele está sentado no banco traseiro de um carro de polícia sem identificação, e o policial faz ligações, tentando descobrir o que fazer com ele.

Agora, Callan até que fala bem espanhol, portanto sabe o que o policial está dizendo e entende a frase "Quer que nós simplesmente o matemos?", entre outras. São inúmeras ligações, então deve estar havendo alguma discussão, e o policial enfim desliga o celular e liga o carro.

— Pra onde nós vamos? — pergunta Callan.

—Você vai ver.

Polícia é polícia, pensa Callan. Não importa a nacionalidade, eles gostam de fazer perguntas, mas não gostam de respondê-las. Ele recosta no banco traseiro e desiste de qualquer tentativa de mais conversa, conforme o carro faz um longo percurso pela costa, seguindo a rota 1, passando por Puerto Nuevo e La Misión. O carro sai de um trevo, onde a rota 1 se transforma em rota 3.

Há uma van parada na lateral da estrada.

Três homens armados de MAC-10 descem e apontam as armas para Callan, enquanto o policial o faz descer do carro e o entrega. Um dos guardas revista Callan.

— Acha que eu não saberia, se ele estivesse armado? — pergunta o policial, irritado.

— Só pra garantir.

O policial balança a cabeça, entra de novo no carro e vai embora. O guarda leva Callan para a traseira da van.

Outro cara, que Callan julga ter uns quarenta anos, liga a van e pega a estrada rumo ao sul, em direção a El Sauzal.

— O que você quer? O que está fazendo aqui?

Ele não é mexicano e, pelo sotaque, Callan imagina que seja israelense. Isso não o surpreende — os Barrera costumavam ter muitos ex-militares israelenses na segurança.

— Quero falar com a Señora Sánchez.

— Por quê? Pra quê? — pergunta o israelense.

— Há um problema.

— O quê? Que tipo de problema? — questiona o israelense. — Foi Iván que o mandou?

— Quem é Iván?

— Quem o mandou?

— Ninguém — diz Callan. —Vim por conta própria.

333

— Por quê?

— Nós vamos ficar nisso? — pergunta Callan.

— Não precisamos — diz o israelense. — Podemos simplesmente matar você e jogar seu corpo na estrada.

— Vocês podem — diz Callan —, mas isso deixaria sua chefe descontente.

— E por quê?

— Porque uma vez eu salvei a vida do irmão dela — responde Callan.

— Eu ouvi as canções — afirma o israelense. — As músicas dizem muitas coisas que não são verdade. "Vou te amar para sempre", "Você é meu tudo"...

— "Papai Noel está chegando"...

— É o que eu estou dizendo.

Ele grita para que encostem a van. O veículo para e eles arrancam Callan do carro, em um terreno vazio que foi um campo de beisebol, mas que agora está só no pó. Começam a bater nele. Socos e chutes de todo lado, mas são todos no corpo, não no rosto, nem na cabeça, e Callan faz o melhor para se proteger e continuar de pé, enquanto o israelense lhe dá um sermão.

— *Não* venha aqui fazendo perguntas sobre os Barrera. *Não* chegue aqui sem ser convidado. Você acha que nós permitimos que um conhecido pistoleiro fique simplesmente passeando pelo nosso território? O que realmente trouxe você aqui? O que você quer de verdade? Diga e isso pode parar.

— Eu já lhe disse.

— Pra mim, chega — diz o israelense.

Os guardas empurram Callan, que cai de joelhos. O israelense aponta a pistola para a cabeça de Callan.

— Iván o mandou!

— Não.

— Diga a verdade! Foi Iván que o mandou!

— Não!

— Então, quem foi?

— Ninguém!

— Mentiroso!

— Eu estou dizendo a verdade!

O israelense aperta o gatilho

O som é horrendo, ensurdecedor. O estouro do cano chamusca a orelha de Callan. Ele cai de cara na terra. Os guardas o desviram e ele olha acima, para o rosto do israelense. Callan não consegue escutar nada, só o zunido ruidoso nos ouvidos, mas consegue ler os lábios do homem, que diz:

— Última chance, fale a verdade.

— Eu falei. Estou falando.

Eles o levantam.

— Coloquem ele de volta no carro.

Eles o colocam sentado e lhe dão uma garrafa de água, e Callan bebe, enquanto olha o israelense falar ao celular.

A van pega a estrada e segue ao sul.

— Você está falando a verdade — diz o israelense.

— Eu já sabia disso.

— O que quer discutir com a Señora Sánchez?

— Não é da porra da sua conta.

O israelense sorri.

Às vezes, o que cantam nas músicas é verdade.

Nora fica deitada na piscina e isso a faz lembrar-se de sua juventude.

A garota californiana, a garota dourada, a gata de Laguna Beach paquerada pelos pais de todas as amigas. Ela agora reflete que foi deitada em uma piscina, em Cabo, que ela conheceu Haley, que a prostituiu, colocou-a naquela vida.

E tudo o que veio depois.

Adán.

Ela foi amante do maior traficante de drogas do mundo.

Depois se tornou a informante mais valiosa de Keller.

Depois, Callan salvou sua vida.

De tantas maneiras, Sean salvou sua vida e fez com que valesse a pena viver.

E ela, a dele.

Eles construíram uma vida juntos, uma vida que vale a pena viver, então, o passado surgiu sorrateiramente do nada, como velhos pecados para os quais não há redenção, apenas o adiamento da punição, uma suspensão da pena, e agora, ali estão eles, de volta ao México.

Como se Adán tivesse esticado a mão do túmulo e puxado os dois de volta.

Ele a amava, ela sabe disso. Talvez ela o tenha amado um dia, antes de saber o que ele realmente era. Art Keller lhe disse, Art Keller foi quem lhe ensinou quem Adán era de verdade; depois, Keller a usou, como todos os outros homens de sua vida.

Até Sean.

Mas você também os usou, pensa ela. Se for honesta consigo mesma — e qual é o sentido de não ser? —, você também os usou.

Portanto, não banque a vítima.

Você é melhor que isso.

Mais forte.

Callan lhe disse que, se ele não voltasse, ela deveria atravessar a ponte, mas Nora não vai fazer isso. Se ele não voltar, ela vai encontrá-lo, trazê-lo de volta, ou seu corpo, ou, no mínimo, descobrir o que aconteceu com ele, e agora ela está com raiva de si mesma, por tê-lo deixado ir sozinho.

Eu deveria ter ido com ele, pensa, deveria ter forçado até ele me "deixar" ir.

Eu poderia falar com Elena, ao menos, se não pudesse fazer melhor.

Afinal, eu a conhecia.

Nós jantamos juntas, fizemos compras juntas, compartilhamos as reuniões em família. Ela sabia que seu irmão me amava, sabia que eu era boa para ele.

Até determinado ponto.

Ela nunca soube que eu o traí.

Se ela soubesse...

Mas eu deveria ter ido.

A casa fica no ponto norte da Ensenada.

A van para em um portão de segurança, os guardas acenam para que eles entrem, depois sobe uma sinuosa entrada de veículos.

Callan não entra. O israelense o conduz ao redor da casa, até um imenso gramado bem cuidado, com vista para o mar e para as rochas abaixo. Um punhado de palmeiras altas balança sob a brisa do lado norte, uma imensa extensão de praia ao sul, depois uma marina com veleiros. A casa, pensa Callan, deve custar milhões. É de estuque branco, imensas janelas panorâmicas — com vidro fumê —, decks e pátios generosos, várias edificações externas.

O israelense o põe sentado em uma cadeira de ferro branca, junto a uma mesa, e se afasta — fica onde não pode ouvir, mas pode ver. Uma jovem mulher vestida de preto sai e pergunta se ele quer algo para beber ou comer. Uma cerveja, talvez, um pouco de chá gelado, talvez um pouco de fruta?

Callan recusa.

Alguns minutos depois, Elena Sánchez sai da casa.

Ela veste um vestido branco comprido, seus cabelos negros estão pesos. Ela senta de frente para Callan, o observa, por alguns instantes, depois diz:

— Peço-lhe desculpas pelo tratamento rude. Você compreende que meu pessoal precisava ter certeza. Creio que você tenha prestado serviços semelhantes ao meu irmão. Se as histórias das canções são verdadeiras, você uma vez salvou a vida dele.

— Mais de uma vez.

— Por isso eu concordei em vê-lo — explica Elena. — Lev disse que houve algum tipo de problema.

Callan vai direto ao ponto.

— Eu matei três de seu pessoal.

— Ah.

Callan conta o que aconteceu na Bahia de los Piratas e então diz:

— Eu vim para endireitar as coisas.

— Aguarde alguns minutos, por favor — diz Elena. — Eu já volto.

Callan fica olhando, enquanto ela volta à casa. Então, ele fica sentado olhando o mar. A adrenalina está passando e seu corpo começa a doer. Os caras de Lev são profissionais — nenhum osso quebrado —, mas os hematomas são profundos.

E ele está sentindo a idade.

Quinze minutos depois, Elena volta.

Há um jovem com ela.

— Este é meu filho Luis — apresenta Elena. — Na verdade, é ele que está encarregado dos negócios agora, então achei que ele deveria estar presente.

Se ele realmente fosse o encarregado dos negócios, pensa Callan, *você* que não estaria presente. Mas ele assente para Luis.

— *Mucho gusto.*

— *Mucho gusto.*

Basta uma segunda olhada para saber que Luis não quer estar encarregado dos negócios da família, que ele preferiria de estar em qualquer lugar do mundo, menos nesta discussão. Callan já conheceu muitos narcos — Luis não é um deles.

— Os três homens que você matou eram contratados independentes — diz Elena —, porém, sob nossa proteção.

E pagando uma porcentagem pelo privilégio, pensa Callan.

— Estou disposto a pagar uma restituição, até proteção, se for preciso.

— Não há como pagar pelo que eles eram — diz Elena. — Eu estou em guerra, sr. Callan, e tenho certeza de que se lembra, as guerras são caras. Preciso de todos os recursos que eu puder conseguir. Preciso do dinheiro que estava saindo da Costa Rica.

— Eu só quero que minha esposa fique a salvo — afirma Callan. — Adán também iria querer.

Elena parece surpresa.

— E por quê?

— Ele a amava — diz Callan.

É raro, mas Elena de fato demonstra surpresa.

— Você se casou com Nora Hayden?

— Sim.

— Extraordinário — diz Elena. — Eu sempre a invejei, que beldade. Na verdade, eu gostava muito dela. Mande minhas lembranças. Todos os mitos voltando. Primeiro, Rafael Caro, agora, você e Nora...

Surge um rompante ruidoso de crianças correndo pelo gramado, rindo, gritando, perseguidas por uma babá, enquanto outra mulher olha.

— Meus netos. Os pequenos são tão resilientes. — Ela vê o olhar de Callan, que não entendeu sua observação, e explica: — O pai deles foi morto há pouco tempo. Assassinado, na verdade. Na frente deles. Iván Esparza ordenou sua morte.

O que explica a guerra, pensa Callan. E a minha recepção rude. *Iván o mandou!*

Ela recosta na cadeira e olha o mar.

— Lindo, não é?

É, se você não viu a Bahia de los Piratas, pensa Callan.

— Toda essa beleza, essa riqueza — diz Elena —, e nós temos que matar uns aos outros, como animais. O que há de errado conosco, sr. Callan?

Callan acha que é uma pergunta retórica.

— Talvez possamos chegar a algum tipo de acordo — afirma Elena. — Eu lhe dou anistia pelos três, deixo seu vilarejo em paz, sem mencionar a bela Nora...

— Em troca de quê?

— Iván Esparza — diz ela. — Mate-o para mim.

Enquanto Lev o conduz de carro de volta a Rosarito, Callan pensa na oferta de Elena.

Lute por mim, lute por Luis. Ajude-nos a tomar o cartel e, se nós ganharmos, eu lhe darei tudo que quer.

Absolvição.

Segurança.

Sua esposa, sua casa.

Sua vida.

Ele sabe que não tem escolha.

Agora, ele está de volta na guerra.

Keller está sentado ao lado de Marisol, assistindo ao noticiário da noite.

Especificamente, John Dennison anunciando sua candidatura para a presidência dos EUA. *"Eu vou construir um grande muro em toda a extensão da fronteira mexicana, e ninguém constrói muros melhor que eu. Vou construir um muro bem, bem grande lá, e sabe quem vai pagar por esse muro? O México. Guardem as minhas palavras."*

— Guardem as minhas palavras — repete Marisol. — Como ele vai fazer o México pagar por esse maldito muro?

Dennison prossegue: *"Nosso país se tornou um aterro sanitário. Quando o México manda sua gente, eles não mandam os melhores. As pessoas que eles mandam pra cá trazem drogas, trazem armas, trazem o crime. São ladrões, são assassinos, são estupradores."*

— Essa TV foi cara — lembra Keller —, não vá arremessar um copo.

— "Estupradores"?! — diz Marisol. — Ele está nos chamando de assassinos e *estupradores*?!

— Acho que ele não está se dirigindo a você, pessoalmente.

— Como pode fazer piada? — pergunta Marisol.

— Porque *é* uma piada — diz Keller. — Esse cara é uma piada.

Os republicanos podem ganhar a próxima eleição e eu perderei meu emprego, pensa Keller, mas não será esse cara que vai me dar o cartão vermelho, mesmo sendo famoso por demitir pessoas.

Dennison continua: *"Muitos nesta sala, tantos amigos me disseram que o maior problema que eles têm é a heroína. Como isso é possível, com tantos lagos lindos e árvores? As drogas estão vindo em enxurradas pela nossa fronteira ao sul, e quando eu digo que vou construir um muro, nós teremos um muro de verdade. Vamos construir o muro e vamos impedir que o veneno invada e destrua nossa juventude e muitas outras pessoas. E vamos trabalhar com essas pessoas que ficaram viciadas, que estão viciadas."*

Na manhã seguinte, o *Washington Post* pergunta a Keller sobre a promessa de Dennison de construir um muro.

— Em termos de deter as drogas — alega Keller —, um muro não vai adiantar nada.

— Por que não?

— É simples — explica Keller. — O muro ainda terá portões. Os três maiores se chamam San Diego, El Paso e Laredo, as travessias comerciais mais movimentadas do mundo. Um trailer rebocador entra através de El Paso a cada quinze segundos. Setenta e cinco por cento das drogas ilícitas provenientes do México entram por essas travessias legais, a maioria em trailers, algumas em carros. Não há como pararmos e fazermos uma revista minuciosa nem sequer uma pequena porção desses caminhões, sem fechar completamente o comércio. Não faz sentido construir um muro, se os portões estão abertos 24 horas, 7 dias por semana.

Ele sabe que deveria abandonar o assunto, mas não o faz.

— Você tinha mesmo que ficar falando sobre o muro? — pergunta O'Brien.

— É uma ideia imbecil — diz Keller. — É mais que imbecil, é uma manobra política cínica, de dizer a pais pesarosos de New Hampshire que um muro vai deter o fluxo de heroína.

— Eu concordo — diz O'Brien. — Só não vou ao *Post* falar isso.

— Talvez você devesse.

— É uma questão de ótica — diz O'Brien. — O chefe do Departamento de Narcóticos se manifesta contra algo que pode impedir o fluxo de drogas do México...

— Mas que na verdade não vai.

—... e ele tem uma esposa mexicana.

— Quero dizer isto com todo respeito e afeição, Ben — diz Keller. —Vá se foder.

— Dennison não vai ganhar — afirma O'Brien. — Seu muro não será construído. Deixe isso pra lá, deixe passar essa temporada de idiotices. Pra que arranjar briga com esse babaca?

Porque, dentre outros motivos, pensa Keller, o genro de Dennison está afundado até o pescoço em dinheiro de drogas.

A Terra já foi à fonte ao menos três vezes, pegando milhões emprestados do HBMX para projetos de construção em Hamburgo, Londres e Kiev. Claiborne foi o agente do consórcio nas duas primeiras. O negócio em Kiev foi através do Sberbank, uma instituição russa que agora está sob sanção americana.

O HBMX tem seus próprios problemas. Em 2012, sua filial americana foi multada em 2 bilhões de dólares por "deficiência no impedimento do uso de seu sistema bancário para a lavagem de dinheiro criminoso". A investigação foi lenta; e durante um período de cinco anos, o HBMX no México enviou às suas filiais americanas mais de 15 bilhões em espécie ou através de cheques suspeitos. O banco também foi sancionado por demonstrar "resistência em encerrar contas ligadas a atividades suspeitas" — eles tinham mais de dezessete mil relatórios de operações sem revisão.

Não se admira, pensa Keller, que eles sejam um "emprestador de último recurso".

Mas agora Claiborne relata que Lerner está desesperado.

Ele não encontrou um substituto para o capital do Deutsche Bank, o relógio está correndo, com o tempo se esgotando para seu pagamento para o Park Tower, e o prédio está em hemorragia de dinheiro.

— Jason quer que eu vá à Rússia — Claiborne disse a Hidalgo —, ou ao México.

De qualquer forma é dinheiro sujo, pensa Keller, mas ele não se importa se Claiborne for à Rússia. Ele se importa muito se ele for ao México.

Há coisas acontecendo por lá.

O maior avanço é o rápido crescimento de Tito Ascensión e do cartel Jalisco Novo. O CJN ingressou, de forma contundente, no mercado de heroína e fentanil, desafiando o domínio de Sinaloa. A organização de Ascensión está deslocando seu produto pelas travessias em Baja, e tem forte presença não apenas em Jalisco, mas também em Michoacán e Guerrero. Também está desafiando os zetas em Veracruz.

A batalha não é só pela exportação das drogas. O México agora tem um mercado doméstico forte, e a concorrência pelas esquinas locais transformou cidades como Tijuana, La Paz e uma dúzia de outras em praças de guerra. A matança alcançou índices que não eram vistos desde "os dias ruins", nos idos de 2010 e 2011.

As vendas domésticas e externas são fortemente emaranhadas — os cartéis pagam seus soldados dando-lhes territórios domésticos —, de modo que o mercado interno paga pelo efetivo que eles precisam para controlar as travessias fronteiriças.

Não são apenas drogas — as gangues locais que se aliam com um ou outro cartel fazem boa parte de seu dinheiro através de extorsão, forçando pagamento de bares, restaurantes, hotéis, qualquer negócio dentro de seus territórios.

É um desfraldar relativamente novo — o antigo e dominante cartel Sinaloa nunca permitiu extorsão. Eles acreditavam que isso causaria hostilidade de cidadãos que de outra forma seriam neutros, forçando o governo a tomar uma atitude.

O CJN não tem tais escrúpulos. Eles estão extorquindo os negócios até na Cidade do México, bem debaixo do nariz do governo federal, desafiando o partido no poder, PRI, a fazer algo a respeito.

O governo mexicano bem que tentou.

Em janeiro passado, os federais tentaram capturar Ascensión, mas não fizeram o serviço direito. No entanto, prenderam seu filho, Rubén.

Ascensión retaliou, atocaiando um comboio de *federales*, em Ocotlán, com metralhadoras e lançadores de torpedo, matando cinco deles.

O governo reagiu atacando o rancho de Ascensión, no interior de Jalisco, em uma madrugada.

Dois helicópteros EC-725 Caracals de fabricação francesa, da força aérea mexicana — "Super Cougars" — deram rasantes por cima das árvores. Pares de metralhadoras 7.62 mm estavam embicadas para fora das janelas, à direita e à esquerda, e cada aeronave veio tripulada com vinte *federales* ou paraquedistas de elite do exército para matar ou capturar Tito Ascensión.

A ideia era pegá-lo dormindo, em um de seus muitos ranchos, e colocá-lo para dormir de vez.

Só que Tito estava bem acordado.

De um celular descartável, em um quarto blindado de dentro da hacienda, ele observava a chegada dos helicópteros. Esperou até que o primeiro começasse a pairar e viu os soldados começando a descer de rapel, como pirulitos em um palito.

Tão impotentes, pendurados no ar.

Cinco caminhões de guerra, escondidos por baixo de redes camufladas, rugiram pra fora das árvores. Sua guarda residencial — também de elite, treinada por ex-componentes da força especial israelense, em caminhões pintados com FORÇAS ESPECIAIS DO ALTO COMANDO DO CJN.

Eles abriram fogo com AKs.

Os pirulitos despencaram do céu.

Um atirador do CJN lançou um foguete ao segundo helicóptero, atingindo o rotor de cauda. A aeronave entrou em giro, colidiu no solo e ardeu em chamas.

O ataque "surpresa" tinha acabado.

Nove soldados foram mortos, outros horrendamente queimados.

Durante os dois dias seguintes, os atiradores do CJN promoveram uma rebelião por toda Jalisco, tomando e queimando carros e ônibus, incendiando postos de gasolina e até bancos, e até a cidade de veraneio de Puerto Vallarta. O governo precisou enviar dez mil soldados, a um custo gigantesco, para restaurar algum resquício de ordem.

Três semanas depois, um grupo de *federales* avistou um comboio de carros com homens armados, deixando um racho em Michoacán, perto da fronteira de Jalisco. Eles tinham dados da inteligência alegando que Tito Ascensión possivelmente estaria se escondendo no "Rancho del Sol", assim, eles tentaram parar os carros.

Os homens nos carros abriram fogo e aceleraram de volta ao rancho.

Os *federales* pediram reforços.

Primeiro, mais quarenta *federales*, depois, mais sessenta, então, um helicóptero Black Hawk descarregou mais de dois mil tiros nas edificações do rancho, matando seis pistoleiros do CJN e capturando outros três.

Dois dos mortos do CJN em Jalisco eram policiais estaduais de Jalisco.

Um *federal* foi morto.

Mas Tito Ascensión não estava entre os mortos ou capturados.

A Cidade do México concluiu que isso não era possível.

Eles precisavam de uma vitória.

Manchetes melhores.

Os *federales* circularam pela região e pegaram mais 33 suspeitos, homens que conhecidamente figuravam na lista de pagamento do CJN. Eles os levaram ao rancho e mataram todos com tiros na nuca. Então, espalharam os corpos pelo rancho, colocaram fuzis e lança-foguetes nas mãos deles e anunciaram que haviam matado 42 pistoleiros do CJN, durante uma luta armada feroz, com três horas de duração.

Isso ganhou as manchetes.

A mídia mexicana — incluindo Ana — pulou em cima e publicou mais histórias relatando que a "batalha armada" fora uma farsa e que os *federales* haviam apenas executado 42 homens que talvez nem tivessem ligação com o CJN.

"Quarenta e nove em Tristeza" Ana escreveu "agora, quarenta e dois em Jalisco. O governo federal está simplesmente assassinando seus oponentes?"

Ou o governo está simplesmente assassinando os oponentes de Sinaloa? pensa Keller. Há um precedente e ele esteve envolvido, provendo inteligência americana a Orduña e às FES, para derrubar os zetas, inimigos de Adán Barrera.

E não há dúvida de que Sinaloa e o CJN estão em guerra.

Todas as fontes da Narcóticos relatam que Ascensión culpa Sinaloa pelos ataques contra ele e o encarceramento de seu filho. O consenso é que ele estava por trás da tentativa fracassada de assassinar Ricardo Núñez, embora uma minoria acredite que tenha sido Iván Esparza.

Isso parece improvável, pensa Keller, dado o relato de que Núñez teria revertido sua decisão anterior e devolvido a Plaza Baja aos Esparza. Se for verdade, foi um passo inteligente, mesmo que tenha alienado Elena Sánchez e a levado aos braços de Ascensión. Núñez precisa do efetivo dos Esparza para lutar uma guerra contra Ascensión.

Mas isso lançou Baja ao caos absoluto, uma guerra multilateral, com as tropas de Núñez e dos Esparza reunidas contra a organização "rebelde" Sánchez e seu aliado CJN. Até agora, nenhum dos líderes atacou outro diretamente — desde o ataque a Núñez —, mas estão lutando nas ruas, massacrando os traficantes de esquina e cobradores uns dos outros.

A "rua" está sofrendo.

Traficantes, soldados, donos de bares mal sabem, de um dia para outro, quem está no controle, a quem eles devem pagar, a quem devem lealdade. Qualquer equívoco é fatal e eles são peões cegos, em um jogo de xadrez em 3-D, sendo derrubados do tabuleiro com frequência crescente.

E com brutalidade.

Corpos são pendurados em pontes e passarelas, queimados, decapitados, picados e os pedaços espalhados pelas calçadas. Uma operadora de Sinaloa — chefe das forças armadas de Núñez, uma figurinha psicótica chamada "La Fósfora" — passou a pintar os cadáveres com tinta spray verde, proclamando que essa é a cor de Sinaloa e que "Baja é verde".

Baja é um abatedouro, isso sim, pensa Keller.

Se ao menos fosse o único.

Sinaloa e CJN também estão lutando por cidades portuárias, não apenas pelas vendas de drogas e extorsão, mas pela habilidade crítica de controlar os carregamentos oriundos da China, que provê tanto o fentanil como a base química para a metanfetamina.

Mas as cidades portuárias também tendem a ser cidades de veraneio, e agora destinos famosos de férias como Acapulco, Puerto Vallarta e Cabo San Lucas vêm vivenciando uma violência jamais vista, afugentando dólares cruciais do turismo.

Os portos mais prosaicos como Lázaro Cárdenas, Manzanillo, Veracruz e Altamira se tornaram campos de batalha, estando Veracruz em uma luta de três lados entre Sinaloa, o CJN e os zetas. Em Acapulco, o conflito entre Sinaloa e o CJN se agravou pela presença de Damien Tapia e dos antigos remanescentes da organização de Eddie Ruiz.

Agora só existem dois supercartéis, pensa Keller, Sinaloa e CJN. Mas existe um punhado de organizações de segundo escalão: cartel "Nova Tijuana", encabeçado pela família Sánchez; os zetas, ressurgentes em Tamaulipas e em partes de Chihuahua; e Guerreros Unidos, que parecem estar aliados com a antiga organização Tapia, sob o comando de Damien Tapia. Há remanescentes dos Cavaleiros Templários e da Família Michoacán. Esses são os personagens mais importantes, mas agora há mais de oitenta organizações de tráfico de drogas identificadas no México.

Se Keller tivesse que prever o vencedor, ele escolheria o CJN, embora por uma vantagem estreita. Eles fizeram ganhos consideráveis nos lucros com heroína, e Tito é o mais experiente líder de guerra. Não há dúvida de que Núñez esteja pessoalmente enfraquecido, ainda se recuperando de seus ferimentos, e que a ala Núñez esteja sendo liderada por seu filho, Ric. Por outro lado, Mini-Ric parece estar crescendo em seu papel, tendo se aliado com Iván Esparza, que é um forte líder em tempos de guerra, e Ascensión fica um tanto restringido em suas ações, porque seu filho está sob custódia federal. Porém, se forçado a apostar, Keller diria que, neste momento, o CJN é o cartel mais poderoso do México.

O que configura uma mudança tectônica na estrutura de poder.

Mas o governo federal mexicano está indo atrás de Tito com unhas e dentes, portanto, ele não transformou seu poder em influência política.

A Cidade do México está se mantendo com Ricardo Núñez e Sinaloa.

John Dennison está concorrendo a presidente.

E seu genro está buscando dinheiro de drogas.

Ele é um de Los Hijos, pensa Keller.

A festa está totalmente embalada.

Para o aniversário de Oviedo, Iván fechou um restaurante inteiro em Puerto Vallarta e convidou todos Los Hijos e suas esposas.

Nenhuma *segundera* é permitida.

Namoradas e amantes são para a festa depois da festa, que Ric sabe que será uma orgia movida a drogas e birita, mas o jantar no restaurante chique está sendo um evento bem adulto — os caras todos arrumados, as esposas enfeitadas com tudo a que têm direito. Todos de preto, conforme o convite, porque o restaurante é inteiro branco — paredes brancas, mobiliário branco, toalhas brancas.

Elegante, adulto.

A comida também é muito adulta — para começar, tartare de carne, *aguachile* de camarão, depois, paleta de porco, ravióli de frutos do mar e ragú de pato, terminando com crème brûlée de chocolate e pudim de pão de banana.

Ric está bebendo goles de um martíni de pepino — essa é nova para ele — e conversa com a esposa, o que também é relativamente novo para ele, mas é algo que ele tem feito cada vez mais, passando as noites em casa, com Karin e a bebê.

O negócio estranho, e até Ric precisa admitir, é que o ferimento de seu pai, e sua longa recuperação, forçaram Ric a se tornar o cara que as pessoas acham que ele é, que seu pai quer que ele seja. E ele está começando a gostar disso, descobre que quando para com a farra, a bebedeira e as drogas, ele gosta de cuidar dos negócios — das estratégias, da alocação de recursos e pessoal, até de lutar a guerra contra Elena e Tito.

Ric e Iván sentam juntos regularmente para coordenar suas atividades para enfrentar o Cartel Baja Nuevo Generación, o CBNG. É complicado — traficantes de rua de algumas esquinas têm que ser passados de Núñez para Esparza e vice-versa; da mesma forma, seus respectivos pistoleiros, espiões e policiais precisam receber divisões claras de responsabilidades e territórios, para que não fiquem tropeçando nos pés uns dos outros.

É um trabalho detalhado e esmerado, o tipo de coisa da qual Ric teria fugido, apenas alguns meses antes, mas agora o encara com zelo. Eles se debruçam no Google Maps, discutem os relatórios dos *halcones*, até padronizam o dinheiro que pagam à polícia, para que os policiais não tentem jogar uns contra os outros.

— Cartel Nova Geração Baja — disse Ric, em uma das reuniões — é apenas a maneira de Luis de deixar todos saberem que ele agora está no comando.

— Será preciso mais que isso — disse Iván. — Todos sabem que Mami ainda dá as ordens. Luis é engenheiro. O que ele sabe sobre administrar uma organização ou lutar uma guerra?

E o que nós sabemos? pensou Ric, mas não falou. Somos todos novos nisso, até Iván. Pouco tempo atrás, nenhum de nós levava isso a sério, e agora estamos aprendendo na prática. Luis pode não saber porra nenhuma de lutar uma guerra, mas Tito Ascensión sabe de sobra. Tito se esqueceu mais do que nós jamais saberemos.

Iván perguntou sobre Damien.

— Como vai indo a grande caça ao Jovem Lobo?

— Nada — respondeu Ric. — E você?

— O moleque sumiu — disse Iván. — Provavelmente foi uma boa ideia. Foi foda, o que ele fez.

— Sem dúvida, mas…

— Mas? — pergunta Iván.

— Não sei — disse Ric —, foi tão ruim assim? No fim do dia, ninguém importante foi ferido.

— A questão não é essa — disse Iván. — Ele nos desrespeitou.

— Ele atacou Elena — lembra Ric. — A mulher contra quem estamos em guerra, neste momento.

Tipo, talvez a gente devesse se aliar a Damien?

— Não interessa — disse Iván. — Ele atacou a mãe de Adán Barrera. Mãe de seu padrinho. Se deixarmos alguém se safar com isso, é o mesmo que virar de bruços e deixar que comam a nossa bunda. Não, Damien tem que cair.

— Certo, mas tem "cair" e "cair" — falou Ric. — Entende o que eu quero dizer?

— Ele tem que cair feio, Ric.

— Está bem.

— Ric...

— Eu entendo você — afirmou Ric. Valeu tentar. Ele mudou de assunto. — Ei, falando em desrespeito, você viu aquela porra daquele *yanqui* dizendo que vai acabar com a gente?

— Quem? — perguntou Iván. — Dennison? O que está concorrendo a presidente? O que vai construir o muro?

— Ele falou que se for eleito, vai acabar com a raça do cartel Sinaloa — disse Ric. — Ele pôs isso no Twitter.

Iván fez aquela cara que geralmente significa problema.

— Vamos foder com ele.

— O que quer dizer?

— O cara gosta de tuitar, certo? — Iván pegou o celular. — Então, vamos tuitar.

— Isso não é inteligente.

— Ora, vamos — insistiu Iván. — Nós temos sido bons demais, nos últimos tempos. Só trabalho e nada de brincadeira. A gente também precisa de um pouco de diversão.

Ele escreveu algo no celular e mostrou ao Ric.

Se você continuar incomodando a gente, nós vamos fazer você comer suas palavras, seu Ronald McDonald, Cabeça de Cheetos, cretino gorducho.
Cartel Sinaloa.

— Meu Deus, Iván, não aperte enviar.

— Tarde demais — falou Iván. — Ele vai mijar nas calças.

— Acho que acabei de mijar nas minhas — disse Ric.

Mas ele estava rindo.

Iván também estava rindo.

— Nós somos a porra do cartel Sinaloa, mano! Temos mais dinheiro que esse cara, temos mais homens que esse cara, mais armas que esse cara, mais tutano, mais culhão! Vamos ver quem vai acabar com quem. Foda-se ele. *¡Los Hijos, siempre!*

Los Hijos para sempre, pensou Ric.

Ric saiu da reunião e foi procurar Damien onde ele não estava. O que não significava, no entanto, que ele soubesse onde o Damien estava.

Belinda continuava fazendo as coisas de seu jeito.

O pessoal dela descobriu que o cabeça das operações do CBNG andava em um *palenque*, em Ensenada.

O homem gostava de briga de galo.

Ela atacou e matou quatro CBs, mas o cara escapou.

Não por muito tempo.

Duas semanas depois, ele estava indo para casa após uma reunião, às quatro da madrugada, na estrada 1, quando surgiram La Fósfora e seu pessoal, todos de motocicletas. Eles encostaram na lateral da estrada, ao lado de seu Navigator, e metralharam o carro, ele, o motorista e o guarda-costas.

Belinda e Gaby esquartejaram os corpos e pintaram com tinta spray verde.

— Decidi que essa é a nossa cor — explicou Belinda. — Sinaloa em Baja é verde. Vou chamar de "Céu verde". Isso é ótica.

— Ótica.

— Ótica é algo importante — disse Belinda. — Eu assisto à CNN.

Ótica é importante, assim como as palavras, o que explicava por que ela deixou nos corpos um cartaz que dizia: "*O céu é verde, filhos da puta do CB. Nós estamos aqui e sempre estaremos. — Sinaloa em Baja*".

Um mês depois, ela encontrou outro operador do CB em uma boate de striptease, em Tijuana, na Zona Río, e deixou seus pedaços (verdes) em um saco plástico preto com a mensagem: "*Só mais um lembrete de que nós ainda estamos aqui e sempre estaremos. Vocês nem existem. O céu sempre será verde, até para as strippers e as bonecas de CB/Jalisco*".

— O que você tem contra strippers? — perguntou Ric.

— Nada — disse ela. — Eu gosto de strippers. Gosto muito. Mas se vão tirar a roupa, elas têm que tirar pra gente, não para aqueles traidores do CB e seus companheiros de Jalisco.

— É, mas bonecas?

Belinda pareceu preocupada.

— Você acha que isso é sexista? Porque eu sou feminista, sou totalmente a favor do empoderamento das mulheres. Quer dizer, eu sou a primeira mulher chefe da segurança de um grande cartel, certo? E não quero que as pessoas pensem...

— Não, está tudo certo.

— Você ainda está em missão de busca e esquiva? — perguntou ela.

— Nós não conseguimos mesmo encontrar Damien — respondeu Ric. — O que ouvimos dizer é que ele está entocado em algum lugar lá em Guerrero.

— Quer que eu mande um pouco do meu pessoal?

— Foque em Baja.

— Que porra você acha que eu tenho feito? — perguntou ela.

É, céu verde, pensou Ric.

— Isso está uma delícia — Karin está dizendo agora, segurando uma colher de pudim. — Você experimentou?

— Está ótimo.

— Quantos anos o Oviedo está fazendo, mesmo? — pergunta Karin.

— Vinte e cinco, mas parece treze — diz Ric.

Tecnicamente, Oviedo é o chefe da Plaza de Baja, mas Ric acha mais fácil trabalhar ao redor dele e se encontrar com Iván, que está mesmo com dificuldades de delegar. Oviedo é um garoto legal, mas ainda é um garoto, não é sério, e Ric acha difícil conseguir fazer qualquer coisa com ele.

Iván caminha até a mesa.

— Preciso fazer uma ligação. Você segura aí?

Ric assente.

— Pra onde ele vai, de verdade? — pergunta Karin.

— Tem meio que uma festa depois da festa — diz Ric. — Ele provavelmente vai cuidar de alguns detalhes.

Coca, piranhas... coca.

— Você vai nisso? — pergunta Karin.

— Não, eu vou voltar pro hotel com você.

— Você está chateado por não ir?

— Não — diz Ric. — Não estou.

Cerca de cinco minutos depois, a porta abre e Ric olha, esperando ver Iván, mas, em vez disso, ele vê um cara de preto, encapuzado, empunhando um fuzil AK-47.

Ric pousa as mãos nos ombros de Karin e a empurra para debaixo da mesa.

— Fique aí.

Mais homens entram pela porta.

Ric vê Oviedo levando a mão à cintura para pegar uma arma que não está ali. Ninguém está armado, sendo este um jantar elegante em Jalisco, onde Tito Ascensión em pessoa garantiu a segurança dos irmãos Esparza. Portanto, eles estão totalmente impotentes quando os pistoleiros — são cerca de quinze — começam a separar as mulheres dos homens.

Karin grita quando um homem estende a mão embaixo da mesa e agarra seu punho.

— Está tudo bem, meu bem — Ric diz a ela. Ao pistoleiro, ele fala: — Se machucá-la, eu mato você.

O pistoleiro que entrou primeiro começa a gritar ordens.

— Mulheres naquela parede! Homens naquela parede! Andem!

Ric conhece a voz.

Damien.

Ric vai até a parede e fica ao lado de Oviedo, Alfredo e seis outros homens. Ele olha para o outro lado do salão, para Karin, que está chorando, apavorada.

Ele sorri para ela.

O chão está salpicado de bolsas, carteiras e sapatos de salto alto.

— Vão! — grita Damien.

O pessoal dele segue pela fileira de homens, virando um a um para a parede, prendendo os punhos atrás das costas com tiras plásticas e levando-os porta afora.

Ric é o último.

— Ele não! — grita Damien. — Deixem esse!

Ele caminha até Ric.

— Onde está Iván?

— Não sei, cara.

Ric encolhe os ombros.

Damien recua e aponta o cano do AK para o rosto de Ric.

— Onde ele está, porra?!

Ric sente-se tonto, como se fosse desmaiar. Tem a impressão de que vai cagar nas calças, mas força a voz para sair equilibrada e responde:

— Eu já disse, não sei.

Ele vê os olhos de Damien nos buracos do gorro ninja.

Estão fervilhando de adrenalina.

— Vamos esperar por ele — diz Damien.

— Você não tem tempo pra isso, D — diz Ric, com uma calma que ele não sabia possuir. — Nós estamos com gente no fim da rua. Eles estarão aqui a qualquer momento. Se eu fosse você, iria embora antes de precisar atirar.

— Ouvi falar que você tem me defendido — comenta Damien.

— Agora, eu lamento ter feito isso.

— Não lamente. Esse é o único motivo para eu não levar você junto com o restante. — Então, Damien recua e grita: — Certo! Vamos embora! Já temos o que viemos buscar!

Bem, dois dos três irmãos, pensa Ric.

Os pistoleiros saem e Damien é o último a passar pela porta.

Ric corre e agarra Karin. Passa os braços em volta dela e diz:

— Está tudo bem, tudo bem, agora está tudo bem.

Só que não está.

Keller está com Marisol, na varandinha do segundo andar, tentando ter um pouco de alívio da noite escaldante de agosto. Os verões em DC são o que se chama de "clima de três camisas": se você sai mais de uma vez, tem que trocar de camisa duas vezes.

Mas Marisol fez um jarro de sangria e eles tomam com gelo, como *yanquis* bárbaros. Ela está lhe ensinando que a maneira de lidar com o calor é ficar completamente parado, quando o telefone toca.

É Hidalgo.

— Alguém pegou os irmãos Esparza. Bem, dois deles.

— Que dois?

— Ainda não está claro — diz Hidalgo. — A Univision já noticiou de três maneiras. Escuta essa: um grupo de homens encapuzados entrou tranquilamente num restaurante em PV, onde eles estavam tendo uma festa, atracou todos os homens e os levou pra fora, numa van. Soltaram todo mundo, menos os Esparza.

— Quem tem culhão pra fazer isso?

— Não sei — responde Hidalgo. — Isso diz algo sobre Sinaloa, hein?

É, pensa Art — as pessoas não estão mais com medo deles.

Embora eles tivessem dado um susto que durou pouco, quando ameaçaram "o candidato", como Keller passou a chamá-lo.

Agora ele diz:

— Encontro você no escritório.

— Não vai mais ficar totalmente parado — diz Marisol.

— Farei isso, quando eu estiver morto.

Então, terei tempo suficiente para isso, pensa ele.

Iván está apoplético.

— Ele está com meus irmãos! Ele está com meus irmãos!

— Calma — diz Ric.

— Calma você, caralho! — berra Iván. — Ele está com meus irmãos! A essa altura, ele pode já tê-los matado!

Faz 45 minutos, pensa Ric.

Se Damien tivesse deixado os corpos em algum lugar, a esta altura eles já saberiam. E ele e Iván têm homens espalhados por toda Puerto Vallarta, circulando pelas ruas, vasculhando as praias. Estão falando com motoristas de táxi, gente da rua, até turistas, perguntando se viram algo.

Até agora, nada.

E nenhum telefonema.

Nenhum pedido de resgate.

Que porra Damien está fazendo? Ric se pergunta. Se quisesse matar os Esparza, ele simplesmente o teria feito no restaurante. Mas agora ele tem reféns. Para quê? Dinheiro de resgate? Outra coisa?

— Por que ele deixou você?

— Pra ter alguém com quem negociar — diz Ric. — Em quem ele confie.

— É bom que esse seja o motivo — diz Iván.

— O que você está dizendo? — pergunta Ric.

— Não sei. Estou fora de mim, porra. Juro por Deus, eu vou pegar as irmãs do Damien, vou pegar a mãe dele...

— Não faça nada precipitado — avisa Ric. — Não faça nada que piore a situação. Nós vamos resolver isso. Vamos voltar pra Culiacán. Não podemos fazer nada aqui.

— Não me diga o que fazer — retruca Iván. — Esse é o cara por quem você queria demonstrar piedade, certo? Esse é o cara que não fez nada de tão ruim... Quando eu o encontrar, e eu vou encontrar, vou escarná-lo como a uma galinha, depois vou arrancar toda a pele, e depois é que a coisa vai ficar séria.

— Se ele fosse matar seus irmãos, já teria feito isso.

— Como você sabe que ele já não fez?

— Porque ele não pode — diz Ric. — Ele já percebeu isso. Ele veio com tudo, pra levar os irmãos Esparza. Mas faltou o mais importante: você. Ele atirou e errou, Iván. Agora ele terá que lidar com você.

— Então, por que ele não liga?

Damien precisa fazer sua jogada parecer um golpe, pensa Ric. Ele pode fazer isso através da mídia, fingir que foi tudo um exercício para mostrar que o cartel Sinaloa não é mais o que foi, que ele pode peitá-los, que não tem medo e que ninguém mais deve ter. Então, ele vai deixar a mídia se esbaldar com isso, exatamente como eles fizeram depois da invasão à hacienda de Barrera. Talvez, tomara, humilhar os Esparza já seja o suficiente para ele.

— Ele vai ficar com eles até a história murchar — diz Ric. — Então, vai soltá-los. A menos que você faça alguma burrice, Iván.

Se Iván bancar o Iván, ficar todo aloprado e pegar as mulheres Tapia, então Oviedo e Alfredo provavelmente vão aparecer de bruços em alguma vala por aí.

E isso, pensa Ric, vai originar uma guerra que *nunca* vai acabar.

Seu pai não o recebe no escritório, mas na sala.

Núñez está sentado em uma poltrona, precisando cada vez menos da bengala, agora apoiado no braço da cadeira.

Ele ainda parece fraco, pensa Ric.

Está melhor, agora fora de perigo, mas ainda fraco. Ele não recuperou muito peso e seu rosto está abatido, a pele pálida.

E ele fala mansinho, como se ainda fosse um esforço.

— Independentemente de como isso terminar, eu serei culpado. Dirão que sou passivo demais, hesitante, tão fraco que o Jovem Lobo ousou raptar dois da família real Sinaloa. E se os garotos Esparza forem mortos, Iván sairá do cartel para buscar uma contenda sangrenta com a organização Tapiá, o que vai inflamar ainda mais o país. O governo será forçado a reagir e vai se perguntar por que eu não consigo manter o controle. Eles vão procurar alguém que consiga. Talvez Tito.

— Tito estava envolvido nisso — diz Ric. — Ele teve que ao menos dar sua autorização tácita para que isso acontecesse em Jalisco.

— Isso mesmo — concorda Núñez. — Tito tem a chave, mas não podemos ir até ele.

Então, pensa Ric, temos que ir a quem podemos.

Rafael Caro inclina a cadeira para trás.

Ric vê as solas dos sapatos do velho.

A esquerda tem um buraco.

— Don Rafael — diz Núñez Sênior —, obrigado por nos receber para esta reunião. Como um venerado e respeitado estadista idoso, o *éminence grise*...

— Do que ele está falando? — pergunta Caro.

— Acho que ele quer dizer que você tem cabelos grisalhos — diz Tito.

— São brancos — retruca Caro. — Sou um velho aposentado, já não tenho mais ligação com o negócio. Não tenho cachorro nessa briga. Mas se isso me permite ser um mediador objetivo, fico feliz em fazer o que eu puder para ajudar a resolver o problema.

Ele talvez seja o único que pode, pensa Ric. O único participante neutro com prestígio suficiente para fazer todos se reunirem e aceitarem o que resultar disso.

Logo que chegou ali, Ric ficou chocado pelas condições de vida maltrapilhas do famoso Rafael Caro. Agora estão todos sentados na salinha abafada, com uma TV antiga com o volume baixinho. Não há mesa, nada do habitual banquete pertinente a uma reunião. O empregado de Caro ofereceu apenas um copo de água a cada um — sem gelo — e Ric está sentado em uma banqueta, bebendo água em um vidro velho de geleia.

Lá fora, a história é diferente.

A segurança é imensa.

Seu pai está com gente ali, assim como Iván, e também o Tito — todos junto aos veículos, fortemente armados, esperando pelo menor sinal de faísca para disparar. Mais adiante, a polícia estadual armou um cordão de isolamento para manter à distância os curiosos, o público e, Deus os livre, a mídia.

Sem mencionar o exército e os *federales*.

Ric sabe que isso não vai acontecer. O governo tem muito interesse no êxito dessa reunião, tanto quanto qualquer um aqui. Eles não querem que esse negócio exploda.

— Por que Damien não está aqui? — pergunta Iván.

— Eu posso falar por ele — diz Tito.

— E por que motivo?

— Porque ele sabe que se viesse seria morto — responde Tito. — E, como eu disse, e não vou dizer de novo, eu posso falar por ele e garantir que ele aceitará quaisquer decisões que sejam tomadas aqui.

— Então, isso significa que ele trabalha com você — conclui Iván, pulando de pé. — Significa que você está nisso com ele.

— Sente-se — diz Caro. — Sente-se, rapaz.

Incrivelmente, pensa Ric, Iván senta.

Ele olha fulminante para Tito, mas o Mastim nem dá bola. Em vez disso, ele se dirige a Caro.

— Tem gente nesta sala que tentou me matar. As mesmas pessoas nesta sala colocaram meu filho na cadeia, onde ele permanece, porque essa gente disse a seus juízes para não libertá-lo. Mas... em respeito a Ignacio Esparza, eu estou aqui como uma ponte para libertar os filhos *dele*.

—Você garante a segurança dos irmãos Esparza? — Caro pergunta a ele.

— Eles estão protegidos e confortáveis — responde Tito.

— Eu quero que eles sejam soltos! — diz Iván.

—Todos os querem soltos — afirma Caro. — É por isso que estamos aqui, estou correto? Então, Tito, por que não nos diz o que será preciso? O que o Jovem Lobo quer?

— Em primeiro lugar, ele quer um pedido de desculpas pelo assassinato de seu pai.

Iván diz:

— Nós não...

— Seu pai participou daquela decisão — diz Tito. — Assim como outras pessoas nesta sala.

— Assim como você — retruca Núñez. — Se me lembro bem, você foi especificamente eficaz em lutar contra os Tapias.

Tito olha para Caro.

— Diga a essa pessoa para não falar comigo.

— Não fale com ele — diz Caro. — Então?

— Eu imagino — diz Núñez — que nós possamos encontrar algum fórum para expressar... arrependimento... sobre o que aconteceu à família Tapia.

Caro olha para Tito.

— O que mais?

— Ele quer perdão pelo ataque à casa de Barrera — diz Tito.

— Ele quer perdão por isso?! — exclama Iván. — Isso não é certo!

— Não é uma questão de certo ou errado — diz Caro. — É uma questão de poder. Tapia está com seus dois irmãos e isso dá a ele poder para fazer exigências.

— Mas há limites — fala Iván. — Há regras. Não se toca na família.

— Eu tenho idade suficiente para me lembrar de quando Adán Barrera decapitou a esposa de meu velho amigo e atirou seus dois filhos de uma ponte — diz Caro. — Portanto, não vamos falar de regras.

— Eu só posso falar pela nossa organização — diz Núñez, com a voz cansada. — Não posso falar por Elena. Talvez você possa, Tito. Mas, quanto a nós, estamos dispostos a esquecer o ataque aos Barrera. Tem mais alguma coisa?

— Se Damien soltar seus reféns — anuncia Tito —, ele quer uma garantia de que não haverá retaliações contra ele.

— Ele perdeu a porra da cabeça — diz Iván. — Eu vou matá-lo. Vou matar a família dele...

— Cale a boca, Iván — diz Ric.

Iván olha fulminante para ele.

Mas cala a boca.

Núñez fala:

— O jovem Damien não pode esperar raptar figuras importantes do cartel, nos expor ao ridículo na mídia e se safar com isso. O que as pessoas irão pensar? Nós perderíamos o respeito, nos tornando alvos.

— Vocês não podem esperar que o garoto passe a vida toda negociando — diz Tito. — Se ele for morrer de qualquer jeito, ele não tem nada a perder matando os Esparza primeiro.

— Ninguém é imbecil aqui — diz Núñez.

— Cansei. — Caro tira um celular do bolso e aperta alguns números. Enquanto a ligação completa, ele diz: — Sinaloa vai emitir um pedido de desculpas e perdoar o ataque à casa de Barrera. No entanto, não haverá anistia para esse sequestro.

Tito olha para Iván.

— Então, seus irmãos estão mortos.

—Você jurou protegê-los — lembra Iván.

Caro ergue o celular.

Ric se inclina à frente e vê Rubén, filho de Tito, em pé, em um escritório, cercado de carcereiros. Seu velho amigo parece amedrontado.

Ele tem motivos.

Um dos guardas está com uma faca em seu pescoço.

— Os Esparza serão libertados — Caro diz a Tito —, ou o pescoço de seu filho será cortado enquanto você assiste. Porém, uma vez que eles forem libertados, um juiz irá decidir que não há base para as acusações contra Rubén, que a invasão à casa dele foi ilegal, e vai expedir a ordem para sua libertação.

Afinal, pensa Ric, não tem a ver com certo ou errado, não é?

Tem a ver com poder.

— Temos um acordo, Tito? — pergunta Caro.

— Sim. — Ele olha para Núñez e Iván. — Isso é apenas uma trégua, não é a paz.

— Bom — diz Iván.

Núñez apenas assente.

— É melhor você ligar para o jovem Damien — Caro diz a Tito. — Quando soubermos que os Esparza estão livres, as providências para a libertação de seu filho serão tomadas.

— Eu preciso de mais detalhes que isso.

—Você precisa de mais do que a minha palavra? — Caro pergunta, encarando-o.

Tito não responde.

— Bom — diz Caro. Ele levanta da cadeira com dificuldade. — Agora vou tirar um cochilo. Quando levantar, não quero ver nenhum de vocês, e não quero ficar sabendo que se mataram. Eu estava à mesa, quando M-1 fundou este negócio. E estava na prisão, quando todos vocês deixaram tudo desmoronar.

Ele vai para o quarto e fecha a porta.

No trajeto de volta, Ric pergunta ao pai

—Você sabia sobre Rubén e a prisão, antes de entrarmos na sala, não é? Sabia que Caro tem esse tipo de influência com o governo.

— Ou eu não teria entrado na sala — diz Núñez.

— Deixe-me lhe perguntar uma coisa — fala Ric. — Se Tito não tivesse cedido, você os deixaria matar Rubén?

— Isso não cabia a mim — responde Núñez. — Mas Caro teria deixado, pode ter certeza. Foi uma aposta bem segura que Tito tenha recuado; é raro ver homens dispostos a ser Abraão.

— O que isso significa?

— Que é raro que um homem sacrifique o próprio filho.

Ric sorri.

— O que leva a uma pergunta...

— É claro que não — diz Núñez. — Fico chocado que você sequer pergunte. Você é meu filho e eu o amo, Ric. E me orgulho de você. O que você tem feito, ultimamente...

— Então, nós ganhamos.

— Não — diz Núñez. — O mundo sabe que Damien sentiu-se seguro o bastante para fazer o que fez. Isso é um golpe em nosso prestígio. Quero que você publique nas redes sociais o que nós fizemos com Rubén. Isso vai ajudar, vai mostrar que somos implacáveis. Que ainda somos potentes. Coloque através de um dos nossos blogueiros, para que não seja rastreado até nós. Se alguém perguntar se aconteceu mesmo, negue. Isso fará com que acreditem ainda mais.

— Então, agora Damien está aliado a Tito — diz Ric. — O que Elena acha disso?

— Que escolha ela tem? — questiona Núñez. — Ela não gosta, mas tem que aceitar. Com Tito e Damien a seu lado, ela acha que pode nos derrubar. E talvez não esteja errada. Porque Caro pode estar com ela também.

— Ele acabou de ficar do nosso lado!

— Ficou? — pergunta Núñez. — Pense a respeito. Tito conseguiu o que queria. Seu filho será libertado. Sem qualquer custo, exceto fazer com que Damien liberte os Esparza. Eu não me surpreenderia se Caro tivesse ordenado o rapto deles. Eu não me surpreenderia se Caro estivesse por trás de tudo.

— Por que ele faria isso?

— Para nos fazer recorrer a ele — diz Núñez. — Agora, nós temos uma dívida com ele, assim como Tito e Damien têm. E ele só mostrou ao mundo que ele é o único que consegue fazer um acordo. Agora, ele senta e vê quem está ganhando. Depois, ele fará sua verdadeira jogada.

Núñez recosta a cabeça no banco e fecha os olhos.

— Caro — diz ele — quer ser El Patrón.

# 3

# La Bestia

*"Deixai as crianças e não as impeçais..."*
— Mateus, 19:14

**Cidade da Guatemala**
**Setembro de 2015**

Em seus dez anos de vida, Nico Ramírez nunca conheceu nada além de El Basurero.

O lixão é seu mundo.

Ele é um *guarejo*, um dos milhares que arrancam a sobrevivência do lixo no aterro sanitário da cidade.

Nico é muito bom no que faz.

Um garotinho magrinho de jeans rasgados, tênis furados e que tem um único tesouro — uma camisa de *fútbol* do Barcelona, com o nome de seu herói, Lionel Messi, número 10, nas costas. Ele é mestre em ludibriar os guardas dos imensos portões verdes do lixão. Crianças não devem entrar — embora Nico seja uma das milhares que entram — e ele não tem um dos preciosos cartões de identificação que lhe daria acesso como "funcionário", então precisa escolher seus locais.

Aí é que ajuda o fato de ser pequeno, e agora, segurando um saco plástico preto na mão direita, ele se abaixa atrás de uma mulher adulta e espera que o guarda vire a cabeça. Quando o guarda vira, Nico corre para dentro.

O lixão ocupa quarenta acres de uma ravina profunda e Nico ergue os olhos para a parada de caminhões amarelos da companhia de lixo da cidade, descendo pelo caminho para despejarem quinhentas toneladas diárias de lixo. Cada caminhão tem letras e números pintados na lateral, e Nico, embora mal saiba ler ou escrever, conhece o significado desses números e letras tão bem quanto conhece os becos e labirintos da favela onde mora, na periferia do lixão. Os códigos se referem ao bairro onde o caminhão faz a coleta, e Nico fica de olhos grudados nos caminhões que vêm das áreas ricas da cidade, pois é de lá que chega o melhor lixo.

Gente rica joga muita comida fora.

Nico está com fome.

Ele está sempre com fome.

Ele não joga nada fora.

O cabelo e a pele do garoto são brancos da eterna nuvem de fumaça e poeira que paira acima do lixão e permeia todos os aspectos da vida dos *basureros* — suas roupas, pele, olhos, boca, seus pulmões. Os olhos dele são vermelhos, a tosse é crônica. O cheiro de lixo queimado — azedo, fétido, ácido — está impregnado em suas narinas, mas ele não conhece outra vida.

Ninguém em El Basurero conhece.

Nico limpa o nariz com a manga — seu nariz está sempre escorrendo — e espia, por entre a névoa, a fila de caminhões descendo a ravina.

Então, ele avista: NC-3510A.

Playa Cayalá, um bairro rico que fica lá na Zona 10.

Aquela gente joga tesouros no lixo.

Adentrando mais o lixão, ele tenta calcular onde o caminhão de Cayalá vai parar. Ela sabe que outros basureros também já o avistaram, e a concorrência será voraz. Alguns dizem que há cerca de cinco mil catadores de lixo, outros dizem que chega a sete mil, mas está sempre lotado e é sempre uma luta pelas coisas boas.

Sua mãe está entre eles, em algum lugar, mas Nico está atento demais em rastrear o caminhão de Cayalá para procurar por ela. Ele a verá mais tarde, em casa, tomara que com dinheiro na mão, graças a um saco cheio de coisas catadas.

Quem ele avista é La Buitra.

A Abutre.

Milhares de abutres de verdade circulam acima, esperando para pousar e lutar com os *guajeros* humanos para escolher os refugos, mas La Buitra — Nico não sabe seu verdadeiro nome — tem os olhos mais aguçados de todos. A mulher de meia-idade tem olhos sagazes e unhas compridas e afiadas que ela não tem medo de usar. Ela agarra, arranha, chuta, morde — qualquer coisa para conseguir catar os melhores itens.

Depois também tem aquela sua vara — um pedaço de madeira com uma ponta metálica afiada que ela usa para espetar os pedaços de lixo e colocá-los no saco. Ou ela usa aquilo para cutucar as pessoas e tirá-las de seu caminho.

Ou pior.

Uma vez, Nico a viu espetar a mão de Flor. Flor é amiga dele, tem mais ou menos a mesma idade, e uma vez ela parou embaixo de La Buitra para pegar um sanduíche embrulhado em papel amarelo e La Buitra cravou o espeto nas costas da mão dela.

Infeccionou, e a mão de Flor até hoje não está boa.

Há um buraco do tamanho do espeto de La Buitra, e está todo vermelho e às vezes mina um líquido amarelo do buraco e Flor não consegue fechar a mão direito.

É isso que La Buitra faz.

Mas Nico não tem medo dela — pelo menos, isso é o que ele diz a si mesmo. Eu sou mais veloz, pensa Nico, e mais esperto. Consigo me abaixar sob suas garras, pular para longe dos chutes. Ela não consegue me pegar, ninguém em El Basurero consegue.

Nico ganha todas as corridas, mesmo com os garotos mais velhos. "Nico Rápido", é como o chamam, e em raras ocasiões, quando eles conseguem encontrar algo que lembra uma bola de *fútbol*, Nico é o astro: rápido, ágil, esperto, habilidoso com os pés.

Agora ele vê que La Buitra avistou o caminhão de Cayalá.

Nico não pode deixar que ela chegue lá primeiro.

Ele precisa do dinheiro que aquele caminhão talvez traga, precisa desesperadamente, porque ele e a mãe já devem à *mara* uma semana de pagamento, e se atrasarem mais uma, a desforra da gangue será terrível.

Um bom *guayero* consegue ganhar até cinco dólares por dia e, desse valor, deve 2,50 dólares à *mara*, ou metade de tudo o que ganhar. Todos em El Basurero, em todos os *barrios*, pagam à *mara* — ou MS-13 ou Rua 18 — metade de tudo que ganham.

Nico já viu o que acontece com gente que não faz seus pagamentos — ele já os viu apanhando com varas e fios elétricos, viu os gângsteres despejarem água fervendo por cima das crianças, já os viu arrastando a mãe da família pelo chão e estuprando-a.

Ele e sua mãe têm economizado cada *quetzal* — o dinheiro que, do contrário, poderia ter sido usado para o café desta manhã, está em uma lata enterrada no chão de terra — mas eles estão atrasados mesmo assim, e a Calle 18 vai passar hoje à noite, para recolher o pagamento.

Um *marero* veio ontem à noite para lhes dizer isso.

O nome dele é "Pulga". Eles o chamam assim porque ele morde, morde, morde, chupando o sangue de todos da vizinhança. Nico tem pavor dele — o rosto do Pulga é coberto de tatuagens: o algarismo "XVIII" escrito na testa, as letras *UNO* do lado direito de seu nariz e as letras *OCHO* do outro lado. Desenhos tribais forram o restante de seu rosto, de modo que não há nenhum centímetro de pele à mostra.

Pulga olhou abaixo, para a mãe de Nico, que estava sentada no chão de terra, com as pernas dobradas por baixo do corpo.

— Cadê o meu dinheiro, sua puta?

— Eu não tenho.

— Não tem? — perguntou Pulga. — Bem, é bom você arranjar.

—Vou arranjar.

A voz dela estava trêmula.

Pulga agachou na frente dela. Magro, com músculos definidos, ele a segurou pelo queixo, obrigando-a a olhar para ele.

— Puta, tenha o meu dinheiro amanhã, ou eu vou tirar essa grana da sua boceta, do seu cu, da sua boca.

Ele viu um lampejo de raiva nos olhos de Nico.

— O que foi, bichinha? — perguntou Pulga. — O que vai fazer? Vai me impedir? Talvez você possa chupar meu pau, deixar bem duro pra sua *mami*.

Nico ficou com vergonha, mas grudou na parede, um pedaço de outdoor que eles tinham encontrado no lixão.

Pulga disse:

—Você quer que sua mãe se divirta, não?

Nico olhou pro chão.

— Responda, *hijo* — mandou Pulga. —Você não quer que sua *mami* se divirta fodendo comigo?

— Não.

— Não? — disse Pulga. — Com que pau mole ela trepou pra fazer você? Ela não se divertiu, não foi?

Os insultos machucam o coração de Nico. Ele tinha quatro anos quando seu *papi* morreu, e eles o enterraram no Muro das Lágrimas, uma parede com pequenas criptas, acima do penhasco perto do lixão, que parece um prédio de apartamentos, um em cima do outro. Nico e sua mãe precisam arranjar vinte dólares por ano para manter os restos dele ali. Se alguém não pagar, ou nem puder colocar um morto lá, eles atiram o corpo lá embaixo, na ravina abaixo do muro.

Nico não pode deixar que seu *papi* seja jogado no vale dos Mortos.

Lá é o pior lugar do mundo.

Nico se lembra de seu papi e o amava, e agora o *mara* estava dizendo coisas terríveis.

— Eu lhe fiz uma pergunta — disse Pulga.

— Eu não sei.

Pulga riu.

— Nico Rápido, é como lhe chamam, certo? Porque você é veloz?

— Sim.

— Está certo, Nicky Veloz — disse Pulga. — Eu voltarei amanhã e é bom que vocês tenham a porra do meu dinheiro.

Então, ele foi embora.

Nico desencostou da parede e foi abraçar sua mãe. Ela é jovem e bonita, ele sabe que Pulga a quer, vê o jeito como os *mareros* olham para ela.

Ele sabe o que eles querem.

Assim como sabe a história de sua mãe.

Ela tinha quatro anos, quando o PAC chegou ao seu vilarejo, no interior do país maia, procurando insurgentes comunistas que não encontraram. Enfurecidos, eles agarraram os camponeses, aqueceram fios em fogueiras e enfiaram na garganta deles. Fizeram as mulheres cozinharem café da manhã e forçaram-nas a assistir, enquanto ordenavam que os pais matassem os filhos e os filhos matassem os pais. Os que se recusavam, eles encharcavam de gasolina e ateavam fogo. Depois, eles violentaram as mulheres. Quando acabaram com as mulheres, eles começaram a fazer isso com as menininhas.

A mãe de Nico era uma delas.

Seis soldados a violentaram e a deixaram catatônica, e ela foi uma das que teve sorte. Outras, eles violentaram e penduraram em árvores, esquartejaram com machadinhas, ou estouraram suas cabeças nas pedras. Ela viu quando eles cortaram a barriga das grávidas e arrancaram os bebês de seu útero.

Esses PAC eram a milícia civil, eles mesmos eram quase crianças, criados nas mesmas vilas maia, depois brutalizados e drogados pelos Kaibiles — forças especiais treinadas pelos EUA, em sua guerra global contra o comunismo — para se tornarem animais. Depois da Guerra Civil da Guatemala, alguns foram para os EUA, onde encontraram racismo, desemprego e isolamento, e nenhuma ajuda para a psicose que levaram consigo. Alguns foram para a cadeia e formaram gangues como a Mara Salvatrucha e a Calle 18.

Os cruéis *maras* foram concebidos em uma guerra apoiada pelos americanos, e nasceram nas cadeias dos EUA.

Quando o PAC deixou a vila, a mãe de Nico era uma das doze pessoas que restaram vivas.

Doze de seiscentas.

Como milhares de outras maias, ela migrou para a cidade.

Agora, Nico tem que chegar antes de La Buitra ao caminhão de Cayalá. Não, ele pensa, não fique na frente dela, onde ela pode vê-lo. Fique atrás dela, observe o que ela vê, então, agarre em um golpe só, no último segundo, antes que ela pegue.

Se ela é o abutre, pensa ele, você é o falcão.

La Buitra, conheça Nico Rápido, El Halcón.

Curvando-se abaixo para ficar ainda menor, ele se espreme por entre a multidão, olhando em meio às pernas, ao redor dos braços, de olho em La Buitra, enquanto ela vai empurrando e abrindo caminho até o caminhão de Cayalá.

O caminhão para, a caçamba sobe e inclina, e o gemido hidráulico parece uma mula mecânica ao despejar o lixo. La Buitra se aproxima, sacudindo os quadris com determinação, os cotovelos voando, trombando nos outros para tirá-los do caminho.

Outros caminhões estão despejando lixo, *guayeros* caindo por cima da carga como formigas enxameando uma colina. Nico não olha os achados, ele foca apenas em La Buitra e em suas pernas curtas e atarracadas. Ele está intensamente empolgado — o que pode surgir do caminhão de Cayalá? Roupas, papel, comida? Ele fica abaixado atrás dela, mantendo dois outros *guayeros* entre eles.

Ela chega antes de todo mundo ao caminhão de Cayalá, e então Nico vê.

Um tesouro.

Ripas de alumínio.

Ele pode arranjar quarenta centavos por meio quilo de alumínio. Apenas 1,5 quilos — 1,20 dólar — já seria o suficiente para pagar os *pandilleros*.

La Buitra vê também, é claro. Sem poder espetá-lo, ela põe a vareta sob o braço e abaixa para pegar o alumínio.

Nico avança.

Saindo de trás de seu escudo humano, ele dispara por baixo dos braços estendidos de La Buitra e agarra as tiras.

Ela grita como um pássaro.

Pega a vareta e gira na direção dele, mas ele é Nico Rápido, El Halcón, e se esquiva facilmente, saindo do caminho. Ela golpeia em reverso, e erra a cabeça dele por pouco, então ergue a vareta para espetá-lo, mas ele sai correndo, segurando as tiras preciosas de metal junto à barriga.

Ele nem desacelera para pôr mais lixo no saco. Precisa ir vender o alumínio. Depois ele pode voltar e catar mais lixo. Mas primeiro ele precisa sair e arranjar seu dinheiro.

Seu dinheiro, pensa ele.

As palavras são uma canção em sua cabeça: *meu dinheiro*.

O sorriso não sai de seu rosto, enquanto ele se imagina entrando no barraquinho, tirando as notas do bolso e dizendo:

— Aqui, Mami. Não se preocupe com nada. Eu cuidei das coisas.

Sou o homem da família.

Talvez eu mesmo vá procurar o Pulga, chegue até ele e diga:

— Aqui está a porra do seu dinheiro, seu *pendejo* de pau mole.

Ele sabe que não fará isso, mas é um pensamento feliz e o faz dar uma risada. Ele abaixa a cabeça e sai trotando em direção ao portão, e então ele vê...

um papel de embrulho do McDonald's...

branco...

um hambúrguer...

intocado.

Deus, Nico quer esse hambúrguer.

Deus, ele quer.

Ele está com tanta fome e o cheiro é maravilhoso e parece lindo, com ketchup vermelho e mostarda amarela pingando para fora do pão. Um lanche do McDonald's — algo de que ele ouviu falar, mas que nunca comeu. Ele quer enfiar na boca e disparar, mas…

Nico sabe que deve vendê-lo a um dos comerciantes de carne, em El Basurero, que vão colocar no ensopado. Ele provavelmente pode conseguir até dez centavos por ele, cinco dos quais pertenceriam a Pulga e à Calle 18.

Mas os outros cinco centavos ele deve dividir com a mãe.

Ele enfia o hambúrguer no bolso.

Sem ver, ele vai esquecer.

Mas não esquece.

Aquilo não lhe sai da cabeça.

Fica ali como um sonho tentador. Ele sente o cheiro do hambúrguer até acima do fedor do lixo, da fumaça pungente, do cheiro de sete mil seres humanos revirando lixo para sobreviver.

Mami jamais saberia, pensa ele, ao chegar ao portão.

Calle 18 e Pulga jamais saberiam.

Mas você saberia, pensa ele.

E Deus saberia.

Jesus veria você comendo o hambúrguer e iria chorar.

Não, pensa ele, venda o hambúrguer e leve todo esse dinheiro para casa, para Mami, tanto dinheiro que ela vai chorar de alegria.

Nico está divagando nesse pensamento feliz, quando a vara o acerta no rosto.

Derruba-o e o deixa desnorteado. Em meio aos olhos lacrimosos, ele vê La Buitra abaixando para arrancar dele as tiras de alumínio.

— ¡Ladrón! — ela grita pra ele. — Bandido!

La Buitra gira mais uma vez a vara e o acerta no ombro, fazendo com ele vire de barriga pra cima.

Ele fica ali deitado, olhando acima, para o céu.

Ou para o que há dele.

Uma nuvem de fumaça.

Abutres.

Nico ergue a mão e sente o sangue em seu rosto. Seu nariz dói muito e ele sente que já está inchando.

Ele começa a chorar.

Ele perdeu o dinheiro.

E Pulga virá esta noite.

Nico fica ali deitado por vários minutos, um garotinho por cima de um monte de lixo. Ele quer ficar ali deitado para sempre, desistir e apenas morrer. Está tão cansado e dizem que a morte é como o sono, e seria tão bom dormir.

Seria bom simplesmente morrer.

Mas se você morrer, pensa ele, vai deixar Mami sozinha para enfrentar Pulga. Ele se obriga a sentar.

Então, se força para cima, com uma das mãos, e fica de pé. Ele ainda tem o hambúrguer e isso renderá um dinheirinho. Então, pode voltar ao lixão e talvez consiga um pouco mais.

Talvez o suficiente para pagar a dívida com o *mara*.

Ele sai se arrastando para encontrar o homem da carne.

O homem da carne pega o hambúrguer, cheira o embrulho.

— Não presta.

— Não está estragado — diz Nico, achando que o homem quer enganá-lo.

— Não, não está estragado — diz o homem —, mas o McDonald's borrifa óleo em seu lixo, para que não possa ser comido. Não posso vender isso, fará mal às pessoas. Agora, vá embora, vá encontrar algo que eu possa vender.

Nico vai embora. Ele fica se perguntando por que fazem isso. Se não vão comer, qual é o mal em deixar que outras pessoas comam? É porque elas não podem pagar? Isso não faz sentido.

Faminto, cansado e desanimado, ele volta a entrar sorrateiramente no lixão. Seu rosto dói muito, o sangue está pegajoso e misturado com ranho. A essa altura, os caminhões dos bairros ricos já terão sido catados, então Nico busca em meio às pilhas de lixo, procurando qualquer coisa que possa vender — um par de meias velhas, papel velho, qualquer coisa.

Ao encontrar o vidro de geleia, ele primeiro cheira, depois passa o dedo dentro e lambe. É gostoso, doce, mas isso só assanha ainda mais a fome. Ele solta o vidro dentro do saco plástico — talvez consiga alguns centavos por ele.

Sua barriga dói de fome, porém mais pela ansiedade.

O tempo está se esgotando e ele não encontrou o bastante para pagar os *mareros*, e sabe que não vai encontrar.

— O que você vai fazer? — pergunta Flor.

Ela parte a tortilha e lhe dá metade.

Nico a enfia na boca.

— Não sei.

— Eu queria ter algum dinheiro, eu daria a você. — Ela tem nove anos e parece bem menor. Mas não mais nova — desnutrida e com uma infecção crônica, a garotinha tem a pele amarelada e olheiras profundas. — Pulga vai fazer o que disse.

— Eu sei.

Pulga vai, mesmo, porque ele tem que recolher uma determinada quantia, toda semana, e passar não apenas a seus chefes, na *mara*, mas à polícia também. Se não fizer ambos, ele está perdido — morto ou preso.

E Pulga precisa se provar — ele ainda nem é um membro integral, Barrio 18, mas um *paro* — um associado. Ele tem que fazer o dinheiro para passá-lo acima, a um sicário, que passa a um *llavero*, que depois passa ao *ranflero*, o chefe da *clica*, célula local da Calle 18. E o *ranflero* provavelmente passa a seus chefes, que também precisam pagar a polícia para se manterem no negócio.

É como o mundo é, pensa Nico. Todo mundo passa acima, para alguém. Talvez em algum lugar, bem lá no alto, haja homens que apenas recebam e recebam, mas ele não tem ideia de quem são essas pessoas.

— Pulga vai machucar você também — diz Flor.

Ela já sabe o que os homens fazem às mulheres, o que alguns homens fazem às crianças.

— Eu sei — diz Nico.

— Posso arranjar uma faca emprestada — sugere Flor — e ir lá matar La Buitra.

— Ela já vendeu o metal.

— Então, vou matar o Pulga.

— Não — diz Nico. — Você me arranja a faca e eu mato. Isso é trabalho de homem.

Mas os dois sabem que nenhum deles mataria o gângster, mesmo que pudessem. Mais *mareros* viriam e a punição seria pior.

— Tem algo que você pode fazer — diz Flor.

Nico sabe.

E ele fica apavorado.

— Está tudo bem. — Flor estende a mão e pega a mão dele. — Eu vou com você.

Depois de esperar o sol baixar no céu nebuloso, as duas crianças descem ao vale dos Mortos.

Só a descida até ali já é perigosa.

O caminho é estreito, íngreme e lamacento, ladeando um penhasco com encosta de trinta metros para dentro do precipício. Nico não quer olhar para baixo — ele fica tonto e enjoado. Já ouviu as pessoas fazendo piadas sobre cair da trilha — "Bem, ao menos você vai aterrissar onde é seu lugar" —, mas agora ele não acha engraçado. E seus pés escorregam dentro dos tênis — um velho par de Nikes que ele conseguiu no caminhão de Cayalá, no ano retrasado. É grande demais para ele e as solas estão quase inteiramente gastas, e agora ele vai descendo a inclinação, com os dedos dos pés doloridos de tanto pressionar as pontas.

Ao chegar no fundo do vale, Nico sente ânsia de vômito.

Seus olhos, já lacrimejantes, se enchem de água pelo fedor terrível, e ele luta para segurar o tiquinho de comida que tem no estômago.

Alguns corpos são antigos — só esqueletos, caixas torácicas ocas, crânios com órbitas vazias. Outros, relativamente frescos, vestidos por inteiro, e Nico tenta dizer a si mesmo que eles só estão dormindo. Pior são os corpos que estão ali há alguns dias — inchados de gases, apodrecendo, repugnantes.

Cachorros famintos flanqueiam Nico e Flor, cautelosos, esperando por uma chance de atacar uma refeição. Um abutre aterrissa sobre um homem morto, bica um buraco em sua barriga e sai voando com seus intestinos no bico.

Nico se curva e vomita.

Quer sair correndo, mas se força a ficar.

Ele tem que fazer isso, precisa ficar e encontrar algo com que pagar os *mareros*. Então, ele pula por cima de cadáveres apodrecidos e esqueletos, procurando algo valioso que outra pessoa possa não ter visto. O chão é capcioso e ele tropeça e cambaleia, às vezes caindo por cima de um corpo, outras, no solo duro.

Mas ele se levanta e continua procurando. Ele se obriga a tocar os corpos dos mortos, remexer em suas camisas e bolsos, em busca de um trocado, lenços, qualquer coisa que outros saqueadores ainda não encontraram e levaram.

Ele tropeça de novo, cai e aterrissa cego de dor. Ele está cara a cara com um homem morto. Os olhos o encaram com uma expressão acusadora. Então, ele ouve Flor gritar "Nico!" e olha para onde a amiga está ajoelhada, perto de um corpo inchado.

— Olhe!

Ela está sorrindo, enquanto ergue a mão com uma corrente.

É fina, delicada, mas parece de ouro e tem uma medalha na ponta.

— Santa Teresa — diz Flor.

Eles fazem o caminho de subida.

Mais de trinta mil pessoas se aglomeram na ravina ao redor do lixão. Seus barracos são feitos de caixotes velhos, placas, folhas plásticas, velhos pedaços de madeira. Os sortudos têm placas de zinco corrugado como telhado, os sem sorte dormem ao relento.

As ruas — caminhos lamacentos de terra com filetes de esgoto a céu aberto — se entremeiam em um labirinto que Nico e Flor percorrem com facilidade, enquanto se apressam para encontrar o sucateiro que vai comprar a corrente. Agora já está escuro e El Basurero está iluminado pelas chamas acesas em latões de lixo e fogareiros a carvão. Aqui e ali há focos de luz elétrica ilegalmente ligada aos postes de iluminação acima do *barrio*.

Gonsalves ainda está em sua "loja" — meio container montado de lado e aceso por um "gato" de luz. Ele vê as crianças chegando e avisa:

— Estou fechado.

— Por favor — diz Nico. — Só uma coisa.

— O quê?

Flor ergue a corrente.

— É ouro.

— Duvido. — Mas Gonsalves pega a corrente e segura diante da lâmpada.

— Não, é falsa.

Nico sabe que o velho está mentindo. Gonsalves ganhava a vida enganando todo mundo, comprando barato e vendendo caro.

— Por eu ser um homem bondoso — diz Gonsalves —, vou lhes dar oito quetzals.

Nico está arrasado. Ele precisa de doze q para pagar Pulga.

— Devolva — diz Flor. — Herrera nos dá vinte.

— Então, leve ao Herrera.

— Vou levar.

Ela estende a mão.

Mas Gonsalves não devolve a corrente. Ele a olha cuidadosamente.

— Acho que posso fazer por dez.

— Acho — diz Flor — que você pode fazer por quinze.

Não, Flor, não, pensa Nico. Não force demais uma barganha — eu só preciso de doze quetzals.

— Você falou que Herrera lhe daria vinte — diz Gonsalves.

— É uma longa caminhada até lá.

— Bem, se mais um quetzal lhe poupar a caminhada...

— Três — diz Flor. — Treze e é seu.

— Você é uma garotinha danada — diz Gonsalves. — Muito difícil.

— Herrera me adora.

— Aposto que sim.

— Então?

— Eu lhe darei doze.

Aceite, pensa Nico. Flor, *aceite*.

— Doze — diz Flor, olhando além de Gonsalves, para um balcão feito de compensado, pousado em cavaletes — e aquela barra de chocolate.

— Aquilo vale um q inteiro.

— Nós vamos discutir a noite inteira — pergunta Flor —, ou você vai simplesmente incluir a barra de chocolate?

— Se eu burlar a mim mesmo dessa maneira — diz Gonsalves —, você promete que, de agora em diante, só vai vender ao Herrera e nunca mais volta aqui?

— Com prazer — diz Flor, enquanto Gonsalves conta doze quetzals e entrega a ela. — O chocolate?

Gonsalves pega o doce da prateleira e lhe dá.

—Você nunca vai achar um marido.

—Jura? — pergunta Flor.

— Precisamos correr — diz Nico, quando eles saem.

Conforme eles atravessam o *barrio*, Flor arranca a embalagem do chocolate e dá metade a Nico. Ele devora enquanto eles correm, e o gosto é maravilhoso.

Quando ele chega em casa, Pulga já está lá.

Sua mãe, sentada no chão, está chorando.

— Estou com seu dinheiro — diz Nico. Ele entrega o que deve a Pulga. — Agora estamos em dia.

— Até a semana que vem — responde Pulga, enfiando o dinheiro no bolso. — Então, eu voltarei.

— Eu estarei aqui — afirma Nico, tomando coragem.

O homem da família.

Pulga olha pra ele atentamente.

— Quantos anos você tem?

— Dez — responde Nico. — Quase onze.

— Já tem idade suficiente para se candidatar — diz Pulga. — Quer proteger *mi barrio*, não quer? Eu poderia utilizar um garoto veloz para entregar pacotes.

Drogas.

Crack, cocaína. Heroína.

Pulga diz:

— Está na hora de fazer seu dever com a *mara*, Nick Veloz. Hora de se tornar Calle 18.

Nico não sabe o que dizer.

Ele não quer ser um *marero*.

— Sente-se — manda Pulga. Ele saca a faca. — Eu disse pra sentar.

Nico senta.

— Estique as pernas.

Nico estica as pernas à frente.

Pulga segura a lâmina no braseiro de carvão até ficar vermelha de tão quente. Então, ele agacha na frente de Nico, agarra sua perna esquerda e pressiona a lâmina na carne, acima do tornozelo.

Nico grita.

— Fique quieto, seja homem — diz Pulga. —Você grita como uma menina, eu o trato que nem menina. Está entendendo?

Nico assente. As lágrimas escorrem em seu rosto, mas ele mantém os dentes cerrados, enquanto Pulga queima o "XV" e o "III" em seu tornozelo.

O cheiro de carne queimada enche a cabaninha.

— Eu voltarei — afirma Pulga, levantando. — Para sua surra de ingresso. Não fique tão assustado, Nick Veloz, são apenas dezoito segundos. Um garoto durão como você pode aturar, não? Você aguentou isso, pode suportar aquilo, não?

Nico não responde. Ele engole um grito.

— Eu voltarei — repete Pulga.

Ele sorri para a mãe de Nico, faz um som de beijo e sai.

Nico cai de lado, segurando o tornozelo, e chora.

— Ele voltará — diz a mãe de Nico. —Vai obrigá-lo a juntar-se a eles. Se os Números não fizerem isso, as Letras farão.

Os "Números" são Calle 18 e as "Letras" são Mara Salvatrucha.

Nico sabe que ela está certa, mas não quer ir embora. Ele chora.

— Não quero deixar você.

O que ela fará sem ele?

Para lhe fazer companhia, para acordá-la quando ela grita dormindo, para ir ao lixão e encontrar coisas que lhe deem dinheiro para comer?

—Você precisa partir — diz ela.

— Eu não tenho para onde ir.

Ele tem dez anos e nunca saiu de El Basurero.

—Você tem um tio e uma tia em Nova York — diz a mãe.

Nico está perplexo.

*Nova York?*

*El norte?*

São milhares de quilômetros de distância, passando pela Guatemala, cruzando o México inteiro, e ainda vários quilômetros dentro dos EUA.

— Não, Mami, por favor.

— Nico...

— *Por favor*, não me mande embora — pede Nico. — Prometo ser bom, eu vou melhorar. Vou trabalhar com mais afinco, encontrar mais coisas...

— Nico, você precisa ir.

Sua mãe conhece os fatos.

A maioria dos *mareros* morre de forma violenta, antes de completar vinte anos. Ela quer o que qualquer mãe quer — que seu filho viva. E para isso, está disposta a abrir mão dele para sempre.

— Na primeira hora da manhã — diz ela —, você irá.

Só há um meio de ir.

No trem que chamam de La Bestia.

A besta.

Nico está deitado no capim, perto da linha do trem.

Ele não está sozinho; há dúzias de outras pessoas escondidas no escuro, à espera da chegada do trem. Tremendo — talvez de frio, talvez de medo —, ele tenta não chorar, enquanto pensa na mãe, em Flor.

Ele foi vê-la, ontem à noite.

Para se despedir.

— Pra onde você vai? — perguntou ela.

— *El norte.*

Ela ficou apavorada.

— No La Bestia?

Ele encolheu os ombros.

— E tem outro jeito?

— Ah, Nico, eu já ouvi coisas.

Todos já ouviram. Todos conhecem alguém que já tentou ir no trem rumo ao norte, passando pelo México, até os EUA. O trem tem muitos nomes — *El Tren Devorador, El Tren de Desconocidos, El Tren de la Muerte.*

A maioria não consegue chegar.

Eles são pegos pela *migra* mexicana e mandados de volta no El Bus de Lágrimas, o ônibus das lágrimas. Mas esses são os sortudos — tanto Nico como Flor conhecem pessoas que caíram embaixo do trem e tiveram as duas pernas amputadas, e agora andam de rodinhas, empurrando carrinhos com as mãos.

Algumas morrem.

Ou, pelo menos, isso é o que os garotos imaginam, pois nunca mais têm notícias dessas pessoas. E as crianças ainda conhecem gente que tentou fazer a viagem cinco, seis, dez vezes.

Algumas chegaram até *el norte.*

A maioria nunca chega.

Flor passou os braços em volta dele e lhe deu um abraço bem apertado.

— Por favor, não vá.

— Eu tenho que ir.

— Sentirei sua falta.

— Também sentirei a sua.

— Você é meu melhor amigo — disse Flor. — Meu único amigo.

Sentados no chão de terra do barraquinho dela, eles se abraçaram por um bom tempo. Nico sentiu as lágrimas dela em seu pescoço. Finalmente, ele recuou e disse que precisava ir embora.

— Por favor, Nico! — insistiu Flor. — Não me deixe!

Ele a ouvia chorando, enquanto seguia pela rua.

Agora ele está deitado no capim, vira a cabeça e olha o garoto deitado a seu lado. O menino é mais velho, tem talvez uns quatorze ou quinze anos, é alto e magro, com um pulôver branco, jeans e um boné de beisebol dos New York Yankees bem baixo, na cabeça.

— Essa é sua primeira vez — diz o menino.

— Sim — responde Nico.

O menino apenas ri.

— Você tem que correr depressa. Eles aceleram para que a gente não possa subir. Vá para a escada no vagão da frente; se você não conseguir, talvez consiga no de trás.

— Está bem.

— Se você cair — diz o garoto —, tome impulso, o máximo que puder, para que suas pernas não caiam embaixo do trem, ou…

Ele faz um gesto de cortar as pernas.

— Está bem.

— Meu nome é Paolo — diz o menino.

— Eu sou Nico.

Ele ouve o trem se aproximando, chocalhando nos trilhos. As pessoas começam a se movimentar, levantar da grama molhada. Algumas carregam sacolas, outras, sacos plásticos, algumas não têm nada. Nico está com um saco plástico de mercado — dentro há uma garrafa de água, uma banana, uma escova de dente, uma camiseta e um pedacinho de sabonete. Ele está com uma jaqueta velha, sua camiseta do Messi e seus tênis furados.

— Amarre esse saco no cinto — Paolo lhe orienta. — Você vai precisar das duas mãos. E amarre a jaqueta em volta da cintura.

Nico faz o que ele diz.

— Certo — diz Paolo, levantando, mas ainda agachado —, siga-me.

O trem chegou — um longo trem de carga com talvez uns dez vagões e um funil de enchimento. O motor ronca e a fumaça sobe, conforme ele acelera.

— Venha! — grita Paolo.

Ele sai correndo.

Nico tem dificuldade em acompanhar o garoto atlético de pernas compridas, mas faz o melhor que pode e diz a si mesmo: *Você é veloz. Você é Nico Rápido. Você consegue fazer isso. Você consegue pegar esse trem.* Por todo lado à sua volta, as pessoas estão correndo para o trem. A maioria são garotos adolescentes, mas há homens adultos e algumas mulheres. Algumas famílias, com menininhas e menininhos.

Ele corre pela margem até os trilhos e se assusta com o ruído de metal passando voando por ele. Paolo salta, agarra a escada na frente de um vagão de carga e se alça acima, enquanto Nico corre e tenta acompanhar. Ele acha que não vai dar, mas Paolo estica a mão abaixo.

Nico agarra a mão dele. Paolo o impulsiona até a escada.

— Segure firme! — grita Paolo.

Olhando para trás, Nico vê um homem mais velho tropeçar e cair.

Algumas pessoas conseguiram subir no trem, enquanto outras ficam para trás, desistem e param.

Mas eu consegui, pensa Nico. Nada pode deter Nico Rápido.

Paolo começa a subir a escada em direção ao teto do vagão.

—Venha!

Nico começa a segui-lo, então ele vê...

Flor.

Correndo para o vagão.

Ela está gritando, com os braços estendidos.

Em um lampejo, Paolo entende tudo.

— Deixe-a!

— Não posso! Ela é minha amiga!

Ele começa a descer a escada de volta.

Flor corre em direção a ele, mas ela está fora de alcance e ficando pra trás.

—Venha! — grita Nico, estendendo a mão.

Ela tenta pegar a mão dele.

Não consegue.

Nico desce até a argola e se estende para fora; seu corpo está a um palmo dos trilhos abaixo, que passam cada vez mais velozes. Sua pegada na escada está afrouxando, conforme ele tenta estender novamente a outra mão.

— Eu pego você!

Flor salta.

Ele sente as pontas dos dedos dela, desliza a mão abaixo e agarra seu punho quando ela pula.

Por um segundo, ela fica suspensa no ar, pouco acima das rodas esmagadoras.

Nico não aguenta continuar segurando.

Ou ela ou a escada.

Ele começa a cair, mas continua segurando a mão dela, então...

Nico sente que está sendo puxado acima.

*Os dois* estão sendo erguidos.

Paolo tem uma força imensa, puxa os dois escada a cima com músculos retesados e grita:

— Agora venham!

Eles vão atrás dele até o alto do vagão, quatorze pés acima do solo.

Está lotado lá em cima.

As pessoas estão sentadas e agachadas, segurando onde podem. Paolo abre um espaço para que eles sentem, depois diz a Nico:

— Eu falei para deixá-la. Garotas são inúteis. Só problema. Ela tem comida? Dinheiro?

— Tenho duas mangas — diz Flor —, três tortilhas e vinte q.

— Acho que já é alguma coisa — fala Paolo. — Quero uma tortilha, por ter salvado sua vida.

Ela tira uma tortilha do saco e entrega para ele.

Ele devora e diz:

— Eu já fiz essa viagem quatro vezes. Da última vez, cheguei até os EUA.

— O que aconteceu? — pergunta Nico.

— Eles me pegaram e me mandaram de volta — responde Paolo. — Minha mãe está na Califórnia. Ela trabalha para uma moça rica. Desta vez, eu vou conseguir.

— Nós também — diz Nico.

Paolo olha pra eles.

— Duvido.

Porque para chegar aos EUA, eles precisam atravessar o México.

A ferrovia segue a oeste atravessando a região montanhosa da Guatemala, depois faz uma conversão acentuada ao norte, rumo à fronteira.

Nico não entende isso direito, seu conhecimento de geografia basicamente acaba na periferia de El Basurero. Ele nunca saiu do interior, nunca viu essas pastagens, os vilarejos, os pequenos ranchos. Para ele, até agora, enquanto fica sentado no alto do vagão com Flor e Paolo, isso é uma grande aventura.

Ele está morrendo de fome, mas já se acostumou com isso.

A sede é algo novo, mas as pessoas passam a água que têm, geralmente, em velhas garrafas de refrigerante, e uma vez, quando o trem para por alguns minutos perto de uma vila, Paolo salta e implora para que os agricultores lhe deem água.

— Vai ser diferente no México — ele lhes diz, ao subir de volta. — Eles não gostam da gente por lá.

— Por que não? — pergunta Flor.

— Simplesmente não gostam — diz ele.

Não há muito que fazer em cima de um trem, além de olhar a paisagem e conversar, e se segurar, quando os trilhos viram para um lado ou outro, ou abaixar, quando há galhos a caminho. Nico começa o ritual de gritar "¡Rama!" quando eles veem um galho — é como um jogo.

Paolo é quem fala mais, assumindo o papel de veterano experiente.

— A primeira coisa que precisam saber é: — diz Paolo — não confiem em ninguém.

— Estamos confiando em você — diz Flor.

— Eu sou diferente — responde Paolo, um pouco irritado. — Não confie nos homens, eles fazem coisas com garotinhas, sabe o que eu quero dizer? — Não entre em vagões fechados, principalmente com os homens. Às vezes, a *migra* entra também e tranca todo mundo. Paolo é uma fonte de informação.

Eles terão que descer do trem, ao chegar à fronteira, pois a polícia mexicana estará aguardando no posto de controle. Há um rio entre a Guatemala e o México, e eles vão precisar de dinheiro para pagar alguém que os leve até o outro lado, em uma balsa.

— Eu não tenho dinheiro nenhum — diz Nico.

— É bom você arranjar algum.

— Como? — pergunta Nico.

— Peça esmola. — Paolo dá de ombros. — Roube. Você sabe bater carteira?

— Não — diz Nico.

Paolo olha para Flor.

— Às vezes, eles deixam que uma menina pagar pegando no pau deles, mas, se eu fosse você, não faria isso.

— Não se preocupe, não vou fazer.

Mas vocês não vão querer gastar tempo demais na travessia do rio, Paolo lhes diz, porque a cidade onde terão de esperar é lotada de gente ruim: ladrões, gângsteres, traficantes de drogas, pervertidos. Alguns deles são pessoas que tentaram fazer a viagem no La Bestia, mas simplesmente desistiram — já foram vítimas, um dia, e agora perambulam pela cidade à espreita de outras pessoas.

— Você só está querendo nos assustar — diz Flor.

Paolo dá de ombros de novo.

— Só estou lhes contando. Vocês fazem o que quiserem.

Nico está com medo, mas o pôr do sol é lindo.

Ele nunca tinha visto um crepúsculo sem ser obscurecido pela névoa ou pela fumaça do lixão. Agora ele olha para os tons radiantes de vermelho e laranja, como se o mundo fosse assim. É tão lindo.

Quando fica tudo preto, ele vê as estrelas.

Pela primeira vez na vida, Nico vê as estrelas.

Flor divide uma tortilha e uma manga com ele, e Nico começa a se sentir sonolento. Mas tem medo de pegar no sono. O teto do vagão é abaloado em ambos os lados e seria fácil escorregar para fora. Então, ele ouve uma cantoria. "El Rey Quiché" começa alguns vagões para trás, mas depois se espalha até a frente do trem, conforme os migrantes cantam para manter uns aos outros acordados.

Nico entra no coro.

Depois Flor.

Eles cantam e aplaudem e riem e é o momento mais feliz que eles tiveram no dia inteiro, talvez o mais feliz que já tiveram na vida. Quando a música termina, alguém começa "El Grito" e depois "Luna Xelajú", e a cantoria vai sumindo e Nico sente-se balançar, quase caindo do trem.

— Pode recostar em mim — diz Paolo. — Não vou dormir.

Nico pega no sono. Ele não sabe por quanto tempo dormiu, quando Paolo lhe dá um cutucão e avisa:

— A fronteira. Temos que descer.

Grogue, Nico pega a mão de Flor e eles seguem Paolo escada a baixo. A maioria dos migrantes desce do trem, como gelo derretendo de um telhado de metal, e o fluxo segue aos arbustos que margeiam os trilhos.

A área parece um cortiço de migrantes — restos de plásticos de forração, pedaços de papelão, meias rasgadas, roupa íntima, garrafas furadas.

Fede a urina e merda.

Nico e Flor encontram um pedaço de papelão e deitam nele. Aconchegam--se para se manter aquecidos. Exaustos, eles pegam no sono rapidamente, mas dormem só um tempinho, pois precisam arranjar dinheiro para pagar a travessia do rio.

Mas quando eles levantam, Paolo sumiu.

— Onde está ele? — pergunta Nico.

— Não sei — diz Flor. — Ele nos deixou.

Adentrando a cidadezinha, eles veem prostitutas em pé nas portas, outras crianças recostadas em paredes pedindo esmola com tigelas no colo, homens que os observam como coiotes famintos.

A música entoa saindo de uma cantina aberta e eles entram.

A bartender, uma velha de cabelos pintados de vermelho, grita ao vê-los:

— Saiam, seus nojentinhos! Nada de pedir esmola aqui!

Eles saem correndo.

Caminham pela rua, até mais adiante.

Há um velho sentado em uma cadeira de junco, em um beco. Ele fuma um cigarro, segura uma cerveja na outra mão, e encara Flor abertamente. Então abre o zíper de sua braguilha, bota o pau para fora e mostra a ela.

— Vou dar uma surra nele — diz Nico.

— Não, eu tenho uma ideia — fala Flor.

Ela olha de volta para o velho e sorri.

— O que está fazendo? — pergunta Nico.

— Só fique preparado — diz ela.

Ela o deixa ali parado e vai até o velho.

— Quer que eu pegue?

— Quanto?

— Cinco q — diz ela.

— Está bem.

— Então me dá o dinheiro.

— Pega primeiro — diz o velho.

O rosto dele tem pelos brancos esparsos, seus olhos estão remelentos.

Ele está bêbado.

— Está bem — diz Flor — Abaixe as calças.

Ele levanta, afrouxa o cinto, olha em volta e abaixa as calças de sarja sujas até os joelhos.

Mais rápido que um raio, Nicky Rápido chega, enfia a mão no bolso do velho e tira dinheiro. Notas.

— Corra! grita — Nico.

Ele agarra a mão de Flor e eles disparam pela rua. O velho grita e tenta ir atrás deles, mas tropeça e cai.

As pessoas olham.

Ninguém tenta pegá-los.

Nico e Flor riem, enquanto correm para fora da cidade, adentrando algumas árvores.

— Quanto nós conseguimos? — pergunta ela.

— Doze q! — diz Nico.

— É o suficiente!

Não é difícil encontrar o local da travessia do rio; eles apenas seguem o fluxo de migrantes. Alguns caminham, outros vão sentados em triciclos pedalados por crianças. Nico e Flor caminham, pois eles não querem gastar o dinheiro.

Paolo está na margem.

— Conseguiram o dinheiro? — pergunta ele.

— Sim — diz Flor.

— Como?

Ele olha com uma expressão engraçada para os dois quando eles caem na gargalhada.

— Deixa pra lá. Venham, precisamos seguir em frente. Deem o dinheiro pra mim.

— Por que deveríamos lhe dar o nosso dinheiro? — pergunta Flor.

— Porque vão enganar vocês — diz Paolo. — A mim, não vão enganar.

Eles dão o dinheiro a ele, que segue para falar com um grupo de homens próximos a uma balsa feita de placas de madeira amarradas a tubulações antigas. Eles ficam olhando, enquanto ele negocia, acenando os braços, sacudindo a cabeça, mostrando o dinheiro e depois guardando de volta. Finalmente, ele dá parte do dinheiro e caminha de volta.

— Está tudo certo — diz Paulo. — Eles vão levar nós três.

— Por que estamos pagando a sua? — questiona Flor.

Nico franze o rosto pra ela.

— Ele está nos ajudando.

— Não confio nele.

Mas Paolo já saiu andando e eles vão atrás dele, até a beirada da água, depois entram lentamente, com a água batendo nos joelhos, e sobem na balsa, que balança com o peso até que eles se equilibrem. Um dos homens sobe por último e rema, levando-os ao outro lado do rio.

Eles descem da balsa e pisam no México.

— Agora nós caminhamos — diz Paolo. — Podemos pegar outro trem saindo de Tapachula.

— O que é Tapachula? — pergunta Nico.

— Uma cidade. Você vai ver.

É uma caminhada de seis milhas, uma estrada pavimentada de uma única faixa, passando por entre os campos e pomares. Os locais apenas encaram, ou gritam insultos, palavrões.

Nico segue pela estrada com o passo arrastado.

Faminto, sedento, cansado.

Paolo segue com eles, passando direto pela garagem dos trens, onde ele vê alguns outros migrantes parando.

— Por que não vamos ali? — pergunta ele.

— Tem muito bandido de gangue — diz Paolo. — É a mara 13 que domina toda essa área.

Ele os conduz até um cemitério.

Fica perto da linha do trem e é um bom lugar para se esconder.

\* \* \*

O trem vem cedo.

As pernas de Nico parecem de madeira. Sua mente está enevoada, a boca está seca.

Ele e Flor dormiram atrás de uma lápide. Nico sonhou com o vale dos Mortos, com corpos saindo do túmulo onde ele estava para agarrá-lo, por ter roubado a corrente de ouro daquele homem.

O cemitério está lotado de gente viva. Eles levantam do chão sob a névoa matinal, enfiam o que possuem em seus sacos ou bolsos, e saem marchando até a linha do trem, como um exército de perdidos.

Arrastando-se sonolentos rumo aos trilhos, eles pisam nas pedras para atravessar um canal de esgoto, depois sobem a lateral do dique, onde ficam agachados e aguardam por um trem que torcem para levá-los ao lar onde nunca estiveram.

O trem acelera ao se aproximar do cemitério.

Começa a agitação.

Nico empurra Flor entre ele e Paolo. O garoto mais velho chega primeiro à escada e estende a mão abaixo, para ajudá-la a subir. Nico sobe atrás, com dificuldade. Eles arranjam um pequeno espaço para ficar no alto do vagão de cargas e se acomodam para o trajeto.

Não dura muito.

Apenas alguns minutos depois, o trem desacelera, perto de uma estação, e os *maras* entram.

Eles sobem no trem, três vagões atrás do vagão de Nico. Ele olha para trás e vê a comoção, ouve os gritos e berros.

— De onde vocês são? — pergunta Paolo.

— Cidade da Guatemala.

— Eu sei disso, besta — diz Paolo. — De que lugar?

— El Basurero.

— Isso é território da Rua 18 — diz Paolo. — Você tem tatuagem?

Nico ergue a perna da calça e mostra o *XVIII* marcado em sua pele.

— Se Mara 13 achar que você tem ligação com a Rua 18 — diz Paolo —, eles vão matar você. É melhor correr.

— Pra onde?

Paolo aponta em direção à frente do trem.

O trem está novamente em movimento. O maquinista havia desacelerado apenas para deixar que os *maras* embarcassem, e agora ele acelera para encurralar os migrantes que estão em cima. Nico olha — os gângsteres estão no vagão seguinte e se aproximam.

— Vai! — grita Paolo.

Nico levanta.

Flor também.

— Você, não — diz Paolo. — Você vai atrasar ele. Nico, vai!

Nico sai correndo.

A mais de quatro metros do chão, em cima de um trem se deslocando a 65 km por hora, o garoto de dez anos corre em direção à ponta dianteira do vagão e pula um vão de 1,20 m, em direção ao vagão seguinte. Ele aterrissa com força, cai de quatro, depois levanta e tropeça nas pernas de um homem. O homem xinga, mas Nico levanta, olha para trás e vê os *maras* vindo atrás dele.

Como cães que perseguem algo que corre.

Nico continua em frente, passando por cima de pés, pernas, dedos. Dois *maras* pulam o vão e o seguem. Ele pula ao vagão seguinte e ao outro, então...

O outro vagão não é um vagão de carga, é um tanque.

O topo é convexo, com curvas acentuadas descendo em ângulo, pelas laterais.

E o salto não é de 1,20 m... é de 2,70 m.

Nico olha para trás, por cima do ombro, e vê os *maras* vindo. Sorrindo, gargalhando, sabendo que ele está encurralado. Eles estão tão perto que dá para ver as tatuagens em seus rostos e pescoços.

Se ficar, ele vai levar uma boa surra, eles talvez o matem.

Mas se tentar saltar e não conseguir pular os quase três metros, vai cair entre os vagões e será esmagado sob as rodas do trem. Mesmo que consiga, ele pode escorregar na lateral curva e aterrissar nos trilhos.

Não há mais tempo para pensar.

Nico dá alguns passos atrás, corre com toda força e se lança pelo ar.

— Por que aquele garoto correu? — o *mara* pergunta a Paolo.

— Não sei. Eu não o conheço.

O *mara* olha abaixo, para Flor.

— E você? Você o conhece?

— Não.

— Não minta.

— Não estou mentindo.

— Ele é Rua 18? — pergunta o mara.

— Não! — responde Flor.

— Achei que você tivesse dito que não o conhecia — diz o *mara*, encarando-a.

Flor encara também.

— Eu conheço a MS-13, conheço a Rua 18. Aquele garoto não é de nenhuma delas.

Ao redor deles, os *maras* seguem sistematicamente passando pelos migrantes, roubando dinheiro, pegando roupas, exigindo números telefônicos de parentes que possam enviar mais dinheiro. Eles interrogam os meninos e rapazes — "De onde você é? Você é ligado a alguma gangue? Qual? A nós? À Rua 18?". Os *maras* tiram-lhes a roupa, para verificar se possuem tatuagens. O desenho errado impõe uma surra ou talho, antes de o azarado ser arremessado do trem.

— Você tem dinheiro? — o *mara* pergunta a Flor. — Passa.

— Por favor, eu preciso dele.

— Talvez você precise mais de uma boa foda, *niña*.

Ela entrega as moedas que tem. O *mara* pensa em fodê-la, mesmo assim, mas conclui que ela é pequena demais, depois dá vários tapas no rosto de Paolo, arranca seu boné dos Yankees e segue adiante.

Nico aterrissa com força.

Seus dedos agarram o metal escorregadio, mas ele escorrega pela lateral do vagão tanque como um ovo frito deslizando para fora de uma frigideira quente.

Cai com uma batida seca em uma grade sob o vagão.

A queda arranca o ar de seus pulmões, mas ele aguenta firme. De bruços, vê os trilhos passando velozes, ouve o som do ferro zunindo, sabe que está a alguns centímetros de ser esmagado ou cortado ao meio. Uma braçadeira liga a grade ao vagão e ele arrisca estender a mão para atracar, depois se impulsiona até alcançar uma escada no centro.

Ele se agarra ali, recupera o fôlego, e aguenta firme, ofegante de esforço, medo, dor e adrenalina. Com medo de mover as pernas e acabar caindo, ele se força a fazê-lo. Recua os pés e põe embaixo de si, estende a perna direita e põe um pé em uma argola da escada.

O trem desacelera e deixa os *maras* descerem, então Nico fica grudado na lateral do vagão tanque, torcendo para que eles não o vejam, ou que não liguem. Quando o trem começa a ganhar velocidade de novo, ele sobe a escada lentamente, todo dolorido. Há um corrimão contornando o alto da baia de combustível, e ele fica se segurando ali.

O trem de via única segue ao norte, pela Costa Pacífica de Chiapas.

Nico nunca tinha visto o mar e, com a resiliência da infância, ele o acha emocionante e lindo. As montanhas verdes à sua direita, o mar azul à esquerda, ele se sente em outro mundo.

Meio tonto de fome e calor — a temperatura chega a 40°C e o sol bate em cima dos vagões do trem, fazendo o metal parecer um fogareiro —, Nico está em estado alucinógeno, olhando as bananeiras e cafezais, como se fosse uma estranha imagem de sonho.

Seu corpo dói.

A queda do trem fez hematomas em suas costelas, que talvez estejam fissuradas. A lateral do rosto está inchada, no local onde colidiu com o corrimão. Ainda assim, ele teve presença de espírito para descer o vagão de combustível, quando viu outros descendo do trem, antes de chegar a um posto de controle do governo, em La Arrocera.

Flor e Paolo o encontraram deitado nos arbustos ao lado da linha férrea, ajudaram-no a contornar o posto de verificação e esperaram com ele, até que viesse o próximo trem de carga, então, ajudaram Nico a embarcar.

Agora ele está sentado no topo do trem, olhando uma onda quebrar como um lápis branco desenhando sobre um pedaço de papel azul.

Flor parte uma tortilha ao meio e lhe dá um pedaço.

— Consegue mastigar?

Nico põe a tortilha na boca e tenta mastigar. Dói, mas ele está com fome e o petisco é gostoso.

— Eu estou esquisito?

— Meio esquisito — diz ela. — Está falando esquisito.

Ele sorri, e isso também dói um pouquinho.

— Esquisito como?

— Como se estivesse sempre de boca cheia — diz ela.

Ele olha em volta.

— É bonito aqui.

— Muito bonito.

— Talvez, algum dia, a gente more no interior — diz Nico.

— Seria legal.

Eles conversam por alguns minutos sobre comprar uma fazenda, ter galinhas e cabras, e plantar coisas, embora não saibam o quê.

— Flores — sugere Flor.

— Não se pode comer flores — diz Paolo.

— Mas podemos olhar pra elas — diz Flor. — E sentir o cheiro delas.

Paolo funga de aversão.

Nico acha a aparência dele estranha sem o boné dos Yankees. O cabelo é curto e picotado, como se tivesse sido cortado com uma faca, ou algo assim, e ele segura um pedaço de papelão acima da cabeça para se proteger do sol.

— Nós poderíamos cultivar milho — diz Nico. — E *tomatillos* e laranjas.

Paolo sacode a cabeça.

— Eu vou ser dono de um restaurante. Então, vou poder comer tudo o que eu quiser, sempre que quiser. Frango, batatas, filé...

— Estou comendo um agora — diz Nico. — Ele faz mímica, como se cortasse um pedaço de bife e enfiasse na boca. — *Mmmmm*. Delicioso.

Ele nunca provou um bife, mas sua imaginação o faz cerre os lábios e revirar os olhos em deleite.

Até Paolo ri.

O trem passa por uma porção de lagos volumosos que separam o continente de uma faixa estreita, depois segue ao norte, distanciando-se da costa, cortando fazendas e passando por vilarejos.

Nico lamenta ter que deixar o mar.

Ele acha que Nova York é perto do mar, mas não tem certeza.

Naquela noite, eles descem do trem e entram em uma cidadezinha, em busca de algo para comer, embora não tenham dinheiro para comprar comida. E é perigoso. *Madrinas*, civis locais que auxiliam a *migra*, patrulham os arredores da linha férrea, à procura de migrantes. Às vezes, eles os entregam à polícia, que exige uma propina polpuda para liberá-los. Esses são os sortudos; os *madrinas* são conhecidos por surrar, estuprar e assassinar outros.

Paolo explica tudo isso pra eles.

— Tem uma casa segura, perto de uma igreja. Se conseguirmos chegar lá, eles nos darão comida, um lugar pra dormir.

Sob a lua minguante, ele os conduz descendo a margem de um córrego, distante da estrada de ferro.

Nico vê lanternas à distância, patrulhas dos *madrinas* procurando vítimas. Ele anda de cabeça baixa e segue Flor, mantendo a mão nas costas dela, tentando não tropeçar e fazer barulho. Eles saem da margem do córrego rumo à periferia da cidade, onde Nico vê uma igrejinha e, ao lado, uma edificação térrea de cimento.

— É aqui — diz Paolo, parecendo aliviado. — É mantida por um padre, o padre Gregorio. Os *madrinas* não entram porque têm medo dele. Ele os ameaça com o inferno.

Eles entram.

Alguns beliches perfilam a parede e há colchões espalhados pelo chão. Panelas de ensopado e feijão estão no fogão, em fogo baixo. Há tortilhas empilhadas em um aparador. Mais de uma dúzia de migrantes estão ali, dormindo ou comendo.

O padre Gregorio é um homem alto, de cabelos grisalhos, queixo comprido e nariz curvo. Ele fica perto do fogão, com uma concha na mão.

— Venham. Vocês devem estar com fome.

Nico assente.

— Você parece machucado — o padre Gregorio lhe diz.

— Estou bem.

O padre Gregorio se aproxima e dá uma olhada em seu rosto machucado.

— Acho que é bom ver um médico. Posso ir com você até a clínica. Ninguém vai incomodar você, prometo.

— Só preciso de comida, por favor — diz Nico.

— Coma primeiro, depois conversamos sobre isso — responde o padre Gregorio.

Ele enche tigelas de sopa, serve feijão por cima e lhes dá tortilhas.

Agachado no chão, Nico começa a comer.

— Faça o sinal da cruz — cochicha Flor. — Você vai deixar o padre zangado.

Nico faz o sinal da cruz.

A comida está quente e deliciosa. Embora sinta dor ao comer, ele devora tudo. Então, o padre Gregorio se aproxima e pergunta:

— E aquela ideia de ir ao médico?

Vendo Paolo balançar ligeiramente a cabeça, Nico diz:

— Eu estou bem.

— Não sei, não — diz o padre Gregorio —, mas, tudo bem. Todas as camas e colchões estão ocupados, vocês terão que dormir direto no chão. Tem um chuveiro nos fundos, se quiserem tomar banho.

Depois de comer, Nico vai até lá fora e encontra o chuveiro, uma torneira que sai da parede, atrás de uma porta de tábua. A água, mais um filete, não é aquecida, mas morna pelo calor do verão. Ele fica embaixo e usa o caquinho de sabão na saboneteira para se lavar, depois usa uma toalha comunitária, já molhada pelos outros, para se secar da melhor maneira que pode.

Ele toca o lado direito do corpo e se encolhe — há um hematoma enorme —, então se esforça para levantar o braço e recolocar a camisa. Então, bota novamente o jeans e sai.

Paolo está esperando para usar o chuveiro.

— Ainda bem que você não vai à clínica — diz Paolo. — A *migra* fica de olho que nem falcões, e dá rasantes assim que o padre Gregorio vai embora.

— Obrigado por me alertar.

— Você jamais conseguiria sem mim.

— Eu sei.

Nico sai do caminho, para deixar que Paolo entre no chuveiro. Mas, em vez de voltar lá para dentro, ele senta em um pedacinho de grama para desfrutar do ar e das estrelas. Então, através das frestas, ele vê algo incrível: Paolo está desenrolando uma fita presa em volta de seu peito.

Nico vê os seios de Paolo.

Ele se dá conta de que Paolo é uma menina.

Quando a água para de cair, Nico vê Paolo — ele agora imagina que seja Paola — cuidadosamente embrulhar a fita bem apartada em volta do peito, escondendo os seios sob a camisa. Quando Paolo sai, ela vê Nico e parece assustada.

— O que está fazendo? — pergunta Paola.

— Só estou aqui sentado.

— Está me espionando?

— Não vou contar, prometo — diz Nico.

— Não vai contar o quê? — questiona Paola, se aproximando dele. — Você não vai contar *o quê*?!

— Nada! — diz Nico.

Ele levanta e corre pra dentro da casa.

Mas, deitado ao lado de Flor, mais tarde, ele cochicha em seu ouvido:

— Paolo é uma menina.

— O quê? Que besteira.

— Não, eu vi…

— O quê?

— Você sabe. — Ele põe as mãos em concha no peito. — Por que…

— Não seja imbecil.

— Ora, por quê?

— Por causa das coisas que os homens fazem às meninas — diz Flor.

— Não diga que eu lhe contei.

— Durma.

— Não conte.

— Não vou contar — diz Flor. — Agora durma.

Subitamente, ele está dormindo, e subitamente, é de manhã.

É difícil levantar. As costelas de Nico ardem, quando ele se força a primeiro ficar de joelhos, depois de pé. O padre Gregorio dá a cada um uma tortilha, duas fatias de manga e um copo de água. Enquanto Nico mastiga a tortilha, ele dá uma olhada para Paola, que o encara, depois desvia o olhar.

Alguns instantes depois, Paola diz:

— Temos que ir. Vamos.

Nico está triste por partir, mas não entende o motivo real disso.

Ele não percebe que esse é um dos poucos lugares na vida onde foi tratado com bondade.


Crianças de bicicleta aparecem de repente, nas estradas de terra que percorrem os milharais, depois começam a pedalar ao lado da linha férrea.

Elas sorriem, acenam e gritam olá.

Nico acena e grita em resposta, então as bicicletas seguem velozes adiante e ele as perde de vista. Um minuto depois, ele olha em direção à frente do trem, onde há um punhado de árvores ao lado dos trilhos. Tem algo estranho nas árvores, algo que ele não consegue identificar direito.

São balões, nas árvores? Balões brancos?

Ou são *piñatas?*

Não, pensa ele, são grandes demais pra isso.

O trem começa a desacelerar.

O que está acontecendo? Nico fica pensando. Ele olha novamente as árvores e percebe que o que ele está vendo são colchões.

Colchões equilibrados em cima dos galhos.

Ele não entende.

Então, ele vê os garotos de bicicleta embaixo das árvores, gritando e apontando para trás, para o trem. Homens levantam dos colchões e começam a pular das árvores, como frutos pesados. Então, o trem para embaixo das árvores e os homens, segurando machadinhas e tacos de madeira, estão em volta, por toda parte. Não são *maras* — nada de tatuagens, nem cores de gangues, eles só parecem agricultores —, mas são bandidos dormindo nas árvores, até que as crianças locais lhe dissessem que o trem estava a caminho.

Paola grita:

— Corram!

Ela abre caminho em meio a outros migrantes e desce a escada correndo, pulando da quinta argola. Um bandido agarra Nico pela frente da camisa, mas ele gira, agarra a mão de Flor e a puxa para a escada.

Eles descem e correm para dentro dos milharais.

Os talos são mais altos que eles, que mal conseguem ver em volta, mas Nico pensa ter um vislumbre de Paola correndo por entre a plantação.

Talvez seja Paola, mas Nico não consegue ver direito.

Gritos de dor e medo vêm do trem.

Sem fôlego, eles param e agacham, se escondendo em meio aos talos de milho.

Nico sente o coração disparado, tem medo que os bandidos escutem. Ele ouve pés amassando os talos e vindo em direção a eles, e cobre os ouvidos com as mãos. Os passos vão se aproximando cada vez mais, e ele não consegue decidir se sai correndo ou fica imóvel e torce para que eles não o vejam.

Ele está paralisado de medo.

Então, ouve gritos.

— Peguei um! Venham aqui! Eu peguei um!

— Me solta! Tire as mãos de mim!

É Paola.

Nico acha que deveria tentar ajudá-la, mas ele não consegue se mexer. Só consegue ficar sentado e ouvir a luta, as vozes — são quatro, talvez cinco — gritando e rindo, e um deles diz:

— Olhe! É uma garota! Achou que pudesse nos enganar, sua putinha?!

Vá ajudar, Nico diz a si mesmo.

Você é Nico Rápido.

Nico, o Veloz.

Nico, o Corajoso.

Vá lutar contra eles.

Mas ele não consegue se mexer. Ele é um menino de dez anos e não consegue fazer suas pernas se mexerem, quando ouve Paola gritar, enquanto eles arrancam a fita de seu peito. Não consegue se mexer, enquanto os ouve gritando "Segurem a garota!" —, enquanto ouve os gritos e a luta dela, depois a voz dela é abafada pela mão de um homem.

Nico é de El Basurero.

Ele conhece os sons do sexo, conhece os sons de homens transando com mulheres, os grunhidos, os gemidos, os palavrões, e agora ele ouve tudo isso e também ouve o riso e os gritos abafados, e o choro, enquanto eles se revezam sobre ela, usam seu corpo de todas as formas que ele conhece, de sua infância passada em um lixão.

O menino quer ser um herói, quer ajudar sua amiga, quer arrancar os homens de cima dela e salvá-la, mas suas pernas não se movem.

Tudo o que ele consegue fazer é ficar abaixado e ouvir.

Ele está envergonhado.

Então, silêncio.

Só por um momento, e depois Nico ouve os homens indo embora, e ele está envergonhado por estar feliz que eles estejam indo embora sem o terem encontrado, e ele fica sentado e ouve Paola chorando baixinho, batendo os pés na terra.

Alguns minutos depois, ele ouve o barulho do trem.

Flor se mexe primeiro.

Ela rasteja pelos talos do milharal em direção a Paola.

Nico fica sentado por mais alguns segundos, depois vai atrás dela.

Paola está de pé, em uma pequena clareira, com os talos de milho amassados, onde os homens a deitaram. Ela está vestindo o jeans e Nico vê o sangue gotejando pelas pernas dela. Ela se curva e pega a camisa, veste e começa a abotoar. Então, ela os vê e diz:

— Vão embora e me deixem em paz.

Ela vai andando em direção aos trilhos.

Quando eles a seguem, ela olha para trás e grita:

— Eu disse pra me deixarem em paz! Eu estou bem! Vocês acham que essa foi a primeira vez?!

O trem partiu e não há ninguém perto da via férrea, exceto dois corpos — a cabeça de um está esmigalhada e a do outro foi cortada por golpes de machadinha. Tem lixo espalhado em volta — sacos plásticos e garrafas vazias de água — mas tudo de valor foi levado.

As crianças sentam perto da linha férrea e esperam.

Algumas horas depois surge outro trem e eles embarcam novamente na Besta.

O trem segue ao norte, atravessando Oaxaca, em direção a Veracruz.

Paola está sentada sozinha, em silêncio.

Ela não olha para eles, nem fala.

O trem desce e adentra Veracruz e eles passam por campos de abacaxi e cana-de-açúcar. As pessoas ficam mais ternas — algumas até esperam perto dos trilhos e jogam comida pra eles.

Paola não come, nem quando Flor tenta lhe dar um pouco de comida.

O trem atravessa mais montanhas, em Pica de Orizaba.

Conforme ele vai cortando as montanhas, o clima causticante vai esfriando, e Nico e Flor se aninham juntos, tremendo. À noite, o perigo de morrer congelado é bem real e quando amanhece o dia, o sol fraco mal consegue aquecê-los.

É na periferia de Puebla, quando o trem ruma para a Cidade do México, que Paola enfim fala com eles. Ela levanta, olha para a frente do trem, depois vira de volta para Nico e diz:

— Não foi culpa sua.

Então, Nico avista um cabo de alta tensão à frente e grita:

— Abaixe! Paola, abaixe!

Ela não abaixa.

Paola vira novamente para a frente e abre os braços. O cabo bate em seu peito e ela se torna um clarão de raio no dia ensolarado.

Nico põe o braço sobre os olhos.

Quando ele tira, ela se foi, deixando apenas um leve vestígio de carne queimada, que rapidamente é soprado pelo vento frio do norte.

O trem para na periferia da Cidade do México.

Mais gangues esperam.

Tão pacientes e convictos quanto abutres, eles pulam nos migrantes, assim que estes descem do trem, e os fazem pagar para caminhar vinte quilômetros até o abrigo em Huehuetoca.

— Nós não temos dinheiro nenhum — diz Nico.

— Isso é problema seu, não meu — responde o gângster.

Ele passa os olhos em Flor.

— Tenho essa camisa — diz Nico.

— Messi, hein? — diz o gângster. — Está certo, número dez, dê pra mim. Deve valer mais que a garota.

Nico tira a camisa e a entrega ao gângster.

Depois, ele e Flor seguem se arrastando até o abrigo.

Os voluntários de lá encontram uma camiseta pra ele. É grande demais e bate quase nos joelhos, mas ele fica feliz em tê-la.

De manhã, ele e Flor caminham de volta à linha do trem. Nico sabe, por falar com os migrantes veteranos no abrigo, que há inúmeras rotas que seguem ao norte, partindo do terminal. A Ruta Occidente vai até Tijuana, a Ruta Centro, até Juárez, a Ruta Golfo, até Reynosa. Ele quer a última, porque é a que leva mais para o leste, a que vai para mais perto de Nova York.

As linhas do lado de fora do terminal são um emaranhado confuso, mas ele finalmente encontra a que acha ser a Ruta Golfo, e eles caminham margeando os trilhos, até encontrarem um lugar seguro onde poderão pular a bordo, então ficam esperando o trem.

A chuva foi intermitente, mas agora parou e o céu tem um tom de cinza perolado.

— O que vamos fazer quando chegarmos à fronteira? — pergunta Flor.

Nico sacode os ombros.

— Atravessar o rio.

Embora ele não saiba como eles farão isso. A essa altura, ele ouviu histórias — das pessoas que se afogam, dos "coiotes" que exigem dinheiro para atravessá-las, da *migra* americana que fica esperando do outro lado.

Ele ainda não sabe como eles vão atravessar, só sabe que vão, e não faz sentido ficar se preocupando com isso ainda, porque primeiro eles precisam chegar lá.

Mais oitocentos quilômetros na Besta.

— E depois? — pergunta Flor.

— Eu vou ligar para os meus tios — diz ele. O número do telefone está escrito no elástico da cintura de sua cueca. — Eles nos dirão o que fazer. Talvez nos mandem bilhetes para viajarmos dentro de um trem.

Ela fica sentada quieta, por um momento, depois pergunta:

— E se eles não me quiserem?

— Eles vão querer.

— Mas e se não quiserem?

— Então, nós vamos pra algum outro lugar — diz Nico.

Se meus tios não quiserem ficar com ela, eles não vão me querer, pensa ele. Eles não são donos de Nova York, nós vamos encontrar outro lugar.

São os Estados Unidos.

Tem lugar para todo mundo, certo?

Ele vê um trem chegando.

Aqui há menos migrantes e os trens são diferentes. Eles carregam menos produtos agrícolas e mais produtos industriais, como geladeiras e carros.

— Está pronta? — pergunta Nico.

Flor levanta.

— Sinto falta de Paola.

— Eu também.

Eles começam a correr ao lado do trem.

A chuva deixou os corrimões de madeira escorregadios e é difícil tomar impulso com o pé, mas, com a prática, eles se tornaram bons nisso. Nico ainda está meio lento por conta das costelas machucadas e Flor chega na frente dele, para agarrar a escada e ajudá-lo a subir.

Ela sobe no vagão, segura na escada e estende a mão para Nico.

Ele se estica para segurá-la e escorrega no piso.

Cai de cara.

Levanta e tenta de novo, mas agora a mão dela está mais longe e o trem começa a ganhar velocidade.

— Nico, anda logo! — grita Flor.

Ele continua correndo, mas o trem é mais veloz.

— Nico!

Ela fica pendurada na escada, pensando em pular abaixo, mas o trem agora está rápido demais e ela se machucaria, e ele acena para que ela siga em frente.

— Eu pego o próximo! — grita ele. — Encontro você na…

Mas agora ela está mais longe, ficando pequena, sua voz sumindo, enquanto grita:

— *Nicooooooo…*!

Pela primeira vez na vida, o menino está sozinho.

Nico segue no trem sozinho, fica quieto, não confia em ninguém, fala pouco e, quando fala, é só para perguntar por Flor. Quando ele desce do trem para procurar comida, ele pergunta por ela. Ela não está na primeira parada, nem na seguinte. Ele pergunta por ela nos abrigos, nas clínicas. Não tem nenhuma foto dela, só pode descrevê-la, mas ninguém a viu, ao menos dizem que não.

Ele volta para o trem e segue ao norte.

Solitário, triste, amedrontado.

Ele não faz amigos, nem tenta, pois não pode confiar em ninguém. Além disso, amigos simplesmente desaparecem — em um clarão de raio, em cima de um trem, ou sumindo, a distância.

Enfim, a Besta para.

Nico sabe que ele está em Reynosa, porém, não sabe quase nada além disso. Paola lhe contara sobre um abrigo onde ele poderia pernoitar, antes de tentar a travessia do rio, e ele encontra o caminho até a Casa del Migrante, administrada pelos padres.

Ele recebe uma refeição simples e notícias de Flor.

Ela foi presa, uma mulher lhe diz. Sim, uma garotinha que casa com essa descrição foi levava pela polícia de Reynosa, perto do trem.

— Você viu isso? — questiona Nico.

— Eu vi — diz a mulher.

— O que fazem com eles? — pergunta Nico. — Com as pessoas que eles prendem?

As pessoas que não têm dinheiro para pagar propina.

— Mandam de volta — responde a mulher.

Então, Flor está no El Bus de Lágrimas, seguindo todo o caminho de volta à Cidade da Guatemala, e a El Basurero.

Ao menos ela está viva, pensa Nico, ao menos está segura.

Ele pega no sono no chão de concreto.


O rio Bravo, que os americanos chamam de rio Grande, é largo e marrom. Com ondinhas e redemoinhos.

Nico está em pé na beirada.

Ele não sabe nadar.

Percorreu 1600 quilômetros para chegar até ali e agora não sabe como atravessar esses noventa metros. Os coiotes cobram cem dólares ou mais para levar alguém ao outro lado, e Nico não tem nada.

Agora ele observa os coiotes levando grupos de pessoas ao outro lado, em botes infláveis, e as deixando na vegetação rasteira da margem oposta. As pessoas saem do barco e correm, antes que a *migra* americana venha pegá-las.

Nico encontra um lugar nos arbustos e espera o sol se por.

Quando a hora finalmente chega, quando a água fica negra, ele caminha quatrocentos metros acima, distanciando-se do restante dos migrantes que esperam para atravessar, e agacha perto da margem. Ele esteve observando esse ponto o dia todo e parece raso — ele viu pessoas atravessando a pé, com varas para equilibrá-las.

Nico tem um pequeno galho.

Quando fica mais escuro e as pessoas atravessando mais acima são apenas silhuetas, ele caminha abaixo, até a beirada da água, e olha o outro lado. Ele não vê os faróis dos carros da *migra*, não ouve o ruído dos motores. Esta é uma parte tranquila do rio, um lugar mais estreito, em uma curva, e ele tem certeza de que consegue atravessar, subir a margem e se esconder na vegetação do lado de lá.

Agachado, ele espera pela escuridão e adentra a água preta.

Está fria, muito mais fria do que ele esperava, mas ele se obriga a seguir em frente, sentindo o fundo rochoso com os pés, tentando não tropeçar nas pedras e galhos afundados. Duas vezes, ele quase cai, mas se apoia em sua vareta e continua de pé.

A água fica mais funda.

Primeiro, bate em seus joelhos, depois, na cintura, e só então ele se dá conta de que as pessoas que ele vira atravessando o rio eram homens adultos, não garotos de dez anos.

A água bate em seu peito e ele sente a corrente puxando, a correnteza tentando levá-lo rio abaixo.

Ele faz força se lançando e empurrando com as pernas, mas agora a água está batendo em seu queixo e depois na boca, e então, no nariz, e para respirar, ele precisa andar nas pontas dos pés, e sabe que a parte mais funda do rio é o meio e que depois vai melhorar.

Então, ele cai em um buraco.

Ele fica com água acima da cabeça, o rodamoinho girando lhe arranca a vareta da mão e já não dá pé, pois seus pés estão escapando de debaixo dele e só há água à sua volta, e ele prende a respiração, porque se resfolegar e puxar o ar pelo qual seus pulmões imploram, ele vai engolir água e se afogar.

Sentindo o fundo, ele empurra com toda força, com os dedos dos pés, e sobe, inala uma golfada de ar e cai à frente, batendo de cara, entrando na água. Ele bate os braços, conforme a correnteza o arrasta rio abaixo, um rodamoinho que o faz girar e girar, até que ele não sabe mais onde está a margem e há somente escuridão, conforme ele é levado e afunda outra vez e engole água, depois sobe de novo, tossindo, resfolegando, e ele está tão cansado que seus braços nem batem mais, e suas pernas parecem pedregulhos pesados e se recusam a chutar, e seu corpo quer dormir na água que não está mais fria, mas bem quente e a corrente o arrasta até a margem.

Um galho irregular enrosca em sua camiseta. Nico estende a mão e agarra, e se puxa acima, para a areia.

Ele fica ali deitado, engasgado, tossindo, exausto, então sente uma luz em seu rosto.

Uma lanterna.

Nico ouve uma voz.

— Meu Deus, é um garoto.

Mãos agarram Nico pelos braços e o recolhem.

Ele pisca e vê um distintivo.

É a *migra* americana.

# 4

# Esse mundo de cabeça para baixo

*"Se você olhar um abismo por bastante tempo, o abismo vai olhar para você também."*

— Friedrich Nietzsche
*Além do bem e do mal*

irello detesta esse trabalho.

Ele está cansado de ficar de chamego com traficantes, de pegar o dinheiro deles, de fingir que é um escroto como eles. Meia dúzia de vezes, ele já pediu a Mullen para ser remanejado — para qualquer coisa — mas o chefe disse não.

— Nós estamos chegando a algum lugar — afirmou Mullen. — Agora não é hora de desistir.

O problema, pensa Cirello, e isso é só para constar, é que eu sou bom demais no que faço.

Ele enrolou Mike Andrea e Johnny "Jay" Cozzo que nem um novelo de lã. Eles acharam que o estavam enganando, que o tinham na mão, por lhe fazerem favores e quitar suas dívidas de jogo. Primeiro, foi a checagem das placas para ver se eram policiais, depois, fazer verificações nos potenciais parceiros, para ver se estavam sendo investigados.

As coisas realmente decolaram quando ele deu seu "tudo nos conformes" liberando Darius Darnell.

— O cara cumpriu um tempo em Victorville — Cirello disse a Andrea —, mas foi um preso firmeza. NYPD não está com ele na mira.

— Você garante isso?

— Cem por cento — disse Cirello.

— E quanto ao Departamento de Narcóticos?

— Eles não estão nem aí pra ele — garantiu Cirello. Essa foi mamata: ele pegou os cinquenta mil de Cozzo para "comprar" um contato na Narcóticos e foi até Mullen, que foi até sabe Deus quem, que mandou dizer que, se a Narcóticos algum dia esteve de olho em Darnell, agora não estava mais. — Mas, fala sério, vocês agora estão trabalhando com crioulos?

— Somos lacradores — respondeu Cozzo.

— Vocês são o quê?

— "Lacradores" — disse Cozzo. — Isso significa pós-racial.

— Significa que a gente trabalha com crioulo — disse Andrea —, se os crioulos conseguirem nos arranjar heroína de primeira.

Algo que Darius Darnell aparentemente conseguia, baseado no que Cozzo e Andrea começaram a espalhar pela cidade.

Cirello sabia disso em primeira mão, porque ele foi promovido para fazer a segurança das entregas de heroína, assegurando-se de que a Narcóticos não estivesse vigiando nenhum desses pontos e que nenhum dos carregamentos fosse roubado por gangues locais, sequestradores, ou até policiais realmente corruptos.

O trabalho é tormentoso e vai contra tudo o que Cirello sempre acreditou ou fez em sua vida passada, como um policial legítimo. Ele ajuda aqueles babacas a deslocar a heroína, cargas que valem milhões de dólares, e qualquer dessas entregas teria sido um caso muito importante. Eles poderiam ter prendido Cozzo e Andrea a qualquer momento que quisessem, mas Mullen não quis.

— São sete quilos, chefe — disse Cirello —, sabe o estrago que isso vai fazer na rua?

— Eu sei, sim — respondeu Mullen —, mas não é pra isso que entramos. Não estamos nisso pra vencer uma batalha, estamos pra ganhar a guerra.

Então, ele começou a fazer analogias à Segunda Guerra Mundial, falando sobre uma cidade que Churchill deixou que os alemães bombardeassem, mesmo sendo alertado antes.

— Se ele impedisse, isso teria alertado os alemães de que nós tínhamos o código deles — disse Mullen —, o que talvez nos levasse a perder a guerra. Então, Churchill precisou deixar que milhares de pessoas inocentes fossem mortas, para ganhar a guerra.

Cirello não sabe quanto à guerra, ele só sabe que viciados por toda a Costa Leste morreriam porque ele deixou esses carregamentos passarem.

Isso o está matando.

Ele pediu para sair.

— Vou ficar trabalhando com multas de trânsito em Far Rockaway — ele disse a Mullen.

— Aguente firme, Bobby — respondeu Mullen. — Sei que está sendo difícil pra você, mas aguente firme. Você é o melhor. Sabe por que eu sei que você é o melhor? Porque antes de você, o melhor era eu.

Sei, sei, pensou Cirello, esse é Mullen puxando meu saco.

— Preciso que você suba um degrau — disse Mullen. — Estabeleça um relacionamento com Darnell.

— Como eu vou fazer isso?

Policial branco, traficante negro.

Esqueça.

— Seja paciente — disse Mullen. — Independentemente do que fizer, não force. Espere que ele venha até você.

O que nunca vai acontecer, pensou Cirello.

Mas duas semanas depois, exatamente como o chefe disse, Andrea vem até ele e anuncia:

— Darnell quer conhecer você.

Recue, pensa Cirello. Pegue outro caminho, não pareça ávido.

— Pra quê?

— Nós estamos com um negócio grande chegando — diz Andrea —, e antes de chegar, Darnell quer conhecer você em pessoa. Algo a ver com "olhar nos olhos".

— O que, ele não confia em mim?

— É o que o cara quer.

— Você agora está recebendo ordens de crioulo? — pergunta Cirello. — Eu não quero conhecê-lo.

— Por que, porra?

— Porque quanto mais eu me exponho — diz Cirello —, mais eu me exponho.

— Ele já sabe seu nome.

— Quem falou pra ele?

— Eu falei.

— Vá se foder, Mike.

— Você vai conhecê-lo.

— Quem disse?

— Disse o Lakers, quando não fez uma cesta de três pontos — responde Andrea. — Acha que eu não sei disso?

Então, eles vão ao tal encontro para conhecer Darius Darnell.

Cirello decide que dirá a Mullen só depois de acontecer, paro chefe não foder tudo mandando a porra do departamento todo para dar cobertura. Ele simplesmente entra no carro com Andrea e vai até Linden Houses, a leste de Nova York.

— Acho que somos os únicos brancos aqui — diz Cirello, quando eles descem do carro.

— Você é branco? — pergunta Andrea. — Eu sou italiano, você é grego. A gente não é branco.

Uma pequena delegação dos G-Stone Crips aguarda por eles na entrada do conjunto e os conduz até um dos prédios, dentro do elevador e ao último andar, depois subindo uma escada até o telhado.

Um negro alto está na beirada, olhando a cidade.

— Lá está ele! — diz Andrea. — O rei inspecionando seu reino!

Típico de Andrea, sempre rasgando seda, puxando saco, pensa Cirello.

Darnell vira.

Ele está com uma jaqueta dos Yankees e um jeans de marca. Não os habituais tênis de basquete de primeira que Cirello esperava de um traficante negro, mas um par de botas.

— Passei muitos anos fechado — diz Darnell. — Gosto de ficar ao ar livre, quando posso.

— É um dia lindo — comenta Andrea.

Darnell ignora e olha Cirello de cima a baixo.

— Você deve ser o policial de quem esses caras vivem falando.

— Bobby Cirello.

— Eu sei seu nome — diz Darnell. — Sabe o que eu aprendi na cadeia, Bobby Cirello?

— Provavelmente, muitas coisas.

— Provavelmente, muitas coisas — repete Darnell. Ele se aproxima, fica a apenas alguns centímetros do rosto de Cirello. — Uma das coisas que aprendi é a conhecer um dedo-duro, assim que eu vejo. E sabe de uma coisa, Bobby Cirello? Eu acho que você é dedo-duro. Acho que você é infiltrado e acho que a única questão é se nós damos um tiro em você ou se o jogamos do telhado.

Cirello quase se borra de medo.

Ele deveria ter dito a Mullen.

Deveria ter pedido reforço.

Agora é tarde demais.

Ele vai por outro caminho.

— Ou me dá um tiro e *depois* me joga do telhado. Ou, se você quiser mesmo botar pra quebrar, me joga do telhado e *depois* me dá um tiro. Então, há opções. Mas a questão é que você não vai fazer nada disso, porque nenhum negão traficante vai matar um policial de distintivo de ouro, da Cidade de Nova York, portanto por que não paramos com essa merda.

Um daqueles longos silêncios.

Então, Darnell diz:

— Se ele tivesse com grampo, os porcos já estariam chegando pra salvar a vida do garoto deles. Tá limpo.

— Bom — diz Cirello. — Podemos ir embora agora? Detesto ar fresco.

— Eu tenho um encontro, hoje à noite — diz Darnell. — Com uma pessoa em quem não confio muito. Quero que você venha como segurança.

— Os garotos G não bastam pra você?

— São bons — responde Darnell. — Mas, como você diz, ninguém vai se meter a besta com um distintivo dourado. Nove horas, encontro você na Gateway, na frente do Red Lobster. Vê se seu carro está limpo, é você que vai dirigir.

— Quem nós vamos encontrar?

— Você vai ver.

Cirello sai e manda lavar o carro. Às 21 horas em ponto, ele encosta na frente do Red Lobster.

Darnell já está lá e senta no banco do passageiro.

— Qual é a onda dos garotos brancos com Mustangs? — pergunta ele.

— É um negócio do Steve McQueen — explica Cirello. — *Bullitt*.

— Esse não é o carro do *Bullitt*.

— Não, eu não pude comprar um daqueles — diz Cirello. — Você tem que me falar pra onde a gente vai, porque eu não sei.

Ele está impressionado que Darnell tenha vindo sozinho, sem comitiva. Incomum para um traficante.

— Pegue a Belt, ao sul — diz Darnell. — Brighton Beach.

— Você agora tá vendendo pros russos?

— Que ferro você trouxe? — pergunta Darnell.

— Minha arma de serviço. Uma Glock 19. E você?

— Você não é trouxa — diz Darnell. — Um ex-presidiário armado, se a gente for parado, eu volto pra V-Ville.

— Se a gente for parado — afirma Cirello — eu dou uma carteirada e a gente vai embora contente.

— Vida boa de branco.

— Não é de branco, é de polícia — diz Cirello. — Você não gosta muito de brancos, gosta?

— Não gosto nada de brancos.

— Que bom saber.

Cirello pega a Belt e desce até a Ocean Parkway.

— Essa pessoa que eu vou encontrar — diz Darnell —, eu e ele vamos resolver umas paradas de demarcação.

— Ele não tem demarcação territorial?

— Só não está com essa bola toda — diz Darnell. — É isso que a gente precisa acertar, quem vende pra quem por aqui. Dou área pra ele, se ele comprar só comigo.

— Parece que funciona.

— Vou apresentar você como detetive da NYPD — diz Darnell. — Não vou falar seu nome.

— Tenho que mostrar meu distintivo?

— Não, porra nenhuma. Só faz pinta de cana.

— Vou me esforçar — diz Cirello. — Onde você quer que eu vire?

— Estou olhando aqui no celular.

— Google Maps?

— Essa piranha metida fica me dizendo onde virar — reclama Darnell. — Eu tiro o som.

— Eu sei, também detesto.

— Direita na avenida Surf, esquerda na Ruby Jacobs.

— Isso não é Brighton Beach — diz Cirello. — Isso é Coney Island. Fica perto da montanha-russa, como é mesmo o nome, Thunderbolt.

— Não ando nisso — diz Darnell. — Minha vida já é uma montanha-russa.

— Certo.

— Tem um restaurante mexicano no fim da rua.

— Sei, não — diz Cirello.

— O que você não sabe?

— Tipo, por que aqui? — questiona Cirello, olhando em volta. — Todo esse espaço vazio. Estacionamento, canteiro de obras...

— Está com medo, branquelo?

— Não sou branco, sou grego — diz Cirello. — Já viu aquele filme, *300*? Aqueles eram gregos.

— Não passaram lá na V-Ville. Gay demais.

Cirello entra em uma vaga, no meio da Ruby Jacobs. É a última vaga disponível, ainda a meia quadra a pé do restaurante, e ele não gosta nem um pouco dessa distância. É preciso caminhar por um negócio chamado Calçada do Clube do Urso Polar, para chegar lá.

— Clube do Urso Polar? — questiona Darnell.

— No Ano-Novo — explica Cirello — a galera pula no mar.

— Negros não são tão otários.

Eles estão na margem do estacionamento, quando Cirello vê. Um movimento de canto de olho.

Ele derruba Darnell no asfalto.

As balas passam zunindo sobre a cabeça deles.

Cirello ergue os olhos e vê uns caras correndo.


No carro, Cirello diz:

— Eu falei, porra, falei que essa merda não estava boa!

— Eu deveria ter escutado.

Cirello percebe que está a toda, de ré, pela Belt, e tira o pé do acelerador. Sua cabeça está girando. Eu agi que nem bandido, pensa ele, não como um policial. Eu deveria ter agido como um policial que sou — ficado na cena, esperado até que o pessoal fardado chegasse, depois os detetives. Em vez de sair correndo que nem o molambo que estou fingindo ser.

Ele pensa em dar a volta e ir até lá, mas não o faz.

Não teria como explicar, não teria como explicar por que ele abandonou a cena sem destruir sua carreira. E acabaria com a investigação — todo aquele trabalho, todos esses meses de intimidade com criminosos, tudo desperdiçado.

Ele continua dirigindo.

Sabendo que o que ele deveria fazer era ligar para Mullen. Deixar Darnell e ligar para Mullen. Ir sentar em sua cozinha e contar tudo para ele, deixar que o chefe decida o que fazer.

Cirello leva Darnell de volta até o Red Lobster.

—Você salvou minha vida — diz Darnell.

— Era o meu trabalho — responde Cirello.

Isso é o que devo fazer, isso é o que um policial faz, salva a vida das pessoas. Mesmo de um merda que nem você, que vende veneno a crianças.

—Você poderia ter só saído do caminho — diz Darnell. — Não fez isso.

Talvez eu devesse, pensa Cirello.

—Você não trabalha mais pros italianos — declara Darnell. —Vou pegar sua conta.

— Não precisa fazer isso.

— Se eu achasse que precisava, não pegava — diz Darnell.

— Eles não vão ficar contentes.

— Não sou eu que tenho que deixar eles contentes — responde Darnell. — Eles é que precisam *me* deixar contente. Não sou o crioulo deles, eles é que são meus. Se não gostarem, eu *corto eles*, arranjo outros. Ligue para mim quando se sentir melhor, a gente resolve isso.

— O que você vai fazer em relação aos russos? — pergunta Cirello.

— Deixa comigo.

Cirello vai pra casa.

Entra no banheiro e vomita.

Quando Libby chega em casa, ela pergunta como foi o dia e ele diz que foi bom. Mais tarde, ela o procura para fazer sexo e ele finge estar dormindo. Ele não está, mal consegue dormir à noite, e ela já saiu para a aula quando ele finalmente levanta.

E assim Bobby Cirello se torna motorista chefe e guarda-costas de Darius Darnell, fazendo a segurança de grandes entregas, de olho no radar para ter certeza de que a luz de Darnell não está piscando. E os italianos não gostam, embora não digam merda nenhuma a Darnell.

É no ouvido de Cirello que eles falam merda.

— Você subiu na vida — Andrea diz a Cirello. — Chofer de *macaco*? Nossa, Bobby, minhas costas estão doendo, no lugar onde você pisou pra subir.

— Eu não pedi isso.

— É, mas ganhou assim mesmo, não foi?

Mullen fica ligeiramente mais entusiasmado.

— Como isso aconteceu?

— Não sei, você mandou eu me aproximar, eu me aproximei.

Ele conta a verdade sobre o encontro no telhado.

— Você não deveria ter ido até lá sem reforço.

— Provavelmente, não — admite Cirello.

— Mas você está dentro, Bobby, está dentro — diz Mullen. — O próximo passo é descobrir onde Darnell está arranjando a heroína.

O próximo passo, pensa Cirello. Sempre tem um próximo passo.

Quando isso vai parar?

A maluquice é que Mike Andrea veio até ele, algumas semanas antes, e fez exatamente o mesmo pedido.

— Você gosta de trabalhar para Darnell? — pergunta ele.

— Paga bem.

— Eu poderia pagar melhor — diz Andrea. — Darnell acha que é o rei de Nova York, mas se você olhar bem, ele é só um intermediário. Se a gente pudesse fazer contato direto com o fornecedor dele, poderíamos comprar direto, sem a margem de lucro dele.

— Certo.

— Você sabe quem é o fornecedor?

— Não.

— Mas poderia descobrir — diz Andrea. — Faz esse contato pra gente, Bobby, e teremos algo pra você. Corto Darnell, incluo você.

Cirello precisa admitir que é engraçado, dois mafiosos e o cabeça da Divisão de Narcóticos da NYPD querendo que ele faça a mesma coisa. O fato de que isso faz sentido é só parte da vida bizarra que ele está vivendo, e que tem sua própria lógica interna. Nesse mundo, você não prende traficantes de heroína, você os auxilia; você não resiste à corrupção, você a abraça; quanto pior você for, melhor você é.

É como uma daquelas antigas peças gregas, em que eles falavam de "terras de doidos".

Ele sabe que não pode manter isso para sempre.

Mas nem será preciso, porque é uma situação fundamentalmente insustentável, uma questão de tempo até que uma parede ou outra se feche sobre ele. Em sua vida de policial, Bobby Cirello já ficou falado. Ninguém diz nada, mas essa é a questão. Outros policiais o evitam, o excluem de dados da inteligência, não querem ser vistos andando com ele. Uma noite, ele entra em um bar, perto da One Police, e todos os policiais presentes subitamente encontram motivo para olhar para seus drinques.

Existe um clima circulando de que Cirello é "bicho de estimação" de Mullen, e isso não é bom. Os distritos policiais são locais intensos e a One Police Plaza é isso multiplicado por dez. Boatos se espalham mais depressa que gripe, e o nome de Cirello toda hora surge: Cirello tem problema com jogo, Cirello está atolado em dívidas com agiotas, ei, o pessoal à paisana da Um-Quatro viu Bobby Cirello circulando com Mike Andrea, em um bar, em Staten Island.

Ele sabe que o IAB, o Departamento de Assuntos Internos, vai farejar, porque os caras de lá são como cachorros no parque, não conseguem ficar com o nariz fora da merda. Se já não estão em cima, vão ficar.

E sempre tem a possibilidade de alguém, um dos italianos, um dos negros, ser preso e, diante de uma pena bem severa, tentar vendê-lo. Ele quase torce para que isso aconteça, porque aí Mullen terá que intervir e encerrar a história toda.

Mas não é só o IAB ou a NYPD que preocupam Cirello. Tem a Polícia Estadual de Nova York e tem a Divisão de Narcóticos. Os federais têm um mega tesão pelos Cozzo; e se estiverem investigando Jay? Porra, as famílias de Nova York têm mais ratos delatores que um píer abandonado; e se Andrea ou mesmo Cozzo já estiverem colaborando como testemunhas?

Mullen tenta tranquilizá-lo.

— Nós estamos com a proteção da polícia federal nessa operação, proteção do mais alto nível.

Sei, que ótimo, pensa Cirello. E quanto ao nível médio, e níveis baixos? Eles receberam alguma ordem para não ficar em cima dele? E se foi o caso, seria preciso de apenas um policial corrupto para dar uma palavra com os italianos ou com Darnell, e Cirello seria morto.

Porque essa seria a outra parede se fechando em cima dele. De novo, é só uma questão de tempo até que essa porra toda vá pro caralho, ou alguém ferre tudo e estoure a encenação dele. Uma questão de tempo até que Darnell peça algo que ele simplesmente não tenha como fazer; então, ele vai querer saber o motivo. Isso faz Cirello ficar acordado à noite... bem, muitas ideias lhe tiram o sono... que Darnell possa querer que ele revele algum infiltrado, que ele dê o nome de um delator e faça com que alguém acabe sendo morto.

Ou até pior, que Darnell o mande matar alguém.

Darnell deu a entender, uma vez.

—Você é o zero zero sete.

— O que isso quer dizer?

— Você tem licença para matar — respondeu Darnell.

É, Darnell é que tem a licença.

Cirello sabe disso, porque ele é o cara que volta dirigindo até Brighton Beach, onde um mafioso russo entrega um saco a Cirello e diz:

— Aqui tem cem mil. Por favor, diga ao sr. Darnell que nós lamentamos, foi um equívoco, e as pessoas responsáveis já foram punidas.

Alguém deu um susto do caralho nos russos, alguém falou a eles para não ficarem de sacanagem com Darius Darnell e Cirello imagina que sejam certas pessoas no México, com peso para isso.

Ele entrega o saco a Darnell em um de seus cafofos, no leste de Nova York. Darnell abre o saco, olha dentro e entrega a Cirello um pacote lacrado de notas de cem, como "taxa de serviço".

É assim que funciona. Cirello está na lista de pagamentos de Darnell, mas não recebe um cheque semanal, uma contribuição previdenciária. Ele faz um serviço para Darnell e o homem lhe dá uma quantia aleatória em espécie.

Que Cirello leva até Mullen; eles cuidadosamente registram o dinheiro e o botam em um cofre.

Bem, quase tudo.

Parte ele gasta consigo mesmo, como um policial corrupto. Ele compra umas roupas, por exemplo, leva Libby para jantar em lugares caros, também faz algumas apostas. Ele precisa fazer isso, do contrário Darnell ficaria desconfiado. Uma vez, o traficante até lhe pergunta, diretamente:

— O que você faz com o dinheiro que eu lhe dou?

Cirello explica que guarda a maior parte, economizando para quando se aposentar, porque se ele começar a gastar que nem uma Kardashian, isso chamaria a atenção do IAB, que fica de olho em policiais vivendo acima de seus vencimentos.

Darnell acredita, faz sentido.

Mas as operações infiltradas nunca são vendas, são sempre locações. A ideia é sempre sair delas e seguir em frente, e Cirello mal pode esperar por esse momento. Porém, para fazer isso, ele tem que esperar e conseguir o nome dos fornecedores de Darnell.

As mesmas pessoas que puderam dizer aos russos para ajoelhar e chupar o pau do Darnell.

Gente da pesada.

Gente que está matando a garotada em Staten Island.

Então, Cirello aguenta firme.

Isso gera um inferno em seu relacionamento com Libby. O trabalho normal de policial já é bem difícil para os relacionamentos, mas o trabalho de infiltrado mata é de matar. Ele cumpre seu horário das 9 às 17 horas, na One Police, mas fica de prontidão e tem que sair batido sempre que Darnell precisa dele. É difícil explicar pra Libby por que o seu celular toca à uma hora da manhã, ele tem que sair e não pode dizer a ela aonde vai, nem o motivo.

— É o trabalho — ele diz, uma vez.

— Eu sei disso.

— Não é outra mulher — ele diz.

— Também sei disso.

É, ela provavelmente sabe, pensa Cirello. Ela sabe que é linda, é inteligente, qualquer homem teria sorte em tê-la e nem pensaria em procurar mais alguém.

Não, ela sabe que é o trabalho, ela só detesta o trabalho.

Detesta que ele não possa compartilhar com ela essa parte de sua vida.

E ela vê as mudanças nele — os ternos Zegna, camisas Battistoni, gravatas Gucci e sapatos Ferragamo.

— O que é isso, elegância de mafioso?

— Você não gosta?

— Eu não desgosto — diz ela. — É só que você, sabe, está diferente.

E ela fica imaginando de onde vem o dinheiro. O Bobby Cirello que ela conheceu era simples, sabia para onde ia cada dólar. Ele sempre se vestiu bem, mas sempre olhou a etiqueta de preço. E agora ele está soltando milhares de dólares no *guarda-roupa*? Não parece ele.

Não é só externo, nas roupas.

Bobby está mudando.

Ele parece tenso o tempo todo. Levanta à noite e sai do quarto. Ela ouve a televisão com o som baixinho. Ele está bebendo mais — não fica bêbado, mas está certamente bebendo mais.

E falando menos — passa longos períodos em silêncio, quase emburrado.

E há as vezes em que ele sai, vai para algum lugar. Vai embora sem explicação, volta sem explicação, geralmente agitado, zangado, procurando uma briga que ela não dá.

Libby ama Bobby, ela está apaixonada por Bobby, mas isso não pode continuar.

Ela está prestes a deixá-lo.

Ele sabe.

Libby não diz nada, não faz ameaças nem dá ultimatos, mas ele sabe que ela está com um pé para fora da porta.

Cirello não pode culpá-la.

Porra, *eu* me abandonaria, se tivesse escolha, pensa ele.

Ele acha que a ama, acha que está apaixonado por ela, mas até sair disso, nem vai pensar em comprar um anel. Nesse mundo de cabeça para baixo, ele está se distanciando de Libby e se aproximando de Darnell. Esse é um perigo conhecido do trabalho de infiltrado; todos sabem que você tende a começar a se identificar com seus alvos — é quase um pré-requisito para o sucesso —, mas Cirello descobre que ele de fato está começando a gostar de Darius Darnell.

O que não faz sentido, porque ele odeia a porra do Darnell.

Mas eles estão começando a ficar bem próximos.

Uma noite, enquanto voltam de carro de Inwood, eles passam pelo túmulo de Grant, e Darnell diz:

— Eu li um livro sobre ele, em V-Ville.

— Ah, é?

— Aquele homem ganhou a guerra.

No fim das contas, Darnell leu um monte de livros em cana, provavelmente mais livros que Cirello já leu na vida, e tem bastante conhecimento de história americana.

E opinião.

— Não tem branco nenhum — disse ele, uma vez — na história deste país, que já tenha feito alguma coisa pelo homem negro, a não ser que fosse para levar alguma vantagem.

Eu salvei a sua vida, seu filho da puta, pensa Cirello; mas diz:

— E o Grant?

— Foi para ser presidente.

— Certo, que tal Lincoln? — pergunta Cirello.

— Racista.

— Ele libertou os escravos.

— Só pra salvar a União — diz Darnell.

— Você é um homem duro, Darius.

— Eu sei.

Outra vez, Darnell se abre sobre sua época na cadeia.

— Sabe o que é o sistema judicial criminal, Bobby Cirello? Pretos em jaulas.

— Tem caras brancos na cadeia — diz Cirello.

— Caras brancos pobres — rebate Darnell. — Pretos pobres, mulatos pobres. Haveria amarelos pobres, mas isso não existe.

— Então, a questão não é a raça — diz Cirello. — É a classe.

Eles estão lá no telhado da Linden, bebendo cerveja e assistindo ao pôr do sol. Darnell diz:

— Não, é a raça. Temos um branco concorrendo à presidência, que admite ter agarrado mulheres pela boceta. O que acha que aconteceria se Obama falasse que agarrou uma mulher branca pela boceta? Eles trariam de volta o linchamento.

— Provavelmente.

— Não tem "provavelmente" nisso — diz Darnell. — Eles o linchariam, depois linchariam metade dos irmãos em DC, só pra garantir. Você nunca ouviu falar no Emmett Till?

— Quem é?

— Ele tinha quatorze anos — conta Darnell — e lincharam o garoto porque uma mulher branca disse que ele assoviou pra ela. *Quatorze anos*, Bobby Cirello.

Cirello olha para ele e pensa ver uma lágrima escorrer no rosto de Darnell.

— Está chorando, Darius?

— Não choro desde que o médico deu um tapa na minha bunda preta.

— Certo.

— Mas eu *ouvi* homens chorando — diz Darnell. — Ouvi homens chorando à noite, nas celas.

— Aposto que sim.

Darnell ri.

— Isso é o que você não deveria fazer, Bobby Cirello. Você não deveria apostar. Em nada. Foi assim que você se meteu nessa enrascada. Como você vai indo com isso?

— Dei uma diminuída.

— Isso é bom — diz Darnell. — Você frequenta reuniões? Como alguns viciados fazem?

— Não sou muito um cara de reuniões.

Outra vez, Cirello o está levando para casa e Darnell lhe diz para entrar na rua 91.

— Pra onde estamos indo? — pergunta Cirello.

— Buscar meu filho.

— Eu não sabia que você tem um filho.

— Ele tá na escola, bem ali.

Cirello conhece a Trinity, uma escola particular com um valor anual bem robusto. O filho de Darnell está em pé, do lado de fora, com o blazer da escola e calça cinza, uma mochila nas costas, segurando um taco de lacrosse.

Garoto bonitinho, uns treze anos.

— DeVon — diz Darnell —, diga oi ao sr. Cirello.

— Bobby — diz Cirello.

— Não, "sr. Cirello" — corrige Darnell. — O menino tem educação.

O menino é tímido.

— Olá.

— Como foi o treino? — pergunta Darnell.

— Eu fiz um gol.

— Que bom.

Eles o levam até a casa da mãe, na rua 123 com a Amsterdam. Cirello aguarda, enquanto Darnell acompanha o filho até lá dentro.

— Garoto bacana — diz Cirello, quando Darnell volta para o carro.

— Graças à mãe dele — responde Darnell. — Eu não estava por perto na maior parte do tempo, não o vi crescer.

— Ei, ele agora está na Trinity, não é?

— Depois vai pra faculdade. Você tem filhos?

— Não — diz Cirello.

— Está perdendo.

— Imagino que eu tenha tempo.

— Todos nós imaginamos que temos tempo — diz Darnell. — E isso não é verdade. É o tempo que nos tem. O tempo é invencível, cara. Você nunca pode ganhar dele. Quer saber a respeito do tempo, pergunte a um condenado. Somos especialistas no assunto.

Foi depois disso que Cirello apresentou uma teoria a Mullen. Eles estão sentados em sua mesa de café da manhã, quando Cirello explica:

— Darius Darnell cumpriu oito anos numa prisão federal. Antes de entrar, ele era um traficante de coca, de nível baixo a médio, do Brooklyn. Após seis meses de sua saída, ele está passando cargas imensas, de heroína de primeira. O que isso lhe diz? Ele fez o contato em Victorville.

— Negros e latinos não se misturam em cana.

— Mas nós sabemos que ele está traficando heroína mexicana — insiste Cirello —, portanto, eles se misturaram, em algum lugar. Olhe, nós sabemos que os mexicanos costumam fazer negócios na Costa Leste com seu próprio pessoal, ou com outros latinos: dominicanos, porto-riquenhos. Esse é o *modus operandi*. Mas esse fornecedor lida com negros, o que significa que há um novo participante no jogo, que não liga para a tradição, ou que não conseguiu entrar pelos canais normais.

— Um mexicano forasteiro.

— É uma teoria.

É, tudo bem, pensa Cirello, um "mexicano forasteiro".

Ele sabe um pouquinho sobre ser um forasteiro.


Eddie Ruiz ficou no programa de proteção à testemunha por cerca de 37 minutos.

Tempo que levou para que ele fizesse sua investigação preliminar em St. George, Utah, e dissesse:

— Acho que não.

Não ficou muito claro se sua realocação para St. George, no coração mórmon polígamo, foi ou não uma piada maliciosa do Departamento de Justiça, considerando o ambíguo estado civil de Eddie — por ele ter família com uma mulher com quem se casou nos EUA, ainda adolescente, e outra com aquela que desposou no México, um tempo depois. Mas o Departamento de Justiça só reconheceu a primeira família e, portanto, só estava disposto a realocar aquela.

A primeira esposa, Teresa, que foi animadora de torcida no Ensino Médio no Texas, não ficou muito empolgada com o privilégio.

— Não tem nada aqui.

Os dois filhos ecoaram obedientemente o sentimento.

— Não tem nada aqui.

Mas Eddie tinha planos mais elaborados.

— Como assim? Eles têm tudo aqui. CostCo, Target, McDonald's, Yogurt Barn...

— Só tem mórmons — disse Teresa.

— Mórmons.

Por ter ficado afastado, Eddie não sabia quando sua filha de quinze anos e seu filho de doze haviam se transformado em Donnie and Marie (falando em mórmons), mas ele logo mudou de assunto.

— Aqui foi onde o governo designou que o papai, vocês sabem, faça seu trabalho secreto.

Eddie Jr., tendo abandonado o Papai Noel apenas recentemente, ainda acreditava na história de que "o papai era agente secreto", mas Angela era antenada demais na internet e tinha lido tudo sobre o papai ter sido um mega traficante de drogas. Ela também sabia que, se o governo estava mudando a família para algum lugar, era porque seu pai tinha dedurado alguém.

— Onde você descobriu essas coisas? — perguntou Eddie, quando ela o confrontou a respeito.

— *Mob Wives* — disse Angela. — É um programa de TV. O pai de uma das esposas é Sonny Gravanno, e ele entrou no programa de proteção à testemunha porque era um dedo-duro.

— Eu não sou dedo-duro.

— Tanto faz — disse ela. — Mas, por que eles nos deram um sobrenome de "Martin"? Nós somos hispânicos, não temos cara de Martin.

— Ricky Martin é hispânico e seu nome é Martin — retrucou Eddie, saboreando essa pequena vitória, porque cada pequena vitória é rara, com uma filha de quinze anos.

Quando Eddie estava em cana, ele ouvia incontáveis caras reclamando sem parar, dizendo "Eu só quero voltar para os meus filhos, só quero voltar para os meus filhos". Justiça seja feita, ele também era bem assim, mas agora que está de volta com os filhos, ele percebe que não é toda essa alegria.

Seu filho é uma fatura ambulante de ortodontista, só vive no dentista, quando não está trancado no quarto batendo punheta, e a filha está ressentida por ter que deixar os amigos lá em Glendora, mais por um garoto chamado Travis que Eddie estava bem certo de que ela andava chupando.

— Sexo oral não é sexo — disse Angela, uma noite, no trajeto de carro até Utah. — Foi um presidente que disse.

— Então, por que chamam de sexo? — perguntou Teresa.

— Aposto que você viu muito sexo oral na prisão — ela falou a Eddie.

— Prisão? — perguntou Eddie Jr.

— O papai trabalhou por um tempo como infiltrado, numa prisão — disse Eddie.

— Nossa.

Eddie se entristecia um pouco por seu filho, que levava seu nome, ser tão retardado.

— Ela andou chupando ele — Teresa disse na cama, naquela noite. — Eu sei.

— Bem, em Utah ela não vai chupar garoto nenhum.

— Como você sabe?

— Porque esses garotos são mórmons — respondeu Eddie —, e boquetes são pecados sérios. Além disso, eles usam aquelas cuecas.

— Do que está falando?

— Eles usam uma cueca — explicou Eddie, cansado por ter dirigido todo o trajeto ouvindo os filhos choramingando — que é difícil de tirar.

— Deixo por sua conta saber como se tira cueca de homem.

— Que bacana — disse Eddie. — Está vendo, foi daí que ela puxou.

De qualquer maneira, Eddie instalou a Família Número Um em uma bela casa de três quartos, no fim de uma rua sem saída, no subúrbio de St. George, e se apresentou em seu emprego como gerente assistente, em uma loja de autopeças NAPA, onde os 37 minutos se passaram.

Ele conseguiu ficar no emprego por 36 minutos, e foi depois que seu gerente, Dennis, o convidou com a família para uma noite empolgante jogando Uno, com direito a seus sundaes especiais ("castanha é o truque"), que Eddie saiu porta afora, pagou em espécie por um Chevy Camaro e pegou a rodovia 15, ao sul, rumo a Las Vegas.

Eddie se registrou no Mandalay Bay, pediu uma garrafa de vodca, chamou uma garota de programa, e finalmente comemorou sua libertação de Victorville. Ele comemorou por três dias, depois entrou de volta no carro e dirigiu até San Diego, onde tinha guardado a Família Número Dois.

Priscilla estava muito *injuriada*.

— Faz uma semana que você saiu e é *agora* que vem nos ver?

— Benzinho, eu tive que ver uns negócios.

— Você não sentiu minha falta? — perguntou Priscilla. — Não sentiu falta da sua filha, do seu filho?

— É claro que senti.

É, na verdade, nem tanto. Sua garotinha agora estava com cinco anos e meio e o menino com três e meio, e eles já eram dois mimados de carteirinha. Estragados porque Priscilla dava tudo o que eles queriam, sem cerimônia. *"Bem, eles não tiveram um pai, tiveram?"*

Eddie nunca deixava de se surpreender por suas esposas alegremente pegarem seu dinheiro de drogas e depois o infernizarem, indignadas, por ele estar na prisão. Ele conheceu uns caras que cumpriram trinta anos cujas esposas mantinham a boca fechada a respeito.

E as coxas também.

Ele tinha uma forte desconfiança de que Priscilla andava transando com algum cara, enquanto ele estava fora, porque ela sempre parecia mais feliz do que deveria. Quando Teresa ia visitar, ela parecia apropriadamente frustrada e infeliz, mas Priscilla tinha um ar de frescor, tipo acabei-de-trepar.

Eddie lhe perguntou a respeito, na primeira noite em San Diego, depois que eles enfim subornaram as crianças para irem dormir.

— Priscilla, me deixe perguntar uma coisa — disse ele —, você transou com outros caras, enquanto eu estava fora?

— Não.

Ela já estava falando com sotaque californiano, perceptível até nessa resposta.

— Certo — disse Eddie. Sua piranha mentirosa. — Então, o que fazia com sexo?

Priscilla esticou a mão até a mesinha de cabeceira e pegou um vibrador.

— Só eu e meu coelhinho, meu bem. Você acha que pode competir com isso? Ela ligou o negócio e ele olhou.

— Bem, eu não consigo fazer meu pau rodopiar.

— Vem cá, benzinho, eu vou fazê-lo rodopiar.

Ela bem que fez, e Eddie estava totalmente apagado quando seu celular tocou, na manhã seguinte, e ele viu que era Teresa. Ele vestiu um jeans e apressou-se até lá fora para atender a ligação.

— E aí, meu bem.

— E aí meu bem é o cacete. Onde você se meteu, porra?

— Viagem de negócios.

— Aquele cara, o tal do Dennis, fica ligando, todo preocupado — disse Teresa. — Ele falou que vai ter que demitir você.

Ah, não, pensou Eddie.

— Olhe, Teresa, eu não vou ser vendedor de autopeças em Utah.

— Então, vai simplesmente abandonar a gente aqui?

— Não, benzinho — disse Eddie. — Só deixa eu me instalar e vou mandar buscar vocês.

— Instalar? Onde? Onde é que você tá?

— Na Califórnia.

— Califórnia? Por quê?

Porque os negócios são aqui, pensou Eddie.

— Sério, T? Eu tenho mesmo que explicar tudo isso pra você?

— O que os federais vão dizer?

— Quem se importa? — disse Eddie. — Não estou em condicional, eu posso abandonar o programa de proteção quando quiser. Olhe, diga a Eddie Jr. que eu estou em missão, diga a Angela, não sei, tanto faz, e fica fria. Eu vou ligar para você.

Ele desligou e tentou voltar para a cama.

Não rolou.

— Com quem você estava falando? — perguntou Priscilla.

— O quê?

— Lá fora, onde eu não podia ouvir — disse ela. — Quem era no celular?

— Era negócio.

— Negócio de boceta.

— Quer que eu faça você virar testemunha, é isso que você quer? — perguntou Eddie. — Eu estava protegendo você. Meu Deus.

Ele saiu da cama e desceu para fazer café e comer algo. As crianças já estavam na cozinha, fazendo a maior zona, jogando Cheerios e leite para todo lado.

— Priscilla! — gritou ele. — Quer vir aqui cuidar dos seus filhos?!

— Eles também são seus filhos!

As crianças o encaravam.

— O quê? — perguntou Eddie.

A garotinha, Brittany, perguntou:

— Você é o nosso papai?

— Tem mais alguém que vocês chamam de papai?

Brittany continuou olhando para ele.

Eddie enfiou a mão no bolso e tirou uma cédula toda amassada.

— Você quer vinte dólares, Brittany?

— Sim.

— Eu quero vinte dólares — disse Justin.

Eu sou mexicano puro, pensou Eddie, Priscilla é mexicana pura, e nós temos filhos chamados Brittany e Justin.

— Certo, quem quer vinte paus? Tem mais alguém que vocês chamam de papai?

Priscilla chegou.

— Vinte, Eddie? Que pão-duro.

— Eu vou até a Starbucks.

— Vá.

Eddie foi.

Achou um hotel na praia, em Carlsbad, e deu uma relaxada por alguns dias. Agora ele pega o celular e liga para Darnell.

— Já saí.

— Bem-vindo de volta ao mundo, irmão.

— Valeu. Está com meu dinheiro?

— Está tudo aqui pra você. Cada centavo.

Eddie vinha antecipando a heroína para Darnell, até que saísse. Já tinha algo em torno de três milhões.

— Confio em você. Você tem como fazer chegar até mim? — Eddie precisa da grana para pagar Caro. O esquema é Caro antecipando a droga para Eddie, que antecipa para Darnell, que repassa aos vendedores. Os vendedores passam para os usuários e o dinheiro é lavado, fazendo o caminho de volta. — Você tem uma mula em que confie, com esse tipo de grana?

— Acho que sim — responde Darnell. Então, ele diz: — Eddie, tem um problema.

Claro, pensa Eddie — sempre tem uma porra de um problema.

O problema, neste caso, Darnell explica a Eddie, é que eles têm concorrência. Sinaloa vem mandando gente para Nova York como se fossem representantes farmacêuticos, que estão indo aos varejistas e se oferecendo para antecipar a heroína. Eles vão mais aos dominicanos de Upper Manhattan e do Bronx, porém, estão cada vez mais buscando os clientes de Darnell, no Brooklyn e em Staten Island.

As gangues dominicanas também são um problema, vendendo produto de Sinaloa no alto do Hudson, em New England e abaixo, em Baltimore e em DC, território que Darnell quer. Antigamente, Chicago que era o grande núcleo Sinaloa, de onde eles distribuíam cocaína para o país todo. Mas agora que o cartel ingressou na heroína, ele quer Nova York também. E não é apenas Sinaloa. Darnell tem se deparado com traficantes que compram de um fornecedor de Jalisco.

— Isso não tá certo, Eddie — diz Darnell. — Você precisa acertar essa merda.

Eddie não tem muita certeza se consegue. Em outras épocas, quando o cartel Sinaloa era uma organização, Adán Barrera e Nacho Esparza poderiam simplesmente emitir uma ordem dividindo o território de varejo nos EUA. Mas agora, o cartel Sinaloa é pelo menos três cartéis — Núñez, Esparza e Sánchez, este último também conhecido como CBNG —, e Eddie não quer dar pista a Darnell de que seu fornecedor é, na verdade, um antigo forasteiro de Sinaloa: Damien Tapia. E também tem Tito Ascensión, e o novo cartel Jalisco. E, claro, todos querem vender em Nova York.

E a coisa piora.

O produto da concorrência é melhor, Darnell diz a ele.

Eles o estão passando para trás em preço e em qualidade.

— É essa merda de fentanil — diz Darnell. — A cinnamon não é mais tão boa. A gente precisa se atualizar nessa merda.

— Entendo.

— Você consegue fentanil?

Por que, não? pensa Eddie. Fentanil vem de barco da China, e sua antiga equipe controla Acapulco e seus portos, portanto, isso não deve ser problema.

— É, acho que podemos trabalhar nisso de duas formas, D. Podemos batizar a H com fentanil e também podemos vender o fentanil puro. Dar uma escolha aos clientes.

— Mas tem que ser em doses pequenas — diz Darnell. — A gente não vai querer matar a base da clientela. A gente precisa mandar ver nisso, Eddie. Estou perdendo território e dinheiro. E tire esses filhos da puta de Sinaloa da minha área, ou eu...

— Calma, D — diz Eddie. — Nós não queremos uma guerra.

— Não, mas eu não vou deixar que eles simplesmente tomem na mão grande, sabe qual é?

— Não faça nada precipitado, eu estou marcando em cima — diz Eddie.

Ele começa a dar seus telefonemas.

A vida dupla de Cirello está prestes a terminar.

Com uma apreensão gigantesca.

Vinte quilos de fentanil estão a caminho de Darius Darnell. Um caminhão baú com vinte quilos da droga mortal, cinquenta vezes mais forte que heroína, está a caminho. Darnell vai levar a carga para um moinho em Upper Manhattan e transformar em comprimidos para papelotes de "fogo", heroína batizada de fentanil.

E Cirello está fazendo a segurança da entrega.

É a apreensão pela qual eles vêm trabalhando há quase dois anos — a prisão em flagrante de Darnell e fentanil suficiente para matar literalmente milhões de pessoas.

Cirello sabe a matemática e é estarrecedora. Produzir um quilo de fentanil custa de 3 a 4 mil dólares. Darnell vai pagar 60 mil por quilo, portanto, 1,2 milhão de dólares por esse carregamento. Mas se ele vai usar para batizar heroína;

411

cada quilo de fentanil vai render cerca de vinte quilos do produto no varejo, estimado em mais de um milhão por quilo. Se ele elaborar o fentanil puro, em comprimidos, os números passam a ser uma loucura — as pílulas têm menos de 2 miligramas (mais que isso mataria o usuário), portanto, cada quilo vai produzir 650 mil doses, que serão vendidas por 20 ou 30 dólares cada.

Esse carregamento pode colocar *treze milhões* de comprimidos na rua.

Treze milhões de doses de fentanil vão subir até a Costa Leste como uma praga, matando viciados em Nova York, Boston, Baltimore e DC. Isso vai arrasar cidadezinhas em New England, Pensilvânia, Ohio e West Virginia.

Só que não, pensa Cirello.

Porque nós vamos impedir.

Agora, Cirello está a caminho da cozinha de Mullen para dar a boa notícia. Fazer os planos para a apreensão: a escolha do pessoal (da Narcóticos e da SWAT), como vai ser o bote, como eles irão se comunicar. Ele ainda não sabe a localização exata — assim que souber, precisará descobrir um meio de se comunicar com Mullen. As tropas terão que estar prontas para entrar em um piscar de olhos.

É complicado, mas empolgante.

A apreensão vai salvar muitas vidas.

Incluindo a minha, pensa Cirello.

Ele está perdendo a cabeça. Não consegue mais viver nesse estresse, no isolamento, fingindo ser o oposto do que é.

Ou, talvez, não seja, ele pensa, enquanto dirige até a casa de Mullen. Talvez seja apenas outra parte dele, que gosta do dinheiro fácil, das noites malucas, das roupas bacanas, da jogatina, da bebedeira, da adrenalina do risco. E se esse for, mesmo, o caso, pensa Cirello, é até melhor que acabe logo, antes que eu realmente me transforme em quem estou fingindo ser.

Mullen o recebe na porta da frente.

— Entre, entre. O que está rolando?

Eles vão para a cozinha. A sra. Mullen dá um oi rápido, um beijo no rosto de Cirello e some.

Cirello conta a Mullen sobre a entrega iminente de fentanil.

Espera que o chefe comece a pular de punho fechado no ar.

Não acontece.

Mullen ouve e só fica ali sentado, franzindo o rosto, pensando.

— O que foi? — pergunta Cirello.

— Vamos deixar passar.

— *O quê?!*

— Vamos deixar passar — repete Mullen. — Analise, Bobby. Se nós fizermos a apreensão, vamos evitar que os vinte quilos cheguem às ruas. Isso só significa que centenas de outros quilos, milhares, vão entrar. Nós não queremos apreender a droga, queremos pegar as pessoas.

— Vamos pegar Darnell.

— Nós queremos as pessoas que estão fornecendo para o Darnell — diz Mullen.

— Você não está me ouvindo — insiste Cirello. — É uma entrega. Os fornecedores estarão lá.

— Algum representante intermediário estará lá — afirma Mullen. — Eles são descartáveis. Se nós os prendermos, haverá dúzias de outros. Se prendermos Darnell, o fornecedor vai simplesmente encontrar outro Darnell.

Cirello não diz nada.

Ele não sabe o que dizer.

A decepção é esmagadora.

— Quero falar com uma pessoa a respeito disso.

— Eu vou indo — Cirello levanta.

— Não, fique. É bom você participar disso.

Mullen pega o telefone. Vinte minutos depois, ele está na linha com Art Keller. Cirello o escuta contando ao chefe da Divisão de Narcóticos o que está acontecendo, depois perguntar:

— O que acha? Chegou a hora de puxar o gatilho?

Cirello ouve um longo silêncio, depois:

— Não.

— Concordo — diz Mullen. — Mas, Art, você sabe que tem gente que vai morrer por conta dessa decisão.

Outro silêncio.

— Sim, eu sei.

— Certo. Eu retorno a você, com detalhes. — Ele desliga. — Bobby...

— Não fale — diz Cirello. — Por favor, não fale, senhor. Não quero ouvir o quanto isso é importante, como precisamos olhar o panorama geral, não quero ouvir sobre o bombardeio do convento...

— Sei que estou pedindo bastante...

— Haverá *garotos mortos*.

— Mas que droga, eu sei disso!

Eles ficam em silêncio por um minuto, então, Mullen diz:

— Sei que você está no seu limite. Sei quanto isso está lhe custando.

Não, não sabe, pensa Cirello.

— Se houvesse escolha, eu tiraria você — diz Mullen. — Mas você é o único que tem um relacionamento com Darnell, você chegou mais alto que qualquer pessoa que já tivemos, e se tivermos que começar de novo...

Mais garotos vão morrer, pensa Cirello.

— Bobby — diz Mullen —, você pode segurar mais um pouquinho? Se não puder, não pode; então me diga e eu tiro você agora.

Ele está lhe oferecendo uma saída, pensa Cirello, aceite.

Ele está lhe oferecendo sua vida de volta, pegue.

— Não — diz Cirello. — Eu estou bem.

Nesse mundo de cabeça para baixo, eu estou bem.

Quando ele chega em casa, Mike Andrea está estacionado na rua. Cirello chega ao carro antes que Mike possa descer. Ele recosta na porta, sinaliza para Andrea descer o vidro.

— Que porra você está fazendo aqui? — pergunta Cirello.

—Você não tem aparecido, ultimamente, Bobby — diz Andrea.

— Não venha à minha casa.

— É, eu a vi, quando ela entrou — diz Andrea. — Não posso culpá-lo por querer sua privacidade. Não, nós achamos que já teríamos notícias suas a esta altura, Bobby. Sobre aquele negócio que conversamos. De onde o Darnell arranja o bagulho?

— Já disse que não sei.

— Mas ele tem um grande carregamento chegando, não tem? — pergunta Andrea.

— Quem disse isso?

— Ele mesmo — diz Andrea. — Como aquele cara dizia, na TV, "eu também sou cliente". Ele vai nos vender uma parte. Você estará lá, Bobby, pra ter certeza de que tudo saia redondo, certo? Conhecendo gente nova, fazendo novos amigos... só não se esqueça dos seus velhos amigos, hein? Seus velhos amigos é que o protegem, fazem questão de que sua bela garota esteja protegida...

Cirello o agarra pelas lapelas, puxa metade para fora do carro.

— Não fale dela com essa boca suja, e fique longe dela. Ou eu mato você, Mike. Entendeu? Primeiro, eu vou estourar seus miolos, depois mato aquele idiota do seu chefe.

Ele empurra Andrea de volta para dentro.

Andrea alisa as lapelas.

— É bom você ficar esperto... botando as mãos em mim... ameaçando as pessoas...

— Apenas lembre-se do que eu lhe disse.

— E você, lembre-se de quem você é, porra — diz Andrea. — Nós queremos ter notícias suas, Cirello.

Ele fecha o vidro e vai embora.

Cirello entra em casa.

Libby dá uma olhada para ele e diz:

— Bobby, o que foi? Você está tremendo.

— Estou?

— Sim. Vem cá.

Ela passa os braços em volta dele.

— É — diz ele. — Talvez eu esteja pegando alguma coisa.

Cirello leva Darnell ao encontro.

— Tem certeza? — pergunta Darnell.

— Já falei, está limpeza — diz Cirello. — Não tem ninguém em cima.

— Nem federais?

— Como eu falei.

— É bom mesmo — diz Darnell. — Isso me custou muito.

Não é sobre o dinheiro, Cirello sabe. Ele só está tentando encobrir os nervos. Darnell tem muito em jogo ali: dezenas de milhões de dólares e uma posição no que se tornou meio que uma corrida, cabeça a cabeça, entre os traficantes de drogas, para ver quem vende o produto mais forte. Darnell está sob muita pressão da concorrência — os dominicanos, os porto-riquenhos, os chineses — e precisa desse carregamento para passar à frente, ou até se equiparar.

E tem muita coisa que pode dar errado: uma trapaça, um flagrante, um sequestro. Uma van vem atrás deles com quatro dos garotos do Brooklyn de Darnell, todos armados com ARs. Outra equipe está aguardando nas redondezas do local de entrega — analisando a área, mantendo guarda, pronta para entrar se alguma coisa der errado. Uma terceira equipe espera perto do moinho, pelo mesmo motivo.

Se necessário, Darnell vai mandar ver.

Cirello está com sua 9 mm na cintura e outra arma, um 38 descartável, colado ao tornozelo, além de uma espingarda 590 Mossberg embaixo de um casaco, no banco traseiro.

Ele também está pronto para mandar ver.

Só não sabe com quem.

Agora tem gente demais envolvida nisso — Mullen, o Departamento de Narcóticos, os italianos, o IAB farejando em volta, Deus sabe quem mais.

Ele sobe a West Side Highway.

— Pegue a ponte George Washington — diz Darnell.

— Nós vamos pra Jersey? — pergunta Cirello.

— O que parece?

— Eu não tenho jurisdição em Jersey — diz Cirello. — Se Jersey estiver vigiando você, eu não saberia a respeito.

— Então, é melhor você torcer pra que não estejam.

É uma técnica clássica dos traficantes de drogas, pensa Cirello. Atravessar a jurisdição, dificultando um flagrante da polícia. Transferir drogas em Nova Jersey, levá-las para Nova York. Essa estratégia também funciona em nível micro, é por isso que os traficantes de rua ficam na divisa entre dois distritos e simplesmente atravessam a rua quando a polícia do outro distrito aparece, sabendo que os policiais não querem fazer a papelada de ultrapassagem distrital.

Cirello entra na ponte.

— Fique na 95, depois saia na rua 4, ao norte — diz Darnell.

Depois de alguns minutos já dentro de Jersey, ele diz:

— Encoste aqui.

— No Holiday Inn? — questiona Cirello.

— Por que, não é bom pra você? — pergunta Darnell.

Bem conveniente, pensa Cirello. Logo na saída da 95. Os mexicanos podem entregar o bagulho e pegar a estrada na hora. Ele vê a van que veio com eles estacionando três vagas atrás, e algumas figuras de Darnell descem e dão uma olhada no estacionamento.

— Temos que esperar o geek — diz Darnell.

— Hã?

— Um geek de computador, que está na van — explica Darnell. — Programa criptografado. Ele está falando com os mexicanos, pra eles saberem onde estamos.

Darnell recebe uma ligação e diz:

— Vamos nessa. Quarto 104.

Eles descem, entram por um lobby e viram à direita, em um corredor. Quando Darnell vai bater na porta, Cirello o puxa para o lado.

— Não fique em pé aí na frente, porra. Se alguém lá dentro o quiser morto, vão atirar através da porta.

Ele fica em pé ao lado e bate na porta com os nós dos dedos.

— *¿Quién es?*

— É Darnell.

A porta abre uma fresta, então a corrente é retirada e a porta é totalmente aberta. Cirello estende o braço esquerdo, atravessado na frente de Darnell, mantém a mão direita no cabo da arma e entra.

O homem à porta tem quarenta e poucos anos, e mais parece um vendedor fuleiro do que uma mula de drogas, o que parecer ser a intenção, pensa Cirello, pois esse é o tipo de lugar onde um representante de vendas ficaria. Ou um casal turista procurando um local barato para ficar, perto de Manhattan, pois a mulher sentada na cadeira também tem quarenta e poucos anos, é meio rechonchuda, com uns dez quilos acima do peso.

Nenhum balconista prestaria atenção neles.

A televisão está ligada em um canal de língua espanhola, o volume baixo.

Tem um MacBook Pro aberto em cima de uma mesinha.

Há duas malas comuns no chão, embaixo da janela.

— Eu vou revistá-lo, está bem? — diz Cirello.

O homem dá de ombros, aceitando.

Cirello o apalpa, não sente nenhuma arma ou grampo, e diz:

— Ela também.

A mulher levanta da cadeira, vira de costas e ergue os braços até a altura dos ombros, e Cirello percebe que não é sua primeira vez. Ele faz a revista nela, até embaixo, e verifica que está limpa.

Cirello acena para Darnell entrar.

Não é como no cinema, em um galpão, com tropas de caras com metralhadoras, em passarelas. É um negócio comum — um casal com pinta tediosa, em um quarto de hotel barato. Eles não estão armados, porque não vão trocar tiros com a polícia. Também não vão trocar tiros com ladrões. Se algum aparecer, esses dois vão abrir mão do bagulho e o cartel vai rastrear e cuidar dos bandidos quando eles tentarem repassar a droga.

Sem hesitar.

Não, eles apenas botam a droga no carro, ou caminhão, e partem da Califórnia, e o cartel confia neles, em não roubar, pois eles geralmente têm algum membro da família que ficou no México como refém de seu bom comportamento. Não há pais no mundo que fujam com milhões de dólares em drogas, se souberem que isso significa que seus filhos serão torturados e mortos. Mesmo que houvesse — e Cirello espera que não há — onde eles iriam vender o produto?

O que vai acontecer é: Darnell vai comunicar ao fornecedor que está com o produto e o refém será liberado, provavelmente de uma luxuosa suíte de hotel, em algum lugar, e esses dois irão receber um belo trocado.

A mulher diz a Darnell:

— Seu amigo mandou lembranças.

— Mande também.

Então, ela olha para Cirello.

— Eu vou abrir a mala. Tudo bem?

— Apenas não coloque as mãos dentro.

Ela se curva, abre uma das malas e Cirello vê os tijolos bem embalados em plástico, com várias voltas de fita adesiva reforçada. Ela se ergue de pé.

— Não vou abrir nenhum pacote.

Darnell sacode a cabeça.

— Eu confio em meu amigo.

De qualquer maneira, é perigoso demais, Cirello sabe. Policiais e equipes de socorristas já morreram só por terem contato com fentanil. Se você tem um corte aberto, ou se inalar por acidente, já era.

— Dois sacos — diz ela. — Dez quilos cada um. Você quer pesar?

— Como eu falei, confio no meu amigo.

Ela fecha a mala.

Em seguida, Cirello fica surpreso com o que *não* acontece.

Nada de dinheiro. Nem um centavo.

Darnell simplesmente pega um dos sacos, gesticula para que Cirello pegue o outro, e eles saem.

Eles colocam os sacos no porta-malas do carro de Cirello.

Darnell pega o celular.

— Diga a eles que está conosco.

Então, atravessam a ponte George Washington de volta, seguem ao norte pela Riverside Drive, entram à direita na Plaza Lafayette e depois à esquerda, na Cabrini Boulevard, até Castle Village, um condomínio com cinco arranha-céus de apartamentos com vista para o Hudson.

Ali, um pequeno apartamento de dois quartos chega a cifras de seis dígitos.

Não é o tipo de lugar onde se espera encontrar um laboratório de heroína, mas, de novo, pensa Cirello, essa é a intenção.

Localização, localização, localização.

Um bairro tranquilo, de classe média alta, com fácil acesso à rota 95, à rota 9, e à rua 181, em direção à ponte rumo a Bronx, Queens, Brooklyn e Staten Island.

Cirello entra na garagem.

Ele e Darnell saem do carro, pegam os sacos cheios de bagulho e tomam o elevador até o último andar do último prédio do condomínio.

Darnell comprou os três apartamentos daquela ala.

Um guarda armado os encontra junto ao elevador e os conduz até a porta de um apartamento. Cirello vê um tipo de sala de espera de escritório — algumas poltronas, um sofá, uma televisão, e araras com macacões de proteção pendurados na parede.

— Vista um desses — diz Darnell.

Cirello se sente ridículo, mas coloca um dos macacões brancos.

Darnell faz o mesmo e lhe entrega luvas plásticas.

Uma porta vigiada leva ao apartamento seguinte. O guarda abre e Cirello entra no moinho de heroína.

Cinco mulheres de macacões de proteção estão aguardando, como trabalhadoras prontas para o início de seu turno.

O que imagino ser o caso, pensa Cirello.

Ele deixa seu saco ao lado do saco de Darnell, em uma mesa dobrável. Uma das mulheres vem até Cirello e lhe entrega uma máscara para colocar sobre o nariz e a boca. Então, ela põe também uma máscara e abre uma das maletas, tira um tijolo e corta com uma faca.

— Debbie tem mestrado em química pela NYU — diz Darnell. — Eu a contratei tirando-a da Pfizer.

Debbie cuidadosamente usa um cotonete para remover uma pequena quantidade de pó e leva a um tubo de ensaio. Em seguida, coloca uma fita de teste dentro do tubo e remove, alguns segundos depois.

— Oitenta ponto cinco. Excelente.

As mulheres começam a trabalhar, arrumando os tijolos de fentanil sobre as mesas, dividindo em panelas de heroína, depois distribuindo o "fogo" em saquinhos transparentes que irão para a rua.

Debbie pega a outra mala e conduz Cirello e Darnell a uma terceira sala. Há mesas alinhadas com várias máquinas imaculadas de aço inoxidável.

— RTP 9" — diz Debbie. — Mesas rotatórias de pressão. De última geração. Com essas máquinas, podemos produzir dezesseis mil pílulas por hora.

— Onde você as comprou? — pergunta Cirello.

— Na internet — responde Debbie. — São feitas no Reino Unido, mas nós as compramos de um representante no Texas, em Fort Worth.

—Você sabe usar? — pergunta Darnell.

— Até uma criança saberia — diz Debbie. —Você despeja o pó aqui dentro, ele desce por essa peça giratória, é forçado a esses canais e sai como pílulas. Quer ver?

É simples como ela disse.

Cirello já viu micro-ondas mais complicados, e ele fica ali olhando, enquanto a máquina começa a cuspir comprimidos como balas de uma metralhadora.

Eles estarão embalados e na rua, amanhã.

E amanhã, alguém provavelmente irá morrer.

A última sala é uma estação de segurança, pela falta de uma expressão melhor. Ao final do turno, cada funcionário precisa ir ali, tirar toda a roupa e passar por um teste de cavidade. Então, outro guarda passa o dedo enluvado nas bocas, para garantir que eles não tenham colocado nada nas bochechas.

— Conheço tudo isso, lá de V-Ville — diz Darnell.

— O que vocês fazem, quando flagram alguém? — questiona Cirello.

— Ainda não sei — responde Darnell. — Ainda não aconteceu, porque eles sabem que serão revistados, e eu pago bem. Prevenção é melhor que cura.

— Ei, Darius? — diz Cirello. — Ninguém enfia o dedo da minha bunda, a menos que eu peça. E eu nunca peço.

— Achei que você fosse grego.

— Isso é estereotipo racista.

— Negros não são racistas — diz Darnell.

Darnell se debruça no alambrado do telhado e olha as luzes de Manhattan, do outro lado do rio.

— Levei meu garoto ao zoológico, outro dia — diz ele.

— Ao zoológico? — pergunta Cirello.

— Ao zoológico do Bronx — diz Darnell. — Ele está fazendo um trabalho sobre os gorilas, então nós fomos à "Floresta do Gorila do Congo", pra ver os gorilas. O menino fazia anotações, com três de seus coleguinhas em volta, olhando os gorilas, mas eu estava ali em pé, percebendo que não me identificava com as pessoas, e sim com o gorila. Quer dizer, eu simplesmente sei o que aquele gorila está pensando, de dentro de uma jaula.

— É, mas não é uma jaula, certo? É um daqueles "ambientes".

— Essa é a questão — diz Darnell. — Não parece uma jaula, mas mesmo assim, é uma jaula. Aqueles gorilas não podem ir embora, eles têm que ficar ali dentro, deixar que as pessoas fiquem olhando pra eles. Quando eu estava em V--ville, eu sabia que estava numa jaula, porque eu olhava através das grades. Agora, estou aqui fora e não parece uma jaula, mas ainda é. Eu ainda sou o gorila. Neste país, um homem negro sempre estará numa jaula.

Então, subitamente, ele pergunta:

— Como sei se posso confiar em você?

Cirello sente um aperto na barriga. Darnell parece sério, não em um tom de palhaçada.

— Porra, eu salvei sua vida, não foi?

— Como sei se aquilo não era o seu jogo — Darnell pergunta —, que você não está infiltrado?

— Quer me revistar, vá em frente.

— Você é esperto demais para usar um grampo — diz Darnell. — Talvez eu precise que você faça algo que não poderia fazer como infiltrado. Você, como infiltrado, não pode cometer nenhum delito, pode?

— O que você tem em mente, D?

— Tem uma piada antiga que fala de matar uns "canos" — diz Darnell. — Afri*canos*, Mexi*canos*. Talvez eu precise que você mate um mexi*cano*.

— Eu não vim aqui pra isso.

Darnell diz:

— Tem um mexicano entrando no meu território, roubando meus clientes. Preciso me defender. Acho que posso matar dois pássaros com uma cajadada só: defender minha área e descobrir se você é confiável.

— Achei que você já confiasse em mim.

— Tenho algo grande em mente pra você — diz Darnell. — Mas antes, eu preciso saber.

Darnell está me mostrando a porta aberta, pensa Cirello. A saída dessa porra dessa missão. Simplesmente vá embora e não volte. Ninguém poderá culpá-lo. Nem mesmo Mullen sancionaria um assassinato.

Nem o tal, qual é o nome dele, a porra do Art Keller, de DC, vai endossar um assassinato.

Caminhe na direção da luz, Bobby, pensa ele.

Caminhe para a luz.

— Não estou aqui pra matar, Darnell. Desculpe.

— Você não tem filhos — diz Darnell —, mas talvez tenha, um dia. E eles serão inteligentes como você, eles irão pra faculdade. Você quer que eles se formem com aquele monte de dívidas nas costas, ou quer que comecem a vida livres de dívidas? Não estou falando de dinheiro pra Fordham, pra John Jay. Estou falando de dinheiro pra Harvard, Yale. Durma pensando nisso, Bobby Cirello, depois você me fala.

Cirello não consegue dormir nada.

Ele fica lá deitado, pensando.

Ele acabou de botar vinte quilos de fentanil nas ruas que jurou proteger, e agora estão lhe pedindo para cometer um assassinato.

— O que foi Bobby? — pergunta Libby.

— Estou pensando em me aposentar — ele diz, de repente, surpreendendo-se.

— Achei que você adorasse ser policial.

— Eu adoro — diz Cirello.

Bem, eu gostava.

Pelo menos, acho que gostava.

Agora está difícil lembrar.

Na noite seguinte, ele está do lado de fora da Casa Iluminada de Jesus Cristo, ao lado do Umbrella Hotel, no Bronx.

É onde Efraín Aguilar está hospedado.

Darnell ficou satisfeito quando Cirello lhe disse que havia mudado de ideia.

— Agora, sim, você está usando a cabeça, Bobby Cirello.

Efraín Aguilar é basicamente um representante de vendas de laboratório farmacêutico, de um cartel concorrente vendendo fentanil; ele vendeu mais barato e tirou três compradores de Darnell, no Brooklyn, e Darnell quer mandar um recado.

Cirello passou o dia todo na cola do filho da puta e agora está esperando que ele volte das compras no outlet da Nine West com a Third Avenue. Deve estar comprando presentes para a família, ou namorada, algo assim, antes de voltar para o México, com seu bloco de pedidos preenchido.

Cirello pensou em pegá-lo na Third, mas achou que estaria movimentado demais. Além disso, tem uma loja de roupas infantis e uma pet shop lá, e Cirello não quer correr o risco de machucar alguma criança.

Ele se sente mal pelo que está prestes a fazer, mas depois pensa, foda-se. Quantas vidas Aguilar já tirou com seu produto? É como aquela velha canção, "God Damn the Pusher Man", e há um lugar especial no inferno para os merdas que vendem esses troços.

Agora ele vê Aguilar subindo a rua.

Ãrrã, sacolas de compras na mão.

Cirello caminha em direção a ele.

Aguilar não está nem aí, deveria esperar algo assim, mas, não. Cirello está em cima, antes que ele perceba, então vira, e cola a arma em suas costas e diz:

— Está vendo aquela van branca estacionada ali, filho da puta? Caminhe até lá e entre.

— Por favor, não me mate.

— Anda.

Aguilar caminha até a van. Quando ele chega ao lado, a porta desliza abrindo e Cirello o enfia pra dentro, entra depois dele e fecha a porta.

Hugo Hidalgo sai dirigindo.

Cirello empurra Aguilar para o chão, enfia um trapo na boca dele e um capuz em sua cabeça. Hidalgo segue dirigindo até o St. Mary's Park, os dois arrastam Aguilar para fora e o levam por uma trilha isolada de grama, atrás de algumas árvores, onde Cirello o empurra de joelhos, arranca o capuz e pressiona a pistola em sua testa.

— Diga boa noite agora.

— Por favor — diz Aguilar.

Seus olhos estão vermelhos de chorar, seu nariz está escorrendo e ele mijou nas calças.

— Você tem uma chance — diz Cirello.

— Qualquer coisa.

— Deita aí. — Cirello empurra Aguilar de barriga para cima, guarda a pistola no coldre, depois pega uma caneta piloto e pinta um buraco bem caprichado no meio de sua testa. — Abra os olhos bem arregalados e a boca.

Aguilar faz.

Cirello pega o telefone e tira uma foto.

Ele manda para Darnell.

— De volta pra van — diz Cirello. — Agora você está morto. Se disser o contrário a alguém, nós vamos encontrá-lo e matar você de verdade. *¿Comprende?*

— Eu entendo.

— É mais do que você merece, seu merda.

Hidalgo leva Cirello de volta até seu carro e vai embora com Aguilar algemado no banco de trás.

— O que você fez com ele? — pergunta Darnell.

— Você não se importa se eu não o tornar uma potencial testemunha contra mim, não é? — pergunta Cirello. Na verdade, D, Aguilar está a caminho de uma fortaleza, em algum lugar, como testemunha federal sob proteção, e provavelmente está fazendo sua melhor imitação de Fred Mercury, neste momento, para o pessoal da Divisão de Narcóticos. — Basta dizer que você não precisa mais se preocupar com ele e que o recado foi dado.

— Se algum dia eu for preso de novo, eu serei condenado à perpétua, de qualquer jeito— diz Darnell —, então, o primeiro nome que vou dar é o seu, e a primeira história que vou contar é essa.

— É, eu tô sabendo — responde Cirello. — Então, qual é a minha grande recompensa? De onde vem o meu dinheiro de Harvard?

— Você vai pra Las Vegas.

— É isso?

— Entregar dinheiro — diz Darnell.

Ao fornecedor dele.

Talvez ele se sinta culpado.

Talvez Cirello sinta que deve algo a eles, mas ele deixa Darnell, vai ver Mullen, e depois vai até a Starbucks, em Staten Island.

Jacqui não fica contente em vê-lo.

— Você pode tirar um intervalo? — pergunta ele.

— Se eu quiser perder meu emprego.

— Que horas termina seu turno?

— Você falou que iria embora — diz Jacqui.

— Eu menti — responde Cirello. — É isso que a polícia faz. Que horas termina seu turno?

— Quatro horas.

— Travis vem buscar você? — Quando ela assente, ele diz: —Vou encontrar vocês dois às 16 horas. Não me façam sair procurando vocês.

Ele sai e fica sentado no carro.

Às 16h05, a van de Travis encosta, Jacqui sai da loja e entra no carro. Cirello caminha até lá e bate na porta. Quando Jacqui abre, ele diz:

— Tem uma lanchonete Sonic na outra quadra. Eu vou pagar uma refeição pra vocês.

— Preciso descolar um bagulho.

— É só uma porra de um hambúrguer. Dez minutos.

Eles o encontram na Sonic. Ele paga os hambúrgueres, milk-shakes e batatas fritas, e eles ficam sentados em um reservado. Ele percebe que os dois estão em crise de abstinência.

Ele e Mullen debateram a respeito disso. O chefe foi contra.

— Por que você acha que deve algo a esses garotos?

— Não acho — disse Cirello. — Só quero dar a eles uma chance.

—Você é um policial, não um assistente social.

— As funções se fundem.

— Não deveriam — retrucou Mullen. — Nós precisamos manter uma linha divisória bem clara.

— Com todo o respeito, senhor, não existe tal coisa — disse Cirello. — Por que estamos fazendo tudo isso, a menos que seja para impedir as agulhas nos braços deles?

— Nós conseguimos isso interditando o fornecimento.

— E eles me deram informação para fazer exatamente isso.

— Porque você deu uma prensa neles — disse Mullen. — Há milhares de viciados por aí, Bobby, nós não podemos colocar todos eles em um programa.

— Não estou pedindo por todos eles — insistiu Cirello. — Só para esses dois.

— Nós não temos orçamento…

— Eu tenho dinheiro entrando o tempo todo — disse Cirello.

—Aquele dinheiro precisa ser registrado.

— Ou não — disse Cirello. — É preciso amar essa ironia, chefe, essa simetria: usar o dinheiro da heroína para tratar viciados em heroína.

Cirello esperou. Ele conhece o chefe, conhece seu coração. O homem é um cupcake de aço. Claro, depois de um longo silêncio, Mullen disse:

— Está certo, ofereça a eles.

Então, agora Cirello está sentado à mesa diante de dois viciados e faz sua oferta.

— Eu tenho uma oferta pra vocês, uma chance única, pra pegar ou largar. Se vocês quiserem parar, eu posso colocá-los num programa de reabilitação. Os dois.

— Isso é o quê? Tipo, uma intervenção? — pergunta Jacqui.

— É, tudo bem.

— Nós não temos plano de saúde — diz Jacqui.

— Existe um fundo para esse tipo de coisa — afirma Cirello. Bem, agora existe.

— É um lugar no Brooklyn, não é tipo um spa em Malibu, de-frente-pro-mar-
-fazendo-ioga. Mas, se vocês quiserem, posso arranjar vaga pra vocês hoje à noite.

— Por que está fazendo isso? — questiona Travis.

— Vocês querem, ou não? — pergunta Cirello.

— Quanto tempo nós vamos ficar? — pergunta Jacqui.

— Não sei quanto tempo — diz Cirello. — Não sei qual é a cor das paredes, não sei se eles possuem o básico da TV a cabo… só sei que eles conseguem resultados. Vocês podem se desintoxicar em uma cama, em vez de em uma cela, podem ficar limpos.

— Eu não sei — diz Jacqui.

— O que há pra não saber? — pergunta Cirello. — Vocês são viciados morando numa van. Estão sentados na Sonic, tendo crise de abstinência. Não sabem de onde vem o próximo pico. Não sei do que vocês acham que estariam abrindo mão.

— Heroína — diz Jacqui.

— Olhe — diz Travis —, talvez não nos faça mal ficar limpos, por um tempo.

Cirello ouve a questão temporal, mas não liga. Se eles conseguirem ficar com esses garotos por uns dias, talvez consigam segurá-los. Ao menos, eles terão uma chance.

Jacqui não vê dessa forma.

— Você está amarelando comigo? — Ela pergunta ao namorado. — Ficando com medinho? Mas, olha, se você quiser ir…

— Não sem você.

Comovente, pensa Cirello.

Amor de doidão.

Mas talvez dê certo, pode ser que eles usem a culpa para empurrar um ao outro para ir. Tanto faz o que for preciso, ele não dá a mínima.

— Está bem — diz Jacqui. — Eu vou.

Travis assente.

— Vou fazer as ligações — diz Cirello. — Arrumem seus troços, juntem tudo, e eu vou encontrá-los aqui, às seis da tarde, pra levá-los pra lá. Vocês têm alguém que precisem avisar?

— Não — diz Travis.

— Acho que é melhor eu avisar a minha mãe — diz Jacqui.

— É, faça isso — diz Cirello. — Seis da tarde. Até lá, fiquem firmes, as coisas vão melhorar.

Um último pico, pensa Jacqui.

Ela está passando muito mal.

— Não dá pra entrar no detox passando mal demais — ela diz a Travis.

— Como você sabe?

— Eu conheço gente que já fez desintoxicação — diz ela. — Porra, a Shawna fez cinco vezes. Ela me contou.

— Nós nem sabemos onde arranjar.

— Isso aqui é a Ilha da Heroína — diz ela. — Apenas dirija.

— Sei não.

— Ora, vamos, benzinho — insiste Jacqui. — Uma última onda. Uma última farra, antes de ficarmos naquela merda toda de doze passos.

Eles percorrem Tottenville.

Descem a Hylan, seguem a Craig, atravessam a Main.

Não veem ninguém.

Esse é o problema em descolar na Ilha. É tudo invisível, não dá para ver. É tudo por trás das portas, salas dos fundos, atrás das lojas. Se alguém não souber que há um problema de heroína em Staten Island, continua sem saber.

Eles encontram, até que apropriadamente, em um beco atrás da drogaria perto do Arthur Kill — uma van estacionada onde não deveria estar, com a porta lateral aberta e dois caras negros em pé, como se estivessem com a loja aberta.

E estão.

Jacqui desce da van e caminha até eles.

— O que está procurando, mama?

— O que você tem?

— O que você precisar.

Ela dá a ele uma nota de vinte. Ele enfia a mão dentro da van e tira dois envelopes.

— Parece esquisito — diz Jacqui.

— É um bagulho novo.

— O que é?

— O futuro — diz ele. — Depois que tomar isso, você nunca mais vai querer o antigo.

Ela pega os envelopes e volta para dentro da van. Travis dirige até a South Bridge e encosta em um estacionamento, ao lado de uma loja de autopeças.

— Vamos — diz Jacqui. — Nós não temos muito tempo.

Eles precisam encontrar o policial bondoso que força barra, em 45 minutos.

Ela cozinha.

Travis também.

— Que merda é essa?

— Um negócio novo. Parece que é ótimo.

— Espero que sim — diz Travis. — Para a última viagem.

Jacqui está tremendo tanto que tem dificuldade de segurar a agulha na colher.

— Espera um instante — fala Travis. — Deixa eu tomar e depois eu aplico em você.

Ele estende seu braço branco comprido, espeta a agulha na veia e aperta a seringa. Então, ele tira a agulha e mergulha na mistura dela.

— Que porra você está fazendo, cara? — questiona ela.

— Eu sou maior que você — diz Travis. — Preciso de mais.

Ele se aplica de novo.

Sorri pra ela.

Então, a cabeça dele dá um tranco para trás, seu corpo começa a tremer, depois a sacudir e dar solavancos, como se ele estivesse sendo eletrocutado.

— Travis!

Jacqui o agarra pelos ombros. Tenta segurá-lo, mas ele está se sacudindo como um cabo elétrico em curto e ela não consegue. Ele bate com a parte de trás da cabeça no chão da van.

— Travis! Benzinho! Não!

Então, ele aquieta.

Mole.

Seu peito arfa.

Começa a espumar pela boca, resfolegando.

Seus olhos vazios olham pra ela.

— *Travis!!!!! Nãããããoooo!!!!!!*


Cirello está sentado, aguardando, do lado de fora da Sonic.

Eu deveria saber, pensa ele, que eles não iriam aparecer. Mullen tentou me falar, eu não ouvi.

Babaca liberal de coração mole.

Então, ele ouve o chamado no rádio. Viatura chamando os paramédicos e ele sabe, simplesmente sabe. Ele põe a sirene no teto, arranca e vai voando em direção à South Bridge Road. Jacqui está sentada no chão, ao lado da van, com os braços em volta de si, balançando para a frente e para trás, gemendo.

Os paramédicos já estão lá.

Cirello mostra o distintivo ao policial uniformizado. — O que temos?

— Homem, branco, vinte e poucos anos, teve overdose — diz ele. — Eles aplicaram o Narcan, mas foi tarde demais. Agora estamos esperando pelo legista.

— E quanto à garota?

— Porte.

— Já registrou?

— Não.

— Pode me fazer um favor? — pede Cirello. — Pode liberá-la?

— É claro, detetive.

Cirello anota o nome do guarda e o número de seu distintivo, depois vai até Jacqui e agacha na frente dela.

— Eu lamento por sua perda.

— Ia ser a nossa última onda — diz ela. — A gente ia parar.

— Fique firme.

Ele entra na van. O corpo de Travis está esparramado no chão.

Fentanil, pensa Cirello.

Talvez, o mesmo que ele ajudou a entregar.

O garoto não sabia.

Cirello sai de novo, diz a Jacqui:

— Entre no carro.

Ela sacode a cabeça que não.

— É tarde demais.

— Pra ele, não pra você.

— É a mesma coisa.

— Não faça essa merda de Romeu e Julieta — diz Cirello. — Salve a si mesma. Se serve de algum consolo, ele iria querer que você fizesse isso. Agora, entre no carro.

— Não.

— O que eu vou ter que fazer — pergunta Cirello —, algemá-la?

— Não me importo se o fizer.

— Está bem.

Ele puxa Jacqui e a põe de pé, vira e algema suas mãos atrás das costas. Caminha com ela até o carro, abre a porta, empurra a cabeça dela para baixo, e a coloca para dentro. Depois ele a leva até o Brooklyn, enquanto ela vomita em seu carro todo.

Cirello entra na clínica de reabilitação, onde a enfermeira de admissão diz:

— Achei que você fosse trazer dois.

— Um não conseguiu. — Ele abre as algemas de Jacqui. — Ela está vindo sozinha.

— Entendi.

— Boa sorte, Jacqui.

Ela está atordoada, mas consegue dizer:

— Vá se foder.

— É, eu vou me foder — diz Cirello, enquanto sai.

Ele leva o carro a um lava-rápido, aspira o interior, limpa e lava tudo com spray, até ficar com cheiro de vômito de baunilha, em vez de vômito puro.

# 5

# Negócios bancários

*"Minha casa será casa de oração,*
*Mas vocês fizeram dela um covil de ladrões."*

— Lucas, 19:46

**Washington, DC**
**Julho de 2016**

K eller encontra O'Brien no bar, no Hamilton.
O'Brien pergunta:
— Quer uma cerveja, algo mais forte?
— Só café — diz Keller. — É dia de aula.
O bartender entreouve e põe uma caneca de café na frente dele. Os bartenders e garçons escutam tudo nesta cidade, pensa Keller. Os taxistas — embora agora sejam mais do Uber — veem tudo.
— Meu Deus, quem poderia imaginar que aquele babaca ganharia a indicação? — pergunta O'Brien.
— Você deveria ter concorrido — diz Keller.
— Aquele carro de palhaços já estava lotado demais — responde O'Brien. — E eu sou um daqueles "políticos profissionais" perversos. Agora é hora do amador. E vamos encarar, caras como você e eu, a geração do Vietnã, nós somos dinossauros.
— Dennison é da mesma geração.
— Mas ele não serviu — diz O'Brien. — Ele não foi. Nós fomos.
— Agora você vai apoiá-lo? — pergunta Keller. — Depois de toda aquela merda que você falou sobre ele? Toda a merda que ele falou de você?
— Merdas passadas não movem moinhos — diz O'Brien.
— E o "muro"?
— Muitos dos meus eleitores gostam do muro — comenta O'Brien.
— Se você quer me jogar embaixo de um ônibus, tudo bem, eu entendo — diz Keller. — Sem ressentimentos, *vaya com Dios*.
— Talvez eu precise fazê-lo — afirma O'Brien. — Você não fez nenhuma amizade com aquela ala do partido.

— Eu não tentei fazer amizades — diz Keller — com nenhuma ala de nenhum partido. Quem quer que seja presidente, se eu tiver que partir, partirei em paz.

— O que você vai fazer? — pergunta O'Brien.

— Tenho uma pensão decente — diz Keller. — Nós poderíamos viver bem, em algum lugar. Talvez não em DC...

— Você não está pensando em voltar para o México, está?

— Não — diz Keller. — Talvez a Costa Rica? Eu não sei, Ben, realmente ainda não pensamos nisso.

Eles nem chegaram a conversar a respeito.

Keller volta para o escritório.

Há muito a fazer, antes que ele deixe sua mesa, incluindo uma pilha — essa é uma palavra branda para descrever, pensa ele — de literalmente milhares de casos de perdão relativos às drogas ou solicitações de atenuação que a Casa Branca enviou, para que ele faça suas recomendações. Se um presidente republicano assumir, ele vai enterrar todos esses pedidos. Eles já disseram que irão instruir os promotores federais para forçarem as penas máximas em todos os casos de drogas.

De volta aos velhos tempos difíceis, pensa Keller.

Ele está correndo para aprovar os pleitos que julgar dignos, uma corrida para proteger seu pessoal interno da agência e remanejá-los para postos que eles almejem, uma corrida para tocar adiante a Operação Agitador.

Sua recepcionista interfona.

— O Agente Hidalgo está aqui para vê-lo.

— Mande-o entrar.

— Claiborne marcou uma reunião com os mexicanos. — anuncia Hidalgo.

— Onde e quando?

— Nova York — diz Hidalgo. — Amanhã.

— Lerner estará lá?

— Não — diz Hidalgo.

Então, Claiborne é o intermediário, pensa Keller.

Certo.

Uma coisa de cada vez.

—Você quer sair hoje à noite, ou quer ficar em casa? — Keller pergunta a Marisol.

— Eu adoraria ficar — diz ela. —Você se importa?

— Não — diz Keller. — Comida chinesa, indiana ou pizza?

— Indiana?

— Claro.

Keller se serve de uma dose de uísque forte e senta na poltrona perto da janela.

Será um problema conseguir um mandado para pôr um grampo em Claiborne para a reunião.

A jurisdição federal seria a Southern Disctrict of New York, e embora Dennison não tenha muitos amigos por lá, o promotor pode ser relutante em solicitar um mandado tendo a Terra e Jason Lerner como alvos. Em meio a uma campanha presidencial, isso pode ser visto como uma manobra excessivamente política.

Isso também deixa Mullen em uma posição difícil. Não há como saber por quanto tempo ele consegue omitir a investigação de seus superiores, e as consequências que isso pode causar são preocupantes. O indicado tem muitos aliados na NYPD, Nova York é sua base, assim como o Berkeley Group. Bastaria apenas um policial, um advogado — porra, até uma secretária — para dar a dica a Berkeley. E Lerner poderia fazer uma pressão enorme para encerrar a investigação de vez.

O mandado também é um problema, pela própria consistência, Keller precisa admitir. Nós não temos um argumento compelível, apenas a declaração de um informante quanto a Berkeley *possivelmente* ter uma reunião com uma instituição financeira que *talvez* tenha ligação com um cartel mexicano de drogas. Mesmo o juiz mais independente e desinteressado pode não considerar isso como atribuição para uma escuta.

Keller pensa, é o mesmo velho círculo vicioso que enfrentamos diante da tentativa de obter um mandando de vigilância: sem provas essenciais, não temos como conseguir o grampo, e sem grampo, não temos como obter provas essenciais.

— Pra onde você foi? — pergunta Marisol.

— Perdão?

— Agorinha, pra onde você foi? — questiona ela. — Quer que eu ligue pedindo a comida? Ou você pede?

— Não, eu peço. O de sempre?

Ela assente.

— Eu me tornei uma triste criatura de hábitos.

O triste, pensa Keller, é que eu tenho um número de entrega de comida na minha discagem rápida. Ele pede o habitual frango *tikka masala* para Marisol e um cordeiro *vindaloo* para si, e recebe a resposta padrão de que vai demorar cerca de quarenta minutos. Pela experiência de Keller, não importa o que você peça, seja uma pizza de pepperoni, ou um faisão na bandeja, a resposta sempre será "por volta de quarenta minutos".

Eles comem na frente da televisão, assistindo à convenção em Cleveland, e um político gorducho e suando em profusão conduz a multidão a entoar "Cadeia nela! Cadeia nela!".

— A que ponto chegamos — diz Marisol. — Esse pode ser seu chefe. Dizem que ele será o novo procurador-geral.

— Quem é ele?

— Governador de Nova Jersey.

— Achei que fosse o Fred Flinstone.

— Ou Hermann Goering — diz Marisol. — Me diga que eles não conseguem vencer.

— Eles não conseguem vencer.

— Você não parece muito convencido.

— Não estou — diz Keller. — Já parou pra se perguntar o que você vai querer fazer agora?

— Não sei — responde Marisol. — Você já está pronto pra se aposentar?

— Talvez.

— E fazer o quê? — pergunta ela.

— Ler livros — diz Keller. — Dar longas caminhadas. Nós podemos viajar.

— Eu não vou fazer um cruzeiro.

Keller ri.

— Quem falou em cruzeiro?

— Só estou falando.

— Está certo, nada cruzeiros — diz Keller. — Eu me sinto mal, Mari. Tirei você da sua vida, do seu trabalho, e a trouxe pra cá, com a expectativa de um determinado tipo de vida. E você tem sido... ótima. Você me ajudou a lutar cada maldita batalha, geralmente melhor que eu mesmo, e agora não sei que vida posso lhe dar.

— Você não tem que me "dar" nada — diz Mari. — Eu fiz as minhas escolhas e estou muito feliz com elas.

— Está?

— Sim! — diz ela. — Como você pode questionar isso? Eu te amo, Arturo, amo a nossa vida aqui. Eu amo o trabalho que tenho feito.

— Então, você gostaria de ficar em Washington — deduz Keller.

— Se pudermos, sim — diz Marisol. — Ainda não estou pronta pra jogar golfe, ou ficar passeando no shopping, nem fazer o que americanas aposentadas fazem. Nem você, se for sincero.

Há coisas que eu posso fazer em DC, pensa Keller. Ele tem se esquivado de meia dúzia de organizações promovendo painéis de debate, que adorariam a apresentar um ex-chefe da Divisão de Narcóticos. Em sua lista de "ligações a retornar", estão a Georgetown e a American University. E ele já foi sondado por duas emissoras de televisão sobre "participações eventuais", como especialista em questões relativas às drogas.

Mas será que eu quero ficar envolvido com essas "questões relativas às drogas", em qualquer nível?, ele pergunta a si mesmo. Já me afastei daquele mundo duas vezes, e sempre sou puxado de volta. Não seria ótimo me afastar de vez?

E o que é melhor para Mari?

— Você não está cansada de ser atacada?

— Os ataques vão parar — diz ela. — Eu não serei mais relevante. E, francamente, Arturo, Breitbart? Fox News? Amadores no quesito ataque. Eu como garotinhos gorduchos como Sean Hannity no almoço.

É bem verdade, pensa Keller. Essa mulher peitou os malditos zetas.

— Nós podemos ter uma vida confortável em DC, se você quiser mesmo ficar aqui, considerando que...

— Considerando que este pode ser o novo centro do fascismo na América do Norte? — pergunta Marisol.

— Um tiquinho de exagero, mas tudo bem.

— Não é exagero — diz Mari. — O homem é um fascista, suas ideias são fascistas.

— E você gostaria de ficar na capital dele.

— E que lugar melhor para integrar a Resistência? — questiona Mari. — De qualquer forma, isso não vai acontecer.

Deus te ouça, pensa Keller.

Ele não lhe conta o seu temor — que essa equipe possa ganhar a eleição e assumir o poder devendo aos cartéis mexicanos.

O telefone toca.

É Mullen.

— A reunião está marcada. Será no The Pierre.

— Por que não no escritório da Berkeley?

— Consciência de culpa? — arrisca Mullen. — Eles não querem que o pessoal do HBMX seja visto entrando pela porta. Fico surpreso que os mexicanos tenham concordado com isso.

— Nós temos que providenciar uma escuta — diz Keller.

— Qual é a justificativa? — pergunta Mullen. — Nós temos banqueiros e pessoal do mercado imobiliário se encontrando para um empréstimo. Não é como se tivéssemos motivo para achar que eles farão um negócio de drogas.

— Eles *estão* fazendo um negócio de drogas — diz Keller. — Se dois garotos vendem vinte pratas em maconha em uma esquina, eu posso grampeá-los. Esses caras estão transferindo centenas de milhões e se safam, porque vai rolar no The Pierre?

— Nós estamos do mesmo lado — lembra Mullen. — O que estou dizendo é que acho que o juiz não vai concordar. E se nós não fôssemos grampear

Claiborne por causa da reunião, mas para monitorar a segurança pessoal dele? Um informante participando de uma reunião de alto risco...

— Não temos como vender isso — diz Keller. — Temer pela segurança de Claiborne, com banqueiros e empreiteiros? Do que estamos com medo, de que ele se engasgue com o *foie gras*? Nós podemos entrar e prestar primeiros socorros? Precisamos arranjar algo que possamos levar ao juiz sem que ele caia na gargalhada e bote a gente pra fora.

— Talvez não — diz Mullen. — E se o Claiborne ficar com o celular ligado, no bolso, e gravar a reunião para seus próprios fins? Haveria problema com a prova, se quiséssemos utilizá-la depois, no tribunal... seria descartada pela regra excludente... mas se só queremos os dados, isso não importa.

— Lembre-me de nunca sacanear você — Keller diz.

— Será que o Claiborne faria isso? — pergunta Mullen.

Ele vai ter que fazer, pensa Keller.

Claiborne está mais nervoso que uma puta na igreja.

Hidalgo está com receio de que o cara possa estragar tudo lá dentro, que comece a vomitar ou caia em prantos.

— E se eles nos disserem pra desligar os celulares? — pergunta Claiborne.

— Então, você finge que desliga, mas não desliga — diz Hidalgo.

Jesus.

— E se confiscarem os celulares, antes da reunião?

— Você já esteve em reuniões assim? — pergunta Hidalgo. — Porque se esteve, eu quero saber dessas reuniões.

— Não, não estive.

— Então, fica frio — diz Hidalgo. — Lembre-se, nós queremos nomes. Descrições. Se você fizer anotações, queremos essas anotações. Se houver documentos, queremos esses documentos.

— Não sei se posso lhe passar isso.

— Acho bom que você passe — responde Hidalgo. — Seu passeio de carrossel acabou, Chandler. É bom você mostrar serviço, porra.

— Eu não sei...

— Faça tudo o que costuma fazer — diz Hidalgo. — Seja o babaca de sempre. Não se preocupe em falar nada incriminador, porque nós vamos fazer outro acordo com você, de qualquer jeito. Mais uma coisa: se houver outras reuniões, faça questão de ser convidado.

— Como é que eu vou fazer isso?

— Porra, sei lá — diz Hidalgo. — Eu trabalho em banco de investimentos, por acaso? Você chegou onde está se exibindo para o alto escalão, não foi? Torne-se necessário, essencial. Puxe saco, chupe pau, tanto faz.

— Por quanto tempo eu terei que continuar com isso? — pergunta Claiborne.

— Até — diz Hidalgo.

— Até quando?

— Até que digamos pra você parar.

Depois que tivermos espremido até a última gota de você, pensa Hidalgo, ou até que você nos dê algo maior, o que vier primeiro.

Mas você é um escrotinho esperto e já sabe disso.

Quando o telefone toca às quatro da madrugada, geralmente é má notícia.

Keller vira para o lado e atende.

— Keller.

— Eu sempre acreditei — diz Mullen — que é melhor ser sortudo do que bom. Está preparado?

— O quê?

— Nós precisamos de um elo entre a Terra e os cartéis, certo? — diz Mullen.

— Acho que conseguimos.

Isso desperta Keller.

— Meu Deus. Como?

— Sabe o meu infiltrado? Cirello? — diz Mullen. — Darius Darnell acabou de falar que ele vai fazer a segurança da reunião no The Pierre.

Keller espera no escritório.

E aproveita o tempo para ler os arquivos de atenuação. Tem um preso na Flórida que está cumprindo prisão perpétua por vender 50 dólares de pó, mas foi sua terceira condenação. Outro é um babaca que dançou três vezes, vendendo pequenas quantidades de metanfetamina, e também vai cumprir perpétua. O seguinte é um detento sem antecedentes, chamado Arthur Jackson, que está cumprindo três condenações de prisão perpétua por ter dado um telefonema para marcar uma pequena venda de cocaína.

E assim vai.

Bobby Cirello está vivendo como um bacana.

O que mais pode se dizer, quando você dá um tempo no The Pierre, tomando um café de dez dólares e petiscando um pãozinho com queijo de vinte, enquanto verifica a suíte para ver se tem microfone escondido?

Ele está impecável — terno preto Zegna, camisa cinza perolada Battistoni, gravata Gucci vermelha, com lenço no peito combinando, sapatos pretos Ferragamo. Como sua ya-ya costumava dizer dos mafiosos que apareciam para tomar o café da manhã especial de um dólar: "Ele tem mais dinheiro no corpo do que no banco".

Darnell lhe disse para se vestir com capricho.

Essa reunião é com banqueiros e pesos pesados do setor imobiliário, e "convidados especiais" vindos do México; portanto, lhe foi dito para estar bem apresentável e ficar de olhos e ouvidos atentos e boca fechada, garantir que a suíte estivesse limpa e ser uma "presença", para que os convidados soubessem que estão sãos e salvos, pois um dos melhores de Nova York está a postos.

— Qual é o seu interesse nisso? — perguntou Cirello.

— Por que quer saber?

— Gosto de saber no que estou me envolvendo.

— Preciso saber que a sala de reunião não está grampeada — disse Darnell.

— E nossos visitantes precisam saber que estão se reunindo com gente séria. Apenas vá até lá, com pinta de polícia.

Farei o melhor, pensa Cirello, enquanto sai ao corredor. "Convidados especiais" meu cu. Empreiteiros e banqueiros são apenas escrotos de um nível mais alto, até onde ele sabe. O tipo de gente que mata gente — como aquele pobre garoto, o Travis.

As portas do elevador se abrem e um homem sai. Um verdadeiro tipo Brooks Brothers, pensa Cirello, provavelmente veste L.L. Bean em seus fins de semana, em Connecticut.

O cara parece morto de medo.

— Chandler Claiborne? — o cara pergunta, como se não tivesse certeza se sabe o próprio nome. — Estou aqui para a reunião.

— É o primeiro a chegar — diz Cirello.

— E você seria…

— Segurança — responde Cirello. — Pode entrar. Tem café, essas coisas. Tenho certeza de que o restante estará aqui a qualquer minuto.

—Você varreu a sala? — pergunta Claiborne.

— Perdão?

—Varrer a sala — diz Claiborne. —Você sabe, para insetos, essas coisas.

—Ah, sim, a sala está totalmente varrida.

Jesus Cristo.

Claiborne entra.

Os mexicanos, que são três, chegam cerca de cinco minutos depois. Um deles parece ter cerca de cinquenta anos; os dois outros, por volta de trinta e tantos. Muito bem vestidos, tranquilos — essa gente está acostumada com reuniões que tem segurança na porta.

— O sr. Claiborne está lá dentro — informa Cirello.

O cinquentão diz:

— Então, estamos todos aqui. Por favor, garanta que ninguém mais entre.

— Sim, senhor.

Eles entram e fecham a porta.

Cirello fica aguardando por uma hora e meia, até que eles saem.

Keller recebe a ligação.

— Claiborne saiu — declara Hidalgo.

— E...?

— Ele gravou tudo — diz Hidalgo. — Estou lhe enviando o arquivo do áudio agora.

— Como está Claiborne?

— Abalado — responde Hidalgo. Ele ri. — Você sabe como é o trabalho de infiltrado.

— Fique em cima dele, um tempinho — diz Keller. — Pra ter certeza de que ele não vai chorando confessar pro chefe.

— Estamos tomando martínis enquanto eu falo com você — conta Hidalgo.

— Hugo? Bom trabalho.

— Obrigado, chefe.

Há muito a fazer.

Keller começa ouvindo o arquivo do áudio.

A maior parte é grego para ele: discussões financeiras que ele não entende. Porém, o que fica claro da reunião é que Claiborne está pressionando os mexicanos por uma decisão rápida em relação ao empréstimo, oferecendo "elevar a posição deles" na pirâmide do consórcio e assegurando-lhes de que o Park Tower é um investimento viável.

— *Então, por que perdeu dinheiro por nove anos?* — pergunta um dos mexicanos.

— *O mercado imobiliário estava em declínio* — diz Claiborne. — *Mas isso está mudando agora. Estamos entrando em um momento de mercado que favorece o vendedor, e o Park Tower fica numa localização nobre.*

— *Então, por que o Deutsche Bank deixou o consórcio?*

— *Algumas pessoas têm ousadia para ganhar dinheiro* — responde Claiborne. — *Outras, não. A questão é: vocês têm?*

— *Não, Chandler, a questão é: como você vai garantir o nosso dinheiro?*

— *Nós não fizemos isso sempre?* — pergunta Claiborne. — *Quando foi que a Terra, ou, na verdade, a Berkeley falhou com vocês?*

— *Isso é verdade. Mas a Terra está prestes a falhar agora.*

— *Motivo pelo qual nós estamos aqui* — diz Claiborne. — *Olhe, sejamos realistas. Cada um de nós tem suas necessidades. Ambos precisamos de dinheiro, e vocês precisam investir um bocado. Podemos nos ajudar mutuamente. É um relacionamento simbiótico.*

Keller aperta novamente o botão de pausa. *Ambos precisamos de dinheiro e vocês precisam investir um bocado.* Isso indica consciência de culpa? Indica que eles sabem que os 285 milhões que estão buscando é dinheiro de droga? Ele dá play de novo no áudio e ouve um dos mexicanos perguntar:

— *Por que o pessoal da Terra não está aqui?*

— *Bem, eu sou o corretor do consórcio.*

— *Isso não é resposta. Por que deveríamos investir centenas de milhões com gente que nem se senta conosco?*

— *Esta é só uma reunião preliminar* — diz Claiborne. — *Apenas para verificar seu interesse. Se quiserem se reunir com a Terra...*

— *Não somente com a Terra. Com Jason.*

— *Se eu puder dizer a ele que vocês estão entrando com os 285 completos...*

— *O valor não é o problema. Estamos preocupados com o relacionamento.* Claiborne diz:

— *Se chegarmos a um acordo preliminar aqui, tenho certeza de que Jason irá adorar encontrar com vocês.*

— *Com esse entendimento* — fala o mexicano —, *nós estamos dispostos a olhar os números.*

Quarenta minutos de números se passam, enquanto Keller reza, "Force a próxima reunião, force a próxima reunião". Deus deve estar ouvindo, porque o chefe mexicano conclui o encontro dizendo:

— *Estamos dispostos a fechar. Mas apenas com Jason, pessoalmente.*

— *Verei se consigo agendar uma reunião para amanhã* — diz Claiborne. — *Enquanto isso, posso lhes providenciar algum entretenimento?*

— *É muita gentileza, Chandler, mas podemos providenciar nosso próprio entretenimento.*

— *É claro.*

A reunião termina. Todos se despedem. Movimento de passos, portas fechando.

O passo seguinte é identificar o banqueiro mexicano, pensa Keller. Ele liga para Mullen.

— Dois dos meus melhores agentes os pegaram do lado de fora do The Pierre — diz Mullen. — Eles estão sendo vigiados. Estão hospedados no Peninsula. Estamos trabalhando para obter o registro.

— Eles vão usar nomes falsos, de qualquer maneira — comenta Keller. — Seu pessoal tirou fotos?

— Sim, mas não estão muito boas — diz Mullen. — Eles não quiseram se aproximar demais e assustá-los.

— Está certo — diz Keller. — Envie, mesmo assim; vamos mandar checar. E quanto a Cirello? Ele pode nos dar descrições?

— Já estou com elas.

Keller conta a Mullen sobe a reunião de amanhã com Jason Lerner.

— Olhe, esses caras não são virgens, já estiveram na cama com essa gente. Vou lhe mandar o arquivo do áudio, você vai ouvir.

— Isso pode nos conseguir um mandado?

— Não sei — responde Keller. — Depende de quem é essa gente.

—Vamos lhe enviar as fotos agora.

— Para mim, diretamente. Vou me mexer pra arranjar um mandado — diz Keller. — Nós vamos querer isso como prova. Precisamos trabalhar com Claiborne para forçar esses caras a uma admissão de ciência da culpa. Tomara que Darnell coloque Cirello na segurança mais uma vez. Ele pode trabalhar o lado de Darnell?

— Ele não pode forçar muito.

— É, eu não quero deixá-lo no sufoco. — Já acabei fazendo um infiltrado morrer, pensa Keller. O pai do Hugo. Não quero ter outro em minha consciência. — Diga-lhe que seja cauteloso. Mas se conseguirmos ligar Darnell ao pessoal do dinheiro...

— Jesus Cristo, hein, Art?

— É, converse com ele também.

As fotos chegam alguns minutos depois.

Mullen tinha razão, não são boas. Estão meio granuladas, tiradas do outro lado da rua. Três homens saindo do The Pierre. Os mesmos três homens fazendo check-in no Peninsula. Keller não reconhece nenhum deles.

Ele olha as fotos individuais.

O que ele rotula como "Banqueiro Mexicano 1" parece ter cinquenta e poucos anos — cabelos grisalhos, cavanhaque grisalho. Tem cerca de 1,80 m.

"BM 2" é mais jovem, trinta e tantos, ou quarenta e poucos anos, cabelos pretos, quase 1,90 m. Keller imagina que "BM 3" tenha trinta e poucos.

Ele poderia checar a base de dados da Narcóticos, mas tem gente na agência que está passando para Denton Howard tudo o que ele faz.

E Howard não pode saber sobre isso ainda.

Talvez, nunca.

Keller liga para Orduña, no México.

—Você pode checar umas fotos pra mim?

—Você tem recursos melhores que eu.

— Mas não posso usá-los — diz Keller.

Há um longo silêncio.

— *¿Así, es?*

Então, está assim?

— *Así, es* — responde Keller.

Não posso confiar em meu próprio pessoal.

— Mande.

— Você pode pedir pressa?

— Você é um pé no saco, Art.

— Famoso por isso — diz Keller. — Roberto, sabe como você está sempre resmungando que os EUA não assumem responsabilidade pela sua parte no problema das drogas? Isso sou eu, assumindo responsabilidade. No mais alto nível.

— Isso é você se metendo em problemas piores? — pergunta Orduña. — Seus dias podem estar contados.

— É por isso que eu preciso dessa ajuda agora.

— Sempre haverá emprego pra você aqui — diz Orduña.

Keller envia as fotos e depois espera por três horas intermináveis, até que Orduña ligue de volta.

— Em ordem crescente, BM 3 é Fernando Obregón. Ele é banqueiro de investimentos do HBMX. BM 2 é Davido Carrancistas, um executivo chefe no banco. BM 1 é seu vencedor: León Echeverría. Ele atua de forma independente.

— O nome é familiar.

— Na verdade, você o tem em seu banco de dados — diz Orduña. —Verifique seu arquivo fotográfico do casamento real de Adán e Eva. Ele era um convidado. Também estava no velório e enterro de Adán. Nós o mantemos sob vigilância há anos, décadas. Porém… Arturo, não sei o que você está arranjando por aí, mas Echeverría é bem relacionado, não apenas a Sinaloa, mas a certas pessoas de escalão muito alto na Cidade do México.

Do mais alto que há, explica Orduña. Echeverría é um grande colaborador do Partido Revolucionário Institucional, em todos os níveis. Ele tem interesses conjuntos com o governo atual e, na verdade, os auxilia com seus investimentos.

— Ele é *intocable* — diz Orduña.

Intocável.

Keller se encontra com o juiz Antonelli no bar do Hay-Adams Hotel, na rua 16, e senta-se junto a ele, em uma das banquetas vermelhas, abaixo da caricatura de Tip O'Neill.

— Por que essa cena de espião versos espião, Art? — pergunta Antonelli. — Nós dois temos escritórios perfeitamente funcionais.

— Eu preciso de um mandado.

— Você tem um batalhão de advogados pra isso.

Keller lhe conta para quem é o mandado.

— Você está me pedindo para cometer suicídio profissional, se eles ganharem — diz Antonelli.

— Se eles ganharem, vão substituí-lo, de qualquer maneira.

— Talvez não — diz Antonelli. — Talvez eu possa voar abaixo do radar. A menos que eu faça isso. Se eu lhe der esse mandado, isso pode ser rotulado como uma caça às bruxas política. Uma tentativa de jogar a eleição para os democratas.

— Não é — insiste Keller. — Ele mostra a Antonelli algumas das fotos que Orduña enviou. — Echeverría dançando no casamento de Adán Barrera, Echeverría no velório e funeral. Echeverría com Elena Sánchez, com Iván Esparza, com Ricardo Núñez, com Tito Ascensión, há até uma foto de Echeverría mais jovem, junto com Rafael Caro.

— Imagino que toda essa gente sejam figuras de cartéis — diz Antonelli.

— Isso mesmo.

— E daí?

— Tem gente suficiente aqui para justificar a suspeita de um crime — responde Keller.

— Um banco emprestando dinheiro?

— O HBMX já foi pego com a mão na cumbuca — diz Keller. — Em 2010, eles transferiram dinheiro de drogas através do Wachovia Bank; em 2011, foi com o HSBC; em 2012, com o Bank of America. Todos esses estão nos registros judiciários. Os bancos envolvidos fizeram acordos com a justiça e pagaram multas.

— Por que o México não prosseguiu com a ação penal?

— Acho que pelo fato de que o caminho deles não está mais limpo que nós — diz Keller.

Antonelli tamborila os dedos na mesa.

— Você não tem nenhum elo claro entre essa reunião e os traficantes.

— Um traficante de heroína chamado Darius Darnell providenciou a segurança da reunião.

— Como você sabe disso?

— Bill...

— Você está me pedindo pra botar o meu na reta.

— Temos um infiltrado próximo de Darnell — diz Keller.

— Arranje um depoimento juramentado.

— Se isso vazar — diz Keller —, esse cara pode ser morto.

Mais tamborilado.

— Você pode colocar essa pessoa ao telefone?

Leva vinte minutos. Keller liga para Mullen, que liga para Cirello, e Cirello liga para Keller. Keller diz:

— Não se identifique. Estou prestes a entregar o celular a um juiz federal que vai lhe fazer algumas perguntas.

— Está bem.

Keller entrega o celular a Antonelli.

— Aqui é o juiz William Antonelli — diz ele. — Preciso que você entenda que esta conversa tem o mesmo peso e função que teria se você estivesse em meu gabinete, falando sob juramento. Compreende isso?

— Sim, meritíssimo.

— Bom — diz Antonelli. — Você tem algum relacionamento com Darius Darnell e, caso tenha, qual é a natureza desse relacionamento?

— Trabalho para ele dentro de minha função de policial infiltrado — responde Cirello.

— Em seu conhecimento direto — diz Antonelli —, ele é envolvido com tráfico de drogas?

— Em meu conhecimento direto, Darnell trafica heroína.

— E você presta serviços de segurança para ele?

— Em minha função de policial infiltrado — confirma Cirello —, eu exerço, sim, algumas funções de segurança para Darius Darnell.

— E o sr. Darnell lhe pediu para prover segurança em uma reunião no hotel The Pierre, entre um representante da Construtora Terra Trust e determinadas instituições financeiras mexicanas?

— Ele me pediu, dois dias atrás — diz Cirello —, mas não me falou quem participaria da reunião.

— Posteriormente, você ficou sabendo a identidade desses indivíduos?

— Sim, fiquei.

— Por meio do sr. Darnell?

— Não.

— É de seu entendimento — pergunta Antonelli — que essa reunião estava ligada ao tráfico de drogas do sr. Darnell?

Keller fica na expectativa. Essa é *a* pergunta. Se Cirello responder que não sabe — que deve ser a resposta correta — o mandado provavelmente já era.

Então, ele ouve Cirello dizer:

— Esse é meu entendimento.

— Baseado em quê? — pergunta Antonelli.

Keller ouve Cirello mentir:

— Foi o que ele me falou.

— Obrigado. — Antonelli desliga. — Eu não sei.

— Bill — diz Keller —, eu preciso desse mandado. Preciso que você faça a coisa certa, aqui.

— Se ao menos fosse fácil saber qual é a coisa certa — diz Antonelli.

— Você sabe o que é certo — diz Keller.

— Você fez o certo — diz Mullen.

Mentir para um juiz federal?, pensa Cirello. Mas isso também faz parte de meu mundo bizarro: o errado é o certo.

— Você fez o certo — repete Mullen. — Nós conseguimos o mandado.

E é isso que importa, pensa Cirello.

Mullen diz:

— Agora, só precisamos torcer pra que o Darnell mande você novamente à reunião.

— Não há motivo pra não mandar — diz Cirello.

Chandler Claiborne está tendo um ataque.

— Eu não vou fazer isso outra vez — diz ele.

— Você não precisa fazer — diz Hidalgo. — A sala estará com escuta.

— Jason é meu amigo — afirma Claiborne. — Já ganhamos milhões juntos. Não vou colocá-lo numa armadilha.

— O que você está dizendo?

— Eu vou cancelar a reunião — responde Claiborne. — Vou arranjar o dinheiro em outro lugar.

— Como vai explicar isso a Lerner?

— Vou dizer a ele que os mexicanos desistiram.

— Se fizer isso, eu vou ligar para Jason Lerner e mostrar a gravação. Direi a ele que você é uma testemunha colaborativa. Então, o que acha que vai acontecer com você?

Chandler fica olhando para ele.

— Vocês são pessoas diabólicas. Realmente diabólicas.

— Por que não entramos no meu carro? — sugere Hidalgo. — Vamos até o necrotério, eu vou lhe mostrar uma overdose de heroína.

— Eu não enfio as agulhas nos braços deles.

— Você acha que Lerner é um cara firmeza? — pergunta Hidalgo. — Que ele se ferraria por você? Vamos fazer o seguinte: eu trago Lerner, e a gente vê quem fala primeiro. E deixe-me lhe dizer como isso funciona: o primeiro cara que delatar é liberado, todos os outros entram no ônibus que vai para a cadeia federal. Ouça, eu cansei de ficar debatendo. Qual vai ser? Você quer prestar colaboração integral, ou nós vamos jogar Guerra de Famílias?

Claiborne escolhe a porta número um.

\* \* \*

— Nessa reunião — diz Darnell —, talvez você veja gente que reconheça. Estou contando com sua discrição.

— Pra quem eu iria contar? — pergunta Cirello.

— Isso é verdade.

Cirello decide cutucar.

— O que está havendo? O que são essas reuniões? Quer dizer, sem querer ofender, mas esse não é exatamente o seu pessoal.

— Não são. — Ele faz uma pausa por um segundo, depois ri. — Embora meu filho estude com os filhos deles.

— Então...

— Neste país, um negro só chega sozinho até certo ponto — diz Darnell. — Depois, ele precisa dos brancos.

— Pra quê?

— Eu não voltar pra cadeia — diz Darnell. — Não interessa o que aconteça, nunca mais vou voltar pra lá.

Cirello não força mais.

Porque ele tem sua resposta. Darius Darnell acha que se for preso outra vez, seus parceiros da Terra e da Berkeley vão tirá-lo.

Ou ele os levará junto.

E Cirello pensa, que bom para você, Darnell.

Bom para você, porra.

Porque, sabe qual é a diferença entre um consórcio e um cartel?

O pão com queijo de vinte pratas.

Cirello faz a "varredura" da sala com cuidado, instalando vários microfones — em um vaso, atrás de um quadro, embaixo do sofá — então, ele começa a cantarolar baixinho.

Keller, em seu escritório, ouve perfeitamente.

Agora é uma questão de torcer para que nada dê errado no último segundo, que todos os participantes da reunião apareçam.

Os mexicanos providenciaram, mesmo, o entretenimento da noite de ontem. Segundo o pessoal de Mullen, eles jantaram no Le Bernardin e depois foram a um bordel exclusivo, no Upper East Side, e só voltaram para o Peninsula depois das duas da manhã.

Que bom, pensa Keller, qualquer coisa que os deixe menos atentos.

Cirello sai para o corredor e fica esperando.

Claiborne é novamente o primeiro a chegar.

— Bom dia.

— Bom dia, senhor. — E vá se foder.

Alguns minutos depois, chega Jason Lerner. Darnell estava certo, Cirello reconhece, mesmo, o homem, porque ele está sempre na página seis do *Daily News*, geralmente com a esposa deslumbrante no braço, em um ou outro evento beneficente. E pelos poucos minutos que Cirello observou a conversa, Lerner estava no pódio.

Cirello guarda o sorriso por dentro, mas está ali. Quando Darnell arranja um garoto branco, ele arranja um dos bons. Ele assente para Lerner e diz:

— Um de seus colegas já está aqui.

Lerner assente em resposta.

— Obrigado.

Ah, não me agradeça, pensa Cirello.

Escroto.

Os mexicanos chegam depois de cinco minutos.

Então, pensa Cirello, agora a festa pode começar.


Keller ouve Claiborne conduzir os procedimentos.

— *Espero que todos tenham tido uma boa noite.*

Que palhaço, pensa Keller.

— *Preparamos um uma oferta detalhada* — diz Claiborne —, *e se julgarem as condições aceitáveis, nós temos os contratos prontos para ser assinados. Portanto, analisem tranquilamente e, se houver dúvidas, nós ficaremos felizes em responder.*

O som está bom, pensa Keller. Surge o habitual tilintar de xícaras e copos de água gelada, mas as vozes são claras. E Cirello poderá testemunhar quanto à identidade das pessoas na sala.

Barulho de papel remexido.

Alguns comentários baixinhos, sobre detalhes.

Claiborne pergunta se pode reabastecer as xícaras de café.

Então, alguém — pelo som da voz, Keller acha que é o mais velho, Echeverría — diz:

— *Jason, que bom revê-lo.*

— *Bom ver você.*

— *Quanto tempo faz?*

Essa gente é tão arrogante, pensa Keller. Eles estão caminhando direto pro buraco.

— *Cabo* — responde Lerner. — *Foi no Ano-Novo há dois anos, eu acho.*

— *Acho que sim.*

A tensão é palpável, pensa Keller. Echeverría continua irritado porque Lerner não veio à primeira reunião. Isso é para fazer com que Lerner saiba que foi um insulto.

Claiborne pega a bola.

— *Então, vocês tiveram a oportunidade de olhar nos termos do acordo. Se precisarem de mais tempo...*

— *Os termos são aceitáveis* — diz Echeverría. — *Nós só queremos olhar Jason nos olhos e perguntar se nosso dinheiro está seguro com ele.*

— *Esteve seguro em Bladen Square, não esteve, León?* — pergunta Lerner. — *Esteve seguro no projeto Halterplatz. Estará seguro no Park Tower.*

Lerner não está muito a fim de engolir sapo, pensa Keller. Talvez seja seu novo status. Mas, Jesus, o cara nos deu simplesmente o histórico inteiro de seu relacionamento profissional com Echeverría.

Echeverría tampouco está disposto a ser cordial.

— *Mas, ao contrário daqueles outros projetos, o Park Tower está perdendo dinheiro. Você quer nos vender uma parte de uma obra falida, e estou me perguntando se é assim que velhos amigos se tratam.*

— *León, se acha que eu estou usando você só para reduzir minha dívida...*

— *Se eu achasse isso, não estaria sentado aqui.*

— *Então...*

— *Cavalheiros* — diz Claiborne, performático —, *esta é uma situação ímpar...*

— *De que forma?* — pergunta Echeverría.

— *Conforme discutimos ontem* — diz Claiborne —, *vocês precisam investir o dinheiro e suas opções são, digamos, não ilimitadas.*

— *Nosso dinheiro não é limpo o suficiente para vocês?* — pergunta Echeverría.

Você está perto, Claiborne, pensa Keller. Continue em frente.

Mas Lerner interrompe.

— *Seu dinheiro é bom como o de qualquer outro, é claro. Se não achássemos isso, não estaríamos sentados aqui. León, você está certo, nós somos velhos amigos e, se eu fiz algo que prejudicasse essa amizade, peço desculpas. Lamento. Entre velhos amigos: eu preciso de você. Se você não participar, vou pedir a execução da hipoteca e perderei a propriedade.*

Keller fica ouvindo o longo silêncio. Então, ouve Echeverría dizer:

— *Nós estamos prontos para assinar.*

— *Que ótimo* — responde Claiborne.

Keller escuta o barulho da papelada. Então, ele ouve Lerner dizer:

— *Na verdade, León, nós podemos fazer dessa forma, ou podemos simplesmente dispensar os contratos.*

— *Jason, eu...* — diz Claiborne.

Ele está claramente surpreso.

Mas Lerner fala:

— *Tenho certeza de que você compreende que nós estamos passando por exames minuciosos, nos últimos tempos. É como morar num aquário, com um holofote em cima. Sem qualquer ofensa desse mundo, cavalheiros, mas o nome do HBMX no consórcio talvez atraia atenção que nós não queremos, neste momento específico. Se houver um meio que possamos...*

— *Está sugerindo que façamos um negócio de 285 milhões de dólares com um aperto de mãos?* — pergunta Echeverría.

— *Como você disse, nós somos velhos amigos.*

Claiborne diz:

— *Jason, isso é altamente...*

— *Pode deixar, Chandler. Eu cuido disso.*

Sim, cale a boca, Chandler, pensa Keller.

— *Como vai fazer a contabilidade do dinheiro?* — pergunta Echeverría.

— *Como você observou* — diz Lerner —, *nós temos espaço vago do Park Tower. Talvez você tenha empresas de fachada com as quais possa alugar parte daquele espaço, e o dinheiro vai figurar como renda. Outros fundos podem ser discriminados como cobranças de obras... quer dizer, tem uma centena de maneiras de fazer isso.*

Echeverría ri.

— *Jason, estou aqui tentando lavar dinheiro, não sujá-lo ainda mais.*

Bingo, pensa Keller.

— *Eu compreendo isso* — diz Lerner —, *mas se pudermos chegar a um acordo... menos formal, nós estamos dispostos a lhe dar dois pontos extras, o que o elevaria à terceira posição, no consórcio. Eu prometo, León, o Park Tower será um empreendimento vencedor. Seus garantidores vão ganhar muito dinheiro. Dinheiro limpo.*

Jesus Cristo, pensa Keller. Lerner acabou de confessar uma montanha de crimes. Ele não se incriminou quanto a lavagem de dinheiro, mas quanto a uma fraude gigantesca e violações de dúzias de leis federais.

Mas ele tem culhão, Keller tem que admitir.

Duzentos e oitenta e cinco milhões sem papel.

E, portanto, sem caução.

Mas isso é comum para os cartéis de drogas. Eles raramente obtêm caução, porque não precisam. As vidas do devedor e de suas famílias são a caução. Lerner deve saber disso, mas ele talvez se sinta tão poderoso agora, tão bem conectado, que pensa estar acima disso.

Ele é *intocable*.

Mas será que Echeverría vai aceitar? Cartéis costumam antecipar um milhão ou dois, talvez até cinco, em drogas, mas 285 milhões de dólares?

— Eu *preciso fazer uma ligação* — anuncia Echeverría.

— *Nós lhe daremos privacidade* — diz Lerner.

— *Não, eu só vou até ali fora, no corredor.*

Não, pensa Keller. Não, droga, não.

Mas Echeverría sai e tudo o que Keller fica ouvindo durante os dez minutos seguintes são os pés das pessoas para lá e para cá, líquidos sendo servidos, conversa em tom baixo, sobre a porra do tempo, esportes, o melhor trajeto para chegar à porra do aeroporto JFK…

Finalmente, Echeverría volta.

— Três pontos, Jason.

Só isso?, pensa Keller. Ele negocia um ponto a mais e é só?

Não.

— *E* — diz Echeverría —, *como mencionou, você está sob análise minuciosa, por conta de seus contatos próximos. Eu esperaria que, se lhe fizermos esse favor, como um velho amigo, você nos disponibilizaria alguns desses contatos, caso precisemos de um ouvido para expor nossos pontos de vista.*

Por mais que Keller o despreze, por mais que queira botar toda essa cambada na cadeia, ele está quase torcendo para que Lerner recuse o homem na bucha.

— *Não posso prometer* — diz Lerner — *que nossos contatos tomariam ou não determinadas atitudes…*

— *É claro que não* — diz Echeverría.

Certo, pensa Keller.

— *Mas você sempre encontrará um ouvido* — diz Lerner.

Meu Deus, pensa Keller.

Meu Deus.

Se John Dennison ganhar a eleição…

O cartel comprou a Casa Branca.

Agora nós ultrapassamos todos os limites, cruzamos a fronteira.

# LIVRO 4

# Cerimônia de posse

*"E assim, visto a nudez de minha vilania com alguns pedaços roubados dos livros sagrados"*

— Shakespeare

*Ricardo III*, ato 1, cena 3

# 1

# Terras Estrangeiras

*"Anaxágoras disse a um homem entristecido por morrer em terras estrangeiras: 'A descida ao Hades é a mesma, a partir de todos os lugares'."*

— Diógenes

**Washington, DC**
**Novembro de 2016**

Na manhã após a eleição, Keller acorda achando que não conhece mais seu próprio país.

Nós não somos quem achávamos ser, pensa ele.

De jeito algum, quem eu achei nós fôssemos.

Ele prossegue nos afazeres matinais de modo mecânico. Fica em pé no chuveiro quente, como se o jato fosse enxaguar dele a depressão (não enxágua), faz a barba, se veste, depois desce e esquenta água para o café.

O que o deprime é a perda de um ideal, uma identidade, uma imagem do que é esse país.

Ou era.

Que seu país tenha votado por um racista, um fascista, um gângster, um envaidecido, um exultante narcisista, uma fraude. Um homem que se gaba por atacar mulheres, que debocha de um deficiente, que se aconchega com ditadores.

Um mentiroso manifesto.

É pior que isso, claro.

Keller viu ontem, quando John Dennison subiu ao palanque, e logo atrás dele estava Jason Lerner, um homem íntimo do cartel, em débito com o cartel. Lerner já foi indicado como "consultor especial" do novo presidente e, como tal, terá acesso livre à segurança nacional, acesso aos assuntos de alta confidencialidade.

O que significa que a Casa Branca, o Departamento de Narcóticos e o aparato da inteligência nacional foram todos penetrados pelo cartel.

E você tem dois meses, pensa Keller, para impedir isso.

Ele leva uma caneca de café para o andar de cima, onde Marisol está com as cobertas por cima da cabeça.

— Cedo ou tarde, você terá que levantar — ele diz, pousando a caneca na mesinha de cabeceira.

— Não necessariamente.

— Vai passar o resto da vida embaixo das cobertas? — pergunta Keller.

— Talvez sim. — Ela põe o rosto para fora do cobertor. — Arturo, como isso pôde acontecer?

— Não sei.

— Você vai pedir demissão?

— Eu sairia, de qualquer jeito — responde Keller. — É procedimento operacional padrão.

— Mas ela não teria aceitado.

Keller sacode os ombros.

— Você não tem como saber. Todo novo presidente tem direito à sua própria indicação para esse cargo.

— Deixe de ser tão estoico.

— Não é estoicismo — diz Keller. — É desânimo existencial. Eu vou ao escritório.

— Sério?

— É dia de trabalho.

O empréstimo é liberado.

Claiborne obedientemente entrega a papelada.

É imensa.

Parte está em formato de contratos de locação, já que empresas de fachada recebem dinheiro do HBMX e ocupam espaço no Park Tower. E são só de fachada *mesmo*, pensa Keller: com escritórios vazios, sem nada dentro.

Parte do dinheiro sai em turnê, dando a volta ao mundo, transferida do HBMX para a Costa Rica e Ilhas Cayman, depois para a Rússia, de onde é distribuída a diversos bancos de lá, da Holanda e da Alemanha. O dinheiro então vai para as empresas de fachada, nos EUA, a escritórios de advocacia e fundos de cobertura, antes de finalmente chegar à conta da Terra.

Então, vêm os pedidos de compra para reformas do prédio: janelas, drywall, hidráulica, carpete, materiais de limpeza, itens que são comprados, mas, conforme Claiborne explica, nunca se materializam de fato.

De uma maneira ou de outra, o HBMX transfere 285 milhões para a Terra.

A Terra quita sua dívida.

A Berkeley recebe dez milhões de comissão.

O bônus de Claiborne é de um milhão.

\* \* \*

Keller revisa seu caso potencial.

Ele já tem provas contra Lerner, a Terra e a Berkeley, possivelmente por duas infrações federais de lavagem de dinheiro. Lerner se incriminou na gravação sobre evitar relatar as exigências que envolvem transações monetárias acima de dez mil (não sacaneia), e há uma instituição financeira envolvida.

Mas a lei 18USC de 1957 é a menor de duas acusações, com pena máxima de dez anos. A paulada é a lei 18USC de 1956, que duplica a pena e exige uma multa que igualmente dobra o valor da quantia lavada. Mas a de 1956 requer que o réu tenha conhecimento da fonte escusa do dinheiro. Lerner, Claiborne e o restante *tinham* que saber que os 285 milhões eram provenientes de drogas.

Nós ainda não temos prova disso, pensa Keller.

Estamos perto, mas um bom advogado de defesa — e esses caras têm os melhores — vai detonar o que temos.

Ou melhor, o que não temos.

Não temos Lerner admitindo saber que Echeverría representa dinheiro de drogas.

Eles terão que mandar Claiborne agir de novo.


Hidalgo está dentro de uma van estacionada perto da Bay View Drive, em Jamestown, Rhode Island, usando um headphone.

Claiborne veio à "casinha" de veraneio de Lerner, do outro lado de Narragansett Bay, Newport. Lerner tem também uma casa na região dos Hamptons, mas acha que ficou "clichê demais".

Hidalgo ouve os copos tilintando.

— *Essa merda é mais velha que os nossos pais* — diz Lerner. — *Eu estava guardando para uma ocasião especial.*

— *Fico honrado.*

— *Não, ouça* — diz Lerner —, *você nos tirou de um buraco fundo e eu sou grato.*

— *É meu trabalho.*

— *Acima e além* — diz Lerner. — *Saúde.*

— *Saúde* — repete Claiborne. — *E obrigado por mandar o helicóptero.*

— *A 95 é um pé no saco de sexta-feira* — diz Lerner. — *Eu não o faria passar por isso.*

Silêncio.

— *Então, o que aconteceu?* — pergunta Lerner. — *Pareceu urgente.*

— *Eu estou preocupado.*

— *Você parece preocupado. Com quê?*

Vamos, Chandler, pensa Hidalgo. Consegue isso logo. Está um gelo aqui fora.

— *Você sabe a procedência do dinheiro do HBMX, certo?* — pergunta Claiborne.

— *Já fiz negócios com Echeverría.*

Cretino arisco, pensa Hidalgo. Não perca o fio da meada, Chandler.

— *Então, você sabe que é dinheiro de drogas* — conclui Claiborne.

Meu garoto.

— *Não tenho certeza disso* — diz Lerner. — *Nem você.*

— *Ora, vamos, Jason.*

— *Vamos você, Chandler* — diz Lerner. — *Foi você que montou o consórcio. Se alguma procedência for problemática, isso é responsabilidade sua, não minha.*

Culhão, pensa Hidalgo. Digam o que quiserem de Lerner, mas esse cara tem culhão. Você tem que forçar a barra, Chandler.

— *Se eu cair* — declara Claiborne —, *não vou cair sozinho.*

— *O que quer dizer?*

— *Quer dizer que eu estou lhe informando que é dinheiro de drogas* — responde Claiborne.

— *Jesus Cristo, você está com um grampo?*

Caralho. Não pira, Chandler. Fica frio.

— *Não seja babaca.*

— *Você está?!*

— *Não!*

— *Porque se estiver...*

— *Você acha que eu mexeria com essa gente?* — pergunta Claiborne. — *Você sabe quem são eles, sabe o que eles fazem.*

Bom trabalho, meu garoto. Você está ficando bom nisso. Botou de volta nos trilhos, direitinho.

— *Sim, eu sei. Você sabe?*

Isso sugere ameaça. Conhecimento de culpa inerente.

— *Eles vão matar a mim e minha família toda* — diz Claiborne.

— *Sim, isso mesmo.*

— *Eu estou com medo, Jason. Estou pensando em talvez ir à polícia.*

Lá vamos nós.

— *Não faça isso* — diz Lerner. — *Essa é a última coisa que você vai querer fazer.*

— *Se isso for por água abaixo...*

— *Nós estamos cobertos* — afirma Lerner. — *Você não entende isso? Se é dinheiro de droga, se é dinheiro russo, tanto faz, nós podemos mandar encerrar qualquer investigação. Agora somos blindados. Somos intocáveis.*

Talvez não, J, pensa Hidalgo. Talvez não, depois de você ser gravado falando isso.

— *Não sei...*

— *Chandler, eu precisava dessa porra desse empréstimo* — diz Lerner. — *Meu sogro precisava dessa porra desse empréstimo. Está entendendo o que eu estou dizendo?*

Puta que o pariu, pensa Hidalgo. Puta que o pariu.

Silêncio.

— *Beba seu uísque e relaxe* — diz Lerner. — *Vai ficar tudo bem.*

— *Eu espero que sim.*

— *Eu sei que sim* — diz Lerner. — *Vou chamar o helicóptero para buscar você.*

— *Está bem. Obrigado.*

Hugo Hidalgo tira o headphone.

Certo, pensa ele.

Valeu.


—Você foi bem — diz Hidalgo.

Ele tira o microgravador de debaixo da gola de Claiborne, conecta a um USB e faz o download do conteúdo em seu laptop.

— E se ele me revistasse?

— Ele não encontraria isso.

— E se encontrasse?

— Aí, eu acho que vocês teriam uma daquelas brigas de escola, quando duas piranhas se estapeiam, até que uma fique tonta — diz Hidalgo. — A questão é que ele não encontrou, e agora nós o pegamos numa 1956.

— Acho que ele está desconfiado.

— Claro que ele está desconfiado — responde Hidalgo. — Todos estão desconfiados.

— E agora, o que acontece?

— A gente avisa você — diz Hidalgo. — Continue tocando a vida, até entrarmos em contato. Vá jogar squash, beber uns martínis, velejar, fazer o que vocês fazem quando não estão ocupados nos causando problemas. Entraremos em contato quando precisarmos de você.

— Com certeza vão.

— É bom saber que existem certezas nesta vida, não é?


Keller ouve a gravação.

— *Chandler, eu precisava dessa porra desse empréstimo. Meu sogro precisava dessa porra desse empréstimo. Está entendendo o que eu estou dizendo?*

É, eu acho que estou, pensa Keller.

Dennison tem interesse na Terra. Interesse que ele não revelou em nenhum formulário financeiro.

Mas será que ele sabe sobre o empréstimo do Park Tower?

Keller honestamente espera que não, mas isso está a um passo de distância. O negócio agora é instaurar um processo contra Lerner.

O problema em mover a acusação contra Jason Lerner, pensa Keller, é encontrar um procurador assistente, um promotor público que assuma o caso.

Assim como ele, os promotores públicos são indicados pela Casa Branca e geralmente "aderem" a cada novo governo. Alguns mantêm seus cargos, muitos não. Mas os casos de acusação são regidos pelos assistentes da procuradoria, e os APs são indicados pelo procurador-geral dos Estados Unidos, como lhe aprouver.

O próximo PG não terá prazer em acusar Jason Lerner.

Nem a Terra.

O próprio Lerner disse isso, *"Agora somos blindados. Somos intocáveis"*.

O escroto arrogante talvez tenha razão.

Um assistente da procuradoria terá medo de assumir o caso (seria suicídio de carreira), e se eu for até um promotor federal com o que sei, pensa Keller, ele ou ela irão direto até Lerner contar tudo.

A ironia disso tudo é brutal — o mesmo procurador-geral que vai pressionar por penas máximas por posse de maconha vai impedir a acuação de gente que está lavando a maior quantia em dinheiro de drogas no mundo.

Porque eles são ricos, brancos e bem relacionados.

Se uma nota de dez pratas trocar de mãos nos conjuntos habitacionais, a pessoa vai em cana. Mas se alguém transferir trezentos milhões de dólares em Wall Street, vai jantar na Casa Branca.

*"Agora somos blindados. Somos intocáveis."*

Talvez não, filho da puta.

Talvez não.


A abordagem tem que ser feita cuidadosamente, com muito tato, pois ele só terá uma chance.

E se eu estiver errado em minha intuição, pensa Keller, acabou. Ele deixa o escritório logo cedo, na sexta, pega o Acela até Nova York e faz o check-in no Park Lane.

O quarto tem uma vista linda do Central Park.

A campainha toca.

O procurador-geral do estado de Nova York estende a mão. Ele é alto, magro, tem cabelos pretos com mechas grisalhas.

— Drew Goodwin.

— Art Keller. Entre.

Goodwin entra e olha a vista.

— Aceita uma bebida? — pergunta Keller.

— Bourbon, se você tiver — diz Goodwin. — Mas o suspense está me matando. O chefe da Divisão de Narcóticos da NYPD me pergunta se eu posso ter uma reunião secreta com o cabeça do Departamento de Narcóticos. Em seu quarto de hotel. Vão pensar que estou tendo um caso.

Keller serve um Wild Turkey do frigobar. Goodwin pega seu drinque e senta no sofá.

— Eu preciso de sua palavra — diz Keller — de que o que for dito aqui fica aqui.

— Estamos em Vegas, agora?

— Você não é amigo do novo governo.

— Isso não é nenhum segredo — responde Goodwin. — Sou um liberal, democrata, judeu nova-iorquino básico.

— Você pressionou pelas reformas nas penas por drogas.

— Assim como você.

— E você processou Dennison por fraude.

— Sua assim chamada "universidade" era uma fraude — diz Goodwin. — Não vim aqui para ouvir um resumo da minha Wiki. Aonde quer chegar?

— Preciso de alguém que não tenha medo do novo governo — explica Keller. — Alguém que não deva nada a eles, alguém que não precise manter o emprego. Você atende a todos esses requisitos. Mas você tem laços com Nova York. Recebe doações de campanha dos interesses comerciais da cidade.

— Não vou me submeter a um teste de talentos pra você, Keller — diz Goodwin. — Mullen me disse que você é ponta firme, mas fale de uma vez, ou eu tenho mais o que fazer.

— Preciso de um promotor.

— Você tem milhares de promotores — retruca Goodwin. — É o que se chama Departamento de Justiça.

— Nenhum deles vai aceitar esse caso.

— E você acha que eu vou — diz Goodwin.

— Todos os atos ilícitos ocorreram em Nova York.

Goodwin dá de ombros.

— Então, me apresente.

Keller mostra as gravações.

Goodwin ouve...

— *Esteve seguro em Bladen Square, não esteve, León? Esteve seguro no projeto Halterplatz. Está seguro no Park Tower...*

— *Seu dinheiro é bom como o de qualquer outro, é claro. Se não achássemos isso, não estaríamos sentados aqui. León, você está certo, nós somos velhos amigos e, se eu fiz algo que prejudicasse essa amizade, peço desculpas. Lamento. Entre velhos amigos: eu preciso de você. Se você não participar, vou pedir a execução da hipoteca e perderei a propriedade...*

—*... se i pudermos chegar a um acordo... menos formal, nós estamos dispostos a lhe dar dois pontos extras, o que o elevaria à terceira posição, no consórcio. Eu prometo, León, o Park Tower será um empreendimento vencedor. Seus garantidores vão ganhar muito dinheiro. Dinheiro limpo...*

— *E como você mencionou, você está sob análise minuciosa, por conta de seus contatos próximos. Eu esperaria que, se nós fizermos esse favor a você, como um velho amigo, você nos disponibilizaria alguns desses contatos, caso precisemos de um ouvido para expor nossos pontos de vista.*

— *Não posso prometer que nossos contatos tomariam ou não determinadas atitudes... mas você sempre encontrará um ouvido.*

— Quem eu estou ouvindo aqui? — pergunta Goodwin.

— Jason Lerner.

— Jesus Cristo.

— Ele está falando com León Echeverría — diz Keller —, grande figura do círculo financeiro e político mexicano. Echeverría montou um consórcio com vários cartéis de drogas para atuar através de um banco chamado HBMX.

— Você não tem a conscientização de Lerner.

Keller põe mais gravações.

— *Se eu cair, não vou cair sozinho.*

— *O que quer dizer?*

Goodwin para a gravação.

— Quem está falando aqui?

— Chandler Claiborne.

— Eu conheço o cara.

Keller liga novamente a gravação.

— *Quer dizer que eu estou lhe informando que é dinheiro de drogas.*

— *Jesus Cristo, você está com um grampo?*

— *Não seja babaca.*

— *Você está?!*

— *Não!*

— *Porque se estiver...*

— *Você acha que eu mexeria com essa gente? Você sabe quem são eles, sabe o que eles fazem.*

— *Sim, eu sei. Você sabe?*

— *Eles vão matar a mim e minha família toda.*

— *Sim, isso mesmo.*

— *Eu estou com medo, Jason. Estou pensando em talvez ir à polícia.*

— *Não faça isso. Essa é a* última *coisa que você vai querer fazer.*

— *Se isso for por água abaixo...*

— *Nós estamos cobertos. Você não entende isso? Se é dinheiro de droga, se é dinheiro russo, tanto faz, nós podemos mandar encerrar qualquer investigação. Agora somos blindados. Somos intocáveis.*

— *Não sei...*

— *Chandler, eu precisava dessa porra desse empréstimo. Meu sogro precisava dessa porra desse empréstimo. Está entendendo o que eu estou dizendo?*

Keller para a gravação.

— Acho que eu preciso de outro drinque — diz Goodwin.

Keller serve para ele.

Goodwin pergunta:

— Você sabe o que tem aqui, certo? Sabe o que isso pode causar? Não se admira que você queira um promotor federal para assumir o caso.

— Você pode incorrer pela 47:20 — diz Keller.

O estado de Nova York tem seu próprio estatuto referente a lavagem de dinheiro, uma infração de Classe B, com pena de até vinte anos de cadeia e um milhão de dólares em multa, duplicada se houver envolvimento com drogas.

— Bela jogada, Keller — diz Goodwin.

— Você é um funcionário público eleito pelo estado de Nova York — argumenta Keller. — O governo não pode tocar em você.

— Isso passa uma péssima impressão — diz Goodwin. — Dennison está na sua cola, desde que você assumiu o cargo. Isso vai parecer vingança. O mesmo comigo, eu já fui gravado falando que o novo presidente é um picareta. Quem mais sabe sobre isso?

— Mullen — responde Keller —, um cara do meu pessoal e eu. Só.

— Você quer que vá em cima de algumas das pessoas mais poderosas de Nova York — diz Goodwin. — Eu frequento clubes com gente da Terra, da Berkeley. Eles contribuíram para a minha campanha, seus filhos estudam com os meus.

— Há garotos morrendo por esse estado inteiro — diz Keller. — Seus colegas de clube estão lavando dinheiro de heroína e sabem disso.

— Não seja hipócrita comigo. — Ele olha pela janela, depois pergunta: — Você me mostrou tudo o que tem?

— Quando seus peritos contábeis auditarem o Park Tower — afirma Keller — eles vão encontrar empresas de fachada, superfaturamentos, notas frias de compra...

— Não tenho dúvidas — diz Goodwin. — E que vantagem você leva nisso, Keller? Você está saindo. Se fizer isso, vão *enforcar* você.

— Eles vão tentar.

— Então, por quê?

— Isso faz diferença?

— Sim, faz — insiste Goodwin. — Se eu entrar nessa briga, gostaria de conhecer o cara que está ao meu lado. Você está a fim de enrabar Lerner, ou nosso novo presidente, ou só quer fazer barulho a caminho da porta?

— Você vai rir da minha resposta.

— Tente.

— Eu sou patriota.

Goodwin fica olhando para ele.

— Eu não estou rindo. Meu avô veio da Polônia. Se eu tivesse conchavo com esses escrotos, ele me amaldiçoaria do túmulo.

— O que ele diria se você deixasse esses escrotos livres? — pergunta Keller. — Porque agora, você não pode mais alegar que não sabia de nada.

— Vou precisar de Claiborne — diz Goodwin. — Para validar as gravações.

Goodwin pousa o copo e levanta. Um sinal claro de que essa reunião acabou e que tudo o que precisava ser dito foi dito.

Ele assente educadamente para Keller e sai do quarto.


— Vocês não acham que eu vou testemunhar, acham? — diz Claiborne.

— Você acha que não vai? — pergunta Hidalgo. — Nós temos que ir a júri para mover a acusação formal, e não podemos fazer isso sem seu testemunho.

— Vocês têm as gravações!

— Precisamos que você ateste a validade dessas gravações.

— Eu não vou testemunhar — diz Claiborne.

— Então, você vai pra cadeia.

— Você me falou — diz Claiborne —, você prometeu. Que eu só estaria nos "bastidores", fornecendo dados para a inteligência. Você não falou nada quanto a testemunhar.

Hidalgo sacode os ombros.

— Olhe o seu acordo. Em troca da imunidade, você concordou em fazer o que nós precisássemos que fizesse. Se pular fora agora, Nova York vai dar prosseguimento à acusação e nós vamos entrar com o processo por lavagem de dinheiro. Então, digamos que você cumpra cinco anos em Nova York; *depois* que você sair, você começa a cumprir sua pena federal. Aliás, só pra você saber, é preciso cumprir, no mínimo, oitenta por centro de uma pena federal. Portanto, digamos que pegue vinte anos, que não é nada de mais, você cumpriria… bem, você é um cara dos números, faça a conta.

— Você não entende — insiste Claiborne. — Você não conhece essa gente.

Eu não *conheço* essa gente?, pensa Hidalgo. Essa gente torturou meu pai até a morte.

— Prefiro ir pra cadeia — afirma Claiborne. —Vou ficar com a cadeia.

Ele levanta.

— Senta, Chandler — diz Hidalgo. Keller o instruíra exatamente como lidar com esse momento. — Eu disse pra sentar.

Claiborne senta de novo.

Hidalgo espera até ter a atenção total de Claiborne. Keller ensinou-lhe, *Faça com que ele crie o hábito de obedecê-lo, até nas pequenas coisas.*

—Vou lhe explicar uma coisa. Você não tem escolha. Nós temos escolhas. Nós escolhemos por você. Se você desistir, acontece o seguinte: nós vamos deixar vazar para Lerner que você é um delator. Lerner vai até Echeverría, Echeverría vai aos amigos do cartel.

Claiborne parece aterrorizado.

—Vocês fariam isso?

— Isso depende de você — diz Hidalgo.

Meu Deus, Keller previu exatamente o que eu diria, o que Claiborne responderia.

Ele fica encarando Claiborne.

Agora, Claiborne não tem nada a dizer.

— Mas, se você ficar — afirma Hidalgo —, se trabalhar conosco, nós vamos trabalhar com você. Vamos prover proteção, uma nova identidade, uma nova vida.

— Como sei que posso confiar em vocês?

—Você não sabe — diz Hidalgo. — Mas, quem mais você tem, em quem pode confiar? Diga-me a lista de candidatos, Chandler. Seus amigos próximos na Terra? Lerner? Echeverría? Ou a pessoa que está sentada com você, neste momento, olhando em seus olhos, prometendo que vai tirar sua família da roubada em que você os colocou? Veja os números; nem uma única pessoa que entrou no Programa Federal de Proteção à Testemunha e permaneceu no programa foi morta. Já com os caras que preferiram a prisão… isso acontece toda hora. E se você escolher isso, sua família estará por conta própria.

—Você não os protegeria?

— Eu, sim — diz Hidalgo —, se coubesse a mim. Mas como é que eu vou chegar aos meus chefes e justificar uma despesa ilimitada com um cara que simplesmente nos fodeu? Eles iriam rir de mim e me botar pra fora da sala. Sua família não significa nada pra eles.

—Vocês são as piores pessoas do mundo.

— É, nós somos terríveis — diz Hidalgo.

E você estava pouco se fodendo para as famílias das pessoas que morreram de overdose da heroína paga pelo dinheiro que você lava. Você aceita dinheiro de gente que quebrou as pernas do meu pai, que arrancou a pele do corpo dele e o manteve vivo, com drogas, para que ele sentisse a dor.

Vá se foder.

Foda-se sua casa nos Hamptons.

Foda-se sua família.

— Então, qual vai ser? — pergunta Hidalgo. — Meu trem está vindo. Não quero perdê-lo. Tenho um jantar com uma garota.

Ele já sabe o que será.

Exatamente como Keller lhe dissera: dê às pessoas a escolha entre uma opção ruim e outra pior, e elas ficarão com a ruim. Elas vão espernear, gritar, reclamar, mas é como naquelas fases terminais — elas acabam aceitando.

— Você não me dá escolha alguma — responde Claiborne.

— Eu farei contato — diz Hidalgo.

Ele levanta e segue rumo à porta que leva até seu trem.

Keller ainda não está morto, mas já estão cortando seu cadáver.

Nos corredores de Arlington, nos escritórios de campo, as pessoas estão se virando para se adaptar à nova situação, correndo na tentativa de salvarem seus empregos ou encontrarem algo melhor, mudando suas filosofias para se alinharem melhor ao novo governo que desponta.

Keller não pode culpá-las; a sobrevivência é uma reação natural.

Começa com Blair. Ele entra no escritório com cara de dia chuvoso.

— O quê? — pergunta Keller.

Blair olha pro chão.

— Se você tem algo a dizer — fala Keller — diga.

— Você vai embora, Art — anuncia Blair. — Eu tenho que ficar. Tenho um filho na faculdade, outra no primeiro ano do Ensino Médio...

— E você não quer ser transferido para o leste da Mongólia.

— Preciso me afastar de você — diz Blair —, de agora até o momento em que o novo cara assumir.

— Será Howard.

— É o que estão dizendo?

— É o que estão dizendo.

E você sabe que é isso o que estão dizendo, Tom. Do contrário, não estaria aqui.

— Espero que não haja ressentimentos — diz Blair.

— Claro que não — garante Keller. — Então, o que você quer fazer? Quer sair no pau, no corredor? Eu acuso você de ter roubado meu sanduíche da geladeira do escritório...

— Você deve ter algumas coisas em andamento — diz Blair. — Eu só não quero ter nada a ver com isso.

— O que você disse ao Howard?

— Nada.

— O que você *vai* dizer a ele? — pergunta Keller.

É o que o pessoal dos cartéis faz, quando as pessoas vão presas, pensa Keller. Afirmam que tudo bem passar informação; só nos conte o que vai dizer, para que nós possamos nos organizar.

— Que você está investigando Lerner? — diz Blair.

— Você está me perguntando, ou me contando?

— Acho que estou lhe pedindo permissão.

— Você quer minha permissão pra me foder? — pergunta Keller. — Certo, então bota só a cabecinha. Alerte Howard pra cuidar dos amigos, mas que você não sabe detalhes. Você consegue dormir com isso?

— E *você*, consegue?

— Eu terei que conseguir, não é? — Keller levanta e Blair entende o sinal de que a reunião acabou. — Obrigado por todo o seu excelente trabalho e apoio, Tom. Eu realmente agradeço.

— Eu lamento, Art.

— Não lamente.

É para isso que fazem botes salva-vidas, pensa Keller. Espera-se que somente o capitão afunde com o navio.

Keller chama Hidalgo.

— Blair vai para o lado do mal — conta Keller. — Ele vai falar ao Howard sobre a Agitador.

— Então, já era.

Keller sacode a cabeça.

— Nós vamos usar isso em nosso favor. Se Howard quer enfiar a cabeça na forca, nós vamos deixar.

— O que quer dizer?

— Vamos ver pra quem ele conta — explica Keller. — Se chegar a Lerner, isso irá nos dar uma dimensão da coisa. Nós injetamos veneno, vamos ver até onde vai, pela corrente sanguínea.

— Se Howard vazar isso, é obstrução de justiça.

— Limpe tudo o que houver de dados da Agitador — diz Keller. — Apague tudo dos computadores, leve os arquivos físicos. Quero tudo fora do prédio.

— Falando em obstrução.

— Se você não estiver disposto a isso...

— Eu estou disposto.

— De agora em diante, a Operação Agitador será tocada fora daqui — afirma Keller. — Quem ainda é leal a nós no setor de inteligência?

Hidalgo levanta alguns nomes.

— McEneaney, Rolofson, Olson, Woodley, Flores, Salerno...

— Mande eles criarem uma tonelada de dados insignificantes como entulho — diz Keller —, passando para Blair. Nada que seja importante passa por ele; vai direto pra você e de você, pra mim. Eles fariam isso?

— Aqueles caras iriam até o inferno por você — responde Hidalgo. — Tem muita gente que iria...

— Não precisamos de muita gente — diz Keller —, só dos corajosos, dos poucos dispostos ao suicídio profissional. Eles precisam entender que nós não podemos oferecer nenhuma proteção, a partir de 17 de janeiro.

— Já tem muita gente empacotando as coisas — diz Hidalgo.

— Elabore um bocado de informações falsas — repete Keller — e mande para Blair.

Um teste de eco.


Não demora muito.

Naquela tarde, Howard entra na sala de Keller.

— Veio tirar as medidas para as cortinas? — pergunta Keller.

— Você está escondendo uma investigação de mim? — pergunta Howard. Blair fez seu acordo.

— Eu não confio em você — diz Keller. — Você usa as informações que recebe pra me derrubar.

— Você criou reinos particulares dentro desta organização — diz Howard —, numa infração direta a nossas diretrizes de transparência, de modo a manter planos pessoais de motivação política que está em conflito com nosso propósito.

— Quem escreveu isso pra você?

— Criar uma operação de bandeira falsa dentro da agência pode até constituir um crime — afirma Howard.

— Você é o advogado.

— Você não sabe com quem está se metendo.

— A qualquer momento que você queira me contar, Denton — diz Keller —, ficarei feliz em ouvir seu depoimento juramentado.

— Para essa caça às bruxas?

— Estamos cheios de rodeios — diz Keller. — Você quer ser específico sobre o que o preocupa? Dar nome aos bois?

Howard não responde.

— Isso é um não? — pergunta Keller. — Então, o que nos resta para conversar?

— Eu quero os arquivos.

— Eu quero um pônei.

— Se eu identificar — diz Howard — qualquer empenho de sua parte para apagar ou remover arquivos antes de sua partida, juro por Deus, eu vou acusá-lo criminalmente.

— Saia daqui — diz Keller. — Antes que eu me incrimine por agressão.

— Fazendo jus ao que é de se esperar — responde Howard. — Como é mesmo que o chamam? "Keller Matador"?

— Talvez seja bom você se lembrar disso — diz Keller.

Eles se encontram no monumento Washington.

Imperceptíveis, em meio aos turistas.

Está frio, Keller ergueu a gola do casaco e gostaria de ter vindo de chapéu.

— Eu vou direto ao assunto — anuncia O'Brien. — Você está investigando Jason Lerner?

— Você está flertando com obstrução de justiça — diz Keller.

— Você informou ao procurador-geral sobre essa investigação? — pergunta O'Brien.

Ele quer descobrir quem sabe sobre Lerner, pensa Keller. Até onde foi uma potencial investigação, em que nível ele terá que cortá-la.

— Deixe-me perguntar, o que *você* sabe sobre Lerner? O que incita essas perguntas? Denton Howard foi vê-lo? Foi ele que o mandou?

— Não sou garoto de recados de Howard.

— Ou foi o próprio Lerner? — pergunta Keller. — Ou foi seu presidente eleito?

— Se Howard veio a mim — diz O'Brien —, foi por meu papel no Comitê de Inteligência e, portanto, de forma perfeitamente legítima.

Eles ficam se encarando.

Então, O'Brien diz:

— Se você tem uma investigação em curso sobre Lerner, ou sobre a Terra, precisa abandoná-la. Agora.

— Não vou confirmar que tenho, ou que não tenho — diz Keller. — Eu farei o que faço em qualquer investigação. Vou apurar o que for preciso e, se isso me levar a uma acusação criminal, vou passar aos promotores apropriados. Não é política.

— *Tudo* é política — diz O'Brien. — Principalmente nestes tempos.

— Você não sabe do que está falando, Ben. — Ao menos, eu espero em Deus que não saiba, pensa Keller. — Não sabe o que está me pedindo.

— Sou o presidente do Comitê de Inteligência do Senado — diz O'Brien. — Se o cabeça do Departamento de Narcóticos está investigando uma potencial ligação entre a Terra e traficantes de drogas, eu devo saber a respeito.

— Parece que você já sabe.

— Eu preciso de detalhes — diz O'Brien. — Preciso saber o que você tem.

— Então, faça uma intimação para uma audiência fechada, e eu vou testemunhar sob juramento.

O'Brien não responde. Ele não vai me levar a um depoimento oficial, pensa Keller, mesmo que seja restrito. Porque haverá outros senadores presentes, alguns deles, democratas.

— Você não quer fazer isso? — pergunta Keller.

— Achei que nós tivéssemos um relacionamento.

— Eu também achei.

Mas você mudou de lado. Você me trouxe aqui para conter a epidemia de heroína e agora se vendeu às pessoas que lavam o dinheiro da droga.

Eu não o conheço mais, Ben.

— Deixe seu cargo graciosamente e vá viver sua vida — diz O'Brien. — Se é dinheiro que quer, Art, nós podemos arranjar um lugar tranquilo para você aterrissar. Há locais de palestras, fundações, você pode pedir seu preço.

— Eu não tenho preço — diz Keller.

— Todo mundo tem um preço.

— Qual é o seu?

— Vá se foder — diz O'Brien. — Vá se foder com sua hipocrisia, sua baboseira católica de mais-sagrado-que-tudo.

— É, está certo.

— Você agora é virgem? — pergunta O'Brien. — Quando foi que pegou seu cabaço de volta? Você jogou esse jogo do jeito mais sujo que qualquer pessoa que eu já conheci. Fez um monte de acordos ao longo da vida, alguns deles comigo. Você sabe que há todo tipo de moeda.

— Redução de impostos? Imigração? O muro?

— Eu não gosto desse filho da puta do Dennison, não mais do que você gosta — alega O'Brien. — Mas ele não está errado em tudo. E você não vai querer ser inimigo dessa gente.

— Já tive Adán Barrera, o cartel Sinaloa e os zetas como inimigos — lembra Keller. — Acha que eu tenho medo "dessa gente"?

— Você vai ser escoltado para fora de seu escritório, segurando uma caixa de papelão.

Primeiro o suborno, depois a ameaça, pensa Keller.

Sinto-me de volta ao México.

— Você não está em posição lançar suas tiradas de alto padrão moral — diz O'Brien. — Você está com os pés na lama.

— E se eu lhe dissesse — diz Keller — que existe uma preocupação real de que os cartéis de drogas estejam comprando influência nos mais altos escalões do governo dos EUA?

— Você *está* me dizendo isso?

— Preciso dizer? — pergunta Keller. — Meu Deus, Ben, você me trouxe pra cá pra ganhar essa guerra...

O'Brien pergunta:

— Você sinceramente acha que alguém quer ganhar essa guerra? Ninguém tem interesse em ganhar essa guerra, eles têm interesse em mantê-la. Você não pode ser tão ingênuo. Dezenas de bilhões de dólares anuais em cumprimento da lei, equipamento, prisões... isso é um *negócio*. A guerra contra as drogas é um *grande negócio*. E isso é a "compra de influência nos mais altos escalões do governo dos EUA", e sempre foi. Acha que você vai impedir isso? Como seu amigo, eu lhe imploro, deixe passar essa.

— Se não?

— Eles vão destruí-lo.

— Você quer dizer "nós vamos".

— Está certo — diz O'Brien —, nós vamos destruí-lo.

O'Brien vai se afastando, depois vira de volta.

— As coisas boas deste mundo não são trabalho de santos. São trabalho de pessoas comprometidas em fazer o melhor que podem.

Eles seguem em caminhos diferentes.


— Ele é um homem inteligente — diz O'Brien. — Vai fazer a coisa certa.

— Nós podemos correr esse risco? — pergunta Rollins. — Keller foi um canhão desenfreado durante toda a sua carreira.

O'Brien não gosta de Rollins.

O homem já está na área há muito tempo: ex-integrante das forças especiais, ex-agente da CIA e agora, um dos veteranos geralmente conhecidos como "operadores", Rollins trabalhou para uma variedade de empresas de consultoria, em contratos no exterior, para governos, corporações e partidos políticos estrangeiros.

Ele é um consertador.

Agora ele está "consertando" as coisas para a Berkeley.

— Quais são nossas opções? — pergunta O'Brien.

— O homem passou um tempo cuidando de abelhas, num monastério, pelo amor de Deus — diz Lerner. — Ele é instável. Tem preconceito contra o presidente dos EUA, e sua esposa estrangeira é uma conhecida radical de esquerda.

— Art Keller é um herói americano — afirma O'Brien. — Ele dedicou a vida lutando por este país.

— Nós nem sabemos se Keller é cidadão americano — diz Lerner. — A mãe dele era mexicana, não era?

— Essa é sua solução? — pergunta O'Brien. — Uma controvérsia de nacionalidade? Olhe, você pode descreditar Keller o quanto quiser. Mas as provas falam por si, independentemente da fonte. Ele tem provas, Jason? Isso é possível?

— Não vejo como.

— O que eu estou perguntando é se existe base para uma investigação do Departamento de Narcóticos em seus acordos de negócios.

— Eu elaborei um pacote de empréstimo de um banco mexicano — diz Lerner.

— Que tem ligações com traficantes de drogas? — pergunta O'Brien.

— Não perguntei de onde vem o dinheiro deles.

— Encerre isso. Agora.

— O empréstimo já foi feito — diz Lerner. — Negócio concluído.

— Mas que droga.

— Ele pode ter gravações minhas falando com banqueiros mexicanos — diz Lerner. — E daí?

— Que conversas você teve com Claiborne? — pergunta Rollins.

— Muitas conversas.

— Nós temos que presumir que Claiborne estava grampeado — diz Rollins. —Você alguma vez falou sobre dinheiro de drogas?

— Talvez.

— Isso põe você no centro das atenções.

— Que provas esse Keller tem? — pergunta Lerner.

— Esse é o problema — diz Rollins. — Nós não sabemos. Ele ainda não levou nada até a PG.

— Não podemos ir até a PG — sugere Lerner — e mandar que ela instrua Keller a entregar os dados dessa investigação?

O'Brien pergunta:

— Você acha que a atual procuradora-geral vai nos fazer favores? Isso teria que esperar até a posse e, depois, o novo PG poderia fazer essa exigência.

— Que Keller teria que obedecer.

— Bem, conhecendo Keller — diz O'Brien —, ele provavelmente mandaria o PG ir se foder.

— Então, nós podemos demiti-lo — diz Lerner.

— E de que adiantaria? — pergunta O'Brien. — Ele iria à mídia.

— Então, nós o acusamos por conduta ilegal.

— Pra quê, porra? — pergunta O'Brien. — Pro Keller ficar numa cela ao lado da sua?

— Dê um jeito nisso — diz Lerner.

Ele sai da sala.

A ameaça, o suborno.

No México, eles diziam *plata o plomo*.

Prata ou chumbo.

Na mesma tarde, eles vêm com mais prata.

Howard liga e pede alguns minutos com ele, em seu escritório.

— Art — começa Howard. — Você e eu tivemos nossas diferenças, tanto pessoais como em termos de diretrizes, mas agora eu acho que estamos sofrendo sob o mesmo mal-entendido.

— O que nós entendemos mal?

— Que eu quero seu emprego — diz Howard.

— Você não quer?

Howard dá um sorriso de político, tão sincero e franco quanto uma piranha de vinte dólares, mas sem a ternura.

— Eu conversei com o presidente eleito. Ele expressou vontade de que você permaneça no cargo.

— É mesmo?

— Ele conhece sua ficha — diz Howard. — Na verdade, ele é seu fã. Acha que você e ele têm a mesma postura de atirador direto.

— Sei.

— Acha que, com as ideias que ele tem sobre segurança de fronteira e a paixão que você tem pela interdição das drogas — diz Howard —, vocês dois podem realizar grandes feitos.

— Quando ele teve essa epifania?

— O presidente Dennison está disposto a considerar seriamente algumas de suas ideias referentes à legalização da maconha, reforma do sistema penal e recursos para tratamento — diz Howard.

Quando o diabo vem, pensa Keller, ele vem de mãos cheias. Oferecendo uma opção por "um bem maior", para que você possa racionalizar o mal. E eu fiz esse acordo, mais de uma vez. E é engenhoso, tentador — pense todo o bem que você poderia fazer, só para deixar para lá a história de Lerner.

— E eu presumo que, com essa nova postura — diz Keller —, os ataques da direita, na mídia, iriam diminuir?

— Acho que posso fazer essa representação — responde Howard.

Agora ele está com a risadinha presunçosa de um vendedor que tem certeza de que fechou a venda.

— Qual é o *qui*?

— Perdão?

— O *quid pro quo*? — diz Keller. — Eu imagino que você não esteja me oferecendo isso a troco de nada.

O rosto de Howard fica petrificado.

— Acho que você sabe.

— Também acho.

— Eu não vou entrar bailando em uma armadilha de obstrução, Keller.

— Então baile pra fora.

Howard levanta.

— Eu nunca gostei de você, Keller. Sempre o achei um hipócrita, talvez até um criminoso. Mas nunca achei que fosse imbecil. Até agora. Pense em nossa oferta; você não terá nada melhor.

Aí está a prata, pensa Keller. Qual é o chumbo?

Não demora muito.

— Quando você deixar este escritório — diz Howard — e eu assumir, vou dar início a uma investigação própria sobre certas coisas que aconteceram na Guatemala. Você sabe do que estou falando e sabe que isso vai colocá-lo atrás das grades.

*Pôu.*

A bala.


A noite dura quarenta anos.

Uma narrativa da insônia, relembrando os quarenta anos lutando essa guerra.

Quatro décadas atrás, a noite dizia a ele, você estava queimando papoulas em Sinaloa. Estava salvando a jovem vida de Adán Barrera, que Deus lhe ajude. Adiantando um bocado, com a velocidade de uma noite interminável, há cinco anos, você e Ernie Hidalgo tentavam dizer ao mundo que os mexicanos estavam levando cocaína colombiana através de Guadalajara, mas ninguém lhes deu ouvidos.

Mais filmes de fim de noite: você prendendo Adán, em San Diego, a esposa dele, grávida, cai enquanto tenta fugir, a filha dele nasce com um defeito. Ele põe a culpa em você. Você e Ernie desvendam o Trampoline Mexicano — pequenos aviões de coca passando da Colômbia para a América Central, até o México e os EUA, abastecendo a epidemia de crack. M-1 ameaça sua família — Althea pega as crianças e vai embora. Ernie seria transferido de lá, mas Adán o agarra primeiro e o tortura para descobrir quem era a fonte, mas não havia fonte — você mentiu que havia, para encobrir um grampo ilegal.

Ernie morre pelos seus pecados.

Você jura derrubar os Barrera.

Você prende M-1.

É descoberto que ele estava financiando a operação da Agência Nacional de Segurança, em oposição aos contras, na Nicarágua. Parte de algo chamado Névoa Vermelha — uma operação em curso para matar comunistas na América Central. Você poderia ter denunciado isso, mas não o fez. Em lugar disso, você fechou um acordo — como disse O'Brien —, você mentiu ao Congresso sobre a Névoa Vermelha, em troca de uma licença para ir atrás dos Barrera.

Você os pegou.

Não antes que Adán matasse o padre Juan, o melhor homem que você conheceu na vida. Não antes que você usasse Nora, amante de Adán, para traí-lo.

Você fez algo nojento para atraí-lo ao outro lado da fronteira: disse-lhe que sua filha estava morrendo. E o algemou do lado de fora do hospital.

O cartel estava com Nora.

Você ia trocar ele por Nora.

Mais filmes — o encontro na ponte.

Sean Callan deveria matá-lo. Ele não matou. Ele amava Nora, Nora o amava.

Você matou M-1.

Depois colocou Adán na cadeia.

Você deveria tê-lo matado ali.

Agora, tente dormir.

Vá em frente.

O filme não deixa, o filme continua.

Você tenta ter um pouco de paz no monastério.

Mas deixaram que Adán voltasse para o México para cumprir sua pena.

Você sabe o que vai acontecer. E acontece. Ele foge. Ele inicia uma guerra para tomar o México inteiro de volta.

Cem mil pessoas morrem nessa guerra.

Você volta lá e o encontra.

Demônios piores surgem — os zetas.

Eles decapitam, destripam, queimam gente viva.

Assassinatos em massa, covas coletivas.

Você conhece Marisol. Você se apaixona por Marisol. Os zetas a metralham e a aleijam. Você se junta a Barrera para destruir os zetas e protegê-la.

Mais sangue, mais matança, mais atrocidades.

Adán arma uma emboscada para os zetas.

Você vai para a Guatemala.

Você mata os zetas.

Você deve trazer Adán de volta, junto com você.

Em vez disso, você o mata.

É o troco, por Ernie, por todos os mortos.

Quarenta anos.

Lutando essa guerra, fazendo o errado, por um bem maior, fechando acordos, bancando Deus, dançando com o diabo.

O sol se levanta.

Um céu de inverno sem graça.

O sol nasce para os viciados, para os homens nas prisões, para as famílias enlutadas, para os rejeitados, para os estressados em abstinência, para os pressionados, para um país que não se reconhece mais.

O sono não vem no dia, como não veio à noite.

Você tem uma escolha a fazer.

Uma decisão.

Fazer outro acordo, dar a eles o que querem.

Deixar Lerner se safar.

Você está sendo um babaca, além disso, um egoísta. Pense no que poderia fazer com o que estão lhe oferecendo — nos viciados que receberão tratamento, nas pessoas que sairão da cadeia. Você pode fazer um bem monumental, mas vai jogar tudo no ralo, só para botar um escroto como Lerner na cadeia por alguns anos? Isso, presumindo que você consiga, e é um tiro bem difícil de acertar.

Aceite o dinheiro para tratar os viciados, esvazie as celas.

Ou.

Lute.

Continue lutando.

Você vai cair, mas vai levá-los junto.

Talvez. Se conseguir.

Talvez possa impedir que eles roubem o país.

Se já não o fizeram.

O'Brien liga para Keller.

— As pessoas estão ficando nervosas. Impacientes. Preciso saber o que dizer a elas.

— Diga-lhes — responde Keller — pra irem se foder.

\* \* \*

Claiborne abre a porta para a garota de programa que ele chamou para aliviar o estresse.

Ela entra e três homens entram atrás.

Um deles dá uma coronhada atrás da cabeça de Claiborne. Ele acorda amarrado à cama, com uma bola de trapo amordaçada na boca.

Rollins está sentado na cadeira do canto e lhe explica as coisas.

— Quando eu tirar a mordaça, sr. Claiborne, o senhor irá me dizer tudo o que revelou. Será minucioso. Se fizer qualquer outra coisa, eu vou matá-lo, vou matar sua esposa e suas duas filhinhas. Pode assentir se entendeu.

Claiborne assente.

Rollins levanta e tira a mordaça.

— Fale.

Claiborne fala.

Em meio ao choro, ele conta tudo.

Rollins crava uma agulha em seu braço.

— Sua família ficará bem.

Ele aperta a seringa.

A morte de Claiborne é veiculada no *Times* e no *Daily News*.

BANQUEIRO DO SETOR IMOBILIÁRIO MORTO POR APARENTE OVERDOSE.

Seu corpo é encontrado em uma suíte no Fours Seasons, no chão, onde ele caiu da cama, com a agulha ainda no braço.

O perito legista declara a causa de morte como uma overdose de heroína batizada com fentanil. Ele atribui o hematoma na lateral da cabeça de Claiborne a uma batida no canto da mesa de cabeceira, durante a queda.

Funcionários do hotel contam à polícia que Claiborne era um cliente frequente e que sempre recebia "visitas", embora nenhum dos funcionários em serviço tenha visto alguma mulher subindo à suíte. Colegas na Terra expressam não ter conhecimento de uso de drogas por parte de Claiborne, embora alguns deles acabem admitindo que já o viram usar cocaína.

Segundo o obituário, o falecido deixou esposa e dois filhos.

Cirello calcula que a melhor defesa é um bom ataque. Darnell vai culpá-lo porque aquele babaca do Claiborne estava grampeado — é mais inteligente que ele estoure primeiro. Então, ele grita para Darnell:

—Vocês mataram aquele cara, seus filhos da puta?!

— Quem é que você chamando de filho da puta, seu filho da puta?! — Darnell grita em resposta. —Você deveria ter garantido que a sala não estava com escuta!

— Se você queria que eu revistasse seus banqueiros — diz Cirello —, deveria ter me dito isso! E eu não me comprometi a matar ninguém!

— Se quiser sair, saia.

— É — diz Cirello. — Eu saio com uma etiqueta de enfeite nas costas. Vá se foder.

Eles estão em um dos cafofos de Darnell, no Harlem.

Sugar Hill.

Darnell não está contente.

— Eles também não me disseram que iriam matá-lo. Só mataram e pronto. Não contam nada pro negão.

Cirello aceita a oferta de paz.

— Seu nome apareceu nas gravações?

— O cara não sabia meu nome.

— Bom, ainda bem — diz Cirello. Eles ficam quietos, por um minuto, então, ele comenta:

— Claiborne tinha dois filhos.

— Ele estava no jogo, cara.

— Ele *sabia* que estava no jogo? — questiona Cirello.

— Se não sabia, deveria saber.

— E agora? — pergunta Cirello.

— De volta aos negócios — diz Darnell. —Você vai entregar um dinheiro por mim. Ao meu fornecedor.

— Você tá brincando, porra? — pergunta Cirello. — A Narcóticos tá em cima do negócio do empréstimo, do consórcio... eles vão encerrar tudo, botar gente na cadeia.

— Eles não vão fazer merda nenhuma — diz Darnell. — Um punhado de policiais contra a Casa Branca? A Casa Branca ganha.

Ãrrã, isso é o que Darnell pensa.

Branco sempre ganha.


É possível que ele tenha tido uma overdose.

Não, não é, Keller diz a si mesmo. Não se engane.

Eles o mataram.

Mas só depois que ele contou tudo. Primeiro eles tiraram todas as informações dele, deram uma pancada na cabeça e injetaram o pico fatal. E eles sabem que a gravação com ele e Lerner é problemática, diante de um júri, sem Claiborne presente para validar.

Goodwin também sabia. Ligou pro Keller e disse:

— Sua testemunha chave se matou?

— Coincidência e tanto, hein?

— Ora, vamos — disse Goodwin. — O pessoal de Lerner é muita coisa, mas não são assassinos.

— Você ainda pode conseguir um júri para o indiciamento — disse Keller.

— Talvez — falou Goodwin. — Mas aí, o juiz do julgamento vai descartar a gravação sem validação de procedência. Mesmo que não o faça, a defesa vai questionar se o júri vai aceitar a palavra de um viciado.

— Você não vai pegar o caso.

— Não há caso para pegar — disse Goodwin.

— E quanto ao caso do assassinato de Claiborne?!

— O legista atestou suicídio! — respondeu Goodwin. — Você sabe como é difícil reverter um...

Keller desliga.

O pessoal de Lerner — que, claro, não são assassinos — mandou fazer o serviço, pensa Keller.

Mas eles cometeram um erro.

Mataram o único homem que poderia identificar Hugo Hidalgo.


Hidalgo está arrasado.

Keller conhece o sentimento — você fica destroçado da primeira vez que perde um cara que vinha manejando.

Não melhora muito com o seguinte, nem com o próximo.

Ele quer dizer a Hidalgo que não foi culpa dele, mas sabe que o garoto não vai acreditar. A única coisa que Keller pode fazer é canalizar a raiva de Hidalgo.

E tentar mantê-lo em segurança.

— Fui eu que fiz Claiborne morrer? — pergunta Hidalgo.

— Você não pode pensar assim — diz Keller. — Foram eles que o mataram.

— Eles não o teriam matado, se eu...

— Não se martirize — interrompe Keller. — Claiborne nunca ligou para nenhuma das pessoas que ele prejudicou.

— E quanto aos filhos dele? — pergunta Hidalgo. — Eles não fizeram nada.

— Não, não fizeram — diz Keller. — Seu trabalho por aqui acabou; eu vou mandá-lo pro oeste.

— Por que oeste?

— Porque é onde está o fornecedor de Darnell — responde Keller. — Se eles acham que eu vou deixar tudo isso passar, estão malucos. Agora, o negócio é trabalhar pelo ângulo da droga, em sentido contrário, descobrir quem é o fornecedor do bagulho do Darnell. Quem quer que seja, também mandou ele arranjar segurança nas reuniões do Park Tower.

Nós podemos rastrear em sentido oposto, pensa Keller.

É dinheiro e droga.

Se não conseguir trabalhar o dinheiro, trabalhe a droga.

Porque dinheiro e droga são como ímãs — eles vão acabar se juntando.

Cirello é o único passageiro em um jato Citation Excel de sete lugares. Não há comissária de bordo, mas ele pode se servir de bebidas e um lanche leve, na pequena copa. E tem espaço de sobra para sua bagagem de mão, que é a finalidade.

Cirello está com duas malas com 3,4 milhões que Darius Darnell deve a seu fornecedor. Fora o dinheiro, ele leva roupas suficientes para ficar em Vegas por três dias, e alguns presentes para um amigo de Darnell.

— Depois que você cuidar dos negócios, faça-me um favor — disse Darnell. —Vá de carro até Victorviille, pra ver um amigo meu, leve umas coisas pra ele, por mim.

— Eu não vou levar droga pra dentro de uma prisão federal — respondeu Cirello.

— Não é droga — disse Darnell. — Esse cara não usa droga. São alguns livros e um pouco de pão de banana.

— Pão de banana?

— O homem gosta de pão de banana. Tem problema, pra você?

— Foi você que fez?

— Por que a surpresa? — perguntou Darnell. — É um trajeto de três horas dirigindo, de Vegas a Victorville. Eu já coloquei seu nome na lista de visitantes.

O jato vai a oitocentos quilômetros por hora, e é um voo de cinco horas. Cirello se acomoda com um Bloody Mary e reflete.

Os últimos meses foram uma loucura.

Primeiro, ele esteve em uma suíte de hotel com construtores bilionários, ligados ao próximo potencial presidente. Agora, está em um jatinho particular, voando para Las Vegas, com alguns milhões de dólares a seus pés. Eles escolheram Vegas porque um jogador como Cirello iria lá, embora ele tenha a sensação de que o fornecedor não é baseado em Vegas, mas em algum lugar próximo, de fácil acesso.

O fornecedor não quer que o entregador saiba onde fica sua base.

Cirello tem suas instruções.

No aeroporto, pegue um táxi, não um Uber, disse Darnell. Pague em dinheiro. Faça check-in no Mandalay Bay, carregue suas malas, nada de ajudante. Fique no quarto e nada de chamar piranhas, porque seria bem ruim se uma delas saísse do quarto com uma das malas, enquanto você estivesse mijando. Apenas relaxe e assista um pouco de TV. Alguém vai lhe ligar.

Depois que você entregar o dinheiro, fique lá por um ou dois dias, e pode jogar. Ganhando ou perdendo, não importa. Pode transar, se quiser. Vá assistir ao Blue Man Group. Não seja evidente, mas nem sorrateiro. Seja apenas um policial em uma folguinha em Vegas.

Volte para casa em um voo comercial.

— Comercial? — questionou Cirello.

— Na volta pra casa, não importa o que a segurança do aeroporto vai achar na sua mala — disse Darnell. — O que foi? Já está mal acostumado? Está pensando que é o Jay-Z, não pode voar comercial?

— Tudo bem, mas é primeira classe, certo?

— Econômica.

— Ora, vamos.

— Se você ganhar uma grana, peça um upgrade — disse Darnell. — Do contrário, não tem motivo pra um policial voar de primeira classe. Policial é tudo pão duro. Olha os seus sapatos.

— O que tem de errado com meus sapatos?

— Se você não sabe...

Cirello pega no sono durante o voo. Acorda, faz um sanduíche de rosbife, abre uma cerveja e fica assistindo um pouco de DIRECTV.

A viagem está estressando ainda mais seu relacionamento com Libby.

— Se você puder esperar até domingo — disse ela —, eu poderia ir com você. Não temos apresentação domingo e segunda.

— Precisa ser sábado, gata.

— Está bem — disse ela. — Eu poderia encontrar você no domingo. Eu gostaria de conhecer Vegas.

— Eu tenho que fazer isso sozinho, Lib.

— Então, é trabalho — concluiu ela.

— Você sabe que não posso falar a respeito.

— Que trabalho faz um policial de Nova York em Las Vegas?

— O tipo de trabalho sobre o qual ele não pode falar — disse Cirello. — Jesus, me dá uma folga, pode ser?

— Ah, Bobby, eu vou dar toda a folga que você quiser.

O que significa, Cirello agora pensa, que ela vai me dispensar. Foi a maneira que ela usou para dizer que não está com o anzol na minha boca. Quer nadar, pode ir.

Algumas horas depois, ele está em Vegas.

Pega um táxi, faz o check-in e vai para o quarto.

Belo quarto, com vista para a Strip.

Seria legal sair por aí, mas ele precisa ficar e esperar o telefone tocar. Sabe que vai levar um tempo, porque o fornecedor vai fazer sua inspeção. Vai querer ter certeza de que Cirello veio sozinho, de que os quartos em volta não estão abarrotados com federais, ou policiais de Vegas, vai ficar de olho em todo mundo que entra e sai do lobby do hotel.

Então, ele fica quieto.

Pega uma coca e um Toblerone, no frigobar, liga a televisão e encontra um jogo de futebol universitário.

Jogo apertado, USC versus UCLA.

Faltando cinco minutos para terminar o último tempo, o telefone toca.

Eddie Ruiz acredita firmemente em ser multitarefas.

Combina de pegar o dinheiro em Vegas para poder pegar a 15, por duas horas, e ver a família em St. George.

Deixar uma grana com Teresa e mantê-la calminha. Uma pomadinha no ressentimento levemente infeccionado por estar presa em Utah. Ver as crianças, ouvi-las reclamando, levar todo mundo para jantar em algum shopping, depois pegar de novo a estrada de volta a Dago, para apaziguar *a outra* família.

Além disso, ele não queria que o entregador soubesse que ele mora em San Diego.

O cara não precisa saber disso ainda, talvez nunca.

E Eddie também gosta de Vegas.

Quem não gosta?

Se você tem dinheiro, e Eddie tem dinheiro, Las Vegas é o céu. Ele chega alguns dias antes. Pega uma suíte no Wynn, entra no Eros.com e agenda uma loura inacreditável chamada Nicole, a quem leva para jantar no Carnevino, para comer um filé *riserva*, que ficou maturando por oito meses e é cobrado por centímetro.

Ele não sabe como Nicole é cobrada, mas vale cada dólar, quando eles voltam para a suíte, e ele lhe dá mais mil dólares de gorjeta quando ela vai embora. Tem uma boa noite de sono, liga lá para baixo, pede uma massagem e, relaxado, desce e torra quarenta mil no vinte-e-um. Nessa noite, ele vai ao Mizumi, com uma garota asiática chamada Michelle, e depois dorme até Osvaldo ligar e dizer que seu dinheiro chegou.

Eddie toma um banho, pede o café da manhã e um bule de café, e quando ele termina a refeição, Osvaldo já verificou tudo, e o transportador, na verdade um policial, está sozinho e limpeza.

— Então, pega meu dinheiro — diz Eddie.

\* \* \*

A campainha toca.

Cirello levanta, vai até a porta e olha pelo olho mágico. Vê um jovem hispânico em pé sozinho, e abre uma fresta da porta

— Cirello? — o cara pergunta.

— Sim.

Cirello abre a porta.

O cara entra e olha em volta.

— Tudo bem se eu verificar o banheiro?

Cirello gesticula *Fique à vontade*. O cara entra no banheiro e volta parecendo satisfeito por eles estarem sozinhos.

— Você tem algo pra mim.

— Eu preciso ouvir uma sequência numérica.

— 5-8-3-1-0-9-7.

— Bingo. — Cirello vai até o armário, pega as duas malas e as coloca no chão, perto dos pés do cara. — Vou precisar de um recibo.

— Hã?

— Brincadeira.

— Tá — diz o cara, sem achar muito engraçado. — Meu chefe mandou amor e respeito ao seu.

— Igualmente a ele — diz Cirello, embora Darnell não tenha falado nada disso.

O cara pega as malas.

— Prazer em conhecer você.

— Você também.

Cirello abre a porta e o cara sai.

Simples assim.

Faz sentido, pensa Cirello. Um cara saindo de um hotel com duas malas vai chamar zero atenção.

Hidalgo está em alerta para as malas, não para o cara.

Sentado no bar do lobby, ele vê o cara sair do elevador com as malas nas mãos e fala ao microfone em sua lapela.

— Saindo agora, homem hispânico, 1,70 m, camisa pólo rosa, calça de sarja.

— Já vi.

A mulher lá fora, Erica, é deslumbrante a ponto de ser uma garota de show de Vegas, só que é uma policial civil da LVPD. Keller tinha ligado pedindo um reforço do departamento local, pois não está envolvendo ninguém da Divisão de Narcóticos nisso, exceto Hidalgo.

Hidalgo até a convidaria para sair, mas isso é trabalho e ele está saindo com a garota lá em DC. De qualquer maneira, Erica tem vista para o cara e ela é boa. Em segundos, ela manda uma foto dele aguardando o manobrista trazer seu carro.

Hidalgo manda a foto para Keller.

Então, ele escuta quando ela passa o modelo e a placa do carro alugado do cara. Dois caras da narcóticos da LVPD aguardam em um carro para segui-lo.

Hidalgo pede outra cerveja e espera. Agora, isso é tudo o que ele pode fazer.

Então, Erica liga.

— Eles estão atrás dele.

Ele ouve quando ela relata as informações dos dois policiais da narcóticos. O alvo está seguindo ao norte, pela Las Vegas Boulevard, a "Strip", passa pelo Luxor, o Tropicana, o MGM Grand. Então, passa o Caesars Palace, o Mirage e o Treasure Island. Ele cruza a avenida Sands e vira, entrando no Wynn, desce do carro, pega as malas, joga a chave para o manobrista e entra.

Eddie, vestindo um roupão branco atoalhado, abre a porta para Osvaldo entrar. Ele olha as malas.

— Como é o cara?

— Pinta de policial.

— Nervoso?

— Ele fez uma piada boba.

— Sobre o quê? — pergunta Eddie.

— Precisar de um recibo.

— Na verdade, até que é engraçado — diz Eddie. — Ele abre uma mala, tira um pacote de notas e entrega a Osvaldo.

Osvaldo vai embora.

Eddie não conta o dinheiro — Darnell é um negociante bom demais para entregar dinheiro a menos.

Eddie volta para a cama para tirar um cochilo.

Devo estar ficando velho, pensa ele.

Estou cansado de tanto trepar.

Hidalgo fica sabendo que o cara deixou o Wynn sem as malas.

— Vá até lá — ele diz a Erica. — Dispense seus caras e fique observando o local. Eu estou a caminho.

Ele liga para Keller.

— O cara que foi encontrar Cirello é provavelmente um empregado. Ele foi até o Wynn e deixou o dinheiro. Já temos uma identificação?

— Ainda não — diz Keller.

Hidalgo se apressa até o Wynn. Erica está em seu carro, na rua que vai da Strip até o hotel.

— Há outra saída? — pergunta ele.

— De carro, só essa.

Keller liga.

— Temos um nome: Osvaldo Curiel. Salvadorenho, ex-integrante das forças especiais. Trabalhou para Diego Tapia e depois para Eddie Ruiz.

— Chefe, Eddie Ruiz estava em Victorville, não foi?

— Na mesma época que Darius Darnell.

— Jesus Cristo.

— Fique em cima dele, Hugo.

— Pode deixar. — Ele vira para Erica. —Você consegue olhar o registro de hóspedes?

— Sem mandado?

— Sem nenhum papel.

Ela pensa por um segundo.

— Os hotéis geralmente são acessíveis para a gente. Vou tentar. O que devo procurar?

— Um Eddie Ruiz — diz Hidalgo. — Embora seja bem improvável que ele tenha se registrado assim. Mas se você vir alguma versão engraçadinha do nome...

Ele sabe que Ruiz deve estar com identidade falsa e cartões de crédito idem. Mas, às vezes, esses caras não gostam de ficar muito distantes de seus nomes ou iniciais.

Hidalgo aguarda.

Keller envia a foto mais recente de Ruiz, de sua admissão em Victorville.

Já faz 45 minutos que Erica entrou. Quando volta ao carro, ela diz:

— Não tem nenhum Eddie Ruiz.

— Achei que não.

— Mas... não, provavelmente, não é nada.

— Fala.

— Ruiz não foi um figurão do futebol americano, durante o Ensino Médio, no Texas? — pergunta ela. — Um zagueiro?

— É, acho que sim.

— Tinha um "L.R. Jordan" registrado, se hospedou numa suíte duas noites atrás — diz Erica. — Ele vem detonando o cartão AmEx.

Hidalgo começa a procurar no Google.

— Eu já fiz isso — diz Erica. — Lee Roy Jordan foi um famoso zagueiro do Dallas Cowboys.

—Você pegou o...

— Quarto 1410 — responde Erica. — Se ele ligar pra recepção e pedir alguma coisa, eles vão me avisar.

Hidalgo fica encarando ela.

— Nossa, você é boa nisso.

— Não fale pra mim, eu já sei — diz ela. — Diga ao meu chefe.

— Deixa comigo.

Eles ficam sentados por uma hora e meia. Então, ela recebe uma mensagem de texto.

— O sr. Jordan acabou de ligar pedindo um cheeseburguer com fritas.

—Você já trabalhou servindo? — Erica pergunta a Hidalgo.

— Não. E você?

— Fiz toda a faculdade trabalhando no Hooters — conta ela —, o que é suficiente pra enjoar de homem, pelo resto da vida.

— Enjoou?

— Não.

—Você acha que eles a deixariam...

— Quando um hotel desta cidade precisa de um policial, precisa de um policial — diz Erica. — Às vezes, eles não querem que isso apareça registrado, e se nós podemos ajudá-los nisso, nós ajudamos. Portanto, sim, acho que eles me deixariam subir.

Ela volta em 45 minutos.

— É seu garoto, Ruiz.

— Ele deu em cima de você?

— Hugo... é Hugo, não é?

Hidalgo fica arrasado.

—É.

— *Todos* eles dão em cima de mim. — Ela entrega a ele o tíquete do estacionamento. — E eu lhe arranjei isto. O carro não é alugado. Ele veio pra cá dirigindo.

— Erica...

— Hugo, vá fazer o que tiver que fazer — diz ela. — Mas me deixe fora disso. Eu já infringi um bocado de leis por hoje. Estarei no lobby, se precisar de mim.

Hidalgo liga para Keller.

Keller atende à ligação e ouve:

— O fornecedor de Darnell é Eddie Ruiz.

A melhor armadilha, pensa Keller, é aquela de sua autoria.

Fui eu que armei essa para mim, e não há saída.

Não há saída boa.

Se eu fizer a acusação contra Lerner e o resto, isso vai arrastar Ruiz para o bolo e se eu derrubar Ruiz, ele me leva junto.

Mas, se eu não fizer isso, o cartel pode comprar o governo dos EUA. Não é apenas uma questão de influência, de ter um "ouvido" no governo — isso já é bem ruim —, mas é uma questão de chantagem. O cartel pode brandir uma espada de Dâmocles virtual em cima da cabeça do governo, e pode usá-la a qualquer momento.

Faz todo o sentido, pensa ele, que essas pessoas leais somente ao dinheiro acabem se encontrando.

A merda busca seu próprio nível.

Então, agora temos um cartel no México e outro aqui, e eles estão se unindo. Formando um único cartel.

A decisão inteligente é se afastar disso. Porra, você nem precisa se afastar, eles vão dispensá-lo. Vá, pegue sua aposentadoria, aceite um emprego como consultor, viva sua vida.

Você merece isso.

Leia livros, viaje com Mari, beba um bocado de vinho, vá assistir ao pôr do sol com ela.

A alternativa é terminar a vida atrás das grades.

E que diferença isso faz? Você vai impedir que esse negócio avance e haverá outros. Vai encerrar essa fonte de drogas e apenas surgirão outras. Você vai se sacrificar por absolutamente nada.

Uma coisa é viver sua vida por algum propósito, outra coisa é entregá-la por nada. Eu estou saindo, pensa ele. Em algumas semanas, no máximo alguns meses. Mas dediquei a porra da vida inteira à luta contra as drogas.

Ernie deu a vida por esse ideal.

Depois disso tudo, nem ferrando eu vou deixar um bando de traficantes e traidores roubarem meu país.

Não foi o melhor hambúrguer que Eddie já comeu, mas puta merda, foi a melhor garçonete, uma garota negra tão gata que Eddie quis até ligar para Darius e contar. *Agora entendi, irmão, agora entendi, entendi tudo.* Da próxima vez que ele vier a Vegas, uma mulher afro estará em seu cardápio. Ele liga lá para baixo para pegarem seu carro, guarda suas tralhas e pega as malas cheias de dinheiro.

Vinte minutos depois, ele está na 15, rumo ao norte, seguindo para St. George e para sua porção de drama doméstico.

Keller acompanha o trajeto de Ruiz lá de Washington.

A pequena luz do dispositivo rastreador que Hidalgo instalou embaixo do para-choque traseiro — totalmente ilegal, sem mandado — segue piscando no mapa, na interestadual 15.

Keller tem que rir.

Eddie está seguindo até Utah para ver a família.

Mas as ramificações não têm nada de engraçado, pensa Keller.

Agora temos uma ligação direta entre a heroína batizada com fentanil, em Nova York, Darius Darnell e Eddie Ruiz. E há uma ligação financeira entre Darnell, Ruiz, a Terra Company, o Berkeley Group, Lerner e Echeverría.

Echeverría liga os pontos ao pessoal do alto escalão no governo e no mercado financeiro mexicanos.

Lerner faz o mesmo nos EUA.

De alguma forma, tudo isso aponta para Tristeza.

E Eddie Ruiz, pensa ele, aponta para você.

Cirello segue pela 15 em sentido contrário, ao sul e oeste, rumo à Califórnia.

Ele ficou no Mandalay, deixou cinco mil jogando dados, depois alugou um carro e foi embora. Quando se mora em Nova York, não se dirige toda essa distância, mas ele descobre que gosta. O deserto é supostamente monótono, mas ele nunca o tinha visto, portanto, aprecia.

A estrada segue direto até Victorville e ele se hospeda em um Comfort Inn.

Os motéis nos arredores de grandes cadeias tendem a ser locais tristes. A maioria dos hóspedes são familiares de presos ou defensores com clientes que já perderam, portanto, ninguém ali está muito feliz. No estacionamento, as crianças descem dos carros com olhos inchados pelo choro, as mulheres parecem exaustas, os advogados surgem com maletas cheias de apelações sem esperança.

Há uma piscina onde as crianças ficam, enquanto as mães sentam em volta e comparam os casos. Os advogados vão aos bares próximos ou pegam a estrada direto até LA e tentam se esquecer do dia em Victorville — que apelidaram, inevitavelmente, de Vila do Fracasso.

Se o motel é deprimente, é a Disneylândia se comparado à cadeia.

A prisão é um dos lugares mais tristes da face da Terra, pensa Cirello, ao entrar de carro na Penitenciária Federal de Victorville. Não são só as paredes e as espirais de arame farpado — Cirello sempre se espanta com a semelhança entre as prisões e qualquer galpão que se vê nas ruas secundárias do Queens, do Brooklyn ou do Bronx. Também servem para armazenar coisas. É palpável a sensação de desespero, desperdício, perda e dor.

Prisões são palácios da dor.

Se as paredes pudessem falar, elas uivariam.

Cirello não é nenhum liberal de coração ardente. Ele botou muitos caras na cadeia e fica contente que o lugar da maioria seja ali. Como a maior parte dos policiais, ele conhece as vítimas do crime e a dor que elas sentem, já viu isso em primeira mão nas ruas, nas salas de emergência, nos necrotérios. Ele conhece pessoas que carregam as cicatrizes de surras, as mulheres que convivem com seus estupros. Ele já foi incumbido de ir até as famílias das vítimas e dizer-lhes que seus entes queridos nunca mais voltarão para casa.

É muita dor.

Não, Cirello tem pouca compaixão pelos babacas que sofrem atrás desses muros, mas ele sabe...

Alguns deles não deveriam estar ali.

Não são só os inocentes, os casos em que o sistema errou, é o sistema em si. Como um policial da narcóticos, ele já conduziu muitos transgressores por drogas até a cadeia, e foda-se a maioria deles, eles vendiam a morte por dinheiro.

Mas há os outros.

Os viciados que vendem para bancar o próprio vício, os fracassados que foram pegos repassando uma pequena quantidade de maconha, os idiotas que invadiram uma drogaria procurando comprimidos, ou os idiotas ainda maiores, que assaltaram um posto de gasolina para comprar metanfetamina.

Ora, se eles alvejaram alguém, feriram ou mataram uma pessoa para obter dinheiro para drogas, eles que apodreçam ali dentro, é onde eles têm que ficar. Mas e quanto aos crimes sem violência? Lotar as cadeias com tolos que não feriram ninguém, exceto eles mesmos?

Qual é o sentido?

Apenas aumentar o nível geral da dor?

Cirello está na lista de visitantes aprovados para Jackson, mas, em vez disso, ele usa seu distintivo dourado de Nova York, para que os guardas logo saibam que ele não é advogado — os guardas correcionais detestam advogados — e sim um policial que precisa de uma sala de entrevista para conversar com um detento.

— Você trouxe presentes? — pergunta o guarda.

— Eu preciso que esse cara fale comigo — diz Cirello. — Tem problema?

— Nós vamos precisar revistar tudo.

— Claro.

Eles lhe arranjam uma sala.

Alguns minutos depois, trazem Arthur Jackson, com algemas nos punhos e tornozelos.

Cirello deu uma olhada na ficha de Jackson. O cara está cumprindo três penas perpétuas por uma encrenca de crack, no Arkansas.

Uma perpétua já não bastava?, pensa Cirello. O que o cara fez de tão ruim para ter que cumprir três vezes isso no palácio da dor? Eu prendi assassinos que voltaram apara as ruas em cinco anos. E Jackson não parece um assassino. Ele parece mais um líder do culto em alguma paróquia do interior.

Jackson senta e sorri.

— Obrigado por vir.

— Sem problemas.

— Como vai Darius?

— É, vai bem.

— Ele está se comportando? — pergunta Jackson. — Nada de drogas?

— Está comportado.

— Que bom — diz Jackson. — Ele conseguiu um emprego?

Algo perverso na alma de Cirello quer responder *Sim, na indústria farmacêutica*, mas ele diz:

— Ele está trabalhando com drywall. Está indo bem. Ele me pediu para lhe trazer estas coisas.

Jackson parece profundamente satisfeito. Dois dos livros são sobre estratégias de xadrez, outro é uma análise sobre o Livro de Mateus.

— E pão de banana? Darius costumava fazer pão de banana aqui!

— Não brinca?

— Sério — diz Jackson. — Bem, obrigado por ter esse trabalho.

— Qualquer coisa por Darius.

— Como você o conheceu? — pergunta Jackson.

— Ele fez uma parede de drywall no meu apartamento — responde Cirello. — Nós ficamos amigos. Quando eu falei que viria perto daqui, ele me pediu para dar uma passada.

— Darius fazendo amizade com um policial. — Jackson sacode a cabeça. — Quem diria!

— Eu vou trazer outro pacote, da próxima vez que vier.

— Bacana — diz Jackson —, mas eu não estarei aqui.

Como é que é?

— Sr. Jackson, eu pensei...

Jackson sorri.

— Eu vou receber uma atenuação presidencial.

— O presidente atenuou sua pena?

— Ainda não — diz Jackson. — Mas vai atenuar.

Cirello ouve um som em seu peito que deve ser seu coração partindo. Ele não conhece o presidente, mas está certo de que Barack Obama nunca ouviu falar em Arthur Jackson. Ele teve oito anos para atenuar a pena de Jackson. Uma criança saberia que isso não vai acontecer. Arthur Jackson vai passar o resto da vida — e as outras duas — bem aqui, nesta prisão.

Ele ainda não morreu, mas já está enterrado.

— Sei o que você está pensando — diz Jackson. — Mas eu tenho fé. Sem fé, sr. Cirello, não temos nada nesta vida. Nem na próxima.

Cirello levanta.

— Foi ótimo conhecê-lo.

— O prazer foi meu — diz Jackson. — Embora, por favor, não se ofenda, eu espere não vê-lo de novo.

— Eu também espero, sr. Jackson.

Cirello já rodou cinquenta quilômetros na estrada, em direção a Vegas, quando subitamente começa a esmurrar o painel do carro. Quando chega de volta à cidade, ele fica razoavelmente bêbado, joga mais dez mil nos dados e pega um voo para Nova York.

Ele não faz upgrade.

Eddie Ruiz sente-se tão feliz por estar de volta à estrada que dá vontade de descer do carro e beijar o asfalto.

"Pé no saco" nem de longe descreve Teresa e a família de St. George. Eles eram amor de prisão. Não que Eddie tivesse sido enrabado na cadeia, mas ele ouviu o suficiente para saber que era bem parecido com ter que aturar a esposa e os filhos.

— Eu não cuido de você? — perguntou Eddie, durante uma das várias brigas com Teresa. — Eu não sou provedor? Acabei de lhe dar duzentos mil!

— A gente nunca te vê! — disse ela. — E estamos em Utah!

— Há lugares piores.

— Diga um!

Eddie podia dizer dois, Florence e Victorville, mas ele achou que uma referência aos seus anos na prisão talvez não fosse o melhor caminho. — Eu prometo: assim que estiver com as coisas organizadas, vou mandar buscar vocês, vamos todos morar na Califórnia.

— *Onde*, na Califórnia? — perguntou Teresa. — Não num buraco qualquer.

— Não. La Jolla.

Eddie estava inventando essa merda conforme dava na telha.

Angela queria um carro.

E não era qualquer carro. Uma BMW.

— Você tem quinze anos — disse Eddie.

— Em breve, vou tirar minha habilitação.

Certo. A garotada de Utah tira habilitação quando tem, tipo, onze anos. Mas uma BMW? Sem chance, porra.

— Eu talvez compre um Camry usado.

— Porra nenhuma!

— Ei!

— Eu tenho cara de quê, pai? — perguntou Angela. — Alguma mórmon lourinha de trancinhas noiva do próprio primo?

Eddie não soube o que responder.

Ele tampouco sabia o que dizer a Eddie Jr.

Eddie não se lembrava de tê-lo deixado cair de cabeça no chão, nem de deixá-lo comer lascas de tinta, nada assim... mas que garoto imbecil. E lerdo que nem uma poltrona reclinável. Só que a poltrona se mexe, quando alguém aciona o botão.

Eddie Jr., não.

Supino é sua posição permanente.

Portanto, Eddie está feliz por dirigir de volta a San Diego.

Ele pensou em parar em Vegas para pegar uma negra, mas concluiu que era arriscado demais, com três milhões no porta-malas. Ele simplesmente ligou pro Osvaldo, informou sua localização e o garoto já seguia atrás dele, fazendo a segurança.

Osvaldo fica vigiando enquanto Eddie encosta na Primm, dá uma mijada, volta para o carro e segue direto até San Diego.

Mas não de volta para Priscilla.

Eddie teve o suficiente de drama familiar, por um bom tempo.

Então, ele vai para seu canto, em Solana Beach.

Eddie alugou um lugar bem no burburinho, de frente para a praia. É um apartamentinho de um quarto, mas a vidraça do chão ao teto oferece o que o corretor chamou de "vista da água", pois dá para ver as ondas quebrando na areia e o marzão se estendendo à sua frente.

A cozinha é minúscula, mas Eddie não liga, ele não vai cozinhar muito, mesmo. Um lugar, a duas quadras, serve um café da manhã bem decente com burrito, e há bons restaurantes para todo lado, em Solana Beach e em Del Mar.

E estúdios de ioga.

Não importa onde você está, 360° à sua volta tem um monte de gatas e mamães gostosas rebolando com suas calças Lululemon, indo para a aula de ioga, com aquelas bundas empinadas de tanto fazer a pose "do cachorro olhando para baixo".

Eddie está feliz ali.

E anônimo.

Ele alugou o local com outro nome, pagou doze mil em dinheiro, por três meses de aluguel, e ninguém fez uma única pergunta. A preocupação californiana só com o próprio umbigo funciona bem se você estiver tentando desaparecer, pois ninguém ali dá a mínima para ninguém.

É perfeito.

Eddie sente-se seguro ali.

Ele está pensando em fazer umas aulas de surf.

Hidalgo assente educadamente para Eddie.

Um daqueles estranhos cumprimentos de homem.

Eles estão sentados na área externa de uma cafeteria em Solana Beach, onde Eddie está devorando um burrito.

Hidalgo volta a olhar seu telefone.

Não é trouxa de se estender no contato com Ruiz.

Agora, eles sabem onde ele mora, em um daqueles apartamentos que o dono ausente aluga aos turistas por períodos semanais ou mensais, quando não está usando. Uma população com alta rotatividade; as pessoas entram e saem o tempo todo, ninguém chama atenção. Uma garagem subterrânea onde Ruiz estaciona seu Porsche.

Eles poderiam prender Eddie neste momento; ele está de posse de três milhões de dólares em espécie, que eles poderiam rastrear diretamente de volta a Darius Darnell. Mesmo que não conseguissem ligar Eddie aos carregamentos de heroína, isso o colocaria em transgressão direta do acordo de sua sentença. Eles poderiam trancá-lo por uns trinta anos.

Sob essa ameaça, poderiam apertar Eddie para entregar sua fonte mexicana. Ruiz tem um histórico de delator, portanto, não seria tão difícil fazê-lo falar agora.

Mas Keller descartou essa ideia.

— Se prendermos Eddie, nós temos Eddie — disse o chefe. — Se ele nos der sua fonte mexicana, nós podemos ou não pegá-la. Eu quero tudo: Eddie, sua fonte, os banqueiros, os empreiteiros, todo mundo. Se não conseguirmos isso, o que estamos fazendo?

Eu não sei, chefe, pensa Hidalgo, mas sei que estamos correndo contra o tempo nesse jogo. Isso não é futebol, não é beisebol, ninguém garante que teremos nossa vez no arremesso antes que o novo cara entre e soe o apito. Temos que fazer nossa jogada agora.

Mas ele entende. Há sentido no argumento de Keller.

A expedição do mandado é outra história.

Hidalgo quer grampear a casa de Eddie.

Se transformarem o lugar em um grande estúdio de gravação, eles talvez consigam ouvir Eddie Maluco ao telefone, falando com seu pessoal ao sul da fronteira. Eles ouviriam todo tipo de troço útil. É, seria melhor ter um mandado, mas por que Keller não o arranja com o mesmo juiz federal que deu o mandado do The Pierre? Eles têm muito mais necessidade agora do que naquela reunião com os grandes banqueiros.

Só que o chefe não quer.

— É arriscado demais.

Qual é o risco? Hidalgo se pergunta. Que possa vazar? Que a oposição dentro da Divisão de Narcóticos fique sabendo? Ou que isso chegue a nossos colegas banqueiros e eles encerrem o negócio? Mas, se esse fosse o caso, o juiz já os teria pegado.

Então, por que Keller não quer?

Ele quer "pensar a respeito".

Hidalgo até se arriscou a levar o assunto a outro nível. Tipo, tudo bem, chefe, se você não quer pedir um mandado, vamos fazer na surdina. Ele até se propôs a correr o risco de invadir a casa de Eddie para pôr a escuta; ele mesmo ficaria monitorando. Porra, eles botaram o rastreamento no carro na raça, qual é a diferença?

Keller mais uma vez disse não. Ou, pelo menos, ele disse "ainda não".

Mais uma vez, ele queria pensar a respeito.

O que há para pensar?

Keller não é exatamente um cara que segue a cartilha. As histórias sobre ele são verdadeiras lendas e essas histórias não são sobre sua obediência aos procedimentos apropriados.

Então, será que ele simplesmente perdeu sua ousadia? Seu ímpeto? Ou...

Do que ele está com medo?

É preocupante. Hidalgo sabe que Keller e Ruiz são dos velhos tempos, que Ruiz era uma fonte dele, lá no México, que Eddie entregou Diego Tapia e, como recompensa, Keller intermediou o acordo de sua sentença.

Então, será que ele continua protegendo Eddie?

Se estiver, por quê?

Hidalgo faz questão de não erguer os olhos do celular, quando vê Eddie levantar, jogar a embalagem do burrito no cesto de lixo e ir embora.

Aonde você vai, seu filho da puta?

Ao banco.

Bem, bancos, no plural.

Primeiro Eddie dirige duas horas, até o leste de Calexico, uma cidade cujo nome já diz tudo: é bem na fronteira da Califórnia com o México. Há quatro bancos pequenos na cidade, e ele usa os bancos pequenos porque eles precisam de dinheiro e o governo não presta tanta atenção neles.

Eddie já sabe quais bancos são bom negócio.

Ou seja, quais bancos aceitarão múltiplos depósitos de 9.500, em espécie, em alguns dias, da mesma pessoa, sem preencher o tal formulário de atividade suspeita. Abaixo de dez mil fica a critério do banco, mas, por lei, se receberem depósitos suspeitos, mesmo abaixo de dez mil, eles devem preencher o documento.

Alguns bancos são menos desconfiados que outros.

Eddie não vai ao Wells Fargo.

Grande demais, supervisão demais.

Ele escolhe dois bancos menores e deposita 9.500 em cada um.

Depois, volta pelo oeste, parando em cidadezinhas como El Centro, Brawley, Borrego Springs, Julian e Ramona, fazendo depósitos em cada uma delas, como Johnny Moneyseed. Então, ele vai para os subúrbios, Poway, Rancho Bernardo, e cidades pequenas, como Escondido e Alpine. De volta à área metropolitana de San Diego, ele passa pela periferia e vai aos bancos de El Cajon, National City e Chula Vista.

Ele leva vários dias, mas quando termina, já dispensou um milhão.

Os outros dois ele entrega a Osvaldo para levar de carro até o México e dar para Caro.

Eddie vai entrar no consórcio.

Ele é um orgulhoso investidor do Park Tower.


Vegas, benzinho.

Uma suíte no Four Seasons.

Cirello se instala e espera pelo transportador de Ruiz.

É engraçado a que uma pessoa se acostuma, e com que rapidez, pensa ele, olhando pela janela, para a Strip, lá embaixo. Jatinhos particulares, suítes de hotel, serviço de quarto, bebida de primeira no bar... agora é tudo normal, o negócio habitual, o que ele espera.

Só que as coisas vão mudar.

Se ele puder fazer a grande jogada.

O próximo degrau da escada. Primeiro, foi DeStefano, depois, Andrea, depois, Cozzo. Então, ele subiu até Darnell.

O próximo.

A campainha toca.

É Osvaldo.

— Está com meu pacote?

— Entre.

Osvaldo parece hesitante.

— Nós precisamos conversar — diz Cirello.

— Você vai terminar comigo? — pergunta Osvaldo, mas entra. — O que é?

— Preciso me encontrar com seu parceiro — diz Cirello.

Ele entrega as malas.

— Algum problema?

— Todo problema é uma oportunidade, certo? — pergunta Cirello. Ele fala o que Mullen lhe mandou dizer. — Sabe, tenho passado a bola para um cara da Narcóticos. Agora, o cara está ficando meio apreensivo e quer uma fatia maior. Essa é a notícia ruim. A notícia boa é que ele está com umas ideias.

— Que tipo de ideia? — pergunta Osvaldo.

— Expandir o negócio.

— Eu levo isso ao meu parceiro — diz Osvaldo.

— Não, *eu* levo isso ao seu parceiro — responde Cirello. Ele sabe que a hora é agora, ou vai ou racha. Ou eles embarcam, ou não. Se não entrarem, eles vão chiar para Darnell e eu volto ao serviço na One Police. Ele não tem certeza do que quer que aconteça. — O negócio é o seguinte: eu não conheço vocês. Só sei que posso estar entregando dinheiro vivo a um cana, e eu posso dançar, pegar de trinta anos a perpétua. Meu parceiro na Divisão de Narcóticos tem a mesma preocupação. Nós precisamos saber com quem estamos lidando aqui.

— Pergunte a Darnell.

— Darnell não tem nada a ver com isso.

— É o dinheiro dele que está nessas malas.

— Não, é o dinheiro do seu parceiro que está nas malas — diz Cirello. — E eu preciso saber que ele existe, e depois preciso olhar nos olhos dele.

— E isso vai ajudar em quê?

— Eu saberei — diz Cirello. — E vou apresentar a seu chefe uma oportunidade que, acredite, ele não vai querer perder.

Osvaldo pensa e fala:

— Eu vou perguntar.

— Vou esperar.

Por duas longas horas.

Então, o celular toca.

— Cinco minutos. Lobby. Você senta no bar.

Cirello desce e senta no bar. Deixa quem quiser olhá-lo que olhe, para ter certeza de que ele está sozinho. Talvez eles estejam ao telefone com Darnell e, nesse caso, ele está fodido. Seu celular toca.

— Alugue um carro. Agora. Vá até o Speedway e estacione.

Que pé no saco, pensa Cirello.

Mas ele vai até a recepção, aluga um Camaro e segue ao norte, pela 15, até o Speedway de Las Vegas, onde no imenso estacionamento. Talvez haja uns vinte outros veículos espalhados pelas vagas. Cirello sabe que eles estão dentro de um daqueles veículos, observando-o.

Ele fica ali sentado durante vinte minutos. Está prestes a ir embora — eles que se fodam — quando um Mustang Shelby encosta a seu lado.

Eddie Ruiz está ao volante.

— Entre.

Cirello desce do Camaro e entra no Shelby. Se eles forem apagá-lo, será agora. Mas não há ninguém no banco traseiro.

Ruiz se aproxima para revistá-lo.

Sente a arma, mas nada de grampo.

Porque Cirello não está com escuta.

— Com qual arma você está? — pergunta Ruiz.

— Uma Sig 9.

— Eu gosto da Glock — diz Ruiz. — Não tem o problema da trava.

— Eu gosto da trava.

— Você queria olhar nos meus olhos — afirma Ruiz. — Pode olhar.

Cirello olha.

— Então, agora já me viu — diz Eddie. — O que você quer?

— Fazer negócios.

— Nós *estamos* fazendo negócio.

— Você e Darnell que estão fazendo negócio — responde Cirello. — Eu sou apenas um mensageiro.

— Eu sei quem você é — diz Eddie. — Darius sabe que você quer fazer um acordo separado?

— Não, a menos que você tenha dito a ele — diz Cirello.

— O que acontece em Vegas...

— Então, você está interessado.

— Vamos nos divertir um pouco.

Eddie alugou um tempo na pista de corrida. Cinquenta pratas cada volta, e daí? Eles colocam os capacetes e toda aquela merda feliz, entram na pista e Eddie pisa no acelerador. Chega a 120, 140, 160, eles passam por uma curva inclinada e Cirello acha que vai vomitar.

Na volta seguinte, Eddie chega a 190. Ele está berrando, uivando, dando aqueles urros texanos, e Cirello imagina como será se espatifar na parede, sair girando no ar, cair em uma bola de fogo.

Eles entram na reta, Eddie berra acima do ruído do motor:

— Fala!

— O federal com quem eu trabalho! — diz Cirello. — Ele quer sentar com você!

— Esse cara tem nome?

— Vá encontrá-lo e você saberá!

A curva vem depressa demais. Eddie cala a boca e se concentra — até ele está com um pouquinho de medo. O carro derrapa um pouquinho, mas Eddie não pisa no freio, ele pisa no acelerador dentro da curva, deixa o carro seguir.

O estômago de Cirello está na boca.

Duzentos e dez, duzentos e vinte, duzentos e quarenta...

Vem a próxima porra de curva. Jesus Cristo.

— Tá com medo? — pergunta Eddie.

— Sim!

Eddie ri.

Acelera.

Duzentos e cinquenta, duzentos e sessenta entrando na curva seguinte. Cirello está bem certo de que vai morrer. O carro voa pela curva e chega ao outro lado. Na reta, Eddie grita:

— Dizem que esse troço chega a 320!

— Você já fez isso?

— Não!

Que ótimo, pensa Cirello.

— Dá pra parar de sacanagem e vamos ao que interessa?

— Esse é só o nosso primeiro encontro! — diz Eddie. — Não vá me forçando a um ménage, logo de cara! Além disso, a vida é curta, cara. Você tem que se divertir enquanto pode. Não está se divertindo?

Não, pensa Cirello.

— Se você não vai conhecer o cara, eu estou fora! É muito arriscado tê-lo como inimigo.

— Você está me ameaçando?

— Só estou lhe dizendo como são as coisas!

— Eu posso comprar outro policial de Nova York! — afirma Eddie.

— Quer indicações?!

Eddie começa a diminuir ao chegar a 290, tira o pé do acelerador, entra nos boxes.

— Essa foi uma onda. Puta merda. Quer dizer, quando você era pequeno, nunca pensou em andar num carro de luxo, a trezentos por hora, numa pista particular?

— Nunca me ocorreu, não.

— Está certo, eu vou encontrar seu parceiro — diz Eddie. — Mas é bom que valha a porra do meu tempo.

Nobu Hotel, no Caesars Palace.

Osvaldo abre a porta para que eles entrem. Revista os dois — armas, tudo bem, grampos, não.

Uma suíte, claro.

É maior que o apartamento de Cirello. Um bar, óbvio, uma "sala de mídia" com uma televisão LED tela plana, até uma mesa de sinuca. Cirello sabe que Ruiz mandou vasculhar tudo, de trás para a frente, e nem ele nem Hidalgo estão com escuta.

Seria arriscado demais, sem necessidade.

Ele só espera que Hidalgo seja tão bom quanto quem ele representa. O cara até que foi bem no serviço de apagar o outro, lá em Nova York, mas trabalhar como infiltrado é outra parada. Hidalgo é inteligente e durão, sem dúvida, mas essa é uma jogada e tanto.

Mas Hidalgo está à altura de seu personagem, com um terno Armani cinza que custou mais do que seu salário permite. Camisa branca de alfaiataria aberta, mocassins Gucci. Um jovem lobo em ascensão. Está na cartilha que Keller deu a eles — Ruiz presta muita atenção em roupas. Hoje ele está com sua camisa pólo que é sua marca registrada — em tom azul celeste — e calças de sarja.

Hidalgo já entra no papel, de cara.

É bem intrépido.

— Eu também vou revistá-los — anuncia Hidalgo. —Vocês dois.

Poderia ter bichado a reunião ali mesmo, mas Eddie sorri e ergue os braços. Hidalgo faz a revista em busca de um grampo, faz o mesmo em Osvaldo. Então, ele pega um detector e anda ao redor do ambiente.

— Eu já fiz isso — diz Osvaldo.

—Você fez pra você — responde Hidalgo. — Eu estou fazendo pra mim.

Ele não acha nada.

— Feliz agora? — pergunta Eddie. — Sente-se, tome um drinque.

Osvaldo os serve — uma cerveja Dos Equis para Cirello, uma vodca com tônica para Hidalgo. Eddie toma um chá gelado e Osvaldo não bebe.

— Eddie — diz Cirello —, este é o agente Fuentes.

— Tony — diz Hidalgo.

Keller criou uma identidade completa para ele. Se alguém verificar, vão encontrar sua ficha na Divisão de Narcóticos. Entrou pelo departamento de polícia de Fort Worth, ingressou na Narcóticos, fez trabalhos como infiltrado na Califórnia, depois no escritório de Seattle, e veio para a Central.

Carreira meteórica.

Divorciado, sem filhos.

Mora em um condomínio em Silver Springs.

— Olá, Tony — diz Eddie. —Você é mexicano?

— México-americano.

— Um camarada *pocho*.

— Eu sei quem você é — afirma Hidalgo.

— É o preço da fama — diz Eddie. — Olhe, se você quer mais dinheiro, deveria estar falando com Darnell, não comigo.

— Darnell é trabalhador de campo — diz Hidalgo. — Eu quero lidar com o dono da plantação.

Ele é corajoso, pensa Cirello.

Eddie olha para Cirello.

— Você disse a Darnell que ele é um catador de algodão?

— Provavelmente omiti isso — diz Cirello. — Deixe-me colocar isso de outra forma. Eu sou um cara de Nova York, eu posso lhe dar Nova York. Fuentes está na sede da Divisão de Narcóticos, no Departamento de Inteligência. Ele vê tudo.

— Você está me atiçando pra ter aumento? — Eddie pergunta a Hidalgo. — Certo, de quanto está falando? Dê-me um número.

— Eu não quero um empregador — diz Hidalgo. — Quero um sócio.

— Então, compre uma filial de fast food.

Força, pensa Cirello. Você tem que forçar agora, ou vai perdê-lo.

— Você está vendo da maneira errada — diz Hidalgo.

— Estou?

— Sim — insiste Hidalgo. — Neste momento, você tem um canal de escoamento para seu produto — Darius Darnell. Isso lhe dá determinados mercados em Nova York, e se for tudo o que você quer, tudo bem, nós vamos tomar um drinque e eu vou encontrar alguém mais ambicioso, sem ressentimentos. Mas você está com todos os seus ovos em um cesto preto, e é um cestinho. Se qualquer coisa acontecer com Darnell, você está fora do negócio. Enquanto isso, sua concorrência ao sul da fronteira está entrando em Nova York de maneiras mais expressivas, trabalhando com os hispânicos. É só uma questão de tempo, até que eles tirem Darnell do mercado. Então, mais uma vez, você está fora do negócio.

— E como você vai impedir isso?

— Como foi que Adán Barrera chegou ao topo? — pergunta Hidalgo. — Você sabe, você estava lá.

— Por que você não me diz, mesmo assim?

Cirello vê que Eddie está começando a ficar zangado.

— O governo o ajudou a matar seus concorrentes — diz Hidalgo. — O restante não tinha opção, a não ser ir com ele. Com meu acesso, nós podemos fazer o mesmo por você, aqui nos EUA.

Uma porra de um silêncio mortal.

— Não pense apenas na defensiva — diz Hidalgo. — Não pense só "esse federal pode me dizer se estou ou não sendo investigado". Pense na ofensiva "Esse federal pode manobrar as operações da Narcóticos contra meus concorrentes".

Isso também pode funcionar em outro sentido: você obtém informação sobre seus concorrentes, você nos dá e nós podemos agir. Exatamente como foi com Barrera.

— Como posso saber que você tem esse tipo de alçada?

— Olhe os jornais amanhã — diz Hidalgo. — Porque hoje à noite, a Divisão de Narcóticos vai fazer uma batida no moinho de heroína de Núñez, lá no Bronx, e vai pegar quinze quilos. É meu presente para você, como prova de conceito.

Eddie olha para Cirello.

— Você foderia seu garoto Darnell dessa maneira?

— Ninguém está falando em foder Darnell — diz Cirello. — Nós estamos falando em expandir. Ele pode pegar o bonde com você, essa escolha é sua. Mas não pode saber sobre Fuentes.

— Por que não?

— Porque ele é um ex-presidiário negro — responde Hidalgo. — Eu não posso confiar nele. Eddie, se você quer ser uma equipe de mercado pequeno, está tudo bem. Eu entendo. Se o dinheiro está bom, é uma vida boa, de tempos em tempos você disputa o jogo pela final. Mas se quiser ser os Yankees, os Dodgers, Os Cubs... nós podemos ajudá-lo a chegar lá. Podemos colocá-lo em Washington, Baltimore, Chicago, Los Angeles.

— Até Vegas, se for o caso — diz Cirello.

— Nós podemos ajudá-lo a deslocar seu dinheiro — afirma Hidalgo. — Dizer-lhe quais bancos são seguros, quais empréstimos, quais consórcios... Podemos até apresentar pessoas.

Cirello vê Ruiz pensando.

Ruiz é um sobrevivente.

Ele saiu de uma pequena gangue, em Laredo, e se tornou o maior pistoleiro do cartel Sinaloa.

Depois trabalhou com Diego Tapia.

E o delatou, quando era uma questão de salvar a própria pele.

A lealdade de Eddie Ruiz é a Eddie Ruiz.

— E o que vocês levam por tudo isso? — pergunta Eddie.

— Pontos — diz Hidalgo. — Eu como, quando você come.

— Quanto você quer do meu jantar?

— Minha mãe sempre me disse "Coma igual a um cavalo, não que nem um porco". Portanto, cinco por cento.

— Você está maluco, porra.

— Então, me faça uma contraproposta.

— Dois.

— Obrigado pelo drinque — diz Hidalgo. Ele olha para Cirello tipo, *vamos nessa*. — Eu não saio da cama por dois.

— Consegue pôr seu despertador por três?

— Talvez, quatro.

— Três e meio — diz Eddie. — Se você se provar, se fizer o que alega que pode fazer.

— Eu farei — diz Hidalgo — e assista aos noticiários de amanhã. Sem querer ofender, mas é você o tomador de decisão, Eddie? Ou eu preciso falar com mais alguém?

— Eu preciso explicar isso a algumas pessoas.

— Ficarei na cidade este fim de semana — diz Hidalgo. — Você pode me contatar através de Cirello. Ele será o intermediário, o homem da mala.

— Eu farei contato.

Hidalgo prossegue à conclusão.

— Eddie, nós realmente podemos fazer alguma coisa.

Eddie lança outro viés.

— Por quê? Fora o dinheiro, por que você está fazendo isso?

Hidalgo é veloz.

— Porque estou farto de lutar uma guerra que nunca vou ganhar — diz ele. — Porque estou farto de ver as pessoas enriquecendo. E porque vocês vão começar a soltar o dedo brigando pelo território, e eu não quero ver isto aqui se transformar no México. Então, nós escolhemos logo um vencedor e ficamos em paz.

O cenário mexicano.

O Pax Sinaloa.

Agora, coisa do passado.

— E vão simplesmente nos deixar vender nosso produto? — pergunta Eddie.

— Viciados são viciados — diz Hidalgo. — Eles vão procurar em algum lugar. Eles que se fodam. Eu quero as ruas seguras para as pessoas que não estão injetando veneno nos braços.

— Eu farei contato — repete Eddie.

— Fico no aguardo.

— Vocês precisam de reservas, ou algo assim? — pergunta Eddie. — Posso conseguir uma mesa no Nobu, pra vocês.

Hidalgo ri.

— Nós provavelmente não devemos ser vistos jantando no Nobu.

— Estamos mais pro Denny's — complementa Cirello.

— Entendi — falei Eddie. — Mas, quer dizer, se quiserem umas mulheres, e tal, o Osvaldo pode providenciar. *Choncha* de classe, por minha conta.

— Eu agradeço — diz Hidalgo —, mas gosto de caçar, sabe o que eu quero dizer? E Vegas é um ambiente generoso em alvos.

Eddie olha para Cirello.

— Eu vou jogar — diz Cirello.

— Ozzie, dê umas fichas pra esses caras, deixe que eles joguem por nossa conta.

Osvaldo dá a eles algumas fichas.

Eles descem, Hidalgo respira fundo.

— Jesus Cristo.

—Você foi ótimo, cara — diz Cirello. — Impressionou bem.

—Você achou? — pergunta Hidalgo. — Acha que vendemos?

— Eu acho que sim, mas quem pode saber? — diz Cirello. — Ele agora vai telefonar, passar isso acima. Depois, nós veremos. Enquanto isso...

Hidalgo sai para ligar para Keller.

Cirello vai para a mesa de vinte-e-um.

Joga com o dinheiro do cartel.

Keller aguarda a ligação.

Já arrependido por ter mandado Hugo.

Cem coisas podem dar errado, a menor delas é que Ruiz pode rejeitar a proposta, farejando uma armadilha. Ruiz pode levar Hugo para o deserto, meter uma bala em sua cabeça e outra na de Cirello. Não, ele não faria isso, ele é inteligente demais. Ainda assim...

O cenário ruim é horripilante.

Mas, o lado bom...

Uma chance de virar o cartel do avesso.

O telefone finalmente toca.

— Já saiu?

— É, eu estou bem.

— E...?

— Acho que ele mordeu — diz Hidalgo. — Ele vai passar acima.

— Ele disse com quem precisa falar?

Porque seja quem for, essa é a pessoa que manda nas coisas. O verdadeiro contato de Echeverría e do consórcio.

— Não — responde Hidalgo — e eu não quis forçar.

— Foi a atitude certa — diz Keller. —Você tem certeza de que está bem?

— Eu estou ótimo.

Ele soa pilhado, pensa Keller. Depois de uma onda de adrenalina.

— Está bem. Fique tranquilo, vá para o quarto.

Eddie leva 45 minutos para decidir levar isso ao nível acima. O número para onde ele liga é em Sinaloa e o telefonema dura quase uma hora. O pessoal de Orduña está monitorando para Keller — a torre de celular mais próxima fica perto da casa de Rafael Caro, em Culiacán.

Rafael Caro, pensa Keller.

O velho se torna novo outra vez. O passado volta.

Siga as drogas, siga o dinheiro.

Caro está ligado a Ruiz e Darnell.

Caro está ligado a Damien Tapia, que está ligado a Ruiz e Darnell.

Damien Tapia deslocou heroína com Caro.

Foi Caro quem deu a ordem para matar os estudantes de Tristeza.

Caro liga Echeverría a Claiborne e Lerner.

Na verdade, Caro a Lerner.

Certo.

Keller vai derrubar todo o esquema.

Em cima de si mesmo, se for necessário.

# 2
# A morte será a prova

*"A morte será a prova de que nós vivemos".*

— Castellanos

**Sinaloa, México**
**Dezembro de 2016**

Seu pai parece velho.

Imagino que levar um tiro faça a pessoa envelhecer, pensa Ric.

Mas seus cabelos fartos agora estão mais grisalhos — prematuramente — e parece haver sempre uma expressão de fadiga em seu rosto (ou será de dor?). As balas não o mataram, mas com certeza o enfraqueceram. Ele é brilhante e analítico como sempre foi, mas sua energia se esgota depressa.

Ric sabe o que falam de seu pai agora: "Se você quer falar com El Abogado, é melhor que o faça antes do almoço, antes de sua *siesta* diária. Depois disso, ele não é tão perspicaz". Por garantia, as pessoas o procuram cada vez menos e vão direto a Ric.

A vida de seu pai está claramente atenuada, por conta de sua energia reduzida, sua dieta limitada, sem álcool — às vezes um gole de xerez, aos domingos — e alimentos suaves que não irritem o interior de seu estômago reconstruído. Ricardo Núñez Sênior nunca chegou a ser a alegria da festa, mas sempre foi um anfitrião gracioso — agora, as reuniões na casa são raras, e os poucos convidados sabem que precisam ir embora quando veem as olheiras escuras sob os olhos de Núñez.

No cinema, as pessoas que levam tiros ou morrem ou se recuperam totalmente. Ric descobriu que a realidade é um tanto diferente.

Agora ele está com o pai, no banco traseiro de um carro, a caminho de uma reunião. Ele nem queria que o pai viesse, ou que o encontro fosse na casa deles, mas Núñez Sênior quis dissipar a noção de que é um inválido.

— O *patrón* tem que ser visto — disse ele. — Do contrário, vão começar a achar que não há nada atrás da cortina.

— Hã?

— *O mágico de Oz.* Você nunca assistiu?

— Acho que não.

— Há um mágico poderoso que governa um reino apenas com sua voz, de trás de uma cortina — disse Núñez. — Mas quando puxam a cortina, descobrem que ele é apenas um homem.

Mas você *é* apenas um homem, pensou Ric.

A reunião é com os líderes de um grupo chamado La Oficina, um dos grupos dissidentes da antiga Organização Tapia.

Na última contagem de Ric, 26 grupos separados — às vezes atuando em colaboração mútua, às vezes guerreando uns com os outros — haviam surgido a partir dos Tapia. Alguns são autônomos, outros declaram aliança a Damien, outros ainda prometem lealdade a Eddie Ruiz. E agora, eles estão espalhados por todo o país — a maioria, como os GU e Los Rojos, em Guerrero e Durango, mas há outros em Sinaloa, Jalisco, Michoacán, Morelos, Acapulco, Tamaulipas, até bem lá abaixo, em Chiapas. Alguns dos grupos existem até na Cidade do México. O fator em comum é que todos eles estão causando problemas.

Misture a esse bolo as *autodefensas* — milícias voluntárias que alegam lutar para defender os civis contra os cartéis. Algumas tentam mesmo fazer isso; outras começaram assim e evoluíram para apenas mais exemplos de corrupção e coerção.

É uma zona.

Caos por todo lado.

O maior equívoco que Adán Barrera cometeu foi trair seu velho amigo Diego Tapia e dar início a uma guerra civil dentro do cartel Sinaloa. Enquanto estava vivo, pensa Ric, ele pôde controlar os resultados; agora, ele deixou meu pai em seu lugar para tentar pôr o vinho derramado de volta na garrafa.

É impossível.

Mas a reunião de hoje é um esforço.

La Oficina fez propostas para voltar à confraria de Sinaloa. Vale a tentativa, pensa Ric — aliados podem nos ser úteis.

A guerra contra Tito não vai bem.

Para começar, nós estamos perdendo Baja.

A aliança Sánchez-Jalisco tomou Tecate, a menor, porém importante travessia fronteiriça com San Diego. Isso significa que eles podem despachar sua coca, meta e heroína diretamente para dentro dos EUA, rompendo o que um dia foi o monopólio Sinaloa. E eles estão emprestando a travessia da fronteira em Tecate para Damien e outros grupos dissidentes de Tapia, custeando e fomentando ainda mais a insurgência contra Sinaloa em Guerrero, Durango e Michoacán.

De seu forte, nas profundezas das montanhas de Guerrero, Damien tem pintado o diabo. Após o rapto dos irmãos Esparza, ao invés de recuar, ele se tornou mais agressivo, conduzindo emboscadas nos carregamentos de drogas de Sinaloa e nas patrulhas do exército e da polícia. Ele recentemente matou três policiais estaduais de Guerrero, em um tiroteio que se estendeu por quatro horas, perto de uma fazenda de ópio. Uma semana depois, atocaiou um comboio do exército e matou cinco soldados.

Ele está se transformando na porra do Che Guevara.

E não é só no interior.

Acapulco se tornou um pesadelo.

A cidade de veraneio à beira-mar, um dia tão tranquila, agora é um campo de batalha onde Sinaloa, Novo Jalisco e Damien lutam pelo porto valioso, tão necessário para receber a base química para meta e fentanil.

Eddie Ruiz costumava administrá-lo, e Ric precisa admitir que ele fazia um bom trabalho. Porém, desde a saída de cena de Ruiz, sua organização se fracionou em facções concorrentes que atuam independentemente, ou fazem alianças que não param de mudar, com um ou mais dos grandes participantes.

A conta do açougueiro tem sido alta.

E grotesca — um grupo de ex-funcionários de Ruiz gosta de arrancar o rosto de suas vítimas e deixar nos bancos de seus carros. Outro tem predileção pela prática, agora comum, de pendurar corpos em pontes ou deixar membros espalhados pelas calçadas. GU e Los Rojos estão lutando na cidade, e o único aliado atual de Sinaloa é um grupo conhecido como o Caminhão Varredor, que, de fato, sai varrendo alguns de seus inimigos da rua.

Acapulco é de quem levar.

Assim como Mazatlán.

Nosso porto mais importante, pensa Ric, e nós podemos perdê-lo.

Outro grupo dissidente dos Tapia é Los Mazateclos, que lutaram contra Sinaloa durante a guerra civil, sumiram quando perderam e voltaram agora, depois da morte de Barrera.

Com força total.

Literalmente.

Ali, nós estamos aguentando firme, pensa Ric, mas a Plaza está decididamente esquentando, e com Tito ajudando a custear antigos grupos Tapia, isso só piora. Baja, Guerrero, Durango, Michoacán, Morelo — em todo lugar os grupinhos estão surgindo como cogumelos depois de um inverno chuvoso.

E antigas plantas, dadas como mortas ou moribundas, estão voltando a se erguer do velho solo.

Em Juárez, travessia fronteiriça mais movimentada e valiosa, e campo da batalha mais sangrenta na guerra de Barrera, disputada e vencida por Sinaloa a um preço tremendo, o cartel derrotado de Juárez está voltando.

Em Chihuahua, o quase finado cartel Golfo está voltando dos mortos. Seu antigo chefe, Osiel Contreras, em breve irá concluir sua pena em uma prisão americana e voltará para casa, um dos Los Retornados. Quem sabe o que Contreras irá querer?

E em Tamaulipas e Veracruz, os zetas — o mais violento, sádico e psicopata dos cartéis —, o inimigo derrubado por uma aliança perversa entre Sinaloa, o governo federal mexicano e a Divisão de Narcóticos americana, as pessoas que mataram Barrera e Esparza, na Guatemala, estão voltando.

Os índices de assassinato sobem.

Ric estudou os números.

De janeiro a outubro de 2015, o México teve 15.466 assassinatos.

Em outubro de 2016, o número subiu para quase 19.000.

Um aumento de mais de vinte por cento, nível que não era visto desde os dias ruins, em 2011, quando Barrera estava guerreando contra os Tapia, o Golfo, Juárez e os zetas.

O governo não consegue deter.

O governo está entrando em pânico.

Recorrendo a *nós* para frear isso.

Se não o fizermos, Ric sabe, eles vão recorrer a outro.

Talvez já o tenham feito.

Mais cedo, no começo desse trajeto de carro, seu pai lhe deu notícias alarmantes.

— Rafael Caro montou um consórcio.

— O que quer dizer? Que tipo de consórcio?

— Um fundo de empréstimo — explicou Núñez. — Ele está trabalhando com banqueiros, gente do governo e alguns negociantes para emprestar 285 milhões a um grupo imobiliário americano de propriedade do genro no novo presidente. O consórcio basicamente comprou o governo americano pela ninharia de trezentos milhões. É a barganha do século.

Ric analisou as ramificações...

As pessoas no consórcio não teriam influência apenas na Cidade do México, mas também em Washington, DC. Elas teriam a possibilidade de impactar a Divisão de Narcóticos — obtendo dados da inteligência, utilizando-os contra inimigos...

... como nós.

O empréstimo dá ao consórcio, voz nas mais altas esferas de negócios nos EUA, principalmente em Nova York, onde Sinaloa está se esforçando para ganhar uma base de operações.

Os benefícios são ilimitados.

Mas, da mesma forma, são as desvantagens, para quem é excluído.

— Como descobriu sobre isso? — perguntou Ric.

— Nós ainda temos amigos na Cidade do México — disse Núñez. — Eles presumiram que nós estávamos dentro. Eu não os desiludi.

— Quem são as pessoas participantes, de nosso ramo de negócio?

Núñez soltou a bomba na cabeça do filho.

— Iván Esparza, entre outros.

— Eles foram a Iván e não vieram a nós — concluiu Ric, com a cabeça girando.

— É o que parece.

— E o Iván não nos contou.

— A questão é — disse Núñez — que nós fomos deixados de fora. Com a cumplicidade de seu bom amigo Iván.

Ric não pegou a isca. Ele não falou ao pai sobre o acordo de sucessão com Iván. Isso não seria aceito. Mas esse é Iván, disparando a arma, pensa Ric. Fazendo uma jogada para comprar esse tipo de influência sem compartilhar conosco. Dá a sensação de uma violação da amizade deles, sem mencionar o relacionamento profissional.

Dá a sensação de traição.

Tem havido tensão entre eles.

Ric vê Iván como responsável pelos problemas em Baja. Eles discutiram sobre isso na mais recente reunião, dessa vez em um bar à beira-mar, em Puesta del Sol.

Iván não queria acreditar que agora Tito e Elena possuíam Tecate.

— Não apenas Tecate — disse Ric. — La Presa, El Florido, Cañadas, Terrazas, Villa del Campo...

Um a um, os territórios em Baja se tornam domínio de Tito e Elena. Os únicos lugares onde Sinaloa ainda tem força eram os locais que Ric e Belinda possuíam — Cabo e La Paz. Belinda é ativa em Tijuana, mas o lugar é um campo de batalha, com muita coisa acontecendo, muitas mortes.

— O que mais o está preocupando, jovem Ric? — questionou Iván.

— Seu irmão.

— Oviedo? — perguntou Iván, irritado. — O que tem ele?

— Ele está ferrando tudo — disse Ric. — Desde que você o tornou chefe na Plaza Baja... quer dizer, ele não está fazendo o trabalho. Não se consegue falar com ele ao telefone, metade do tempo ele está chapado, ele fica tentando foder com as mulheres dos outros...

— Ele vai se acomodar.

— Quando? — perguntou Ric. — Nós estamos sob fogo cruzado, Iván. E Oviedo está trepando por aí. Não dá pra tomar uma decisão, é de quem falar com ele por último.

— Com todo o respeito — disse Iván —, você toca alguns bairros em La Paz e Cabo, mas o restante de Baja é negócio meu, não seu.

Então, cuide do seu negócio, pensou Ric.

— O que acontece em Baja afeta a nós todos. Tito e Elena tomando a plaza Tecate fere a nós todos. Se eles pegarem a travessia de Tijuana...

— Não vão pegar.

— Eles acabaram de matar Benny Vallejos.

Benny Vallejos era um dos principais atiradores de Iván, em Tijuana. Encontraram seu corpo cravejado de balas, em um trecho vazio da estrada, com uma placa no dorso que dizia Saudações de seus pais, no cartel Novo Jalisco.

— Nós vamos dar o troco — afirmou Iván.

— Não é uma questão de dar o troco — respondeu Ric. — É uma questão de controlar o território.

— Olha só você — disse Iván. — Agora é o sr. Todo Sério. Eu me lembro que você costumava ser um cara de farra.

— Talvez eu tenha crescido — disse Ric, começando a ficar nervoso. — Talvez Oviedo também deva crescer.

— Cale a boca sobre meu irmão, Ric.

— Iván...

— Eu disse cala a porra da boca.

Ric calou a porra da boca. Mas essa indisposição de Iván para ouvir o incomodou. E agora ele está realmente incomodado que Iván tenha feito uma manobra séria pelas costas dele.

— Precisamos sentar com os irmãos Esparza — disse Núñez. — Eu quero uma explicação. Eles têm que nos deixar entrar no consórcio.

— Eu concordo.

— Marque uma reunião — diz Núñez. — O mais rápido possível.

Ele recosta e fecha os olhos.

Ric olha pela janela, para o campo flanqueando a Rota 30, enquanto o pequeno comboio segue seu caminho rumo a El Vergel. A reunião está marcada em uma fazenda ao sul da cidade, em meio às planícies com plantações de pimentões.

Ele ouve o pai roncar.

Olha o relógio e confirma que é hora de sua *siesta*.

O comboio — guardas uniformizados estão nas caminhonetes na frente e atrás deles — segue por El Verge e depois vira ao sul, em uma estrada de duas faixas que atravessa Colonia Paradiso e depois sai da cidade até um arvoredo margeando o rio.

A fazenda, tipicamente de estuco e telhado vermelho, com ampla varanda, fica situada em meio às árvores.

Ric contorna o carro, abre a porta do passageiro e ajuda o pai a descer. Núñez levanta devagar e está hesitante ao pôr os pés no chão. Eles caminham para dentro da casa. Alguns guardas vão na frente, outros ficam posicionados do lado de fora.

O pessoal de Oficina — um cara chamado Callarto e outro chamado García — já está sentado à mesa da cozinha. O lugar é rústico, a mesa é de madeira pintada de branco, há pratos antigos em uma estante na parede, o piso é de tábuas largas. Eles se levantam quando Núñez entra, um bom sinal.

Núñez gesticula para que voltem a sentar.

Ric se acomoda em uma cadeira ao lado do pai.

— É bom vê-los de novo — diz Núñez. — Faz bastante tempo.

Clássico, pensa Ric — seu pai, com seu jeitinho de advogado, os faz lembrar que eles foram desleais, enquanto também sugere que isso são águas passadas. Ao mesmo tempo, todos na sala sabem que La Oficina é um grupo de pequenos participantes, e que um ano antes — merda, seis meses antes — Ricardo Núñez nem teria se dado ao trabalho de sentar com eles pessoalmente.

Ric espera que eles não tenham vindo com uma visão aumentada da própria importância.

Eles continuam sendo pequenos participantes.

Mas a realidade de 2016 é que os grandes participantes terão que montar coligações com muitos dos pequenos. La Oficina opera em Aguascalientes, no Distrito Federal. Como Tito criou uma presença na Cidade do México, seria bom ter um aliado posicionado em seu flanco para preocupá-lo. Bom, porém não essencial, pensa Ric, e ele espera que o pai não abra mão de muita coisa pelo que talvez seja uma ligeira vantagem.

Mas, também, a aliança é tão preventiva quanto agressiva. Tito quer consolidar seu poder no Distrito, assegurando seu flanco, e um acordo ali, com La Oficina, evitaria isso.

— Eu estou dolorosamente ciente — diz Núñez — das longas tensões entre nós e a ala Tapia da organização. A amargura e a falta de confiança permanecem. Mas nós nos desculpamos pelo que agora reconhecemos como equívocos… injustiças, na verdade… em nosso tratamento passado aos irmãos Tapia. Vocês sofreram algumas dessas injustiças. Mas o passado é passado e o que todos podemos fazer agora é sentar juntos e investigar de que maneira podemos seguir adiante.

— Pule a baboseira — diz Callarto. — Nós precisamos de um escoamento para nosso produto. Vocês podem nos ajudar, ou não?

— O Tito os recusou?

— Nós não fomos até ele. Ainda.

García diz:

— Pensamos em recorrer primeiro aos velhos amigos.

— O que temos como retorno?

— Lealdade — responde Callarto.

— Lealdade é um conceito — diz Núñez. — Eu esperava algo mais concreto.

— O que você quer?

Núñez sorri.

— Eu não faço ofertas contra mim.

— Se precisa de ação contra Jalisco, no Distrito — diz Callarto —, nós pulamos pra dentro.

— Com os dois pés? — pergunta Ric. — Do lado fundo?

— Dentro do que for sensato — diz Callarto.

Dentro do que for sensato, pensa Ric. Isso se traduz em "enquanto nós estivermos ganhando". Eles acham que meu pai é fraco, acham que podem tirar vantagem disso. Ele diz:

— Nós não precisamos de amigos interesseiros.

Núñez ergue a mão.

— Ric...

— Não, esses caras estão brincando com a gente — diz Ric. — Eles vão pegar nossas rotas e nos deixar na mão, quando precisarmos deles.

Ele vê isso nos olhos de Callarto.

— Não estou pedindo a sua lealdade — declara Ric. — Eu estou exigindo. Vocês voltam ao nosso barco, ou nós vamos esmagá-los como os insetos que vocês são.

— Você é bem confiante, garoto — diz Callarto.

— Eu não sou um garoto — responde Ric.

— Talvez Tito possa nos oferecer um acordo melhor.

— Ele vai — diz Ric. — Mas não pode cumprir.

— Ele pode nos dar a travessia de Tecate — fala Callarto.

— Nós vamos reavê-la — diz Ric. — Estamos ganhando em Baja. Estamos ganhando em Acapulco, em Guerrero inteira. Mazatlán está feita. Se vocês escolherem o lado errado, nós vamos enterrá-los.

— Deixe eu lhe perguntar uma coisa. Que porra você acha que é, pra falar com a gente desse jeito?

— Eu sou o Afilhado — responde Ric. — Agora, deixe que *eu* lhe pergunte uma coisa: quantos homens *vocês* têm lá fora?

Callarto o encara fulminante. Depois diz:

— Ouvi falar que você tinha crescido. Acho que ouvi certo. Está bem, nós vamos...

Sangue espirra no rosto de Ric.

A boca de Callarto se foi, virou um buraco aberto.

Ele desliza de sua cadeira.

Ric salta sobre o pai e o puxa para o chão. As balam zunem acima deles, atingem a parede, estilhaçam a louça. García serpenteia pelo chão, na direção da porta dos fundos. O sangue vai empoçando sob a cabeça de Callarto, seus olhos mortos encaram o teto.

Ric engatinha até a janela, arrisca uma olhada lá para fora.

Quatro utilitários e uma picape formam um arco em frente à casa. Todos os veículos têm marcadas as letras "CNJ", com sicários atirando por trás das portas. Até seus homens buscam cobertura — alguns reagem atirando por trás das árvores, outros, dos carros, outros estão deitados no chão, mortos ou feridos.

Ric puxa sua Sig 9, estilhaça uma janela com o cabo e dispara lá para fora.

Ele dá cinco tiros e um trava no cano. Ele recosta na parede e tenta destravar. Belinda lhe mostrou como fazer isso uma dúzia de vezes, mas ele não consegue e as balas entram pela janela.

Porra, porra, porra, porra.

Ele precisa sair dali.

Tem que tirar seu pai dali.

Ric olha de novo pela janela. Três de seus veículos estão ali, mas um sumiu. Ou eles foram embora, ou estão contornando até os fundos da casa. Alguns de seus homens estão de pé de mãos erguidas. Eles estão sendo puxados pelos sicários do CNJ, que lhes dão safanões na direção do caminhão e os jogam para dentro.

Rastejando de volta até a mesa, ele agarra o pai pelo cotovelo.

— Fique abaixado.

Eles rastejam para fora da cozinha, passam pela salinha, pelo velho sofá, uma mesa de centro, uma televisão antiquíssima.

Ric vê a porta dos fundos.

Aberta, por onde García passou.

Ele leva o pai até a porta e olha para fora.

Tem um sicário lá fora.

Ric se obriga a respirar.

Acalma-se, destrava a pistola emperrada e enfia nela outro pente.

Ele tem que fazer um bom disparo. Alinhando o alvo bem no meio, Ric segura a pistola com as duas mãos e aperta o gatilho.

O sicário cai de costas e solta a arma.

Três do pessoal de Ric vêm a toda com a caminhonete. A porta do passageiro é escancarada. Ric empurra o pai na frente, empurra-lhe no banco do passageiro e depois entra também.

O carro arranca.

Se não houver alguma estrada secundária, eles estão mortos.

O carro estoura uma cerca e adentra o campo de pimentões.

Eles seguem com a tração das rodas acionada, pela terra funda e seca, descendo um leve declive, depois chegam ao rio. Não há escolha, a não ser tentar atravessá-lo. O motorista entra na água e vai seguindo devagar, até o outro lado. Mais acima, até outro campo, até que eles chegam a uma estradinha de terra. Encontram o caminho até a rodovia de volta a Culiacán.

Ric sente o sangue escorrendo em seu rosto.

Fica imaginando se foi atingido, depois passa a mão perto dos cabelos e percebe que estão cheios de cacos de vidro. Ele abaixa o quebra-sol e olha no espelho, para removê-los.

— Você está bem? — ele pergunta ao seu pai.

Núñez assente.

— Quem foi?

— Tito.

— Agora ele tem a ousadia de nos atacar em Sinaloa — diz Núñez.

É, isso não é nada bom, pensa Ric.

Nada bom.

Ele pisca para limpar o sangue de seus olhos.


— Que porra é essa, cara? — Iván pergunta, ao telefone. — Em El Verge! Tito tem muita petulância. Seu velho está bem?

— Ele está um pouquinho abalado — responde Ric —, mas vai ficar bem. Dois dos nossos morreram e quatro foram levados. Não sei o que aconteceu com eles.

— Bem, ou eles mudaram de uniforme — diz Iván —, ou vocês vão encontrá-los no acostamento da estrada, em algum lugar.

— Acho que sim — diz Ric. — Iván, nós precisamos sentar pra conversar.

— Que tom sério.

— E é.

Ele conta a Iván sobre seu pai querer encontrar com todos os irmãos, para esclarecer tudo.

— Esclarecer tudo sobre o quê?

— Não me faça de bobo agora.

— Eu não sei…

— Seu investimento? — diz Ric. — Com Rafael Caro? Você fodeu a gente, Iván.

— Ei, nem todo mundo é convidado pra todas as festas.

— Pra essa, nós temos que ser convidados — diz Ric. — Eu e você tínhamos um acordo: meu pai toca o cartel até se aposentar ou falecer, depois você assume o trono. Você não pode sair por aí, por conta própria. Nós ainda somos uma coisa só.

Longo suspiro.

— Quando você quer conversar?

— Assim que possível. Amanhã, depois de amanhã.

— Mas tem que ser em território neutro — diz Iván. — Não posso parecer ter sido chamado à sala do diretor.

— Sim, tanto faz.

— E eu quero alguma garantia da minha segurança.

— Você agora não confia em mim?

— Eu não confio no seu velho — retruca Iván. — Ele vai arranjar um jeito de botar a culpa disso em mim.

— Isso é bem paranoico.

— Eu estou sendo paranoico? — diz Iván. — Ele que é paranoico. Eu quero Caro. Se ele arranjar a reunião, nós estaremos lá.

Ric diz que vai retornar a ele e sobe até o quarto do pai. Núñez está na cama, mas acordado, sentado. Ric senta no pé da cama.

— Como você está?

— Estou bem — responde Núñez. — Sem você, não estaria. Foi você que nos tirou de lá.

Ric não responde.

— O que eu estou dizendo é que sou grato.

— Está bem.

— Você falou com Iván?

— Falei.

— E?

— Ele foi evasivo — diz Ric. — Ficou na defensiva. Ele sabe que está errado.

— Ele tem que fazer o certo — afirma Núñez. — Nós precisamos estar naquele consórcio, agora, mais que nunca. Precisamos da influência que isso teria acima de Tito. Sem isso… Todos os três irmãos virão, não é?

— Sim, mas por que você…

— Todos eles precisam ouvir — diz Núñez. — Eles têm que entender que, embora nós tenhamos dado Baja, eles ainda fazem parte do cartel e eu sou o cabeça do cartel.

— Iván quer que a reunião seja em território neutro — conta Ric. — E quer que Caro garanta a segurança dele.

— Você contou a ele sobre a reunião em Oficina? — pergunta Núñez. — Você disse a ele?

— Talvez eu tenha dito alguma coisa.

— Se eu e você morrermos — diz Núñez —, o cartel vai para Iván.

— Eu não acredito que ele faria isso.

— Ele nos deixou de fora do consórcio — lembra Núñez.

— Foi Caro quem deixou.

— E Iván concordou — diz Núñez. — Você sabe que ele quer ser o chefe, sabe que ele sempre se ressentiu de nós.

— Ele é meu amigo. — Mas Ric se sente mal. Porque percebe que tem dúvidas. Você fez o acordo com Iván, ele diz a si mesmo. Você deu a ele motivo para nos matar e não esperar. Iván Esparza não é conhecido exatamente por sua paciência. — Ele não faria isso.

— Se você está dizendo… — fala Núñez. — Mas eu saberei na reunião. Saberei quando olhar nos olhos dele. O pai dele sabia mascarar os pensamentos; os filhos, nem tanto. Também quero falar com você sobre Belinda Vatos.

— O que tem ela?

— Meu velho chefe da segurança, Manuel Aleja, está saindo da prisão — diz Núñez. — Quero que ele reassuma seu lugar. Tenho certeza de que Belinda vai entender.

Ric tem bastante certeza de que ela não vai entender. Toda a identidade dela está ligada ao fato de ser chefe da segurança.

— Isso não é justo.

— Nem é justo que Aleja passe cinco anos na cadeia por nós — responde Núñez. — Ele merece seu antigo posto. Ele o conquistou.

— Ela também.

— Ela é jovem — diz Núñez. — Ela terá oportunidades de sobra. Por favor, agradeça por seus serviços. Dê-lhe algum tipo de bônus, um pouco mais de território em La Paz, para a venda de drogas, ou algo assim.

É, ela não vai ficar contente com uma gorjeta, pensa Ric. Isso só vai deixá-la ainda mais zangada.

— Ela já tem isso.

— Então, dê mais.

— Isso é um erro — diz Ric. — Nós estamos no meio de uma guerra, e ela é uma de nossas melhores guerreiras.

— Ela é extravagante demais — diz Núñez. — Francamente, acho que ela é meio maluquinha, talvez até psicótica. Suas matanças são… grotescas… macabras. Nós não queremos ser associados com esse tipo de coisa.

— Nós queremos o quê? Mortes limpas?

— Ela é bobagem — diz Núñez. — Você precisa ficar focado no panorama geral. Neste momento, o que importa é o consórcio do Park Tower. E Nova York. No fim das contas, nós vamos derrotar Tito ao ganhar influência em Washington e ganhando Nova York e o mercado da Costa Leste.

Ric sabe que seu pai está certo quanto a Nova York. Seus representantes estão arrebentando lá, com a heroína batizada com fentanil. Isso é uma página da antiga cartilha de Barrera: incrementar a produção, elevar a qualidade, cortar preços e tirar a concorrência do mercado.

E os lucros vindos de Nova York são realmente fenomenais, pensa Ric.

Mas seu pai está errado quanto a Belinda.

— Antes de mais nada — diz Núñez —, vamos marcar a reunião com os Esparza.

Ana Villanueva olha para o idoso.

Ele parece inofensivo e suave. Uma camisa azul xadrez, de mangas compridas, abotoada até o pescoço, jeans passados, um boné azul de beisebol. Um relógio barato com pulseira plástica, uma medalha da Virgem de San Juan de Lagos no pescoço.

Rafael Caro poderia ser o avô de qualquer um, pensa ela.

— Pode me perguntar qualquer coisa — diz ele. — Não tenho nada a esconder.

— O senhor passou vinte anos numa prisão americana — diz Ana —, pela tortura e assassinato de um agente americano.

— Há 31 anos, eu cultivava maconha — afirma Caro. — Mas não matei Hidalgo. Não tive nada a ver com isso.

— Então, os governos do México e dos EUA estavam mal informados.

— Muito mal informados — diz Caro. — Eu passei vinte anos na prisão porque cultivava maconha. Agora isso é legal em muitos lugares.

Ele sacode os ombros com ar fatalista.

— O senhor conheceu Adán Barrera.

— Nós fomos amigos, um dia — diz Caro. — Depois nos tornamos inimigos. Isso foi há muito tempo. Por que você está me fazendo perguntas sobre o que aconteceu em outra vida?

— Está bem, vamos falar de agora — responde Ana. — Há boatos de que o senhor está apoiando o antigo pessoal de Tapia, em sua guerra contra o cartel Sinaloa. Há verdade nisso?

Caro ri.

— Nenhuma. Por que, depois de vinte anos na prisão, eu iria querer mais problemas? Eu não quero guerra, só paz. Paz. Além disso, guerras custam dinheiro. Olhe à sua volta, eu pareço ter dinheiro? Não tenho nada.

— Algumas pessoas dizem que o senhor quer poder.

Caro insiste:

— Eu só quero paz. E peço desculpas à família de Hidalgo, à Divisão de Narcóticos e ao povo mexicano, por quaisquer erros que eu tenha cometido.

— As pessoas estiveram aqui para vê-lo? — pergunta Ana. — Buscando seu apoio?

— Que pessoas?

— Ricardo Núñez — sugere Ana. — Iván Esparza... Tito Ascensión...

— Todos eles vieram me visitar — responde Caro. — Por respeito. Eu disse a eles o mesmo que estou dizendo a você. Eu sou um velho. Parei com os negócios. Não quero fazer parte de nada disso.

— E por eles, tudo bem?

— Sim — diz Caro. — Eles vivem a vida deles, eu vivo a minha.

Ana fica em silêncio, por um momento.

Caro fica totalmente imóvel.

Sereno como um Buda.

Então, Ana diz:

— Tristeza.

Caro sacode a cabeça.

— Uma pena, o que aconteceu com aqueles jovens. Uma tragédia.

— Sabe algo a respeito?

— Somente o que li nos jornais — responde Caro. — O que vocês escrevem.

Ana arrisca:

— Gostaria de saber o que eu ouvi?

— Se quiser me contar.

— Eu ouvi — diz ela — que havia heroína naquele ônibus. Heroína que Damien Tapia roubou de Ricardo Núñez.

— Ah.

— E eu ouvi que Damien Tapia veio visitar o senhor — diz Ana.

Um ligeiro movimento. Uma ligeira expressão no olhar.

— Eu não conheço o Jovem Lobo.

— Mas Eddie Ruiz conhece — diz Ana. — E o senhor conhece Eddie Ruiz.

— Não, acho que não.

— A cela dele era bem em cima da sua, em Florence.

— É mesmo?

— Preciso que me ajude, señor Caro — pede Ana. — Acho que Palomas não poderia ter tomado sozinha a decisão de mandar matar aqueles garotos. Certamente, os irmãos Rentería não tinha essa autoridade. Então, quem o senhor acha que deu a ordem?

— Como eu lhe disse, não sei nada a respeito disso.

Ele ergue o braço e olha o relógio.

— O senhor tem um compromisso? — pergunta Ana.

— Meu urologista — responde Caro. — Não fique velha, é um erro.

Ele se levanta devagar. A entrevista acabou.

— Obrigada por me receber — diz Ana.

— Obrigado — diz Caro. — Eu só quero que as pessoas saibam a verdade. Por favor, escreva a verdade, jovem.

— Farei isso.

Caro não tem dúvidas.

O telefone toca.

É Ricardo Núñez.

A reunião fica marcada bem distante entre montanhas, ao norte de Culiacán, em um antigo campo ao longo de uma curva do rio Humaya.

A cautela de Caro é apropriada, pensa Ric — toda a liderança do cartel Sinaloa estará reunida no mesmo lugar, ao mesmo tempo. Um único ataque de Tito, Elena ou Damien poderia destruí-los. Mas a viagem é árdua, um trajeto difícil, aos solavancos, em uma estrada acidentada de faixa única. Ric nota o pai se encolher quando o carro balança.

Ric sabe que a reunião precisa transcorrer bem.

Muita coisa depende disso.

Eles têm que restabelecer a união com os Esparza. Tito é forte demais para enfrentar, se todos eles estiverem divididos, se houver desconfiança entre eles. Além disso, Ric sente falta de sua amizade com Iván, detesta a tensão que paira sobre eles ultimamente.

Mas a ala Núñez precisa ser incluída no consórcio. Sem isso, eles se tornam membros de segunda categoria, e seu pai deixou claro que isso é inaceitável para os herdeiros legítimos de Adán Barrera.

Então, Ric torce para que Iván esteja em um clima conciliador e que Caro seja razoável.

E que seu pai esteja envolvido no jogo.

Na reunião com o pessoal de Oficina, ele não estava, pensa Ric, e nem Iván, nem Caro irão tolerar que eu interfira na posição de liderança do meu pai.

O comboio entra em uma estradinha menor, mais esburacada, passando por um punhado de mata cerrada, depois a uma ponte baixa atravessando o rio até a margem leste. A trilha de terra corre paralela ao rio, por algumas milhas de floresta, depois entra na clareira onde o outro lado é composto de arbustos cerrados e árvores e, mais além, montanhas florestais.

A Sierra Madre Occidental — zona rural de ópio de primeira.

Caro estabeleceu as regras: três veículos por grupo, um total de dez guardas armados para cada grupo. Ric vê que eles chegaram primeiro.

Núñez olha o relógio.

O pai de Ric reverencia a pontualidade.

E eles estão sentados ao ar livre. Uma emboscada das árvores poderia aniquilá-los em um instante.

Ric é um garoto urbano e o silêncio o deixa inquieto.

Então, ele ouve os motores, o som de veículos vindo pela estrada, em direção a eles. Debruçado para fora da janela, ele vê o primeiro carro e reconhece um dos caras de Iván ao volante. Os Esparza devem estar no segundo carro, com mais um veículo atrás.

Há um intervalo e então mais três caminhonetes.

Deve ser Caro, pensa Ric.

O primeiro carro dos Esparza chega à clareira.

Agora Ric vê Iván no segundo carro, seus irmãos no banco traseiro, atrás dele. É estranho esse encontro assim, pensa Ric. Nós deveríamos sentar e tomar uma cerveja. Os guarda-costas de Iván saem do primeiro carro.

Tiros de fuzil começam a ser disparados das árvores, derrubando os guarda-costas.

Então, os disparos mudam para o carro de Iván.

O carro chacoalha como em uma convulsão.

Iván tenta sacar sua arma, mas é atingido e gira no banco.

A cabeça de Oviedo dá um tranco para trás.

Alfredo cai.

O carro deles volta loucamente de ré, bate no carro de trás. Sicários saem do carro disparando em direção às árvores, mas são logo derrubados.

Os carros de Caro voltam de ré, em velocidade, retornando à estrada.

O carro de Iván dá um tranco à frente, mal engatado, depois vira e sai com velocidade. Ric vê sangue escorrendo do braço do motorista, como uma flâmula vermelha. Iván está caído à frente, junto ao painel, a cabeça balançando de um lado para o outro, como um boneco quebrado.

Os tiros cessam.

Ric gira para o pai.

— O que você fez?! O que você fez?!

— O que você não faria — diz Núñez.

Foi Iván, o tempo todo, explica Núñez, durante o trajeto interminável até uma casa no campo, ao sul de Culiacán. Iván armou o atentado contra sua vida, em Candlemas, Iván disse a Tito sobre a reunião em Oficina.

— Eu não acredito nisso — diz Ric.

— Motivo pelo qual eu tive que agir sem lhe contar — diz Núñez.

— Caro vai ficar maluco — diz Ric. — Ele vai nos manter fora do consórcio, vai nos isolar, talvez até se voltar contra nós.

— Ele fará isso, inicialmente — concorda Núñez. — Mas Caro é um homem prático. Com os Esparza mortos, ele tem que vir até nós. Ele não tem mais a quem recorrer.

— Elena. Tito.

— No fim, Caro será um sinaloa — diz Núñez. — Ele não vai aderir a um forasteiro, acima de seu próprio povo. Quando eu explicar a ele que Iván tentou nos matar, ele voltará atrás. Eu lamento, sei que você achou que Iván fosse seu amigo.

— Ele era.

— Ele estava usando você — afirma Núñez. — Ric, você jamais se tornaria el patrón, com Iván vivo. Ele jamais permitiria.

— Eu não ligo pra isso. Nunca quis.

— É seu legado. Seu padrinho queria isso pra você.

—Você matou meu amigo!

— E você sabe a verdade — diz Núñez. — Quando estiver pronto para admiti-la, irá me agradecer.

Agradecer?, pensa Ric.

Você nos destruiu.

Você nos matou.


Iván não morreu.

Nem Oviedo, ou Alfredo.

Eles ficaram feridos, levaram tiros, mas estão vivos. O motorista deles conseguiu chegar até uma estrada interna, foi até um vilarejo, onde as pessoas são leais aos Esparza e os acolheram. Mandaram vir um médico que costurou todo mundo.

Essa foi a história que chegou até Caro.

Que Ricardo Núñez mirou, mas errou.

Exatamente como Caro achou que ele faria.

Há uma velha piada de cadeia:

Um criminoso de colarinho branco — exatamente o que Núñez é, no fundo ainda um advogado, não um verdadeiro narco — é confrontado por um *mayate* enorme, que diz: "Temos um jogo aqui. Brincamos de casinha. Você quer ser o marido ou a esposa?"

O criminoso de colarinho branco pensa em suas opções, ambas ruins, mas uma é pior, e responde: "Eu serei o marido."

O *mayate* assente e diz: "Está bem, marido, agora fique de joelhos e chupe o pau da sua esposa."

Essa é a posição em que Caro colocou Núñez. Qualquer que fosse sua escolha, ele perderia. Se ele deixasse Iván Esparza cortá-lo do consórcio, ele perderia. Se assumisse uma ação violenta contra Iván, ele perderia. Agora, Caro pode ir até os amigos políticos de Núñez e dizer "Olhem, ele está descontrolado. Eu garantia a segurança de todos e ele violou isso. Não podemos confiar nele."

Era um cenário sem perda para Caro — se os Esparza prevalecessem, ele seria aliado deles. Se Núñez ganhasse, ele se viraria com o advogado. De qualquer jeito, metade dos potenciais rivais do cartel Sinaloa seria eliminada.

E Núñez conseguiu granjear o pior desfecho possível — ele violou o acordo de segurança, mas não matou os Esparza. Agora, seus inimigos continuam no mesmo lugar e detêm um patamar moral elevado.

Núñez cavou sua própria cova.

Agora, tudo que resta é jogar umas pás de terra em cima dele.

Há somente um fio solto pendurado.

Tristeza.

Aquela piranha da repórter sabe de alguma coisa. Mesmo que ela não saiba, mesmo que só esteja pescando, jogando a linha na água para ver se ele morde, não se pode permitir que ela cuspa suas mentiras nos jornais.

E, principalmente, não se pode permitir que ela diga a verdade.

Caro expede a ordem.

A acusação era confidencial, mas vazou para Núñez.

Ric lê.

NA CORTE DOS ESTADOS UNIDOS PARA O DISTRITO LESTE DE VIRGINIA — Divisão de Alexandria — ESTADOS UNIDOS DA AMÉRICA
    Versus
RICARDO NÚÑEZ
Também conhecido como "El Abogado"
Acusação 1: 21 U.S.C. 959,960, 963
(formação de quadrilha e tráfico de cinco quilos ou mais de cocaína
    para importação aos Estados Unidos)

Acusação 2: U.S.C. Código 952
(formação de quadrilha e tráfico de cinco quilos ou mais de heroína
    para a importação aos Estados Unidos)

Acusação 3: 18 U.S.C. 1956 (h) 3238
(formação de quadrilha e lavagem de dinheiro)

— Agora, a Divisão de Narcóticos virá atrás de mim — diz Núñez.

— O governo vai nos proteger — afirma Ric.

— Talvez nós tenhamos perdido nossos amigos no governo — diz Núñez.

— De qualquer maneira, não podemos correr o risco. Eu vou sumir. Sugiro que você pegue a sua família e faça o mesmo.

— Eu estou sendo acusado?

— Não sei — diz Núñez. — Não vi uma acusação, mas isso não significa que ela não exista. Vá. Vá agora. Se perdemos nossos amigos no governo, isso pode significar que a polícia, o exército talvez até os mariners estejam a caminho. Se você for capturado e extraditado, será o fim. Agora, o negócio é sobreviver até que possamos endireitar isso.

Endireitar isso? Ric pergunta a si mesmo. Porra, de que jeito nós vamos "endireitar isso"? Faz dez dias desde a emboscada em Humaya, e o mundo parece estar se voltando contra eles.

Aliados não atendem ligações. Policiais, promotores, políticos e repórteres que já pegaram nosso dinheiro, frequentaram nossas festas, zelosamente compareceram aos casamentos, batismos e funerais, fingem não nos conhecer mais.

Líderes de celas em Sinaloa, *sicarios* em Baja, plantadores em Durango e Guerrero anunciaram abertamente sua aliança aos Esparza. Outros não foram tão ousados, mas estão hesitantes, sob intensa pressão.

Apenas dois dias atrás, um comboio com trinta caminhões cheios de pistoleiros de Esparza adentrou em uma cidade controlada por Núñez, raptou quatro membros de nosso pessoal e incendiou prédios e veículos. Anunciaram que esse era um aviso para todas as cidades e vilarejos que apoiavam a "facção criminosa Núñez".

Mas nós não reagimos, pensa Ric, não retaliamos, não demonstramos a força capaz de tranquilizar nosso povo. Parte do motivo é que Núñez tem estado em pânico, quase em depressão, recluso em seu quarto. O outro motivo é que os pistoleiros que usaríamos para empreender uma retaliação não estão atendendo os celulares.

E o Iván tem escancarado o assunto nas redes sociais — Twitter, Snapchat, tudo — denunciando a "emboscada traiçoeira de merda". Ele atacou Ric pessoalmente: "Meu *cuate*, meu bom amigo, meu velho camarada Mini-Ric tentou me matar. Enquanto ele falava de paz e irmandade, com um lado da boca, o putinho estava ordenando meu assassinato, pelo outro. Ele é igualzinho ao pai — o fruto não cai longe do pé."

Ele acrescentou um áudio de Tupac:

*Vocês me alvejaram? Mas vocês, seus cretinos, não me liquidaram*
*Agora vão enfrentar a fúria...*

Damien também se manifestou: "Acho que o afilhado de Barrera leva seu legado bem a sério. Ele traiu seus melhores amigos, exatamente seu padrinho como fez."

Foram milhares de postagens respondendo, quase todas elas apoiando os Esparza e detonando os Núñez.

Iván agora é a vítima virtuosa.

Nós que somos os vira-casacas, os covardes fracos, pensa Ric.

Iván é legal, eu sou um filho da puta.

Seu pai não entende, mas Ric leva isso muito a sério, sabe que perder a guerra nas redes sociais pode significar perder a guerra de verdade.

E agora nós estamos em guerra com Iván.

Não apenas tensão, uma guerra de tiroteios.

Estamos em guerra com Iván, estamos em guerra com Elena, estamos em guerra com Damien, estamos em guerra com Tito. Não podemos recorrer a Caro para intermediar a paz. Quanto a ingressar no consórcio, bem, pode esquecer.

E agora, os americanos estão vindo atrás da gente.

— Nós ainda temos recursos — Núñez está dizendo. — Ainda temos amigos e aliados. É uma questão de mantermos a cabeça baixa, por um tempo, até que possamos consolidar apoio.

Certo, pensa Ric.

Pegue sua família e vá.

É, só que sua família não quer ir.

— Eu não estou sendo acusada — responde Karin, quando Ric chega em casa e lhe diz para arrumar as malas. — Não há nenhuma acusação contra *mim*. *Eu* não tentei matar Iván, por que deveria fugir?

— Para ficar com seu marido?

— Como vai conseguir se esconder com uma esposa e uma criança na garupa? — pergunta Karin. — Não vai poder se deslocar depressa, não dá pra ser veloz. Você ficaria preocupado em nos proteger.

— Você simplesmente ficaria mais confortável em casa.

— É claro que eu ficaria — diz ela. — Assim como sua filha.

— *Así es.*

— Não jogue isso pra cima de mim — diz Karin. — Você fez suas escolhas.

— Você não se incomodou com o dinheiro, não é? — pergunta Ric. — Aceitou as casas, os carros, as joias, as refeições, as suítes, o prestígio…

— Terminou?

— Ah, sim — responde Ric. — Eu terminei.

Ele joga algumas coisas em uma mochila e vai embora.

* * *

O Jovem Lobo não será um velho lobo.

Acorrentado a uma cadeira no chão de cimento de um porão, ele já viveu essa vida por tempo suficiente para saber que isso só pode terminar de um jeito.

Ele se sente um imbecil.

Primeiro, por ter vindo para Baja, achando que poderia lançar um ataque ousado no território do inimigo. Depois, por encontrar essa garota sensual, ir para casa com ela, aceitar um drinque. De repente, ele acordou nessa cadeira.

Não, eu não deveria ter vindo aqui, pensa ele.

Porque eu nunca mais vou sair.

Agora, a garota sensual entra e sorri para ele.

— Você é muito bonitinho, Damien, sabia? — diz ela. — É uma pena que eu tenha que eliminar você. Estou com Sinaloa e eles disseram que eu devo machucar você, muito, por bastante tempo.

Agora ele sabe quem ela é.

Ele já ouviu falar de La Fósfora.

Ela é psicopata.

— Você ainda está grogue — diz ela —, então, precisamos esperar passar o efeito da droga. Quer dizer, o objetivo é fazer doer, certo? Desculpe, isso é apenas, sabe, meu trabalho.


Ric foge para La Paz.

Belinda não lhe conta quem está com ela no porão.

Ele seria contra.

— Eu vou sair de circulação por um tempo — diz Ric.

Ele conta sobre a acusação, sobre a pressão em cima deles, desde a tocaia contra os Esparza.

— Eu vou montar a segurança pra você — diz Belinda.

— Quando a isso…

— O quê?

— Meu pai quer o antigo cara de volta, o Aleja.

— Você está de sacanagem comigo, porra? — pergunta ela.

— Nós podemos lhe dar mais território.

— Você vai me dar o que eu posso simplesmente pegar? — pergunta ela. — La Paz é minha porque é minha.

— Não seja assim.

— Vá se foder.

— Olhe, eu tenho que ir embora.

— Vá.

\* \* \*

Damien vê a garota descer novamente a escada.

Tenta segurar a onda, porque ele sabe que vai começar agora. Ele já ouviu histórias sobre ela — banhos de ácido, decepamento dos braços das pessoas... ele quer morrer como homem, sem desgraçar seu nome, mas está com medo, com muito medo.

Ele só quer sua mãe.

La Fósfora sorri de novo para ele.

— É seu dia de sorte, Jovem Lobo — diz ela. — Acabei de falar no telefone com Tito Ascensión.

— Achei que você estivesse com Sinaloa.

— Eu também — diz ela. — Acho que nós dois estávamos errados. De qualquer maneira, você será liberado, Damien. Pode agradecer seu tio Tito.

Ela retira as algemas.

Ele dá o fora de La Paz.

Assim como Ric.

Ele foge.

A Coruja pisca.

O lendário editor Óscar Herrera, diretor de jornais mexicanos, está sentado com a perna apoiada na mesa, no escritório do *El Periódico*. Os Barrera tentaram matá-lo, anos antes, mas não terminaram o serviço. Três balas na perna e no quadril o deixaram manco, com uma bengala.

Agora, ele olha para Ana e pisca.

Ana não pisca. Ela já trabalha para Óscar há quase vinte anos e sabe que o segredo de apresentar uma história é não demonstrar qualquer sinal de hesitação. Óscar ganhou seu apelido porque enxerga tudo, na luz ou na escuridão.

Por isso, ela não recua, quando ele fala:

— Sua matéria é pura conjectura.

— Nada é puro — diz Ana. — E ainda não é uma matéria. Por isso eu quero tempo para desenvolvê-la.

— Você deveria somente entrevistar Caro.

— Eu entrevistei — afirma ela. — Publique.

— Você foi pescar sobre Tristeza — diz Óscar — e voltou com o anzol vazio.

— Ele estava mentindo — responde Ana. — Eu vi, nos olhos dele.

— Você certamente não espera que eu publique uma matéria baseada em suas habilidades mediúnicas.

— Não, eu espero que você me deixe ir atrás das provas — diz ela. — A história de Tristeza é mentira.

A prefeita de uma cidadezinha ordena que os narcos matem 49 estudantes, por conta de uma manifestação?, pensa ela. Isso não passa pelo teste do fedor. Nem a teoria da "gangue rival". Guerreros Unidos são narcos frios, mas não são os zetas. Eles não arrancariam os 43 alunos desaparecidos — garotos e garotas — de dentro de um ônibus e matariam, por acharem que alguns deles talvez estivessem associados com Los Rojos.

Isso é um caso clássico de acobertamento do governo — divulgando explicações contraditórias para ofuscar a história real.

A qual, Ana está convencida, tem a ver com heroína.

Ela sondou todas as suas fontes a respeito disso, entrevistou sobreviventes, outros estudantes, professores. Falou com policiais municipais, policiais estaduais, *federales* e soldados, se encontrou secretamente com narcos dos GU, Los Rojos e Sinaloa, e até do antigo grupo Tapia.

Ninguém tem a história toda, mas quando ela junta as peças, um panorama começa a surgir:

Damien Tapia roubou heroína de Ricardo Núñez.

GU e os irmãos Rentería puseram a heroína nos ônibus que vinham utilizando para transportar as drogas para fora de Guerrero.

Por azar, os estudantes sequestraram um dos ônibus abastecidos de heroína.

Palomas estava de conchavo com os GU.

Ela deu a ordem – peguem a droga de volta e matem os estudantes. É aí que a coisa desmorona, pensa Ana. Se a recuperação da heroína foi o motivo para parar os ônibus, por que simplesmente não reaver a droga? Por que matar todos aqueles garotos? Por que levá-los para longe, matá-los e queimar seus corpos? Por que a polícia levou os garotos a três delegacias, antes de entregá--los aos GU?

Porque era uma situação em evolução, pensa Ana. Porque os policiais estavam recebendo ordens diferentes, conforme o desenrolar dos acontecimentos. E ela acha que os garotos foram mortos, não para reaver a heroína, mas para proteger o sistema de transporte. Os Rentería, Palomas e os GU não queriam que Núñez descobrisse que eles estavam transportando sua heroína roubada por Damien Tapia.

Talvez, pensa ela.

Isso era parte do motivo.

Ou talvez fosse para proteger as pessoas por trás do sistema de transporte.

Não surgiu mais nada sobre o assassinato em massa. Damien Tapia tem poder relativamente pequeno, apenas um degrau acima dos irmãos Rentería. Ele não tem influência política expressiva.

Então, quem tem?

Quem está encobrindo isso?

Não é Núñez — ele tem peso político, mas nenhum motivo para encobrir Tristeza. Pelo mesmo motivo, não é Iván Esparza, ou Elena Sánchez. E Tito Ascensión não tem nada a ver com isso.

Os boatos em meio ao antigo pessoal de Tapia é que Damien estava transportando sua heroína para Eddie Ruiz. Mesmo que seja verdade, isso dá em um beco sem saída, pois Ruiz não tem qualquer influência política no México, nenhum prestígio com gente importante daqui.

Exceto pelo fato de que Eddie esteve na prisão com Rafael Caro.

A única reação que ela percebeu em Caro, durante a entrevista inteira, foi quando ela mencionou Eddie. E o idoso, que se lembra de tudo, fingiu nem saber que Eddie estava na cela acima da sua.

Será que era isso que eles pretendiam proteger, ao matar aqueles estudantes? A ligação com Caro?

Ela apresenta sua teoria para Óscar.

— Um homem que esteve em confinamento na solitária por vinte anos? — pergunta Óscar.

— Ele é um ícone.

— *Eu* sou um ícone — diz Óscar — e não tenho poder algum. Caro é história antiga, ele não tem nenhuma organização por trás de si.

— Talvez, essa seja a questão — insiste Ana. — Ele é neutro, pode prover bons préstimos. Correm boatos de que ele negociou a libertação dos irmãos Esparza.

— Ser um *éminence grise* não equivale a ter influência política.

Não, pensa Ana, mas o dinheiro, sim.

Dinheiro e política são arroz e feijão.

E ontem ela recebeu uma ligação de Victoria Mora, viúva de Pablo, agora repórter financeira para o *El Nacional*. Victoria é conservadora, uma analista de negócios sem rodeios, e repassou uma história que ela própria não queria investigar. Ela disse que há um boato, nos círculos bancários, sobre o HBMX estar formando um consórcio para emprestar 300 milhões a uma empreiteira americana.

— Por que você está ligando pra *mim*? — perguntou Ana.

Victoria nunca gostou de Ana. Não somente por ela ser uma esquerdista fervorosa, mas também porque ela dormiu com seu falecido marido, embora tenha sido depois que eles se divorciaram.

— Você sabe — disse Victoria, rija e fria como sempre.

— Não, não sei.

— Esse banco é notório por lavar dinheiro de drogas — disse Victoria. — León Echeverría circula em meio aos narcos.

— Há algum motivo para que você própria não faça a reportagem? — perguntou Ana, já com a antena a postos.

— Há centenas de motivos — respondeu Victoria. — Eu dependo desses banqueiros e de alguns funcionários do governo para desempenhar meu trabalho. Se eu fosse publicar algo assim, ou sequer sondar...

— Eles iriam cortá-la.

— Eu ficaria isolada.

— Então, por que você...

— Ana — disse Victoria —, o negócio é ruim. Na verdade, eu estou, bem, estou saindo com um homem do HBMX e ele está muito aborrecido. Ele ouviu o nome de uma pessoa que está envolvida...

— Que nome? — pergunta Ana, com um aperto na barriga.

— Rafael Caro — disse Victoria. — O que meu amigo ouviu é que Echeverría foi até Caro para solicitar sua ajuda e reunir investidores narcos, pois ele têm trânsito livre com todos eles. Meu amigo receia que isso possa expor o HBMX a uma investigação da Divisão de Narcóticos, da Interpol... Se houver uma reportagem, o HBMX talvez recue, antes que seja tarde demais.

— Bem, obrigada por vir até mim, Victoria.

— O Pablo sempre falou que você era a melhor.

— Sinto falta dele — disse Ana. — Como está Mateo?

O menininho de Pablo, devia estar com quantos anos, agora? Doze?

Mateo estava com Ana, quando Pablo foi assassinado.

— Ele está bem, obrigada por perguntar — respondeu Victoria. — Crescendo que nem capim.

— Eu adoraria vê-lo.

— Com certeza — disse Victoria. — Nós não vamos a Juárez com muita frequência, mas quando formos, eu certamente irei procurá-la.

Ana sabe que isso nunca vai acontecer.

E agora ela não conta a Óscar sobre a revelação de Victoria. É cedo. Ele só ficaria interrogando sobre suas fontes e lhe diria para trabalhar em uma história de cada vez. Mas talvez seja, sim, somente uma história, pensa Ana.

Pode ser tudo a mesma história.

Se os estudantes de Tristeza foram mortos para resguardar a ligação de Caro, essa ligação talvez não esteja muitos degraus acima.

Se Caro está usando heroína para investir em grandes bancos...

E grandes bancos e o governo são a mesma coisa...

Isso explicaria por que o governo está encobrindo a verdadeira história de Tristeza.

— Deixe-me ver se Palomas fala comigo — diz ela. — E deixe-me ver se consigo uma entrevista com Damien Tapia.

— Ana...

— O quê?

— É perigoso demais — diz Óscar.

Ela vê a melancolia nos olhos dele. Ele já perdeu dois repórteres: Pablo e o fotógrafo Giorgio. Com toda a sua rabugice aparente, El Búho tem o coração mole e ainda sente aquelas perdas. E o perigo é real — mais de 150 jornalistas mexicanos foram assassinados cobrindo guerras de drogas. No auge da violência, Óscar chegou a proibi-los de cobrir o assunto.

Ana respondera à proibição criando um blog anônimo para relatar as notícias dos narcos.

Os zetas deram ordem para que o blog fosse tirado do ar.

Pobre Pablo, doce Pablo, tinha descoberto que fora ela e assumiu a responsabilidade. Mandou que ela atravessasse a fronteira com Mateo e escreveu uma última postagem, antes que eles o encontrassem, torturassem e o picassem em pedaços, que espalharam ao redor da Plaza del Periodista.

Perto da estátua de um menino jornaleiro.

Foi culpa minha, pensa Ana.

Pablo pagou por minha arrogância.

Depois disso, ela pediu demissão. Sempre uma bebedora social, ela passou a ser uma bebedora antissocial, despejando álcool na culpa e na tristeza, se escondendo de todos, principalmente de si. Mas Marisol não deixou que ela sumisse, atormentou-a até que ela voltasse a morar com ela, na cidadezinha, e a fez ir trabalhar na clínica.

Aos pouquinhos, sua vida voltou.

Mas foi o acontecimento em Tristeza que a despertou de seu sono, acendeu um fogo de indignação que Ana achava que há muito já se transformara em cinzas. Ela havia sido uma jornalista respeitada, temida até; isso era o que ela sabia fazer.

Agora ela vai fazer outra vez.

Se Óscar deixar.

Logo que Ana voltou, ele lhe designou reportagens "seguras", matérias "de mulher": eventos beneficentes, coberturas de arte, ângulos de interesse humano distantes do crime, do narcotráfico e da movimentação política onde ela antes habitara. Ela era uma jornalista investigativa, mas ele não a deixava investigar nada mais profundo que afrontas sociais (como se houvesse tal coisa, em um lugar atrasado como Juárez), ou um encanamento vazando.

Ela investigou sobre Tristeza em seu tempo pessoal e com o próprio dinheiro.

E ainda vai investigar, mesmo se Óscar não autorizar.

Quarenta e nove garotos mortos.

Quarenta e nove famílias enlutadas.

E todos os outros parecem ter se esquecido.

Apenas mais uma tragédia no México.

— Nós somos jornalistas — diz Ana. — Se não vamos cobrir as histórias importantes, para que nós sequer existimos?

— Eu sempre me orgulhei da ideia — responde Óscar — de que meus repórteres viriam ao meu enterro e diriam coisas constrangedoras em minha homenagem. Não o contrário.

A homenagem póstuma que Óscar fez a Pablo foi linda.

Ana leu no jornal. Ela própria não conseguiu ir ao funeral. Ela ficou em casa, bebeu e chorou.

Ana diz:

— Óscar, você sabe que nós devemos fazer isso.

Óscar fecha os olhos, como se estivesse consultando algo no passado. Então, ele os abre, pisca e diz:

— Tome cuidado.

Ana liga para o Departamento de Prisões e arranja a papelada para uma entrevista com Palomas.

Depois, liga para Art Keller.

— Vamos jogar um jogo — diz ela. — Eu lhe conto a primeira parte de uma história e você termina pra mim.

Ana conta sua teoria e depois diz a ele sobre o negócio do HBMX e sua possível ligação com Rafael Caro. Ela imagina que Keller já deva saber a respeito disso, então fala:

— É aqui que você começa a jogar. Para quem vai o empréstimo do HBMX? Quem é a empreiteira?

— Mesmo que eu soubesse disso — responde Keller —, não poderia lhe dizer.

— Não poderia, ou não diria?

— É a mesma coisa — diz Keller.

— Mas você sabe.

— Não posso confirmar, nem negar...

— Ah, pare, Arturo — pede Ana. — Isso é totalmente confidencial. Você sabe que eu jamais revelaria a identidade de uma fonte.

— A questão não é essa — diz ele. — Eu gostaria que você largasse isso, Ana.

— Em sua condição de oficial do governo — diz Ana —, ou como amigo?

— Como amigo.

— Se você é meu amigo, me ajude.

— Estou tentando — afirma Keller. — Olhe, por que você não vem aos EUA e trabalha em sua reportagem? Se você acha que isso tem um elemento americano...

— Eu vou — diz Ana. — Mas, primeiro, tenho algumas linhas de investigação por aqui.

— Quem lhe deu o nome de Caro? — pergunta Keller.

— Ah, você faz perguntas, mas não responde? Acabei de lhe dizer que não revelo minhas fontes. — Mas agora ela sabe que tem algo. Perguntas geralmente revelam tanto quanto respostas, e Keller acabou de revelar que Caro é um suspeito. Ela resolve forçar. — *Você* acha que Caro está ligado a Tapia, Art? *Você* acha que ele está envolvido com o HBMX?

—Venha pra cá — diz Keller.

Isso é um sim, pensa Ana.

— Como está Mari?

— Ocupada, sendo Mari — diz Keller. — Ana, tome cuidado, está bem?

—Vou tomar.

O oficial da cadeia recebe o pedido de Ana e liga para Tito.

Tito liga para Caro.

Caro lhe diz o que precisa acontecer e lhe faz seu próprio pedido.

Tito recorre a seu pessoal.

Ana vai para casa.

Um apartamento de um quarto, em Bosques Amazonas, Las Misiones.

Um lugar tranquilo, em um bairro tranquilo.

Há noites em que Ana nem pensa em beber, em outras, parece não haver outra opção. Ela acha que isso é o que chamam de "alcoólatra funcional", embora ela esteja funcionando bem melhor agora, do que há um ano e pouco.

Mas, em algumas noites, os fantasmas a visitam e chegam exigindo libação.

Hoje é uma dessas noites.

Ana tem uma garrafa de vodca no armário da cozinha, para as noites de fantasmas, que ela agora pega, senta à mesa e despeja um pouco, em um copinho. Ela não tem intenção de se embebedar, só de ficar meio alta, meio anestesiada, se livrar do nervosismo.

Algumas pessoas acham as lembranças reconfortantes. Elas se lembram dos bons momentos com o ente amado falecido, e isso faz com que se sintam melhor. As lembranças boas fazem Ana se sentir pior. Ela acha que é o contraste, o fato de sentir tanta falta das noites de bebedeira feliz, das risadas, das canções, das discussões, do trabalho. As boas lembranças são dolorosas, lembretes agudos de coisas que ela nunca mais terá.

O meigo e peludo Pablo, com sua barba por fazer, seu sobrepeso.

Altinho, indisciplinado e maravilhoso Pablo, tonto de amor pelo filho, pela ex-esposa (inutilmente), por sua adorada e estilhaçada cidade. Pablo não era tão mexicano quando era juarense; seu mundo começava e terminava dentro dos limites da cidade fronteiriça, no limite do México com os EUA, sua localização simultaneamente a razão de ser e a razão de sua destruição. Pablo adorava a cidade suja, espalhafatosa, e detestava cada modernização, do jeito que uma antiga namorada se ressente por uma namorada nova, mais jovem e bonita.

Ele adorava Juárez por suas falhas, não apesar delas, assim como Ana o adorava por suas deficiências — os casacos esportivos manchados e amarrotados, sua barba por fazer, a eterna ressaca, sua carreira autodestrutiva e a predileção pelas histórias esquisitas, pouco convencionais, e peculiares que o relegavam às páginas traseiras do jornal e à faixa salarial mais baixa.

Pablo estava sempre duro, sempre mendigando dinheiro e drinques, sempre se esforçando para pagar a pensão do filho; ele comia fast-food no carro, o chão do veículo velho todo forrado de embalagens de papel e copos de papelão. Agora Ana está chorando.

Pateticamente chorando em cima da minha birita, pensa ela.

O primeiro drinque acalma.

O segundo anestesia.

O terceiro faz você se questionar.

Por que é mesmo que estou fazendo isso?, pensa ela. Porque eu acredito que a verdade é importante ou porque algum bem resultará disso? Porque acredito que aqueles garotos devem ter justiça, a justiça que Pablo, Giorgio, Jimena e milhares de outros não tiveram? Por que eu acho que alguma coisa vai acontecer, mesmo se eu descobrir a verdade?

Que diferença faz a verdade?

De qualquer forma, todos nós sabemos.

A verdade do massacre de Tristeza se resume a apenas mais detalhes, em uma longa história. Que diferença eles fazem?

Mesma história, outros fatos.

Ana sabe que deve comer, pegar uma comida congelada — frango e arroz — no freezer e enfiar no micro-ondas. Ela está comendo, sem paladar ou apetite, quando o celular toca. Ela não atenderia, mas vê que é Marisol.

— Alô?

— Só estou ligando pra dar um oi, saber das coisas.

— Arturo lhe falou que estava preocupado.

Quando Marisol não responde, Ana diz:

— E, sim, eu estou ligeiramente bêbada. É uma *daquelas* noites.

— Ana, por que você não vem para uma visita?

— Não me trate com paternalismo — diz Ana. — Ou seria "maternalismo"?

— Você é muito sagaz quando toma uns copos.

— Sou famosa por isso — responde Ana. — Pablo costumava dizer que eu era mais legal quando estava meio bêbada.

— Então, você vem?

Implacável Marisol, pensa Ana. Também tão convicta de que sabe o que é certo e tão implacável para fazer com que o correto aconteça. Marisol, autoconfiante e virtuosa — mártir e santa secular, esposa perfeita, anfitriã perfeita, perfeitamente um pé no saco.

— Quando terminar meu trabalho, eu vou. Agora estou muito ocupada, Mari.

— Sim, o Art me contou que você está trabalhando numa história.

— Acho que nós estamos trabalhando na mesma história — diz Ana. — Somos concorrentes. Seu marido está tentando me passar a perna.

— Duvido. Ana…

— Ana, tome cuidado. Ana, não beba demais. Ana, tome suas vitaminas.

— Que tal se eu ligar amanhã? — pergunta Marisol.

— Quando eu estiver sóbria, você quer dizer.

— Sim, isso mesmo.

Ana pergunta:

— Você se lembra de quando nós éramos felizes, Mari?

— Eu sou feliz agora.

— Bom pra você.

— Desculpe, isso foi cruel — diz Marisol. — Sim, eu me lembro… antes de começar toda essa matança. Nós gritávamos poesia na noite…

— "Nós temos que rir" — Ana recita. — "Porque o riso, nós já sabemos, é a primeira prova de liberdade."

— Castellanos — diz Marisol. — "Eu sou filha de mim mesma. Meu sonho nasceu. Meu sonho me sustenta."

— "A morte será a prova de que nós vivemos."

— Venha me visitar — diz Marisol. — Não tenho ninguém com quem recitar poesia.

— Em breve.

Ana desliga e volta ao jantar, do jeito que está. Fica pensando se deve ou não tomar outro drinque, mas já sabe quem é o vencedor da discussão. Ela leva sua outra vodca para o banheiro e entra no chuveiro, saindo do jato para tomar um gole.

Ela se enxuga e cai na cama.

Quando Ana acorda, a garrafa está ao lado da cama.

Sua cabeça está estourando e ela se sente uma merda. Escova os dentes, enxágua a boca com Listerine e pinga Visine em seus olhos vermelhos. Um banho parece um esforço grande demais; ela joga uma roupa no corpo — uma blusa, suéter, jeans — põe os sapatos e sai para trabalhar.

Eles a pegam na saída da garagem.

Ela vê dois homens a sua frente, mas não os dois que estão atrás, que a tiram do chão e erguem, enquanto os outros dois seguram-na pelos ombros. Um deles põe a mão em sua boca e eles a enfiam na traseira de uma van, antes que ela realmente entenda o que aconteceu.

Um serviço de rapto muito bem feito.

Um trapo é enfiado em sua boca, um capuz colocado sobre a cabeça, amarras plásticas prendem seus punhos atrás das costas.

Mãos empurram-na ao chão da van, pés a seguram ali.

Ana está aterrorizada.

Ela procura manter a cabeça fria, tenta estimar há quantos minutos está na van, antes que ela pare, tenta ouvir os sons que talvez sirvam como pista de onde ela está. Ela já escreveu sobre sequestros, raptos, entrevistou policiais, sabe o que deve fazer.

Não consegue.

Ela só consegue respirar.

A van para.

Ela ouve a porta abrindo. Mãos a agarram, a erguem.

Mãos em seus cotovelos a conduzem para dentro.

Jogam-na apressadamente em uma cadeira. Algemas prendem suas pernas à cadeira.

— Diga o que sabe — ordena uma voz masculina.

— Sobre o quê?

O tabefe gira sua cabeça para o lado, machuca o seu pescoço, seus ouvidos ficam zunindo. Ela nunca tinha apanhado antes, e é uma dor chocante.

— Tristeza — diz o homem. — Conte a história em que você acredita.

Ela conta a ele.

Conta sua teoria toda...

Heroína de Núñez.

Roubo de Damien.

Heroína no ônibus.

Estudantes mortos para proteger a informação.

Mortos para proteger...

— Quem? — pergunta o homem.

— Não sei.

Desta vez é um punho fechado. Ela é uma mulher pequena, magra. A cadeira vira junto com ela. Ela bate a cabeça no chão de cimento. Chutes acertam seus tornozelos, suas pernas, seus quadris, sua barriga. Dói. Seu rosto está queimando, o osso da face está quebrado.

O homem manda:

— Adivinhe. Quem você acha?

— Damien Tapia — diz Ana, chorando. — Eddie Ruiz.

— Quem mais?

— Rafael Caro?

A maioria das pessoas pensa que resistiria. Que, sob tortura, conseguiria suportar.

A maioria está errada.

O corpo não permite. O corpo governa a mente, a alma.

Ana diz a ele.

Dá cada um dos nomes.

Sobreviventes, outros estudantes, professores. Policiais municipais, policiais estaduais, *federales*, soldados, narcos dos GU, Los Rojos, Sinaloa, do antigo grupo Tapia, Jalisco. Dá a eles tudo e todos, para que não recomecem.

Orwell estava certo.

"*Faça isso com a Julia*".

Não adianta nada.

— HBMX — diz o homem. — O que você sabe sobre isso? O que você ia escrever?

— Caro. Coletando dinheiro para um empréstimo. Empreiteira. Americana.

— Que americana?

Ela está aos prantos.

— Eu não sei.

— Responda e isso pode acabar.

— Eu não sei. Juro.

— Quem lhe contou sobre o empréstimo?

Ela dá o nome de Victoria.

— Quem mais?

— Só ela.

— Pra quem você contou isso?

— Pra ninguém. Ninguém. Eu juro, juro, por favor...

— Acredito em você. Você é religiosa? Acredita em Deus?

— Não.

— Então, você não quer rezar.

— Não.

—Vire para a parede. Não vai doer.

Ana gira o corpo para a parede.

"*Meu sonho nasceu. Meu sonho me sustenta*".

O homem atira em sua nuca.

A morte será a prova de que ela viveu.

Keller ouve Marisol gritar.

Ele sobe correndo.

Ela está segurando o telefone. Seus olhos estão arregalados. Ela parece prestes a cair. Ele a segura de pé, ela passa os braços ao redor dele.

— Eles a mataram — diz Marisol. — Mataram Ana.

Seu corpo foi encontrado em uma vala, ao lado da estrada, em Anapra, logo depois da fronteira.

Ela foi torturada.

Há lições a ser dadas.

Para servir de exemplo.

Dedos — informantes — que falam com a polícia, com os militares, com a imprensa têm que ser silenciados, porém, punidos antes.

De modo que isso ensine uma lição, imponha um exemplo para que o restante não fique tentado a falar.

Manuel Ceresco está sentado, amarrado à cadeira, na área rural de Guadalajara. Há bananas de dinamite amarradas a seu peito. A trinta metros, seu filho de doze anos, também Manuel, está igualmente amarrado a uma cadeira, sobre uma pilha de explosivos.

Tito sabe que matar Manuel Sênior — chefe de uma pequena célula, que falou com a repórter — vai amedrontar as pessoas, mas não aterrorizá-las.

Já esta história vai se espalhar e deixar as pessoas aterrorizadas.

Ele grita para Manuel:

— Está vendo o que você fez com sua boca grande?! Vê o que você fez com seu filho?!

— Não! Por favor!

Manuel Sênior implora a Tito que poupe seu filho.

— Faça o que quiser comigo, mas não machuque meu menino. Ele é inocente, não fez nada.

Quando percebe que é inútil, ele implora para que eles o matem primeiro. Mas um dos homens de Tito vai atrás de Manuel Sênior e, com os polegares e indicadores, segura seus olhos abertos.

— Assista.

O menino grita:

— Papi!

Tito dá o sinal.

Outro de seus homens aperta o detonador.

O menino explode.

Os caras de Tito riem. É engraçado. Que nem desenho animado.

Manuel Sênior berra sem parar. Os homens de Tito se distanciam dele. Quando estão a uma boa distância, Tito dá o sinal mais uma vez.

Manuel Sênior explode.

Mais gargalhadas.

Quando garotos, eles explodiam sapos, com M-80s.

Agora, explodem pessoas.

O vídeo está nas redes sociais depois de uma hora.

E viraliza.

Victoria Mora sai de casa, no bairro de Roma, na Cidade do México. Ela entra em sua BMW e põe a mala no banco do passageiro. Ela está estendendo a mão para prender o cinto de segurança, quando o caminhão surge rugindo atrás dela, bloqueando sua saída da garagem.

Um homem desce do caminhão, caminha até a lateral da BMW, no lado do motorista, e a metralha com um AR-15.

As balas despedaçam Victoria.

O homem volta ao caminhão e vai embora.

Uma mulher que está passeando com o cachorro berra.

A menina tem dez anos.

Seu pai, um contador que falou com Ana, está algemado a um cano exaustor, dentro do galpão. Um homem segura sua cabeça e o faz assistir, enquanto sete dos homens de Tito se revezam estuprando a garotinha.

Quando terminam, eles cortam seu pescoço.

Eles deixam que o pai absorva isso por vinte minutos, depois pegam tacos de beisebol e o espancam até a morte.

Óscar Herrera é o último a sair da redação do *El Periódico*.

Ele mandou todos para casa.

Agora ele está escrevendo o último artigo, anunciando que o jornal cessará suas publicações, depois desta edição. Ele não pode permitir que mais jornalistas sejam assassinados. Óscar conclui a coluna, levanta, pega sua bengala e apaga as luzes.

\* \* \*

Keller sabe que foi Caro.

Quem ordenou o assassinato de Ana.

Keller e Marisol pegaram um voo para El Paso e depois seguiram de carro até Juárez — oficiais americanos e mexicanos estavam malucos, porque o chefe da Divisão de Narcóticos estava chegando sem os devidos preparativos de segurança.

— Eu vou — disse Keller.

Em um tom expressando que é melhor não discutir com ele.

*Federales*, a polícia estadual de Chihuahua e policiais da cidade de Juárez os encontraram na fronteira e insistiram para que eles deixassem o carro alugado e seguissem com os batedores. Keller concordou e Marisol nem ligou.

Ela estava arrasada.

Com o pensamento fixo na justiça.

— Quem fez isso? —perguntara ela a Keller, depois de ligeiramente abrandado o choque.

— Não sabemos — respondera Keller. — Ela estava vasculhando a o que aconteceu em Tristeza. Entrevistou Rafael Caro.

— Existe ligação?

— Olhe, Mari…

Ele contou sobre o consórcio e o empréstimo à Terra, e que depois Ana lhe contara sobre uma fonte anônima que ligava tudo a Caro.

Mari não era imbecil. Ela logo percebeu.

—Victoria Mora.

Morta apenas algumas horas depois de Ana. E agora, Mateo está órfão de pai e mãe, ambos assassinados pelos cartéis.

— Provavelmente — disse Keller.

Ele não acrescentou o óbvio, que Ana dera o nome de Victoria a seus torturadores.

O enterro de Ana foi brutal.

Patético, no verdadeiro sentido da palavra.

O vento norte de outono erguia e fazia rodopiar a poeira e o lixo em volta dos tornozelos das pessoas, no cemitério Panteón del Tepeyac. Era um pequeno grupo, alguns repórteres, poucas pessoas tinham vindo de Valverde, e ocorreu a Keller que muitas das pessoas que poderiam estar ali — jornalistas e ativistas — já estavam nos túmulos.

Giorgio estaria ali, mas Giorgio tinha morrido.

Jimena estaria ali, mas Jimena tinha morrido.

Pablo estaria ali, mas Pablo tinha morrido.

Óscar Herrera estava ali.

Apoiando-se na bengala, parecendo velho e frágil, como se o vento *norteño* fosse soprá-lo para longe. Ele falou pouco, cumprimentou os outros brevemente e recusou-se afalar, apenas sacudindo a cabeça, quando surgiu a oportunidade de homenagear Ana.

Marisol recitou um dos poetas preferidos de Ana, Pita Amor:

*"Eu sou vão, um tirano, profano, orgulhoso, insolente, ingrato, desdenhoso, mas guardo a complexidade de uma rosa."*

Marisol desabou, mas se recuperou.

— E eu digo, nas palavras de Susana Chávez Castillo, também filha de Juárez, também assassinada nesta cidade, por seu ativismo social, pela causa de mulheres assassinadas: "Não é só mais uma".

Um padre disse algumas palavras.

Um violeiro cantou "Guantanamera".

O caixão desceu ao chão.

Só.

Houve alguma conversa sobre uma reunião posterior, em algum lugar, para compartilhar lembranças, mas a ideia não se concretizou. A polícia acompanhou Keller e Marisol de volta até a fronteira, e eles foram de carro para o aeroporto.

Agora, Keller assiste ao presidente eleito, na televisão.

*"Nós temos que acabar com o fluxo ilegal de drogas, dinheiro e pessoas que atravessa a fronteira, alimentando a crise, temos que acabar com as cidades de refúgio que proveem abrigo para traficantes de drogas, e acabar com o negócio dos cartéis, de uma vez por todas."*

Só que você faz negócios *com* eles, pensa Keller.


— Vou transferir você — diz Keller a Hidalgo, de volta ao escritório. — Qualquer lugar que você queira, exceto o México, porém, o mais distante possível de mim. Quando me estourarem, você não vai querer ser atingido pelos estilhaços.

— Tarde demais — diz Hidalgo. — Estou ligado a você. O novo governo vai me mandar pra Bucareste. Howard me mandaria pra lua, se nós tivéssemos escritório lá.

— Então, aceite a nova missão, enquanto tem chance.

— Quero ver esse caso concluído.

— Não.

— Por quê? — pergunta Hidalgo. — Porque está levando ao Caro? Porque você acha que eu não sei me controlar? Eu sei.

— Há outros motivos, e eu não quero colocá-lo mais perto do Caro — diz Keller.

Caro foi uma das pessoas que matou o pai de Hugo, e Keller morre de medo de colocar o garoto na mesma situação.

— Não me puna por causa da sua culpa — diz Hidalgo. — Eu sei que meu pai estava a duas semanas de ser transferido de Guadalajara, quando ele foi morto. Mas isso não foi culpa sua.

— Foi, sim.

— Está bem, então foi, tanto faz — retruca Hidalgo. — Carregue sua maldita cruz por aí, mas não jogue nada em cima de mim. Eu quero concluir o que meu pai começou.

—Você está me colocando numa situação difícil aqui, Hugo.

— Buá, porra — diz Hidalgo. Ele olha para o chão por um segundo, depois ergue mais uma vez os olhos e pergunta: — Quer dizer, você vai prosseguir com isso, não vai?

— Como assim?

Hidalgo olha diretamente para ele. Faz Keller se lembrar de seu pai.

—Você e Ruiz.

Keller o encara.

— O quê? O que tem o Ruiz e eu?

— Ora, vamos, chefe.

— Foi você que levantou esse assunto, não eu.

— Ruiz era uma fonte sua, no México — diz Hidalgo. — E há histórias de que vocês dois estiveram juntos, numa missão secreta, na Guatemala.

Keller não reage.

Hidalgo diz:

— Depois, você mandou apagar a ficha pré-sentencial de Ruiz.

—Você andou fuçando? — pergunta Keller. —Agora *você* está na minha cola?

— Eu estou do seu lado — diz Hugo. — Só quero saber que lado é esse.

— O que você quer me perguntar, Hugo?

— Ruiz tem algum trunfo sobre você?

— Se você estiver com um grampo — diz Keller —, isso vai partir meu coração.

— Como pode me perguntar isso?

— São os tempos em que vivemos.

— Eu não estou com escuta — diz Hidalgo. — Jesus, eu mentiria para proteger você.

— É isso que eu não quero — responde Keller. — Nós vamos prender Eddie Ruiz quando ele nos levar ao topo da pirâmide, e quando fizermos, ele vai me ameaçar com algo que ele sabe. E eu não vou ceder a essa ameaça.

— E vai levar Caro com você.

— Se eu puder.

— Quero estar junto — afirma Hidalgo.

—Você vai destruir sua carreira.

— Eu posso trabalhar de detetive particular, em algum lugar — diz Hidalgo. —Você me deve isso.

— Por quê?

— Pelo meu pai.

— Isso é golpe baixo, Hugo.

— É uma luta suja — diz Hidalgo.

— Está bem — diz Keller. —Vou mantê-lo. Ruiz e Caro agora estão comendo o que nós dermos. Então, nós envenenamos a comida, damos informações erradas. Faremos isso através de você.

Hidalgo levanta.

— Não estou dizendo que você matou Adán Barrera. Mas, se matou... obrigado.

Ele sai.

De nada, pensa Keller.

Agora chegou a hora de derrubar Caro, Ruiz, Darnell e Lerner, e sim, Dennison, se chegar a isso.

Todos esses filhos da puta que mataram 49 garotos...

que mataram Ana...

para encobrir o seu negócio de dinheiro sujo.

# 3

## *Hombres* maus

*"Alguns homens maus entraram aqui e nós vamos colocá-los pra fora."*
— John Dennison

Os Estados Unidos são o céu.

Esse foi o primeiro pensamento de Nico, há mais de um ano, quando a *migra* o pegou, o embrulhou em um cobertor e o colocou no carro, depois ligou o aquecedor. Então, eles lhe deram um hambúrguer e uma barra de chocolate, que Nico devorou, como se não comesse há dias, o que era verdade.

Isso aqui é *el norte*, pensou Nico.

Tudo o que ele tinha ouvido era verdade — ali era maravilhoso. Ele nunca comera um hambúrguer inteiro.

Os *migra* sorriram para ele e fizeram perguntas em espanhol — *Qual é o seu nome? Quantos anos você tem? De onde você é?* Nico falou a verdade sobre seu nome e idade, mas disse que era do México, porque tinha ouvido que isso era melhor.

— Não minta pra nós, *hijo* — disse um dos *migra*. — Você não é mexicano.

— Sou sim.

— Ouça, seu *mierdito* — falou o *migra*. — Nós estamos tentando ajudá-lo. Se você é do México, você vai partir direto de volta, no próximo ônibus. Você é um Guaty, dá pra notar pelo seu sotaque. Agora, diga a verdade.

Nico assentiu.

— Eu sou da Guatemala.

— Onde estão seus pais?

— Meu pai morreu — respondeu Nico. — Minha mãe está em El Basurero.

— Você veio sozinho?

Nico assentiu.

— Lá de Guat City?

Nico assentiu de novo.

— Como? No trem? La Bestia?

— Sim.

— Jesus Cristo.

Eles o levaram até um prédio e o colocaram em uma cela. Estava muito frio — o ar-condicionado estava forte — e Nico ouviu um dos *migra* dizer:

— O garoto ainda está molhado, ele vai congelar ali dentro.

Outro homem falou:

— Eu vou encontrar algo pra ele.

Nico ficou impressionado, porque alguns minutos depois, o homem voltou com umas roupas. Eram velhas e grandes demais, mas estavam limpas — blusa e calça de moletom. Meias brancas limpas e um par de tênis.

— Tire esses troços molhados — disse o homem. — Você não quer ficar gripado.

Nico vestiu a outra roupa.

Havia uma caminha na cela. Ele deitou e, sem nem perceber, já estava dormindo. Quando ele acordou, eles lhe deram outro hambúrguer e uma Coca, e um saco plástico branco, com suas roupas velhas. Então, eles o colocaram em um ônibus, com um monte de outros migrantes, a maioria mulheres com seus filhos.

Alguns eram guatemaltecos, outros de El Salvador ou Honduras. Nico era a única criança sozinha e ficou sentado quietinho, olhando pela janela, observando a planície texana seca e imaginando para onde eles estavam indo.

O ônibus passou por uma cidadezinha que parecia vazia, como se todo mundo tivesse ido embora. Nico viu lojas com tapumes e um restaurante com uma placa que dizia "FECHADO". Uma placa maior mostrava um pedaço de melancia e dizia "DILLEY".

Alguns minutos depois, ele viu uma cerca comprida de arame, com alguns prédios brancos baixos atrás. Os prédios pareciam novos. O ônibus parou no portão, onde um guarda conversou com o motorista, por um segundo, e depois entrou.

O portão foi fechado atrás deles.

Nico viu que os prédios, na verdade, eram grandes trailers.

Todo mundo começou a descer do ônibus, então ele desceu também, e os seguiu até um dos trailers e sentou em um banco. Um guarda atrás de uma mesa de madeira chamava as pessoas pelo nome para ir a outra sala.

Finalmente, ele ouviu seu nome.

O guarda o levou até uma salinha e o mandou sentar em uma cadeira, na frente de uma mesa. A mulher atrás da mesa tinha pele marrom, olhos castanhos grandes, e cabelo preto, e ela falava em espanhol.

— Nico Ramírez. Meu nome é Donna, Nico. Sou sua gerente de caso. Aposto que você não sabe o que é isso.

Nico sacudiu a cabeça.

— Significa que vou cuidar de você, até que nós possamos colocá-lo em seu lugar, está bem? Então, primeiro eu preciso lhe fazer algumas perguntas. Você tem algum documento, Nico?

— Não.

— Mas esse é seu verdadeiro nome? Você não está inventando?

— Não. Quer dizer, sim. Esse é o meu nome.

Ela perguntou:

— E sua mãe está na Cidade da Guatemala?

— Sim.

— Você fez essa viagem inteira sozinho?

— Não — disse Nico. — Eu estava com uma menina chamada Flor e uma menina chamada Paola.

— Onde elas estão agora?

— Não sei onde está Flor — respondeu Nico. — Paola morreu.

— Eu lamento — disse Donna. — Como foi que ela morreu?

— Ela foi atingida por um cabo de alta tensão.

Donna sacudiu a cabeça.

— Você tem algum familiar nos EUA, Nico?

Nico não respondeu.

— Nico — disse Donna —, se você tiver família aqui e não estiver contando para evitar causar problemas a eles, saiba que eu não me importo se eles estão aqui legalmente ou não. Está entendendo? Isso não faz parte do meu trabalho.

Nico pensou um pouquinho, depois falou:

— Tenho um tio e uma tia.

— Onde?

— Em Nova York.

— Na cidade?

— Acho que sim.

— Você tem como entrar em contato com eles? — perguntou Donna. — Tem o telefone deles?

— Sim.

Ele deu o número.

— E como eles se chamam? — perguntou ela.

— Meu tio é Javier e minha tia é Consuelo — respondeu Nico. — López.

— Certo — falou Donna. — Vou tentar ligar pra eles. Talvez amanhã eu possa colocar você ao telefone pra falar com eles. Você gostaria?

Nico assentiu.

— Agora — disse Donna —, você gostaria de falar com sua mãe, contar a ela que você está bem? Aposto que ela está preocupada. Vamos ligar pra ela?

— Ela não tem telefone.

— Certo — disse ela. — Talvez ela ligue para seus tios e eles possam avisá--la, e nós vamos arranjar um jeito de falar com ela. Agora, pela lei, eu preciso lhe falar algumas coisas. Você não vai entender muitas delas, mas eu tenho que dizer, mesmo assim, está bem?

— Está bem.

—Você é o que nós chamamos de "menor estrangeiro desacompanhado" — disse ela. — Isso significa que você não está neste país legalmente, portanto, nós vamos retê-lo. Quer dizer que vamos mantê-lo aqui. Mas vamos ficar com você pelo menor tempo possível, e depois talvez possamos deixar que você fique com seus tios. Está entendendo?

— Sim.

— Agora, eu vou lhe fazer uma pergunta bem difícil — falou Donna. —Você sabe o que é abuso sexual?

Nico sacudiu a cabeça que não.

— É quando alguém toca suas áreas íntimas — disse Donna. — Alguém já tocou em você desse jeito?

— Não.

— E como você está se sentindo? — perguntou ela. — Tem alguma dor? Sente-se doente?

Nico não sabia como lhe dizer que doía tudo nele, que seu corpo inteiro estava cheio de hematomas, cortado, queimado do sol, gelado, faminto e ressecado. Ele não tinha palavras para expressar sua completa exaustão.

Então, ele falou:

— Eu estou bem.

—Vou levá-lo ao médico, mesmo assim — disse Donna. — Só pra ter certeza. Ele vai lhe dar uma injeção chamada "vacina"; não tenha medo, não vai doer. E ele vai fazer exames para verificar tuberculose, que às vezes acontece, quando a pessoa tosse muito. Você tosse muito, Nico?

Nico tossia o tempo todo — ele tossia por causa da fumaça do trem, do frio, da poeira que entrava em seu nariz, na boca e nos pulmões.

— Mas, primeiro, nós vamos lhe arranjar algumas roupas — afirmou Donna. — Essas que você está vestindo estão meio ruins.

Donna o levou para fora do escritório, seguindo um corredor até uma sala cheia de prateleiras e mais prateleiras com roupas novas. Nico não acreditou, quando ela pegou uma camisa e uma calça, depois um par de meias e tênis novinhos, e disse:

— Estes parecem ser do seu tamanho. Mas você não vai querer vestir, até ter tomado um banho. Venha.

Ela o levou até uma sala grande, onde havia um chuveiro.

— Esta é a torneira de água quente, essa é a fria. Tem sabonete, xampu, e uma toalha. Eu vou esperar lá fora, a menos que você queira que eu o ajude.

— Não.

Quando ela saiu, Nico tirou a roupa e foi até o chuveiro. Era muito limpo e cheirava a cloro. Ele abriu primeiro a torneira de água quente e deu um pulo para trás, quando saiu um jato forte. Contornando a água, ele estendeu a mão e abriu a torneira de água fria, e pôs a mão no jato, até sentir que estava quente, mas não escaldante.

Então, ele entrou na água.

Ele nunca tinha tomado um banho em um chuveiro assim. Os poucos que ele conheceu eram filetes frios vindos de canos enferrujados. Essa água tinha cheiro de ovo cozido, mas Nico não se importava — era maravilhoso.

Isso era *el norte*.

Isso eram os EUA.

Mas o tal *xampu* o perturbou. A moça disse a palavra, mas ele não sabia o que era e ficou com medo de abrir a garrafinha plástica. Ele lavou o cabelo com o sabonete, até ficar limpo, então deixou a água quente escorrer por todo seu corpo. Ele saiu do chuveiro, se enxugou com a toalha e vestiu suas roupas novas. Ainda era inacreditável, aquele lugar onde lhe davam roupas e sapatos.

Donna o aguardava no corredor e o levou até o médico.

O médico mandou que ele tirasse a camisa, depois o mandou tossir e passou um negócio metálico gelado em suas costas e no peito. Ele fez Nico abrir a boca e pôs uma varetinha dentro, dizendo-lhe que fizesse um barulho. Ele mandou Nico subir em uma balança e abaixou uma pequena barra de metal sobre sua cabeça.

— Ele tem 1,40 m — afirmou o médico. — E pesa 24 kg. Seu crescimento está retardado e ele está extremamente desnutrido. Há resíduos de contusões no peito e na caixa torácica. Ele relatou ter sido espancado?

Donna perguntou ao menino sobre os hematomas.

— Eu caí do trem — respondeu Nico.

— Ele relata abuso sexual? — perguntou o médico.

— Não.

— Eu devo fazer um exame retal?

— Acho que não é necessário, neste momento — respondeu Donna. — Talvez depois, se ele se abrir sobre alguma coisa.

— Ele pode vestir a camisa — disse o médico. — Ele apresenta sintomas de estresse respiratório, provavelmente por ter inalado poeira e fumaça. Mesma causa para o que parece uma infecção oftalmológica crônica, mas um colírio deve curar. Também apresenta um quadro de sinusite, mas acho que um spray nasal deve dar conta, em lugar de antibiótico, e veremos como isso evolui. Esse garoto necessita mais de comida e descanso. Donna, eu posso falar com você, em particular?

Donna levou Nico para fora da sala de exame, até um banco no corredor, e voltou para dentro.

— O garoto tem uma tatuagem de gangue, no tornozelo — disse o médico. — "Calle 18".

— Pode deixar isso fora do relatório?

— Você sabe que não posso.

— Não custava perguntar.

De volta ao corredor, Donna perguntou a Nico:

— Você sabe o que é um refeitório?

— Não.

— É um tipo de restaurante.

Nico ficou preocupado.

— Eu não tenho nenhum dinheiro.

— Tudo bem. A comida é grátis.

Nico não podia acreditar em seus ouvidos. Depois, em seus olhos. Eles entraram em um salão bem grande, onde alguns migrantes estavam sentados nas mesas, comendo, enquanto outros estavam em uma fila, com bandejas, e as pessoas atrás do balcão serviam montanhas de arroz, feijão e carne em seus pratos.

— Pegue uma bandeja e um prato — disse Donna. — Ali tem talheres e guardanapos. Depois, entre na fila.

— Eles vão simplesmente me dar comida?

— Eles vão simplesmente lhe dar comida — confirmou Donna. — Mas diga obrigado.

Nico disse *gracias* sem parar, enquanto as pessoas atrás do balcão colocaram arroz e feijão e carne em seu prato. No fim do balcão havia copos de suco, ponche e água. Nico olhou para Donna.

— Pegue um — disse ela.

Ele pegou um copo de ponche e sentou à mesa com ela.

Então, ele novamente não acreditou em seus ouvidos, pois as pessoas estavam reclamando da comida — o arroz não estava bem cozido, o feijão, cozido demais, a carne estava dura, a comida não era suficiente.

É *comida de graça*, pensou Nico.

Eles *dão* a comida.

Ele começou a devorar tudo, antes que eles mudassem de ideia.

— Vá com calma — disse Donna, sorrindo. — Ninguém vai tirar de você, *m'ijo*.

Nico não tinha tanta certeza. Ele comeu vorazmente, com a mão direita, deixando a esquerda ao redor do prato para protegê-lo.

— Eu tenho mais algumas coisas a lhe dizer — anunciou Donna, enquanto o via mandando ver na comida. — Pelo fato de você ser um menor desacompanhado, nós não podemos deixá-lo no dormitório, com adultos que não têm vínculo parentesco com você. Então, precisamos colocá-lo em um quarto, sozinho.

Nico não tinha ideia do que ela estava falando.

Ele não se importava.

Um quarto só para ele? Ele literalmente não conseguia imaginar.

— Mas espero que até amanhã — continuou Donna — nós possamos transferi-lo para uma casa coletiva. É uma casa comum. Haverá alguém como uma mãe e um pai, e você terá outras crianças com quem brincar. E se você ficar lá pelo tempo suficiente, você irá para a escola. Você gostaria disso?

Nico deu de ombros. Como ele poderia saber?

— Agora, vá até ali, pegue uma maçã e um biscoito — disse Donna —, depois eu vou levá-lo até seu quarto.

O quarto era um retângulo pequeno pintado de azul radiante, com murais de zebras e girafas. Havia uma cama de solteiro junto à parede. A janela era gradeada.

— Pronto — disse Donna. — Tem um banheiro no corredor, se você precisar. Nico, você sabe que não pode sair do prédio, certo?

Nico assentiu.

Um quarto só para ele, um banheiro, chuveiro, comida e bebida de graça, roupas novas e limpas, um par de tênis...

Por que ele iria querer ir embora do paraíso?

Donna voltou ao escritório e ligou para o número que Nico lhe deu.

Um homem atendeu.

— É o Señor López? —perguntou Donna em espanhol.

— Sim.

A voz pareceu hesitante, desconfiada.

— Señor López — disse Donna. — Meu nome é Donna, eu sou do Escritório do Centro de Restabelecimento de Refugiados. O senhor conhece um menino chamado Nico Ramírez?

— Sim.

Agora ele parecia amedrontado.

— Posso lhe perguntar — disse Donna — qual é seu relacionamento com Nico?

— Ele é meu sobrinho — respondeu López. — Filho da irmã de minha esposa.

— Nós estamos com Nico sob nossa guarda — informou Donna. — Queremos que saibam que ele está perfeitamente seguro.

Ela o ouviu gritar "Consuelo!", depois o ouviu dizer que "eles" encontraram Nico. Quando voltou ao telefone, o homem estava chorando.

— Nós estávamos com medo... não tivemos notícias...

—Vocês estão em contato com a mãe de Nico?

— Ela liga, quando pode — disse López. — Ela não tem telefone.

— Da próxima vez que ela ligar — pediu Donna —, poderia, por favor, contar a ela que o Nico está bem e lhe dar este número? Ela pode ligar a cobrar.

— Nós podemos falar com Nico?

— Eu vou ligar de volta amanhã e colocá-lo na linha — disse Donna. — Espero que ele já esteja dormindo agora.

— E agora, o que acontece?

Ela explicou o processo. Ela enviaria o Formulário de Reunificação Familiar, que eles deveriam preencher e mandar de volta. Então, haveria uma entrevista e, se tudo estivesse de acordo, Nico poderia ser liberado para ficar sob a guarda deles, até uma audiência de deportação, geralmente dentro de até noventa dias, quando seria definido se Nico poderia ficar, ou se teria que regressar à Guatemala.

— Ele não pode voltar — disse López. —Vão matá-lo.

—Vamos dar um passo de cada vez — falou Donna.

Ela pegou o endereço deles e repetiu que ligaria pela manhã. Então, ligou para o Serviço de Imigração e disse-lhes — como tinha que fazer, segundo a lei — que ela estava com um menor estrangeiro desacompanhado, um MED, com uma tatuagem de gangue, no tornozelo.

— Nós precisamos recolher o arquivo — afirmou o agente.

— Eu sei, Cody — disse Donna. — Mas você poderia pegar leve, com esse? Ele só tem dez anos.

—Você sabe como está a situação atual, Donna.

— Eu sei.

— Eu farei o que posso, mas...

Sim, pensou ela, ao desligar. É a história de nossas vidas — os agentes da fronteira, o pessoal do serviço de imigração, os gerentes de caso com mais arquivos do que podem digerir, advogados voluntários que talvez consigam dez minutos com seus "clientes", antes de uma audiência — todos nós estamos fazendo o melhor que podemos, "mas...".

Não é tão ruim como foi em 2014, quando os MEDs chegavam a trinta mil por ano, ou no ano anterior, quando chegaram a setenta mil, congestionando o sistema de cima a baixo. O número de crianças deixando a América Central caiu no começo de 2015, mas agora voltava a subir, mais uma vez ameaçando entupir o sistema.

Sua mesa estava abarrotada — assim como os arquivos de casos de cada um dos advogados das crianças, e de todos os advogados voluntários que ofertavam seus serviços gratuitamente.

Donna deixou a instituição e seguiu dirigindo pela estrada 35, até Pearsall, e encostou no Garcia's Bar and Grill.

Alma Baez estava no bar, onde Donna achou que ela estaria, e bebia um conhaque com água. Donna despencou na banqueta ao lado dela e ergueu o dedo ao bartender, sinalizando seu habitual uísque com duas pedras de gelo.

— Foi um dia daqueles? — perguntou Alma.

— A habitual enxurrada de infelicidade — disse Donna. — Que bom que eu a encontrei. Tenho um MED que vai precisar de advogado.

Donna trabalhava para o Centro de Restabelecimento de Refugiados, CRR, que contratava uma empresa particular, a Corporação Correcional da América, CCA, para administrar o centro de detenção migratória. A CCA mantinha outros oitenta centros de detenção, mas seu negócio principal eram as prisões. Elas abrigavam 66 mil detentos, em 34 estados e 14 prisões federais, assim como 4 cadeias municipais.

Como gerente de caso do CRR, Donna tinha o direito, na verdade o dever de requerer um advogado para uma criança, conforme achasse necessário.

Ela achava necessário para o caso de Nico, e contou a história dele a Alma.

— Ele foi traficado? — perguntou Alma.

— Não, mas eu vou classificá-lo como "vulnerável" — disse Donna. A classificação habilitaria o menino a receber um advogado, pois ele precisava de um. — Tem um problema. Eu quero colocá-lo numa casa coletiva, até que ele possa ficar com um responsável...

— Ele tem um?

— Uma tia e um tio, em Nova York.

— Então, qual é o problema? — perguntou Alma. — Quer dividir uns nachos?

— Sim. Ele tem uma tatuagem de gangue — explicou Donna. — Calle 18.

— Mas você disse que ele tem dez anos, não foi? — perguntou Alma. — De frango ou de carne?

— Certo, mas eles ainda podem tentar "ameaçá-lo" — disse Donna. — Frango.

Nos casos de menores desacompanhados, um juiz faz uma audiência tão logo seja possível e, em noventa por cento das vezes, libera a criança para uma casa coletiva. O problema com Nico era duplicado, Donna sabia. Mais por conta da eleição presidencial que estava por vir; o país estava literalmente histérico com as gangues da América Central, como a M13 e a Calle 18, e os membros de gangue que atravessavam a fronteira. Portanto, juízes como o que ia presidir a audiência de Nico estavam relutantes ao extremo com a ideia de liberar qualquer pessoa com qualquer tipo de afiliação a gangues.

A segunda questão eram os negócios.

Dólares e centavos.

A Corporação Correcional da América não ganhava dinheiro algum se Nico fosse transferido, como deveria, a um lar coletivo. Mas, se o juiz considerasse Nico uma "ameaça" por conta da tatuagem de gangue, ele seria enviado a uma "instituição de segurança", que ganharia 63 dólares diários pelo garoto.

A CCA era uma empresa de capital aberto.

Eles precisavam apresentar lucros a seus acionistas. Para isso, era preciso preencher camas e celas. A CCA não estava no negócio de liberação de detentos, ela era do ramo de detenção.

Nico era dinheiro vivo.

Mas, ora, as pessoas tinham que viver e a CCA agora era o maior empregador por ali. Dilley foi um dia a "Capital da Melancia", mas os frutos rolaram ao sul da fronteira. Depois, as "perfurações hidráulicas" seriam a salvação, mas isso também acabou sendo um fiasco.

Prisioneiros eram uma fonte mais segura de dinheiro.

Uma que nunca se esgotava.

Mas se Nico fosse considerado uma ameaça e enviado a uma instituição, seria bem mais difícil fazer com que ele fosse reclassificado e liberado para ficar com os tios, presumindo que eles fossem aprovados no processo.

Ele poderia ficar na instituição por meses, se não anos, até que fosse tomada uma decisão final e essa decisão provavelmente seria deportá-lo, na verdade, enviá-lo de volta para a gangue da qual ele fugiu.

— Precisamos conseguir um advogado pra ele — disse Alma.

— Que tal Brenda?

— Ela está até o tampo de casos.

Brenda Solowicz tinha vindo para Dilley por algumas semanas, no auge da crise migratória, em 2014, e estava lá até hoje, tendo se mudado para um trailer perto do Best Western. Havia inúmeros bons advogados trabalhando de graça para os migrantes, mas, na opinião de Donna, Brenda era a melhor.

— Então, que diferença fará mais um? — perguntou Donna.

Alma suspirou.

— Eu vou ligar pra ela. Quando eu posso encontrar esse garoto?

— Logo cedo, pela manhã?

— Estarei lá.

—Você é demais — disse Donna.

— Ficarei ainda melhor, depois que eu tomar mais um drinque — respondeu Alma.

Donna sabia o que ela queria dizer: como uma advogada infantil, Alma atendia órfãos, garotinhas que haviam sido estupradas por gangues, prostituídas nas ruas, crianças que haviam sido surradas ou até torturadas. E ela trabalhava sabendo que, na maioria dos casos, as crianças ficariam no país por algumas semanas, ou meses, depois seriam mandadas de volta ao lugar de onde vieram.

E esse quadro só iria piorar.

O uísque de Donna sumiu, como se alguém a tivesse ajudado a beber.

Ela sinalizou pedindo mais um.


Nico bebeu seu suco de laranja e terminou seu cereal, enquanto uma moça chamada Alma conversava com ele.

— Agora, escute bem — disse Alma. — Você só pode ficar neste país se tiver o que eles chamam de "temor crível" de que será ferido ou morto caso volte para a Guatemala. Um juiz vai lhe fazer perguntas. Eu não posso lhe falar o que dizer, mas entenda que você só pode ficar aqui se tiver medo de se machucar, caso volte pra casa.

Nico assentiu.

— Você *tem* medo de voltar pra casa, Nico? — perguntou Donna.

— Sim.

— Por quê? — perguntou Alma.

— Vão me obrigar a entrar para a Calle 18.

— Eles o ameaçaram? — questionou Alma. — Machucaram você?

— Disseram que iam machucar minha mãe.

Ele não mencionou que eles haviam queimado uma tatuagem nele. Já se esquecera daquela dor.

Mas a moça chamada Alma tocou no assunto.

— Donna falou que você tem uma tatuagem. Posso ver?

Nico ergueu a perna da calça.

Alma se encolheu.

— Como isso aconteceu? Você fez isso sozinho?

Nico sacudiu a cabeça.

— Foi o Pulga que fez.

— Quem é esse?

— Um *marero*.

Uma jovem de cabeleira emaranhada e vermelha entrou na sala, sentou e pôs uma maleta na mesa.

— Desculpem o atraso. Esse é… Nico?

— Sim.

— Eu sou a Brenda, Nico. Vou representar você, em sua audiência.

— Nico estava nos mostrando a tatuagem dele — disse Donna.

— Posso ver, Nico? — perguntou Brenda. Ela olhou a tatuagem, depois virou para Alma e Donna, como se fosse algo muito ruim. Então, falou: — Então, Nico, em alguns minutos, nós vamos até outro prédio, pra falar com um juiz. Ele não estará lá, estará na tela da televisão, mas ele pode vê-lo e ouvi-lo, está bem?

— Está bem.

— Eu vou falar um pouquinho e ele vai lhe fazer algumas perguntas — completou Brenda. — Diga apenas a verdade, está certo?

— Está certo.

Brenda olhou para Donna.

— Quais são as chances de se conseguir uma caneca de café?

— As chances são boas, o café é horrível.

—Vou pegar.

Brenda pegou café para ela, e eles foram até o outro prédio. Nico ficou sentado em um banco, entre Brenda e Alma, e ficou assistindo, enquanto quase que só mulheres levantavam e falavam para uma câmera, respondendo perguntas a um juiz em uma tela de televisão.

Aquilo amedrontou Nico.

As mulheres estavam falando em espanhol, tentando explicar por que elas e seus filhos deveriam permanecer nos EUA.

O juiz não era amistoso.

Algumas das mulheres saíam chorando.

Ele ouviu o juiz chamar seu nome.

— Nico Ramírez.

Brenda o levou até uma mesa na frente e o sentou em uma cadeira dobrável de metal.

— Brenda Solowicz, representante por gratuidade de Nico Ramírez, menor estrangeiro desacompanhado.

O juiz disse:

— Pelo que posso verificar, o CRR solicitou essa audiência.

— Correto, meritíssimo — respondeu Brenda. — O CRR gostaria de colocar o sr. Ramírez em uma casa coletiva, até que ele possa ser liberado a um responsável.

— O responsável foi identificado?

— O sr. Ramírez possui uma tia e um tio dispostos a recebê-lo — disse Brenda —, e eles já deram início ao processo.

Nico assistia, enquanto o juiz olhava para baixo, como se estivesse lendo algo. Então, o juiz ergueu os olhos e disse:

— Srta. Solowicz, tenho certeza de que a senhorita tem ciência de que temos um problema aqui. O representante da imigração está presente?

— Aqui, meritíssimo — disse Cody Kincaid.

— O Serviço de Imigração entende que o sr. Ramírez é uma ameaça à segurança pública?

— O sr. Ramírez tem uma aparente afiliação a uma gangue — disse Kincaid.

— Conforme...

— Conforme uma tatuagem de gangue — respondeu Kincaid. — Da Calle 18.

— A senhorita contesta isso, srta. Solowicz?

— Não, Excelência. — disse Brenda. — Mas, meritíssimo, ele é um menino de dez anos...

— Bem, isso é um palpite, não? — interrompe o juiz. — Não temos nenhuma documentação que comprove a idade dele. Ele pode ter treze, quatorze...

—... pesa 24 kg e estava encharcado...

— Isso é uma piada de mau gosto, srta. Solowicz?

— Não, meritíssimo.

— O sr. Ramírez fala inglês? — perguntou o juiz. — Imagino que isso seja pedir demais.

— Ele não fala, meritíssimo.

— Temos um tradutor?

— Meritíssimo? Sou Alma Baez, sou assistente de caso do sr. Ramírez — apresentou-se Alma. — Posso traduzir.

— Que bom vê-la de novo, srta. Baez — disse o juiz. — Deixe-me falar com o sr. Ramírez. Bom dia, Nico. Não há o que temer, Nico. Eu só vou lhe fazer algumas perguntas e você apenas responde honestamente. Você é membro da Calle 18?

— Não.

— Então, por que tem uma tatuagem da Calle 18?

— Eles me obrigaram.

— Quem o obrigou?

Brenda disse:

— Se me permite, meritíssimo...

— Não, não permito — disse o juiz. — Eu estou falando com o sr. Ramírez e ele pode responder.

— Foi Pulga que me tatuou.

— Por que você deixou?

— Ele falou que ia machucar minha mãe.

— Por que você veio para os EUA?

— Para não ter que entrar para a Calle 18 — respondeu Nico.

— Mas você não tem medo de que eles machuquem sua mãe por você ter ido embora? — perguntou o juiz.

— Sim.

Nico viu o juiz pensando, por alguns minutos. Então, o juiz falou:

— Agente Kincaid, qual é o pleito do Serviço de Imigração, nessa questão?

— Nós preferimos que o sr. Ramírez seja enviado a uma instituição de guarda.

Brenda disse:

— Meritíssimo, segundo a Decisão de Flores, um MED deve ser mantido numa instituição que seja "menos restritiva possível" e isso seria uma casa coletiva, não uma instituição de guarda.

— Não preciso que me instrua sobre *Flores* — retrucou o juiz. — Nem me recordo de ter lhe dirigido uma pergunta.

— Peço desculpas, meritíssimo.

O juiz disse:

— O sr. Ramírez expressou medo de que um membro próximo de sua família esteja vulnerável a uma gangue criminosa e, portanto, ele pode ser objeto de extorsão ou chantagem, por aquela organização, aqui nos EUA. Desta forma, ele representa, sim, uma ameaça, e eu vou negar o pedido de transferência a uma casa coletiva. O sr. Ramírez será abrigado em uma instituição de guarda, na pendência do resultado de seu processo tutelar, data em que seu status será revisto.

— Mantendo o direito de entrar com uma apelação no Quadro de Imigração, meritíssimo.

— Claro, srta. Solowicz. Próximo caso?

Lá fora, Brenda disse:

— Merda, se Jesus Cristo viesse tatuado hoje em dia, ele seria uma ameaça.

Nico não fazia ideia do que tinha acontecido.

— Onde você vai colocá-lo? — perguntou Alma.

Donna só tinha duas opções: uma instituição no nordeste da Califórnia, e uma no sudeste da Virgínia.

— Vou tentar colocá-lo na Costa Leste, um pouquinho mais perto da família. Talvez eles possam vir de carro, para visitá-lo.

Ela teve que ligar para os tios de Nico e avisar que o governo o enviaria para um centro de detenção juvenil.

— Olhe, espero que ele não precise ficar lá por muito tempo. Um ou dois meses...

— Um mês?!

— Essas coisas levam tempo, sr. López — disse Donna. Mas era o desperdício de tempo que a preocupava. O sistema era como areia movediça; quanto mais tempo alguém fica dentro, mais fundo entra, e mais difícil é de sair. Ela conhecia crianças que ficavam no sistema durante anos. — Gostaria de falar com ele? Ele está bem aqui fora.

— Sim, por favor.

Ela saiu ao corredor, onde Nico aguardava em um banco.

— Estou com seu tio, no telefone.

Nico seguiu a mulher para dentro do escritório e ela lhe entregou o telefone.

— Alô?

— *Sobrino*, como vai você? Está bem?

— Sim.

— Estamos tentando entrar em contato com sua mãe.

— Está bem.

— Seja forte, Nico.

— Está bem.

Nico devolveu o aparelho.

López já tinha desligado.

— Nico — disse Donna —, em alguns dias, nós vamos levá-lo para um lugar novo, onde vai ficar enquanto esperamos pra ver se você pode ir morar com seus tios, está bem?

— Está bem.

E é assim, pensou Donna, que se conta a um menino de dez anos que ele vai para a cadeia.

Naquela noite, ela ficou meio altinha, no Garcia's, com Alma. Brenda também estava lá, quando Donna bateu com a mão na mesa e disse:

— Ele é uma *criança*, pelo amor de Deus!

Brenda olhou para ela, por cima da garrafa de cerveja.

— Ah, Donna — disse ela —, aqui não há crianças.

Agora, Nico senta encostado na parede do salão do Centro Juvenil de Detenção do Sudeste da Virgínia, olhando os outros garotos jogando damas, nas mesas presas ao chão.

É bom que estejam presas, pensa Nico, porque assim que Fermín perder, o que está prestes a acontecer, ele viraria a mesa, se pudesse.

O mesmo com as banquetas. São todas presas no chão.

Até o tabuleiro de damas é preso na mesa, para não ser usado como arma.

A mesa não vai a lugar nenhum, as banquetas não vão a lugar nenhum, o tabuleiro não vai a lugar nenhum, e eu também não vou a lugar nenhum, pensa Nico.

Já faz quase um ano que ele está ali.

No começo, era novidade.

Começou com seu primeiro passeio de avião, que foi incrível. Ele foi com um "acompanhante" que o deixou sentar na janela, e Nico olhava para fora e via o mundo de uma altura de dez quilômetros.

Era lindo.

Mas assim que eles deixaram o aeroporto, o acompanhante o algemou.

Desculpe, eram as regras.

Mas ele deu uma "folga" a Nico e o algemou na frente, não nas costas, e o ajudou a colocar o cinto de segurança e eles pararam no drive-thru do McDonald's, para que Nico comesse um Big Mac e tomasse uma Coca, que ele segurou entre as pernas e bebeu com o canudo.

Quando eles chegaram à "instituição", foi bem parecido com a outra vez. Primeiro, eles o levaram até uma enfermeira que o pesou, mediu sua temperatura, olhou em sua boca e ouvidos, e eles o levaram ao chuveiro, depois lhe deram mais roupas e lhe mostraram seu quarto. No caminho, eles passaram pelo salão de recreação diurna, onde todos os outros garotos se calaram, pararam o que estavam fazendo e ficaram olhando para ele.

Carne fresca.

Ele subiu as escadas e foi até o bloco onde ficava seu quarto, colocou na cama a toalha que lhe deram e sentou.

Agora Nico espera a explosão de Fermín.

Fer não gosta de perder e é temperamental.

Por nada, ele estoura.

Nico já o viu explodir porque acabou o suco de maçã, porque alguém mudou de canal e tirou do *Property Brothers* (Fer *adora Property Brothers*), e porque um garoto o chamou de Sally, por ele ser de El Salvador.

Isso é quando Fer tem motivo.

Às vezes, ele explode sem motivo algum, exceto pelo que está se passando dentro de sua cabeça, e que Nico nem quer saber o que é.

Pelo menos, os ataques vespertinos de Fer oferecem um pouco de diversão, pois os guardas vêm, o agarram e o levam para tomar seus remédios, até que ele fique quieto. Às vezes, eles colocam uma rede em seu rosto, para que ele não morda ninguém. É um negócio incrível de se ver, melhor que *Property Brothers*, e mata tempo, antes de *People's Court*, que todos eles gostam de ver, por causa da juíza, que é linda e latina, e não aceita desaforo de ninguém. Fer começou a bater com a cabeça na parede quando Carlos lhe disse que a juíza era cubana, não salvadorenha.

Agora, as cabeçadas vão começar de novo, porque Santiago está prestes a comer quatro das peças de Fer. Nico sabe disso, porque vê a expressão no rosto de Santi, e o sorrisinho malicioso que ele sempre dá pouco antes de vencer em alguma coisa.

Fer faz sua jogada.

Santi come três pedras e diz:

— Agora ganha.

É, isso não vai acontecer, pensa Nico.

Acontece o que Nico acha que vai acontecer — Fer espana todas as pedras do tabuleiro, começa a pular, vai até a parede de cimento e dá cabeçadas. Ninguém tenta impedi-lo, porque todos já aprenderam que se alguém tentar impedir as cabeçadas de Fer, ele simplesmente bate com a cabeça da outra pessoa na parede, e, de qualquer jeito, um dos jogos deles é ver quanto tempo demora até que os guardas venham.

Desta vez foram oito cabeçadas, então, o guarda que eles chamam "Gordo" vem correndo e grita:

— Meu Deus, Fermín, o que a parede lhe fez?

Fer está ocupado demais entoando "Eu sou tão burro" — *pôu* — "eu sou tão burro" — *pôu* — para responder, e Gordo lhe dá um abraço de urso e o ergue do chão, e o afasta da parede, quando dois dos outros guardas chegam (Chapo e Feo), atracam Fer pelos pés que chutam e carregam o garoto aos gritos para fora da sala de recreação.

Santi sorri e diz:

— Lá vai o Fermín, pra ganhar umas *boas* drogas.

Então, é hora de *People's Court*, e todos eles sentam e assistem à televisão presa no alto da parede.

— Hoje eu vou bater uma punheta pra ela — diz Jupiter.

— Não diga isso — fala Nico.

Ele adora a juíza Marilyn.

Ele tem uma mega paixão pela juíza Marilyn.

— Mas eu vou — insiste Jupiter, fazendo um gesto de masturbação, com a mão. Ele tem dezessete anos e é grande e não dá a mínima para o que diz um anão como Nico. — Vou bater uma punheta pensando em meter na boca dela e na *chocha*.

De repente, Nico ouve a si mesmo gritando:

— Não diga isso! Você não vai!

— Vou chupar que nem melancia.

E todos ficam chocados, chocados mesmo, quando o tranquilo, tímido e agradável Nico se joga sobre Jupiter, batendo os punhos loucamente, tentando acertá-lo, no alto. Jupiter não se importa com o quanto Nico é menor, ele recua e lhe dá um soco no nariz.

Isso não o detém.

Com o sangue escorrendo no rosto, Nico continua socando até que Jupiter o agarra e bate contra o chão, então senta em cima dele, dando socos nas costelas e no rosto.

Os guardas vêm correndo e puxam Jupiter de cima dele.

— Meu Deus — diz Gordo, ao pegar Nico e carregá-lo para fora —, o que deu em vocês hoje?

Nico ouve a si mesmo gritando:

— Eu vou matar você! Vou matar você, porra!

— Você não vai matar ninguém. Acalme-se.

Gordo o leva até uma das "salas de recuperação", um retângulo estreito com uma cama e uma porta com tranca.

A enfermeira chega. Limpando o sangue do nariz de Nico, ela diz:

— O que está acontecendo? Você é sempre um menino tão bacana.

Nico não responde.

— Seu nariz não está quebrado. Você está machucado em algum outro lugar, meu bem?

— Não.

— Certo, você terá que conversar com o conselheiro, antes de voltar pro salão — informa a enfermeira.

O conselheiro, um cara jovem chamado Chris, entra alguns minutos depois e senta na cama, ao lado de Nico.

— Quem bateu em você?

Nico sacode os ombros.

— Você não sabe quem bateu em você?

— Não.

Nico aprendeu algumas coisas ali. Uma delas é que "delator vai sentir dor". A pior coisa que se pode ser é um *dedo*.

Chris ri.

— Nico, você sabe que há câmeras no salão de recreação. Você sabe que nós temos tudo gravado.

— Então, olhe a gravação — diz Nico.

— Eu olhei — responde Chris. — Foi você que começou a briga. Por quê?

Nico está constrangido demais para repetir o que Jupiter falou sobre a juíza Marilyn e constrangido demais para admitir seus sentimentos por ela. Então, ele vai por outro caminho.

— Se você já sabe o que aconteceu, por que está me perguntando o que aconteceu?

Ele sabe a resposta para essa pergunta: a equipe já está farta de Jupiter e gostaria de uma chance para reclamar formalmente. Nico também não gosta de Jupiter — ele é um babaca — mas sabe de que lado está, e não vai ajudá-los.

— Eu só estou lhe dando uma chance de contar o seu lado da história —
insiste Chris.

Outra sacudida de ombros.

— Certo — diz Chris. — Acho melhor você passar a noite aqui e deixar isso
esfriar. E eu vou lhe dar uma semana de suspensão da sala de recreação. Em
vez disso, você vai ficar na sala de estudos. Se quiser questionar sua punição,
converse com a Norma.

— Porra nenhuma.

— Olha a linguagem — diz Chris. — Você quer mais um dia?

Chris fica olhando para ele, forçando uma resposta.

— Não.

— Certo — diz Chris. — Você quer ver o conselheiro para saúde mental?

— Não.

— Tem certeza?

— Sim.

Chris levanta e sai, trancando a porta. Nico se aproxima da parede e bate.

— Fer? Você está aí?

— Sim.

— Você está bem?

— Estou.

Ele está com uma voz sonhadora. Santi estava certo, Fermín recebeu, mesmo,
umas drogas boas.

— O que você fez? — pergunta Fer.

— Dei um soco no Jup.

— Por quê?

Nico conta.

— Aquele escroto — diz Fer.

— Não é?

— Que punição você pegou? — pergunta Fer.

— Uma semana.

— Nada mal.

Não é. Chris poderia tê-lo relatado. Cada relato vai para a ficha, e se a pessoa
tiver uma porção, isso pode atrapalhar sua liberação.

— Até que Chris é legal.

— Canela ainda pode relatar você.

— Espero que não.

— Eu também.

Um pouquinho depois, Gordo vem com uma bandeja: macarrão com queijo,
pão, suco de maçã e um biscoito de aveia. Macarrão com queijo é um dos pratos

favoritos de Nico, mas ele gosta de biscoito de chocolate, mais que de aveia. De qualquer jeito, é comida boa.

Depois de comer, Nico se embrulha em seu cobertor, deita e fica pensando em *fútbol*.

Eles jogam *fútbol* na quadra de basquete.

Quando os garotos brancos malvados e os garotos negros malvados não estão jogando basquete, os garotos morenos malvados têm espaço para jogar futebol.

Nico é bom no *fútbol*.

Nico Rápido faz sua aparição na quadra, sai driblando, passando pelo meio do time adversário, dá um passe, e entra em um espaço aberto para dar um chute a gol, espaço próximo à cerca definida pelos cones laranja.

Os jogos de *fútbol* dão algum respeito a Nico.

O magrinho é simplesmente bom demais, fazendo alguns garotos se perguntarem se ele só tem mesmo onze anos, ou talvez treze, quatorze, até quinze. Todo mundo quer Nico em seu time, mas os times costumam ser divididos em linhas nacionais — garotos da América Central contra os mexicanos —, o que também acontece na sala de recreação. Os meninos mexicanos olham com desprezo para os salvadorenhos, hondurenhos e guatemaltecos. Jogam neles a culpa por entrarem escondidos no México e ferrarem as coisas na fronteira com *el norte*.

Mas ninguém olha Nico com desprezo quando eles estão jogando *fútbol*, e agora ele joga uma partida, em sua cabeça. Na mente, ele passa a bola para Fer, contorna Jupiter, como se ele estivesse ali parado, recebe o passe de Fer e chuta e... *gooooool*.

Os outros meninos o abraçam, afagam sua cabeça e gritam "Nico é o Messi!", enquanto os mexicanos olham feio.

Então, ele pensa em Flor. Fica imaginando onde ela pode estar, se ela está bem. Ele tem uma fantasia de que ela conseguiu atravessar a fronteira e encontrou uma mulher bondosa que a acolheu e a adotou, e agora, ela mora em uma casa grande, limpa, tem belas roupas e frequenta a escola. E que a mulher a está ajudando a procurar Nico, porque ela também quer adotá-lo.

Pela manhã, eles deixam que ele saia para tomar café com o restante dos meninos. Jupiter está lá, mas o ignora, e Nico retribui o favor.

Depois, ele tem que ir ao escritório de Norma.

A supervisora é uma mulher atarracada, de meia-idade, com cabelos ruivos radiantes. Os meninos a chamam de "Canela".

— Nico — diz ela —, você sabe que nossa política é de tolerância zero para violência.

Nico sabe disso.

Eles têm uma política de tolerância zero para uma porção de coisas: violência, linguagem chula, "desrespeito", bater punheta, bater punheta em alguém... drogas, a menos que sejam as drogas que eles lhes dão. Exceto pelas drogas, são políticas de tolerância zero para coisas que acontecem o tempo todo.

— Nós simplesmente não iremos tolerar — diz Norma.

— Está bem.

—Você está começando a se meter em problemas — afirma Norma. — Está começando a ter um comportamento atrevido, rapazinho. Eu não quero ver isso.

— Então, não olhe — diz Nico.

— Está querendo que eu escreva um relatório? — pergunta Norma.

— Não.

— Perdão?

— Não, senhora.

— Agora vá para a aula — ordena Norma. — Volte aqui no intervalo e nós veremos se conseguimos falar com seus tios, ao telefone.

Nico quer falar com eles, mas está farto de falar somente ao telefone. Ele já está ali há quase um ano e eles nunca vieram visitá-lo. Ele sabe que na verdade não é culpa deles — eles não têm carro e custa muito caro vir de avião. Nico acha que também é por outra coisa — eles têm medo de se aproximar das autoridades, pois são "ilegais" e temem ser presos.

Mas eles puseram o endereço no formulário, ao menos foi o que aquela moça, Alma, disse a ele. Ela ainda é sua assistente de caso, mesmo a longa distância, lá do Texas, e ela diz que Tío Javier e Tía Consuelo preencheram o pedido para a tutela, mas que "ainda estamos todos aguardando" que seja aprovado.

Não, pensa Nico, enquanto segue para a sala de aula, *eu* é que ainda estou aguardando.

Como se ele estivesse esperando a tramitação de uma apelação.

Alma disse a ele que a outra moça, a advogada Brenda, já apresentou três apelações indeferidas para mudar seu "status" de ameaça, o que Nico realmente não compreendia, até que Santi lhe explicou:

— Todos nós somos ameaças, *güerito* — Santi lhe disse —, por isso estamos aqui.

Trinta garotos, todos hispânicos, moram na unidade, que fica separada do resto da instituição, onde ficam mantidos os meninos que fizeram coisas ruins na Virginia.

— Se eles acharem que você é membro de gangue — explicou Santi —, ou um predador sexual, ou se você cometeu crimes...

— Eu não cometi crimes — disse Nico.

— Essa tatuagem no seu tornozelo é um crime — respondeu Santi.

Isso é um verdadeiro problema, Nico tem que admitir. Não somente porque foi a tatuagem que o fez ir parar ali, onde ele está empacado, mas também porque há garotos neste lugar que de fato são membros de gangues, dois deles da Mara 13, e já disseram a Nico que vão matá-lo, se puderem.

— Numa noite dessas, quando os guardas não estiverem olhando — disse um salvadorenho chamado Rodrigo —, nós vamos entrar no seu quarto, seu 18 pisado, fazer você chupar o pau da gente, depois vamos comer seu cu e cortar o seu pescoço.

E eu é que sou a "ameaça", pensa Nico. Pelo menos, não há ninguém da Calle 18 por aqui, porque eles, sim, o matariam por ter fugido, como os 13 que tentaram matá-lo no trem La Bestia.

— Eles falam da boca pra fora — disse Santi — Não têm nada de durões; um deles chora toda noite e o outro molha a cama.

Nico sabe que Rodrigo não é o único que chora à noite, ou molha a cama. Alguns deles acordam gritando, alguns não param de se arranhar, ou de dar cabeçadas na parede. Tem um garoto que nunca fala.

Nunca.

Mudo Juan, como passou a ser chamado, praticamente só fica ali sentado. Ele come, depois vai para a aula, às vezes joga basquete, mas não diz nada.

*Ni una palabra.*

Mudo Juan é enorme, tem mais de 1,80 m, e deve ter uns cem quilos. Há todo tipo de história a seu respeito, mas ninguém sabe o que é verdade, porque ele, claro, não diz. Algumas dizem que ele simplesmente nasceu assim, outras relatam que viu a irmã caçula ser queimada em um incêndio, outras, que ele teve que assistir à mãe sendo violentada por uma gangue de *mareros*.

Mudo Juan não conta.

Nico já tentou fazê-lo falar, praticamente transformou isso em missão da vida: fazer Mudo Juan falar alguma coisa. Ele puxa uma cadeira para sua frente e faz perguntas, ou conta piadas, ou xinga de tudo que é nome, diz coisas muito ruins sobre sua mãe, qualquer coisa para arrancar uma reação; porém, nada.

— Desista — Santi disse a Nico.

— Jamais.

Uma vez por semana, toda terça-feira, Mudo Juan vê o "profissional de saúde mental" que passa lá, mas o cara não conseguiu nada melhor que Nico.

Um dia, Nico simplesmente explodiu.

Começou a gritar com Mudo Juan:

— Diga alguma coisa, Mudo! Qualquer coisa! Uma porra de uma palavra! Eu lhe dou qualquer coisa! Vou lhe dar meus doces por uma semana, eu chupo seu pau, se você quiser, mas, pelo amor de Deus, diga alguma coisa!

Santi estava rolando pelo chão, de tanto rir.

Mudo não disse nada.

Nico não desiste.

Então, às vezes, é engraçado ali dentro. Em outras é uma maluquice, outra vezes é apenas triste, e na maior parte do tempo, é tudo isso junto.

Cada vez mais, vai se tornando só triste.

Nico sente-se triste.

Triste por estar ali.

Triste porque sua tia e seu tio não vêm visitá-lo.

Triste por ter falado com a mãe.

Dois dias atrás eles finalmente acertaram a ligação, quando a mãe conseguiu um telefone, por alguns minutos, e eles conseguiram achar Nico e o trouxeram até o escritório. Ele a ouviu perguntar:

— Nico?

Como se ela não conseguisse acreditar.

— Sim, Mami, sou eu.

— Nico...

Então, ela começou a chorar.

A chorar, chorar, chorar.

Isso foi a maior parte do telefonema: ela chorando, em meio ao soluçar, ela perguntava se ele estava bem, dizia que o amava, amava muito, ela o amava muito, muito...

— Posso voltar pra casa, Mami?

— Não, *m'ijo*.

— Por favor, Mami.

— Você não pode, *m'ijo*, eles vão machucá-lo.

— Você pode vir pra cá?

— Eu vou tentar.

— Por favor, Mami.

— Seja um bom menino. Eu te amo.

Foi só. O telefone ficou mudo.

Ele o devolveu a Norma.

— Pronto?

— Sim.

— Já?

— Sim.

Nico sabia que ela não poderia vir para cá, agora ele sabe, sabe que ela não tem dinheiro e não sobreviveria ao La Bestia. Ele achou que conversar com a mãe o faria se sentir melhor, mas ele só ficou mais triste.

Agora ele segue para a aula.

Inglês como segunda língua.

Nico acha uma loucura que eles estejam ensinando Mudo Juan a dizer nada, em duas línguas.

Esperando, esperando, esperando.

Todos os meninos estão esperando.

Esperando que mude o status de ameaça, esperando que as tutelas sejam aprovadas, ou apenas esperando fazer dezoito anos, quando, como adultos, eles serão colocados em um avião e mandados para o lugar de onde vieram.

Então, eles esperam.

Vão às aulas, jogam damas, jogam cartas, jogam *fútbol*, assistem à TV, tomam café, almoçam, jantam, falam bobagem, tomam banho, vão dormir, levantam, vão à aula, jogam damas, jogam cartas, jogam *fútbol*, assistem à TV, tomam café, almoçam, jantam, falam bobagem, tomam banho, vão dormir.

Dia após dia após dia.

A única mudança é quem está esperando, porque a população muda. Um garoto recebe a aprovação de uma tutela e vai embora, outro tem sua condição de ameaça removida e vai para um lar adotivo, outro vai para uma casa coletiva, outro sopra a vela em um cupcake e é levado embora. Alguns que cometeram crimes sérios nos EUA, quando ainda eram menores, fazem dezoito anos e são transferidos para a liga principal: vão para a cadeia nos EUA.

Esses caras ficam mal, ao sair, pensa Nico. Eles tentam bancar os machos, como se estivessem felizes em ir, como se não fosse grande coisa, mas Nico vê que eles estão amedrontados.

— Ele *tem* que estar — diz Santi, observando um deles sair. Vai haver uma fila para foder com ele. Como mexicano, ele terá que fazer alianças para sobreviver, o que significa que ele será *sureño* ou *norteño* e, independente do que escolher, a outra gangue virá atrás dele. — Ele está totalmente fodido.

Santi sabe que só está matando tempo até fazer dezoito anos, porque ele não tem nenhuma chance de ser reclassificado ou de receber uma tutela. Ele é uma ameaça porque foi traficado sexualmente e, quando o médico americano perguntou se isso o deixara zangado, e se ele queria vingança, ele disse que sim, para as duas coisas.

— Eles acharam que isso significava que eu queria foder algum garotinho — diz Santi —, e eu expliquei que não, que eu quero matar as pessoas que me foderam.

Ele deu uma olhada em seu arquivo e viu que dizia "Desvio sexual com tendências homicidas".

— Por isso, eu não vou a lugar nenhum — diz Santi —, até que me mandem de volta. Até que façam isso, eu vou aproveitar, Nico. A maioria dos idiotas daqui não percebe o que nós temos: uma cama, comida, roupas, chuveiro… uma privada limpa, porra? Televisão de tela plana? Doces? Ora, vamos, *mano*.

Santi ganha um monte de doces.

Ele é o campeão dos jogos de tabuleiro do Centro Juvenil de Detenção do Sudeste da Virgínia e derrota todo mundo no xadrez e nas damas, ganhando seus Skittles, biscoitos, M&Ms, suas barras de Snickers. Santi está literalmente engordando, em um centro de detenção, e usa esses ganhos para apostar em qualquer coisa — *fútbol* na quadra, jogos de *fútbol* na televisão, para qual lado o juiz vai decidir.

O que Nico não entende é como Santi sempre convence os outros caras a jogar, ou apostar. Eles quase sempre perdem, mas jogam mesmo assim. Santi consegue fazer até Mudo Juan jogar xadrez, e aposta que o juiz vai apontar o dedo para o reclamante ou para o réu.

— Sabe do que eu gosto no Mudo Juan? —perguntou a Nico. — Quando perde, ele nunca reclama.

E Santi finalmente explicou a Nico como ele envolve os caras.

— Tem a ver com a esperança, Nico. A maioria desses garotos espera por coisas que, no fundo do coração, eles sabem que jamais terão. Eles esperam que seu status seja mudado, esperam ficar sob a tutela de alguém, esperam viver felizes para sempre nos EUA. Eles sabem que nada disso vai acontecer. Mas sempre têm a esperança de derrotar Santi. Isso também não vai acontecer, mas eles esperam. Eu dou esperança a eles, Nico.

Fermín é a vítima mais fiel de Santi.

Ele sempre joga e sempre perde.

Fer tem uma habilidade sinistra de escolher perdedores, e Nico tentou discutir a lógica disso com ele.

— Talvez se você fizesse sua escolha — disse Nico — depois apostasse ao contrário.

— Por que eu faria isso?

— Porque você sempre escolhe errado e perde — respondeu Nico. — Então, se você for ao contrário, vai escolher certo e ganhar.

Santi assistiu a essa conversa com uma condescendência divertida.

— Pode se esbaldar, Nico. Isso não faz diferença.

— Por que, não?

— Será que você não entende? — disse Santi, calmamente. — Ele *quer* perder. Isso lhe dá motivo para bater com a cabeça na parede.

— Isso é verdade, Fer?

— Não! Eu quero ganhar!

— Ele nunca ganha — diz Santi — e nunca vai ganhar.

— Sim, vou sim.

— Vamos fazer uma coisa — propõe Santi —: por um Snickers, sem que eu sequer ouça o caso, você escolhe o réu ou o reclamante, e eu escolho o outro.

— Apenas jogue uma moeda — disse Nico.

— Ele vai perder isso também — responde Santi. — Então, que tal, Fer? Um Snickers?

— Tá valendo.

— Fer!

— Cale a boca, Nico — disse Fer.

Ele escolheu o réu.

Caso encerrado. A juíza escolheu o reclamante.

Fer entregou a Santi seu Snickers e foi bater a cabeça na parede, até que Gordo veio e o levou embora.

— Fiz um favor pra ele — afirmou Santi. — Ele recebeu tudo o que queria: umas boas bordoadas na cabeça e boas drogas.

E assim vai.

Dia após dia.

O próprio Nico se torna um veterano.

Ele vê garotos chegando, vê garotos partindo.

Torna-se muito útil à fresca, carne nova. E os acompanha dando instruções e dicas sobre os funcionários — com quem você pode se dar bem, quem você deve evitar —, dá o mesmo tipo de dicas sobre os outros garotos.

Alguns lhe dão ouvidos, outros não.

Nico não se importa.

Santi adora carne fresca.

— Eu não os vejo como nojentinhos novatos que fodem tudo. Vejo como doces, como Snickers.

Na verdade, é Nico quem surge com o que a equipe chama de "Fermíngate".

Nico está sentado junto à cerca, dando uma descansada, antes de voltar ao jogo de *fútbol*, quando ele diz a Santi:

— E se Fermín o derrotasse, no jogo de damas?

— E se Becky G chupasse você? — pergunta Santi.

— Pensa só — diz Nico. — Todo mundo apostaria em você, mas então eu aposto meus doces no Fermín. Pense nas apostas que poderíamos ganhar. Você perde e nós limpamos tudo.

— Todo mundo ia logo notar.

— A fresca, não.

—Você tem consciência de que é fraude, o que você está sugerindo — diz Santi. — Moral e eticamente repreensível.

— Sim.

— Tô dentro.

É preciso algum preparo, pois todos sabem que Nico e Santi são *cerotes*. Então, eles encenam um pequeno desentendimento, na sala de recreação. Nico está tentando fazer Mudo Juan falar, dizendo coisas horríveis sobre sua mãe e um bode.

— Por que você não o deixa em paz? — pergunta Santi.

— Por que você não cuida do que é da sua conta? — retruca Nico.

— Isso é da minha conta — diz Santi. —Você está me irritando.

O salão todo começa a prestar atenção. Os meninos erguem os olhos do que estão fazendo, ou se afastam da televisão. É algo diferente — Nico e Santi são amigos, e nenhum dos dois é agressivo, apesar do ataque de Nico por causa da juíza Marilyn.

— E daí? — pergunta Nico.

— Pare com isso.

— Então, me faça parar.

Santi levanta e vai até ele, mas não tão rápido, para que Gordo possa entrar entre os dois.

— Podem parar.

— Ele está perturbando o Juan.

— Desde quando ele *não* perturba o Juan? — pergunta o Gordo. —Volte para o seu lugar. Assista à TV.

Santi lança um olhar maldoso a Nico, depois volta para seu lugar.

Nico volta à história da mãe de Juan e do bode.

Em minutos, se espalha a notícia de que Santi e Nico estão se desentendendo. Eles dão corda — se olham feio no corredor, dão trombadas mais agressivas no jogo de *fútbol*.

Dois dias depois, Fermín desafia Santi para um jogo de damas.

— Dois Snickers — diz Fermín.

Quando Santi aceita, Nico diz:

— Eu quero um pedaço.

— Um pedaço do Snickers? — pergunta Santi.

— Um pedaço da aposta — explica Nico. —Vou apostar no Fermín.

—Você está maluco? — diz um garoto chamado Manuel. — Fermín sempre perde.

—Você quer apostar? — pergunta Nico.

— Sim!

— Certo, mas você me dá a vantagem pelo improvável — diz Nico. — Fermín tem que ser, o que, uma em um milhão? Quero três por um.

— Se Fermín ganhar, você ganha três Snickers — diz Manuel. — Se Santi ganhar, eu ganho um.

— É isso que significa três por um, gênio.

— Está bem.

Isso logo se espalha. Até a hora em que o jogo começa, Nico já arrebanhou onze apostas de três por um, em Fermín. Surge só um tropeço...

Rodrigo diz:

— Espere um segundo...

Nico teme que Rodrigo tenha farejado a farsa.

Então...

—... Nico tem todos esses Snickers pra cobrir essas apostas? — pergunta Rodrigo.

— Se eu perder — diz Nico.

— Ah, você vai perder — afirma Santi.

— A gente faz o seguinte — propõe Nico —, eu levo um soco na barriga, por cada Snickers que eu não tiver.

— Ah, eu aceito o soco — diz Rodrigo.

Nico rapidamente faz a matemática — se ele perder, vai levar dez socos na barriga. Mas, se eu ganhar, pensa ele, Santi e eu teremos 33 Snickers. Que podem ser trocados por outros bens e serviços, ou emprestados a juros.

Nós podemos ficar ricos.

Vale o risco.

Começa o jogo.

Todos no salão de recreação estão assistindo, até os que não apostam.

Primeiro, Santi joga um jogo arriscado, fazendo seus movimentos habitualmente ousados, e Fermín... bem, Fermín comete erros que só podem ser descritos como "Fermínescos". Parece uma partida habitual entre Santi e Fermín, e os garotos começam a provocar Nico, gemendo e já saboreando seus supostos Snickers, Rodrigo dando socos no ar, fingindo golpes cruéis na barriga.

Nico mantém a encenação, com uma expressão de ansiedade e arrependimento.

— Eu vou bater em você com tanta força — diz Rodrigo a Nico — que até sua mãe vai sentir.

Nico deixa passar.

Então, o jogo começa a virar.

Santi move uma pedra e Fermín come duas das suas. Uma onda de dúvida percorre a sala.

Dando de ombros, Santi faz outra jogada.

Fermín come outra peça dele.

— Mas que porra? — pergunta Rodrigo.

Santi recosta na cadeira, parecendo perplexo. Então, ele se inclina à frente e se empenha no que seria um implacável contra-ataque, para terminar o jogo.

Por pouco.

Por pouco *demais*, pensa Nico.

Por duas vezes, Santi quase ganha o jogo, enquanto se esforça para dar aberturas que até Fermín consegue ver, fazendo armadilhas que até Fermín consegue evitar.

Não é fácil.

O habitualmente inabalável Santi começa a suar.

Nico também.

Então, ele ouve Fermín dizer:

— Pode me ganhar.

Acabou. Fermín ganhou.

Em um gesto dramático, Santi espana todas as peças de cima da mesa.

— Merda!

— Fermín, você ganhou! — grita Nico.

Fermín quase não consegue acreditar. Ele fica sentado olhando o tabuleiro e ouve os xingamentos atrás.

Por ter ganhado.

— Todos me odeiam — ele diz baixinho. — Todos me odeiam porque eu sou tão imbecil. Um imbecil do caralho.

Ele vai até a parede.

*Pôu, pôu.*

Nico nem percebe, ele está ocupado demais recolhendo Snickers e insultos. Alguns garotos não podem pagar, então, ele os faz escrever promissórias.

— Mas você sabe que terá juros, certo?

— *O quê?*

— O que foi, *güerito*, você acha que os Snickers são de graça? — pergunta Nico. — Tempo é dinheiro, cara. Você paga amanhã, deve quatro, paga no outro dia, deve cinco…

— Como você vai recolher? — pergunta Santi , mais tarde.

— Hã?

— Se algum garoto mandar você se foder, disser que não vai pagar — diz Santi. — Como vai obrigá-lo a pagar? Ninguém tem medo de você, Nico.

Santi tem razão.

Nico é o menor garoto dali, e sua briga com Rodrigo não teve nada de impressionante. Ele pensa nesse problema por um minuto, depois vai até Mudo Juan.

— Mudo — diz ele —, se alguém me causar problema, você cuida disso e eu lhe dou um Snickers. Está entendendo? Só balança a cabeça.

Mudo assente.

— Então, negócio fechado?

Mudo assente outra vez.

— Certo — diz Nico. — Aqui estão duas barras, de sinal. Pode considerar um gesto de boa-fé.

Santi fica observando essa transação. Quando Nico volta, ele diz:

— Se você ficar aqui tempo suficiente, você e eu seremos *donos* deste lugar.

Rodrigo vê os dois conversando.

E fica indignado.

Com sangue nos olhos, ele diz para Santi:

— Você trapaceou naquele jogo. — A expressão magoada de Santi poderia enganar até uma freira. Mas não engana Rodrigo. — Vocês dois, seus putinhos. Quero meu Snickers de volta.

Nico sorri para ele.

— Diz isso pro Mudo.

Tá. Rodrigo não diz *merda* nenhuma ao Mudo.

Assim como o restante, ele viu Mudo, em uma rara ocasião em que ele ficou zangado, partindo um rodo ao meio, só com as mãos.

Não foi partindo na perna, foi só com as mãos.

Rodrigo estreita os olhos para Nico.

— Eu vou matar você, seu putinho. Dessa vez, não vou ficar de sacanagem, eu vou mesmo matar você.

Mas ele vai embora.

— Foda-se ele — diz Nico.

Agora que seu amigo Davido se mudou para a cadeia de verdade, Rodrigo não está tão mau.

Isso é o começo do "Fermíngate".

O assunto surge no dia seguinte, na reunião em grupo, quando Chris diz:

— Eu estou sentindo uma tensão no ar. O que está acontecendo?

Ninguém diz nada.

Porque delatores…

Mas Chris está sacando.

— Isso teria algo a ver com o lote impressionante de doces que Ramírez tem em seu quarto? Vocês andaram apostando? Porque vocês sabem que isso é proibido.

Nada.

Mas alguém deve ter dito algo — provavelmente um dos frescas —, porque Canela chama Nico e Santi em seu escritório.

— Vocês têm algo que queiram me dizer?

— Como a senhora é bonita? — ironiza Santi.

— Porque se me contarem — diz ela —, antes que eu descubra, será melhor pra vocês.

Eles não falam nada.

— Que seja — diz Canela. — Vou entrevistá-los separadamente e garanto que um dos dois vai falar.

Ela começa com Nico.

— Onde foi que você arranjou os doces?

— Os garotos me deram.

— Por quê?

— Porque eles são legais.

— Isso não teria nada a ver com o jogo de damas — pergunta Canela — entre Santi e Fermín?

— Eu não sei.

— Tem gente dizendo que vocês trapacearam.

Nico dá de ombros.

— O negócio é o seguinte, Nico — diz ela. — O primeiro de vocês que falar não vai ter relatório. O outro vai. Você acha que Santi vai lhe dar cobertura?

Nico não acha, ele *sabe*. Santi não tem nada a perder, por mais relatórios que ele receba. Santi não vai a lugar nenhum e, mesmo que ele quisesse ir, jamais entregaria Nico. Assim como Fermín jamais o entregaria, ou mesmo Mudo, se pudesse.

Eles são irmãos.

Companheiros *veteranos* de detenção.

Eles são unidos, ela não vai separá-los.

Não foi por falta de tentar — Canela manda chamar praticamente todos os garotos da unidade, mas até chegar à fresca, ela já descobriu que eles não falam. Ela manda chamar Rodrigo, Fermín, chama até o Mudo, e nenhum deles fala nada.

Canela não consegue nada, então, acaba desistindo.

Nico e Santi transformam a farsa em uma pequena fortuna em doces, sacos de salgadinhos, refrigerantes e todo tipo de porcaria. Eles nem arrumam mais suas camas — quem faz isso é um garoto que está com o pagamento atrasado —, não lavam mais suas roupas sujas. Na hora da merenda, eles furam a fila, e escolhem ao que vão assistir na TV.

E é um negócio que se perpetua, porque os outros garotos fazem qualquer tipo de aposta imbecil, para tentar ficar quites.

— É outra desilusão humana —explica Santi a Nico. — Assim como a esperança. As pessoas querem ficar quites, acham que conseguiriam, e vão se afundando cada vez mais.

Santi é muito inteligente.

Ele bota os garotos para apostar, não contra ele e Nico, mas uns contra os outros, com Santi e Nico no papel de banco. Os dois meninos pagam os ganhadores e recolhem uma taxa dos perdedores. Com grande frequência, o perdedor não tem como pagar, então, eles acabam emprestando as coisas, a juros.

— Assim — diz Santi —, nós ganhamos em todas as apostas. Isso é um fato que minha avó me ensinou: a banca sempre ganha.

Santi está certo, como sempre.

Eles são os donos do lugar.

Isso tem que acontecer.

*Tem* que acontecer.

Se trinta garotos adolescentes são trancados em um lugar, cedo ou tarde vai acontecer um concurso de mijada.

Poderia ser pior.

A ideia original era um concurso de punheta.

— Isso não vai dar certo — explicou Santi. — Quem ganha? O garoto que gozar primeiro? Quem gozar por último? Quem gozar mais? Como julgar isso? Com o mijo, nós temos uma medida métrica padrão: a distância. É mensurável.

— Quem será o juiz? — pergunta Rodrigo.

— Já que eu e Nico não vamos competir — diz Santi —, nós seremos.

— Então, vocês não podem apostar — diz Rodrigo.

— Isso — confirma Nico.

Rodrigo é muito lerdo.

Fermín pergunta:

— Onde vamos fazer?

— Nos chuveiros — diz Santi —, pra gente poder lavar as provas depois.

Eles combinam as regras: cada concorrente tem que entrar com cinco doces, que serão guardados por Santi e Nico. O vencedor leva tudo. Nenhuma aposta paralela é permitida — alguém pode queimar a largada, "deixando escapar". Você só pode apostar em si mesmo, embora os garotos com pau maior tenham permissão para especular.

— Tamanho do pau não está necessariamente ligado à potência do jato — diz Santi.

— Como você sabe? — pergunta Nico.

— Você acha que esse é meu primeiro concurso de mijada?

No dia seguinte, os funcionários ficam intrigados com a quantidade de suco e refrigerante que os garotos estão tomando, além de irem ao bebedouro que nem camelos.

Chris percebe.

— Concurso de mijada.

— Eu vou cortar — diz Gordo.

— Não, não faça — diz Chris. — Tem mil coisas ruins que eles poderiam fazer. Isso é relativamente benigno.

— Você sabe que eles estão apostando.

— Isso tira a cabeça deles de outras coisas — diz Chris.

— Que coisas?

— Você está brincando? — pergunta Chris. Coisas pequenas, como não saber onde vão morar, ou onde estão suas famílias, se serão mandados de volta àquela merda que os fez arriscar tudo para fugir. — Apenas encontre algum lugar pra ir, enquanto eles estiverem fazendo o concurso.

— Nós vamos simplesmente deixá-los mijar na sala de banho?

— Você nunca mijou no chuveiro, Gordo? — pergunta Chris. — Diga a verdade.

Naquela noite, treze concorrentes se enfileiraram em uma sala de banho bem lotada. Alguns estavam pulando, de tão apertados, segurando o xixi a noite toda. Outros trocavam de uma perna para outra.

— Prontos?! — grita Nico.

Eles estão mais que prontos.

— Pau pra fora!

Eles botam.

— Vai!

Treze jatos de urina fazem arcos na sala de banho. Santi, de óculos escuros (preocupado com respingos), está agachado a alguns palmos de distância.

A urinação em massa para.

Santi agora está de quatro. Ele cuidadosamente engatinha pelos ladrilhos olhando abaixo, com intensa concentração.

Então, ele levanta.

O ambiente está em silêncio.

Então, Santi diz:

— Temos um empate.

É uma decisão impressionante.

— Na faixa cinco — diz Santi —, nós temos Manuel, e na faixa onze, Mudo Juan! Os dois empataram!

Começa a controvérsia. Os garotos correm para verificar as manchas. Eles discutem, os mexicanos defendendo seu garoto, Manuel, os meninos da América Central defendendo Mudo Juan. Santi espera todo mundo esfriar um pouco a cabeça, depois fala acima da confusão:

— A decisão do juiz é final! A questão é: o que faremos agora?

Alguns garotos dizem que eles devem dividir os ganhos igualmente, entre Manuel e Mudo. Santi tem uma ideia melhor.

— Esse foi um torneio em que o vencedor leva tudo, portanto, tem que ser um único ganhador. Só há uma coisa a fazer: um desempate, Manuel versus Mudo.

— Isso mesmo! — grita Nico.

— Por que vocês que têm que decidir? — pergunta Rodrigo.

— Porque nós somos a Comissão de Apostas do Centro Juvenil de Detenção do Sudeste da Virgínia — responde Santi.

— Por que vocês? — questiona outro garoto.

— Você sabe o que é uma comissão de apostas? — pergunta Santi.

— Não.

— Esse é o motivo.

Santi explica as novas regras. Em dois dias (para dar às bexigas uma chance de descansar), Manuel e Mudo ficarão cabeça a cabeça (como foi da primeira vez), e o ganhador leva o bolão que já foi juntado. Todos podem apostar no resultado — uma aposta direta, sem especulação —, todas as apostas serão feitas através da Comissão de Apostas do CJDSV.

— E se der empate outra vez? — pergunta um dos garotos.

Santi não tinha pensado nisso. Ele analisa por alguns segundos e dá sua decisão:

— Então, nós partimos para um concurso de punheta. Ganha quem gozar primeiro.

— Eu me sinto o Dana White — diz Santi, quando o grupo se dispersa.

— Deu empate, mesmo? — pergunta Nico.

— Ora, vê se cresce. — Mudo ganhou por meio centímetro, explica Santi. Mas agora eles ganham uma porcentagem da nova rodada de apostas, que serão pesadas, e... — Precisamos apostar tudo o que temos no Mudo.

— Não podemos apostar. Nós somos juízes.

— A gente aposta através do Fermín.

— Tudo? — pergunta Nico. — Temos tanta certeza de que o Mudo vai ganhar?

— Ele tem um pau de cavalo.

— Mas você disse que não tinha...

— Eu sei o que eu disse. Aquilo foi um subterfúgio.

A empolgação nos dois próximos dias é intensa, conforme os garotos mexicanos ficam atrás de Manuel e os da América Central apoiam Mudo, os professores percebem um súbito interesse em hidrofísica entre os alunos, e os funcionários que monitoram a utilização da internet veem muitas buscas no Google do tipo "que líquidos provocam mais xixi?".

— Tem tudo a ver com a trajetória —diz Santi baixinho, orientando Mudo. — Você tem que encontrar a trajetória precisamente correta. Se mirar alto demais, ou baixo demais, você perde distância.

Mudo assente.

— Qual é a melhor trajetória? — pergunta Nico. —Você sabe?

— O Yahoo diz que é de 45 graus.

— Entendeu, Mudo? — pergunta Nico. — Quarenta e cinco graus.

Nico está preocupado, sua fortuna arduamente conquistada depende de Mudo conseguir a trajetória certa. E na escolha do líquido certo.

— Água — diz Santi. — Nada de refrigerante, o gás deixa o pau lento e faz você mijar pra baixo.

— É mesmo? — pergunta Nico.

— Experimente. Eu experimentei. — Santi olha de volta pro Mudo. — E nada de punheta. Guarde para o caso de chegar ao desempate. Você tem em quem pensar?

— Ele não vai responder, Santi.

— Tudo bem. É melhor que ele guarde tudo lá dentro — diz Santi. — Contanto que você tenha alguém, Mudo. Pense nela, mas não goze. Assim, quando chegar a hora, *bum!* vai com tudo.

— Eu ouvi falar que Manuel vai com a Katie Barbieri — comenta Nico.

— Aquela asquerosa? — falou Santi. — Já ganhamos. Mas não vai chegar a isso, você vai ganhar no mijo.

— E, lembre-se — diz Nico —, você tem a honra de toda a América Central atrás de si. Um continente inteiro.

— Acho que não é — retruca Santi.

— Claro que é — diz Nico. — América do Norte, América do Sul, América Central.

Canela está prestes a acabar com a farra. De jeito nenhum os trinta adolescentes empolgados manterão esse negócio em silêncio, e isso a incomoda. Ela manda Chris pôr um fim nisso, já.

— Eles estão abusando de Juan.

— Isso é uma maneira de ver a coisa.

— Há outra maneira?

— Claro — diz Chris. — Que nós temos um garoto que é basicamente catatônico, nunca conseguimos penetrar na mente dele, e agora Nico e Santi...

— Meyer Lansky e Lucky Luciano.

— Esses são gângsteres?

— Sim.

— Eles o puseram para participar de algo — diz Chris.

— De algo nojento.

— Eles são meninos adolescentes — lembra Chris. — Já são naturalmente nojentos. E isso está tornando Juan o centro das atenções.

— Eles o estão usando como objeto de diversão.

— Essa é a *nossa* projeção — pondera Chris. — E nós sabemos que Juan não faz nada que não queira. Deixe-os, Norma. Deixe que eles se safem com alguma coisa, que pensem que estão nos enganando. Esses garotos não têm muitas vitórias.

— Não é pra isso que eles estão aqui.

— Não — concorda Chris. — Eles estão aqui para que o município possa faturar pela estadia deles. Eles é que bancam o restante desta instituição.

— Isso não é justo.

— Eu não poderia concordar mais — diz Chris. — Ora, vamos, Norma.

Depois de alguns segundos, ela pergunta:

— Em quem você vai apostar?

— Juan — diz Chris. — Uma cerveja com Gordo.

— Que muquirana.

Chris dá de ombros.

— Aumente nosso salário.

— Não posso.

Chega o grande dia. Os nervos são palpáveis. Os garotos prestam ainda menos atenção na aula, jogam *fútbol* à tarde, mecanicamente, como uma preliminar ao evento principal. O dia inteiro, todos os olhos estão voltados a Manuel e Mudo Juan, analisando sua condição, sua prontidão, e o estado de tesão, se chegar a isso.

Nico está aflito.

Os garotos mexicanos estão confiantes demais, como se soubessem de algo que ele não sabe. Mas tudo o que Jupiter diz é:

— Os mexicanos sabem mijar! E se vier o desempate? Manuel é o ejaculador precoce campeão do mundo. Ele pratica o tempo todo. Vocês estão fodidos.

Nico espera que não.

Ele passou a gostar da riqueza.

Até o jantar, os garotos estão tão alvoroçados que mal conseguem comer.

Exceto Mudo.

Ele come feito um hipopótamo grávido.

Nico fica imaginando se isso é bom.

— É sim — diz Santi, tranquilizando-o. — A barriga cheia bota uma pressão extra na bexiga.

Nico não está muito confiante quanto ao conhecimento de Santi sobre anatomia.

À noite, até chegar a hora do "apagar das luzes", demora uma eternidade. Os meninos tentam assistir TV ou jogar cartas, mas ninguém está prestando atenção em nada.

Mudo está sentado, tomando uma garrafa de água atrás da outra.

—Você tem certeza desse negócio de refrigerante? —pergunta Nico a Santi.

— Absoluta.

— Porque o Manuel está tomando Coca.

— Bom, isso vai ferrá-lo.

Finalmente, finalmente, as luzes são apagadas e os meninos seguem de forma obediente para seus quartos. Gordo some e os garotos saem e se reúnem na sala de banho.

Nico acha que Mudo parece nervoso.

Isso faz *ele* se sentir nervoso.

Santi ergue a mão à boca, como um microfone.

— Senhoraaaaas e senhoooooores...

— Que diabo ele está fazendo? — pergunta Jupiter.

— Não tenho ideia — diz Nico.

— Para os milhares de expectadores presentes e os milhões ao redor do mundo — grita Santi —, este será um concurso de um único round. Pelo campeonato peso-pesado mundiaaaal! No canto vermelho, mijando de Ciudad Juárez, México...

Os garotos mexicanos vibram.

— Manuel "El Micción" Coronado!

Mais vivas.

Vaias dos garotos da América Central.

— E no canto azul — diz Santi — mijando lá de... bem, nós não temos a menor ideia de onde ele é, porra... Juan "El Mudo" Fulano ou Beltrano!

Vivas e assovios.

— Cavalheiros toquem as mãos, se quiserem...

Eles não querem.

— Eu quero uma urinação limpa — diz Santi. — Nada de respingos, nem mijadas na nuca...

— O quê? — pergunta Jupiter.

— Apenas ande logo com isso — pede Nico.

— Encarregado pelo ringue, esta noite, Nico "Firme Mas Justo" Ramírez!

— Certo, certo — diz Nico, depois repete o que Santi o mandou dizer: — Vamos ao que interessa!

Manuel e Mudo vão até a faixa.

— Prontos? — grita Nico. — Pau pra fora!

Eles botam.

A tensão é insuportável.

— Mijem!

Nico vê o jato de urina de Mudo arquear acima, em uma trajetória perfeita de 45 graus. É uma beleza, como água saindo de uma mangueira de incêndio, que leva junto os sonhos e esperanças de Nico.

Ele quase chora.

Então, ela aterrissa.

Bem ao lado do xixi de Manuel.

O silêncio é pesado, conforme Santi se aproxima e examina as manchas. Então, ele olha a aglomeração e diz, baixo, mas solenemente:

— Vamos para os acréscimos.

A multidão ruge.

Os meninos mexicanos estão em júbilo — eles sabem que agora está no papo.

— Teremos um intervalo de dez minutos — declara Santi —, depois, a disputa de punheta.

Nico e Santi se juntam a Mudo no intervalo.

— Como está se sentindo? — pergunta Santi. — Com tesão?

Mudo não responde.

Ele parece melancólico.

— Você já ganhou, *güerito* — diz Santi, agachado na frente dele. — Olhe, você literalmente *nasceu* pra fazer isso… porque, sejamos realistas, você nunca vai transar.

Nada de resposta.

Mudo só parece amedrontado.

Isso não é bom, pensa Nico. Ele vê a pobreza encarando-o de frente, na forma dos olhos vagos de Mudo.

Ele agarra os ombros de Mudo.

— Chega uma hora, na vida de todo homem, em que ele tem que marcar presença e *ser homem*. Chegou a hora. Essa é *sua hora*, Juan. Desliga todo o ruído de fundo, foca e bate uma punheta do campeão que nós sabemos que você é. Está certo, vamos nessa.

Eles se reúnem novamente.

— Sem preliminares! — anuncia Santi. — Ao sinal de Nico, cada homem deve começar a bater *una puñeta*. O primeiro que gozar é o campeão. Nico?

— Pau pra fora — diz Nico. — Vai!

Mudo vem com tudo, é preciso admitir.

Ele está de olhos fechados, segurando com força, com o pescoço arqueado para trás, e a mão direita voando tanto quanto pode voar a mão de um homem.

Manuel parece ter uma abordagem mais desinteressada e sonhadora, mais fantasiosa.

— Eu não sabia que Manuel era canhoto — comenta Nico.

— Ele é ambidestro — diz Jup.

— Isso vai fazer diferença?

— Acho que não — diz Jup. — Já o vi mandar uma com os pés. Não, sério, eu vi.

Estamos fodidos, pensa Nico. Ser rico foi bom, enquanto durou.

— A juíza! — grita Nico. — Mudo, pense na *juíza*!

Mudo aumenta o ritmo, batendo furiosamente.

Manuel dá uma olhada para o lado, como um corredor de elite que ouve passos se aproximando por trás. Sua indiferença some e ele acelera um pouco.

Ele não vai se deixar alcançar.

Ele já está quase chegando lá.

Nico tem uma inspiração.

— A juíza, Mudo! — grita ele. — E a Canela!

Mudo abre os olhos.

Mudo abre a boca.

Mudo abre as bolas.

Um momento de silêncio perplexo e então…

— Temos um vencedor! — grita Santi. — E um novo campeão do mundo,— *El Mudoooooooo!*

Os garotos da América Central cercam Mudo, dão tapas em suas costas, o abraçam, beijam sua bochecha. Porra, eles o levantariam e o carregariam nas costas pela sala de banho, mas não vai acontecer. Ele aceita os elogios e as felicitações, sem dar uma palavra, guarda o pau de volta nas calças.

Os garotos mexicanos estão xingando.

Nico está mais que extasiado.

Abastado de doces, muito além do imaginável.

— Canela? —pergunta Santi. — De onde você tirou isso?

— Sei lá — diz Nico. — Simplesmente me ocorreu.

— Brilhante — elogia Santi. — Nojento, mas brilhante.

Naquela noite, Nico vai para a cama sendo um homem rico e feliz.

Na manhã seguinte, Norma ouve o relato de Chris e diz:

— Eu devo compreender que um jovem traumatizado a ponto de assumir a mudez eletiva chegou ao clímax por uma imagem minha, num relacionamento lésbico com a estrela de um programa de televisão?

Chris sorri.

— Bem isso.

— Diante das opções, eu vou escolher ficar lisonjeada. — diz Canela, erguendo um documento. — A gangue será desfeita, de qualquer maneira. O pleito de tutela de Ramírez foi aprovado. Seu tio virá buscá-lo amanhã.

— Nico sabe?

Chris encontra Nico a caminho da aula, após o café da manhã.

— Ei, *güerito*, pode arrumar suas tralhas, você vai embora daqui.

Nico fica perplexo. E assustado. Eles vão mandá-lo de volta para a Guatemala?

— É uma boa notícia — diz Chris. — A aprovação de sua tutela saiu. Seus tios virão buscar você.

Ele fica meio tonto.

A primeira pessoa para quem ele conta, claro, é Santi.

— Eu vou morar em Nova York. Serei um americano.

Santi sacode a cabeça.

—Você não sabe, sabe?

— Saber o quê?

— Isso não significa que você vai ficar no país permanentemente — explica Santi. — Só significa que você fica até que façam uma "audiência de deportação". Na maioria das vezes, eles o deportam. Por isso que não se chama "Audiência de Boas-Vindas aos Estados Unidos".

—Ah.

— Mas, olha, parabéns, *cerote*. Pelo menos, você vai sair daqui.

Então, Nico se sente mal. Ele está saindo e Santi não. Ele vai sentir falta de Santi e de Fermín e até de Mudo.

Nico nunca teve irmãos.

Mas, ainda assim, ele está empolgado.

Por natureza e necessidade, Nico é um otimista. Nova York será ótimo, seus tios serão ótimos, e talvez — não, nada de talvez, provavelmente — o juiz da audiência de deportação será bacana como a juíza da TV e vai decidir que ele pode ficar.

Ele diz isso a Fermín.

— Claro que vão deixar você ficar — diz Fermín. —Você é um bom garoto, por que eles não o deixariam ficar?

Até a hora do almoço, Nico está convencido disso. E também de que irá arranjar um emprego e ganhar dinheiro suficiente para enviar para a mãe e eles também a deixarão entrar. Até aquela tarde, ele acredita firmemente que Flor também virá, e eles vão frequentar a escola juntos.

— É isso que vai acontecer — diz Santi.

— Mas você falou…

— Eu falo um monte de merda — diz Santi. — Falo mais que a boca. Você terá uma vida ótima, Nico.

É, só que Rodrigo discorda.

Quando ele fica sabendo da notícia de Nico, ele vem e fala, na frente de Santi, Fermín e Mudo, e de mais uma porção deles:

— Você nunca vai sair daqui, *culero*.

— Ah, é? Por quê?

— Porque primeiro eu vou matar você.

— Por que esse cara me odeia tanto? — diz Nico, depois que Rodrigo se afasta.

— Que loucura.

— Não é — diz Santi.

Ele explica seu raciocínio. Rodrigo caminha para seus dezoito anos e para a deportação de volta a El Salvador. Ele não quer ir. Furar Nico o mandaria para a prisão nos EUA, e ele já chegaria com cartaz com a Mara Salvatrucha, por ter matado um membro da Calle 18.

Faz total sentido.

— Detestar você é só um bônus pra ele — diz Santi.

— Mas, por quê?

— Ele está com inveja — afirma Fermín. — Porque você está saindo.

— Foda-se ele — diz Nico. — Eu posso brigar com ele.

— Não pode, não — diz Santi. — Ele é muito maior e tem 25 kg a mais que você. Pode lhe dar uma surra daquelas e, de qualquer jeito, ele tem um *pedazo* que está fazendo há meses. Ele já vem planejando furar você.

— Conta pro Chris — sugere Fermín.

Nico sacode a cabeça.

— Não, eu não sou dedo-duro.

— Foda-se isso — diz Fermín. — O cara é psicótico. Ele pode matar você, Nico.

— Eu não vou dedurar — insiste Nico.

— Eu vou — diz Santi. — Eu vou falar com Chris.

— Não faça isso — pede Nico. — Estou falando sério, não faça.

— Mas, Nico…

— Eu posso me cuidar.

— Não, não pode — diz Santi. — Olhe, não é vergonha nenhuma, *güerito*. Você tem a chance de ter uma vida. Não jogue fora tentando ser um macho babaca.

— Se você contar — diz Nico —, eu nunca vou perdoar você.

Ele está morrendo de medo, apavorado, mas se dedurar Rodrigo e isso chegar à Guatemala, eles podem descontar em sua mãe.

Naquela noite, seu jantar tem gosto de terra na boca, de tanto medo que ele sente.

O fato de Rodrigo ficar sorrindo para ele, de outra mesa, não ajuda muito, e quando ele levanta para sair, Rodrigo mexe a boca formando as palavras:

— *Esta noche*.

As pernas de Nico parecem de madeira, conforme ele sobe a escada até seu quarto. Ele tenta focar em arrumar suas poucas coisas, em sacos plásticos que lhe foram dados. Não funciona; sua mente está em Rodrigo, na lâmina, no que ele poderia fazer.

Ele já viu gente ser morta, sabe como é.

Ele quer gritar por socorro, quer vomitar, mas não faz nenhum dos dois.

Quando Nico termina de enfiar as coisas nos sacos, ele deita na cama, mas não fecha os olhos.

Ele espera.

E pensa no longo trajeto no *La Bestia*, em Paola, em Flor, no ataque das árvores, na fome, no frio, no calor, na sede, no cansaço, na travessia do rio.

Eu deveria saber, pensa Nico. Eu deveria saber que nunca conseguiria sair.

Garotos como eu não saem.

Então, ele ouve um berro.

Então, gritos, e passos batendo no chão de concreto.

Ele ouve Gordo gritar:

— Meu Deus!

Nico pula da cama e vai até o lado de fora do dormitório.

Outros meninos já estão lá — Santi e Fermín, Mudo e outros olham por cima da mureta do andar.

Rodrigo está esparramado, no andar abaixo, com o pedazo na mão, o sangue empoçando atrás de sua cabeça.

Seu pescoço está quebrado, como o de uma galinha.

Mudo vira para Nico.

E diz:

— Você me deve um Snickers.

# 4

# Billy the Kid

*"Se é a máfia que vai reinar, é melhor substituir o juiz, o xerife etc."*
— Billy the Kid

**Tijuana, México**
**Dezembro de 2016**

Sean Callan está caçando.

Como fazem os caçadores, ao longo de milênios, ele é um predador pela sobrevivência do que ama — sua esposa, seu lar. Ele precisa capturar e matar Iván Esparza, para salvar a vida do que ama.

Mate Iván e Nora estará segura.

Mate Iván e Elena garante que deixará seu amado vilarejo em paz.

Mas matar o cabeça da facção de um cartel não é uma questão de caçar. Callan sabe que jamais chegará à cabeça sem primeiro atingir o corpo. É preciso ir eliminando por partes, abrindo caminho até o topo, enfraquecendo a base, dissipando a força, a renda, fazendo com que as pessoas que o apoiam comecem a acreditar que apostaram no cavalo errado. E nessa corrida, os apostadores não pagam com dinheiro, mas com sangue.

Os chefões da máfia sobrevivem enquanto estiverem ganhando dinheiro para outras pessoas e o fluxo de entrada de recursos for ascendente, provendo-lhes dinheiro para pistoleiros, suborno, casas seguras e armamento.

Não se corta uma árvore pelo alto e sim pelo tronco.

Oliver Piera é uma das pessoas ganhando dinheiro com o patrocínio de Iván e o apoiando em troca.

A principal função de Olivier Piedra é administrar as prostitutas de La Coahuila, distrito do meretrício em Tijuana. Mas, ultimamente, ele tem seguido a outras ramificações de negócios, como extorsão e drogas. Isso não seria ruim, exceto por ele estar fazendo sob a bandeira Esparza.

Que ele cravou em um cadáver de Sánchez.

Elena não pode se permitir perder outro bloco para os Esparza.

Olivier tem que ser apagado.

É o caos em Baja.

Guerra o tempo todo, enquanto o fragmentado cartel Sinaloa luta consigo mesmo. Há o grupo Sánchez, lutando contra os Esparza, e agora os Esparza lutando contra o pessoal de Núñez. Ainda tem Jalisco no bolo, transformando tudo em uma orgia. Metade dos palhaços na rua nem sabe para quem eles estão matando, só sabem que têm que matar o cara que não está com eles.

Mas alguns deles sabem.

Equipe assassinas de caça rondam Tijuana e o restante de Baja, como garotos em um acampamento de verão homicida, com um jogo letal de pique bandeira.

Agora temos até cores, pensa Callan.

Foi aquela piranha psicótica da La Fósfora que começou isso.

"Baja é verde."

Pintando cadáveres com tinta spray verde, como se fosse dia de São Patrício, ou algo parecido. E se Sinaloa é verde, Jalisco tinha que aderir à moda e começar a pintar em vermelho, e até Elena, que não costuma se envolver com esse tipo de tolice, decidiu que eles também deveriam ter uma cor e escolheu azul.

O Jovem Lobo adotou o tema em Guerrero e, claro, passou a usar preto.

Um troço ridículo do caralho.

E, claro, ninguém mais pode matar ninguém, sem deixar uma *manta*, uma mensagem. Em outra época, quando se apagava um cara, *esse* era o recado. Recado mandado, recado recebido. Agora, é preciso escrever um bilhete e explicar, se gabar, e ameaçar os sobreviventes. Os quais, claro, davam meia-volta e faziam a mesma coisa. Olho por olho.

O índice de mortos em Baja, que durante anos foi um território relativamente tranquilo, está no ápice de todos os tempos.

O verão de 2016 foi brutal.

Em agosto, La Fósfora e sua equipe deixaram o corpo de um apoiador de Sánchez, em um saco plástico preto, do lado de fora da boate Zona Río, com a seguinte *manta*: "*Nós estamos aqui e jamais iremos embora. Este é um lembrete de que ainda damos as ordens e de que vocês nem existem. Nem mesmo as strippers de Elena ou as bonecas de Jalisco. O céu é verde!*"

Depois, ela deixou outro corpo desmembrado perto da Ponte Gato Bronco. "*É para isso que servem as pontes. Ainda estamos no comando. Baja é verde*".

O pessoal de Elena contra-atacou no mesmo dia, matando um cara do Núñez e deixando a *manta* "*Aqui está sua porra de céu verde. Vão se foder. Baja é azul*".

Dois dias depois, dois corpos estavam pendurados em uma ponte, em Colonia Simón Bolivár. "*Assim é a aliança Sánchez-Jalisco. Vão se foder.*"

No dia seguinte, foi uma boate protegida por Esparza que foi incendiada. "*Isso vai acontecer com todos os negócios que se alinharem com traidores. Fiquem com os verdadeiros donos da cidade, não com esses cretinos imundos. Sejam vermelhos. Nós somos fortes e unidos — Sánchez-Jalisco".*

O outono não tem sido melhor.

Alguém jogou os corpos desmembrados de quatro membros de Jalisco de uma passarela de pedestres, com bilhetes ameaçando Elena, Luis e El Mastín. Um dos corpos aterrissou em um carro que passava. Duas semanas depois, uma menina méxico-americana foi morta perto da Vía Rápida. Seu namorado vendia drogas para os Esparza.

Callan não estava envolvido em nenhuma dessas mortes.

Estão abaixo de seu nível de habilidade.

Callan encabeça uma equipe de captura e morte que ronda Baja em busca de grupos de captura e morte, ou de membros do alto escalão da oposição. Eles vagueiam pelo território como submarinos no vasto oceano, tentando detectar o sinal de outros submarinos.

É preciso ter algum nível de importância para ser morto por Sean Callan, ou por Lev, pois eles não desperdiçam balas em malandros de baixo nível.

E com eles não tem essa de pintar corpos com tinta spray.

Olivier Piedra se qualifica, por pouco.

Oviedo Esparza seria melhor.

Iván Esparza seria gol de placa.

E Callan simplesmente acha que seria um bem ao mundo remover La Fósfora daqui. Além de comandar uma equipe de matadores de eficiência extrema, que transformaram La Paz em sua fortaleza, a mulher é uma sádica escancarada sem qualquer limite aparente para sua perversidade. Ela gosta de queimar pessoas, mergulhá-las em ácido, picá-las em pedaços e deixar as partes espalhadas, pintadas com tinta verde.

Bem, na verdade, ela agora tem uma nova cor.

Rosa.

Uma afirmação feminista.

Seria um benefício à humanidade tirá-la do mapa.

Então, Callan sai à caça.

Ele mata.

Entre uma tarefa e outra, ele vai para o refúgio da Costa Rica e para Nora. Às vezes, Nora aparece em um apartamento que eles têm em San Diego, mas ela fica mais na Bahia de los Piratas, e ele vai para lá de avião.

Elena Sánchez cumpriu a palavra e manteve seu pessoal longe da Bahia, deixando seu povo em paz. O lugar é seu pequeno abrigo, um refúgio do mundo do narcotráfico, eternamente em expansão, e a ironia é que o trabalho sangrento de Callan no México mantém a paz ali.

Os assassinatos são o preço da paz.

Contanto que Elena esteja ganhando a guerra. Se ela perder, qualquer um dos outros pode vir para a Bahia — os Esparza, o pessoal de Núñez, até o antigo grupo Tapia, sob Damien. Outro motivo para que Callan continue lutando — como qualquer outro soldado, ele quer a vitória, ele quer ganhar essa guerra, para que possa ir para casa e viver em paz.

Ele precisa tornar o céu azul.

*"Ela está ficando velha, está ficando passada. Nós já não podemos ganhar tanto com ela. Venda. Consiga o que der pra arranjar por ela."*

Flor ouve o homem que ela conhece como Olivier conversando com um homem que ela conhece como Javier.

Agora já faz meses que eles estão com ela.

O trem levou Flor até Tijuana.

Perto da fronteira americana, mas ela não conseguiu atravessar, porque os gigolôs estavam perfilados como corvos esperando gafanhotos.

Pegando-as, uma de cada vez.

O que atracou Flor se chamava Olivier. Disse a ela que trabalhava para uma agência que contratava garotas como domésticas e faxineiras, e que poderia dar a ela um emprego onde ela poderia economizar dinheiro suficiente para atravessar a fronteira.

Flor não tinha certeza se acreditava nele, mas ela não tinha escolha. Ele já agarrara seu punho, colocando-a em um táxi, levando até um prédio, onde a trancou em um quarto. Depois de alguns minutos, uma mulher mais velha veio, tirou sua roupa e olhou entre suas pernas.

Murmurou *"virgen valiosa"* e a levou por um corredor, até um chuveiro. Lavou-a, passou xampu em seus cabelos, os penteou, depois a levou de volta ao quarto.

Olivier voltou e tirou fotografias dela.

Primeiro, nua.

Fazendo-a posar.

Ajoelhada na cama.

Deitada de barriga para cima.

De pernas abertas.

De pernas cruzadas.

Mandando-a sorrir.

Mandando fazer bico.

Se ela se negasse, ele batia nela com um fio de extensão, acertando as solas de seus pés, lugar que não ficaria visível nas fotos.

Depois, ele a vestiu.

Com um vestidinho rosa de garotinha, e a mulher lhe pôs laços no cabelo, e batom nos lábios e rouge nas bochechas.

Ele tirou mais fotos.

Fez com que ela segurasse uma placa dizendo SERÉ TU AMOR, SERÁS MI PRIMERO.

Ele mandava que ela sorrisse, fizesse biquinho.

Ele lhe deu tortilhas e um pouco de frango.

E colocou suas fotos na internet.

O primeiro homem que veio era americano, velho. Ele disse que tinha pagado mil dólares para ser seu primeiro. Ela seria seu amorzinho. Ele a deitou e a violentou.

O segundo era asiático.

Ele não disse nada.

Quando terminou, ele chorou.

A terceira era uma mulher.

Depois disso, ela perdeu a conta. Em intervalos de alguns dias, eles a levavam para um hotel diferente, uma casa diferente. Eles a banhavam, passavam xampu, perfume, lhe davam comida, comprimidos para ficar feliz, comprimidos para ficar calma, para ser um amorzinho. Quando ela não era, eles batiam nas solas de seus pés, até que ela gritasse.

Isso aconteceu durante semanas, depois meses.

Agora, ela ouve Olivier conversando.

— Ela está ficando velha, está ficando passada. Nós já não podemos ganhar tanto com ela. Venda. Consiga o que der pra arranjar por ela.

Olivier precisa de dinheiro vivo para pagar pelo território de um homem, que ele está comprando. Esquinas, para vender garotas, vender drogas, extorquir os comerciantes. Isso lhe traria mais dinheiro que uma putinha passada, e haveria outras, fresquinhas, chegando, todos os dias.

Então, um homem que se chama Javier entra e a conduz a outro prédio. Ela a estupra e a deixa em um colchão, depois tranca a porta.

Diz a ela que ele voltará com seu novo dono.

Ela espera.

Ela não liga.

Flor sabe que sua vida é e sempre será um longo estupro. Às vezes, ela pensa em Nico e fica imaginando o que aconteceu com ele.

Ela acha que ele provavelmente morreu.

Pelo bem dele, ela torce para que sim.

\* \* \*

Javier caminha pela Calle Coahuila.

Zona norte de Tijuana.

Também conhecida como "La Coahuila", a "zona de tolerância" para a prostituição.

A prostituição é legalizada no México, contanto que seja nas áreas designadas e as mulheres tenham acima de dezoito anos. Mas muitas delas são bem mais jovens e os homens vão em hordas até Tijuana, em busca das garotas novas, adolescentes, a "carne fresca".

Ou mais jovens ainda.

Tijuana é famosa por isso.

Os pedófilos que não podem pagar para ir até Bangkok vêm a TJ. Os narcos nunca toleraram isso. Na época de Barrera, eles pegavam o cara que vendesse crianças e penduravam o cara pelo pau, no arame farpado; hoje em dia, é só mais um negócio. Eles agora toleram qualquer coisa, contanto que dê dinheiro e banque os soldados.

Não existem mais regras.

Vale tudo.

As *perujas* — piranhas — estão por toda parte, abordando os homens e dizendo "*Vamos al cuarto*".

A maioria dos homens vai, pois é para isso que eles estão ali.

Javier vê um que não.

Que só segue andando, ignorando-as.

Ele não encontrou o que está procurando, pensa Javier. O homem deve ter uns quarenta e poucos anos, está vestido informalmente, mas bem vestido. Um *yanqui* também, e tem cheiro de dinheiro. Javier vai atrás dele, anda em sua cola. Fica olhando, enquanto ele recusa mais piranhas, belas adolescentes.

Javier faz sua jogada.

Aproxima-se a seu lado e sussurra:

— Eu tenho um carro novo. Deve ter uns dez anos, nunca foi dirigido.

— Quanto?

— Quinhentos dólares para alugar — diz o cafetão —, dois mil para comprar. Você leva para *el norte*, amigo, vai ganhar um bom dinheiro, no mercado negro. Pode vendê-la várias vezes.

— Onde está ela?

— Primeiro o dinheiro.

O gringo pega trezentas pratas.

— O restante só depois que eu a vir.

— Para alugar ou comprar?

— Só vou saber depois que vir. É bonita?

— Um rosto de anjo. Um corpo feito pra foder.

Javier leva o gringo a uma rua lateral, até um hotel barato. Sobe ao segundo andar e abre a porta.

A menina está sentada no colchão exposto.

— Qual é o nome dela? — pergunta o gringo.

— Teresa. — Javier dá de ombros. Ele está inventando. Tipo. Que porra de diferença faz? Ele fecha a porta. — Você a quer, ou não?

— É, eu quero — diz o gringo.

Ele enfia a mão na camisa, tira uma pistola com silenciador e atira entre os olhos de Javier. Então, ele abre a porta e entra no quarto. Pega a menina pela mão e a ergue do colchão.

— Você vem comigo.

A menina sabe.

Ela já fez tudo isso.

Ela já foi dirigida.

Repetidamente.

Como uma boneca de madeira, ela deixa que ele a conduza pelo corredor e escada abaixo. Algumas *perujas* abrem frestas nas portas e olham para fora. Elas não veem, ou não ligam, ou não reconhecem os olhos de um matador.

O homem conduz a menina para fora, até a rua, e a entrega para outro homem, que a coloca em um carro, no banco da frente.

Ninguém o impede.

Dois outros homens saem do carro.

— Fique aqui — ordena o homem.

Ela fica.


Callan dá um chute na porta e eles sobem a escada. Um guarda na frente de uma porta de metal trancada vai tirando a pistola do cinto, mas um dos israelenses lhe dá dois tiros no pescoço, depois o arremessa escada a baixo.

Lev arranca a tranca a tiros e eles entram.

Callan segue pelo corredor e entra por uma porta, no fim.

Uma mulher está em pé, ao lado, com uma escova de cabelo e alguma maquiagem. Um homem alto, corpulento, de cabelos compridos, segura uma câmera. Ele vira e vê a Glock 9 mm de Callan apontada para si.

— Você sabe quem eu sou? — pergunta ele. — Eu sou Olivier Piedra. Estou com...

Callan estoura o tampo de sua cabeça.

A mulher grita e começa a correr, mas Lev dispara a espingarda e acerta a parte traseira de suas pernas. Ela cai de cara, com os braços estendidos à frente. Lev se aproxima, tira uma pistola e atira atrás da cabeça dela.

— *Zonna.*

Um cliente encosta na parede, joga o braço na frente do rosto.

Callan caminha até ele. Pressiona a pistola em cima de seu joelho e dispara. O homem berra e desaba.

— Saia rastejando daqui — diz Callan. — Diga-lhes que há regras novas na zona. Quem tocar em crianças vai morrer.

Eles descem novamente.

— Eu odeio molestadores de crianças — diz Callan.

— Deu pra perceber — responde Lev.


— Qual é seu nome? —pergunta Callan à menininha.

— Flor.

— Agora você está segura — diz ele. — Ninguém mais vai machucá-la.

Ele percebe que a menina não acredita nele.

Ela já ouviu isso.

Agora, ele precisa decidir o que fazer com essa garotinha, para remover Piedra de sua lista de afazeres e prosseguir na captura dos irmãos Esparza.

Só há uma coisa a fazer.

São cinco minutos até a fronteira.

Nesse horário, a espera para atravessar é só de meia hora, e enquanto ele está aguardando na fila, recebe uma ligação de Lev, dizendo para ele entrar na Faixa 8.

O agente que está ali é conchavo de Sánchez.

Eles ficam ali sentados por 25 minutos e a menina fica olhando para a frente. Ela não está inquieta, não chora, não diz uma palavra.

Nem uma única.

Callan encosta, mostra seu passaporte americano.

O agente olha a menina.

— Sua filha?

— É.

— Bem-vindo ao lar, sr. Callan.

— Obrigado.

Ele torce para que Nora tenha a mesma reação.


Eles alugam um "apartamento de veraneio" no Craigslist, na cidade praiana de Encinitas, ao norte de San Diego. É pequeno, de um quarto e sala, mas tem vista para o mar, e Nora gosta de caminhar na praia. Callan entra na garagem no subsolo, pega a mão de Flor, sobe com ela e entra no apartamento.

Nora ainda está acordada, assistindo à televisão.

Ela vê a garotinha.

— *Nora, esta es Flor.*

Ele vê as perguntas nos olhos de Nora, mas ela é esperta demais, e sensível demais para fazê-las na frente da criança. Em vez disso, ela levanta de sua cadeira, agacha na frente da menina e diz:

— *Hola, Flor. Bienvenida.*

— Flor talvez fique conosco, por um tempinho.

— Isso seria maravilhoso — diz Nora. — Você está com fome, meu bem? Com sede?

Flor assente.

Nora pega sua mão e a leva até a pequena área da cozinha.

— Vamos ver o que temos.

Eles têm tortilhas, um pouco de queijo, peru fatiado e uma laranja. Ela faz um prato para a menina e a põe sentada em uma banqueta alta, na bancada. Eles não têm leite, mas Nora serve um copo de suco de laranja.

A menina come e bebe devagar.

Depois, Nora leva Flor até o sofá, onde ela senta e fica assistindo, e depois pega no sono.

Então, Nora diz:

— Explique.

— Ela estava sendo prostituída.

— Onde está a família dela?

— Guatemala? — Ele fica quieto, por um minuto, então diz: — Você sempre quis uma criança.

— Então você me comprou uma?

— Eu não a comprei, exatamente.

— Ah. — Ela olha a menina adormecida. — A vida que nós levamos agora não é bem a melhor para uma criança.

— Comparado ao que ela tem?

— Nós não sabemos o que ela tem — diz Nora. — Talvez tenha uma família procurando por ela.

— A maioria dessas crianças chega no trem — diz Callan. — Estão tentando chegar aos EUA.

— Se ela tiver família aqui, talvez nós possamos encontrá-los.

— Talvez.

— É claro que nós vamos cuidar dela, até encontrarmos — afirma Nora. — Só não se apaixone por ela, Sean.

— Ela não é um cachorrinho.

— Não sei. — Nora afaga os cabelos da menina. — Ela meio que é.

De manhã, eles conversam com ela, descobrem que ela é da Cidade da Guatemala, e não tem pais vivos, apenas uma irmã mais velha que não sentirá falta de mais uma boca para sustentar. Não, ela não tem família nos EUA.

— Por que você veio? — questiona Nora.

— Meu amigo Nico — diz ela. — Ele vinha. Eu sentiria falta dele.

— Onde está ele agora? — pergunta Callan.

Ela não sabe, eles se separaram na Cidade do México. Ela acha que Nico pegou o trem errado.

— O que você quer fazer? — pergunta Nora.

Flor sacode os ombros.

Ninguém nunca lhe perguntou o que ela queria fazer.

Nora manda Callan sair e comprar roupas. Ele não tem a menor ideia do que fazer, então, ela anota os tamanhos e o manda ir à Target. Ela mesma poderia ir, mas não quer deixar Flor sozinha e a menina ainda tem medo de homens.

Callan sai com sua lista de compras.

Blusas, calças, calcinhas, meias, sapatos, moletons, suéteres, um maiô. Pijamas, um robe, cobertores, lençóis, um travesseiro. Xampu, escova de dente, pasta de dente, escova de cabelo. Giz de cera, lápis, papel para desenhar. E comida de criança, comida que ela pode gostar e com que possa se acostumar. Arroz, frango, leite, cereal, tortilhas.

E bonecas.

— Que tipo de boneca?

— Não sei — diz Nora. — Quando foi a última vez que eu comprei uma boneca?

Quando foi a última vez que *eu* comprei?, pensa Callan, mas ele vai às compras e vai riscando a lista. Ele volta ao apartamento, olha da varanda e vê Nora e Flor caminhando na praia, de mãos dadas.

Ele deixa as coisas e volta de carro para o México, para matar gente.


Ele é chamado para uma reunião técnica, na casa de Elena.

É Luis que faz o resumo.

Como líder de guerra, pensa Callan, Luis é um engenheiro e tanto.

— A situação tática mudou — diz Luis. — A investida fracassada de Núñez contra os irmãos Esparza mudou o panorama. Por um lado, isso é positivo, porque a facção Núñez perdeu apoio na Cidade do México. Por outro, é negativo, porque fortaleceu os Esparza.

— O que nós sabemos sobre as condições deles? — pergunta Callan. Ele nunca soube de ferimentos a bala que tenham fortalecido alguém.

— Não muito — responde Luis. — Eles estão entocados em algum lugar, no meio das montanhas. Os boatos são que Iván levou dois tiros no ombro, Oviedo foi atingido no alto das costas e Alfredo escapou ileso. Mas ainda não sabemos com certeza.

Elena está sentada, com o maxilar contraído.

Callan sabe o quanto ela quer Iván morto.

Mas suas escolhas táticas são limitadas. O melhor passo seria abordar Núñez e oferecer-lhe uma aliança contra os Esparza em troca de Baja. Núñez faria esse acordo agora, mas Elena não pode fazer essa aliança sem alienar Tito Ascensión. Se ela mandar Ascensión para os braços de Iván, ela perde.

E a briga de Ascensión foi com Núñez, não com Esparza. Com a ruptura entre eles, Ascensión já não tem motivos para lutar contra Iván. Na verdade, Iván, com seu poder em Sinaloa, seria mais útil para ele do que Elena, em uma luta contra Núñez.

Elena está em uma posição difícil.

Ela precisa de algo que mude o jogo.

Assim como eu, pensa Callan.

Preciso sair desta vida.

Ele diz:

— Os irmãos Esparza estão no mesmo lugar, o tempo todo. Eles fizeram isso para consolidar sua proteção, mas isso também os torna vulneráveis.

— O que você está sugerindo? — pergunta Elena.

— Se você conseguir a localização — diz ele — deixe-me ir até lá. Eu, Lev e uma equipe escolhida a dedo, nossos melhores homens. Nós entramos, exterminamos os Esparza e saímos.

— É uma missão suicida — afirma Luis. — Isso não pode dar certo.

— É o *meu* suicídio. — Callan dá de ombros. — Olhe, é uma chance de acabar com essa guerra, vencer, em uma tacada só. Se continuarmos lutando do jeito que temos feito, nós vamos perder. Você sabe disso.

Elena pensa no que ele está falando.

Ela sabe que ele está certo.

E há coisas que Callan nem sabe e tornam essa situação ainda pior. Elena ouviu dizer que Rafael Caro montou um grupo que está emprestando dinheiro a um negócio nos EUA, com ligações estreitas com o novo governo.

Rafael não veio abordá-la.

É verdade, Iván ficará, de fato, incontrolável.

O relógio não é nosso amigo, pensa Elena. Se não matarmos Iván em breve, ele vai matar meu último filho. Ela olha para Callan. — Como você avalia as chances de sucesso?

Callan pensa por um segundo, então diz:

— Três contra um. Mas isso é melhor que nossas probabilidades de ganhar uma guerra prolongada.

— E você estaria disposto a ir — diz Elena.

— Eu quero uma coisa — responde Callan.

Papéis arranjados.

Um passaporte americano.


O Jovem Lobo está sendo tosado.

Damien foi cortar o cabelo, pois não quer parecer um bárbaro quando encontrar Tito.

Ele está nas montanhas há muito tempo, desde sua libertação em Baja. Cultivando ópio, transportando ópio, lutando com a polícia, o exército e os mariners.

Lutando contra Sinaloa.

E agora, seu velho amigo Ric está foragido. É engraçado, porque os irmãos Esparza vão ganhar com tudo isso. Mas foi a atitude errada a tomar, e ele está envergonhado por Ric. Existe um código e Ric o violou.

Agora Damien está sentado na cadeira do barbeiro para se livrar de seu cabelo comprido e da barba. É bom voltar à civilização, e Tito garantiu sua segurança em Guadalajara, onde ninguém se mete com o chefe de Jalisco. Mesmo assim, Damien tem quatro guarda-costas com ele, em dois veículos, todos armados para a guerra.

Damien está com uma granada embaixo da camisa.

Se parecer que eles vão pegá-lo, o Jovem Lobo vai sozinho.

A reunião com Tito pode ser difícil.

Com Ric e o pai foragidos, Tito não tem um bom motivo para continuar lutando com os Esparza. Mas Damien precisa mantê-lo na briga. Os Esparza não vão perdoar o sequestro de Oviedo e Alfredo, e ele não tem poder para enfrentar os irmãos Esparza sozinho. Não ainda, embora o dinheiro da heroína e do fentanil esteja entrando que nem água, vindo de Eddie. Teve dinheiro até para investir com Rafael Caro.

Agora sou um magnata do setor imobiliário, pensa Damien, rindo para si.

Mas é bom.

É bom reaver as riquezas da família.

E o dinheiro lhe dará poder para retomar Acapulco, e quando ele tiver o porto sob controle, isso trará para ele todo o antigo pessoal de Tapia.

A reunião com Tito precisa transcorrer bem.

Damien tira isso da cabeça, recosta e relaxa. Ele sabe que o barbeiro é bom, foi Tito quem recomendou. O barbeiro massageia seu pescoço e, sem notar, ele acaba pegando no sono.

A gritaria o desperta.

Gritos e palavrões e ele abre os olhos e vê o cano de um fuzil apontado para si. Mariners vestidos de gorros pretos e máscaras ninja gritam para que ele se abaixe. Ele dá uma olhada pela janela — seus guarda-costas estão com as mãos atrás da cabeça, dois deles já algemados.

Ele enfia a mão na camisa para pegar a granada.

— Não! — grita um mariner.

Damien hesita.

Viver ou morrer?

Você sempre acha que vai morrer como herói. Uma lenda em uma canção. O Jovem Lobo não seria levado vivo. Ele partiu com uma explosão.

Na vida real é diferente.

Foda-se tudo isso.

Damien decide viver.

Ele lentamente ergue as mãos.

Duas noites depois, Damien Tapia recebe visitantes em sua cela.

Três guardas.

Todos os três enormes.

Ele está com medo.

— O que vocês querem, irmãos?

Eles não respondem. Dois deles o agarram e jogam na cama. Um segura suas pernas, o outro estica seus braços.

— Quem os mandou? — pergunta Damien. — Foi Elena? Diga a ela que eu peço desculpas. Foi um erro.

Eles não respondem.

— Núñez? — pergunta Damien. — Eu nunca mais farei isso. Eu vou pagá--lo. Por favor. Digam a ele.

O terceiro guarda pega uma lâmina caseira.

— Liguem para Caro — diz Damien. — Ele vai dizer que eu sou boa gente. Ele não vai querer que vocês façam isso. Por favor. Liguem para ele. Não, liguem para Tito. Ele vai dizer. Eu estou com ele. Por favor. Por favor. Eu não quero morrer.

O guarda corta os pulsos de Damien.

\* \* \*

— Ouvi falar que ele se matou — diz Caro.

— Você acredita nisso? — pergunta Tito, sentado na cozinha de Caro, vendo o idoso preparar um pozole.

Ele não gostou de fazer isso, de atocaiar Damien para ser preso pelos mariners. Mas Caro havia argumentado que o Jovem Lobo estava causando problemas demais, matando policiais, soldados. Eles não precisavam desse tipo de tumulto.

— Por que não? — diz Caro. — A família toda é maluca. O pai? Toda essa matança, essa violência, isso não é bom pra ninguém. Talvez tenha sido melhor assim.

— E você vai assumir as rotas de heroína dele — diz Tito.

Caro mexe o pozole.

— O que posso fazer por você, Tito? O que o traz aqui?

— Meus trinta milhões de dólares — diz Tito. — Eu quero ver retorno.

— Você já viu — responde Caro. — Núñez foi indiciado.

— O que não significa nada, a menos que o governo vá atrás dele.

— Eles irão — afirma Caro. Ele prova o pozole, depois põe um pouco de sal.

— Ouvi dizer que ele deixou Eldorado e sumiu. O garoto também. Já vão tarde.

— Achei que você fosse leal a Sinaloa.

— Eles me deixaram mofar na cadeia, por vinte anos, e não fizeram nada — diz Caro. — Seus trinta milhões de dólares estão em Washington DC, trabalhando duro por você.

Caro põe a tampa na panela e se afasta do fogão.

— Sabe qual é o segredo para fazer um bom pozole? — pergunta ele. — Deixar que cozinhe devagar.

Deixe que Sinaloa se mate.

A primeira coisa que Eddie quer saber é: eu estou sendo investigado pela Divisão de Narcóticos?

Não, diz Hidalgo, a Narcóticos ainda não esbarrou nele. O que os federais sabem é que você é um ex-presidiário que optou pelo programa de proteção à testemunha, e eles não dão a mínima ao que acontece com você.

E quanto a Darius Darnell? Ele está sendo monitorado?

Não, Darnell está limpo.

Então, Eddie cautelosamente experimenta perguntar sobre sua operação de lavagem de dinheiro — dá os nomes de alguns bancos onde ele deposita. Hidalgo fica de lhe dar retorno — espera uma semana e volta — os bancos são seguros.

Só que agora, claro que não estão mais.

Seguindo a orientação de Keller, Hidalgo, no papel de Tony Fuentes, vem dando informações erradas a Eddie, como pequenas porções de veneno em sua comida.

Fuentes também traz presentes: responde perguntas que Ruiz não fez. Eddie, aqui estão as informações da inteligência, sobre três organizações rivais operando em Nova York. Aqui está a informação sobre a vigilância em um "braço de vendas" de Núñez, abordando gangues em Manhattan, um traficante de Jalisco que está entrando no Brooklyn. Ouça isso, Eddie: um áudio de um cliente de Sinaloa em Staten Island, que está descontente, talvez aberto para uma abordagem.

Então, eles ficam observando os "pings".

A equipe de vendas de Núñez para de fazer prospecções e o varejista em Staten Island se mostra aberto a trocar de time. Interessante, o traficante de Jalisco, no Brooklyn, é liberado.

Será que isso significa que Caro está se aproximando mais de Tito Ascensión?, pensa Keller.

Fique ligado.

Eles são cautelosos, são precavidos e passam a Ruiz somente fragmentos de informações, para que ele não fique desconfiado, achando ser bom demais para ser verdade, porque é. Eddie testa — perguntando a Fuentes sobre a segurança de um carregamento de dois quilos que está chegando a Manhattan.

Ruiz pode se permitir perder dois quilos, se Fuentes for um informante.

Keller deixa passar. Assegura-se de que tampouco a NYPD vá em cima. Não vai, mas fica de longe rastreando Darnell, e de Darnell chega a seu pessoal de vendas, no Brooklyn, em Staten Island e no norte do estado.

Levou algumas semanas para que Ruiz fizesse a grande pergunta: o que Fuentes podia lhe dizer a respeito da investigação da Narcóticos sobre lavagem de dinheiro, na cidade de Nova York?

Você tem que ser um pouquinho mais específico, diz Hidalgo.

Bancos? Setor imobiliário? Empréstimos?

Hidalgo fornece informações do que eles já sabem: a Divisão de Narcóticos está conduzindo uma investigação de alto nível sobre a Berkeley e a Terra, referente a um empréstimo do banco HBMX, possivelmente com dinheiro de drogas por trás.

Ruiz faz a pergunta seguinte: qual é o status atual da investigação?

Estagnada, responde Hidalgo, depois de ter ido pesquisar.

A principal testemunha morreu de overdose.

A investigação do Park Tower vai morrer na praia. Em algumas semanas, Keller vai sair e o novo chefe não dará prosseguimento.

Todos vocês podem respirar tranquilos.

Nas semanas seguintes, Ruiz desvia sua ênfase ao México — o que a Narcóticos sabe sobre seus campos de cultivo em Guerrero? Suas rotas de contrabando, seu pessoal — seus traficantes, seus contadores, seus pistoleiros? E quanto a sua lista de subornos, sejam políticos ou funcionários do governo?

A verdade é que eles não sabem de muita coisa.

Mas é aí que começa o processo de voltar a organização contra si mesma. Keller pega o pouco que sabe sobre a operação de Ruiz, solicita mais dados de Orduña e utiliza para injetar o veneno em Eddie.

Claudio Maldonado é um dos mais eficientes pistoleiros de Ruiz em Acapulco, segundo Orduña diz a Keller. Através de Hidalgo, Keller passa a informação de que Maldonado está sob investigação da SEIDO e pode ser preso a qualquer momento.

Eddie o remove de Acapulco.

Um laboratório de processamento em Guerrero está produzindo uma grande quantidade de produto de alta qualidade. Hidalgo diz a Ruiz que os mariners localizaram e estão planejando invadir o lugar. O laboratório é abandonado, o ópio e os equipamentos são transferidos, até que um novo local seja encontrado.

O jogo vai ficando mais sombrio, mais sujo.

Eddie quer as identidades dos delatores.

Orduña fornece a Keller nomes de dois dos mais violentos veteranos Tapia lutando em Acapulco e nas montanhas de Guerrero. Somente um deles, Edgardo Valenzuela é um *dedo*. Mas ele é um psicótico repugnante e estuprador, que vem passando informações de merda ao pessoal de Orduña, portanto, o almirante o considera descartável. O outro, Abelino Costas, "El Grec", é um sociopata que emboscou um destacamento de mariners e matou três deles.

Valenzuela e Costas são torturados até a morte.

Valenzuela desiste.

Costas cospe na cara deles, antes de lhe entregarem suas próprias tripas.

Aquilo incomoda Hidalgo.

— Eles são assassinos sádicos — diz Keller. — Receberam o que lhes estaria destinado.

Receber nomes de informantes aumenta a confiança de Ruiz em Fuentes, porque a Narcóticos jamais entrega seus delatores, em quaisquer circunstâncias.

Aumenta o escopo de informações desejadas por ele.

A Narcóticos sabe o paradeiro de Núñez?

E de Mini-Ric?

Vocês têm alguma pista de onde estão entocados os irmãos Esparza?

Não, não e talvez, mas a última pergunta representa um dilema. A análise da criptografia e das imagens de satélite mostrou a localização de uma estância em meio às montanhas de Sinaloa, onde os irmãos podem estar.

Mas Ruiz quer essa informação para Caro, portanto, o problema é: até onde eles podem ir, ajudando Rafael Caro? Até onde se pode ir ao ajudar uma organização de tráfico de drogas, em detrimento a outra, e por quê?

O mundo mexicano das drogas está um caos, a violência está pior que nunca, e o governo está recorrendo à velha guarda, *los retornados*, como Caro, para tentar restabelecer a ordem.

Mas, será que restabelecer a ordem é do interesse de Caro?

Enquanto houver múltiplos grupos rivais, os narcos precisam de Caro como um "padrinho" neutro para mediar disputas, distribuir a justiça violenta, garantir os acordos, cessar-fogo e tréguas. Um homem que não esteja em guerra com nenhum grupo, para que então possa solicitar dinheiro de vários, para formar um consórcio?

Ele tem valor porque não colocou nenhum cachorro na briga.

Paradoxalmente poderoso por sua ausência de poder.

Mas se um grupo ganha — um Núñez, um Esparza, ou Ascensión —, tornando-se dominante, Caro passa a ser desnecessário, supérfluo, apenas outro velho *gomero* vivendo sua vida e contando histórias de glórias passadas.

E se Caro não estiver tentando manter o cartel Sinaloa unido, mas dividido? Ele não lhes deve nada, eles o deixaram apodrecer, em Florence, por duas décadas.

Se esse for o caso, pensa Hidalgo, ele pode estar usando Tito Ascensión como um pretexto, pois nenhum de seus pedidos ou ações foram direcionados a Jalisco, e quando nós demos o nome de um traficante ligado a Jalisco no Brooklyn, ele deixou passar.

Portanto, primeiro Caro se aliou com a antiga organização Tapia, inimiga de Sinaloa, depois, aparentemente, colabora com Tito Ascensión, outro rival de Sinaloa. Damien Tapia morreu e Caro continua enviando heroína através da rede que Tapia e Caro montaram com Ruiz.

E se Caro concluiu que, ao menos por enquanto, a posição de padrinho é uma responsabilidade, que é mais inteligente e rentável não controlar a coisa toda, mas tirar uma fatia de muitas coisas? E se ele meramente deixou de administrar Ruiz e passou a tirar uma porcentagem de todas as outras organizações?

Então, seria de seu total interesse não reprimir a confusão, mas incitá-la, para manter uma situação eternamente instável, na qual ele é a única estabilidade. E se ele manipular um equilíbrio de poder, agora apoiando Ruiz, depois Tito, aliciando Núñez, talvez perseguindo os Esparza — jogando um contra o outro, enquanto, aos olhos do governo, ele parece ser a grande esperança para a paz, o homem sensato a quem eles podem recorrer?

Como recorriam a Barrera.

Adán Barrera foi o Rei da Ordem.

Rafael Caro é o Rei do Caos.

E ele vai deixar que o caos continue até tudo desmoronar, até que os outros líderes potenciais partam e não reste escolha às pessoas, a não ser vir a ele.

Agora você tem um caminho até ele, pensa Hidalgo, via Ruiz, e a questão é: quanto você trabalha com ele? Se acredita em sua própria teoria quanto a ele perpetuar o caos, então, você tem que derrubá-lo, o mais depressa possível, com toda a força que puder.

Será?

Ou você o ajuda a empreender isso, auxiliando a danificar as outras organizações, o máximo que puder, e quando achar que causou o máximo de prejuízo, o empurra para fora do barco?

Ou você deixa que ele toque seu jogo, vê até onde vai dentro da estrutura de poder mexicana — bancos, mercado financeiro, governo? Porra, você vê até onde vai dentro do governo *americano*.

Ajuda-o a subir o mais alto que ele puder.

Depois chuta a escada debaixo dele.

Porque se Caro estiver manipulando todas as outras organizações, e se você puder manipular Caro...

Você é *el padrino*.

Cirello encontra Ruiz no Palomino Club ("álcool e nudez total"), no norte de Vegas, e Cirello tem que sentar em um reservado da área VIP, olhando tetas e bundas, enquanto tenta dar um resumo a Eddie.

— Você pediu a localização dos irmãos Esparza.

— Você conseguiu?

Os olhos de Eddie não desviam de uma dançarina negra que está vestida com, bem, nada.

— Você sabe como funciona análise de tráfego?

— Eu sei evitar a hora do rush — diz Eddie.

Esse filho da puta é engraçado, pensa Cirello.

— Isso veio do Fuentes: logo depois que os Esparza foram feridos naquela emboscada, a Divisão de Narcóticos passou a monitorar o tráfego incomum e intenso na telefonia e internet, na região de La Rastra, Sinaloa, lá embaixo, ao sul, próximo da fronteira de Durango, logo ao norte de Nayarit. Eles interceptaram algumas mensagens criptografadas, mas nossos decodificadores determinaram que elas se referiam a um determinado rancho. O monitoramento via satélite mostra atividade intensificada e aumento de veículos e pessoas no local.

Ele passa a Eddie uma foto de satélite, mostrando algumas edificações, em uma clareira, no alto de um cume de mata densa, em Sierra Madre, entre La Rastra e Plomosas.

Eddie dá uma olhada.

— Veja só isso — diz Cirello, apontando um retângulo marrom em meio ao verde. — Pra mim, parece uma pista de pouso.

— Falando em pista de pouso...

— Foque — pede Cirello. —Você quer isso, ou não?

Eddie enfia a foto no bolso.

— As coordenadas estão na foto — afirma Cirello.

— Eu estou contentíssimo — comenta Eddie. —Você quer uma dança sensual?

— Não.

—Você é gay? — pergunta Eddie.

— Não.

— Quer dizer, se você for, tudo bem — diz Eddie. — Só que a gente estaria na boate errada.

— Divirta-se, você.

Cirello levanta.


A garota negra é fantástica. Melhor ainda, quando ela vai até a suíte de Eddie, para terminar o serviço. Depois que ela vai embora, Eddie pega um celular descartável e liga para Culiacán.

— O cara conseguiu.

Ele lê as coordenadas.

Depois desliga, escaneia a foto no laptop e a envia.


Há tantas maneiras de conduzir isso, pensa Caro.

Você poderia procurar o pessoal de Iván, aqui, e avisar que ele está comprometido, ganhar a gratidão dele. Ou você poderia dar a localização a Tito e deixar que as coisas sigam seu curso.

Ele decide.

Liga para Elena Sánchez e informa a ela onde pode encontrar Iván Esparza.

— Presente meu, para você — diz ele. —Vingue seu filho.


Callan está debruçado sobre a foto de satélite.

E sobre o Google Maps.

Ele olha para Lev.

— Tá foda.

Apenas uma estrada de entrada e outra de saída. Ambas estarão fortemente vigiadas, não há rota para chegar sem ser descoberto. Eles poderiam ir a pé, mas seriam milhas por entre a floresta densa e íngreme, e não há nenhuma área para concentração, onde eles não fossem vistos pelos locais que, sem dúvida, são leais aos Esparza.

— O mais inteligente a fazer — diz Callan — seria vazar esses dados ao pessoal das FES, deixar que os mariners entrassem com helicópteros.

— Mas será que eles iriam? — pergunta Lev.

O cartel Sinaloa é praticamente dono do governo federal, e embora os mariners sejam agressivos com todas as outras organizações, é notável que são passivos em relação a Sinaloa.

— Elena quer Iván morto, não preso — lembra Lev.

E o que La Reina quer, La Reina tem, pensa Callan. Mas o complexo no cume do morro é literalmente uma fortaleza, uma base de artilharia toda cercada com arame farpado. Pelas fotos fica difícil saber, mas uma área, que deve ser de habitação, parece ter sido reforçada com telas metálicas e frestas para atirar. Ele sabe que haverá sensores de som e movimento para acionar as luzes de busca. Pode haver até abrigos subterrâneos com concreto reforçado.

Um B-52 poderia dar conta do serviço, mas Callan duvida que mesmo Elena consiga convocar um B-52.

Callan conta o que parecem ser cinco veículos — quatro utilitários e uma caminhonete com caçamba — embaixo de uma rede de camuflagem. Um prédio baixo de concreto do lado de fora da cerca de arame farpado deve ser o alojamento dos soldados e uma cozinha para uns vinte ou trinta guardas. Outra edificação pré-fabricada, de aço, provavelmente abriga mais veículos, equipamento, talvez uma aeronave, pois não há nenhuma na pista, ao menos não havia quando a foto foi tirada.

Há variáveis demais que eles não sabem. Eles precisam de um reconhecimento minucioso, mas isso seria tão difícil e arriscado quanto a missão tática em si, e correria o risco de afugentar os Esparza. E eles precisam agir rápido. Os irmãos estão ali agora, mas, quem sabe onde estarão amanhã, ou depois?

Não temos dados suficientes, nem tempo hábil para planejamento, pensa Callan. Vamos adentrar uma fortaleza que não conhecemos e estamos em número menor.

Fora isso, está tudo bem.

— Um problema de cada vez — diz ele. — Primeiro: acesso. Que diabo nós vamos fazer para entrar lá?

—Vamos pela pista de pouso? — sugere Lev.

— Eu estou pensando a mesma coisa — diz Callan.

A ideia não é boa, nem perto de boa, mas talvez seja a única opção. Dois aviões pequenos se aproximam à noite, na torcida de conseguir fazer o pouso. Uma equipe abre fogo e derruba os guardas, outra entra na casa e elimina os Esparza, a terceira mantém a pista de pouso.

Se der tudo der certo — o que nunca acontece —, seus caras seguram a pista e os aviões estarão intactos, quando você sair da casa para a "aeronave de resgate", como Lev a chama. Se não, você sai da casa — *se* você sair da casa — e dá de cara com corpos espalhados e os aviões em chamas, e você mete as caras pela mata, atravessa as montanhas até Durango.

Cartéis de drogas possuem frotas.

Eles as utilizam para transportar drogas e deslocar pessoas de um lugar para outro.

Callan e Lev escolhem dois — um Pilatus PC-12 e um Beechcraft C-12 Huron, a versão militar do King Air 350. Cada um deles comporta até dez pessoas com autonomia de combustível para voar até o alvo e voltar, partindo de Mazatlán. O importante é que as duas aeronaves têm boa reputação em pistas acidentadas e são usadas por inúmeras forças armadas.

Aviõezinhos bons e fortes.

A decisão seguinte é o pessoal.

Eles têm que ser os melhores — não simplesmente bandidos de rua que largam o dedo em um pente, de um carro em alta velocidade, mas paramilitares treinados que farão o serviço, e apenas o serviço, e que confiem em seus companheiros para fazerem o mesmo.

Os Barrera estão no negócio há muito tempo e usam ex-membros das forças especiais desde os anos 1990, trazendo-os de Israel, África do Sul, Grã-Bretanha, EUA, México e outros lugares.

Callan e Lev têm dezoito vagas a ser preenchidas. Lev escolhe três homens de sua equipe habitual, mas quer deixar o restante para fazer a segurança de Elena e Luis.

São quatro israelenses, incluindo Lev.

Eles são muito bons.

Callan escala a missão com dois sul-africanos, um ex-membro do Selous Scout, exército da Rodésia, três ex-membros da SAS, um ex-marine americano, e oito caras mexicanos da força aérea, exército e mariners. Dois deles também são médicos em combate — se ambos forem abatidos, bem, os feridos estão simplesmente fodidos.

Ele precisa ser franco com todos eles. Não poderá lhes dizer aonde eles vão, até estarem a bordo das aeronaves, mas esses caras não são imbecis, e a experiência lhes dirá que o risco de não voltar é imenso. Portanto, Callan lhes dá a chance de desistir.

Nenhum deles desiste.

Talvez, porque essa guerra já se estende há tanto tempo, e eles tenham perdido camaradas pelos quais querem uma forra, ou possuam uma lealdade genuína a Elena, ou sejam apenas um bando de machões filhos da puta. Mas o motivo mais provável é que Callan está oferecendo um bônus de 50 mil dólares a cada um, em grana ou coca, assim como um "pagamento de morte" de 100 mil dólares, em depósito a ser feito diretamente em contas offshore, em nome da família de cada homem que não voltar.

Depois, Callan precisa encontrar pilotos malucos o suficiente para fazer um pouso noturno em meio às montanhas, em uma pista desconhecida e rústica, ficar na cabine durante um tiroteio, e depois (tomara) decolar debaixo de bala. E ele não precisa só de dois desses caras, ele precisa de quatro, precisa de copilotos, porque uma das coisas mais idiotas que podem acontecer é conseguir fazer tudo isso e depois morrer ao lado de um avião perfeitamente bom, porque seu piloto levou um tiro na cabeça e você está sem ninguém para pilotar.

Pilotos narcos são notoriamente doidos. São espíritos livres viciados em adrenalina que jogaram fora uma carreira lucrativa, em companhias aéreas, por uma chance de ganhar muito dinheiro e pelas emoções ainda maiores. Muitos deles abandonam esses bicos, mas costumam voltar. Ficam viciados no pó, nas festas, na mulherada inerente ao estilo de vida narco, de modo que o "mundo real" se torna muito sem graça.

Callan precisa de pilotos ex-militares, uns caras com experiência no tumulto, que não vão amarelar quando a bala começar comer em volta. Ele não pode se permitir excesso de pessoal para fazer o que os narcos às vezes fazem — deixar um cara no avião, apontando uma arma para a cabeça do piloto, para garantir que ele não vai fazer uma decolagem prematura.

Lev está com um de seus caras, um veterano da força aérea israelense acostumado a entrar e sair da Síria e do Líbano. E eles também chamam "Buffalo Bill", um americano que já está no mundo do narcotráfico mexicano desde os tempos de Barrera, e cujos cabelos brancos compridos, a barba e o chapéu imundo de caubói (junto com o baseado, sempre presente no canto da boca) poderiam matar de susto qualquer um que não soubesse que ele poderia pilotar até mesmo um piano e pousar no deck de um submarino. Há também um mexicano da Quinta Infantaria Aérea, Esquadrão 107, com centenas de horas de voo no Pilatus; outro mexicano veterano da força aérea, que voou o C-12, ambos já tendo participado de missões contra os zetas e a organização Tapia.

Eles não vão amarelar.

Agora, a questão são as armas.

Os cartéis têm frotas e também têm arsenais.

Tirando uma bomba atômica, você pode escolher o que quiser.

Callan quer cada cara com um fuzil, mas deixa que eles escolham as armas que preferem para trabalhar, então, as equipes saem com uma variedade de Galils compactas, C-8, FNs belgas, uma M-27, HK-33 e até alguns fuzis clássicos AK-47.

Dois dos israelenses vão carregar lançadores de foguetes MATADOR (portáteis, antitanque, antiporta) para abrir um rasgo na cerca, ou um rombo em qualquer parede, ou até para explodir uma caminhonete blindada. O mariner também vai levar um Mossberg 12, de curta distância, para estourar trancas e derrubar portas.

Callan escolhe um HK MP7 com supressor e um Elcan com mira de reflexo. Ele também vai levar uma Walther P22, caso chegue perto o suficiente para estourar os miolos de Iván Esparza.

Eles vão até a casa de Elena, em Ensenada, e dão um resumo a ela e a Luis.

— Eu quero fotos — diz ela — do cadáver de Iván.

— Se houver — diz Callan — e se nós tivermos tempo.

— Haverá — afirma Elena — e você vai arranjar tempo.

Callan a lembra do acordo que eles fizeram. Ele faz o serviço — com sucesso ou fracasso, voltando ou não — e Elena e seu pessoal deixam a Bahia de los Piratas em paz. Nora (e agora, Flor, ele imagina) poderão voltar para lá e viver em paz.

Elena reafirma o combinado, mas acrescenta:

— Você sabe que isso só vai valer enquanto eu estiver no controle. Se Iván ganhar, ele fará o que quiser. Portanto, isso é só mais um incentivo.

Sim, valeu, pensa Callan. Eu preciso, mesmo, de incentivo. Ele está saindo, quando Luis o segue.

— Eu quero ir — anuncia Luis. — Quero vingar meu irmão.

— Foi sua mãe que o mandou aqui fora?

— Ela não sabe — responde Luis. — Ela não deixaria.

— Nem eu — diz Callan. — Respeito muito isso que você está pedindo, mas você não tem as habilidades e eu não terei tempo para ficar de babá. Sem querer ofender, você seria uma responsabilidade.

— Eu não vou atrapalhar. Sei me cuidar.

— Luis, você vai atrapalhar — insiste Callan. — Todos os caras da missão saberiam quem você é e se sentiriam obrigados a protegê-lo.

Sem querer, Luis parece aliviado, e fica com vergonha por isso.

— Nós simplesmente diremos que você foi — diz Callan. —Vamos contar que você estava lá. Vão cantar canções sobre você.

No carro, Lev pergunta:

— O que foi?

Callan conta.

— Era só o que a gente precisava — diz Lev.

Callan dirige até Encinitas.

Flor está dormindo.

— Como está ela? — pergunta Callan.

— Ela é incrível — diz Nora. — Mas vai precisar de muito cuidado.

— Leve-a de volta pra Bahia — pede Callan.

Nora o olha com um ar interrogativo.

— Agora está tranquilo por lá — afirma Callan. — Isso já foi providenciado.

— Onde você estará?

— Cuidando das coisas.

— Sean…

— Nós tivemos muitos momentos bons — diz Callan. — Por muito tempo. Eu espero que ainda tenhamos muito mais pela frente. Mas, se não, tem mais cem mil no seu nome, nas Ilhas Cook.

—Você acha que eu ligo pra isso?

— Não.

— Eu não…

—Você pode dar uma vida a essa garota — interrompe Callan. — Leve-a pra casa, você e María podem amá-la profundamente.

— Quanto tempo, até eu saber?

— Um ou dois dias.

—Vou esperar aqui — diz Nora.

— Está bem — responde Callan. — Mas depois volte pra Bahia.

Eles fazem amor ao som das ondas batendo na praia.

Callan está sentado dentro do C-12 estudando a foto do complexo dos Esparza.

Quando o avião decolou de Mazatlán, ele distribuiu a foto a cada um dos caras no avião e repassou o planejamento tático e as designações — quem vai entrar na casa, quem vai detonar o alojamento dos guardas, quem vai ficar na pista de pouso. As atribuições são repetidas para cada avião, pois, caso um deles caia, a outra equipe ainda pode prosseguir com a missão.

Ele sente o cheiro de bagulho na cabine.

— Como é que você pode voar fumando baseado? — ele pergunta a Buffalo Bill.

— Não dá pra voar *sem* um baseado — responde Bill.

Bill está bem relaxado, mas a atmosfera na traseira da aeronave está tensa. Os caras estão sentados olhando direto para a frente, alguns deles murmurando suas preces, outros remexendo e checando o equipamento, pela centésima vez — cartuchos de munição, tiras de Velcro nos coletes Kevlar, ampolas de morfina presas às mangas e bonés.

Alguns dos homens usam medalhas religiosas, alguns têm suas identificações presas no lado de dentro da camisa. Os mexicanos não usam identificação nenhuma — caso morram, não querem retaliações a suas famílias.

Callan escuta Bill gritar:

— Mais cinco minutos, garotos!

Dois dos mexicanos concluem suas orações e se benzem, beijando as pontas dos dedos.

O C-12 é o avião na dianteira; o Pilatus, com Lev e o a outra equipe, vem cerca de dez segundos atrás. É crucial que não haja um intervalo maior, ou cada equipe pode virar picadinho.

É um pouso por instrumentos, em uma montanha, no escuro, mas Buffalo Bill desce como se fosse um voo da United pousando em O'Hare. Mesmo assim, as rodas quicam loucamente na pista desnivelada, dando um tranco em Callan, que sente no pescoço uma dor que ele sabe que vai durar dias.

O avião segue mais um pouco e para.

Callan destrava o cinto de segurança, atraca o HK e sai pela porta.

Ele vê o Pilatus descendo atrás. Ele chega à pista, dá duas quicadas e desliza. A porta abre e Lev vem correndo em sua direção, para seguir rumo à casa.

Eles são banhados por uma luz branca.

Cegante.

Holofotes gigantescos.

Claros como o dia.

Eles estão a céu aberto, na pista de pouso, quando a artilharia começa, vindo de todos os lados. Callan ouve as rajadas irrompendo pelo ar, o som grave do *tump*, atingindo corpos, enquanto seu pessoal começa a cair.

Callan deita no chão e tem tempo de pensar "*Eles sabiam que a gente vinha*", quando ouve um zunido de foguete e o C-12 explode em chamas. Bill sai cambaleando, a barba incendiada. Ele bate no rosto freneticamente. Então, as labaredas pegam no chapéu e ele gira como um palhaço bêbado.

O Pilatus explode. Um naco de metal gira pela pista e parte o mariner ao meio.

Callan ouve gritos de dor.

Pedidos a Deus e às mães.

Ele sempre achou que a morte seria silenciosa, mas é mais barulhenta que o inferno.

Outra explosão e a escuridão.

É noite outra vez.

E silêncio.

Callan acorda, se é que se pode chamar de acordar, sentado de costas para uma parede de metal. Suas mãos estão amarradas atrás, com fitas plásticas, as pernas estão estendidas à frente, os tornozelos algemados.

Tem sangue seco grudado em suas orelhas e nariz, da batida. Ele está tão enjoado e tonto, que quase não consegue ouvir.

Sua cabeça está latejando.

A edificação é grande, um galpão... talvez um hangar, porque tem um aviãozinho no centro. Há sicários armados com pistolas automáticas circulando em volta. Alguns estão sentados em cadeiras metálicas dobráveis.

Do outro lado do salão, ele vê o que devem ser corpos — montes, embaixo de lonas manchadas de sangue.

Callan vira a cabeça.

A dor de fazer isso é tão horrenda que ele reluta contra o ímpeto de vomitar.

Lev, ainda inconsciente, está com a cabeça caída, o queixo encostado ao peito, ao lado de Callan. Além dele, Callan reconhece uma fileira de homens, ele acha que são sete, mas sua visão está embaçada e é difícil contar — é tudo o que sobrou do ataque.

Ele tenta ver quem são, quem sobreviveu. Ali está Lev, e outro dos israelenses. O rodesiano, pensa ele, dois dos mexicanos, talvez um dos britânicos. Além deles, ele não consegue enxergar.

O esforço é exaustivo. Ele só quer voltar a dormir.

Mas Callan se força a ficar acordado.

Foca nos sons — a respiração forçada de Lev, um homem chorando, outro gemendo. Ele olha a fileira para ver o motivo — a perna do britânico está fraturada, com um osso espetado para fora.

Luz entra no hangar, quando uma porta é aberta.

Dói como se ele estivesse sendo apunhalado nos olhos. Callan os fecha com força para tentar conter a dor.

Ele sente um homem em pé, à sua frente, a observá-lo, então ouve:

— Olhe pra mim.

Callan abre os olhos e os ergue.

Pelas fotos antigas, ele sabe que é Iván Esparza.

— Você veio até aqui pra me matar? — pergunta Esparza. — Está dando certo?

A voz soa como se ele estivesse a cinquenta metros.

Callan não responde.

Esparza recua e lhe dá uma bofetada na lateral do rosto. A cabeça de Callan explode de dor. Ele dá um tranco à frente e vomita.

— Vai ser assim — diz Esparza —, quando eu fizer uma pergunta, você responde. Agora entendeu?

Callan assente.

— Quem é você? Qual é o seu nome?

— Sean Callan.

— Quem o mandou?

— O quê?

— Jesus, mas você está, mesmo, um bagaço — diz Esparza. — Quem... o... mandou? Núñez? Tito? Elena? Não minta pra mim, *pendejo*, porque eu já sei. Só quero uma confirmação.

Callan tenta pensar.

— Qual foi a pergunta?

Iván lhe dá outra bofetada.

Callan vomita de novo.

Ele mal escuta Esparza dizer:

— Ouça aqui, seu babaca, eu tenho uma equipe voando pra cá. Tudo que eles fazem é machucar as pessoas, de maneiras que você nem imagina. Eu vou mandar eles machucarem meus conterrâneos, aqui, até que eles me deem seus nomes e onde eu posso encontrar suas famílias, garanto que eles darão as esposas, os pais, os filhos... e eu vou mandar matar todo mundo. Ou...

O britânico grita.

— Ajude-o — diz Callan.

— Claro.

Esparza caminha pela fileira, puxa a pistola e atira na cabeça do britânico. Ele volta até Callan.

— Mais alguém que você queira que eu ajude?

— Não.

— Onde estávamos?

— Elena Sánchez.

— Mandou você.

— Sim.

— Aquela piranha imbecil — diz Esparza. — Núñez ataca e erra. Elena ataca e erra. Você pode me culpar, por eu me achar imortal? Eu lhe fiz uma pergunta.

— Não.

— Boa resposta — diz Esparza. Ele inspeciona Callan, por alguns segundos. — Sean Callan. Eu ouvi falar de você. "Billy the Kid" Callan. Você é uma porra de uma lenda. É verdade que uma vez você salvou a vida de Adán?

— Sim.

— Eu ouvi essa história — comenta Esparza. — Também ouvi a música. Só não vi o filme. Mas estou impressionado. Bem, podem dizer o que quiserem de Elena, mas ela não é sovina. Só o melhor para La Reina.

— Isso mesmo... — Callan perde a linha de raciocínio, depois diz: — Esses caras... são talentosos... eles têm habilidades que você pode usar... eles podem trabalhar pra você...

— E quanto a você? — pergunta Iván. — Você vai trabalhar pra mim?

— Sim.

— É tentador — diz Esparza. — É, sim. Mas o negócio é o seguinte: *eu* quero ser a lenda. E para ser a lenda, eu tenho que derrubar a lenda.

Iván caminha até o final da fileira.

Um de seus caras anda atrás dele, segurando um celular para fazer um vídeo.

Iván vai atirando na cabeça dos prisioneiros, um a um. Quando chega a Lev, ele diz:

— Acorde-o.

Um dos caras de Iván dá uma bofetada em Lev, que fica consciente.

Lev ergue os olhos, pisca.

— *Shalom*, filho da puta. — Iván atira nele.

O sangue espirra na lateral do rosto de Callan.

Agora Iván está parado à sua frente.

— Sabe, eu estou simplesmente farto de gente tentando me matar. Isso me deixa puto de verdade. E o YouTube adora essa merda. Vai viralizar.

Ele aponta a pistola para a testa de Callan.

— Últimas palavras?

— Ãrrã — diz Callan. — Vai se foder.

Callan quer fechar os olhos, mas se obriga a deixá-los abertos e olha fixamente para Esparza.

Viveu durão, vai morrer durão.

Iván abaixa a arma.

— Não se desperdiça uma boa lenda.

Ele manda um de seus caras pegar uma mangueira e lavar o vômito de Callan.

Callan fica ali sentado, encharcado, tremendo.

Nora espera três dias.

Como não recebe notícias de Callan, ela pega Flor e sai.

Mas não vai para a Costa Rica.

Nora vai para o México.

A mulher é deslumbrante.

Não se admira, pensa Elena, que meu irmão a tenha amado. E a menininha é adorável, embora claramente não seja sua filha. Ela olha para a linda garotinha.

— Meu benzinho, você não quer ir com a Lupe, para que sua mãe e eu possamos conversar? Ela vai lhe dar uma coisa legal.

Flor olha para Nora, que assente.

A menina sai com a empregada.

— Nós nos conhecemos, anos atrás — diz Nora.

— Eu me lembro, é claro — responde Elena. — Meu irmão foi o Chefão dos Céus e você era "La Güera", sua famosa dama. Eu tinha um pouquinho de inveja de você, para dizer a verdade. E você está ainda mais bonita agora. Como isso é possível?

— Onde está meu marido?

— Direto ao ponto — diz Elena. — Ela olha pela janela. É um daqueles dias raros de inverno, em que o Pacífico está cinzento e remexido. — Para responder sua pergunta, eu não sei. Mas se tivesse que arriscar um palpite, diria que ele morreu.

— Ele foi fazer algum trabalho pra você.

— E não voltou — diz Elena. — Imagino que você não tenha visto o vídeo.

Nora balança a cabeça.

— Iván Esparza foi atencioso o bastante para enviá-lo a mim — diz Elena. Ela conduz Nora até uma escrivaninha e abre um arquivo no computador. — Imagino que eu deva dar algum alerta, quanto ao conteúdo.

— Eu estou bem.

Nora assiste ao vídeo.

Ela vê Sean — ferido, com dor, desnorteado — erguendo os olhos a Iván e dizendo:

— *Ãrrã. Vai se foder.*

Nora diz:

— Esparza não o matou.

— Diante da câmera, não — diz Elena —, mas é difícil imaginar que ele toleraria esse tipo de desaforo. Além disso...

— Mas nós não sabemos se Sean morreu — diz Nora.

— Não.

— O que você vai fazer para tê-lo de volta?

— Nada — responde Elena. — O que eu *posso* fazer?

— Tudo o que estiver ao seu alcance.

— Eu não tenho alcance nenhum — retruca Elena. — Estou derrotada. Os novos poderosos se voltaram contra mim, me emboscaram. Enquanto nós conversamos, tem gente fazendo minhas malas, para que eu vá embora. O problema é que eu não tenho para onde ir.

Iván e Caro (e talvez até Tito) estão à sua caça, no México, enquanto indiciamentos são expedidos para ela e Luis, do outro lado da fronteira.

Talvez ela vá para a Europa.

Pelo tempo que for preciso.

— Você não pode simplesmente deixá-lo lá — insiste Nora.

— Você não entende — diz Elena. — Mulheres como você e eu, nossos dias terminaram. Estamos derrotadas. Nós acreditávamos em algum tipo de decência, decoro, beleza até. O encanto que vem com a ordem. Agora, tudo isso se foi. Nós saímos de cena e só resta o caos.

Elena agora vê isso.

Eu deveria ter enxergado antes, mas agora é tarde demais, pensa ela.

Tito Ascensión vai levar tudo.

Mas ele é apenas um fantoche de Caro.

O velho nos manipulou para destruirmos uns aos outros, para que ele pudesse recolher os cacos e conduzir Tito como o cão que ele sempre foi. Não vai demorar para Tito matar os Esparza, sem sequer saber que está sob o comando de Caro.

O governo vai apoiar Caro, achando que ele vai restabelecer a ordem.

Mas eles estão errados.

O gênio da anarquia saiu da garrafa e eles jamais o colocarão de volta. Agora, há demônios demais para apenas um diabo controlar, e eles vão se matar estupidamente, vorazmente, pelas ruas de Tijuana, pelas praias do Cabo, nas colinas de Guerrero. Vão matar em Acapulco, em Juárez, na própria Cidade do México.

A matança nunca vai ter fim.

— Volte para a Costa Rica — diz Elena. — Eu não posso proteger você aqui, mas tenho certeza de que você pode fazer algum tipo de acordo com quem assumir. Você conhece esses homens, eles são uns tolos por beleza.

Nora deixa a casa de Elena e dirige até o aeroporto.

Cinco horas depois, ela e Flor estão em Washington.

Keller assiste ao vídeo.

Ele já viu outros, semelhantes, muitas vezes. Foi Eddie Ruiz que começou esse troço todo de vídeo, anos antes, quando capturou quatro zetas enviados até Acapulco para matá-lo. Eddie os entrevistou diante das câmeras, como um apresentador de programa de TV, depois matou cada um deles e postou o clipe em todo lugar.

Isso deu início a uma tendência.

Agora, Keller assiste às execuções e vai juntando as peças.

Através de Cirello, eles passaram a Caro a localização do esconderijo dos Esparza em Sinaloa. Apenas alguns dias depois, um ataque aéreo no local sofreu uma cilada. E foi isso — os Esparza sabiam que o ataque estava a caminho. Fotos de satélite mostram as carcaças carbonizadas de duas aeronaves na pista de pouso. Eles foram atingidos na aterrissagem. A maioria dos invasores foi morta na hora, alguns foram capturados, o homem que ele olha agora parece ser executado dentro de um hangar.

Ele congela a imagem em um deles.

O rosto coincide com fotos de arquivo da inteligência sobre Elena Sánchez; aquele é seu suposto chefe da segurança, Lev Ben-Aharon, ex-membro do exército israelense. Por isso o "*Shalom*, filho da puta". Dois outros rostos reconhecidos são de um mexicano, Benny Rodriguez, e um rodesiano, Simon van der Kork, ambos nos arquivos como pessoal operacional de Sánchez.

O último homem da fileira é um problema. Nós não vemos Iván matá-lo. E o diálogo:

— *Últimas palavras?*

— *Ãrrã. Vai se foder.*

Sean Callan.

"Billy the Kid".

Aos vinte e poucos anos, ele comandava a máfia irlandesa, no West Side, em Nova York. Fez uma aliança com a família Cimino de criminosos e tornou-se seu melhor pistoleiro. Teve que deixar Nova York, depois que ajudou a assassinar o padrinho, e acabou se tornando mercenário, na América Central, depois um pistoleiro de Adán Barrera. Salvou a vida de Barrera em um tiroteio, mas o deixou quando os Barrera mataram o padre Juan.

Keller o conheceu.

Porra, eles foram juntos a uma invasão secreta, em Baja, para buscar Nora Hayden. Isso foi há muito tempo. Callan e Nora foram embora juntos, Keller nunca mais soube deles, nem procurou saber onde estavam.

Que vivam em paz.

Mas que diabo Callan está fazendo em uma missão de Sánchez, para matar Iván Esparza? Será que ele voltou a sua antiga profissão?

Por quê?

Cristo, está tudo voltando.

Keller foca na questão em pauta.

Você dá a localização dos Esparza a Caro, pensa ele.

Caro dá a Elena.

Então, diz a Iván que o pessoal de Elena está a caminho?

Por que ele não deu a Tito, pensa Keller, que teria uma chance melhor de eliminar os Esparza? Você respondeu sua própria pergunta: ele queria eliminar Elena primeiro. Armar uma cilada para que seus melhores soldados morressem.

Então, agora, duas das três facções do cartel Sinaloa estão incapacitadas.

Núñez *père* e *fils* estão em fuga, tentando controlar suas operações de algum esconderijo.

A facção Sánchez está avariada, não deve mais ter conserto.

Os Esparza foram os que sobraram, mas eles estão literalmente feridos, em guerra com o cartel Jalisco de Tito, cada vez mais poderoso.

A única constância nesse desenrolar é Rafael Caro. Keller tem que lhe dar esse crédito. Eu tentei destruir o cartel Sinaloa por décadas, pensa ele; Caro fez isso em meses.

Essa é a boa notícia.

A má notícia é que o cartel Jalisco é o novo poder.

Rafael Caro não fez tudo isso apenas para colocar a coroa na cabeça de Tito. Se Tito é o rei, Caro é Richelieu, ele é Wolsey, ele é Warwick. Ele vai usar Ascensión para aniquilar Sinaloa — deixar Tito usar a coroa e a pressão que vem com ela — enquanto cavalga no dragão do caos, pensando que ele pode controlar tudo, ser o verdadeiro rei.

Mas não há mais reis, pensa Keller.

O último morreu na Guatemala.

Elena senta na traseira do Escalade.

Luis está a seu lado.

Em sua bolsa há duas passagens de primeira classe para Barcelona. De lá, quem sabe? Ela tenta não pensar no futuro duvidoso. Um passo de cada vez. Primeiro, o trajeto até o Aeroporto Internacional de Tijuana. Seu pequeno comboio de três veículos — ela concluiu que mais que isso atrairia mais atenção do que segurança.

A segurança é um problema.

Nove ligações para Tito, nenhum retorno.

Sete ligações para Rafael, mesma coisa.

Ligações para os sicários, administradores das celas, polícia, políticos. Parece que ninguém a conhece, velhos amigos nem se lembram de seu nome.

Ela recebeu uma ligação.

De Iván.

— Você viu meu vídeo? — perguntou ele.

— Sim, encantador, obrigada.

— Você não deveria ter feito aquilo — disse Iván. Ele parecia doidão. — Eu não matei seu filho. Não matei Rudolfo. Nunca gostei muito dele, ele era meio cuzão, mas eu não o matei.

— Então, quem foi?

— Núñez? — disse Iván. — Caro?

— Caro estava na cadeia.

— Os chefes nunca deram ordens da cadeia? — perguntou Iván. — Eu não sei, só sei que não fui eu.

— Por que está me dizendo isso?

— Pra você parar de me odiar — respondeu Iván.

— Isso importa pra você?

— Acredite se quiser.

— Você ganhou, Iván — disse Elena. — Eu vou pegar Luis e vou embora. Você pode ficar com o que conseguir tirar de Tito, ou com o que conseguir impedir que ele pegue. E Deus o ajude.

Ela desligou.

Agora, ela está no banco traseiro do carro e sabe que Iván falou a verdade.

Foi Caro.

Foi Caro o tempo todo.

Esperando em uma cela, por vinte anos, pensando em como se vingar das pessoas que ele achou que o traíram.

Se eu soubesse...

Mas agora é tarde demais.

Agora tudo o que ela pode fazer é salvar a vida de Luis.

O carro segue pela Rota 3, passa Punta Morro, La Playita e El Sauzal. Elena nunca vê El Sauzal sem uma ponta de dor; foi ali que Adán ordenou a morte de dezenove pessoas inocentes, para ter certeza de que mataria um informante.

O comboio passa por El Sauzal, depois Victoria, e o motorista pega a saída e um contorno que segue pela Rota 3, que vai para o continente. Ele deveria seguir rumo à Rota 1, que sobe para Tijuana e o aeroporto.

Ela se inclina à frente.

— O que você está fazendo? Você tem que pegar a 1.

O carro da frente pegou a direção correta e desceu pela Rota 1, portanto, agora não há nenhum veículo na frente do carro de Elena.

— Pegue o próximo retorno — diz ela. — Você pode voltar à 1.

Mas o motorista não pega. Ele segue reto, continua a leste na rota 3 e então, Elena ouve um ronco ruidoso atrás deles. Ela vira e vê, pelo vidro traseiro. Devem ser umas dez motocicletas, que vêm atrás de seu carro, depois passam às laterais.

Estouros saem dos canos das armas.

O carro serpenteia e crepita.

As motocicletas — bizarramente, todas são cor de rosa — vêm atrás de seu carro. Ela ouve o ronco de mais motores e vira para olhar à frente. Mais motos vindo direto na direção deles.

O motorista vai encostando.

— Não faça isso! — grita Elena.

O motorista deita no banco da frente.

Agora, os motociclistas estão girando em volta dela como índios daqueles filmes ruins americanos de bang-bang.

Elena vê aquela garota — aquela garota tão vulgar do velório de Adán, a mesma que matou o assassino de Rudolfo — em uma das motos, conforme elas vão girando em um círculo mais fechado. A garota ergue uma pistola automática e dispara. Elena abaixa, mas Luis entra em pânico. Ele abre a porta e tenta correr, abandonando-a. Ela o agarra, tentando impedi-lo, mas ele sai correndo.

Rumo a uma parede de balas.

Os tiros o atingem nas pernas, no peito, no rosto.

Com os braços flexionados, ele cai para trás.

Elena rasteja para fora do carro e ajoelha ao lado do corpo ensanguentado e mutilado do filho. Ela o ergue, segura nos braços, olha para o céu e grita. Grita com toda a sua voz, todo o seu coração.

Um uivo profundo e sinistro.

Belinda desce da moto.

Ela se aproxima, põe a pistola na testa de Elena e diz:

— Você sempre se achou melhor que eu.

Ela aperta o gatilho.

Elena cai por cima do filho morto.

A dinastia Barrera das drogas morreu.

Na verdade, está mais morta do que muita gente pensa.

A campainha toca na casa de Eva, em La Jolla.

Ela espia pelo olho mágico e vê um homem ali sozinho, vestindo uma camisa pólo ameixa e calças de sarja. Ele parece inofensivo, então, ela abre a porta.

— Sim?

— Você não deve se lembrar de mim, mas eu fui ao seu casamento — diz ele. Ele olha atrás dela, onde estão seus filhos gêmeos, timidamente o espiando. — Quem são esses dois bonitinhos? Vocês devem ser Miguel e Raúl.

— Quem é você? — pergunta Eva.

— Eddie — diz ele. — Eddie Ruiz.

\* \* \*

Eva, Eva, Evaaaah, pensa Eddie.

Eva Esparza Barrera.

Ainda bem gostosa, e agora está com quanto, uns 28 anos. Gata. Inteirinha. Dois filhos e ainda com a bunda *em pezinha*, peitinhos duros como eram quando Adán Barrera a tirou do berço.

A noiva criança de El Señor.

Arranjaram-lhe um casamento com um velho, para consolidar uma aliança e produzir herdeiros que uniriam as duas facções do cartel. A meiga, recatada e virginal Eva, cujo velho protegia sua *chocha* como se valesse ouro, e meio que valia.

E os dois principezinhos ali — Príncipe Miguel e Príncipe Raúl. Eddie fica imaginando qual dos dois saiu primeiro, pois, tecnicamente, esse seria o primeiro na linha de sucessão da coroa.

Agora o *papi* deles está morto.

O tio Raúl está morto.

O tio-avô M-1, morto.

O primo Sal, *muerto*. Ah, sim, fui eu que matei Sal, pensa Eddie, mas tanto faz. Quando nasce um Barrera, suas chances de morrer de velhice não são tão boas. E a pequena Eva, aqui — com quem Eddie pensou em transar, quando ela estava entrando na igreja — é uma viúva muito gostosa.

Com dezenas de milhões de dólares aos quais Eddie não se importaria em, bem, ter acesso.

— Como me encontrou? — pergunta Eva.

— Persistência — diz Eddie.

E uma fonte na Divisão de Narcóticos.

Eva é cidadã americana. Seu *papi* trouxe sua *mami* ao outro lado da fronteira para que ela nascesse em San Diego, portanto, ela está aqui perfeitamente legal, e embora seu adorado falecido marido fosse o maior traficante de drogas do mundo, não há uma única acusação contra a viúva lamentosa.

A ficha de Eva é limpa.

— O que posso fazer por você? — pergunta Eva.

— Talvez os meninos queiram ir assistir Vila Sésamo, ou algo assim? — sugere Eddie.

— Isso não passa há anos — diz Eva. — Por onde você andou?

— Fora.

— No exterior?

— Isso.

Eva diz:

— Eu posso pôr um filme pra eles.

— Seria ótimo.

Ela abre a porta e o deixa entrar. Então, leva os meninos por um corredor. Alguns minutos depois, ela volta, leva Eddie até a sala de estar e gesticula para que ele sente no sofá.

É uma bela casa, pensa Eddie.

Móveis novos, vista para o mar.

Sete dígitos, facilmente.

Dinheiro trocado para Adán.

Eva está vestindo preto — blusa preta com jeans preto e sandálias. Seus cabelos estão presos em um daqueles rabos-de-cavalo de mamãe gostosa que acabou de chegar da ioga.

— Eddie Ruiz — diz ela. — Você não trabalhava para o meu marido?

Se "trabalhei para ele"?, pensa Eddie. Piranha, eu tomei Novo Laredo para o seu marido. Armei uma arapuca para Diego Tapia ser morto, para o seu marido. Fui parar na Guatemala para salvar seu marido. E, falando nisso, eu transformei o homem que matou seu pai em uma tocha humana. Então, não fale comigo como se eu tivesse acabado de trazer sua roupa da lavanderia.

— Isso mesmo. Antigamente.

Quando seu marido estava do lado de cá da grama.

— Sobre o que quer falar? — pergunta ela.

— Dinheiro.

— O que tem?

— Quem administra seu dinheiro agora? — pergunta Eddie. — Seus irmãos?

— Isso não é da sua conta.

— Mas poderia ser — diz Eddie. — E eu não roubaria de você.

— Você acha que meus irmãos estão me roubando?

— Como você saberia? — pergunta ele. — Você simplesmente aceita o que eles lhe dão, correto? E diz "obrigada"?

— Eles cuidam de mim.

— Como se você fosse uma menininha.

— Eu não sou uma menininha — diz ela, se zangando.

— Então, por que age como se fosse?

Ele expõe tudo a ela: ela tem direito a todo o dinheiro proveniente da facção de Adán do cartel. São dezenas de milhões por ano — dinheiro que precisa ser lavado e investido. Certo, então seus irmãos dizem que fazem isso, mas, será? Será que ela recebe cada centavo que lhe é devido, ou eles simplesmente lhe dão o que acham que ela merece? Eles lhe enviam todo o dinheiro, ou mandam uma mesada?

Pela expressão que ele vê em seu rosto, é a última opção.

— Está brincando comigo? — pergunta Eddie. — Você é uma mulher feita, com dois filhos.

Ele pressiona. Será que eles estão ao menos investindo bem o dinheiro dela, ela está obtendo o retorno que deveria? Ela não sabe, porque nem acompanha a contabilidade, ela nem pergunta nada.

— O dinheiro é seu, não deles — diz Eddie. — Se você o aplicar com a gente, nós estaremos bem cientes de que o dinheiro é seu, não nosso.

— Quem é "a gente"?

Metade do caminho, pensa Eddie. Se ela não estivesse interessada, já teria mandado ele dar o fora, ou estaria ao telefone falando com os irmãos.

— Eu faço parte de um consórcio com gente muito importante, cujos nomes você pode ou não conhecer.

— Fale.

— Rafael Caro.

Esse é o ponto em que o negócio pode desabar, pensa Eddie. Se ela souber que Caro e Barrera travaram uma guerra, quando ela era um ratinho. Tipo, quando ainda passava Vila Sésamo.

Ela não sabe.

Ele percebe pela expressão vaga em seus olhos.

Jesus, será que ela é tão imbecil quanto dizem?

— Nunca ouvi falar dele — diz ela, como se Caro fosse algum músico que ela não tem na playlist.

— Ele está fora — afirma Eddie.

— No mesmo lugar onde você esteve "fora"?

Por acaso, sim, pensa Eddie.

— Caro tem contatos nos mais altos escalões, tanto do governo mexicano como do americano, e em círculos de negócios. Ele... nós... podemos fazer com que esses contatos trabalhem pra você. Rendam muito dinheiro, colocando você no comando de sua própria vida.

— Se eu trair meus irmãos.

— A lealdade é uma via de mão dupla — diz Eddie. — Eva, você acha que eu não entendo você, mas eu entendo. Você tinha dezessete anos, quando seu pai lhe deu em casamento a um velho, por negócios. Agora, seus irmãos estão encrencados, e eles precisam fazer as pazes com Tito Ascensión. Lembra-se dele? Um grandalhão horrível, que parece um cachorro?

— O que você está dizendo?

— Sabe o que o Iván tem a oferecer ao Tito? — diz Eddie. — Você.

— Ele não faria isso.

— Se você tiver sorte, eles podem casá-la com o filho de Tito — afirma Eddie. — Tem mais ou menos a sua idade, não é feio. Mas se Tito for a fim de você, bem, é bom você fazer um estoque de osso e ração, Eva, isso pode fazer com que ele saia de cima de você, por alguns segundos, de vez em quando.

— Você é nojento.

— Achei que você fosse uma mulher, mas você ainda quer ser uma menina. — Ele levanta. — Foi um prazer revê-la. Desculpe por ter desperdiçado seu tempo.

— Sente-se.

Eddie hesita, por um segundo, para deixar que ela pense que ele está relutante. Depois senta e olha pra ela.

— Como seria isso? — pergunta ela.

Ele explica tudo. Ela não teria que confrontar Iván. Eles já sabem quem são as pessoas que cuidam do dinheiro dela, e irão a essas pessoas, explicar que os trâmites mudaram, que Eva Esparza Barrera está assumindo o controle da própria vida. Se eles concordarem, ótimo, se não...

— Eu não quero nenhuma violência — diz Eva.

Claro que não, pensa Eddie. Você se casou com um cara que jogava crianci-nhas da ponte, mas você não quer sujar as mãos de sangue. Como a maioria das esposas, você gosta do dinheiro, das roupas, joias, carros e casas, mas não quer saber de onde vêm.

— Sem violência — diz ele.

A menos que seja necessário.

Então, ele vê que vai perdê-la.

E ele não quer perdê-la. Se eles tiverem a *mami* dos gêmeos reais em seu time, a vagina de onde brotaram os rebentos de Barrera, isso lhes daria legitimidade instantânea. Porra, tem gente no México que ainda acende velas, faz preces pelo Santo Adán.

E o dinheiro dela também não vai fazer mal nenhum.

Mas ela está dizendo:

— Eu não sei...

Eddie sabe o que "eu não sei" significa para uma mulher. Significa não. Significa "eu gosto de você como amigo". Significa que ela vai beber vinho e assistir Netflix com você, mas não vai transar contigo.

Mas você vai, sim, pensa Eddie. Você ainda não sabe, Eva, mas vai ficar de quatro e levantar essa bunda para mim. Eu não queria fazer isso, eu queria que fosse uma sedução, não uma transa dura, mas...

— Você quer saber o que *eu* sei? — pergunta Eddie. — Seu antigo guarda--costas, Miguel? Você transou com ele, em seu condomínio, no Bosques de las Lomas, em 2010. Exatamente nove meses antes de os gêmeos nascerem.

— Isso é absurdo.

— Miguel não queria entregar você — diz Eddie. — Ele guardou segredo por muito tempo. Mas, no fim das contas, ele deu mais valor às bolas do que a você. Não dá pra culpá-lo, dá?

— Ele está mentindo.

— Não está, não — diz Eddie. — Olhe, eu não a culpo. Você tinha que engravidar ou Adán a substituiria por outra miss de concurso de beleza, que ele também não pudesse engravidar. Eu entendo. Você fez o que precisava fazer. E, contanto que você esteja conosco, é de nosso interesse fingir que os dois bastardinhos que estão lá dentro assistindo alguma merda qualquer são produto do esperma sagrado de Adán Barrera, e não de um garoto brinquedo bombado que você não mandou usar preservativo. Mas, se você não trabalhar com a gente... o que seus irmãos fariam, se soubessem disso? Iriam bater em você? Matar você? Cortar seu dinheiro, com certeza. E o que faria o resto do mundo, quando descobrisse que você não é a viúva recatada e pesarosa, mas... não sei... uma vagabunda? Uma piranha? Quer dizer, meu Deus, Eva, sério? O guarda-costas? Isso é tão... pornô.

Agora ele vai realmente descobrir se ela é uma menina ou uma mulher.

Uma menina começa a chorar.

Uma mulher faz um acordo.

Eddie dá uma cutucada na direção que ele quer que ela vá.

— Nós podemos construir um império, Eva. Aqueles meninos podem ser reis. Pela primeira vez, desde que você nasceu, você pode assumir o controle da porra da sua vida.

Eva não chora.

Ela assente.

— Certooooo — diz Eddie. Ele levanta outra vez. — Eu vou providenciar tudo.

Ela o acompanha até a porta.

Eddie pergunta:

— Você está saindo com alguém? Tem algum cara?

Ela sorri.

— Isso *não é* da sua conta.

Não, pensa Eddie.

Mas *poderia* ser.


Rafael Caro acaba de assumir o cartel Sinaloa, pensa Keller ao receber a informação de que Eddie Ruiz foi visitar Eva Barrerra.

Então, Eddie passa a despejar toneladas de dinheiro em seus bancos de lavagem. Muito mais dinheiro do que ele tem. Só pode ser dinheiro de Eva, que está sendo depositado nos bancos de San Diego, aplicado em imóveis nos EUA e México, em projetos de construção nos dois países, na Europa e no Oriente Médio e, sim, no HBMX.

Entrando no consórcio.

Corre o boato de que alguns contadores que cuidam do dinheiro Esparza passaram a trabalhar para Ruiz. Outros foram encontrados mortos, ao volante de seus carros.

Keller sabe que muitos dos que foram leais a Barrera vão desertar para a dupla Caro-Ruiz, quando se espalhar que Eva está com eles. O único fato surpreendente é que Caro não tenha pegado Eva para si — ao menos, ainda não.

Mas agora Eddie vai erguer a bandeira de Barrera.

Adán vive.

Barrera tem o cartel novamente.

Ele tem o consórcio.

O consórcio se tornou o cartel e o cartel se tornou o consórcio.

Em breve, o consórcio terá a Casa Branca.

Uma coisa só.

Por cima do meu cadáver, pensa Keller.

# 5

# Natal branco

*"Ouvi os sinos natalinos, no dia de Natal, entoando as antigas
canções..."*

Henry Wadsworth Longfellow
"Christmas Bells"

**Kingston, Nova York
Dezembro de 2016**

Jacqui assombra as ruas como o zumbi que ela é.

Não é a Noite dos Mortos-Vivos, é a Noite e Dia, e Dia e Noite dos Mortos-Vivos.

Em seus momentos lúcidos, Jacqui passou a acreditar que a heroína não foi criada para seres humanos, mas que seres humanos foram criados para a heroína, como meio de perpetuar-se. Isso é um negócio darwiniano, pensa ela, enquanto percorre a calçada, à procura de seu próximo pico. A sobrevivência dos mais preparados, e a heroína é certamente mais preparada do que gente. A prova é incontestável, sendo ela própria apenas a Prova A, de cerca de um milhão de alfabetos inteiros.

A heroína até evolui para ser mais preparada.

Primeiro, foi a preta mexicana.

Depois, a cinnamon.

Então, o fogo, conforme a heroína se ramificou ao lado inverso, o fentanil. Agora estão falando do co-fentanil, um salto evolutivo ainda mais forte. E há também as subespécies relativas — Oxy, Vicodin e o resto dos produtos farmacêuticos.

É, a heroína está dominando o mundo, como o *Homo sapiens* fez um dia.

Incontrolável.

Muitos de nós estamos morrendo, pensa Jacqui, mas muitos não estão. Porque, ao contrário das pessoas, a heroína é esperta demais para destruir seu próprio ambiente. Ela vai manter viva uma quantidade suficiente de viciados para se manter necessária, em circulação, para manter os seres humanos cultivando aquelas papoulas.

E a heroína é paciente.

A heroína espera por você.

Ela esperou por Jacqui até que ela tivesse terminado seu tratamento, estivesse limpa e sóbria, naquela tolice de casa de reabilitação.

Então, abriu os braços para a filha pródiga.

Está tudo esquecido, pode voltar para casa.

*Volte meu benzinho, para os meus braços amorosos.*

*Traga de volta (G7) pra mim (C).*

É, Jacqui fez sua reabilitação e passou com honras. Primeiro, foi uma merda, ela estava passando mal pra cacete, mas as enfermeiras a conduziram ao longo da desintoxicação e quando ela saiu daquela fase, os conselheiros e as outras pacientes a conduziram ao longo do restante.

Eles lhe disseram que ela só era doente na proporção de seus segredos, então, um dia, ela contou sobre os molestamentos e chorou muito, e se sentiu muito melhor. Eles lhe disseram que ela tinha que se acertar com sua tristeza, então ela contou sobre a morte de Travis, em seus braços, e chorou mais um pouco. Disseram-lhe que, para ficar bem, ela precisava se livrar da culpa, fazer reparações, então, ela ligou para a mãe e pediu desculpas por todas as coisas terríveis que fez, e a mãe a perdoou, e depois lhe disseram que ela precisava perdoar a si mesma, e ela o fez.

Ela frequentou terapia, foi ao "grupo" e às reuniões e praticou os Passos, até mesmo aquele sobre encontrar um Poder Superior, que foi difícil, porque a última coisa em que Jacqui acreditava era, tipo, Deus.

Não precisa ser Deus, eles lhe disseram, mas precisa ser algo, você tem que encontrar *alguma coisa* maior que você mesma para acreditar, pois virá o dia em que não haverá nada entre você e a droga, exceto esse Poder Superior. Então, primeiro ela usou o grupo, depois ela se formou em alguma força astral não especificada, então, Jacqui encontrou Jesus.

Ãrrã, Jesus.

De todas as opções, porra, pensou Jacqui à época.

Mas ela ficou em êxtase. Ela tinha encontrado um estado de maior torpor que a droga, mais que a cinnamon, mais que qualquer troço.

Foi lindo pra cacete.

Jacqui deixou a reabilitação entorpecida.

Limpa e sóbria e feliz, com novos amigos e uma nova perspectiva e uma nova vida, e um novo visual, com mais uns oito quilos, com um novo frescor na pele e no cabelo, e eles lhe disseram que ela ainda não estava pronta para reingressar no mundo, e alertaram-na para evitar "lugares, pessoas e coisas", que ela não deveria voltar para Staten Island, onde o mesmo ambiente a levaria de volta ao velho comportamento.

Era risco demais, mesmo com Jesus.

Ela rezou a respeito disso, e ela e Jesus decidiram que ela deveria aceitar o conselho deles e ir para uma casa de reintegração, por seis meses, em algum lugar distante de Staten Island. Havia vagas em uma casa de convivência sóbria, em Kingston, Nova York, então, ela foi.

E era legal, era bom.

Bem diferente do que ela conhecia, uma cidadezinha de 23 mil habitantes, junto ao Hudson, com casas coloniais antigas, um velho prédio de tijolinho que foi uma fábrica, antigas igrejas com pináculos brancos, e a casa de convivência sóbria era em estilo vitoriano, no bairro de Roundout, e Jacqui ficou sabendo que a edificação fora incluída no Registro Nacional de Locais Históricos.

A casa de reintegração era bacana. Treze mulheres moravam lá, todas viciadas se recuperando, e a mulher que administrava o local, Martina, era rigorosa, mas gente boa. Havia regras, horário para se recolher, e todas precisavam ajudar na limpeza e na cozinha, algo de que Jacqui até passou a gostar.

Depois de um mês, elas a deixaram arranjar um emprego e ela conseguiu um, na janela de atendimento do drive-thru do Burger King, e dava para ir a pé de casa. O trabalho era tedioso, mas não era estressante (ela deveria evitar estresse), e ela tinha suas amigas na casa, e suas reuniões (noventa, em noventa dias), e seus amigos no NA, e eles lhe diziam para não ter nenhum relacionamento no primeiro ano, então, ela não teve, e estava bem feliz.

Um dia, ela estava caminhando para casa, voltando do trabalho, e um cara na esquina da West Chester com a Broadway sussurrou para ela:

— Garota, eu tenho o que você precisa.

Como se ele tivesse, não é?

Como se tivesse olhado através de sua pele e visto do que ela realmente precisava.

E simples assim, só precisou daquilo, ela foi atrás dele, virou a esquina atrás do posto Valero e comprou um sacolé e os acessórios e se aplicou, e Jesus não ficou com ela, e foi quando ela descobriu que seu verdadeiro Poder Superior — o Poder Mais Alto — era a heroína.

Talvez a heroína seja Deus, pensa ela agora, enquanto procura o próximo pico.

Nós com certeza a louvamos e temos uma porção de pequenos rituais religiosos que acompanham: os cotonetes, o cozimento, a injeção…

Muçulmanos rezam cinco vezes por dia, pensa ela.

Eu chego a quatro.

Ela foi expulsa da casa de reintegração, claro. Até conseguiu se safar, por um tempo, segurou a onda, foi blefando, mentia para Martina, na maior cara de pau, enquanto estava se chapando, mentia para sua colega de quarto, mas não dá para enganar essas cretinas, elas já viram tudo isso, já fizeram tudo isso. As regras do local diziam que Martina tinha o direito de aplicar um exame de urina, e deu positivo, portanto, Jacqui tomou um pé na bunda.

Ela estava na rua.

Ainda manteve o emprego por quase uma semana, depois saiu e não apareceu para um turno e recebeu um alerta, depois dormiu ao longo de um turno inteiro e nem se deu ao trabalho de comparecer para ouvir que tinha sido despedida.

Portanto, agora ela está desempregada, na rua e viciada.

A Santa Trindade, pensa ela.

Na verdade, ela tem dois lares.

A carcaça de uma geladeira, embaixo da ponte da avenida Washington, no cruzamento com a Esopus Creek, ironicamente, não muito longe do Kingston Best Western Place, seu "local de fim de semana", um ponto embaixo da passarela na Highway 587, perto da antiga linha férrea e da Aaron Court.

Quando a polícia bota todos eles para correr de um lugar, a pequena colônia de sem-teto atravessa a cidade e migra para outra.

É um jogo.

Jacqui gosta mais de seu lar da avenida Washington, porque a pescaria na caçamba de lixo é melhor. Não somente tem o Best Western, mas a Picnic Pizza fica logo adiante, depois da ponte, e se ela atravessar o rio, pode vasculhar a caçamba da Olympic Diner e talvez entrar escondida no banheiro do Larry & Gene, no posto de gasolina do outro lado da rua, para fazer xixi ou cocô.

Às vezes, eles a veem e a enxotam, dizem que não querem saber de viciada ali, que é para dar o fora.

Grossos.

A localização da Aaron Court é menos conveniente, só dá para ir a pé até um Domino's Pizza, e a caçamba não é muito boa, porque, bem, eles fazem entregas. Mas dali ela pode caminhar até a Broadway, onde há uma porção de bares, e um monte de caras solitários que lhe dão dez pratas por uma chupada, no banco do carro deles.

Não vá entender errado, ela não é prostituta.

Isso não é sexo, é só oral.

É como ir ao dentista — abre bem, bochecha, cospe, enxágua.

Está bem, não enxágua, mas cospe.

Seu domicílio na avenida Washington não fica muito distante da Missão Batista, em um antigo restaurante mexicano, onde eles a deixam entrar e tomar um banho, uma ou duas vezes na semana, e até lavar sua roupa.

Mas ela não pode ficar lá, ou em nenhum outro abrigo para sem-teto, pois eles têm uma política de tolerância zero para drogas e álcool, e fazem a pessoa soprar em um tubo ou fazem exame de urina, o que parece contraproducente para Jacqui, pois a maioria dos sem-teto são viciados ou bêbados.

Ou psicóticos.

É, tem um monte de sem-teto que é viciado, mas a maioria dos viciados têm casa.

Jacqui ficou sabendo disso nas quadras e nos parques, e conjuntos habitacionais, onde ela descola e se aplica. A maioria dos viciados por lá tem emprego — são instaladores de telhado ou carpete, mecânicos de carro, ou trabalham em uma das poucas fábricas que sobreviveram, depois que a IBM foi embora. Há donas de casa se aplicando, porque é mais barato que os comprimidos de Oxy em que elas estão viciadas, há a garotada de Ensino Médio, seus professores, gente que vai para lá de carro, vindo de cidades até menores, da região norte, para descolar.

Há gente sem-teto, como ela, com corpos fedorentos, e há as rainhas dos subúrbios que têm cheiro de produtos Mary Kay e pagam por seus vícios com os ganhos de vendas para a Amway, e há todas as variações possíveis entre esses dois tipos.

Bem-vindo à Nação da Heroína, 2016.

Uma nação sob os efeitos da droga.

Com liberdade e justiça para todos.

Amém.

Como dizem na TV, o problema é que o inverno está chegando.

Porra nenhuma, o inverno já chegou e agora o perigo não é morrer de overdose, é morrer congelado. Bem, de overdose e congelado.

O que vier primeiro.

Overdose é mais rápido.

Mas clichê, pensa Jacqui. Porra, overdose deve ser a principal causa de morte entre os roqueiros, certo? Tipo, overdoses são um sacolé por doze, mas virar picolé tem sua originalidade. Só que soa como algo que realmente dói.

Jacqui passa por uma casa fechada com tapumes. Lixo sopra pelo mato que já foi um gramado.

Cara, pensa ela, quando a IBM foi embora, arrancou o coração desta cidade.

Ela chega a um estacionamento vazio.

Um jovem negro está em pé ali, com as mãos enfiadas na jaqueta de brim, batendo os pés para se esquentar.

— Garota, eu tenho o que você precisa.

—Você tem fogo? — pergunta Jacqui.

Nem todos os aviõezinhos têm heroína desse tipo. Alguns só têm a cinammon, e isso não vai mais funcionar para Jacqui. Mas o que ela ouviu dizer na comunidade de contatos dos viciados — que é tão confiável como você pode imaginar

— é que a fire vem lá da cidade, através só de duas gangues, uma das quais, a Get Money Boys — a GMB —, tem uma casa do outro lado deste estacionamento.

— Garota, se você tiver dinheiro, eu tenho fogo.

— Tenho 20.

— É 25.

— Não tenho 25.

— Então, tenha um bom dia — diz ele.

— Ora, vamos, cara.

— Vai andando, amiga — diz ele. — Você vai chamar atenção indesejável.

— Eu chupo você.

— Garota, isso aqui é um comércio, não um hobby. Se você quer ajoelhar, vá pra igreja.

— Eu tenho 23.

— Eu tenho cara de Daymond John, isso aqui parece o *Shark Tank*, pra gente negociar? — pergunta ele. — Agora, dê o fora daqui, porra, antes que eu lhe dê uns tapas.

— Está certo, 25. — Ela tira do bolso uma nota de 20 e uma de 5 e coloca na mão dele.

— Você é uma piranha mentirosa.

— É, eu sou uma piranha mentirosa.

— Tentando me enrolar — diz ele. — E me dar uma chupada por cinco pratas. Por que eu iria querer boquete de uma branca? Você não tem beiço. Vai até a casa e bate na porta dos fundos, sua piranha mentirosa, cinco pratas, beiço de lagarto, deve até dar uma pereba no meu pau.

— "Beiço de lagarto"? Acho bom que essa porra seja boa.

Jacqui vai até a porta dos fundos e bate. Abrem uma fresta na porta e uma mão estica um sacolé para fora. Ela o agarra e enfia no bolso do casaco. Depois, ela caminha de volta até a ponte da rua Washington, entra em seu saco de dormir, cozinha, prepara e injeta.

O bagulho é bom mesmo.

A heroína fogo chapa ainda mais.

É o Poder Superior.

Deus e a evolução não são contraditórios, pensa ela, ao apagar.

Eles são iguais.

A cabeça de Cirello gira.

— O que há com você? — pergunta Darnell. — Você parece que viu um fantasma.

Eu meio que vi, pensa Cirello.

— Nada.

Ele levou Darnell ao norte do estado. Se você vai para o mato, no meio dos brancos pobres, Darnell lhe disse, é bom ter um branco ao volante. Principalmente um que tenha um distintivo. Eles seguem até Kingston, para Darnell encontrar o chefe da GMB e aquietá-lo. A GMB matou um traficante rival e Darnell precisa colocá-la na linha.

Eles seguem de carro até o Motel 19, na periferia da cidade, onde Darnell abriga a gangue. Darnell bota todo mundo para fora da sala, menos Mikey, o chefe da equipe.

Então pergunta:

— Qual é a porra do seu problema, garoto?

— Como assim, D?

— Matando um irmão.

— Tem uns irmãos que precisam morrer — diz Mikey, tentando encarar.

— Você conhece o Obama? — Darnell pergunta a ele.

— O presidente?

—É, *aquele* Obama — diz Darnell. — Ninguém sai por aí matando um árabe sequer, sem a permissão dele. Eu sou seu Obama, Mikey. Se quiser apagar alguém, você me pergunta primeiro se pode. Só que não pode.

— Por que não?

Mikey ainda está enfrentando.

— Pense — responde Darnell. — Seja esperto. Esta cidade é pequena. Uma cidade de branco. Eles vão deixar você vender bagulho pra esse lixo branco, porque eles são lixo. Mas não vão deixar você espalhar um monte de corpos pela rua, mesmo sendo de negros. Isso chama atenção, é sangue de jovem, e atenção é ruim para o negócio. Ruim para o *meu* negócio, tá sacando?

— Ãrrã.

Agora o Mikey está baixando a bola, pensa Cirello.

— Não me faça substituir você — diz Darnell.

— Não vou fazer.

— Seu primo Kevin mandou um oi.

— Como vai ele? — pergunta Mikey.

— Tá bem.

Darnell ouve as entrelinhas: me fode outra vez e eu não só mato você, mas vou matar seu priminho.

No trajeto de saída da cidade, Darnell fala:

— O problema do negócio não é o produto, é o pessoal. Encontrar gente que faça o que você diz pra fazer, que não faça o que você diz pra não fazer.

— Meu chefe diz a mesma coisa.

— Tá vendo — diz Darnell. — Quem era ela?

— Quem?

— Aquela viciada que a gente passou — responde Darnell. —Você a conhecia.

— Acho que a prendi, uma vez, lá na cidade.

— E pensou que tinha salvado ela — deduz Darnell. —Você não deveria ser tolo, Bobby Cirello. Não se pode salvar viciados.

— Acho que não.

— Sabe por que não?

— Eu sei que você vai me dizer.

— Porque no fim do dia — completa Darnell —, os viciados não estão tentando se chapar. Eles estão tentando se acabar.

Imagino que sim, pensa Bobby.

Ele tira a garota Jacqui da cabeça.

Ela teve sua chance; se perdeu, é com ela.

— Preciso que você esteja com a cabeça firme — afirma Darnell.

— Por quê?

Porque, Darnell lhe diz, o maior carregamento de todos os tempos está chegando.

Quarenta quilos.

— Será um Natal branco — diz Darnell.

— Todos eles são.

—Verdade.


Chegou a hora, pensa Keller.

Na verdade, seu tempo está se esgotando. O novo governo virá e vai encerrar isso, porque tudo leva diretamente a eles.

Como disse Dennison, "Siga o dinheiro".

Você tem o Eddie totalmente enquadrado por tráfico.

Você tem Darius Darnell.

Você tem Jason Lerner.

Ricardo Núñez já está indiciado.

Você pode conseguir indiciamentos contra Tito Ascensión e Rafael Caro, por lavagem de dinheiro, depois vê se os protetores no governo mexicano os abandonam, caso a coisa esquente demais.

Keller começa a agitar.

Liga solicitando todos os favores e obrigações.

O procurador-geral em San Diego nem precisa de incentivo — fica mais que feliz em receber as provas que Keller lhe dá sobre o tráfico e a lavagem de dinheiro de Ruiz, junta com as que ele já tinha e expede o indiciamento lacrado.

San Diego há muito tem indiciamentos contra os Esparza, por tráfico de heroína e cocaína. No fim das contas, o Texas e o Arizona também têm, e ambos possuem indiciamentos lacrados contra Ascensión e seu garoto.

É hora de fazer as invasões, os flagrantes, fechar os caixões.

É hora de frear a heroína.

Ele liga para Mullen.

— Estou pronto para prender Darnell.

— Graças a Deus — diz Mullen. — Pensar em deixar quarenta quilos de fogo na rua vem me matando. Cirello está à beira de um motim.

— Que tal se você fizer o estouro?

— Está brincando comigo? — diz Mullen. — Feliz Natal.

Keller caminha para entrar em casa.

Há uma mulher embaixo da árvore, do lado de fora.

Nora Hayden está mais linda que nunca.

Há pequenas rugas de expressão onde não havia, pensa Keller, mas, de alguma forma, isso a deixa ainda mais adorável.

Seus olhos ainda são vivos e radiantes.

Dominadores.

Faz dezoito anos que ele a viu pela última vez.

Em uma ponte, em San Diego.

Depois, quando ela testemunhou contra Adán.

Até ele conhecer Marisol, Nora Hayden era a mulher mais linda que Keller já vira. A mulher mais linda que muitos homens já tinham visto, porque eles pagavam milhares de dólares para estar com ela.

Um desses homens foi Adán Barrera.

Nora se tornou exclusiva dele, sua amante em tempo integral, sua lendária deusa loura, quando ele era o Chefão dos Céus.

Então, ela o delatou.

Bem, não foi exatamente isso, pensa Keller.

Fui eu que a fiz delatar.

Eles tinham um amigo em comum, um padre, que mais tarde se tornou um cardeal, chamado Juan Parada. Keller o conhecera em Sinaloa, por volta da mesma época em que conheceu Barrera, e o homem tinha sido como um pai para ele.

Nora Hayden era ainda mais próxima do padre. Ela se referia a ele como um amigo e, às vezes, Keller ficava imaginando se eles eram mais que isso, mas nunca perguntou a nenhum dos dois.

Isso não era da conta dele.

Foi da sua conta, quando Barrera montou uma armadilha para matar padre Juan.

Seu próprio padre, o homem que tinha batizado sua filha.

Barrera o traiu.

Keller usou isso para fazer Nora mudar de lado e, por longos meses, ela assumiu o papel de informante do mais alto nível que alguém já teve dentro de um cartel, literalmente na cama com o *jefe* da maior organização de tráfico de drogas do mundo.

Ela só se reportava a Keller, e somente Keller sabia sua identidade.

Mas o cartel descobriu, como eles fazem mais cedo ou mais tarde.

Tío Barrera a pegou.

Daí o motivo da troca por reféns, na ponte, e tudo o que se seguiu. Keller não a via desde o julgamento de Barrera. Ela simplesmente desaparecera.

Keller torcia para que ela tivesse encontrado paz e felicidade.

E amor.

Com Sean Callan.

Nora e Sean Callan foram se dissipando, como lembranças.

Agora, como lembranças, ambos estão de volta.

Keller sabe por que ela está aqui. Ele diz:

— Callan está desaparecido.

Ela conta a ele o que sabe, o que descobriu de Elena Sánchez, o que viu no vídeo.

— Eu vi — afirma Keller.

—Você sabia sobre a invasão? — pergunta Nora.

Fui eu que fiz tudo, menos mandá-los para lá, pensa Keller.

— Foi nas montanhas remotas no sudeste de Sinaloa. É o UPC de Callan.

Ela o encara, com uma expressão interrogativa.

— Último Paradeiro Conhecido — explica Keller.

Nora é direta como sempre:

—Você acha que ele está vivo?

— Não sei — diz Keller. — Esparza não ficou se gabando por matá-lo, algo incomum, e nós não o vimos morrer no clipe.

— Por que ele mataria todos os outros e não mataria Sean?

— Porque ele é Sean Callan — responde Keller. — Talvez Iván ache que ele tem mais valor vivo.

— Sean salvou sua vida, uma vez — diz Nora. — Na ponte, naquela noite. Ele era o atirador. Deveria ter matado você. Em vez disso, matou as outras pessoas.

— Eu sempre me perguntei o porquê — diz Keller.

— Agora, ele precisa de você — afirma Nora. — Eu preciso de você.

— Farei tudo que eu puder, mas...

— Mas...

— Não tenho poder absoluto no México — diz Keller. — Devo conseguir que as FES façam algumas incursões, saiam para procurá-lo, mas isso talvez só os faça matá-lo. E aqui nos EUA, bem, não mando em nada. Não tenho mais a influência que tinha.

Ela assimila isso e depois diz:

— Antes de ficar com Sean, antes de ficar com Adán, eu tinha muitos clientes, nas rodas de poder, em Washington e Nova York. Alguns deles eram jovens que agora estão em posições mais poderosas. Eu farei o que for preciso.

— Eu compreendo.

— Traga-o de volta, Art — pede ela. — Você deve isso a ele.

Devo isso a você também, pensa Keller.

— Onde posso encontrá-la?

— The Palomar.

Fica somente a algumas quadras de distância.

— Eu farei contato — diz Keller.

Quando ele entra, Marisol pergunta:

— Quem era aquela?

— O passado — responde Keller.

Ela deixa por isso mesmo.


Ele recorre a Orduña.

— Acho que seu camarada está morto — diz Orduña. — Ele esculhambou Iván, Iván desligou a câmera e o matou. Provavelmente de alguma forma horrenda, incompatível até para a internet. Você está me pedindo para procurar um cadáver, Arturo.

— Mesmo assim, você poderia procurar?

— O que é esse cara, pra você?

— Um velho amigo.

— Sério? — pergunta Orduña. — Porque nós o temos como um dos antigos sicários de Adán Barrera. O que o torna improvável que seja seu amigo.

— Você sabe como é.

— Eu sei.

Ele diz a Keller que os irmãos Esparza abandonaram o local onde ocorreu o ataque e atualmente não se sabe seu paradeiro.

— Você está procurando por eles? — pergunta Keller. — Sem querer ofender, mas achei que eles fossem meio que intocáveis.

— Sim, porém, menos do que costumavam ser — diz Orduña. — Não me entenda mal, eles ainda têm muita influência, mas eu estou recebendo indicações da Cidade do México de que certas pessoas não se importariam se eles fossem tocados. Então, você está procurando emprego? Aqui sempre tem um pra você.

— Obrigado — diz Keller. — Tente encontrar Callan, por favor.

Ele diz ao seu próprio pessoal — bem, aos que ainda se importam com o que ele lhes diz — para procurar os irmãos Esparza em todo lugar. É uma solicitação natural, que oculta seu interesse em Callan, mas o fato é que se Callan ainda estiver vivo, ele provavelmente está próximo aos Esparza.

Iván vai manter seu refém por perto.

Até que ele encontre o melhor acordo ou decida matá-lo.

Os Esparza se entocaram — em uma toca bem funda. Nenhuma das fontes habituais tem pistas de onde eles estão — as varreduras feitas por satélites, análises de tráfego dos computadores, interceptações telefônicas, tudo zerado.

As redes sociais também estão se perguntando. Todos os blogs, Twitter, Snapchat, os suspeitos habituais especulam sobre o local para onde foi a liderança do cartel Sinaloa.

Bem, eles sabem para onde foram Elena e Luis. A "imprensa vermelha" está repleta de fotos sombrias de seus corpos esparramados na estrada, em poças de sangue. Portanto, aquele mistério está resolvido, mas onde estão os Núñez, pai e filho? E onde estão os irmãos Esparza? Os boatos de uma invasão sangrenta ao esconderijo deles, respaldados pelas postagens de Iván executando os invasores, estão se alastrando, mas, onde estão eles agora?

E as pessoas se perguntam quem é o homem misterioso, com culhões para mandar Iván Esparza se foder. Ele é claramente um *yanqui*, mas, quem? Está vivo ou morto? Ele já até ganhou o apelido de "El Yanqui Bally", o Americano Destemido — e uma banda norteña aliada a Tito surge com um *narcocorrido* sobre El Yanqui Bally, fazendo Iván Esparza parecer um babaca.

Uma música dessas pode fazer Callan ser morto.

Se ele já não foi.

Keller entra em contato com Nora.

Ele precisa lhe dizer que não descobriu nada.

O Natal está chegando.

E com ele, o grande carregamento de heroína que vai determinar tudo.

*As calçadas da cidade, calçadas tão movimentadas,*
*Com as festividades, todas enfeitadas...*

Keller pensa nessa antiga canção, ao chegar a Nova York, dois dias antes do Natal. Marisol resolveu não vir. Depois da morte de Ana, ela não está no clima para comemorar as festas, e Keller deu dicas de que sua viagem tinha um lado de trabalho, em que ela talvez pudesse atrapalhar. Agora ele está na 5ª avenida, abrindo caminho por entre a multidão de gente comprando presentes de último minuto.

O carregamento está programado para chegar na noite de Natal, uma jogada inteligente, já que todas as instituições da lei estarão com pessoal bem reduzido. Não a Divisão de Narcóticos da NYPD — Mullen estará trabalhando e terá um esquadrão de policiais altamente treinados e fortemente armados de prontidão para a prisão de Darius Darnell, em qualquer um dos laboratórios para onde seja levada a heroína.

Informação essa que Cirello irá passar, assim que a carga estiver a caminho, vindo de Jersey. Se, por algum motivo, a heroína for para outro lugar, Cirello também vai avisar e eles vão improvisar. Hidalgo está em San Diego para prender Eddie Ruiz, assim que acontecer o flagrante de Darnell. Outros irão buscar Eva Barrera, pelas acusações de lavagem de dinheiro.

Se, se, se… tudo correr bem.

Bobby Cirello está cansado de ser uma ferramenta.

Farto de ser um brinquedo no jogo dos outros.

Agora, ele tem seu próprio jogo.

Ele encontra uma vaga na avenida Garretson e caminha até a Lee's Tavern. Mike Andrea e Johnny Cozzo já estão em um sofá do reservado.

— Já não era sem tempo para que você se lembrasse de quem são seus amigos — diz Andrea. — Estávamos começando a achar que você tinha virado crioulo.

— Vocês têm planos para a noite de Natal? — pergunta Cirello.

Keller vai jantar com o filho.

Não parece nada demais, mas é muito importante. Essa refeição está atrasada em cerca de vinte anos, e ele levou um ano inteiro de ligações, cartas e e-mails para fazer Michael encontrá-lo hoje.

Keller está nervoso.

O que você diz a um garoto — agora um homem — a quem você basicamente abandonou na infância, para perseguir monstros? Como você explica que escolheu isso, acima dele, que ele não era tão importante quanto um castigo merecido?

Não tem como, pensa Keller.

Não se diz uma coisa dessas.

Você apenas janta, é o que Althea aconselhou. Apenas jante com ele, converse sobre bobagens, pergunte a ele sobre a vida, dê um pequeno passo de cada vez.

Ele fez reservas em um lugar da moda chamado Blue Hill. É um pouco "foo-die" demais para ele, mas ele achou que Michael poderia gostar, e é um local que ele provavelmente não tem como pagar sozinho. Fica no Village, portanto é de fácil acesso para Michael, vindo do Brooklyn. Agora, ele vê Michael descendo a escada, entrando no restaurante e olhando em volta, à sua procura.

Keller levanta e vai até ele.

— Michael.

— Pai.

É meio constrangedor — eles não sabem se apertam as mãos, ou se abraçam, então ficam no meio termo. A hostess os conduz até a mesa e eles sentam, Keller de costas para a parede.

— Obrigado por vir até Manhattan — diz Keller.

— Obrigado por vir lá de DC — diz Michael.

Jesus, como ele se parece com a mãe, pensa Keller. O mesmo cabelo louro, os olhos verdes, lábios prontos para se abrirem em um sorriso zombeteiro.

— Esse lugar está legal? — pergunta Keller.

— Sim, é ótimo.

— Da fazenda para a mesa — diz Keller.

— Certo.

O garçom se aproxima e começa a sequência do serviço. Eles optam pelo cardápio de degustação, com pratos como "murasaki de batata doce" e faisão com calda de amora.

— Como está o trabalho?

— Ah, está legal — responde Michael. — Nós estamos pegando uns industriais. Nada muito empolgante, mas entra algum dinheiro.

— E você está editando?

— Estou — diz Michael. Então, ele faz uma expressão meio brincalhona e pergunta: — E como vai o *seu* trabalho?

— Imagino que você leia os jornais.

— Online — confirma Michael. — O pessoal da direita certamente não gosta de você.

— A esquerda também não morre de amores por mim — comenta Keller. — Mas quero saber de você. Conte-me sobre você.

— Não há muito para contar — diz Michael. — Quer dizer, eu gosto do trabalho com filmes. Até que sou bom nisso.

— Aposto que é.

— Falou que nem um pai — diz Michael.

— Já era hora, não é?

Mais tarde, Michael observa as opções de sobremesa.

— Certo, acho que tenho que experimentar o mingau triticale de malte com trigo e centeio.

— O que é isso?

— Chocolate branco, maçã e sorvete de cerveja — lê Michael. — Topa?

— Por que não?

O tal do mingau é... bem... interessante. Michael pareceu gostar. O jantar foi mais relaxado do que Keller temera, talvez graças ao vinho e à cerveja que eles consumiram.

— Quais são seus planos para o Natal? — pergunta Keller.

— Vou pra casa da família da minha namorada — diz Michael, revirando os olhos. — Em Long Island.

— Eu não sabia que havia uma — diz Keller.

— Uma Long Island?

— Uma namorada.

— É, tem.

Então, silêncio.

— Ela tem nome? — pergunta Keller.

— Tem — diz Michael. — Amber.

— Nome bonito.

— É bem dos anos 1990 — comenta Michael. — E você? Pro Natal, quer dizer.

— Vou trabalhar — responde Keller.

O que pode ter sido um erro, pois ele vê o filho se retesar.

— Os traficantes de drogas não folgam no Natal, hein — diz Michael.

— Esses traficantes, não — diz Keller, xingando a si mesmo por ter entrado na cela com a arma.

Depois da sobremesa, ele paga a conta, enquanto Michael mexe no celular.

— Tem um Uber só a quatro quadras de distância — informa Michael. — Alguns minutos. Você quer?

— Eu pego um táxi.

— É da velha guarda — diz Michael.

— Sou velho.

Eles sobem até a calçada.

— Vamos fazer isso de novo — diz Keller. — Com mais frequência.

— Mais frequência que a cada vinte anos?

Ele é filho de Althea, pensa Keller. E seu. Ele não pode deixar passar a chance de dar um tiro. Isso está em seu DNA.

— Feliz Natal, Michael.

— Feliz Natal, pai.

Keller está a meio segundo de lhe dizer que o ama, mas não fala. Cedo demais, e Michael pode se ressentir.

Michael entra no Uber.

\* \* \*

Keller vai para seu quarto, toma banho e tenta dormir. Não vai rolar. Ele levanta, prepara um uísque fraco, no frigobar, e liga a televisão.

Pensa em conversar com Mari, mas está muito tarde.

Ele terá que esperar até de manhã.

Amanhã será um dia interminável, na expectativa do flagrante.

Um sinal dos tempos é que ele não pode se instalar no escritório de Nova York da Divisão de Narcóticos, porque não sabe em quem pode confiar. Ele poderia sentar com Mullen, mas também não pode ser visto na One Police, porque isso complicaria a vida de Mullen.

Então, ele fica no quarto, trabalhando pelo celular.

Mas a verdade é que não há muito que ele possa fazer, exceto monitorar a situação e torcer. Agora, todas as partes ativas estão nas mãos de outras pessoas.

Muita coisa pode dar errado.

Darnell pode ficar cabreiro.

Cirello, sabendo que vai enfim poder estourar esse troço todo, pode inconscientemente dar na vista — uma mudança de comportamento, de postura, porra, uma simples expressão de seu rosto. O mesmo com Hidalgo. Ele é inteligente, um infiltrado experiente, mas Ruiz também é esperto, com um instinto de sobrevivência que Keller nunca viu igual.

E se Denton Howard tiver descoberto? Ele é próximo de Lerner, mas quão próximo qualquer um deles é de Caro, Ruiz ou Darnell? Próximos o bastante para alertá-los?

Tudo precisa dar certo e basta uma coisa dar errado.

Seu celular toca. É Marisol.

— Não consegui dormir. Eu estava pensando em você.

Ele lhe conta sobre seu jantar com Michael e ela acha maravilhoso, fica muito feliz pelos dois.

— *Te amo, Arturo.*

— *Te amo también, Mari.*

A avó de Darius Darnell o ama.

Cirello vê isso.

A mulher é velhíssima — "93 e bem forte, meu bem" — e miúda, cabelinhos brancos e finos como uma neve recente, e as mãos tremem quando ela põe mais batata doce no prato de Darnell.

— Meu bebê não come direito.

Cirello sente que vai explodir — frango assado, costeletas de porco, vagem, batata doce, e a vovó o está ameaçando com uma torta de noz-pecã.

Ele tinha acabado de sair de sua reunião em Staten Island, quando Darnell ligou.

— Tá fazendo o quê?

— Nada, por quê?

— A gente tá ocupado amanhã à noite, você sabe — disse Darnell —, então, minha avó tá fazendo um jantar de Natal pra mim hoje. Quer que eu leve um amigo, achei que poderia ser você.

— Eu?

— Não quero levar bandidos, nem piranhas na casa da minha avó — explicou Darnell. —Você é minimamente respeitável, sabe usar um guardanapo. E a gente precisa combinar uns bagulhos, sabe?

Cirello sabe.

Ele senta ali, se enchendo de comida, pensando em amanhã à noite.

Traição, em cima de traição, em cima de traição.

Pensa no que ele vai fazer com o "bebê" dessa mulher bondosa.

Darnell comprou essa casa para ela, no leste de Nova York, porque ela não queria deixar a antiga vizinhança. É um bairro carente e violento, mas ela fica tão segura quanto um bebê no berço, porque ninguém encostaria nela, nem diria uma palavra rude à avó de Darius Darnell. Ela poderia passar no meio da bandidagem com notas de cinquenta dólares penduradas para fora do bolso, e ninguém tocaria nela, porque seria uma sentença de morte lenta.

Em um raio de cinco quadras, Darnell tem todo mundo na mão. Seus traficantes de esquina olham por ela, seus garotos nas calçadas levam-na aonde ela quiser, alguns policiais uniformizados, tanto da Sete-cinco como da Sete-três, recebem envelopes gordos no Natal, para ficarem de olho.

A mercearia *entrega* na casa da avó de Darnell.

A torta de noz-pecã é uma loucura.

Cirello ajuda a tirar a mesa e encher a lavadora de louça, e depois a vovó abre seu presente, um micro-ondas novo.

— Benzinho, eu não preciso disso.

— É para a sua comida congelada — diz Darnell.

— Bem, eu adoro mesmo a minha comida congelada.

— Os garotos vão passar aqui amanhã, pra instalar.

A vovó olha para Cirello.

— Meu bebê é bom demais pra mim.

— Impossível — diz Cirello.

Ela fica admirando o forno por cinco minutos, depois senta em sua poltrona, bebendo seu xerez. Dois minutos depois, ela cai no sono.

— Essa mulher me criou — diz Darnell, olhando para ela. — Quando eu estava em V-Ville, ela era a única pessoa que me escrevia.

Eles começam a repassar os planos para amanhã. O carregamento chega a Jersey às oito horas. Cirello diz que eles devem dividir a carga em duas vans, vinte quilos em cada uma. Dessa forma, que Deus os livre, se uma van for pega, Darnell pode pagar o prejuízo com a outra. Uma vai para o moinho em Castle Village, a outra, para um lugar novo, montado no último andar de um prédio, a oeste da rua 21 e da Vermilyea, em Inwood. Na esquina, na 10, fica um restaurante chamado Made in Mexico, o que Darnell acha meio cômico.

—Você fica com a van de Castle Village — diz Darnell — e eu vou com a de Inwood. Até dez horas tá tudo feito e todos vão pra casa a tempo de abrir os presentes.

—Você vai ver seu filho?

— Na manhã de Natal — diz Darnell. — E você?

— Vou dar um pulo na minha família, em Astoria — responde Cirello. — Também tenho uma ya-ya.

— Uma ya-ya?

— Uma avó grega.

—Você é bom pra ela?

— Não tão bom quanto eu deveria — diz Cirello.

Darnell fica quieto por um bom tempo, como se estivesse pensando em algo, tentando decidir se conta a Cirello ou não. Finalmente, ele diz:

— Esse é meu último.

— Natal? — pergunta Cirello. — Está doente, algo assim?

— Último carregamento — explica Darnell. —Vou sair desse negócio.

— Está falando sério?

— Seríssimo — diz Darnell.

Quanto arroz um chinês consegue comer?, ele pergunta a Cirello. Ele está cheio de dinheiro e investimentos legítimos — pode viver só do lucro daquela torre —, por que continuar arriscando? Esse carregamento é sua aposentadoria.

— Achei bom avisá-lo — diz Darnell —, pra você se preparar para perder essa fonte de renda.

— Eu estou de boa — afirma Cirello. — Já ganhei o suficiente.

— Espero que você guarde um pouco — aconselha Darnell. — Não perca tudo no basquete, o negão perde um arremesso livre e você fica pobre de novo.

— Parei de jogar — diz Cirello.

— Que bom.

— É mais que isso, não é? — diz Cirello. — É mais que o risco.

— Cansei da vida de bandido — conta Darnell. — A confusão, a violência, a paranoia. Saber que tem sempre alguém querendo seu lugar, não dá pra confiar em ninguém. Não tenho nenhum amigo de verdade... você é meu melhor amigo, Bobby Cirello, e eu mal o conheço. Não é triste?

— Bem triste.

— Não, eu só quero sentar e relaxar — diz Darnell. —Ver meu filho jogando lacrosse... lacrosse, que loucura... talvez voltar com minha ex, talvez não, não sei. Só sei que parei com isso. Amanhã termina.

E não é que é a pura verdade, pensa Cirello.

A terrível verdade.

Ele olha para a avó de Darnell, dormindo na poltrona.

No jogo das drogas, não há nenhum inocente.

Keller encontra Mullen e Cirello perto da árvore de Natal, no Rockefeller Center, para repassarem os planos da noite.

Cirello confirma a hora e o local — a heroína virá de Jersey, pouco depois das oito da noite, e será levada a um endereço na rua 211, oeste. O pessoal de Mullen vai cercar o local, mas vai ficar quieto, até que Cirello mande qualquer coisa por mensagem de texto.

Então, eles vão entrar com tudo.

— Darnell estará lá? — pergunta Mullen.

— Sim — diz Cirello. — Esse trabalho é grande demais para delegar. De qualquer forma, eu o terei em câmera, recebendo a droga em Jersey.

Assim que Darnell estiver algemado, Keller vai acionar a prisão de Eddie Ruiz.

Ruiz vai entrar em contato com Lerner.

E também vai me dedurar, pensa Keller.

Não faz mal.

Não com o que está em jogo.

— Tudo certo, então? — pergunta Keller.

Cirello assente, tudo certo.

Eles se separam.

Keller mata o dia fazendo coisas de turista; assim, se Howard o estiver vigiando, os olheiros vão ver um cara que veio a Nova York encontrar o filho, fazer umas compras de Natal, aproveitar a cidade.

Ele circula pelo Rockefeller Center, visita a Catedral de St. Patrick, entra na Bergorf e compra uma pulseira para Mari. Depois, caminha pelo Central Park até Columbus Circle e sobe a Broadway, come um hambúrguer e toma uma cerveja, no P.J. Clarke's, depois assiste a um filme nos cinemas do Lincoln Plaza.

\* \* \*

— Não vá ferrar tudo — diz Cirello.

— Eu já fazia sequestros, quando você estava aprendendo a fazer cocô na privada — afirma Andrea.

Mas Cirello percebe que ele está inquieto, nervoso. E deve estar, pensa Cirello, já que há dois milhões em jogo.

— Se Darnell descobrir vocês nesse esquema, eu não vou ajudar. Vocês estão por conta própria.

— Mas você ainda vai querer sua parte.

— Porra, é claro — responde Cirello. — Você sabe qual é o risco que eu estou correndo aqui?

— Vocês policiais comem com as duas mãos — diz Andrea. — Não se preocupe, a gente vai passar isso lá em Providence, Darnell nunca vai nos ligar a isso.

Cirello sabe que ele está mentindo, que de jeito nenhum eles conseguiriam passar vinte quilos de fogo em uma cidadezinha como Providence. Eles talvez levem um pouco para lá, mas vão vender o restante em Nova York e acham que Darnell é imbecil demais para descobrir.

Ele só espera que os italianos não façam merda. Com Andrea, deve estar tudo bem, ele é um cara das antigas. Mas, Cozzo? Quem sabe se ele conquistou mesmo seu posto, ou só se fia no nome da família. E Stevie DeStefano não pareceu exatamente durão, quando Cirello o confrontou.

O outro cara, Cirello não conhece. Um dos caras da equipe de Cozzo, de Bensonhurst.

Cirello espera que ele seja bom.

Porque o pessoal de Darnell é.

Ele repassa tudo outra vez com Andrea: o estacionamento de Castle Village é onde o pessoal de Darnell ficará mais vulnerável, com a vantagem de ser um lugar onde ninguém vê, nem ouve nada.

Mas eles terão que ser rápidos, duros e precisos, pensa Cirello.

— E fiquem com a porra da boca fechada — diz ele.

Os italianos serão reconhecidos na mesma hora, se disserem mais que uma ou duas palavras, e Cirello espera que a culpa desse roubo caia para cima dos dominicanos ou dos rivais mexicanos. O pessoal de Darnell será interrogado com perguntas duras, sobre o que viram e ouviram.

— Eles não podem contar merda nenhuma, se estiverem mortos — diz Andrea. — Essa é a forma correta de fazer, se quiser minha opinião.

— Não estou lhe perguntando nada — diz Cirello. — O roubo vai botar o pessoal de Darnell na nossa cola, mas eles não podem ir à polícia. Um bando de corpos espalhados no estacionamento vai atrair o pessoal da Homicídios, da NYPD, pra cima da gente.

— Eles nem ligam pra crioulo morto.

— Eles ligam para manchetes — responde Cirello. Ele sabe como funciona: o prefeito vai em cima do comissário, que vai em cima do chefe da delegacia, que vai em cima dos caras da Homicídios, que têm que esclarecer o caso, ou ver sua carreira descer pelo ralo. — Nós vamos fazer isso do meu jeito, ou não faremos.

— A jogada é sua — diz Cozzo.

Cirello diz a Andrea que não quer ninguém morto, a menos que seja uma necessidade de vida ou morte, e se eles fizerem tudo certo, não será necessário.

Cirello não quer que ninguém morra.

Nem mesmo os traficantes.

Em Jersey sai tudo redondo.

Mesmos transportadores, mesma sequência.

Cirello e Darnell pegam as malas de bagulho, saem do hotel em vans separadas, com suas equipes, e partem para Manhattan.

Tudo certo.

As vans se separam quando a de Cirello entra na 9, rumo a Castle Village, e a de Darnell continua em frente, seguindo ao norte, até Dyckman.

O carro de Cirello, uma caminhonete preta Lincoln, entra no estacionamento.

Os italianos já estão lá dentro esperando, com máscaras para gás lacrimogêneo no rosto. De Stefano acelera uma picape Ford F-150 roubada, limpa, saindo de uma vaga e bate na porta do lado do motorista do Lincoln, que atinge uma pilastra.

A batida atinge Cirello de lado, lançando-o na direção do banco do passageiro. Ele não consegue abrir a outra porta, porque está preso junto à pilastra.

Os caras de Darnell saem pelas outras portas.

Andrea saca uma granada CS, arranca o pino e arremessa. Ele saca sua MAC-10 e vem para cima, gritando:

— *¡Abajo! ¡Abajo!*

Que idiota do caralho, tentando falar espanhol, pensa Cirello.

O motorista tenta engatar a ré do Lincoln, mas outro carro, um Caddy, vem devagar e bloqueia o caminho. Cozzo sai do Caddy empunhando um AR-15 pendurado no ombro, dando cobertura. O camarada dele pula para fora do Ford e faz o mesmo. Andrea passa para o lado do motorista, dá um tranco na porta e arranca o motorista. Então, ele joga outra granada.

Cirello abaixa, engasgando, asfixiado, com os olhos ardendo.

Andrea se debruça para dentro, agarra a mala, a joga no banco traseiro do Caddy e entra no veículo. Seus dois camaradas pulam para o banco de trás.

— *¡Ándale!* — ouve Cirello.

Então, ele escuta o carro sair acelerando.

Um dos caras de Darnell levanta e tenta atirar, mas não vai acertar nada.

Cirello aperta os botões de seu celular.

Darnell está no último andar do prédio, na rua 211, oeste.

Pousa na mesa a mala cheia de fogo.

Agora acabou, pensa ele.

Seu pessoal vai passar isso às gangues e outros vendedores, ele vai receber seu dinheiro e sumir. Algum lugar ao norte do estado, talvez, lá no alto do Hudson, algum canto que fique perto para ver seu filho e sua avó, mas bem distante dessa merda.

Talvez compre um barco.

Ele pega o celular para ligar para Cirello, mas o policial não atende. Cai direto na porra da caixa postal. Tenta de novo, mesma merda.

Darnell sente uma ponta de pavor que percorre sua espinha.

Então, ele ouve pés batendo e os gritos.

— *NYPD!*

Uma pequena explosão abafada e a porta se escancara, como se estivesse morta.

Policiais de capuzes pretos e coletes à prova de bala, distintivos por cima, fuzis nos ombros.

— *No chão! Abaixa! Abaixa! Abaixa!*

As vozes estão pilhadas. Matariam um preto em um piscar de olhos.

Darnell deita de bruços, estica os braços acima, bem distante de sua arma, que está no quadril. Um segundo depois, alguém agarra suas mãos, dá um tranco para trás e o algema. Mãos o revistam e tiram sua arma.

Então, ele ouve alguém dizer:

— Darius Darnell? Brian Mullen, NYPD. Você está preso, por posse de heroína com intenção de venda.

Mullen começa a ler seus direitos.

Darnell não escuta.

Eu não tenho direito nenhum, pensa ele.

Nunca tive.

Cirello cambaleia para fora do estacionamento, até a rua.

Seus olhos estão vermelhos e inchados, a garganta está seca.

Ele liga para Andrea.

O mafioso está a mil.

— Conseguimos! Conseguimos! Sem sacrificar nenhum único crioulo!

— Onde está você? — pergunta Cirello. — Quero a minha parte.

Keller atende ao telefone.

— Darnell está algemado — diz Mullen.

— Parabéns.

— Tem um problema — continua Mullen. — Nós só pegamos vinte quilos.

— Onde estão os outros vinte? — pergunta Keller.

— Não sei.

— O que o Cirello disse?

— Ele não está aqui — responde Mullen.

— Onde está ele?

— Não sei — diz Mullen. — Estou com um medo do caralho. Ele sumiu.

Então Keller liga para a Califórnia.

Prendam Eddie Ruiz.

Pela experiência de Eddie, as mulheres mais gatas são as piores na cama.

Talvez, pensa ele, elas achem que, por terem ganhado beleza, já seja uma dádiva suficiente e não precisem mais fazer esforço além de se maquiar e arrumar o cabelo.

Eva Barrera não é exceção.

Ela está linda.

Uma verdadeira californiana nota dez no visual, mas talvez um três, no quesito habilidade. Ela dá a Eddie uma chupada obrigatória para começar os trabalhos, mas faz isso como se estivesse chupando um limão, entortando a cara, com a língua parada o tempo todo, simplesmente sem botar para jogo.

Eddie finalmente se cansa, vira a mulher de costas, diz "Não dá mais pra esperar, eu tô quase morrendo" (de tédio) e manda ver. Ele já teve reações mais animadas até de sua mão direita. Eva faz aquela gata em V-Ville parecer a Stormy Daniels; fica deitada ali, com a pinta de "que cara sortudo você é", como uma virgem maia prestes a ser jogada dentro de um vulcão. O que Eddie estaria disposto a fazer, se houvesse algum vulcão à mão, em Solana Beach.

Ele está indignado.

Ele se orgulha de sua habilidade de dar prazer a uma mulher — seu trabalho já recebeu críticas fervorosas de um imenso leque de amadoras e profissionais — e Eva, ali, está agindo como se estivesse em uma pedicure.

Ele tira e resolve mostrar a ela como se chupa.

— O que está fazendo? — pergunta Eva.

— O que você acha?

— Não, eu não gosto disso, é sujo.

É por isso que eu gosto, pensa Eddie. Ele sobe nela, com a intenção de terminar o mais rápido possível, e está trabalhando arduamente com esse objetivo, quando a porta do quarto é derrubada.

Eva arregala os olhos e grita.

Claro, tinha que ser *agora*, pensa Eddie.

— *Divisão de Narcóticos! Polícia! Abaixa! Abaixa!*

Eddie rola saindo de cima dela, para o chão.

Eva puxa o lençol e se cobre.

Eddie ergue os olhos e vê o agente Fuentes.

Filho da *puta*, pensa Eddie.

Fuentes pergunta a ela:

— Quem é você?

— Eva Barrera.

— Dois coelhos — diz Fuentes.

Que porra isso quer dizer?, pensa Eddie. Então, Fuentes anuncia:

— Edward Ruiz, você está preso por tráfico de drogas ilegais. Coloque as mãos para trás.

— Ora, vamos, cara, me deixa vestir uma roupa — pede Eddie. Eles ficam apontando as armas para ele, mas deixam que ele vista uma camisa e o jeans. — Meu Deus, vocês não poderiam ter esperado cinco minutos?

— Cinco minutos? — questiona Fuentes. — Isso não diz muito de você.

Não diz muito dela, pensa Eddie.

Eles o arrastam para fora, até a sala.

— Que vista — comenta Fuentes.

— Ligue para seu chefe — diz Eddie. — Fale que você acabou de prender Eddie Ruiz, veja o que ele diz.

— Quem você acha que nos mandou, porra?

Keller os mandou?, pensa Eddie.

Ele só pode estar maluco.


Cirello vai para casa, lava o rosto e liga para um camarada, Bill Garrity, da polícia também.

— Eu sei que está tarde.

— Isso não é o começo de alguma música ruim? — pergunta Garrity.

— Talvez você queira encontrar algum motivo para dar uma batida em uma casa, no 638 da Hunter.

— O que tem lá?

— A sua carreira — diz Cirello. — Uma porrada de primeira classe, mole, mole. Mas chega pegando pesado. Leva gente.

— Isso vem da Narcóticos?

— É onde eu trabalho.

— Se é tão bom — diz Garrity —, por que você não pega?

Policiais, pensa Cirello. Eles não apenas olham os dentes do cavalo dado, eles entram na boca.

— Tenho meus motivos. Preciso de distância disso.

— Você pode me arranjar um mandado?

— Eu tenho que limpar sua bunda também? — pergunta Cirello. — Talvez você tenha ouvido um disparo por lá. Você vai encontrar armas.

— Seis-três-oito, na Hunter.

— Isso mesmo.

— Obrigado, eu acho.

— De nada, eu acho.

Ele desliga.

Foda-se Mullen.

Foda-se Keller.

Eles conseguiram o que queriam, agora eu tenho o que eu quero.

Eu quero a droga fora da rua.

Quero *todos* os traficantes e mafiosos na cadeia.

Eu sou policial da cidade de Nova York.


— Que diabo você fez?! — grita Mullen. — O que você fez?! Você deu uma dica ao Cozzo para que ele fizesse um roubo? Isso é uma porra de um crime, Cirello!

É a manhã seguinte e ele está acenando uma edição do *Daily News*, enquanto interroga Cirello. A manchete grita MEGA APREENSÃO DE HEROÍNA PRENDE FILHO DE MAFIOSO.

Johnny Jay Cozzo.

E Mike Andrea.

Cirello abre as mãos para o alto, com inocência. Olha a foto de Garrity posando com pilhas de heroína.

— Acho que o Bill deu sorte — comenta Cirello.

— Bill Garrity não conseguiria encontrar uma puta num puteiro — diz Mullen. — Você está querendo me dizer que ele atendeu a um chamado de disparos e deu de cara com a carga perdida da heroína de Darnell?

— Eu não estou querendo lhe dizer nada.

— Foi você que cantou a pedra pra ele? — pergunta Mullen.

Cirello não responde.

— Foi você?

— Que porra você quer de mim?

— A verdade!

— Desde quando?! — questiona Cirello. — Eu estou vivendo uma mentira há quase dois anos, e *agora* você quer a verdade? Nem tenho certeza se ainda sei o que é verdade!

— Então é bom você saber, porra!

— Você quer a verdade? Então, aí vai — diz Cirello. — Eu armei uma cilada para os italianos fazerem aquele roubo, porque não quero mais que eles fiquem passando bagulho na rua!

— E esse é o seu jeito de fazer isso? — diz Mullen. — E se alguém morresse?!

— Ninguém morreu.

— O que eu faço com você?! — pergunta Mullen. — Metade do departamento já acha que você é corrupto.

— Você está brincando comigo agora, porra?!

— Você não acha que Andrea e Cozzo não vão entregar seu nome, no IAB?!

— Então, diga ao IAB que eu estava infiltrado — diz Cirello.

— Nada em sua missão lhe dizia para armar um roubo — afirma Mullen. — Se o IAB não cair em cima de você, o departamento fará isso. E Keller quer você enforcado, na árvore mais alta.

— Isso complica sua vida com ele?

— Foda-se Keller, ele não é meu chefe — responde Mullen. — Onde está Libby?

— St. Louis, Kansas City...

— Vá vê-la — diz Mullen. — Passe um tempo por lá.

— Libby acha que já passou tempo suficiente comigo.

— Talvez você consiga consertar isso.

— Talvez.

Ele duvida.

— Vá pra casa, Bobby — diz Mullen. — Não fique lá por muito tempo. Só arrume umas coisas e vá pra algum lugar. Tire uma licença, vá pra longe, deixe a poeira baixar. Eu verei o que consigo fazer.

— Primeiro eu quero ver Darnell.

— Você não tem que fazer isso, Bobby.

— Eu quero.

— Eu não aconselho — diz Mullen. — Qual é o sentido? Culpa? Masoquismo?

Cirello responde:

— Eu me sentiria um covarde, se não for.

—Você acabou de fechar o maior caso de heroína da história do departamento — afirma Mullen. — Ninguém o acha covarde, só um babaca. Você tem cinco minutos, e se Darnell disser a palavra "advogado", você sai de lá.

Darnell está sentado em uma sala de interrogatório, com as mãos algemadas a uma mesa metálica.

Ele ergue os olhos quando Cirello entra. Cirello não desvia de seu olhar, imagina que deve isso ao homem: olhá-lo nos olhos.

—Você comeu na casa da minha avó — diz Darnell. —Você sentou e comeu na casa da minha avó.

— Sempre fui um infiltrado — conta Cirello. — Eu não traí você.

—Você é só mais um homem branco.

Cirello senta do outro lado da mesa, de frente para ele.

—Você pode se ajudar. Pode reduzir dez, quinze anos da sua pena. Talvez não possa ser pai para seu filho, mas ser avô do filho dele.

Darnell não responde.

— Uma vez, você me disse que esses babacas brancos ricos o tirariam da cadeia — lembra Cirello. — Onde estão eles? Você está vendo seus advogados caros por aqui? Quem é que está aqui? *Eu.*

— Não vai querer que eu confie em você agora.

— Quem mais você tem? — pergunta Cirello.

Ele deixa o silêncio pairar por um minuto.

—Vão lhe fazer perguntas — diz Cirello. — A resposta que você der será a diferença entre você sair novamente da prisão, ou morrer nela. Então, quando lhe perguntarem "Quem mandou você botar um segurança naquelas reuniões, no hotel?", você vai querer mandar todo mundo se foder. Mas essa seria a resposta errada. A resposta certa é "Eddie Ruiz".

— A gente estava junto em V-Ville — diz Darnell. — Ele salvou minha vida.

— Ele precisava de um cara negro pra vender droga na quebrada — diz Cirello. — Lerner e Claiborne e aqueles outros babacas precisavam de um cara negro pra vender bagulho e pagar pelo prédio bonito, onde eles nunca o deixariam entrar, a não ser pra lavar as privadas. Você acha que Lerner vai convidar você pra ir à Casa Branca? Ou lhe arranjar um perdão presidencial? Sabe o que você é pra essa gente? Só mais um preto.

— Some da minha frente.

— Não me arrependo pelo que fiz com você — diz Cirello. —Você envenena as pessoas, mata as pessoas. Cadeia é o que você merece. Tampouco lamento pela sua avó, ela sabe de onde vêm as compras do mercadinho.

— Onde está Libby? — pergunta Darnell. — Onde ela estiver, eu posso mandar encontrar.

— *Agora sim*, esse é o verdadeiro Darius Darnell. *Olha ele aí.* Obrigado por fazer eu me sentir melhor. — Cirello se aproxima. — Agora, ouça bem, seu filho da puta. Eu não sou a porra do Mikey. Sou um policial da cidade de Nova York, escudo de ouro. Se eu ouvir falar que um de seus bandidos sequer disse oi pra Libby, vou no buraco em que você estiver jogado, e vou matar você na porrada. *Sacou, mano?*

Darnell fica olhando para ele.

— Eu vim aqui porque achei que lhe devia isso, olhar nos seus olhos — diz Cirello. — Mas não lhe devo nada. Faça o que quiser. Tomara que você aja com inteligência. Faça a coisa certa. Mas se quiser ser só mais um preto, é problema seu. Já terminei com você.

Ele sai pela porta.

Ele terminou com Darnell.

O trabalho de infiltrado acabou.

Eddie está na cadeia federal de San Diego.

Antiga residência de Adán Barrera.

Eddie não vê isso como promoção, vê isso como o possível fim de sua vida, como ele a conhece. Ele sabe que, se ainda quer vestir algo que não seja um macacão, ele tem que ser muito esperto, precisa andar por entre os pingos de chuva.

Sabe que não pode jogar o jogo deles; se fizer isso, ele perde, pois, pelos padrões estritamente legais, ele está fodido. Quarenta quilos de H, no cenário atual? De volta para Florence, desta vez para sempre.

Então, ele não pode deixar que isso vá a julgamento, não pode chegar nem perto do tribunal.

Um acordo precisa ser fechado, muito antes disso. E o acordo é claro: ou ele faz negócio com Keller, ou com Lerner. Qualquer um dos dois tem que lhe arranjar o passe-para-fora-da-cadeia, e se qualquer um deles acha que Eddie vai cair sozinho, é bom tirarem o cavalinho da chuva.

Enquanto isso, tudo o que Eddie diz são as quatro palavras mágicas:

Eu quero meu advogado.

Keller recebe uma ligação de Ben Tompkins.

— Eu represento Eddie Ruiz — anuncia Tompkins. — O sr. Ruiz sugere, e eu concordo, que eu tenha uma conversa com seu advogado.

— Não tenho advogado.

— Vai precisar do melhor que houver — diz Tompkins. — Eu não posso defendê-lo, por conflito de interesse, mas posso fazer uma recomendação.

— Não, obrigado — recusa Keller. — E você pode dizer o que tiver a dizer diretamente para mim.

— Isso é imprudente.

— Ande logo com isso.

— Está bem — diz Tompkins. — O sr. Ruiz diz que pode falar com o governo sobre Jason Lerner ou pode falar com o governo sobre você.

— Se Eddie está promovendo um leilão — diz Keller —, eu não vou dar lance.

— É uma pena, porque Eddie preferiria que você desse o lance mais alto — comenta Tompkins. — Não posso imaginar o motivo, eu mesmo não entendo, mas ele parece gostar de você.

— Diga a ele que suas afeições estão equivocadas — fala Keller. — Eu o vejo como um traficante de merda, um informante vagabundo, que eu tive há muito tempo. Diga a ele que, para mim, ele é uma puta.

— Ao menos, deixe-me lhe contar qual informação Eddie pode...

— Eu sei o que Eddie sabe sobre mim — interrompe Keller. — E não me importo.

— Deveria.

— Provavelmente — diz Keller. — Se quer ajudar seu cliente, a ligação que você deve fazer é para o procurador-geral de Nova York. Quer que eu transfira a ligação?

— Ainda não.

— Então, não temos nada a falar — diz Keller.

— O sr. Ruiz tem muito a falar.

— Então, vá falar com ele.

Keller desliga.

Eddie está sentado com Ben Tompkins.

— Darnell traiu você — diz Tompkins. — Ele vai testemunhar sobre o tráfico com você e sobre as reuniões de empréstimos da Berkeley.

— Você falou com Keller? — pergunta Eddie.

— Ele basicamente mandou você ir se foder — diz Tompkins.

— Ele está blefando.

— Acho que não — diz Tompkins. — Eu venho lidando com esse cara há vinte anos e nunca o vi blefar.

— Eu posso colocá-lo atrás das grades.

— Ele não parece se importar.

— Que filho da puta doido — diz Eddie.

Ele está mesmo indignado. Por que Keller está agindo assim? Poderia ser tudo fácil, mas ele tem que dificultar.

Mas tudo bem.

— Ligue para Lerner — diz Eddie.

Como nos velhos tempos.

Eles se encontram no andar de cima do Martin's.

— Ruiz está ameaçando botar a boca no trombone sobre a Guatemala — diz O'Brien.

— Não me importo.

— Eu me importo — diz O'Brien. — Ele vai me estourar junto com você.

Keller diz:

— Ruiz não sabe nada sobre seu envolvimento. Eu não quero derrubar você, Ben.

— Não, só o presidente dos EUA — diz O'Brien.

— Se ele for culpado.

— Se você fizer isso — diz O'Brien —, vai ultrapassar um limite...

— *Eu* que vou ultrapassar um limite?!

— Eu lhe pedi que não fizesse isso — lembra O'Brien. — Agora eu estou lhe dizendo para deixar isso de lado. Entregue as gravações a Howard, largue isso, pegue Mari e vá viver sua vida.

— Está falando por você? — pergunta Keller. — Ou por Dennison?

— Isso vem do mais alto nível.

— E pensar que nós criticamos o México — comenta Keller.

— Uma vez na vida, tome uma decisão inteligente — diz O'Brien. — Tome uma decisão pelas pessoas que você ama. Ou...

— Ou o quê, Ben?

— Você vai me obrigar a dizer? — pergunta O'Brien.

O senador levanta e vai embora.

Arthur Jackson risca o último quadrado em seu calendário.

Marcando o último dia de Barack Obama no governo.

E sua última esperança.

Agora ele sabe que vai cumprir suas três penas de prisão perpétua aqui em Victorville. Vai passar o resto da vida aqui, morrer aqui, ser enterrado aqui. Cumprir as outras duas penas no túmulo.

Jackson desaba e chora.

Cai em prantos.

Pela primeira vez, sabe o verdadeiro significado de desespero.

A perda total ou ausência de esperança.

Ele tenta rezar, se volta para sua bíblia — *Então, eu estou pronto para desistir; estou em desespero profundo. Eu me lembro dos dias que se passaram; penso em tudo que fizestes, lembro de todas as suas dádivas. Ergo minhas mãos em prece; como o solo seco, minha alma está sedenta por ti.*

Jackson sabe que desistir da esperança é pecado, mas ele é um pecador e agora não consegue deixar de acreditar que Deus o abandonou neste lugar, que Jesus vai deixá-lo nesse inferno.

É um guarda que lhe traz a notícia.

— Arthur, uma ligação pra você.

E o acompanha até a ala onde estão os telefones.

É sua advogada voluntária, uma moça.

Arthur se prepara.

— Aqui é Arthur Jackson.

— Arthur! Foi concedido!

— O quê?

— Sua clemência! — grita ela. — Obama perdoou dezessete infratores, em seu último dia! Você está na lista!

Jackson solta o telefone e cai de joelhos.

E cai em prantos de novo.

E declama um salmo:

— Esperei com paciência no Senhor, e Ele se inclinou para mim e ouviu o meu clamor. Tirou-me dum lago horrível, dum charco de lodo, pôs meus pés sobre uma rocha, firmou meus passos.

Deus seja louvado.

—Você não tem — diz Goodwin.

— Não tenho o quê? — pergunta Keller. — Darnell lhe disse que Eddie Ruiz montou a segurança para as reuniões da Terra com o HBMX.

— E Ruiz não está falando nada.

— Ainda — diz Keller. — Ele pode lhe entregar Rafael Caro, e Caro é associado conhecido de Echeverría.

— E ainda não há nada que ligue Lerner a esse conhecimento.

—Você ouviu a gravação!

— E eu não tenho corroboração!

— Hidalgo pode testemunhar que ele grampeou Claiborne.

— E nós não podemos provar que Claiborne estava falando com Lerner — diz Goodwin. — Keller, eu lamento. Mas você tirou quarenta quilos de fogo da rua. Grandes traficantes. A maior apreensão da história. Saia com isso e fique feliz.

— Então, você vai instaurar o processo contra Darnell — deduz Keller. — E contra Cozzo e Andrea, mas não vai processar o pessoal do dinheiro. Os suspeitos habituais vão pra cadeia e os ricos se safam.

— Não posso apresentar um caso que acho que não vou ganhar.

— Bem, aí está.

Keller põe Hidalgo sentado em seu escritório.

— Nós não vamos pegar Lerner — diz Keller. —Vamos pegar Darnell, Ruiz e os caras da máfia, mas não vamos pegar Lerner.

— É uma pena.

— Também não vamos pegar Caro.

— Por que não? — pergunta Hidalgo.

— O México não vai instaurar o processo.

— Porque os promotores estão na lista de suborno de Caro — entende Hidalgo.

— Em parte — diz Keller. — A outra parte é que o governo acha que precisa dele para restabelecer a paz.

Porque o cartel Sinaloa está praticamente morto, e o novo rei é Tito Ascensión. E Tito é um bandido brutal.

O governo mexicano está torcendo para que Rafael Caro seja uma influência limitadora.

Hidalgo ouve e assimila.

—Você me prometeu que nós iríamos atrás dele.

— Nós fomos — diz Keller. — Só não o pegamos. Eu lamento.

— Isso não basta.

—Vai ter que bastar, Hugo.

— Eu não aceito isso — insiste Hidalgo. — Nós podemos continuar atrás dele.

— Eu saio daqui amanhã — diz Keller. — O pessoal novo não vai dar prosseguimento, e nós dois sabemos o motivo. Mas seja paciente, jogue o jogo em longo prazo. O governo pode cair. Ou mudar, em quatro anos.

— Nada muda. — Hidalgo levanta. —Você mentiu pra mim.

— Não tive a intenção.

—Teve, sim.

— Pra onde você vai? — pergunta Keller.

— Eu me demito.

Keller fica olhando, enquanto ele vai embora.

Ele não pode culpar Hildago, pois sabe exatamente como ele se sente. Lembra-se de quando disseram a ele próprio que não poderia ir atrás de Adán Barrera.

* * *

Chega o dia da posse, frio e nublado.

Keller não participa da cerimônia, ele passa a manhã arrumando o restante de seus poucos pertences no escritório. O novo presidente já anunciou que uma das primeiras coisas que vai fazer, após seu juramento, é demitir Art Keller e colocar Denton Howard em seu lugar.

Ele vai indicar Jason Lerner como consultor sênior da Casa Branca.

Keller está arrasado.

Arrasado porque seu país acabou de ser hipotecado a um cartel de drogas.

E as drogas continuam chegando.

Arrasado porque seus melhores esforços foram em vão, a heroína continua matando americanos em números cada vez maiores; arrasado não apenas por ter fracassado em conter a epidemia, mas porque o sistema que fornece as drogas agora tem vínculos não somente em Guadalajara, mas em Nova York e, a partir desta manhã, em Washington, DC.

Ele dá uma olhada para o discurso, na televisão:

*Juntos, nós faremos a América voltar a ser forte. Faremos a América voltar a ser rica. Nós faremos a América voltar a se orgulhar. Faremos a América segura novamente. E, sim, juntos nós vamos fazer a América voltar a ser grande.*

Do outro lado do país, os portões se abrem.

Arthur Jackson sai no ar fresco da tarde.

Art Keller sai de seu escritório.

Acabou, pensa ele.

Eles o derrotaram, você perdeu.

Esqueça isso, é hora de sumir. Pegue Mari e viva o resto de sua vida em paz.

Sua guerra acabou.

Ele caminha até o cemitério de Arlington.

Olha as fileiras e fileiras de lápides.

As cruzes.

As estrelas de Davi.

As crescentes.

Não, pensa Keller, eles não morreram para isso.

Para *isso*, não.

É uma longa caminhada, em um dia frio, mas Keller vai a pé até o *Washington Post*.

# LIVRO 5

# Verdade

*O inferno é a verdade vista tarde demais.*

— Thomas Hobbes
*Leviathan*

# 1
# A entidade mais poderosa da Terra

*"A mídia é a entidade mais poderosa da Terra. Ela tem o poder de transformar o inocente em culpado e o culpado em inocente."*

— Malcolm X

**Washington, DC**
**Janeiro de 2017**

Keller nunca quis ser famoso.

Ou infame, dependendo de seu ponto de vista.

Para algumas pessoas, ele é o heroico autor da denúncia, para outras, é um traidor subversivo. Alguns acham que ele diz a verdade, outros acham que é um mentiroso. Alguns o julgam patriota, outros o veem como um ex-funcionário amargurado tentando derrubar um governo legitimamente eleito.

Mas todo mundo tem alguma opinião.

Se Keller achava intensa a exposição pelo cargo de diretor geral da Divisão de Narcóticos, aquilo não era nada comparado à tempestade da mídia que agora se revolve à sua volta, depois da matéria publicada pelo *Washington Post*.

### EX-CHEFE DA DIVISÃO DE NARCÓTICOS ALEGA QUE LERNER LAVOU DINHEIRO DE DROGAS

Em entrevista exclusiva ao *Washington Post*, Art Keller, ex-diretor geral da Divisão de Narcóticos, alegou que Jason Lerner, consultor sênior da Casa Branca e genro do presidente, conscientemente aceitou um empréstimo por parte de instituições bancárias mexicanas, empréstimo este custeado por organizações de tráfico de drogas, incluindo o cartel Sinaloa. Keller afirma que Lerner, através de sua empresa Terra, aceitou o empréstimo para salvar seu projeto Park Tower, de modo a quitar uma dívida de 285 milhões de dólares, depois da saída do Deutsche Bank do consórcio financeiro. O ex-cabeça da Divisão de Narcóticos afirmou ainda que o dinheiro foi recebido extracontratualmente, através de locações pagas por empresas de fachada, compras falsas de material de construção e manutenção e superfaturamento.

Se constatadas, as alegações colocariam Lerner em risco de acusação de inúmeras infrações federais e do estado de Nova York, incluindo "lavagem de dinheiro" e fraude estatutária.

Keller alegou que os empréstimos foram providenciados por meio do HBMX Bank, pelo falecido Chandler Claiborne, que morreu de overdose de drogas em um quarto de hotel em Manhattan, em dezembro último. Keller ainda afirmou que foi abordado por "aliados" do governo Dennison, cujos nomes recusou revelar neste momento, mas que lhe ofereceram a permanência em seu cargo, assim como insinuaram a concessão de determinadas políticas, se ele cessasse sua investigação sobre Lerner e a Terra. Keller alegou que as pessoas lhe disseram que essa oferta veio "do mais alto escalão", embora tivesse sido negado se isso se referia ao próprio Lerner ou ao presidente Dennison. Quando se recusou a aceitar, segundo Keller, os mesmos "aliados" ameaçaram "destruí-lo".

Keller renunciou ao cargo em 19 de janeiro, prática padrão de indicações presidenciais, quando um novo governo assume. Ele disse que veio ao *Post* com a história somente porque o atual chefe da Divisão de Narcóticos, Denton Howard, se recusa a dar prosseguimento à investigação.

Quando indagado sobre suas alegações, Keller afirmou possuir provas documentais e fez alusão à existência de "gravações" que "absolutamente provam" suas acusações. Keller recusou mostrar algum trecho das supostas gravações, afirmando que entregaria suas "provas" às autoridades de direito, se uma "investigação legítima for conduzida por uma entidade independente". Keller alegou que retirou essas provas das dependências da Divisão de Narcóticos, temendo que pudessem ser "destruídas, omitidas ou alteradas" e as mantém guardadas em segurança. Ele admitiu que a remoção de provas pode, de fato, constituir um crime, tornando-o suscetível de acusações federais segundo o Ato de Espionagem.

"Eu acredito possuir um dever maior", disse Keller "acho que a potencial infiltração da Casa Branca por cartéis de drogas representa uma ameaça maior à segurança dos EUA".

Keller disse que não tinha qualquer informação de que o presidente Dennison tenha interesses financeiros na Terra, ou conhecimento sobre a questão do empréstimo ao Park Tower.

O sr. Lerner não foi encontrado para comentar o assunto, mas fontes anônimas da Casa Branca classificaram as alegações de Keller como "ultrajantes", "caluniosas" e "criminosas".

A CNN chamou a acusação de "bombástica".

Que foi exatamente o intuito de Keller, ao se dirigir ao *Post*.

Para arremessar uma granada no corredor de um avião e explodir tudo.

Se um promotor público não abrir o caso, pensou ele, ou um promotor federal não abrir o caso, talvez um conselho especial o faça. E se o novo procurador--geral dos EUA não indicar um conselho especial, o Congresso pode fazê-lo. O Congresso pode elaborar seu próprio comitê investigativo, mas o partido do presidente teria o controle, portanto, Keller achou que isso resultaria em nada.

Claro que o PG é uma indicação de Dennison e seu partido controla as duas casas, mas as alegações são tão "ultrajantes" que a opinião pública pode forçar uma investigação independente.

Essa é a última esperança de Keller.

Por natureza, pelo trabalho e por sua experiência, ele é uma pessoa essencialmente reservada, mas agora a mídia está acampada em frente à sua casa, como um exército invasor. Ele recebeu uma avalanche de pedidos de entrevista — de todas as emissoras, TVs a cabo, da mídia impressa.

Recusou todos.

Porque sua estratégia é deixar que as pessoas toquem a bola adiante. Se só ele aparecer em todos os programas, ele será uma banda de um homem só, uma voz solitária cantando a mesma música. Ele quer contribuir somente o necessário para manter a história no ciclo dos noticiários.

De vez em quando soprando a brasa para manter o fogo aceso.

E agora sua vida é pública, todos os detalhes de seu passado e presente — alguns verdadeiros, outros fantasiosos — estão sendo revirados e expostos na CNN, na Fox, na MSNBC, nos canais de notícias, em todas as capas de jornais e revistas.

Os especialistas nos programas de debate provêm "análises" sobre Keller, alegando que ele é um filho ilegítimo de uma mãe mexicana e um pai americano (um blog de direita declara alegremente que KELLER É MESMO UM BASTARDO).

Os mais raivosos especulam KELLER É AMERICANO OU MEXICANO? e geram uma pequena controvérsia insinuando que Keller teria nascido no México e, portanto, não apenas seria desqualificado para seu antigo cargo, como passível de deportação.

A essa, Keller responde.

— Eu provavelmente poderia mostrar minha certidão de nascimento — ele diz a Jake Tapper —, mas ninguém questionou minha nacionalidade quando eu estava servindo no Vietnã.

Os relatos prosseguem afirmando que ele cresceu em Logan, bairro pobre de San Diego (onde seu breve e medíocre período de Luvas de Ouro justifica seu nariz torto), frequentou a UCLA, onde conheceu a primeira esposa (cuja família era leal ao partido democrata da Califórnia) e depois foi ao Vietnã — o

PELOTÃO DE KELLER, NO EXÉRCITO, ERA LIGADO À OPERAÇÃO PHOENIX, NOTÓRIO PROGRAMA DE ASSASSINATO NO VIETNÃ.

Bem, eles acertaram essa, pensa Keller, quando a matéria é publicada, mas deixaram de mencionar a verdadeira história: que ele fora recrutado pela CIA. A mídia emitiu, sim, uma matéria relacionada — Keller estava saindo de casa quando um repórter caminhou a seu lado e disse:

— Os primeiros funcionários da Divisão de Narcóticos foram trazidos pela CIA. Você foi um deles?

Keller não responde e a matéria sai como PASSADO DE KELLER NA CIA É SONDADO.

Sua carreira na Divisão de Narcóticos também é "sondada", afirma-se que ele foi um agente de campo em Sinaloa, nos anos 1970, durante a Operação Condor, quando milhares de acres de campos de papoulas foram incendiados e envenenados.

Keller assiste ao painel de debate da CNN, em que uma "especialista" diz:

— Lá foi provavelmente onde Keller encontrou os Barrera, pela primeira vez. Uma das minhas fontes me diz que, na verdade, Keller conheceu o jovem Adán Barrera, que eles foram amigos, que Keller chegou a salvá-lo de um espancamento brutal pela polícia federal mexicana.

A mesma especialista — a quem Keller não conhece e com quem nunca se encontrou — provê "insight":

— A tortura e morte de Ernie Hidalgo, parceiro de Keller — diz ela — foi o verdadeiro momento transformador na vida de Keller. Se você acompanhar sua carreira depois disso, vê que ela torna-se, de fato, uma busca obsessiva para levar todas as pessoas envolvidas à justiça, especialmente Adán Barrera. Acho que Keller sentiu uma traição pessoal por Barrera, possivelmente porque eles um dia foram amigos.

— Lá em Sinaloa — diz o apresentador.

— Exato — confirma ela. — Há outra ligação: Keller e Barrera tinham o mesmo sacerdote, o padre Juan Parada, mais tarde cardeal, que foi morto em 1994, num tiroteio, do lado de fora do aeroporto de Guadalajara. Minhas fontes afirmam que Keller também culpou Barrera por isso.

— E Keller de fato derrubou Barrera.

— Ele o fez — atesta ela. — Em 1999, Keller prendeu Barrera em San Diego...

— O que Barrera estava fazendo lá?

— Visitando a filha doente em um hospital — responde ela. — Keller o prendeu e depois deixou a Divisão de Narcóticos. Mas ele voltou em 2004, quando Barrera foi transferido de volta para o México.

— E depois aconteceu a famosa fuga.

— Isso mesmo, e Keller permaneceu baseado na Cidade do México por vários anos, mas nunca capturou Barrera — diz ela. — Ele ficou mais conhecido por derrubar os infames zetas. Então, Barrera foi morto na Guatemala. Pouco depois disso, Keller se tornou o diretor da Divisão de Narcóticos.

— Por que você está assistindo a essa tolice? — pergunta Mari.

— Estou descobrindo coisas sobre mim mesmo que eu nunca soube — diz Keller.

A mídia não para de procurar e desenterra seu testemunho de 1992, diante do comitê Irã-Contras.

O comitê do congresso estava procurando alegações de que a CIA ou a NSC, ou alguma agência do governo Reagan, teria sido conivente ou ao menos tolerado o tráfico de cocaína pelos contras, para financiar a guerrilha em oposição aos sandinistas, na Nicarágua.

Outra vida, pensa Keller.

Ele mentiu ao comitê.

Cometeu perjúrio.

Eles perguntaram se ele já ouvira falar em uma empresa de carga aérea chamada SETCO.

Ele respondeu "vagamente".

Mentira. A verdade era que foram Keller e Ernie Hidalgo que descobriram a SETCO e tentaram trazer à atenção de seus superiores, na Divisão de Narcóticos.

Eles perguntaram se ele já tinha ouvido falar em algo chamado "Trampolim Mexicano".

Não, ele respondeu.

Outra mentira.

Ele e Ernie haviam descoberto os voos abastecidos de cocaína que partiam da Colômbia para a América Central e para Guadalajara, no México.

— *E quanto a algo chamado Cerberus, sr. Keller, já ouviu falar?*

— *Não.*

— *Algo chamado Cerberus teve alguma ligação com a morte do agente Hidalgo?*

— *Não.*

Teve tudo a ver com o assassinato de Ernie, Keller pensa agora. O pessoal de Barrera torturou Ernie para descobrir o que ele sabia sobre a operação, dirigida a partir da sala do vice-presidente, para custear os contras de forma ilegal, fazendo vista grossa ao Trampolim Mexicano.

O próprio tio de Barrera, M-1 em pessoa, tinha custeado um campo de treinamento para os contras, e quando Keller finalmente o pegou, na Costa Rica, a CIA o liberou.

E Keller mentiu ao comitê.

Em troca, lhe foi dado o comando da Força-Tarefa Antinarcóticos do Sudeste, com carta branca para derrubar Adán Barrera e o pessoal que havia assassinado Ernie.

O que ele fez, com ímpeto de vingança.

Ele prendeu o médico que havia supervisionado a tortura na prisão. Ele prendeu Rafael Caro. Keller levou anos, mas enfim pôs Adán Barrera atrás das grades.

Ele até matou M-1, com duas balas no peito, em uma ponte em San Diego.

Mas o pessoal da direita, os defensores do governo, estão em um jogo perigoso ao reviver Irã-Contras. É uma arma apontada para a própria cabeça.

Uma coisa é me atacar, outra coisa é atacar Mari, pensa Keller, conforme os dias vão passando.

Os blogs de direita publicam histórias sobre "a radical dra. Cisneros", "Mari Vermelha", mencionando seu histórico de protestos contra o governo mexicano, seu apoio aos ativistas de esquerda, no vale de Juárez; eles até invertem seu heroísmo ao dar a entender que, como prefeita de Valverde, ela fora metralhada não por *se opor* aos cartéis de drogas, mas por ter "traído" um deles.

Marisol não liga.

— São apenas palavras — ela diz a Art —, não são balas.

Mas ela receia que a sujeira arremessada nela possa atingir seu marido e sujá-lo também.

— É preciso entender — diz um dos debatedores — que a dra. Cisneros é uma figura controversa no México, assim como seu marido é aqui nos EUA. Para a esquerda, ela é praticamente uma santa secular, um mártir que desafia tanto o governo como os cartéis. Mas, para os conservadores de lá, Cisneros é uma diaba, uma comunista de conchavo com forças subversivas. Se você juntar tudo isso com Keller, terá uma combinação e tanto.

Outro analista "desvenda", na televisão, o relacionamento deles.

— Keller e Cisneros se conheceram durante a última missão dele por lá. É absolutamente uma história de amor: ele cuidou dela, até que ela ficasse boa, após ser gravemente ferida pelo cartel de drogas Zeta. Algumas pessoas dizem que ela foi para ele uma figura de influência liberal ao extremo, que muitos dos posicionamentos que ele tem sobre políticas relativas às drogas, às reformas prisionais e à imigração vêm da dra. Cisneros.

— Cisneros esteve lá no México protestando contra o rapto e assassinato daqueles 49 estudantes universitários, não estava?

— Ela estava, sim — responde o analista —, junto com a jornalista Ana Villanueva, recentemente assassinada, uma amiga próxima tanto dela como de

Keller. Na verdade, Villanueva até passou o último Natal no lar dos Keller, em Washington.

— E seu último artigo antes de morrer — lembra o apresentador — foi uma entrevista com Rafael Caro.

— As ligações não têm fim.

Assim como os ataques.

O noticiário da Fox e as rádios AM não param: Keller é um mentiroso com motivação política tentando desfazer os resultados da eleição. Ele é um terrorista maluco e conspirador, desestabilizado pela culpa de ter causado a morte do parceiro. Ele é um marido dominado pela esposa megera.

— Fale com qualquer um da Narcóticos — diz o apresentador — e lhe dirão que Art Keller foi um chefe terrível. A agência estava desmoronando sob sua assim chamada liderança. E eles lhe dirão que ele tinha planos liberais. E é isso que estamos vendo agora.

Qualquer coisa que o depreciasse, qualquer coisa que lançasse alguma mácula na teoria que ele contou ao *Washington Post*.

Então, surge uma matéria em um blog de direita alternativa.

### A ponte a algum lugar

Na primavera de 1999, Art Keller, ex-diretor da Narcóticos, esteve envolvido em um tiroteio na ponte Cabrillo, no Balboa Park, em San Diego. Keller, à época descrito como "herói", matou o chefão das drogas mexicano Miguel Ángel Barrera e prendeu o infame Adán Barrera, então chefe do cartel conhecido como Federación. Pouco depois, Keller tirou uma "licença não remunerada" da Narcóticos, e foi para… escutem essa… um monastério isolado, no deserto do Novo México, somente para ressurgir, quatro anos depois, em uma renovada caçada a Barrera, no México, caçada esta que culminou na revelação da morte de Barrera, na Guatemala.

Mas, rebobinem a fita. Havia um segundo corpo, naquela ponte, em 1999. Salvatore Scachi, um oficial boina verde que tinha ligações com a máfia de Nova York, assim como com a CIA. O que Scachi estava fazendo naquela ponte? Ninguém, nem mesmo Art Keller, jamais respondeu a essa pergunta. E Scachi foi morto, não pela arma de Keller, mas por um disparo veloz de fuzil. Esse caso nunca foi esclarecido e permanece como encerrado na delegacia de polícia de San Diego.

Mas quem era o atirador? Onde estava o atirador? Qual era o relacionamento do atirador com Keller? Outra pergunta que o denunciante Keller jamais respondeu, nem foi intimado a responder, escondendo-se em seu retiro no Novo México, naquela época. Não é por acaso que os monges faziam voto de silêncio.

Algo aconteceu naquela ponte, algo que o povo americano merece saber.

Essa ponte leva a algum lugar.

Leva sim, pensa Keller.

Por mais que a direita o demonize, a esquerda o idolatra. Na MSNBC, ele é "de princípios", "heroico", "pronto para o combate". A *Rolling Stone* o chama de "próximo Edward Snowden", uma comparação que Keller não acha lisonjeira.

Mas a mídia liberal está fora de si, porque Keller fez acusações contra Jason Lerner, que, portanto, se estendem a Dennison. Eles não se cansam de falar do que agora rotularam como "Towergate", e por mais que os jornalistas cerquem Keller, eles também estão atrás de Lerner e da Casa Branca.

Em todas as reuniões de pauta da imprensa, sobre a Casa Branca, surgem perguntas: "E quanto a Towergate?", "O emprego de Lerner está em risco?", "Será que Lerner será formalmente acusado?", "É verdade que Lerner aceitou empréstimos de um cartel de drogas mexicano?", "Será que o presidente tem algum interesse financeiro na Terra?", "O presidente sabia sobre esse empréstimo?", "O presidente Dennison mandou o procurador-geral fazer pressão para Keller encerrar a investigação?", "O Lerner fez?".

Dennison responde no Twitter: *Fake news*. Mentiras. Nós vamos processá-lo.

As negações furiosas só abanam as chamas. Jornalistas sérios começam a escrever matérias investigativas sobre a Terra, a situação financeira do Park Tower, a overdose de Claiborne.

Keller gostaria que eles o processassem — isso forçaria Lerner a depor sob juramento.

O *Times* e o *Post* anunciam novas perspectivas a cada dia: LERNER DE CABEÇA PRA BAIXO, NO PLAZA TOWERS, MEGA BANCO ALEMÃO SAIU DO PLAZA TOWERS, CLAIBORNE NÃO TINHA HISTÓRICO DE USO DE HEROÍNA.

É o tufão de fogo que Keller tinha torcido para atear, quando acendeu o fósforo. Se ele conseguir incitar bastante pressão pública para exigir um conselho especial, ele tem chance de conseguir instaurar um processo formal. Embora saiba que o incêndio que iniciou vai consumi-lo também, porque uma das pessoas com quem um conselho especial vai querer falar é Eddie Ruiz, e Eddie vai falar com qualquer um que lhe arranjar um acordo.

Keller não liga.

Ele só quer o conselho especial.

Vai aumentando a pressão para que o PG indique o conselho. Os colunistas pedem, os senadores democratas e a Câmara também, todos os programas importantes de domingo, idem.

Mas o PG se mantém firme.

E contra-ataca.

— Se o sr. Keller revelou informação confidencial de uma investigação do governo ao *Washington Post* ou a qualquer outra pessoa — diz ele —, isso constitui um crime. Se ele reteve conteúdo investigativo, isso também é crime e nós podemos proceder com um processo formal.

Quanto será que ele sabe? Keller se pergunta. Até onde vai sua cumplicidade? Será que O'Brien e o restante lhe contaram sobre as gravações de Claiborne? Será que essa foi sua indicação para que eu não leve isso a cabo?

— Eles podem realmente fazer isso? — pergunta Mari. — Mover uma acusação formal contra você?

— É possível.

— Então, você pode acabar na cadeia por falar a verdade — diz ela.

— Ãrrã.

— Bem — diz ela —, você não seria o primeiro.

Keller nunca reagiu bem a ameaças. Ele foi ameaçado pela antiga Federación, pelo cartel Sinaloa e pelos zetas — e todos tentaram matá-lo; agora ele vai se dobrar porque esse merdinha está dando uma coletiva de imprensa?

Não.

Mas David Fowler, procurador-geral, recusa-se a designar um conselho especial.

Dois dias depois, Fowler está no "The Hill", diante de um comitê de apropriação que lhe indaga sobre "o muro", quando um senador democrata, Julius Elmore, solta uma pergunta relativa ao motivo para que ele não indique um conselho especial no caso Towergate.

— Porque não há necessidade — retruca Fowler — de sair dos trâmites normais. Se o sr. Keller achou possuir provas suficientes para abrir um processo, então, por que não as levou ao último procurador-geral, antes que ambos deixassem o governo? Se agora ele acha que possui provas suficientes para abrir um processo, por que não as apresenta a mim? O único momento em que se faz necessária a indicação de um conselho especial é quando se percebe um conflito de interesse que figuraria na impossibilidade de o procurador-geral ser objetivo.

Elmore quase não consegue conter seu sorriso, ao perguntar:

— O senhor possui tais conflitos, que não lhe permitiriam ser objetivo, num caso relativo à Casa Branca ou à empresa Terra?

— Não, não tenho.

Gasolina no incêndio.

A mídia uiva de indignação. Como Fowler pode dizer que não tinha qualquer conflito, se desde o início apoiou o novo presidente? Se fez campanha para ele, angariou fundos para ele, foi seu representante na televisão?

A resposta dada por seus apoiadores é que isso não chega ao ponto de gerar um "conflito". Se chegasse, poucos procuradores-gerais poderiam tomar uma decisão em um caso envolvendo a Casa Branca.

Mas alguns dias depois, o *New York Times* publica um artigo revelando que Fowler possui ações em uma empresa de investimentos que emprestou dinheiro à Terra, em um projeto no exterior. Portanto, ele tem interesse pessoal direto na estabilidade financeira da companhia.

O comitê manda chamá-lo.

Elmore pergunta:

— O senhor se lembra da resposta que me deu, quando eu lhe perguntei se o senhor tinha algum potencial conflito de interesse relativo à Terra?

— Sim, eu me lembro.

— O senhor atestou que não — lembra Elmore. — Mas isso não era verdade, era?

— De minha parte, não houve qualquer intenção de enganar — responde Fowler. — Eu apenas não me lembrei… quer dizer, ninguém pode estar ciente de todos os detalhes do portfólio…

— Qual dos dois? — pergunta Elmore. — O senhor não se lembra ou não estava ciente?

— Senhor, eu lamento profundamente qualquer implicação…

— Mas o senhor diria — pergunta Elmore —, hoje, agora, que possui tal conflito?

Fowler está encurralado e sabe disso. Ele admite que talvez haja a possibilidade de uma "percepção de conflito".

— Deixe-me lhe perguntar, senhor — diz Elmore —, alguém no governo lhe pediu que fizesse pressão para que Keller encerrasse a investigação Towergate?

— Bem, senhor — diz Fowler —, o sr. Keller não estava mais na função, quando eu assumi.

— Não foi isso que eu lhe perguntei.

— Não me recordo de qualquer conversa do gênero.

— Sabe se o sr. Howard abordou o sr. Keller com a mesma solicitação? — pergunta Elmore.

— O senhor teria que perguntar a um deles.

— Então, o senhor não sabe?

— Eu não me recordo do sr. Howard me dizer isso.

— Mas, se alguma dessas conversas das quais o senhor não se recorda de fato aconteceu — diz Elmore —, isso seria obstrução de justiça, não seria?

No dia seguinte, Fowler pede afastamento do caso Towergate.

Ben O'Brien não está contente.

— Aquele cretininho de merda — diz ele. — Ele só precisava ter culhão e ser mais persistente.

Keller armou uma arapuca e esse imbecil filho da puta caiu direitinho.

Rollins diz:

— Ele está com medo de ser acusado de perjúrio.

— Conversa fiada — responde O'Brien. — Quem vai acusar?

Péssimas notícias. Não apenas o chinelo do PG está fedendo a culpa, mas agora a decisão de designar um conselho especial ficará a cargo do procurador- -geral substituto, John Ribello, que não vai impedir a bala por um chefe que ele intimamente odeia.

Isso não impede que O'Brien tente. Ele pega o telefone.

— Faça o que achar melhor, é claro que você deve fazer o que sua consciência mandar, mas você sabe que não há nada aqui. Isso é uma caça às bruxas.

A resposta não é animadora:

— Como sabe disso, senador? Se o senhor possui informação pertinente...

— Ora, claro que não — responde O'Brien. — Não há porcaria de prova alguma. Se houvesse, você não acha que, a esta altura, nós já não teríamos visto?

— O que eu estou captando — diz Ribello — é que Keller ficou relutante em apresentar as provas, pois receava que elas fossem comprometedoras e que seriam omitidas.

Então é o que você está "captando", seu chupador de pau da Ivy league, pensa O'Brien. Ele diz:

— Ninguém aqui está falando em omitir provas.

— Eu certamente espero que não.

Estão todos ficando amedrontados, pensa O'Brien. Esse babaca é esperto o suficiente para recomendar um conselho especial só para sair da linha de fogo. Jogar essa fogueira para cima de outro e lavar as mãos.

E aquele filho da puta esperto do Keller está sentado em cima das gravações. Um conselho especial intimaria Keller e exigiria a apresentação de todos os documentos e conteúdo comprobatório.

Então, o que Keller fará?

O que ele irá dizer?

\* \* \*

Ao acordar em mais uma manhã em meio a tudo isso, Keller pensa: a questão agora é o que Ribello fará.

Vai entrar com um processo de acusação contra mim?

Designar um conselho especial?

Ambos?

Nada?

Todas essas são opções válidas.

Mesmo que ele indique um conselho especial, pensa Keller, enquanto passa o barbeador no rosto, com quem seria? Se ele indicar um picareta do partido republicano, será só uma mão de cal — o propósito da investigação não será revelar as falcatruas, mas enterrá-las. Será uma missão de "busca e esquiva", buscando as provas onde não há e depois anunciando que não acharam nada.

Ele termina de se barbear e vai se vestir para um dia de...

De quê?

Ficar sentado esperando?

Keller não tem aonde ir — todas as possibilidades de emprego estão em espera, até que essa história termine. Ele poderia dar (mais) uma volta pela vizinhança, percorrendo as livrarias locais, mas o que antes era um prazer se tornou um pé no saco, já que ele não consegue ir a lugar nenhum sem ser parado e questionado, ou por repórteres, ou simplesmente por pessoas na rua que o reconhecem. Algumas delas fazem sinais positivos com o polegar, outras só olham de cara feia, outras se aproximam e até pedem autógrafos.

Marisol acha que ele deve providenciar segurança.

— Um guarda-costas? — perguntou Keller. — Eu não quero isso.

— Você não sabe quem é essa gente — disse ela. — Algum doido pode querer ficar famoso.

Keller descarta. Ele não tinha guarda-costas quando Adán Barrera oferecia uma recompensa de dois milhões de dólares por sua captura, e não vai ter um agora. Eu sei me cuidar, obrigado, pensa ele. Keller ainda leva sua pistola Sig 9mm na cintura, por baixo da jaqueta, quando sai.

O que acontece cada vez menos.

Keller tem que reconhecer que ele agora é como um prisioneiro em sua própria casa. Eu poderia até estar de tornozeleira, pensa ele.

Ele está vestindo um suéter, quando Marisol grita:

— Arturo, desce aqui!

— O que foi?

— Ribello está falando na TV!

Keller desce a escada correndo.

O procurador-geral substituto, John Ribello, está dando uma coletiva de imprensa.

— Em minha função de procurador-geral substituto, eu determinei que é de interesse público que eu exerça minha autoridade designando um conselho especial para assumir a responsabilidade da questão Towergate. Isso não significa que eu tenha chegado à conclusão de que quaisquer crimes tenham sido cometidos, ou que qualquer acusação esteja garantida. Com base em circunstâncias únicas e de modo que os cidadãos americanos tenham plena confiança no desfecho, eu vejo a necessidade de instaurar essa investigação, exercendo a autoridade de uma pessoa independente das linhas habituais de comando.

Marisol diz:

— Você ganhou.

— Eu não ganhei nada.

Mas também não perdi, pensa Keller. Depende, claro, de quem Ribello designar. Ele olha o homem que está em pé atrás de Ribello e não o reconhece. Tem perto da minha idade, pensa Keller. Cabelos brancos. Alto, rosto sulcado.

Ele se aproxima, quando Ribello diz:

— Nossa nação tem por base a aplicação da lei, e o povo precisa da garantia de que os oficiais do governo aplicam a lei de forma justa e objetiva. O Conselheiro Especial Scorti terá todos os recursos apropriados para conduzir uma investigação minuciosa e completa, e eu estou confiante de que ele irá buscar os fatos, aplicar a lei e chegar a um resultado justo. Sr. Scorti?

Scorti se aproxima do microfone.

— A esta altura, não tenho muito a dizer, exceto que, para evitar quaisquer possíveis conflitos, estou me demitindo de minha função, no escritório de advocacia Culver-Keveton. Farei o meu melhor para que esta questão chegue a uma conclusão imparcial e justa. Obrigado.

Marisol já está entrando no Google.

— Ele é de Boston... republicano... se formou em Dartmouth, serviu no Vietnã... Tem Estrela de Bronze e o Coração Roxo...

— Exército ou mariners?

— Mariners — diz Mari. — Escola de Direito de Columbia... foi procurador, depois assistente da procuradoria-geral da divisão criminal. Ele supervisionou a condenação de Noriega...

— É por isso que ele é familiar.

—... do caso da bomba de Lockerbie, e da família Cimino de criminosos.

O passado continua voltando, pensa Keller. Sean Callan foi pistoleiro para os Cimino.

O telefone toca. Senador Elmore.

— Art, esse cara é firmeza.

— É?

— Ele tem conduta independente — diz Elmore. — Dennison não vai mandar nele. Essa é a boa notícia. A má notícia é que você também não vai.

— Tudo bem. — Ele desliga. Olha pela janela e vê que as vans de emissoras já estão encostando, os jornalistas se aglomerando lá fora. Na televisão, os repórteres estão cercando Ribello com perguntas.

— Qual é o escopo da investigação do Sr. Scorti? — pergunta um deles. — Ele terá abertura para abranger o ex-diretor Keller e também Lerner?

— O sr. Scorti terá abertura para investigar todos os aspectos da questão — diz Ribello.

— Isso inclui Keller.

— Creio que a palavra "todos" seja explicativa.

— O escopo inclui a morte de Claiborne?

— Não sei de que outra forma lhe dizer...

— O sr. Scorti terá poderes acusatórios?

— O sr. Scorti poderá proceder com quaisquer acusações federais que ele determinar, conforme recomendado pelo júri principal.

— O sr. Scorti terá abrangência para investigar as potenciais ligações financeiras do presidente Dennison com a Terra?

— Novamente — diz Ribello —, o conselho especial seguirá as provas até onde elas conduzirem.

Vamos ver, pensa Keller.

Ele sabe que demorará semanas até que Scorti mande chamá-lo. O conselho especial terá que arranjar escritórios, contratar uma equipe, revisar documentos.

— Você precisa de um advogado — diz Marisol.

— Foi isso que Ben Tompkins falou.

— Até um relógio quebrado acerta...

— Eu não quero um advogado — insiste Keller.

— Esse não é o momento de ser ingênuo ou arrogante — diz Marisol. — Nem teimoso. Ou você quer ir pra cadeia?

— Eu quero botar Jason Lerner na cadeia.

— Ótimo — diz Marisol —, vocês vão poder jogar vôlei juntos.

Keller suspira.

— Eu não conheço nenhum advogado de defesa. Quer dizer, conheço, mas a maioria adoraria me ver em uma cela, ao lado de seus clientes.

— Você conhece a Daniella Crosby.

— Quem é?

— Uma das mais proeminentes advogadas de defesa de DC — explica Marisol. — Nós trabalhamos juntas, num comitê para alfabetização, almoçamos juntas algumas vezes. Ela e o marido estiveram em nossa festa de Natal.

— Tinha tanta gente...

— Tenho o contato dela no meu celular.

Keller olha pela janela, para a horda de jornalistas se aglomerando lá fora.

— Ligue pra ela.

O escritório de Daniella Crosby fica no centro da cidade, na rua 17 com a K, não muito distante da Casa Branca e do Hamilton Hotel.

Uma mulher afro-americana com quarenta e poucos anos, cabelos pretos curtos, óculos de grau imensos emoldurando um rosto forte, ela olha para Keller, do outro lado da mesa, e vai direto ao assunto.

— Não sei se posso mantê-lo fora da cadeia. Você de fato revelou ao *Washington Post* detalhes de uma investigação em curso?

— Sim.

— Também removeu material investigativo do escritório da Narcóticos? — pergunta ela.

— Removi.

— E continua de posse desse material?

— Possivelmente — diz Keller.

— Isso é um sim? — questiona ela. — Sr. Keller, o senhor sabe que eu não tenho como ajudá-lo se não for inteiramente sincero comigo. Na verdade, eu não irei representá-lo.

— Srta. Crosby...

— Reverenda — diz ela. — Se vamos ser formais, na verdade, é reverenda Crosby. Eu sou pastora. Ou devemos deixar em Daniella e Art?

— Daniella — continua Keller —, você está me pedindo para confiar em você e, para ser franco, eu não confio em ninguém.

— E quanto a Marisol?

— Ela é uma exceção.

— Faça mais uma — diz Crosby. — Você escolheu encarar o presidente dos EUA, todo o seu bando, metade do Congresso, vários cartéis grandes de drogas e agora, o conselho especial. Acha mesmo que consegue fazer isso sozinho?

— Não quero que você tenha conhecimento que possa colocá-la em risco.

— Por que você não para de ser condescendente comigo e deixa que eu decida quais riscos estou disposta a correr? — pergunta ela. — Se eu aceitar seu caso, o que neste momento parece bem duvidoso, será meu trabalho proteger você, não o contrário. Portanto, quanto mais rápido nós nos acostumarmos a essa dinâmica, melhor.

— Acho que você está com ênfase errada — diz Keller.

— Como?

— Sua prioridade é me defender — explica Keller. — Minha prioridade é acusar Lerner.

— E o presidente.

— Se chegar a isso — confirma Keller. — Você precisa entender que todo o meu propósito em vazar essa história foi provocar uma investigação de um conselho especial. Não estou fugindo disso, é o que eu quero.

— Se você correr para o fogo, pode se queimar.

— Estou ciente do risco.

— O risco é muito real.

Ela explica a Keller que ele pode ser acusado por três crimes. A primeira infração refere-se à lei USC 18-793, do chamado "Ato de Espionagem" que foi usada para acusar Edward Snowden e cuja pena é de até dez anos.

— Eles podem seguir essa linha — diz Crosby —, mas eu argumentaria que a 793 é pertinente apenas à defesa nacional, o que acredito que seria difícil para eles demonstrarem.

A segunda lei é a 18-641, do Estatuto de Conversão Federal, que se refere ao roubo de propriedade do governo, incluindo registros, e também tem pena máxima de pagamento de multa e dez anos.

A terceira é a 18-1030 — que foi elaborada no caso Chelsea Manning, proibindo a transferência, entre computadores, de informações referentes à defesa nacional ou relações estrangeiras.

— Se qualquer informação que você deu ao *Post* algum dia esteve dentro de um computador da Divisão de Narcóticos — diz Crosby —, você pode correr o risco de uma violação 1030, que representa mais dez anos.

Segundo ela, a estratégia mais provável da acusação seria jogar todas as três acusações na parede, como espaguete, para ver se alguma delas cola.

— Qual é a defesa? — pergunta Keller.

— Fora o fato de que você não fez nada disso? — pergunta ela.

Keller não responde.

Então, ela explica que a melhor estratégia de defesa é citar os vários atos de denunciantes que protegem funcionários federais de uma acusação, caso tais funcionários sensatamente acreditaram que funcionários do governo cometeram abusos, ou que seus atos ameaçaram a saúde e segurança pública.

— Eu com certeza argumentaria — diz Crosby — que uma rede de tráfico de heroína comprando influência no mais alto escalão do governo constituiria uma ameaça à saúde e segurança pública. O problema é: você consegue provar que os funcionários do governo estavam de conluio nisso, ou procurando encobrir o fato?

— Jason Lerner é consultor sênior da Casa Branca — responde Keller.

— Mas à época dos crimes que você alega, não era — diz Crosby. — Portanto, isso pode incriminá-lo, mas ainda não isenta você. Você tem mais alguma coisa?

Ele conta sobre suas conversas com O'Brien, que pediu que ele parasse a investigação, mas não faz nenhuma referência ao ataque na Guatemala.

— Isso pode ser útil — diz Crosby —, mas não justificativo. O'Brien é um presidente poderoso de um comitê importante, mas não tem autoridade direta sobre você.

— Denton Howard me ofereceu meu emprego para cessar a investigação.

— E daí? — pergunta Crosby. — Ele era seu subordinado.

— Ele falou que estava agindo em nome do presidente eleito — diz Keller.

— Essa conversa foi gravada?

— Por mim, não.

— Então, é a sua palavra contra a dele — conclui Crosby. — E nós ainda temos o mesmo problema cronológico. Mesmo que Dennison tenha, de fato, transmitido essa oferta, isso não seria obstrução de justiça, porque ele não tinha autoridade estatutária. A procuradora-geral à época, em algum momento, lhe pediu para encerrar a investigação sobre Lerner?

— Eu não levei o assunto até ela.

— Isso é um problema — afirma Crosby. — Por que não?

Keller diz:

— Eu estava no meio da condução não apenas de uma investigação, mas de uma operação para derrubar uma grande organização de tráfico de heroína ligada ao Towergate. Estava apreensivo quanto a qualquer revelação prematura ao gabinete da PG, que poderia não apenas pôr em risco a operação, mas expor ao perigo os agentes infiltrados. Meu próprio pessoal já estava vazando informação para Howard e ele estava repassando a O'Brien.

— Então, o que você está me propondo a fazer — pergunta Crosby —, defendê-lo ou incriminar Lerner?

— Ambos, eu acho.

— E se em determinado momento houver um conflito entre esses dois interesses?

— Você permitiria que um cartel de drogas influenciasse o governo dos EUA? — pergunta Keller.

— Se isso significasse defender meu cliente, sim.

— Então, quando chegar esse momento — diz Keller —, eu vou dispensar você.

— Só para nós nos entendermos — diz Crosby. —Você não vai mais falar com a mídia. Isso sou eu que faço. Sou muito boa nisso e você é muito ruim. Agora, conte-me tudo.

— Onde você quer que eu comece?

Ela o encara, como se ele fosse um idiota.

— No começo.

Ele conta tudo a ela.

Menos sobre a Guatemala.

E a ponte.

Sean Callan foi deslocado, deslocado outra vez, e depois outra.

Toda vez é a mesma sequência. Eles botam um capuz em sua cabeça, algemam suas mãos e pés e o atiram na traseira de um veículo, às vezes, de um avião. Aonde os irmãos Esparza vão, Callan vai. Então, eles o empurram para dentro de um galpão, um celeiro, um porão, e o acorrentam a uma parede.

Ele recebe o mínimo de comida — algumas tortilhas, arroz e feijão, uma tigela de pozole. Com intervalos de alguns dias, eles o desacorrentam e abrem uma mangueira de jardim em direção a ele, lhe dão algumas roupas usadas, porque Iván reclama que ele está fedendo.

Callan sabe que fede. Ele não escova os dentes há semanas, seu cabelo e barba estão compridos e emaranhados, ele parece um sem-teto psicótico. Psicótico é uma definição bem certa, pois ele sabe que está perdendo o juízo. Hora após hora, sentado junto a uma parede — nada para olhar, nada para ler, ninguém com quem falar.

A única exceção foi quando Iván se aproximou e lhe contou uma piada.

— Qual é a diferença entre Jesus Cristo, herpes e Elena Sánchez? Não sabe? Elena nunca mais vai voltar.

Callan perde a noção das horas, dias e noites. Se alguém lhe perguntasse há quanto tempo ele está aprisionado, ele não saberia dizer. Semanas, meses? Ele não acha que faz um ano.

Ele sente falta de Nora, fica imaginando como ela está, espera que ela e a garotinha estejam bem, que ela não esteja sofrendo por ele.

Sem nenhum lugar para onde ir, sua mente volta ao passado.

Ele tinha dezessete anos quando matou alguém pela primeira vez.

Eddie "Açougueiro" Friel, no Liffey Pub, lá em Nova York, na cozinha do Hell. Deu-lhe um tiro de 22 na cara, jogou a pistola no Hudson.

Depois foi Larry Moretti.

Depois daquilo, ele foi trabalhar para a família Cimino, e Johnny Boy Cozzo lhe deu o trabalho de apagar o chefe, Paulie Calabrese, no Natal de 1985. Então, ele teve que deixar a cidade, ir para Guatemala, El Salvador, México, todos os terrenos férteis onde havia gente precisando de gente para matar gente.

Ele perdeu as contas.

Sua alma era um monte de lixo, até que o padre Juan o resgatou.

Então ele também foi morto.

Adán o matou.

Mandou matar, tanto faz. Adán Barrera não cometia seus próprios assassinatos, era para isso que ele tinha gente como eu, pensa Callan.

Por isso, se agora eu estou no inferno, é porque é o inferno eu mereço.

Ele não tem ideia de onde está, na noite em que eles vêm, o desacorrentam e o levam até um chuveiro, no canto de uma parede. A água é um filete, mas está quente. Então, eles o colocam sentado em uma cadeira, o barbeiam e cortam seu cabelo, depois lhe jogam um jeans novo, uma camisa de brim e um par de tênis.

— Vista-se — diz um deles. — Iván não quer você com cara de vagabundo.

Por quê?, pensa Callan. Para o vídeo, quando eles me matarem?

Ele se veste, eles botam um capuz em sua cabeça e o jogam na traseira de um carro. Dirigem por cerca de duas horas, depois o carro para e eles tiram seu capuz.

Ele sabe onde está, reconhece dos velhos tempos.

Na travessia da fronteira, em Tecate.

Dois *federales* estão do lado de fora de uma van.

— Saia.

— Eu vou levar uma bala nas costas? — pergunta Callan.

— De nós, não.

Callan sai. Os *federales* o pegam pelos braços e conduzem até a cabine de Patrulha da Fronteira. Dois homens à paisana estão esperando por ele e os *federales* o entregam.

— Sean Callan? — diz um deles. — FBI. Você está preso pela suspeita de assassinato de Paul Calabrese.

Eles o viram de costas e o algemam.

Levam-no de volta para os EUA.


Crosby prepara Keller para sua entrevista com o conselho especial. Eles não trabalham todos os dias, mas quase todos, e por várias horas. Ele chega no escritório dela às nove da manhã e vai embora logo depois do almoço.

Durante os primeiros dias, jornalistas ficavam acampados na frente do prédio, mas como Keller prosseguia recusando responder às perguntas e Crosby lhes dava respostas insípidas, eles ficaram entediados e foram embora.

Habitualmente, Keller pega o metrô pela manhã, no Dupont Circle, até a Farragut North. Quando o clima permite, ele prefere voltar para casa a pé, subindo a avenida Connecticut, para espairecer após uma sessão preparatória. De vez em quando, ele para na Kramer Books ou na Second Story; porém, com uma frequência cada vez maior, surge alguém que o reconhece e quer conversar, então ele acaba não indo.

— Até recebermos uma oferta de imunidade, você segue pela Quinta Emenda — diz Crosby. — Depois disso, você pode dar tudo o que eles quiserem.

— Incluindo as gravações?

— Se eles pedirem — diz Crosby. — Numa exigência coletiva, eles pedirão por algo como "todo e qualquer material em seu poder relativo a essa questão". Então, você entrega as gravações.

— E se eles as eliminarem? — pergunta Keller.

— Scorti não parece alguém que faria isso — diz Crosby. — Mas eu vou jogar umas sementes.

— O que isso significa?

— É o motivo pelo qual você me contratou — explica ela. — Eu vou até a mídia e lembro-lhes da possibilidade de você ter materiais como gravações. Então, se Scorti tentar eliminar as gravações, ele estará sob imensa pressão pública para divulgá-las.

Sim, foi para isso que eu a contratei, pensa Keller. É inteligente e sutil, e eu não teria pensado nisso. E mostra que ela está interessada em derrubar Lerner. Mas ele não está convencido. Motivo pelo qual ele fez cópias e guardou-as fora do alcance da intimação. Ele percebe que Crosby não lhe perguntou se ele fez isso.

Eles almoçam trabalhando no escritório e repassam mais detalhes. Ainda não há data para a entrevista.

Eddie está ficando maluco na cadeia de San Diego.

Não metaforicamente, literalmente insano.

Ele achou que seria fácil ficar outra vez na solitária, baseado em sua época em Florence, mas agora percebe que a prisão de segurança máxima não o fortaleceu e sim desgastou. A cela tem 3,60 por 1,80 metros e as paredes começam a tremular, quando ele olha por muito tempo, como se fossem feitas de água, uma leve camada de água por cima da areia, quando a onda volta.

Isso não é bom.

Ele sabe que não deveria ficar encarando as paredes, mas não há mais nada para olhar — não há janela, nem TV, nem uma fresta da porta, por onde ele poderia olhar o pavilhão, e ele sabe que, por mais que ele encare as paredes, a onda não vai levá-las.

Eles o estão enlouquecendo ali dentro e Eddie acha que isso é intencional, eles o estão amolecendo para as negociações. Enfiam pela porta uma badeja de café da manhã — se é que se pode chamar assim — às *seis e quinze da manhã*, depois voltam, às sete e meia para inspecionar a cela.

Para quê? São 3,60 por 1,80 metro, um jogador decente da NBA não poderia nem ficar deitado direito ali dentro. O que acham que Eddie vai esconder, um tanque? Os Red Hot Chilli Peppers? Uma banheira quente cheia de strippers?

Os guardas fazem contagem às oito, às dez e meia e às quatro, o que Eddie imagina ser o meio que eles têm para foder mais um pouco com ele. O problema de Eddie é que ele está tendo dificuldade com as contagens, para distinguir uma da outra. Outro dia, ele achou que fosse a contagem das quatro horas e era só a das oito.

Nas primeiras semanas, ele foi religioso no treino — flexões, abdominais — porque os caras da Eme, em V-Ville, lhe disseram que essa era a chave para manter o espírito forte.

Mas agora parece simplesmente trabalhoso demais, e o que ele mais faz entre as refeições (se é que se pode chamar assim) é ficar deitado na cama, olhando as paredes. Ou o teto.

Seu corpo está ficando uma merda.

É todo aquele fermento que lhe dão.

Minimum Ben chega e tenta atualizá-lo sobre as coisas.

— O que é um "conselho especial"? — pergunta Eddie. — É como Olimpíadas Especiais, algo assim? Eles ganham troféus, essas coisas?

— Você precisa levar isso a sério, Eddie — diz Tompkins.

— Me tira dessa porra aqui, Ben.

— Estou trabalhando nisso.

— Trabalhe com mais afinco.

Porque eu estou ficando doido.

Eles o estão quebrando e ele sabe. Antes ele conseguia agir em relação a isso, ele conseguia lutar, mas Eddie está perdendo a luta e é isso que os filhos da puta querem; a prisão é para isso, para destruir a mente, o corpo e a alma, até a pessoa fazer o que esses putos querem.

Ou simplesmente morrer.

Ou pior, virar um daqueles babacas patéticos que ficam pintando as paredes com a própria merda.

Ele percebe que acabou de falar isso em voz alta.

— Que ótimo — diz ele —, agora você está falando com você mesmo. Bem, ao menos está falando com alguém que realmente está aqui, que é melhor do que falar com alguém que não está. Quer dizer, você não está perdendo a cabeça de verdade, até começar a falar com gente que não está presente, certo?

Certo?

* * *

O escritório do conselho especial é um prédio comum no sudeste de Washington, logo ao norte de Fort McNair.

Crosby entra com sua BMW X5 no estacionamento, e ela e Keller pegam um elevador até o escritório, longe dos olhos da imprensa. No elevador, Crosby diz:

— Scorti não é racista, mas ele é produto de sua geração. Ele e todos os outros advogados da Ivy League, lá em cima, vão olhar uma mulher afro-americana que frequentou a Howard e achar que eu cheguei onde estou por meio de ação afirmativa. Isso não vai durar muito, mas nos dará uma vantagem temporária.

As portas automáticas se abrem.

Talvez, por motivo de segurança, a sala de reunião não tem janelas, embora Keller ache que é mais para deixar as testemunhas se sentindo claustrofóbicas. Ele próprio costumava usar essa técnica.

Scorti tem quinze advogados em sua equipe, cada um de uma especialidade — direito criminal, tráfico de drogas, lavagem de dinheiro, direito constitucional. Ele tem contadores forenses, especialistas em vigilância e um monte de secretárias, todos literalmente sob juramento de confidencialidade. Foi uma equipe bem redonda, pensa Keller. Nenhum vazamento surgiu da operação de Scorti.

São nove horas.

Scorti gosta de começar cedo e sair tarde, ele é preparado como um ex-marine, mas não está na sala quando Keller e Crosby entram. Lá estão três outros advogados, homens brancos de terno e gravata. Uma secretária está sentada, de bloco estenográfico na mão, e há pequenos microfones instalados na mesa.

Depois das apresentações, Keller rapidamente se esquece dos nomes de todos, e todos se sentam de novo. Um dos advogados assume o comando.

— Estamos gravando esta sessão. É para sua proteção, assim como a nossa. Nós lhe daremos uma cópia transcrita.

— É claro — diz Crosby. — Assim com a cópia da gravação.

— Isso nós não costumamos dar.

— Não estou interessada no que vocês costumam fazer — diz ela. — Quero ter certeza de que a transcrição está precisa.

— Não temos obrigação de lhe dar uma cópia.

— Então, este será um dia muito longo — diz Crosby. — E monótono, comigo instruindo meu cliente a não responder.

— Se significa tanto assim para você. — O advogado vira para Keller. — Vou pegar seu juramento. Seu testemunho tem o mesmo efeito e força que teria em tribunal e, portanto, está sujeito ao estatuto federal de perjúrio.

— O sr. Keller está aqui como uma testemunha colaborativa — diz Crosby. — Nós não exigimos uma intimação. Acho que não precisamos começar este procedimento com ameaças.

— Eu só estou mencionando a lei.

— Eu instruo meu cliente sobre a lei — diz Crosby. — Você faz as perguntas. E eu quero alguns jarros de água gelada e copos aqui. E também uma garrafa de café e copos de verdade, não de papelão. Isto aqui não é uma delegacia qualquer de Ansonia.

O advogado sorri.

— Deseja mais alguma coisa? Uns pãezinhos com queijo? Croissants?

— Você tem?

— Não.

— Então, acho que não — diz Crosby. — Mas faremos intervalos regulares e uma hora e meia de almoço fora. E a qualquer momento que o sr. Keller desejar me consultar, nós o faremos em particular.

— Isso não precisa ser um procedimento competitivo, dra. Crosby.

— Concordo — diz Crosby. — Só estou me assegurando de que todos nós sabemos a diferença entre uma entrevista e um interrogatório.

Uma assistente traz água e café.

O advogado principal começa com as perguntas básicas — nome, data de nascimento, ocupação — e Keller arranca uma risadinha de todos na sala quando diz "atualmente, desempregado". Aquilo era estranho para Keller, que estava acostumado a fazer as perguntas.

Eles ainda estão no aquecimento, quando a porta é aberta, Scorti entra na sala, puxa uma cadeira metálica dobrável junto à parede e senta, gesticulando para que eles continuem.

— Agora, quero voltar sua atenção ao momento em que se tornou o chefe geral da Divisão de Narcóticos — diz o advogado principal. — Lembra-se desse período?

— Sim.

— Sua aparição surgiu meio que do nada — afirma o advogado.

— Isso é uma pergunta? — pergunta Crosby.

— Aquilo foi, de fato, esquisito — diz o advogado. — Acho que estou tentando entender a forma de sua indicação àquele cargo.

— Tenho certeza de que o senhor tem familiaridade com o processo — diz Crosby. — Ele foi indicado pelo presidente e confirmado pelo Congresso. Por favor, não me diga que não leu as transcrições da audiência de confirmação. Qual é sua verdadeira pergunta?

— Qual foi o papel do senador O'Brien em sua indicação a esse cargo, se é que ele teve algum?

— O senador O'Brien veio até El Paso e me perguntou se eu consideraria aceitar o cargo.

— O senhor estava morando em Juárez, no entanto, não estava? — pergunta o advogado.

— Logo do outro lado da ponte.

— O senador informou o motivo para querê-lo no cargo?

A entrevista tinha tomado um rumo diferente do que Keller havia imaginado. Por que ele estava perguntando sobre O'Brien?

— Ele tinha olhado meu histórico profissional e achou que eu poderia fazer um bom trabalho.

— O senhor é democrata, não é? — pergunta o advogado. — Quer dizer, não é ligeiramente estranho que um senador republicano queira um democrata num cargo de alto escalão?

— Na verdade, sou independente.

— Mas sabe o que eu quero dizer.

— Na verdade, não.

Mas agora ele sabe o que o advogado está farejando — um relacionamento especial com O'Brien. Será que Ruiz contou sobre a Guatemala? Se contou, quanto revelou? Ou será que o advogado só está jogando verde para ver se eu vou morder sua isca?

— Acho que este é um bom momento para um intervalo — diz Crosby. No corredor, ela pergunta a Keller: — Tem algo que você queira me contar? Sobre Ben O'Brien?

— Não.

— Então, por que esse cara está querendo saber?

— Não sei.

Ela o encara. Zangada. Quando eles voltam lá para dentro, Scorti levanta e estende a mão para Keller.

— Eu sou John Scorti.

— Art Keller.

— Parabéns pela prisão de Cozzo — diz Scorti.

— Foi a NYPD — diz Keller. — Brian Mullen.

— Acho que você teve participação — afirma Scorti. Ele aperta a mão de Crosby. — John Scorti. Estou surpreso que nós já não tenhamos nos encontrado. Tenho familiaridade com seu trabalho.

Todos eles sentam novamente. O advogado principal começa a fazer uma pergunta, mas Scorti ergue a mão e diz:

— Keller, você e eu somos antigos soldados. Podemos continuar nesse ritmo, ou podemos ir direto ao que interessa. De veterano para veterano, o que você tem a respeito de Jason Lerner?

Keller olha para Crosby.

Ela dá de ombros e diz:

— Fale.

Keller conta tudo. Como eles colocaram Chandler Claiborne como informante criminal, alavancado por uma acusação de drogas e agressão sexual, como ele forneceu Lerner e a reunião da Terra com Echeverría. Como ele obteve um mandado para a escuta na segunda reunião.

— Você pôs escuta na primeira? — questiona Scorti. — Sem mandado?

— Não — diz Keller. — Claiborne tinha acidentalmente deixado o celular ligado.

— Espera que eu acredite nisso?

— Acredite no que quiser — diz Keller.

— Você tem a gravação? — pergunta Scorti.

— Sim.

Crosby coloca a gravação para que todos ouçam. Quando termina, Scorti diz:

— Lerner não está nessa reunião.

— Correto.

— Com base nisso, você conseguiu um 2518?

Crosby pega o documento e empurra ao outro lado da mesa.

— Juiz Antonelli — diz Scorti. — Ele é firme.

— O mandado não foi obtido exclusivamente pela gravação de Claiborne — explica Keller. — Antonelli foi persuadido pela declaração verbal de um policial infiltrado a quem foi solicitado, por um traficante de drogas, que provesse a segurança da reunião.

— Você pode dar a identidade desse oficial?

— Robert Cirello, detetive de segundo grau, NYPD, Divisão de Narcóticos.

— Onde está ele agora?

Keller diz:

— De licença por inaptidão.

— Isso é uma coincidência?

— Você já foi infiltrado? — pergunta Keller.

— Não posso dizer que fui.

— Cirello trabalhou com infiltrado durante dois anos — informa Keller. — Não foi uma coincidência.

Scorti olha para um dos membros de sua equipe.

— Localize-o. Nós precisamos falar com ele.

— O comportamento do detetive Cirello foi impecável — afirma Keller. — Ele é um herói, com grande responsabilidade por ter desmantelado uma mega rede de heroína. Não quero vê-lo sendo assediado ou importunado.

— Você não está encarregado desta investigação — diz Scorti.

— Mas você quer minha colaboração — diz Keller.

Crosby diz:

— Art...

— Só um instante — diz Keller. — Nenhum desses caras sabe o que é estar em campo. Eles só ficam sentados em suas salas de reunião fazendo julgamentos. As armas na cabeça são metafóricas. As armas apontadas para Cirello foram reais.

— Entendido — responde Scorti. — Nós temos que falar com Cirello mesmo assim. Também precisamos falar com o agente Hidalgo. Onde está ele?

— Não sei.

— Nós fizemos inúmeras tentativas de contatá-lo — diz Scorti. — Ele não atende.

— Eu não sei onde ele está — diz Keller.

É verdade. Keller não teve mais notícia de Hidalgo, desde que o garoto deixou seu escritório.

— Isso é meio conveniente, não? — pergunta Scorti.

Keller dá de ombros.

Scorti diz:

— Então, Antonelli lhe concedeu um mandado...

Keller retoma a narrativa — Lerner vai à reunião, senta com Echeverría, que possui laços conhecidos com os narcos mexicanos...

— Nós temos fotografias — diz Crosby. Ela coloca as fotos na mesa.

— Eu presumo que vocês tenham trazido as gravações desta reunião — diz Scorti.

Eles ouvem a fita. Keller sente o ar mudar na sala, conforme eles ouvem Lerner convidar Echeverría para cometer uma fraude bancária e transferir centenas de milhões de dólares por baixo dos panos.

O ar pesa ainda mais, quando eles ouvem...

— *E, como mencionou, você está sob análise minuciosa, por conta de seus contatos próximos. Eu esperaria que, se lhe fizermos esse favor, como um velho amigo, você nos disponibilizaria alguns desses contatos, caso precisemos de um ouvido para expor nossos pontos de vista.*

— Esse é Echeverría? — pergunta Scorti.

— Correto — diz Keller. — E este é Lerner...

— *Não posso prometer que nossos contatos tomariam ou não determinadas atitudes...*

— *É claro que não.*

— *Mas você sempre encontrará um ouvido.*

A sala cai em silêncio.

Então, Scorti diz:

— O que estou ouvindo é um homem oferecendo considerações a um parceiro de negócios. Não ouço nada sobre drogas.

— Você poderia ouvir — diz Keller.

— Se...

— Se eu soubesse que você usaria.

— O que você tem?

— E se eu tivesse uma gravação de Lerner reconhecendo que o empréstimo veio de dinheiro de drogas?

— Você tem? — pergunta Scorti.

Keller não responde.

— Eu especificamente solicitei todos os materiais — lembra Scorti.

— Você sempre consegue o que quer? — pergunta Keller.

— Costumo conseguir.

— Meu cliente forneceu informações valiosas para sua investigação — diz Crosby — e provou seu valor como testemunha. Eu não vou permitir que ele forneça mais nada sem a concessão de absoluta imunidade.

— Dane-se isso — diz Keller. — Eu quero saber o que esse cara vai fazer em relação a Lerner.

— Ainda não decidi — responde Scorti. — Não chegarei a essa determinação até que a investigação esteja completa.

Keller diz:

— Eu acabei de lhe dar mais que o suficiente para indiciar Lerner.

— Você também está sonegando informação.

— Indicie Lerner — diz Keller — e eu lhe dou as fitas. Assim, eu sei de que lado você está. Sei que você não vai pegar as fitas e enterrar.

— Que diabo você acha que é? — pergunta Scorti. — Que diabo você acha que *eu* sou? Sou eu que estou no exercício das concessões aqui, não você. Srta. Crosby, por favor, diga a seu cliente que eu posso colocá-lo na cadeia até que ele forneça essas fitas.

— Sem uma intimação, não pode — diz Crosby.

— Eu posso consegui-la até essa tarde — afirma Scorti.

— Não tem necessidade de nada disso, se você simplesmente conceder imunidade a ele — insiste Crosby.

— Tem, tem sim — diz Keller. — Sem indiciamento, nada de fitas.

— Talvez eu deva indiciar *você* — diz Scorti.

Keller levanta.

— Nós temos mais perguntas — diz Scorti.

— Já terminamos — afirma Keller.

— Só mais uma pergunta — diz Scorti. — Tem havido boatos. Agora eu vou lhe perguntar: você matou Adán Barrera?

Keller olha diretamente para ele.

— Não.

— Eu vou preparar o indiciamento — diz Scorti.

— Qual deles? — pergunta Keller. Ele caminha até a porta e vira. — Eu vou ficar aguardando pra ver quem você é.

No elevador, Crosby explode. — O que você acha que eu sou? Um enfeite de jardim? Uma parede em que você quica uma bola? Se não quiser que eu o represente...

— Eu lhe disse...

— Eu estou dizendo a *você*, esse homem vai colocá-lo na cadeia.

— O que você quer de mim?

— O que eu quero é proteger você. — A porta do elevador se abre. — O que *você* quer, Art?

— Eu quero derrubar esse negócio todo.

— Mesmo que caia em cima de você? — pergunta Crosby.

O que Mari chamaria de meu masoquismo, aquela baboseira de culpa católica, pensa Keller. Mas, sim, mesmo que desabe tudo em cima de mim, isso vai cair.

Eddie olha ao outro lado da mesa, para o advogado todo elegante de Nova York.

— Eddie — diz Tompkins — nós trouxemos o sr. Cohn, aqui, para auxiliar em sua defesa. Dessa forma, qualquer coisa que você lhe diga é confidencial. Compreende?

— Claro. — Eddie compreende que o tal do Cohn, ali, é um cara do Lerner, e veio pra fazer um acordo.

— Como posso ajudá-lo?

— A questão é como eu posso ajudar você — diz Eddie. — Eu posso arrancar Art Keller das suas costas, como se fosse pele morta de queimadura de sol. Em retribuição, você vai me arranjar um acordo que me tire daqui enquanto eu ainda conseguir ficar de pau duro. Fechado?

— Isso depende — diz Cohn — do que você tem.

Eles ficam em um impasse.

Tompkins diz:

— Bem, alguém aqui vai ter que tirar a roupa primeiro.

Certo, pensa Eddie. Por que não? Que porra eu tenho a perder? Ele se debruça na mesa, olha para Cohn, abre um sorriso e diz:

— Eu vi Art Keller matar Adán Barrera.

*Pôu.*

A pressão aumenta.

Scorti não anuncia nenhum indiciamento, não leva ninguém ao júri principal, mas intima a movimentação financeira pessoal de Dennison.

O presidente fica doido.

Surgem tweets sobre "caça às bruxas", resmungos sobre demitir Ribello, demitir o procurador-geral, até demitir Scorti, que "extrapolou o escopo de sua investigação, cruzou uma linha vermelha".

A mídia fica igualmente maluca.

Comentaristas em telas divididas debatem se a demissão de Scorti acabaria com a presidência de Dennison, se o Congresso se manifestaria por um impeachment.

Dennison não faz isso.

Apenas ameaça, resmunga, desabafa no Twitter.

Keller aguarda pelos indiciamentos.

De Lerner.

O seu.

Ele aguarda uma intimação, uma ordem judicial para entregar as gravações ou ir para a cadeia.

Nada acontece.

A operação de Scorti só resulta em silêncio.

Keller lê os jornais, assiste aos programas, vê que Scorti está entrevistando testemunhas, revisando documentos, debruçado sobre os extratos financeiros de Dennison.

Mas Scorti não divulga nada.

Keller está cansado.

Ele não diz, mas Marisol nota que isso tudo o está esgotando — o olhar da mídia, a pressão de lutar contra o presidente dos EUA, as preocupações quanto a seu futuro, a possibilidade de ir para a cadeia.

Seu marido não reclama — ela gostaria que ele reclamasse, que gritasse, berrasse, atirasse as coisas, mas Arturo é do tipo que guarda tudo, e ela receia que isso o esteja corroendo. Ela sabe que ele não está dormindo bem. Ouve quando ele levanta e desce as escadas, ouve a televisão ligada, ou ele simplesmente andando pela casa.

Agora ele finge interesse em um jogo de beisebol na televisão, mas dá para notar que a cabeça dele está a mil.

— Então — diz Marisol —, o que você quer fazer, quando tudo isso tiver terminado?

— Imaginando que eu não estarei preso? — pergunta Keller.

— Se estiver — diz ela —, eles concedem visitas conjugais?

— Depende da cadeia — responde Keller.

— Arranje uma que conceda — diz ela.

— Quando tudo isso acabar, e imaginando que eu não esteja de macacão cor de laranja, você quer ficar em Washington DC, certo? A Universidade George Washington fez contato comigo, para um cargo de adjunto no corpo docente.

Que bom, pensa Marisol. Ela estava meio apreensiva, temendo que depois disso tudo ele talvez quisesse ir para um monastério, no Novo México, para criar abelhas, ou algo assim. Ela iria com ele, para fazer, sei lá, o que se faz com abelhas (agrupar? enxamear?), mas uma função acadêmica soa melhor.

A campainha toca.

— Eu atendo — diz ela.

É Ben O'Brien.

— Eu preciso falar com Art.

— Não tenho certeza se ele precisa falar com você — diz Marisol.

— Por favor — insiste O'Brien. — É importante.

Ela abre a porta e o deixa entrar.

Keller levanta e vai até o saguão.

— Marisol — pede O'Brien —, você poderia nos dar alguns minutos?

Ela olha para Keller, que assente. Marisol tira um momento para olhar O'Brien de cara feia, depois sobe a escada. Keller conduz O'Brien até a sala e eles sentam.

— Nós estamos com Sean Callan — anuncia O'Brien. — O nome diz algo, certo? Acho que ele salvou sua vida, uma vez. Numa ponte, em San Diego?

Keller não fala nada.

— Ele está em mal estado, segundo me disseram — conta O'Brien. — E ele é nosso de todas as maneiras possíveis. Temos gente que vai testemunhar por tê-lo visto assassinar Paul Calabrese, lá atrás, naquela época. Mas ele também acabou de matar dois cafetões em Tijuana, numa discussão sobre uma criança que ele estava tentando comprar.

— Eu não acredito nisso.

— Não importa — diz O'Brien. — Provavelmente, o mais fácil seria extraditá-lo de volta pro México, deixar que fiquem com ele pelos assassinatos. Ele vai pegar uns trinta e poucos anos, num buraco mexicano, embora eu duvide que ele possa durar tudo isso. O que você acha? É claro que há outras opções para liberá-lo. Cabe a você.

Keller sabe o que vem pela frente.

— Entregue as gravações, retrate as suas alegações, vá embora — diz O'Brien.

—Você é bom nisso, não é? Em ir embora?

O'Brien levanta.

— Digamos, umas dez e meia, no lobby do Hamilton? Ah... caso sua gratidão a Callan não seja suficiente para retribuir-lhe por sua vida... Ruiz disse que o viu matar Barrera.

— Ele está mentindo.

— Ele tem detalhes — diz O'Brien. — Foi na selva. Barrera lhe pediu água. Você lhe deu um pouco. Depois você lhe deu dois tiros na cara, largou a arma e foi embora.

Foi exatamente o que aconteceu, pensa Keller.

Ruiz guardou isso no bolso por um bom tempo.

— Ele está com a arma — informa O'Brien — num cofre de banco. E a arma terá suas digitais e vai casar com os ferimentos no crânio de Barrera.

Sim, vai, pensa Keller.

— Pra quem ele falou isso? Scorti?

— Um dos advogados de Lerner — responde O'Brien. — Ele está pronto para testemunhar que você matou Barrera, que você lhe arranjou um acordo bacana de apelação, e que você o ajudou com vários problemas, para mantê-lo em silêncio.

Keller sabe o que tem diante de si — ele pode ser julgado nos EUA por inúmeras acusações de corrupção, incluindo perjúrio. Ele pode ser extraditado para a Guatemala e julgado por assassinato.

Ele também sabe por que Ruiz dedurou — a Casa Branca lhe ofereceu um acordo, um passe livre para sair da prisão. Ele vai cumprir alguns anos e depois sua pena será silenciosamente atenuada.

— Salve Callan, salve a si mesmo — diz O'Brien. — A outra opção é Ruiz testemunhar e você e Callan irem para a cadeia. E não acho que você vai levar Lerner, ou a mim, com você. Você estará desacreditado, ninguém vai confiar em nada do que você disser, depois que Ruiz acabar com você.

Keller abre a porta para ele sair.

Então, ouve Marisol descendo a escada.

— Preciso falar com você — diz Keller.

Eles sentam à mesa da cozinha.

Keller conta tudo para ela.

Sobre aquela noite na ponte.

E conta que matou Barrera.

Marisol fica sentada em silêncio, enquanto ele fala, e quando ele termina, ela diz:

— Você mentiu pra mim.

— Menti.

— Eu lhe perguntei se você o havia matado — lembra Marisol — e você olhou nos meus olhos e mentiu para mim.

— Isso mesmo.

— Nós prometemos — continua ela — que jamais mentiríamos um ao outro. Então, o que você vai fazer?

— Não sei — diz Keller. — O que eu devo fazer?

Ela levanta da cadeira. Ela leva um momento, sempre leva, mas pega a bengala, se apoia e olha de volta para Keller.

— Ligue pra Daniella. Eu não sou sua advogada, não sou sua psicóloga, não sou seu padre. Eu era sua esposa.

Keller ouve os passos e a bengala na cadeira. Ele ouve o som de malas sendo abertas e fechadas. Um pouquinho depois, ela lhe pede para carregar suas malas até a porta.

— Adeus, Arturo — diz Marisol. — Seja qual for sua decisão, espero que seja o correto pra você.

Ele carrega as malas dela até o Uber que está lá fora, abre a porta para ela e a ajuda a entrar.

E ela vai embora.


Keller não tenta dormir.

Qual o sentido?

Seria engraçado, se não fosse tão triste — Adán Barrera estendeu novamente a mão para fora da cova.

*Adán vive.*

Keller não aparece no lobby do Hamilton.

Não faz sentido, pois o jornal das nove horas noticia que os extratos de Dennison mostraram que ele tinha investimentos expressivos na Terra.

Às dez horas, Dennison instrui Ribello a demitir Scorti.

No Twitter, o presidente chama Keller de "mentiroso patético", de "fracassado", de "traidor".

Ribello demite Scorti.

Às dez e meia, o governo dos EUA está um caos.


— Isso nos faz ganhar tempo — diz Rollins — para fazer o que precisamos fazer.

— Não — diz O'Brien.

— Qual é a alternativa? — pergunta Rollins. — Nós deixamos esse homem derrubar o governo e voltamos a mais oito anos de esquerda? Imigração aberta, impostos altos, legalização das drogas? Agora nós temos uma oportunidade única de dar uma virada neste país.

— Torná-lo grandioso outra vez?

— Pode debochar, mas é, sim, isso mesmo — diz Rollins. — Nós temos que limpar isso tudo. Algumas pessoas simplesmente têm que partir. Você não precisa dizer sim, O'Brien. Apenas não diga nada.

O'Brien não responde.

Ele ouve a porta abrir e depois fechar.

Caro está relutante.

Há poucos anos, os zetas cometeram o equívoco de matar um agente americano no México. A reação americana, liderada por Art Keller, foi violenta e eficiente. Os americanos se juntaram com os mariners mexicanos em ataques que foram basicamente extermínios. Eles massacraram os zetas e os retiraram de seus papéis de grandes protagonistas.

Mas Caro não precisa disso como exemplo.

Ninguém sabe mais sobre os perigos de matar um agente americano da Divisão de Narcóticos. Depois da morte de Ernesto Hidalgo, a Divisão de Narcóticos desmantelou a Federación. O próprio Keller matou Miguel Ángel Barrera, o fundador, M-1. Se os boatos forem verdadeiros, Keller matou também Adán Barrera. Caro havia participado do assassinato do agente americano e, por seu pequeno papel, Keller o prendeu com uma pena de vinte anos à perpétua.

Agora ele está enfim livre, e esses homens querem sua ajuda para assassinar não apenas um agente americano da Divisão de Narcóticos, mas o próprio Art Keller?

Ele expressa sua apreensão para Echeverría e para o americano — qual é o nome dele? — sim, "Rollins".

— Nós não temos escolha — diz Rollins. — Keller ainda não entrou em acordo. Se ele decidir apresentar essas gravações, o vinho estará fora da garrafa e nós jamais conseguiremos colocá-lo de volta.

— Uma oportunidade única, que só se tem uma vez na vida, e será perdida, se não agirmos — diz Echeverría.

— E se a perdermos, nós podemos ser destruídos — conclui Caro.

— Esse governo não terá reação excessiva — diz Rollins. — Você manda um atirador, ele faz o serviço e é morto imediatamente. Haverá barulho por algumas semanas, algum tumulto, e depois é vida que segue.

Caro pergunta:

Por que você não utiliza alguém de seu próprio pessoal?

— Um pistoleiro de cartel faz mais sentido — diz Rollins. — "O cartel mexicano de drogas assassina seu pior inimigo." Porra, Barrera ofereceu uma recompensa de dois milhões de dólares por Keller. Melhor ainda: nós espalhamos que Keller estava de conchavo com o cartel e traiu você.

Assim se mata o homem e seu nome, pensa Caro.

— E vocês me asseguram que não haverá nenhuma repercussão?

— Essa gente — diz Echeverría — estará tão motivada quanto você para encobrir isso. Na verdade, até mais. Claro que haverá repercussões, os americanos reagirão. Mas pode ser providenciado que eles reajam contra pessoas que sejam, digamos, problemáticas.

Caro repensa — Tito não fará objeção; parte dele culpa Keller pela morte de Nacho Esparza. E Iván com certeza será totalmente a favor de matar o homem que amassou sua cara e o humilhou.

Ele dá sinal verde.

E finge relutar.

Será que essas pessoas imaginam, ele se pergunta. Será que sabem que, todas as noites ao longo de vinte anos naquele inferno congelante, eu sonhei em matar Art Keller?

Nada é mais vazio que uma casa vazia.

A cadeira vazia na cozinha, a marca no estofado do sofá, o travesseiro sem os cabelos esparramados por cima, a ausência do perfume. Um pensamento não dito, uma risada não compartilhada, o silêncio na falta dos passos, nenhum suspiro, nenhum ofego.

Marisol ligou duas vezes, ambas rápidas; uma, para lhe dizer que ela tinha chegado bem em Nova York e estava no Beekman. Outra, para contar que tinha sublocado uma quitinete em Murray Hill.

Um confinamento solitário espaçoso, pensa Keller, enquanto vai de um cômodo vazio para outro, faz refeições só para um, mal come, beberica uma cerveja sem vontade, quase nem presta atenção à televisão, que segue falando monotonamente sobre "a crise constitucional" e uma "crise de fé".

Ele ouve um analista dizer:

— Isso se resume a um mano a mano entre John Dennison e Art Keller.

Keller sobe para verificar seu arsenal.

Uma Sig 9 para o quadril, uma Sig .380 para o tornozelo.

Uma bomba Mossberg embaixo da cama.

Uma faca Ka-Bar.

Há quarenta anos ele está em guerra contra os cartéis mexicanos.

Agora, ele está em guerra contra seu próprio governo.

E eles são a mesma coisa.

O consórcio.

# 2

# Quebrado

*Aquí se rompió una taza.*
*"Aqui se quebrou uma taça".*
Expressão mexicana que significa "acabou a festa"

**México**
**Março de 2017**

Mini-Ric está se tornando Micro-Ric.

Eu estou diminuindo a cada dia, pensa ele.

O que não é de todo ruim, pois quando estão todos à sua caça, é melhor não chamar muita atenção. E quando se está constantemente em fuga, correndo de um lugar para outro, é melhor não carregar muita bagagem.

Eu estou diminuindo, pensa Ric, porque vou deixando um monte de merda pelo caminho, como excesso de peso. Pessoas — esposa, filha, guarda-costas, pistoleiros, associados, aliados, amigos. Coisas — carros, motocicletas, barcos, casas, apartamentos, até roupas. Poder — por toda a sua vida ele viveu em um mundo de "faça assim", onde subalternos, serviçais e frequentadores habituais estavam sempre ao redor para antecipar suas necessidades, antes que ele sequer as expressasse. Ele podia pedir uma execução; agora, se tiver sorte, pode pedir pizza. Dinheiro — ele nunca sequer pensava em dinheiro. Estava sempre à mão, e se não estivesse, ele sempre podia arranjar mais. Agora, sem entrar em muitos detalhes, o dinheiro está escoando até pelo rabo dele.

É preciso dinheiro para fugir, dinheiro para se esconder. Dinheiro para comprar carros não identificados, alugar apartamentos, casas, quartos de hotéis; para silenciar locatários, balconistas, qualquer um que o reconheça. Dinheiro para pagar os *halcones*, policiais, soldados. Há muito dinheiro saindo, sem entrar, porque é difícil para ele e seu pai tocarem a operação enquanto estão escondidos.

Como eles poderiam verificar os cultivadores, se ficar ao ar livre é se colocar em risco? Como manter contato com seus traficantes, seu pessoal de transporte, seus soldados, informantes, quando todos os celulares, e-mails e mensagens de texto são arriscados? Como fazer reuniões, planejar estratégias, quando é preciso arranjar locais secretos, no último minuto possível, e cada um dos participantes pode ser a pessoa que vai entregá-los para Iván, Tito, os *federales*, a polícia estadual, a polícia local, a Divisão de Narcóticos, o exército e os mariners? Como podem ter acesso a seu dinheiro, quando os contadores estão passando para o outro lado, quando toda a comunicação com quem ficou se torna perigosa, quando gente de sua equipe de lavagem de dinheiro está descaradamente lhes roubando, porque não tem mais medo deles?

E eles estão certos.

O nome Núñez costumava assustar as pessoas.

O manto de Adán Barrera costumava deixar as pessoas admiradas.

Agora Adán é um santo morto — as pessoas ainda acendem velas e rezam para ele, mas não estão necessariamente se colocando em perigo por seu afilhado. Algumas o fazem, algumas farão; são muitas as pessoas com quem Ric conta agora — para deslocá-lo, escondê-lo, fazer ligações, passar recados. Essas pessoas o enxergam como o real herdeiro da coroa de Adán, e o ajudam por pura lealdade.

Isso é perigoso para elas, e ele se sente mal, porque o que Iván, Tito, os soldados e policiais não conseguem obter persuadindo ou subornando, eles tomam com intimidação, surra, queimando as casas de vilas inteiras.

A maioria cede, Ric não pode culpá-los. Alguns dos mais durões peitam, e Ric quase deseja que eles não o façam. Ele se sente pior pelas pessoas que não têm informação e seus interrogadores não acreditam. Fica difícil para elas e não há nada que ele possa fazer.

Ele continua fugindo.

De Eldorado para Culiacán, de Culiacán para Badiraguato, onde o pessoal de Iván chegou dez minutos depois que ele entrou em um apartamento. Ele escapou para Los Mochis, mas muita gente de lá o conhecia, então ele pegou um avião até Mazatlán, e lá, encontrou muita gente de Tito, lutando pelo porto.

Ric pensou em ir para Baja — La Paz já tinha sido sua fortaleza — mas agora Belinda era poderosa demais ali e ela não hesitaria em vendê-lo para quem pagasse mais, ou simplesmente picá-lo e vender seus pedaços no varejo. (Anda circulando uma história de que ela tinha um novo namorado que a traiu com uma garota da academia. Belinda sequestrou a garota e bateu nela até matá-la, ao longo de três dias. Depois, ela ficou ultrajada quando descobriu que o namorado tinha transado com uma garota em sua picape nova, então, ela decepou os antebraços dele, com uma machadinha, para que ele não pudesse mais dirigir.)

Ric fez uma longa e perigosa viagem de carro passando pela base de Tito, em Jalisco e Michoacán, subiu as montanhas de Guerrero e se escondeu por semanas perto de uma das plantações de ópio. Foi seguro, até que alguns membros do antigo pessoal dos GU ficou sabendo e estava decidindo se o entregava a Iván ou a Tito, e ele saiu de lá e conseguiu chegar até Puebla.

Seu pai fez uma abordagem diferente.

— A movimentação atrai o olho — ele disse a Ric. — É melhor ficar quieto.

Então, Núñez está entocado em um condomínio de luxo no bairro de Anzures, na Cidade do México, bem debaixo do nariz dos funcionários do governo que o entregaram e agora procuram por ele.

Ric o encontra no Pisco Grill, não muito distante do condomínio.

Agora seu pai está barbado, de cabelo cortado curto. Ric fica mais animado ao ver que ele ganhou um pouquinho de peso — seu rosto está mais robusto, apesar de ainda pálido.

— Tem certeza de que isso é seguro? — Ric pergunta a ele.

— Nós ainda temos alguns amigos na capital — diz Núñez — e o restante está comprado e pago.

Eles conversam sobre negócios — transferências de dinheiro, rotas, pessoal — então, Núñez passa a falar de estratégia.

— Foi Caro, o tempo todo — afirma ele. — Foi Caro que mandou matar Rudolfo Sánchez, Caro tentou me matar. Foi uma estratégia inteligente — ele foi bem sucedido em nos jogar uns contra os outros.

— E Tito é o novo chefe.

— Um cão é sempre um cão — diz Núñez. — Ele nunca se torna um lobo. Um cão anseia por um dono, e Tito irá encontrar um novo. Primeiro foi Esparza, agora é Caro.

Ric teme que seu pai esteja subestimando Ascensión.

Tito está ganhando em todo lado.

Agora que Elena se foi, Tijuana é toda dele.

Morta por Belinda, a mando de Iván, embora Ric não tenha tanta certeza se Tito não teve participação no assassinato da suposta aliada. No mínimo, ele não vetou o ato, e agora ele tem tudo o que antes pertencia a ela. De qualquer maneira, ele absorveu a maior parte do pessoal de Elena, e juntos eles estão expulsando Iván da cidade. O único território que Elena e seu filho ocupam agora é uma cripta no cemitério Jardines Del Valle.

Segundo as notícias, os Esparza estão mantendo seu próprio território no nordeste de Sinaloa, mas Tito tomou a metade sudeste e a acrescentou a seus territórios de Jalisco e Michoacán. Ele também está avançando para dentro de Juárez, e aponta ao leste, replicando uma antiga ambição de Adán de possuir todas as cidades fronteiriças — Tijuana, Juárez e Nuevo Laredo.

E não me venha dizer, pensa Ric, que também não foi Tito quem mandou matar Osiel Contreras. O velho tinha acabado de sair de uma cadeia americana e foi até Cancún pegar um pouquinho de sol, depois de passar doze anos em uma cela. Algumas pessoas diziam que ele só queria se aposentar, outras, que ele tinha planos de reaver seu antigo cartel de Nuevo Laredo, mas ninguém nunca saberá, porque ele estava descansando em uma espreguiçadeira de praia, bebericando um drinque com um guarda-chuvinha dentro, quando alguém furou seu jornal com três balas, acertando-o no rosto.

Imagino que Tito não queria correr nenhum risco de Contreras acabar tendo a intenção de atuar ali, de voltar a ser o chefão.

O pessoal de Tito também está se deslocando em Tamaulipas e Veracruz, contra os zetas, que também se dividiram em duas facções e estão guerreando entre si. Ele irá devorá-los, um por vez.

É somente em Guerrero, pensa Ric, que Tito não está fazendo progresso, mas, porra, ninguém consegue progredir naquele buraco dividido e anarquista. Ninguém consegue ter qualquer tração ali, nem Tito, nem Iván, nem nós. Nem o exército ou os mariners, nem as dúzias de grupos de autodefesa dos cidadãos, que vêm surgindo como cogumelos, por toda parte.

Pobre Damien, pensa Ric. Ele ouviu falar que o garoto cortou os pulsos em Puente Grande.

As canções já foram lançadas...

"Não se pode enjaular o Jovem Lobo.
Ele se libertou para juntar-se ao pai".

Que monte de baboseira, pensa Ric. Nós somos um grupo embalado — Los Hijos.

Salvador Barrera morreu.

Rudolfo e Luis morreram.

Damien morreu.

Os Esparza foram alvejados.

Eu estou em fuga.

O único que está razoavelmente decente é Rubén Ascensión. O quieto, sensível e tímido, aquele que sempre seria escalado para o papel de melhor amigo, em qualquer filme.

Ric pensa, nós tivemos o mundo em nossas mãos e deixamos escapulir por entre os dedos.

— Ainda temos algo a oferecer — Núñez está dizendo. — Ainda temos homens, dinheiro, produto. Sem mencionar o legado de Barrera.

Seu pai sabe alimentar ilusões.

Esse é seu modo de se agarrar aos fiapos, ainda acreditando que ele pode, de alguma forma, retomar a situação e reaver seu poder e prestígio.

Ric tem objetivos mais modestos.

Manter o pai e a si próprio fora da cadeia e acima da terra.

Não será fácil. Ninguém confia na gente, não depois do que fizemos aos Esparza. Pior, ninguém precisa de nós. Nós chegaríamos a qualquer mesa de barganha como pedintes. E só nos resta um recurso.

Tito.

Nós poderíamos lhe oferecer pistoleiros em Baja para liquidar Iván, pensa Ric, e sicários para Juárez e Laredo. Nós o reconheceríamos como El Patrón. Em troca, ele nos daria proteção contra polícia e políticos, que agora pertencem a ele, a Caro e ao consórcio.

É um fio de esperança. Tito não precisa dos nossos homens, metade deles já está indo para seu lado, mas é nossa única esperança.

Mas como posso abordar Tito?, Ric pergunta a si mesmo.

Ele procura pela resposta em sua própria vida.

Da forma como se aborda um pai: através do filho.

Jesus, pensa Ric.

Rubén está em Baja.

Rubén Ascensión não é um cara de fácil acesso, ultimamente.

Agora o cabeça da segurança para seu pai, em Baja, ele fica isolado no dia a dia, não fica na rua, em La Paz ou no Cabo, e Ric tampouco pode correr o risco de passar muito tempo na rua, nessas cidades. Ele precisa se manter de cabeça baixa, caso Iván, Belinda ou até o próprio Rubén decidam derrubá-lo. Ou caso apareça algum freelancer, querendo marcar pontos eliminando um Núñez.

A cabeça de Ric gira de um lado para outro, enquanto ele procura Rubén.

Em Tijuana, ele deixa um recado, em uma boate que eles costumavam frequentar. Recado e o número de um celular descartável. Então, ele se acomoda em um hotel modesto e espera.

Dois dias depois, Rubén liga para ele.

— Onde está você?

— Até parece.

— Você é que está me procurando.

— Preciso de sua ajuda, mano — diz Ric. — Fale com seu pai.

— João 4:16?

— O quê?

— Nada — diz Rubén. — Você não precisa falar com meu pai, pode falar comigo. Qual é o assunto?

— Vocês querem os Esparza fora do negócio, tanto quanto nós — diz Ric. — Talvez possamos ajudá-los com isso.

Rubén lhe dá um endereço.

— Rubén, sem querer ofender — diz Ric —, mas eu preciso da sua palavra de que se eu entrar lá, eu vou sair.

— São vocês que armam emboscadas em reuniões — diz Rubén. — Não nós.

Bem, nessa ele me pegou, pensa Ric.

O endereço é em Cabo San Lucas, uma casa enorme no alto das colinas de Cerro Colorado. O lugar parece novo, ainda nem tem paisagismo. Do lado de fora, há três caminhonetes estacionadas e duas Mercedes na ampla entrada de veículos, e inúmeros carros caros de último modelo, parados na rua.

Rubén está dando uma festa, pensa Ric.

Pistoleiros descem das caminhonetes, quando Ric se aproxima. Ele ergue os braços e eles o revistam. Um deles o conduz até a porta da frente e toca a campainha.

Rubén atende. Ele estende os braços e puxa Ric para um abraço.

— É ótimo vê-lo, irmão.

Eles entram.

É uma festa mesmo. Música pulsante, a casa cheia de gente — narcos, músicos, o pessoal bonito habitual de Cabo, garotas deslumbrantes.

Iván está com uma garota no colo.

Ele ergue os olhos para Ric e diz:

— Hora da festa, filho da puta.

—Você está tomando a decisão errada — Ric diz a Rubén. — Meu pai...

— Imagino que você não tenha visto os noticiários — interrompe Rubén.

Ele coloca um laptop na frente de Ric, que vê uma foto de seu pai parecendo exausto, de barba por fazer, desgrenhado, com uma camisa toda amassada. Os *federales* estão segurando-o pelos cotovelos.

— Seu pai foi preso hoje de manhã — diz Rubén. — Eles o tiraram de seu condomínio. Ele está em Puente Grande.

É um toque sagaz, pensa Ric, trancar meu pai na mesma prisão da qual ele foi diretor. E nós estamos liquidados. O governo virou as costas para nós. Não importa, eu estou morto, mesmo, porque sou o convidado de honra desta festa. Mas ele faz uma tentativa.

— Eu posso lhe dar...

—Você não pode nos dar o que você não tem — diz Rubén.

— Só me deixe sair daqui — diz Ric. — Eu vou pra longe, você nunca mais ouvirá falar de mim.

— Não dá — responde Rubén. —Você fez parte do acordo.

No fim das contas, os Esparza não querem mais atuar com heroína. Eles estão satisfeitos em voltar ao antigo negócio da família — coca e metanfetamina.

E eles reconhecem Tito como o *jefe*. Iván fez a oferta através de Rubén, que repassou ao pai.

Tito aceitou.

Mas havia um fator de desvantagem.

Ric.

— Você sabia que eu viria a você — deduz Ric.

— Você não tinha escolha — diz Rubén. — Mas Iván chegou primeiro.

Erro meu, pensa Ric. Eu estava apostando que o ego de Iván fosse grande demais para que ele se curvasse ao antigo cão de guarda do pai.

Bem, eu perdi a aposta.

— Lamento que tenha acontecido dessa forma, não é pessoal — diz Rubén.

Então, ele sai da sala.

Iván pergunta:

— Sabe o que realmente me deixa puto?

— Tudo?

— Meu saque no tênis — diz Iván. — Eu estava indo muito bem, então, alguém botou uma bala na minha articulação. Agora não consigo levantar o braço acima da cabeça. Você notou a cicatriz no rosto de Oviedo? Sem grilo, eu vou lhe mostrar. Três cirurgias plásticas, com mais duas a caminho, e ele ficou cego de um olho. Vocês erraram Alfredo, mas o garoto tem pesadelos, você acredita nisso? Ele mija na cama.

Ric não diz que ele não sabia da emboscada, que foi tudo feito por seu pai.

Isso agora não importa.

Então, ele não diz nada.

— Vocês nos tiraram de circulação por seis meses — continua Iván —, e Tito usou esses seis meses para se tornar o rei. Tive que ir chupar o pau dele, sabe qual foi a sensação, Ric?

Um ferimento pior que o de bala, pensa Ric.

Iván diz:

— Você estava lá, quando Tito veio me pedir permissão para entrar na heroína. Agora, eu tive que ir até ele e falar que eu estava saindo da heroína, mas que estava contente com o que nós, no passado, tínhamos deixado para ele. Então, imagine o quanto estou feliz em ver você, Ric.

Ele acende um baseado, traga, depois ergue até a boca de Ric.

— Você vai precisar disso.

Ric dá uma longa baforada e prende nos pulmões.

É bagulho de primeira.

— Última festa hoje à noite, Rickyzinho — diz Iván. — Último encontro de Los Hijos. A gente fica bêbado, fica louco, transa, e depois de se embebedar, se chapar e transar, você que vai *apagar*.

* * *

A casa é de Rubén, mas a festa é de Iván.

É preciso admitir, pensa Ric, ele tem um estilo meio doente; o filho da puta contratou um *bufê* para uma execução. Há mesas de comida e garçonetes uniformizadas andando para todo lado, com bandejas de canapés, fileiras de pó e baseados bem gordos.

Uma banda chega, se instala no pátio ao lado da piscina, e começa a tocar um *norteño*.

Ric olha tudo aquilo — a comida, a birita, o bagulho, a música. Por que não? Não faz sentido tentar fugir, o lugar todo está cercado pelo pessoal de Rubén, que iria metralhá-lo. Para que ele não visse isso como um meio rápido de suicídio, Iván já lhe informou que os sicários têm ordens rigorosas de só atirar nas pernas dele.

Ele se embebeda, se endoida, se entope de ceviche e *camarones*, filetes de carne marinada em suco de limão. Dança com lindas mulheres, ele até tira a roupa e se joga na piscina. Mergulha embaixo da água e a deixa pairar sobre ele, fresca e tranquila.

Quando ele chega à superfície, está cara a cara com Oviedo.

A cicatriz é ruim, um talho vermelho percorrendo desde a parte de baixo de seu olho até a têmpora.

Seus olhos encaram Ric cegamente, acusadores.

— Está gostando da festa? — pergunta Oviedo.

— Eu lamento, O.

— Você vai lamentar.

Ric sai da piscina e embrulha uma toalha em volta da cintura.

Iván pede a atenção dos convidados; ele está com uma taça de cristal e pede um brinde.

Ric nota que ele já está pilhado de coca.

— *¡Todos!* — grita ele. — Nós estamos aqui, esta noite, para celebrar velhos amigos! Um brinde a Los Hijos!

Ric manda seu drinque para dentro.

Os copos são reabastecidos.

— Um brinde aos amigos ausentes! — grita Iván. — Um brinde a Salvador Barrera! Descanse em paz, companheiro!

Eles bebem.

Mais champanhe.

— A Damien Tapia! — grita Iván. — Ele tirou a própria vida, mas nós ainda amamos aquele garoto doido! Um brinde a Rudolfo Sánchez, que, aliás, eu não matei! Um brinde a Luis Sánchez sobre quem... não posso dizer a mesma coisa!

Um pouco de riso nervoso.

Goela abaixo.

— E um brinde a meu velho *cuate* Ric — diz Iván, erguendo o copo para ele, abrandando a voz. — Meu amigo, *mi hermano... sangre de mi sangre...* a quem eu amava, e que tentou me matar. Esta é sua última festa, então, vamos fazer com que seja boa. Esta é a última festa de Los Hijos... Depois disso...

Ele não termina, só ergue o copo e depois bebe.

Ric bebe.

Um pouquinho depois, Iván vem até ele, senta a seu lado, perto da piscina. Os dois estão bêbados e muito doidos.

— Nós éramos Los Hijos — diz Iván. — Tínhamos o mundo na mão. O que aconteceu, cara?

— A gente fodeu tudo — diz Ric.

Iván assente solenemente.

— A gente fodeu tudo.

Eles ficam quietos, por alguns minutos, então, Iván diz:

— Se eu não fizer isso, as pessoas vão me achar fraco.

— Eu entendo.

É surreal, pensa Ric, esperar pela própria morte. Ele não acha que ninguém acredite mesmo que vai morrer, nem os homens condenados. É simplesmente esquisito pra cacete. Mas ele pergunta a Iván:

— Posso ligar pra minha esposa, minha filha? Pra me despedir?

Iván remexe no bolso, entrega um celular e se afasta, para lhe dar um pouquinho de privacidade.

Karin atende.

— São quatro horas da manhã.

— Eu sei. Desculpe.

— Onde você está? — pergunta Karin.

— Cabo — diz Ric. — Você poderia acordar Valeria pra mim? Eu quero falar com ela.

— Você está bêbado?

— Um pouquinho — responde Ric. — Por favor?

— Ric...

Mas ela volta, alguns minutos depois, com a filha deles.

— Papi? — diz Valeria, sonolenta.

— Eu te amo, *niña* — diz Ric. — Você sabe disso? Papi te ama muito.

— Eu sei — responde ela. — Quando você vem pra casa?

Ric quer chorar.

— Logo, meu bem. Ponha a Mami de volta, está bem?

— Está bem.

Karin volta ao telefone.

— O que está acontecendo, Ric?

— Estou ligando pra falar que eu te amo.

—Você está bêbado.

— E peço desculpas por tudo — diz ele.

— Isso é por causa do seu pai? — pergunta Karin. — Está em todos os noticiários.

— Se algo me acontecer — diz Ric —, os advogados vão entrar em contato. Vão cuidar de você.

— Está bem.

— De qualquer maneira, desculpe.

— Tome um pouco de café — diz Karin. — Não dirija.

— Está bem. Boa noite.

Ele desliga.

Agora ele sabe o que seu pai estava tentando lhe dizer, tentando forçá-lo a fazer — passar mais tempo com a esposa e a filha. Agora eu daria tudo, pensa ele, para ter mais tempo com elas. As pessoas sempre pensam que terão para sempre, que podem deixar para amanhã. E agora, não dá.

Agora é tarde demais.

Iván lhe dá um minuto.

— Eu lhe arranjei uma mulher — diz ele. — Não mandaria um homem para a morte sem uma última transa.

Uma trepada terminal, pensa Ric.

Vem fácil, vai mais fácil ainda.

Por que não?

Ele levanta e segue Iván para dentro da casa e por um corredor, até uma porta fechada.

— Ela está esperando aqui — diz Iván. — Só pra você saber, não tem nenhuma janela.

Ric entra.

Belinda está deitada na cama.

Vestida de preto, da cabeça aos pés.

—Você vai transar comigo, ou me matar? — pergunta Ric.

— Primeiro um — diz ela —, depois o outro.

—Vamos pular o sexo — pede Ric. —Você provavelmente tem uma gilete na vagina.

— Seria ótimo, não é? — diz Belinda. — Fatiar o pau de um cara? Você vai querer a transa, Ricky. Vai querer atrasar ao máximo o que vem depois. Eles me disseram para machucar você, mas machucar muito.

— Adoro quando você fala sacanagens comigo.

— Você pode usar minha boca, minha buceta, meu cu, tudo o que quiser — diz Belinda. — Me deixa excitada que depois de acabar com você eu vou, sabe, *acabar* com você.

— Você é tão doente.

— Eu sei — diz ela.

Ela ajoelha na frente dele, tira a toalha. Desce para lhe dar o que ela sempre chamou de "Especial da Belinda", usando os lábios, a língua, os dedos, as tetas. Isso sempre o fez explodir como um hidrante, mas agora ele não fica nem de pau duro.

— O que foi, benzinho? — pergunta ela.

— Você só pode estar brincando.

— É sua última chance — diz Belinda. — Quer meu *culo*?

— Não.

Ela dá de ombros e levanta.

— Por que você? — pergunta Ric. — Por que é você que tem que fazer isso?

— Porque — responde ela, sorrindo — eu pedi.


Eles encontram uma blusa velha de moletom e fazem Ric vestir, amarram suas mãos atrás das costas e o levam lá para fora.

A festa acabou.

A maioria das pessoas já foi embora, algumas estão apagadas nos sofás, nas poltronas e pelo chão. Lá fora, o sol está começando a nascer, o céu tem um tom vivo de vermelho, roxo e laranja.

Tão bonito, pensa Ric.

Eles o colocam na traseira de uma caminhonete de vidro fumê.

Iván sai da casa e abre a porta do carro.

— Achei que eu quisesse assistir, mas mudei de ideia.

— Iván…

— Não implore, Ric — diz Iván. — Eu quero que escrevam canções sobre você. Que digam que morreu como homem.

— Apenas me dê um tiro na cabeça. Por favor.

— Você vai morrer gritando como uma putinha — diz Iván, subitamente endurecido. — Vai morrer se mijando e se cagando, com as coisas que ela planejou pra você. Mas eu vou fazer com que eles parem de gravar, antes disso.

— Por favor — Ric começa a chorar.

— Meu Deus, Ric.

Iván bate a porta.

Belinda entra no banco do passageiro da frente, vira a põe um capuz na cabeça de Ric, depois diz ao motorista para dar partida no carro. Ric tenta controlar seu pavor, mas sua perna direita começa a dar espasmos que ficam tão fortes que a perna começa a bater no banco da frente.

Eles seguem pelo que parecem três horas.

Três horas intermináveis.

Então, o carro para.

O capuz é tirado de seu rosto.

Eles estão parados perto de um templo budista e Ric vê que ele está em Mexicali, perto da travessia da fronteira.

Ele despachou muita droga por ali.

Belinda desce e abre a porta dele. Pega uma faca e corta as amarras de suas mãos.

—Vá até a fronteira. A Divisão de Narcóticos está esperando você.

Ric olha para ela, intrigado.

—Você ligou pra eles mais cedo — explica Belinda. — Disse que queria se entregar. Nem tudo é boa notícia, benzinho. Eles têm um processo com onze acusações contra você.

Ele sai do veículo.

—Você vem?

—Vou correr meus riscos por aqui — diz ela.

— Eles vão matá-la por isso.

— Aquelas bichinhas? — pergunta Belinda. —Vou fazê-los comer as próprias bolas. Agora, vá logo, *mojado*.

Ela volta para dentro do carro, que arranca e vai embora.

Ric caminha por Cristóbal Colón, até a travessia da fronteira.

Agentes da Divisão de Narcóticos estão esperando por ele. Eles o prendem por formação de quadrilha para tráfico de metanfetamina, cocaína e heroína, e formação de quadrilha para lavagem de dinheiro.

Quatro horas depois, ele está na prisão federal em San Diego.

É a mesma cela que um dia foi ocupada por seu padrinho Adán.

# 3

# Armas baratas

*Guerras e um homem, eu canto — um exílio movido pelo destino.*

Eneida, Livro 1

—Virgílio

**Queens, Nova York**
**Março de 2017**

N ico está em pé, no telhado, olhando atento.

Jackson Heights é lindo.

Muita gente não acha, mas Nico acha.

Há belos prédios e árvores e parques e comida por *todo lado*. Onde ele mora com os tios, junto à rua 82 e à Roosevelt, é acima da La Casa del Pollo, então, o tempo todo ele sente cheiro de frango, o cheirinho passando pelo piso. Na mesma quadra há um Dunkin' Donuts, um Mama Empanada e, a maravilha das maravilhas, um Popeye's Louisiana Kitchen, que abriu novos mundos para Nico quando, às sextas-feiras, ele e o tio vão lá, enquanto a tia ainda está no trabalho.

Bem, eles sempre iam.

"Extra crocante", pensa Nico, devem ser as palavras mais lindas da língua inglesa.

Ele começou a aprender inglês na escola, que fica a apenas algumas quadras, na 82. Para chegar lá, Nico caminhava por baixo da linha do metrô na avenida Roosevelt, e ele adorava ficar ali, sentindo o trem reverberar acima dele.

Depois, ele subia a 82, passava a Duane Reade e o McDonald's (sim!), onde ele até tinha dinheiro para comer de vez em quando, o outlet da Gap, onde a Tía Consuelo e o Tío Javier lhe compraram roupas novas, depois o Foot Locker, a Payless Shoes, e o Children's Place, onde eles não tinham dinheiro para fazer compras. Então, ele atravessava a rua 37, uma grande via pública, sobre a qual sua tia o alertara para ter bastante cuidado. As duas quadras seguintes eram bem tediosas, sem muita coisas além de apartamentos "residenciais" (como ele havia aprendido a dizer), até que ele chegava ao colégio St. Joan of Arc, para onde a Tía Consuelo gostaria de tê-lo mandado, mas eles não podiam pagar a mensalidade; Nico, no entanto, estava igualmente contente, porque as crianças ali tinham que usar uniformes, jaquetas vermelhas horríveis.

E ele gostava da Escola Pública 212.

Dos oitocentos alunos, mais da metade eram hispânicos, a maioria do restante era de indianos ou paquistaneses. Nico estava na aula de inglês como segunda língua, junto com uma porção de outros alunos de língua espanhola, e ele estava indo bem na leitura, mas o que ele gostava mesmo era de matemática.

Os números eram os mesmos, nas duas línguas.

Ele era bom com números e, todo sábado de manhã, ele sentava com seus tios e os ajudava a fazer o orçamento semanal — quanto eles precisavam para o aluguel, para as compras do supermercado e, se sobrasse, quanto eles precisavam para passear, e o que poderiam economizar.

Às vezes, eles iam ao McDonald's, ao KFC, ou a um dos restaurantes da rua 37, porém, ficavam mais em casa. Muito arroz e tortilhas, mas, às vezes, Consuelo preparava *pepián* com porco ou frango, ou *pupusas*, recheando as tortilhas grossas com feijão e queijo, às vezes porco. Quando tinha tempo e não estava cansada demais, ela preparava o predileto de Nico, *rellenitos*: massa de trigo e centeio com pasta de feijão, canela e açúcar. Quando ela não tinha tempo ou energia, Javier geralmente dava a ele algum dinheiro para que ele comesse algo de seu agrado, no Dunkin' Donuts.

Nico não via seus tios tanto quanto ele gostaria, pois eles estão sempre trabalhando muito, a maior parte do tempo. Javier era zelador em um dos condomínios de gente rica e Consuelo limpava as casas das pessoas. Eles trabalhavam o máximo de horas que podiam, porque precisavam de dinheiro para comida e aluguel, e estavam economizando para começar seu próprio negócio de fornecimento de produtos de limpeza.

Como a maioria das crianças de sua escola, Nico ficava sozinho em casa. Ele não achava nada de mais — sempre passou a maior parte do dia sozinho. A única diferença entre ficar sozinho em casa na Guatemala e ficar sozinho em casa nos EUA era que sua casa ali tinha tranca.

Aos domingos, eles iam à igreja.

Não uma igreja católica, Nico ficou surpreso em descobrir, mas a Iglesia la Luz del Mundo, porque Javier e Consuelo haviam entrado para a igreja pentecostal. Nico não gostava muito de lá, pois era tedioso e o pastor ficava falando de Jesus sem parar, e eles cantavam uma música horrível, mas havia uma barraca de *pupusa* bem do lado de fora, onde Javier costumava passar para comerem queijo com *chipilín*.

Nico sentia falta da mãe. Em intervalos de algumas semanas, eles conseguiam colocá-la ao telefone, ao menos para dizer oi, mas as ligações eram curtas e geralmente o deixavam triste. Eles estavam procurando um jeito de trazê-la *el norte*, mas, entre a despesa e as complicações legais, o panorama não era bom. E as ligações faziam Nico se sentir um pouquinho culpado, porque ele sabia que mesmo que ele pudesse voltar para casa, na Guatemala, ele não iria.

Agora ele era americano. Ali era melhor.

Ele não precisava revirar o lixo para comer, nem estava sempre doente, ou faminto. Ele tinha uma cama dentro de paredes de verdade, um banheiro dentro de casa, e frequentava uma escola, onde lhe davam almoço e educação, sem cobrar nada, e os professores eram bondosos.

Uma coisa não tinha mudado da Guatemala.

Nem da Virgínia.

As gangues.

A rua 82, onde ele mora, é território da Calle 18.

Nico descobriu isso um dia, quando voltava a pé do Travers Park, onde estava jogando *fútbol*, na antiga quadra de basquete, com alguns garotos da escola. Ele atravessou a rua 78 e foi cortar caminho por outra quadra nos fundos da Salem House, mas um grupo de cerca de cinco garotos negros o impediu.

— O que está fazendo aqui, *pepperbelly*?

Nico não sabia o que significava pepperbelly, mas imaginava que fosse ele. Ele não respondeu.

— Perguntei o que você está fazendo aqui.

— Só estou indo pra casa — respondeu Nico.

— Arranja outro caminho pra ir pra casa — disse o garoto, um adolescente já grande. Ele estava com uma camiseta da marca Mecca e Nico viu que os outros quatro estavam com roupas iguais. — Essa quadra é nossa. Sabe quem somos?

Nico sacudiu a cabeça.

— Somos ABK — disse o garoto. Quando viu que Nico não entendeu, ele esclareceu: — Always Banging Kings. Você está com quem?

— Estou com ninguém — respondeu Nico, se esforçando para falar inglês.

O garoto deu uma risada.

— Então, é o seguinte, Estou Com Ninguém, pode correr agora. Vamos deixar você sair na frente, três segundos. Se nós o pegarmos, vamos foder você. Vai!

Nico correu.

Nico Rápido correu por sua vida.

Ele já tinha feito isso em cima de um trem em movimento, então, ele era bom em correr atravessando a rua 34, descer a 79 e atravessar o beco, na 80. Esses *mayates* eram velozes e estavam gritando enquanto o perseguiam, e ele virou e viu que eles estavam se aproximando, porque eram mais velhos e maiores, com pernas mais compridas.

Nico respirou e disparou em direção à rua 82, com a ABK logo atrás de si, se aproximando.

Então, ouviu os passos deles parando.

Ele olhou adiante e viu um grupo de garotos hispânicos, talvez uns dez, em pé, na esquina.

Um deles gritou:

— *¡Píntale, pendejos!*

O garoto da ABK que tinha confrontado Nico gritou de volta:

—Vá pra casa, seu rato da fronteira fodido!

Mas ele parou.

— Eu *estou* em casa, seu macaco de varanda! Isto aqui é território da Calle 18!

Ele abriu a camisa para mostrar a coronha de uma arma.

Os garotos negros gritaram mais alguns insultos, mas recuaram.

Nico disse:

— *Gracias...*

O garoto lhe deu um tapa no rosto. Com força.

— O que estava fazendo, *pendejo?* Estava onde?

— Travers Park.

— Lá é tudo dos *mayates*, agora.

— Eu não sabia.

—Você é idiota? De onde você é?

— Guatemala.

—Você está com quem? — perguntou o garoto.

— Ninguém — disse Nico.

— Onde você mora?

— Na rua 82, em cima da Casa del Pollo.

— Bem, agora você nos pertence, *puta* — disse o garoto. —Você tem que fechar com a 18.

— Eu não...

—Você não o quê?

— Eu não sei.

Nico estava muito confuso. Os garotos não pareciam da Calle 18, nenhum deles tinha as tatuagens no rosto. E não estavam vestidos como membros de gangue — estavam com camisas pólo e belos jeans, ou calças de sarja.

—Você não sabe nada, não é? — disse o garoto. — Deixe-me explicar como funciona. Por aqui, tem a Calle 18 e a Sureño 13. Se você usar preto e azul, está com a gente. Se usar vermelho, está com eles. Mas você não vai querer ficar com eles, *hermanito*, porque toda vez que nós o virmos de vermelho, vamos lhe dar

**706**

uma surra. Aqui também tem a ABK, e eles não se importam se você é preto e azul, ou se é vermelho. Se for espanhol, eles vão sacanear você.

— E se eu não quiser ficar com ninguém? — perguntou Nico.

— Então, você vai ser uma cadelinha — disse o garoto — e *todo mundo* vai foder você.

Para ilustrar, ele deu outro tabefe em Nico.

Aqui não é diferente, pensa Nico, do que era lá.

— Pense a respeito — disse o garoto. — Venha me encontrar, me dar sua resposta. Mas, *hermanito*, se você não vier me encontrar, nós vamos encontrar você, entende?

Sim, Nico entendia.

Ele estava morrendo de medo que eles vissem que ele já tinha o 18 tatuado no tornozelo, e o matassem por ter sido desleal e fugido. E sentia-se um imbecil completo, por ter percorrido duas mil milhas para escapar da Calle 18 e acabar bem no meio deles.

Nico não sabia o que fazer. Ele gostaria de falar com Javier, mas temia que o tio lhe dissesse para não entrar na gangue (provavelmente não gostavam muito de gangues, na Iglesia la Luz del Mundo) e aí, ele talvez tivesse que ir contra ele, o que ele não queria fazer, pois gostava de Javier e o respeitava.

Mas Javier não entenderia, pensou Nico.

Ele provavelmente nem sabe o que é a Calle 18.

Nico não conseguiu dormir naquela noite. Ele queria fazer a coisa certa, ficar fora das gangues, afinal fora para isso que ele viera até ali; mas, no fim das contas, a vida transformou Nico Ramírez em um realista. A vida ensinou-lhe que havia más escolhas e escolhas piores, e que ele tinha que fazer o que fosse preciso para sobreviver.

O dia seguinte era sábado.

Nico foi até a Modell's, pegou um boné dos Yankees, preto com letras azuis, enfiou embaixo da camisa e saiu da loja. Ele pôs o boné na cabeça e saiu à procura da Calle 18, e os encontrou no Taco Bell da rua 37.

O chefe viu o boné preto.

— Você é mais esperto do que parece. Qual é o seu nome?

— Nico Ramírez.

— E você quer ser da Calle 18?

— Sim.

— Nós vamos torná-lo um *paro* — disse ele.

— O que é isso? — perguntou Nico.

— Você é jovem demais para ser um membro integral — falou o chefe. — Pode ser um associado, até se provar.

— Está bem.

— Mas, primeiro, você vai receber os sopapos do batismo de ingresso — disse o chefe. — Não fique tão amedrontado, *hermanito*, nós vamos bater em você só por dezoito segundos. Quando você menos esperar, já acabou.

— Quando? — perguntou Nico, bancando o durão, para não parecer assustado. — Onde?

O chefe olhou para ele com um pouco mais de respeito.

— No Playground Moore. Hoje à noite. Oito horas.

— Vejo você lá — Nico disse e foi embora.

Ele foi ao playground, naquela noite. Lá estava uma dúzia de membros da gangue 18, nove garotos e três meninas. Eles formaram um círculo em volta dele e foram fechando.

— Esse é Nico — disse o chefe. — Ele pediu pelo batizado de ingresso.

Dezoito segundos não parecem muito tempo, quando não se está sendo empurrado e socado e chutado, mas é *muuuito* tempo, quando se está. Mas Nico suportou e foi esperto o suficiente para não cair.

— Tempo! — gritou o chefe.

Ele abraçou Nico.

— *Bienvenido, hermano.* Meu nome é Davido. Agora nós somos irmãos.

O nariz de Nico está escorrendo sangue, mas não está quebrado. Seu lábio inferior está inchado e ele está com um olho roxo, e hematomas pelo rosto e no corpo todo. Suas costelas doem, no lugar onde as meninas chutaram com a ponta dos pés.

Mas ele tinha entrado.

Como um "*paro*", um associado no nível mais baixo da hierarquia da gangue.

Davido e alguns outros o levaram até o Taco Bell da rua 37 e lhe deram uma refeição. Nico perguntou sobre a ausência das tatuagens.

— Não fazemos mais isso — disse Davido. — A polícia fica em cima e se vir aquilo em você, eles acham um motivo pra prendê-lo e depois você é deportado. Nós retiramos, *niño*. Essa merda que você vê é camuflagem. Você tem que ser esperto.

Quando Nico foi para casa, naquela noite, ele tentou passar escondido pelos tios, mas Javier estava acordado e viu seu rosto.

— *Sobrino*, o que aconteceu com você?

— Nada.

— Nada? Olhe pra você.

O que aconteceu, foi o que Nico temia que acontecesse. Consuelo acordou e fez um estardalhaço. Lavou o rosto dele com um pano, depois pôs cubos de gelo em outro pano e o fez segurar sobre a boca e o olho.

Enquanto Javier o interrogava.

— Quem fez isso com você?

— Uns garotos negros.

Nico mentiu. Ele achou que não era uma mentira tão grande, pois se os garotos negros o tivessem pegado, eles teriam feito isso, ou até pior.

— Onde? — perguntou Javier.

— Travers Park.

Javier ficou desconfiado.

— Por que não levaram seu relógio, seus sapatos? Os negros geralmente levam os sapatos.

— Eu consegui fugir deles — explicou Nico. — Sou veloz.

— Fique longe daquele parque — disse Consuelo.

— É bem perto da escola.

— Encontre outro parque para brincar.

Javier esperou até que Consuelo voltasse para a cama, depois entrou no quarto de Nico e disse:

— Você não está se envolvendo com gangues, não é? Diga-me que não está se envolvendo com gangues.

— Não estou.

— Porque eu sei como é na rua — disse Javier. — Vejo coisas. Eu sei. Você acha que precisa de garotos para protegê-lo. Mas tem que ficar longe desse troço, Nico. É ruim. Só vai metê-lo em confusão.

— Eu sei.

Mas você não *vê* as coisas, pensou ele. Você não *sabe* como é.

Ou você entra.

Ou você é excluído.

Como isso era bom, como era gostoso.

Nico deu outra baforada na *yerba* e passou o baseado de volta para Davido. Ele prendeu a fumaça nos pulmões pelo tempo que conseguiu, depois soltou.

E deu uma risadinha.

— Troço bom.

— Não brinca, troço bom.

Eles estavam farreando na casa de Davido, na rua 86. Uma dúzia e pouca dos novos irmãos de Nico. Big Boy and Jamsha estrondava na tela plana Sony com "Donde Están Toas las Yales". Nico assistia ao clipe e dava outro gole na Cuervo.

Na tela, uma *chica* de bunda grande e tetas grandes caminha até a casa de Big Boy e grita com ele. Joga as coisas dele em um saco de lixo. Big Boy entra no carro com um cara da pizza, Jamsha, e eles começam o rap, enquanto andam de carro pelas ruas, olhando as garotas.

As garotas do vídeo eram *gatas*.

Assim como a garota que estava dançando ao lado da TV, rebolando a bunda e os quadris, como se não soubesse que Nico estava olhando.

Ele estava olhando.

Sabia que Dominique estudava na Pulitzer, tipo, na 8ª série.

E já tinha essas tetinhas tão bonitas e aquela bunda... os cabelos pretos compridos e brilhosos batendo na bunda, depois passando por cima das tetas.

— Está gostando, garoto? — perguntou Davido, ao perceber.

Davido percebia tudo.

Nico riu. Davido devolveu o baseado para ele.

— Eu estou tentando educá-lo, *paro* — disse Davido. —Você ao menos sabe o que é um *mara*?

— Um membro de gangue.

— Quero dizer de onde veio o nome — diz Davido. — Mara é uma formiga. Um tipo de formiga que enxameia em bando e mata tudo o que encontra pela frente. Uma formiga é fácil de esmagar, mas um exército de formigas é incontrolável. Conquista ou morre, *manito*. Como diz a canção, *La vida en la 18 es fatal*.

A vida na 18 é fatal.

Novo vídeo.

As meninas da "En 20 Uñas" estavam rebolando e dançando até o chão.

Dominique imitando.

Nico ficando de pau duro.

— Merda — disse Davido —, não tem conversa com pau duro. Ele não escuta. Você quer um pouco daquilo?

— Eu não sei.

— Ah, você sabe. *Dominique, venga.*

Dominique veio dançando. Abaixou o olhar para eles e sorriu.

Davido perguntou:

—Você acha meu garoto bonitinho?

—Até que é.

— Por que você não o leva até o banheiro? — sugeriu Davido. — Mostre que gosta dele.

—Está bem.

— Eu não sei — disse Nico, subitamente sentindo-se envergonhado. Ele nunca beijou uma garota.

— Ele não sabe — repetiu Dominique, e foi dançando para longe.

— Está tudo bem — disse Nico.

— Não, está tudo bom — disse Davido. — Agora você é da 18. Funciona assim: você é só um *paro*, então, ela não vai transar com você, mas vai chupar seu pau. Cachorra, volte aqui!

Dominique voltou.

Davido disse:

— Inaugure nosso garoto.

Dominique estendeu a mão e levou Nico até o banheiro, o colocou sentado na beirada da banheira.

Ela ajoelhou na frente dele.

Nico nunca sentira nada assim.

Ele não demorou muito.

Dominique levantou, olhou no espelho, arrumou o batom, borrifou algo na boca.

— Essa foi sua primeira vez, hein?

— Não.

— Sim, foi. Não se preocupe *papi*, você foi bem.

Nico estava apaixonado.

— Guarda o seu negócio — disse ela.

— Ah, sim.

Ela sorriu para ele, pelo espelho, e saiu.

Ele levou um segundo para se recompor e voltar para a festa. Davido sorriu para ele. Nico sorriu também.

Estava passando Pouya.

"South Side Suicide".

Uma semana depois, Nico apareceu no local onde mandaram.

O estacionamento na frente do Burger King.

Davido foi até ele. Chegou bem perto, peito com peito. Enfiou a mão na jaqueta dos Yankees, tirou algo e passou para dentro do casaco corta-vento de Nico.

— Pegue isto. Guarde em algum lugar seguro.

Era uma arma. Nico sentiu.

— Eu não quero isso.

— Eu perguntei se você quer? — retrucou Davido. — pegue, ponha embaixo de sua cama, ou em algum lugar onde sua tia não vai encontrar.

— Eu não vou usar isso.

— Não brinca, claro que não vai — disse Davido. — Acho bom que não use. Não, você vai guardar pra mim, até que eu lhe peça, e aí você me devolve.

— Por que você não fica com ela?

— Porque você é menor de idade — respondeu Davido. — Se o pegarem com ela, você vai pro centro juvenil, por alguns meses. Se eu for pego, eu vou para a cadeia, por vários anos. Entendeu agora?

— Acho que sim.

— Essa é sua tarefa — disse Davido. — Como um júnior. Isto vem junto com o baseado, o álcool e as garotas. Você quer aquilo, você leva isto.

Nico caminhou para casa abraçando a arma junto ao peito.

Dava a sensação de que todo mundo na rua estava vendo.

Uma viatura passou por ele, que quase mijou nas calças.

Graças a Deus, não tinha ninguém em casa quando ele chegou, os tios estão fazendo turnos duplos. Ele levantou o colchão da cama, pôs a pistola entre o estrado de molas e o colchão, depois pôs o colchão no lugar. Olhou cuidadosamente, para ver se fazia algum volume.

Naquela noite, quando tentou dormir, ele sentiu como se a arma estivesse espetando sua barriga. Mas na noite seguinte, não foi uma sensação tão ruim, e algumas noites depois, era até bom ter a arma ali.

Dava uma sensação poderosa.

Tipo, vem se meter a besta comigo, para ver o que acontece.

Agora, mexe com Nico, e veja o que acontece com você.

Dou um pipoco na sua bunda.

Piranha.

Seus tios viam, mas não queriam ver.

Eles eram boa gente, trabalhavam duro, eram muito bons para Nico, o amavam, mas estavam muito ocupados ganhando a vida, se matando de trabalhar para serem bem-sucedidos nos EUA.

Então, eles viram os calçados novos, mas não viram.

Não quiseram saber de onde vieram.

Eles sabiam que os tênis Jordan não eram da Payless. A jaqueta dos Yankees, a camisa xadrez de mangas compridas, os óculos escuros, de onde vinham? Onde Nico arranjava dinheiro para aquilo? Onde ele arranjava dinheiro para ir ao Burger King, ao McDonald's, ao Taco Bell? Para onde o menino ia, quando eles estavam no trabalho, quando estavam tão cansados que só conseguiam cair na cama e dormir? Eles sabiam, mas não queriam saber.

Eles não queriam ver as notas dele caindo, as notas em "comportamento" passando de "E", de excelente, a "I", de insatisfatório; eles não queriam responder os recados da escola, perguntando sobre as faltas.

Eles retornaram as ligações, eles foram à escola, eles conversaram com Nico, ele jurou que não estava fazendo nada de errado; ele sabia que estava e eles sabiam que ele estava e eles sabiam o que ele fazia, mas não sabiam o motivo.

Sabiam, mas não queriam saber.

\* \* \*

Nico talvez fosse o melhor *surrupiador* de celulares que a Calle 18 já teve, porque era pequeno e veloz. Os alvos nem viam quando ele se aproximava e não conseguiam pegá-lo, quando ele saía correndo. Os celulares davam dinheiro, mas ele entregava tudo diretamente a Davido, que lhe dava uma grana. Então, agora, embaixo do colchão de Nico, havia uma arma, dinheiro e um celular.

Davido ficou mais intenso. Disse que eles precisavam começar a produzir mais, porque iam partir para cima da ABK e isso significava guerra e guerra demandava dinheiro.

— Todos pagam aluguel — disse ele. — Não há convidados na 18.

Ele estipula uma cota de celulares para Nico — o garoto tinha que trazer ao menos um por semana, o que significava que Nico precisava expandir suas atividades além de Jackson Heights, adentrando Woodside, Elmhurst e Astoria, o que era arriscado, por causa das outras gangues que trabalhavam naqueles territórios.

Não importava, Nico precisava expandir.

Ele estava tentando pensar em um jeito de fazer Dominique chupar seu pau de novo, ou ir a um cinema, algo assim, quando seu celular tocou e era Davido.

— Preciso do negócio.

— Que negócio? — perguntou Nico.

— O negócio que você guardou pra mim.

— Ah.

— Banheiro masculino. Taco Bell. Em meia hora.

Nico correu para casa, pegou a pistola, enfiou dentro do casaco e foi depressa para o Taco Bell. Davido já estava no banheiro masculino, e Nico lhe passou a arma.

— Fique onde eu possa encontrá-lo em uma hora — disse Davido. — Eu vou ligar.

Nico ficou pela rua dando um tempo, por uma hora, e então Davido ligou.

— Venha voando até Roosevelt. Agora.

Ele parecia bem pilhado.

Nico correu até a estação de trem.

Davido estava em pé na plataforma. Ele gesticulou para Nico se aproximar e enfiou a arma no bolso de seu casaco.

— Guarde até que a gente precise de novo.

— Não devo jogar no rio, ou algo assim? — perguntou Nico.

— Você não faz perguntas — disse Davido. — Você faz o que eu mandar.

— Mas...

— Nós não vamos jogar fora uma arma boa — disse Davido. — De qualquer maneira, o que você acha que eu fiz com ela? *Vá.* Anda logo.

Davido entrou no trem.

Nico levou a arma para casa e guardou.

Tentou não pensar sobre isso, mas, na manhã seguinte, ele ouviu o noticiário na televisão, dizendo que um garoto negro fora morto a tiros no Travers Park.

O *Daily News* disse que foi um membro da Always Banging Kings.

Davido sumiu por algumas semanas.

Nico deu um tempo com alguns outros membros da 18, mas nenhum deles sabia, ou nenhum deles dizia para onde Davido fora. Algum lugar no norte do estado, eles imaginavam, até que a polícia ficasse cansada de procurar alguém que sumira, alguém que sumiria de qualquer jeito.

Benedicto assumiu e alertou todo mundo para ficarem atentos, porque a ABK iria querer dar o troco pelo garoto deles. Eles não se cansariam como a polícia, pois não precisavam caçar uma pessoa, em específico — eles prefeririam pegar Davido, mas qualquer membro da 18 serviria.

Na vida bandida, as coisas são simplesmente assim, Nico deduziu.

*La vida mara.*

Então, agora, quando andava na rua, ele ficava sempre atento, porque a ABK não estaria procurando alguém em quem bater, eles procurariam alguém para matar. De qualquer maneira, era inverno e estava frio, por isso, grande parte da vida das ruas passara para dentro de casa, onde era mais quente e seguro.

As festas continuavam rolando na casa de Davido, mesmo sem ele lá. Benedicto tinha a chave e eles entravam, fumavam, bebiam e Nico tentava fazer Dominique lhe dar pelo menos uma punheta, mas não tinha muita sorte.

— Você é novo demais — ela dizia a ele.

— Da outra vez eu não era novo demais — argumentava Nico. — E agora já sou mais velho do que daquela vez. Ora, vamos, Nique.

Ela continuou dizendo não, mas, uma tarde, ficou chapada o bastante para bater uma punheta para ele.

— De presente — disse ela.

— Não tenho nada pra você — disse Nico.

— Você tem algum bagulho?

Ele deu um pouco de bagulho para ela.

Na semana antes do Natal, Nico caminhava pela 37, todo feliz, com dinheiro no bolso, fazendo compras.

Para Tía Consuelo, ele comprou uma bela blusa e algumas belas pulseiras, e depois encontrou umas luvas bacanas para Tío Javier, além de meias quentes e uma nova camisa de brim. E, para sua mãe, ele comprou um suéter, um jeans e pulseiras iguais às da Tía Consuelo, para enviar tudo isso à Guatemala.

Nico encontrou um colar de prata para Dominique.

Então, ele foi até o Mc e devorou um quarteirão com queijo, fritas e uma Coca. Terminou com uma torta de maçã e foi para casa, em um torpor de felicidade, por ter dinheiro para comprar coisas para as pessoas que ele amava.

Quando abriu a porta, Tía Consuelo estava chorando.

Tío Javier está ali em pé.

Com a arma.

— O que é isso? — perguntou ele.

Nico não soube o que dizer.

— Nico, o que é isso? — perguntou Javier.

Em sua outra mão estavam o celular e um pouco do dinheiro de Nico.

— Não é meu.

— Estava embaixo do seu colchão.

— Vocês não deviam ter mexido lá — disse Nico. — A cama é *minha*.

Javier era um homem bondoso, um bom homem que jamais iria querer machucar alguém, mas ele se aproximou e deu um tapa no rosto de Nico. A cabeça de Nico deu um solavanco para trás, mas ele continuou de pé e ficou encarando Javier, que o encarava de volta, envergonhado.

— Onde foi que você arranjou isso? — perguntou Consuelo. — Onde arranjou uma arma?

— *Maras* — disse Javier. — Não é isso? Você quer ir para a prisão com os outros malandros? Você quer ser deportado?

Eu não sou um malandro, pensou Nico. Eu ganho meu dinheiro.

— Eu trouxe coisas para vocês. Presentes.

— Leve de volta — disse Javier. — Nós não queremos presentes comprados com dinheiro sujo.

Nico ficou arrasado.

— Eu vou jogar isso fora — disse Javier, erguendo a arma. — Vou jogar no rio.

— Não! — gritou Nico.

— Sim.

— Eles vão me matar.

— Quem são eles? — perguntou Javier. — Eu vou falar com eles, colocá-los na linha.

— Mande eles deixarem Nico em paz — disse Consuelo.

— Se você falar com eles — disse Nico —, eles vão matar *você*! Por favor, não.

— Isto vai para o rio.

Ele passou por Nico. O garoto tentou atracá-lo pela cintura, para impedi-lo, mas Javier era grande demais. Ele empurrou Nico para o lado e saiu.

— Eles vão me matar! — gritou Nico.

Consuelo caiu em prantos.

Nico correu para o quarto.

Eles vão, mesmo, matá-lo, pensou ele. O melhor que ele podia esperar era uma boa surra, antes que eles o expulsassem da 18. Ele podia guardar segredo, mas o que aconteceria se Davido voltasse a exigir a arma? Seria ainda pior.

Nico sabia que não conseguiria dormir, só passaria a noite preocupado.

Ele saiu pela janela e desceu a escada de incêndio, e ligou para Davido da rua.

— Preciso falar com você.

— Tô transando, *mano*.

Davido tinha acabado de voltar de sua viagem ao norte.

— Preciso falar com você.

— Então vem.

Davido abriu a porta e Nico entrou.

Dominique estava sentada no sofá, vestindo o jeans. Ela olhou para Nico tipo *O que foi?*, passou direto por ele e saiu porta afora.

Davido disse:

— O que é tão importante?

Nico engoliu em seco.

— Perdi a arma.

— Você o quê?

— A arma — repetiu Nico. — Eu perdi.

Davido o empurrou contra a parede.

— Porra, como é que você perdeu uma arma?! O que aconteceu?

— Meu tio encontrou — disse Nico. — Ele pegou.

— Então, mande ele devolver — disse Davido.

— Não posso.

— Você quer que *eu* mande ele devolver?

Nico disse:

— Ele a jogou no rio.

Davido soltou Nico. Caminhou até a mesa e acendeu um baseado. Não ofereceu a Nico.

— Isso não é bom. Sabe o que vai acontecer com você, agora?

— Não.

— Nem eu — disse Davido. — Preciso levar isso aos mandachuvas. Pode ser ruim, Nico. Pode ser muito ruim.

— Eu vou lhe pagar pela arma.

— Quanto dinheiro você tem? — perguntou Davido.

— Cinquenta.

— Me dá.

Nico tirou as notas do bolso e as entregou.

— Serão pelo menos trezentos pela arma — afirmou Davido. — Onde você vai arranjar o resto?

— Não sei — disse Nico. — Mas vou arranjar.

— Eu vou falar com os *llaveros*, ver o que posso fazer por você — disse Davido. — É bom você começar a produzir, garoto. Muito. Saia, faça algum dinheiro, mostre a eles que você é útil, que você tem motivo pra viver.

— Está bem.

— Comece com os 250 que você deve — disse Davido. — Sem isso, você está fodido. Agora dê o fora. Até arranjar o dinheiro, eu não o conheço. Não venha mais aqui; se esbarrar com algum 18, atravesse a rua.

Nico foi para casa.

Javier estava acordado, esperando por ele.

— Desculpe por eu ter batido em você. Eu não deveria ter feito isso.

— Tudo bem.

— Sua audiência de deportação está se aproximando — disse Javier. — Se eles descobrirem que você está em uma gangue, não vão deixá-lo ficar.

— Não vão descobrir.

— Isso não está certo, Nico — insistiu Javier. — Essa gente é lixo.

— Eles são meus amigos.

— Não, não são — disse o tio. — Eles vendem drogas, matam pessoas. Não foi por isso que você deixou a Guatemala? Deixou sua mãe? Para se afastar desse tipo de gente? Para construir algum tipo de vida aqui?

Que tipo de vida *você* tem aqui?, pensou Nico.

Você trabalha o tempo todo, está sempre cansado.

Suas roupas são ruins.

— Eu lhe comprei luvas — disse Nico. — E uma camisa nova.

— Obrigado, mas eu não quero.

— Por que, não?!

— Você sabe por que não, Nico — disse Javier. — E você sabe distinguir o certo do errado. Você só se esqueceu. Precisa se lembrar.

O que eu *preciso*, pensou Nico, ao entrar em seu quarto, é de 250 dólares. Porque você jogou a arma fora.

Ele acordou cedinho e saiu para o trambique.

Foi até a linha "S" e pegou o trem 7, até a Grand Central Station.

Estava abarrotado, cheio de passageiros apressados para o trabalho, e gente chegando à cidade para fazer compras de Natal. Em vinte minutos, Nico já tinha arranjado dois celulares, e resolveu não abusar da sorte, então, ele saiu para a rua.

Nico nunca tinha ido a Manhattan.

'Era *incríííível*.

Ele tinha visto o horizonte lá do Queens, mas nunca imaginara *isso*. O tamanho dos prédios, a beleza, as ruas cheias, pessoas apressadas para todo lado, as fachadas das lojas com coisas lindas nas vitrines.

Um dia, eu vou morar aqui, ele prometeu a si mesmo.

Se eu nunca conseguir morar aqui, eu vou morrer.

Ele tinha ouvido falar da rua 42, então, seguiu caminhando, até chegar à Times Square, onde simplesmente parou e ficou olhando. Mesmo durante o dia, era empolgante, as telas imensas de vídeo, as notícias passando e contornando os prédios, as luzes em neon… Nico ficou ali boquiaberto. Foi andando até a 7ª avenida, com o pescoço esticado, olhando acima, sentindo-se menor que nunca, mais empolgado do que jamais se sentira.

*Aquilo* era Nova York.

Aquilo era a *América*.

Ele quase se esqueceu por que estava ali, mas então se lembrou. Você não está aqui para ficar olhando de boca aberta, está aqui para trabalhar, está aqui para roubar, está aqui para fazer dinheiro.

Ele precisava de três coisas: dinheiro, celulares e cartões de crédito.

O dinheiro, ele usaria para quitar sua dívida, os celulares e cartões de crédito, ele daria a Davido para impressionar os mandachuvas, porque eles faziam muito dinheiro revendendo os aparelhos e fraudando os cartões.

Nico escolhia seus alvos com cuidado.

Eram fáceis de identificar — turistas que também estavam admirados pela Times Square e olhavam tudo ao redor, sem prestar atenção a seus pertences. Ele os escolhia em meio ao pessoal que andava depressa, indo de um ponto a outro, obviamente nova-iorquinos. Como qualquer bom predador, ele olhava e ouvia — em busca de pessoas falando línguas estranhas, estrangeiros, turistas que provavelmente não correriam atrás dele, se sentissem as carteiras tiradas de seus bolsos.

Ele descola seu primeiro ganho na frente da loja da Disney, um pai ali em pé, com a esposa e os filhos, olhando a vitrine, vendo o Mickey e o Pateta, a carteira dele para fora do bolso, como se pedisse para ser levada desse tolo.

Nico foi obrigado a pegar.

Agarrou, enfiou no bolso e continuou andando, em meio à multidão, até chegar a um McDonald's. Entrou no banheiro masculino, dentro de um cubículo, tirou a carteira. Em termos de dinheiro foi meio decepcionante — duas notas de dez e uma de vinte — mas havia um cartão Visa. Nico enfiou o ganho no bolso do jeans, jogou a carteira no lixo e voltou para a rua.

Na rua 47, ele atravessou para a Broadway e seguiu caminhando ao sul, por duas quadras, até as imensas telas de vídeo, que poderiam ser as melhores amigas de um ladrão, porque algumas centenas de pessoas estavam ali paradas, olhando acima, apontando, sorrindo, tirando selfies, todo mundo feliz.

Nico focou em um grupo de adolescentes asiáticos, todos com lenços e chapéus azuis. Deve ser algum grupo escolar, pensou ele, garotos ricos, estrangeiros. Todos eles tinham um celular e estavam todos tirando fotos das telas de vídeo, uns dos outros e de si próprios. Ele mirou em uma garota segurando um iPhone 7, se preparando para tirar uma foto dela com a melhor amiga.

Pôu.

Ele pegou o celular e estava partindo.

Ouviu os garotos asiáticos gritando, mas não havia nada que eles pudessem fazer, porque Nico Rápido já estava no meio da multidão, atravessando, escondido em meio à massa de corpos. Às vezes era bom ser pequeno.

Eles não o pegariam.

Porra, eles nem o veriam.

Um bom cidadão tentou agarrá-lo pelo cotovelo, mas Nico se soltou e continuou em frente. Conseguiu chegar à 8ª avenida, viu outro McDonald's — cara, tinha McDonald's para todo lado em Manhattan — e entrou. Olhou em volta para conferir se alguém o havia seguido e viu que estava tudo tranquilo. Então, ele pediu um Big Mac, uma Coca e fritas, e sentou para comer.

Ele estava tentado a voltar para mais um *ganho*, mas depois concluiu que era arriscado demais. Alguém poderia reconhecê-lo ("foi aquele garoto!"). Então, ele caminhou na direção norte, para entrar no metrô e seguir para o Queens. Seu esconderijo embaixo do colchão fora descoberto, então, ele subiu ao telhado e enfiou sua tralha em um cano do exaustor.

Durante os três dias seguintes, Nico foi para Manhattan.

Ele roubou 327 dólares em dinheiro, quatro cartões de crédito e mais três celulares.

Uma onda de crimes de um garoto só.

Nico ligou para Davido.

— Arranjei o dinheiro.

— Pode trazer.

Tem seis outros membros da 18 lá, incluindo Dominique. Assim que Nico entrou pela porta, ele logo sentiu que isso não era boa coisa, pois nenhum deles sorriu, nem cumprimentou, nada. Não lhe ofereceram uma bebida, nem um baseado, nada.

Lápiz Conciente estava bombando nos alto-falantes.

Davido disse:

— Você está com o dinheiro?

Nico entregou 250.

— Tinha balas dentro daquela arma — disse Davido. — Balas custam dinheiro.

Nico lhe deu o restante do dinheiro, depois entregou os celulares e cartões de crédito.

— Eu tenho sido produtivo.

— Ouça, eu conversei com os mandachuvas — disse Davido. — Eles falaram que você precisa ser punido, tem que aprender a lição. Disseram que eu tenho que machucá-lo, Nico.

Dois caras atrás de Nico bloqueavam a porta.

— O que você tem que fazer? — perguntou Nico.

— Eles disseram para cortar um dedo seu.

Nico sentiu que ia vomitar. Talvez desmaiar. Ele pensou em fugir, mas não havia para onde ir.

— Mas eu os convenci a não fazer isso — disse Davido. — Em vez disso, posso só quebrar seu braço.

— Obrigado.

— Ossos saram, dedos não crescem de novo.

— Certo — disse Nico.

Estava difícil respirar.

— Aceite sua punição — disse Davido. — Do contrário, nós vamos lhe dar uma surra séria, expulsá-lo, e você não vai mais poder caminhar pelo bairro.

— Eu aceito.

— Que bom.

Davido pegou um taco de beisebol de alumínio, que estava no sofá. Os dois caras atrás de Nico o levaram até o bar.

— Você é destro, Nico? — perguntou Davido.

— Sim.

Davido assentiu para os caras e eles esticaram o braço esquerdo de Nico entre duas banquetas.

Erguendo o taco acima da cabeça, Davido perguntou:

— Você está pronto, *paro*?

Nico respirou fundo e assentiu.

Davido desceu o taco.

A dor foi terrível. Nico sentiu os pés se erguendo do chão, mas os dois caras o seguraram e ele não gritou, ele engoliu a dor e gemeu. Seus olhos se encheram, mas ele não deixou as lágrimas caírem. Ele estava de novo com vontade de vomitar, mas também conteve isso.

Com os olhas lacrimejando, ele viu Dominique o olhando.

Nico não ligava. Sentia dor demais para ligar para qualquer coisa além da dor e de se manter de pé. Ele ouviu Davido dizer:

— Levem-no ao Elmhurst.

— Eu não tenho plano de saúde — disse Nico.

— Mesmo assim, eles são obrigados a atender você, na emergência — disse Davido. Ele entregou a Nico uma garrafa de rum. — Toma um bocado. Talvez você tenha que esperar um tempo por lá.

Nico forçou um pouco de rum goela abaixo.

Eles o levaram lá para fora, o colocaram no banco traseiro de um carro e foram até o Hospital Elmhurst. Pararam na frente da entrada da emergência e mandaram ele descer. Ele teve dificuldade com a porta, mas conseguiu caminhar para dentro do hospital.

Ele estava tonto.

A enfermeira lhe perguntou o que aconteceu.

— Eu caí. Na escada, vindo do trem.

— Onde estão seus pais? — perguntou ela.

— Eu moro com meus tios.

— Onde estão eles?

— No trabalho — disse Nico.

— Meu bem, eu não posso tratá-lo sem a permissão deles.

Ele ligou para a tia. Os enfermeiros lhe deram uma compressa de gelo para segurar e o mandaram sentar. Meia hora depois, Tío Javier chegou.

— Nico, o que aconteceu?

— Eu caí.

Ele vê que Javier não acredita.

Javier levantou e foi conversar com a enfermeira, em espanhol. Nico o ouviu dizer que não tem plano de saúde, nem muito dinheiro. Mas, por favor, cuidem de seu sobrinho e ele vai encontrar um jeito de pagar, durante os próximos meses.

A enfermeira levou Nico até uma sala de exame.

Um médico entrou e eles fizeram radiografias. Ele mostrou a imagem a Nico.

— Seu "ulna", seu antebraço quebrou. Vai levar algumas semanas, mas vai ficar bom. O médico pôs o osso em posição, engessou, e escreveu uma receita de comprimidos analgésicos, que Javier compraria na farmácia.

Eles pegaram um táxi para casa.

— Você sabe o risco que nós corremos, em sequer vir ao hospital? — perguntou Javier. — Será que você não sabe que estão pensando em nos expulsar do país, principalmente agora?

Nico sentiu-se mal. Seus tios economizaram dinheiro para abrir um negócio e aquilo iria prejudicá-los.

— Eu vou lhe devolver o dinheiro.

— Você é uma criança. Isso não é sua responsabilidade.

— Nem sua — disse Nico. — Vou arranjar o dinheiro.

— Roubando? Vendendo drogas? — perguntou Javier. — Isso foi por causa da arma, não foi?

Nico não respondeu.

— Seus "amigos" lhe machucaram. Será que agora você não vai sair?

Não.


Se algo muda, é que ele se afunda ainda mais.

— Temos trabalho a fazer — Davido disse a Nico, mais cedo, hoje à noite. Eles estavam comendo no Krispy Krunchy Chicken. — Vamos.

Porque a 18 estava entrando em drogas mais pesadas. Antes eles só traficavam *yerba*, mas agora estavam de olho no lucro que vinha da *chiva*, e Davido estava comprando heroína para botar na rua.

Eles caminharam até a rua 92, perto da Northern. Davido lhe deu um celular descartável e um impulso para subir a escada de incêndio, mandou ele ficar no telhado.

— Fique de olho. Se avistar qualquer coisa esquisita, me avisa.

— Está bem.

Ele subiu no telhado e ficou de olho.


Jackson Heights é linda.

Bela vista do Playground Northern. Nico consegue ver Flushing Bay e os aviões pousando e decolando de LaGuardia. Eles passam tão baixo que parece que vão bater em sua cabeça. Então, ele percebe que não deveria estar fazendo isso, que deveria estar apenas olhando abaixo, vigiando a rua.

Nada acontece.

Ele precisa fazer xixi. Bate os pés para tentar se distrair.

Então, ele vê um Escalade preto se aproximando.

Uns caras negros descem do carro.

Nico liga para Davido.

— Tem uns *mayates* descendo de um carro.

— Aqueles são os caras com quem vamos encontrar, imbecil.

— Ah.

— Mas foi uma boa vigilância.

Nico continua vigiando. Não passam nem vinte minutos, e os caras negros saem, entram no carro e vão embora.

O celular toca.

— A rua está limpa?

— Sim.

Davido o encontra na rua, passa cem pratas e um saco de bagulho.

É assim que Nico entra para o tráfico de drogas.

Jacqui está no banco da frente, fazendo um boquete.

Porque ela não faz no banco traseiro.

Primeiro, porque é preciso abrir a porta da frente, descer, abrir a porta traseira, entrar e fechar a porta. A luz do teto acende, apaga, acende de novo. Isso chama atenção e é fácil demais para a polícia avistar, como se eles dessem a mínima, exceto quando a esposa do prefeito vê alguma vagabunda chupando o pau de alguém no estacionamento e diz a ele para chamar a polícia, e mandar que eles façam algo.

Há muitas coisas ruins que podem acontecer no banco traseiro. Quando se está atrás, o cara geralmente tenta fazer a mulher deitar para transar. Na frente, é só se curvar, chupa o cara, e pronto. Se acontecer qualquer coisa, deve dar para apertar o botão e sair pela porta da frente. Às vezes, se o cara parece meio esquisito, ela faz o boquete com uma mão e deixa a outra na maçaneta.

Esse cara é esquisito.

Passou por ela quatro ou cinco vezes, em seu Camry velho, antes de encostar.

Um cara branco de meia-idade (vai entender), com um barrigão caindo por cima do cinto (vai entender), já meio careca (vai entender), sem aliança (meio incomum e meio que um sinal de alerta, pois os caras casados são geralmente seguros, só querem alguma sacanagem que não têm em casa). Ela teria mandado ele embora, mas está frio pra cacete e o aquecedor do Camry funciona. Além disso, ela precisa das vinte pratas para ficar chapada.

Vamos encarar, pensa Jacqui, alguns velhos ditados são verdadeiros. Como aquele que diz que "Um viciado faz qualquer coisa para ficar chapado". Isso deve ser verdade — eu estou no banco da frente de um carro horrível, chupando o pau de um gorducho careca.

Ou, tentando.

O babaca simplesmente não goza.

Quando criança, ela tinha um daqueles brinquedos em que um passarinho de madeira abaixava o bico e mergulhava em um tubo de água, de novo e de novo, e é assim que ela se sente agora. Uma vez que o passarinho fosse colocado em movimento, ele nunca parava, mas Jacqui não tem certeza se possui a resistência de um passarinho de madeira, sem mencionar que a matemática não fecha — nesse ritmo, ela vai ganhar cerca de doze centavos por hora.

Ela ergue o tronco e suspira.

— Algum problema?

— Você não está fazendo direito.

Não estou fazendo direito?, pensa Jacqui. Como se fosse o quê, um cappuccino? A equação aqui é bem simples, imbecil.

É sucção, física básica.

— O que você quer que eu faça de diferente? — pergunta ela. Tipo, ser a Fergie, a Jennifer Lawrence, uma Kardashian?

— Use mais a língua.

Jacqui suspira e abaixa de novo. Usa mais a língua, mas o que esse cara quer, por vinte pratas? Sexo de pornô? No banco da frente de um Camry, no meio do inverno, com o motor ligado? Isto aqui é sexo expresso, babaca. Sexo McDonald's, não é nem sexo Wendy's, ou sexo Carl's Jr. Nós não vamos fazer um especial para você — você paga com seu dinheiro, pega seu Quarteirão e vai embora.

Ele aperta a cabeça dela para baixo.

— Me deixa meter até a garganta.

Negócio desfeito.

Jacqui força a cabeça para cima, mas o cara é forte e a mantém embaixo. Ela começa a sufocar e talvez seja isso que esse porra escroto queira (Ah, como seu pau é grande, eu estou até sufocando, estou adorando), talvez ele vá até gozar, mas ela não quer mais saber, ela só quer respirar e dar o fora dali.

Ele não a solta.

A mão dele revira nos cabelos dela e agarra.

— Chupa.

Ela lhe dá uma mordida.

Ele grita.

Mas solta ela.

Ela ergue a cabeça e estica a mão até a maçaneta, mas ele agarra sua gola e a puxa de volta. Ela tenta chutar a maçaneta, mas não rola.

— Eu devolvo seu dinheiro, só me deixe ir embora.

— Não, agora eu quero *tudo*, piranha.

Ela sente o cano da arma cutucar atrás de sua cabeça.

— Não, por favor.

Ele engata a marcha do carro, sobe a Washington, e vira à direita, na Powells Lane. Ali não há nada, exceto terrenos baldios e árvores, e ele encosta, engrena o ponto morto e lhe dá um cutucão com o cano da pistola.

— Vire. E tire as calças. Eu vou foder você, piranha.

— Tudo bem, tudo bem. — É difícil, ela está apavorada e é apertado no banco da frente, mas ela consegue virar, apoiar as costas junto à porta e se remexer para descer o jeans até os tornozelos. — Não me machuque.

— Você me mordeu, cachorra.

— Desculpe, desculpe.

— Vou foder você toda.

Ele sobe em cima dela.

Ele é pesado, ela não consegue respirar, mas começa a agir do jeito que acha que ele quer.

— É, me fode, me fode, com esse pauzão, você vai me fazer gozar, gostoso.

— Qualquer coisa para salvar sua vida. — Vai me fazer gozar, gostoso.

Ele geme, arqueia as costas.

Afrouxa a pegada na arma, que escorrega junto à cintura dele.

Perto da mão dela.

Ele tenta pegar, mas Jacqui a agarra primeiro.

E aperta o gatilho.

Duas vezes.

— Ai, porra! Ai, porra!

Jacqui chuta, se remexe embaixo dele. A porta abre e ela cai para fora, de barriga para cima. Ela levanta, puxa as calças e corre de volta para a estrada, está a metade do caminho para a Washington, quando percebe que ainda está com a arma na mão. Ela a enfia no bolso do casaco e continua andando.

Caminha até o Motel 19, onde tem um quarto com Jason.

Jason é um babaca, mas ela não pode morar embaixo da ponte durante o inverno, então, ela fica com ele, nesse motel barato, contanto que eles consigam pagar. O que eles só fazem porque ela está por aí, fazendo boquetes, enquanto Jason tenta descobrir que tipo de trabalho ele pode arranjar.

Quando ela chega ao quarto, ele está chapado.

Magricela esparramado na cama, olhando a televisão.

— Você descolou? — pergunta ela.

Ele balança a cabeça, meio que assente para a mesinha de cabeceira.

Ele é um babaca, mas guardou um pouco para ela. Ela cozinha e aplica. É difícil, porque suas mãos estão tremendo.

Depois disso, ela pergunta:

— Você tem algum dinheiro?

— Por quê?

— Eu tenho que dar o fora daqui.

— Então, vá.

Porra, mas que babaca, esse Jason.

— Da cidade.

Ele só está consciente o bastante para sentir que seus tíquetes-refeição estão escapando.

— Por quê?

— Eu matei um cara.

Jason ri.

— Ah, não fode, matou nada.

Ah, eu me fodi, matei sim.

O jeans dele está pendurado em uma cadeira. Ela olha os bolsos e encontra 6,37 dólares, e se pergunta quanto custa a passagem de ônibus até Nova York. Provavelmente, mais que 6,37 dólares.

— Você só tem isso?

— Sei lá.

Bem, então, quem mais saberia, lesado? Ela senta na cama, ao lado dele.

— Jason, ele me estuprou.

— Ah.

*Ah.* Só isso. *Ah.* O que você tem que se lembrar desse mundo, Jacqui sabe, é que, no fim das contas, ninguém está nem aí. Nem no começo das contas. Em hora nenhuma, ninguém dá a mínima.

— Jason...

— O quê?

— Você tem mais *algum* dinheiro, cara?

— Não.

É por isso que todo mundo detesta viciados, pensa Jacqui.

Porra, *eu* detesto viciados.

O ônibus não é uma opção, então ela vai caminhando até a rota 87 e estica o polegar. Pegar carona é perigoso. Algum esquisito pode lhe dar carona e tentar estuprá-la.

Por outro lado, pensa ela, Jacqui tem uma arma.

E nunca mais ela será violentada.


Ela mantém o dedo no gatilho, dentro do bolso, e o cano apontado para o cara, durante a maior parte do percurso.

Outro cara de meia-idade.

Desta vez, casado, de aliança no dedo.

Encostou, abaixou o vidro do Subaru e disse:

— Não gosto de ver uma moça como você sozinha assim. Pra onde você está indo?

— Nova York.

— Eu vou até Nyack, se isso lhe ajudar.

— Não tenho dinheiro pra gasolina — disse Jacqui.

— Eu não pedi.

Jacqui entrou.

Mantém a arma apontada. É uma sensação boa, a arma em sua mão.

O cara quer puxar conversa.

— Meu nome é Kyle. E o seu?

— Bethany. — Tipo, por que não?

— Você está indo pra casa, ou pra longe, Bethany?

— Hã?

— Nova York é sua casa, ou você mora em Kingston? — pergunta Kyle.

— Eu vim de Albany — diz Jacqui. — Minha última carona me deixou em Kingston.

— Então, onde você mora?

— No Brooklyn.

— Entendi.

Você entendeu, Kyle? O que há para entender? Ela olha para ele mais atentamente e vê que ele é um pouquinho mais novo do que ela havia pensado, talvez tenha cinquenta e poucos anos. Cabelos alourados, começando a rarear, olhos azuis por baixo dos óculos.

Perto de New Paltz, ele pergunta:

— Você está com fome, Bethany? Eu convido.

— Eu até que comeria — diz ela.

Ele sai da estrada e entra no Dunkin' Donuts. Ela pede um café e um croissant com ovo e linguiça, que está bom pra cacete. Em algum lugar perto de Harriman Forrest, ela pega no sono, o que não era sua intenção, e quando acorda, Kyle está sorrindo e diz:

— Você apagou.

Ele vira para entrar na 287, passando por Nanuet.

— Eu posso lhe deixar na estrada, se você quiser — diz Kyle —, ou posso entrar em contato com a St. Ann's.

— O que é isso?

— A igreja que eu e minha esposa frequentamos — explica Kyle. — Eles têm um programa, no inverno, para encontrar abrigo para pessoas sem-teto. Você é sem-teto, certo?

— Acho que sim.

— É, eu também acho — diz Kyle. — Eles podem lhe arranjar uma cama e um tratamento.

— Que tipo de tratamento?

— De drogas — diz Kyle. — Ora, vamos. Quem você acha que está enganando?

— O que você sabe sobre isso?

Kyle sai na rota 9 e segue rumo a Nyack.

— Não me sinto bem em deixar você na rodovia. — Ele tira duas notas de vinte da carteira e põe no colo dela. — Eu vou levá-la até a cidade. Pegue um táxi, isso deve dar para chegar até Nova York.

— O que eu tenho que fazer por isso? — pergunta ela.

— Não se envaideça.

— Só me deixe na cidade.

Kyle encosta o carro e diz:

— Aí está. Eu gostaria que você me deixasse levá-la até a St. Ann's. Mas é sua vida. Se você mudar de ideia…

Ele lhe dá um cartão de visitas.

— Obrigada — diz Jacqui. Ela desce do carro.

— De nada.

Jacqui fica olhando, enquanto o carro dele vai embora, depois põe o cartão no bolso.

Ela precisa descolar um pico.

Viciados têm um radar infalível que os leva a outros viciados.

Eles conseguem se encontrar mesmo em territórios estranhos e desconhecidos.

Jacqui rapidamente encontra outra usuária, em um parquinho perto da rua Main. Outra jovem magricela.

— E aí.

— E aí.

— Sabe onde eu posso descolar um negócio? — pergunta Jacqui.

— Você tem algum dinheiro? — pergunta a mulher. — Pode me fazer uma presença também?

— Tudo bem.

— Vou fazer uma ligação. — A mulher pega o celular e se afasta de Jacqui. Um minuto depois, ela volta e diz: — Venha.

Elas seguem pela Franklin, até a Depew, depois viram à esquerda na direção do rio Hudson, até um conjunto de apartamentos de tijolinhos com cinco andares. Entram em um dos prédios e pegam o elevador até o quarto andar. A mulher toca a campainha, alguém abre uma fresta na porta e ela diz:

— É a Renee.

— O que você quer?

— Dois sacolés.

Jacqui lhe entrega uma nota de vinte. Renee a enfia pela porta. Alguns segundos depois, dois papelotes saem. As duas mulheres saem do prédio, em um estacionamento, nos fundos. Elas cozinham e aplicam.

— Você tem um lugar onde eu possa dormir? — pergunta Jacqui. — Só por uma noite?

— Sim, tudo bem.

Então, elas caminham de volta até a Depew, até uma casa antiga, depois sobem uma escada a um quarto que Renee aluga. Um colchão, um micro-ondas no chão, uma TV antiga. No corredor há um banheiro — vaso, pia e chuveiro.

Tudo fede.

A urina, sêmen, merda e suor.

Jacqui abaixa ao chão, tira a jaqueta e bota embaixo da cabeça, para servir de travesseiro.

Mantém a mão na arma.

Para um garotinho tão pequeno, Nico tem uma boca grande.

Isso é bom, porque ele pode botar um monte de sacolés na boca.

Os papelotes estão cheios de heroína.

Agora, Nico pedala sua bicicleta em direção ao leste, seguindo pela 45ª avenida, com um celular amarrado ao guidão, aberto no Google Maps, cuja moça bacana lhe dá direções.

Ele é um entregador.

Davido lhe deu a bicicleta e chamou de "presente de Natal atrasado".

— Obrigado!

— Você é um idiota — disse Davido. — Isso é para o trabalho.

O comércio de drogas mudou, Davido explicou. Antes era assim: garotos como Nico ficavam em uma esquina, ou em um parque, e os clientes vinham a pé, ou de carro, e davam o dinheiro ao garoto. O garoto então virava a esquina e entrava em um prédio, pegava o bagulho com um dos caras mais velhos e entregava ao cliente.

— Foi assim que eu comecei — diz Davido. — Eu era um desses garotos.

O sistema funcionava, ele explicou, porque isolava os traficantes dos compradores. Se um dos clientes fosse um policial infiltrado, ele só podia prender o garoto, o que acarretava vara de família e talvez um tempinho em um centro juvenil, nada de pena na prisão.

O tráfico de esquina ainda existe, disse Davido, os traficantes ainda fazem, mas é tolo e arriscado. Por que ficar em pé, exposto, quando se tem celulares, mensagens de texto e Snapchat, e essas merdas todas, e o cliente pode fazer contato, e você apenas entrega?

E dessa forma, os clientes brancos não precisam entrar em bairros esquisitos, cheios de crioulos e *chicanos*, eles podem ficar em suas belas casas, assistindo programas de reformas, ou alguma merda de *güero*, e o bagulho chega até eles.

Que é bem o que gente branca espera da vida.

— É preciso acompanhar a época — disse Davido —, se manter competitivo. Nós moramos na era do serviço. Se você não provê serviços, alguma outra pessoa o fará. Já ouviu falar do Blue Apron, GrubHub, DoorDash?

— Não.

— De qualquer forma — disse Davido —, temos que prover serviços. Entregar. Por isso que eu lhe arranjei a bicicleta. O cliente nos telefona, faz o pedido, nós entregamos. Vou chamar nosso produto de Domino's, porque tem entrega.

Bem, Nico entrega.

O mesmo princípio de usar os garotos para o transporte se aplica, porque se o garoto for preso, não é grande coisa. O garoto passa um tempo no juvenil, e sempre tem mais garotos que querem fazer um dinheirinho e se enturmar. O que eles fazem é colocar a heroína ou cocaína em balões, e Nico põe os balões na boca e sai para entregar.

— E se um policial atender à porta? — perguntou Nico.

— Então, você engole — disse Davido.

— E se os balões arrebentarem na minha barriga?

— Não se preocupe com isso — disse Davido.

— Por que não?

— Porque você vai morrer — respondeu Davido. — Mas vai ficar tão doidão que não vai saber o que está acontecendo.

Talvez, não, mas Nico espera que eles comprem balões bons e não dos baratinhos que vendem na loja de 99 centavos. Ele realmente não queria fazer isso, não apenas porque as drogas poderiam explodir dentro de seu corpo, mas também porque esse troço era sério. Uma coisa é surrupiar alguns aparelhinhos, outra é ser vigia para uma compra de drogas, outras, totalmente diferente era traficar as drogas.

E não era só bagulho, eram coisas pesadas, como heroína.

As reuniões do NA a que Jacqui vai, em Nyack, acontecem no Centro da Terceira Idade, a apenas uma quadra de distância do prédio na Nyack Plaza, onde ela toma seus picos.

Isso torna a decisão conveniente.

Limpa e sóbria ou chapada e suja, apenas alguns metros uma da outra.

Como um shopping da moral.

A praça de alimentação.

Eu escolho o Mr. Fields Cookies, ou o bufê de saladas? Jacqui pergunta a si mesma. A *junk food* ou os troços que fazem bem? O lixo ou...

O quê?

O que tem por aí, quando não se está chapada?

Toda noite, Jacqui se esforça com a decisão. Porra, todo dia... porra, o tempo todo. Para chegar ao Centro da Terceira Idade, ela precisa passar pelo Nyack Plaza e, às vezes, seus pés simplesmente não a levam até lá. Às vezes, ela fica parada na calçada, do lado de fora do Plaza, como se estivesse paralisada — ela não consegue entrar e não consegue seguir em frente. Ela só fica ali em pé, sentindo-se uma idiota, uma tola, como uma coisa fraca e impotente, menos que um animal.

Em algumas noites, o Plaza ganha, em outras, o Centro da Terceira Idade.

Às vezes, depende se ela tem ou não dinheiro. Se ela não tiver, fica mais fácil decidir — não faz sentido ir ao Plaza, se ela não puder descolar; então, ela vai para a reunião, na esperança de que isso baste, rezando para que baste, para ao menos temporariamente preencher suas veias, fazê-la aguentar a noite e chegar à manhã seguinte, quando tudo começa outra vez.

Há momentos em que ela tem algum dinheiro e o Plaza perde — ela para ali, dá umas voltas e depois caminha até a reunião.

Outras vezes, o Plaza ganha, ela não consegue passar direto, entra e descola e pode até demorar alguns dias até que ela force seus pés a entrarem de novo em uma reunião, e sentar em uma daquelas cadeiras dobráveis de metal e tomar uma caneca de café ruim, e dizer que ela teve uma "recaída".

*Outra* recaída.

Eles sempre dizem a mesma coisa: continue voltando.

Vai funcionar, se você fizer funcionar.

Eles falam de se livrar da culpa, fazer reparações.

Culpa?, pensa Jacqui.

Eu matei meu namorado de overdose.

Eu atirei em um cara.

Como se faz reparações com gente morta?

Alguns deles sugerem *methadone* — eles oferecem, no Hospital Nyack — mas Jacqui não tem plano de saúde para entrar no programa e, de qualquer forma, ela não vê sentido em substituir uma droga por outra.

Mas, de pouquinho em pouquinho, quase como a água na pedra, as reuniões começam a ganhar. Ela vai tomando cada vez menos; quando toma usa doses menores, ela também cheira. As pessoas na reunião não entenderiam, elas são puritanas do tudo ou nada, mas ela acha isso um progresso. As feridas de seu rosto começam a sarar, ela ganha um pouquinho de peso, fica com uma aparência decente o bastante para arranjar um emprego no KFC, e eles estão tão desesperados por funcionários que perdoam sua disponibilidade esporádica.

Ela paga aluguel pelo espaço no chão de Renee.

O fato de Renee estar chapada o tempo todo e se prostituindo não ajuda muito, mas é bom quando Jacqui quer tomar, pois ela tem companhia. Mas ela está tentando economizar dinheiro para arranjar um quarto seu, em algum lugar, e imagina que isso será tudo o que terá em comum com Virginia Woolf em toda sua vida.

Então, ela está limpa e sóbria, mas não é fã disso.

Mas ela é fã da arma.

Jacqui raramente fica sem ela, mesmo quando está chapada.

A heroína e a arma não são relacionadas. Heroína, assim como qualquer derivado de ópio, é uma resposta à dor. Jacqui tem algumas lembranças dolorosas. Lembranças traumáticas. Quando ela está tomando, essas lembranças se dissipam. Mas, quando não está, elas voltam com tudo.

Às vezes, são lembranças, filmes do passado.

Outras são flashbacks no presente, em tempo real, acontecendo agora mesmo.

Seu padrasto, Barry, entrando em seu quarto, e transando com ela, quando ela era uma garotinha. *Esse será nosso segredo (D), nosso segredinho (G), eu vou fazer você se sentir muito bem (Em).*

Travis morrendo, tendo uma overdose nos braços dela.

O cara transando com ela, violentando-a, no carro — a arma disparando.

Essas coisas não estão acontecendo no passado, estão acontecendo *neste momento*, a menos que ela se aplique, fique chapada, ou vá para longe, essa é a terrível escolha de Jacqui — ficar louca e esquecer, ficar limpa e lembrar.

Reviver essa merda repetidamente.

Então, ela tenta se manter limpa e se agarra à arma.

A arma que a protege de novas lembranças.

Bem, meio que protege. Em noites longas, nas horas da madrugada, ela já apontou a arma para si mesma. Quando os flashbacks são piores, quando Barry está em cima dela, sussurrando em seu ouvido, o gordão está em cima dela gemendo, Travis está morrendo, com a cabeça em seu colo, ela põe o cano da pistola na boca (como um pau?, ela especula) e tenta apertar o gatilho.

Só para fazer aquilo parar.

Fazer os flashbacks pararem.

Fazer parar a *necessidade* pela droga.

Ela ouve Barry dizer *Vá em frente, piranha*, ela ouve seu estuprador dizer *Vá em frente, cachorra*, ouve Travis dizer *Vá em frente, benzinho, venha até mim, eu sinto sua falta*, ouve a si mesma dizer *Faça, faça, faça, simplesmente faça*.

Mas ela não consegue.

Sua mão treme e ela tem medo de apertar o gatilho por acidente, enquanto tira o cano da boca. Seria bem a cara dela, mesmo, fazer uma merda dessas e se matar sem querer. Então, ela fica sentada com suas lembranças, seus flashbacks, até que o sol pálido de inverno surge na janela suja.

Salvar uma viciada.

É o que Bobby Cirello está tentando fazer.

Quando deixou a cidade de Nova York, ele entrou no carro, sem nem saber para onde estava indo. Ele simplesmente seguiu ao norte e entrou em Catskills, alugou uma cabana perto de Shandaken e se entocou ali, como algum fugitivo da lei.

Ligou pedindo uma licença que ninguém contestou, nem mesmo Mullen, porque todo mundo da One Police estava bem contente de manter Bobby Cirello longe.

Então, ele estava ali sentado.

E ficou assim ao longo das festas, no inverno gelado de matar.

Saiu e cortou lenha para a lareira, leu alguns livros que o último inquilino tinha deixado. Uma vez por semana, dirigia até o Mercado Phoenica para fazer compras. O resto do tempo, vivia como um eremita, como Thoreau, como a porra do Unabomber, pensou ele, embora ele se barbeasse todos os dias, mesmo que ninguém ligasse, além dele.

Tentando decidir o que fazer agora, o que fazer a seguir.

Não encontrou nenhuma resposta, olhando a neve cair, do lado de fora da janela.

Então, a neve parou de cair, começou a derreter no solo, e o caminho de terra que levava à cabana ficou enlameado, e Cirello continuava sem ter ideia do que fazer para se salvar, se redimir, ao menos tentar endireitar as coisas.

Em uma manhã, ele levantou, fez café, fritou uns ovos e estava arrumando suas coisas, quando percebeu que ainda nem sabia para onde estava indo nem por quê. Entrou de novo no carro e foi dirigindo até Kingston, onde tinha visto um relance de Jacqui, a viciada. Ele encontrou a delegacia de polícia local e mostrou seu distintivo.

Eles o conheciam. Bem, tinham ouvido falar dele.

— Você é o policial que fez a apreensão dos Get Money Boys — disse o sargento da recepção. — Nós lhe temos muita consideração.

Cinco minutos depois, Cirello estava sentado com um detetive.

— Estou procurando por uma Jacqui Davis — disse Cirello. — É uma viciada em heroína. Eu a vi na cidade, alguns meses atrás, antes do Natal.

O detetive achou-a, no sistema.

— É, nós a conhecemos. Temos um mandado pra ela.

— Porte?

— Tentativa de assassinato — disse o detetive. — Ela está envolvida numa ocorrência com disparos. A vítima alegou que ela entrou em seu carro, o obrigou a dirigir até uma região remota e tentou roubá-lo. Ele lutou com ela, que atirou nele.

— Você acredita nisso?

— Conversa fiada — disse o detetive. — Sua garota estava se prostituindo, nós a conhecemos há meses, o cara era um cliente. Isso foi exclusivamente um BDR.

Boquete Deu Errado.

— A vítima é um cara superesquisito — contou o detetive. — Ainda assim, temos que esclarecer o caso. A garota deu o fora da cidade; desde o incidente, não a vimos mais pela rua.

— Alguma pista de onde ela foi?

— Sumiu do mapa — disse o detetive. — E nós não temos orçamento para persegui-la. Só torcemos para que ela seja apreendida em algum lugar e puxem o mandado no sistema. Pode nos fazer um favorzão? Se a encontrar, dê um grito pra gente.

— Pode deixar.

Beco sem saída, pensou Cirello.

Ele sabia que deveria ter deixado quieto, desistido, a garota era só mais uma viciada, dentre milhares.

Mas ele não parou.

Nem saberia dizer o motivo.

Baixou o detetive em Cirello.

Ele seguiu dirigindo pela 87, olhando tudo. Sabe que os viciados vão onde há outros viciados. Como metais em um ímã. Então, se Jacqui deixou Kingston, ela provavelmente seguiu ao sul, em direção à cidade. Talvez esteja de volta a Nova York, talvez esteja na ilha. Talvez não tenha chegado tão longe. New Paltz tem uma área de drogas (porra, que cidade não tem?), assim como Nyack.

Ele foi até a delegacia de polícia de New Paltz.

Eles não a viram, mas lhe mostraram onde ficava o movimento das drogas, e ele passou dois dias por lá. Ficou em um quarto barato em um EconoLodge e tirou uns cochilos. Quer dizer, quando os federais não estavam lhe ligando. Um cara do conselho especial não parava de ligar para o seu número, deixando recados para que Cirello retornasse para ele.

Cirello ignorou.

Eles que se fodam.

Fodam-se todos eles — o conselho especial, Keller, O'Brien, todos eles. Eles podem jogar seu jogo sem mim.

Ele teve uma confirmação da DP de New Paltz e foi, ele próprio, até Southside Terrace. Encontrou uma viciada óbvia, em um dos corredores do prédio, e mostrou seu distintivo. Nenhum viciado vai enxergar diferença entre um distintivo da NYPD e um de New Paltz. A única preocupação deles é não ser presos.

— Você viu essa garota?

— Não.

— Olhe de novo, de verdade — disse Cirello. — Ou eu posso lhe pedir para olhar de novo lá na delegacia.

A mulher olhou melhor.

— Nunca vi.

Cirello foi de carro até Nyack e passou pela mesma sequência. Checou com os locais, conseguiu alguma informação, depois saiu zanzando. O maior núcleo de drogas, o Nyack Plaza, fora varrido com a prisão de Darius Darnell, e os viciados locais estavam sofrendo, perambulando.

Então, Cirello continuou procurando.

Apenas circulou de carro pela cidade, até que viu um grupo matando tempo em um estacionamento. Eles dispersaram como codornas, quando ele caminhou até eles e alcançou o mais lento, uma mulher chamada Renee.

— Eu não a conheço — disse Renee, quando Cirello mostrou a foto de Jacqui. Cirello viu que ela estava mentindo.

— As suas opções são as seguintes — disse ele. — Se você mentir pra mim de novo, vai se desintoxicar dentro de uma cela de cadeia. Se disser a verdade, seu pico de despertar é por minha conta.

— Talvez eu a tenha visto.

— Ela está aqui em Nyack?

— Tá.

— Não me faça arrancar informação de você — disse Cirello. — Onde está ela?

— Ela arranjou um canto — respondeu Renee. — Quer dizer, ela estava ficando comigo…

— Jesus Cristo.

—…mas arranjou um lugar pra ela.

— Onde? — perguntou Cirello.

— Você quer, tipo, um endereço?

— Pode ser.

— Eu não sei.

Viciados.

Mas ela lhe indicou a esquina e a descrição de uma casa.

Cirello lhe deu vinte pratas.

\* \* \*

A natureza abomina um vácuo.

E foi esse o resultado das prisões da Get Money Boys, em Kingston e Nyack: um grande buraco no comércio de heroína.

Mas, no mundo das drogas, nenhum vácuo se mantém por muito tempo. Há dinheiro demais envolvido.

Então, alguém se apressa em preenchê-lo.

*Corre* para preencher.

A Calle 18 saiu na frente.

— Arrume suas tralhas — Davido disse ao Nico. — Você vai sair da cidade.

— Para onde? — perguntou Nico.

— Nyack.

— Onde fica isso?

— Não sei — diz Davido. — Em algum lugar no norte. Você, Benedicto e Flaco.

Ele explicou que, desde que os mayates dançaram, durante as grande prisões, existe uma oportunidade nessa cidade e os mandachuvas vão aproveitar. Eles vão organizar um motel e espalhar por lá que será possível ligar para um número e pedir uma entrega.

— O que eu digo a meus tios? — perguntou Nico.

— Não diga nada, apenas suma — diz Davido. — Eles provavelmente ficarão aliviados.

Acho que vão.

Eu só trouxe confusão para eles.

— Posso levar minha bicicleta? — perguntou ele.

— Porra, de que outra maneira você vai fazer as entregas? — perguntou Davido. — De Uber?

— Eu tenho a minha audiência, em algumas semanas — disse Nico.

— Nico, me escute — disse Davido. — Sabe o que vai acontecer na audiência? O juiz vai mandar algemar e deportar você. Mas, *manito*, eles não podem deportar você, se não o encontrarem.

Nico foi para casa, jogou algumas coisas em um saco de lixo e saiu, antes que seus tios chegassem. Encontrou Benny e Flaco, e eles pegaram o metrô até a Grand Central, depois um trem para Tarrytown e um Uber para atravessar o rio até Nyack.

Então, agora ele dá um tempo na Super 8, jogando videogames com Benedicto e Flaco. É uma vida divertida — eles têm dinheiro, eles têm bagulho, ninguém lhes diz o que fazer, exceto fazer as entregas, quando o celular toca. E Nyack tem McDonald's, Burger King, Wendy's e KFC. Benny e Flaco estão sempre reclamando sobre a falta que sentem da comida guatemalteca, mas Nico, não.

Ele não sente falta de arroz e feijão, e feijão e arroz, contanto que eles possam comer Quarteirões.

Agora ele aperta os botões do controle e espera o celular tocar.

De arma em punho, Jacqui espera seu padrasto passar pela porta.

*Esse será nosso segredo (D), nosso segredinho (G), eu vou fazer você se sentir muito bem (Em).*

Ela se afasta, de costas para a parede, aponta a arma para a porta.

Do quarto dela.

Seu próprio quarto.

Jacqui está indo bem, fazendo horas extras, pagando aluguel por um quarto em uma casa na avenida Alta, o que ela acha até meio engraçado e irônico, em seus momentos mais persuasivos. Ultimamente, ela tem ficado mais tempo limpa e sóbria e, como a Plaza foi fechada, é mais fácil passar direto, rumo às reuniões.

E ela gosta de seu quarto. No terceiro andar, a janela tem uma vista da rua Gedney e de um parquinho. Há uma confeitaria legal, no alto da rua, e ela já os convenceu de trabalhar algumas horas e talvez aprender a fazer pão.

Mas os flashbacks é que a estão matando.

As equações são cruelmente simples.

Drogada = sem flashbacks.

Sem droga = flashbacks.

Portanto, agora, ela está limpa e ferrada pra cacete. Barry está do lado de fora da porta, ela até ouve os seus passos, sua respiração. Ele vai entrar, segurá-la, mostrar o quanto se importa com ela.

*Esse será nosso segredo (D), nosso segredinho (G), eu vou fazer você se sentir muito bem (Em).* Ela está tremendo, suando. Como se estivesse em crise de abstinência. Então, qual é a porra da diferença?

A heroína canta para ela.

*Esse será nosso segredo (D), nosso segredinho (G), eu vou fazer você se sentir muito bem (Em).*

De arma em punho, ela liga para o número.

Rollins conseguiu a localização de Cirello.

Seu cartão Visa mostrou que ele está no Quality Inn, em Nanuet, Nova York, a oeste de Nyack. Ontem, ele estava em New Paltz, mas foi embora antes que eles pudessem mandar alguém até lá. Eles mandaram gente para Nauet. Se conseguirmos encontrar Cirello, pensou Rollins, o conselho especial também consegue. Portanto, uma equipe de dois homens está vigiando o motel, do outro lado da rua, e seguiu Cirello quando ele saiu.

Agora, eles estão em cima dele.

Esperando a hora certa.

Cirello tem que cair.

Depois pode ser divulgado que ele era um policial corrupto.

Cirello encosta o carro, na rua Alta.

A casa coincide com a descrição.

Ele sai do carro, encontra uma porta dos fundos e sobe a escada.

Jacqui ouve a batida na porta.

Aponta a pistola.

Acha que pode atirar através da madeira, antes que Barry entre.

Seu dedo está firme no gatilho.

Eles estão ao telefone.

Rollins dá a ordem.

Nico vai pedalando furiosamente.

É divertido ir zunindo pelas ruas, mesmo com um saco de heroína entulhado dentro da boca, como se ele fosse um esquilo.

— Jacqui? — diz Cirello. — É o detetive Cirello. Você se lembra de mim?

Isso a traz de volta à realidade.

— Sim.

— Posso entrar? Precisamos conversar.

Jacqui levanta, esconde a pistola embaixo da blusa e abre a porta.

— Posso entrar? — pergunta Cirello.

Ela o deixa entrar. O único móvel no cômodo é a cama, então, ele senta ali. Ela senta a seu lado.

— Jacqui — diz Cirello —, você sabe que a estão procurando, em Kingston?

— Ãrrã.

— Você atirou naquela cara?

Ela assente.

— Me diga o que aconteceu.

Jacqui conta para ele.

— Eu quero levá-la de volta a Kingston — diz Cirello. — Você se entrega.

— Não.

— Escute — diz Cirello. — Você se entrega. Eles vão lhe fazer perguntas e você conta exatamente o que me contou. Eles vão lhe perguntar, porque eu vou mandar perguntarem, se você temeu por sua vida, e você vai responder que sim.

— Eu vou pra cadeia?

— Talvez — diz ele. — Talvez, não. Mas se você falar a eles que agiu em legítima defesa, você não vai ficar muito tempo.

Uma batida na porta.

Cirello ouve:

— Domino's!

— Você pediu pizza? — pergunta ele.

Jacqui balança a cabeça.

Cirello levanta e abre a porta.

É um garoto.

Com bochechas de esquilo.

Eles veem o carro de Cirello estacionado na rua.

A viciada lá no parque, a que eles viram conversando com ele, disse que ele ia visitar outra viciada.

É perfeito.

Policial corrupto é morto em batida de drogas.

A porta abre.

Uma mão agarra Nico pelo pescoço e o puxa para dentro. Então, o cara o vira ao contrário e passa um antebraço forte em volta de seu pescoço.

— Não engula, seu merdinha. *Não... engula... isso...*

Nico não tem escolha.

Ele não conseguiria engolir, nem se quisesse.

Ele está sufocando.

— Cuspa — diz o cara. — Cuspa isso da boca. Você fala inglês? *Escúpalos, pequeño imbécil.*

Nico cospe o balão.

O cara o empurra contra a parede.

— Eu sou policial. Mãos nas costas. *Manos a la espalda.*

Nico põe as mãos para trás, sente as algemas.

— Quantos anos você tem? — pergunta o policial.

— Doze, eu acho.

— Você acha? Qual é seu nome?

— Nico.

— Nico de *quê?*

— Ramírez.

— O que você é, um *paro*? — pergunta o policial. — Com quem?

Nico não é bobo de responder isso.

Ele sacode os ombros.

— Você acha que os mandachuvas ficariam um minuto presos, por você? — pergunta o policial. — Eles não ficariam. É por isso que você está aqui, e não eles. Faça algo por si mesmo.

Nico sabe o que pode fazer por si mesmo.

Ficar de boca fechada.


Cirello vira para Jacqui.

— Foi você que ligou pra ele?

Ela olha para o chão e assente.

Envergonhada, tremendo de abstinência, tendo flashbacks infernais. O barulho, o movimento, a gritaria...

É demais.

Ela precisa de um pico.

Ela ouve passos subindo a escada.

Esperando, do lado de fora da porta.


Cirello se amaldiçoa por tentar salvar uma viciada.

Agora ele tem uma viciada em abstinência para arrastar de volta a Kingston e um garoto traficante com quem terá que lidar.

É isso que você arranja, pensa ele, por ser...


A porta é escancarada e bate contra a parede.

O cara está com a arma em punho, na altura do ombro, mirando a cabeça de Cirello.

Estou morto, pensa Cirello.

O estrondo é ensurdecedor.

O cara deixa a arma cair, cambaleia para trás, para fora da porta, e depois cai contra a parede.

Desliza abaixo, deixando um borrão de sangue atrás de si.

Cirello gira e vê Jacqui ali em pé.

Com a arma na mão.

O cano grudado na cabeça.

*Esse será nosso segredo... nosso segredinho...*

— Não faça isso — diz Cirello. — Por favor.

Ele dá um passo em direção a ela.

Ela aponta a arma para ele.

Ele estende a mão.

— Você não quer fazer isso.

*Quando Jacqui era pequenina...*

*Quando ela era pequenina...*

*Quando Jacqui era uma garotinha.*

Ela entrega a arma a ele.

Nico fica olhando o policial.

— O que você viu? — pergunta o policial.

Nico não responde.

— *O que você viu?*

— Nada!

— Isso mesmo — diz o policial. — Agora dê o fora daqui. Corre!

Nico corre.

Cirello dá a chave de seu carro a Jacqui.

— Vá sentar no carro, vou levar só um minuto — diz Cirello. — Não vá fugir de mim. Vá, anda.

Jacqui vai.

Cirello fica em pé diante do corpo do atirador e dá mais dois tiros em seu peito.

Então, ele liga para a delegacia de Nyack.

# 4

# A piscina refletora

*Pois a morte lembrou-se que deveria ser como um espelho...*

— Shakespeare

*Péricles*

**Washington, DC**
**Abril de 2017**

A primavera, pensa Keller, é a melhor estação em Washington. As cerejeiras florescem em abril e ele espera que mais tarde tenha a chance de caminhar pelo passeio público para vê-las.

Crosby está pessimista em relação a isso; ela o alertou que as audiências provavelmente levarão o dia todo, talvez mais de um dia, e que os senadores farão muitas perguntas, discursos disfarçados em forma de perguntas, consumindo muito tempo na tribuna.

Keller, contudo, está otimista.

Afinal, a primavera é a estação da esperança, a estação do renascimento e do otimismo. (Ele se lembra que o mato cresce por entre os ossos dos esqueletos.) Hoje ele quer estar otimista — pode ser um começo ou um fim.

Para o país, a primavera não tem sido uma época de regeneração, mas uma temporada de caos. A demissão do conselho especial, por parte de Dennison, originou a "crise constitucional" que os especialistas temiam. Os democratas clamam por impeachment, os republicanos revidam os gritos, alegando que Scorti extrapolou sua autoridade e mereceu ser demitido. A mídia liberal e a conservadora gritam uma com a outra, como vizinhos zangados e ruins, por cima de uma cerca.

No olho da tempestade está Keller.

Dennison aproveita cada oportunidade para esfolá-lo — Keller é um mentiroso, um criminoso, seu lugar é na cadeia, por que o Departamento de Justiça ainda não o acusou e prendeu?

— Essa é uma possibilidade real — Crosby alertou Keller. — Agora, na ausência de um conselho especial, a Procuradoria Geral pode entrar com um processo contra você. Deus sabe que o presidente está pressionando para isso.

Também há pressão do outro lado, a mídia e os políticos democratas exigem saber por que Keller não apresenta as provas que alega possuir.

Crosby foi aos "programas" para responder.

— Que mecanismo existe para que o sr. Keller libere essas informações? O presidente encerrou a investigação do conselho especial. Keller deve entregar o material a um procurador-geral que, por sinal, já se recusou, por potencial pré-disposição desfavorável? Ou ao substituto desse PG?

— Ele poderia entregar as provas ao procurador-geral de Nova York.

— Já tentamos esse caminho — disse Crosby. — Infelizmente, o procurador-geral Goodwin achou que as provas não estavam corroboradas o suficiente. Achamos que ele tenha se enganado e nosso entendimento é que agora, à luz dos acontecimentos recentes, ele esteja reconsiderando sua posição.

Ela está se referindo a tentativa de assassinato de uma testemunha-chave, o detetive Bobby Cirello.

E o vazamento da informação de que Cirello estava presente em uma reunião entre Lerner, Claiborne e banqueiros mexicanos, supostamente representando cartéis de drogas. Que Cirello foi solicitado, pelo traficante preso Darius Darnell, a prover segurança para a reunião, mas, na verdade, estava trabalhando como infiltrado e plantou microfones — fonte das gravações que Keller alega possuir.

— Scorti queria entrevistar Cirello — relatou um correspondente de televisão — e pouco antes do agendamento dessa entrevista, alguém tentou matá-lo. E nós devemos acreditar que isso foi uma coincidência?

A mídia conservadora revidou:

— Fontes do alto escalão da NYPD me dizem que Bobby Cirello era um policial corrupto, que estava sob investigação pelo departamento de Assuntos Internos. Ele tem um problema de vício em jogo, deve dinheiro à máfia, e estava deduzindo essas dívidas provendo segurança para negociações de drogas. O tiroteio nada teve a ver com o Towergate. E o que Cirello estava fazendo em Nyack, distante de sua jurisdição, em companhia de uma jovem viciada em heroína?

Mas Goodwin abriu uma investigação do ataque a Cirello e também reabriu o caso sobre a morte de Claiborne, para determinar se sua overdose foi acidental.

Uma caça às bruxas, disse Dennison no Twitter. Isso foi uma tentativa infame de reverter uma decisão democrática da eleição. Goodwin é um fraco, um incauto. Deve ser demitido. Cirello, Keller, todos eles têm que ser trancafiados. E joguem a chave fora!

— Apesar da aparente convicção contrária do sr. Dennison — respondeu o governador de Nova York —, somente o povo de Nova York pode demitir o procurador-geral de Nova York. Aliás, isso seria em uma eleição.

Mas os republicanos na legislatura de Nova York iniciaram um ato de revogação contra Goodwin. Petições circularam pelo estado, apoiadores sentados em mesinhas montadas do lado de fora de supermercados, para solicitar o número exigido de assinaturas.

— Isso é Watergate — o senador Elmore disse, aos microfones. — Um presidente em exercício, no mínimo, participou de uma ocultação da verdade para subverter os trâmites da justiça. Isso é uma vergonha. Ele deve renunciar ou, na falta disso, sofrer um impeachment.

— Não há prova alguma — respondeu O'Brien — de que o presidente Dennison tenha tentado obstruir a justiça. Apenas de que Art Keller alega isso. Da mesma forma que não existem provas de que Jason Lerner ou qualquer pessoa ligada à Terra, e isso inclui o presidente, tivessem alguma ideia de que os bancos com quem eles estavam lidando faziam negócios com cartéis de drogas. Se Keller tivesse provas disso, a esta altura ele já as teria apresentado. Ele não tem prova alguma, pois não existem provas. Caso encerrado.

Esse é, pensou Keller, O'Brien pensando que acusou meu blefe, pensando que eu vou recuar para evitar que Ruiz testemunhe.

Mas o caso não está encerrado.

Durante todo o inverno e começo da primavera, isso permaneceu como uma ferida aberta no corpo político, dividindo ainda mais uma sociedade já polarizada. Manifestantes de ambas as frentes irromperam em conflitos violentos. O Congresso foi "paralisado" e o governo ficou "incapacitado" de prosseguir com seus planos.

Alguma coisa tinha que acontecer.

O Congresso se apresentou.

Um subcomitê do senado, presidido por Ben O'Brien, foi rapidamente formado para investigar toda a questão do "Towergate".

Na lista de testemunhas:

Jason Lerner.

John Scorti.

Robert Cirello.

Procurador-geral David Fowler.

Denton Howard.

Art Keller.

E Eddie Ruiz.

A arma está apontada para minha cabeça, pensou Keller. O'Brien o colocou na lista depois de mim como uma ameaça.

Lerner era o primeiro.

Keller assistiu na televisão, quando Lerner disse:

— Minha empresa fez negócios com inúmeras instituições de empréstimos, do mundo inteiro, incluindo o HBMX. Não temos a menor possibilidade de rastrear todas as fontes de seus recursos. Nós confiamos nos bancos para policiar a si mesmos e aderir às leis e supervisão nacionais e internacionais. Se a supervisão foi negligente nesse caso, eu lhes indico procurar as agências responsáveis.

O'Brien perguntou:

— Então, você não tinha conhecimento de que os recursos que adquiriu no empréstimo do Park Tower eram provenientes de dinheiro de drogas.

— Primeiramente — disse Lerner —, eu ainda não sei disso, de fato. Isso não foi provado. Em segundo lugar, eu com certeza não tinha conhecimento disso, à época.

— E se tivesse? — perguntou O'Brien.

— Eu não teria aceitado os recursos — disse Lerner.

— Peço-lhe desculpas por perguntar isso — disse O'Brien —, mas o senhor teve algo a ver com a morte do sr. Claiborne?

— É claro que não — respondeu Lerner. — Eu gostava do Chandler, nós éramos amigos. Fiquei terrivelmente entristecido pelo que aconteceu.

— E a tentativa de assassinato do detetive Cirello?

— Não sei nada a respeito disso.

Em seguida, Elmore assumiu o microfone e expôs a Lerner as condições financeiras incertas do Park Tower e o endividamento de Lerner, e estabeleceu que, se o Park Tower fosse perdido, a Terra ruiria junto. Então, ele fez Lerner admitir que o presidente Dennison tinha uma participação acionária de quinze pontos na empresa.

— Então, o presidente Dennison possuía interesse financeiro direto no sucesso ou fracasso do Park Tower — afirmou Elmore.

— Creio que pode-se dizer isso.

— E, portanto, ele estaria diretamente ameaçado por qualquer investigação do Park Tower ou da Terra? — perguntou Elmore.

— Não, eu não acho que ele se sentiu ameaçado.

Scorti compareceu, no dia seguinte.

O ex-mariner estava uma rígido como uma pedra.

Em sua afirmação inicial, ele disse:

— É preciso que se entenda que eu não tenho como oferecer quaisquer conclusões definitivas, já que minha investigação foi arbitrariamente interrompida. Conforme uma ordem do senado, eu apresentei, sob protesto, os documentos e provas que haviam sido obtidas até a presente data, mas alerto aos senadores que também não emitam conclusões com base nestas, já que os resultados de uma investigação incompleta podem ser enganosos.

Então, pensou Keller, ele inutilizou, de propósito, quaisquer testemunhos que poderia dar.

Os senadores tentaram, mesmo assim.

— Sua investigação revelou alguma atividade criminosa por parte do sr. Keller? — perguntou O'Brien.

— Minha investigação indicou essa possibilidade.

— Mas não chegou a uma conclusão?

— Não me foi dada a oportunidade.

Elmore soltou uma paulada:

— Sua investigação o levou a alguma opinião quanto a um comportamento criminoso por parte da Terra?

— Minha investigação indicou essa possibilidade.

— Sua investigação — questionou Elmore — o levou a alguma opinião quanto a um comportamento criminoso por parte do presidente, no que diz respeito a obstrução de justiça?

— Minha investigação indicou essa possibilidade. Novamente...

— Como se sente em relação a sua demissão? — perguntou Elmore.

Scorti o encarou como se ele fosse um idiota.

— Como eu me *sinto*?

— Sim.

— Eu não gostei.

— Acha que sua demissão, em si, é uma obstrução à justiça? — perguntou Elmore.

— Acredito que essa determinação já não compete a mim — disse Scorti.

E assim foi, com Scorti obstinadamente se recusando a dar quaisquer respostas substanciais, baseado no fato de que ele não havia concluído sua investigação.

O procurador-geral Fowler testemunhou no mesmo dia.

— O senhor ofereceu ao sr. Keller a manutenção de seu cargo, caso ele encerrasse a investigação do Towergate? — perguntou O'Brien.

— Não, não ofereci.

— Instruiu alguém que fizesse essa oferta?

— Não, não fiz isso.

Elmore assumiu.

— Por que motivo recusou-se a prosseguir?

— Pelo aparente conflito de interesses — disse Fowler.

— Aparente ou substancial?

Denton Howard sentou na cadeira, no dia seguinte.

O'Brien fez as mesmas perguntas e Howard negou que tivesse feito qualquer oferta a Keller.

Keller assistiu ao testemunho do escritório de Crosby, enquanto se preparava para o seu.

— Ele está mentindo? — perguntou Crosby.

— Sim.

— Mas você não tem gravações disso.

— Não sou Richard Nixon.

O'Brien perguntou:

— O presidente o instruiu a fazer uma oferta ao sr. Keller?

— Não.

Keller assistia, enquanto Elmore perguntava:

— Por que se recusou a prosseguir a investigação Towergate?

— Porque não há nada a investigar — disse Howard. — Não há nada nisso.

A essa altura, os depoimentos haviam se transformado em uma obsessão nacional, com os maiores índices de audiência desde Watergate. O público assistia como se fosse o julgamento do assassinato de uma celebridade, ou uma minissérie de sucesso. As pessoas escolhiam seus heróis e vilões, debatiam em seus escritórios sobre o que aconteceria a seguir, esperavam avidamente pelo capítulo seguinte.

Bobby Cirello foi um astro.

Ele testemunhou que sim, de fato, Darnell lhe havia pedido para prover segurança nas reuniões no hotel, e que ele havia, antes da segunda reunião, plantado microfones e que possuía um mandado para fazê-lo.

— O que fez com essas gravações? — perguntou O'Brien.

— Eu as entreguei ao meu chefe.

— O que ele fez com elas?

— Não sei a resposta para essa pergunta.

— Nós precisamos obter uma intimação para ele? — perguntou O'Brien.

— Não sei a resposta para essa pergunta.

Cirello já estivera no púlpito de testemunha muitas vezes, pensou Keller.

— Saberia o motivo — perguntou Elmore — para que Darnell o instruísse a prover segurança nessas reuniões?

— Ele queria ter certeza de que eles estavam seguros e de que não havia nenhum dispositivo de gravação — respondeu Cirello.

— Acho que o que estou perguntando — disse Elmore — se o senhor tem conhecimento do motivo para que um traficante de drogas tenha lhe pedido para executar aquele serviço.

— Porque outro traficante pediu a ele.

— Seria Eddie Ruiz?

— Está correto.

— O senhor conhece o sr. Ruiz?

— Sim, conheço.

— Sob quais circunstâncias? — perguntou Elmore.

— Eu servi de mula para transportar milhões de dólares para ele — afirmou Cirello —, a pedido do sr. Darnell.

— Isso foi dinheiro de drogas?

— Foi pagamento por heroína.

O'Brien assumiu.

— Sabe se o sr. Lerner tinha alguma ligação com o sr. Ruiz?

— Não sei a resposta para essa pergunta.

— Bem, sabe, sim, a resposta para essa pergunta — disse O'Brien. — A resposta é que não sabe se havia qualquer ligação, não é? Sabe de alguma ligação entre o sr. Ruiz e o sr. Claiborne?

— Não.

— Alguma ligação entre o sr. Darnell e o sr. Lerner, ou o sr. Claiborne?

— Não sei.

— Quem tentou matá-lo? — perguntou O'Brien.

— Eu não sei.

— O morto ainda não foi identificado?

— Não que eu saiba.

— Talvez o senhor não tenha sido a vítima pretendida, não é mesmo? — perguntou O'Brien. — Talvez tenha sido a senhorita...

— A arma estava apontada diretamente para mim — falou Cirello. — Eu revidei.

— O que estava fazendo lá, detetive Cirello? — perguntou O'Brien. — Tão distante da cidade de Nova York, no apartamento de uma jovem?

— Estava tentando ajudar uma viciada.

— E ajudou?

— Não sei.

— Decerto, há muita coisa que o senhor não sabe — disse O'Brien. Ele passou a metralhar Cirello. — O senhor é um jogador inveterado, não é? Deve dinheiro à máfia e está sob investigação pelo seu próprio departamento. Como devemos acreditar em qualquer palavra que o senhor diz?

Ao assistir a isso, Keller ficou furioso.

Mas Cirello não ficou visivelmente zangado, com certeza não perdeu a linha. Ele já tinha uma carreira sendo atacado por advogados de defesa e deixou que a investida passasse, antes de responder, com calma:

— Senador, eu estava atuando como um policial infiltrado. Está claro que o senhor desconhece o que isso implica, e creio que aqui nós não tenhamos tempo para que eu lhe explique.

Esse vídeo passou em todos os noticiários.

Mas isso não muda o fato de que nenhuma ligação foi feita entre Lerner e os cartéis.

A próxima testemunha lógica seria Hugo Hidalgo.

Hidalgo poderia estabelecer o relacionamento entre Ruiz e Caro, testemunhar que foi Caro quem instruiu Ruiz a prover segurança para essas reuniões. Não estabeleceria o conhecimento culpado de Lerner — somente as gravações poderiam fazê-lo —, mas seria um bom avanço para ligar o cartel à Terra.

Mas Hidalgo está sumido.

Ninguém consegue encontrá-lo.

Keller teme que ele esteja morto.

Eles mataram Claiborne, tentaram matar Cirello, não há motivo para acreditar que não teriam ido atrás de Hugo também. Ele está desaparecido. O FBI procura por ele, assim como o Marshals Service, e Keller colocou seu pessoal ainda fiel da Divisão de Narcóticos à procura dele.

Nada.

Então, a próxima testemunha é Keller.

No fim das contas, tudo se resume a Keller.

Porque, até agora, a coisa não estava indo bem, explicou Crosby. Lerner se manteve firme, assim como Fowler e Howard. Cirello fez estrago, mas não conseguiu estabelecer o elo essencial.

O presidente e seus aliados estavam utilizando esses interrogatórios a seu favor.

NADA de lavagem de dinheiro, Dennison postou no Twitter. NADA de obstrução. Caça às bruxas provada. Agora, o Departamento de Justiça deve fazer seu trabalho e PROCESSAR KELLER.

Se os depoimentos não melhorarem em nada, Crosby explicou a Keller, isso vai fortalecer o procurador-geral para formalizar uma acusação contra ele.

— Em termos de Lerner e da Terra — disse Crosby —, está tudo nas gravações. Em termos do PG, de Howard e do presidente, agora é tudo relativo à credibilidade. É a sua palavra contra a deles. Só vai depender de em quem o público acredita.

Crosby não é boba.

Ela viu o nome de Ruiz na lista, viu como estava posicionado e tirou as conclusões certas.

— O que eles têm contra você, Art? — ela perguntou, na véspera de seu depoimento. — O que Ruiz tem contra você?

Ele não respondeu.

— Certo — disse ela. — Agora você tem uma escolha a fazer. Eu lhe falei que reputo minha função em mantê-lo fora da cadeia. Como advogada, minha recomendação é que se exima de responder, pela Quinta Emenda. Eu francamente duvido que eles movam uma ação legal contra você, se você recuar durante os interrogatórios. Não vão querer reabrir essa lata de vermes. Deixe isso de lado, Art. É triste, é uma pena, não é esse o país que nenhum de nós quer, mas meu conselho é que você deixe isso pra lá.

Keller ouviu.

Precisava admitir que pensou a mesma coisa.

Que não fazia sentido se tornar um camicase em uma guerra perdida.

Naquele momento, ele realmente não sabia o que iria fazer.

Nem o país.

O testemunho de Art Keller era um acontecimento extremamente aguardado, semelhante ao julgamento de O.J. Simpson, ao episódio final de *The Sopranos*, ou ao Super Bowl. Todos estavam esperando para ver o que aconteceria, o que ele faria, o que ele diria.

Seria Keller contra Dennison.

Em pratos limpos.


Agora, Keller veste um terno cinza e dá o nó na gravata vermelha enquanto pensa nas ligações que recebeu ontem à noite.

A primeira foi de O'Brien.

— Esta é sua última chance — disse O'Brien. — Faça a coisa certa. Lembre--se de quem nós temos e o que temos.

A segunda foi de Marisol.

— Eu só queria lhe desejar boa sorte.

— Obrigado — respondeu ele. — É bondade sua.

— Ah, Arturo — disse ela. — O que você vai fazer?

— Está tudo bem — disse ele. — Eu sei o que vou fazer.

— Sabe?

Sim, ele pensa, conforme ajusta a gravata.

Talvez, pela primeira vez na vida, eu sei o que vou fazer.

Eu vou salvar minha vida.


O nome do atirador é Daniel Mercado.

Veterano do exército, veterano no Iraque, franco-atirador, "estrangeiro ilegal". Afastamento involuntário da carreira militar decorrente de "problemas psicológicos" não especificados. Mãe e irmãs ainda estão em Mexicali. Com problemas com La Eme.

Foi dito a Mercado que a solicitação veio do *jefe* do cartel Sinaloa, Ricardo Núñez, em nome do mártir, El Señor, Adán Barrera. Se Mercado for bem suce-dido na conclusão de sua missão, dois milhões de dólares serão depositados em uma conta no exterior — para ele, se sobreviver, para sua mãe, caso contrário. De qualquer maneira, se ele aceitar a missão, sua família terá tratamento de ouro. Por outro lado, se ele negar um pedido de El Patrón, bem... quem pode garantir segurança, hoje em dia?

Rollins conhece seu tipo, Mercado é um homem com rancores — lhe foi negada a cidadania no país pelo qual ele lutou, ele foi expulso do exército que adorava. Ele precisa desesperadamente pertencer a algo; se não for o exército, será La Eme. Se ele sobreviver a essa tarefa, ganhará ingresso instantâneo no bonde. Mercado tem delírios de grandeza — ele quer ser um herói, uma lenda. O homem que obtém a esperada vingança por Santo Adán com certeza será isso.

E ele sabe atirar.

Segundo o arquivo DD214 de Mercado, o homem era um atirador "especialista", do nível mais alto. Segundo seu próprio relato, que pode ou não ser fidedigno, ele teve quatorze mortes confirmadas no Iraque.

Disseram-lhe que essa não é uma missão suicida.

Uma equipe de resgate aguardará por ele em local designado, para tirá-lo da cidade e depois do país. Uma equipe e um local de reserva também estará preparada. As chances de fuga não são tão pequenas como parece — haverá caos, tumulto, principalmente quando Mercado começar a disparar. Ele tem boa chance de chegar a um dos pontos de resgate.

Se você for capturado, dizem-lhe, vá em frente e conte tudo. Nós queremos que os americanos saibam que nós estamos vingando Santo Adán. Se for para a cadeia, La Eme irá garantir que você tenha a melhor vida possível — birita, drogas, mulheres. Você será o rei do pátio, um herói para *la raza*.

E ali nos EUA, a morte de Keller terá um bônus político, pensa Rollins.

O assassinato de um alto funcionário do governo será como Pearl Harbor. O presidente poderá usar isso como pretexto para custear o muro da fronteira, deportar imigrantes ilegais, proceder com literalmente qualquer ação contra o México.

Eles não dizem a Mercado que lhe darão cobertura com mais dois atiradores, que assumirão caso ele falhe. Mercado terá um AR-15, que é o esperado pelo público americano. Os atiradores de reforço vão usar armas de calibre 5.56.

Mercado aceita a missão.

Ele é Oswald, pensa Rollins. Ele é Ray, ele é Sirhan.

Ele é o bode expiatório perfeito.

Não se pode simplesmente entrar e visitar o presidente dos EUA.

Bem, você pode, se você for Nora Hayden.

Ela fez uma ligação para alguém que fez uma ligação para alguém que fez uma ligação e agora ela está no elevador a caminho da cobertura do prédio de

Dennison, em Nova York. Ele provavelmente passa mais tempo ali do que na Casa Branca. Hoje, ele com certeza está ali, pois Art Keller irá testemunhar diante do Congresso e ele não quer estar em Washington nesse momento.

Nora é revistada pelos caras do Serviço Secreto.

Ela não está com nenhuma arma.

Nenhuma arma que eles possam encontrar.

Dennison dispensa seus auxiliares, quando ela entra na sala com a vista magnífica do Central Park. Ele olha para Nora a diz:

— Faz bastante tempo.

— Décadas — diz ela. — Mas eu me lembro como se tivesse sido ontem à noite. Todos os joguinhos imundos, as esquisitices, excentricidades.

— O que é isso, chantagem? — pergunta Dennison. — Quanto você quer? Eu lhe darei o número do meu advogado, sr. Cohn, e você pode resolver com ele.

— Eu não quero dinheiro.

— Um emprego? — pergunta Dennison, parecendo irritado. — Um apartamento? O quê?

— Meu marido — responde Nora. — Sean Callan.

Os olhos de Dennison tremulam. Ele sabe.

— Você mandará soltá-lo imediatamente — diz Nora. — Ou eu irei à mídia, e aquilo que Art Keller está fazendo com você vai parecer um tapinha. Vou contar cada detalhe asqueroso.

— Ninguém irá acreditar em você.

— Vão, sim — diz Nora. — Olhe pra este rosto, seu filho da puta repugnante. Em segundos, eu serei uma estrela. E todos vão acreditar, porque eu darei detalhes. Depois, você negará, eu vou processá-lo e você terá que dar um depoimento, no qual esses detalhes serão expostos. Ou você terá que admiti-los, ou cometerá perjúrio. Então, o que vai ser?

Keller escuta o riso de uma criança.

É destoante, estranho, fora do lugar, conforme ele sobe os degraus do Capitólio. Repórteres colocam microfones diante de seu rosto, jornalistas gritam perguntas, pessoas pedem autógrafos. Algumas pessoas gritam "Vá pegá-los, Keller!", outras o mandam para o inferno. Algumas erguem cartazes e placas FAÇA A AMÉRICA GRANDE OUTRA VEZ! PRENDAM-NO! O MURO SERÁ CONSTRUÍDO!

Ele sabe que está se tornando uma figura controversa, incorporando a fenda divisória que ameaça aumentar e partir o país em dois. Ele ocasionou um escândalo, uma investigação que se expandiu lá dos campos de papoulas, no México, até Wall Street e a própria Casa Branca.

Parando um segundo, Keller vira para trás e olha a longa extensão do Passeio Nacional, as cerejeiras em flor, o Monumento de Washington, à distância. Ele não consegue ver a piscina refletora, ou o Monumento de Veteranos do Vietnã, mas sabe que estão lá — ele sempre passa pelo "Muro", para fazer sua homenagem a antigos amigos. Talvez ele vá até lá mais tarde, dependendo do desenrolar das coisas lá dentro; pode ser sua última chance, por muito tempo, talvez para sempre. Olhando para trás, para esse gramado verde, as flores cor-de-rosa literalmente flutuando na brisa, tudo parece tão calmo.

Mas Keller está em guerra — contra a própria Divisão de Narcóticos, o Senado americano, os cartéis mexicanos de drogas, até o presidente dos EUA.

E eles são a mesma coisa.

Alguns deles querem silenciá-lo e aprisioná-lo, destruí-lo; alguns, ele desconfia que querem matá-lo. Ele meio que espera ouvir o estampido de um fuzil, enquanto sobe os degraus para testemunhar; portanto, o riso da criança é um alívio bem-vindo, um lembrete necessário de que, fora desse mundo de drogas, mentiras, dinheiro sujo e assassinato, há outra vida, outra terra, onde as crianças ainda riem.

Keller mal consegue se lembrar daquele país.

Ele passou a maior parte de sua vida lutando uma guerra do outro lado da fronteira e agora, ele está em casa.

E a guerra veio com ele.

Ele vai empurrando para abrir caminho, adentra um Capitólio relativamente seguro, e é acompanhado até a sala de audiências. Os senadores já estão em seus lugares, nas cadeiras de encosto alto, diante do lambri de madeira escura.

Keller senta em seu lugar, atrás da mesa, no salão. O ambiente é deliberadamente organizado, ele sabe, para intimidar, para que ele tenha que olhar acima, aos senadores. Crosby senta a seu lado.

Ele dá uma olhadinha em volta e vê que a galeria atrás dele está lotada. A maioria dos expectadores são jornalistas.

Mas um deles é Marisol.

Ela assente para ele, que assente de volta.

O'Brien bate o martelo para pedir ordem e então, o funcionário judicial solicita o juramento de Keller.

Ele jura dizer a verdade.

O'Brien começa.

— Sr. Keller...

Crosby o interrompe.

— Senhor presidente, meu cliente gostaria de fazer uma declaração.

— Que seja breve, por favor — diz O'Brien. — Temos muito a discorrer. Mas, prossiga, sr. Keller.

— Obrigado, senhor presidente — diz Keller. — E meu agradecimento ao comitê, por me ouvir. Hoje, não pretendo responder a quaisquer perguntas.

Surge um burburinho no salão.

O'Brien bate novamente o martelo.

— Compreende que isso o coloca em desobediência — diz O'Brien. — Pretende optar pela Quinta Emenda?

— Não — diz Keller. — Eu creio que chegue um momento em que nós, tanto como indivíduos quanto como uma nação, precisamos olhar para nós mesmos de maneira honesta e verdadeira, e falar essa verdade. É isso que eu pretendo fazer hoje.

A sala fica em silêncio.

Belinda entra no banco da frente do passageiro, no carro que Tito mandou para buscá-la.

O novo padrinho quer entregar sua recompensa pessoalmente.

O motorista diz olá, Belinda responde olá e prende seu cinto de segurança. Então, ela sente o cano da pistola encostado em sua nuca.

— Ah, não — diz ela.

— Eu conheci Adán Barrera em 1975 — diz Keller. — À época, eu era um jovem agente da Divisão de Narcóticos, designado ao escritório de Sinaloa, no México. Creio que Barrera tinha dezenove anos. Ele me apresentou seu tio, Miguel Ángel Barrera, então policial. Os Barrera me deram informações que levaram à prisão de inúmeros traficantes de heroína. À época, eu era ingênuo e não percebi que eles próprios eram traficantes e estavam me usando para eliminar a concorrência.

"É verdade que eu salvei Adán Barrera de uma surra severa e possivelmente da morte, nas mãos da polícia federal mexicana e de pilotos americanos mercenários. Isso foi durante a Operação Condor, na qual a Divisão de Narcóticos, incluindo eu, e os militares mexicanos e a polícia envenenamos e queimamos milhares de acres de plantações de papoulas, forçando milhares de campesinos (agricultores rurais mexicanos) a deixar seus campos e vilarejos.

"A consequência não pretendida da Operação Condor foi o fato de que ela forçou os cultivadores de ópio mexicanos a se espalhar pelo México. Ao tentar remover um câncer, nós só o transformamos em metástase. Eles formaram uma organização, a Federación, primeiro cartel de drogas, sob a liderança de Miguel Ángel Barrera, também conhecido como "M-1" ou "O Padrinho". Ele dividiu o México em *plazas*, territórios, para contrabandear as drogas para dentro dos EUA, e dirigia a Federación de sua base, em Guadalajara."

Keller faz uma pausa e toma um gole de água.

— Para substituir o comércio de heroína — ele prossegue —, Barrera introduziu um novo produto altamente viciante, a cocaína em "crack", que fomentou uma trágica epidemia de efeitos devastadores nas cidades dos EUA, nos anos 1980.

"À época, a Divisão de Narcóticos estava concentrada no comércio de cocaína da Colômbia para a Flórida e não deu atenção apropriada à "porta dos fundos" do México e ao que se tornou conhecido como o "Trampolim Mexicano", ou seja, carregamentos de cocaína chegando em pequenas aeronaves e "quicando" da Colômbia para várias localidades na América Central, e depois a Guadalajara, de onde era distribuída em várias plazas e trazida para dentro de nosso país.

"Durante esse período, eu era residente e encarregado de nosso escritório em Guadalajara, e tentei alertar meus superiores sobre o Trampolim Mexicano. Eu era uma voz na imensidão. Já nessa época, Adán Barrera estava morando em San Diego e vendendo cocaína em nome de seu tio. Como resultado de uma de nossas operações, Barrera teve que fugir de sua casa de San Diego e sua esposa, então grávida, sofreu uma queda grave na fuga da invasão. Em seguida, sua filha nasceu com um sério defeito que acabou sendo fatal.

"Barrera me culpou pela tragédia de sua filha.

"Nessa época, para disfarçar um grampo ilegal e sem mandado que eu instalei na casa de Miguel Ángel Barrera, eu inventei um informante fictício com o codinome 'Fonte Sugar'. Enfurecido pelas perdas causadas pelo vazamento de informações de 'Fonte Sugar', M-1 ordenou que Adán Barrera e os outros, incluindo Rafael Caro, raptassem meu então parceiro Ernesto Hidalgo, para forçá-lo a divulgar a identidade do informante.

"Ernie não tinha essa informação. Eu não havia contado a ele sobre a escuta ilegal, e obviamente também não lhe dissera o nome de um informante que, na verdade, não existia.

"Barrera, seu irmão Raúl, Rafael Caro e outros torturaram Ernie Hidalgo até a morte, ao longo de vários dias, apesar de um acordo que eu fizera com Adán, para encerrar minha investigação se ele soltasse Ernie.

"Na sequência ao assassinato do agente Hidalgo, Miguel Barrera fugiu para El Salvador, onde eu e a polícia mexicana o rastreamos, prendemos e despachamos para o consulado americano da Costa Rica, momento em que o pessoal da inteligência americana forçosamente o removeu de minha custódia e o liberou."

O'Brien bate o martelo.

— Acho que já ouvimos o suficiente do sr. Keller discursando. Ele foi chamado aqui para responder perguntas, não para atrapalhar e...

— Eu fui raptado — interrompe Keller — e levado à base de treinamento de guerrilha dos contras, na fronteira da Nicarágua, uma base custeada por Miguel Ángel Barrera, onde um oficial de alto nível da inteligência chamado John Hobbs me explicou que o Trampolim Mexicano incluía carregamentos de cocaína via aérea feitos por uma empresa chamada SETCO, cujo dinheiro financiava a guerra dos contras em oposição ao governo comunista da Nicarágua.

"Deixe-me ser claro: uma investigação jornalística subsequente fez a acusação de que a CIA vendia crack em cidades americanas. Segundo meu conhecimento, isso não era verdade. A verdade era que o Conselho de Segurança Nacional realizou uma operação, chamada Cerberus, que encobriu o contrabando de cocaína com o propósito de financiar e armar os contras, algo que o Congresso havia recusado fazer. Eu vi as drogas, vi as aeronaves, vi o pessoal daquele conselho. Resumindo, a guerra contra o comunismo prevaleceu sobre a guerra contra as drogas.

"Em 1991, eu testemunhei diante de um comitê congressional investigando esse assunto.

"Sob juramento, testemunhei que nunca tinha ouvido falar da SETCO, ou da Cerberus. Também testemunhei que eu nunca ouvira falar em uma operação chamada Névoa Vermelha, que consistia em diretrizes multinacionais para assassinar líderes comunistas e de esquerda na América Central.

"Eu menti. Cometi perjúrio."

Crosby põe a mão sobre o microfone.

— Art…

Ele delicadamente remove a mão dela e retoma o relato.

— Em troca de meu acobertamento, me foi dado o controle do Distrito Sudoeste da Divisão de Narcóticos, com autonomia absoluta para capturar e punir os responsáveis ou envolvidos no assassinato do agente Hidalgo.

"E foi o que fiz, impetuosamente.

"Levei anos para levar Adán Barrera à justiça e, no decorrer dessa busca, cometi inúmeros atos dos quais não me orgulho. Infringi leis americanas e mexicanas, para sequestrar suspeitos e levá-los para dentro da jurisdição americana."

Crosby se debruça e fala ao microfone:

— Senhor presidente, eu gostaria de um recesso. Meu cliente…

— Está tudo bem — diz Keller. — Eu violei procedimentos da Divisão de Narcóticos e inúmeras exigências de mandados. Usei o assassinato do cardeal liberal Juan Parada (um elemento da Névoa Vermelha), cometido por Barrera em 1994, para fazer com que a amante de Barrera, uma cidadã americana chamada Nora Hayden, o delatasse, tornando-se minha informante. A srta. Hayden era, assim como eu, uma amiga querida do cardeal Parada, o qual também fora padre da paróquia de Adán Barrera.

"Para resguardar a identidade da srta. Hayden, eu vazei informações falsas aos Barrera, segundo as quais o informante era um jovem traficante chamado Fabián Martínez. Em resposta, Barrera mandou um bando de pistoleiros para matar Martínez e também dezenove inocentes, entre os quais homens, mulheres e crianças, que moravam no vilarejo de sua família.

"Eu levarei a responsabilidade por aqueles assassinatos para meu túmulo."

Ele faz uma pausa. A sala está em silêncio.

Velhos têm que tirar *siestas*.

E velhos levantam de suas *siestas* para urinar.

Caro gira as pernas para fora da cama e põe os pés no chão frio. Ele está vestindo apenas uma camiseta velha, de tamanho grande, que pende sobre suas pernas finas, que tremem conforme ele segue pelo corredor, até o banheiro.

Ficar velho é uma má ideia, pensa ele, é a maior imbecilidade que podemos fazer.

E daí que ocorreram reveses?

Sempre haverá reveses.

No geral, a situação é boa.

Elena foi ficar com o irmão, no inferno.

Núñez é uma força esgotada.

Tito está tomando cada vez mais territórios dos Esparza e logo dará um fim neles. Assim que ele o fizer, pensa Caro, você dá um fim em Tito. Seus sogros farão objeção, mas os Valenzuela são tão ricos porque valorizam dinheiro acima do sangue.

Um ano ou dois, talvez, um pouquinho mais, e você terá o que lhe é devido.

E dentro de algumas horas, Art Keller estará morto.

Isso também me é devido.

Ele abre a porta do banheiro e pisca.

Tem um jovem sentado no vaso, com uma pistola apontada para ele.

— O que você quer? — pergunta Caro.

— A repórter — diz o jovem —, você tinha que matá-la, surrá-la até a morte? Caro não responde.

— E os 43 garotos naquele ônibus — diz ele —, eles também tinham que morrer? Você precisava queimar seus corpos, para não sobrasse nada para as famílias enterrarem?

— Quem é você? — pergunta Caro.

— Eu sou um *hijo* — responde o jovem. — Meu pai era Ernesto Hidalgo. Esse nome significa algo pra você?

A bexiga de Caro se esvazia.

\* \* \*

Keller diz:

— Houve uma especulação pública, relativa à minha prisão de Adán Barrera, em 1999. Estes são os fatos: eu ludibriei Barrera para atravessar a fronteira, com a falsa informação de que a morte de sua filha era iminente, depois o prendi, no estacionamento do hospital. Para efetivar sua libertação, o pessoal da inteligência americana raptou a srta. Hayden e nós combinamos uma troca de reféns, que ocorreu na ponte de San Diego. Miguel Ángel Barrera, John Hobbs e um detetive americano chamado Salvatore Scachi estavam presentes.

"A intenção deles não era trocar a srta. Hayden por Barrera, mas matá-la e a mim. No tiroteio que aconteceu em seguida, tanto Hobbs como Scachi foram alvejados pelo pistoleiro que eles tinham contratado para me matar. Eu matei Miguel Barrera e novamente prendi Adán.

"Posso confirmar os boatos de que havia mais um pistoleiro naquela ponte. Mais tarde, fiquei sabendo que se tratava de Sean Callan, ex-mercenário e guarda-costas de Adán Barrera, que tinha um envolvimento romântico com Nora Hayden.

"Depois do incidente na ponte, eu fiquei sob investigação e prestei depoimento a um comitê congressional especial sobre o que eu sabia a respeito do Trampolim Mexicano, das operações Cerberus e Névoa Vermelha. Eu acredito que esse depoimento tenha sido ocultado. Pelo meu conhecimento, ele nunca foi revelado ao público. Talvez, o senhor possa me contar o que aconteceu, senador O'Brien, já que era um membro daquele comitê."

O'Brien o encara fulminante.

— Conforme os boatos, eu de fato me recolhi em um monastério, no Novo México — diz Keller. — Eu estava tentando encontrar um pouco de serenidade e também refletir sobre o que havia feito em minha busca por Barrera. Continuei lá, até que Barrera lançou uma recompensa de dois milhões de dólares pela minha cabeça, o que colocaria a vida de meus anfitriões em perigo, e o Departamento de Justiça concordou em transferir Barrera de volta para o México, para a conclusão de sua pena. Eu sabia que Barrera iria "fugir" da prisão de Puente Grande. É claro que aquilo não foi uma fuga; uma fuga não envolve a participação ativa de um dos carcereiros. Barrera foi simplesmente solto pelo diretor do presídio, Ricardo Núñez, que mais tarde se tornaria seu tenente-chefe.

"A pedido meu, regressei à Divisão de Narcóticos e fui designado ao México, para auxiliar na captura e retorno de Barrera à prisão. Adán Barrera reformou a organização de seu tio, intitulando-a 'cartel Sinaloa', e iniciou uma guerra para dominar e eliminar vários outros cartéis regionais e tomar plazas de imenso valor em Tijuana, Nuevo Laredo e Ciudad Juárez. Durante os dez anos seguintes, as lutas internas entre cartéis matariam mais de cem mil cidadãos mexicanos, a maioria inocente, tornando aquele o conflito mais sangrento deste continente desde a Guerra Civil Americana, e estava acontecendo bem ao lado de nossas fronteiras. Pessoas no Texas, Arizona, Novo México e Califórnia literalmente escutavam os tiros de algumas dessas batalhas.

"O mais violento entre os cartéis era um grupo conhecido como Zetas, que teve seu início com membros das forças especiais mexicanas que desertaram para servir ao cartel Golfo, mas acabaram se tornando um exército próprio. O sadismo absoluto é quase impossível de descrever. Imolações, decapitações, assassinatos em massa, de mulheres e crianças... tudo gravado e veiculado em vídeos para aterrorizar a população.

"Eu ficara assombrado pelos assassinatos de dezenove pessoas inocentes, em 1997; mas, no auge da guerra das drogas, de 2010 até 2012, esse seria um índice diário baixo, quase nem considerado digno de cobertura do noticiário.

"Determinados elementos do governo mexicano, frequentemente acusados de corrupção, com considerável justificativa, estavam desesperados para conter a carnificina, então fizeram um pacto com o diabo. Vendo o cartel Sinaloa como o menor das duas forças malignas, quando comparados aos zetas, esses elementos fizeram um tratado tácito com Adán Barrera, para auxiliá-lo a ganhar a guerra contra os zetas. Eu participei desse acordo."

Ele toma outro gole de água.

Callan sai na luz do dia, protege os olhos e vê Nora e Flor, em pé, junto a um carro.

Ele caminha até elas e ambas o envolvem em um abraço.

— O que isso lhe custou? — pergunta Callan.

— Algumas lembranças ruins — diz Nora. — Um encontro desagradável. Não foi nada.

No trajeto ao aeroporto, ela fala:

— Flor vem falando de um garotinho com quem ela viajou. Eles perderam contato. Ela me perguntou se nós poderíamos ajudar a encontrá-lo.

— Certamente podemos tentar — diz Callan. — Qual é o nome dele?

— Nico — responde Flor.

— Você acha que ele conseguiu chegar até os EUA? — pergunta Callan.

— Não sei.

A maioria não consegue, pensa Callan. A maioria é mandada de volta ao lugar de onde veio.

Se eu me lembro da história de Flor, o lugar era um lixão.

Eu tive mais sorte, pensa ele.

Já estive em um monte de lixo, mais de uma vez na minha vida, e alguém sempre me resgatou.

Ele olha para Nora.

— Vamos começar procurando na cidade de Guat.

Eles pegam um voo para o aeroporto Juan Santamaría, em San José, Costa Rica.

María e Carlos estão lá para recebê-los e levá-los para casa.

Keller diz:

— Eu pessoalmente me encontrei com Adán Barrera e nós combinamos de suspender nosso conflito pelo propósito de destruir os zetas. Pelo interesse de revelar tudo, eu lhes direi que os zetas tentaram assassinar minha atual esposa, dra. Marisol Cisneros, causando graves ferimentos e ameaçando novos ataques. Tenho certeza de que isso influenciou em meu julgamento e minha decisão.

"No México, a campanha contra os zetas foi liderada pelas FES, as forças especiais dos mariners mexicanos. Os zetas haviam assassinado a família de um de seus oficiais e eles formaram uma unidade secreta chamada 'Matadores de Zetas'.

"Eu e outros membros da Divisão de Narcóticos auxiliamos esse empenho, provendo recursos da inteligência americana para localizar as células Zeta, seus campos de treinamento e lideranças. Lembrem-se de que os zetas haviam matado um agente americano da Narcóticos, Richard Jiménez. Para não me alongar muito a respeito, esse era um programa de assassinato. Muito mais zetas foram mortos do que presos.

"Analistas da situação mexicana de drogas notaram um número relativamente pequeno de capturas e prisões e mortes do cartel Sinaloa, se comparado com outros cartéis, incluindo, em especial, os zetas. Eles opinaram que isso demonstrava uma propensão governamental a favorecer o cartel Sinaloa. Posso afirmar que essa análise é verdadeira e precisa, e que os EUA participaram no favorecimento do cartel Sinaloa, como forma de trazer algum tipo de estabilidade ao México.

"Ocorreram boatos e relatos sobre uma operação secreta na Guatemala. Agora, eu falarei sobre isso.

"Em outubro de 2012, Adán Barrera combinou um encontro com a liderança dos zetas, para discutir um tratado de paz. Isso deveria acontecer num remoto vilarejo guatemalteco chamado Dos Erres.

"Foi uma emboscada.

"Eu renunciei a meu cargo na Divisão de Narcóticos para aceitar um emprego numa empresa de segurança chamada Tidewater, baseada na Virgínia. Na verdade, isso era uma equipe de mercenários: ex-SEALs e detetives da DEVGRU que se uniram para ir a Dos Erres e eliminar a liderança dos zetas. A operação foi custeada com dinheiro oriundo de diversas empresas de petróleo (os zetas vinham atacando oleodutos no México), e organizada pelo senhor, senador O'Brien.

"Eu ajudei a liderar essa operação, com total conhecimento de que era contra as leis internacionais, assim como as americanas. Contudo, acreditei, à época, como acredito agora, que a operação era moralmente justificável. Em outra contravenção, eu obtive a soltura temporária de um tal Eddie Ruiz, um líder de cartel nascido americano, e informante de longa data, para acompanhar o ataque, já que ele podia identificar pessoalmente a liderança Zeta.

"O que nós não sabíamos era que os zetas estavam planejando matar Barrera nesse encontro. Depois que as negociações de paz foram concluídas, os zetas emboscaram a 'delegação' Sinaloa e massacraram a todos eles. Nós pousamos na hora em que isso estava terminando e fomos bem-sucedidos na missão de eliminar os líderes zetas, destruindo a organização de forma efetiva.

"Os restos de Adán Barrera só foram localizados em março de 2014, pouco tempo depois que eu assumi a Divisão de Narcóticos. Todos acharam que ele tinha morrido durante o ataque dos zetas.

"Isso não é verdade.

"Eu matei Adán Barrera."

A sala irrompe.

O'Brien bate o martelo.

Keller se debruça mais perto do microfone e diz, em voz alta:

— Eu deveria localizá-lo e capturá-lo, se ele ainda estivesse vivo. Eu o localizei. Ele havia sobrevivido ao ataque e estava escondido na selva, foram do acampamento.

"Eu lhe dei dois tiros na cara.

"Estou inteiramente preparado para assumir a responsabilidade por isso, se o governo da Guatemala escolher me extraditar, e também assumo a responsabilidade por quaisquer crimes que eu possa ter cometido sob a lei americana, ao participar desse ataque e seu subsequente acobertamento."

Crosby joga as mãos para o alto e recosta em sua cadeira, como quem diz *Vá em frente, destrua-se.*

Eddie Ruiz está ao telefone com o Minimum Ben.

Que lhe disse que ele não pode mais estourar Art Keller, pois Keller acabou de estourar *a si mesmo*. Contou o negócio todo da Guatemala e da morte de Barrera também. Tirou o ás da manga de Eddie e o enfiou na sua bunda.

Agora, minha única jogada, pensa Eddie, é dedurar Lerner. Contar para eles que porra, sim, eu armei a segurança para as reuniões de Lerner. Mandei um traficante fazer isso, porque a reunião era para arranjar dinheiro de droga.

Como eu sei disso?, ele ensaiou.

Porque Rafael Caro me pediu para fazer.

Nico finalmente chega de volta a Manhattan.

Lá do centro, na parte mais velha da cidade, à Corte de Imigração, no Federal Plaza. Uma longa fila do lado de fora aguarda para passar pela segurança. A maioria é de latinos, há alguns asiáticos. Há outras crianças, algumas com suas famílias, poucas sozinhas, como Nico. Sua tia e seu tio não quiseram vir à audiência, com medo de eles próprios serem deportados.

Então, Nico veio sozinho.

Ele passa pela segurança e sobe ao décimo segundo andar, onde encontra o nome de sua sala de tribunal, em um quadro de avisos bem grande. O corredor está abarrotado de gente, os poucos bancos estão tomados, muita gente está encostada nas paredes, ou sentada no chão. Nico vai passando pela aglomeração, tentando encontrar a srta. Espinosa, sua advogada voluntária. Ele finalmente a vê e vai até ela, e eles conversam no corredor, pois não há salas.

Ela tem quase que gritar para se fazer ouvir.

— Nico, você vai ficar diante de um juiz que vai decidir se você pode permanecer ou se será deportado. Certo, nós temos cerca de cinco minutos. Responda a todas as perguntas falando a verdade, e se ele perguntar se sua vida está em perigo se você voltar pra Guatemala, você diz que "sim", está bem?

Eles entram na sala lotada do tribunal e sentam nos fundos. Nico fica observando o juiz. Ele parece um homem velho, com cabelos brancos e óculos. Parece malvado e Nico fica ali sentado, por quase meia hora, enquanto o juiz nega refúgio a duas mulheres e um adolescente.

Então, ele ouve seu nome ser chamado.

— Vamos — diz Espinosa.

Ela o acompanha até o púlpito da testemunha e se apresenta:

— Marilyn Espinosa, defensora pública para Nico Ramírez.

— Obrigado, srta. Espinosa. Nós precisamos de um intérprete?

— O sr. Ramírez fala um pouco de inglês — diz ela. — Mas, sim, para ser mais seguro.

O juiz olha o arquivo, depois diz:

— Sr. Ramírez está solicitando status de refugiado?

— Sim, meritíssimo.

— Baseado em quê?

— O sr. Ramírez fugiu da Guatemala — conta Espinosa —, porque uma gangue de rua, a Calle 18, ameaçou matá-lo, se ele não ingressasse. É muito provável que eles o matem, se ele voltar.

O juiz estuda um pouco mais os papéis.

— Mas ele *ingressou.*

— Fizeram uma tatuagem de gangue, à força. Ele é uma criança, meritíssimo.

— Estou com a ficha na minha frente — diz o juiz. — Qual é a posição da Segurança Nacional?

O advogado da Segurança Nacional diz:

— O sr. Ramírez entrou no país ilegalmente. Recomendamos a deportação.

— Meritíssimo — chama Espinosa —, o senhor poderia ao menos ouvir meu cliente?

O juiz olha para Nico.

— Rapaz, por que você quer ficar nos EUA?

— Porque vão me matar, se eu voltar — diz Nico.

— Quem vai?

— Pulga.

— Quem?

— Ele é o mandachuva da 18, no meu *barrio* — explica Nico.

—Você tem mais algo a dizer? — pergunta o juiz.

Nico pensa com bastante afinco. O que ele pode falar que fará com que o deixem ficar? Ele está desesperado.

— Porque aqui é bonito — ele finalmente responde.

O juiz examina mais uma vez a papelada e ergue o olhar.

— Eu vou mandar que o sr. Ramírez seja devolvido à custódia da Segurança Nacional para ser deportado.

— Meritíssimo — diz Espinosa —, isso pode ser uma sentença de morte.

— E eu posso estar salvando uma vida americana ao me desfazer de um criminoso precoce — diz o juiz. — Já temos membros de gangue suficientes e traficantes de drogas de sobra neste país, sem ter que importá-los.

Ele olha para Nico e pergunta, só pela praxe:

—Você renuncia ao recurso?

Mesmo com tradução, Nico não sabe o que ele está falando.

— Não, meritíssimo — diz Espinosa. — Nós pretendemos fazer a apelação e solicitar fiança.

— O que, neste caso, significaria apenas regressar ao Sudeste da Virgínia — diz o juiz. — Fiança negada. Você tem trinta dias para apelar. A ICE vai manter a guarda do sr. Ramírez e proceder com a deportação.

Um homem estranho algema Nico e o leva para fora da sala do tribunal. Nico olha para Espinosa, que tenta acompanhá-lo, mantendo-se ao seu lado em meio à aglomeração.

— Eu vou entrar com uma apelação, Nico — diz ela. — E uma petição de reconsideração.

Ele entende o suficiente para saber que ela vai pedir que eles mudem de ideia.

Nico sabe que eles não vão mudar de ideia.

Ele vai voltar para El Basurero.

Ele é um lixo e vai voltar para o lixão.

— Alguns meses depois da operação na Guatemala — diz Keller —, o senador O'Brien me abordou quanto a assumir a Divisão de Narcóticos. Eu aceitei, pois realmente achei que pudesse fazer algo em relação à epidemia de heroína que aflige o país. Achei que esse fosse o motivo para que o senador O'Brien tivesse me convidado. Agora, eu percebo que mais uma vez, eu fui ingênuo, e que o senador me colocou naquela posição para encobrir a operação da Guatemala.

O'Brien diz:

— Creio que já ouvimos o bastante…

— Minha execução extrajudicial de Adán Barrera também teve o efeito oposto do que eu pretendia — afirma Keller. — Durante a breve supremacia do cartel Sinaloa, o México vivenciou um período de relativa paz e segurança. Ao eliminá-lo, eu soltei uma porção de concorrentes menores ao trono que, por sua vez, provocaram o caos a um povo já tão sofrido. Na verdade, o México acaba de vivenciar seu ano mais violento, ultrapassando até os horrores ocorridos entre 2010 e 2012.

"E as drogas continuam entrando, o que me leva, enfim, à questão pela qual fui chamado a depor, no dia de hoje."

O'Brien diz:

— Eu vou suspender esta audiência até segunda ordem. O sr. Keller está simplesmente fazendo alegações sem fundamento…

— Eu quero que o depoimento prossiga — diz Elmore. — Nós convocamos o sr. Keller para depor e ele tem o direito de concluir seu testemunho.

— Ele não tem direito de ficar atrapalhando — responde O'Brien. — Eu vou adiar…

— Se o fizer — diz Keller —, eu vou retomar o depoimento nos degraus do Capitólio.

— Está se manifestando com desobediência, sr. Keller — diz O'Brien.

— Senador, o senhor não sabe da missa a metade.

— Prossiga — diz Elmore.

Keller prossegue:

— Em meu papel de gestor da Divisão de Narcóticos, tomei conhecimento de uma nova rede de contrabando de heroína, liderada por Eddie Ruiz e pelo traficante libertado Rafael Caro, a qual envia quantidades maciças de heroína e fentanil letal para dentro dos EUA, através de intermediários na cidade de Nova York. Também fiquei sabendo que Caro havia ordenado o assassinato de 49 estudantes no México, alguns queimados vivos, e a tortura e assassinato da jornalista Ana Villanueva, que estava investigando essa atrocidade.

"Fiquei ciente ainda, de que a Terra Company (encabeçada por Jason Lerner, consultor especial da Casa Branca), com o auxílio de um fundo de cobertura gerenciado por Chandler Claiborne, havia viabilizado um empréstimo multimilionário através de um banco mexicano. Mas o dinheiro, na verdade, era proveniente de um consórcio de organizações de drogas mexicanas, incluindo a organização de Caro e Ruiz, que perpetrou esse assassinato em massa.

"Escutas com autorização da justiça revelam que Lerner iniciou fraudes bancárias e conscientemente violou os estatutos de lavagem de dinheiro. Gravações autorizadas adicionais de uma conversa entre Lerner e Claiborne mostram, conclusivamente, que ambos sabiam que a fonte do empréstimo era dinheiro de drogas, vindo, entre outros, de Rafael Caro.

"Eu estava em negociações com o conselheiro especial Scorti para entregar as gravações e documentos incriminadores. Francamente, fiquei preocupado que se eu de fato entregasse as gravações, elas talvez fossem retidas. Portanto, eu agora gostaria de reproduzir os momentos relevantes para este comitê."

Ele põe um pequeno toca fitas em cima da mesa.

— Isso não vai acontecer! — diz O'Brien.

—Você está tentando ocultar uma prova? — pergunta Elmore.

— Isso não é prova — responde O'Brien. — Nós não sabemos a procedência dessas gravações, não sabemos sua origem, eles podem muito bem violar direitos legais de…

— Não saberemos, até ouvirmos — interrompe Elmore. — Não quer que elas sejam ouvidas, senador O'Brien?

— Se for assim, que sejam ouvidas em sessão fechada — diz O'Brien.

— Então, é o povo americano que o senhor não quer que ouça as gravações — conclui Elmore. — Mas acho que o povo tem o direito de ouvir…

— Eu quero a apreensão dessas gravações — diz O'Brien. — Quero que sejam apreendidas e entregues ao gabinete do procurador-geral.

— *Quer dizer que eu estou lhe informando que é dinheiro de drogas.*

— *Jesus Cristo, você está com um grampo?*

— *Não seja babaca.*

— *Você está?!*

— *Não!*

— *Porque se estiver…*

— Você acha que eu mexeria com essa gente? Você sabe quem são eles, sabe o que eles fazem.

— Sim, eu sei. Você sabe?

— Eles vão matar a mim e minha família toda.

— Sim, isso mesmo.

— Eu estou com medo, Jason. Estou pensando em talvez ir à polícia.

— Não faça isso. Essa é a última coisa que você vai querer fazer.

— Se isso for por água abaixo...

— Nós estamos cobertos. Você não entende isso? Se é dinheiro de droga, se é dinheiro russo, tanto faz, nós podemos mandar encerrar qualquer investigação. Agora somos blindados. Somos intocáveis.

— Não sei...

— Chandler, eu precisava dessa porra desse empréstimo. Meu sogro precisava dessa porra desse empréstimo. Está entendendo o que eu estou dizendo?

Rebuliço total.

Repórteres saem correndo da sala.

O'Brien bate o martelo para pedir ordem, mas não a obtém.

Crosby cobre o microfone com a mão e diz:

— Meu Deus, Art.

Keller olha ao outro lado da sala, para Marisol, depois se debruça ao microfone e diz:

— Quando eu ainda estava em meu emprego, eu fui solicitado tanto pelo atual diretor da Divisão de Narcóticos, Denton Howard, como pelo senador O'Brien a encerrar a investigação sobre Jason Lerner. O sr. Howard, fortemente insinuando estar transmitindo um recado do presidente Dennison, ofereceu-me manter meu cargo, e também disse que o governo apoiaria determinadas políticas liberalizadas que eu endossei.

"Eu recusei essas ofertas. Temendo que as provas fossem destruídas, retirei as gravações e os documentos das instalações da Divisão de Narcóticos e secretamente guardei-as em lugar seguro. Tenho inteira consciência de que, ao fazê-lo, eu violei determinados estatutos federais e, mais uma vez, estou pronto a assumir responsabilidade e aceito as consequências. Deixarei que outros determinem se as atitudes de O'Brien e Howard configuram obstrução de justiça."

O'Brien levanta e deixa a sala de audiências, seguido por sua equipe.

Elmore assente para que Keller prossiga.

— Como resultado dessa investigação — diz Keller — e com a soberba colaboração da Divisão de Narcóticos da NYPD, nós destruímos a rede Caro-Ruiz e apreendemos uma vasta quantidade de heroína batizada com fentanil. No entanto, a justiça pelos que lavaram seu dinheiro ainda está por ser feita.

"Nós costumamos apontar o dedo acusando o México de corrupto" diz Keller. "É fácil demais, porque com muita frequência, é verdade. Eu posso pessoalmente testemunhar a corrupção nos mais altos escalões do governo mexicano. No entanto...

"Nós também temos que olhar a corrupção aqui dentro dos EUA. Eu acabei de lhes mostrar uma gravação que revelou a corrupção nos mais altos escalões financeiros e governamentais americanos, pelas próprias pessoas que mais apontam o dedo para o México.

"Se não fizermos uma investigação minuciosa e honesta, e instaurarmos um processo para condenar essa corrupção, aqui em nossa casa, nós somos os piores hipócritas e deveríamos agora mesmo abrir as portas das celas de todos os homens, mulheres e, sim, *crianças*, que estão atualmente cumprindo pena por porte e tráfico de drogas.

"Mas a corrupção vai muito mais fundo do que apenas dinheiro. Precisamos nos perguntar: que tipo de corrupção existe em nossa alma nacional coletiva, que nos torna o maior consumidor de drogas ilícitas? Podemos dizer que a raiz da epidemia de heroína está no solo mexicano, mas os derivados de ópio são sempre uma resposta à dor. Qual é a dor no coração da sociedade americana, que nos faz sair em busca de uma droga para abrandar, abafar?

"É a pobreza? A injustiça? O isolamento?

"Eu não tenho as respostas, mas nós temos que fazer a verdadeira pergunta...

"Por quê?"

Cirello está sentado com um detetive de Kingston e um promotor público.

— Foi em legítima defesa — afirma Cirello. — O cara a estava violentando e ia matá-la.

— Ela estava se prostituindo — diz o promotor.

Cirello olha para o detetive e sabe que a entrevista vai transcorrer do jeito que tem que ser. Ele fará as perguntas certas a Jacqui, da maneira certa, e vai deixar o promotor sem nada a fazer, a não ser despachar como legítima defesa.

— Por favor, faça o que puder por essa garota — pede Cirello. — Ela é viciada. Precisa de ajuda, não de cadeia.

— Ela já esteve em reabilitação — diz o promotor. — Até quando você quer que a mandemos para tratamento?

— Até dar certo — diz Cirello.

Jacqui está sentada a uma mesa, na sala de entrevistas.

O policial entra.

— E aí — diz Jacqui.

— E aí.

— Eu vou pra cadeia, hein? — pergunta ela.

— Acho que não — responde Cirello. — Seja o que for que o policial perguntar, sua resposta será "sim", está bem?

— Eu devo muito a você — diz Jacqui.

— *Eu* é que devo muito a você.

— Está certo — diz ela — a gente deve um ao outro.

— Cuide-se, está bem?

— Você também.

O policial vai embora.

Jacqui começa a cantar sua musiquinha.

— Quando Jacqui...

Então, ela para.

Eu não sou mais uma garotinha, pensa ela.

Ric está sentado em sua cela.

Não há mais nada a fazer, até que eles o transfiram. Ele apelou e recebeu uma pena de doze anos, metade da pena de seu pai. Ric sabe que o pai nunca mais vai sair.

Mas eu ainda serei jovem, estarei com quarenta e poucos anos.

Ainda posso ter algum tipo de vida.

Ao contrário de Belinda.

O mensageiro da cadeia já informou que ela morreu, que Iván Esparza a executou pelo pecado de não matar Ric.

Ele se sente mal por isso.

O mesmo mensageiro da cadeia disse a ele que Iván agora está subordinado a Tito Ascensión.

Então, acabou, pensa Ric.

O cartel Sinaloa acabou.

Você é afilhado de nada.

Não importa, pensa ele. De qualquer jeito, esse negócio de droga acabou. Agora, o que você precisa fazer é cumprir sua pena e voltar a sua família.

Valeria será adolescente.

Ele ouve uma voz abafada. Parece estar vindo da privada. Ele se curva e ouve:

— *Ric? Ric Núñez?*

— Sim?

— *E aí? E aí, irmão? É Eddie Ruiz.*

Eddie Maluco?, pensa Ric.

Mas que porra é essa?

— *Ouça Ric. Nós podemos fazer uns negócios juntos...*

Cirello entra no carro e segue ao sul, pela 87, em direção à cidade.

De volta ao trabalho.

A função de infiltrado finalmente acabou, Mullen vai lhe arranjar uma excelente missão, mas ele sabe que o fedor que grudou nele nunca vai sumir. Sempre haverá aquela desconfiança, aquela dúvida, os sussurros por trás de suas costas, os boatos de que um pouco do dinheiro das drogas ficou colado nele, como aquelas notas amassadas que a gente acha no bolso do jeans, quando tira da secadora.

Ele pode continuar, completar seu tempo até a aposentadoria, mas nunca será como antes.

Quando ele chega a Newburgh, ele vira a oeste, na 84.

Não sabe para onde está indo, só sabe que não vai voltar para Nova York, não vai voltar para a NYPD, não vai voltar a ser policial de narcóticos.

Para ele, deu.

— Passei minha vida adulta lutando a guerra contra as drogas — diz Keller.

"Tive muitos colegas, alguns mortos, nessa guerra, e me orgulho do sacrifício que eles fizeram, de sua dedicação, do imenso empenho no combate do que eles veem como um mal não mitigado.

"Eles são verdadeiros crentes, gente boa de verdade.

"Mas agora, eu tristemente chego à conclusão de que nós lutamos a guerra errada, e que isso precisa acabar.

"A guerra contra as drogas vem se estendendo há cinquenta anos, meio século. É a mais duradoura guerra deste país. No processo de mantê-la, nós gastamos mais de um trilhão de dólares, colocamos milhões de pessoas atrás das grades, a maioria de negros, hispânicos e pobres; temos a maior população carcerária do mundo. Nós militarizamos nossas tropas policiais. A guerra contra as drogas se transformou em uma máquina de autossustento econômico. Cidades que um dia competiam por fábricas, agora disputam para construir cadeias. Na 'privatização prisional' (uma das mais horrendas combinações de palavras que eu posso imaginar), nós capitalizamos as correções; corporações agora obtêm lucro mantendo seres humanos enjaulados. Tribunais, advogados, a força policial, prisões... nós estamos mais viciados na guerra contra as drogas do que nas drogas contra as quais guerreamos.

"A guerra contra as drogas é uma guerra que vai além do nome. Um número incontável de pessoas morre porque as drogas são ilegais. Não se vê empresas de vinho ou tabaco trocando tiros pelo domínio do mercado, mas isso é exatamente o que vemos, nas esquinas e nos conjuntos habitacionais, pelo controle do comércio das drogas. E, claro, no México. Como drogas são ilegais, nós mandamos sessenta bilhões de dólares por ano para os violentos sociopatas dos cartéis, dinheiro que corrompe policiais e políticos, e compra armas que mataram centenas de milhares de pessoas, sem fim à vista.

"O 'problema mexicano das drogas' não é o problema mexicano das drogas. É o problema *americano* das drogas. Nós somos os compradores e sem compradores, não tem como haver vendedores.

"Nós travamos essa guerra há cinquenta anos, e após todo esse tempo, todo esse dinheiro, todo esse sofrimento, qual é o resultado?

"As drogas estão mais abundantes, mas potentes e mais disponíveis do que nunca.

"Overdoses fatais têm índices recorde. Hoje, nós perdemos mais gente por overdose do que por acidentes de trânsito ou violência com armas.

"Tudo isso enquanto as drogas são ilegais.

"Se é assim que a vitória se parece, eu detestaria ver a derrota.

"Nós temos que acabar com essa guerra.

"Precisamos legalizar todas as drogas e usar nosso tempo, dinheiro e empenho em abordar as causas profundas do abuso das drogas.

"Temos que fazer a pergunta 'Por quê?', e respondê-la.

"Até respondermos essa pergunta, nós estamos fadados a repetir, incessantemente, a mesma dança da morte.

"Hobbes disse 'O inferno é a verdade vista tarde demais'", diz Keller. "Eu rezo para que essa verdade não tenha vindo tarde demais. Obrigado por seu tempo."

Keller levanta e deixa a sala.

Com o braço em volta do ombro de Marisol, Keller vai abrindo caminho em meio ao tumulto da mídia, do lado de fora do Capitólio, e depois a auxilia a entrar em um carro que aguarda.

— Pra onde nós vamos? — pergunta Marisol. — Nossa casa deve estar sitiada.

Verdade, pensa Keller.

Ele está exausto.

A adrenalina desse discurso purificador é extenuante, seu cérebro está simplesmente cansado e ele não sabe o que vai acontecer a seguir. Ele será preso? Jogado na cadeia? Se for, será que algum dia vai sair?

— Eu gostaria de dar uma caminhada — diz ele. — Arejar a cabeça.

Marisol olha para ele intrigada.

— Pra onde você quer ir?

— Ao Muro — diz Keller. Ele quer se despedir de alguns velhos amigos, talvez dizer adeus para sua primeira guerra, enquanto ele tem a chance. — Quer vir comigo?

— As pessoas vão nos ver.

— Vai levar um tempinho até elas nos alcançarem — diz Keller.

— Está certo — responde Marisol. — Vamos lá.

Keller diz ao motorista para deixá-los na avenida Independence, entre a Tidal Basin e o Memorial da Segunda Guerra Mundial.

Rollins está a vários carros atrás dele.

— Pra onde ele está indo? — questiona Mercado.

O atirador está nervoso, pensa Rollins, vendo o pé dele tremular no chão do carro. Um pouco de nervosismo é bom; em excesso, nem tanto.

Eles seguem o carro de Keller descendo a Independence.

O carro para.

Rollins observa Keller ajudar a esposa a sair do carro.

— Eu sei para onde ele vai — diz Rollins.

O Muro.

Mercado desce do carro.

Um lindo dia de primavera, do tipo que traz milhares de turistas para ver as flores de cerejeiras ao longo da Tidal Basin, o tipo de dia que deixa os residentes felizes por morarem em DC.

Keller e Marisol caminham pela margem do Memorial da Segunda Guerra, não querendo se aproximar demais e interferir nas dúzias de momentos pessoais, de recordações e pesar, enquanto grupos de veteranos são acompanhados por guias voluntários locais, passando pelas lápides com nomes de batalhas. Ele se lembra que eles batizaram esse programa de "voos de honra", trazendo, de avião, veteranos de todas as partes do país, para virem ao memorial. Eles são idosos, de cabelos brancos, curvados, alguns se apoiam em bengalas, não são poucos os de cadeira de rodas, e Keller se pergunta o que eles devem estar pensando, quando veem os nomes de suas antigas batalhas.

Uma "boa" guerra, pensa Keller, o bem contra o mal, preto versus branco.

Eles salvaram o mundo da tirania fascista, e nós... bem, nos foi dito, nos foi *vendida* a mitologia de que estávamos salvando o mundo do comunismo.

Eles viram no caminho que margeia o Lago dos Jardins da Constituição. A ironia não passa despercebida — uma coisa com que toda a mídia parece concordar é que ele originou uma crise constitucional".

Mari diz:

— Estou orgulhosa de você.

— É.

— *Te amo, Arturo.*

— *Te amo también, Mari.*

Eles caminham pela margem oeste do lago, passam por um pequeno mirante e um caminho de pedestres que leva a um banheiro, depois seguem a caminho do Memorial do Vietnã.

— Alvo localizado — diz Mercado, em um microfone no pescoço.

— Assuma posição.

Um dos carros de trabalho está estacionado na avenida Constitution. Rollins contorna a área, agora na Henry Bacon Drive, que segue a nordeste, saindo do Memorial Lincoln. Mercado avança por entre as árvores e chega por trás do prédio onde fica o banheiro, com vista de cima para o Muro.

O Muro é baixo, em meio ao parque, como um segredo culpado, uma vergonha particular.

Keller olha para os nomes inscritos em pedra. O Vietnã foi há muito tempo, em outra vida, e ele lutou em sua própria guerra desde então. Aqui e ali, os pesarosos deixaram flores, ou cigarros, até pequenas garrafas de birita.

Não há batalhas gravadas no Muro do Vietnã. Nada de Khe Sanhs ou Quang Tris, ou Hamburger Hills. Talvez, por termos ganhado todas as batalhas, mas perdido a guerra, pensa Keller. Todas essas mortes por uma guerra fútil. Em vindas anteriores, ele vira homens debruçados no muro, chorando como crianças.

A sensação de perda é angustiante e esmagadora.

Hoje há cerca de quarenta pessoas ali. Alguns parecem veteranos, outros, familiares; a maioria, provavelmente turistas. Dois outros homens de quepe usando uniforme dos Veteranos de Guerras Estrangeiras estão presentes para auxiliar as pessoas a encontrar o nome de seus entes queridos.

É um dia quente de primavera, com uma brisa leve, as flores das cerejeiras flutuam pelo ar. Sentindo a emoção dele, Marisol pega sua mão.

Ele vê o garotinho e o cintilar estranho da mira, ao mesmo tempo.

A criança, segurando a mão da mãe, olha os nomes gravados na rocha, e Keller fica imaginando se ele está procurando alguém — um avô, talvez, um tio — ou se a mãe apenas trouxe o filho até o Memorial dos Veteranos do Vietnã para terminar a caminhada pelo Passeio Nacional.

Agora, Keller vê o menino, então — à direita, na direção do Monumento de Washington — o lampejo estranho de luz.

* * *

Mercado está com a mira fixa em Keller, agora se aproximando dele. Põe o alvo na cabeça dele e diz:

— Alegria.

Ele ouve o comando — Vai.

E aperta o gatilho.

Saltando em direção à mãe e ao filho, Keller os leva ao chão.

Então, ele vira para proteger Mari.

A bala faz Keller girar como uma tampa.

Raspa em seu crânio e faz seu pescoço girar.

O sangue jorra em seu olho e ele literalmente vê tudo vermelho, enquanto estende a mão e puxa Marisol para baixo.

A bengala dela cai ruidosamente na calçada.

Keller cobre o corpo dela com o seu.

Mais balas atingem o Muro, acima dele.

Ele ouve berros. Alguém grita:

— É um atirador!

Olhando para cima, Keller procura a origem dos tiros e vê que eles estão vindo da direção sudeste, na posição de dez horas — de trás de um prédio pequeno, e ele se lembra que é onde fica um banheiro. Ele apalpa o quadril, em busca de sua pistola Sig Sauer, mas se lembra de que está desarmado.

O atirador aciona a automática.

As balas salpicam a pedra acima de Keller, arrancando lascas dos nomes. As pessoas estão deitadas no chão, ou agachadas junto ao Muro. Algumas, perto das bordas mais baixas, correm em direção à avenida Constitution. Outras apenas ficam paradas, desnorteadas.

Keller berra:

— *Abaixem! É um atirador! Abaixem!*

Mas ele vê que isso não vai adiantar e que o monumento agora é uma armadilha fatal. O Muro tem formato de V e há somente duas saídas, ao longo do caminho estreito. Um casal de meia-idade corre em direção à saída leste, ao encontro do atirador, e é atingido na hora, caindo como personagens de algum videogame horrendo.

— Mari — diz Keller —, nós temos que andar. Está entendendo?

— Sim.

— Prepare-se.

Ele espera uma pausa nos disparos — enquanto o atirador troca o pente — e levanta, atraca Mari e a pendura por cima do ombro. Ele a carrega margeando a parede até a saída oeste, onde a mureta fica mais baixa, da altura da cintura, então lança o corpo dela acima e ao outro lado, e a coloca embaixo de uma árvore.

— Fique abaixada! — grita ele. — Fique aí!

— Para onde você vai?!

Os tiros recomeçam.

Pulando de volta para o outro lado do muro, Keller começa a conduzir as pessoas à saída sudeste. Ele pousa a mão na nuca de uma mulher, empurra-lhe a cabeça abaixo e a leva adiante, gritando:

— *Por aqui! Por aqui!*

Então, ele ouve o chiado de uma bala e a batida seca quando a mulher é atingida. Ela cambaleia e cai de joelhos, segurando o braço, enquanto o sangue jorra por entre seus dedos.

Keller tenta erguê-la.

Uma rajada passa raspando pelo rosto dele.

Um jovem vem correndo até ele e estende as mãos para pegar a mulher.

— Eu sou paramédico!

Keller a entrega, vira de volta e continua empurrando as pessoas à sua frente, afastando-as da linha de tiro. Ele vê novamente o menino, ainda segurando a mão da mãe, com os olhos arregalados de pavor, enquanto a mãe o empurra adiante, tentando protegê-lo com o corpo.

Keller passa um braço em volta dos ombros dela e a faz se curvar, enquanto a mantém em movimento.

— Estou com você. Estou com você. Continue andando.

Ele a deixa em segurança, na ponta distante do Muro, e volta mais uma vez.

Outra pausa nos disparos, enquanto o atirador troca o pente de novo.

Cristo, pensa Keller, quantos ele pode ter?

Ao menos mais um, porque os tiros recomeçam.

As pessoas cambaleiam e caem.

Sirenes ecoam e uivam; o motor de um helicóptero reverbera pelo ar.

Keller atraca um homem para empurrá-lo à frente, mas uma bala o atinge no alto das costas e ele cai aos pés de Keller.

A maioria das pessoas conseguiu chegar à saída oeste, outras estão deitadas, espalhadas pela calçada, e ainda há outras, que caíram no gramado ao tentar correr para o lado errado.

Água derrama de uma garrafa caída no caminho.

Um celular, com a tela rachada, começa a tocar no chão, ao lado de um souvenir — um pequeno busto barato de Lincoln — com o rosto respingado de sangue.

\* \* \*

Keller olha ao leste e vê um policial do Parque Nacional, empunhando uma pistola, disparando em direção ao prédio dos banheiros, depois caindo, ao ser atingido por uma rajada de balas que riscam seu peito.

Abaixado no chão, Keller rasteja até o policial e sente sua pulsação no pescoço. Ele está morto. Keller cola atrás do homem, enquanto outra rajada atinge o corpo. Ele olha acima e acha que avistou o atirador, agachado atrás do prédio dos banheiros, enquanto carrega outro pente na arma.

Art Keller passou a maior parte da vida lutando uma guerra do outro lado da fronteira e agora está em casa.

A guerra veio com ele.

Keller pega a arma do policial — uma pistola Glock 19 — e segue por entre as árvores, em direção ao atirador.

Mercado está apavorado.

Ele errou o alvo e agora o perdeu de vista, em meio às árvores. Tem muita gente caída, as sirenes ecoam e ele atirou em um policial. Ele carrega outro pente e espia pela lateral do prédio, tentando avistar Keller e concluir sua missão, antes de dar o fora.

Mas ele não vê o homem.

Olhando em direção à avenida Constitution, Mercado vê que aquela rota de fuga está fechada — viaturas estão cercando tudo, com equipes da SWAT fortemente armadas pulando para fora dos carros. Ele olha à sua direita e vê mais carros chegando velozes pelo passeio. Um helicóptero circula acima.

Sua única chance é sair pelo outro lado, a oeste, na Bacon Drive.

— Alvo no chão — ele mente ao microfone. — Batendo em retirada.

Ninguém responde.

— Responda — ele diz, começando a entrar em pânico. — Responda!

Nenhuma resposta.

Os filhos da puta o abandonaram.

Rollins sai da Constitution e segue a oeste, em direção à ponte Roosevelt. O plano era que um carro ou outro pegasse Mercado, o liquidasse ali e dispensasse o corpo, mas, agora, não faz sentido esperar.

A polícia vai se encarregar de Mercado e, se ele for capturado e falar, só vai dizer exatamente o que deveria.

Que Ricardo Núñez o contratou para matar Art Keller.

E no cenário mais provável, ele será morto antes, bem, ele é apenas mais um atirador.

Oremos.

\* \* \*

Keller agacha atrás de um monumento de bronze.

Uma enfermeira segura um soldado ferido nos braços.

Seu coração dispara e o sangue ainda escorre em seus olhos. Ele limpa, respira fundo e parte.

Mercado está seguindo ao outro lado do prédio, atento.

O que vê o deixa ainda mais nervoso.

Um homem vindo em sua direção.

Ao menos, deve ser um homem, mais parece um monstro.

Seu rosto está com uma máscara rosa de sangue e massa encefálica, a frente da camisa está manchada em vermelho.

Ele empunha uma pistola e vem em sua direção.

É Keller.

Mas agora Mercado sabe que não vai haver dois milhões de dólares, nem ingresso na La Eme, nem status privilegiado como o homem que vingou Santo Adán.

Ele sabe que foi uma armação.

Ele é um bode expiatório.

Ele corre.

Ergue o fuzil e dispara.

Keller corre atrás dele.

Mais cambaleia do que corre.

Até este momento, ele não tinha percebido que fora atingido. A dor em seu peito é horrenda. Ou, talvez, pensa ele, eu esteja infartando. De qualquer forma, ele se sente fraco e tonto, mas segue em frente, olhos fixos no atirador, que corre em direção ao Memorial Lincoln, à piscina refletora.

Keller segue, passo a passo.

Isso é tudo o que ele consegue fazer, até não conseguir mais.

Cada passo é uma punhalada em seu peito. Cada passo vai esgotando suas forças. Sua respiração vai ficando mais curta e ele ouve seu ofego. Ele sabe que está com hemorragia interna.

Mas você sempre esteve, ele diz a si mesmo.

Sempre sangrou por dentro.

Um passo, depois outro, Keller diz a si mesmo.

Até não conseguir mais.

Então, ele vê o atirador.

\* \* \*

Ele está encurralado.

A piscina atrás dele, os policiais se aproximando pelos dois lados.

Ele para e vira de frente para Keller.

Ergue o fuzil e dispara.

Keller mira bem no meio, aperta o gatilho e segura.

O atirador cai de costas na piscina.

Keller cai de joelhos.

Depois cai de cara no chão, com os braços estendidos à frente.

# Epílogo

*Adios, meus amigos, nós estamos deixando El Paso. O rio Grande secou
e todas as histórias foram contadas.*

— Tom Russell, "Leaving El Paso"

**Sudeste da Califórnia**
**Maio de 2018**

D a colina perto de casa, onde eles caminham quase todos os dias, Keller vê
o México.

Marisol acha que eles fazem um par e tanto, esforçando-se para subir a
colina, cada um com sua bengala.

Os feridos da guerra contra as drogas.

E nós somos os sortudos, pensa Keller.

Nós sobrevivemos.

A recuperação dele foi longa, difícil e incerta; uma bala fissurou o crânio, três
furaram as pernas. Ele teria morrido de hemorragia, perto da piscina refletora,
se os paramédicos já não estivessem próximos.

O resultado do tiroteio do Passeio foi horrendo, mas não tão ruim quanto
poderia ter sido. Cinco mortos e quatorze feridos. As consequências foram as
habituais: orações e conversas sobre controle de armas e saúde mental, e absolutamente nada foi feito.

O novo conselheiro especial indicado pelo Congresso investigou a possibilidade de Daniel Mercado ter sido contratado pelo cartel Sinaloa para assassinar
Art Keller, mas nunca conseguiu provar nada.

Ele conseguiu, no entanto, o suficiente para formalizar uma acusação contra
Jason Lerner, Denton Howard e Ben O'Brien.

Os julgamentos estão em curso.

Assim como as audiências referentes ao impeachment.

Dennison e seus aliados estão refutando, como malucos, as acusações de
perjúrio obstrutivo e corrupção.

É difícil saber o que vai acontecer.

Eddie Ruiz não conseguiu fechar acordo com ninguém — nem com o conselho especial, nem com a Califórnia, nem com Nova York. Ele está de volta a
Victorville, tomara que para ficar.

Não houve julgamento para Keller. Nem julgamento, nem acusações, porque nenhum promotor pensaria em apresentar a um júri um processo contra o herói do tiroteio do Passeio. E a Guatemala não quis fazer parte disso — que os mortos enterrem seus mortos. Keller, culpado católico até o fim, não consegue decidir se isso é certo ou errado.

— Aceite a graça, quando lhe é dada — Marisol disse a ele.

Ele tenta fazer isso.

Eles compraram um pequeno sítio, logo depois que ele deixou o hospital. Com sua fama — ou notoriedade —, Washington teria sido impossível, e o casal decidiu que queria uma vida mais tranquila. O sítio deles tem trinta acres em um terreno mais plano, uma gruta de carvalhos em meio às rochas e um acre de macieiras. Uma cidadezinha próxima tem um mercado, um bar e um sebo de livros.

É o suficiente.

Os dias são tranquilos e as noites, mais ainda.

Keller lê mais história, Marisol passou a pintar, um estilo chamado *plein air*. Althea às vezes vem visitar; Marisol brinca que aquele é seu harém. Michael veio no Natal e passou vários dias. Até Hugo Hidalgo veio para respeitosamente se desculpar pelo que falou, e para contar a Keller que estava trabalhando com xerife do condado de Bexar. Ele disse que enfim tinha se libertado do que acontecera ao pai.

E eu, pensa Keller, finalmente me libertei de Adán Barrera.

Ele está morto.

A vida volta a você, pensa Keller.

Ele olha para a fronteira e imagina o que está acontecendo no México. O caos e a violência prosseguem. Rafael Caro morreu e Tito Ascensión é o novo "padrinho", portanto, homens brutos e estúpidos governam, em ambos os lados da fronteira.

Mas não há muro ali, pensa Keller, sorrindo.

E jamais haverá. Uma fronteira é algo que nos divide, mas também nos une; não pode haver um muro real, da mesma forma que não há muro que divida a alma humana entre seus melhores ímpetos e os piores.

Keller sabe. Ele esteve em ambos os lados da fronteira.

Ele segura a mão de Mari e, juntos, eles vão mancando colina a baixo.

# Agradecimentos

Um amigo querido recentemente chamou minha atenção ao fato de que eu venho escrevendo esta história por um terço da vida. O que começou com um livro intitulado *The Power of the Dog*, prosseguiu com *O Cartel* e agora é concluído com *A Fronteira* me consumiu por mais de vinte anos. Uma jornada de décadas não se caminha sozinho, mas acompanhado, passo a passo, não apenas pelos personagens ficcionais que habitam esse mundo imaginário, mas também de pessoas de verdade — relacionamentos, longos e estimados, sem os quais essa peregrinação nem teria começado, muito menos terminado.

A essas pessoas eu devo muito além do que jamais poderia pagar.

Shane Salerno — meu amigo, colega escritor e agente extraordinário — estava lá no começo e incrivelmente está aqui no término. A palavra *lealdade* nem começa a descrever sua firmeza, crença, aconselhamento e defesa fervorosa. Sem ele e a Story Factory, estes livros — e minha carreira — não existiriam.

Meu filho, Thomas Winslow, era um menino quando me ajudava a arquivar conteúdo para o meu primeiro livro. Agora ele é um jovem realizado com seu próprio trabalho (mais importante) e eu não poderia ser mais orgulhoso dele, ou grato por seu papel em minha vida e em meu trabalho.

Minha esposa, Jean Winslow, está inexplicavelmente mais linda do que no começo dessa jornada, e suportou minhas obsessões, meus temperamentos e as vicissitudes da vida de um escritor. Ela sempre me acompanhou em turnês literárias e viagens de pesquisa, literalmente me levando para verificar os detalhes dos terrenos ("Meu bem, fique aqui e eu vou caminhar até lá e ver se é possível atirar em você desta posição"), e me deu carona a lugares que nem sempre eram os mais agradáveis do mundo. Seu alto astral, senso de aventura e seu amor incondicional são a alegria da minha existência.

Sonny Mehta editou os dois primeiros livros e duas mil páginas de manuscrito. Eu sempre serei grato por sua famosa noção estética apurada, paciência extraordinária e sua gentileza.

David Highfill herdou o último volume, uma tarefa difícil, à qual ele trouxe seus talentos consideráveis, sensibilidade e destreza, pelos quais tenho imensa gratidão.

Muita gente me apoiou nessa jornada.

Eu não chegaria a lugar algum sem os livreiros, alguns dos quais venderam pessoalmente centenas dos meus livros, e com carinho me acolheram em suas lojas, tornando-se verdadeiros amigos.

Não posso deixar de mencionar o pessoal de marketing e das editoras. Literalmente carregaram meus livros consigo, são os heróis e heroínas ocultos do mundo da escrita, e eu sou grato a eles.

Assim como aos leitores. Sem leitores, eu não teria este emprego que adoro. São eles, no fim das contas, o sentido disso tudo, e seu apoio, incentivo e gratidão representam o mundo para mim. Não tenho como agradecê-los o suficiente.

Aos críticos que escreveram resenhas tão bacanas, aos jornalistas que me deram tanta visibilidade e aos colegas escritores que têm sido tão generosos, eu dedico minha profunda gratidão.

À minha mãe, Ottis Winslow, por me emprestar sua varanda, na qual vastas porções destes livros foram escritas.

Aos muitos amigos que me deram ajuda, comida, música e riso — Teressa Palozzi, Pete e Linda Maslowski, Thom Walla, John e Theresa Culver, Scott Svoboda e Jan Enstrom, Andrew Walsh, Tom Russell (America's Bard), M. A. Gillette, o falecido James Gillette, Bill e Ruth McEneaney, Mark Rubinsky e o falecido rev. Lee Hancock, Don Young, Steven Wendelin, o falecido Jim Robie, Ron e Kim Lubesnick, Ted e Michelle Tarbert, Cameron Pierce Hughes, o compositor David Nedwidek e Katy Allen, Scott e Deb Kinney, Jon e Alla Muench, Jim e Josie Talbert, Neal Griffin, o pessoal de Mr. Manita's, Jeremy's on the Hill, Wynola Pizza, El Fuego, Drift Surf, The Right Click, e The Red Hen.

Eu não poderia — e não iria querer — ter feito essa caminhada sem vocês.

A Liate Stehlik, da William Morrow, muito obrigado por sua confiança em mim. Isso tem grande valor.

A Andy LeCount, pelo empenho vigoroso que fez por mim.

E a Brian Murray, Michael Morrison, Lynn Grady, Kaitlin Harri, Jennifer Hart, Shelby Meizlik, Brian Grogan, Juliette Shapland e Samantha Hagerbaumer — um sincero obrigado pelo apoio incansável.

Sharyn Rosenblum e Danielle Bartlett literalmente viajaram vários quilômetros comigo; nós ficamos juntos em engarrafamentos, estações de trem e lobbys de hotel. Sua eficiência, humor e consideração têm sido uma imensa gentileza.

A Chloe Moffett, Laura Cherkas e Laurie McGee, eu tenho uma grande dívida por seu trabalho detalhado, cuidadoso e criativo em meu manuscrito. Elas me salvaram de muitos erros.

A Deborah Randall e a todo o pessoal da Story Factory, muito obrigado pelo apoio e inestimável contribuição.

A Matthew Snyder e Joe Cohen da CAA, meus sinceros agradecimentos por ficarem comigo nessa longa viagem.

Cynthia Swartz e Elizabeth Kushel, que têm sido infalivelmente criativas e gentis. Ao meu advogado, Richard Heller, eu devo muito.

Este é um trabalho de ficção. No entanto, qualquer leitor familiar com o cenário das drogas irá reconhecer que alguns de seus elementos tiveram ampla inspiração em fatos da vida real. Portanto, eu consultei muitas fontes.

Meu mais profundo agradecimento é dirigido às muitas pessoas que compartilharam suas histórias e experiências comigo. Minha dívida com elas é impagável.

Para este volume, eu consultei inúmeras fontes impressas, incluindo *Enrique's Journey*, de Sonia Nazario, e *Adiós, Niño: The Gangs of Guatemala City and the Politics of Death*, de Deborah T. Levenson.

Entre os trabalhos jornalísticos que eu consultei estão:

Tim Rogers da *Splinter*; Kirk Semple, John Otis, Sonia Nazario, Azam Ahmed, J. David Goodman e Michael Wilson, Sam Quinones, William Neuman, Julia Preston, Wil S. Hylton, e Jeff Sommer — *New York Times*; Laura Weiss — *LobeLog*; Leighton Akio Woodhouse — *The Intercept*; Tyche Hendricks — KQED; Jessie Knadler — WEMC e WMRA; Chico Harlan, David Nakamura, Joshua Partlow e Julia Preston — *Washington Post*; Rodrigo Dominguez Villegas — Migration Policy Institute; Leon Watson e Jessica Jerreat — *Daily Mail*; Nina Lakhan, Amanda Holpuch, Lois Beckett, Rory Carroll e David Agren — *The Guardian*; Tracy Wilkinson e Molly Hennessy-Fiske — *Los Angeles Times*; Sarah Yolanda McClure — Center for Latin American Studies; Lorne Matalon — *Fronteras*; Laura C. Mallonee — *Hyperallergic*; Roque Planas, Tom Mills, e Avinash Tharoor — *HuffPost*; Ian Gordon, James Ridgeway e Jean Casella, e Laura Smith — *Mother Jones*; Amanda Taub — *Vox*; Aseem Mehta — *Narratively*; Christopher Woody, Jeremy Bender e Christina Sterbenz — *Business Insider*; Yemeli Ortega — MSN; Josh Eells — *Rolling Stone*; Duncan Tucker, Luis Chaparro e Nathaniel Janowitz — *Vice News*; John Annese, Larry McShane e Christopher Zoukish — *New York Daily News*; Ian Frazier — *The New Yorker*; Kristina Davis e Greg Moran — *San Diego Union-Tribune*; Cora Currier — *ProPublica*; Amanda Sakuma — MSNBC; Claudia Morales, Vivian Kuo e Jason Hanna — CNN; *La Jornada*; InSight Crime; *Borderland Beat*; *Blog del Narco*; *Mexico News Daily*; Univision; *El Universal*; Council on Hemispheric Affairs; e The Associated Press.

Ao final dessa trilha literária de vinte anos, eu olho para trás sabendo que não há autor mais bem servido e apoiado, nem com melhores amigos ou uma família mais amorosa, não há autor que se sinta mais feliz com seu trabalho. Para mim, essa longa caminhada mais que valeu cada passo. Minha maior esperança é que isso também valha para o leitor.

Este livro foi impresso pela Edigráfica, em 2020,
para a HarperCollins Brasil. O papel do miolo é
offset 63g/m², e o da capa é cartão 250g/m².